北京大学比较文学学术论坛

中国比较文学学会第九届年会暨国际学术研讨会

多元文化互动中的文学对话

上册

Literary Dialogues
in the Context of
Multicultural Interactions

高旭东 主编

北京大学出版社
PEKING UNIVERSITY PRESS

图书在版编目（CIP）数据

多元文化互动中的文学对话／高旭东主编．—北京：北京大学出版社，2010.8
（北京大学比较文学学术论坛）
ISBN 978-7-301-17633-7

Ⅰ.①多… Ⅱ.①高… Ⅲ.①比较文学－研究 Ⅳ.① I0-03

中国版本图书馆CIP数据核字（2010）第155339号

书　　　名：	多元文化互动中的文学对话（上下册）
著作责任者：	高旭东　主编
责 任 编 辑：	张善鹏　姜　贞
标 准 书 号：	ISBN 978-7-301-17633-7/I·2252
出 版 发 行：	北京大学出版社
地　　　址：	北京市海淀区成府路205号　100871
网　　　址：	http://www.pup.cn　电子信箱：pw@pup.pku.edu.cn
电　　　话：	邮购部 62752015　发行部 62750672　编辑部 62750112　62750883
	出版部 62754962
印 刷 者：	三河市欣欣印刷有限公司
经 销 者：	新华书店
	787毫米×1092毫米　16开本　45.25印张　810千字
	2010年8月第1版　2010年8月第1次印刷
定　　　价：	80.00元

未经许可，不得以任何方式复制或抄袭本书之部分或全部内容。
版权所有，侵权必究。举报电话：010-62752024　电子信箱：fd@pup.pku.edu.cn

本书得到北京语言大学北京市重点学科共建项目和北京外国语大学211工程三期建设经费资助

编委会名单

（按姓氏笔画排列）

顾问　乐黛云　郝　平　崔希亮
编委　王　宁　孙景尧　叶舒宪　严绍璗　刘象愚
　　　杨慧林　陈　惇　陈跃红　孟　华　饶芃子
　　　高旭东　钱林森　谢天振　曹顺庆　韩经太
　　　魏崇新
主编　高旭东

简明目录

上册　总体反思与分类比较

一　跨文化对话与中国比较文学三十年的反思 ………………… 3

二　总体文学、世界文学与比较文学的理论和方法 …………… 39

三　理论研究与比较诗学 ………………………………………… 105

四　文化漂泊与海外华裔文学 …………………………………… 167

五　翻译研究：从语言学转向到文化转向 ……………………… 203

六　现代中西文学关系的跨文化审视
　　——世界走向中国与中国走向世界 ………………………… 245

七　中日文学关系与日本文学研究 ……………………………… 297

八　中韩文学与文化关系研究 …………………………………… 339

九　三十年比较文学教学反思与前瞻 …………………………… 369

下册　外国人眼中的北京及其他

一　外国人眼里的北京
　　——北京与北京人在世界文化中的形象 …………………… 395

二　西方作家心目中的东方与中国 ……………………………… 491

三　文学与宗教的跨文化互释 …………………………………… 533

四　文学与治疗
　　——跨文化视野下的文学人类学研究 ……………………… 579

五　中外比较文学家研究 ………………………………………… 679

BRIEF CONTENTS

Volume One

I.	Reflections on the Three Decades of China's Cross-cultural Dialogue and Comparative Literature	3
II.	Theories and Methodologies of General Literature, World Literature and Comparative Literature	39
III.	Theoretical Studies and Comparative Poetics	105
IV.	Diaspora Writing and Overseas Chinese Literature	167
V.	Translation Studies: From Linguistic Turn to Cultural Turn	203
VI.	Cross-cultural Perspectives on the Relationship between Modern Chinese and Western Literature	245
VII.	Sino-Japanese Literary Relations and Japanese Literary Studies	297
VIII.	Studies on Relations between Chinese and South Korean Literature and Culture	339
IX.	Reviews and Previews of the Last Thirty Years' Comparative Literature Teaching	369

Volume Two

I.	Beijing in Foreigners' Eyes: Images of Beijing and Beijingers in World Culture	395
II.	The East and China in the Mind of Western Writers	491
III.	Inter-interpretation and Cross-cultural Dialogue between Literature and Religion	533
IV.	Redemption of Literature: Literary Anthropology in a Cross-Cultural Context	579
V.	Studies of Comparatists	679

目 录

（上册）

总体反思与分类比较

一 跨文化对话与中国比较文学三十年的反思 …………………………… 3
  站在跨文化对话的前沿
    ——当代中国比较文学发展中的几个问题 ………………… 乐黛云 5
  "三十而立"
    ——比较文学在当代中国的复兴与发展（1978—2008）
      …………………………………… 孙景尧　严绍璗　刘耘华 14
  比较文学中国学派三十年 ………………………………… 曹顺庆　王 蕾 25

二 总体文学、世界文学与比较文学的理论和方法 ………………………… 39
  总体文学和比较文学的学科发展前景 ……………… [法]巴柔／王海燕 译 41
  比较的世界文学：中国与美国 …………… [美]大卫·达姆罗什／朱红梅 译 51
  "世界文学"的历史语境与比较文学学科理论 …………………… 方汉文 61
  比较文学学科建设与世界文学史重构 …………………………… 岳 峰 72
  外国文学史的第四种书写
    ——评张世君的"外国文学史"的立体化书写 ………… 宋德发　张铁夫 80
  比较文学与东西方对话中的平行论哲学 ………………………… 扎拉嘎 86
  文学关系：比较文学的研究对象 ………………………………… 徐扬尚 97

三 理论研究与比较诗学 ……………………………………………… 105
  中国比较诗学六十年（1949—2009） ……………………………… 陈跃红 107
  边界的危机与学科的死亡
    ——比较诗学在比较文学的"去边界化"中领受的本质 ……… 杨乃乔 120

叙述转向之后：建立一门广义叙述学…………………… 赵毅衡 127
哈拉维"赛博人"理论的新视野…………………………… 刘介民 138
跨文化的理论旅行………………………………………… 李庆本 149
梵语诗学韵论和西方诗学比较…………………………… 尹锡南 158

四　文化漂泊与海外华裔文学……………………………………… 167

全球化时代的流散写作与文化身份认同………………… 王　宁 169
流散与反思
　　——兼谈哈金的写作策略……………………… 陈爱敏 180
试论美国华裔小说中的家族延续情愫…………………… 卢　俊 188
美国华裔女作家张岚小说集《饥饿》中的象征书写…… 魏全凤 195

五　翻译研究：从语言学转向到文化转向………………………… 203

论比较文学的翻译转向…………………………………… 谢天振 205
语言、哲学、翻译、救赎
　　——阐释本雅明的《论本体语言和人的语言》与《翻译者的任务》
　　………………………………………………………… 郭　军 216
语言翻译与文化翻译……………………………… [墨西哥] 莉里亚纳 225
文学翻译中的文言与白话
　　——曾朴的翻译语体选择……………………… 马晓冬 230
论二十世纪中国诗人查良铮译本中的"化欧"现象…… 徐立钱 239

六　现代中西文学关系的跨文化审视

　　——世界走向中国与中国走向世界 ……………………… 245

"拿来"的尴尬与选择的迷惑
　　——论现代中国文学的现代性困扰……………… 徐行言 247
论中国文学接受俄罗斯文学的多元取向………………… 汪介之 257
论"十七年"文坛对欧美现代派文学的言说…………… 方长安 268
中国现代作家对但丁的接受与转化
　　——以老舍为中心………………………………… 葛　涛 276

不屈的"超人"与逃逸的"小人物"
　　——拜伦和苏曼殊差异性之比较 ⋯⋯⋯⋯⋯⋯⋯⋯⋯⋯ 宋庆宝 285
老舍作品在美国的翻译、传播与研究⋯⋯⋯⋯⋯⋯⋯⋯⋯⋯⋯ 张　曼 290

七　中日文学关系与日本文学研究 ⋯⋯⋯⋯⋯⋯⋯⋯⋯⋯⋯⋯⋯⋯⋯ 297

日本近代浪漫主义与"五四"文学
　　——以早期留日作家为中心 ⋯⋯⋯⋯⋯⋯⋯⋯⋯⋯⋯⋯ 肖　霞 299
内藤湖南奉天访书及其学术意义⋯⋯⋯⋯⋯⋯⋯⋯⋯⋯⋯⋯⋯ 钱婉约 308
对"文类"(genre)的超越
　　——夏目漱石写生文观意义新解 ⋯⋯⋯⋯⋯⋯⋯⋯⋯⋯ 张小玲 318
封闭于"丹波",还是冲出桎梏
　　——以川端康成文学与战争关系为中心 ⋯⋯⋯⋯⋯⋯⋯ 孟庆枢 328

八　中韩文学与文化关系研究 ⋯⋯⋯⋯⋯⋯⋯⋯⋯⋯⋯⋯⋯⋯⋯⋯⋯ 339

韩国诗学对中国美学理论的接收与革新⋯⋯⋯⋯⋯⋯⋯⋯⋯⋯ 蔡美花 341
情以物迁,辞以情发
　　——论李仁老的题画诗《潇湘八景》 ⋯⋯⋯⋯⋯⋯⋯⋯ 崔雄权 350
论高丽、李朝诗人对黄庭坚诗学的接受 ⋯⋯⋯⋯⋯⋯⋯⋯⋯⋯ 马金科 359

九　三十年比较文学教学反思与前瞻 ⋯⋯⋯⋯⋯⋯⋯⋯⋯⋯⋯⋯⋯⋯ 369

规范化与多渠道
　　——比较文学本科教学的反思与前瞻 ⋯⋯⋯⋯⋯⋯⋯⋯ 陈　惇 371
新时期比较文学教学的历史思考⋯⋯⋯⋯⋯⋯⋯⋯⋯⋯⋯⋯⋯ 刘献彪 378
大众化教育背景下的比较文学教学⋯⋯⋯⋯⋯⋯⋯⋯⋯⋯⋯⋯ 王福和 385

CONTENTS

Volume One

I. Reflections on the Three Decades of China's Cross-cultural Dialogue and Comparative Literature 3

On the Forefront of Cross-cultural Dialogue: Some Issues in the Evolution
of China's Comparative Literature in the Current Era .... (Yue Daiyun) 5

"Thirty-Year Maturation": the Revival of Comparative Literature in
Contemporary China (1978–2008) ... (Sun Jingyao, Yan Shaodang, and Liu Yunhua) 14

The Three Decades of the Chinese School of Comparative Literature
.... (Cao Shun qing and Wang Lei) 25

II. Theories and Methodologies of General Literature, World Literature and Comparative Literature 39

Disciplinary Prospects of General and Comparative Literature
.... (Daniel-Henri Pageaux [France]) 41

Comparative World Literature: China and U. S. .... (David Damrosch [U. S.]) 51

Historical Contexts of "World Literature" and Theories
of Comparative Literature .... (Fang Hanwen) 61

The Construction of Comparative Literature as a Discipline and the
Reconstruction of the History of World Literature .... (Yue Feng) 72

The Fourth Way of Writing a History of Foreign Literature
.... (Song Defa and Zhang Tiefu) 80

Comparative Literature and Psychophysical Parallelism in the Dialogue
between the East and the West .... (Zha Laga) 86

Literary Relations: the Subject of Comparative Literature Studies .... (Xu Yangshang) 97

III. Theoretical Studies and Comparative Poetics 105

Sixty Years' Comparative Poetics in China (1949–2009) .... (Chen Yuehong) 107

The Boundary Crisis and the Death of a Discipline: What Comparative Poetics Has
  Learned from the Deterritorialization of Comparative Literature ...... (Yang Naiqiao) 120
After the Narrative Turn: Toward a General Narratology .... (Zhao Yiheng) 127
The New Horizon in Haraway's "Cyborg" .... (Liu Jiemi) 138
Traveling Theory in a Cross-cultural Context .... (Li Qingben) 149
A Comparative Study of Sanskrit Prosody and Western Poetics .... (Yin Xi'nan) 158

IV. Diaspora Writing and Overseas Chinese Literature 167

Diaspora Writing and the Cultural Identity in an Age of Globalization ...... (Wang Ning) 169
Diaspora and Its Reflections: on Ha Jin's Writing Strategy .... (Chen Aimin) 180
The Continuance of the Bloodline in Chinese-American Fiction..................... (Lu Jun) 188
The Symbolic Chinese-American Writing in Zhang Lan's *Hunger* .... (Wei Quanfeng) 195

V. Translation Studies: From Linguistic Turn to Cultural Turn 203

On the Translation Turn in Comparative Literature .... (Xie Tianzhen) 205
Language, Philosophy, Translation, and Redemption .... (Guo Jun) 216
Linguistic Translation and Cultural Translation .... (Liljana Arsovska [Mexico]) 225
Classical and Vernacular Chinese in Literary Translation:
  A Case Study of Zeng Pu's Choice of Translation Style................. (Ma Xiaodong) 230
The Sinicization of the European Style in 20th-Century Chinese
  Poet Zha Liangzheng's Translation .... (Xu Liqian) 239

VI. Cross-cultural Perspectives on the Relationship between Modern Chinese and Western Literature 245

The Dilemma of Borrowing and Selection .... (Xu Xingyan) 247
The Pluralist Reception of Russian Literature in China .... (Wang Jiezhi) 257
The Reception of Euro-American Modernist Literature
  in the "Seventeen-Years" in China .... (Fang Chang'an) 268
A Cross-cultural Perspective on the Relationship between
  Modern Chinese and Western Literature .... (Ge Tao) 276
The Unyielding "Superman" and the Escapist "Little Man" .... (Song Qingbao) 285
The Translation, Reception and Studies of Lao She's Works in the U.S. ... (Zhang Man) 290

VII. Sino-Japanese Literary Relations and Japanese Literary Studies 297

Japan's Modern Romanticism and the "May Fourth" Literature .... (Xiao Xia) 299

Naito Konan's Journey to Shenyang for Books and Its Academic Significance
.... (Qian Wanyue) 308

Beyond "Genre": A New Interpretation of Natsume Sōseki's View
on Literary Sketch Style .... (Zhang Xiaoling) 318

Shut up in "Tamba", or Break Its Shackles—on the Relationship
between Kawabata Yasunari's Literature and War .... (Meng Qingshu) 328

VIII. Studies on Relations between Chinese and South Korean Literature and Culture 339

The Korean Poetics's Reception and Reformation of Chinese Aesthetics ... (Cai Meihua) 341

Varied Emotions, Touching Words: Li In-lo's Inscription Poems on the Paintings
of Eight Scenic Spots on the Xiao River and Xiang River .... (Cui Xiongquan) 350

On the Reception of Huang Tingjian's Poetry in Korea and
Chosun Dynasty .... (Ma Jinke) 359

IX. Reviews and Previews of the Last Thirty Years' Comparative Literature Teaching 369

Standardization and Diversification: Reviews and Previews of the Past Thirty
Years' Undergraduate Teaching of Comparative Literature................ (Chen Dun) 371

A Historical Reflection on Comparative Literature Teaching in the New Era
.... (Liu Xianbiao) 378

Comparative Literature Teaching in the Context of Mass Education .... (Wang Fuhe) 385

上 册

总体反思与分类比较

一

跨文化对话与中国比较文学三十年的反思

站在跨文化对话的前沿

——当代中国比较文学发展中的几个问题

乐黛云

(北京大学)

改革开放 30 年来中国比较文学取得了极大的进展。关于这 30 年来的发展,学术委员会将有全面的总结,我在这里不再重复,仅想谈谈我所想到的当代中国比较文学发展中的几个问题。

一、开展跨文化对话的紧迫性

当代比较文学就是跨文化、跨学科的文学研究。这一看法已得到国内学者的广泛认同。最近,我们高兴地看到曾宣告"比较文学作为一门学科气数已尽"的英国学者苏珊·巴斯奈特又重新宣告:"比较文学未来发展之道",就"在于放弃以任何规定性的方法来限定研究的对象,而聚焦于最广泛意义上的文学观念,承认文学流传所带来的必然的相互联系。"其具体途径就是"放弃对术语和定义的毫无意义的争辩,更加有效地聚焦于对文本本身的研究,勾勒跨文化、跨时空边界的书写史和阅读史"[①]。我们欢迎这样的改变,这说明欧洲学者与中国学者对比较文学这一研究领域的看法越来越接近了。

最近,我们特别感到作为比较文学根基的全球跨文化对话的进行比任何时候都更加紧迫。因为:

第一,全球互联网、移动通讯使人与人之间的紧密沟通成为可能。转基因、干细胞、克隆等生物工程技术使生命可能通过人为的手段复制、改写、优选。而纳米技术使人

---

① [英]苏珊·巴斯奈特:《21世纪比较文学反思》(2006),黄德先译,《中国比较文学》,2008年第4期。

类能够实现对微观世界的有效控制。这些革命性的新知识、新技术贯穿到人类生活的每一细节，导致人类对时间和空间都有了和过去根本不同的看法，也导致了对地球资源的空前消耗和争夺。人类所面对的现实，不是对抗，就是对话。**对抗引向战争和毁灭，对话引向和平。**

第二，20世纪的两次世界大战给人类留下的惨痛记忆，德国的反犹太法西斯集中营、俄国的"古拉格群岛"、中国的"文化大革命"等残酷经验都要求我们对20世纪经验进行反思，重新定义人类状况，重新考虑人类的生存意义和生存方式。**这种重新定义只能在全世界各民族的对话中进行。**

第三，文化冲突越来越严重地影响着全球人类的未来。"文化霸权主义"和由文化封闭主义发展而来的文化原教旨主义的尖锐对立已经使全球处于动荡不安的全面战争的前夜。要制止这种冲突，**不能通过暴力，只能通过对话。**

第四，哲学的转向。20世纪前后，现象学和以怀特海为代表的过程哲学相继扭转了主体和客体可以互不参与的二元对立的倾向，使西方哲学进入了一个主体与客体互动的新阶段。中国传统哲学从来强调客观世界与主体不可分离。但由于强调"合一"、缺少将客体充分对象化而产生了众多缺陷。今天，西方哲学与中国哲学互为他者，重新反观自己，**通过对话而生成进一步的互识、互证和互补并将其推延至全球**，必将是人类相互理解，构建和谐社会，造就人类新的世界观和人生观的起点。

二、跨文化对话的矛盾和难点

对话并不只是为感情和兴趣，它首先是为了能共同生存下去，能解决共同遭遇的挑战和难题，这样的对话必然**生成**新的思想和新的举措。进行这样的生成性对话不能不碰到以下的矛盾和难点：

（一）普世性和差异性的关系

中国古话说："物之不齐，物之情也"，可以说，没有差异就不成其为世界。但是差异在世界上并非各不相干，而是由普世性联结在一起。上世纪殖民体系瓦解后，一部分新独立国家的人民急于构建自己的身份认同，强调了不同文化之间的差异，以抵制某些强势文化以"普世价值"为旗帜覆盖其他各族文化的企图，这是完全必要的；但是也有一些国家坚持不与外界沟通，片面强调不同文化之间的绝对差异，即"不可通约性"。既无共同点，又"不可通约"，这就否定了对话和沟通的可能，最后演变为封闭停滞的文化原教旨主义。

那么,文化的普世价值,文化交往中的普世性,也就是"同"的因素究竟是否存在,或者说占一个什么地位呢?

中国哲学早就强调"易有三义——变易、不易和易简"[①]。"变易"就是指因时、因地而变的特殊性,"不易"则是指不依时、地而变的普世性。黑格尔在《逻辑学》第118节中关于同——异的思考对我们很有启发,他的意思是:如果坚持不可通约性、只谈相异而无视相同,则一切人文活动(例如宣讲相异性理论本身)就都失去了意义。因为没有相通之处,就没有接受的可能。事实上,没有共同的目标,就没有对话的必要和可能。21世纪的生态危机、能源危机、道德危机、文化冲突危机……正是这一系列共同危机迫使我们必需共同协商面对,这才有了文化对话、文学对话的迫切需要。

俄国思想家别林斯基在其《文学的幻想》一文中说得最清楚。他说:"只有遵循不同的道路,人类才能够达到共同的目标;只有通过各自独特的生活,每一个民族才能够对共同的宝库提出自己的一份贡献"。事实上,没有共同的目标(普世价值)就没有对话的必要和可能;没有各自独特的生活,也就没有了对话的内容,**无话可对**。

事实上,普世性寓于差异性之中,正是有了差异性,普世性才有意义,反之亦然。只强调差异,把差异变成了各个互不相干的孤立存在,而排除了作为差异之间对话、沟通、互补的共同基础,结果只能是既取消了普世性又取消了差异性。中国古代提出的"和而不同"的精髓首先是强调一种动态的发展。西周末年(约公元前七世纪),伯阳父(史伯)同郑桓公谈论当年政局时,曾对"和实生物,同则不继"的思想作了较详尽的解释。他说:"**以他平他谓之和**,故能丰长而物归之。若以同裨同,尽乃弃矣"。作为"和"的定义的"以他平他"是什么意思呢?"平",古代与辨、辩通假,意谓辨别、品评。唐代称宰相为"平章",就是指对事物辨别、品评,并加以抑扬的人。因此,"以他平他"就是不同事物在凸显和消长中,互相比评,互相超越而达到新的境界。这种"以他平他",而能使物"丰长"的对话不是"各说各话",也不是一方压倒另一方,而是一种能产生新的理解和认识,从而为双方带来新的发展的"生成性对话"。用今天的话来说,就是一种互识、互动、互为主观的发展之道,也就是通过差异的对话而得到发展。人为地使差异性和普世性之间发生深刻的断裂,片面强调差异之间的"不可通约"显然是不可取的。特殊性与普世性之间的断裂影响了各方面的和谐,使对话难以进行,社会难以发展。重新沟通和弥合这种断裂,回返普遍与特殊的正常关系是发展

[①] 《周易正义卷首》引郑玄云:"易一名而含三义:易简一也;变易,二也,不易三也。"郑玄(128–200),《十三经注疏·周易正义》,北京:北京大学出版社,1999年,第5页。

多元文化,保护文化生态,缓解文化冲突,更是使比较文学得以蓬勃发展的重要环节。

(二) 坚守传统文化与接受外来影响的关系

文化包含两个层次:一是传统文化,即民族文化传承下来的"已成之物",如经典文献、各种古器物等,这是全然不可更改的,只能原封不动,永远保存;另一个层面是文化传统,这是一种对"已成之物"不断进行重新诠释和更新的"将成之物",如不同时代对同一经典文献的不同解读。这种解读因时因地而变,不断发展,构成新的谱系。

不分这两个层次,就会片面强调文化越"纯粹"、越"守旧"越好,中国长期以来流行着一种说法,即"越是民族的,越是世界的"。如果是针对第一个层面来说,这无疑十分正确;但如果从第二个层面来看,就会发现所谓"民族的"远非封闭的,更不是一成不变。它必然在与他种文化的互动中得到发展;"民族"和"世界"也不是割裂、互不相干的;"民族的"有时会变成"世界的","世界的"有时也会变成"民族的"。况且,"民族的"要得到"世界的"认可和喜爱,在突出自身特点的同时,还必须考虑其受众的期待视野和接受屏幕。总之,对于文化的第一层面必须保持其纯粹,对于文化的第二层面则必须通过对话和沟通,力求其变化和发展。

那么,不同文化之间不可避免地渗透和吸收是否有悖于保存原来文化的特点和差异呢?这种渗透交流的结果是不是会使世界文化的差异逐渐缩小,乃至因混同、融合而消失呢?从历史发展来看,一种文化对他种文化的吸收总是通过自己的文化眼光和文化框架来进行的,也就是要通过自身文化屏幕的过滤,很少会全盘照搬而多半是取其所需。例如佛教传入中国,佛教经典曾"数十、百倍于儒经",但佛藏中"涉及男女性交诸要义"的部分,"惟有隐秘闭藏,禁止其流布"[①]。这说明本土文化在文化接触中首先有自己的选择。同时,一种文化对他种文化的接受也不大可能是原封不动地移植。一种文化被引进后,往往不会再按原来的轨道发展,而是与当地文化相结合产生出新的,甚至更加辉煌的结果。印度佛教传入中国,产生了禅宗、华严宗和宋明理学,希腊文化和希伯莱文化传入西欧,成为西欧文化的基石。这种文化异地发展,孳生出新文化的现象,在历史上屡屡发生。由此可见,两种文化的相互影响和吸收不是一个"同化"、"混一"的过程,而是一个在不同环境中转化为新物的过程。其结果不是"趋同",而是各自提升,在新的基础上产生新质和新的差异。有如两个圆形在某一点相切,然后各自沿着自己的轨道再发展。

---

① 陈寅恪:《寒柳堂集》,上海:上海古籍出版社,1980年,第155页。

(三) 自我与他者的关系

对话中的他者与自我也是一个十分复杂的问题。我们常从自我出发,将对方设想得和自己一样,总想同化对方。结果是牺牲对方的特色而使他者和自我趋同。如果想双方都在自己的基础上,沿着各自的方向发展,形成生成性对话,那就需要如勒维纳斯所特别强调的,应该从他者出发,关注他者最不清楚,甚至最不可能理解的那一面。因为"他者"是我所"不是",不仅仅是因为他的性格、外貌和心理,更重要的是因为他的相异性本身。"正是由于这种相异性,我与他人的关系才不像通常所认为的那样是一种'融合',而是一种'面对面'的关系"。[①] 只有充分显示这种"面对面"的相异性,"他者"才有可能成为可以反观自我的参照系。然而,只强调相异性,往往就会"各不相干",难于达到理解和沟通的目的;不强调相异性,又会牺牲对方的特色而使他者和自我趋同,对话也就不再存在。理想的状况应是双方都从他者受到启发,发展出新的自我。这种他者与自我的悖论正是产生"生成性对话"的最有意义,也最困难之处。

(四) 不同文化对话的话语问题

平等对话的首要条件是要有双方都能理解和接受,可以达成沟通的话语。话语犹如游戏规则,对话时,双方都要遵守某些规则,形成最基本的认同,否则,对话就无法进行。正如我们不能用下象棋的规则来下围棋一样,规则不同,游戏就无法进行,对话只能终止。

在跨文化对话过程中,最困难的是要形成一种不完全属于任何一方,而又能相互理解和相互接受的话语。目前,发展中国家所面临的,正是多年来发达世界以其雄厚的政治经济实力为后盾所形成的,在某种程度上已达致广泛认同的一整套有效的概念体系。这套话语无疑促进了欠发达地区各方面的进步;然而,不可否认,也压制了该地区本土原有的生活方式和思维方式以及本土话语的发展。近来有关"失语症"的提出有一定道理,但以此否定数百年来,以西方话语为核心形成起来的当代话语,代之以前现代的"本土话语",或某种并不存在的"新创的话语",是不现实的。某些人主张去"发掘"一种绝对属于"本土"的、未经任何"污染"的话语,但他们最后会发现这种话语根本就不存在,因为文化总是在与其他文化的相互作用中发展的;况且,即便有这样的完全"本土"的话语,它也既不能用来诠释现代生活,也不能被对话的另一方所理解而达到沟通的目的。事实上,西方话语本身经过数百年积累,汇集了

[①] 勒维纳斯:《时间与他人》,参阅杜小真著:《勒维纳斯》,香港:三联书店,1994年。

千百万智者对于人类各种问题的思考,并在与不同文化的交往中得到了丰富和发展,抛弃这种话语,生活将难以继续;然而,只用这套话语及其所构成的模式去诠释和截取本土文化,那么,大量最具本土特色和独创性的、活的文化就会因不能符合这套模式而被摒除在外,果真如此,所谓对话就只能是同一文化的独白,无非补充了一些异域资料而已,并不能形成真正互动的生成性对话。

如何才能走出这一困境?最重要的是要寻求一个双方都感兴趣的"中介",也就是一个共同存在的问题,从不同文化立场和角度进行讨论。要做到这一点首先要在对话中保持一种平等的心态。不少西方人不了解,也不愿意了解他种民族的文明,而是固执地、也许并不带恶意地认为自己的文化就是比其他文化优越,应该改变和统率其他民族的文化。要改变这种心态,远非一朝一夕可以做到。意大利一位研究跨文化文学现象的学者——罗马知识大学的阿尔蒙多·尼兹(Armando.Gnisci)教授特别指出,要改变这种"西方中心"思想,必须通过一个他称为"苦修"(askesis)的过程。他说:"我们必须确实认为自己属于一个'后殖民世界',在这个世界里,前殖民者应学会和前被殖民者一样生活、共存。它关系到一种自我批评以及对自己和他人的教育、改造。这是一种苦修(askesis)。"[①] 另一方面,许多过去被压抑的民族,由于十分敏感于捍卫自己固有的文化,以至保守、封闭,拒绝一切对话,结果是自身文化的停滞和衰竭。要消除这样的心态,同样是一个"苦修"的过程。只有在这样的基础上形成新的话语,对话才能进行。

三、作为跨文化对话前沿的比较文学及其发展的第三阶段

在跨文化对话中,文学可以起很大的作用。

首先是文学的伟大凝聚力。历史证明任何伟大的文学或艺术作品总是较少功利打算,而体现着人的生、死、爱、欲等古今人类共同的话题。如佛教提出的"人生八苦"(生、老、病、死、怨憎会、爱别离、求不得、五蕴盛)。这些共同话题使读者产生共鸣,同时又是作者本人的个人经验、个人想象与个人言说。伟大作品被创造出来,不管作者是否愿意,总是从自身文化出发,带有不可避免的自身文化的色彩;在被解读时,读者一方面带有自身的文化先见,一方面又因人们对共同经验的感知和理解而突破了不同文化之间的隔阂,产生了新的阐释。事实上,每一部伟大的作品都是根据自

---

① 阿尔蒙多·尼兹:《作为非殖民化学科的比较文学》,罗恬译,《中国比较文学通讯》,1996年第1期,第5页。

己不同的生活方式，思维方式，对共同问题做出自己的回答。这些回答鸣响着一个民族悠久的历史传统的回声，同时又受到属于不同时代、不同群体的当代人的解读。不同文化的人们通过这样的解读，可以互相交往，互相理解，得到共识，形成共同的话语。

陈寅恪曾总结说："真能于思想上自成系统，有所创获者，必须一方面吸收输入外来之学说，一方面不忘本来民族之地位。此二种相反而适相成之态度，乃道教之真精神，新儒家之旧途径，而二千年吾民族与他民族思想接触史之所昭示者也。"[①] 中国文学经过百年来中国文学在古今中外文化激烈冲撞中的推进，文学研究积累了丰富的经验，今天的文学研究将在这个基础上参照世界文化当前语境，回归原点再出发。正如列维-斯特劳斯所说：一种纯粹和整体的知识不能从特定的政治现实以及时代状况中获得，而只能借助于追本溯源，回到"尚未损害，尚未败坏的自然"。中国文学研究也是如此，恰如中国著名作家格非从他自身的创作实践所总结的，"整个中国近现代的文学固然可以看成是向外学习的过程，同时也是一个更为隐秘的回溯性过程，也就是说，对整个传统的再确认过程"。[②] 一方面是空间性坐标，即在费孝通先生所说的"机械文明"和"信息文明"两个文明重叠的挤压下，与世界的情愿和不情愿的交往；另一方面是时间性的坐标，也就是格非所说的那个更隐秘的，向传统回归的过程。中国文学发展的百年历史急需在这个纵的和横的坐标上进行总结。

事实上，无论是文学研究还是文学创作，现代人从传统文化的土壤中生长出来，同时又过着现代生活，受着现代教育，从物质到精神都或多或少受着外来影响；中国文化百余年来，无时无刻不与外来文化发生种种接触。古今中外纵横交错，表现为非常复杂的循环往复，现在到了在新的形势下，根据新的需要，更系统、更深入地进行诠释的时候。这一切都为当下文学的发展提供了新的思路和条件。由此可以看出，在当前世界的大变局中，在形成全球性的文化多元格局中，文学是一个十分重要的环节；同时，这个进程又将给文学研究的发展和更新带来新的契机，从而根本改变当前文学研究的格局。在古今中外的坐标上为文学研究重新定位，让跨文化文学研究的根本精神贯彻于文学研究的各个领域，这就是当前中国比较文学，也就是跨文化文学研究所面临的形势和任务。

进一步考察当今比较文学存在的语境，就会发现我们正处于一个后现代思潮的转型时期。60年代兴起的后现代解构思潮轰毁了过去笼罩一切的"大叙述"，使一切

---

① 陈寅恪：《冯友兰中国哲学史下册审查报告》，《金明馆丛稿二编》，香港：三联书店，2001年，第252页。
② 格非：《汉语写作的两个传统》，《文汇报》，2005年12月3日。

权威和强制性的一致性思维都黯然失色,同时也使一切都零碎化、离散化、浮面化,最终只留下了现代性的思想碎片,以及一个众声喧哗的、支离破碎的世界。后现代思潮夷平了现代性的壁垒,却没有给人们留下未来生活的蓝图,未提出建设性主张,也未策划过一个新的时代。

到了20世纪末21世纪初,人们反思了"解构性后现代思潮"的缺陷,提出以"过程哲学"为基础的"建构性后现代主义",主张将第一次启蒙的成绩与后现代主义整合起来,召唤"第二次启蒙"[①]。如果说第一次启蒙强调的是解放自我,个人自由,其方法论核心是工具理性,其根本追求是"重塑"自然以符合人类需要;那么,第二次启蒙则是强调尊重他者,尊重差别,多元互补,强调责任和义务,揭示自由与义务的内在联系;他们认为工具理性使人们难以摆脱以功利为目的的行为动机,人类必须大力增强以真善美的和谐统一为旨归的审美智慧;他们号召超越"人类中心主义",高扬生态意识,提倡抛弃人类可以操纵环境的想法,而重在根据环境的需要调整自身。第二次启蒙的这些主张与中国文化的传统价值有很多相通之处,如"和实生物,同则不继"、"欲遂其生,亦遂人之生"、"道始于情,情生于性"、"天人合一"等。这些都为打通中外古今的跨文化文学研究提供了新的理论基础和广阔空间。

回首历史,中国比较文学在20世纪初发轫,20年代后作为一个学科开始孕育。80年代后,作为最具开放性、先锋性的学科之一,得到了迅猛发展。90年代前后,世界更深入地进入全球化时代,与此同时,单向度的、贫乏而偏颇的全球主义意识形态的弱点随之暴露无余,而以多元文化为基础的另一种全球化的诉求被强有力地提了出来。这种诉求大大促进了比较文学的发展,使之超越以法国比较文学为核心的第一发展阶段和以美国比较文学为核心的第二发展阶段,进入以不同文化体系文学的"互识"、"互证"、"互补"为核心的比较文学发展的第三阶段。

中国比较文学所以能成为全球第三阶段比较文学的积极倡导者,首先是由于中国作为发展中国家,坚决反对帝国文化霸权,始终如一地全力促进多元文化的发展;其次,中国具有悠久的文化历史,为异质文化之间的文学研究提供了取之不尽,用之不竭的源泉。长期以来,中国和印度、日本、波斯以及欧洲各国都有过深远的文化交往;第三,近百年来,中国人对外国文化和外国语言勤奋学习,不断积累,使得中国人对外国的了解一般来说,要远胜于外国人对中国的了解。这就使得中国比较文学有可能在异质文化之间的文学研究这一领域,置身于前沿。第四,中国比较文学以"和而不同"的价值观作为现代比较文学的精髓,对各国比较文学的派别和成果兼收并蓄。

---

① 王治河:《后现代化呼唤第二次启蒙》,《世界文化论坛》,2007年1—2月。

20世纪30年代初,梵·第根的《比较文学论》、洛里哀的《比较文学史》都是在出版后不久就被中国名家译成中文。到20世纪末,中国翻译、编译出版的外国的比较文学著作、论文集(包括欧美、俄国、日本、印度、韩国、巴西)已达数十种,对外国比较文学评价分析的文章数百篇,绝大多数的中国比较文学教材都有评介外国比较文学的专章。可以说任何一个国家的学者,都没有像中国学者这样,如此热心地重视对外国比较文学的介绍与借鉴。最后,还应提到中国传统文化一向文史哲不分,琴棋书画、舞蹈、戏剧相通,这为第三阶段的跨学科文学研究提供了全方位的各种可能。

可以说中国比较文学既拥有深厚的历史基础又具有明显的世界性和前沿性。它接受了法国学派的传播与影响的实证研究,也受到了美国学派的平行研究与跨学科研究的影响,它既总结了前人的经验,又突破了法国比较文学与美国比较文学的西方中心的狭隘性,使比较文学能真正致力于沟通东西方文学和学术文化,从各种不同角度,在各个不同领域将比较文学研究深入导向崭新的比较文学发展的第三阶段。

总之,人类无可逃脱地面临着全球跨文化对话的紧迫性。促进对话,避免对抗是每一个当代人的责任。以跨文化对话文学研究为己任的比较文学与比较文化更是位于前沿。在即将到来的21世纪的第二个十年我们要张开双臂,敞开胸怀,摆脱任何派别和地域的局限,站在时空的最高点,观察全球,理解世界,探索人类;打通古今中外各民族的文学,沟通人的灵魂,塑造对宇宙、对人生的新的观念,参与构建适合于21世纪人类生存的共同伦理;特别是在普遍与特殊,纯粹与更新,自我与他者,本土话语和外来话语等关系上,积极开拓,寻求新的突破。让我们弥合精英和大众的断裂,思想理论研究和作品细读的断裂,团结一致,携起手来,迈向21世纪第二个十年的新台阶。

"三十而立"

——比较文学在当代中国的复兴与发展（1978—2008）

孙景尧　严绍璗　刘耘华

（北京大学与上海师范大学）

中国比较文学，自1978年"复兴"至今，已历三十个春秋，可谓正值"而立之年"。对30年来中国比较文学的历程与现状、成绩和问题，作一回顾与审视，以便学科能较清醒地迈向"不惑"与"知命"，是十分必要的。

一、历程回顾

30年来，中国比较文学同新时期国家改革开放的步伐和日益广泛的全球化进程同步发展，在教学、研究和学科建设等方面都取得了长足进步。同时，也为推动中国学术研究与国际学界前沿水平接轨，以及积极参与全球多元化对话和弘扬中国优秀文学文化传统，做出了自己特有的贡献。我们健在的年长学者，都先后投身于它的复兴与开拓，见证了它的成长和发展，体验了它的艰辛和甘苦。

首先，我们拥有一支相当稳定、并有学科意识的比较文学专业队伍。全国比较文学学会正式登记的会员数始终保持在千人左右，其中不少人已成为各校各地的教研骨干、教学名师，有的还被评为长江学者或聘为政府咨询顾问，而我们老当益壮的教授，仍在笔耕舌耕不已。据不完整统计（94所高校中56所公布的数字），我们还培养了硕士674人以上，博士百人以上，以及一批博士后。我们的队伍既是老中青结构合理，又是敬业精进并齐心合力的教学研究团队。

其次，我们成功地举办了九届全国年会暨国际学术研讨会，体现出当代中国比较文学从复兴到发展，从摸索到成熟的显著历程：

首届的深圳年会暨学会成立大会，主题为"比较文学在中国的复兴"；

第二届西安年会，主题为"文学的空间与界限"；

第三届贵阳年会，主题为"欲望与幻想：世界文学格局中的中国文学"；

第四届张家界年会，主题为"多元文化语境中的文学"；

第五届长春年会，主题为"文化对话与文化记忆"；

第六届成都年会，主题为"迈向新世纪：多元化时代的比较文学"；

第七届南京年会，主题为"新世纪之初：跨文化语境中的比较文学"；

第八届深圳年会，主题为"比较文学与当代人文精神"；

直到今年第九届北京年会的主题"多元文化互动中的文学对话"，从中不难发现，我们经三十年两代人的努力，已步步走上与国际学界接轨并彰显自己特点的新台阶。而我们的前后两任会长，杨周翰和乐黛云二教授，均为多年的国际比较文学协会副会长，孟华、刘象愚等教授也积极参与了国际比协的理事会工作，我们还全力协助香港国际比协大会的召开、成功举办了国际比协理事会北京会议，使中国比较文学成为当今国际比较文学界不可或缺的重要力量和组成部分。

再次，学科体制化建设趋于成熟完善，教学内容具有本土特色，科研成果丰硕并上档次。主要体现为：现有招收比较文学专业硕士生的高校94个、招收博士生的高校26个；开设比较文学课程的高校在160所以上，并延伸到理工科专业和中学的课堂；教材多达81部，其中被评为国家级优秀教材1部，被列入国家"十五"、"十一五"规划教材8部，被命名为面向21世纪系列教材6部，并有国家重点学科3个，国家级精品课程4个。

与此同时，每年发表和出版的论著数量稳定、质量不断提升。1980至2000年，发表论文9269篇，1978年至2005年间出版著作1129部。其中获得省部级奖或列入国家社科基金项目的数量，均在57项以上。凡此表明，我们的学科正走入国家教学研究优质资源的行列。

此外，我们还拥有稳定的专业书刊、专业学术网站和专业工具书。专业书刊等有：《中国比较文学》、《中国比较文学通讯》、《比较文学报》、《中外文化与文论》、《海外华文文学》、《文学与人类学》、《基督教文化学刊》和《比较文学与世界文学专业网站——文贝网》等，它们是学科发展和学术繁荣的百花园地。而经两代学者，如温儒敏、张文定、刘介民、刘献彪、张智圆、王向远和唐建清等费心编写的专业论著索引等，则是泽被学人并功德无量的学科基础工具书。

在这三十年中，中国的比较文学无缘"学科之死"，倒是从无到有、从小到大，犹如人的成长，今已进入而立之年，并正向不惑、知命迈进。

二、教学业绩

三十年中，中国比较文学的教学业绩和学科建设发展迅猛、成绩骄人。

（一）发展概述

我们的比较文学教学，三十年中经历了三个阶段：

第一个阶段是从1978年至1985年，部分高校和教师的教研自发草创阶段。1978年华东师大施蛰存教授首开比较文学讲座，1979年《外国文学研究》首发周伟民的"比较文学简说"，1981年广西大学、黑龙江大学、北京师大和天津师大等校的首设比较文学概论课程，以及随后40多所高校相继开设了比较文学概论或比较文学性质的课程等，是我们这一学科从沉寂到复兴的"鲜妍报春花"。1982年、1983年、1984年和1985年，先后在天津、南宁、广州与深圳举办的四期比较文学研讨会，尤其是与学会成立同步的深圳比较文学讲习班，组织和培养了一批比较文学教学与研究的骨干，同时也为中国比较文学学会的成立，营造了学术气氛、奠定了人才基础。

第二个阶段是从1986年至1996年的纳入国家教学体制阶段。在此期间，开设比较文学课程的高校，已经增加到了120多所，出现了比较文学教学遍地开花的局面。而在1987年于青岛举办的全国比较文学讲习班，则是获得当时国家教委有关部门认可的比较文学师资培训班了。同年，由复旦大学贾植芳教授和北京大学杨周翰教授带头，开始在中国现代文学与欧美文学硕士点下，招收比较文学方向的研究生。随后的1990年，由国家教委制订的研究生培养学科目录中，正式列入了比较文学专业；1993年，国务院学位办又批准北京大学设立了我国第一个比较文学博士点。至此，比较文学的专业教学，已被正式列入国家研究生培养教学体制，并开始了自己培养专门人才的发展阶段。

第三个阶段是从1997年到现在的学科建制完整成熟阶段。其标志是，1997年国务院学位委员会、国家教育委员会联合颁布的《授予博士、硕士学位和培养研究生的学科、专业目录》，把比较文学与外国文学合并成一个"比较文学与世界文学"二级学科，归属于中国语言文学一级学科。紧接着，1998年教育部高教司下发的《普通高等学校本科专业目录和专业介绍》，又把"比较文学"列为全国高校汉语言文学专业的"主干课程"之一。凡此表明，比较文学在我国高等教育建制中，已发展成为一门完整成熟的学科：既有培养硕士和博士等专门人才的研究性专业教学；又有沟通中外文学知识更新的素质性本科教学；同时还有在高校理工科和中学语文教学中的基础性通才教学。

上述中国当代比较文学教学发展的特点是,既在高等院校的教学实践和学术领域中不可或缺,又与高校教改和体制化建设密不可分,其突出表现为:

一是1985年,经国家体改办批准成立中国比较文学学会,之后,中国比较文学经两代人的不懈努力,蔚然成为当代中国学界最为活跃的学科之一。

二是1990年,中国比较文学学会与《读书》杂志联合组织的比较文学图书评奖活动,众多新闻出版单位积极参加,30多部比较文学著作获得奖励,扩大了比较文学的社会影响,于同年国家教委制订的研究生培养学科目录中,正式列入了比较文学专业。

三是自1993年北京大学获批建立第一个比较文学博士点起,至今已有华北、华东、华南、东北与西南等地的26所高等院校拥有比较文学博士点或招收比较文学博士生。1998年,四川大学和首都师范大学还分别设置了招收比较文学本科生的专业。

四是1997年、1998年,国务院学位办和教育部将比较文学与世界文学合并成"比较文学与世界文学"一个二级学科,并将比较文学列为汉语言文学专业的"主干课程",奠定了比较文学在高校文科教学中不可或缺的重要地位。

五是获得了国家级重点学科3个,即北京大学、四川大学和上海师范大学;又有四川大学、湘潭大学、天津师大、上海师大等校的比较文学和世界文学课程被评为国家级精品课程。

六是1985年、1987年和2007年,于深圳、青岛和成都举办的全国高校比较文学师资或骨干教师讲习班,均获国家教育部有关司局所认可,并于不同时期、不同阶段为中国比较文学教学和学科的学术规范与发展,作出了积极贡献。

这些标志性的事件,充分反映了我们学科建设并非大起大落,而是合乎规律的稳步发展,并已成为顺应国家人才培养和现代化建设需要的重要学科之一,在国际学界也呈现为"风景这边独好"的一大亮点。

(二)学科建设

三十年的学科建设成绩,主要体现在教材建设和学科理论的收获上。

1978年,杨周翰教授就提出要建设中国比较文学教材的主张。经历了80年代的大规模引进、90年代的小规模更新和新世纪的大规模求新等三个阶段之后,中国学者用自己的智慧和勤奋,编写了具有中国特色的学科理论教材。据不完全统计,从卢康华、孙景尧共同撰写了第一部学科概论——《比较文学导论》以来,30年里共编写出版了比较文学教材81部,资料汇编20余种,撰写探讨学科基础理论的论文数以百计。其中乐黛云主编的《中西比较文学教程》和《比较文学原理新编》,陈惇、孙景尧、谢天振主编的《比较文学》,孙景尧的《简明比较文学教程》,陈惇与刘象愚主编的《比较文学概论》、杨乃乔主编的《比较文学概论》，曹顺庆的《比较文学论》、《比较文学史》等，均分别被评为国家级、部级优秀教材，或被列入国家级规划教材。它们在不同时期对推进中国比较文学的教学发展发挥了重要的作用。

与此同时，中国比较文学学者在回应国际学界一拨又一拨的不休论争时，在学科基本理论建设方面，既努力保持与国际学界、国际话语的密切沟通，又致力于摆脱以西套中、以中就西的言说模式，继承传统，容纳新知，丰富更新了比较文学的内涵：

其一是我们认真探究了比较文学的学科性质和定位问题，逐渐形成了比较文学基于"跨界"视野（跨语言、跨民族、跨学科、跨文明等界限）且以"跨文化"为基准的文学综合性研究学科的共识；

其二是着力探讨了比较文学的研究特点——可比性和研究视域，并将其学理诠释为学科的认识论和方法论，促进了学科基础理论与具体教研实践的良性互动；

其三是我们一直以开放的姿态迎接来自外部和自身的挑战，使得每一次"危机"都转为本土化的"生机"。乐黛云多次论证并确立的"和而不同"理念，严绍璗、曹顺庆先后提出的"变异学"命题，以及关于比较文学"中国模式"，尤其是"中国学派"、"失语症"等问题的争论，激活了学界的探索与创新精神。

（三）反思不足

然而，目前在教学方面仍有待我们努力解决的一些问题，主要有：

1. "比较文学"与"世界文学"合并为一个专业，既开启了一个新的阶段，同时也产生了二者之间的界别与磨合问题。因为在我国高校的教学传统中，它们毕竟是两门不同的课程。如何使二者结合并相得益彰，还需要实践、研究和探索。

2. 课程设置的多样化和学术的规范化，教学内容的本土化与学科性质的国际化等，它们之间如何结合创新、如何有效地服务于培养本世纪创新人才的素质需要等问题，还有待作创造性的探索。

3. 目前，硕、博士点数量增加很快，硕、博士生的数量也同步膨胀，但具有国际水平、国际声誉的毕业论文尚不多见。如何改进和完善本专业高层次人才的培养制度，努力提高人才培养的学术水准，应该是我们在新的时期念念不忘并苦苦追求的重要目标。

三、学术研究

在学术研究方面，我们比较文学"复兴"的最大得益是，既有钱钟书先生的《管锥编》、王元化先生的《文心雕龙创作论》等精品力著的问世，又有季羡林、杨周翰、贾植芳等前辈专家的身体力行，他们为中国比较文学奠定了坚实基础并开启了正确的发展方向。如今，我们已拥有学科理论研究、中外文学文化关系、比较诗学、华人流散文学、文学人类学、形象学、译介学、生态文学批评、宗教与文学关系等多个稳定的传统学术方向和新兴研究领域，其领军人物和活跃在学坛的中青年学者，已成为令人瞩目的学术研究中坚力量，预示着我们学科的未来，是后继有人并发达兴旺。

（一）传统方向

学科理论、国际文学关系、比较诗学和华人流散文学研究，是我们比较文学复兴就有的传统研究方向。而学科理论已在前面作了专门汇报，在此不再赘言。

1. 国际文学关系研究

其对比较文学具有基础性和起始性的意义，钱钟书先生早在80年代就说过"要发展我们自己的比较文学，重要的任务之一就是清理一下中国文学与外国文学的关系。"30年的中外文学关系研究，大家渐次深入文化层面，或抉隐钩沉、考辨梳理、还原交流史实，或立足于新文学的发生去考察异国文学资源的变异转化、作出新的诠释和认识等，各个方面均有不凡的贡献和建树。

若以语种与国别文学关系的角度看，有季羡林、赵国华、郁龙余的中印文学关系研究；赵毅衡、张弘、钱满素、刘海平等的中国和英美文学关系研究；孟华、钱林森、朱静的中法文学关系研究；戈宝权、李明滨、吴泽霖、王智量、倪蕊琴、陈建华、汪介之的中俄文学关系研究；卫茂平、杨武能的中德文学关系研究；严绍璗、韦旭升、王晓平、孟庆枢等的中日韩文学关系研究；以及过去少有问津的中国与拉美国家、澳洲、非洲、东南亚诸国和中东阿拉伯国家之间文学关系的研究等。同时又有中外文学思潮及相关专题研究，如赵毅衡的中国古典诗歌对美国新诗运动的影响研究；解志熙的中国唯美—颓废主义和存在主义研究；艾晓明、罗钢、罗成琰、陈国恩等的中国浪漫主义思潮研究；温儒敏、陈顺馨、李扬等的中国现实主义研究；孙乃修、尹鸿的精神分析理论与中国文学关系研究；孙玉石、吴晓东、尹康庄的中国象征主义思潮研究；戴锦华、孟悦、杨莉馨、陈晓兰等的女性主义思潮研究等等。可以说，在中外文学的关系研究领域，语种广泛、人才济济。

若从中国文学主体创造的角度梳理和研究外来文化和文学在中国传播、影响和接受来看，则特别体现在中国现代文学与外来文学、文化关系的个案研究和专题研究两大类：在作家作品的个案研究方面，有乐黛云、赵瑞蕻、彭定安、王富仁等在鲁迅与外国文学关系研究所取得的重要成果，又有孙乃修、杨武能、刘海平、孟华、王宁、高旭东等人的研究著作。而以莎士比亚、托尔斯泰、普希金、尼采、王国维、茅盾、巴金、钱钟书等中外经典作家为个案的研究也多有出色的成果。2005年由乐黛云教授主编的"跨文化沟通个案研究丛书"是这方面研究的集中体现。

若从研究基础的资料整理来看，则出版了一批费时费力的中外文学关系的综合性史著。其中包括三类著作：一是立足中国文化主体研究外来思潮对中国文学发展的影响和接受的综合考察，如贾植芳主持的《中外文学关系资料汇编》，范伯群、朱栋霖主编的《中外文学比较史（1898—1949）》等；二是考察某种外来文化文学思潮对中国文学的整体影响或者从文体、文论等层面展开的综合性专题史著，如唐正序、陈厚诚主编的《20世纪中国文学与西方现代主义思潮》，李万钧的《中西文学类型比较史》等；三是旨在归纳整理中外文学双向交流关系的综合性史著，如周发祥、李岫主编的《中外文学交流史》，夏康达、王晓平主编的《20世纪中外文学关系》等。钱林森教授先后主持的两套大型丛书，即八卷本的《外国作家与中国文化》和《中外文学交流史》丛书也是这方面研究的结集。

难能可贵的还有三点：其一，对"异国形象"的关注研究，一直属于传统国际文学关系研究的范畴，而到当代，因借助于符号学、接受美学等理论与方法论，使之体系化为"形象学"的研究。孟华教授是其在国内学界最有力的倡导者和推进者，周宁教授是取得令人瞩目的成果者，而张哲俊、蔡春华、高鸿、马丽莉等一批青年学者的著作，则反映了形象学研究的勃勃生机。

其二，许多学者在发掘和梳理交流史实的同时，还对国际文学关系的发生机制和深层原因做出了积极的理论探索。严绍璗教授提出在民族文学视野下探讨双边或多边文学文化关系的"文学发生学"，是通过历史文献实证和多维理论分析来还原"文学变异体"产生的历史场域，其对切入点的拷问启示和破解疑难的学术自信，显示了我们敢于理论创新的魄力。

其三，严明、孙逊、宋莉华等从事传统中国古代文学研究的教授，自觉运用比较文学理念与方法所进行的东亚汉文的文学和诗学比较研究，不仅获得国家社科立项和省部级科研奖项，而且还对我们开拓学术研究增长点富有启迪。

2. 比较诗学研究

我们三十年的比较诗学发展脉络，可分为三个阶段并各有标志性成果问世：

1978—1988年是其开创与奠基阶段。重要论著有：1979年钱钟书的《管锥编》、王元化的《文心雕龙创作论》，1981年宗白华的《美学散步》和周来祥《东方与西方古典美学理论的比较》，1988年曹顺庆的《中西比较诗学》等，为比较诗学研究做出了坚实铺垫。

1988—1998年是其体系化尝试阶段。主要著述有：1991年黄药眠、童庆炳的《中西比较诗学体系》、卢善庆的《近代中西美学比较》，1992年周来祥与陈炎合著的《中西比较美学大纲》，1993年乐黛云、叶朗、倪培耕主编的《世界诗学大辞典》，1994年张法的《中西美学与文化精神》等。上述著作既有对中外诗学比较的逻辑起点、可比性等理论问题的深入思考，又有对相近诗学范畴和命题作横向比较和具体探究，并将比较诗学研究引向深入。

1998—2008年是比较诗学的多元拓展阶段。主要成果是饶芃子、周宪、曹顺庆、余虹、杨乃乔、陈跃红等人的相关论著。其研究的范围不断扩大，如曹顺庆的《中外文论比较史·上古时期》（1998年）不惟探讨了比较诗学的基本理论与方法，而且还突破了囿于中西的惯例，并把研究视野拓宽至印度、东亚和阿拉伯等文论范围；其研究的视角与方法日益丰富，如王岳川对二十世纪西方文论的系列研究和周宪的美学再探究，王宁对后现代文论的系列研究，戴锦华对电影文本的文化诠释，王一川的形象学诗学研究等；其研究的层次不断拓展，既有系统性、导论性和实践性的陈跃红的《比较诗学导论》，又有对诗学比较研究作哲学思考的杨乃乔的《悖立与整合》、余虹的《中国文论与西方诗学》等。

可见，比较诗学研究正方兴未艾并酝酿着重大理论突破。

3. 华人流散文学研究

中国大陆学者对"海外华文文学"的研究始于20世纪七、八十年代，从最早关注东南亚文学，再发展到对北美、欧洲、澳新等区域的海外华文文学或华裔文学的全面研究。从1982年在广州暨南大学召开的第一次全国性研讨会算起，至今已召开了14届全国性学术年会和国际学术研讨会。

进入20世纪90年代，原先囿于中文或外文的二分研究出现了交叉和汇合，打破语言樊篱并扩展为跨语言界的华人流散文学研究。而且，暨南大学、复旦大学、中国人民大学、四川大学、清华大学、南京大学等都先后建立了海外华人/华裔文学与文化研究中心或研究所，其研究对象也转为对"华人流散文学"的总体关照，饶芃子、刘登翰等教授撰文，主张从诗学层面入手来建构海外华人文学研究的学科理论，获得了同行学者的积极呼应，并提出了有关华人流散文学发展的一系列理论问题：诸如华人文学的本土性、流散性与现代性问题,海外华人文学的世界性、边缘性与跨文化性问题,海外华人文学的文化诗学和艺术审美问题,海外华人文学研究的学科化及其建设问题等。这是既同国际流散文学研究同步、又具中国比较文学本土化特点并富有问题意识的学术方向。

(二)新兴领域

1. 文学人类学研究

从1987年弗雷泽的人类学巨著《金枝》中译本问世以来,各地出版社相继推出人类学译丛、比较研究丛书和民俗文化丛书等。进入90年代,学界对相关译介引进加以反思并提出了本土发展的新目标。《文艺争鸣》、《上海文论》、《文艺研究》等先后组织了专题论坛或专家笔谈,以推介这一边缘学科的动向与成果。1991年方克强的《文学人类学批评》,首次尝试对其在我国的实践进行理论总结。而萧兵、叶舒宪、臧克和等的"中国文化的人类学破译"丛书,徐新建主编的西南研究书系,彭兆荣教授主编的"文化人类学笔记丛书"等,都是有分量的学术成果。1997年高教出版社出版的国家级优秀教材《比较文学》,书中增设了"文化人类学与比较文学"专章,这表明:文学人类学研究已从边缘登堂入室为学科的新兴教研领域,而且中国社会科学院、四川大学、复旦大学等还先后招收了文学人类学(或称文艺人类学、艺术人类学)方向的博士生和硕士生,四川大学还成立了文学与人类学研究所。

迄今为止,文学人类学学会已先后举办三届年会。萧兵、叶舒宪、徐新建、彭兆荣等在新世纪又先后推出了20余部学术力著,一方面凸显了其在跨学科研究方面的高度自觉、大胆探索及宝贵经验,另一方面也体现出知识全球化时代人文学科的创新动力及其影响:既启发对本土文化资源的再认识、人文研究方法的新探索,又坚持学术研究与现实责任相并重。其敏锐回应包括四川地震等社会现实问题并获取社会效应,是其最大的亮点。

2. 译介学研究

"译介学"作为国内比较文学研究的一个专门术语,八十年代就已出现在《比较文学导论》和《中西比较文学教程》中。之后,谢天振于1994年推出其个人论文集《比较文学与翻译研究》,又在国家级优秀教材《比较文学》中,以两万字的篇幅推出"译介学"专章。接着,他又接连推出两本专著《译介学》、《翻译研究新视野》和教材《译介学导论》。在这些论著里,他对译介学理论作了比较深入和完整的阐述,并完成了对译介学理论的基本建构。上海外国语大学不久前还获批建立了翻译学专业博士点。

近年来，在这一领域也取得了令人欣慰的研究成果。在理论上作进一步探索的有王宏志、郑海凌、许钧、王宁、王向远、孙艺风、费小平等的著作；在编著文学翻译史或翻译文学史方面的有卫茂平、王向远、谢天振、查明建、孟昭毅、李载道等的新作；而在个案研究方面，王友贵、廖七一、郝岚、杨柳等人对林纾、周氏兄弟、胡适、林语堂等中国现代翻译史上重要的代表人物，均作了比较深入的研究论述等。

必须指出，在这一领域的成绩，远远不止上述几本著作。

3. 文学与宗教的跨学科研究

文学与宗教的跨学科研究是近年来受到普遍重视、并产生学术影响的一个研究领域。

以季羡林、张中行、孙昌武、蒋述卓等作的佛教与中国文学关系研究，奉献的是数年一剑的厚实著述。而刘小枫、刘洪一、刘勇、杨剑龙、王列耀的基督教与中国文学文化关系研究，杨慧林、孙景尧、刘耘华、张西平等进行着的西方传教士与中国文学文化关系研究，朱维之、梁工的《圣经》与西方文学关系研究等，则是拓展出中西宗教文化文学关系的跨学科研究众多增长点。严家炎教授主编出版的《20世纪中国文学研究丛书》，是中国文学与佛学、基督教、伊斯兰文化等多元关系探讨的新成果。

在教典翻译和学刊结集方面，自20世纪九十年代以来，在香港和大陆先后出版了"历代基督教思想学术文库"、"宗教与世界译丛"、"未名译库·基督教文化译丛"、"基督教与西方文学书系"等译作，以及《基督教文化学刊》，《神学美学》和《圣经文学研究》等书刊。应当指出，它们都是由一批从事比较文学研究的学者发起，再渐次扩展到宗教学、哲学、史学、人类学、社会学等多个领域的跨学科研究。近年"国家社会科学基金"也为之增加了"文学与宗教"关系研究的立项。2008年，仅宗教学中的国家社科基金项目，其中唯一的重点项目和其他3项，均由我们队伍的学者承担，可见这一领域的研究，已进入国内学术研究的前沿。

四、反思不足

同样，在学术研究方面也存在着一些我们必须面对的问题：

一、相比于陈寅恪、钱钟书、季羡林等前辈学者，今天的研究者之知识装备已有明显改进，但仍然存在理论与功底学养的差距，仍然要学无止境；

二、基于实学又高屋建瓴，既有原材料新发现、又有理论方法创新突破，并被兄弟学科和学界公认的精品力作仍然不多；

三、抵制不良时风，甘于淡泊寂寞、求真务实的优秀学风，在当下尤须坚持和提倡；我们团结和谐的学科传统，更须发扬光大，方能共建比较文学大厦。

回顾以往，我们为已有的发展和成就而自豪激扬和甘苦同享；展望未来，我们为任重道远而时时勤勉并苦甘共当。让我们沉潜心志，精耕细作，使我们的学科和事业与祖国的发展和昌盛同步向前，我们期望有更多的精品力作问世，能造就更多的名师大家和更多的精英人才。

比较文学中国学派三十年

曹顺庆　王蕾

（北京师范大学与四川大学）

"比较文学中国学派"是近三十年来中国比较文学发展中最具有争议性的话题，但同时也是中国比较文学学科理论研究最亮丽的一道风景线。在总结中国比较文学三十年的发展历程之际，不能不谈比较文学中国学派。

比较文学"中国学派"这一概念所蕴含的理论的自觉意识最早出现的时间大约是20世纪70年代。当时的台湾由于派出学生留洋学习，接触到大量的比较文学学术动态，率先掀起了中外文学比较的热潮。一些学者领略欧美比较文学学术风气后反身自观，觉得中国传统文学研究方法之不足，认为有必要通过比较文学研究来讨论中国文学民族的特征，取得文学研究方法的突破。因此，1971年7月中下旬在台湾淡江大学召开的第一届"国际比较文学会议"上，朱立元、颜元叔、叶维廉、胡辉恒等学者在会议期间提出了比较文学的"中国学派"这一学术构想。同时，李达三、陈鹏翔（陈慧桦）、古添洪等致力于比较文学中国学派早期的理论催生和宣传。1976年，古添洪、陈慧桦出版了台湾比较文学论文集《比较文学的垦拓在台湾》。编者在该书的序言中明确提出："我国文学，丰富含蓄，但对于研究文学的方法，却缺乏系统性，缺乏既能深探本源又平实可辨的理论，故晚近受西方文学训练的中国学者，回头研究中国古典或近代文学时，即援用西方的理论与方法，以开发中国文学的宝藏。由于这援用西方的理论与方法，即涉及西方文学，而其援用亦往往加以调整，即对原理与方法作一考验、作一修正，故此种文学研究亦可目之为比较文学。我们不妨大胆宣言说，这援用西方文学理论与方法并加以考验、调整以用之于中国文学的研究，是比较文学中的中国派。"[①] 这是关于比较文学中国学派较早的说明性文字，尽管其中提到的研究方法——阐发法，因为过于强调西方理论的普世性，而遭到美国和中国大陆比较文学学者的批评和否定；但这毕竟是第一次从定义和研究方法上对中国学派的本质进行

---
① 古添洪、陈慧桦：《比较文学的垦拓在台湾》，台北：东大图书有限公司，1976年，第1—2页。

了系统论述,意义深远。后来,陈鹏翔又在台湾《中外文学》杂志上连续发表相关文章,对自己提出的观点作了进一步的阐释和补充。

在"中国学派"刚刚起步之际,美国学者李达三起到了启蒙、催生的作用。李达三于20世纪60年代来华在台湾任教,曾参与了台湾大学外文系比较文学博士班的筹划、创办和教学工作,为中国比较文学培养了一批朝气蓬勃的生力军。1977年10月,李达三在《中外文学》6卷5期上发表了《比较文学中国学派》,以宣言式的语言宣告:"我们谨此提出一种新的观点,以期与比较文学中早已定于一尊的西方思想模式分庭抗礼。由于这些观念源自中国文学及比较文学有兴趣的学者,我们就将含有这些观念的学者统称为比较文学的中国学派。"他指出中国学派的三个目标:1. 在自己本国的文学中,无论是理论方面或实践方面,找出特具"民族性"的东西,加以发扬光大,以充实世界文学;2. 推展非西方国家"地区性"的文学运动,同时认为西方文学仅是众多文学表达方式其中之一而已;3. 做一个非西方国家的发言人,同时并不自诩能代表所有其他非西方的国家。[①] 李达三后来又撰文对大陆、台湾和香港三地的比较文学研究状况进行了分析研究,指出大陆是比较文学中国学派最具潜质的主力。他多次来大陆进行学术交流活动,积极推动中国学派的理论建设。

一

在20世纪70年代末复苏的大陆比较文学研究,积极参与了比较文学中国学派的理论建设和学科建设。回首三十年,我们大致可以将比较文学"中国学派"的发展脉络归纳为三个阶段:第一阶段(1978—1987),这是比较文学中国学派的开创与奠基阶段。第二阶段(1988—1997)是比较文学中国学派基本理论特征及方法体系的建构阶段。第三阶段(1998年至今)是比较文学中国学派的研究继续向前推进发展的阶段。

季羡林先生1982年在《比较文学译文集》的序言中指出,"以我们东方文学基础之雄厚,历史之悠久,我们中国文学在其中更占有独特的地位,只要我们肯努力学习,认真钻研,比较文学中国学派必然能建立起来,而且日益发扬光大"[②]。同年,严绍璗也提出:"目前,当比较文学研究在我国文学研究领域里兴起的时候,我们应该在继承世界比较文学研究的优秀成果的基础上,致力于创建具有东方民族特色的'中国学

---

① 李达三:《比较文学研究之新方向》,台北:联经出版事业公司,1978年,第265—270页。
② 季羡林:《在中国比较文学成立大会暨首届学术讨论会上的开幕词》,《中国比较文学年鉴》,北京:北京大学出版社,1987年,第29页。

派'"。他还提出了构思中的"中国学派"的研究任务,并认为至少应该有三个方面:中外文学的相互影响;中国文学的民族性及其与外来影响的关系;通过比较中国文学和各国民族文学而探索文学的一般规律,揭示文学的本质。[①]1983年6月,在天津召开的新中国第一次比较文学学术会议上,朱维之先生作了题为《比较文学中国学派的回顾与展望》的报告,在报告中他旗帜鲜明地说:"比较文学中国学派的形成(不是建立)已经有了长远的源流,前人已经做出了很多成绩,颇具特色,而且兼有法、美、苏学派的特点。因此,中国学派绝不是欧美学派的尾巴或补充。"[②]1984年,在由中国学者自己编写的第一部比较文学理论著作《比较文学导论》中,卢康华、孙景尧对如何建立比较文学中国学派提出了自己的看法,认为应当以马克思主义作为自己的理论基础,以我国优秀传统与民族特色为立足点与出发点,汲取古今中外一切有用的营养,去努力发展中国的比较文学研究。[③]同年在《中国比较文学》创刊号上,朱维之、方重、唐弢、杨周翰等人认为中国的比较文学研究应该保持不同于西方的民族特点和独立风貌。1985年,黄宝生发表《建立比较文学的中国学派:读〈中国比较文学〉创刊号》,标志着大陆对比较文学中国学派的探讨进入了实际操作阶段。[④]1986年,段燕在《探索》上发表题为《比较文学的中国学派应当崛起》的文章,明确了中国学派崛起的必要性和中国学派的主要研究领域和面临的任务。[⑤]

1988年,远浩一就提出"比较文学是跨文化的文学研究"。同年,杨周翰先生也说:"提出东方文学之间的比较研究应当成为'中国学派'的特色。这不仅打破比较文学中的欧洲中心论,而且也是东方比较学者责无旁贷的任务。此外,国内少数民族文学的比较研究,也应该成为'中国学派'的一个组成部分。"所以,杨先生认为比较文学中的大量问题和学派问题并不矛盾,相反有助于理论的讨论。[⑥]1990年,远浩一发表《关于"中国学派"》(《中国比较文学》1990年第1期),进一步推进了"中国学派"的研究。此后直到20世纪90年代末,中国学者就比较文学中国学派的建立、理论与方法以及相应的学科理论等诸多问题进行了积极而富有成效的探讨。刘介民、远浩一、孙景尧、谢天振、陈淳、刘象愚、杜卫等人,都对这些问题做出过不少努力,中国比较文学界掀起对比较文学中国学派建设的大讨论。这些探讨对创建中国学派自身的学科理论极富建设性意义。《暨南学报》1991年第3期发表了一组笔谈,大家就这个

---

① 《比较文学的理论与实践——座谈记录》,《读书》,1982年第9期,第69—70页。
② 孟昭毅:《朱维之先生与比较文学》,《中国比较文学》,2005年第3期,第76页。
③ 卢康华、孙景尧:《比较文学导论》,哈尔滨:黑龙江人民出版社,1984年。
④ 黄宝生:《建立比较文学的中国学派:读〈中国比较文学创刊号〉》,《世界文学》,1985年第5期。
⑤ 段燕:《比较文学的中国学派应当崛起》,《探索》,1986年第2期。
⑥ 杨周翰:《比较文学:界定"中国学派",危机与前途》,《中国比较文学通讯》,1988年第2期。

问题提出了意见,认为必须打破比较文学研究中长期存在的法美研究模式,建立比较文学中国学派的任务已经迫在眉睫。王富仁在《学术月刊》1991年第4期上发表"论比较文学的中国学派问题",论述中国学派兴起的必然性。而后,以谢天振等学者为代表的比较文学研究界展开了对"X+Y"模式的批判[①]。这不仅是一个研究方法问题,也是关乎比较文学中国学派的重大问题。比较文学在大陆复兴之后,一些研究者采取了"X+Y"式的比附研究的模式,在发现了"惊人的相似"之后便万事大吉,而不注意中西巨大的文化差异性,成为浅度的比附性研究。这种情况的出现,不仅是中国学者对比较文学的理解上出了问题,也是由于法美学派研究理论中长期存在的"某人在某国"、"某人与某人"的研究模式的影响,一些学者并没有深思中国与西方文学背后巨大的文明差异性,因而形成了"东施效颦"式的"X+Y"研究模式,这更促使一些学者思考比较文学中国学派的问题。

经过学者们的共同努力,比较文学中国学派一些初步的特征和方法论体系逐渐凸显出来。1995年,笔者在《中国比较文学》第1期上发表"比较文学中国学派基本理论特征及其方法论体系初探"一文,对比较文学在中国复兴十余年来的发展成果作了总结,并在此基础上总结出中国学派的理论特征和方法论体系,对比较文学中国学派作了全方位的阐述。在这篇文章中笔者尝试对比较文学中国学派作了比较完整、系统的总体勾勒,详细阐述了中国学派的基本理论特征和方法论体系。[②]继该文之后,笔者又发表了《跨越第三堵"墙",创建比较文学中国学派理论体系》等系列论文,论述了以跨文化研究为核心的"中国学派"的基本理论特征及其方法论体系。这些学术论文发表之后在国内外比较文学界引起了较大的反响。有学者认为,"曹顺庆对中国学派理论体系的初步勾勒,表明比较文学中国学派已经开始站稳了脚跟,取得了理论上的制高点"[③]。钱林森先生认为"它确实是迄今为止这一话题表述得最为完整、系统、最为深刻的一次","令人耳目一新"[④]。刘献彪先生认为,该文"不仅对中国比较文学建设和走向有现实意义,而且对比较文学跨世纪发展也将产生不可估量的影响"[⑤]。台湾著名比较文学学者古添洪认为该文"体大思精,可谓已综合了台湾与大陆两地比较文学中国学派的策略与旨归,实可作为'中国学派'在大陆再出发与实践的蓝图"。[⑥]

[①] 谢天振:《中国比较文学的最新走向》,《中国比较文学》,1994年第1期,第6—7页。
[②] 曹顺庆:《比较文学中国学派基本理论特征及其方法体系初探》,《中国比较文学》,1995年第1期。
[③] 代迅:《世纪回眸:中国学派的由来和发展》,《中外文化与文论》,1996年第1期,第147页。
[④] 钱林森:《比较文学中国学派与跨文化研究》,《中外文化与文论》,1996年第2期,第140页。
[⑤] 刘献彪:《比较文学中国学派与比较文学跨世纪发展》,《中外文化与文论》,1996年第2期,第138页。
[⑥] 古添洪:《中国学派与台湾比较文学界的当前走向》,黄维樑、曹顺庆:《中国比较文学学科理论的垦拓》,北京:北京大学出版社,1998年,第167页。

这些评价都说明比较文学中国学派确实已经在中国学者的探索之中逐步建立并正在趋于完善。

在笔者撰文提出比较文学中国学派的基本特征及方法论体系之后，关于中国学派的论争不但没有停止，反而日益增多。因为，比较文学中国学派的方法论体系还没有完全成熟。在1996年至1997年的《中国比较文学》和《中外文化与文论》上，比较文学学者们发表了一系列文章探讨中国学派的问题。其中，有李达三的《下世纪最佳文学研究——比较文学研究与中国学派》、陈鹏翔的《没有理由不提倡中国学派》、徐京安的《"中国学派"是推动比较文学作全球性战略转变的大问题》、叶舒宪的《比较文学"中国学派"的根基》、刘献彪的《比较文学中国学派与比较文学跨世纪发展》、孟庆枢的《也谈比较文学中国学派》等等，都各自发表了对中国学派的看法和观点，深化了中国学派的研究，推动了中国比较文学学科理论建设。1997年，台湾《中外文学》发表"'比较文学中国化'座谈会记录"，张汉良、苏其康、黄美序等先生分别发表了自己的看法，进一步将比较文学中国学派的探讨推向深入。此外，邓楠发表了《比较文学中国学派之我见》（《中国比较文学》1997年第3期），皇甫晓涛发表了《发展研究与中国比较学派》（《社会科学战线》1997年第1期）。这一时期，对于比较文学中国学派的提法在学界是大致赞同的，这也成为比较文学在中国复兴之后一个绝佳的发展和壮大时期。

世纪之交，在比较文学中国学派中期发展中出现的问题更进一步推进了中国学派的发展进程。1998年熊沐清率先发表了《中国学派：必要、可能、途径》（《中国比较文学》1998年第4期）。他认为倡立"中国学派"的内在动力来自比较文学学科自身发展的需要，而中国学者在具体研究中遇到的新问题使"中国学派"的建立成为可能。中国学者可以在跨文化双向阐发的基础上建构自己有别于法、美学派的方法论体系。[①]但也有学者认为"立足于中国文学的中外比较文学研究"就是中国比较文学研究的特征，也可能是"中国学派"的特征。[②]代迅却认为中国比较文学研究带有鲜明的地缘性热点，从自己的历史资源与现实需要出发开展研究，逐渐在比较诗学、阐发研究、东方文学比较和比较文化等领域形成了自己的特色和优势，丰富了传统比较文学的内涵，成为真正意义上的国际比较文学，并且在学科研究范式上作出了自己的贡献。[③]此外，李卫涛（《从韦勒克、艾金伯勒到伯恩海默至中国学派——比较文学的跨文明轨迹》，《思想战线》2005年第4期）从比较文学的跨文明研究轨迹上重新审

---

① 熊沐清：《中国学派：必要、可能、途径》，《中国比较文学》，1998年第4期。
② 王向远：《"阐发研究"及"中国学派"：文字虚构与理论泡沫》，《中国比较文学》，2003年第1期。
③ 代迅：《逻辑架构与发展前瞻：比较文学中国学派评议》，《江西社会科学》，2003年第8期。

视了比较文学中国学派;而王峰(《比较文学的中国学派:兼论第四种比较文学观》,《天津社会科学》2006年第1期)也从比较文学观念出发重新界定了比较文学中国学派。这些讨论促进了中国学派,即比较文学第三阶段学科理论的建构。

二

比较文学中国学派的提法从诞生之日起,就在不断的论争中成长。中外学界对此观点不一,论争主要围绕着几个焦点问题:第一,要不要建立比较文学中国学派,建立一个民族地域性学派是民族性的问题,还是世界性的问题;第二,"阐发法"是不是中国学派的方法论;第三,围绕着跨文化和跨文明研究的论争。

在比较文学中国学派提法出现不久,就出现了反对的声音。1987年荷兰学者佛克马在中国比较文学学会第二届学术讨论会上就从所谓的国际观点出发,认为以前对法国学派和美国学派的划分是毫无意义的,建立比较文学中国学派就是以新的隔绝来取代过去的隔绝[①]。来自国际的观点并没有让中国学者失去建立比较文学中国学派的热忱。很快就有学者针对这种看法,援引中国比较文学研究取得的成就,为中国学派辩护,认为中国比较文学研究成绩和特色显著,尤其在研究方法上足以与比较文学研究历史上的其他学派相提并论。从国际观点出发,建立中国学派只会是一个有益的举动。[②] 1991年,孙景尧先生在《文学评论》第2期上发表《为"中国学派"一辩》,同样针对佛克马的观点为比较文学中国学派作辩护。孙先生认为佛克马所谓的国际主义观点实质上是"欧洲中心主义"的观点,而"中国学派"的提出,正是为了清除东西方文学与比较文学学科史中形成的"欧洲中心主义"。[③] 在1993年美国印第安纳大学举行的全美比较文学会议上,李达三仍然坚定地认为:"尽管有人对'中国学派'持有不同甚至相反的意见,但我坚持认为,这一学派的建立能够起到有益的作用。"

在九十年代,学者们就比较文学"中国学派"进行广泛讨论,深化中国学派研究的过程中,也有学者对比较文学中国学派这一提法提出了质疑,对比较文学中国学派的内涵提出了批评意见,如刘若愚教授主要针对比较文学中国学派在兴起之初以西方文学理论来评价或阐发中国文学现象的有效性提出了质疑。在80年代曾赞成建立比较文学中国学派的严绍璗先生,90年代却反过来,坚决反对建立比较文学中国学派,

---

① 佛克马:《文学研究中的理论和批评》,《中国比较文学通讯》,1988年第3期,第1—6页。
② 智量:《比较文学在中国》,《文艺理论研究》,1988年第1期。
③ 孙景尧:《为"中国学派"一辩》,《文学评论》,1991年第2期。

他认为"研究刚刚起步,便匆匆地来树中国学派的旗帜。这些做法都误导中国研究者不是从自身的文化教养的实际出发,认真读书,切实思考,脚踏实地来从事研究,而是坠入所谓'学派'的空洞概念之中。学术史告诉我们,'学派'常常是后人加以总结的,今人大可不必为自己树'学派',而应该把最主要的精力运用到切切实实的研究之中"①。但经过对比较文学中国学派的基本特征和方法体系的论争之后,学者们普遍认同了比较文学中国学派的提法,这也成为比较文学在中国复兴之后一个绝佳的发展和壮大时期。

其实,不仅仅中国学者呼吁建立新学派,其他东方国家的学者也认识到了这一问题。从某种意义上说,建立西方以外的新学派,是亚洲等国的共同趋向。印度比较文学研究始于奥罗宾多、泰戈尔和 A. K. 库马拉丝瓦米乃,而且与中国早期的比较文学研究学者类似,"他们拥有渊博的东西方文学文化传统知识,精通几门语言,并且具有自觉的民族主义意识。"② 20 世纪 80 年代一些学者如阿米亚·德夫也同样旗帜鲜明地提出了"比较文学印度学派"的口号,以与比较文学法国学派和美国学派相抗衡:"25 年前,艾金伯勒为辩驳比较文学法国学派的文学性时说过:'比较不是理由'。或许在比较文学印度学派即将诞生之际,我们应该提出一个口号:'比较正是理由'。因为,我们的主张是,在一个多语种国家,特别是在一个既为多语种又属第三世界的国家,文学研究必然是以比较方式而展开。"③ 可见建立地域性学派的主张是面对西方强势文化的本能举动。东西方文学比较研究是比较文学研究的一个新的领域,而这一新的领域意味着新的研究范围——跨异质文明研究。东方学者在面对两种异质文明碰撞中,发现了新的问题,而这些问题在以往法、美学派的理论研究框架之内得不到有效的解决。或者反之,以往法、美学派为我们提供的理论研究工具无法清晰地描述东方各国文学的状况。这就迫使东方学者提出新的适用于新领域、新范围和新问题的研究假说,并进行不断的证实和证伪。

围绕"中国学派"的另外一个论争就是古添洪、陈鹏翔在比较文学中国学派最早的说明性文字中提到的"援用西方的理论与方法,以阐发中国的文学宝藏"的"阐发法",即阐发研究。一开始中外学者就对"阐发法"提出了异议和否定意见。首先是国际比较文学界同仁的反对,"在 1975 年 8 月第二届国际比较文学会议上(台湾),运用西方理论于中国文学研究的方法似乎一致为在座的外国学者所反对"。④ 美国学

---

① 严绍璗:《双边文化关系研究与"原典性的实证"的方法论问题》,《中国比较文学》第 20 页,1996 年第 1 期。
② G. N. Devy, *After amnesia:Tradition and change in Indian literary criticism*, Orient Longman, India, 1992, p.112.
③ Amiya Dev, *The Idea of Comparative Literature in India*, Calcutta, India, 1984, p.24.
④ 古添洪、陈慧桦:《比较文学之垦拓在台湾》,台北:东大图书公司,1976 年,第 1—2 页。

者奥德里奇（A. Aldridge）在大会讨论的总结中归纳道："对运用西方批评技巧到中国文学的研究上的价值，作为比较文学的一通则而言，学者们有着许多的保留。……如果以西方批评的标准来批判东方的文学作品，那必然会使东方文学减少其身份。"[①] 不少中国学者也持反对意见，孙景尧先生认为将"阐发法"作为比较文学中国学派的研究方法，是有偏颇的。主要是因为："首先这种说法就不是科学的，是以西方文学观念的模式来否定中国的源远流长的、自有特色的文论与方法论。……用它来套用中国文学与文化，其结果不是做削足适履的'硬化'，就是使中国比较文学成为西方文化的'中国注脚'"[②] 对此，陈鹏翔回应说："我们考验、修正并且扩展西方文学理论和方法的适用性，是主动性的作为，对文学研究有绝大的贡献，中国文学怎么会成为西方文论的'中国注脚本'？"[③] 然而，叶舒宪教授却指出这种援西释中的"阐发法"对创建"中国学派"是极为不利的一面。因为，"阐发法"造成的结果难免会使所谓的"中国学派"脱离民族本土的学术传统之根，演变成在西方理论之后亦步亦趋地模仿西方的学术支流。[④] 王向远则认为将"阐发法"作为比较文学的一种方法，未能摆脱"西方中心"观念的束缚，无法显示比较文学应有的世界文化的全面视野，暴露出了理论概括上的片面性。[⑤] 还有学者对"阐发法"作为中国比较文学的途径和方法表示怀疑。因为比较文学应当有比较，而"阐发法"并非总是包含着比较。以上学者对"阐发法"的抨击也并非子虚乌有，"阐发法"确有否定中国文论，以西律中，以偏概全和缺乏比较等缺点和弊病，这一模式也不能说是通向中国学派的理想途径。

但是，无论中外学者如何反对和否定"阐发法"，它却有着稳固的基础和丰富的实践。正如杨周翰先生所说的那样："有的台湾和海外学者用西方的新理论来研究、阐发中国文学。他们认为'中国学派'应走这条路。我觉得也未尝不可。例如王国维和吴宓就分别用西方哲学和西方文艺观点研究过《红楼梦》，阐发出一些用传统方法所不能阐明的意义。也许有人说，这不是比较文学，只是用舶来的理论的尺度来衡量中国文学，或用舶来的方法来阐释中国文学，而不是不同文学的比较研究。不过我认为从效果看，这种方法和比较文学的方法有一致的地方。"[⑥] 沿着杨周翰先生的思路，

---

① *YCGL*, 1976, p.47.
② 孙景尧：《简明比较文学》，北京：中国青年出版社，1988年，第111页。
③ 陈鹏翔：《建立比较文学中国学派的理论与步骤》，载《中国比较文学学科理论的垦拓——台湾学者论文选》，北京：北京大学出版社，1988年，第152页。
④ 叶舒宪：《比较文学"中国学派"的根基》，《中外文化与文论》第1辑，成都：四川大学出版社，1996年，第109页。
⑤ 王向远：《"阐发研究"及"中国学派"：文字虚构与理论泡沫》，《中国比较文学》，2003年第1期。
⑥ 杨周翰：《镜子与七巧板》，北京：中国社会科学出版社，1990年，第4页。

笔者又进一步分析了中国近代"五四"运动以后,中国学者援用西方理论阐释中国文学的历史语境,指出在这一过程中许多人都只是在运用而没有阐发。这种将西方理论强加于中国文学的操作方法使中西处于不平等地位。这种"顺化阐发"或"奴化阐发"不是真正意义上的中国学派的"阐发法"。中国学派的"阐发法"应该是跨文化意义上的对话和互释,"跨文化"意识上的"阐发法"才是比较文学中国学派独树一帜的比较文学方法论。① 针对台湾学者"单向阐发"的观点,陈惇、刘象愚在所著的《比较文学概论》中,首次提出了"双向阐发"的观点。他们指出:"阐发研究决不是单向的,而应该是双向的,即相互的。如果认定只能用一个民族的文学理论和模式去阐释另一个民族的文学或文学理论,就如同影响研究中只承认一个民族的文学对外民族文学产生过影响,而这个民族文学不曾受过他民族文学的影响一样偏激,这在理论上是站不住脚的。"② 杜卫还明确提出"阐发研究的核心是跨文化的文学理解"。③

1995年,笔者在《中国比较文学》第1期上发表"比较文学中国学派基本理论特征及其方法论体系初探"一文,论述了比较文学中国学派的基本理论特征:跨文化研究。该文指出,在经过多年的实践,尤其是近十余年中国大陆比较文学的复兴之后,实际上中国比较文学研究形成了自己的基本理论特征及其方法论体系。而"跨文化研究(跨中西异质文化)是比较文学中国学派的生命源泉,立身之本,优势之所在;是中国学派区别于法、美学派的最基本的理论和学术特征"。并且,"中国学派的所有方法论都与这个基本理论特征密切相关,或者说是这个基本理论特征的具体化和延伸"。④ "跨文化"比较文学观念提出后,得到了比较文学界的广泛认可,乐黛云等著的《比较文学原理新编》(北京大学出版社1998年版)、陈惇、孙景尧、谢天振主编的《比较文学》(高等教育出版社1997年版)、陈惇、刘象愚著的《比较文学概论》(北京师范大学出版社2000年版)等论著都以"跨文化"作为比较文学的基本特征之一。这说明了中国比较文学"跨文化"基本特征的切实可行之处。

虽然,笔者一再强调"跨文化"是"跨异质文化",但是没有能防止误解的产生。所以,在中国比较文学学会第七届年会上,笔者又建议将"跨文化"改为"跨文明"。观点一出会上会下都有热烈的讨论,既有支持者,也有反对者。反对者的观点归纳起来大致有三点:"跨文明"研究将又一次扩大比较文学的边界;"跨文明"研究缺乏可比性;"跨文明"研究消解或削弱了比较文学的文学性。第一点主要是源于对"文明"

---

① 曹顺庆:《阐发法与比较文学"中国学派"》,《中国比较文学》,1997年第1期。
② 陈惇、刘象愚:《比较文学概论》,北京:北京师大出版社,1988年,第144—147页。
③ 杜卫:《中西比较文学中的阐发研究》,《中国比较文学》,1992年第2期。
④ 曹顺庆:《比较文学中国学派基本理论特征及其方法体系初探》,《中国比较文学》,1995年第1期。

的误解,"文明"在"跨文明研究"中指的是具有相同文化传承(信仰体系、价值观念和思维方式等)的社会共同体。因此,"跨文明研究"并不意味着比较文学学科领域的扩大,相反为更清晰地划定了比较文学研究的边界和研究范围。传统比较文学的可比性基础是"求同",无论法国学派要寻找的是同源,而美国学派探究的是共同的文学规律。而这种传统的比较文学研究方法的研究对象都是文学本身。而"跨文明"研究所关注的是不同文明之间文学的交流和对话,交流和对话的前提是差异。"跨文明"研究的意义就在于它突出了比较文学中的"对话性"。所有文学文本和文学话语都有着其社会内涵,所以也不存在脱离其各种社会内涵的文学性。从读者的角度来说,文学性是与读者的审美阅读成规密不可分的,文学性的研究也不可能只囿于文本之内。跨文明研究的多元语境和诸种题域,不但不会消解文学性和文学文本的美学特性,反而有助于更广泛、深入地揭示文学性的真正内涵。

中国学派在中国学者长期不懈的研究和论争中慢慢成长,进而较为清晰地呈现出自身的理论特征和方法论体系,而这正是一个学派成长的标志。跨文明比较文学研究有着较为坚实的学理基础,近百年中国文学研究的学术实践,究其根本而言,都是在跨文明语境下展开的。忽视跨文明研究,导致学术上若干重大失误,当今学界的"失语"现状就是一大明证,也导致现有的比较文学学科理论不能回答学术研究中的现实问题。跨文明研究着眼异质性和互补性研究两大要素。异质文明之间的话语问题、对话问题、对话的原则和路径问题、异质文明间探源和对比研究问题、文学与文论之间的互释问题等,都是在强调异质性的基础上进行的,这就是比较文学中国学派,即比较文学第三阶段的根本性特征和方法论体系,也是第三阶段的一个不同于西方的、突出的学科特征。

三

中国学派的研究与论争,成就了比较文学第三阶段学科理论体系。比较文学在中国是一个年轻的学科。加上从"五四"时期就开始的对中国传统文化和学术的全盘否定和新时期开始的对西方文论源源不断地译介和盲目地推崇,人们早已习惯于将西方的理论照搬过来并将之当成我们自己的理论体系。比较文学传入到台湾和大陆以后也出现了类似情形。但在实际研究中,人们发现,原有的欧美学派的理论已经远远不能适应当下的比较文学研究,因为在中国这样一个文化语境下,研究环境变了,中国的学术研究方式也随着对西方学术的介绍而发生变化,这就对原有的学科理论提出了挑战,这就是台湾学者提出比较文学中国学派宏观的语言文化背景。就人文学科而言,近代以来中国学术一直在西方的强势话语之下生存,中国学术的思维方式和话语言说方式都和西方有着惊人的一致。在西方强势话语之下,中国学术失去了演说自身的权利和方式,在文化的族群上已经显得无依无靠。在考察了整个中国学术发展现状和趋势以后,笔者认为,中国学术处于一种"失语"状态,并将之概括为"失语症"。明白了自己处于"失语症"的状态中,下一步的任务就是进行切实的学术创新,这是当下学术创新的出发点,也是比较文学中国学派的建立必须经历的一个过程。

2001年,笔者在《中国比较文学》第3期上发表"比较文学学科理论发展的三个阶段",对中国学派的特征作了进一步阐发,正式将比较文学在中国的发展命名为比较文学发展的第三阶段,明确提出其突出特征就是跨异质文化(后改为跨异质文明)。笔者指出比较文学第三阶段不是对前面学科理论的完全否定,而是在此理论上的继续发展和延伸。法国学派是对比较文学学科理论的人为收缩,而美国学派则将比较文学的研究范畴无限扩大。即便如此,美国学派对比较文学扩展到西方文化圈以外能否成立一直持怀疑态度。这就成为中国学派的一个深刻的危机和转机,即比较文学中国学派于危机意识中寻找安身立命的依据。跨文明比较研究最为关键的是对东西方异质文化的强调,因为异质文明相遇时会产生激烈的碰撞、对话、互识、互证、互补,并进一步催生出新的文论话语。这样,比较文学就能突破法美学派的桎梏,成为真正具有世界性眼光和胸怀的学术研究[①]。跨异质文明研究突破了法美学派二元对立的思维模式,拓宽了异质文化之间文学比较研究的路径,改变了西方话语霸权一家独白的局面,标志着比较文学第三阶段的真正到来。比较文学第三阶段与前两个阶段有着明显的不同。前两个阶段是对不同文学之间"同"的重视,而第三阶段是求异,即对不同文明之间文学的差异的探求。但是,求异并不是为了文学之间的对立,而是在碰撞过程中形成对话,并实现互识、互证,最终实现互补。中国比较文学学会会长乐黛云教授在凤凰卫视所做的演讲题目即为"比较文学发展的第三个阶段",可见,三个阶段说已为学界所接受。

针对跨异质文明语境下的文学变异,笔者于2005年提出了比较文学的变异学研究。"变异学"是中国学派最核心、最重要的理论基础和方法论,是中国学者所独创的,并具有世界性普世意义的比较文学学科理论。变异研究立足于比较文学学科领域的现状、文学发展的历史实践及比较文学学科理论的拓展,阐述了变异学理论的基本特

---

① 曹顺庆:《比较文学学科理论发展的三个阶段》,《中国比较文学》,2001年第3期。

征。① 变异学重新规范了影响研究的研究对象和范围，以古今中外的文学横向交流所带来的文学变异实践为支持，并与当今比较文学跨文明研究中所强调的异质性的研究思维紧密结合。紧扣跨越性、文学性与异质性等特点，变异学可能的研究范围可以从以下四个方面来看：

语言层面变异学。主要指文学现象学穿越语言的界限，通过翻译而在目的语环境中得到接受的过程，也就是翻译学或者译介学研究。但与已有的译介学理论不同的是，变异学视野中的译介学从语词翻译研究转向语词变异本身，也就是将文学的变异现象作为首要的研究对象。

民族国家形象变异学研究，又可称为形象学。从已有的形象学研究成果来看，其目的主要是研究一国文学及其他文化材料中表现出来的他国形象，这种他国形象往往是人们对他国的一种"社会集体想象物"，因此其中的变异和偏离是不可避免的。相比较以往变异学对实证方法的强调，比较文学中的形象学更重视形象产生的变异的过程，并从文化与文学的深层次模式入手，分析其规律性所在。

文学文本变异学研究。比较文学研究的基点是文学性和文本本身，所以文学文本之间产生的可能的变异也将成为比较文学研究的范畴。它首先包括有实际交往的文学文本之间产生的文学接受的研究领域。从变异学和文学关系学的角度来看，文学接受学不同于文学关系研究，主要在于后者是实证性的，而前者还涉及接受中无法实证的心理学和美学因素。其次，文学文本变异学还包括那些平行研究范畴内的主题学和文类学的研究。变异学范畴中的主题学和文类学研究侧重挖掘不同文明之间主题和文类的变异，在发现类同的同时更重视其中的相异之处。

文化变异学研究。文学在不同文化体系中，必然要面对不同文化模式的问题，而文学因文化模子的不同而产生变异也是不可避免的。其中以文化过滤现象最为突出。文化过滤是指文学交流和对话中，接受方因为自己本身文化背景和传统而有意无意地对传播方文学信息进行选择、改造、删改和过滤的现象。同时，文化过滤带来了文学的误读，即文化模式的不同造成文学现象在跨越文化圈时造成一种独特的文化过滤背景下的文学误读。文化过滤与文学误读的关系，它们如何发生，以及造成变异的内在规律等，这都是文化变异学需要探讨的问题。

相比较以往比较文学的各种学说，变异学的优势主要表现在：一方面注意到文学横向交流比较中出现的文学变异现象，而且译介学、文学过滤和文学误读、形象学以

---

① 曹顺庆：《比较文学学》，四川：四川大学出版社，2005年；曹顺庆、李卫涛：《比较文学学科中的文学变异学研究》，载《复旦学报》，2006年第1期；曹顺庆：《比较文学教程》，北京：高等教育出版社，2006年。

及主题学等这类无法用实证性研究方法概括的研究领域都可以在变异学中得到圆满的解释;另一方面,坚持凸现不同文明圈中的文学与文化的异质性,这不仅有助于破除各种"某种文明中心论",建立多样化的文化生态,而且以展现"异"而不是"同"为研究目标,更契合目前各学科发展的"后现代"趋势。此前比较文学侧重在不同文化与文明中寻找共同规律,以促进世界各文明圈的对话与交流,加深相互理解以增进文学的发展,而变异学进一步明确了比较文学学科跨越性的基本特征,并聚焦于不同文化交流过程中出现的变异现象,这不仅有助于发现人类文化的互补性,而且为找到通往真理的不同途径提供了可能。变异学的研究对象跨越了中西文化体系界限,在方法上则是比较文学和文化批评的结合,这也体现了比较文学在坚持自身学科特色的前提下,试图融合文化研究的理论成果的努力。不过,作为比较文学一个新的研究领域,变异学仍需在实践的检验下进一步发展完善。从其目前的理论建构来看,变异学最大的特色是思维方式的转变。在运用于具体的文本研究时,变异学对于有过明确影响的文本间的研究可能更为适合。

综观近三十年比较文学中国学派的发展历程,它在继承传统的同时也开拓了新的问题与新的领域。为何文学研究或者比较文学研究在这个文化交流与文化冲突并存的世界上还需要继续发展,乐黛云教授的说法或许能给我们很大启示。她于2001年在《文艺报》上发表了《多元文化发展中的两种危险》,提出要警惕文化发展中的"文化部落主义"与"文化霸权主义"。而要"要削弱以至消解文化孤立主义和文化霸权主义,最根本的关键可能就是普通人们之间的宽容、沟通和理解。"对此,文学研究可以作出自己的贡献——"文学理论的未来很可能是建构在以上所述异质文化之间文学互识、互证、互补的过程中。这样的文学理论将对人类不同文化的沟通作出重要贡献。"[①] 乐先生的评述代表比较文学中国学派从最初所关心的中国内部学科建设问题,发展到了关注如何以其特色加入到全球化的文化交流中去。建立在跨学科与跨文明基础上的比较文学学科理论,将有益于促进多元文化的发展,并对人类文明生态的持续发展起到重要的作用。

---

① 乐黛云:《多元文化发展中的两种危险》,《文艺报》,2001年8月28日。

二

总体文学、世界文学与比较文学的理论和方法

总体文学和比较文学的学科发展前景

[法] 巴柔（D.-H. Pageaux）

（巴黎第三大学）

我简要点评一下今年春天得到的使我们今天齐聚一堂的本次年会议题大纲，以此作为这篇发言的引言。

对我来说，大纲中所提出的十五个议题是一个非常成功的平衡典范，即两组议题间的平衡。第一组议题，我称之为比较文学传统领域；另一组并非新议题，而是一些创新的主张。在第一组比较文学传统领域中，我注意到有诗学问题、翻译问题、形象学、旅行、世界文学（议题2、4、10、14）以及不同文学、文化之间的对话研究（议题3、6、13）。就是说这一组的七个主题没有给像我这样的西方比较学者带来任何意外：我识得那是一种符合规则的比较文学，我处于自己熟悉的领域。

第二组的另外七个议题，在我看来是一些革新、一些新视点，它们构成了新的研究视角，比如人类学（议题7和8），新主题（文学与宗教、生态学，议题9、11）；还有三个议题（5、12、15）侧重与最广义的中国文化接受相关的问题，我认为它们属于"内部"比较研究的议题。这一类研究在法国和欧洲并非无人知晓，但也在相当程度上被遗忘和冷落了。

最后谈谈面向21世纪的议题：《学科建设与理论构建》。我的发言正属于这一议题。这里提出的是一种双重关注，我将尽量顾及。我喜欢"建设"（construction）这个词，它令人想起一个富有活力的进程。怎样建设？这个问题似乎是议题大纲最核心的问题，也是我发言的核心。在我的回答中，我将侧重谈谈某些文学批评概念的创新功能，这些概念促使学术思考在新的基础上再次推进。但在此之前，我认为有必要先介绍一下新理论视角，其中涵盖我对文学的思考，我以这种方式回答一个众所周知的问题：什么是文学？

关于可被认作是总体思考的理论框架，我将有意化繁就简。很长一段时间里，在跨学科研究（比较文学是交叉文学）的空泛理想指引下，文学理论的来源是一些可应用于普遍意义之文学的理论，诸如形式主义、结构主义、符号学等，这些理论的数量非常有限。我们也许到了思考这样一个问题的时候了：比较文学研究者即便不能形成一种理论，至少也应该提出一些具有理论意义的要素，它们首先要对自己的学科有价值，其次也有助于对文学的总体思考。

我简要介绍的这些要素来自一个比较文学传统研究领域——形象学，同时也得益于一个比较研究概念的挖掘——多重系统（polysystème）。这一概念从生产、传承及引进角度把文学看作是一个各种不同体裁的等级体系；但同时也从其他视角审视文学，如：原生文学（primaire ou innovante）对次生文学（secondaire），高雅文学（conventionnelle haute）对低俗文学（basse），中心（centre）对边缘（périphérique）等等。

然而在我看来，这种研究方法把历史学和美学问题混在一起，而且完全不考虑想象层面，对于研建完整的文学研究方法是一个令人遗憾的缺失。所以我们应当进一步细化多重系统的框架，并更加清晰地在三个层面提出问题：第一，"文学场"（champ littéraire）问题，这一概念借自于皮埃尔·布迪厄学派（l'Ecole de Pierre Bourdieu），由此连带的一个非常准确的理念是：文学也是（而且首先是）社会文化空间内的一个实际存在的"机构"（institution）。除了文学社会学家外，人们大都忘记了这一点。第二个层次为文学体系问题，或者说是文学体裁与形式的分级问题。在这个层次我们能够观察到范式的存在。范式（modèles）是比较文学中非常重要的概念，这里交织着关于接受和现在所说的"经典"（canon）的研究。最后，在第三个层次上，引用巴西评论家安托尼奥·康迪多（Antônio Cândido）在试图表述文学被接受和传播的方式时所用的优美词句：文学被看作是一个"象征体系"（système symbolique）。

所以，除了文学场和文学体系，还有意象空间。意象，从历史和文化的定义看，始终具有社会性，在这里是作为素材（相对于形式）呈现的。它把我们对文学的思考导向文学的象征功能（la fonction symbolique），或者说是象征调停作用（médiation symbolique）。它是文学或者一切创作活动所特有的功能：创造与被称为真实世界不同的差异值，创造与某一特定文化和时代背景下建立起来的表达和表征程序不同的独特性。任何创作都为我们提供信息并促使我们成长。这决非什么唯心主义视角。文学作品让我们审视自己的此时此刻，但又跟政治和伦理道德（意识形态）强制我们所做的方式不同。文学作品使我们可以拥有世界，当然是以象征的方式。被创造的作品是向人生敞开的大门，另一种人生，与"现实"平行延伸的人生。

象征调停的理念使我们可以把第三个层次的问题，即意象问题与第一个层次的社会问题连接起来，并认可社会意象（imaginaire social）这一提法，它对社会文化语境是有影响的，但同时可以制止研究者把意识形态和意象混淆起来。文学或艺术作品在某一特定社会文化场中打开并建立一个特有的空间；它也在形式与体裁目录内部刻写上一种形式（有时甚至与其相反），在某种特定的诗学和文化时刻介入体裁等级系统；最后，文学艺术作品建立的是另一个意义与交际层次，属于象征层次。这里我们可以采用哲学家恩特斯·卡西尔（Ernst Cassirer）的理论，他把人看成一种具有象征意识的动物，是人创造了一个赋予经验世界以意义的意义世界。因此，这种意义既不属于抽象世界，也不属于经验世界，它由象征所创造，象征解放了人类。

我不知道这一范式的构建是否可以争取理论尊严：这个问题完全是次要的。"范式"（modèle）（不同于"理论"和"系统"）的构建是一种旨在更好地提出问题的运作"框架"。在我看来，范式的研建是典型的理论思想的任务，但它既属于人文科学，同样也属于文学研究。我们可以举皮埃尔-布吕奈尔（Pierre Brunel）的三条"法则"（lois）作为理论范式研建的例子。他认为这三条法则（显露法则，柔韧法则，辐射法则 loi d'émergence, de flexibilité et d'irradiation）定义了比较文学研究方法；另外还有他的神话研究范式。从比较文学研究的发展看，范式应该能表述比较文学特有的问题，并且为文学思考提供一种总体框架。

正是基于这一点我提出了文学事实研究三个大的阶段，对应三个层面，我把这三个层面区分为：文学史，文学批评，文学理论。这也是比较文学的第一本论文集《赫尔库尔的木柴》（*Le Bûcher d'Hercule* 1996 年 Champion 出版社）的副标题。我再补充一点，安托瓦-贡帕农（Antoine Compagnon）在法兰西学院任课的第一讲（《文学有何用？》*La littérature pour quoi faire*? 2007 年 Fayard 出版社）中说，要给自己的教学赋予三重方向："历史的，批评的，理论的"。这是一个足够宽广的框架，同时也具有足够的限定性，旨在达到文学事实的核心层面，又避免陷入社会学的过度包罗万象或形式主义的偏见；同时还可以开启人们对理论的思索。

一个并非全新但是经过革新的比较文学研究开始在我们的视线下形成。之所以说是经过革新的比较研究，原因有许多，其中有一些需要长篇的介绍。我在这里讲的有以下几点：1. 它把差别现象（le fait différentiel）作为思考的中心，而不是仅仅致力于比较；2. 它吸纳了被人文学科（历史学、社会学、文化人类学、美学）丰富了的总体文学的诸多问题；3. 它关注新领域及新内容与新概念（例如"多重系统"polysystème）之间的平衡，以便能够换一种方式来思考文学事实；4. 它把理论思考放在文学事实的全景（社会的、美学的、想象的）视角里进行。

现在让我们来考察一下概念（notion）作为批评及理论思考的复兴条件的作用。比较文学研究的领地一直经历着即使不规律却也是持续不断的演变。但是我们还是应该区分一下演变（évolution）与革新（renouvellement），新产品（nouveauté）与更新换代（renouveau）的差别。新领域的出现（比如后殖民主义、后现代主义、多元文化主义）不一定意味着革新。要使火车的速度更快，性能更好，不是要增加新车厢，而是要改善机车，即它的首要原动力。我们应当做的，不是增加新论题，而是要创造新的研究视角，提出新的拷问方式。

当一个新的拷问方式取代一个不再反映我们要研究的文化或文学事实的原有论题时，真正的革新才能出现。从影响（influence）的概念过渡到"接受"（réception）的概念代表了一个真正的革新。同样，从"来源"（sources）的概念过渡到互文性（intertextualité）的概念也是一个革新。大家将会明白，我们用于判断可能出现革新的根据是比较学者建立起来的研究策略、研究方法以及概念工具。

我刚刚提到的互文性概念，最初是在朱莉亚-克里斯蒂娃（Julia Kristeva）的《符号学》（*Semeiotikéle*，Seuil 出版社，1969）一书中出现的，她受到了米哈伊尔-巴赫金（Mikhaïl Bakhtine）的《对话理论》（*Dialogisme*）和《复调小说理论》（*Polyphonie*）的启发。互文性印证了建立在文学和文化之间对话之上的真正的比较文学原理：一切文本的构筑都是对其他文本的吸收（absorption）和改造（transformation）。互文性这一概念使我们得以从单独的一个文本或一部作品出发来进行比较文学研究，用杰拉尔-热奈特（Gérard Genette）的术语（见《隐迹稿本》*Palimpsestes*，le Seuil 出版社，1982）来说，就是研究一个超文本（hypertexte）和一个或几个原文本（hypotextes）之间的关系，建立起对一个文本的"差别"阅读。但是，一个"外来"（étranger）文本写入另一个文本里的方式并不局限于超文本和原文本的游戏。阅读外来文本对写作会有极大的影响。对于比较学者来说，一切互文性问题都会转变为文化间问题，即各种文学之间、各种文化之间的对话问题。

另外还有一个概念开辟了新的研究视角，革新了比较文学的拷问方式，这就是域外性（extraterritorialité）。这个概念来自乔治-斯坦纳（George Steiner）的《疆界之外》（*Extraterritorial*，1971）。斯坦纳举一些作家为例，比如移居美国的俄国作家纳博科夫，或者选择法语写作的爱尔兰作家贝克特，他阐明了一个给比较文学带来真正新生的概念，研究的是文化差异以及各文化之间的关系或对话。域外性引导我们探索作家本身内在的界外维度。两种文化之间边界线的这种移动是一种"内部比较研究"（comparatisme intérieur）的体现。我们将在后面再讲到这个层面。

域外作家的界外体验被称为双语制、流放，更多是出于自愿而非强迫的流放，或用肯尼斯·怀特在《外处辞格》（*La figure du dehors*，Plon，1978）一书中的提法，是"内心流放"（exil intérieur）（这一强调十分重要），是"流浪"（nomadisme）。双重的文化归属使得这些作家都成了真正意义上的流离的人（personnes dé-placées）、失所的人

(dépaysées)——一如托多罗夫(T.Todorov)在其《失所人》①(*L'Homme dépaysé*, Le Seuil, 1996年)一书中使用这个词的意义。爱德华·赛义德(Edward Saïd)会说 out of place, 一种类似乌托邦的无处所境地(non-lieu), 我们也可以以此来界定比较文学。

第三个例子:汉学家弗朗索瓦·于连(François Julien)先生以满腹才情阐释过的"迂回"(détour)概念。例如在他最早的一篇题为《迂回与接近:意义策略在中国和希腊》(*Le détour et l'accès: Stratégies du sens en Chine, en Grèce*, Biblio Poche, 1995年)的论文中对古希腊和古中国进行了对照。这种对照一方面是为了更好地让西方了解中国,同时也是为了重归我们自己的文化、哲学和认识论基石。他提出的问题很有意义:采用间接的方式谈论事物能得到什么益处?任何一个比较学者都可以针对自己的研究提出这个问题。对于连来说,"迂回"到中国使我们得以"从某个外处出发"拷问自己。这一策略可以重复使用进而成为比较研究方法的一个依据。但是人们在外域文化的阐发上下的工夫往往比接下来自然要做的比较研究本身多得多。为促进交流我想引用在中国哲学和艺术中都占有核心地位的"虚"(vide-médian)这一概念,诗人和小说家程抱一先生在其小说《天一言》,其关于绘画的评论或者其关于美的第五个沉思(*Cinq méditations sur la Beauté*, Albin Michel, 2006:145)中都对此概念进行过阐释。必须从使世间万物生生不息的"气"(souffle)出发,这种"气"把世间万物连接成一个巨大的行进着的生命网,被称之为"道"(voie)。

我还可以列出一些对法语文学(或者对一些人来说是后殖民文学)的诗学研究有用的其他概念。例如,借鉴于拉丁美洲背景和诗人及批评家奥克塔维奥·帕斯(Octvio Paz)的"奠基"文学(littéature de «fondation»)概念。这一概念用来定义某一类文本,这类文本具有介入时代潮流,开创时空描写新手法,修正档案填补空白,可以成为寻求集体身份的参照等特性。还有一些向其他思考领域借鉴来的概念。由爱德华·霍尔在《隐藏的维度》(*The hidden dimension, La dimension cachée*, Points, Seuil)一书中提出的"空间关系学"(proximité)这一概念,借鉴的是动物继而人类对空间的占据模式;由费尔南·布劳岱尔(Fernand Braudel)和新历史学家提出的"物质文明"(civilisation matérielle)概念让我们可以把文学看成是某一特定时刻文化状态的见证,并且把文学文本当作人种学文本来解读;与此一致的还有爱德华·赛义德提出的"地理的想象"(imagination géographique)这一概念。此外还有哲学家德勒兹(Deleuze)与加塔利(Guattari)提出的"块茎思维"(rhizome),后被爱多尔德·格列森特(Glissant)引申为两类身份的对立:根类身份(西方和欧洲类型)和块茎类身份或多元身份;还

---

① 这里取汉语"所"字的两重意思:1.住所;2.所依赖、所熟悉、所参照的。——译者注

有同样由德勒兹和加塔利提出的"小调文学"（littérature mineure）以及民俗音乐学者费尔南多·奥尔蒂斯（Fernando Ortiz）在形容文化间对话时采用的"文化杂交"（métissage culturel）和"跨文化"（transculturation）概念。

我认为，很重要的一点是要避免文学上的任何一种本质主义研究角度（我曾将之称为贴标签和分门别类）。同时也要避免文本的工具化倾向，避免把文本当作进行证实或阐释各种立场及意识形态问题的空间。然而我们必须承认，这正是各种 cultural studies 所遵循的套路。我们应该建立一种赋予文学以充分诗学维度的批评关系。这当然并不意味着应该忘记文学文本是受着意识形态影响的。但尽管如此，文学文本还是不能被简单地等同为说教宣讲的言辞。应当把文学文本当作意识形态与某种意象逻辑之间张力的表达空间来阅读。

当然，发明新概念并非我们这个学科更新的唯一标准。与人文科学的相遇，尤其是与历史学和人类学相遇，就像我曾多次有机会在研讨会论文中阐明的那样，给纯文学研究带来了实质性的扩展：长时段（longue durée）的导入、地理历史学、考量空间成为新诗学的根基，与身体有关的一系列论题、文化习俗等等…但是我的这篇发言仅限于考察"新"概念从一种文化向另一种文化的转移或适应问题。以下几个问题值得思考：我们使用的概念是否是中性的？我们是否应该把它们看成具有几近科学意义上的中性和客观性？一个概念是否可以不加任何条件或保留地从构想它的文化语境过渡到另一种文化语境？

关于我们所使用的概念（les notions）（我不是在谈论哲学概念 concepts philosophiques），首先要排除两个不可能采用的立场。第一，把概念等同于柏拉图式的理念，在意识形态的天空中自由驰骋；第二，将这些概念通通种族化（对某一特定文化有益的事物不可能对另一种文化同样有益）。另外还要撇开（不是遗忘）相当重大的翻译或对等问题，因为改编的各种可能性属于类比研究。我们唯一关注的是一个文化语境的概念是如何过到另一文化语境的。让我们先提出一个简单的区分作为假设：如果概念反映的是思维机制、思考程序，是某种可能的方法，那么概念就可以转移，可以重复使用；但如果概念是一组相关问题隐蔽的主题化形式，那么它就是不可转移和不可重复使用的。

我们意识到概念的使用问题与不变量（les invariants）的使用问题是一样的。艾田伯（Etiemble）于 1957 年就提出了不变量的设想，他认为"人"就是一个不变量。然而，列维-斯特劳斯（Lévi-Strauss）的结构人类学告诉我们，只有在涉及到结构、元素间的关系（他说到"关系包"paquets de relation）、机制或配置、以及程序（比如：反向对称 symétrie inversée）时，我们才能够谈论不变量。因此，我们可以得出以下的结论：**可能**从一个文化语境**进入**到另一个文化语境的概念就相当于一个结构性的不变量，因为这个概念的功能将如同一种分析和思维机制。

让我们明确一下概念应当符合的标准：1）抽象度；2）方法论新贡献；3）重复使用的多种可能性；4）由概念引起的研究场的转变。让我们再强调一次：只是**可能进入**（passer），因为我们不可能规避对进入及接受模式的检验。没有评估就没有接受，因为借用物总是会使借用者产生各种疑问。我们都看到了，这就意味着不仅仅要使用概念，而且还要掌控它们真正创新的维度。

最后我们来考察一组与空间相关的概念。比较研究的思考把空间分为三节相互连接的部分：1）当地的、地区的或者内部的；2）民族的、国别的；3）世界的，超国家的，国际的，甚至是普世的。我将快速评论一下这些概念，从而得出一个"内部"比较研究的理念，表达对有关"超国家"和"普世"概念的保留意见，最后以较多笔墨谈谈"民族文学"的理念。我用自己的方式重新梳理了一下此次研讨会的议程提出的研究过程，从当地的或者说是内部文学（第10、12点）到关于所谓"世界"文学的思考（第14点）。

"内部比较研究"（comparatisme intérieur）这个术语第一次使用是在1956年波尔多首届法国比较文学大会上，是由巴希勒·曼迪亚诺（Basil Munteano）提出的。为了印证这个提法，他谈及拉辛或高乃依如何被浪漫主义作家"阐释和歪曲"了，还有用普罗旺斯语写作的普罗旺斯作家密斯特拉（Mistral）在法国文学中的地位。如此他描划出一些至少在法国尚没有被很好开发的新的研究途径。但在那些多语言或者多文化的国家（比如印度，或者拥有4种发展不平衡语言的西班牙），可以发展一种"内部"比较研究，研究某些特别的文学形式（通常是诗歌或者戏剧），特有的文化传统，地区的文学类型或套路（stéréotypes）。正如从本次研讨会议程可以得出的结论一样，一切有利于比较文学研究多样化的议题都可以研究。

在这种前景下，作为建议，我想提请各位注意有一个研究层次很有意义，这个层次从地理学上看显而易见，同时从意象，甚至意识形态角度看，也是很重要的。这就是"大洲（continent）"的理念，大洲文学。这个理念引发的是一些相同的观点及一系列紧密的联系，它既是一些政治事实，同时也是一个统一体幻象，例如非洲或美洲次大陆（拉丁美洲）。

我不想在普世这个概念上停留太久，而且，按照弗朗索瓦·于连最新的一部著作（《论普世性、同一性、文化间的共同性及对话》*De l'universel, de l'uniforme, du commun et du dialogue entre les cultures*, Fayard, 2008）的说法，这个概念在汉语中是很难理解和翻译的。谈到一个文本、一部作品的普世性，就是赋予或者承认其具有绝对参照的价值、具有经典的维度。在西方思想中，本土性和普世性是由葡萄牙作家米盖尔·托尔加（Miguel Torga）联系在一起的。这位作家不仅深深扎根于葡萄牙，而且还面向世界思想，他曾说过一句著名的公式："普世，就是没有围墙的本土。"

普世文学有着崇高的目标。然而它让我想到了克洛德·列维－斯特劳斯（Claude Lévi-Strauss）在《种族与历史》（*Race et histoire*）最后提到的世界文明。"世界文明"这个概念对他来说就像是一个"空洞的形式"，并启发了他如下的思考："世界文明不可能是别的东西，只能是保留了各自特性的文化在世界范围的联盟（coalition）。"

真正的世界性、普世性意味着多样性并不排除特殊性。这与我们在"文明"发展方面所看到的正好相反，我要说的是生活方式（way of life）。如果说我会对文学被赋予的普世性提出一些怀疑，但是我认为普世性的哲学、道德概念则在比较学者的工作中占有充分的席位。历史上，普世性或许掩盖了一些霸权主义的行为：欧洲可能为了一些非常偏袒的目的过分使用了这一概念，并且因使用一个如此美好的理想而心安理得。因此，我们可以认为爱德华·赛义德同时研究两种"现象"的课题完全是正当的（《文化与帝国主义》*Culture et impérialisme*，Fayard，2000：93）："（……）理想主义历史观滋养了关于"世界文学"的比较研究设想，以及同一时期实际的帝国主义世界地图。"

但另一方面，在学术思考中，对于普世性的向往也确实是合理的，有根据的。在比较文学研究领域当中，我将其视为消除一些大家太熟悉的危险和避免受到一些太常出现的诱惑的首选途径。这些危险和诱惑有特殊群体归属感，对本位主义的崇拜，学术上帮派主义，将差异种族化、彻底化，苛求种族的纯真性等，这样的做法或者信仰不仅切断了文化间的团结互助关系，而且否定了各文化中一切向往普世性的可能性。

现在，仍然还是在世界文学或是普世文学的论题里，我们来谈谈一个比较文学研究特有的变相论题："超国家"（supranationale）研究。比较学者在拓宽选例和加强语料多样化时，确确实实很乐意超于疆界之上（supra）。但是这种提升和综述努力得到另一种思维运动的补充，即："间"、中间地的思维，这种思维大多数情况下还需要剥离和建设。比较文学研究位于"超"（supra）与"间"（l'inter）的相交处。trans 这个前缀（transnational 跨国家的，transculturel 跨文化的）倒是较好地阐释了这种努力，其致力研究的目标虽然不是综述概览，但至少是初始形式及所察原始资料如何发生了改变（changement）、变形（métamorphose）、直至跨转（trans-formation）。比较学者研究的文学变成了一种"跨文学"（translittérature）。

对研究超国家着迷的原因在于，很多人对所谓"民族"文学或者更准确地说，是对总体而言的文化或文学民族主义持有戒心。在我看来，也许是时候回归于几个简单的立场，从而避免思维混乱了。如若"民族文学"褒扬或首肯的是任意某种形式的

"老子天下第一"(这曾经是某些法国评论家面对本国文学时的态度),或者是某种知识自给自足的理想(认为一国文学可以独立存在,应当仅仅致力于培育发扬本民族传统);如若民族文学试图巩固一些不成立的对称(fausses symétries),将文学、国家、民族、语言笼统等同于一个唯一的主要的实体,那么显然无论是比较文学研究者还是其他任何学者都无法接受类似的提议。然而,民族文学是一种事实,一个有时候很复杂的整体,可供我们去研究去讨论。如果认为文化形势正朝着所谓民族事实逐渐消失的方向演变,那么不应忘记民族范畴,对于欧洲文学、西方文学,也包括对其他所谓新兴文学来说,曾经在很长一段时期内是一种事实,脱离了这一事实,很难明晓它们的发展,它们的选择,甚至是它们的无知或有选择的遗漏。

我们要谈"民族文学",探寻这个概念,以及它的不足或自相矛盾之处。同时我们要清楚,"内部"比较文学可以带来一些重要的细微差别,但民族文学是建立一切大洲文学或民族间(inter-nationale)文学的基础。我们尤其应当把民族文学当作一切文学研究(首先是比较文学)的出发点。下面对这一立场作几点解释和说明。

如果说,就像此次研讨会所展示的那样,构成某种西方学者也熟悉的共同研讨提纲的议题是存在的(远游、形象、主题、诗学、接受、等等…),然而并非只有"一种"比较文学。有多少个国家,多少个文化,就有多少种赖以生长的比较文学。而且,这种生长通常是在文学的"民族"教育及所谓民族文学教育基础上实现的。因此,每个国家应当以自己的文化、教学和学术传统为**出发点**,至少在开始一段时间,发展本国的比较文学,以此作为本国教育体系的延伸和对本国文化背景下所教授和研习的文学的补充。

这项提议会产生值得我们深思的后果。世界文明只有是所有保留各自特性的文化的联合体才是可接受的(这里我再次引用列维-斯特劳斯的话);同样,国际级的比较文学理应是囊括所有各国保留各自民族特色的比较文学的一个集合。这就意味着应当把国际研讨会的议题思路颠倒一下,以便使每个比较文学国际会议的举办国家能够让与会者详细了解该国对比较文学的理解,所进行的特别研究项目,以及他们在"比较文学"这一名称覆盖下所探索的特殊问题。也许这才是比较文学的真正国际维度,也许这是我们学科一个可能的未来:让比较文学研究者有权建构并表述自己特有的学科。

在一篇题为"阅读与沉思"("Lecture et contemplation")(*Sombras de obras / Ombres d'oeuvre*《作品的影子下》[①])的文章中,墨西哥诗人奥克塔维奥·帕斯(Octavio

---

① 胡桑译:《在你清晰的影子下》。

Paz）提及中国僧侣发现了佛教之后为了求取经书经文步行至印度的故事，他们在帝国边陲之地——敦煌千佛洞歇脚后，从那里又长途跋涉到印度恒河平原以研读抄写经文。多年后他们"满载着真经与真知"而归。奥克塔维奥·帕斯总结说："行路和翻译是类同的活动，都需要尽毕生之力。翻译院校就是一所行者与探索者的学校"。我补充一句：这些无名僧侣就是一些最特别最有成效的比较学者，他们去国外学习以充实自己的民族传统。

比较文学的思考与研究需要的是创新，是革新，而不是断裂。它应置于一个传统之内。可能我们已经不太清楚这个词的内涵，我来给出一个定义，这是由音乐方面最伟大的革新者伊戈尔·斯特拉文斯基（Igor Stravinski）提出的，古巴小说家阿莱霍·卡彭铁（Alejo Carpentier）引用这个定义作为其论文《古巴音乐》（*La musique à Cuba*，1950年）的题铭："真正的传统并非是对已完结的过去的印证，而是一股给时代提供信息并使其充满生气的鲜活力量"。

（北京语言大学　王海燕　译）

比较的世界文学:中国与美国

[美] 大卫·达姆罗什(David Damrosch)

(美国哈佛大学)

如今世界文学常被认为是一种全球性的现象,有时甚至被看作是一个逐渐成型的"世界体系"在文化上的一种表现。更为宽泛地说,世界文学可被视为:自从书写被发明以来,世界上各个时期的文学之汇总。然而,关于这个世界的任何看法都是来自某一个地方的观点,因而在实际情况下,世界文学在不同的地方就有着非常不同的经历。我们接触到的世界文学其实是可为我们使用的所有材料:学校里规定使用的、书店里出售的、早报上评论的、国家学术期刊上分析的各种作品。在这篇论文里,我想探讨世界文学在民族文化与学术制度环境中的形成,主要以美国和中国为参照,当然也会涉及印度与越南两国。我要提出的观点是:美国与亚洲的状况表现出可以相辅相成的可能性和局限性,有相当大的空间可以相互借鉴彼此的研究方法。

我先从美国的状况谈起。虽然我们与比较文学袭来依旧的欧洲中心主义局限性日渐调和,但是,美国的比较文学研究者们尚未全面考虑到我们的文化和制度所产生的影响,这既是一种限制性的因素,同时也是通向机遇的竞技场。当我们试图在美国校园里开拓出一种全球性的文学视野时,尤为重要的是我们的立足点问题。对于目前我们的校园里所讲授的、美国比较文学学会会议上所讨论的、美国的期刊和文选中所分析的世界文学,其参数是由什么样的民族与文化前提决定的?简而言之,我们对于世界文学的观点有多少美国特色?应该具备多少美国特色?对此我的观点是:笼罩着关于欧洲中心主义的辩论实际上在很大程度上是一种未得到人们认识的美国中心主义,这是美国比较文学界一个既遭打压又被广为流传的特点,虽然美国文学本身在美国比较文学研究中是被大大地忽略的。

我们的美国立场相对来说不可见,这本身就是一种美国特色。很久以来,美国许多机构里的文学研究所具有的美国特征就是把美国文学置于从属地位。美国文学很少能享有独立院系所具有的自决权和显要地位,在大多数院校里只能寄身于英文系的名下。在那里,美国文学被贬到次等地位,英国文学占据了更多的教席,虽然通常美国研究者们都能招到更多的学生（有时多到不能承受）。这种不正常的情况总是令国外来访者瞠目：就好像在中国的大学里没有中国文学系，而只有亚洲文学系一样，中国文学专家在数量上竟然会少于梵文和朝鲜语文学专家那样。

在英文系，美国研究专家们长期以来遭到压制，不能做出强有力的表现。在20世纪他们在美国研究领域内逐渐找到了一系列其他的研究途径，经常在与历史学家或社会学家们的联合中让自己的研究得到展现，而不是跟英国文学专业的教授们合作。比较文学系却很少参加这些研究活动。我们的许多项目都成型于上世纪50年代，由那些从欧洲流散至此的学者做成。这些离开故地的欧洲人欣慰地看到他们落脚的大学并不以本国文学与文化教程为荣。其中一个很好的例子就是雷纳·韦勒克（René Wellek）的视角。他是耶鲁大学比较文学系的创始人，20世纪50、60年代比较文学学科论辩中的重量级人物。在1960年的一篇题为《比较文学的危机》的论文中，韦勒克显然是把美国当作研究者的出发点，而非作为研究聚焦点的一种文化。这里可以提供一方隔离的空间，比较文学研究者们可以在此避开所处的民族纠葛。他在文章里对欧洲比较文学研究中充斥的强烈的民族主义倾向提出了严厉的批评，认为这是一种法国至上的学术观点。法国总是把自己的影响推向海外，或者创造性地改造来自国外的影响。这种半遮半掩的民族主义在比较文学界由来已久，颇不光彩。一个生动的例子就是法国比较文学的开创者之一斐拉莱特·尤菲蒙·切斯勒（Philarete Euphemon Chasles）早年做的一个讲演，那是1835年一月他为自己在巴黎开设的新课程"外国文学比较"所做的介绍。他的讲座从塞万提斯、莎士比亚这两个人物讲起，说他们在世时并没有得到本国同胞的青睐。他宣称他的课程将研究这些伟大的人物在其本国之外的影响——主要是在法国的影响。他告诉学生们，这个着眼点只是为了反映这么个事实，即"法国是所有国家中最敏感的国度"，可以吸纳所有国家的巨大进步。切斯勒沉迷在自己祖国的魅力之中，开始说起了充满爱欲的梦话：

> 她是一个不眠不休的国度，所有的影响都使她震动，那些最疯狂、最高贵的影响让她心跳、兴奋。这个国度喜欢引诱和被引诱，喜欢接收和传输震撼，为她的迷恋而激动，把她接受的情感发散出去……她是中心，是敏感的中心；她指引文明的方向，与其说是向那些与她接触的人们敞开胸怀，不如说是以一种令人眩晕的、充满感染力的激情迎将上去。法国之于欧洲，就像欧洲之于世界；一切都在她这里回响，一切都在她这里终结。[①]

如此等等。切斯勒的法国虽然如此善于接受，她却小心地把守着自己的边界：只要她

[①] Philarete Euphemon Chasles, "Foreign Literature Compared", pp. 21—22.

高兴,她可以随时随地狂奔上去,但对于她的那些异国恋人,绿卡算不得什么可用的卡。

当今的学者们恐怕不会这么大胆而亢奋地宣扬自己民族传统的美妙之处,但是斐拉莱特·切斯勒有一个正宗的传人,就是帕斯卡尔·卡萨诺瓦(Pascale Casanova)。在她 1999 年的著作《世界文学共和国》(The World Republic of Letters)里,她大张旗鼓地宣称:几百年来国际文学的运转中心当属巴黎,是她的"世界文学共和国"从文艺复兴到二战期间当仁不让的首都。

> 雷纳·韦勒克不要这种民族主义。在他的论文《比较文学的危机》中,他声称:我们依然可以做爱国者,甚至民族主义者,不过借记系统就会停止发挥作用。关于文化扩张的幻想也许消失,而通过文学途径实现世界和解的幻想也会同时消失。在美国这边,与大洋彼岸的整个欧洲隔海相望,我们可能很容易产生某种隔膜感,虽然我们必须付出连根拔起和精神放逐的代价。①

在论文中,韦勒克的确顺便提到了华盛顿·欧文,把他作为普希金的一个故事的可能来源,但是除此之外,他对所提到的美国作家都持否定态度:他批评了美国文学的民族主义历史,说美国"自鸣得意地宣称陀思妥耶夫斯基是坡、甚至霍桑的追随者。"值得庆幸的是,韦勒克说,这样的文化沙文主义在美国相对来说比较罕见,"之所以如此,部分是因为美国文学没多少可吹嘘的"(289)。他的这篇论文主要关注法国、德国、意大利以及英伦三岛的文学,对这些国家的作家指名道姓论及的有三十次之多,此外还有两位俄罗斯作家,三位古希腊作家。

同样在 1960 年,维尔纳·弗利德里契(Werner Friederich)也写了一篇文章,其主题是比较研究的政治学。这篇文章源自威斯康辛大学召开的一次关于世界文学教学的会议。弗利德里契从瑞士流散至美,是《比较文学与总体文学年鉴》(Yearbook of Comparative and General Literature)的创刊者。他批评美国的世界文学课程重点强调的就是那么几个欧洲强国的文学:

> 虽然用这样一个冒昧的称谓有轻狂浅薄和拉帮结派之嫌,一流的大学是不能容忍的。用这个称谓真是太不讲公共关系,会冒犯人类一半以上的人口……有的时候,我一时性起,觉得应该把我们的这些课程叫做"北约文学"——然而即使这么叫也显得过分,因为十五个北约国家中,我们通常研究的国家所占比例也还不到四分之一强。②

---

① René Wellek, "The Crisis of Comparative Literature" (1960). Repr. in Concepts of Criticis, pp.282-95, p.295m, ed. Stephen G. Nichols, Jr. New Haven: Yale University Press, 1963.
② Werner Friederich, "On the Integrity of Our Planning". In Haskell Block, ed., The Teaching of World Literature, pp.9-22, pp.14-15, Chapel Hill: University of North Carolina Press, 1960.

这个时期的比较研究内容之有限对亚洲的学者来说更为明显。几年之后，在弗利德里契的《比较文学与总体文学年鉴》里撰写篇章的日本比较文学专家平川祐弘(Sukehiro Hirakawa)使用了一个更为尖锐的军事—政治类比来推进平行批评：

> 毋庸置疑，库尔修(Curtius)、奥尔巴赫(Auerbach)和韦勒克这样的大学者写下了他们的传世之作，为的是克服民族主义。可是对我这圈外人来说，西方比较文学的学术研究似乎又是民族主义的一种新的表现形式——西方民族主义，如果我可以用这个名称的话。对我们来说，这里就是一个欧美人专属的俱乐部，某种"大西欧共荣圈"。①

维尔纳·弗利德里契批评了业内对西欧文学"强国"的过度重视，他强调有必要把研究推向非西方国家的文学；同时，他的文章与韦勒克的文章颇有相似之处，即：都对美国文学几乎不置一词。

近来的学术界出现了变化的迹象，美国的世界文学研究不再如长期以来那样把美国自己排除在外。比如我们可以在佳亚特里·斯皮瓦克(Gayatri Spivak)近期的著作《一门学科的死亡》(Death of a Discipline)里一窥端倪——应该说，这本书开始成型于加州大学厄湾分校2000年韦勒克图书馆讲座。斯皮瓦克在书中分析了约瑟夫·康拉德、弗吉尼亚·伍尔芙、马哈斯维塔·德维(Mahasweta Devi)和塔伊布·萨利赫(Tayyib Salih)的作品，同时还探讨了托尼·莫里森(Toni Morrison)，格特鲁德·斯泰因(Gertrude Stein)，和威·爱·布·杜波依斯(W.E.B. Du Bois)这些人。而且，她在前言里颇为嘲讽地提及了美国的世界文学新文选的开发模式：

> 从2000年5月的讲座到2002年5月最后定稿，美国的比较文学这个学科发生了一个突变。出版集团们认识到发行世界翻译文学选集很有市场。学界人士拿着大笔预付款，忙着把这些翻译文学拼凑成书。通常情况下，比如说，整个中国文学也就由两三章《红楼梦》和几页诗歌做个代表。身在美国的文选总主编委托所在国的一位学者撰写注释和导言。这个市场是国际性的，中国台湾或尼日利亚的学生通过美国组织翻译的英译本来学习这些世界文学。如此制度化的全球教育市场需要教师，那么比较文学的研究生课程大概就可以为之培训这些师资了。因此，你正在看的这本书跟时代脱节，甚至比2000年5月韦勒克图书馆讲座的内容还出格。对于我所呼吁建立"一种新的比较文学"

---

① Sukehiro Hirakawa, "Japanese Culture, Accommodation to Modern Times". *Yearbook of Comparative and General Literature* 28, pp.46–50, p.47, (1979).

的紧迫性,我不作丝毫改变。我希望这本书被人当作一门濒危学科的最后一丝气息来阅读。①

从这个角度来说,世界文学正在飞速变成美国集团资本主义的一个产物,一项英译本出口贸易,对世界文学文化提供了一个肤浅的视角。对斯皮瓦克来说,整个学科最终几近成了美式多元文化主义的演习——她在书中对这种"多元文化"时尚自始至终予以批判。

情况可能没有斯皮瓦克这里所说的那么悲惨,因为至少据我所知,美国文选还未在中国台湾或尼日利亚上市。这并非是因为美国出版商们惮于到处卖书,而是因为世界翻译版权昂贵得令人望而却步,因此出版商们只取得了这些文选的北美版权。不过,对美国读者来说,这些美国文选对世界文学提供了鲜明的美国视角,这一点毋庸置疑。它们大多是由美国的编辑们编选而成,根据美国和加拿大两国课堂教学之用而裁定内容,因此文集中的作品基本上是按照美、加两国可能使用这些书的人的愿望来选取的。

不管我们这个学科如何奄奄一息,别忘了斯皮瓦克说的只是美国的比较文学,至少在刚才引用的这段话的开始是这样的;到了结尾,就如这本书的其他部分一样,似乎发生了某种不知不觉的滑动或者说扩展,作者仿佛说的是整个比较文学界。然而比较文学从来都不只是美国独有;全球有数十个比较文学协会,单单中国就开设了六十个比较文学专业。法国比较文学学者狄迪尔·考斯特(Didier Coste)为这本《一门学科的死亡》写过一篇书评,他为斯皮瓦克这位拥护"星球化"(planetarity)的学者在学科讨论中表现得如此坚决的美国中心化而惊讶。考斯特在文章中就斯皮瓦克"总是围绕着美国高校"的忠诚做了评论,认为她应该看取法国等地比较文学研究的不同状况,以取得"一种不那么近视的、偏离历史的视角"。②

似乎立足美国的比较文学学者们身处两难境地:在学科建设方面以美国为中心,而在文学方面却常常逃离美国,忽视本国的情况。

要想认真对待这个问题,我们必须从立足的地方开始。解决这种两难处境的对策最好是通过内在的和外在的行动双管齐下。我们需要做更多的努力,来把我们的比较文学研究与我们生活中的文学文化联系起来,同时我们需要拓宽学科疆域,对全世界比较文学研究的多样性有更充分的认识。这两种行动不仅不会互相排斥,而且开始迅速齐头并进,只要我们真的去留意国外比较文学界的情况。

在这里我想说说亚洲的世界文学研究。在亚洲,比较文学的发展是在体制内进

---

① Gayatri Chakravorty Spivak, *Death of a Discipline*, p.xii, New York: Columbia University Press, 2003.
② Didier Coste, "Votum Mortis". Published in the online journal *Fabula* at www.fabula.org/revue/cr/449.php

行的；与美国的情况相比，这里对本国文学传统要重视的多。先拿印度做个例证，印度的一流高校一般都会有几个院系专门研究印度语言文学，包括一个梵文系，一个北印度语系，还有一个院系研究这所大学所在地区占主导地位的那种语言。比较文学在印度是与这些国别文学院系一起共生发展的，甚至扩展到了对欧洲、美洲和东亚文学和理论的研究。

在《贾达普比较文学学报》(Jadavpur Journal of Comparative Literature)的目录中可以看到这种共生的实质，该学报由印度首屈一指的比较文学系出版。例如，第28期(1989—1990)，其中有八篇文章写的是"文化相对主义与文学价值"。这八篇中有五篇明确围绕一种或多种印度文学进行论述，有时也与印度之外的作品相联系。典型的文章标题如：加斯比尔·杰恩(Jasbir Jain)的《文化相对主义与视角：奈保尔，乔杜里和福斯特》，C.T.英德拉(C.T.Indra)的《文化相对主义与坦米尔小说》，古博哈加特·西恩(Gurbhagat Singh)的《寻找一个公分母：西方结构主义与印度语韵》。这份学报的核心内容并非只以印度为中心，其中有一篇尼日利亚作家加布埃尔·奥卡拉(Gabriel Okara)的一篇文章：《一门非洲语言向非洲文学的进化》，还有一些宏观论文探讨东方主义和文化他性。

十五年后，第41期(2003—2004)表现出相对较多的印度特色。其中有两篇例外：一篇是关于海明威与沃尔科特(Walcott)的比较研究，还有一篇狄迪尔·考斯特(Didier Coste)的文章，关于美国的全球比较文学研究。这一期里其他十篇文章都有着非常明显的（而且常常是排外的）印度特色，开篇是阿米亚·戴夫(Amiya Dev)的《在一种与多种之间：印度文学再思考》，其后的文章主要是讨论古吉拉特语、坎拿达语、孟加拉语、欧利亚语、阿萨姆语等作品。这一期最后一篇文章是《多元文化主义：强加的与天然的》，作者斯万潘·玛居姆达(Swapan Majumdar)讨论了海外文化研究的兴起，呼吁要继续强调印度文学。有意思的是，玛居姆达假设"比较文学在法国、德国、意大利、东欧斯拉夫语系国家和美国……都绝对听命于他们本国文学内在的必然性。"[①]美国竟然也名列其中，有点让人出乎意料，因为其实是一系列制度的、文化政治因素，而不是文学内在的必然性使得美国文学在美国比较文学研究中经常受到忽略。一般来说，大多数国家比较文学的发展通常都是与他们本国文学传统进行直接对话。

中国也有类似的情况，周小仪和童庆生写有一篇涉猎颇广的论文《比较文学在中国》，发表在2000年加拿大的电子期刊《比较文学与文化》上。在这篇论文里，周、童两位教授提出，整个20世纪，从胡适早期的比较文学著作，尤其是上世纪20年代

---

① Swapan Majumdar, "Multiculturalism: Forced and Natural, A Comparative Literary Overview". *Jadavpur Journal of Comparative Literature* 41, pp.139—44, p.140, (2003—04).

清华大学建立比较文学专业以来,中国的比较文学总是与本国需求和民族偏好密切相连。他们指出,在20世纪开始的几十年里,中国比较文学都是在中国与印度、俄罗斯和欧洲这三个文化基地之间的文化碰撞中进行的……值得注意的是,在中国比较文学中有关中印文学以及中俄文学的部分中,学术研究多是凝聚在中国文学与文化如何受到了印度或者俄罗斯的启示和影响。与此不同的是,关于中国文学与欧洲文学的碰撞所做的批评研究大都集中在中国对欧洲的影响,尤其是对英语文学的影响。[①]

周、童两位作者还说,近年来,中国比较文学的研究重点放在了比较诗学以及西方文论对中国文学作品的解读。他们的结论是:"因此,中国比较文学作为一种批评实践可以被认为是中国在20世纪追求现代性的一个产物。"

这种以民族特色为主导的比较文学研究充分体现在《中国比较文学》这份期刊里。以最近的一期为例,开篇是关于美国比较文学的最新发展,随后的文章是关于汉语翻译的话题(涉及钱钟书的翻译实践论,《管锥编》的英译,多丽斯·莱辛的汉译)。然后是一个专栏"海外汉学研究",包括东南亚华文文学,张爱玲作品分析,莱纳·玛丽亚·里尔克在中国的接受。有一篇文章探讨英国浪漫主义诗歌,不过其他文章都是关于中国文学在海外或者外国文学在中国。

《贾达普比较文学学报》和《中国比较文学》这两份杂志,与美国的《比较文学》和《今日世界文学》这样的期刊两相比较,可以看出它们在本国与外国内容的比例分配上几乎完全相反。《今日世界文学》始创于1927年,原名《海外书丛》。最近比较典型的一期上登载有诗歌、论文,还有对来自阿尔及利亚、加泰隆尼亚、以色列、葡萄牙和黎巴嫩新锐作家的访谈,但是对于美国作家,不管是定居国内的还是旅居国外的,却丝毫没有论及。

这个简要的调查表明,由于世界文学在全世界范围内形成于截然不同的地方,因此对世界文学进行比较研究很有意义。这可以帮助各个地方的学者直接考虑他们的民族传统和他们对较大领域内的世界文学进行研究之间,是共生关系,还是霸权关系;是异乎寻常的亲近,还是异乎寻常的脱节。对于各种可能性有更多的认识,可以让学者们不至于在对全球文学关系进行阐释时无意间陷入民族主义方式,比如在帕斯卡尔·卡萨诺瓦那本本应是视野广泛的《世界文学共和国》中却表现出那么鲜明的法国中心主义。也许有朝一日《贾达普比较文学学报》和《中国比较文学》这样的期刊中只有三分之一的文章,而不是大多数的文章,会集中讨论一位印度或者中国作家的海

---

① From the electronic journal *Comparative Literature and Culture* 2:4 (2000); http://clcwebjournal.lib.purdue.edu/clcweb00-4/zhou&tong00.html. Repr. in *Comparative Literature and Comparative Cultural Studies*, ed. Steven Tötösy de Zepetnek, pp.268-83, West Lafayette: Purdue U.P., 2003.

外影响,或者是国外作家在中国或印度的接受。

与此相反的是,美国作家似乎处在这个断续面的远端。很久以来,我们已经接受了一定程度的拔根感和内心放逐,这对教导过我们或我们的老师的那些流散者来说相当符合逻辑,却对如今我们这个领域越来越没有意义,即使是对那些并非在美国出生的学者来说也是如此。令人感到鼓舞的是,美国文学与比较文学研究渐渐出现了和解迹象,例证是宋蕙慈(Wai Chee Dimock)与劳伦斯·布依尔(Lawrence Buell)编著的论文集《全球的投影:作为世界文学的美国文学》(*Shades of the Planet: American Literature as World Literature*, Princeton, 2007)。不过,问题是,这两位主编分别来自哈佛与耶鲁的英文系,而非比较文学系。他们和书中其他作者逐渐发现:采取一种全面的比较方法和全球视角对美国研究大有裨益。这么一来,更多的比较文学系需要接受这种相反的现实,那就是:只要一种生机勃勃的比较研究与其本国传统及世界传统实现了创造性共生,就能达到最大的繁荣。

有一个例子可以说明这两个国家比较文学研究的雷达屏幕上漏扫的一项内容,那就是现代越南文学的一部奠基之作,阮攸早期的代表作,名为《金云翘传》(*Truyen Kieu*)的诗体小说,大约出版于1810年。中美两国对这部小说都所知甚少,也许是因为中国没有把它翻成很好的中文译本,也许是因为它只被当成明朝小说《金云翘》的一个改编本,认为没必要作为重要著作来读。

然而阮攸对原著做了深刻的改编,写成了自己的叙事诗。他写作《金云翘传》用的不是越南汉字,而是喃字,一种源自汉字却独立于汉字的越南文字。而且他采用了本民族的诗体,来自于被称为"六八体"的口传诗歌。这是一种首行六个音节、次行八个音节的对偶式诗体。正如约翰·巴拉班(John Balaban)所说:

> 在汉字盛行的同时,越南学者们也致力于创造独立的越南文字,虽然他们全面接受了中国文体,尤其是唐朝的律诗……到了十九世纪这种诗体在越南达到了审美高度,著名诗人有身为妾妇的胡春香,她创造出双关诗句,充满了谐音暗喻。还有诗人创造了回文诗,正读是越南语,倒着一个字一个字读就成了汉文诗,正反读来可以在两种语言之间变换。①

译自中国小说的《金云翘传》理所当然可以被认为是大中华传统的一部分——然而阮攸大刀阔斧地改造了这个故事,使之用来表现他自己和他的本国文化。在他笔下,

---

① John Balaban, "Vietnamese Literature". *Encyclopaedia Britannica Online*, http://www.britannica.com/Ebchecked/topic/628557/Vietnamese-literature.

这个故事反映的是越南人为了从中国的统治下赢得独立而作的长期斗争，还有一个新现实，那就是在他那个时代法国带来的与日俱增的影响。在阮攸开始写这首叙事诗之前不久，法国人为推翻黎朝提供了支持。阮攸在前朝做过官，他并不情愿地开始为新政权阮朝服务，明确表示对旧朝的忠诚无助于救国家于动乱之中。

在改编金云翘故事时，阮攸不仅把这部中国白话小说译成了越南诗体，而且还把他自己的经历融入了女主人公的故事之中，以金云翘的传奇遭遇来寓意他自己的政治浮沉。金云翘为了替家人还赌债而卖身青楼，经历了一系列的恩怨情仇，最终得以与她的初恋长相厮守——她选择了佛家的堪破态度，与他同住，却让他娶了她的妹妹，从而使自己摆脱了生育之累、尘世牵扰。

在反法殖民统治时期，《金云翘传》被人从喃字译成由法语转化来的新的拉丁文字——国语字。许多越南知识分子赞成这种新文字，认为这有助于大众学习知识，从而扩大政治斗争规模，来对抗引入这种拉丁文字的外国殖民者。20世纪，越南激进主义诗人们把阮攸尊为文学奠基者，他是为越南独立而战的光辉典范。这一点可以从越南作家协会的创始人陈文元（Che Lan Vien）写于20世纪中期的一首诗里看得很清楚：

思阮攸

生逢乱世，尘沙扑面，薄暮冥冥，
你怆然四顾，不见何方有知己。
你的哀愁连系着天下苍生的命运：
金云翘为你代言，澄澈了你的生命。

君王更替——你的诗作却永世流传。
你激扬起文字的洪波，创立了不朽功勋。
你在时间的下龙湾钉下桩柱：
我们的语言与月亮永放光芒。

塔姆在一口黑井里养她的虾虎鱼——
学者们无视这个典故，你却赞赏玩味。
听听读者的心声：《翘传》里的一句诗行
就如那井里冒出的一滴血。

生活的风雨成就了你——你就是那颗珍珠。
啊，一颗珍珠可以让整个世界失色。

你穿过一道窄门走进了那个时代：
你把清人的铁蹄挡在了门外。

何必借用异国风景？我们的国土上
流淌着的不仅仅是钱塘江，还有很多蜿蜒的江河。
为什么要分裂你的自我？阮攸，素如，清轩①：
金云翘的泪水把这三者融而为一。

百年之后，我们还需怀想阮攸吗？
在悲悼我们的暗夜时，我们会为他的暗夜伤痛。
我们听从君王们征战的号角，然而我们不能忘记
金云翘走过的路边如霜的蒹葭。②

虽然陈文元温和地批评了阮攸借用了异国的故事，他还是生动地描绘了阮攸"在下龙湾钉下桩柱"——回顾早期越南抗战人士的斗争策略，在下龙湾的河道里钉下桩柱，以阻挡中国战船入侵越南。

阮攸的这部代表作是个奇特的范例，它是一部外国作品在翻译与文化上的归化，如今它又被流散到海外的越南人改写到法语小说中去。越南裔美国电影制片人和文化评论家郑明河（Trinh T. Minh-ha）最近还把它制作成了电影《爱的故事》（*A Tale of Love*, 1996），片中金云翘化身为移民，在当代美国沦落风尘。《金云翘传》如今的影响波及越南、法国和美国的艺术工作者，然而在越南文学专家圈之外的学者却知之甚少。它应该引起当今中美两国比较文学学者们的更多的关注。

对不同国家走向世界文学的路径进行比较研究，可以帮助我们所有人更好地探究世界文学传统，我们可以看到各自的学术团体高估了、低估了，或者是错过了哪些研究内容。如果我们能够更密切地关注世界文学在世界的不同地方形成的不同方式，以一种全球的视角来看待我们的学术研究和我们所研究的文学，那么世界上很多地方的世界文学研究将会获益良多。

（北京语言大学　朱红梅　译）
（清华大学　王　宁　校）

---

① 阮攸的笔名。
② Che Lan Vien, "Thoughts on Kieu". In David Damrosch et al., ed., *The Longman Anthology of World Literature*, volume E, p.200, New York: Pearson Longman, 2d ed. 2009.

"世界文学"的历史语境与比较文学学科理论

方汉文

（苏州大学比较文学研究中心）

歌德与马克思所提出的"世界文学"概念近年来面临着新的考验，国内外学术界关于这一概念议论纷纷，西方学者包括中国人熟悉的赛义德（Edward W. Said）、福山（Francis Fukuyama）与美国比较文学学者瓦尔特·柯亨（Walter Cohn）等人都认为，歌德与马克思的"世界文学"是一种西方殖民主义观念，所以他们希望用后殖民主义理论来重新阐释这一概念；国内"世界文学"的争论也有其原因，由于高等院校"比较文学与世界文学"学科建立，关于"比较文学"与"世界文学"学科界限与内容等方面存在不同看法，所以中国学者也在重新探讨"世界文学"的具体含义、世界文学与比较文学之间的关系等。

无论国内国外对于这一概念的讨论有什么不同的目标，而考察并界定"世界文学"这一概念产生的历史语境，阐释其意指都是相当必要的。

一、关于"世界文学"概念的争论

"世界文学"这个概念是欧洲学者提出的，根据西方比较文学学者们的看法，它的历史根源可以追溯到柏拉图等人的《理想国》中，其中提出了建立超越民族、政权等界限的世界统一体的"理想"王国。其实这也是西方文明中一种重要思想，某些方面近似于中国的"天下大同"的理想，重要的是建立了一种对全人类不同文明与社会的联系及同一性进行研究的观念，这些思想观念以后被西方的一些思想家所继承与发扬，发展为多个研究领域里的"世界主义"观念，主要有克罗齐、德·桑克蒂斯、威廉姆·冯·洪堡、赫尔德和黑格尔等人，这些学者各自思想体系不同，但他们共同提出了"世界历史"的观念，与他们的思想直接相关的，也是影响最大的当数歌德与马克思的"世界文学"观念。

马克思关于世界文学方面的论述主要分为两个大的层次,第一是他的著作中大量征引世界文学名著,涉及到西方文学史上的大量杰出作家作品。马克思熟悉并热爱这些伟大作家,显示了他超越民族文学界限的广阔视域。第二则是他关于"世界文学"这一概念的论述,其中流行最广的是《共产党宣言》(1848年)中的那段名言:

> 资产阶级,由于开拓了世界市场,使一切国家的生产和消费都成为世界性的了。使反动派大为惋惜的是,资产阶级还是挖掉了工业脚下的民族基础。古老的民族工业被消灭了,并且每天还都在被消灭。它们被新工业排挤掉了,新的工业的建立已经成为一切文明民族的生命攸关的问题;这些工业所加工的,已经不是本地的原料,而是来自极其遥远的地区的原料;它们的产品不仅供本国消费,而且同时供世界各地消费。旧的、靠本国产品来满足的需要,被新的、要靠极其遥远的国家和地带的产品来满足的需要所代替了。过去那种地方的和民族的自给自足和闭关自守状态,被各民族的种方面的互相往来和各方面的互相依赖所代替了。物质的生产是如此,精神的生产也是如此。各民族的精神产品成了公共的财产。民族的片面性和局限性日益成为不可能,于是由许多种民族的和地方的文学形成了一种世界的文学。①

对于歌德与马克思一个多世纪前提出的"世界文学"概念,近年来被西方学者在后殖民主义理论背景下进行多种评论。

赛义德将歌德"世界文学"仍然看成是欧洲中心主义的一种产物,他是这样评价的:"歌德(Goethe, Johann Wolfgang von)的世界文学的思想———种在'伟大的书'和全部世界文学之间模糊的综合物观念——对于20世纪初的专业比较文学家来说是很重要的。但是,尽管如此,像我所说过的那样,就文学与文化的实际意义与意识形态而论,欧洲还是起了领路的作用并且是兴趣的所在。"同时他还认为:

> 世界文学在20世纪获得新生。一个关于世界文学的建设性的观念与殖民地理学理论家们的理论恰恰相符。在哈尔弗德·麦金德(Mackinder, Halford)、乔治·齐索姆、乔治·哈代(Hardy, Georges)、勒若伊-布留(Leroy-Beaulier)和鲁西安·费弗雷(Fevre, Lucien)的作品中,出现了对世界体系的坦诚得多的评价,也同样是以宗主国为中心的和帝国主义的。但是,现在不是单单提到历史。…我们需要认识到,当代的全球背景——重叠的领土、交织的历史——

---

① 《马克思恩格斯选集》第1卷,北京:人民出版社,1995年,第276页。

已经存在于对比较文学的先驱们来说非常重要的地理、文化和历史的巧合与汇合中。这样,我们才能以一种新的、有活力的方式把握住提出"世界文学"的比较文学的观点的历史理想主义。①

赛义德也从另一个相关角度——东方学——联系到马克思,与以上看法大致相同,批评马克思关于东方的理论受到歌德影响,而歌德的东方其实是"东方化了的东方",未能摆脱殖民主义的视域。

以笔者之见,赛义德关于"世界文学"的讨论有一个重要背景——"东方化的东方"即西方对于东方的殖民主义——这是与他"东方学"的总体学术背景相联系的,所以他对于歌德马克思的错误评价的根源也在于此。首先,他对于歌德的批评中完全不顾及歌德东方研究的真实内容与意义,如果说在《东方学》(1978年)一书还提到了歌德的"东方文学"背景,那么在《文化与帝国主义》(1993年)中讨论歌德的"世界文学"时,就已经有意回避歌德东方诗歌的创作,不提歌德关于中国文学、阿拉伯文学等其他东方民族文学的研究,企图将歌德放到欧洲中心论者的行列中,将歌德的"世界文学"与其他西方文化人类学、比较文学等的学者一起看成是后殖民主义的。其次,对于马克思的批评就相差更远了,"刘郎已恨蓬山远,犹隔蓬山一万重。"在讨论马克思的"世界文学"时,第一,他抽去了马克思"世界文学"观念的理论基础——19世纪资本主义经济的全球扩展与殖民主义——这一最重要的历史语境。第二,他还有意抹杀马克思东方研究的价值,将马克思的学说也看成是黑格尔式的西方中心论与德国19世纪的"世界历史"等"定型化的标签"。

最后要提到的是美国康奈尔大学比较文学教授瓦尔特·柯亨关于比较文学与世界文学关系的看法,他认为:

> 比较文学假定存在着一种既可以被称为文学并且至少有两个民族实际比较为基础的实践。这是一种对于差异性和特征——由表面的散漫与政治的实体的组合——并且同时表现为一种建立或是重建更大的意义单位的部分努力。这个任务如何完成?这个时期的一种答案——在我看来,它是正确的——这是马克思与恩格斯《共产党宣言》中提出的:"资产阶级,由于开拓了世界市场,使一切国家的生产和消费都成为世界性的了。……物质的生产是如此,精神的生产也是如此。各民族的精神产品成了公共的财产。民族的片面性和局限性日益成为不可能,于是由许多种民族的和地方的文学形成一种世界的文学。"正

---

① [美]爱德华·W. 萨义德:《文化与帝国主义》,李琨译,北京:三联书店,2003年,第63—64页。

像他们其他许多著作一样,这个宣言也有预测的性质,140 年后这一切都成为现实。但是它同样引导了 19 世纪后期才显露出来的比较文学的新理论,到那一时期中,实证论、民族主义、科学主义与达尔文进化论占据了统治地位。……全球范围的文学理论化的状况并没有建立起一个全球的共同体反而生了全球性的帝国。……当然,这并不意味着,任何反映出受到最初是马克思恩格斯所提出的基本关于世界文学的著作都必然产生这样的结论。①

柯亨这里与赛义德大同小异,都有意将马克思"世界文学"的历史语境解释成 19 世纪黑格尔的"世界历史"理论及其时代,并与全球化时代的所谓"文化帝国主义""全球性的帝国主义"等联系起来。近年来,英美学者继续关注这一课题,相当多的比较文学与世界文学的论著中都涉及到此②。

那么,马克思"世界文学"的所指到底是什么?它是不是产生于一种黑格尔式的世界历史观念,它会不会代表一种欧洲中心主义,它是否真的是"文化帝国主义"的先驱?

有必要对马克思"世界文学"概念产生的历史语境、它的真实所指,以及我们应当如何理解"世界文学"作出进一步的阐释。

二、"世界历史"分畛:黑格尔与马克思

十八世纪后期,美国资产阶级革命与法国大革命引发了欧洲思想革命,以德国思想家为代表的"世界主义"就是其中一种重要思潮,赫尔德等人的历史哲学引起了世界的注意。赫尔德是康德的学生,他的名著《人类历史哲学的观念》(*Ideen zur Phlosophie der Geschichte der Menscheit*)被一些人看成是历史哲学的开山之作。赫尔德认为人类历史分为四个阶段:幼年、童年、成年与老年,这些阶段是从低级向高级的发展。时间与空间是统一的,经由了野蛮、远东古代文明、近东古代文明再到古希腊罗马文明的过程。

黑格尔在《法哲学原理》中,把世界历史划分为四个王国,第一个是东方王国,

---

① "The Concept of World Literature" in *Comparative Literature East and West: Traditions and Trends*, p.5, Edited by Cornelia N. Moore, Raymond A. Moody, University of Hawaii Press, 1989.
② 如近年出版的 *Debating World Literature* (Paperback), edited by Christopher Prendergast, Benedict R.O.G. Anderson, Verso, 2004 等著作中,都不同程度与这一问题相关。

包括中国、印度和波斯,第二个是希腊王国,第三个是罗马王国,第四个是日耳曼王国。对于东方王国,黑格尔认为是落后的,他是这样描述东方王国的:

> 这第一个王国是从家长制的自然整体中产生的、内部还没有分裂的、实体性的世界观,依照这种世界观,尘世政府就是神权政治,统治者也就是高级僧侣或上帝;国家制度和立法同时是宗教,而宗教和道德戒律,或更确切些说,习俗,也同时是国家法律和自然法。个别人格在这庄严的整体中毫无权利,没没无闻。外部自然界或者是直接的神物,或是神的饰物,而现实的历史则是诗篇。朝着风俗习惯、政府国家等不同方面发展起来的差别,不成为法律,而成为在简单习俗中笨重的、繁琐的、迷信的礼仪,成为个人权利的和任性统治的偶然事件,至于等级划分则成为自然凝固起来的世袭种姓。①

黑格尔把世界历史分为若干阶段,这些阶段与民族是互相关联的,不同阶段由不同的民族精神所代表,这样,世界历史就是不同民族精神互相替代的历史。

马克思从来也从未断言世界只有一个统一的社会政治模式。相反,马克思强调自己关于资本主义的理论只适用于西欧,而关于东方与世界,马克思有著名的亚细亚社会形态理论,其中心就是分析亚洲社会的独特历史规律。特别是马克思关于古代社会的一系列笔记中,从古代起对世界历史进行考察,主要就是强调各民族文明发展的特殊性会表现于社会经济形态之中,在对马·柯瓦列夫斯基《公社土地占有制》一书摘要中,马克思指出了东方社会中,由于继承权与欧洲不同,所以难以形成欧洲式封建社会。马克思写道:

> 根据印度的法律,统治权不得在诸子中分配;这样一来,欧洲封建主义的一个主要源泉便被堵塞了。②

在马克思看来,这种制度与欧洲封建主义并不相同,在某些方面则接近于罗马制度。马克思还进行过这样的比较:

> 由于在印度有"采邑制"、"**公职承包制**"(后者根本不是**封建主义的**,罗马就是证明)和荫庇制,所以柯瓦列夫斯基就认为这是西欧意义上的**封建主义**。**别的不说**,柯瓦列夫基忘记了**农奴制**,这种制度并不存在于印度,而且它是一个

---

① [德]黑格尔:《法哲学原理》,范扬、张企泰译,北京:商务印书馆,1961年,第357页。
② 中共中央马克思、恩格斯、列宁、斯大林著作编译局编译:《马克思古代社会史笔记》,北京:人民出版社,1996年,第68页。

基本因素。[至于说封建主（执行**监察官**任务的封建主）不仅对非自由家民，而且对自由农民的**个人保护作用**（见**帕尔格雷夫**著作），那么，这一点在印度，除了在教田方面，所起的作用是很小的]；[罗马—日耳曼封建主义所固有的**对土地的崇高颂歌**（Boden-Poesie）（见毛勒的著作），在印度正如在罗马一样少见。**土地**在印度的任何地方都不是**贵族性的**，就是说，土地并非不得出让给平民！] 不过柯瓦列夫斯基自己也看到了一个基本差别：在大莫卧尔帝国特别是在**民法**方面没有**世袭司法权**。①

土地所有制是东西方社会形态之间的一个重要差异，在封建社会中，欧洲特别是西欧所实行的土地制度是欧洲封建社会的基础，这是罗马帝国之后在欧洲土地所有制中所产生的实质性变化。这种制度的实行，使欧洲实现了真正的封建社会。这与东方国家是不同的，专制统治之下的印度，并没有这种彻底的封建化，同时，农民所受的保护与欧洲也是不同的。继承制度也是欧洲与印度的不同之处，诸子分封是欧洲所实行的制度，而印度法律中没有世袭司法权，这是印度法律的特点，印度社会形态不同于欧洲，并不把私有财产与名位的继承作为司法的主要内容之一，这就是东方社会经济所具有的独特之处。

马克思指出，即世界民族在世界性的社会分工中居于不同地位。东方民族由于是"未开化和半开化"的，所以必然以农业与手工业为主要分工，这种分工的最后结果是被资本主义生产方式所征服。这种社会分工的变化就是文明的前进。

马克思是以工业化生产体系来看待世界体系的，认为世界历史是从大工业开始的，这是工业化时代的世界历史观。在马克思看来，世界性的最根本的意义并不是海外探险，也不是东西方文明之间由于交通发现所引起的接触，而是大工业化与世界市场的形成。马克思曾经使用过一个词——"交往"，这个词原义包括生产关系等方面的因素。这个词以后被哈贝马斯等人所使用，马克思以后并不经常使用它。马克思使用较多的仍是生产，世界历史真正的形成是大工业生产所形成的世界市场，马克思称之为"历史完全转变为世界历史"。这就是说，黑格尔所说的世界历史并不是真正的世界历史，马克思认为，成为世界历史的关键是世界性的生产关系的建立，而不是精神观念。只有大工业与机器生产为代表的工业化，才把全世界联系在了一起，各民族的壁垒无不会被打破，不是被内部的力量所打破，就是被外来的侵略所打破，世界历史时代不会允许闭关锁国的古老帝国存在。

---

① 中共中央马克思、恩格斯、列宁、斯大林著作编译局编译：《马克思古代社会史笔记》，北京：人民出版社，1996年，第78页。

综上所述,马克思的世界文学观念产生于具体的历史语境中,这是与黑格尔等人的"世界历史"等不同的全球化语境,是工业文明时代的产物。

三、"世界文学"与比较文学的理论建构

理解了马克思"世界文学"概念的语境,才能判断它与比较文学学科之间的关系。

对于"世界文学"与比较文学学科关系,分为相互对立的两种主要看法。部分学者将两者看成是互相之间是既不能等同的,同时也不存在相容性。

勒内·韦勒克(René Wellek)在《文学理论》一书中认为:

> 然而,第三种概念避免了上述弊病:把"比较文学"与文学总体的研究等同起来,与"世界文学"或"总体文学"等同起来。这些等式同样也产生了一定的困难。"世界文学"这个名称是从歌德的"Weltliteratur"翻译过来的,似乎含有应该去研究从新西兰到冰岛的世界五大洲的文学这个意思,也许宏观得过分不必要。其实歌德并没有这样想。他用"世界文学"这个名称是期望有朝一日各国文学都将合而为一。这是一种要把各民族文学统一起来成为一个伟大综合体的理想,而每个民族都将在这样一个全球性的大合奏中演奏自己的声部。但是,歌德自己也看到,这是一个非常遥远的理想,没有任何一个民族愿意放弃其个性。今天,我们可能离这样一个合并的状态更加遥远了;并且,事实可以证明,我们甚至不会认真地希望各个民族文学之间的差异消失。"世界文学"往往有第三种意思。它可指文豪巨匠的伟大宝库,如荷马、但丁、塞万提斯、莎士比亚以及歌德,他们誉满全球,经久不衰。这样,"世界文学"就变成了"杰作"的同义词,变成了一种文学作品选,这种文选在评论上和教学上都是合适的,但却很难满足要了了解世界文学全部历史和变化的学者的要求,他们如果要了解整个山脉,当然就不能仅仅局限于那些高大的山峰。①

韦勒克对于歌德原意的理解并非完全一致,歌德的世界文学并不是要求"各国文学合一",歌德本人说得极清楚,只是强调要跳出民族文学的界限,理解世界其他民族文学。其次,歌德更没有要求任何一个民族"放弃其个性"。故此,韦勒克批评将"世界文学"与比较文学的等同也就成为无的放矢了。

---

① [美]勒内·韦勒克、奥斯汀·沃伦:《文学理论》,刘象愚、邢培明、陈圣生、李哲明译,南京:江苏教育出版社、凤凰传媒出版集团,2005年,第43—44页。

对世界文学，中国学者的接受过程不同于西方，却无碍于产生相同或是相近的结论。

最早出现于中国学术界的"世界文学"是前苏联学者所提出的，前苏联成立了普希金世界文学研究所等机构，出版了一批所谓"外国文学"与世界文学史教材和专著，从20世纪50年代起，世界文学与外国文学成为中国高等院校的课程，中国学术界的特点是，"外国文学"与"世界文学"两个概念之间没有根本的区别，基本上是不包括中国文学在内的其他各国文学，研究的重点集中于文学史与评论实践。同时，各国别文学如英国、法国、德国、日本等文学与不同语种相结合，构成了外国语言文学研究，这种研究多由本语种为主，设立在高等院校的外国语言文学系。其发展趋势是，直到20世纪80年代之前，"外国文学"仍是主要研究范围，来自上述各个领域的研究互相汇融。90年代之后，世界文学研究逐渐占据重要的地位。其主要内容分为两个大的部分即西方文学与东方文学，西方文学包括欧洲与美洲文学，东方文学则包括亚洲与非洲文学。20世纪90年代初期出版社的一部《世界文学史》中清楚地说明了这种研究的目标与内容：

> 在语言文学专业中开设"外国文学"课，研究世界文学史、世界名家名著是十分必要的。[①]

20世纪90年代后期，高等院校专业内容发生变化，"比较文学与世界文学"二级学科建立，围绕世界文学概念本身以及它与比较文学之间的关系发生了一系列的争论。相当多的学者反对将二者结合起来，认为世界文学不可能与比较文学相等同。反对的理由与韦勒克所见基本相同，认为世界文学只是对各国文学的概述，或是经典文学作品的介绍，同时不可能有全世界共同的、没有民族特色的文学，也有人强调比较文学是高层次的文学研究，具有独特性等，不一而足，兹不一一列举。

与以上看法相反的是另一种具有相当代表性的看法，即比较文学虽然不等于世界文学，但它们之间绝不是没有联系的，更不是对立的。笔者认为，世界文学与比较文学有无可分离的学科构成关系，这种构成关系又是基于它们的研究内容、研究方法与目标定位的互补性，世界文学与比较文学共同构成了一种完整的研究体系。

第一，世界文学与比较文学是将本民族文学与各国文学相结合的一种研究体系，它是破除民族文学封闭研究的学科手段。它有确定的研究范围，所谓"世界文学"就是各国文学的总和与汇集，其一，它既包括各国文学经典名著也包括不同民族文学的

---

① 陶德臻、马家骏：《世界文学史·绪论》，北京：高等教育出版社，1991年，第1页。

历史,这是基本的文献、资料与史实,是世界文学研究的基本构成,必不可缺。文学巨匠名著与普遍的文学史,各种作家的研究并不对立,名著与非名著、经典作家研究与普通作家研究相得益彰。其二,世界文学并不是要消除各民族文学,而恰恰是对民族文学特定历史属性的研究,民族文学只有处于世界文学的视域中,才可能见到其民族特性。可以说,如果没有世界文学研究,民族文学研究也就失去了价值与意义。

第二,比较文学是世界文学研究的认识理论、实践模式与方法论。比较文学以包括本国文学在内的世界各民族文学为研究内容,这是两者联系的前提。作为认识理论,比较文学打破单一民族思维方式,克服西方理性中心,通过民族文学同一性与差异性的研究,肯定民族文学特性,寻求世界文学共同规律性。马克思曾经谈到过比较研究的思维与认识论意义:"人们不应当再拿某种不以个人为转移的用作比较的根据即标准来衡量自己,而比较**应当**转变成他们的自我区分,即转变成他们个性的自由发展,而这种转变是通过他们把'固定观念'从头脑中挤出去的办法来实现的。"① 正是比较文学学科发展,才破除了西方文学自我中心观念,使不同民族的文学研究者可以互为主体。传统的外国文学研究认为,任何异己民族的文学研究者不可能超过本土文学的研究者,英国学者认为法国伏尔泰、狄德罗等人的莎士比亚研究不中绳墨,德国人则把歌德席勒说成是德意志精神的化身,对法国学者的研究价值大打折扣。在东方文学研究中则更是典型的西方中心主义,西方学者关于中国诗经、汉唐明清文学乃至鲁迅沈从文小说的论著可以成为中国大学的教科书,但中国学者从不敢奢望自己关于希腊史诗、弥尔顿诗歌、莎士比亚戏剧的论著进入美国与欧洲的大学讲堂,甚至大陆学者关于比较文学、关于中国文学的论著也不可能进入欧美学术界的视域。比较文学,应当是一种具有辩证思维的学科,学术面前人人平等,西方学者也应当认真阅读一下中国学者关于西方文学与文化的论著,特别是比较文学的论著,这种研究中的比较观念恰是西方学者所不可能具有的。

作为实践模式,比较文学通过历史影响与美学把握、跨学科与文化的界限的多种实践方式,丰富了传统的作家作品的板块研究结构。当然比较文学最大的贡献还是方法论,比较不再是类比与异同之辨,而是多元化的方法与对象的统一体,极大地推动了世界文学研究的前进。

第一,笔者认为,也不可忽略比较文学是世界文学的主要实践研究方式,它是通过两个以上民族与国家文学的比较与批评达到对于世界文学本质与规律理解的一种

---

① 马克思、恩格斯:《德意志意识形态》(1845—1846年),转引自陆梅林辑注《马克思恩格斯论文学与艺术》(一),北京:人民文学出版社,1982年,第159页。

研究实践。研究东方与西方各国文学的对象主体、文学客体、方学方法、文本义理、辞章叙事、考据阐释、文学史、诗学体系、译介等方面，通过共时的美学的与历史交流的多种方式，既研究共同与相通，也研究差异，有同有异的分析，建立关于世界文学特性的认识。

第四，"世界文学"与比较文学在学科内部形成定位互补，创造了新的共同研究目标，它是世界各国文学发展的基本的、共同的规律性与各自历史特性的体系性研究。西方文学与东方文学都是文学，都是以语言文字表达人类艺术想象的形式，各国文学之间的共性是无可否认的，荷马史诗与中国诗经之间所具有的共同艺术规律性使其不会混同于其他文体，弥尔顿与屈原、莎士比亚与汤显祖之间即使有最大的差异，人们也会将他们看成是文学家。如同将希罗多德与司马迁看成是历史学家一样。同样，各民族文学之间存在差异性，思维与逻辑、语言、民族心理与性格、文明积累而成的美学原则、文学传统都使各民族文学之间保持差异性，这就是世界文学的辩证关系。世界文学与比较文学学科体系性恰是基于这种辩证关系之基础，美国学者弗朗西斯·约斯特（Francois Jost）曾经说过：

> "世界文学"与"比较文学"并非是等同的概念。前者乃是后者的决定条件，它为研究者提供原料和资料，研究者则按评论和历史原则将其分类。因此，比较文学可以说是有机的世界文学，它是对作为整体看待的文学现象的历史性和评论性的清晰描述。[①]

这并不是要将比较文学与世界文学完全认同，而是强调二者之间相辅相成，互为补充的关系，使这一学科既可以有世界性的学术视域，跨越各民族文学的界限，同时又保持了学科的基本规范，立足于比较与批评，寻求不同文学的共同性质与规律。

世界文学这一概念本身不是以西方为中心的，更不是文化帝国主义的产物。难道承认文学有共同规律就是文化帝国主义，反之就不是文化帝国主义吗？西方文学家吉卜林等人并不认为世界文学各国文学有相同规律，相反认为"西方与东方永不相会"，而他们的创作却并不因此没有"文化帝国主义"的因素。个别作家或理论家的自我中心观念并不足以败坏世界文学的声誉，而只能从反面证明了世界文学研究的必要性。

最后要强调的是，世界文学与比较文学学科定位是当前比较文学发展的关键，如果脱离了世界文学，比较文学将会失去学科规范，也无法建立起学科理论体系。近年

---

① [美]弗朗西斯·约斯特：《比较文学导论》，廖鸿钧等译，长沙：湖南人民出版社，1988年，第22页。

来国内外关于比较文学"危机"与"衰落"的说法并不是危言耸听,笔者并不完全赞同苏姗·巴斯奈特、希勒斯·米勒等人所说的"比较文学"的危机与"语言危机",但是我们应当看到这一学科在全球化时代的真实处境。笔者认为,20世纪80年代以来,欧美国家中的比较文学教学研究确实处于停滞不前的地步,其主要原因正在于这门学科的发展缺乏理论建构,所谓法国学派、美国学派等都一直没有建立起严密的理论体系,没有比较文学的认识论、方法论、本体论与实践论的完整体系,并且长期停留于"雷马克定义"与韦勒克等学者的"比较文学危机论"的影响之下,所以虽然经过数十年的学科扩展,比较文学已经从西方进入了东方,已经成为世界性的大学科,跨越文化、民族与语言界限的文学比较已经十分普及,但如果不重视学科理论体系的建构,仍然会面临发展停顿的危机。

笔者一直认为,中国学者对于世界比较文学发展的贡献并不仅仅是将中国文学带入比较文学这一研究领域,也不仅仅是建立了东西方文学比较研究的模式,最重要的是中国学者提出了完整的比较文学学科理论体系的建构,这一理论不同于美国、法国与俄国的比较文学理论,中国比较文学中相当重要的理论基础就是马克思的世界历史观。笔者近年来在比较文学原理、比较文学史与比较文学批评实践三大领域里所建立的"新辩证论"就是一种理论体系建构的努力,其中的一个主要观点就是比较文学研究对象是什么,笔者认为:比较文学就是以世界文学的同一性与差异性为研究对象的学科,这一观念的提出,改变了法国与美国学者长期以来对比较文学对象范围界定过狭和过宽的弊病。中国比较文学理论的基础从历史来源而言,则正是马克思与歌德的世界文学观念。

比较文学学科建设与世界文学史重构

岳 峰

（江苏盐城师范学院）

20世纪90年代后期，随着高校"比较文学与世界文学"二级学科的建立，学界就围绕世界文学概念本身以及它与比较文学之间的关系发生了一系列的争论。与此同时，国内"重读经典与重构世界文学史"的呼声也日益高涨。那么如何看待比较文学与世界文学之间的关系，如何对传统世界文学史编写观念与范式进行反思？如何在比较文学语境下重构世界文学史？如何看待世界文学史是否应包含中国文学？如何避免在著述体例方面因循守旧？如何在"对话性文明"中构建世界文学史？本文重返中国20世纪以来近百年世界文学史编写的演进轨迹，将世界文学史的编写置于比较文学学科建设中予以考察，通过问题的历史化剥离出事实和真相，无疑会对编写高质量、高品位的世界文学史提供些许有益的帮助。

一、对世界文学史编写观念的质疑

重构世界文学史无法绕开的问题便是如何看待比较文学与世界文学之间的关系？国内对二者之间关系的争论由来已久，且成为历次中国比较文学年会以及中国比较文学教学年会上争论最为激烈的中心议题之一。相当多的学者反对将二者结合起来，认为世界文学不可能与比较文学等同。反对者认为世界文学仅是对各国文学的概述，或是对经典文学作品的传播，同时不可能有全世界共同的、没有民族特色的文学。韦勒克在《文学理论》就认为："把'比较文学'与文学总体的研究等同起来，与'世界文学'或'总体文学'等同起来。这些等式同样也产生了一定的困难。"[①]他进而还分析了二者不可能等同的前景："事实可以证明，我们甚至不会认真地希望各个

---

① [美]勒内·韦勒克、奥斯汀·沃伦：《文学理论》，刘象愚等译，南京：江苏教育出版社，2005年，第43页。

民族文学之间的差异消失。"①而另一种具有相当代表性且被更多学者接受的看法认为比较文学虽然不等于世界文学,但它们之间绝不是没有联系的,更不是对立的。"世界文学与比较文学存在不可分离的学科构成关系,这种构成关系是基于它们研究内容、研究方法与目标定位的互补性,全球化时代中,世界文学与比较文学共同构成了一种完整的研究体系。"②笔者更认同后者,作为破除民族文学封闭研究的学科手段,比较文学成为世界文学研究的认识理论、实践范式与方法论。从早先提出"世界文学"(Weltliteratur)概念的歌德到马克思、赛义德、詹姆逊等人,这些学者对"世界文学"的不同理解也恰好反映了"世界文学"概念的变化与发展。直至今天,大部分学者认同"世界文学"与比较文学在学科内部可以形成定位互补,创造新的共同研究目标,它是世界各国文学发展的基本的、共同的规律性与各自历史特性的体系性研究。

重构世界文学史必然应放在比较文学学科建设的语境之下,而更新世界文学史编写观念又是重构世界文学史的前提。世界文学史编写者总是随着时代变迁而改变其世界文学史观来著书立说的,学者们纷纷依照自己的世界观、文学观力图构建世界文学史框架体系。社会的急速变化、文化语境的不断碰撞使得学界对世界文学做出透彻阐释以追求某种亘古价值为标准的文学史的努力不断为时间所证伪。世界文学史的历史叙述,通常是以重大的政治事件作为重要标志或里程碑的,这一叙事方式本质上意味着政治与文学的等级关系或主从关系,由此而诞生的以阶级论为核心的历史阐述话语体系在一个相当长的历史时期内成为世界文学史编写传统。

从世界文学史编写的实践范式来看,与其说是内容、版本的不断更新,不如说是文学史观的不断更新。五四以来直至解放前较有影响的世界文学史或国别文学史主要包括《欧洲文学史》(周作人先生著、北京大学丛书1919年商务版)、《法国文学史》(王维克先生著、1924年泰东版)、《俄罗斯文学史大纲》(张传普先生著、1926年中华版)、《日本文学史》(谢六逸先生著、1927年开明版)、《文学大纲》(郑振铎先生著、1926年商务版)和《英国文学史纲》(金东古先生著、1937年商务版)。解放后的世界文学史更是如雨后春笋般涌现,诸多原因使得我们的世界文学史编写长期笼罩在"欧洲中心论"的阴影中,以欧洲中心主义文化观为价值取向,忽视东方文学的存在,一部世界文学史几乎成为一部欧洲文学史或西方文学史。当东方文学在世界文学教材中占一定分量时,我们会沾沾自喜。然而,当我们以比较文学角度返观这些东、西方文学兼备的文学史时,我们又惊讶地发现:这些文学史虽然增设了东方文学的篇幅,但没有增加东方的文化价值判断,仍"以西方文学观念去权衡与评判整个世界文学,

---

① [美]勒内·韦勒克、奥斯汀·沃伦:《文学理论》,刘象愚等译,南京:江苏教育出版社,2005年,第44页。
② 方汉文:《世界文学理论阐释与比较文学理论建构》,《东方丛刊》,2007年第3期,第207页。

缺乏多种文化的立体观照。"①这样的最终结果就是世界文学史停留在具体作家作品和断代文学范围内的研究上，封闭于一种文化体系内的作家作品的累积中，而难以将它上升到世界总体文学的高度，学界很难发掘世界文学整体系统中不同文化背景下的各国文学的独特价值与意义，在多元文化的参照系中确定它的特征与意义。

二、对世界文学史编写范式的质疑

当下的世界文学史的编写已经度过了开创期，正处于繁荣期，走向创新期。国内当下有五种常见的世界文学史编写范式：一是以杨周翰教授主编的《欧洲文学史》为代表，按纵向的历时观念，把众多的国别文学予以平行组合，大都倾向于思想性，忽视艺术性，以政治解读代替审美解读，国家意识形态对文学史的操控（manipulation），因而在编写内容上相对滞后。二是郑克鲁教授主编的《外国文学史》则开创了第二种编写范式为代表，该书与朱维之教授主编的《外国文学简编》、陈惇教授主编的《西方文学史》以及李赋宁教授主编的《欧洲文学史》风格较为接近，全书不因袭以前文学史的定论，对作家作品的分析多有新意，体现出从事世界文学教学的教师经多年教学、科研总结出来的心得、摸索出来的经验。但该版文学史依然把整个世界文学分欧美文学和亚非文学两大块，这种沿用传统的编写体例仍带有强烈的欧洲中心主义的烙印，"欧美文学"和"亚非文学"也几乎被当作互不关联、决然分裂的两种不同的文学，国别文学之间的横向联系甚少涉及，缺乏整体感和多角度观照的立体感。三是以曹顺庆教授的《世界文学发展比较史》为代表，该书强调以世界文学发展为基本线索，在纵向论述中对中外文学加以平行比较，并注重中外文学发展中横向的互相影响与交流，但在价值取向上，有意无意中仍以欧洲中心主义文化价值观为评价起点，以欧洲中心主义文学观念去权衡与评判整个世界文学史，难以为人们提供人类文学发展的整体构架，揭示世界总体文学发展的一般规律和基本走向。四是以张世君教授编写的《外国文学史》为代表，该书与陈建华教授的《插图本外国文学史》一脉相承，提倡在图像化时代，应当在跨学科平台整合外国文学史知识体系，充分利用电影改编、西方音乐歌剧、西方美术、西方历史文化以及中国文化视听资源。这本教材在实际教学中很受学生欢迎，带动了学生学习外国文学的热情，但在今天外国文学课时急剧减少的背景下，实际上这对学生提出了很高的要求，学生往往是在欣赏所谓视、听、读、写、做、编、演融为一体的视听外国文学史的同时牺牲了文本的阅读经验，笔者认为张世君教

---

① 蒋承勇：《外国文学史编写与观念更新》，《台州师专学报》，1995年第1期，第34页。

授版所谓立体化的《外国文学史》不失为世界文学史在多元化趋势下的一种有益尝试，但有舍本逐末之嫌。

不难发现，世界文学史的编写从文学加上史学结合的范式，转向作家加上作品结合的名著赏析，但从实际效果看，依然停留在韦勒克所谓的"文学的外部研究"方面，文学史的宏大叙事范式依然盛行，一个主义概括一个时代文学，贴标签现象较为严重。当下世界文学史编写范式受到广泛批评的原因就在于，它被认为是一种难以涉及文化深层的肤浅介绍。随着这种现代意义上的文学史知识体系的内在化和无意识化，世界文学史的编写范式日益丧失了通过对个体的文本研读去独立发现深层次的跨文化问题的能力，而是从一开始便束缚于受西方焦虑性影响的现代文学知识体系之中。

三、比较文学学科建设语境中的世界文学史编写

"世界文学史"的编写虽屡经拓展、变化取得了相当成就，但迄今为止仍未能在编写观念和编写范式上超越杨周翰版所秉持的文学摹仿论、作家作品中心论及纯文学至上论的制约。正如杨周翰认为"文学史的写法，不外两种，一种供查检，一种供通读，外国文学史只写作家作品，就变成了供查检的词书，尽管有脉络贯串，但十分单薄。供通读的文学史以脉络为主，味道应像读故事小说，但更重要的是记录文学发展，总结出规律。这样的用处要比个别作家的评介大得多。"[①] 如果对世界文学史编写理论（史学观念与方法以及对世界文学的认识与整合）缺少突破，那么世界文学史编写实践就不可能达到完成"重构世界文学史"的最初设想与最终使命。事实上，在比较文学语境中亮相的"世界文学史重构"不仅会在一定程度上改变了中国世界文学史的面貌，而且也会影响传统世界文学史固有模式与价值基础。

由于世界文学史教授内容的特殊性，使得世界文学史教材的编写从一开始就伴随西方思想、文学观念的传播。20世纪以来中国的世界文学史的研究对象与世界文学史编写体例的变化折射出中国人在文化阵痛中对西方文学传统和研究范式的接纳，反映了中国世界文学史理论与西方文学理论的互动。"马克思主义对中国现代思想的影响是全面而深刻的。这种全面而深刻的影响主要不是通过学理上的研究和传播，而是通过它对现代中国三个主要意识形态：进化论史观、民族主义和社会主义的渗透与改造。它予以进化论史观以历史主义的规律，使社会主义具有科学的形态；却使民族

---

① 杨周翰：《关于提高外国文学史编写质量的几个问题》，《外国文学研究集刊》第一辑，中国社会科学院外国文学研究所编，北京：中国社会科学出版社，1980年。

主义走向自我超越与否定。"① 这句评价不仅适用于我国整个知识界的思维转换,也适用于我国世界文学史编写思想的演变。

　　重构世界文学史的前提是新的文学史观念,它直接决定了一个新的阐释体系的形成。全球化时代文学的生产、传播、消费已突破单一视域而被纳入了国际化的范畴,新的世界文学史研究和编写应该是跨文化的、对话性的、总体性的,从而对文学现象及作家作品进行全面体察和描述,换句话说,全球文化多元化的背景要求我们将比较文学的理念渗透到世界文学史的编写当中去。当今世界是对话的时代,文学和文化的交流显然是我们无法回避的,"恰如英国哲学家罗素1922年在《中西文化比较》一文中所说:不同文化之间的交流过去已经多次证明是人类文明发展的里程碑。希腊学习埃及,罗马借鉴希腊,阿拉伯参照罗马帝国,中世纪的欧洲又模仿阿拉伯,而文艺复兴时期的欧洲则仿效拜占庭帝国。"② 因此,一方面,要突破文化交流和文化研究中的"视域限制"(perspective limit)和一只眼看世界的西方中心主义,用比较性思维进行编写世界文学史,比较性思维是兼容东西方的思维方式,从理性与感性的辨证合一,从西方思维与东方思维的互相契合来研究世界文学。

四、关于重构世界文学史的若干断想

　　比较文学学科建设语境中的世界文学史显然不仅是指在全人类的文学范围内获得世界声誉的一流大师和顶尖作家的作品,也不仅是指把世界上各种民族、各种语言、各个国家及各种文化背景下的文学统一起来,整合为一个全人类的文学共同体,更是超越民族界限的文学的一般规律和本质特征,或者同一命题下人类共同的文学现象、共有的思想运动和艺术形式。③ 马克思曾经谈到过比较研究的思维与认识论意义:"人们不应当再拿某种不以个人为转移的用作比较的根据即标准来衡量自己,而比较应当转变成他们的自我区分,即转变成他们个性的自由发展,而这种转变是通过他们把'固定观念'从头脑中挤出去的办法来实现的。"④ 正是比较研究思维的发展,才破除了西方文学的自我中心观念,不同民族的文学研究可以互为主体,最终走向总体文学。作为总体文学,世界文学史的撰写蕴含着人类渴望摆脱孤立状态走向一个相互联结的共

---

① 张汝伦:《现代中国思想研究》,上海:上海人民出版社,2001年,第201页。
② 乐黛云:《全球化趋势下的文化多元化》,《深圳大学学报》,2000年第1期,第70页。
③ 曹祖平:《世界文学的三个批评层面》,《南通大学学报》,2007年第4期,第54页。
④ [德]马克思、恩格斯:《德意志意识形态》(1845—1846年),马克思恩格斯论文学与艺术(一),北京:人民文学出版社,1982年,第159页。

同体的欲望,一种宣扬普世主义的精神和天下平等的大同主义理想的持久冲动;同时它也为各民族弘扬自己的民族文学提供了绝佳的场所。

重构世界文学史应当包含中国文学史,应当将中国文学置于整个世界文学发展潮流之中。尽管有学者担心重构世界文学史包含中国文学史会削足适履,"在具体的文学史叙述层面与它国文学并列摆放在一起时,类同关系的探究往往会伤害中外文学的具体性,中国文学的发展脉络可能被阻断、割裂,许多个性被压抑和遮蔽;在研究方法上可能流于形式化和庸俗化。"① 然而这种中西方文学合一编写的方式让人在比较和参照之中来深刻认识中国文学的价值和特色,中国文学或按文类与它国文学杂糅交错在一起,或通过影响关系显示自己的存在以及东西方之间的文化交流,或以国别文学的独立形态嵌入文学史发展进程之中。当东西方文化价值的准确定位,真正意义的"世界文学"价值判断的确立,才能真正揭示世界文学史发展的一般规律。"这种既体现中国主体性,同时根据文学史实际,灵活处理主体国在文学史中存在形式的方法,不失为一种有益的尝试。"② 如同聂珍钊在《外国文学就是比较文学》一文中所说:"我国的外国文学课程尽管是建立在国别文学的基础上的,然而却是在比较文学的范畴中展开研究和教学的,除此之外,外国文学还注意把不同国家的文学同它们的社会历史、哲学思潮、文学流派、文化传统等联系在一起,用比较的方法进行研究。"③ 现代意义上的世界文学史编写应该是充分交流和对话性质的,从而形成一种"对话性文明"。这种对话性文明的典型代表就是雷蒙·帕尼卡的构思精巧的"对话性对话",而非苏格拉底式的对话或者说教式对话,这种对话性对话最终置世界文学史编写在全球文学发展的视野和参照性思维的立场下,进而推进世界文学史编写的深度。

重构世界文学史不能不考虑"著述体例"。所谓"著述体例",不仅仅是章节安排等技术性问题,还牵涉到编写者的学识素养以及背后的文化立场。在世界文学史实际的撰述过程中,如何协调具体的作家作品与普泛的文体、风格、流派、思潮等,始终是个难题。我们不妨借鉴北京大学陈平原教授的构想:"在文学史撰述中兼容纪传、编年与通论,让这'三驾马车'相得益彰。"④ 陈平原教授在提及编写《二十世纪中国小说史》时进一步指出:"它不以具体的作家作品为中心,也不以借小说构建社会史为目的,而是自始至终围绕小说形式各个层面(如文体、结构、风格、视角等)的变化来展开论述;同时,力图抓住影响小说形式演变的主要文学现象(如报刊发行与稿

---

① 刘洪涛:《中国的世界文学史写作与世界文学观》,《北京师范大学学报》,2004年第3期,第69页。
② 同上。
③ 聂珍钊:《外国文学就是比较文学》,《外国文学研究》,2000年第3期,第118页。
④ 陈平原:《史识、体例与趣味:文学史编写断想》,《南京师大学报》,2007年第3期,第115页。

费制度、政权的舆论导向与文学控制、战争引起的文人生活方式改变等),在韦勒克所称的'文学的内部研究'中引进文化的和历史的因素,以免重新自我封闭,走到另一个极端。"① 或许这同样值得世界文学史编写者学习以避免编写过程中的宏大叙事,而更注重文学形式特征的演变。在实际编写过程中可以引进文化圈理论,既可以表现世界文学发展的时代特色和时代精神概貌,又反映出各文化圈产生的文学之文化特征,这样可以更好地将世界文学发展的历时性与共时性结合起来。

重构世界文学史必须摆脱编写过程中的"去中心主义"和固化写作,摆脱狭隘保守的"世界文学"观念和"精英/大众"、"纯文学/通俗文学"二元对立的思维范式。对世界文学经典作家及经典作品的选择也体现了文学发展过程中应有的层次感和丰富性,避免过度强调经典意识,造成审视、取舍作品的标准过于单一,应让经典意识从封闭狭窄的状态走向开放动态的系统,从而寻找其在整个世界文学发展中的位置与联系。文学史的研究与重写中应有意识地引入后现代的维度,尤其在对文学史深层思想结构和精神框架的设定上,在文学经典化问题和史料(包括文学现象和文本)选择上都应有前提性拷问和自我反思的维度,以免出现同一性意识形态的简单化判定和过于随意的主观化行为。② 只有通过对文学自然发展中纷乱芜杂线索的选择、梳理和对不同时期的作品的解读,才能清晰勾勒并总结出西方文学发展演变的脉络及其规律。

重构世界文学史尤其是编写面向师范院校的世界文学史无法回避的另一个背景就是当下的如火如荼的中学语文新课改,如何对接中学语文新课改呢?重视师范院校世界文学史教材内容和中学语文教学内容的相关度,整合世界文学史编写内容就成为重构世界文学史的一个重要方面。世界文学在中学语文教学领域承担了"传播世界文学与文化"的重任,其重要的表征在于成为中学生接纳世界文化熏陶的桥头堡,那么如何对接中学语文新课改呢?自20世纪20年代世界文学进入中学语文教材,历经了一条由少到多、由粗到精、由单一到多元、由工具性到人文性、由不自觉到自觉,直到在大纲中明确规定所选外国作品的比例及具体的阅读推荐篇目的坎坷之路。在教材方面,存在世界文学史教材相对滞后于中学语文教材,尤其面向师范院校的世界文学史教材相对固定,几年甚至更长时间不变,而中学教材变化很大。承担师范院校世界文学史教学任务的教师,必须注意到当下中学语文教材所选的文章与我们的固有印象相距甚远,中学语文教材所选外国文学篇目变化很大,所以在我们编写世界文学史应随时关注中学语文教材的变化,必须紧密关注中学语文的实际教学,善于将抽象

---

① 陈平原:《小说史:理论与实践》,北京:北京大学出版社,1993年,第102页。
② 于文秀:《重写文学史与后现代视角》,《文艺研究》,2008年第10期。

的理论理解建立在对文学文本尤其中学语文读本解读的基础上，让学生从中理解理论来自于文学实践的提炼和概括，能够启发学生举一反三地运用所学的理论知识细读中学语文读本，在民族文化身份认同、跨文化比较以及中外文学的相互影响等方面多下功夫。

从对20世纪以来中国世界文学史教材编写演进轨迹的历时性分析中不难发现，在新的历史语境中，重构世界文学史应当视作一种动态的历史再认识和价值再评价，从比较的观点探讨文学创作的发展轨迹，文学思潮的嬗变过程，文学批评理论的衍化更新，人类审美思维发展的轨迹，探讨世界文学史，文学思潮和文学批评理论之间的影响和接受；世界文学史的重构应当表述作家作品和文学现象在多元文化语境中的历史命运和价值定位，从全人类文学的整体意识出发，在全人类的总体框架中去审视和评价民族文学的性质、地位和特点，从而在整合的对话性文明中提升对世界文学普遍性的认识。从比较文学学科建设角度重新定位世界文学史的编写同时可以看出，世界文学史的编写并不像许多学者所悲观的那样走向终结；而是在开放中继续构建新的高质量、高品位的世界文学史。

（本文是作者主持的教育部人文社会科学研究项目"二十世纪英国文学中的非洲形象"〈09YJC751076〉和江苏省研究生创新课题〈CX09B_043R〉阶段性成果之一）

外国文学史的第四种书写

——评张世君的"外国文学史"的立体化书写

宋德发 张铁夫

（湘潭大学）

解放后，我国外国文学史的编写大致经过了两个阶段：1949年至改革开放前；改革开放后至今。第一阶段的标志性成果是杨周翰主编的《欧洲文学史》上卷，它"奉命"编写于1961年，于1964年由人民文学出版社出版。《欧洲文学史》的下卷虽然完成于1965年，但由于四人帮的逼迫，直到1979年才得以问世。《欧洲文学史》被认为是"解放后我们自己编写的第一本欧洲文学史的正式教科书"[①]，其开创性毋庸置疑，它也代表了我国"外国文学史"的第一种书写方式，同时也是最主流、最普遍、最持久的书写方式。这种书写方式在作家作品的选取和评价上注重社会历史尺度，讲究概念规范，思路清晰、结构匀称、分析简洁、知识点全面。

改革开放后，我国的各类"外国文学史"如雨后春笋，层出不穷，其出版数量大有"汗牛充栋"之势。但表象上的"多元"掩饰不了本质上的"一元"，因为"这一时期出现的外国文学史教材基本上都是在同一平面上用差不多相同的材料和方法作'重写'的工作，其中少数写得较好的本子，观念较之以前略有改变，视野也有所拓宽，但总体上还只是对以往教材作了些修修补补和小范围调整工作，没有明显的突破。因此，当我们放开眼界去作宏观把握时可见，建国后我国外国文学史教材的编写在根本上依然停留在《欧洲文学史》的观念层次和模式中。"[②]

在新世纪，杨周翰开创的社会学书写方式依然具有一定的生命力，如李赋宁总主编的《欧洲文学史》（商务印书馆2001年）便是对这种书写方式的继承和发展。不过，随着时间的推移和观念的变更，当这种书写方式被不断重复时，它引起了人们的不满

---

① 孙遵斯：《〈欧洲文学史〉上册》，《文学评论》1962年，第2期。
② 蒋承勇：《关于外国文学史教材建设的思考》，《台州学院学报》，1995年第1期。

和质疑。自上世纪90年代以来，重写外国文学史的呼声越来越高，可惜雷声大，雨点小；或者谈理论是一回事，实际操作起来又是另一回事情，真正能够自成一家，让人眼前一亮的依然屈指可数，徐葆耕的《西方文学：心灵的历史》（清华大学出版社1990年）和曹顺庆主编的《世界文学发展比较史》（上、下册，北京师范大学出版社2001年）便是其中的典型。

《西方文学：心灵的历史》开创了外国文学史的第二种书写方式：民间性、口语化、通俗化、私人化、生活化和审美化。笔者曾撰文高度评价它不仅是一部个人化的文学史，也是一部个性化的文学史，它对作家作品的选择和评价注重个体独特的感悟，不求知识点的全面，但求对文学现象有自己独到的理解，真正做到了深入浅出，通俗易懂，它的灵气和才情在外国文学史中可谓独树一帜。[①]《西方文学：心灵的历史》并没有获得任何组织的授权，所以它完全"自负盈亏"，好在高校师生在桌面上摆的是统一发放的"外国文学史"，在私底下却在为这部"心灵的历史"独自感动，因此，作为一部非"指令性教材"，它最终获得的经济效益却绝不亚于它的社会效益。遗憾的是，这种书写方式虽然获得了读者发自内心的欣赏，但真正借鉴和推广这种书写方式的人却很少，是不愿还是不能？

《世界文学发展比较史》开创了外国文学史的第三种书写方式：比较文学的书写。随着比较文学的发展，在外国文学史中借鉴比较文学的思维和方法开始获得人们的认同，而用比较文学的思路来撰写外国文学史，做得最早和最好的或许是曹顺庆主编的《世界文学发展比较史》，它对拓展读者的文学知识面大有裨益，同时对读者的文学素养也提出了更高的要求。至于这部"外国文学史"的特点，主编曹顺庆先生已经交待得很清楚："本书并非一般文学史，让读者了解各国文学状况便告万事大吉。而是在概述各国文学的基础上，用横向比较的纬线，将各国文学的经线穿插交织起来，让读者从纵横两个不同的角度，更好地认识全世界文学这张大'网'，认识文学交流与影响在文学发展中不可忽视的巨大作用，并在比较之中更鲜明地认识各国文学的不同特征以及对世界文学的独特贡献，认识全世界文学的基本走向。"[②]

徐葆耕和曹顺庆的外国文学史书写方式尚有可探讨之处，但它们的确在追求，并做到了与众不同，这就是它们最大的价值。以是否"与众不同"作为判断尺度，张世君著的"外国文学史"无疑开创了外国文学史的第四种书写方式：立体化的书写。

作为最新的外国文学史，这部"外国文学史"应该说吸收了此前三种书写方式各

[①] 宋德发：《"第二十二条军规"与外国文学史撰写》，《中国图书评论》，2007年第3期。
[②] 曹顺庆：《走向跨文化比较文学研究》，《外国文学研究》，1999年第4期。

自的优点:《欧洲文学史》的稳重和规范,便于学生的学习;《西方文学:心灵的历史》的口语化和感悟性,具有亲和力;《世界文学发展比较史》的多维视野和比较方法,有利于拓展学生的视野。然而,这部外国文学史最大的亮点在于它的"立体化"。

从教材编写的历史看,高校教材建设经历了一般主编教材→获奖教材→修订再获国家重点教材→精品教材→立体化教材的过程。立体化教材又叫"一体化教材",或"多元化教材",是指由不同用途的传统纸质教学用书和运用现代技术的多媒体教学资源组成的教学支持系统。从教材形式看,就是实现了纸质教材《外国文学史》(华中科技大学出版社 2007 年)、光盘教材《外国文学史多媒体课件》(华中科技大学电子音像出版社 2007 年)与基于互联网的专用教学网站"暨南大学外国文学史精品课程网站"(2005 年开始建设)的三位一体的教学环境,为外国文学史教学提供了优质服务和教学资源的整体解决方案。教育部在 2007 年 1、2 号文件关于实施高等学校本科教学质量与教学改革的"质量工程"中,提出"加强新教材和立体化教材建设","要加强纸质教材、电子教材和网络教材的有机结合,实现教材建设的立体化和多样化。"张世君的外国文学史立体化教材恰好与教育部"质量工程"的要求吻合,走在了立体化教材建设的潮流前沿。立体化教材势必成为高校教材建设的主要内容和呈现的主要方式。

在教材内容上,张世君的"外国文学史"也体现了立体化。该教材在跨学科平台整合外国文学史知识体系,以外国文学史的知识点为原点,从相关知识中挖掘新的知识启迪,提出新观念和新见解。整合的跨学科资源包括电影改编、音乐歌剧、绘画建筑、文化考古等。通过探讨外国文学作品与电影改编、歌剧改编、美术作品的互文性,艺术虚构与科学真实的互文性,拓展和深化了外国文学史教学。在讲授外国文学史的时候,勾勒出一个简略的西方文化史、西方电影改编史、西方绘画史、西方建筑史、西方音乐史、西方歌剧史的发展线索,改变外国文学史的资源和知识结构。文字、图片、视频、声音融为一体,形成图文并茂、绘声绘影的视听外国文学史。这部"外国文学史"的文字约 70 万字,图片约 600 幅,视频段落约 440 段。图片包括作家、艺术家肖像,西方古典名画,外国文学作品插图和视频截图;视频段落则包括历史文化、电影改编、音乐歌剧和动漫视频等,从而为读者展示了一个"声色美俱全"的外国文学世界。

《外国文学史多媒体课件》(光盘)是与纸质教材《外国文学史》配套的教学软件,包括全套外国文学史课堂教学的多媒体电子教案和纸质教材不能纳入的视频段落插播。以及外国文学史教学大纲、章节提要、图表总结、思考题讲解、参考试卷及答案、示范教学录像、外国文学小辞典、文艺沙龙小辞典、作家风采图库、电影改编图库、历史文化图库、音乐歌剧图库、美术鉴赏图库、参考文献等。

随着教材内容的立体化，学生的学习方式随之从单一的阅读步入读、视、听三位一体的立体化阶段，他们首先可以阅读纸质教材，对于纸质教材上感兴趣或者不理解的地方，再通过教学网站和光盘教材获得知识补充或者答疑。如纸质教材上讲授到希腊文化，对于从未到过，又不可能前往希腊的学生来说，仅仅通过语言描述来理解希腊文化是非常抽象和模糊的，而在教学网站和光盘教材中便会播放中央电视台在2004年拍摄的《走进博物馆与希腊》段落，这是一部有关希腊历史、文化、民俗的16集纪录片，可以让古老的希腊文化变得直观和生动起来。该教材不仅巧妙地运用各种影视资源，还结合实际需要，充分利用西方音乐和歌剧资料，如讲解《巴黎圣母院》时，让学生通过网站观看音乐剧《巴黎圣母院》（作词：吕克·普拉蒙东，作曲：理查·高克西昂特，法语原版现场演出实录，1998年），这样，原本寂静无声的外国文学史回荡着高雅音乐的旋律，给读者以意外的收获。

随着学习方式的立体化，教学过程也随之从单一的教师独唱变成了教师、教材和学生的三位一体。在传统的纸质教材时代，教师如果依赖教材，很容易变成照本宣科，因此有追求的教师基本上都是"有教材不用"，所以教师和教材往往是脱节的；一般的纸质教材比较枯燥，学生对它的阅读兴趣并不大，所以学生和教材往往是脱节的；教师的教学所提供的参与空间很有限，所以，学生和教师之间往往是脱节的。而随着"立体化"外国文学史的问世，教师一方面敢于依托教材，另一方面，又拥有足够的发挥空间，同时学生的兴趣被激发了，他们参与外国文学史学习的自主性也增强了。师生互动，于是教师可以课堂讲授，也可以在课外指导，还可以在BBS上和学生交流。学生在课堂上不仅可以正襟危坐地听讲，还能够进行角色扮演和演出课堂剧，用多媒体课件的形式进行课程实践汇报。在课外，他们则可以撰写外国文学论文，亲手制作多媒体课件，亲笔改写外国文学名著，亲身当导演或者演员。当学生由被动和单一的听讲变为主动多元的参与后，他们学习的动力也就变得强劲起来，对外国文学的感受也就变得生动和真切起来。对此，暨南大学2003级的徐晶同学颇有感触："大三开始接触外国文学史课程，多样化的教学手段使我立刻对这门课产生了浓厚的兴趣，视听资料让我更具体生动地学习外国文学史，而自己的参与，如制作课程PPT、课堂表演，不仅使我们加深对专业知识的认识，也锻炼了动手能力、表演能力，对我们的心态和性格都有一定的改善和帮助"。[①]

"外国文学史"的立体化书写起源于多媒体技术的发展，但是技术不能取代艺术；影像不能取代文学；电脑不能取代大脑，文学史的立体化并不是在教材中插几幅图片

---

① 张世君：《外国文学史精品课程研究》，广州：广东人民出版社，2007年，第153页。

这么简单，如果这样，只能算是"插图外国文学史"；也不是在教材中加几段影像资料这么容易，如果这样，很容易将"外国文学史"变成"外国电影史"、"外国歌剧史"。在当今的信息时代，在编写外国文学史的作者中，懂得甚至精通多媒体技术的人应该不少，但是能够将多媒体技术有机地融入外国文学史的，我们认为张世君无疑是做得最好的，原因在于她的理念、她的素质和她的执著。

张世君将自己定位成一名教师，而教师的首要职责就是要将毕生的心血放在教学上。她认为在外国文学史的教学内容（即教什么）相对稳定的前提下，教学的方式（即如何教）就显得更重要起来。但当今的外国文学史教材，能够在"如何教"上为我所用的又少之又少，因为"无论是高等教育出版社出的，还是地方出版社出的；国家教委认可的，还是另起炉灶自编的；所有这些教材在体例和构架上大同小异，没有根本的突破"。[①] 穷则思变，张世君渐渐形成自己的教学理念，即做到真正意义上的寓教于乐："我主张快乐学习，点击鼠标，旋转课堂，让学生轻松掌握外国文学史基础理论和基本知识点，愉快感受外国文学的艺术魅力，让思想展开金色的翅膀"。[②] 为了实现"快乐外国文学史"的目标，她立志要建构视、听、读、写、做、编、演的教学模式。走进张世君的"外国文学史"，走进张世君的"外国文学课堂"，一个最深的感慨就是：原来外国文学史可以这样写，原来外国文学课可以这样上！

对于"外国文学史"高度的艺术性，我们不用怀疑；对于它高度的学术性，我们同样可以信赖。"外国文学史"能够将艺术和学术合二为一，这同张世君自身的综合素质密不可分。作为教师，她不仅具有丰富的课堂教学经验：从事本科课程《外国文学史》的教学已经有25年，还具有高超的教学艺术：多次走上中央电视台的"百家讲坛"，成为全国人民的文学老师；作为作家，她出版了多部小说和散文集，具有超过普通人的文字和语言掌控力；作为学者，她可以说是著作等身，精通中外文学和文化，更重要的是，她始终有一颗"教师的心"，能够围绕教学进行研究，巧妙地化解了学者和教师、科研和教学的矛盾，让研究来提升教学，而不是让研究来损害教学；作为一名中年女教授，她的业余生活丰富多彩——她热爱建筑、喜欢绘画、痴迷于音乐、沉醉于电影，还精通电脑的非线性编辑，她还是现代科技的发烧友，她说："在年过50岁的女教师中，我喜欢玩相机、玩DV、玩电脑，逛电脑城比逛百货公司更有兴趣。我常常庆幸自己抓住了现代科技的尾巴，使我能够与时俱进，学习教育信息技术，亲自动手制作多媒体教学课件，亲自拍DV剪辑视频段落。"[③] 显然，"外国文学史"立体

[①] 张世君：《按文学规律重构外国文学史教材的设想》，载李明滨等主编：《文学史重构与名著重读》，北京：北京大学出版社，1996年，第51页。

[②] 张世君：《外国文学史·后记》，武汉：华中科技大学出版社，2007年。

[③] 同上。

化的根源在于其作者自身知识体系的立体化。

"外国文学史"的问世还得益于张世君的执著。正如她自己所言,她已经年过50,却"不爱红装爱科技",所以,在她这个年龄,能够像她这样将现代技术"玩弄于股掌之间"的人恐怕并不多见,而其中的艰辛和快乐她自然深有感触:"为了制作真正的融文字、图像、视频、声音于一体的多媒体课件,做到插播的视频小而精,要哪段有哪段,鼠标一点视频就现,我长期收集图像视频资源,熟悉影碟,大量看片,记录播放时间,确定需要内容,精心剪辑视频段落,一帧一帧截取视频图像。这是一个费时间、耗精力、花钱财的事情,个中的辛苦只有做的人最清楚。但我乐此不疲,感到快乐。为了这个快乐,我搞垮了两台电脑,玩烂了三台影碟机和两架照相机,剪辑了1200段视频段落"。①

虽然说,对于"外国文学史"的这种书写方式,有人存有异议,认为将外国文学史视听化会削弱它的文学性,有喧宾夺主之嫌;或者说在激发学生学习兴趣的同时又会培养学生的思维惰性,降低了文学史的思想深度。应该说,一种处于探索阶段的书写不可能会尽善尽美,而对它的异议刚好有利于它的改进和完善。而张世君的"外国文学史",从实际效果来看,由于著者自身信念的明确、知识体系的完备和超常的执著,因此,它的文学性和思想深度不仅没有被削弱,反而得到了深化和延伸,也就是说,它以"艺术"为中介,极大地刺激了学生学习外国文学的雄心壮志;学生反过来又以"文学"为平台,将探索的眼光延伸到外国文化的方方面面,从而在不知不觉中接近了素质教育的教育理想,朝着"立体化"人才的目标迈进。

对于立体化"外国文学史"的神奇效果,或许它最直接的"读者"最有发言权。暨南大学2003级李昊昌同学感触道:"新奇,上学上了那么久,第一次明白原来课还可以这么上,本来自己对外国文学不怎么感兴趣,可通过这一年的学习,发现我喜欢上了这门课,真想再上一年啊。小论文、PPT、自己演名著,去论坛交流都给了人太多新奇的感受。本来比较繁多难以理解的内容,经过自己的创造发展,突然间不难了,比较深刻,想忘都忘不了。"②

对于立体化"外国文学史"的神奇效果,作为不在现场的间接"读者",我们的感受或许要打点折扣,但是,对于每一位真正的教育工作者来说,这部"外国文学史"所提供的全新的书写思路和教学方式,尤其是它的变革和创新精神,它所体现出的一颗炽热的"教帅之心",这应该引起我们足够的尊重和理解。

---

① 张世君:《外国文学史·后记》,武汉:华中科技大学出版社,2007年。
② 张世君:《外国文学史精品课程研究》,广州:广东人民出版社,2007年,第235页。

比较文学与东西方对话中的平行论哲学

扎拉嘎

(中国社科院少数民族文学所)

一

《互动哲学》于2007年9月由中国社会科学出版社出版,全书总计1330千字。在这本书中,我提出了一个由比较文学理论思考延伸出的哲学概念群。这个概念群由对人文科学中运用的平行概念为核心,包括平行本质、平行统一辩证法、逻辑平行律和平行的元结构特征几个概念和范畴。我将这个概念群总括为平行论哲学。平行论哲学也可以理解为相互作用的哲学,互动发展的哲学,多元共生的哲学。平行论哲学是20世纪西方哲学主题,也是20世纪西方哲学与19世纪西方哲学的主要区别。对应于平行论哲学属于动态空间哲学,我们或许可以将19世纪西方哲学理解为线性论哲学亦即时间性哲学。平行显示为结构特征,却不能仅仅归结为结构。结构主义是20世纪西方哲学的重要派别。平行论哲学由于能够包含20世纪结构主义、现象学、存在主义、分析哲学和后现代哲学,而覆盖更加广阔的领域。

《互动哲学》是一部东西方哲学对话和文化对话的著作,是一部比较文学与哲学对话的著作。对话的一方是中国一位比较文学学者,对话的另一方是西方从柏拉图到康德到胡塞尔到德里达等一批哲学和文化巨人。这位从事比较文学的中国学者,构想出对一个此前在中国缺乏运用史的哲学概念的解释模式,却在西方学术界找到了这个哲学概念在缺乏解释模式情况下的此前运用史。于是,他试图将那些运用这个概念却没有给予学理性解释的相关西方哲学和文化巨人都纳入到这个解释模式中,为他们"旧貌换新颜",证明这个解释模式的合理性。这也就是《互动哲学》这本书的基本结构。在出版座谈会上,有一位研究西方哲学的教授说:《互动哲学》的作者从自己专业研究实践中提升出自己的观点,"然后直接就去与这些巨人对话",他是在"拷问这些西方哲学史上的思想大师,逼着他们回答他提出的问题"。这位教授的说法包含多重解释维度,或许是很有道理的。一个哲学概念的学理性解释,与这个哲学概念的运用史,可以构成一个有机组合。《互动哲学》当然也是这样一个有机组合。但是,在这里却出现概念学理性解释活动与概念运用史,出现在我们这个星球的两个对应半球。对话的不同寻常构成了这本书的独特景观。我用"在平行中与西方哲学平行论的不期而遇"概括这本书的写作过程。

这里还要说明的是,现在看来这本书的书名应该是《互动哲学:平行论与西方平行论史略》。平行论是比较辩证法更广阔的哲学区域。这本书既探讨了平行论哲学的辩证法侧面,也探讨了平行论哲学的逻辑学侧面和结构学侧面,以及平行论哲学的本体论内涵。用辩证法涵盖书中内容显然不够准确。为此,我在这篇文章中,也从平行论哲学出发介绍《互动哲学》。

二

2002年,在关于学科统一性和基本方法论的思考中,我形成了一个比较文学新定义。这个新定义是:比较文学是研究文学平行本质相互关系及其发展规律的一门学科。这个定义的基本意思是:比较文学是跨越文学平行本质的比较研究,比较文学的各个部分之间,例如,不同民族文学之间的比较研究与文学和哲学之间的比较研究,乃至不同民族文学之间的比较与文学和自然科学之间在思维形式方面的比较研究,都是靠平行关系将它们联系起来和统一到比较文学学科中的。从民族文学关系角度讲,文学平行本质的意思是说:各个民族的文学在本质上是同时共存的平行系统。不同民族文学之间的相互影响,总是会适应各个民族文学的平行系统。

在比较文学的这个新定义中,最重要的一点,是提出了一个新的哲学概念,即平行本质概念。理解平行本质概念,是理解上述比较文学新定义的关键。其中,理解平行关系又成为理解平行本质概念的基础。当时,对平行关系是这样解释的:几何学中的平行本身就是一种关系表述。在欧几里得几何学中,两条直线平行意味永远不相交。但是,在这同时也意味永远不分离。几何学平行关系的这种辩证的双重特质,使我们可以用平行关系表示事物之间同与异、联系与距离的辩证关系。平行本质事物有两个基本特征。其一,是这些事物具有共同本质,相互之间具有不可分离性;其二,是这些事物又存在本质的差别,相互之间具有不可替代性。只有同时满足这样两个条件,才构成事物之间的平行本质关系。[①] 当然,这还仅仅是立足欧几里得几何学解释人文

[①] 扎拉嘎著:《比较文学:文学平行本质的比较研究——清代蒙汉文学关系论稿》,呼和浩特:内蒙古教育出版社,2002年。

领域平行关系的辩证内涵,现在看来是很不完善的。

　　长期从事比较文学研究,是我提出比较文学新定义和平行本质概念的基础。1984年我出版了一本书:《〈一层楼〉、〈泣红亭〉与〈红楼梦〉》,在汉族小说《红楼梦》与受到它影响的蒙古族小说《一层楼》、《泣红亭》之间进行系统的比较研究。在这本书中,一方面提出和解释《一层楼》、《泣红亭》在哪些方面受到《红楼梦》的影响,另一方面又阐述这些影响因子如何成为《一层楼》、《泣红亭》自身的组成部分,包含了与影响方面不同的思想内容,特别是系统地阐述了《一层楼》《泣红亭》并没有因为受到《红楼梦》影响而缺乏独创性。我的论证立足于汉族文学和蒙古族文学是两个独立文学创作和阅读系统。《〈一层楼〉、〈泣红亭〉与〈红楼梦〉》出版后,受到广泛好评。有一位教授对我说:这本书的最主要特点,也是最成功之处,是在比较中能够发现和阐述两部作品各自的合理性,摆脱传统文学比较中总是要落入优劣高低的套路。他的评价对我很有启发。我自己也觉得对这本书有一些的独特研究体验。我一直认为,这本书在方法论上的主要特点是在影响研究中贯穿平行研究。

　　我还将上述在影响研究中贯穿平行研究的方法,运用到汉文小说的清代蒙古文译本研究领域。我发现,这些译本都自觉或者不自觉地遵循了如下的原则:删改那些存在理解困难的情节和词汇,按照蒙古族的文学传统增加一些细节,使译著尽可能适合蒙古文化传统和易于按照蒙古文化传统理解,并且被选择翻译的作品也主要是那些适合蒙古文化传统和容易按照蒙古文化传统理解的作品。这就是说,在文学翻译中同样存在不同民族文学系统之间如何转换问题,存在着由不同文学系统之间转换形成的、翻译中出现的不对称性问题。阐述文学翻译中不对称性形成的原因和特定意义,也必须立足对两个民族文学系统的并行性解释。例如,中国文学名著《水浒传》过去被翻译成蒙古文时,原著中最精彩的一个情节——"武松用拳头打死猛虎",被改写成武松在与猛虎摔跤中战胜猛虎。我们如何解释这样的改写与原著之间,哪个更合理和哪个更富有审美特性呢?显然是不能进行这样的比较的。因为在这里,存在着并行的两种不同的合理性和审美标准。从蒙古族文化传统出发会认为用摔跤方式战胜猛虎更合理和更具审美性,从汉族文化传统出发则认为用拳头打死猛虎更合理和更具审美性,由于两个民族的文化传统是并行不悖的,上述两种不同的艺术处理方式也是并行不悖的,不具有实际的内容之合理性或者艺术成就之高下的可比性。我们所要解释的仅仅是为什么发生了这样的改写。

　　也是在1984年,我提出了同一部作品、同一位作家,可以同时属于不同民族的命题。中国是多民族国家,各个民族在撰写文学史时,就出现了有些作品、有些作家民族属性方面的争论。最典型的是《红楼梦》。《红楼梦》的作者曹雪芹生活在与满族和汉族都有密切联系的家庭。于是，有些研究者说《红楼梦》是汉族作品，有些研究者说《红楼梦》是满族文学作品。对这个似乎无法讨论清楚的问题，我提出的解释方案是，《红楼梦》既是满族文学作品也是汉族文学作品，曹雪芹既是满族作家也是汉族作家。我的这个解释方式，与胡塞尔提出自然自我与先验自我互相平行和既不是两个自我也不是同一个自我，与海德格尔提出存在是此在的存在，与伽达默尔提出凡是理解就是不同的理解，在解释学意义上都有相近性。当然，那个时候我还没有接触西方这些哲学大师。

上述比较文学新定义，以及我的比较文学经验，都直接涉及对比较文学中影响研究和平行研究的解释。我的理解是：平行研究是比较影响研究更为根本的研究方法，平行研究既包括有影响关系的比较研究，也包括没有影响关系的比较研究，影响研究如果涉及作品的内容就无法脱离平行研究。在影响研究中贯穿平行研究，这是我20余年比较文学研究的基本方法论，也是我最终形成平行本质概念和平行论哲学的主要推动力。

三

在形成平行本质概念后，我很快就推论出平行统一辩证法、逻辑平行律和平行的元结构特征等概念，于是就形成以解释人文学科平行概念为基础的一个哲学概念群。2003年，我准备写一本书，将关于人文学科平行概念的哲学思考与关于比较文学方法论的思考结合在这本书中。也就是在这个时候，我产生了一个想法：如果我对平行概念的人文解释是能够成立的，那么它或许有此前运用史。如果能够找到平行概念在人文科学的此前运用史，将对我的解释构成有力的支持。出于国内学术界很少在人文科学领域运用平行概念，因此，我就想到去查阅西方人文学者的著作，希望在那里找到例证支持。应该说，我的运气很不错。在我按照这样的想法阅读的第一本书——胡塞尔的《纯粹现象学通论》中，就发现了运用平行概念构建先验现象学的二十多处例证。这对我是莫大鼓舞。因为，这个发现证实了我的推测是正确的，说明我对人文学科平行概念的学理性解释不是孤立的，在地球的那一边，也有学者在用相同的理解运用平行概念。此后，我又陆续发现莱布尼茨、休谟、康德、索绪尔、米德、维特根斯坦、斯特劳斯、皮亚杰、德里达、德勒兹等人著作中运用平行概念的例证，以及冯特立足身心平行关系的设定建立实验心理学，爱因斯坦运用几何学平行关系构建物理学相对论等例证。发现一位运用平行概念构建自己理论体系的学者，就写出一部分，一方面分析这些学者在怎样运用平行概念构建自己的理论体系,另一方面用平行论哲学尝试给予这些学者的学术思想新的解释,最终就写出了大约90余万字的"西方后辩证法史略"。而且,特别重要的是上述西方学者在人文学科领域运用平行概念时,都没有给予平行概念学理性的明晰解释,并且也没有能够提出和阐述平行本质、平行统一、平行律和平行的元结构特征等概念和范畴。这说明我对人文科学领域运用平行概念的学理性解释,提出和阐述平行本质、平行统一、平行律和平行的元结构特征等概念和范畴,是没有前例的学术探索。此前并没有直接联系的,西方人文学术界在缺乏学理性解释情况下运用平行概念构建各种理论体系的历史,与我立足比较文学对平行概念的学理性解释,就这样汇合到一起,形成互相解释的独特的东西方哲学对话,以及比较文学与哲学的对话。在地球这边对一个缺乏此前运用史的概念形成的学理性解释,在地球那边找到了这个概念在缺乏学理性解释下的此前运用史,这样的"不期而遇"应该不会很多。在理论探索中,"不期而遇"是具有逻辑内容的结构。"不期而遇"逻辑地证实了我们对人文学科运用平行概念的学理性解释具有普遍意义,证实了平行本质、平行统一辩证法、逻辑平行律和平行的元结构特征,可以成为世界共同语境下的哲学概念。

研究比较文学与研究哲学联系在一起,特别是研究中国少数民族文学与研究西方哲学联系在一起,其根源是相互之间围绕平行论哲学出现了对话的可能。这同时也意味着对话已经进入穿越广阔时空域的新阶段。

四

《互动哲学》的第一编,首先从例证分析和理论归纳的角度,探讨平行论哲学的核心概念亦即平行概念的方法论普遍意义。我们将人文领域运用的平行概念理解为几何学平行的还原后的结果,并且要比较几何学平行包含更广阔的内涵。几何学平行关系能够哲学化,成为事物关系的一般表述形式,是因为事物都是存在于几何学空间中,并且由于位置的不同形成各自不同的相互联系。平行是确定几何学空间类型的基础,因而也可以成为确定事物位置关系的基础。经过分析不同学科中运用平行关系的例证,我们在对几何学平行的直观中,简单地将平行理解为有间隙的联系,或者联系与间隙的共同在场。其中,几何学平行关系的不能分离性标志着联系,不能同一性标志着间隙。此外,平行关系还可以理解为不同系统或者结构之间的静止的或者动态的对应关系,可以用来表述多元统一和共存统一,可以表述无限多事物的直接联系,也可以表述某事物与一切事物之间的直接联系。因而，平行关系意味着无限联系的直接现实化，等等。众所周知，计算机原理也建立在有间隙的联系基础上。数字二进制对应电流的"通"与"断"。计算机借助电流的"通"与"断"，亦即有间隙的联系，实现了大千世界数字化统一。

在探讨平行概念的哲学内涵后，《互动哲学》探讨了平行本质观与唯一本质观、平行统一辩证法与对立统一辩证法、逻辑平行律与逻辑同一律相互之间的关系，以及平行的元结构特征等理论范畴。平行本质概念是对传统唯一本质观的平行解构。平行本质观是对唯一本质观的平行解构。唯一本质观否认个性和特殊性的本体论价值。平行本质概念确立了个性和特殊性确立了哲学本体论的价值——世界上所有事物都具有不能为其他事物所替代的性质。平行统一辩证法是对立统一辩证法的展开状态。统一性不再局限于对立和互相否定的事物之间。发展可以表述为不同事物之间的平行互动，也可以表述某事物的渐进中无限平行移动。逻辑平行律是对逻辑同一律的平行结构。平行关系的对应性和各个对应点之间的等距离性，成为逻辑平行律的基础。逻辑平行律是立足对应关系和类比关系构建的推理形式。当代生物学基础——基因学说，就是建立在基因与体征的平行关系基础上的。平行关系是具有生成、发展和转换特征的元结构和元系统，又是一切复杂结构和复杂系统的丰富内涵。没有结构意识和系统意识，就无法理解平行的魅力。同样，平行关系的转换、生成和无限联系特征，成为解释结构和系统的逻辑起点。

在《互动哲学》第二篇中，我们探讨了20世纪之前西方平行论哲学的历史。在西方平行论哲学史上，首先立足平行论触及无限多事物直接联系的是莱布尼茨。莱布尼茨提出了经验平行引导理性等包含平行概念的重要命题。莱布尼茨倡导多元统一。他说，任何两片树叶都是不同的。莱布尼茨还提出空间是事物的秩序，显示着事物之间的相互关系。在《单子论》这篇名著中，莱布尼茨将单子之间的联系，理解为联系与间隙的共同在场和多样性系统关系的结构基础。莱布尼茨说，每个单子都包含其他所有单子的景观，都可以成为一个由它出发的世界整体景观。他还说，由于各个单子的位置不同，各个单子形成的世界景观都是不同的。世界的总体景观就是这无限多单子个体景观的总合。莱布尼茨的这个命题意味着整体与个体之间的互相包含，意味着个体之间的不可替代性和任何个体的消失都是整体的损失。莱布尼茨用前定和谐解释单子之间的平行关系。胡塞尔特别推崇莱布尼茨，并且认为自己与莱布尼茨的关系，要比与康德的关系更进一步。在莱布尼茨的单子论中，事实上包含了海德格尔存在是此在的存在，以及伽达默尔凡是理解就是不同的理解等命题的萌芽。如果进一步说，莱布尼茨用平行论构建的单子论中，也包含了当代结构主义、系统论和物理学相对论的萌芽。

在莱布尼茨之后，休谟在他的《人性论》中，大量运用平行关系探讨事物之间的相互作用问题。休谟明确将平行列为关系，并且在某种程度上将平行关系理解为具有等价性的类似关系。休谟认为人的思维和情感之间，人的情感不同类型之间，都存在互相影响的平行关系。休谟提出，从兴趣和情感的角度考察，哲学研究与打猎，哲学研究与赌博之间都存在平行关系。休谟还提出，亲戚关系与我们从因到果的推理相平行，而相识关系则与我们接受的教育相平行。休谟认为，人与人之间存在各不相同的平行性，正是这种平行性成为人们相互理解的基础。休谟的观点，后来在胡塞尔的著作得到反映。对类似关系亦即对平行关系作为联结的可靠性的怀疑，成为休谟怀疑论哲学的基础。

在《互动哲学》中，康德部分占有两个章节，约12万字的篇幅。首先应该指出的是，我们前面用平行关系解释比较文学学科理论统一性的方法，在康德那里已经被运用了。康德提出逻辑推理与辩证推理之间是平行关系。他从这个平行关系出发撰写出以探讨辩证法为主的《纯粹理性批判》。康德又说实践理性和思辨理性之间是平行关系。他从这个平行关系出将《纯粹理性批判》中的方法论推移到伦理学领域，撰写出《实践理性批判》。康德立足对时间形态的划分，从认识的历史发展阶段和认识的层次性角度，提出存在三种辩证推理形态。这就是建立在时间持存性基础上的实体持存性原理（这是静止的一与多的辩证法，由现象形成概念和分类的辩证法，属于静态平行统一辩证法），建立在时间相继性基础上的实体相继性原理（这是因果关系辩证法，单纯发展的辩证法，亦即黑格尔辩证法，也是对实体持存性原理的否定），建立在时间同时并存性基础上的实体同时并存和相互作用原理（这是前两种原理的合一，也是对实体相继性原理的否定，属于动态平行统一辩证法）。康德关于辩证推理的阐述，在20世纪西方哲学中产生巨大的呼应。在索绪尔关于语言学的静止共时、历时和动态共时的三种时间态划分中，在爱因斯坦对物理学历史的三个阶段的概括中，在伽达默尔解释学三个阶段的划分中，在斯特劳斯人文主义三个阶段的划分中，在皮亚杰提出的没有发展的结构观、没有结构的发展观和发展与结构统一观的认识论结构划分中，我们都可以发现康德辩证推理三种形态的影子。康德辩证法三种形态的划分也与比较文学三个历史阶段形成对应——法国现代比较文学之前的静止的、孤立的、无历史意识的比较文学阶段（持存性的、互相排斥的比较文学阶段），以法国比较文学为代表的历史领先主义的比较文学阶段（相继性和替代关系的比较文学阶段），当代以共存互动为主要指向的，既包含历史意识，也包含民族文化传统的比较文学阶段（同时存在和相互作用的比较文学阶段）。康德批判哲学以其巨大的包容性，推测到会有一个以同时共存和相互作用为主的历史时代的到来。忽视康德辩证法思想及其在20世纪的深远影响，成为迄今为止研究西方哲学的一大盲点。

五

《互动哲学》的第三篇和第四篇，探讨了20世纪西方平行论哲学的历史。20世纪是西方平行论哲学的辉煌时代。

语言学家索绪尔立足对平行关系的独特理解，开辟了20世纪西方同时共存和相互作用哲学的先声。索绪尔提出了语言制度的基础是维持"声音要素"和"心理要素"两类差别的平行等多个语言学平行关系，奠定了结构主义语言学的基础。在语言交流中，"声音要素"属于物质方面，"心理要素"属于意识方面。它们各自由差别形成庞大的系统。两个系统的对应要素具有任意性原则。这些由任意性原则联结在一起的对应要素，为什么会形成如此坚固的整体性联系？这说明，用平行关系解释由"声音要素"系统和"心理要素"系统组合形成的语言系统，的确是一个巨大创造。在这里，所谓平行式的联结，既意味着"声音要素"和"心理要素"之间的无法避免的间隙，又意味着"声音要素"和"心理要素"之间由系统对应性形成的，可以生成，可以转换，却无法被分离的联系。索绪尔还提出了具有相互作用内容的动态共时概念。这被认为是与黑格尔以历时为主的对立统一辩证法的断裂。

在《互动哲学》中，胡塞尔的平行论思想占四个章节，大约16万字的篇幅。胡塞尔在讨论纯粹现象学中设定了多个平行关系。其中，关于纯粹心理学与先验现象学的平行关系、意向作用与意向对象之间的平行关系、体验流的平行结构、自然自我与先验自我的平行关系、自然的我们与先验的交互主体性之间的平行关系等等一系列平行关系的经典性论述，成为胡塞尔《纯粹现象学通论》这部划时代名著的结构基础。没有对平行关系的深刻洞彻，就没有胡塞尔的纯粹现象学。胡塞尔提出，纯粹心理学与先验现象学之间，作为意识活动的两个不同层面，在序列意义上存在对应性联结和转换关系。这种序列上的对应性联结和转换关系，意味着相互之间联结和转换的非直接性。所谓非直接性的联结和转换，也就是有间隙的联系和没有桥梁的过渡。胡塞尔提出有多种不同的平行关系，提出平行关系是既存在广泛联系又存在广泛距离的关系，提出在真善美之间的平行关系中隐藏着哲学的重大而没有真正被解释清楚的课题。胡塞尔认为，平行关系是由看似微不足道的细小差别构成的广泛联系，正是这些看似微不足道的细小差别，决定性地规定了哲学的道路和歧途，决定了我们这个时代在世界观上的本质特征。胡塞尔关于体验流平行结构的分析，内在地包含了时间运动的平行结构。胡塞尔对意识的生成、转换和如何成为系统的分析，不仅为海德格尔存在论哲学和伽达默尔哲学解释学奠定了方法论基础，而且，也为理解平行统一辩证法和逻辑平行律，为理解平行的元结构特征，以及理解平行的系统论特征，奠定了方法论基础。

胡塞尔还提出几何学和物理学之间的平行关系，是牛顿建立经典物理学和爱因斯坦建立物理学相对论的根本方法论。胡塞尔由此又提出，所有学科之间都存在形式上的平行关系，并且可以实现形式意义上的平行转换。在西方哲学家中，胡塞尔是最擅长运用平行关系的人。胡塞尔虽然没有给予平行关系以明确的学理性阐释，但是，他对平行关系内涵的理解是独到的，对平行关系的许多例证性解释是深刻的。例如，胡塞尔在解释先验现象学与纯粹心理学之间关系，以及先验自我与经验自我之间的关系时说："这种平行意味着：一种在个别性和联结上就所有的和任一的方面都平行的相应状态（Entsprechen）、一种在完全特别的方式中的差异状态、但却不是在某种自然意义上的分离状态、分开状态。必须正确地理解这一点。我的先验自我作为先验的自身经验的自我明显地'有别于'我的自然人的自我，但却不是一个在通常意义上的第二者、与此分离者、一个在自然的相互分离中的双重性。"[①] 在这段话中，胡塞尔精彩地阐述了平行关系的最重要的内涵——既不是分离的，也不是同一的。胡塞尔关于平行关系的理解，还明显地包含了柏拉图"未定之二"的命题。胡塞尔是 20 世纪西方平行论哲学的高峰。对胡塞尔平行论哲学的不理解，同样构成研究西方哲学的一大盲点。

在《互动哲学》中，还专章讨论了物理学家爱因斯坦，在与黎曼几何学的对应平行中，如何实现物理学从牛顿时代向相对论时代的转换。匀加速运动中的平行关系，特别是被称为列维联络的无限小平行移动，以及远平行等概念，成为爱因斯坦建立狭义相对论和广义相对论，探索统一场论的几何学基础。为了避免黎曼空间的贫乏，爱因斯坦想到了重新设定平行概念，以便使黎曼空间充实起来。爱因斯坦说："我们既然要寻求一种在结构上比黎曼更加丰富的空间，最容易想到的是在黎曼空间里加进方向关系，也就是加进平行性。"[②] 通过对爱因斯坦相对论中平行关系的探讨，我们可以非常明显地发现，20 世纪哲学与 20 世纪自然科学之间的同步和平行发展。爱因斯坦称牛顿世界观是由于视域局限形成的缺少横向关照的，竖直方向比所有其他空间方向

---

① 倪梁康：《胡塞尔现象学概念通释》，北京：三联书店，2007 年，第 331 页。
② [美]爱因斯坦著，许良英、李宝恒、赵中立、范岱年编译：《爱因斯坦文集》第 1 卷，北京：商务印书馆，1976 年，第 266—267 页。

更优越的世界观。因此,也有人将爱因斯坦相对论称为"相互作用的几何化"[①]。我们将爱因斯坦物理学相对论以及黎曼几何学,理解为人文多元观念的自然科学基础。

　　作为现代分析哲学创始人之一的维特根斯坦,在日常语言学分析中,提出了不同表达方式之间显示为平行过程、不同符号系统与音乐符号系统之间平行等多个平行关系,还提出与黎曼几何学"平移向量场"概念类似的"平行集"概念,以及包含平行论哲学内涵的"家族相似"概念。胡塞尔的学生海德格尔在胡塞尔平行论哲学的暗示下,提出了对存在和同一性的平行—解构。海德格尔强烈批评"同一性逼索"给予人类文化带来的伤害。在海德格尔那里,存在被确定为此在的存在——这与莱布尼茨的单子论有类似性,因而,无限存在也就是无限多此在的存在的平行统一。海德格尔的学生伽达默尔同样在胡塞尔平行论哲学的暗示下,提出了解释学的二重本体平行互动结构和回归柏拉图对话辩证法的诉求。如同海德格尔平行—解构了传统的绝对存在论,伽达默尔平行—解构了传统的绝对真理观。伽达默尔提出,凡是理解就是不同的理解。这意味着真理是随境遇不同而不同的显示为集合状态的平行结构。结构主义人类学家斯特劳斯,提出了野性思维与现代思维互相平行的观点,主张从平行关系出发理解人类不同文化,还推测应该有一个既可以解释物理学相对论,也可以解释人文多元统一的辩证法新形态。发展心理学家皮亚杰,提出了包括认知结构与生理结构互相平行等多个平行关系,探讨了认知发生中的平行关系问题。后现代主义思想家德里达,从解构胡塞尔式平行关系开始,建立了解构主义的平行论哲学。德里达主要着眼平行关系中的距离,提出了间隙、延迟、延异、解构等等后现代概念。德里达还对平行关系中的间隙,进行了生成论意义的新解释。在德里达那里,间隙被解释为平行无限延伸中的"乌有"。在这个平行无限延伸中的"乌有"处,不断解构出新的结构。

<h2 style="text-align:center">六</h2>

　　平行论哲学是巨大的多层面、多维度的动态理论空间。我对平行论哲学的学理性解释还是冰山一角。在《互动哲学》中,主要是靠与西方哲学巨人的对话,才使平行论哲学的深刻而丰富的内涵得到前所未有的集中展现。我希望《互动哲学》中关于平行论哲学的思考,关于西方平行论哲学发展史的思考,能够引起中国和世界其他国家不同领域学者的普遍兴趣,并且得到更深入研究。因为这样的研究是适合我们关于这个特定时代的哲学解释学需要的。我曾经提出 20 世纪哲学转向的命题。我认为,

---

[①] 洪定国:《物理实在论》,北京:商务印书馆,2001 年,第 183 页。

19世纪的哲学是历史领先概念下的哲学，20世纪的哲学是相互作用概念下的哲学。平行论哲学也就是相互作用哲学的学理性表述。殖民主义体系解体，革命进入低潮，两极对立转变为多极共存互动，文明多样、文化多元和人类与环境关系问题被突出出来，世界进入以和平发展为主题的时代。于是，从相互作用出发理解人类社会就成为主要原则。这为平行论哲学提供了现实的发展契机。

世界是在平行中转换、生成和发展的。不同文明、不同文化之间，不同民族之间，不同国家之间，不同个人之间，包括人类与自然界之间，从根本上讲都是平行互动的关系。德勒兹说，"平行"意味着"平等"。[1] 在这个意义上也可以说，平行论哲学就是平等论哲学。

---

[1] [法]吉尔·德勒兹著，冯柄昆译：《斯宾诺莎的实践哲学》，北京：商务印书馆，2004年，第83页。

文学关系:比较文学的研究对象

徐扬尚

(绍兴文理学院)

综合中外学者的学科定位,1987年,我提出比较文学应为文学关系学之说[①],想不到歪打正着,与陈惇、刘象愚先生《比较文学概论》的比较文学以各种文学关系为研究对象[②];法国布吕奈尔等《什么是比较文学》的比较文学志在探讨多种文化范畴的文学关系,这是今天比较文学的当然领地之说[③]等不谋而合。如今,比较文学之名早已约定俗成,更正为"文学关系学"显然多此一举。但历史表明:比较文学以文学关系为对象已是许多学者的共识;另类异质的语际、族际、国际、科际文学关系作为比较文学的研究对象已成定局;比较文学因缺乏独立的研究对象难以成为独立学科的缺憾由此成为历史。可是,文学关系说并未得到学界的广泛认同,从影响研究到平行研究再到跨文明研究,相关理论建构并未以文学关系为格局,从而有再加论说的必要。

一、比较文学就是"文学关系学"

1. 致力于国际文学关系研究:百年比较文学的初衷,欧洲学者的意愿

波斯奈特《比较文学》选择以氏族文学、城邦文学、国家文学、世界文学的关系作为文学进化顺序考察的着眼点[④]。梵·第根《比较文学论》更是将影响研究的对象明确定位于跨国界的二元文学关系[⑤]。伽列说:比较文学研究国际的精神联系,研究不同

[①] 徐扬尚:《比较文学研究中的"文学关系"》,《华东比较文学通讯》,1987年第2期,第106页。
[②] 陈惇,刘象愚:《比较文学概论》,北京:北京师范大学出版社,1988年,第27页。
[③] 布吕奈尔等:《什么是比较文学》,北京:北京大学出版社,1989年,第226页。
[④] 波斯奈特:《比较法和文学》,干永昌等编选:《比较文学研究译文集》,上海:上海译文出版社,1985年。
[⑤] 梵·第根:《比较文学论》,干永昌等编选:《比较文学研究译文集》第57—65页,上海:上海译文出版社,1985年,第383—384页。

文学的作家之间在作品、灵感、甚至生活方面的事实联系[①]；基亚接过老师的话头干脆宣称：比较文学就是国际文学的关系史[②]。至此，国际文学关系成了早期比较文学的研究对象，国际文学关系研究成了比较文学的早期定义，国际文学间的影响实证成了早期比较文学研究的全部内容。同时又为后起之秀布吕奈尔等人所坚持。对此，罗马尼亚的迪马虽认定欧洲学者以国际联系作为比较文学的对象过于狭隘，但也不过是拿北美学者的平行研究与之互补：我们觉得，比较文学研究的是各国别文学的相互关系[③]。迪马之论又可与俄苏日尔蒙斯基的历史——比较文艺学是文学史的一个分支，它研究国际联系和国际关系之说[④]，互证互释。

2．以各种文学关系为研究对象：美国比类研究的拓展，国际学者的共识

韦勒克等美国学者反对影响研究主要是反对其法国中心论、欧洲中心论、排斥美学分析的外缘实证等，但并不反其民族文学研究视野的拓展与对国际文学关系的关注。平行研究不是终结影响研究的国际文学关系研究，而是加以拓展：将具有事实关联的语际、国际文学关系研究，拓展到非事实关联的语际、国际文学关系研究；进而开辟科际文学关系研究。对此，奥尔德里奇说：简而言之，比较文学是从超越一国民族文学的角度或者从其他一门或几门知识学科的相互关联中，对文学现象进行研究[⑤]。雷马克的意见与之相近[⑥]。A.吉布斯因此说这是多数人的看法[⑦]。约斯特如同布吕奈尔等，整合欧美立场，却坚守文学关系研究的本位[⑧]。尤其值得一提的是联合国教科文组织的教育的国际标准分类有关比较文学专业的课程设置对国际文学关系与文化关系研究的明确与强调：学士学位的课程主要研究国际文学关系和文化关系。研究生学位的课程主要是关于国际关系和文化关系的高级研究。[⑨]中国学者更加关注事物关系，并以此为切入点，探讨、把握、诠释事物的本质，青睐文学关系研究。钱钟书

---

① 艾金伯勒：《比较文学的目的，方法，规划》，干永昌等编选：《比较文学研究译文集》，1985年，第98页。
② 基亚：《比较文学》，北京：北京大学出版社，1983年，第4页。
③ 亚历山大·迪马：《比较文学引论》，上海：上海译文出版社，1991年，第87—88页。
④ 《苏联〈大百科全书〉(1976) "历史——比较文艺学"》，干永昌等编选：《比较文学研究译文集》，上海：上海译文出版社，1985年，第427—428页。
⑤ 克莱门茨：《比较文学的渊源和定义》，干永昌等编选：《比较文学研究译文集》，上海：上海译文出版社，1985年，第228页。
⑥ 雷马克：《比较文学的定义和功用》，张隆溪选编：《比较文学译文集》，北京：北京大学出版社，1982年，第1页。
⑦ 吉布斯：《阿布拉姆斯艺术四要素与中国古代文论》，张隆溪选编：《比较文学译文集》，上海：上海译文出版社，1985年，第205页。
⑧ 弗朗西·斯约斯特：《比较文学导论》，长沙：湖南文艺出版社，1988年，第22页。
⑨ 克莱门茨：《比较文学的渊源和定义》，干永昌等编选：《比较文学研究译文集》，上海：上海译文出版社，1985年，第232页。

指出：不同国家文学之间的相互关系自然是典型的比较文学研究领域[①]。乐黛云先生也说：比较文学在与不同文化和不同学科的关系中寻求文学的生长点[②]。曹顺庆先生主编的《比较文学学》，将文学关系学作为体系建构的四大板块之一，以此追求不同国家文学关系研究的实证性[③]。

3. 比较文学就是文学关系学

之所以说比较文学就是文学关系学，因为一门学科的决定要素有三：对象、目的、方法。其中对象是根本，只要有了独到的对象便足以建构一门学科。因为有了对象也就有了相应的目的；针对相应的对象，要达到相应的目的，就得选择、运用甚至创设相应的方法与途径。那么比较文学锁定的另类异质的四际文学关系等是否具有独到性？答案是肯定的。联结民族文学与民族文学，文学与相关学科，使之互证互释、互通互补，多元共生的另类异质的四际文学关系等，这正是由比较文学独家开垦的处女地。立足四际文学关系来看待、解读文学与民族文学、世界文学的内涵、价值、意义，不同于立足文学与民族文学的本位来看待、解读其内涵、价值、意义。相对务实用实的传统的民族文学、世界文学、文学批评、文学史等，比较文学务虚用无，以无用为用的学科特性由此可见。对此，拙文《无用之用：比较文学的学科特性》已有详论。[④] 至此不难明白：克罗齐所谓我看不出有什么可能把比较文学变成一个专业[⑤]，属于一种误读：误以为比较文学是在依靠他所理解的一种各门学科通用的研究方法来建构一门独立学科。这种疑问，勃洛克等同样具有：我不相信比较文学有朝一日会变成建立在方法论基础上的一门语文学分支[⑥]。虽然勃洛克的疑问是针对韦斯坦因的《比较文学入门》而发，问题是，方法的选择、运用乃至创设，取决于相应的对象与目的（方法的独到性则取决于相应的认识论）。中国俗话所谓：杀鸡焉用牛刀，高射炮打蚊子——大材小用，没有金刚钻不揽瓷器活等，都可以说是对这个问题的通俗解答。因此说，无论是将比较文学学科设限的基础引向单纯的方法，还是单纯地从方法的角度来质疑比较文学的学科地位都是误入歧途。

---

① 张隆溪：《钱钟书谈比较文学与"文学比较"》，杨周翰、乐黛云主编：《中国比较文学年鉴》(1986)，北京：北京大学出版社，1987年，第48页。
② 乐黛云：《比较文学简明教程》，北京：北京大学出版社，2003年，第8页。
③ 曹顺庆：《比较文学学》，成都：四川大学出版社，2005年，第28页。
④ 徐扬尚：《无用之用：比较文学的学科特性》，《中外文化与文论》第15辑，2008年，第35—45页。
⑤ 克罗齐：《比较文学》，《中国比较文学》，1988年第2期。
⑥ 勃洛克：《比较文学的新动向》，干永昌等编选：《比较文学研究译文集》，1985年，第197页。

二、文学关系：比较文学的处女地

1. 会通民族文学，走向世界文学的桥梁

比较文学植根于歌德的超越民族文学局限的世界文学意愿。反之，这本身又意味着：会通民族文学走向世界文学的桥梁，正是过去（比较文学未诞生之前）文学研究的缺失，有待比较文学来担任。对歌德的世界文学，韦勒克从三方面加以诠释：一是指从新西兰到冰岛的世界五大洲的文学；二是指各国文学的合而为一；三是指文豪巨匠的伟大宝库[①]。我的理解与之稍有不同，其能指意义应当包括：一是数量、地域层面的不分优劣大小的全世界各民族文学。或表现为同而不和，各持一调，没有主旋律的众声喧哗；或表现为没有个性的千篇一律，众口一声。即韦勒克所说的世界文学的前两方面。二是精神、视阈层面的世界各民族文学的共同性：共同的历史、规律、特性、视野，张扬民族文学个性的和而不同的世界大合唱。这正是韦勒认为世界文学概念应当具有而不包含在歌德的世界文学意愿之中的潜台词，以及朱光潜对歌德的世界文学意愿的诠释。三是质量、价值层面的优秀作品的集合。其实，这正是韦勒克认为适合教学的当下世界各地高校所谓的世界文学。只不过这种世界文学是一种经过文学会通的增损之后的自以为是：各国的世界文学对他国优秀作品的解读、认定、评价及其原则，势必受其民族文化语境、集体无意识的制约，成为以我观人，甚至是为我所用，也即是某种意义上的解读自我。显然，世界文学的三方面都有一个如何让五大洲的各民族文学集合到一起，会通成为整体，而且只能运用某几种语言，依据某几种文学立场或范式加以表述的问题：谁来，谁能，谁在充当会通世界各民族文学的使者、桥梁？谁来，谁能，谁在致力于解读、梳理、澄清这种跨语言、民族、国别的文学会通的增殖、反损、变异？自然是比较文学。或者说，我们称上述研究为比较文学。二十世纪的历史表明，植根于空想世界主义的文学大一统只是听起来很美。因此，我个人的意见与韦勒克相反：认为以五大洲文学为对象的世界文学不仅是必要的也是可能的。启发来自《孙子·兵势》的"治众如治寡"：统帅大军十万，道理如同统领百人，可以分而治之。十万人即万人的十倍、千人的百倍、百人的千倍，可以以百人为单位逐级管理，统帅最终只需统领十个万人队的将领。如果说民族文学是千人队，那么地缘文学如亚洲文学、海岛文学等，人缘文学如女性文学、殖民文学等便是万人队。比较文学完全可以以民族文学关系研究为起点，以人缘文学关系研究、地缘文学关系研究为中站，达到世界文学研究的目的。

[①] 韦勒克、沃伦：《文学理论》，北京：三联书店，1984年，第43页。

2. 会通民族文学，走向总体文学的纽带与桥梁

在韦勒克等许多人看来，世界文学的第一方面不可能实现，也没必要追求；第三方面狭隘，因此应当改变；只有第二方面才相对合理与现实，其内涵则早有总体文学概念部分涉及。总体文学原是指一般的文学理论、批评原则，或多国文学乃至多国文学史，意义不定。梵·第根将其作为比较文学、国别文学的对应概念：就是一种对于许多国文学所共有的那些事实的探讨[①]。韦勒克认为，就法国学派从事的国际文学关系研究而言，总体文学的名称可能比较好些，但也美中不足，与比较文学难以区分[②]。雷马克同样认为梵·第根的上述区分失之于武断、机械。基亚、巴达庸、艾金伯勒等法国学者也同样质疑梵·第根的总体文学。然而，总体文学之说却得到许多中国学者的认同。当然，中国学者所说的总体文学已经超越了梵·第根的局限，成为比较文学的自然延伸与拓展。例如钱钟书说：比较文学的最终目的在于帮助我们认识总体文学乃至人类文化的基本规律[③]。曹顺庆先生也说：在具体的比较文学研究中，总体文学是比较文学很自然的延伸和扩展，二者很多时候是结合在一起的，很难完全区分开来。但这并不等于说总体文学不存在。从总体文学和比较文学的关系来看，它在比较文学学科理论中是重要的一环。[④] 顾名思义，总体文学就是以总体的、综合的眼光、方法、原则来看待、把握世界文学及其所形成的文学的总体或总体的文学。我们不妨以总体文学指称与涵盖上述世界文学概念的第二方面，具体包括总体文论、总体批评、总体文学史，使之与世界文学互证互释，与民族文学构成文学四层次：民族文学、比较文学、总体文学、世界文学。在具体应用中，便可以根据不同的语境与不同的倾向，使用世界文学与总体文学术语。比较文学正是会通民族文学走向总体文学的桥梁。

3. 会通文学与相关学科的桥梁

同理，美国学者率先提出跨学科研究本身同样意味着：会通文学与相关学科的桥梁，同样是此前传统文学研究的缺失。反之，正是"正、反、合"相反相成的事物发展规律所决定的二十世纪学科走向综合的时代潮流成就了比较文学的跨学科研究。所谓"正、反、合"相反相成的规律意义有三：一是反乃正的发展，合乃反的发展。学科的设置也正是如此：为了对事物的认知与把握更加深入细致，微观认识以及与之

---

① 梵·第根：《比较文学论》，干永昌等编选：《比较文学研究译文集》，1985 年，第 68 页。
② 韦勒克、沃伦：《文学理论》，北京：三联书店，1984 年，第 42—44 页。
③ 张隆溪：《钱钟书谈比较文学与"文学比较"》，杨周翰、乐黛云主编：《中国比较文学年鉴》(1986)，北京：北京大学出版社，1987 年，第 50 页。
④ 曹顺庆主编：《比较文学学》，成都：四川大学出版社，2005 年，第 32 页。

相关的学科细分也就成为必然；反之，学科细分则在客观上带来了科学的发展。然而，学科细分也因自我设限而带来自我封闭与孤立，反过来阻碍了对事物的系统认知与整体把握，从而使科学的发展超越学科设限走向会通成为必要。文学研究自在其中。二是反乃正的继续，合乃反的继续。事物往往会朝着与原来相反的方向发展，或者需要反其道而行之。体现在学科的分类上，学科的综合便成为反学科细分之道而行之的必然。如果说伴随着历史的进步，二十世纪的学科会通是科学进一步发展的必然选择，体现为时代潮流，是人类理性的体现，那么，反前人或他人之道而行之，则更多的体现为少数人或群体的一种直觉表现。三是分乃合的前提，合乃分的结果。事物的正与反的相反相成，无疑是一种科学的稳定状态。拿《孙子·兵势》治众如治寡之说比类学科分类，当然是细分有利于认识的细致与深入，前提是学科之间必须相互协调，分与合相反相成，超越学科设限走向会通。然而，推动人类文明的进步的也并非都是文明行为；开化的民族往往被蛮族征服；中心文明往往被边缘文明颠覆；效益往往产生于偏执。就此而言，不能不说，现在西方科学的发展与其对学科细分，人类战胜自然，开发生产力的偏执不无关系。总之，偏执学科细分的二十世纪西方学者早已认识到：既要保留学科细分的好处又要补救其弊端，那就是实行科际整合，分与合互为前提，相反相成。于是，包括冠之以比较之名的各种边缘学科应运而生，进而形成二十世纪的跨学科研究潮流，致力于会通文学与相关学科关系的比较文学正是其中之一。

三、文学关系的内涵与外延

1．属性关系

作为比较文学研究对象的四际文学关系，前三者属于本体关系；后者则属于外缘关系。比较文学的学科属性——文学性与会通性由此可见，可谓之属性关系。语际文学关系就是指不同语言，或说跨语言，或说以语言的另类异质为视角、切入点的文学关系，甚至是不同民族或不同国别的文学关系。族际、国际、科际文学关系依此类推，分别指不同民族、国别、学科，或说跨民族、国别、学科，或说以民族、国别、学科的另类异质为视角、切入点的文学关系。四种文学关系彼此交叉，相互包容，不可彼此孤立。只要是具有同源类同性、另类异质性、证释发明性的可比性，四际文学关系中任何一种文学关系都可以成为比较文学的研究对象。四际文学关系对比较文学的学科属性的体现与坚持，就文学性来说是指其文学本位性。就会通性来说是指其比较性与跨越性。只有两个以上单位的关系才能构成跨越；被跨越的双方本身就构成了比较关系；跨越的结果就是会通。当然，四际文学关系之际即关系，本身便浸润与凸显着会通的意蕴与内涵。四际文学关系足以代表比较文学的对象：一是比较文学的对象、方法、属性、特性的信息尽在其中；二是与比较文学的方法、风骨、特性彼此协调，有机统一。四际文学关系作为比较文学的对象，无疑意味着比较文学同时包含或兼有语言、民族、国家、学科等四种视角、立场与原则，这显然是文学学的其他学科难以做到，或并不具备的。仅此而言，足以表明比较文学作为一门文学学学科，独一无二。

2．范畴性关系

就学科范畴而言，依据文学家族传统的文学理论、批评、文学史三大门类，四际文学关系又包括四际文学理论、四际文学批评、四际文学史关系，超越民族文学局限的总体文论、总体批评、总体文学史赖以形成，简称总体文学关系。比较文学作为文学研究的第四只眼的角色由此可见，可谓之范畴性关系。四际文学理论关系就是不同语言、民族、国别的文学理论关系，以及作为学科单位的文学理论与相关学科的关系。四际文学理论关系研究从而构成四际文论，由此成为总体文论的基础。依此类推，四际文学批评关系、四际文学史关系就是不同语言、民族、国别的文学批评、文学史关系，以及作为学科单位的文学批评、文学史与相关学科的关系。四际文学批评、四际文学史关系研究从而构成四际批评、四际文学史，由此成为总体批评、总体文学史的基础。总体文论、总体批评、总体文学史正是总体文学得以形成的基础。显然，总体文学要靠总体文论、总体批评、总体文学史来实现，或说总体文学的可操作性要由总体文论、总体批评、总体文学史来具体落实，因此而成为今后比较文学研究的发展方向。

3．方法性关系

就研究方法、类型而言，四际文学关系之下，每种关系又可以继续划分为传受变异、异同比类、阐释发明关系，简称三维文学关系。对影响研究、平行研究、阐发研究、跨学科研究的包容与照应由此可见，可谓之方法性关系。若是再分，那就是同源性实证的文学信息的传播、接受、媒介、变异关系；类同性非实证的文学的文论、主题、文类、类型关系；体现为文学研究主体与视阈互为中心的自我本位、非我本位、互为本位关系。传受变异关系就是文学信息在跨语言、民族、国别、学科的传受过程中所形成的信息传播、接受、媒介、变异关系。显然，传受变异关系继承了过去影响研究的对象。但又不完全如此：他所涵盖的跨学科的传受变异关系，过去属于跨学科研究的对象。若保留或套用影响研究的流传学、渊源学、媒介学三分法，传受变异关系即传播、接受、媒介关系，再加上由跨文明研究总结的变异关系。异同比类关系就是文学研究过程中，基于求同存异、比物连类的目的，研究者人为建构的非事实联系的平等对等的语际、族际、国际文学关系。异同比类关系即过去平行研究的对象。但也不完全如此：他将过去跨学科研究的内容留给了阐释发明关系。因为文学的本体关系的异同比类研究有助于对文学本体的认识，本身可以是目的：异中求同，得以建构另类异质的民族文学交流、对话的话语与平台，有助于另类异质的民族文学众声合奏、多元共生、和而不同的世界文学研究及其文学史写作，有助于会通世界文学共同诗心与文心的总体文论乃至文学关系的总体研究；同中求异，有助于认识、把握另类异质的民族文学的不同话语范式与精神特质及其对世界文学的不同贡献；比物连类，有助于另类异质的民族文学的互通互识，其本身就是另类异质的民族文学的交流、对话。而文学的外缘关系即文学与相关学科的异同比类研究，旨在互证互释、彼此发明，求同存异、比物连类的本身不是目的。文学与相关学科的异同比类研究，只能明确文学与相关学科不同的哲学理念、认知模式、话语解读、意义表述与生成模式、思维模式等本身已经非常明确的问题，从而陷入为比较而比较的循环论证，无助于双方尤其是文学的任何问题的解决；即使有此益处那也是比较文化的内容。异同比类关系具体包括非事实联系的异中求同、同中求异、异同互见关系三方面。若沿用平行研究的类型学、主题学、文类学、比较诗学分类，异同比类关系即体现为文论、主题、文类、类型关系。阐释发明关系就是文学研究过程中，基于阐释发明的目的，研究者人为建构的非事实联系、异同比类的平等对等的四际文学关系。即过去的跨学科研究与阐发研究的对象，只不过是跨学科研究的传受关系已经划归传受变异关系。显然，阐释发明关系与传受变异关系、异同比类关系既有联系又有区别：传受变异关系与异同比类关系本身也是一种阐释发明关系，因此，在可比性的设定上就要求考证传受、追查变异与求同存异、比物连类，也必须同时具有证释发明性。但是，在文学关系的层面，阐释发明关系显然是非事实联系与非实证的跨学科研究与阐发研究的直接目的；而对于传受变异与异同比类关系来说则是间接的。由于文学与相关学科阐释发明是单向的，阐发研究也包括单向阐发；同时具有的非事实联系、异同比类的因素，又难以包容于传受变异、异同比类关系，因此而形成一个独立的层面。阐释发明关系具体体现为互为中心的自我本位、非我本位、互为本位关系等三方面。

三

理论研究与比较诗学

中国比较诗学六十年（1949—2009）

陈跃红

（北京大学）

一

比较诗学（comparative poetics），如果不考虑其复杂的学科历史而只是做简略的学科概括，其实就是从跨文化和国际性的学术视野去展开的，有关文艺理论问题的专门性比较研究。它既研究具有历史事实联系的，国际间的文学理论关系史，也研究并未有事实联系，但基于人类文学共生共创关系基础上的多元文化间文学理论问题。它与一般意义上文艺研究的核心差别，主要就在于其特有的"跨文化"立场和从事比较研究者的"多语种"和"跨学科"的知识背景。

在今日中国，文艺的理论问题之所以需要从跨文化的视野去研究，至少是基于这样一些重要理由：首先是近代以来，中西文论之间存在的，由历史造成的现代性落差；其次是自先秦孔孟和老庄以来，我们所拥有的，具有原创性话语特征的中国诗学和文论传统资源亟待精神延续；再就是现代中国文艺理论研究追求自我突破和现代性发展的欲望和策略。存在落差，拥有资源，具有追赶和超越的强烈愿望，面对所谓"西方"这样一个现代性的参照系，就不得不借鉴、参照、比较和游走于中西古今之间，以图通过所谓跨文化和比较性的对话，去发现自身，更新自身，以图实现中国文艺研究在二十一世纪的现代突围。这种学科选择正好在一定程度上反映了中国文艺研究的现代性超越和世界性融入的大趋势。

也正因为如此，比较诗学研究在中国是一个不可回避和宿命般需求的学术命题。早在上世纪初，也就是学科化的比较文学理论尚未引入中国以前，中国的学者们就已经在自如地运用比较诗学的方法来研究文学理论问题了。譬如王国维1904年发表的《红楼梦评论》，1908年发表的《人间词话》；鲁迅1908年发表的《摩罗诗力说》等等。据对1949年以前近三百余种国内比较文学论著和论文的统计，其中可以列入比较诗学研究范畴的就占四分之一左右①。而且，当时一些最优秀的研究成果，往往就是以比较诗学为代表的。譬如朱光潜的《诗论》（1942），钱钟书的《谈艺录》（1948）等。由王国维开始所建立起来的关于文学、文化和思想史研究的一些方法原则，所谓"取地下之实物与纸上之遗文互相释证；取异族之故书与吾国之旧籍互相补正；取外来之观念与固有之材料互相参证"（见陈寅恪《静安遗书序》）。以及钱钟书所谓"取资异国"，"颇采'二西'之书"，通过互参互照，"以供三隅之反"的研究理论和方法，从一开始就有着自觉的学科价值理念和问题意识。在这些主张中，人们真正容易认同的往往又是"师夷长技以制夷"（魏源《海国图志》）；是"中体西用"，"别求新声于异邦"（鲁迅语）；是对域外思想和方法的"同情的了解"（陈寅恪）；是"兼收西法，参合诸家"以达到"会通以求超胜"②（钱钟书）的学术价值追求。他们试图融古今中外为一炉，坚定的相信"东海西海，心理攸同；南学北学，道术未裂。"③而无论是东方西方，人作为所谓无毛两足动物，也都具有共同的"诗心"和"文心"，正所谓"心之同然，本乎理之当然，而理之当无疑然，本乎物之必然。"④也就是说，在深层的人性和文学艺术的本性方面，无论中外都具有许多共同的东西可以加以对话和沟通，而中国特有的传统文论思想资源，不仅可以成为现代中国文论建设的基础和生长因子，而且于世界的文论发展也可以大有裨益。正是这样的学术理念和方法原则，确立了现代中国比较诗学最有突破价值的研究理路。

二

如果我们此后半个多世纪的文艺研究能够始终遵循这些思想和方法理念去实践，则今日中国的文艺研究也许会是另外一种局面。遗憾的是，在从20世纪50年代到70年代将近30年的一段时间内，这种跨文化意义上的文艺研究在中国内地人为地被忽略了。在那一段特殊的历史时期内，由于中国内地的学术环境，除了如钱钟书这样的个别人，在私下仍旧做着自己的研究之外，在整体上基本上不可能开展什么系统的比较诗学研究，也更不可能有专业论述的出版。在极左文艺思潮占统治地位的情况下，如果有谁斗胆把中国文论和西方诗学作为建构革命文论的讨论基础和资源，其命运除

---

① 《中国比较文学研究资料：1919—1949》，北京大学比较文学研究所编，北京：北京大学出版社，1989年。
② 《明史·徐光启传》。
③ 钱钟书：《谈艺录·序》，北京：中华书局，1984年，第1页。
④ 钱钟书：《管锥编》第一册，北京：中华书局，1979年，第50页。

了成为革命大批判的对象，不会有更好的结局。更何况比较文学学科在当时的苏联早已被作为资产阶级反动的文艺方法被批得体无完肤，而相当长一段时间内，中国的文学学术研究又都是常常照搬苏联的体制，既然这种学术路径在当时的苏联已经是过街老鼠，那么，在中国它也就不会有任何机会出笼了；至于到了文化大革命时期，主流文艺思想除了更僵化，左得更过分以外，其理论体系与话语格局也并无根本性的改变。在这样的氛围中，比较诗学的研究除了销声匿迹，似乎也找不出比这更好的命运。

当然，这也并不意味着此一时期中国没有比较诗学的研究，但它们主要由海外和台港的华人学术界来加以推动的。事实上，作为一门现代意义上学科化的比较诗学，在西方也只是到了20世纪60年代才逐渐成气候。从70年代起，它很快被引入中国的港台学界，那里的学者一方面承继了"五四"以来中国学人的研究传统，例如叶维廉在他的代表作《比较诗学》的序言里，就曾经谈到自己在治学路上受到五四精神和诸如宗白华、朱光潜、梁宗岱、郁达夫、茅盾、钱钟书、陈世骧等人的影响。他说："像我的同代人一样，我是承着五四运动而来的学生与创作者。五四本身便是一个比较文学的课题。五四时期的当事人和研究五四以来文学的学者，多多少少都要在两个文化之间的运思方法，表达程序、呈现对象的取舍等，作某个程度的参证与协商，虽然这种参证与协商，尤其是早期的作家和学者，还停留在直觉印象的阶段，还没有经过哲学式的质疑。"① 可见，五四的的确确为后人提供了从事比较文学研究的基础。另一方面，进入六七十年代的港台和海外华人学界，相对于大陆无奈的文化封闭的情形，他们已经可以更方便和更直接地去领受真正学科化国际比较文学潮流的影响和刺激。尤其是他们这一代研究者，相当多的人是在欧美，特别是在美国院校的比较文学系或者英美文学系受到系统的西方文化和理论训练，这基本上决定了他们的学术选择和问题倾向性。检索那个时期台港比较文学研究的成果，以叶维廉的《比较诗学》为代表，比较诗学领域可以说是当时比较文学研究的突出亮点。除此而外，周英雄的《结构主义与中国文学》、郑树森的《现象学与文学批评》、王建元的《雄浑观念：东西美学立场的比较》、古添洪的《记号诗学》、张汉良的《读者反应理论》等，都具有强烈的比较诗学特色。其中每一个具体的研究者，基本上都是以一种至两种西方理论为参照，较为深入地去考察中国文论的问题。在研究重心上，这一批学者比较优先处理和侧重于探讨的，往往是诸如中西共同理论规律的追寻，某种跨文化普遍使用的批评架构的探讨等。他们的学术追求目标在于，认定从诗学发展本身的地域差异和文化个性出发，中西双方甚至世界各民族的理论，都应该具有各自的原创价值和世界贡献，也都有权

---

① 叶维廉：《比较诗学》，"比较诗学序"，台北：台湾东大图书公司，1988年，第1页。

利和资格具备谈论的元语言性质,因此,不能因为对方一时的话语强势,便放弃自己的理论自主性,甚至成为别人理论框架的填充物和延伸性的注脚。而任何跨越文化地域的诗学阐释,也就是所谓比较诗学的研究,从一开始就应该是双向性的互释互证,只有把它们放到一个平等的谈判桌上,一个可以互相提问的话语平台上,去谈判、对话和协调,这样,才有可能去探求真正的所谓理论的普遍性问题。

但是,问题在于,处于当时中西文化语境不平等,文学及其批评理论发展落差较大,语言和学术意义的世界地位失衡的情况下,如何将这些理论逻辑和学术见解贯彻到底?以港台和海外华人学者的力量和学术身份,试图将中国的诗学理论推向世界,并得到普遍性认可的努力,有时候往往会遭遇西方理论话语世界不屑地转过身去的背影,这也许正是在出现了八十年代的台港比较诗学理论研究高潮之后,海外和台港的比较诗学研究又一度沉寂的原因之一吧。

三

中国内地比较诗学学科发展的学术机遇,是伴随着八十年代改革开放的春风而出现的。三十年来,因为其特定的时代氛围和资源土壤而得到了迅速的发展,很快成长为世界比较诗学学科研究的重要一翼。

回首历史的轨迹,我们大致可以将中国比较诗学的发展脉络归纳为三个阶段:

第一阶段(1978—1988),学科自觉意识的觉醒

这一时期的开始,无疑是以1979年中华书局一举推出钱钟书四巨册的《管锥编》作为标志的。该书承继了作者《谈艺录》以来的研究风格,却进一步打破了更多语言、文化和学科界限,以更加广博的知识面和跨文化涉猎展开视野。作者以《周易正义》、《毛诗正义》、《左传正义》、《史记会注考证》、《列子张湛注》、《焦氏易林》、《老子王弼注》、《楚辞洪兴祖补注》、《太平广记》、《全上古三代秦汉三国六朝文》等十种经典为对象,旁涉中英德法多种语言,千余种中外著述的材料,旁征博引,探幽索微,针对中国学术和文论话语的表达和存在特点,力求从中探讨那些"隐于针锋栗颗,放而成山河大地"的文艺现象和规律性问题,并且将它们置于国际学术文化的语境和材料中加以现代性的处理和确认,一举在中国和国际学术界打造起一座跨文化学术和文论比较研究的丰碑。

《管锥编》涉及的学术面相当广泛,并不全是比较诗学的问题,但是,其中关于

中西文论与诗学关系和问题的大量研究成果，无论在方法、范式，还是学理思路方面，在这一领域都有深入的推进和原创性的发明，更不用说丰富厚实的材料和众多新颖的见解了。在宏观历史的较长时段的意义上，我们也许可以说，学术的进步与时间的进化演进是相应的，但是，在诸如十年，数十年、甚至数代人的意义上，后来者，却未必就能够超越它的始作俑者，而在中国大陆二十世纪八十年代以来的比较诗学研究中，钱钟书很可能就是这样的一个始作俑者。他让后来者为中国比较诗学研究的原创性成果而骄傲，同时也面临难以超越的沮丧。

诚然，钱氏的学问是不能以一个什么比较文学家或者比较诗学家去加以概括的，但是，他在文论研究方面独树一帜的跨文化研究理路，却为中西比较诗学的研究开出了示范性的路径之一。正如在和张隆溪的谈话中，钱钟书先生就曾经指出，"文艺理论的比较研究，即所谓比较诗学是一个重要而且大有可为的研究领域，如何把中国传统文论中的术语和西方的术语加以比较和相互阐发，是比较诗学的重要任务之一。"[①]

继钱钟书之后，老一代学者的学术积累也陆续问世，如王元化的《文心雕龙创作论》（1979年，上海古籍出版社）、宗白华的《美学散步》（1981年，上海人民出版社）、周来祥《东方与西方古典美学理论的比较》（1981）、蒋孔阳的《中国古代美学思想与西方美学思想的一些比较研究》，以及杨周翰的《攻玉集》（1983年，北京大学出版社）等。在这些著述中，普遍都具有明显的比较诗学研究特点。例如王元化先生的《文心雕龙》研究与此前所谓"龙学"著作的一个明显不同，就是引入了西方文论的观念作为参照对象；而宗白华先生在他的美学散步过程中，中西方的对话总是在他的闲庭信步过程中碰出火花；至于杨周翰先生，作为中国比较文学学会的首任会长，他的著述更多了一份学院派比较研究的学科严谨，在他的笔下，许多十七世纪英国作家的知识结构中，关于中国的叙述和传说，竟然不断成为其创作想象力的重要基础，而当弥尔顿乘着想象的中国加帆车在"失乐园"中疾驰的时候，中国这个被想象改造过的东方帝国，已经在不知不觉中成为西方人世界意识和美感诗学的组成部分。

第二阶段（1988—1998），体系化学科建构的努力

八十年代中期以后的中国学术界，是一段让人难以忘怀的激情岁月。思想的解放带来了学术的普遍复兴性建设。这一时期也是中国比较文学学科复兴的大好时光，作为其标志性的事件，就是1985年秋季，中国比较文学学会在改革开放前沿城市深圳的成立。当时的国际比较文学学会会长佛克玛曾经在1988年于德国慕尼黑召开的

[①] 张隆溪：《钱钟书谈文学的比较研究》，《走出文化的封闭圈》，北京：三联书店，2004年，第189页。

第十二届国际比较文学学会年会的开幕致辞中,高度评价了这一时期中国比较文学研究复兴的意义,他说:"我们学会近期的一件大事,就是中国比较文学学会于1985年秋季成立。中国人在历经数载文化隔绝后对文学的比较研究和理论研究的兴趣,是预示人类复兴和人类自我弥补能力的有希望的征兆之一。"①

在这一时期,比较诗学研究的进展迅速。新起的国内一代学者,明显受到来自三个方面的启发和借鉴:即五四以来前辈学者的经验和成就;台港和海外华人学界的学科知识和成果;国内文学和文艺学研究领域兴起的新理论和方法热潮;由此他们能够敏锐地意识到比较诗学研究对于中国文艺学研究走向世界的意义,于是在这一领域急起直追。

从八十年代后期开始到九十年代末,比较诗学研究在比较文学界的研究声誉日隆,每三年一届的中国比较文学年会暨国际学术研讨会,比较诗学专题讨论的参与者众多,成果也不断丰富。这些成果无论在研究的广度还是深度方面与前一时期都有新的开掘。有的注重研究具有历史影响关系的中西文论关系史梳理;有的注重对中西诗学之间某些概念、范畴的比较研究;有的则尝试展开中西诗学宏观层面的总体把握,如认为西方诗学偏重于模仿、再现、写实、求"真",而中国诗学则偏重于物感、表现、抒情、求"似",尤其值得注意的是,有别于早期倾向于异同罗列和差异区分,这一时期则普遍转向于将诗学问题纳入现象产生的文化语境之中来加以探讨,在此基础之上,很快便出现了把微观的概念比较和宏观的文化探求结合起来的著述,也出现了试图系统比较性清理中西文论和美学体系关系的专著。

十余年间开始陆续有较多专门的成果问世,作为比较诗学和广义跨文化文论研究著述的出版一时相当普遍,据不完全统计,仅仅从1988年至1998年间,出版的相关专著和论文集就已经超过了50种。主要的著述有:《中西比较诗学》(曹顺庆,1988年,北京出版社),该书以单纯的中西范畴比较研究见长;《拯救与逍遥》(刘小枫,1988年,上海人民出版社),该书作者虽声称主要不是以诗学和比较诗学为主题,但是作者的审美阐释学立场和明显的中西作家二元对立比较模式,使其在比较诗学研究领域的研究角度独树一帜;《中西美学与文化精神》(张法,1994年,北京大学出版社),该书最大的特色是作者对于中西美学和诗学范畴系统差异的精当把握和细致入微的分析,读来说服力很强;《西方文论述评》(张隆溪,1986年,三联书店),则是借助中国的观念介绍西方文论,看似信手拈来,实则颇有深意;黄药眠、童庆炳主编的《中西比较诗学体系》,(1991人民文学出版社),试图体系化的去梳理中西诗学的主要线

---

① 北京大学比较文学与比较文化研究所编:《中国比较文学通讯》,1988年第3期,第1页。

索节点；此外还有卢善庆的《近代中西美学比较》(1991)，狄兆俊的《中英比较诗学》(1992)，周来祥与陈炎合著的《中西比较美学大纲》(1993)等；尤其值得一提的是乐黛云、叶朗、倪培耕主编的《世界诗学大辞典》(1993春风文艺出版社，钱钟书题签)，该辞典眼界宏阔，立意高远，遍邀国内文论各领域的学人共同撰写，在中国文论研究史上，第一次把中、印、日、阿拉伯、朝鲜文化地域的文论和美学思想与欧美诸国的诗学观念平等地加以梳理和重点介绍，东西方文论观念范畴和著述理念都融为一书，进行整体全方位总体性的平等介绍，从而为后来的研究者提供了一个全面和严谨的范畴阐释和理论资源空间，并且在一定程度上改变了当代文论研究中，提到外国文论一直以来总以西方为中心的写作倾向，为学界所称道。

就整体而言，这一时期的比较诗学著述的学科化、体系化尝试目标非常明确，研究者往往具有自觉的比较诗学方法论意识；在研究视域方面，既有对中外诗学比较的逻辑起点、学术向度和可比性等理论问题的深入思考，又有对相近诗学范畴和命题的横向比较和价值钩沉，还有从文学阐释学和价值本体角度去展开的学术追问，均试图进一步将中国比较诗学的研究引向深入。

尤其是进入90年代末，中国比较诗学研究又出现了具有研究疆域突破性的扩展。首先，是研究的范围不断扩大，如曹顺庆的《中外文论比较史·上古时期》（山东教育出版社，1998年）试图把印度、日本、朝鲜、越南、阿拉伯等民族文论也纳入了研究的范围。王晓平等的《国外中国古代文论研究》（江苏教育出版社，1998年）则将诗学研究的触角延伸到海外汉学领域。其次，是研究视角与方法日益丰富，如王岳川对二十世纪西方文论的著述；钱中文等主编的《中国古代文论的现代转换》（陕西师大出版社1997）；叶舒宪、萧兵等人对中国古典文学的文学人类学诠释；王一川的形象学诗学研究，等等。其三，在研究的层次上也不断有所提高，如杨乃乔的《悖立与整合：东方儒道诗学与西方诗学的本体论、语言论比较》（文化艺术出版社，1998年）等，开始尝试从哲学和审美本体论的高度去关注跨文化的文艺理论问题。

这一时期比较诗学学科化一个值得注意的进展就是，"比较诗学"作为一门研究生课程，开始出现在国内的研究生教育讲坛，在教学、研究和人才培养方面也得到了普遍的重视和较大的发展。譬如，最先被批准的比较文学博士点，其研究方向基本上都是以比较诗学为主，例如全国第一个比较文学博士点地北京大学比较文学与比较文化研究所，首先确定的培养方向就是比较诗学方向；而暨南大学的博士点则是认定为比较文艺学方向；至于四川大学的博士点则选择了以古典为主的比较文论的方向。因此，从根本上讲，它们的基本研究方向实际上都是"比较诗学，"而且研究的重点普遍都是放到了中国古典文论与西方诗学的比较研究领域。只不过由于各自的专业强项不同，而各自的表述和侧重点不太一样罢了。

这一时期以来，由于队伍的壮大，参与者知识结构的差异，以及教学培养中的师承关系等等，国内的比较诗学研究领域开始分化集结，出现一些各具特色的重点研究群体。

譬如以北大、社科院、北师大为主的北京、华北地区的学者群体，比较重视西方诗学理论的引进、译介、传播和消化；重视基本诗学概念、范畴和研究范式的研究；近期更关注中国文化经典中的跨文化诗学问题的深入探讨，力图站在思想文化和现代性宏大叙事的高度，重新去读解翻新经典中的诗学意义，从而引出一系列相互关联的研究命题。在此后一个时期出版的北大等校比较诗学博士的著述中，均可以见到这种突出的研究侧重。譬如中国诗学阐释学的现代意义问题，与此相关的言意问题，隐喻、反讽、象征诸形态的转换生成问题，跨文化诗学中的"时间"问题，叙事问题，近代中国审美现代性的产生和外来影响问题，基督教思想中的诗学问题，《诗经》的解释学问题，《孟子》及其先秦儒家著述的意义生成和对话研究，隐喻的跨文化研究，现代性意义上的中国小说理论的生成问题，钱钟书的诗学研究范式和成就等等。

以四川大学为主的西南地区学者群体，则主攻文论总体规律和传统中国文论名著的阐释，后期也关注中国文论和思想经典在西方"理论旅行"的遭遇问题。时有热点问题抛出，引发学界争论。譬如中国现代文论话语的"失语症"问题、中国古代文论现代转换问题等。他们强调对于中国文论体系价值意义的挖掘、对中国古典阐释学理论的宏观考察、对中西诗学概念的异同比较、对传统诗学名著如《文心雕龙》等的理论现代性申说、以及从非主流的民间立场对于诗学问题的颠覆性批判建构等等。

以暨南大学为中心的广东、华南的学者群体，一度更注意从哲学、宗教、语言和美学等层面去追问和辨析诗学的问题，尤其注意佛教与中国文论的关系、现象学意义上的传统诗学理论还原、基本诗学概念的生成性追问等。除此而外，国内也还有不少高校和研究机构的学者致力于比较诗学的课题研究，有的侧重对于中西比较诗学海外资料的整理、有的着重对跨文化的理论交往和对话理论的探讨，有的发掘马克思主义、尤其是西方马克思主义的思想资源对于跨文化诗学交流的意义，更有的从文学人类学、文学社会学的多种角度，试探重新建构和叙写中国的文论话语等等。

尤为值得强调的是，二十世纪九十年代后半期以来，国内文艺理论研究界对于文论的比较研究有越来越重视的趋势。1995年8月，由中国社科院文学所和外国文学所两个研究所和一批重点高校发起，成立了"中国中外文艺理论学会"，并在济南召开了成立大会和首届国际学术研讨会，这意味着在原有的比较文学队伍之外，一大批国内文艺研究的精兵强将，从学科意义的认同上进一步开始致力于中外文艺理论的专门研究。中国社会科学院集中国文学,外国文学和少数民族文学等研究机构的研究力量,成立了比较文学研究中心,把研究的重心和主要的项目放到了比较诗学领域,开始对中国与不同国家的文论和诗学关系按照国别和文化地域展开更深入的研究,一套国别性的比较诗学丛书也有望在几年后问世。

第三阶段(1998—2009),学科研究的渐次成熟和文化身份觉醒

走进新世纪,中国的比较诗学研究正方兴未艾,渐入佳境。

进入20世纪90年代以来,比较文学研究的学科化进程日益加快。主要表现为以下三个方面。

首先,是向中国教育界和学术界全面普及了比较文学的学科理论知识,在高校和研究机构初步建立了一支专业的和兼顾的比较文学研究队伍;其次,组建了自己的学术组织机制,譬如团体、杂志、丛书出版和国内外学术交流管道等;其三,则是由于三代人的努力,积累了相当的学术研究经验和可观的学术成果,在国内外建立起了不可忽视的影响。在这一基础上,比较文学在中国大学和研究机构体制中的地位从最初的不被重视,到一步步得到国家机制的承认。1995年北大召开"文化对话与文化误读国际学术研讨会",国家教委主任亲自出席作报告;而2001年北大召开"多元之美"国际学术研讨会的时候,教育部副部长也亲自与会。尤其是1998年随着比较文学学科被国家认定为汉语言文学一级学科下面隶属的二级学科(比较文学与世界文学),从此正式实现体制化,一整套学科教育体系的框架不容分说地开始快速形成。与此同时原先所有的大学中文系的"世界文学教研室",也变成了"比较文学与世界文学教研室",课程教学和研究生培养都开始向比较文学倾斜。这样的学科规模,即使是与西方比较文学的发达国家相比,也已经算得上是洋洋大观了。尽管这当中始终存在这样那样的问题,但就整体上讲,在经过二十余年的努力之后,比较文学终于在学科体制建设方面迎来了大发展的局面,它正确地反映了当代中国的文学和文化研究与时俱进地走向现代性和国际性的历史趋势。

作为比较文学学科最重要组成部分的中国比较诗学研究也由此进入了它的发展新阶段。可以说,随着世纪初对新时期文艺理论发展总结反思的展开,在整个文艺学领域和比较文学的学科范围内,以中外文论的历史和平行发展关系研究为主旨的比较诗学的研究分量和学术价值变得益加突出。原有的研究群体格局正在发展,作为比较文学重点学科的北大和川大等单位,都在比较诗学领域加大了研究力度。新的研究群体也正在崭露头角,国内不少院校的比较文学与世界文学学科以及文艺理论学科,例如北师大、人民大学等,许多都不约而同地把研究侧重投注到了比较诗学以及相关的

跨文化理论研究方面，比较诗学也成为研究基地的学术方向，重点科研项目和学科发展生长点的重要学术选项。

所有这些，都从一定意义上说明，比较诗学的研究，亦即中外文学理论的跨文化研究，在21世纪的中国正在坚实地走向新的深度和广度，并且，它已经不再是比较文学界一家的重要学科分支，而是成为国内文艺理论研究界的共识。

这一时期国内比较诗学各研究群体的研究呈现出了不断深化和扩展的趋势，表现出一些新的特征。

首先是研究的领域方面进一步拓展，并逐步超越以西方文论对中国的影响为研究重心的倾向，开始关注和清理中国传统文论在本土以外的传播、影响和意义。毕竟自20世纪以来的近百年间，西方，尤其是英语世界对于中国文论的译介、研究相对而言已经有了很大发展。仅仅是在北美和英国等其他英语世界里，到2000年为止，关于中国古代文论的博士论文、研究专著、专题论文和翻译评述，可以统计到的大约已经超过了五百余种，中国不同时代的文论著述和各体文论也都受到了不同程度的研究和关注。尽管中国文论的西传在规模和深度上都无法与中国对西方文论的引进相比，但是这种双向的交汇和相遇，毕竟实现了材料的大量译介和积累和人才造就，而面对研究上不断深化的要求，进入中西诗学之间正式的对话和比较就是研究者的必然选择。在21世纪研究深化的今天，重新去回溯这一历史的过程，从而可以将我们的问题意识建立在一个比较理性和明晰的基础之上。因此，如何清理和读解中国文论的海外流传事实，认识和借鉴相关的学术成果，开始成为新阶段比较诗学的一项重要工作。早在1996年乐黛云等就率先编译了《北美中国古典文学研究名家十年文选》（江苏人民出版社）；1997年黄鸣奋出版了《英语世界中国古典文学之传播》（上海学林出版社）；均对英语世界的中国文论研究进行了梳理和重点介绍。2000年王晓路由博士论文改定出版的《中西诗学对话——英语世界的中国古代文论研究》（四川巴蜀书社），更加系统的专题介绍了这一领域的西方研究成果。进入21世纪，包括宇文所安等人的文论专题著述陆续得到译介出版，一时间对中国文论经典海外译介的研究成为关注重点之一，借助现代阐释学，译介学，语言学等对这种现象展开的研究在北京，上海、南京和四川学界成为风气，至今不衰。其次是对于包括印度，日本，朝鲜半岛在内地东方文论及其与中国文论关系的研究渐成气候。严绍璗对东亚文化圈中汉文学及其所在国家文学观念形成的关联研究，关于超越东亚话语的特殊性而寻找普遍性的主张，黄宝生、郁龙余等对印度古典诗学的系统研究等，都在一定程度上使得向着西方理论一边倒的倾向得到了有效的改善。

其二，则是学界在跨文化诗学研究的深度上，逐渐超越了因误解比较方法而引起的简单化二元对立分析的模式,以及脱离文化共创复杂语境,急功近利地试图迅速找到所谓中西共同诗学规律的"乌托邦"努力。在文论研究的侧重上,从"比较"开始走向了"对话",从外贸式的争"盈亏"走向了探索文化"共创"的内在机制和问题。学者们开始尝试从学术史发展的文化差异和思想史发展的不同脉络去探讨各种文论关系问题。例如张隆溪创意于国内,完成于北美并在美国以英文出版的《道与逻各斯》一书,1998年被翻译回来由四川人民出版社出版后,其关于文论对话的阐释学机制的深入分析对学界影响颇大;余虹的《中国文论与西方诗学》(北京三联书店,1999年)对"诗学"概念范畴有相当深入追问。陈跃红《比较诗学导论》(北京大学出版社,2004)中关于问答逻辑、提问原则、方法结构和深度模式的梳理等。都无疑是诗学比较研究提升性思考的进一步开启。与此同时,学者们和新晋的比较文学博士群体于前期启动的研究也在这一时期纷纷结出硕果。譬如张辉的《审美现代性批判——20世纪上半叶德国美学东渐中的现代性问题》(北京大学出版社,1999年);曹顺庆等编写的《中国古代文论话语》(巴蜀出版社,2001年);史成芳的《诗学中的时间观念》(湖南教育出版社,2001年);代迅的《断裂与延续——中国古典文论现代转换的历史回顾》(西南师范大学出版社,2002年);刘耘华的《阐释学与先秦儒家之意义生成》(上海译文出版社,2002年);张沛的《隐喻的生命》(北京大学出版社,2004年);等等。这些著述不少都是由较为扎实的博士论文改写而成,在学理上有着较坚实的资料基础和较严密的问题逻辑,而且宏观式的全景梳理有所减少,专书专题的论述逐渐增多;肤浅的价值判断减少,深入的分析越来越多;情绪化的民族文化浪漫情绪减弱,理性的对话增多了起来,学术层次无疑有了较大提升。而作为"北大—复旦比较文学学术论坛"成果的论文集《跨文化研究:什么是比较文学》(北京大学出版社,2007年)许多论述也广泛涉猎了上述命题;另外一本《比较文学与世界文学——乐黛云教授七十五华诞特辑》(北京大学出版社,2005年)则收录了十多万字的专题论述;以此同时,由周启超主编,中国社科院外国文学研究所文艺理论室集体著述,数量达80万字的两册《跨文化的文学理论研究》分别由百花文艺出版社(2006年)和黑龙江人民出版社(2008年)推出,以其不同语种,不同国别专业学者的研究实力,对俄罗斯以及斯拉夫文学理论,印度古典诗学,日本文学思想,欧美古典和现代文学理论及其与中国古典和现代文学理论发展的关系,进行了深入的探讨,成为这一时期比较诗学研究的重要收获。所有这些,都突出地成为学科化渐次成熟阶段中国比较诗学研究进展的标志。

第三,也是最重要的学术突破,则是从近几年开始,中国比较诗学学界结合西方比较文学文学研究存在的危机和问题,开始理性地反思自身的学术文化身份,问题意识确立和方法学的结构问题。

　　作为比较文学学科重要的理论研究层面,既有的学科史清理已经证明,比较诗学在欧美的发育和生成,在整个比较文学的研究范式中都是属于最晚也是最不成熟的。在真正跨文化文学理论比较研究的实践范畴,他们甚至比中国人晚了好几十年光阴。二十世纪初叶以来中国学人在比较诗学领域的自觉摸索和实践,应该有理由和有学术资源为它的学科范式建构和方法学形成展开主动的提问,既有的研究实践也应该生长了一些新鲜的知识内容,遗憾的是到现在为止我们还没有认真清理和总结。究其原因,恐怕还在于已经走上而立之年的当代中国学术还缺乏费孝通先生所指出的所谓现代"文化自觉"和对于自身学术主体身份的认知信心。使得我们在学科理念上一味以欧美为标尺,将他者的问题当成自己的问题,将他者的范式当成自己的范式,将他者的标准视为自己学科的标准。于是,我们的危机意识往往不是来自于自身研究,而是来自于国际比较文学和文学理论界的动向,来自于国际年会和美国学界的学科阶段性报告,甚至是国际汉学界和中国研究领域的风向。而一旦西方学界反思性地宣布"学科之死",本土中国学界常常就会陷入学术上的危机境地,

　　而实际上,面对欧美学界学术反思的再反思,将有可能把我们真正逼回到中国比较诗学自身的学术处境和问题意识原点上来,使我们重新审视自钱钟书以来中国比较诗学学科发展的历史价值和学术意义。事实上,欧美的比较诗学发展在相当长一段时间内,由于多数情况下面对的是具有希腊罗马本源类似性的文化传统,其所谓比较诗学,一直局限在"文类学诗学",即有些学者所谓"比较诗艺"的范畴,直到二十世纪七、八十年代[包括韦勒克、艾田伯(René Etiemble)、谢弗勒(Yves Chevrel)、迈纳(Earl Miner)、宇文所安(Stephen Owen)等人的努力]才逐渐转向跨文化的文学理论比较研究,研究成果也相当有限。而中国学者从二十世纪初以来的研究,从一开始就是建立在了跨越文化,跨越语言的文学理论比较研究起点上,即所谓"文艺学诗学"的范畴,并且出现了《谈艺录》、《管锥编》这样的巨制鸿作和众多成果。二十世纪八十年代以来,中国比较诗学六十年的发展,尤其是最近三十年的努力,总的趋势是从非学科化零散研究向学科化的系统研究整体推进。尽管众声喧哗,珠沙俱下,但一条基本向上的演进线索和范式构建轨迹还是可以辨认。譬如,从理论概念范畴的简单1+1配对式(如迷狂与妙悟)比较,走向共同论题(如言意关系)的多方对话式探讨;从以西方理论为范式去"整合"中国文论到寻找"相切部分"和"共相"的交集互补;从野心勃勃地要建构统一"普世性"理论,到主动解构自身,尝试去搭建包括非西方理论(如印度、日本、阿拉伯)在内的,具有文化差异的多元复数理论的对话平台;从借助赛义德"理论旅行"的概念,倡导开展"国际诗学关系史"研究,进而认识到当今世界理论本身

的跨学科、跨语言和跨文化特性，从而倡导广义的，包含文化思想史反思的比较诗学研究，进而倡导在中国传统文论甚至东亚文艺理论的研究上超出特殊性的局限去寻找普遍性问题，尝试主动提问和自觉建构本土具有现代性特征的文论体系，从多元文化共创的思路去探讨国际间文学理论问题，等等。由此可以见出，中国的比较诗学研究的确具有自己特殊的价值取向、问题意识和发展路径，并且已经初步摸索出了一些较为适合自身文化和理论特征的研究范式和方法路径，有必要进一步加以总结和重新去认识其价值意义。

总之，文艺研究的跨文化向度和国际化特征，无疑是二十一世纪文艺理论研究的重要路径和必然选择，而比较诗学的内在理论逻辑正是要求超越单一民族文化的视野去看待和处理文艺命题，因此，它与世界文艺研究的未来发展趋势是相吻合的。任何一种地区和国家民族的文学理论，即使是盛极一时的现代西方理论，在今天这个文化多元化的时代，在文学生产、传播、消费和评价普遍国际化的语境中，都将会遭遇到由于历史和文化差异导致的理论失效和通约性困扰，都将面临对话沟通的迫切需求。而未来的中国文论现代性命题和中国现代文艺学的建设目标，也都将期待在古今中外文化间不断的比较、对话、沟通和共创的过程中去逐步推进。因此，尽管人们可以对比较诗学作为学科研究的理解不同，命名不同，说法不同，进入和研讨的方向也不尽相同，然而，总体的目标都是试图从跨文化的路径去深入文艺问题的内层，从不同角度去逼近问题的实质。就此而言，作为比较文学学科重要分支的比较诗学，此前曾经为推进中国的文艺研究现代进程有过自己的贡献，而在未来的岁月中，它仍将注定会继续扮演至关重要的角色。

2009 年 7 月于西二旗

边界的危机与学科的死亡
——比较诗学在比较文学的"去边界化"中领受的本质

杨乃乔

（复旦大学）

在国际文学研究领域中，没有任何一门传统学科像比较文学那样，曾遭遇如此诸多著名的学者对其在"危机"与"死亡"的宣称下所给予危言耸听的判断与定位。

1958年，美国北卡罗来纳大学在其所在地教堂山，举办了国际比较文学学会的第二次会议。在此次会议上，文学理论家韦勒克曾以《比较文学的危机》揭示了这一学科内部所存在的紧张与焦虑。如果说这种紧张与焦虑还是囿限在美国学派与法国学派之间的冲突，那么到了20世纪的80年代，随着经济全球化与文化多元化对整个球域的压迫，比较文学内部的危机已越出了韦勒克的宣称，从比较文学学科的内部冲突向外延展，此时，比较文学的危机被定义在其所遭遇的一个文化多元时代在全球化语境下给这个学科所带来的机遇中，即这种机遇使比较文学研究在"去边界化"中所获取的全部敞开——学科边界的消失。无疑，在全球化时代，比较文学研究的"全部敞开"是一个让人无限激动的字眼，但是，也正是在比较文学研究"去边界化"的全部敞开中，跨民族、跨语言、跨文化与跨学科似乎成为这一学科所遭遇的另一种致命的危机——比较文学因学科边界的消失而面临着向死亡的摆渡。

从传统的学术理念上来解析，大多数学科的成立都以其学科研究的边界来圈定本学科的研究场域及其性质，在学术研究的职业性感觉上，绝大多数学者无法接受一个没有研究边界的学科。但是，比较文学恰恰是以其边界的消失在全然的敞开中陈述着自己的学科性质，学科边界的消失被比较文学研究彻底且完美地本质主义化了。

我们曾在《比较文学概论》这部教材中给比较文学这一学科进行学科本质意义上的定位："……比较文学在学科身份上的成立恰恰是基于研究主体而定位的。因为比较文学研究者作为研究主体，他们所面对的研究客体不是这种一元的、纯粹的民族文学（国别文学），而是介于两种民族文学（国别文学）之间或介于文学与其他学科之间的二元关系。"① 需要强调的是,国别文学研究的学科边界圈定在于这一学科所获有的客观时空定位,如中国当代文学研究是以1949年到当下为发生及延展的时间单位,以当下中国的行政区域为发生及延展的地域空间单位,这一客观的时空组合划定了中国当代文学研究的学科边界,越过这个客体定位的时空边界,中国当代文学研究将在学科边界消失的"危机"中遭遇"死亡"。

比较文学研究恰恰不是依凭于某一国别文学研究的客体时空定位,来为自己划出学科的边界,而是以比较文学研究的主体作为这个学科的定位点,把比较文学研究者——主体的研究视域定位在两种民族文学之间的二元关系维度上,或定位在文学与其他相关学科之间的二元关系维度上,这两种二元关系构成了比较文学的学科本质;也正是在这个意义上,比较文学研究本身就是一方不以学科边界定位的跨民族、跨语言、跨文化与跨学科的学术研究领域。因此,早在1825年至1830,两位法国教师诺埃尔(François Noël)与拉普拉斯(E. laplace)汇集各国文学作品,使之集成所谓第一部"比较文学教程"之时,比较文学即在全然敞开的"去边界化"中陈述着自己的学科放开性,所以"去边界化"在比较文学研究的场域中被本质化,成为不可遏制的潜流。理解了这一点,我们也就理解了为什么无法设问也不应该设问"比较文学研究的边界是什么"诸如此类的问题。因此,比较文学研究本身就不存在着边界的"消失"现象。当下是一个全球多元文化压迫学术研究走向科际整合的时代,某些国别文学研究与文艺学等学科在当下所面临的学科边界的模糊和缺损问题,在本质上是上述学科的学术研究对这个时代的被动回应,尽管这种回应是被动的,也昭示了上述学科在学科边界模糊和缺损中开始反叛学术传统走向敞开的巨大转型。最值得关注的是,早在上个世纪90年代,中国汉语语境下的文艺学研究即被动地应顺了这一巨大转型,走向了文化研究,而文化研究在研究客体的怎样都行中呈现出了无边界性,因此文艺学遭遇了学科边界坍塌的危机而面对着走向学科死亡的摆渡。

让我们的思考回到比较文学所存在问题中,我们没有必要因某些国别文学与文艺学等学科的边界模糊与缺损,回过头来为比较文学研究的"边界消失"而忧心忡忡,而是应该欣喜于比较文学恰恰以其学科"去边界化"的本质主义,早在一百多年前以一种超前的准备而应顺了当下这个多元文化与科际整合的时代。说到底,面对着多元文化与科际整合,这是一个学术研究无法不放弃学科边界封闭性圈定的时代,当下,重新调整或定义自己的学科研究边界是大多数学科及学者不可回避的紧张;而比较文学早在19世纪崛起的瞬间,以其"去边界化"的学科本质就预设了对21世纪学术研

---

① 杨乃乔主编:《比较文学概论》,北京:北京大学出版社,2006年,第77页。

究敞开的接纳性,并且为这一时代的到来期待了一百多年。

1970年韦勒克在《比较文学的名称与性质》一文中曾宣称:"'比较文学'这一术语引起了如此多的争论,而对其解释又有如此大的分歧,误解更频频发生……'比较文学'始终是一个备受争论的学科与概念。"① 我们认为,其中备受争论的原因之一,就是争论的诸多参与者没有在学理上理解,比较文学研究从崛起的一瞬间就是一门"去边界化"的敞开学科,用国别文学研究的边界圈定观念去诠释比较文学研究,一定使自己处在一种对比较文学给予多余的设问也不应该设问的窘境中。

让我们无法忘却的是,法国比较文学研究者雷纳·艾田伯(René Etiemble)也编写过一部冠名为《比较文学的危机》(The Crisis In Comparative Literature)的读本,其中在《从比较文学到比较诗学》("From Comparative Literature to Comparative Poetry")一文中,艾田伯陈述了比较文学研究的理论化倾向及其在这种理论化倾向下所产生的一门新学科——比较诗学:"历史的质询和批评的或美学的沉思,这两种方法认为它们自己是直接相对立的,而事实上,它们必须相互补充,如果把这两种方法结合起来,那么比较文学将不可遏制地导向比较诗学(comparative poetry)。"② 从上个世纪60年代以来,西方比较文学研究的理论化倾向是显而易见的,在1983年的北京中美双边比较文学讨论会上,美国比较文学研究者厄尔·迈纳(Earl Miner)进一步指明了欧美比较文学研究的这一理论化倾向,他直接地把"文学理论"这个术语带入了关于比较文学研究理论化倾向的描述中:"也许,近15年间最引人注目的进展是把文学理论作为专题引入比较文学的范畴。"③ 的确,从这个时段以来,比较诗学无可争议地成为比较文学研究场域中的主流。

当然,早在亚里士多德那里,"诗学"即被定义在文艺理论的层面上,厄尔·迈纳所指称的"文学理论"实质上就是以隐喻文艺理论以此强调比较文学研究的理论化倾向,所以比较诗学也就是文艺理论在跨文化与跨学科中所展开的汇通性研究,关于这一点,张隆溪在《钱钟书谈比较文学与"文学比较"》一文中曾引用了钱钟书的陈述,且澄明得非常清楚:"钱钟书先生认为文艺理论的比较研究即所谓比较诗学

---

① [美]雷纳·韦勒克:《比较文学的名称与性质》(René Wellek, "The Name and Nature of Comparative literature"),见于[美]雷纳·韦勒克:《鉴别:续批评的诸种概念》(René Wellek, *Discriminations: Further Concepts of Criticism*, New Haven and London: Yale University Press, 1970, p.1.)。
② [法]雷纳·艾田伯:《从比较文学到比较诗学》(René Etiemble, "From Comparative Literature to Comparative Poetry"),见于雷纳·艾田伯:《比较文学的危机》(René Etiemble, *The Crisis In Comparative Literature*, Michigan State University Press, 1966, p.54.)。
③ [美]厄尔·迈纳著:《比较诗学:比较文学理论和方法论上的几个课题》,见于《中国比较文学》创刊号,上海:上海外语教育出版社,1995年,第249页。

（comparative poetics）是一个重要而且大有可为的研究领域。如何把中国传统文论中的术语和西方的术语加以比较和相互阐发，是比较文学的重要任务之一。"[①]

当我们思考到这里，问题似乎复杂了起来。如果说，比较诗学是从比较文学研究的理论化倾向中不可遏制地脱胎出的一门新学科，那么，比较文学所秉有的一切品质，在比较诗学这里也应该是同步获有的；的确，比较文学研究的"去边界化"问题也同样传递给比较诗学研究，比较诗学研究也似乎面临着在学科交集语境下，从研究的敞开性走向过度开放的边界危机感。但是，当我们在学理上理解了比较文学的主体定位及其"去边界化"的合法性后，也应该同样理解比较诗学研究的主体定位及其"去边界化"合法性的品质。而问题在于，如果正像钱钟书所告诫的那样，文艺理论的比较研究就是所谓的比较诗学研究，那么在文艺理论的研究场域中，文艺学是否也可能被理解为如同比较诗学那样，也是一门"去边界化"的学科呢？事实证明，近几年来，文艺学带着学科濒临死亡的忧患意识在讨论本学科研究边界丧失的危机时，也从一个侧面明证了文艺学本来是一门有着自己明确边界的学科，只是近年来由于多元文化与科际整合崛起对文艺学的冲击，文艺学被逼迫着扩大化为文化研究时，必然遭遇着边界的模糊和缺损，正是该学科内部的学者已经感触到这一点，于是忧心忡忡地掀起了关于文艺学学科边界的大讨论。

什么是"文艺理论的比较研究"？钱钟书把文艺理论的比较研究陈述为"中国传统文论中的术语和西方的术语加以比较和相互阐发"，从当下逐渐走向成熟的比较诗学研究体系来看视，这种对中西文论术语的比较与相互阐发是指从研究文本的字面上一眼可以看视完毕的显性研究，如钱钟书在《谈艺录》第三十一篇所讨论的中国诗学的"圆转无穷"与西方诗学的"以圆为贵"的美学原则；[②]那种自觉不自觉把中西文论整合于一体，就一个普适性文艺理论问题进行汇通性研究的隐性方法，在不同程度上，也更多地存在于过去与当下诸多从事文艺理论研究学者的成果中，这些研究成果从读本的字面上似乎看视不出研究者是在从事一种显性的比较研究，但研究成果的结构深层恰恰是把中西文论及其相关的背景文化汇通于思考中，以此解决一个在命题字面上或研究读本中并不存在"比较"字眼的普适性理论问题，而且这个普适性理论问题在

[①] 张隆溪：《钱钟书谈比较文学与"文学比较"》，见于《读书》三联书店1981年版，第10期，第135页。
[②] 钱钟书在《谈艺录》第三十一篇讨论中西诗学的关于"圆"的美学原则时，指出："吾国先哲言道体道妙，亦以圆为象。……皇侃《论语义疏·叙》说《论语》名曰：'伦者，轮也。言此书义旨周备，圆转无穷，如车之轮也。'"（见于钱钟书著：《谈艺录》，北京：三联书店，2001年，第329页。）同时也指出了毕达哥拉斯的美学思想是"以圆为贵"：孔密娣女士（Y. Comiti）曾在里昂大学作论文，考希腊哲人言形体，以圆为贵（Propriétés métaphysiques de la Forme sphérique dans la Philosophie grécque）。予居法国时，闻尚未刊布，想其必自毕达哥拉斯始也。"（见于钱钟书著：《谈艺录》，北京：三联书店，2001年，第329页。）

研究的命题字面上可能还是单维度地仅仅指向汉语语境下的中国古代文论,如王元化的《文心雕龙创作论》,其实本质上是汇通的比较诗学研究。说到底,对比较诗学研究及文艺理论的比较研究,都无法从研究的命题及其成果中是否含有"比较"两字以判断其是否是成功的比较研究。需要再度宣称的是,成功的比较研究是学贯中西及学贯古今的汇通性思考。比较诗学从来就不进行什么"比较",比较文学也是如此。"比较"在这里应该被理解为"汇通"、"打通"或"融通"。

其实,比较诗学的隐性研究是从事中西文论比较研究与相互阐发的最高境界,由于研究主体学贯中西与学贯古今的知识储备,哪怕他的研究客体所指向的是纯粹汉语语境下的中国古代文论,也是不可遏制地把中西学术作为两面相互看视的透镜,把中西文论汇通在一种化境的视域中,以有效地解决中国古代文论的问题,同时西方文论的学理性在此得到进一步的丰富及普适性的证明。实际上,除去一部分从事中国古代文学批评史研究的学者依然声称自己恒持着传统国学路数之外,当下已经很少有人把自己的文艺理论研究置放一种纯粹的传统汉语语境下,不带着任何西学或外来文化的视域作为前理解,以此展开对中国古代文论的研究。需要强调的是,当下任何人文学术研究都是21世纪现代汉语语境下延展的学术研究,21世纪的现代汉语品质及其所内涵的诸种外域多元文化因子,成为当下21世纪学者使自己学术思想出场的语言媒介,21世纪的现代汉语语境与纯粹的中国传统文化语境已经相去甚远了,后者是一方失去语言操作实用性的、遥远的、逝去的、且在物理意义上不可追溯的时空语境。

因此无论如何,拒绝操用21世纪的现代汉语,规避于纯粹的传统汉语语境下从事中国传统学术研究是一种乌托邦式的假设。在历史的行程上,每一个时代都获有每一个时代学者在其特定的语境下所打造的学术研究气象,先秦诸子学、汉代经学、魏晋玄学、唐代佛学、宋代理论、明代心学及清代乾嘉学派,都是那个时代所特有的学术气象;在经济全球化与文化多元化的时代,21世纪现代汉语语境下的学术研究必然秉有这一时代的学术气象,任何学者均是压迫在这一学术气象下的受动随行者,在学术气质与学术精神上的任何抵抗都呈现了抵抗者的野心及被这一时代所击碎的渺小。这一时代的学术气象究竟应该给予怎样的学术指称,那将是后来者的命名。

我们所说的文艺学是21世纪现代汉语语境下的文学艺术理论研究,再加上诸种其他学科因素及多元文化、网络现象、大众传媒对当下文学艺术现象的渗透、侵扰与解构,文学艺术现象也在原初本质的失去中扩张与泛化,这种扩张与泛化的结果就是文学艺术的古典气质、贵族精神与精英本色跌向大众化、市民化与浅表化。这是一个什么都可能成为文学艺术形式的时代。因此,文学艺术现象的边界也在交集中迷失与淡化,这也必然要求文艺学放大其研究的边界或宣称"去边界化"以此相适应,因此文艺学研究无法不以失去自己的边界来指向自身研究的客体以此成就自身的存在。问题的关键在于,文艺学一旦放大自身的学科边界走向迷失,以既成的传统理论所定义的文艺学必然跌向边界缺损后的学科死亡,然后失去合法化的研究族群。

从表面上看,文艺学与比较诗学在多元文化与科际整合时代所遭遇的学术命运是一致的,但比较诗学从比较文学脱胎出来的一瞬间,即秉有比较文学先天的那种"去边界化"气质。需要说明的是,文艺学与比较诗学在某种意义的层面上是同质学科,两者可能共同指向同一研究现象,但文艺学的定义是从研究客体之边界来圈定自己的学科性质,而比较诗学的定义是从研究主体来呈现自己的学科性质,这两门可能共同指向同一研究现象的学科,恰恰在这一点上呈现出各自的差异性。无论如何,比较诗学以其研究的主体定位及其"去边界化",无可争议地适从了这个经济全球化与文化多元化的学术交集时代。比较诗学的"去边界化"无疑对文艺学学科边界的模糊与缺损之焦虑提供一种解释的启示,这种启示也要求文艺学重新绘制本学科的学理地图。

从冷战的对立在走向全球化的进程中,因为人文学科研究内含的西方中心论的强势话语与非西方批评话语主张的民族性、地域性的对抗,关于人文学科的论讨总是充满着宗主国与边缘区域之间形成的意识形态政治化的紧张,在比较文学、比较诗学及关涉文艺学的学科转型论战中,正是如此,G. C. 斯皮瓦克在《一个学科的死亡》读本的陈述中,把这种学科之间的紧张提升到相当政治化的对抗中,斯皮瓦克从来都是以解构的理论力量颠覆她旨在瞄向的任何学术标靶,但此次却温情地告诉学术界,她没有把政治的张力带入到比较文学研究中去:"我不提倡这个学科的政治化,我提倡对一种对友好政治的到来给予政治敌意的去政治化(depoliticization),我是努力尽一种责任来思考比较文学的角色。"[①] 实际上,关于学科边界的讨论,在某种意义上仍然不是纯粹的学理问题,而是被深化到学科生存的政治化张力场中以此诉求存在的合化法问题。这就是斯皮瓦克假借"一个学科的死亡"呼唤新比较文学(new Comparative Literature)的到来,并且早在 1973 年就智者般预见地使用了"全球比较文学"这一概念:"1973 年当我还是副教授的时候,我曾邀请克劳迪奥·纪廉(Claudio Guillén)到爱荷华大学开设一个短期课程,纪廉被我的关于一种全球比较文学(global Comparative Literature)理想主义所感动。"[②] 因此,我们无法不赞叹斯皮瓦克在学术的前瞻性上有意无意地给出的预见,也正是这一预见证明了她是一位无可争议的大师性学者。

[①] [美] G. C. 斯皮瓦克:《一个学科的死亡》(Gayatri Chakravorty Spivak, *Death of A Discipline*, New York Columbia University Press, 2003, p.13.)

[②] 同上,第 5 页。

说到底，比较文学不是文学比较，日常用语的"比较"在此是一个毫无意义的失语词汇，比较文学是人文学科在跨文化与跨学科的时代语境下所展开的追问普适性原则的汇通性研究，倘若如此，那么还有多少文学研究、文学批评研究及相关的人文研究无法不纳入斯皮瓦克"全球比较文学"概念的解释下呢？

叙述转向之后：建立一门广义叙述学

赵毅衡

（四川大学）

一、"最简叙述"的定义

最近二十年声势浩大的叙述转向，应当是历史悠久的叙述学发生革命性变化的契机，从目前局面看来，反而给叙述学带来难题。

所谓"新叙述学"，又名"多种叙述学"（narratologies），意思是把小说之外的叙述也作为考察对象。但是"新叙述学"有没有准备好为涵盖各个学科的叙述，提供一套有效通用的理论基础，一套方法论，以及一套通用的术语来呢？叙述学，不管现在自称新叙述学，后经典叙述学，还是后现代叙述学，都必须迎接这个挑战。叙述学家有迎接这个挑战的愿望呢？

对此，叙述学家各有不同的回应方式。赫尔曼在为《新叙事学》艺术写的引言中认为"走出文学叙事……不是寻找关于基本概念的新的思维方式，也不是挖掘新的思想基础，而是显示后经典叙事学如何从周边的其他研究领域汲取养分"。[1]这位新叙事学的领军人认为，所谓"后经典叙事学"依然以小说叙事学为核心，只是从各种其他叙述"汲取养分"。

弗卢德尼克在专门讨论叙述转向时，态度几乎是无可奈何的容忍。她说"非文学学科对叙事学框架的占用往往会削弱叙事学的基础，失去精确性，它们只是在比喻意义上使用叙述学的术语"。[2]本文的看法正相反：叙述转向是我们终于能够把叙述放在人类文化甚至人类心理构成的大背景上考察，在广义叙述学建立之后，将会是小说叙述学"比喻地使用术语"。

---

[1] 戴卫·赫尔曼：《引言》，《新叙事学》，北京：北京大学出版社，2002年，第18页。
[2] 莫妮卡·弗卢德尼克：《叙事理论的历史（下）：从结构主义到现在》，James Phelan 等：《当代叙事理论指南》，北京：北京大学出版社，2007年，第40—41页。

要做到这一点，首先要做的就是改变叙述的定义，"扩容"以涵盖所有的叙述。要改变定义，就遇到一个关键问题：新叙述学的领袖之一费伦斩钉截铁地表示："叙述学与未来学是截然对立的两门学科。叙述的默认时态是过去时，叙述学像侦探一样，是在做一些回溯性的工作，也就是说，是在已经发生了什么故事之后，他们才进行读、听、看。"① 另一位新叙述学家阿博特也强调："事件的先存感（无论事件真实与否，虚构与否）都是叙述的限定性条件……只要有叙述，就会有这一条限定性条件"。②

过去性，是小说叙述学的立足点，而要建立广义叙述学，就必须打破这条边界。远自亚里士多德，近到普林斯，都顽强地坚持过去性边界，但是他们已经遇到难题：为此不得不排除现代之前最重要的一种叙述类型——戏剧。

柏拉图和亚里士多德认为模仿（mimesis），与叙述（diegesis）对立，戏剧不是叙述。二千三百年后，普林斯在《叙述学辞典》中提出过一个对叙述的最简定义："由一个或数个叙述人，对一个或数个叙述接受者，重述（recounting）一个或数个真实或虚构的事件"。普林斯补充三条说明：第一条就是叙述要求"重述"，而戏剧表现是"台上正在发生的"，因此不是叙述③ 下文会说到，排除"正在发生的"戏剧，也就排除了影视，电视广播新闻，电子游戏等当代最重要的叙述样式。

有的叙述学家在这个问题上态度犹疑，自相矛盾。阿博特认为哪怕"现场报道的赛事或新闻"也是过去："我们在阅读或听的同时也能意识到报道中介涉及的瞬间，这些瞬间发生在时间的踪迹从随时消失的绝对现在进入表达它们的媒介之时"。④ 阿博特这段话是说：从"绝对现在"进入"媒介表达"有个"瞬间性的"时间差，使现场也成为过去。但是不久，他就开始抱怨电子游戏的叙述，认为与"委员会会议，战斗，大会，有咖啡间歇的研讨会，滚石乐，派对，守夜，脱口秀"等等相同，都是"体现了一种对叙事已知性的烦躁不安"。⑤ 那么到底叙述学要不要坚持"过去性"？

这个问题，不仅牵涉到叙述意识的本质，而且关系到接受方式。现象学着重讨论主体的意识行为，讨论思与所思（noetico-noematic）关联方式，利科把它演化为叙述与被叙述（narrating-narrated）关联方式。利科在三卷本巨作临近结束时声明：关于时间的意识（consciousness of time），与关于意识的时间（time of consciousness），实际

---

① 费伦：《文学叙事研究的修辞美学与其他论题》，《江西社会科学》，2007年第7期。
② H. 波特·阿博特：《叙事的所有未来之未来》，James Phelan 等：《当代叙事理论指南》，北京：北京大学出版社，2007年，第623页。
③ Gerald Prince, *A Dictionary of Narratology*, Aldershot: Scolar Press, 1988, p.58.
④ H. 波特·阿博特：《叙事的所有未来之未来》，James Phalen 等：《当代叙事理论指南》，北京：北京大学出版社，2007年，第623页。
⑤ 同上，第626页。

上不可分："时间变成人（human）的时间，取决于时间通过叙述形式表达的程度，而叙述形式变成时间经验时，才取得其全部意义"。[1] 这样，叙述的接受如何相应地重现意图中的时间（把叙述"变成人的时间"），成为他们留下的最大的理论困惑。

经过叙述转向，叙述学就不得不面对已成事实：既然若干多体裁体经被公认为叙述，而且是重要叙述，那么叙述学必须自我改造：不仅要有能对付各种体裁的门类叙述学，也必须有能总其成的广义理论叙述学。门类叙述学，很多人已经在做，有时候与门类符号学结合起来做，应当说至今已经有很多成果。事实证明，门类叙述学绝不是"简化小说叙事学"就能完成的：许多门类的叙述学提出的问题，完全不是小说叙述学所能解答的。

我个人认为，从叙述转向波及的面来看，广义叙述学对叙述基本特点的描述，叙述的最基本定义，应当既考虑叙述的发出，也考虑叙述的接受。本文建议：只要满足以下两个条件的讲述，就是叙述，它包含两个主体进行的两个叙述化过程：

1. 主体把有人物参与的事件组织进一个符号链。
2. 此符号链可以被（另一）主体理解为具有时间和意义向度。

本文的这个定义虽然短，实际上牵涉 8 个因素：**叙述主体**必须把**人物**和**事件**放进一个媒介组成的**符号链**（即所谓"情节化"），让**接受主体**能够把这些人物和事件**理解**成有内在**时间**和**意义**向度的文本。情节如何组成才成为有意义的，实际上接受者重构方式的产物。

这条定义的关键点，是排除从柏拉图开始的叙述必须"重述"这个条件，被叙述的人物和事件不一定要落在过去，事件中的时间性——变化，以及这个变化的意义——是在叙述接受者意识中重构而得到的。也就是说：时间变化及其意义是阐释出来的，不是叙述固有的。这样就解除了对叙述的最主要限定，叙述转向后出现的各种叙述类型，现在都可以占一席之地。

二、一种叙述分类：虚构性

在这个定义的基础上，我们可以对我们文化中各种体裁的叙述，进行最基本的分类。

叙述研究首先遇到的最基本分野，是虚构性/事实性（非虚构性）。要求事实性叙述必须基于"事实"，是不可能的，只能说它期待接受者理解它是"事实性"的："事

---

[1] Paul Ricouer, *Time and Narrative*, Chicago: University of Chicago Press, 1984, p.52.

实"指的是内容的品格;所谓"事实性"指的是对叙述主体与接受主体的关联方式,即接收人把叙述人看作在陈述事实。这两者的区别至关重要:内容不受叙述过程控制,要走出文本才能验证,而理解方式,却是叙述表意所依靠的最基本的主体间性。

有一段时期,"泛虚构论"(panfictionality)曾经占领学界。提出这个看法的学者,根据是后现代主义的语言观:"所有的感知都是被语言编码的,而语言从来总是比喻性的(figuratively),引起感知永远是歪曲的,不可能确切(accurate)"[1] 也就是说,语言本身的"不透明本质"使叙述不可能有"事实性"。这个说法过于笼统,在历史学引发太多争议。例如很多历史学家尖锐地指出,纳粹大屠杀,无论如何不可能是历史学虚构。[2]

叙述的"事实性(非虚构性)",是叙述体裁理解方式的模式要求。法律叙述、政治叙述、历史叙述,无论有多少不确切性,说话者是按照非虚构性的要求编制叙述,接受者也按照非虚构性的要求重构叙述。既然是事实性的:叙述主体必须面对叙述接受者的"问责"。例如希拉里·克林顿在竞选中说她在波黑访问时受到枪手狙击,她就必须在记者追问时对此负责。如果真有此事,那么民众或许可以从希拉里的叙述中读出伦理意义:"此人有外交经验和勇气,堪当总统。"希拉里把叙述体裁弄错了,就不得不承受其伦理后果:哪怕不是有意撒谎,至少容易夸张其辞,不具有总统品格。

《中国日报》环球在线消息2008年2月5日报道,希拉里做了个关于未来的叙述:"如果美国国会无法在2009年1月(下任美国总统上任)之前结束伊拉克战争,我作为总统也将会让它结束。"这话是否虚构?如果从问责角度,可以说既是又不是虚构:2009年希拉里是否能成为总统是个虚拟的问题,所有的广告、宣传、预言、承诺,都超越了虚构性/事实性的分野——它们说的事件尚未发生,因此是虚构;它们要人相信,就不可能是虚构。因此这些关于未来的叙述,是一种超越虚构/非虚构分野之上的"拟非虚构性"叙述。之所以不称为"拟虚构性",是因为背后的叙述意图,绝对不希望接收者把它们当作虚构,不然它们就达不到目的。

按虚构性/事实性,叙述可以分成以下几种:

1. 事实性叙述:新闻,历史,法庭辩词等;
2. 虚构性叙述:小说,戏剧,电影,电子游戏等;
3. 拟事实性叙述:广告,宣传,预言等;

---

[1] Marie-Laure Ryan, "Postmodernism and the Doctrine of Panfictionality", *Narrative*, 5:2, 1997, pp.165—187.
[2] Jeremy Hawthorn, *Cunning Passages: New Historicism, Cultural Materialism and Marxism in the Contemporary Literary Debate*, London: Arnold, 1996.

4. 拟虚构性叙述：梦境，白日梦，幻想等。

这个分类中有一个更加根本性的叙述学问题：虚构性叙述，本质上就是谎言，因而不能以真假论之。但是叙述的底线必须是"真实性"的，不然无法被接受被理解。因此虚构叙述必须在叙述主体之外，必然虚构一个叙述主体，能做一个"真实性"的叙述：讲话者（作者）只是引录一个特殊人物（叙述者）对另一个特殊人物（叙述接受者）所讲的"真实的"故事，呈现给叙述接受者（读者，听者等）。例如斯威夫特《格利佛游记》是虚构，但是格利佛这个叙述者对他讲的故事"真实性"负责；例如纳博科夫的《洛丽塔》是虚构性叙述，但是其中的两层叙述者雷博士和亨伯特教授对叙述之"真实性"负责。这不是说亨伯特的忏悔都是事实，例如亨伯特说自己被洛丽塔诱惑就很不可靠。但是他的忏悔是作为"真实性"的叙述呈现的。

有时这内一层的叙述依然可以是虚构性的（例如《天方夜谭》中山德鲁佐讲的故事），但是虚构之进一步的内层故事必须是"真实性的"（例如山德鲁佐讲的辛巴德水手故事）。麦克尤恩的小说《赎罪》以及由此改编的电影，其魅力正在于叙述者的叙述，作为"真实性的"出现，后来出乎意料地反指为"虚构性的"，而最后坦白这虚构的"真实性"。

"事实性"叙述的主体不能分化，检举信不能"叙述者代言"；反过来说，如果叙述主体不分化（作者并不推出一个叙述者），叙述就不可能虚构，必然是"事实性"的。

三、第二种叙述分类：媒介分类

文本的媒介，可以成为叙述分类的原则。中文中"文本"这个术语特别麻烦：似乎必有文字。西文 text 词根原意为"编织"，其意义弹性就较大。任何叙述必须通过人们能感知的媒介才能进行，反过来，叙述的媒介可以是能够感知的任何东西。

特别应当强调的是：因为使用媒介，叙述用来表意的都是替代性的符号，例如文字，图画，影片，姿势（例如聋哑语），物件（例如沙盘推演），景观（例如展览）。偶尔我们可以看到"原件实物"出现在叙述中，例如展览会上的真实文物，脱离原语境的实物已经不是真正意义上的"原物"，只是一种帮助叙述的提喻。军事演习用实枪实弹帮助"叙述"一个抵抗入侵的战斗进程，消防演习中真的放了一把火，法庭上出示证物帮助"叙述"一桩谋杀案，也都是一种替代：这把手枪只是"曾经"用于发出杀人的子弹，放到法庭上时，已经不是杀人状态的那把手枪。

符号替代再现原则，就决定了叙述的一个基本原理：叙述本身把被叙述世界（不管是虚构性的,还是事实性的)"推出在场",叙述本身是主体的一种带有意图的"抛出",而"媒介"则是抛出后的形态。媒介这个词的定义,就决定了它只是实物的替代。

叙述最常用的媒介是语言(文字与话语),口头话语是人类最基本的叙述方式,而文字文本记录了大量的叙述,这两种媒介都是语言,却有根本性的区别:文字是记录性的,而记录文本是固定的文本,历史上抄写—印刷技术的巨变,没有改变其记录本质,那就是:一旦文本形成,它不再变化,如琥珀中的虫子一般历时地固定了叙述,它的意义流变只是在阐释中出现。只有近年出现的数字化书写与互动文本,才发生了文本流变的可能——阅读时由于读者控制方式不同而破坏其固定性。

口头讲述却是不断变化的,不仅语言文本难以固定,而且口头讲述常常不是单媒介叙述:不管是收音机新闻广播,还是电视新闻,都可以附有许多"类语言因素",例如语气,场外音,伴奏,姿势等等。每一次叙述表演,口头文本是变动不居,类语言变化更大。

身体叙述(舞蹈,戏剧,歌剧)类似口头叙述,不可能不是多媒介叙述。在语言之外,图像是现代最重要的叙述媒介,当代胶卷媒介,或数字媒介,依然是以图像为主的多媒介。上一节已经谈过,不可能把戏剧与叙述对立,如果戏剧不能算叙述,那么从口头叙述,身体叙述,一直到当代图像叙述,都不得不划出去。这样的"新叙述学"就完全无法处理当代规模宏大的叙述转向。

本文认为,叙述的范围,必须包括"潜叙述",即未完成传达的心理叙述:心理图像——例如白日梦中的形象——不一定能落在有形媒介上,它是非可感物质媒介的"心像"。我们的思索虽然不可能脱离语言,但是日有所思或夜有所梦,主要由形象构成。① 所以我在上面的叙述最简定义中称之为符号链,而不称之为"文本"。不仅是梦,心理学家顿奈特提出:人的神经活动实际上是在不断地做"叙述草稿",而"心灵"的发展实为此种能力的增长。② 心思或梦境,哪怕没有说出来,没有形诸语言,也已经是一种叙述。即使如很多人所主张,人类的思索也是由语言组成,甚至潜意识也是以语言方式构成,自我沉思甚至自言自语,依然是非传达的,因为这种媒介无法实现"主体抛出"。

梦或白日梦等心理叙述,没有叙述接受者。它甚至与日记不同:日记是有意给自己留作记录的,也就是说,明确地以自己为叙述接受者。所思所梦充满了意义,它为了表意才发生。但是由于其媒介(心像,自我沉思)的非传达性,它们只是叙述可能

---

① 龙迪勇:《梦:时间与叙述》,《江西社会科学》,2002 年 8 月。
② Daniel Dunnett, *Kinds of Minds: Understanding Consciousness*, Basic Books, 1996.

的草稿，它们没有完成讲述过程的表意。这种很特殊的叙述，但是这种叙述默认的潜在接受者依然是叙述主体自身，所以本文上一节提出的最简叙述定义第二条，写成"此符号链可以被（另一）主体理解为具有时间和意义向度"，既是"可以"，由此可能性，但是不一定能进行到这一步，（另一）主体打了括弧，因为可以是同一主体。这样的心理叙述，本文称之为"潜叙述"。可以说，潜叙述是任何主体进行叙述的基础，毕竟我们想的比讲的多了很多：讲出的只是冰山一角。

按媒介性质，叙述可以分成以下几种：

1. 记录性媒介：历史，小说，日记，档案，连环画等；
2. 表演性媒介：讲故事，舞蹈，哑剧，戏剧，电视，电影，电子游戏等；
3. 心灵媒介：梦，白日梦，若有所思等。

四、三种叙述分类：语态分类

第三种分类方式，恐怕是最复杂的，那就是语态。语言学家班维尼斯特在《一般语言学诸问题》中提出，语态（mood）的三种基本方式，具有传达表意的普世性："任何地方都承认有陈述，疑问，和祈使这三种说法……这三种句型只不过是反映了**人们**通过**话语**向**对话者**说话与行动的三种基本行为：或是希望把所知之事告诉对话者，或是想从对话者那里获得某种信息，或是打算给对方一个命令"（黑体是我加的）。[①] 他已经暗示了现象学的看法：讲述背后的主体关注，是一种"主体间性"（intersubjectivity）的关联方式。[②]

班维尼斯特说的三种"讲述"，讨论的不只是讲述行为，不只是讲述内容，而是讲述人希望讲述接受者回应的意向，是贯穿说话人—话语—对话者的一种态度。他没有说这也是三种可能的叙述形态，因为这三种句式隐含着叙述主体的三种"意图性中的时间向度"。有的叙述学者已经注意到这三种语态模式在叙述学上的意义，[③] 但是笔者至今没有看到在叙事研究中实质性的应用。

本文仔细检查各种叙述类型，以及它们的表意方式，发现叙述主体总是在把他的意图性时间向度，用各种方式标记在文本形式中，从而让叙述接受者回应他的时间关

---

① Emile Benvesniste, *Problems in General Linguistics*, Coral Gable: University of Miami Press, 1971, p.10.
② 倪梁康选编：《胡塞尔文集》，北京：三联书店，1997 年，第 858—859 页。
③ 戴维·赫尔曼：《新叙事学》，马海良译，北京：北京大学出版社，2002 年，第 91 页。

注。三种时间向度，在叙述中不仅是可能的，而且是必须的。没有这样的三种时间向度关注，叙述就无法对叙述接受者构筑叙述意图提供基本的模式。

按内在时间向度，可以对叙述作出以下的划分：

1．陈述式（过去向度叙述）：历史，小说，照片，文字新闻，档案等；
2．疑问式（现在向度叙述）：戏剧，电影，电视新闻，行为艺术，互动游戏，超文本小说，音乐，歌曲等；
3．祈使式（未来向度叙述）：广告，宣传，预告片，预测，诺言，未来学等。

这三类叙述真正区分在于叙述主体意图关注的时间方向：过去向度着重记录，因此是陈述；现在向度着重演示，意义悬置，因此是疑问；未来向度着重规劝，因此是祈使。它们的区别，不在于被叙述事件（内容）发生的时间：就被叙述事件的发生时间而言，各类叙述甚至可以讲同一个故事。例如，所谓"未来小说"不是未来叙述，未来小说发生在未来的过去，实际上是过去型叙述。其内容的未来性质，不能否定其叙述形式的过去性质。杰克·伦敦作于1907年的未来小说《铁蹄》，叙述者艾薇丝在1932年"二次革命"时，以回忆录方式回忆1917年"一次革命"时开始的美国工人阶级与法西斯的斗争，因此"未来小说"依然是过去向度叙述。

未来叙述的最大特点是承诺（或是反承诺，即恐吓警告），这是叙述行为与叙述接受之间的意图性联系。其眼光在将来：宣传叙述中的故事是为了"如何吸取过去的教训"；广告以"发生过的故事"诱劝可能的购买者。[1]

五、"现在向度叙述"的重大后果

现在向度叙述，问题最为复杂。有人认为小说与戏剧或电影叙述方式相似，有人认为完全不同。它们相似之处在于内容，在于叙述的事件，不同之处的内在时间向度：过去叙述给接受者"历史印象"，对已经成为往事进行回顾（典型的体裁是历史等文字"记录式叙述"）；现在时叙述给接受者"即时印象"，时间的发展尚无定局（典型的体裁是戏剧等"演示性叙述"）。

由于电视电影已经成为当代文化中最重要的叙述体裁，我们不得不详为讨论影视的现在时品格。电影学家阿尔贝·拉菲提出："电影中的一切都处于现在时"。[2] 麦

---

[1] Judith Williamson, *Decoding Advertisements*, London: Marion Boyars, 1978, p.56.
[2] Albert Laffay, *Logique du Cinéma: Création et Spectacle*, Paris: Masson, 1964, p.18.

茨进一步指出这种现在时的原因是:"观众总是将运动作为'现时的'来感知"。① 画面的连续动作,给接收者的印象是"过程正在进行"。但是也有一些研究者有不同看法:戈德罗和若斯特认为电影是预先制作好的(已经制成胶卷,或 DVD),因此"电影再现一个完结的行动,是现在向观众表现以前发生的事"。所以电影不是典型的现在叙述。他们认为"(只有)戏剧,与观众的接受活动始终处于**现象学的同时性**中"(黑体是我加的)②

电影与戏剧的区别,是个学界至今争论未休大难题。本文的观点是:第一,戏剧与电影,因为它们都是演出性叙述,在意图性的时间方向上接近,而与小说等过去叙述有本质的不同。从文本被接受的方式上看,电影与戏剧,其意图的时间模式与被意图的模式关联而言,都具有"现象学的同时性"。坚持认为两者不同的学者,认为戏剧的叙述(演出)类似口述故事,叙述人(演员)有临场发挥的可能,情节演化有相当大的不确定性;而电影是制成品,缺少这种不确定性。③ 各种演示叙述关键时间特征,是"不确定性",是"事件正在发生,尚未有结果"的主导印象。演示,就是不预先设定下一步叙述情节如何发展,让情节成为对结果的疑问。在叙述展开的全时段中,文本使接受者始终占有印象中的共时性。而直觉印象,对于现象学的时间观念来说,至关重要。

舞台或银幕上进行的叙述行为,与观众的即时接受之间,存在异常的"未决"张力。小说和历史固然有悬疑,但是因为小说内在时间是回溯的:一切都已经写定,已成事实,已经结束,这种叙述的本质是陈述。读者会急于知道结果,会对结局掩卷长叹,却不会有似乎可以参与改变叙述的冲动。

今日的网上互动游戏与超文本(情节可由读者选择的动画或小说),更扩大了叙述进程的这种"待决"张力,接受者似乎靠此时此刻按键盘控制着文本的发展,在虚拟空间中,"正在进行"已经不再只是感觉。

康德称这种现时性为"现在在场"(the present presence),海德格尔引申称之为"此刻场"(the moment-site)。④ 在现象学看来,内在时间(internal time)不是客体的品质,而是意识中的时间性;本文认为,叙述现在向度,不是叙述内容的固有品格,而是叙述体裁接受方式的特定程式,是叙述接受者构建时间意图性的综合方式。

---

① 麦茨:《电影语言:电影符号学导论》,刘森尧译,台北:远流出版社,1996 年,第 20 页。
② 同上。
③ 安德烈·戈德罗、弗朗索瓦·若斯特:《什么是电影叙事学》,北京:商务印书馆,2005 年,第 135 页。
④ 此术语德文 Augenblicksstatte,见 Martin Heidegger, *Contributions to Philosophy*, Bloomington: Indiana University Press, 1999, p.235。

玛格丽特·莫尔斯在传媒研究一篇具有开拓性的论文中指出：电视新闻或"现场报道"中"新闻播音员似乎自然而然地与观众对话"。播音员好像不是在读新闻稿，而是在做实在的口头叙述。"这种做法有意混淆作为新闻从业人员的播音员，与作为发表意见的个人之间的区别。"电视观众会觉得播音员在直接对他说话，因为观众觉察到叙述行为本身：播音员启合的嘴唇"发出"新闻消息："我们看到的讲述说出的时间，与（被叙述）信息本身的时间同步"。[①]

电视新闻的这种"同步"，大部分情况下只是假象。但是对于绝大部分观众，预录与真正的直播效果相同。社会学调查证明：绝大部分观众认为新闻是现时直播的。[②]

新闻实际上是"旧闻"，是报道已经发生了的事件，这一点在文字新闻报道中很明显，而电视播音的方式，给过去的事一种即时感，甚至如现场直播一样给人"正在进行因而结果不可预测"的感觉。电视新闻冲击世界的能力，就在于它的现在时间性：它把叙述形式变成可以即时实现的时间经验。

电视新闻的这种"现在在场"品格，会造成集体自我诱导，是许多群体政治事件背后的导火线：电视摄影机的朝向，使叙述的意图方向本身如此清晰，以至于被报道叙述的事件发展，会循叙述意图发生。此时，叙述主体（全球影视网），叙述文本（处于政治事件中的被叙述者），叙述接受者（所有的观众，包括上述叙述者与被叙述者自己），全部被悬挂在一个不确定的意义空白之中，朝下一刻的不明方向发展，而这个方向实际上是自我预设的。

事件的在场性就把预设意义，以我们的内心叙述方式，强加给当今："新闻事件"就变成一场我们大家参与的演出：预设意义本来只是各种可能中的一种，在电视摄影机前，却因为我们的注视，在场实现于此刻：其结果是被叙述加入叙述主体，而叙述主体叙述自己。文本的意义扩散本来应当挑战社会成见，结果加强了成见。"现在向度叙述"持续疑问的结果，出现的是自我回答。

六、结语：建立一门广义叙述学

本文提出适用于所有叙述的"最简叙述"定义，以及三种基本的分类方式。用这

[①] Margaret Morse: "The Television News: Personality and Credibility", (ed.) Tania Modleski, *Studies in Entertainment*, Bloomington: Indiana University Press, 1986.

[②] Fanie Feure: "The Concept of Live Television: Ontology as Ideology", (ed.) E. Ann Kaplan, *Regarding Television*, Frederick MD: University Publication of America, pp.12—22.

三种分类，每一种叙述都能在这个三维坐标中找到一个比较固定的位置。例如：

小说是：虚构，文字文本，过去向度；
广播新闻是：非虚构，以语言为主渠道的复合文本，现在向度；
电视广告是：拟非虚构，以画面为主渠道的复合文本，未来向度；
梦是：拟虚构，以心像为主渠道的潜文本，现在向度。

叙述转向对中国学界的冲击尚未开始，但是任何范式一旦形成，不可避免会引发挑战。叙述转向及其后果，应当在中国得到充分的总结。

而建设一门广义叙述学，是世界叙述学界没有能成功地面对的任务。在叙述转向发生后，这个任务已经迫在眉睫。本文当然没有完成这样一门新学科的建设，本文能做到的，只是提出这个任务，并且试图勾勒出最基本的框架。

哈拉维"赛博人"理论的新视野

刘介民

(广州大学)

唐娜·哈拉维(Donna Haraway 1944—)是西方著名的跨学科学者,思想激进且前卫。她的"赛博人宣言"(A Manifesto For Cyborgs)学术观点、"**赛博人**"(cyborg 另译赛博格)理念,为西方人文思潮添上了独特的一笔。"赛博人"作为虚构物,反映了我们社会和身体的现实,作为想象的源泉,提出了一个有价值的"难题"。她提醒我们去关注当代社会变迁的一些重要问题。哈拉维"赛博人"的理论构想表现在她的主要著作中:《类人猿、赛博格和女人》(Simians, Cyborgs, and Women: The Reinvention of Nature, Roudedge, 1991),《如何像一片叶子:对堂娜·哈拉维的采访》(How Like a Leaf: An Interview with Donna Haraway, Routledge, 1999),《伴生种宣言:狗、人和重要的他者》(The Companion Species Manifesto: Dogs, People, and Significant Otherness, Prickly Paradigm Press, 2003)和《谨慎的见证者:第二个千禧年·女性男人遇到致癌鼠》(Modest_Witness @ Second_Millennium. Female Man @. Meets Onco Mouse, New York and London: Roudedge, 1997 等[①]。以上著作确立了她的**赛博理论**基础。哈拉维赛博理论引起国际学术界广泛关注。如英国乔治·迈尔逊(George Myerson)的《哈拉维与基因改良食品》(Donna Haraway and GM Foods);荷兰约西·德·穆尔(Jos de Mull)的《赛博空间的奥德赛》(Cyberspace Odyssey)。加拿大传播理论家**麦克卢汉**(Herbert Marshall McLuhan, 1911—1980)的文化历史三分法模式,提出有代表性的学者:**威廉·米切尔**(William Mitchel)的水井——壁炉——佛祖讲经,**德勒兹**(Gilles Louis René Deleuze, 1925—1995)的符码化——超符码化——解符码化,**鲍德里亚**(Jean Baudrillard, 1929—2007)的仿造——生产——仿真等,都与赛博理论有联系。居住在加拿大的美国科幻小说作家**威廉·吉布森**(William

---

[①] [英]乔治·迈尔逊:《哈拉维与基因改良食品》,李建会等译,北京:北京大学出版社,2005年,第5—6页。

Gibson)在 1984 年的《神经漫游者》(*Neuromancer*)①**创造了"赛博空间"概念。约翰·巴洛**(John Perry Barlow)是"边疆基金会"(Electronic Frontier Foundation)的创始人(之一)和现任主席。他的"The Economy of Ideas: Everything You Know about Intellectual Property Is Wrong"是一篇"奇文"。正如《**赛博空间独立宣言**》(*A Declaration of the Independence of Cyberspace*)所描述:"在这个独立的空间中,任何人在任何地点都可以自由地表达其观点,无论这种观点多么奇异,都不必担心受到压制而被迫保持沉默或一致。"

哈拉维把西方当代高新技术正在创造的跨越自然与人文传统领域的新现实**名之为"赛博人"**。它既非自然亦非文化,而是二者的混杂。如基因食品搞乱了自然区别的纯洁性,打破了物种间的界限。哈拉维不仅关注基因食品,而且关注其他类型的新存在,不管是虚拟的还是现实的;也不管是实际的还是理论的。哈拉维说:当前时代的中心主题是"基因和计算机"②基因和计算机是我们定义区别以往时代的方式。

一、"赛博人"理论的基本内涵

哈拉维把"**赛博人**"(cyborg)定义为"一个控制有机体,一个机器与生物体的杂合体,一个社会现实的创造物,同时也是一个虚构的创造物"。③"**赛博人**"是想象和物质现实的浓缩形象,既是虚构的事物,也是活生生的经验。赛博(Cyberspace,又称赛博空间),是哲学和计算机领域中的一个抽象概念,指在计算机以及计算机网络里的虚拟现实。赛博空间一词是控制论(cybernetics)和空间(space)两个词的组合,用于描述人们探索虚拟的网络空间时所处的位置。这种超越学科界限的科际整合研究(Interdisciplinary),是迄今文学理论界的一个热点,也是难点。基于这种人文意识和视界,赛博人着眼于作为人文现象的文学理论与作为文学理论现象的人文思潮,并相信在这种意识和视界中,赛博理论研究无可限量。

1. **哈拉维认为**20 世纪末的美国科技,已经使三个关键的界线不复存在:一是人类与动物的,二是动物与人类即有机体与机器的,三是物理的与非物理的。其结果就是她所谓的"赛博人"的出现,一个并非由她发明但被她实质性地扩展从而取得了广

---

① [加]威廉·吉布森:《神经浪游者》,雷丽敏译,文楚安校,上海:上海科技教育出版社,1999 年。
② Donna J. Haraway, *Simians, Cyborgs, and Women: The Reinvention of Nature*, London and New York: Routledge, 1991, p.41.
③ Ibid., p.149.

泛知名度的术语。哈拉维认为"赛博人"是一个新的主体,是人与动物、人与机器及物质与精神等界限崩解后形成一个新的主体。他超越目前各种身份认同,如族群、种族、性别、阶级等,"赛博人"概念应该是"多元,没有清楚的边界、冲突、非本质"的。人类制造生产工具、制造出各种机器,而赛博人寄生于机器当中,机器成为人肢体的延伸,人成为机器上的一个组件或是赛博格身上的器官。哈拉维看到了赛博人带来的隐喻,它模糊了所有范畴乃至对立的两极的界线。它是一个混血的杂种,可以充分适应一个充满怪物的世界,而非理想世界。哈拉维的作品都是关于科学同时也都是关于人文的。他的《谨慎的见证者》是内容最为庞杂的一部,从哈佛的致癌鼠到互联网,从**孟山都**公司的转基因作物到"女性男人"[①],可以认为是哈拉维从科学研究转向人文研究的标志。如哈拉维笔下的"女性男人",性别身份的认同成为越来越模糊的现代人的象征。转基因技术遭到质疑,这些被人类设计出来的生物,人们称之为弗兰肯斯坦的怪物。而哈拉维认为转基因生物,无论是以保鲜番茄为代表的基因改良(GM)食品,还是以致癌鼠为代表的实验用转基因动物,它们并不是一个简单的"妖魔"形象。相反,他认为转基因生物是充满模糊性的"赛博人"的典型形象,表现了一种人文关怀。后现代人与科技关系变得日趋复杂,哈拉维对"赛博人"、基因改良食品问题的探索有助于我们深入这些问题的核心。

2. 哈拉维给"赛博人"所下的定义,还表现在当代科幻小说里。在计算机"世界"和围绕着它的社会里充满了赛博人——同时是动物和机器的生物。电影《星际迷航》中有个虚拟的外星种族叫"博格"(Borg),是人类的异族,他们通过植入自动化控制系统提升智能和体能。博格的生存目的仅仅是提高生活质量、完善自我,所以他们畅游星际,吸收其他族类及其技术。科幻小说家**威廉·吉伯森**(William Ford Gibson)在《神经漫游者》(*Neuromancer*)中,首先发明了"赛博空间"这个术语,也就是现在所说的网络空间。在这篇引起巨大轰动的小说中,吉布森不用传统的写作技巧就把我们带入迷惑的深渊,那是众多肤浅的、能指的奇怪而又分裂的世界。吉伯森写道:"赛博空间,一个被数亿操作员每天经验着的交感性想象……一个来自于人文体系中每一台电脑的数据吸引力的图式化表现;一个不可思议的复杂构成"[②]。像简·厄克特(Jane Urquhart)的《底色画家》、托马斯·品钦(Thomas Pynchon)的《V.》等,都具有代表性。赛博圈内代表作家除吉布森以外,还有**布鲁斯·斯特林**(Bruce Sterling)等一批80年

---

① 喀迈拉,希腊神话中一只狮头、羊身、蛇尾的吐火怪物,可以引申为荒诞不经的妄想或奇形怪状的怪物。意味深长的是这位名叫喀迈拉的妖怪被认为是一个女性。

② 威廉·吉布森(William Ford Gibson),《神经漫游者》(*Neuromancer*) http://bbs.sjtu.edu.cn/bbscon, board, SciFic, file, M.1133802921.A.Html

代的硬科幻小说作家。**哈拉维**的赛博理论影响了国外科幻小说的最新流派——"**赛博朋克**"。"赛博朋克"表现人类生活中的每一个细节，都是受计算机网络控制的黑暗地带。庞大的跨国公司取代政府成为权力的中心，被孤立的局外人针对极权主义体系的战斗是"赛博朋克"科幻小说常见的主题。在传统的科幻小说中，这些体系井然有序，受国家控制；然而在赛博朋克中，作者展示出国家的公司王国（corporatocracy）的丑恶弱点。赛博朋克的情节通常围绕黑客、人工智能及大型企业之间的矛盾而展开，背景设在不远的将来的一个反乌托邦地球，而不是早期赛博朋克的外太空。它的出现是对科幻小说一贯忽略信息技术的一种自我修正。赛博朋克也衍生出相关的电影、音乐、时尚。赛博朋克作者试图从侦探小说、黑色电影和后现代主义中汲取元素，描绘社会不为人知的一面。赛博朋克还是一种看世界的方式。他们沉溺于高科技工具并鄙视人们以传统的方式使用它们。赛博朋克经常以隐喻义出现，反映了人们对于大公司企业、政府腐败及社会疏离现象的担忧。一些赛博朋克作家试图通过他们的作品，警示人们社会依照如今的趋势将来可能的样子。因此，赛博朋克作品写作的目的是号召人们来改变社会。

3. 在当代科幻小说里，充满了"赛博人"同时是动物又是机器的生物，居住在自然与人为之间的模棱两可的世界中；现代医学也充满了"赛博人"，即有机体和机器的联合。英国瑞丁大学（Reading University）**沃尔维克**（Kevin Warwick）教授在自己的手臂上植入了信息接收器和芯片后，很清楚地印证了上述结论。"电脑可以直接与'赛博人'联系了。"[1]哈拉维认为"赛博人身份"意味着有机会超越性别、有机会因性别界限模糊而愉悦，也有机会承担造成界限模糊的责任。她说："身体……并非生就，而是造就。"[2]因此，"后现代身体"其中一个表现就是"赛博人"，"赛博人"为什么不可以是"机器器官"（techno-organic）混合的化身和文本呢？[3]这里哈拉维所要表明的是类型的示意（signification）可能性，即"赛博人为世俗生存服务！"每个"赛博人"都可以被看作是编码的现代机电设备的受控有机体。"赛博人""侵入"了我们的生活，甚至已经构成了我们当代人特别是年轻一代不可一日或缺的生活内容：网上办公、电子商务、远程教育、QQ、聊天室、电邮、MP3、网络游戏，等等，这是人类的一种新的生存方式。哈拉维说，她要为这样一种观点辩护："赛博人"作为虚构物，反映了我们社会和身体的现实，作为想象的源泉，提出了一些非常富有成果的结

---

[1] Kevin Warwick's implant was reported in *The Daily Telegraph*, 26 August, 1998.
[2] Donna J. Haraway, *Simians, Cyborgs, and Women: The Reinvention of Nature*, London and New York: Routledge, 1991, p.208.
[3] Ibid., p.212.

合(coupling)。所以,哈拉维宣称:"在 20 世纪晚期,我们的时代,一个神话的时代,我们全都是喀迈拉,是理论化的和拼凑而成的机器和有机体的混血儿。简而言之,我们是赛博人。赛博人是我们的本体。"①哈拉维的意思是:我们已经步入了一个"赛博人"时代,一个"人机合体"的时代。"赛博人"是一种新的主体或身份,一种新的社会现实。作为一名女性主义思想家,哈拉维提出了独特的"赛博人"女性主义,这种女性主义认为,现实的"科学"充满了男性主义偏见。主张科学知识的合理性存在于具体化的实践中,存在于具体化的和历史的特殊情境里。科学中给予女性与男性应该是平等的权利,性别偏见必须剔除。

概言之,哈拉维的**学术分析与诗化想象**,表现在赛博理论的基本内涵可以归纳为八种假设:(一)哈拉维赛博理论的基本特征、多样复杂性、批判与超越。(二)哈拉维赛博理论人文思潮轨迹:理念、先驱、新的赛博理论人文学者。(三)哈拉维赛博理论的学术趋向、文化身份、基本规定性。对西方后现代人文思潮新的理解与认知。(四)哈拉维赛博理论人文思潮谱系:德里达的解构、福柯的批判、利奥塔后现代人性的艺术理论、德勒兹的人文的流变思维、鲍德里亚的人文符号与拟像理论、朗格等的女性主义美学。(五)视角艺术中的博赛人、网络文学中的博赛人、科幻小说中的博赛人、数字技术下的赛博空间、数字化时代的诗学语境。(六)消费文化的赛博空间、身体赛博和野兽、"电子人身份"的人文思考、后现代消费文化的人文神圣性。(七)开发电子人的潜能、信息时代的"宗教信奉"、身体的道德"定位"和知识的"情境"、人与自然的人文结合。(八)哈拉维基因与"赛博人"神话、赛博人女性主义理论、赛博人的生命循环、生态精神、生态批评。

二、"赛博人"理论的主要观点

"创造力"是哈拉维的最重要诗学观念,因此,她所理解的现实并不是取决于自然科学,而是依于思维的创造力。所有的人文艺术都基于同一个革新,创造而不是仅仅表现对象。这种对物体的想像化理解有着原始的生命力。哈拉维"赛博人"理论,作为一种新的理论构思、学术研究话语,当下既没有形成一个独立的学科,也没有一个明确界定的理论。如何来理解"**赛博人**"**理论的主要观点**,难度确实很大。

---

① Donna J. Haraway, *Simians, Cyborgs, and Women:The Reinvention of Nature*, London and New York: Routledge, 1991, p.150.

1. 赛博空间能够穿透虚假幻象

提到赛博空间，我们不能不想到"真实"。**赛博空间**最有价值的还在于它具有人文精神的功能，不但能让我们认清现实获得真实感，而且还能扩展我们人类的心灵。作为人类与生俱来的本能，它是人类必不可少扩展心灵的中介。"虚构"与"想象"的复杂关系取代"虚构"与"真实"，同时，它还是审美交流的工具，在我们的生活里以及追求人生意义的过程中发挥着重要作用。赛博空间之所以具有人文科学的价值，是它不同于宗教和政治意识形态的虚构，比它们更具有解放和超越的能力。意识形态的赛博空间是一种和谐的虚构，在它的笼罩下，我们往往很难挣脱它的严丝密封的控制，也难以认清它无孔不入的本性。如**托马斯·品钦**（Thomas Pynchon）《秘密融合》（*The Secret Integration*）作为具有后现代人文意义的小说，追寻失落意义的主题，与传统作品中对终极意义的追寻不同。他继承了文学传统中的追寻模式，但又设计了赛博空间的虚假幻想，注重的是追寻的过程，而不是结果。作为一种媒介，赛博空间所显示的所有固定形态只能是虚幻的，它甚至能将人类所有特性具体化为一种非真实性的幻象，这种幻象是文学呈现相关事物易变特征的唯一途径。富有差异性的表演帮我们理解现实提供了多样而丰富的形式。对赛博空间的表演、游戏和双重化结构的把握，能够使我们认识自我，从而扩展自我。一方面，追寻是他们保持真实的生命活力，对抗异化的虚幻的生存方式；另一方面，追寻也为各种被边缘化了的社会群体提供了一个流动和开放的空间，使他们可以有机会得以舒展备受压抑的人性。其结果是作品穿透了虚假幻想，消解了等级制度，奏响了狂欢的乐章。

2. 赛博空间能自我扩展和超越

人总是不满足于单调与贫乏的生活，总想让生活变得丰富多彩一些。人们在现实中往往囿于狭窄的生活中难以超脱，难以体验自我、扩展自我。人们被各种文化、习俗、宗教、意识形态等所熏陶，真正的自我被遮蔽起来，因此我们很难认清自我究竟是什么。赛博空间为我们拓展了一个广阔的天地，能够表达人类的生与死、幸福与不幸的生命感觉，能够充分把生命中自我经验的丰富性表达出来，所以，赛博空间是扩展自我的最重要的媒介。通过欣赏优秀的艺术，尤其是阅读科幻小说，人们在阅读中理解与认识内在地虚拟和扮演各种角色。虚构与想象的结合产生游戏文本，我们则通过文本的"游戏"，对自我的可塑性进行无限的模仿，使自我得到呈现和扩展。

寻找精神家园是我们对日常生活物质性的超越。在古希腊德尔斐神庙里镌刻着这样一句名言"认识你自己"。人要认识自己，文学艺术是在对自身以外的世界的描绘中，表达自己的精神体验和认识方式的。赛博空间的意义不在再现的层面而是在超越的层面实现。人类追求对自我的精神世界的认识,却长久以来不得不依凭对外在世界的认识和表现,不得不依据对外在视觉的忠实描绘,人类难以解决的千年难题或者说悖论。即使对于身外世界的描绘再真实再具体,也并不意味着人对自己的精神世界的感受和体验把握得就有多深。因为对外部世界的描绘行为其实是手段,而描绘本身或者说使用某种手段来创作这本身才是目的。在创作过程德国美学家**沃尔夫冈·伊瑟尔**(Wolfgang Iser,1926—)认为"虚构和想象并不是文学自身的条件,它们的相互联系基于这样的事实:单独的任何一个都不能产生文学,只能相互融合才能形成文学。[①] 赛博空间的双重化结构正是这种相互融合的结果。类的一种自我塑造和自我发现状态,人的精神状态和诉求,作为生命的律动和灵魂的跳动,是任何物质性的视觉媒介、材料以及语言构成所无法替代的。然而,虚构和想象之间的互动具有深刻的人类学意味,赛博空间作为人类超越自身的一种方式,拓展了我们对现实的认识。赛博空间能够让我们通过文学获得一种超越的情感,进而探究出人类本性的多种可能性。

3. 赛博空间能够创造可能性世界

赛博空间的世界永远是一个主观的世界,主观性是人类的生命独特性。所有的文学艺术都是生命的体现,但精神生命都离不开自然生命。人们相信文学作品是真实的给予,可是文学决不只是对生活世界的反映,而是既有现实又有想象交织在一起的赛博空间的"可能性世界"。在现实中,我们不能真实而多样地展现自我,只有文学才能多方面、彻底地表演自我、才能够毫无羁绊地利用多种文化手段全景式地展现人的各种可能性。人文活动的实质是一种奠基于"主体间性"的精神交流,能够满足人类相互之间的交流需要。赛博空间向着一切可能性广泛地敞开着。文学的"可能性世界"让我们扩展自身,超越平庸的现实。在互联网与文化关系的研究中,弥漫着一种浪漫色彩,许多研究者用幻想来代替真实的分析。人文学科,例如历史学、人类学、文学、哲学,等等,大都是对现在和过去的研究。在这些学科中,也不断产生关于未来的乌托邦式的预言,然而,这些预言式论述很难在这些学科中占据主导地位。对未来社会的预测总是一个诱人的话题,这样的一些著作会引起普遍的社会关注。但是,猜想不能代替现实,猜想也不是学术。现代学术传统对学术研究中的浪漫情怀常常构成制约。

赛博空间中的文化多样性,将世间的一切归结为数的观点。赛博空间通信手段连续发展的一个新阶段,赛博空间,也只能是社会生活的一部分。赛博文化会造出一

[①] Wolfgang Iser, *The Fictive and the Imaginary: Charting Literary Anthropology*, Baltimore: Johns Hopkins University Press, 1993.

批以在电脑前生活为主的人,就像文字的世界造就一批在文字世界中生活、艺术的世界造就出一批在艺术世界中生活的人一样。但是,赛博空间不可能成为一个独立于生活之外的空间。

三、哈拉维的"赛博"人文思想

以堂娜·哈拉维(Donald Haraway)等为代表的后人文主义(posthumanism)是美国新兴的文学批评理论流派。他们研究计算机时代出现的新生命体(organism)以及人的主体性(subjectivity)。新的理论模式引起新的争论,尤其是信息通讯、赛博空间、转基因技术等,使西方后现代人文思潮广泛的学术分析与诗化想象协同并进。在某种程度上,人文主义和后人文主义的关系类似于现代主义和后现代主义的关系。

1."宁愿成为赛博人,而不是女神"[①]

哈拉维提出了独特的"赛博人**女性主义**"理论;这种赛博人概念也激发了"赛博朋克"。哈拉维把赛博人看作是虚构的创造物,认为在当代科幻小说里充满了赛博空间(Cyborspace)。她从幻想文学中汲取的素材和他从学术源头汲取的一样多。例如,她的一首诗"基因轶事"(Anecdote of a Gene)讲述番茄里的鲽鱼基因或者它的同伴中的细菌基因的故事。他说:"震撼世界的人造产品……它们在地球上甚至整个太阳系中作为外来者的地位,从根本上并且永久地改变了我们是谁……"[②] 在哈拉维的诗中,太阳系的全景图本身在这些"转基因"面前采取了一种新形状。在哈拉维的作品中,她创造典型人物,或者把思想观点看作好像就是典型人物。而她本人连同其他被怪异命名的存在——实验室里的老鼠和女性男人一起,成为她自己世界中的又一个典型人物。正如她在"后现代的相遇"中所说:"我发现自己特别被这种新的存在——比如带有深海鲽鱼基因的番茄——所吸引……"[③] 由此形成了独特的赛博文化(cyberculture)。

哈拉维立足"西方后现代人文思潮"、立足与"西方诗学"的关系来讨论"**赛博人**"理论研究中的各种问题,既要以跨学科研究为出发点,又要以人文学为归宿,并对各

[①] Donna J. Haraway, *Simians, Cyborgs, and Women:The Reinvention of Nature*, London and New York: Routledge,1991, p.181.

[②] Ibid., p.55.

[③] Donna Haraway, *Modest_Witness @ Second_Millennium. Female Man @ Meets Onco Mouse*, New York and London: Rodedge,1997, p.1.

种人文现象作出诠释。"赛博空间"的特点,首先它是多维的"超空间"(hyperspace),当我们将赛博空间想像为一个超空间时,那么网络计算机就是一个"虫洞",它不仅使我们一瞬间就从甲地飞跃到乙地,甚或到达一个平行存在的世界,而且也提供给我们一个穿越时间的旅行机遇。"赛博空间"的特点还在于虚拟世界的效果性的显现。赛博空间这一概念的本体论意味必须按着"真实的虚拟性"来理解,作为超空间的赛博空间既是虚拟的,又是真实的。说它虚拟,是指它是一个潜在的和可能的世界。在生活中虚拟空间与真实的空间往往是互相交合、重合的。比如说,通过网络或者信用卡付款,这是数码化的,好像很虚拟,但实际上已经从信用卡上提走了钱,这是事实。例如,模拟飞行器给人的感受与真实无异,紧张、晕眩和呕吐感,该有的都有。"赛博空间"借助网络计算机,可以穿越时空、穿越历史,不只是科幻小说才有的情节,也可以成为我们日常现实的组成部分。互动小说或电脑游戏更是可以重新设置历史,其进程,其人物的命运,等等。

2."我们全都是'喀迈拉'……我们都是赛博人"[①]

哈拉维所说的喀迈拉(chimeras),是希腊神话中的吐火女怪,狮头、羊身、蛇尾,这里被引申为一种荒诞不经的妄想或由怪异不相干的部分组合成的怪物。哈拉维的"赛博人"理论契合了美国科幻作家**威廉·吉伯森**(William Gibson)提出的"赛博空间"的说法。吉布森的小说《神经漫游者》写了一个长篇的离奇故事。故事描写了反叛者兼网络独行侠**凯斯**,受雇于某跨国公司,被派往全球电脑网络构成的空间里,去执行一项极具冒险性的任务。进入这个巨大的空间,凯斯并不需要乘坐飞船或火箭,只需在大脑神经中植入插座,然后接通电极,电脑网络便被他感知。当网络与人的思想意识合为一体后,即可翱游其中。在这个广袤的空间里,看不到高山荒野,也看不到城镇乡村,只有庞大的三维信息库和各种信息在高速流动。哈拉维认为在这个虚拟的现实中,可以看到"赛博人"的身影,在那里知性控制的动机与电子化生活体验中的感性展开竞争,促成自我的分裂。哈拉维强调知识的"情境",强调身体的道德问题,那是后现代人文思潮的中心问题。[②]哈拉维"赛博人"理论研究的对象不限于人文理论的范围内,要"跨越界限";要以人与动物、人与机器、物质与精神等界限崩溃后的一个新的人文主体作为研究对象。阐释基因技术与人文研究领域人文科学与其他学

---

① 孟山都公司是美国著名化学和生物技术公司,曾经是全美最大的阿司匹林生产商,后转制农用化学品。现在是世界上第一个商业化生产转基因作物的公司,成为美国生物技术界领军企业。
② Terry Lovell, "Feminist Social Theory" in Bryan Turner (ed.), *The Blackwell Companion to Social Theory*, Oxford: Blackwell, 1996, p.337.

科领域的科际整合。

自然成为人的世界、人成为自然的世界,我们进入了一个"赛博人"时代。"自然"被"文化"化而不再存在,"文化"被"自然"化即被赋予物质现实的形式也不再存在。扩大了文学理论的研究领域,对人文思潮有积极意义。哈拉维的赛博理论至少有两重指谓:其一,"赛博人"是我们当前最本己的存在,既是实际样态,又是我们存在的构成方式或本质;其二,我们这样作为"赛博人"的存在将重构世界的精神图景,因而"赛博人"就是世界观、神话和意识形态,就是她所称之为的"我们的政治学"。要以多元的面貌组织有关"赛博人"新范畴、"基因改良食品"(genetically modified foods)、"赛博人女性主义"政治学等的大讨论,难免出现偏狭和武断,这在学理上是研究重点、难点。赛博理论要借新的主体超越各种身份认同,构建"多元,没有清楚的边界,冲突、非本质的"主题概念。

3."杂种的弗兰肯斯坦的怪物"[①]

哈拉维认为:转基因生物无论是以保鲜番茄为代表的基因改良食品,还是以致癌鼠为代表的实验用转基因动物,它们并不是一个简单的"妖魔"形象,那是转基因生物,是拼合的赛博人的典型形象。哈拉维通过创造一个被称作"谨慎的见证者"的角色来讲述这个故事。"谨慎的见证者"代表客观世界(the object world),其他人源自主观的观点。新的技术科学对客体的纯洁性提出挑战。在保鲜番茄之后,"番茄"成为一个模糊不清的范畴。所有东西都有改变潜力的可能,番茄、老鼠、人体、病毒、细胞、数据库等,各种东西联手,哈拉维认为事物总是模糊的、重叠的、不纯洁的。正如玛丽·雪莱(Mary Shelley)的小说《弗兰肯斯坦》(Frankenstein)中的主任公弗兰肯斯坦博士,把来自不同躯体的器官拼在一起,制造出一个邪恶的怪物。哈拉维以"怪物"来指代基因工程制造的"人造物种"。哈拉维不仅仅是谈论理念,她的文本的目标是把它放在它所分析的理念和存在的视角里。她断言:"我采用女性男人(Femaleman)作为我的替身"[②],女性男人和致癌鼠(Onco Mouse)都生活在"内部破裂之后"(after the implosion),其中,客观和主观、事实和隐喻彼此融合。再如电脑专家**克里斯托弗·米特切尔**(Christopher Mitchell)在控制空间的帮助下发明了生物计算机技术,使人工智

---

① 《弗兰肯斯坦》是玛丽·雪莱的小说名字。小说中的主人公弗兰肯斯坦博士把来自不同躯体的器官拼在一起,制造出一个邪恶的怪物,并被这个怪物害得家破人亡。哈拉维的很多作品都引用了这个怪物,以这个"怪物"指代基因工程的"人造物种"。

② Donna J. Haraway, *Simians, Cyborgs, and Women: The Reinvention of Nature*, London and New York: Routledge, 1991, p.70.

能进入了全新的一代。但他自己的女儿、纽马克的恋人**安吉拉**（Angela）却成了他的科学成就的囚徒，脑中被植入了生物计算机。纽马克和安吉拉最终都变成了电脑中的"怪物"。哈拉维赛博理论引起国际学术界广泛关注。

"赛博人"与文化的研究似乎是一个可以让想象力充分发挥的地方。这是一个全新的研究对象。我们讨论后现代人文思潮，而电子技术的发展向我们提出了一个更为根本的问题——会不会出现一个后人类的时代？人的因素还是电子的因素占据着主导地位？赛博人（cybernaut）还可以理解成与太空人（astronaut, cosmonaut, taikonaut），使用同样的词根，因此，是一种使用新工具的人。"赛博人"神话使自然、机器和人的关系改变了，研究方法面临巨大转型。科学对自然的理论化的思考，取代了传统的系统综合的方法。而技术与自然难解难分，浑然一体的"赛博空间"，使研究方法进入一个新的层面。对传统文学理论研究在方法上是一个超越。赛博空间被人们等同于一个包罗万象的网上世界。

跨文化的理论旅行

李庆本

(北京语言大学)

一

王国维的悲剧理论无疑是来源于叔本华,他在《红楼梦评论》中说:"由叔本华之说,悲剧之中又有三种之别:第一种之悲剧,由极恶之人,极其所有之能力以交构之者。第二种,由于盲目的运命者。第三种之悲剧,由于剧中之人物之位置及关系而不得不然者;非必有蛇蝎之性质与意外之变故也,但由普通之人物、普通之境遇,逼之不得不如是;彼等明知其害,交施之而交受之,各加以力而各不任其咎。此种悲剧,其感人贤於前两者远甚。何则?彼示人生最大之不幸,非例外之事,而人生之所固有故也。若前二种之悲剧,吾人对蛇蝎之人物与盲目之命运,未尝不悚然战栗;然以其罕有之故,犹幸吾生之可以免,而不必求息肩之地也。但在第三种,则见此非常之势力,足以破坏人生之福祉者,无时而不可坠於吾前;且此等惨酷之行,不但时时可受诸己,而或可以加诸人;躬丁其酷,而无不平之可鸣:此可谓天下之至惨也。"[1]

王国维的这段话是对叔本华《作为意志和表象的世界》英译本的一种节译。[2] 在《作为意志和表象的世界》中,叔本华提到的第一类悲剧有莎士比亚的《查理三世》、《奥赛罗》、《威尼斯商人》,席勒的《强盗》(佛朗兹·穆尔是这一剧本中的人物,是卡尔·莫尔的弟弟,为了谋夺家产,阴谋险害卡尔),欧里庇德斯的《希波吕托斯》和索福克勒斯的《安提戈涅》;第二类悲剧有索福克勒斯的《俄狄浦斯王》、《特剌喀斯少女》,莎士比亚的《罗密欧与朱丽叶》,伏尔泰的《坦克列德》,席勒的《梅新纳的新娘》;第

---

[1] 王国维:《红楼梦评论》,《王国维文集》,中国文史出版社,1997年,第一卷,第11—12页。
[2] Arthur Schopenhauer, *The World as Will and Representation*, Beijing: China Social Sciences Publishing House, 1999, pp.254—255. [德] 叔本华:《作为意志和表象的世界》,石冲白译,北京:商务印书馆,1982年,第352—353页。

三类悲剧有歌德的《克拉维戈》和《浮士德》，席勒的《华伦斯坦》（麦克斯和德克娜则是这一剧本中的一对年轻情人），莎士比亚的《哈姆雷特》，高乃依的《熙德》。

王国维的译文可以说是与叔本华关于悲剧理论的首次的"跨语际遭遇"，通过比较它与叔本华的原文，有以下几点值得我们注意：第一、王国维并没有逐字逐句地翻译叔本华的原文，而是采用了摘译的方式，这可以解释为对于叔本华所提到的一些外国文学作品，王国维有可能并不熟悉，所以采取了回避的办法，另外，我们也可以解释为，叔本华提到的那些众多的文学作品，对于王国维而言并没有特别重要的意义，他的真正意图是用来说明《红楼梦》的悲剧性；第二、王国维的翻译采取了意译的方法，例如，他用"蛇蝎"颇具具象意味的词翻译 wickedness 这一抽象词，而石冲白则译为"恶毒"，而实际上"蛇蝎"虽不如"恶毒"那样与 wickedness 具有在辞典意义上更紧密的对应性，却更能传达 wickedness 的丰富内涵，同时也更加符合汉语的表意功能；第三，也是最重要的一点，叔本华悲剧理论在西方语境中所特指的那些作品被取消，使得叔本华的理论文本的符号能指从"所指"中分割脱离出来，使得原来的能指成为"滑动的能指"，而指向了汉语文本《红楼梦》，所谓"若《红楼梦》，则正第三种之悲剧也"。[①]我们知道，在叔本华的理论语境中，第三种悲剧指的是《浮士德》等一系列西方悲剧的，而在王国维看来，《浮士德》并不是第三种悲剧的典范，《红楼梦》更能代表第三种悲剧的极致，他说："法斯德（浮士德）之苦痛，天才之苦痛，宝玉之苦痛，人人所有之苦痛也，其存于人之根柢者为独深，而其希救济也为尤切，作者——掇拾而发挥之。"[②]这样，在叔本华的悲剧理论与《红楼梦》之间就形成了一种颇具意义的"互文性"关系。

通过考察叔本华所提到的这些西方悲剧，我们还会发现在叔本华的悲剧理论中，并没有把"大团圆"结局作为悲剧的一个至关重要的要素来考虑。比如《查理三世》、《熙德》就是以坏人得到惩处、有情人终成眷属而结局的。彼埃尔·高乃依的《熙德》以十一世纪西班牙卡斯提尔王国首都塞北利亚为作品之舞台。叙述老将军唐·狄哀格之子——罗德里克，与伯爵之女施曼娜相爱。正当论及婚嫁时，伯爵与老将军之间起了争执。后来，唐·狄哀格因为没有得到王太子教师一职，而迁怒伯爵。在一阵争吵后，伯爵掴了唐·狄哀格一巴掌，老将军要儿子替他洗刷耻辱，罗德里克因而夹在爱情与名誉之间，饱受煎熬。最后，他认为，"与其拥有爱情，不如报父深恩"，于是，在一场决斗中将伯爵刺死。之后，罗德里克来到施曼娜面前，要求她将他杀死，以报杀父之仇。但是美丽、仁慈的施曼娜始终下不了手。就在这时，摩尔人来袭，罗德里

---

① 王国维：《红楼梦评论》，《王国维文集》，北京：中国文史出版社，1997年，第一卷，第12页。
② 同上书，第9页。

克在父亲的激励下，奋勇迎战，终于打退敌人，而得到"勇士"之称号。后来，国王处理这个案件，判决罗德里克必须和施曼娜的代理骑士决斗，胜者娶她为妻子。结果罗德里克获胜，国王为了施曼娜的心理着想，便要他讨伐摩尔人，待凯旋后，再与施曼娜完婚。可见，这基本上是一个团圆结局。作者高乃依是很明确地把《熙德》作为悲剧来看的，他说："我们要确立一种原则，即悲剧的完美性在于一个主要人物为手段引起怜悯和恐惧之情，例如《熙德》中的唐罗狄克（罗德里克）和《费奥多拉》中的普拉齐德就是这样人物。"① 叔本华也指出了《熙德》没有一个悲惨的结局，但却仍然把它看成是第三种悲剧的代表，可见他也是并不太在乎是否以团圆结局的。

与之不同，王国维却非常重视《红楼梦》的悲剧结局，并把它上升到与"国人之精神"相对照的高度，这成为王国维极力推崇《红楼梦》文学价值、将之置于世界文学名著的一个重要理论依据。

那么，为什么说《红楼梦》是第三种悲剧呢？王国维解释说："兹就宝玉、黛玉之事言之：贾母爱宝钗之婉嫕，而惩黛玉之孤僻，又信金玉之邪说，而思压宝玉之病；王夫人固亲于薛氏；凤姐以持家之故，忌黛玉之才而虞其不便于己也；袭人惩尤二姐、香菱之事，闻黛玉'不是东风压倒西风，就是西风压倒东风'之语，惧祸之及，而自同于凤姐，以自然之势也。宝玉之于黛玉，信誓旦旦，而不能言之于最爱之之祖母，则普通之道德使然；况黛玉一女子哉！由此种种原因，而金玉以之合，木石以之离，又岂有蛇蝎之人物、非常之变故，行于其间哉？不过普通之道德，通常之人情，通常之境遇为之而已。由此观之，《红楼梦》者，可谓悲剧中之悲剧也。"②

在王国维看来，宝黛之爱情悲剧，并不是由于坏人从中作梗，也不是由于命运的安排，而完全是由于剧中人彼此的地位不同，由于他们的关系造成的。这些人物的所作所为并不违背普通之道德，也符合通常的人情，悲剧就发生在通常的境遇之中。也正是由于这一点，这种悲剧的效果就更加可悲。因为虽然第一种和第二种悲剧也非常可怕，但人们却终会认为极坏的人和可怕的命运毕竟会远离我们，我们会存有侥幸的心理，而第三种悲剧却就发生在跟我们相同的人物、相同的境遇之中，我们也免不了会遇到这样的悲剧，所以就更加可怕。所以王国维才由此断定，《红楼梦》是悲剧中的悲剧。

对此结论，钱钟书先生却有自己的看法。他在《谈艺录》中指出："王氏（指王国维）於叔本华著作，口沫手胝，《红楼梦评论》中反复称述，据其说以断言《红楼梦》为'悲

---

① 高乃依：《论悲剧以及根据必然律与或然律处理悲剧的方法》，伍蠡甫主编：《西方文论选》（上），上海：上海译文出版社，1979年，第261页。
② 王国维：《红楼梦评论》，《王国维文集》，北京：中国文史出版社，1997年，第一卷，第12页。

剧之悲剧'。贾母惩黛玉之孤僻而信金玉之邪说也；王夫人亲于薛氏、凤姐而嫉黛玉之才慧也；袭人虑不容於寡妻也；宝玉畏不得於大母也；由此种种原因，而木石遂不得不离也。洵持之有故矣。然似於叔本华之道未尽，於其理未彻也。苟尽其道而彻其理，则当知木石因缘，倘幸成就，喜将变忧，佳耦始者或以怨耦终；遥闻声而相思相慕，习进前而渐疏渐厌，花红初无几日，月满不得连宵，好事徒成虚话，含饴还同嚼蜡。"①在钱钟书看来，王国维虽然看到了《红楼梦》中人物之间的通常关系造成了宝黛二人的悲剧，因而断定《红楼梦》是"悲剧中的悲剧"，这是持之有故的，但却并不符合叔本华的原意，按照叔本华的悲剧理论，应该让宝黛二人成婚，然后"好逑渐至寇仇，'冤家'终为怨耦，方是'悲剧之悲剧'。"②由此出发，钱钟书认为王国维生引用叔本华的理论来评论《红楼梦》，不免削足适履，作法自弊。他说："夫《红楼梦》，佳作也，叔本华哲学，玄谛也；利导则两美可以相得，强合则两贤必至相厄。"③

钱钟书的批评过于严厉了。且不说叔本华的悲剧理论是否真的都要求"好逑渐至寇仇"，而实际上叔本华所引用的悲剧中大多都没有达到这一要求，就是真的对叔本华的原意有所误解，也是可以理解，可以原谅的。这也恰好从另外一个角度证明了，王国维并非像有的学者所说的那样，是生硬地照搬西方的理论来阐释中国的文学作品，而是对叔本华的悲剧理论进行了改造，这样的改造即使可以说是对原作的"误读"，那也是积极的有意义的"误读"。当然，我们必须指出的是，仅仅把王国维的工作说成是误读，那是远远不够的。赛义德在他著名的《理论旅行》这篇文章中，曾经非常详实地比较了卢卡奇与戈德曼两人的思想理论的差异，但他并不承认作为卢卡奇的弟子的戈德曼是误读了卢卡奇的理论，他指出："我们已经听惯了人们说一切借用、阅读和阐释都是误读和误释，因此似乎也会把卢卡奇—戈德曼事例看作证明包括马克思主义者在内的所有人都误读和误释的又一点证据，倘若下此结论，那就太让人失望了。这样的结论所暗示的首先是，除了唯唯诺诺地照搬字句外，便是创造性的误读，不存在任何中间的可能性。"④而赛义德的看法恰好相反，他认为"完全可以把（出现的）误读判断为观念和理论从一种情景向另一情景进行历史转移的一部分"。⑤而赛义德的"理论旅行"正是要突出历史和情景在卢卡奇思想变成戈德曼思想的过程中所起到的决定性作用。而对于叔本华的悲剧理论向汉语语境的旅行过程中，就不仅仅是

---

① 钱钟书：《谈艺录》，北京：中华书局，1984年，第349页。
② 同上，第351页。
③ 同上，第351页。
④ [美]爱德华·W.赛义德著，谢少波等译：《赛义德自选集》，中国社会科学出版社1999年版，第148页。
⑤ 同上。

1919年的匈牙利与二战以后的巴黎这些历史情景的因素,更有着一个欧洲文本向非欧洲文本旅行的不同文化的因素,因此是一次跨文化的、跨语际的旅行。

而实际上,钱钟书先生对叔本华也存在着误读。按照叔本华的说法,悲剧是由于"意志内部的冲突,在他客观性的最高阶段里,得到最全面的展开,达到可怕的鲜明的地步。"(It is the antagonism of the will with itself which is here most completely unfolded at the highest grade of its objectivity, and which comes into fearful prominence.[①]) 也就是说,悲剧的根源就在于"意志的内部冲突"。叔本华说最能体现他的悲剧理想的是歌德的剧本《克拉维戈》,他称这出悲剧可以算是"最完美的典范","虽然,在其他方面,这出戏远远赶不上同一大师的其他一些作品。"[②]

我们知道,《克拉维戈》是歌德早期的作品。这个剧本完全是根据真人真事改编的。1774年2月,法国作家博马舍发表回忆录片断,追叙他的1764年的西班牙之行。其中讲到他为自己的一个妹妹的亲事所做的一场斗争。这个妹妹的未婚夫是西班牙王室档案馆馆长堂·约瑟夫·克拉维戈。此人两次破坏诺言,欲毁婚约。博马舍帮助妹妹揭露了这个忘恩负义之徒。歌德读到回忆录,觉得内容颇有戏剧性,后来仅用八天时间,一口气写成了这个剧本,并于1774年5月发表。如果我们把这个剧本看成是作者在有意谴责克拉维戈这个反复无常、忘恩负义的小人,那就是太表面化了。实际上,打动读者的恰恰是主人公的优柔寡断、犹豫不决,因为面对社会地位和自己爱情的两难决断的时候,这种优柔寡断、犹豫不决其实是人之常情,它不应该受到特别的谴责。在剧本中,克拉维戈以其学识渊博,奋发上进,受到了国王最高当局的赏识,从一个默默无闻的小人物当上了王室档案馆的馆长,如果他放弃原来与玛丽的婚约,娶一名贵族姑娘为妻,就会有更美好的前程,甚至成为部长;而另一方面,他却无法彻底忘情于往日的恋人玛丽·博马舍,那样做,他显然要承受巨大的心理压力与社会谴责,尤其是来自女方哥哥博马舍的责难,因为在他最困难的时候,正是玛丽给了他极大的安慰与帮助,他对她的爱情火焰也并没有完全熄灭。按照叔本华的说法,这就是"意志的内部冲突",是克拉维戈内心对社会地位的欲望与对爱的欲望的极大冲突。这种冲突所造成的悲剧,不是由极恶的人,也不是由命运所造成的,而根植于人之常情,所以才显得格外可怕。也许有人会说,悲剧的发生是由于克拉维戈的朋友卡洛斯挑拨离间的结果,卡洛斯就是一个恶人,表面上看,似乎如此。但细读文本,人们会发现,卡洛斯的话语不过是克拉维戈内心追逐名利欲望的一种表征,作者不过是将克

[①] A. Schopenhauer, *The World as Will and Representation*, China Social Sciences Publishing House, 1999, p.253.
[②] 同上,第255页。

拉维戈的内心所想通过卡洛斯的口明确地表达出来而已。正像剧本中卡洛斯的台词所说的那样："这种火花在你心里沉睡，我要把它吹旺，直到他燃起火焰"。在这里，卡洛斯成为一个"镜像"，折射出克拉维戈内心的极大冲突，正是这种冲突，才造成了悲剧的发生；也正是因为这一点，我们才可以理解为什么对于《克拉维戈》这个并非是歌德最优秀的剧本，叔本华却情有独钟，因为它确实体现了叔本华的悲剧理想。

与钱钟书先生"好逑渐至寇仇"的说法明显不同，作者并没有让克拉维戈和玛丽成婚后，再成"寇仇怨耦"，其结局是，玛丽听到克拉维戈逃婚的消息后，旧病复发，痛心而死，而克拉维戈得知她的死讯后，也万分懊悔，跪在棺材前，最后被怒不可遏的博马舍用剑刺死。临死前，克拉维戈拉着博马舍等众人的手，请求他们的宽恕与和解，至此，"意志的内部冲突"得以解脱，叔本华的悲剧理想得以实现。由此可见，钱钟书所说的"好逑渐至寇仇，'冤家'终为怨耦，方是'悲剧之悲剧'"，只是钱钟书先生自己的理解，尽管这种理解来源于叔本华的悲剧理论，也可以成为一种有效的解读，却并不完全等同于叔本华悲剧理论本身。

二

对于同一文本，不同的读者会有不同的理解和解释，这应该被看成是一种极自然、正常的现象。现代阐释学和接受美学的研究表明，把作品的意义看成是固定不变的和唯一的，作品的意义是作者的意图，解释作品就是发现作者的意图，这是一种应该抛弃的谬见；作品的意义不是意图，而是作品所说的实事本身，即真理内容，而这种真理随着不同时代和不同人的理解而不断变化，作品的意义构成物是一个开放结构。在《真理与方法》中，伽达默尔充分表达了这一观点。他把自己的思想理解为海德格尔阐释学哲学的继续发展。他认同海德格尔的观点，理解不属于主体的行为方式，而是此在本身的存在方式。在海德格尔那里，理解即在自我解蔽中敞开此在之在的最深的可能性，理解本文不再是找出本文背后的原初意义，而是一种超越性的去蔽运动，并敞开和揭示出本文所表征的存在的可能性。传统认识论将真理看成是一命题的形式出现的判断与对象的符合，伽氏认为这是真理的异化，真理应该是存在的敞亮。从自己的真理观出发，伽氏提出了他著名的"理解的历史性"、"视界融合"、"效果历史"等原则，并对偏见和误读给以积极的肯定。受《真理与方法》的影响，1967年，姚斯发表接受美学的重要论文《文学史作为向文学理论的挑战》，挑战形式主义、新批评、结构主义的本文中心主义和作品本体论，确立以读者为中心的美学理论。姚斯接受了科学哲学家波普尔的"期待视野"这一观念,并应用到美学之中。伊塞尔把读者进一步分为两种:现实的读者与观念的读者,观念的读者又包括:"作为意象对象的读者"和"隐含的读者"。前者是指作家在创作构思时观念里存在的、为了作品理解和创作意向的现实化所必需的读者,后者则是指作者在作品的本文中所设计的读者的作用。隐含的读者表明,作品本身是一个召唤结构,它以其不确定性与意义的空白,使不同的读者对其具体化时隐含了不同的理解和解释。①

在我看来,虽然德里达的解构哲学将批判的矛头指向了现代阐释学,但就其强调差异性和不确定性而言,解构哲学其实是阐释学哲学的新发展,甚至可以称之为极端的发展。德里达认为海德格尔、伽达默尔的解释学仍然置身于形而上学羽翼之下,通过"在场"的设置,把语言与历史置放在通一个现时的关系中,这样,人的思想为这种现实的"在场"所支配,它作为实体直接沟通主体走向实在的路径而具有在场的特权,因而仍然陷于逻各斯中心主义落网之中。基于此,德里达提出自己的关于解释的差异原则,将本文的意义的寻求看作"关于差异的永无止境的游戏",看作通过模糊不清、多义杂揉的意义把握去对中心性、同一性加以瓦解的尝试。

我们完全可以把赛义德的"理论旅行"理论置于上述的理论背景之下来看待。赛义德强调理论和观念的移植、转移、流通以及交换的合理性依据,正是基于为现代阐释学和接受理论所发掘的意义的开放结构,换句话说,正是由于意义的开放性,才使得他的"理论旅行"成为可能。如果以这样的理论视野来看待叔本华悲剧理论的中国之旅,我们就应该容忍王国维对叔本华理论的挪用或改造,我们同样也会对钱钟书的解读给予极大的敬意,尽管他对悲剧的理解不一定完全符合叔本华的原意。在这里,叔本华的原意并非具有不可挑战的权威性,尤其是在跨文化、跨语际的理论旅行中就更是如此。所以仅凭王国维的解读不符合叔本华的原意就应该受到指责,这显然是不恰当的。

更为恰当的理解是,王国维是在与叔本华理论的平等对话中展开他对《红楼梦》的解读的。进一步的研究我们发现,叔本华悲剧理论的东方之旅本身就是一种"环形旅行"。从理论来源上看,叔本华哲学有着非常明显的东方色彩,他的理论明显接受了佛教思想。关于这一点,钱钟书先生早就做出过论断。② 在此我们想强调的是,佛教作为东方思想其实也是王国维接受叔本华理论的"接受视界"。王国维在《静安文集自序》中说他在1903年春天的时候开始读康德的《纯粹理性批判》,"苦其不可解,

---

① 关于阐释学的发展历史,参见洪汉鼎:《诠释学——它的历史与当代发展》,北京:人民出版社,2001年。
② 钱钟书:《谈艺录》,北京:中华书局,1984年,第350页。

读几半而辍",后来读到叔本华的书"而大好之",先前不可解之处也迎刃而解了。之所以接受叔本华比接受康德容易,就是由于叔本华的哲学理论更靠近东方思想。也正是由于这一点,使王国维对叔本华的接受变得容易多了,也使跨文化环形之旅的通道变得顺畅多了。蒋英豪在《王国维文学及文学批评》中指出:"王国维以叔氏哲学去分析《红楼梦》,其原因不难理解。《红楼梦》的一起一结,佛理的味道极浓,作者是精通于释氏之理的人。而叔本华哲学的主要根源之一,也是佛教。叔氏谈欲,谈解脱,都是取之于佛教经典。王国维晓得用叔本华哲学去分析《红楼梦》,可说是他的聪明,也颇能见《红楼梦》作者之用心……"[1] 王国维接受的其实是接受过东方思想影响的叔本华理论,这就形成了从东方到西方再回到东方的理论环形之旅。这样的旅行路线在现当代中国美学理论和文学批评中当然不是偶尔发生的一个特例,而具有某种学术"范式"的味道。

例如,有许多证据证明对中国现当代美学发生极大影响的海德格尔就曾经接触到了或者接受了东方思想,人们甚至将这些材料编辑成了一本名为《海德格尔与亚洲思想》的书[2],1946 年他与中国学者萧师毅合作将《老子》中的八章译为德文,更是他接受东方思想的有力证据,这种接受也体现在他的哲学本身,成为他理论的有机部分。在《语言的本质》一文中,他把老子的"道"看成是"我们由之而来才能去思理性、精神、意义、逻各斯等根本上也即凭它们的本质所要道说的东西"。[3]

另外一个"环形旅行"的例子是庞德的意象理论。大家都知道,诗人庞德(Pound)在现代西方作家中应是与中国最有缘分的一位诗人了,庞德诗的意境也是最接近中国诗歌的。通过意象的显现,去表达诗人的情感,不仔细的去体会,人们也常常会将庞德的诗认为是出自中国的某位诗人之手。庞德还是中国古代文明的歌颂者,对孔子的思想非常崇拜;他似乎从中国文明中看到了现代西方所急需的理智和理想。庞德对中国文化的认识始于 1913 年,当时他结识了美国著名东方学者厄内斯特·范诺罗莎(E. Fenollosa)的遗孀,后者把丈夫的东方文化研究手稿交付他收藏。叶维廉指出:"接触过中国绘画和中国诗的范诺罗莎在中国文字的结构里(尤其是会意字里)找到一种新的美学依据,兴奋若狂,大大影响了诗人庞德改变全套美学的走向的原因,也是针对抽象逻辑思维破坏自然天机而发。"[4] 其后几十年内,象形表意的汉字和充满意象的中国古代诗歌对庞德的诗歌创作产生了深刻影响,孔子哲学的基本思想成为贯穿他的

---

[1] 蒋英豪:《王国维文学及文学批评》,香港:香港中文大学崇基学院华国学会发行,1974 年,第 93 页。
[2] G. Parkes, ed, *Heidegger and Asian Thought*, Honolulu: University of Hawaii Press, 1987.
[3] 海德格尔:《语言的本质》,《海德格尔选集》(下),北京:三联书店,1996 年,第 1101 页。
[4] 叶维廉:《道家美学与西方文化》,北京:北京大学出版社,2002 年,第 32 页。

《诗章》的主导精神。庞德认真翻译过《四书》和《诗经》,对在西方传播孔学起过一定作用。

饶有意味的是,庞德来源于中国传统的意象主义理论,却在上个世纪的五四新文学运动中被胡适用来作为反对中国旧文学中不良倾向的理论武器。如果把庞德于 1913 年发表的《一个意象主义者的几个不作》中有关语言方面的八项规定与胡适在《文学改良刍议》中提出的"八不主义"作一个比较,人们就会发现,两者的相似是一目了然的。胡适在他的留美期间的日记《藏晖室札记》中,记载了他 1916 年剪录《纽约时报书评》一则关于意象派宣言的评论,并在下面加了一条按语"此派主张与我所主张多有相似之处",这是胡适的文学主张与意象派理论之间有联系的确凿证据。[①] 作为对中国现代文学思想产生过极大影响的胡适的"八不主义",人们也许会注意到它与西方理论的渊源关系,而庞德的中国理论背景却往往会被人们忽视,从而得出这样的结论,认为中国的现代思想由于西方思想的介入而造成了与中国传统的断裂。而庞德理论的"环形之旅"则表明,中国对西方理论的接受必然有着自己独特的接受视野,总是那些与中国文化有密切联系的西方理论才更容易被接受,它进入中国现代文化与思想的通道也才更通畅。

而在如此的环形之旅中,每一个环节所发生的挪用、移植、转移、改造,都是很正常的现象。庞德对中国思想有改造,胡适对庞德思想也有改造;海德格尔对老庄思想有改造,中国现代思想对海德格尔也有改造;叔本华对佛教思想有改造,王国维对叔本华思想也有改造。"理论旅行"的过程不可能是绝对不变的,中西理论之间也不存在一个绝对的不可跨越的鸿沟。

---

① 唐正序等:《20 世纪中国文学与西方现代主义思潮》,成都:四川人民出版社,1992 年,第 50 页。

梵语诗学韵论和西方诗学比较

尹锡南

（四川大学）

梵语诗学在诗人、创作过程、文学想象等各个方面都提出了一些重要的命题，这在西方文学理论中以新的面貌出现并得到重视。"因为印度美学家提出的真理本质上是永恒的。它们对于古今新旧所有文学形式和文学表达都是适用的。因此，梵语文学理论与现代文学有着令人惊讶的联系。"① 从这个意义上来说，出现于九世纪的梵语诗学韵论（dhvani vāda）属于"永恒"的诗学真理。因为，与梵语诗学韵论相似的理论因子不仅存在于中国文论中，也与一些西方文论家如马拉美、叶芝等人的象征主义诗学观存在天然的亲和力，还与德里达的解构诗学存在思想交汇。本文即对印度韵论和西方诗学相关理论进行比较，以期发现东西方诗学的差异和相似。

一、韵论和象征主义诗学

印度学者认为，梵语诗学家欢增等人使用的"韵"一词有以下一些含义："它指暗示性单元，也指象征内容的意义，它还指暗示功能的意义，同时也指整个诗艺的范例，它包含了象征意义、象征单元和象征功能。"② 该学者特意点出韵论的象征功能，其实是暗示了它和象征主义诗学的某些可比性。的确如此，象征主义诗学的一些基本特征，使它和梵语诗学韵论产生了跨文化对话的可能。

注重暗示性艺术手法以表达含蓄的言外之意是韵论和象征主义诗学的相似点。欢增的"韵"（dhvani）被很多印度和西方学者译为英语中表示"暗示"或"联想"的词汇 suggestion。韵论以词句的暗示功能为诗的灵魂生命所在。韵论创立者欢增说过：

---

① Ramaranjan Mukherji, *Global Aesthetics and Indian Poetics*, Delhi: Rashtriya Sanskrit Sansthan, 1998, p.162.
② Ibid., p.164.

"在所有各类韵中,暗示义清晰地展现为诗中的主要意义,这是韵的根本特征。"[①] 曼摩托论述以韵为辅的诗时说:"隐含义像少女鼓起的乳房那样产生魅力。"[②] 这个天才而美丽的比喻将隐含义即诗的暗示功能叙述得惟妙惟肖,也使人对诗的联想和隐喻功能怀抱美好的期望。

韵论注重词句的文学暗示功能与象征主义诗学的美学旨趣几无二致。马拉美认为,诗人的任务是捕捉永恒世界在心灵上引起的梦幻、暗示和神秘性,并通过它们构成象征,用这些象征来点点滴滴地暗示对象,展露心灵状态。他说:"与直接表现对象相反,我认为必须去暗示……指出对象无异把诗的乐趣四去其三。诗写出来原就是叫人一点一点地去猜想,这就是暗示,即梦幻。这就是这种神秘性的完美的应用,象征就是由这种神秘性构成的:一点一点地把对象暗示出来,用以表现一种心灵状态。"[③] 在欢增等韵论者看来,考验一个大诗人的标准在于是否使用词句等的暗示功能进行文学创作。在韵论观上追随欢增的曼摩托解释说:"由于说话者、被说话者、语调、句子、表示义、别人在场、境况、地点和时间等等的特殊性,引起智者认知另一种意义。意义的这种功能便是暗示。"[④] 这说明,马拉美和印度韵论派的思想基本一致,都强调诗的暗示性。不过有的印度学者指出,虽然韵论派和法国象征主义诗学都为世界诗学贡献了自己的力量,但是,"印度诗学传统要比欧洲象征主义理论印象更为深刻。"原因是,其一,马拉美似乎把他的神秘暗示技巧从诗歌领域延伸到他的象征主义诗学理论阐释方面。这就造成了理解方面的困难。因为,散文和逻辑思辨自有它独特的规则。"马拉美理论话语本身读来仿佛是一首象征主义诗歌,这就到处弥漫着太多的歧义。"相反,韵论派的理论阐发却非常具有知识和逻辑深度。其二,马拉美心中的暗示说仿佛与表现客体机械地联系在一起,其诗歌创作随意玩弄词语的新逻各斯主义,而韵论则摆脱了这一危险"诱惑"。其三,马拉美的诗学观有教条主义和视野狭窄的弊端,韵论却没有这一弊病。"最后,我们感激韵论派和马拉美,他们都至少是委婉地强调所有诗歌都是暗示。这里,暗示(suggestion)必须在比韵(dhvani)更为一般的意义上来理解。"[⑤] 尽管这些观点是仁者见仁、智者见智,但它在一定程度上点出了马拉美和韵论派的思想异同。

英国象征主义诗人叶芝也有自己的"韵论"。他说:"只有作为象征的隐喻,才是

---

① 黄宝生:《梵语诗学论著汇编》(上册),北京:昆仑出版社,2008年,第274页。
② 黄宝生:《梵语诗学论著汇编》(下册),北京:昆仑出版社,2008年,第647页。
③ 伍蠡甫、蒋孔阳:《西方文论选》(下卷),上海:上海译文出版社,1979年,第262页。
④ 黄宝生:《梵语诗学论著汇编》(下册),北京:昆仑出版社,2008年,第613页。
⑤ K. Chaitanya, *Sanskrit Poetics: A Critical and Comparative Study*, Delhi: Asian Publishing House, 1965, pp.158—159.

最完美的隐喻,因为在纯粹声音外面的最微妙之处,才能最好地发现什么是象征。"[1]叶芝与欢增的韵论思想有极为合拍之处。叶芝强调诗人要善于组合声音、颜色和形式以达到唤起情感(近似味的品尝)的目的。他将这种唤起情感的象征称作"感情的象征"。同时,叶芝认为还存在一种"理性的象征",即"唤起观念或混着感情的观念"的象征。可以说,叶芝这里所谓的"感情的象征"相当于印度韵论中的味韵,而"理性的象征"相当于"本事韵"。[2]

韵论和象征主义诗学的一个基本区别在于,韵论和梵语诗学中强调情感审美的味论(rasa vāda)水乳交融地联系在一起。梵语诗学史研究权威迦奈认为:"韵论只不过是味论的一种延伸发展而已。它把味的观念带进诗歌领域,而味论原本只关涉完整的戏剧作品。"[3]的确如此。欢增的韵论体系给予味以崇高至尊的地位。他说:"味等等的意义仿佛与表示义一起展现。如果它们明显占主要地位,便是韵的灵魂。"[4]虽然象征主义诗学也没有回避情感表达问题,但它并不像欢增等人对情感体验那么高度重视。这与韵论派受味论的深刻影响有关,也与味的体验结合了宗教哲学的深刻探索有关。欢增等人不能摆脱印度宗教文化传统的全面影响。因此,谈韵同时论味就是非常自然的事情了。对象征主义诗学家而言,他们多数是浪漫主义诗学观的反动者,对于奔放情感的体验已经基本让位于表达内心的神秘理念。因此,象征主义诗学不可能像韵论派那样大张旗鼓地呼吁情感表达。如叶芝认为,感情的象征和理性的象征两结合,才是诗歌艺术应该追求的神圣目标,而且也是一切艺术应该追求的最高审美境界。因此,比较而言,梵语诗学韵论对情感体验更加重视,而象征主义诗学更器重揭示内心的神秘感觉。

韵论和象征主义诗学的差异还在于,它们对语言艺术运用的看法存在一定的差别。象征主义诗学重视诗歌语言的音乐性。有的象征主义者主张通感说,以为自然现象如声色嗅味触觉等可以遥相呼应、可以感通和互为象征的。因此,许多意象都可以借声音唤起。在象征主义者那里,诗应该像音乐一样,全以声音感人,意义是无关紧要的成分。瓦莱里说:"因此,诗人要对付这些有关词语的问题,不得不同时考虑声音和意义,不仅要做到语调谐美和音韵合拍,而且要满足各种理性的和审美的条件,且不说通常的规则。"[5]在瓦莱里看来,诗歌本质在于使语言音乐化。因此,他主张:"要

---

[1] 拉曼·塞尔登编:《文学批评理论:从柏拉图到现在》,刘象愚等译,北京:北京大学出版社,2003年,第25页。
[2] 黄宝生:《印度古典诗学和西方现代文论》,《外国文学评论》,1991年第1期。
[3] P. V. Kane, *History of Sanskrit Poetics*, Delhi: Motilal Banarsidass, 1971, p.387.
[4] 黄宝生:《梵语诗学论著汇编》(上册),北京:昆仑出版社,2008年1月,第247页。
[5] 伍蠡甫、林骧华主编:《现代西方文论选》,上海:上海译文出版社,1984年,第34页。

从这种日常语言中提炼出一个纯正的、理想的'声音',这个'声音'要不软弱,不生硬,不刺耳,又不破坏'诗的世界'的短暂存在,而能传达某一个神奇地超越'我自己'的'自我'的思想。"① 与象征主义诗学强调语言音乐性、进而对语言进行艺术提炼相比,欢增却对此论述不多。后世印度学者认为:"法国象征主义者建议运用一种新型的私密语言来唤起情感,而欢增却提倡运用普通语言来达到这个目的。"② 马拉美等人声称,只有通过音乐性诗文才能表达最高真理,而欢增并不主张创造一种新的语言。也许正因如此,欢增之后的梵语诗学家恭多迦以独树一帜的曲语论(vakrokti vāda)对韵论进行"拨乱反正"。他找到了欢增的"死穴",那就是韵论派背离了庄严论(alankāra vāda)者婆摩诃制定的曲折运用语言的"神圣法则"。因此,恭多迦重新举起"曲语"论大旗,天才地论述关于作者创造能力方面的诗学构想,使得曲语论终于成为一个极具现代意识的诗学体系。在恭多迦那里,语言的艺术性运用是诗人合格与否的标志,这与瓦莱里强调语言的音乐性存在一定的思想交汇。不同的是,恭多迦曲语论对语言的艺术运用关注层面更加广泛。

另外,还有一个明显的差别。韵论派对各种韵进行细致分类,这在象征主义诗学那里是罕见的。马拉美等人并不像欢增那样进行条分缕析的形式主义研究。

总之,韵论派和象征主义诗学存在很多值得比较思考的地方。它们作为各自文化传统的历史积淀,深刻地反映了东西方文明的性质差异,也体现了双方对某些诗学核心话语的共同看法。正是这些差异和契合,才使得世界诗学大花园格外绚丽多彩,使得当代的东西诗学比较研究成为必然和可能。

二、韵论与德里达的解构诗学

当代西方文论发展到德里达的解构主义阶段,传统的语言和意义关系理论遭到了颠覆。索绪尔的能指和所指理论,亦即结构主义诗学赖以安身立命的根基遭到解构主义的破坏。解构主义诗学成为二十世纪西方诗学的一种独特风景。奇怪而又顺理成章的是,欢增创立的梵语诗学韵论与解构诗学在很多地方存在截然对立的一面,但有时居然与解构主义诗学的基本原理互通声气,并且还能破解它在重重危机之下陷入的理论僵局。这种出人意料而又合乎情理的诗学现象,给韵论和德里达解构诗学的比较带来了无限的风趣。

---

① 伍蠡甫、林骧华编:《现代西方文论选》,上海:上海译文出版社,1984年,第38页。
② Ramaranjan Mukherji, *Global Aesthetics and Indian Poetics*, Delhi: Rashtriya Sanskrit Sansthan, 1998, p.180.

欢增创立的韵论强调在唤起读者审美情味的基础上，对语言的暗示功能进行最大限度地开发和挖掘。印度学者高度评价欢增的韵论："他的韵论也许是梵语诗学对世界文学理论和美学的最伟大贡献。"[①] 在《韵光》中，欢增写道："具有暗示性，能显示用其他表达方式不能显示的魅力，这样的词才能称得上是韵。"[②] 传统语法学家和哲学家对词的功能的探讨仅仅局限于表示义和转示义。韵论派受常声说的启发而发现，词还具有第三种功能即暗示功能，由此产生第三种意义即暗示义（暗含义）。正如常声（sphota）是词的真正意义所在，暗示义是诗的真正本质，这种暗示性便是"韵"。韵论诗学的理论来源主要是伐致呵利的语言学。有的学者认为："对伐致呵利而言，能指（vāk）和所指（artha）的二元对立与其说是真实不如说是一种虚构。这是一种想象，一种简单的虚构，但却缺乏最终的或绝对的真实性。能指和所指在伐致呵利那里是一回事。那种想当然的二元对立只是一种实用的策略罢了……仿佛《摩诃婆罗多》中迦尔纳天生的那套神秘盔甲，思想和语言是天生一体的。"[③] 这说明，伐致呵利的常声是一种不可分割的整体，是词的真正意义所在。韵论诗学也追随语言常声说的基本思路，在哲学层面超越了西方语言学和诗学理论中能指/所指的二元对立思想，扬弃了那种"实用的策略"，走向探索暗示义的更为超越、更为诗性的阶段。在此，韵论诗学与德里达的解构主义诗学显示出极大的反差。

德里达是解构主义的代表人物，他创造了"延异"和"撒播"等哲学新词汇，就是要通过强调"书写"和"去除中心"等方式恢复之。由此出发，德里达开始了对于西方传统诗学的颠覆解构。延异的概念用于阅读，意味着意义总是处于空间上的"异"和时间上的"延"之中，无法得到确证的可能。无论是"能指的能指"，还是"延异"或"撒播"，都说明德里达对于能指/所指二元对立关系具有一种解构性战略。在这里，哲学意义上的一切存在没有什么终极意义可言。这和欢增创立的韵论形成鲜明的对比。这种对比首先来自于对能指和所指、亦即语言和意义关系的截然相反的态度。因为，在德里达那里，一切阅读行为是延异性的、时时刻刻处于过渡变迁状态的意义"撒播"行为。建立在解构基础上的"复数形式的意义"与梵语诗学韵论所主张的诗性暗含义存在天然的差异。因为，在欢增和曼摩托乃至恭多迦等人那里，能指和所指亦即语言和意义的关系并非在延异和撒播中受到颠覆，相反，它们并无西方的二元对立关系，而是如同迦尔纳的连体盔甲彼此交融，须臾不离。在印度大史诗《摩诃婆罗多》里，

---

① V. M. Kulkarni, *More Studies in Sanskrit Sahitya-Sastra*, Ahmedabad: Saraswati Pustak Bhandar, 1993, pp.73—74.
② 黄宝生：《梵语诗学论著汇编》（上册），北京：昆仑出版社，2008年，第244页。
③ Bimal Krishna Matilal, *The Word and the World: India's Contribution to the Study of Language*, Delhi: Oxford University Press, 1990, pp.122—123.

英雄人物迦尔纳出生时,神力无比的盔甲和耳环是与身体长在一起的。印度学者认为:"韵论思想体系也主张意义的多样性和能指的游戏。但是它并未采纳解构主义所主张的否定消极姿态……在这里,与解构主义相反,当获得合理而迷人的意义时,读者就在此将这一意义作为终极意义。因此,韵论中的不同意义之间的冲突可以调和,因为,知音读者更为关注暗示义。"但是,如果将视野转向德里达,情况又是另外一番面貌。"但是,如果我们紧紧追问德里达的思想,不难发现,他的观点非常偏激。他主张,甚至连语言中的表示义(abhidhā)也是不能感知的,因为语言从来不能抵达相关的意义。能指趋向其他能指,这一永远的趋势像一座迷宫,不知将人带向何方。这种解构主义结论完全违背韵论精神,韵论一直坚持意义的丰富迷人,一句话,知音(sahridaya)享受着理想意义。"① 这里的"理想意义"便是诗性暗含的同义词。这些话将德里达和欢增的诗学观亦即语言意义论的差异解释得非常清楚。说到底,还是欢增和德里达的言义论背后的语言哲学观存在着歧异。

德里达将所谓的逻各斯中心主义即语音中心主义视为一种偏见,因为它压抑人们对语言的自由思考。这种解构索绪尔思想的西方新玄学已经发展成为一种"书写学"(grammatology)。书写学的目的是在反叛传统的哲学背景中探讨言意关系的新思路,它在所谓延异和撒播意义的路径中强调并颠覆能指和所指、语言(声音)和意义、文字(语言)和书写之间的二元对立。就欢增等韵论派信奉的伐致呵利语言学而言,"常声"意味着语言是人类意识不可分割的有机部分。语言和书写都是常声的体现者。印度传统思想中关于声音与文字的关系值得人们注意。吠陀的权威是不能以平常的文字来记录其神圣声音的。这种传统免除了逻各斯中心主义的弊病。因为,逻各斯中心主义是以谴责或贬低书写文字的地位为基本前提的。德里达解构主义诗学便发端于此。有的学者认为:"据我所知,这种贬低书写的传统在伐致呵利语言学理论得以滥觞的印度传统中明显缺席。因此,语言常声说没有什么贬义上的逻各斯中心主义……在伐致呵利的一元论语言观中,语言和书写完美地结合在一起(此处若言及语言'暴力'是没有意义的)。"② 但是,我们在德里达的思想体系中很难发现类似主张。

尽管韵论和德里达解构诗学存在如此鲜明的思想对立,但它们在某种地方还存在平行或相似之。有的印度学者指出:"语言是一种否定性的延异体系,不是一种积极的指称……这种后结构主义思想,是德里达从索绪尔语言学理论发展而来,它和佛教的遮诠论(Apoha vāda)惊人地相似,排除了普通语言或文学语言存在固定字面意

---

① P. C. Muraleemadhavan, ed, *Facets of Indian Culture*, Delhi: New Bharatiya Book Corporation, 2000, pp.282—283.
② Bimal Krishna Matilal, *The Word and the World:India's Contribution to the Study of Language*, Delhi and New York: Oxford University Press, 1990, p.132.

义的可能。"① 和庄子认为"道不可言"相似的是,印度大乘佛教也强调语言不能表达佛法,因此只能采取否定式即遮诠式表述。德里达的诗学观在某种程度上的确接近了东方式否定思维的路径。他认为,阐释存在的延异不是一个概念。因为,延异和中国的道、佛教的法及婆罗门教的梵一样,是无以表现的。延异的在场就是缺席,它就是无,所以延异没有存在的形式,也没有本质可言。延异是差异的本原,是差异的游戏和差异的差异语,它是一种无所不在的非本原的本原,是一种原型差异。这和韵论派的思维方式不谋而合。在韵论者看来,不仅是表示者(能指),连表示义(所指)也会成为"得意忘言"后应该抛弃的东西。例如,在很多属于"非旨在表示义的韵"的例子中,由于表示义不能传达本意,表示义就只能被舍而弃之。"擦抹掉能指惯常代表的表示义后,暗示义浮出水面,而表示义只得舍弃。经过这样处理的表示者(能指)和表示义(所指),与德里达关于能指命运的观念完全吻合。"② 为了表达言虽不能言、但却非言无以传的悖论困境,德里达建议仿照海德格尔给存在一词加上删除号的方式,即用"在删除号下写作"的办法来解决难题。但是问题依然存在。面对一个被打上删除号的语词,读者如何知道这个词语还有多少含义?因此,德里达尝试借用"踪迹"(trace)的概念来解决问题。通过给特定的语词加上删除号,虽然是消抹了这个词,但也同时留下了形迹,正是这形迹,赋予语词以即兴式的转瞬即逝的意义。这是"踪迹"的含义。"踪迹也就是延异的必然结果,它意味着意义永无被确证的可能,读者所见到的只能是意义的似是而非或似非而是的'踪迹'。"③ 阅读就是不断的延异,从此一踪迹进入另一踪迹,延异变迁,不休不止。解读文本就是对踪迹的追随。在不尽的延异和追随中,意义的起源和永恒价值不复存在。踪迹在意义的延异过程中解构了文本的内在完美。德里达的这种折中立场在韵论派诗学中能够发现蛛丝马迹。这是因为:"欢增的语言暗示功能说和解构主义的踪迹说非常相似。这在《韵光》中有过叙述:'有些词语被当作没有特殊暗示义的词来使用。即使这样,这些词语也拥有自身本来拥有的迷人魅力。词语不停地变化流动,但仍然保持以前习惯用法的痕迹。'"④ 解构主义开辟了文学文本阅读的新视野,那就是文本的不断解构和意义的不断撒播。这和韵论派的文本阅读观有些相似,因为它也认可具体句子的复义性,但它没有达到解构主义如此偏激的地步。因为:"实际上,韵论寻求的是文本后面的'真正的暗含义'。"⑤ 韵论派虽

---

① C. Rajendran, *Studies in Comparative Poetics*, Delhi: New Bharatiya Book Corporation, 2001, p.140.
② P. C. Muraleemadhavan, ed, *Facets of Indian Culture*, Delhi: New Bharatiya Book Corporation, 2000, p.283.
③ 朱立元:《当代西方文艺理论》,上海:华东师范大学出版社,1997年,第311—312页。
④ C. Rajendran, *Studies in Comparative Poetics*, Delhi: New Bharatiya Book Corporation, 2001, p.141.
⑤ Ibid., p.142.

然也主张"遮诠"似地排除表示义和转示义,但它并不否认近似于终极意义的暗含义的存在。这和德里达思想形成对照。从另外一个角度来看,韵论派和解构主义的文本阅读观的区别在于,前者承认作者创造的文本具有明确的具体的含义,后者则恰恰相反。韵论派将阅读视为知音读者以想象力认识作者原始意图的尝试,而解构主义诗学将阅读视为从一个能指滑向另一个能指的不间断过程,在此,文本的终极意义不能得到明确的认识。

  德里达的解构主义诗学虽然开辟了西方现代诗学的新天地,但也同时打开了一个诗学领域的"潘朵拉盒子"。解构一切、怀疑一切的思想发展到极端,意义和深度便无从追寻。在这样的背景下,韵论派为代表的梵语诗学可以带给它无限的启示。这是因为,当前西方诗学所争论的许多重要议题,已经在梵语诗学中得以充分讨论。就韵论和德里达解构诗学而言,它们虽然反差明显,但是,还存在一定的平行相似,如梵语诗学的语言意义观既有音义一体说,也有语言游戏的思想影子,而德里达诗学也存在语言游戏的思想痕迹。更加重要的是,就西方诗学发展趋势而言,解构主义正让位于重建性质的后现代主义,它强调更大视野的整合统一和生态意识,而梵语诗学"通过语言、意识和意义统一的体验感受到了这种整合一体性"。[①]因此,用梵语诗学的理论资源来打破德里达的解构主义僵局是有可能的。德里达和伐致呵利、欢增等人的差别在于,德里达的延异目的在于散播意义和解构文本,而伐致呵利等人的常声说在于论证达到宗教解脱的路径,德里达是终极解构,欢增等人却是最终建构并呈现意义。解构主义的恶果之一是内在深度让位于语言表面的游戏迷宫。但是,在某些西方学者看来,梵语诗学可以弥补解构主义诗学遭遇的僵局,将一盘诗学的"死棋"变活。这主要是梵语诗学鼓吹包容差异、力主统一的诗学姿态:"梵语诗学的关键意义是,它能包容差异,在音义一体领域内充满活力,这些能弥补解构主义的不足。"[②]之所以如此,这是因为,德里达没有充分地意识到,超验所指可以不与语言分家,而语言意义一体是传统的印度文化观。韵的超验所指通过味的体验获得纯粹的意义,这也免除了解构主义延异观的弊端。"西方文学理论通过能指的游戏动摇语言真实,而梵语诗学却在语言和意识和谐一体的基础上发现语言真理是内在固有的东西。"[③]说到底,德里达没有完全摆脱他所奋力批驳的西方二元对立传统,因此,只有注入东方诗学和文化因素,他的解构主义诗学才能获得一线生机。这也是梵语诗学韵论给予德里达解构诗

[①] William S. Haney, *Literary Theory and Sanskrit Poetics: Language, Consciousness, and Meaning*, "Introduction," New York: The Edwin Mellen Press, 1993, p.viii.

[②] Ibid., p.24.

[③] Ibid., p.54.

学的深刻启示。它显示,古老的梵语诗学仍然具有启示和警醒当代的文化价值。

通过梵语诗学韵论与西方象征主义诗学、德里达解构主义诗学观的比较,我们发现,东西方诗学心灵存在跨越时空、地域进行对话的可能。它们的相似体现了人类思想的契合,它们的差异又反映了不同文明的诗学家对文学、语言等问题的不同认识。韵论诗学对德里达解构诗学困境的现代"拯救",更是充分体现了东西诗学对话的时代价值。这也说明,在中西诗学比较之外,引入梵语诗学与西方诗学比较研究的新维度,将会更加丰富中国比较诗学研究的内容。

四

文化漂泊与海外华裔文学

全球化时代的流散写作与文化身份认同

王 宁

(清华大学与上海交通大学)

在当今的国际比较文学和文化研究领域，讨论流散现象及流散写作的著述已经越来越多，这种趋势近年来也影响了国内的学术研究。实际上，早在后殖民主义理论思潮高涨的中期，就有不少西方学者，如爱德华·赛义德（Edward Said）、霍米·巴巴（Homi Bhabha）、阿里夫·德里克（Arif Dirlik）等，或者以其亲身的流散经历来关注流散现象及流散写作，或者通过分析一些流散作家的文学文本而介入对流散写作以及其作者身份的考察和研究。进入全球化时代以来，随着民族—国家疆界的日益模糊，以及这一概念的越来越不确定而导致的民族和文化身份的日益模糊，大规模的移民潮和流散现象已经越来越引起人们的普遍关注。毫无疑问，伴随着流散写作而来的另一个现象就是对流散作家的民族和文化身份认同的考察和研究。虽然包括海外华裔在内的流散作家的文学成就十分引人瞩目，但国内对之的关注和研究仍然较少，至少从文化研究和身份认同的角度来考察这一发生在全球化历史进程中的独特现象的研究论著仍不多见，[①] 这确实与流散写作在全球化时代的繁荣兴盛形成了鲜明的对比。本文的写作实际上旨在对现有的研究作进一步的推进，以便促使中国学者的以考察华裔流散作家为主体的流散文学研究能够引起国际学术界的关注。另一方面，我本人通过对流散现象的历史溯源，发现这一现象突然出现在当今时代并非偶然，而是有着漫长的历史潜流和独特的传统，因为它不仅是一种历史和社会现象，同时也有着其自身的文学进化逻辑。因而同时从社会历史的眼光和文学史的角度来综合考察流散写作的身份认同应该说是本文写作的一个目的。

---

① 为了弥补流散现象及流散写作在我国当代研究中的空白，由清华大学比较文学与文化研究中心和中国比较文学学会后现代研究中心共同主办的流散文学和流散现象学术研讨会于2003年9月13日在北京举行。出席研讨会的有来自国内外的高校和科研出版机构的专家学者和作家50余人。但这次小型的研讨会只是一个开始，实际上为类似的更为深入的国际研讨会作了一些学术上的准备。

一、全球化、移民和流散现象的出现

　　对全球化与文化问题的论述,我已经在国内外发表了不少文字,在此不必赘言。在对全球化现象进行理论建构时,我曾基于目前国际学术界对全球化现象进行的全方位研究已经取得的成果,从七个方面对这一现象作过理论描述和总结。在我看来,若从全球化在世界各地的实践着眼,尤其是参照全球化在中国的实践,我们不妨将其建构为下列七种形式:(1) 作为一种经济一体化的运作方式;(2) 作为一个已有数百年历史演变的过程;(3) 作为一种全球市场化进程和政治民主化进程;(4) 作为一种批评论争的概念;(5) 作为一种叙述范畴;(6) 作为一种文化建构;(7) 作为一种理论争鸣的话语。① 当然,人们还可以进一步推演出它的更多表现形式,但上述这七种形式对于我们从文化的角度来考察全球化之于文化的意义,应该说是比较全面的了。然而,随着文化全球化问题研究的进一步深入和多维取向,随着上述流散现象在当代的日益明显,我们还应该将全球化的后两个方面——移民潮的形成和流散文学的崛起以及民族文化身份的认同和建构纳入我们对全球化研究的视野。这样看来,本文主要致力于讨论流散写作及其由此而出现的民族和文化身份认同问题。

　　追溯流散现象出现的原因必然首先考虑到全球化给世界人口的重新组合带来的影响,毫无疑问,造成这一现象的一个根本原因就在于始于 19 世纪、并在 20 世纪后半叶达到高潮的全球性的大规模移民。一般说来,早期移民的特点是穷国/地区的居民向富国/地区的大规模流动,进而在那里定居。具体说来,一批又一批来自第三世界穷国的居民向欧美发达国家流动,最终成为那里的永久性居民。但也有不少原先居住在发达的欧美国家的富有居民不满足现状,进而移居到一些虽不富裕但却有巨大发展潜力和商机的国家和地区,如加拿大和澳洲等国家和地区,在那里开拓新的市场,并成为那里的永久性居民。作为历史上最早关注全球化现象的思想家和理论家,马克思和恩格斯早在一百五十多年前就在《共产党宣言》中颇有预见性地描述了资本主义从原始积累到大规模的世界性扩张的过程,指出,由于资本的这种全球性扩张属性,"它必须到处落户,到处创业,到处建立联系。资产阶级,由于开拓了世界市场,使一切国家的生产和消费都成为世界性的了……"② 应该指出的是,我们过去在研究马克思主义创始人对人类社会的巨大贡献时,往往只注意到他们对剩余价值之奥秘的发现,而忽视了他们对资本的全球化运作以及在经济和文化领域中的作用的规律的发现。

---

① 王宁:《马克思主义与全球化理论的建构》,《马克思主义与现实》,2003 年第 1 期,第 85—91 页。
② 马克思和恩格斯:《共产党宣言》,北京:人民出版社,1966 年,第 27 页。

而我则认为，这也应该被看成是马克思主义创始人的一大贡献。

毫无疑问，伴随着资本的对外扩张，发展和操纵资本的运作与流通的人也就必然从世界各地（边缘）移居到世界经济和金融的中心：欧美发达的资本主义国家，在那里定居、生存乃至建立自己的社区和文化。而一旦他们在经济和金融的中心确立其地位后，便需要大量的廉价劳动力，因此伴随着资本的流动，劳动力的流动便扩大和推进了资本主义的再生产。此外，资本的所有者还不满足于在本地扩大再生产，他们必须考虑向海外的边缘地带渗透和施加影响，以便开拓新的市场。在这里，他们一方面通过代理人或中介机构推销他们的产品，推广他们的文化和价值观念，另一方面，则在当地"本土化"的过程中逐渐形成一种介于中心和边缘之间的"全球本土化"（glocalization）的变体形式。这实际上就是全球化时代流散的双向流程：边缘向中心的运动，进而消解了中心的权威和主导地位，同时也包括中心向边缘的渗透和辐射其影响。不看到这一点，只看到强势民族对弱势民族的施压而忽视弱势民族对强势民族的抵抗，就不能全面地把握流散现象的本质特征。

确实，当今时代的全球化特征已经越来越明显，高科技信息产业早已取代了传统的农业和机器工业。从事信息生产和传播的劳动者早已经不是早先那些无甚文化教养的产业工人，而更多的则是受过高等教育的白领工作者。他们除了对自己的职业有着特殊的爱好外，还对自己的民族和文化身份认同有着清醒的意识。作为一位同时对全球化问题、后殖民批评以及流散作家的身份认同都有着精深研究的第三世界裔西方学者，阿里夫·德里克同时也是一位汉学家，他尤其对现代中国思想和文化有着独特的见解。他本人是一位土耳其人后裔，在民族身份方面也和赛义德和巴巴一样异常敏感。他在美国学术界的立足实际上也是从边缘向中心运动最后驻足中心的一个比较成功的范例。虽然他近年来已经退休，逐渐退出了欧美学术的中心，但他仍在中国的学术界有着一定的影响。他对全球化时代的民族身份问题所提出的下列概括性描述也许对我们认识流散现象与另二者之间的内在联系不无启迪：

> 在历史性的评价中民族主义和殖民主义同时是欧洲中心主义的产物和代理人，这一点在殖民主义中表现得更为明显，殖民主义是继欧美在全球的扩张中出现的，并且他们企图把这种殖民化纳入欧美的经济、政治和文化的轨道。而在民族主义中的表现就没有那么突出了。特别是地区——国家的出现，在此区域的构想下，这种民族主义似乎又与全球化的必要性相违背……早期国家内部地区间的联系造成了地区——国家这一状况，而这一点或多或少地促使了先期不同的政治体系中，其范围从部落到帝国的地区性的转变。此后，19世纪后

半叶地区形态的全球化的扩展在两方面对全球化的进程起到了推动作用。①

因此民族主义从来就是和殖民主义同时存在的：哪里有殖民主义的"全球化"扩张，哪里就有民族主义的抵抗和"少数人化"策略，而后者正如巴巴所言，实际上是另一种形式的"全球化"。②

当然，讨论全球化时代的民族和文化身份认同，必然涉及流散现象及流散写作。我们今天所说的"流散"（Diaspora）一词又可译作"离散"或"流离失所"，对这一现象的研究便被称为"流散研究"（diasporic studies）。流散最早的使用是西方人用来描述犹太人的大规模"离家出走"和所处于的"流离失所"状态，明显地带有某种贬义。对此，现在居住在新加坡的华裔澳大利亚籍学者王赓武曾经气愤地质问道，"西方人为什么不称自己的移民为流散者呢？显然这其中带有殖民主义的种族偏见！因为这个词主要是指涉欧美国家以外的民族和国家在海外的移民族群。"他接着指出当今另一个非常有趣但又十分严峻的事实：随着大批中国移民在海外的定居，他们首先考虑到的是要融入当地的民族或社区文化，因此有的人不仅不用汉语写作，甚至连姓名也改成了当地人的姓名。就他们的身份而言，除了一张华人的面孔外，我们已经看不到他们身上有任何华人文化的痕迹了。③这样的例子举不胜举，这充分说明了民族和文化认同的多重性和非单一性，这正是全球化所导致的一个直接的后果。但是另一个不可忽视的事实则是，为了使自己的作品流传得更广，不少人最终还是选择了用国际流行的语言——英文从事写作，因而在客观上起到了在全世界传播中国文化的效果。时至今日，流散这一术语已经越来越带有了中性的意思，并且越来越专指当今的全球化时代的移民所造成的"流散"状态：从边缘流向中心，然后又从中心流向边缘，始终处于一种流动的状态。我想这应该是对流散的最贴切的描述。

虽然对流散写作或流散现象的研究始于 90 年代初的后殖民研究，但进入全球化时代以来，由于伴随着流散现象而来的新的移民潮的日益加剧，一大批离开故土流落异国他乡的作家或文化人便自觉地借助于文学这个媒介来表达自己流离失所的情感和经历，他们的写作便形成了当代世界文学进程中的一道独特的风景线：既充满了流浪弃儿对故土的眷念，同时又在字里行间洋溢着浓郁的异国风光。在语言的表述上，尤其是美国的华裔流散作家，往往用一种夹杂着故乡土语和特有表达法来描述自己直

---

① 阿里夫·德里克：《跨国资本时代的后殖民批评》，王宁等译，北京：北京大学出版社，2004 年，第 178 页。
② 参见霍米·巴巴于 2002 年 6 月 25 日在清华—哈佛后殖民理论高级论坛上的主题发言《黑人学者和印度公主》（*The Black Savant and the Dark Princess*），中译文见《文学评论》2002 年第 5 期。
③ 同上。

接的本土经验,或从前人那里获得的间接的经历,这样便使得文化再现也具有多重特征。由于他们的写作是介于两种或两种以上的民族文化之间,因而他们的民族和文化身份认同就不可能是单一的,而是分裂的和多重的。也即他们既可以以自己的外国国籍与原民族的本土文化和文学进行对话,同时又在自己的居住国以其"另类"面孔和特征而跻身当地的民族文学大潮中。在当今时代,流散研究和对流散文学的研究已经成为全球化时代的后殖民和文化研究的另一个热门课题。毫无疑问,在这一大的框架下,"流散写作"(diasporic writing)则体现了全球化时代的一个独特的文学景观。那么,流散和流散写作究竟是当今时代发生的一个现象还是有着一段漫长的历史和自身的传统呢?对此,不同的研究者有着不同的看法。我认为,作为比较文学和文化研究者,我们有必要首先从文学的角度来回顾一下流散及其写作的历史渊源以及在当代的最新发展和特征。

二、流散写作:历史演变与文学传统

近几年来,在中国的学术界,主要是比较文学和文化研究学者比较关注流散及其写作,这也正好说明,研究流散文学现象可以纳入广义的国外华裔文学或海外华文文学研究的范围,因为上述两种研究都属于比较文学研究的大范围。由于流散文学现象涉及两种或两种以上的文化背景和文学传统,理应属于比较文学研究的课题,因此将其纳入跨文化传统的比较文学研究视野是完全可行的。如前所述,流散现象的出现主要是近一百多年来的世界范围内的大移民所导致的一个直接后果,但是若专门考察流散写作或流散文学现象,则除了这一大的历史和文化背景外还有文学发展自身的传统流变。就近20年来的中国文学创作而言,我们不难发现一个有趣的现象:在创作界几乎每隔五年左右就为当下的流行文学理论批评思潮提供一批可以进行理论阐释的文本,或出现一种令人瞩目的文学现象。这恰恰说明了我们的文学在这样的一个开放时代正在走向世界,并且日益具有全球性特征,和国际水平缩短了时间差。而相比之下,理论批评和研究却显得明显的"滞后"。近几年来,我们非常欣喜地读到一些出自海外华裔作家之手笔的作品,并自然而然想到把他们叫做中文语境中的"流散作家"(diasporic writers)。当然这个词过去曾被译成"流亡作家",但用来指这些自动移居海外但仍具有中国文化背景并与之有着千丝万缕联系的作家似乎不太确切,因而有人认为叫"离散"作家为好。但这些作家又不仅是离开祖国或散居国外,其中有些人确实近似流亡散居或流离失所,而另一些人则是有意识地自我"流放"并散居海外的,他们仍与文化母国的传统保持隔不断的联系，或者情愿把自己置于这样一种流动的状态中。因为这种流动的和散居的状态正好赋予他们从外部来观察本民族的文化的独特视角，从局外人的角度来描写本民族/国家内的人所无法看到的东西。因此我认为将其译作"流散文学"比较贴切。也就是说，这些作家中有相当一部分是自动流落到他乡散居在世界各地的，他们既有着明显的全球意识，四海为家，但同时又时刻不离开自己的文化传统和背景，因此他们的创作意义同时显示在（母国文化传统的）中心地带和（远离这个传统的）边缘地带。另一个不可忽视的现象是，我们若考察近20多年来的诺贝尔文学奖获得者，便同样可以发现一个有趣、然而却不无其内在规律的现象：80年代以来的获奖者大多数是具有后现代主义倾向的作家，90年代前几年则当推有着双重民族文化身份的后殖民作家，到了90年代后半叶，大部分则是流散作家。当然对流散作家的研究，我们可以追溯其广义的流散文学和狭义的专指全球化过程所造成的流散文学现象。通过仔细的考察，我们不难发现这一过程的演变也有着自己的内在传统和发展线索。

广义的流散写作源远流长，在欧洲文化传统中甚至可以追溯到启蒙主义甚至文艺复兴时期。那时的具有流散特征的文学并没有冠此名称，而是用了"流浪汉小说"（picaresque novelists）或"流亡作家"（writers on exile）这些名称：前者主要指不确定的写作风格、尤其是让作品中的人物始终处于一种流动状态的小说，如西班牙的塞万提斯、英国的亨利·菲尔丁和美国的马克·吐温、杰克·伦敦等作家的部分小说，但并不说明作家本人处于流亡或流离失所的状态中；后者则指的是这样一些作家：他们往往由于其过于超前的先锋意识或鲜明的个性特征而与本国的文化传统或批评风尚格格不入，因此他们只好选择流落他乡，而正是在这种流亡的过程中他们却写出了自己一生中最优秀的作品，如英国的浪漫主义诗人拜伦、挪威的现代戏剧之父易卜生、爱尔兰意识流小说家乔伊斯、英美现代主义诗人艾略特、美国的犹太小说家索尔·贝娄以及出生在特立尼达的英国小说家奈保尔等。他们的创作形成了自现代以来的流散文学传统的沿袭和发展历史，颇值得我们的文学史家和比较文学研究者仔细研究。可以说，出现在全球化时代的流散文学现象正是这一由来已久的传统在当代的自然延伸和发展，而全球化时代的到来则为这一源远流长的地下潜流浮出地表铺平了道路。

当然，对流散的现象并不可以一概而论，这其中有着复杂的因素，在这些因素中，民族和文化身份的认同始终占据着重要的地位。对于流散或流离失所以及所导致的身份认同方面的后果，当代后殖民理论大师爱德华·赛义德有着亲身的经历和深入的研究。早在90年代初他就描述了流散族群的状况，"作为一项知识使命，解放产生于抵制对抗帝国主义的束缚和蹂躏的过程，目前这种解放已从稳固的、确定的、驯化的文化动力转向流亡的、分散的、放逐的能量,在今天这种能量的化身就是那些移民,他们的意识是流亡知识分子和艺术家的意识,是介于不同领域、不同形式、不同家园、不同语言之间的政治人物的意识。"① 这些深刻的体会和富于洞见的观点均体现在他出版于上世纪末的论文集《流亡的反思及其他论文》(*Reflections on Exile and Other Essays*,2000)中。在收入书中的一篇题为《流亡的反思》的文章中,他开宗明义地指出,"流亡令人不可思议地使你不得不想到它,但经历起来又是十分可怕的。它是强加于个人与故乡以及自我与其真正的家园之间的不可弥合的裂痕;它那极大的哀伤是永远也无法克服的。虽然文学和历史包括流亡生活中的种种英雄的、浪漫的、光荣的甚至胜利的故事,但这些充其量只是旨在克服与亲友隔离所导致的巨大悲伤的一些努力。流亡的成果将永远因为所留下的某种丧失而变得黯然失色。"② 赛义德作为一位来自阿拉伯地区的巴勒斯坦人后裔,是一位典型的流散知识分子,他把自己称为一位"流亡者"。在长期的客居他乡的生活中,这种流亡所导致的精神上的创伤无时无刻不萦绕在他的心头,并不时地表露在他著述的字里行间。那么他本人究竟是如何克服流亡带来的巨大痛苦并将其转化为巨大的著述之动力的呢?赛义德一方面并不否认流亡给个人生活带来的巨大不幸,但另一方面,他又认为,"然而,我又必须把流亡说成是一种特权,只不过是针对那些主宰现代生活的大量机构的一种**不得不做出的选择**。但毕竟流亡不能算是一个选择的问题:你一生下来就陷入其中,或者它偏偏就降临到你的头上。但是假设流亡者拒不甘心在局外调治伤痛,那么他就要学会一些东西:他或她必须培育一种有道德原则的(而非放纵或懒散的)主体"。③ 上述两段发自内心的自我表述来看,赛义德也和不少被迫走上流离失所之路的第三世界知识分子一样,内心隐匿着难以弥合的精神创伤,而对于这一点,那些从未经历过流亡的人则是无法感受到的。但是赛义德等人的高明之处恰恰在于,他们能够恰到好处地在这两种文化之间协调进而游刃有余地发挥自己的作用。当代的不少华裔美国作家也能做到这一点,所以他们的作品既能跻身主流的英文文学市场,同时也能迅速地被译成中文而吸引国内的读者和研究者。

因此我们在阅读流散作家的作品中,往往不难读到一种隐藏很深的矛盾的心理表达:一方面,他们出于对自己祖国的某些不尽如人意之处感到不满甚至痛恨,希望在异国他乡找到心灵的寄托;另一方面,由于其本国或本民族的文化根基难以动摇,他们又很难与自己所定居并生活在其中的民族—国家的文化和社会习俗相融合,因

---

① Edward Said, *Culture and Imperialism*, New York: Double Day, 1994, p.332.
② Edward Said, *Reflections on Exile and Other Essays*, Cambridge, Mass: Harvard University Press, 2000, p.173.
③ Ibid., p.184.

而不得不在痛苦之余把那些埋藏在心灵深处的记忆召唤出来,使之游离于作品的字里行间。由于有了这种独特的经历,这些作家写出的作品往往既超脱(本民族固定的传统模式)同时又对这些文化记忆挥之不去,因此出现在他们作品中的描写往往就是一种有着混杂成分的"第三种经历"。正是这种介于二者之间的"第三种经历"才最具有创造力,才最能够同时引起本民族和定居地的读者的共鸣。因此这种第三种经历的特征正是体现了文化上的全球化进程所带来的文化的多样性,颇为值得我们从跨文化的理论视角进行研究。由于流散文学作为一种正在发展的当代文化现象,对之的进一步深入研究还有待于另文专述,本文的目的只是提出全球化语境下的流散写作所导致的民族文化身份的认同问题。

三、华裔流散文学与多重文化认同

关于身份认同问题的讨论始于上世纪90年代初的北美文化理论批评界,在这方面,具有权威性的跨学科批评理论刊物《批评探索》(*Critical Inquiry*)起到了某种导向性作用。在发表了一系列关于"认同的政治"(identity politics)方面的论文后,由该杂志的出版者芝加哥大学出版社约请凯姆·安瑟尼·阿皮亚(Kwame Anthony Appiah)和亨利·路易斯·盖茨(Henry Louis Gates, Jr.)将这些论文编辑为一本题为《身份认同》(*Identities*)的专题研究文集。从该文集的标题来看,两位编者以及各位作者已经自觉地达成了某种共识,即身份认同已经不是一个单数了,而是已经裂变成了多重指向的复杂现象,因而对之的表达也应该用复数,研究视角也应该是多重的。正如两位编者所言,"来自各学科的学者都开始探讨被我们称为认同的政治的话题",这显然是与后现代主义和后殖民主义的反本质主义"本真性"的尝试一脉相承。在两位编者看来,"对身份认同的研究超越了多学科的界限,探讨了这样一些将种族、阶级与女权主义的性别、女性和男性同性恋研究交织一体的论题,以及后殖民主义、民族主义与族裔研究和区域研究中的族裔性等相互关联的论题。"[①]毫无疑问,经过十多年的讨论,这些研究滋生出了当今学术争鸣的许多新的理论和学术话语。文化认同或文化身份研究就是目前广为比较文学和文化研究学者所使用的一种理论话语和研究方法。既然流散写作本身已经同时在几个层面跨越了固定的"界限":学科的、民族

[①] Cf. Kwame Anthony Appiah and Henry Louis Gates, Jr. eds. *Identities*, Chicago: University of Chicago Press, 1995, p.1. 关于中文语境下出版的关于认同政治的著作,可参阅孟樊的《后现代的认同政治》,台北:扬智文化事业股份有限公司,2001年,尤其是其中的第一章"绪论"部分。

的、语言的、文化的以及人种学的,因而从认同的角度来研究这一现象就是顺理成章的了。

华裔流散作家群体目前主要生活在欧洲、澳洲和北美,就其文化和文学上的成就和广泛影响而言,居住在北美的流散作家最为突出,对流散写作的研究自然在北美也最为深入。在美国这个多元文化并存的社会,汤亭亭、谭恩美、赵健秀、黄哲伦、伍慧明等早先的流散作家以及哈金、裘小龙等改革开放后从中国大陆直接移民去美国的流散作家已经以其自身的文学创作成就为美国的"多元文化"社会带来了丰富的精神食粮。美国的文学史家在编写当代美国文学史的时候已经自觉地将他们的创作成就当作美国文学的一部分,因为他们的作品都是用英文撰写的,并且率先在北美的英语图书市场占据了重要的一席之地,因此,北美乃至全世界的英语读者对中国文化的了解在很大程度上正是通过这一媒介而实现的。他们对中国的介绍和描述是否客观真实将直接影响到英语世界的读者对中国的了解程度。平心而论,通过阅读他们的作品,我们可以看出,这些作家对中国文化的态度往往是矛盾的:一方面,他们试图认同中国为自己文化的母国,但另一方面,又自觉或不自觉地加入了西方主流意识形态对中国的"妖魔化"大合唱,因而客观上迎合了西方读者对中国以及中国人形象的"期待":从一种"东方主义"的视角对自己本民族的弱点进行深刻的批判和剖析,有时甚至达到了令人瞠目的地步。既然华裔作家的文学创作在流散文学现象中表现出独特性,那么他们又是如何在自己的作品中处理异族身份与本民族身份之间的关系的呢?正如对华裔流散现象有着多年研究的王赓武所概括的,"在散居海外的华人中出现了五种身份:旅居者的心理;同化者;调节者;有民族自豪感者;生活方式已彻底改变。"[1] 在这五种身份中,他们大致属于第二种和第三种,也即在很大程度上成了(西方)主流文化的"同化者"和在中西两种文化之间游刃有余的"调节者"。若从文学的角度来研究流散现象和流散写作,必然涉及对流散文学作品的阅读和分析。如前所述,流散文学又是一种"漂泊的文学",或"流浪汉文学"在当代的变种,或"流亡的文学",它自然有着自己发展的历史和独特的传统,因此通过阅读华裔文学的一些代表性作品也许可以使我们更为了解漂泊海外的华人是如何在全球化的过程中求得生存和发展的,他们又是如何在强手如林的西方中心主义世界和文学创作界异军突起乃至问鼎诺贝尔文学殿堂的。

由于流散文学研究属于后殖民研究的范畴,而后殖民作家和理论家们都有着自

---

[1] Cf. Wang Gungwu, "Roots and Changing Identity of the Chinese in the United States," in *Daedalus*, (Spring 1991), p.184.

己独特的民族和文化身份,他们是以"另类族群"(alien group)的身份生活在异国他乡的。因此他们对殖民主义的态度也是矛盾的:一方面他们认为自己生活在西方殖民主义的宗主国,生来就处于帝国的边缘,因而往往自觉地寻找自己的同胞组成自己的生活和交际圈子。但另一方面,他们又有着可以生活在帝国的中心、并享受着中心的种种优越条件的特权,因此在他们的思想意识深处,自觉或不自觉地会产生某种新殖民主义的意识。这尤其会表现在他们与真正来自第三世界文化母国的人们的交往中,甚至在与自己的同胞的交往中,他们也会流露出优越于后者的新殖民主义心态。比如在语言的表达中,常常在使用母语的同时夹杂一些外语,待人接物方面也流露出定居国/地区的一些习惯做法,使人觉得他们有着游离于两种文化之间的优越感。当年赛义德在评价波兰裔英国作家康拉德时就曾一针见血地指出了他所同时具有的"反殖民主义"和"新殖民主义"的双重意识形态或双重身份认同。实际上,赛义德本人在与来自第三世界国家的人们的交往中也不时地流露出这种居高临下的意识。因此以此来描述一些华裔作家的言谈举止和行为做派自然也是颇为恰当的。

我们一般认为,文化身份与认同并非天生不可变更的。身份既有着自然天成的因素,同时也有着后天建构的成分,特别是在当今这个全球化的时代,一个人的民族和文化身份完全有可能是双重的甚至是多重的。就拿曾经以《女勇士》(The Woman Warrior, 1976)一书的出版而同时蜚声美国主流文学界和华裔文学界的著名女作家汤亭亭为例。她本人是一位在美国华人社区成长起来的华裔女作家,她在学校里受到的几乎全部是美国式的教育,但是在她的记忆里和心灵深处,又充满了老一辈华人给她讲过的种种带有辛酸和传奇色彩的故事,再加之她本人所特有的非凡的艺术想象力,她写出来的故事往往本身并非是传统意义上的小说,而更带有自传的色彩。因而在很多人看来,她的作品是一种更带有个人经历的自传性"非小说",但是若从具体事实来考察,这其中又带有较多的虚构和想象的成分。这实际上正好反映了她本人以及另一些华裔作家的身份及文化认同的混杂性和多重性。她的作品被不少华裔作家和批评家认为是对传统的"小说"领地的越界和颠覆,而在那些熟悉她的生活经历的人们看来,其中的自传成分又融合了过多的"虚构"成分。实际上,正是这种融多种文体为一炉的"混杂式"策略才使得汤亭亭的"非小说"作品得以既跻身美国主流文学批评界,同时又能在大众图书市场上获得成功。从文化交流和文化对话的角度来看,我们认为,汤亭亭以及和她同时代的华裔作家们的成功不仅为有着"多元文化主义"特征的当代美国文学增添了新的一元,同时也客观上为海外华人文学扩大了影响。不管人们对她作品中歪曲中国社会和文化的东西如何指责和批评,但至少说,长期生活在西方社会并且对中国社会和文化一无所知的人们可以从中了解到一点中国的风俗习惯和文化观念，从而引起他们对中国以及中国文化的兴趣，并为他们今后的进一步深入了解奠定了基础。就这一点而言，应该是汤亭亭等美国华裔作家在世界范围内对普及中国文化所做的贡献。而对于他们的写作的价值的评价则应该是后来的研究者的任务，但我们仅从身份认同的角度来认定，他们的写作至少具有一定的文学史价值和批评研究价值：不仅可以作为重写文学史的一个视角，同时也可以作为文化研究的鲜活材料，此外还可以使研究者据此对西方的文化认同理论进行重新建构。由此可见，对流散现象及流散写作的研究仍有着广阔的发展空间，也许我们可以通过对流散写作的考察建构出一种"流散"的认同。对此我将另文专论。

流散与反思

——兼谈哈金的写作策略

陈爱敏

(南京师范大学)

近几十年来,新一轮全球范围内的移民潮伴随着经济全球化浪潮而日渐高涨。移民潮的出现带来了更多的流散群体,导致了族裔散居现象凸现。随之,流散文学和流散者批评也应运而生。流散者批评着重讨论流散者的身份以及流散者与居住国和祖国之间的关系。流散文学作为书写流散者经历的一种特殊的文学样式,表现了族裔散居的不同经历和流散者对居住国文化的认同和对祖国文化的反思,传达了全球化进程中不同民族文化碰撞与交融的新的信息,同时也是我们深入研究后殖民主义理论的绝好素材。美国华裔文学作为流散文学中的一部分,近年来备受人们关注。到目前为止大多数学者对在美国出生、长大的华裔文学作品研究得较多,对文革后大陆赴美的新移民文学关注不够,而后者恰恰是研究美国华裔流散文学的最好素材。作为新移民的代表人物哈金又是值得我们关注的焦点。国内虽对哈金有所涉猎,但集中于讨论他作品的政治倾向者多,而研究他作品的文学性和书写策略者少,因此,本论文将从流散者批评角度来探讨哈金的写作策略,意在指出其创作的真正动因。

一、流散批评与流散书写

流散批评二十世纪九十年代初露端倪,至今已经走过近二十个年头,但真正受到学界的关注只是近几年的事。对于流散者的定义有很多。卡锡克·托洛彦将流散群体称为"跨国时期典型的共同体"特殊的"社会形式"。[①]他这样界定是将此限定在全球化时期到来的跨国经济、劳工输出,以及文化生产的跨国化等现象出现的暂时时

---

① 卡锡克·托洛彦:《民族国家和它的他者》,载《流散者》,1991年第1期,第3—7页。

期，以区分于前现代和古代的"民族迁徙"，即历史上的犹太人、希腊人和亚美尼亚人在发达资本主义时代的民族群体的大规模分散，或者是人们常说的"民族流散"。沃克·康纳则笼统地将流散者定义为"居住在祖国以外的那部分人"。[①] 不过，有人认为这样划分过于简单化。笔者很赞成威廉·萨弗朗的定义。[②] 他的划分消除人们头脑中传统上对于流散者带有隐喻的描述：流放国外者、被开除国籍者、政治避难者、侨居他国者、移民和并非是"少数民族的种族，"。

萨弗朗列出了流散者的六大特征，着重强调了流散者与祖国的关系问题。但是随着全球化时期的到来，有很多人：商人、知识分子、律师、劳工等自愿地在其他国家流散周转，自我放逐。他们不必依附或者脱离祖国和居留国的大宇宙中心，他们通过参与"文化形式、亲缘关系（和）行业协会"或使自己依附于宗教团体和城市，可以创造小宇宙联盟。[③] 萨弗朗和克利福德对流散者的界定，为我们在更广泛意义上认识什么是美国流散文学书写提供了依据，同时也为流散者的认同意识——依恋祖国、回归本土、追寻民族认同，或积极认同"世界历史的文化和政治力量"——提供了解释。

赛义德、巴巴和斯皮瓦克是当今世界公认的后殖民主义理论的批评家。他们都极为推崇知识分子的游移身份，在很大程度上就是因为他们本身的流散经历和身份使然。巴巴认为正是殖民主义导致了战后的"无家状态"，促生了前殖民地移民一种"挥之不去的陌生感"。散居概念在思想上是矛盾的、文化上被"污染"的流亡者、流散者或者从普泛的移民形象身上得到典型的反映，这种骚动不安的形象总是彷徨在祖国与移居国、原文化与移居国文化之间。焦虑与矛盾以及由此而来的挣扎与痛苦是移民最好的心灵写照。[④] 笔者认为流散与流亡是两个既有联系又有区别的概念。从历史来看，流亡带有一定的贬义，带有浓烈的政治色彩。表现出一种被动、无奈。赛义德对流亡有切肤之痛，研究得也相当深刻。在"知识分子的流亡"一文中，赛义德指出：

> 流亡是最惨的命运之一。在古代，流放是特别可怖的惩罚，因为不只意味着远离家庭和熟悉的地方，多年漫无目的的游荡，而且意味着成为永远的流浪人，永远背井离乡，一直与环境冲突，对于过去难以释怀，对于现在和未来满怀悲苦。人们总是把流亡的观念和身为麻风病患、社会及道德上的贱民这些可怕的事联想到一块。[⑤]

---

① 阎嘉：《文学理论 精粹读本》，北京：中国人民大学出版社，2006年，第350页。
② 威廉·萨弗朗：《现代社会中的流散者：祖国和回归的神话》，载《流散者》1991年第1期，第90页。
③ 詹姆斯·克利福德：流散者，载《文化人类学》卷九，1994年第3期，第305页。
④ 生安锋：《后殖民主义"流散诗学"与知识分子》载《思想文综》第9期，2005年，第153—154页。
⑤ 萨义德·爱德华：《知识分子论》，单德兴译，北京：三联书店，2002年，第44页。

由此，我们看到历史上人们对流亡者的看法，其中的贬义十分明显。因此，在众多人的心目中流亡者经常与道德败坏者、身患传染病者为伍。他们是与社会格格不入者，是政府惩罚或者限制的对象。

但是。随着经济、文化、商业等的全球化，流亡与流散几乎成为同一概念。它的政治性开始淡化，渐渐成为一些作家、学者、音乐家等习以为常的生活模式。有些作家、学者自愿离开自己的祖国，来到一个新的国度，生活在主流文化的边缘，以寻求一种边缘化的视野。用巴巴的话说，在一种被漠视的状态之中，得到一种教益，一种超越诸如中心和边缘、都市主义和边际状态、东方与西方两极间的对立，从中获得一种与众不同的眼光与胸怀。[①]从这个意义上讲，流散成为流散者积极的生活体验。因此，随着全球化步伐的加快，现代化的交通和网络传媒等手段使得流散者不再感到孤寂，也不完全依恋故土。意志坚强的流散者以四海为家，赛义德、巴巴、斯皮瓦克等就是最好的例子，他们拒绝任何本质主义的文化认同观，把精神上的漂泊当作知识分子理想的家园，出入于多种文化而不属于其中的一种。因此，流散成为一种象征性的"文化姿态"。"流散是一种深刻的无奈，它必然带有一种与母体艰难撕裂的伤痛和被抛入文化间隙地带的凄冷寂寞；但是这种局外人，身处圈外的状态又给流亡者提供了一种特权，一种优势，一种思考问题、看待时势的双重视界。"[②]

伴随着全球流散现象的出现，流散大军中一部分文化人开始记录自己的流散经历，反思母国文化，因此，流散文学也就应运而生，而且近几十年来随着全球范围内移民潮的加剧，流散文学变得更加活跃，并成为世界文学中的新的亮点。美国华人流散作家作为流散族中的特殊群体，以独特的身份——既非中国人又非美国人，一个带有连字符的美国华裔（华人）——边缘人和局外人的视角来观察、审视两种文化、民族和政治体制，来书写东西方两个不同民族的故事。因为他们的流散者身份，他们的书写也因此而打上与众不同的烙印：既充满了对祖国（或者祖先）文化的眷恋和一种漂泊在外游子的孤独感，但同时又表现出一种身处西方"先进"文化之中，"俯瞰"中国文化、甚至贬低东方文化的态势。

笔者以为美国华裔流散文学可以分为两块：一是在美国本土出生、长大的作家创作的文学作品，这些作家包括汤亭亭、谭恩美等。另一块为新移民作家创作的文学作品，这些作家包括了哈金、闵安琪等。近年来，国内学者对前面一部分研究较多，而对后者因资料的匮乏等诸多因素关注不够。但是这第二部分人的文学书写在美国文

---

① 巴巴·霍米："一种全球尺度"，清华大学"后殖民主义讲坛"上的讲演，2002年6月。
② 生安锋：《后殖民主义"流散诗学"与知识分子》载《思想文综》第9期，2005年，第165页。

学界也占有一席之地,而且渐成气候。像哈金、闵安琪和邓念等人的作品还频频获奖,成为继汤亭亭谭恩美之后美国亚裔文学书写中的新的亮点。

在新移民作家群落当中最具代表性且成绩较为突出的要数哈金。他的文学书写与第一类华人作家相比在内容、主题、写作风格等方面完全不同。军营、偏远的山村小镇、文革中一幕幕往事、改革开放刚刚起步的中国城市与乡村的风貌等这都是哈金所聚焦的范围。相比之下,他的故事更加新鲜、直接、"真实"。他的作品不仅有小说,还有诗歌等其他形式。哈金的文学创作是海外华人流散文学的另一道风景线,它凝聚了一个流散者对母国文化、对东方、东方人和东方文化的反思。

二、哈金:再现故国的策略

可以说哈金是一典型的流散作家,他出生在中国,上个世纪八十年代赴美,本来打算拿个博士学位就回国。但是,出于多种考虑他打消了回国的念头。但在美国应该说过着一种变动不居、到处流浪的生活。从开始读书、到后来找工作,从一个城市搬到另一城市,一所大学换到另一所大学,一直处于漂泊状态。虽然祖国在他的记忆中越来越遥远,但是他的中国情结始终没有改变,这促使他写出了一篇篇有关东方故国的文章来,并因此而在主流文化圈中获得一个个奖项。那么哈金的作品为什么会受到西方读者的欢迎?为什么美国国家图书大奖会颁给他?无疑,这与他作品的内容、形式、创作风格不无直接关系,换句话说与其与众不同的呈现策略紧密相关。

1. 将历史转化成文学

在一次接受采访时哈金曾坦言:作为小说家,他的最大愿望就是将历史转化成文学。的确,他的愿望在文本中得到了体现。哈金作品的重要主题之一就是探讨文化大革命中人与人之间、个人心理与群众运动之间、个人行为与政治意识形态之间的关系。他将人性的善与恶放在历史的大背景中进行讨论。从他的创作来看,这段历史指的是上个世纪六、七十年代间中国的那场文化大革命,但又可以广义地指中国的传统历史。哈金将现实与历史并置,让读者从历史反观现实,从而对中国的意识形态和道德观念进行认真的思考。《水浒传》是中国文学的经典,它反映了历史上中华民族反对贪官、腐败,不屈不挠的斗争精神。一百零八将,个个都是英雄好汉,被人们看成是中国历史上当之无愧的民族英雄。哈金从这些文学经典中汲取营养,又赋予它以新意。

武松作为《水浒传》中的一位重要人物,其英雄无畏的精神在中国尽人皆知,而这种精神集中体现在武松打虎这个千古流传的佳话之中。面对众人的劝告和已知的危险，武松毫不动摇自己的打虎决心。面对凶残的野兽，武松丝毫没有表现出任何怯弱。而最终以勇敢和力量战胜了兽中之王。这其中表现出来的勇气和胆量，不只是个体行为，更重要的是体现了一种民族精神。武松的英雄气概因而成为鼓舞民族斗志的重要源泉。

从历史上武松打虎的故事，哈金联想到今天中国社会的现实，因而创作了一系列针砭现实的作品。《新郎》是哈金在 2000 年出版的一部小说集。其中的故事都以中国东北偏远地区的一个名叫木鸡的小县城为背景，讲述了发生在文革期间及其后期的一系列故事。书中第四则故事"打虎者难寻"，看似滑稽可笑，但读来却耐人寻味。故事起因于木鸡县电视台拍的一部武松打虎电视系列剧，为了使得场面真实，领导要求电视剧给观众展示人虎搏斗的真实场面。可以想象现实生活中没有人能有武松的胆量和能耐，因此电视拍摄的结局可想而知了：扮演武松的所谓的"汉子"王虎平，在真的老虎面前吓得尿湿了裤子，躲在树上，不敢接近老虎一步。[①] 而后来，当他面对披着老虎皮的人恰是发起了虎威。

借助这则故事，哈金想反映什么？读者自然不难猜测。在文革这样一个特定的历史时期，是非颠倒，黑白不分，但是又有谁勇敢地站出来与之抗争，真正的武松又去之何方？

历史传说中的武松打虎有着极其深刻的政治蕴涵。虎是危害人民生命安全的祸害，所以，周围乡亲和地方官们千方百计地要除掉这只害虫。武松打死了老虎给百姓带来了平安，同样也给社会带来了安宁。从这个意义上讲"武松打死老虎表现出了一种对社会负责的强烈的道德观，这种道德观就是儒家提倡的'齐家、治国、平天下'"的思想。[②] 不仅如此，武松在《金瓶梅》中还担任着重要角色。如果说毒死丈夫、十分淫荡的潘金莲代表了堕落和邪恶，就像老虎吞噬着男人、扰乱了社会秩序的话，那么，武松除掉潘金莲，就像除掉了晋阳岗上的老虎，清除祸害男人的害虫。就此意义上讲，武松是正义和秩序的象征。武松不仅是在替他死去的哥哥伸张正义，而且更重要的是在替整个社会恢复秩序。因此，葛良燕认为武松打虎包含了性别政治的因素。"武松打虎可以看成是男女之间的一场圣战。在这场性别战之中，女人是粗俗的、不道德的、性淫乱的代表，而男人则代表着社会道德和伦理，对邪恶和不道德的因素加以控制和约束。从此意义上讲女性与邪恶和混乱连在了一起，而男性则与理性和秩序

---

① Ha Jin, *The Bridegroom*, New York: Pantheon Books, 2000, p.63.
② Ge Liangyan, "The Tiger-killing Hero and the Hero-killing Tiger", *Comparative Literature Studies*, Vol.43, No. 1–2, 2006, p.42.

紧密相连。"① 武松打虎是正义战胜邪恶的表现,是男性气质的展示。那么,相比之下,王虎平作为打虎英雄,则有负盛名。故事前面曾将他描述为"高高的个子、宽宽的肩,是个相貌堂堂的男子汉,"② 而且他会武功。因此无论从哪个方面他都具备了男性气质。但是,一到真正展示本领的时候,他却成了绣花枕头,男性气质丧失殆尽,英雄气概荡然无存。哈金将历史上的英雄人物和当今的"英雄"并置,引发读者深思:在那动乱的年代,真正的英雄究竟从哪儿找?中国历史的不同阶段,有过许许多多的民族英雄,但是,他们今天又在何方?

2. 不露神色的观察者

流散状态给流散者提供了观察自己祖国文化和居住国文化的特殊视角,对于华裔作家来说还提供了脱离特定意识形态和政治约束之后所拥有的创作自由上。这种自由给他们抒发自己的情怀提供了条件。对于文革后赴美的新移民作家,自然,将自己当年的亲身经历和所见所闻呈现给西方读者成为他们的首选素材,这也符合西方读者的期待视野。因此,八、九十年代间,反映文革的"伤痕"文学在美国非常火爆。文革书写大部分作者都是书写个人经历为主。个人、家庭、亲人等不幸的遭遇,饱含激情的血泪控诉,很容易打动读者,引起西方读者的共鸣,激起他们对那场政治运动和中国意识形态的反感与憎恨。周玉培对这种个人叙述的弱点进行了分析,指出:作者"一味沉浸在对文革的哀婉动人的诉说之中,这种书写往往比较狭隘、不会超越泄私愤、诉说个人悲惨遭遇、个人对抗、个人物化以及自我夸张的模式,因而也就产生不出带有普遍意义的观点。"③ 像邓念的《生死在上海》,闵安琪的《红杜鹃》等都是有关个人真实生活的文革记忆,在美国激起了很大的反响,引起了西方读者的"浓厚兴趣"。邓念的《生死在上海》在美国上市,《时代杂志》曾连载了书评和介绍文章。到目前为止,该书的平装本已经卖出了30万本,共有英文、法文、德文、日文等19种语言版本。无论是邓念的个人及其家庭在文革中不幸遭遇的血泪控诉,还是闵安琪的下乡插队的奇闻报道都带有浓烈的个人情感因素,表现出对这场运动的愤恨和对当时社会意识形态的不满。作者的目的十分明确:通过书写激起西方社会对她们的同情,让西方读者看到中国这场运动的恐怖,从而疏离中国;他们的立场也比较清晰:美国

---

① Ge Liangyan, "The Tiger-killing Hero and the Hero-killing Tiger", *Comparative Literature Studies*, Vol.43, No. 1-2, 2006, p.43.
② Ha Jin, *The Bridegroom*, New York: Pantheon Books, 2000, p.55.
③ Zhou Yupei, *The Conceptions of Freedom in Contemporary Chinese and Chinese American Fiction: Gish Jin, Yan Geling, Ha Jin, Maureen F. Mchugh*, Dissertation. Kent State University, 2003, pp.151-152.

是给他们带来自由的乐土。

同样书写文革,但是,哈金的创作手法则全然不同。罗伯特·贝弗里奇曾经在对哈金的《新郎》评论中这样写道:"哈金的新小说集《新郎》又将我们带到了木鸡县,也就是他获得国家图书奖的那本小说《等待》的故事发生地。……哈金用他朴素的语言将读者吸引到一则则故事之中,而自己则尽量躲得远远的。"① 笔者认为不仅哈金的《新郎》如此,其他作品也都以一种观察者的眼光,纪实性的手法将过去发生的一幕幕呈现给读者。另一位美国学者曾这样评论过:"哈金总是用简单的文字,但是非常工整的英语,不做作,也不夸张地写作。似乎他坚信,这样描写他的祖国对于西方读者来说很有价值而且非常重要。是的,他完全正确。""哈金用纪实小说的风格呈现他的故事,既没有超现实主义、也没有情感的激情。他在作品中将日常生活中的稀奇古怪的事像珊瑚一样慢慢地积累起来。"② 从两则评论中我们可以看出哈金的创作风格与其他新移民"诉苦"作家的差异。他的写作不加入书写者自己的情感,更不是"政治报复",而是通过客观、直接的描写和叙述向读者展示中国历史上发生的那一段故事。

小说集《光天化日》主要反映了文革中人们思想受到扭曲,相互嫉妒,猜疑和斗争的一桩桩往事。"葬礼风波"说的是忠与孝,道德与义务之间的矛盾与冲突。故事中的主人公丁良在金县政府任职,政治上大有作为,前途无量。但母亲的葬礼,使得他陷入了两难的境地。母亲生前要求儿子在她死后不要火化,而是按照传统习俗土葬,但政府明令不准土葬。这使得丁良左右为难,适逢县里竞选副县长,丁良又是最有希望的人选,如果按照传统给母亲办丧事,那肯定会成为政治对手攻击他的口舌。但违背母亲的遗愿又会遭家人的唾骂。在道德和意识形态的较量中,丁良还是选择了服从政治。为了前途,他只好违抗母亲的意志,抛弃孝道,而选择了火化。表面上看丁良是维护意识形态,政府的形象和权威,但是,在其后却有着他个人的政治目的。媒体大肆吹捧了丁良的"先进"事迹,将他的"进步"之举和照片刊登在报纸上。丁良也因此被提拔为副县长。面对这样的结果,本来极力反对母亲火化的姐姐也为弟弟感到自豪,并且说"悼念母亲的最好方式就是这些花圈,报纸上的照片和赞扬文章。"并且要将"这些照片带给乡亲们看看。"③ 显然,母亲的丧事成了姐弟俩捞取好处的资本。作者从细微的观察和不露神色的描写和叙述中让读者感悟了人性的丑陋。在此,

---

① 罗伯特·贝弗里奇:"哈金敏锐、诱人的故事集",《新郎》,2000 年 11 月 20 日。http://www.cnn.com/2000/books/reviews/11/20/review.bridegroom/。
② 米歇尔·司格特摩尔:《新郎》书评,2000 年 10 月 11 日。http://salon.com/books/review/2000/10/11/jin/print.htm。
③ Ha Jin, *Under the Red Flag*, University of Georgia Press, 1997, p.66.

作者通过对现实生活的观察，对题材敏锐得捕捉和对事件的入木三分的叙述，使读者从平凡的小事件中感受到政治的无处不在。与其他几位流散作家形成鲜明对比的是，哈金并没有去直接书写文革，也没有描写那些惊天动地的要闻，而是利用观察者的眼光，来折射故事中人物的心理。读者同样能感受意识形态对人们现实生活的影响，感受在那个特定时代人性的方方面面。

　　随着全球化步伐的加快，新的移民潮也日益高涨，一大批离开故土流落异乡的作家或文化人便自觉地借助于文学这个媒介来表达自己流离失所的情感和经历，对母国文化表现出认真的反思。因此，流散书写成为全球化时代世界文学进程中的又一道独特的风景线。由于作家身份的特殊性，流散文学打上了自己独特的印记："之于本土，他们往往有着自己独特的视角，从一个局外人的眼光来观察本土的文化；而之于全球，他们的写作又带有挥之不去的、鲜明的民族特征。"[①] 哈金的作品可谓是这种情形的真实写照。

[①] 王宁：《关于南北欧作家与中国文化等若干理论问题的对话》，2005年11月1日，http://www.zgyspp.com/Article/ShowArticle.asp?ArticleID=239。

试论美国华裔小说中的家族延续情愫

卢 俊

(南京师范大学)

家庭在中国人心中占据着十分重要的地位,在某种意义上,建立在儒家思想基础上的中国传统文化基本上就是一个以家族为本位的文化,陈独秀先生曾经感叹道:"西洋民族以个人为本位,东洋民族以家族为本位。"① 先秦儒家思想中的"天下如一家,中国如一人"就是这种家族本位思想的充分体现。正是因为这种家族本位的思想,家族延续对于传统的中国人而言至关重要。一方面,能否让家族得以延续是衡量子女是否孝顺的标准。古语道:"不孝有三,无后为大。"而另一方面,家族延续还和祖先祭拜紧密地联系在一起。"中国人相信如果家族后继有人(有男孩出生)的话,那么家族的祖先将会得到永生。实际上,对于中国的男性而言,最悲哀的莫过于死时无后,这意味着他将没有子孙后代在其坟前祭拜。"② 因此,家族延续也关乎现世与来世之间的联系。

19 世纪末 20 世纪初,中国国内的衰败与贫困以及有关金山发财致富的报道使得许多中国人前往美国淘金。金伊莲女士认为:"大多数在 1949 年以前前往美国的中国人主要来自于中国南方的几个村落,尤其是广东四邑地区,早在 19 世纪中期他们大规模地去新世界淘金之前,就已经形成了几个世纪以来下南洋的淘金模式。"③ 这种淘金模式也就是男子去海外挣钱并定期寄钱给家中的父母与妻儿。王·莫里森认为这种淘金模式至少有以下三个作用。第一:由于在海外挣钱的男子将妻儿留在家乡并定期从海外寄钱,这样就保证了他年迈的父母在老年可以得到子女应有的赡养;第二:

---

① 董小川:《儒家文化与美国基督新教文化》,北京:商务印书馆,1999 年,第 313—314 页。
② Morrison G. Wong, "The Chinese-American Family". *Ethnic Families in America: Patterns and Variations*, Eds. Charles H. Mindel, Robert W. Habenstein, and Roosevelt Wright, Jr. New Jersey: Prentice Hall, 1998, pp.284—310, p.287.
③ Elaine H. Kim, *Asian American Literature: An Introduction to the Writings and Their Social Context*, Philadelphia: Temple University Press, 1982, pp.96, 97.

这种淘金模式能够不断地灌输给这些在海外挣钱的男子逗留者而不是定居者的思想，因此他们中的大多数都把自己当作是美国的匆匆过客，在美国的唯一目的就是尽可能多地挣钱来改善家庭的生活水平；第三：它能让在海外淘金的男子与家庭和村落之间保持十分紧密的联系。但是，由于美国对华人实施了一系列的歧视性法律，使得华工往返中国和美国异常地艰难。1882 年美国政府颁布的《排华法案》禁止华工十年内进入美国。1892 年，《基瑞法案》取代了《排华法案》，它将禁止华工进入美国的期限又延长了十年，同时规定在美国的华工每年都要自觉地向政府汇报来获得合法的居住证明。当《基瑞法案》在 1902 年快到期的时候，美国政府又颁布了另外一个排华法案，这一次将禁止中国华工进入美国的期限无限期的延长。虽然几个世纪以来中国华工的海外淘金模式在一定程度上影响了他们正常的家庭夫妻生活，但是美国这些一系列排华法案的实施则残忍地阻碍了华工与家中妻儿的团聚。与此同时，美国的反异族通婚法案也彻底地让华工过上了"单身汉"的生活。"在美国的内华达州，异族通婚被认为是不可原谅的罪行，将会判以 500 美元的罚金或入狱监禁一年。在马里兰州，异族通婚更被看作臭民昭著的罪行，将会判入狱监禁十年。"① 因此，美国颁布的一系列歧视性的法律以及反异族通婚法案就造成了美国华人历史上畸形的"单身汉社会"。在很大程度上，许多华人被困在美国，既不能与家中的妻儿团聚，又不能在美国成家，更无法成为美国公民，所以家族延续在华人的"单身汉社会"被无情地割断了，因此在华裔作品中常常萦绕着家族延续的情愫，这在朱路易的《吃一碗茶》和黄玉雪的《华女阿五》两本书中都得到了不同程度的艺术表现。

一、《吃一碗茶》里炳来的阳痿与家族延续情愫

朱路易在《吃一碗茶》里，以炳来的阳痿为意象，生动地描绘了由于美国排华法案所造成的畸形的华人"单身汉社会"。在《吃一碗茶》里，朱路易交代了王华基返回老家迎娶刘氏的时间是 1923 年，对此凌津奇先生评论道："1924 年美国颁布了《移民限额法》，严格限制从世界各地前往美国的移民数量。这部法律也被称作是'第二个排华法案'，中国学生进入美国的数量有一定的限制，而美国公民的中国妻子将被禁止入境。这样的历史情境也就解释了为什么刘氏'并不是唯一一个留在家乡、盼望丈夫归来的妇女'，而是'和新会数以千计的妇女一样，年复一年等待在海外淘金的

---

① Stanford M. Lyman, *Chinese Americans*, New York: Random House, 1974, p.99.

丈夫的归来。'"① 在某种意义上，王华基就是《骨》一书中莱拉所提到的那些被困在单身汉社会里的被时间浪费了的老人。他们无法享受正常的家庭生活，只能"在劳累了一天后，孤独地在街上闲晃，渴望到哪找点乐子。"② 实际上，小说《吃一碗茶》里面的这些被时间浪费了的、孤独的单身汉们往往会聚在王华基那间"潮湿、冰冷、漏风"的地下室里打麻将。"当返回家乡变得遥遥无期时，打麻将成为这些单身汉们心灵上的一种寄托，所以他们每天必做的一件事就是去麻将馆里搓上几把。"③ 在一定程度上，一群单身汉们聚在一起打麻将不仅可以缓减一天工作的疲乏，更重要的是暂时让他们忘记了独自在异乡的孤独。当麻将聚会散后，这种无助的孤独感又会重新涌上他们心头，尤其是当他们读到家乡妻子的来信，这种孤独便会变得愈发地强烈。"在麻将聚会散后，王华基读了刘氏的来信。其实他不用打开信就知道妻子要对他说些什么，肯定还是那些希望他早点回去的话。"④ 在一定程度上，刘氏的来信让王华基想到了自己对妻子空洞的承诺，因此读完信后，王华基便会情不自禁地想象着将来他和刘氏在老家相聚激动人心的场面，这种想象能够在一定程度上排遣他被困在华人单身汉社会的痛苦。虽然和其他单身汉们聚在一起打麻将能够在一定程度上缓解思乡和孤独的痛楚，但是家乡妻子的来信又重新让无法过上正常家庭夫妻生活的苦闷涌上心头。虽然这些结过婚的单身汉们也会去嫖妓来驱赶孤独和寂寞，但是在他们心中，这些妓女远远不能和家乡年复一年盼望他们回来的妻子相提并论。在某种意义上，嫖妓只会勾起单身汉们在异乡无法过上正常夫妻生活的痛苦和对妻子的内疚。总体而言，嫖妓在家乡是不被提倡的，但是在这，"对于那些长年累月不能和妻子团聚的单身汉来讲，嫖妓却被认为是不可或缺的。"⑤ 年纪大一点的单身汉们会乐意介绍妓女给年纪轻的单身汉。其实，这些妓女们所起到的作用与单身汉宿舍里挂历上的裸女一样，只是暂时满足了他们的性欲，但是却无法改变他们已经被社会阉割而无法过上正常家庭夫妻生活的悲惨状态。

深受这种孤独和痛苦的折磨，王华基决定让自己的儿子炳来带着新娘美琪到美国来生活。在《吃一碗茶》一书中，朱路易提到了炳来回家乡迎娶美琪的时间是 1949

---

① Jinqi Ling, "Reading for Historical Specificities: Gender Negotiations in Louis Chu's Eat a Bowl of Tea". *MELUS*, 20, (Spring 1995), pp.35—51, p.37.
② Elaine H. Kim, *Asian American Literature: An Introduction to the Writings and Their Social Context*, Philadelphia: Temple University Press, 1982, pp.100, 101.
③ Stanford M. Lyman, *Chinese Americans*, New York: Random House, 1974, p.99.
④ Louis Chu, *Eat a Bowl of Tea*, Seattle: University of Washington Press, 1979, p.23.
⑤ Elaine H. Kim, *Asian American Literature: An Introduction to the Writings and Their Social Context*, Philadelphia: Temple University Press, 1982, pp.100, 101.

年，对此，凌津奇先生评论如下："直到1943年美国政府废除了《移民限额法》，并于1945年颁布了《战争新娘法》。这样，许多中国配偶和孩子就可以到美国与他们的家人团聚。在1943年到1949年期间，百分之九十从中国前往美国的是妇女。所以，炳来在1948年能够回中国迎娶美琪主要是由一个特定的历史时期所决定的。"① 虽然炳来与他的妻子美琪在中国度过了几周很甜蜜的婚后性生活，但是一返回纽约的唐人街，炳来就戏剧性地阳痿了。《吃一碗茶》一书的一开头就描述了一个妓女不停地按炳来公寓门铃的场景。这个场景寓意深刻，它在一定程度上暗示了炳来在华人单身汉社会里荒诞的过去，也间接地告诉读者炳来阳痿的原因以及所影射的社会问题。1942年的一个冬天，由于暴雪的降临，炳来所工作的那家餐馆早早地就打烊了，于是炳来的舍友庆源提议去找点乐子——嫖妓。一开始，炳来还很犹豫，但是一想到要一个人孤零零地瞪着四面白墙来打发无聊的时间，他就和庆源一起去了。半夜，当一个中年妓女全身赤裸地站在炳来面前时，他忘记了尴尬。从那以后，炳来就成了妓院的常客。金伊莲女士评论道："炳来，虽然是个刚来华人单身汉社会的年轻人，但是他在某种程度上继承了他的祖辈们，包括他父亲在内的华人单身汉的生活方式。"② 在一定程度上，《吃一碗茶》一书的一开头，朱路易就把美琪和那个按门铃的妓女并置在一起，这不仅暗示了炳来以前的单身汉生活方式，也展示了这种生活方式对后来正常家庭生活的影响——夫妻无法过正常的性生活。"为什么，他很迷茫，他曾经能和那些妓女们如火一般做爱，但和自己甜美、温柔的妻子却无法过正常的夫妻性生活？他躺在那儿，非常的沮丧、痛恨自己的阳痿。"③ 其实，炳来的阳痿可以被看作一种意象，它象征了被美国排华法案所阉割的华人单身汉们无法过上正常的夫妻生活。说来也奇怪，炳来只要一离开纽约的唐人街，他的性功能就会稍微得到恢复。"当上床睡觉的时间到了的时候，炳来并没有感觉到自己不行。白天的四处参观让他忘记了自己阳痿这回事。他没有时间去思考自己荒诞的过去。现在，床只是白天兴奋参观的延续，在美琪的合作和理解下，炳来在华盛顿的第一晚就重振了男性的雄风。"④ 在某种意义上，炳来也许代表了那些被排华法案阉割了的华人单身汉们，他们唐人街被社会阉割的经验已经让他们失去了过正常夫妻生活的能力。炳来的阳痿与社会阉割之间有着一定的联系，炳来的阳痿让他无法过上正常的夫妻生活，而社会阉割也让这些结过婚

---

① Jinqi Ling, "Reading for Historical Specificities: Gender Negotiations in Louis Chu's *Eat a Bowl of Tea*". *MELUS*, 20, (Spring 1995), pp.35—51, p.38.

② Elaine H. Kim, *Asian American Literature: An Introduction to the Writings and Their Social Context*, Philadelphia: Temple University Press, 1982, p.112.

③ Louis Chu, *Eat a Bowl of Tea*, Seattle: University of Washington Press, 1979, pp.78, 85.

④ Ibid..

的但被困在美国的华人单身汉们与正常的家庭生活无缘。无论是炳来的阳痿还是老人们的社会阉割,都同样让家族延续成为一种奢望。

《吃一碗茶》在结尾处交代了炳来和美琪离开了纽约的唐人街,在旧金山开始了新的生活。炳来离开被排华法案阉割的华人单身汉社会为其后来的性功能恢复提供了可能性。炳来的阳痿最后由中药苦茶治好了,这样让家族延续不再成为一种奢望。事实上,他们已经计划邀请他们的父亲们参加第二个孩子的满月酒,孩子的出生就是家族延续的希望。总体而言,在《吃一碗茶》里,朱路易以炳来的阳痿为意象,描绘了被美国排华法案所阉割的纽约唐人街社会,这些被法律阉割的结过婚的华人单身汉们,虽然没有丧失性功能,但却如阳痿的炳来一样,无法过上正常的夫妻生活,这就使得家族延续的梦想破灭,家族延续的断裂也就成为这些华人单身汉们心中永远的痛。

二、《华女阿五》中儿子的名字与家族延续情愫

正是因为美国颁布的歧视性法律和反异族通婚法案使得绝大多数华工的家族延续梦想破灭,对于那些能够携带家眷到美国的幸运儿,他们就更加珍惜这来之不易的机遇。在《华女阿五》中,玉雪的父亲就是这些幸运儿中的一个。玉雪的父亲深受儒家思想的影响,先秦儒家思想中强调五伦:君臣、夫妻、父子、长幼、朋友,而他就常常引用孔子的话来向子女灌输这五伦的重要性:"孔子曰:'其为人也孝悌,而好犯上者鲜也。不好犯上而作乱者,未之有也。'"① 在家庭教育中,他非常重视这五伦中所规定的次序,所以玉雪在很小的时候就知道她的"生活中的主要词语就是尊敬和长幼次序"② 有一次,玉雪调皮地把哥哥头上的帽子撞掉而被父亲用竹枝抽打,因为在父亲看来,玉雪的行为已经冒犯了五伦中的长幼顺序。另外一次挨打是因为她告诉妈妈邻居的男孩朝她吐痰,玉雪的母亲认为一定是玉雪先朝那男孩吐痰,否则他不会吐她,这样的推理也就暗示了玉雪冒犯了五伦中朋友之间交往的原则,所以玉雪的母亲当着许多人面用衣架教训她。由此可见,玉雪的父母都是深受儒家思想影响的传统的中国人,所以儒家思想里强调的让家族得以延续就是尽孝的观念对玉雪的父母影响深远,他们的家族延续情愫以及为之而做出的不懈努力可以从给几个儿子所起的名字的寓意上洞悉。

张淑艳认为个人的名字不只是一个称呼还寄托了别人对他的期望。《中国名字

---

① 黄玉雪:《华女阿五》,张龙海译,南京:译林出版社,2004年,第13页。

② 同上,第2页。

文化》一书的作者林叶高和宁云认为名字包含了显性和隐性两个层面。"显性的层面就是名字的本身,而隐性的层面主要是指名字里所蕴含的信仰、传统、道德和文化心理。"① 在一定程度上,一个人的名字和其民族的文化紧密相连,所以传统中国人的名字与儒家思想有着一定的联系。首先是字辈在名字中的运用。字辈可以"反映出他在家族中的辈分以及地位。"② 仲武阳认为字辈成型于汉代,它把相同的一个字放入姓与名的中间来表示来自于同一个家族,而这个相同的字就是字辈。这样,一个人的名字就包括了三个部分:第一个是姓,第二个是字辈,第三个名。"字辈是中国父权制社会中等级的象征,每个人在家族中的地位都与此联系在一起。"③ 其次可以体现儒家思想对名字的影响在于对名字的称呼。在中国人的家庭中,人们很少直呼其他人尤其是长辈的名字,而是根据名次来称呼,比如大姐、二姐、三姐等等。如果一个年幼的人直呼年长人的姓名将会被认为是一种冒犯和不恭。在《华女阿五》一书中,玉雪记得:"她不许直呼长者的名字,只能叫哥哥、大姐、二姐、三姐(她出生一个月后便死了,没有名字,但是在家族中的名次仍然保留)和四姐。只有父母和父母辈的叔叔、阿姨才能直呼他们的名字,如天福、玉燕、玉莲或者玉宝等等。总而言之,小女孩对长者随便不得,即使递东西也要用双手,以示尊敬。"④

玉雪告诉我们她的母亲给女儿们起名字而父亲给儿子们起名字,这也间接地暗示了儿子在父亲心中的地位。玉雪的父亲认为:"儿子可以传宗接代,永远使用黄家的姓,……使用黄家姓的儿子会前往祖先的墓地上香、祭拜,永远记住他们的先祖。"⑤ 他给黄家的第一个儿子起名为"天福","天"是字辈而"福"则寄托了父亲对这第一个儿子的希望。在封建时代,人们把"福"解释为居住在拥有众多子孙的大家庭里面,所以"多子多福"表达的也就是这样的意思。显而易见,玉雪的父亲很希望第一个儿子的出生能够为黄家带来更多的儿子,只有这样才能称作"福",所以"天福"这个名字中蕴含了玉雪父亲的家族延续情愫。黄家的第一个儿子享有一定的特权,比如他拥有自己的房间:"男孩子则独享意见书房和与之连通的卧室,他把房间涂成苹果绿,突出银色的线条,墙壁上挂有许多鲜艳的旗帜,上面写着各大学的名字。"⑥ 此外,作为黄家的大儿子,他可以选择学习自己想学的专业和学校并且不用担心学费和生活

---

① Lidong Jiao. "Personal Names and Chinese Culture". Sino-Us English Teaching, Volume 3, No.12, (December 2006), pp.97−101.
② 同上。
③ 同上。
④ 黄玉雪:《华女阿五》,张龙海译,南京:译林出版社,2004年,第2、98、45、98页。
⑤ 同上。
⑥ 同上。

费，而玉雪却被父亲拒绝资助上大学，因为他认为："当父母财力有限时，儿子优先于女儿接受教育。"[①] 在一定程度上，"他的特权主要是因为他是个男孩。作为家族唯一的男孩，他使用黄家的姓，肩负着将来哪一天回到家乡在祖先的墓地上香、祭拜的重任。"[②] 但是，一直到十五年之后，当玉雪的父亲接近五十五岁的时候，他才得到了他的第二个儿子。他给第二个儿子起名为"天恕"，"天"是字辈，而"恕"则有请求饶恕的意识。其实在"天福"和"天恕"之间的十五年，黄家得到了三个女儿，"天恕"从名字上可以看出在玉雪父亲的心中，他认为十五年间这三个女儿的出生也许对黄家是一个警告，现在他们祈求老天的饶恕。黄家非常重视"天恕"的出生，玉雪的父亲说："我们很高兴能有一个儿子来续黄家的姓，他满月时，我们应该好好庆祝。同时，把这个好消息告诉朋友时要送红蛋给他们，并请他们来吃猪蹄。"[③] 这样，全家人都忙着染红蛋、炖鸡、做"醋猪蹄"和分发装有红蛋、鸡肉和明姜的纸袋。由于请的客人较多，所以"没有一个炉子是空闲的，因为鸭、鸡、雏鸽、猪肉和牛肉等都要煮得恰到好处，这是她们干过最快乐的活，甚至连玉雪也想帮忙。欢乐的笑声、热切的期盼和激动的心情使得这些活变得轻松愉快。"[④] 但是这种"喜庆的场景只有生儿子时才有。"在"天福"和"天恕"之间十五年中出生的三个女儿就没有享受过这么喜庆的庆祝，实际上他们出生时"全家静悄悄的，根本就没有这种场面。"当玉雪的父亲年近古稀之年时，他终于得到了第三个儿子，他给第三个儿子起名为"天荣"。当然，"天"还是字辈，"荣"则表达了玉雪的父亲希望小儿子能够将来给黄家带来荣耀，振兴家声。

中国的封建传统文化认为男孩才能够延续家族的香火，这种思想在人们心中根深蒂固，所以当那些幸运儿能够在美国过上正常家庭生活时，他们对家族延续就更加渴望，这也就说明了为什么玉雪的父亲一直到年逾古稀都还殷切希望能生出儿子以续黄家的香火。他给儿子所起的名字，从"天福"到"天恕"再到"天荣"，就能看出他的家族延续的情愫以及对此所做出的努力和寄予的期望。

[①] 黄玉雪：《华女阿五》，张龙海译，南京：译林出版社，2004年，第2、98、45、98页。
[②] Xiao-huang Yin, *Chinese American Literature since the 1850s*, University of Illinois Press, 2000, pp.144—145.
[③] 黄玉雪：《华女阿五》，张龙海译，南京：译林出版社，2004年，第22、23页。
[④] 同上。

美国华裔女作家张岚小说集《饥饿》中的象征书写

魏全凤

(电子科技大学)

引 言

由于身处边缘空间而引发的身份焦虑,一再出现在华裔作家的笔下。他们作品中的主人公左冲右突,企图消弭对于历史所产生的断裂感和对现实的虚无感。美国华裔女作家张岚(Lan Samantha Chang)就是其中极具代表性的一位。其作品通过一种文化之乡的象征性意象,演绎着主人公身份追寻之梦。象征意象的想象性是作家本人与传统文化距离遥远的投射,而作品中主人公与传统文化相遇时擦出的火花又是主体追寻原乡的痕迹。

作家张岚于 1965 年出生于美国威斯康辛州的阿普尔顿,其父母二战期间为逃避战火来到美国。张岚中学毕业后,入耶鲁大学攻读东亚研究专业,并获公共管理硕士学位,后又进入俄亥荷大学继续深造,获得美术硕士学位。毕业后她曾先后在斯坦福大学、沃伦威尔逊学院、哈佛大学教授创作。2005 年,张岚被任命为俄亥荷大学作家工作室主任,从而成为这个享誉美国的作家工作室成立七十年以来担任这一职务的第一位亚裔女作家。张岚从小酷爱文学,28 岁就开始发表作品在《大西洋月刊》(*Atlantic Monthly*)、《犁铧》(*Ploughshares*) 等杂志上,其作品被收入 1994 和 1996 年度《美国最佳短篇小说选》(*Best American Short Stories*) 里。

作者的文学天赋结合华裔的特殊身份,使得中国传统文化成为作者创作不愿意避开的主题。从张岚的家庭影响中可以发现她与中国历史断裂而产生了强烈的失落感。张岚的父母为了让她融入当地的生活,尽量回避中国故事,使得张岚感觉家里似乎出现了历史的"空洞",从而对中国更为好奇。"很多年以来,我们家小心翼翼默默地绕开这个洞,我明白过去是他们不惜一切代价要回避的。可是,我渴望了解更多,因为这是我了解我最爱的人——父母的唯一线索。"① 汉语虽不娴熟,她则从书中寻求中国文化知识,对中国的了解和想象,促成了她一篇篇走向原乡的精神之旅。作者的成名作——小说集《饥饿》(*Hunger: A Novella and Stories*)(1988)② 更是寄托着丰富的原乡想象以及自我的诗性超越。此书一出版就好评如潮,评者对作品中的诗意赞口不绝,"作品时而会闪耀出想象之花。"③ "这些耀眼的、激荡人心的、动人心弦的故事编织着欲望。"(Andrea Barrett)"作品美丽的叙述告知我们:爱是痴狂,生活是戏,悲伤是歌。"(Gish Jen)"作品如中国的水粉画:精致、自如、宁静。"(Janette Turner Hospital)④ 评论界的一致好评,使作品也获得一系列的殊荣:加利福尼亚图书银奖(*California Book Award Silver Medalist*),洛杉矶时报图书奖(*Los Angeles Times Book Awards*)以及湾区图书评论家小说奖(*Bay Area Book Award*)。作品中对处于文化夹缝中的华裔家庭的冲突和欲望以美丽的笔触传递出来,是源于对文化象征的运用。漂浮在文中的文化象征给读者带来遥远的美感,也缓和了紧张的冲突。那么作品中的文化象征如何得到呈现?文化象征背后隐藏着怎样的身份追寻?

一

小说集由中篇小说《饥饿》和五个短篇小说组成,包括《饥饿》、《以水为名》、《难忘》、《鬼节夜》、《伞》和《琵琶的故事》。传统文化象征在每篇小说中以不同的形式呈现出来,主人公对待它们的态度也有所不同。

小说《以水为名》讲述年幼的外孙女依偎在外婆身边,听外婆讲述长江神话。第一则神话里,长江倾泻而下的气势,在河边生活千年的祖先与洪水抗争的勇气,化作对祖先的崇敬和对后代的嘱托:"我们必须尊敬长江。"(p.106)另一则神话从反面阐述了不尊重长江的教训。神话里渔夫翁的女儿不顾父母劝说,梦想河里有白马王子,在暴雨中跑到河边会梦中的"白马王子",却再也没有回来。故事中关于长江的神话是中华民族文化的镜子,是关于自我身份归属的文化象征,因为水是人生存的基础,带着生存家园的痕迹。长江神话是中华民族关于生存空间的文学化表达,神话的再叙

---

① *An Interview with Lan Samantha Chang*, Reading Guides (March 19,2003) prepared by Readers' Guides, Marketing Department CC, Penguin Books.
② Chang, Lan Samantha. *Hunger*. New York: W. W. Norton & Company,1998. 文中凡引用作品皆只标注页码。
③ *The New York Times Book Review*(1998—10—25). http://www.amazon.com/Hunger-Lan-Samantha-Chang/dp/0140288481. Amazon, com, Inc. 2008—06—08.
④ Chang, Lan Samantha, *Hunger*, back cover, New York: W. W. Norton & Company,1998.

述，则是为了加强自我在时间和空间上定位。作品中外婆言传身教的叙述，就是族群成员相互影响，归依群体的象征隐喻。

神话由外婆的外婆讲述流传而来，显得遥远神圣而且权威，只是年少的孩子缺乏感性的体验，她们与神圣的历史相遇的结果是漠然与懵懂，个体与文化的隔膜和冲突由此展开。在主叙述层里，外婆的语重心长带来的是孙女们天真的嬉笑以及茫然，女儿对翁的女儿更好奇，"我们苦思冥想：翁之清的女儿长得啥样？多大年纪？为什么没有人记得她的名字？"（p.109）还把故事中的水与现实中的土地相对比，怀疑自己是否是水的女儿。在次叙述层中，渔夫翁也遭遇了与外婆一样的窘境，女儿不明白水的危险，为幻想中的"白马王子"丢了性命。作品中，主叙述层里外婆运用神话来教育后代与次叙述层里女儿追随幻想来反抗长辈形成极大的反差。神话是族群历史的延续，幻想是自我成长的乐园，前者本是无数后者的积累，可是在作品中两者却无法沟通。作品中女儿在幻想中落水而亡，外婆在神话中启迪无果，体现出了自我与历史的双重矛盾：集体记忆延续的困惑和追寻自我自由的困惑。对于在异域长大的华裔个体来说接受长辈的故事是艰难的，因为呈现在眼前的并非长江而是"坚硬的土地"。不过故事还是给了历史一块空间，外孙女围在外婆身边听故事的好奇和对外婆的敬畏就是一个证明，况且翁的女儿反叛的教训存于外婆的叙述中，它已经成为过去。

作品以夏日黄昏的小院为背景，以外婆的故事为主题，营造了凉爽而又悠远的时空。作品中外婆不动声色的表情，如红灯一般闪烁的烟头，以及对外孙女的问题一言不发的离开显示出她的谨慎神秘和权威。外孙女们的相互打闹，对外婆的讲述答非所问的理解以及对故事的困惑体现出孩童的天真无邪和懵懂。在神秘与天真的背后，是对两者都很中立的形象叙述，它暗示了叙述者对两者都给予了理解。此时，故事里长江的气势、渔夫的教诲、女儿的浪漫和故事外外婆的神秘、外孙女的天真都显示出诗意的超脱气质，无形中缓和了两者的冲突。作品的结尾，"不知不觉中，星星已经爬上来了，亮晶晶地布满了天，眼睛一眨一眨地望着我们，望着卧室里的外婆，望着我们的家，望着我们生活的小城，望着周围几里方圆的草地，望着这片干硬如骨的土地。"（p.109）纵然水已成山，凝望的星星带给人的美丽却是永远的回忆。

二

文化象征在《以水为名》中是美丽而又神秘的，它与故事的主人公一道，对心灵进行善意的教诲和滋润。可是在小说《饥饿》、《伞》和《难忘》中，文化象征一改权威神秘的面容，成为现实生活悲剧的印证和脚注，失去了其固有的光辉。

小说《饥饿》叙述移居美国的华人小提琴手田为了成为瞩目的小提琴手，苦苦奋斗，却未能实现梦想，连在学校做助教的资格也被取消。他把自己的未竟之志强加给女儿露丝和安拉。露丝不负期望获奖，却因工作问题与父亲发生冲突，离家出走；安拉则因放弃弹琴被父亲忽略，母亲明也因为田的事业抱负忍受着被漠视的命运。作品以第一人称明的视角来旁观田与家庭成员的冲突，写实占的分量很重，现实中的悲剧成为作品的主要格调，可是主人公的生活磨难时不时地与文化象征挂上钩来，使文化象征参与到了人间的悲剧写实中。

主人公明的母亲关于"缘分"的解释成为个人命运的预言式象征。母亲认为缘分是"命运安排给你的爱情"（p.7），跟《辞海》中的解释"前世注定与某人过一辈子的机遇"如出一辙。天作之合预示着婚姻的幸福和浪漫，可作品中明为了与田的缘分，付出一生，却未能得到缘分背后的"幸福"之义。小说中还有另一处象征——音叉。田表演后发现自己大衣里有一根音叉，当时并未在意，以为是自己什么时候放进去的，而后来演出时却被同事辨认出是她曾丢失的音叉，这无疑为田后来被同事排挤出局作了铺垫。婚姻和事业的挫折使得家庭弥漫着失落寂寥的气氛，"房子里有一个洞，像一张巨大的嘴，吸收了爱的话语和丢失的物品。"（p.50）在女儿露丝出走后，"我"回忆起家里曾经被小偷光顾过的场景："家里没有翻动的痕迹，只有窗户上的洞提示了小偷的存在，逐渐发现器物丢失后，母亲只有无助地哭泣，当时父亲已经病倒，母亲和"我"面对着更艰难的困境。"（p.80）被盗后和露丝出走后空洞的家是物质与精神的双重失去，象征把失落和痛苦形象地呈现出来。作品中"缘分"对婚姻的解释与母亲的受冷落对应，意外得到的音叉与田事业的挫折对应，房上的洞与缺爱的家庭对应，家里被盗的痕迹与露丝的出走对应，文化象征与现实的结合应带来的是对现实更加的失望，现实的残酷与象征的预测使得象征与现实一样显示出悲剧的气息来。

象征作为无奈现实的悲剧阐释，在小说《伞》中也体现得淋漓尽致。小说《伞》叙述父亲为了尽快富裕去赌博，倾家荡产。在给女儿买了伞作为生日礼物后，一去不归。作品中的伞在中国传统文化中具有独特的意义。"张帛避雨，谓之伞盖。"伞遮风避雨的自然属性给人们带来了舒适感和安全感，而它的外形与早期人类的房屋建筑又很相似，这些属性衍生为人们对家园的思念和依赖的心理条件，使伞具有象征家园的文化意义，可是作品却时时颠覆这一层意义。作品中父亲迷上赌博，家里的家具一件件的少去，给家里带来越来越重的危机感。可女儿生日那天，父亲偏偏买了伞作为生日礼物，此时伞的庇护意义成为怀疑和讽刺；第二天父亲打着女儿的花伞出门，"伞上面象征福气的大红花显得格外的刺眼"（p.110）；父亲打着花伞一去不返，使家的庇护随着父亲的永远离开成为空缺。作品标题用了伞的拼音"SAN",与"散"谐音,悄悄把伞的文化意义转化成"分离",是家庭破碎的象征。作品以女儿的视角来旁观周围的世界,父亲赌博带来的伤害在女儿天真的眼里显得更为心痛,算术与赌博不解的秘密,家具逐渐的少去,母亲奇怪的言辞,让女儿在惶惑中感知生活的悲剧。

在小说《难忘》中,文化象征则在主人公的努力中逐渐淡去,它成为主人公想要遗忘的回忆。在美国打拼的明一家在慢慢忘却中国文化,妻子三三学会做西餐让明带到办公室(试图忘记中餐),明不愿意别人询问关于中国的事情(试图忘记中国),明把带去的瓷碗和古典书籍放到了地下室和书架上(试图忘记中国文化象征),明一家尽量少说汉语,多看英语电视节目(试图忘记汉语)。可是西化的生活方式却没有改变主人公与原乡联结的纽带,对其的叙述本身就暗含着对遗忘中国文化的不自愿,儿子查尔斯的挑战终于引发出他们的乡愁。沉默勤奋的查尔斯给自己房间上锁维护隐私和决心去外地读书而放弃有名的俄亥荷州立大学时,他们感觉到儿子对自己不尊重,没有传统中对父辈的孝顺。当查尔斯用伤感的语气说希望他们为他的选择高兴时,他才感觉到了查尔斯还是自己的儿子,因为"那种悲伤是相似的"(p.141)。不可抹杀的集体记忆在两代人身上起着一样的作用,企图忘记与逃离实际是在诉说"难忘"的原乡情怀,妻子气愤时脱口而出的汉语,和明在争吵中打碎的瓷碗,都是主人公心中永远的结。

小说通过传统的文化象征呼唤着理想原乡,此时,原乡的定义是安稳幸福之家,以及超脱诗意之家。作品中提到的叔父和明的形象就是对第二层意义的思考。不修边幅的叔父热爱书法艺术,却不能维持生活,靠兄妹养活,最后还是落难死去。对艺术追求与现实中的潦倒是诗性坠落的真实写生,而明放弃古典书籍,学习影印机操作却带来另一种失落,那是心底根深蒂固的诗性在呼唤。小说中这两人的形象实际是主体的两个侧面,一是追求超越的灵魂之所,一是追求现实的血肉之躯,两者不在同一个人身上实为主体精神分裂的写照。在艰辛拼搏中,精神与物质的不可兼得成为主人公永久的矛盾,分裂中难忘的文化记忆又成为联结乌托邦的精神原乡。

三

如果说文化象征在以上作品中从神圣的祭坛走入无奈的寻常百姓家,那么在小说《鬼节夜》和《琵琶的故事》中,文化象征则化作了神秘的鬼魅,向人施加束缚与控制。与此相对应,主人公的态度是暧昧的反叛。

小说《鬼节夜》讲述一个华裔家庭中，母亲因病去世，大女儿艾米莉责怪父亲不愿意用西医治疗导致母亲的死亡，对父亲耿耿于怀，经常与之争吵，18岁后离家出走，直到父亲死后才回来。而鬼节夜，艾米莉会看见父亲的灵魂。作品中出现的文化象征——中医和鬼节成为萦绕人心的不安因子。"中医"是古代中国人长期与疾病斗争经验的总结，是中国独特的传统文化象征，可是在作品中医并没能治好母亲的病，这意味着传统文化在新环境的无能为力。不过它又通过"鬼节"这一传统的祭祀仪式显示出威信来。"鬼节"本是中国传统文化中每年农历七月十五日对死去的亲人进行祭奠的仪式，而艾米莉对"孝"的挑战，使得守灵给儿女带来的是更加的惊恐。对传统文化象征义无反顾的反抗和抛弃后面要承受的却是对传统的更加畏惧和愧疚。艾米莉在鬼节夜里看到了父亲的鬼魂，是对反叛潜在的谴责，艾米莉的恐惧证明了传统文化带给人们的无法抛弃的痕迹，艾米莉在鬼节夜"爸爸"的呼喊又显示出暧昧的妥协来。

与此同时，作品中的妹妹克劳蒂亚则是为姐姐赎罪的形象。克劳蒂亚善良懂事，艾米莉出走后她一直待在父亲的身边，还劝姐姐回家看望父亲。对父亲的理解和关心也使她能坦然面对鬼节夜。从两姐妹的不同态度和结局可以看出个体对文化象征反叛和拒绝似乎并不是明智的做法，过滤掉文化象征后的亲情，才是真正应该珍惜的。作品采用乖巧的妹妹克劳蒂亚的叙述视角，对父亲的后悔和姐姐的反叛进行真诚的旁观，同时也寄托着对父亲的同情和对姐姐反叛的谴责。

作品中，中医是矛盾的缘起，鬼节夜是矛盾的结束，传统文化象征中起着无法理解却又神秘的操纵作用，生活其中的主人公逃不掉它的影响。在另一篇小说"琵琶的故事"中，缭绕的中药味道，念念有词的母亲也给人带来紧张和恐惧。琵琶的母亲是整天熬中药的神秘巫婆形象，琵琶不想生活在母亲的阴影里，想到别的地方生活。临走前母亲给她梳头念咒语，叫她到名叫"文"的人那里去上班，还要她带一块石头埋在那人屋子的心脏。她不信，认为文很好，可好友梅兰被文打跑了，她有点相信母亲的话，后来还梦见母亲了。作品中难闻的中药味道表明药物的疗效功能已经失去，她给儿女留下的是对传统文化的不满和怀疑。所以琵琶一路上不听取亲戚的嘱托，不愿意告诉母亲自己的近况，也不相信母亲与仇家文的纠葛，只是自己的反叛却以妥协而告终。事实证明文确实是利欲熏心的人，而她也按照母亲的嘱托把镇心石埋在了文的"心脏"。神秘的中药和母亲成为女儿逃离的理由，而母亲的正确却给了女儿反叛的终结，梦见母亲则是女儿理解之后对亲情的认可。故事以母亲和文都在战乱中被处决作为结局，与作者现实的虚无处境相对应，是自我与传统文化断裂的现实投射。对于远离故土的华裔来说，留下的是空洞的心和模糊难辨的半块信物。

文化象征出现在小说的任何角落，让人无法躲避。对文化象征的态度成为主人公重新定位自身的坐标，与文化象征的纠结成为主人公寻找身份的历程写照。从"以水为名"中长江的神秘磅礴与孙女的天真里，可以看出预测文化气势对个体影响的趋势；"饥饿"中"缘分"的幸福意义和无奈的母亲、"伞"中伞代表的家园庇护意义与缺憾的家庭、"难忘"中企图遗忘的瓷碗汉语书籍和难忘的中国情结等都是文化象征渗透现实生活的标志，是族群个体无意识地接受着文化象征的影响和熏陶的证明；"鬼节夜"中姐姐反叛和妹妹理解、"琵琶的故事"中女儿先反叛后理解的形象说明文化象征是主体不可回避和抛弃的集体记忆。在理解的那一刻，个体认同了文化中国这个原乡。

结　论

作品中大量运用传统中国文化象征，如鬼节、中医、中药、"缘分"、伞等。它们属于"公用式固定象征"，是通过长期文化积累，进行二度规约之后的"所指优先"象征。[①] 此时其"文化"所指成为他们触摸历史的唯一痕迹，成为族群对自我识别认同的信物。对于未能浸润其间的华裔来说，这些"象征"所指如模糊的半块木板，通过它主人可以触摸到历史的记忆。可是透过文化象征来回归历史，只会是残缺不全的，并且在异域空间中触摸历史，又导致了文化象征在移植过程中受到的抵触。难怪文化象征与主人公永恒纠结，它是主人公追寻原乡曲折历程的写照。

作品以文化象征为主要对象，有其精神治疗和超越的深意。"象征的意义都依据于它自身的在场，而且是通过其所展示或表述的东西的立场才获得其再现性功能。"作品通过在场的文化象征意象表达潜意识中自我追寻的乌托邦之梦。并且原乡梦想并非是要主体回到遥远的中国，而是对自身生活的一种超越。"生活在无意义和无价值世界的人们……需要象征的灌溉……这个象征的银行在于我们自身。"[②] 诉诸象征、追寻意义，成为处于边缘空间的华裔的诗性追求。

作品中随处可见的文化象征冲击着人们的灵魂，也升华着人们的乡愁。这正是作者运用象征的良苦之处，它体现了作者对跨文化语境冲突的人性关注。作者坦言自己曾受犹太作家伯纳德·马拉默德早期作品中蕴涵的悲哀、博爱、冷酷和寓意的影响。[③]

---

① 赵毅衡：《文学符号学》，北京：中国文联出版公司，1990年，第183页。
② [美]安东尼·史蒂文斯：《人类梦史》，杨晋译，海口：海南出版社，2002年，第183页。
③ Penguin Group. "An Interview with Lan Samantha Chang, March 19, 2003" [N]. [2008-06-08]. http://us.penguingroup.com/static/rguides/us/hunger.html.

正因如此,"作品既触及华裔社群的切肤体验,又从中发掘出普遍人性的关怀。"① 从这个角度讲,小说集《饥饿》确实"开创了卓越新时代"② 正因如此,作品中对传统文化的态度才不至于走向极端,其笔下的主人公对传统文化不管是态度暧昧还是高度理解都无不寄托着对身份之根的小心呵护以及人与人之间的真情关怀。

---

① Jennifer Howard, *Review of Hunger* [N]. Washington Post Book World, 2000—01—02 (10).
② Michael Kress, *Interview with Chang* [N]. Publishers Weekly, 1998—08—03 (51).

五

翻译研究：
从语言学转向到文化转向

论比较文学的翻译转向

谢天振

（上海外国语大学）

当 1993 年英国著名比较文学家兼翻译理论家苏珊·巴斯奈特（Susan Bassnett）在其于当年出版的专著《比较文学批判导论》①一书的最后一章打出"从比较文学到翻译研究"这一标题时，她实际上已经提出了"比较文学的翻译转向"这一命题。巴斯奈特这一标题的英文原文是"from comparative literature to translation studies"，这里的"translation studies"一词有两层含义，其一是指通常所说的"翻译研究"，其二是指的"翻译学"，一门新兴的独立学科的指称。有人曾把该标题翻译成"从比较文学到翻译学"②，以突出 translation studies 一词的学科意义。但我觉得译成"翻译研究"也未尝不可，这样可以突显比较文学向翻译研究的转向。

在我看来，"比较文学的翻译转向"一语倒是更为直接、也更加确切地揭示了当前国际比较文学发展的一个最新趋势。对中国比较文学界而言，它也在某种程度上预示了未来我们中国比较文学研究的一个主要发展方向。巴斯奈特不提"比较文学的翻译转向"，她提"文化研究的翻译转向"（见下文），这与她对比较文学这门学科的看法有关。在她看来："比较文学作为一门学科已经过时了。女性研究、后殖民理论和文化研究领域的跨文化研究，已经从整体上改变了文学研究的面貌。从现在起，我们应当把翻译研究（翻译学）视作一门主导学科，而比较文学只不过是它下面的一个有价值的研究领域而已。"③

十几年前，当我首次在巴斯奈特的《比较文学批判导论》一书中读到以上这段话时，我对这段话并不十分理解，甚至还感到困惑，曾写过一篇文章《翻译研究的最新进展和比较文学的学科困惑》，发表在 1997 年第一期《中国比较文学》上。但是现在

---

① Susan Bassnett, *Comparative Literature–A Critical Introduction*, Oxford UK & Cambridge USA Blackwell, 1993.
② 陈德鸿、张南峰：《西方翻译理论精选》，香港城市大学出版社，2000 年，第 185 页。
③ Susan Bassnett, *Comparative Literature–A Critical Introduction*, Oxford UK & Cambridge USA Blackwell, 1993, p.161.

十几年过去了，当我对当代西方的翻译研究历史与现状作了比较全面的考察与审视，尤其是结合当前国际比较文学的现状对最近十几年来西方翻译研究的最新进展进行了较为深入的研究和分析之后，这时我再次启读巴斯奈特的上述专著及其相关论断，我的感受发生了很大的变化。也许我们现在仍然可以说巴斯奈特的断言"不无偏激"、"有失偏颇"，因为这一断言用翻译研究代替了比较文学在向文化研究演进后的全部内容，确实有失偏颇，但是我们却不能不承认，这一断言道出了当前国际比较文学现状的主流与实质。而我们中国比较文学研究者（包括笔者在内）之所以觉得巴氏的断言"不无偏激"、"有失偏颇"，那是因为我们囿于中国比较文学研究所处的文化语境，而其中一个更为根本的原因，则是因为目前我们中国的翻译研究与西方相比，还有相当程度的滞后。而一旦中国的翻译研究实现并完成了它的"文化转向"，那么我们完全可以预言，届时翻译研究也必将成为中国比较文学的一个极其重要并占有相当大比重的研究领域。

比较文学的翻译转向，这一方面固然是比较文学学科自身的跨语言、跨民族、跨文化的学科性质所决定的，但另一方面，它跟当前西方翻译研究的最新进展，尤其是跟当前西方翻译研究所进行和完成的文化转向，更有直接的关系。这只要对当代西方翻译研究的最新进展进行一下梳理和考察，就不难得到印证。

一、翻译研究：从语言学转向到文化转向

翻译研究，无论中外，都有极其漫长的超过两千年的历史。然而在这漫长的两千余年的时间里，直至20世纪五十年代以前，除个别几个学者外，翻译研究者的关注焦点始终没有跳出"怎么译"这三个字。也即是说，在这两千余年的时间里，中西方的翻译研究者关注的一直就是"直译"还是"意译"、"可译"还是"不可译"、"以散文译诗"还是"以诗译诗"等这样一些与翻译行为直接有关的具体问题，而他们的立论则多建立在论者自身翻译实践的经验体会之上。

西方翻译研究的第一个实质性的转折出现在20世纪五十年代。当时西方出现了一批从语言学立场出发研究翻译的学者，这就是目前国内译界都已经比较熟悉的尤金·奈达、纽马克、卡特福德等人，他们被学界称作西方翻译研究中的语言学派，我把他们的研究取向称为当代西方翻译研究的语言学转向。[①] 意思是说，这批学者的研

---

① 参见拙文《当代西方翻译研究的三大突破》（载《四川外语学院学报》2003年第5期），以及拙著《翻译研究新视野》（青岛出版社，2003年）和《译介学导论》（北京大学出版社，2007年）。

究已经跳出了传统翻译研究的经验层面，他们从语言学立场出发，运用语言学的相关理论视角切入翻译研究，从而揭开了翻译研究的一个新的层面。但是，语言学派的翻译研究虽然表现出强烈的理论意识以及不同于以往的方法论，但其对翻译的定位以及它所追求的目标却与几千年来传统翻译研究者对翻译的要求并无二致，也即寻求译文最大限度地忠实于原文，与原文保持"对等"、"等值"。这样，其研究者的目光也就基本局限在文本和语言文字的转换以内。

西方翻译研究中另一个更富实质性的转折发生在上世纪七十年代，这就是当代西方翻译研究的文化转向。上世纪七十年代，一批目前我们国内翻译界还不很熟悉的学者登上了西方译学界，我把他们统称为西方翻译研究中的文化学派。这批学者接二连三地举行翻译研讨会，并推出多本会议论文集，以对翻译研究独特的视角和阐释揭开了当代西方翻译研究的另一个层面，即从文化层面切入进行翻译研究，其关注的重点也从此前的"怎么译"的问题转移到了"为什么这么译"、"为什么译这些国家、作家的作品而不译那些国家、作家的作品"等问题上，也就是说，这批学者的研究重点已经从翻译的两种语言文字转换的技术层面转移到了翻译行为所处的译入语语境以及相关的诸多制约翻译的文化因素上去了。这批学者的研究标志着当代西方翻译研究文化转向的开始，其中被公认为西方翻译研究文化学派的奠基之作的是美籍荷兰学者霍尔姆斯（James S. Holmes）的《翻译学的名与实》（*The Name and Nature of Translation Studies*）一文。①

霍氏的这篇论文于1972年作为主题发言在哥本哈根第三届国际应用语言学会议上首次发表，这篇论文有两点特别值得注意：首先是它的清晰的翻译学的学科意识，该文明确提出用 translation studies 一词、而不是 translatology 这样的陈词作为翻译学这门学科的正式名称。这个提议已经被西方学界所普遍接受并广泛沿用。国内曾有个别学者望文生义，以为霍氏不用 translatology 一词就说明国外学者并不赞成"翻译学"，真是大谬不然。② 其实在文中霍氏已经详细地说明了他为何不选用 translatology 以及其他如 the translation theory 或 the science of translation 等术语的原因了——为了更好地揭示和涵盖学科的内容。当然，对中国读者来说，有必要提醒的是，当我们看到 translation studies 一词时，应根据具体上下文确定其是指某一个研究领域呢还是某一个学科。其次是它对未来翻译学学科内容以图示的形式所作的详细的描述与展望。在文中霍氏首次把翻译学分为纯翻译研究（Pure Translation Studies）和应用翻译研究（Applied Translation Studies），在纯翻译研究下面他又进一步细分为描述翻译

---

① 该文译文已收入谢天振主编《当代国外翻译理论导读》一书（南开大学出版社，2008年），可参阅。
② 张经浩：《主次颠倒的翻译研究和翻译理论》，《中国翻译》，2006年第5期。

研究（Descriptive Translation Studies，DTS）和翻译理论研究（Theoretical Translation Studies，ThTS）；在应用翻译研究下面则细分出译者培训（Translator Training）、翻译辅助手段（Translation Aids）和翻译批评（Translation Criticism）三大块研究领域。

继霍氏之后，以色列当代著名文学及翻译理论家埃文－佐哈（Itamar Even-Zohar）以他的多元系统论（The Polysystem Theory）对翻译研究文化学派起到了理论奠基的作用。他接过霍氏有关描述研究的话语，指出存在两种不同性质的研究，一种是描述性研究（descriptive research），另一种是规范性研究（prescriptive research），而文化学派的翻译研究就属于前者。这样，他就把文化学派的翻译研究与传统意义上的翻译研究明确区分了开来。1976 年，他在《翻译文学在文学多元系统中的地位》（*The Position of Translated Literature Within the Literary Polysystem*）一文中更是具体分析了翻译文学与本土创作文学的关系，并提出翻译文学在国别文学体系中处于中心或边缘地位的三种条件，在学界影响深远。[①]

另一位学者、佐哈的同事图里（Gideon Toury），他把霍氏勾画的翻译学学科范畴图作了一番调整并重新进行划分，使得翻译学的学科范畴、研究分支更加清晰。图里还提出，任何翻译研究应该从翻译文本本身这一可观测到的事实出发，而翻译文本仅仅是译入语系统中的事实，与源语系统基本无涉。这里图里与佐哈一样，实际上是进一步强调了 DTS 的基本立场，从而与此前以过程为基础、以应用为导向的翻译研究形成了本质的区别，同时也彰显了当代翻译研究的比较文学特征。[②]

进入八十年代以后，美籍比利时学者勒菲弗尔（Andre Lefevere）与苏珊·巴斯奈特或各自著书撰文，或携手合作，为翻译研究向文化转向作出了决定性的贡献。

勒菲弗尔同样以多元系统理论为基础，但他对以色列学者未曾充分阐释的意识形态因素进行了更为透彻的分析。他提出了"折射"与"改写"理论，认为文学翻译与文学批评一样，都是对原作的一种"折射"（reflection），翻译总是对原作的一种"改写"或"重写"（rewriting）。在《翻译，改写以及对文学名声的操纵》[③] 一书中，他更是强调了"意识形态"（ideology）、"赞助人"（patronage）、"诗学"（或译作"文学观念"，poetics）三因素对翻译行为的操纵（manipulation），认为译者的翻译行为或隐或显无不受到这三个因素的制约。勒菲弗尔的改写理论以及他的"三因素论"成为文化

---

① 该文译文已收入谢天振主编《当代国外翻译理论导读》一书，可参阅。
② 详见 Gideon Toury, "A Rationale for Descriptive Translation"，该译文同样收入谢天振主编《当代国外翻译理论导读》，可参阅。
③ Andrew Lefevere, *Translation, Rewriting and the Manipulation of Literary Fame*, London and New York: Routledge, 1992.

转向后的西方翻译研究的主要理论支柱,以他为代表的文化学派也因此还被称为"操纵学派"或"操控学派"。

巴斯奈特是西方翻译研究文化转向的坚定倡导者,她的专著《翻译研究》于1980年推出第一版后,又于1991年和2002年先后推出第二版和第三版,对西方翻译研究向文化转向起到了及时总结、积极引导的作用。她从宏观的角度,勾勒出了翻译学的四大研究领域:译学史、译语文化中的翻译研究、翻译与语言学研究以及翻译与诗学研究。她在于九十年代写的一篇论文《文化研究的翻译转向》(*The Translation Turn in Cultural Studies*)中更是明确阐述了翻译研究与文化研究相遇的必然性,指出这两个领域的研究都质疑学科的边界,都开创了自己新的空间,关注的主要问题都是权力关系和文本生产,而且都认识到理解文本生产过程中的操纵因素的重要性,因此这两个学科的学者可以在很多领域进行更富有成果的合作。①

巴斯奈特的话点明了当代西方翻译研究的一个重要特征。事实上,从20世纪八十年代末、九十年代初起,西方翻译研究开始全面转向文化,并于九十年代末终于完成了当代翻译研究的文化转向。自此,广泛借用当代各种文化理论对翻译进行新的阐释,探讨译入语文化语境中制约翻译和翻译结果的各种文化因素,关注翻译对译入语文学和文化的影响和作用,等等,成为当代西方翻译研究的一个主要趋势。

巴氏的以上论述,虽然谈的是关于文化研究与翻译研究之间的关系,但我们若是把它们用诸比较文学与翻译研究之间的关系也并无多大不妥。因为与此同时,国际比较文学研究同样发生了一个重大的转折,那就是从比较文学向文化研究、尤其是向跨文化研究演进。我把这种演进称作比较文学的文化转向。

二、比较文学:从文学研究向文化研究演进

比较文学的文化转向从深层次看,与二战以来西方学术界的发展趋势有密切的关系,特别是其中的理论热以及对文学文本和文学史的冷落。著名美国比较文学家亨利·雷马克于1999年8月在中国比较文学学会第六届年会暨国际学术研讨会上的大会主题发言中就谈到过这一研究趋势,说他没有想到,"北美学术界所从事的过去被公认的文学研究会变为一种扩散的、名为'文化'的大熔炉的一部分。"他也没有料到,"特别是在结构主义消退之后,蜂拥而至的不是文本主义,而是各种语境理论,超文

---

① Susan Bassnett, "The Translation Turn in Cultural Studies", in *Constructing Cultures: Essays on Literary Translation*, pp.123—140, ed. S. Bassnett. & A. Lefevere, Shanghai Foreign Language Education Press, 2001。

本理论和前文本理论。还有对作者和作品的一致性否定,对五十年代和六十年代占统治地位的'新批评'的反叛。"他更没估计到各种理论的猛烈的冲击,这些理论包括符号学、解构主义、新弗洛伊德理论、性别研究、时间编码论、巴赫金的复调理论、原型批评、女权主义、新阐释学、互文性理论、新马克思主义、套上法国外衣的德国现象学、人类学、接受理论及接受史研究、交际理论,以及后殖民主义和新殖民主义,后现代主义,新历史主义,等等。① 在"二战"以后的北美学术界,确实出现越来越多的人拒绝承认对文学从美学角度的研究具有真正意义(除非把它看作文学社会学的因素),而对文学研究与其他人文科学之间的相互作用发生浓厚的兴趣。

在这样的历史背景下,我们也就不难理解,为什么于上世纪七十年代步入比较文学研究领域的西方大学里的比较文学专业研究生们都会纷纷热衷于形形色色的理论,从结构主义到后结构主义,从女性主义到解构主义,从符号学到心理分析理论,不一而足。尽管对这种情况美国比较文学的元老之一哈瑞·列文(Harry Levin)早在1969年就颇有微词,认为"我们花了太多精力谈论比较文学,……但对究竟如何比较文学却谈得很不够。"② 然而面对汹涌而来的理论热潮,女性研究的高涨,电影传媒研究的时尚,列文的抱怨不啻杯水车薪,以其区区之力,根本无法阻挡比较文学向文化研究转向的大势所趋。年轻一代的比较文学研究者已经无意求索作家与作家之间的影响与被影响的模式与途径,也无心讨论文本与文本之间的差异与相同。前辈学者的比较文学研究在他们看来,已经成了一具"史前的恐龙",对他们已经没有任何吸引力。

美国斯坦福大学的比较文学教授洛蒂(Richard Rorty)在"回顾'文学理论'热"(Looking back at "Literary Theory")一文中指出:"在1970年代,美国文学系的教师们都开始大读德里达、福柯,还形成了一个名为'文学理论'的新的二级学科。……反倒为接受过哲学、而不是文学训练的人在文学系创造了谋职的机会。"③ 在文中洛蒂还以他自己的亲身经历,现身说法:他先是在普林斯顿大学做哲学教授,接着去了弗吉尼亚大学任古典文学教授,后来又到斯坦福大学做比较文学教授。专业头衔和同事变了,但他开课的内容却没有变,"有时候开分析哲学课,讲维特根斯坦、戴维森,有时候开非分析哲学课,讲海德格尔和德里达。"更有甚者,教职的变化对他的科研成果也毫无影响,他仍然像他在普林斯顿大学做哲学教授时一样,写他的哲学论著。洛蒂的这篇文章发表在2006年每十年出版一次的美国比较文学学会的报告论文集里,

---

① Henry H.H.Remak, *Once Again: Comparative Literature at the Crossroad*.
② 转引自 Sussan Bassnett, *Comparative Literature–A Critical Introduction*, p.5。
③ Richard Rorty, Looking Back at "Literary Theory", in *Comparative Literature in an Age of Globalization*, p.63, ed. By Haun Saussy, Baltimore: The Johns Hopkins Press, 2006.

从中我们不难窥见当前美国比较文学的一个现状。

收在这本论文集里的另一篇文章说明的也是同样的情况。印第安纳大学人文学科兼法律教授玛尔蒂·道格拉斯一直致力于学术研究的大的突破,无论是理论方法(诸如符号学、女性主义、性别研究等)还是学科界限,她一直在寻求有所突破。她指出,在新世纪之初的比较文学界有两个重要的突破最引人注目:其一是研究对象从文字扩大到了图像影视,其二是在批评理论的应用上,不再局限于传统的"文学的"理论,研究的文本也更为丰富多彩,把法律、医学和科学的文本也包括进来了。[①] 这篇题为"超越比较本体"(Beyond Comparison Shopping)的论文还有一个饶有趣味的副标题:"这不是你们父辈的比较文学"(This Is Not Your Father's Comp. Lit.)。鉴于作者在其文章的一开头就细说她在大学本科以及在硕、博士生学习阶段先后接触到的比较文学教授均是清一色的男性,而作者本人又是一位从事女性主义和性别研究(Gender Study)的专家,因此不难想象,作者此处的"Father's Comp. Lit."显然在时代辈分之外还另有深意。事实也确是如此。作者在文章中坦然承认,女性主义、性别研究正是她作为新一代比较文学研究者所受到的第一个"诱惑"。不过在文中她还提到另一些对她而言更大、更有趣的"诱惑",那就是电影世界,政治卡通片,动漫片,等等。在文中作者对欧洲比较文学界在这方面的研究相当推崇,同时也以较多的篇幅详细介绍了自上世纪八十年代以来直到新世纪初美国比较文学界在动漫研究、文学与法律、文学与医学、文学与科学之间关系的研究成果,然后提出她的一个观点:"比较文学应该是一个没有界限的世界,是一个充满想象的领域。在这个领域里,高雅艺术完全可以和电影并排放在一起进行研究,电影也完全可以和动漫并排放在一起进行研究,而动漫也完全可以和语言文字作品并排放在一起进行研究。"对于自己不无偏激的观点,作者显然也预见到会有摇头反对者,但她觉得这些人"身上还背着老迈陈旧的比较文学的躯体,还没有做好准备投身当前比较文学迅速发展的激流。""不过没有关系。因为确切地说,这已经不是我们父辈的比较文学了,我们可以为这个领域注入新鲜的生命。"[②] 如果说,前面洛蒂所言还比较多地局限在他个人接触到的当前比较文学的一些变化的话,那么玛尔蒂-道格拉斯的文章就已经"超越"了她个人的范围,其目光所及,不仅包括当前美国的比较文学研究,同时也包括了当前欧洲的比较文学研究,其意义也就更发人深省。

概而言之,由于当前整个学术研究所处的经济全球化的大背景,国际比较文学研

---

① Fedwa Malti-Douglas, "Beyond Comparison Shopping–This Is Not Your Father's Comp. Lit.", in *Comparative Literature in an Age of Globalization*, p.175.

② 同上,第 182 页。

究经历了七十年代的理论热，八十年代后现代主义思潮盛行并对传统文学经典进行反思和重建，到九十年代把它的研究对象越来越多地扩展到了语言文字作品之外，如影视、动漫等，其关注重点也越来越多地跳出"寻求事实联系"的文学关系研究，从而呈现出不同于传统（所谓"父辈"）比较文学研究的态势，进入到了斯皮瓦克所说的"文化多元主义和文化研究"阶段。

三、翻译转向：展示比较文学研究新空间

从以上对比较文学向文化研究演进的描述中我们可以发现，当代比较文学的发展确实并不如巴斯奈特所说的仅仅是转向翻译研究。我认为当代比较文学在实现了文化转向以后有三个新的发展趋势值得注意。在某种意义上，这三个发展趋势也可以说是与传统比较文学研究相比出现的三个新的研究领域：第一个领域是运用形形色色的当代文化理论对文学、文化现象进行研究，第二个领域是把研究对象从纸质的、文字的材料扩大到非纸质的、非文字的材料，譬如对影视、卡通、动漫等作品展开的研究，最后一个领域即是对翻译进行研究。

第一个研究领域与上世纪七十年代以来的理论热有比较直接的关系，也因此这一领域的研究在初期与文学文本的关系还比较密切，譬如运用心理分析批评理论中的"恋母情结"去解释莎剧《哈姆雷特》的主人公为何迟迟未能把剑刺向他叔父为父亲报仇的原因，运用女性主义的理论去重新解读英国长篇小说《简·爱》，并彻底颠覆外国文学研究界长期以来对该作品男主人公罗切斯特作为正面人物的评价，运用文学人类学的理论把我国古典名著《西游记》解读为一场类似人类初民的成年礼游戏，等等，甚富新意，亦能自圆其说。但是随着这一领域研究者视野的不断拓展，尤其是随着对一些新的文化理论的运用，地缘政治、文明冲突、自然生态、民族图腾等问题也纷纷纳入了研究者的视野，该领域的研究对象及其讨论的问题似乎与文学本身正在渐行渐远。

第二个研究领域国内比较文学界目前开展得还不是很多，迄今为止比较多的还是集中在影视作品的研究上，对政治卡通片、动漫片的研究似未见到。而在影视作品的研究方面，如何区别于影视批评而显现比较文学研究的学科特征，这恐怕是一个有待专家们进一步探讨的问题。

第三个研究领域就是翻译研究。当然，不无必要强调一下的是，此处的翻译研究并不是国内翻译界传统意义上对两种语言文字如何转换、也即技术层面上"怎么译"问题的研究，而是指从文化层面上展开的对翻译动因、翻译行为、翻译结果、翻译传

播、翻译接受、翻译影响以及其他一系列与翻译有关的问题的研究。我以为，翻译研究，特别是实现了文化转向以后的翻译研究，与当代比较文学研究的关系最为密切。不过我并不完全赞同巴斯奈特把当前比较文学的发展趋势仅仅描绘成只是向翻译研究转向，甚至认为翻译研究已经可以取代比较文学研究，我认为两者更多的是一种互为补充、互为促进、互为丰富的关系。

比较文学的翻译转向并不意味着比较文学从此只研究翻译，而放弃传统比较文学的研究课题。恰恰相反，通过研究翻译，学者们为比较文学打开了一个新的研究层面，传统比较文学的研究课题得到了比以前更为深刻、更为具体、更加显现的阐释。譬如，文学关系历来是传统比较文学研究的最主要的一个课题。但是以前的文学关系研究要么是致力于寻求两个民族或国家的文学影响与被影响的"事实联系"，要么是比较两个民族或国家的文学的异同，然后从中推测它们相互间的关系。翻译研究则不然，以多元系统论为例，它提出了一系列原先一直被学术界忽视的问题，诸如：为什么有些国家的文化更重视翻译，翻译进来的东西多，而有些国家的文化则相反？哪些类型的作品会被翻译？这些作品在译语系统中居何地位？与其在源语系统中相比又有何差异？我们对每个时期的翻译传统和翻译规范有何认识？我们又是如何评估翻译作为革新力量的作用的？蓬勃开展的翻译活动与被奉作经典的作品，两者在文学史上是何关系？译者对他们自己的翻译工作作何感想，他们的感想又是如何通过比喻的方式传达出来的？等等。毫无疑问，这些问题对于我们深入思考文学关系问题是大有裨益的。

多元系统论还对翻译文学在译语文学中的地位进行了分析，认为翻译文学在译语文学中处于中心还是边缘位置，取决于三种情形：一是当译语文学系统自己还没有明确成型、还处于"幼嫩"的、形成阶段时，二是当译语文学自身尚处于"弱势"地位时；三是当译语文学中出现了转折点、危机、或文学真空的情况时。在以上三种情况下，翻译文学在译语系统中都有可能处于中心地位，反之则退居边缘。[①] 把这三种情况证之我国清末民初时翻译文学的在我国文学中的地位，上世纪三、四十年代我国新文学已基本成型时的翻译文学在我国文学中的地位，以及七十年代末、八十年代初文革刚刚结束时我国自身文学正处于一片荒芜时翻译文学在我国文学中的地位，我们不难发现，这样的分析显然使得我们对于中外文学关系的阐述变得更加清晰透彻，也更具说服力了。事实上，中外文学关系研究中有关文学的传播、接受、影响等很大一

---

① 详见埃文·佐哈：《翻译文学在文学多元系统中的地位》，该文译文同样收入谢天振主编《当代国外翻译理论导读》一书。

块研究领域,都只有通过对翻译(包括对译者)的研究才有可能得到令人信服的阐释。近年来,国内比较文学界一些学者正是在这样的思想的指导下,通过对翻译文学史和文学翻译史(包括具体某一国别文学在中国的译介史)的梳理和编撰,通过对林纾、苏曼殊、胡适、周氏兄弟、林语堂等一批翻译家或作家兼翻译家的翻译活动的深入的个案研究,展示了中外文学关系研究的新局面。正如巴斯奈特指出的:"通过译本的历史以及译本在译语系统中的接受过程来研究文化史,不但可以挑战历来对'主要'作家和'次要'作家、文学活动的高峰期和低谷期等传统划分,还可以加深对各个文学之间的相互关系的了解。"①

实现了文化转向之后的翻译研究对当代各种前沿文化理论同样也有大量的借用。但与上述比较文学文化转向后出现的第一个趋势有所不同的是,翻译研究对文化理论的运用大多用在对翻译现象和翻译文本的阐释上,体现出较强的文学性。譬如当代翻译研究者借用女性主义理论对某一女性主义作家作品的分析,不仅让读者看到了女性译者的主体意识以及她们使用的策略,诸如补充(supplementing)、加注与前言(prefacing and footnoting)、劫持(highjacking)等,同时通过对同一女性主义作家原作的不同译者(包括不同性别的译者)在不同时期的译本的比较研究,如译文中对原作与性有关的段落的删改处理,对一些性行为或性意识词语的不同方式的翻译和替换,等等,非常具体、形象地展示了我们国家对西方女性主义作家作品的接受过程。

再譬如当代翻译研究对解构主义理论的运用。借用解构主义理论,研究者认识到,翻译不可能复制原文的意义,对原文的每一次阅读和翻译都意味着对原文的重构,译作和原作是延续和创生的关系,通过撒播、印迹、错位、偏离,原作语言借助译文不断得到生机,原作的生命才得以不断再生,不仅对原文与译文的关系作出了崭新的解释,同时也对译文的意义、价值及其在译语文化语境中的作用有了全新的认识。这同样是对比较文学研究的深化。

至于其他一些文化理论,诸如当代阐释学理论、后殖民理论、目的论,等等,既为当代翻译研究提供了新的理论视角,同时也促进了比较文学研究的深入开展。

除了翻译史和对当代文化理论的借用这两块研究领域以外,当代翻译研究还为比较文学提供了其他许多新的研究课题。譬如勒菲弗尔提出的翻译与文学批评、文学史的编撰和文选的编选等一样,都是对原作的一种"改写"或"重写"(rewriting),并指出这种"改写"或"重写""已被证明是一个文学捍卫者用以改编(因时代或地理隔阂而)异于当时当地的文化规范的作品的重要手段,对推动文学系统的发展起了

---

① Sussan Bassnett, *Comparative Literature: A Critical Introduction*, p.158.

非常重要的作用。从另一层面上,我们又可把这种'改写'或'重写'视作一个文化接受外来作品的证据,并从这个方面对其进行分析。勒菲弗尔指出:"这两点充分证明,文学理论和比较文学应该把对'改写'或'重写'的研究放在更中心的位置上进行研究。"巴斯奈特接过勒菲弗尔的话,进一步强调说:"我们必须把翻译视作一个重要的文学手段,把它作为'改写'或'重写'的一种形式予以研究,这样可以揭示一个文学系统在接受外来作品时的转变模式。"[1]

再如,当代翻译研究中的"意识形态、赞助人、诗学"三因素理论,同样揭开了中外文学关系研究的新层面。上世纪八十年代初我国外国文学界曾经围绕英国通俗长篇小说《尼罗河上的惨案》的译介掀起一场轩然大波,从而对我国新时期对国外通俗文学的译介产生很大的影响。而这场风波的背后,就是我国特有的赞助人机制在起作用。而"诗学"(或译"文学观念")因素的引入,对于解释为什么我们国家在上世纪五十年代大量译介的都是现实主义文学作品,而进入八十年代后又开始大量译介西方现代派文学作品,显然提供了一个很好的富于说服力的理论视角,同时也是一个饶有趣味的研究课题。

当前,国际比较文学研究和和翻译研究都各自实现了它们的文化转向,国外的文化研究则实现了翻译转向。实践证明,这两大转向给国际比较文学研究、翻译研究以及文化研究都带来了勃勃生机。在这样的形势下,本文尝试提出中国比较文学的翻译转向,希望通过辨清比较文学与翻译研究的关系,促进中国比较文学的深入发展。比较文学的翻译转向已经为当代国际比较文学研究的丰富和深化作出了贡献,我相信,随着国内比较文学界翻译转向意识的提升,随着国内译学界翻译研究文化转向的推进和完成,中国比较文学的翻译转向也一定会给目前我国比较文学研究的深入进行带来新的契机,展示更广阔的发展前景。

---

[1] Sussan Bassnett, *Comparative Literature: A Critical Introduction*, pp.147−148.

语言、哲学、翻译、救赎

——阐释本雅明的《论本体语言和人的语言》与《翻译者的任务》

郭 军

（中国人民大学）

本雅明的全部著述都是他的救赎哲学的一部分。所谓救赎哲学其实就是他对现代性的批判，但这种批判具有两面神面貌，他把犹太教对神启的阐释和马克思主义对资本主义的批判结合了起来，因此他把现代性中将科学用于战争、用于毁掉自然等所谓进步叫做地狱，他从犹太教和马克思主义相结合的视角呼吁截止这样的时代，而开始一个新纪元，他把这个新纪元叫做弥赛亚的时代，即被救赎的时代。这种历史哲学的种子原发于他的族性身份（犹太人），酝酿于他早年的语言论和翻译论，最后成熟于他的历史哲学。代表着中间这个酝酿阶段的重要作品就是他写于1916年的《论本体语言和人的语言》和写于1923年的《翻译者的任务》。

一、语言论

本雅明的《论本体语言和人的语言》写于1916年，正是索绪尔的《普通语言学教程》发表的年代，但两者的语言观却截然相反，本雅明称结构主义语言观为"资产阶级的语言概念"，并认为自己的语言哲学将使前者的"不合理性和空洞无物"[①]愈发清楚暴露。在本雅明看来，这种不合理性和空洞无物正是人类堕落后的语言状态：即语言与世界分裂，语言堕落为完全外在于世界的符号工具，反映了人与世界的双重异化关系：一方面，人失去了对世界命名（name）的能力，即作为认知主体，他再也无法确定自己认识和反映的客观实在性，他所能得到的关于世界的意义仅仅只是他所在

[①] Walter Benjamin, *Reflections*, trans., Edmund Jephcott, New York and London: Harcourt Jovanovich Inc., 1978, p.318.

的群体的约定俗成,与世界的本质毫无关系。这导致人与世界的另一种异化:两者只是一种指涉和被指涉,有生命的主体和无生命的客体之间的关系。语言并不命名世界,而是将之纳入自己的知识话语体系。这种知识"暴力"发展、演变、实施导致现实中对世界的占有、奴役和掠夺的真实暴力,使得科技进步与社会进步并不同步。本雅明在后期历史哲学中对现代性的批判正是建立在这些早期的哲思上的。

在他的《论本体语言与人的语言》中,他通过对《旧约·创世记》的独到阐释而建构了一个"马克思主义者的创世记",[①] 在这个版本的创世记中,人类的堕落并不是由于他者——女人或欲望——所诱导的原罪而导致,而是产生于一种"篡位"、一次变乱,是由于"生命之树"的主导地位被"知识之树"取而代之,因此原初的宇宙秩序被打乱了,因为"生命之树"的统治"代表着上帝的纯粹、完整的权威性,上帝的生命弥散在世界万物中,一切生灵与作为其本原的上帝息息相通。世界中没有邪恶的杂质成分,没有阻塞和窒息生命的'空壳',没有死亡、没有禁锢"[②],而"知识之树"的统治则意味着判断与抽象的产生,导致了一个以善与恶的对立为原型的二元对立的世界,以此打破了天人合一的本原状态。

本原世界的完整与合一就在于它是上帝完成他的创造之后"看到一切都很好(善),并给予祝福"[③]的世界,在他的"一切都很好(善)"的造物中不存在"恶","善恶对立"是知识之果所教导出来的虚构,是与上帝用以创造世界的"道"(Word)和真理相对立的判断和知识,它标志着人"道"(human words)的诞生。这是本雅明从犹太教的卡巴拉阐释学中继承下来的奥义,但是却把它转变成一种隐喻,用于对启蒙辩证法的批判。在本雅明看来,人"道",即人的语言、人的法则、主体的诞生,标志着人类与自然、与世界分裂开来,随着人类理性的进化和征服自然的文明进程的发展,人与万物血脉相连的生命纽带被斩断,人外在于自然,自然变成了他者、材料、资源,被指涉、利用、操作,自然不再有自己的质量、自己的语言,而只是数量和物质。由此产生了人在对待自然时的种种"蠢行",本雅明把这些"蠢行"叫做"堕落"。[④]"堕落"在此被注入了文化哲学的含义,按照这一含义:人类被逐出天堂,进入历史,因此"他命中注定要用自己的血汗从土地中获得生计",[⑤]自然从此后被人类主体对象化、物化,成为被征服和改造的客体。启蒙理性把这一切叫做"进步",而本雅明却"逆

[①] Irving Wohlfarth, "On Some Jewish Motifs in Benjamin", in Andrew Benjamin, ed., *The Problems of Modernity*, Routledge, 1989, p.157.

[②] Walter Benjamin, *Reflections*, trans., Edmund Jephcott, Harcourt brace Jovanovich, Inc., 1978, pp.328–329.

[③] Ibid., p.323.

[④] Ibid., p.329.

[⑤] Andrew Benjamin, ed., *The Problems of Modernity*, p.160.

历史潮流而动"，① 不承认这是"进步"，而称之为灾难。从这个意义上来说，所谓"原罪"就是打破了卡巴拉传统意义上的"完整器皿"，② 而开启了以波德莱尔所说的"破碎性、瞬间性、偶然性"③ 为特征的现代化进程，因此历史的所谓不断进步必然只是一场不断堆积"废墟"的风暴，朝着与天堂相反的方向吹去，使两者的距离越来越远。④ 用卢卡奇的话说，可以说，现代性在其源头上就是这样一个充满罪过的语境，一个开始了物化或对象化的世界，在这个世界里，产生于人与自然异化过程中的主观片面的知识遮挡了客观总体的真理。

本雅明在他的语言论中把这种"历史的自由落体"⑤ 叫做语言的堕落。在此，语言是一个神学或哲学概念，代表着一种世界模式。在本雅明看来，堕落以后的语言状态表现为索绪尔所界定的那个封闭、共时、平面的符号体系，一种"资产阶级的语言观"。⑥ 在这种体系制约下的语言与世界是分裂的，两者只有任意、人为的关系，语言并不能传达事物的本质，而只是任意地指涉事物，语言作为一种人类主体之间约定俗成的规则，被用来抽象、统括、归化和收编世界。起支配作用的是体系和规则本身，其他都被当作无生命的东西，被演绎和操作；言说的也只有体系和规则，世界则被消声；体系和法则把一个多维度、多样化的世界变成了一个特定的认知模式派生出来的抽象对象。语言的这种操作性同时意味着它的工具性，即语言用于交流**关于**物的有用信息，而不是**传达**物的本质、在场和生命，这在本雅明看来不啻一种缩影，正反映了世界整体性的破碎，人与自然的异化，以及随之而来的"主体性的胜利和对物的独断统治"。⑦

与此相对立，原初的语言则是一个大宇宙观意义上的语言，即万物都有语言或都是语言、都自我表达。因此语言被分为三个层面。首先是上帝的语言，即单数大写的道（Word），它浓缩着世界的整体性，从这一整体中生发出世界万物，因此万物都是道的载体，都是以生命和质量的形式体现出来的道，以生生不息的活力传达着、述说着道的精神实质，因此它们都是神启（revelation）意义上的语言，本雅明称这种表现为自然万物的语言为本体语言；换言之，从上帝的道中生出的万物都在传达自己的精神意义，因为它们都来自于上帝，它们的存在本身就是对上帝精神的表达，这是它们

---

① Walter Benjamin, *Illuminations*, p.259.
② 苏勒姆，《犹太教神秘主义主流》，涂笑非译，四川人民出版社，2000 年，第 252、266 页。
③ David Frisby, *Fragments of Modernity*, The MIT Press, 1986, p.14.
④ Walter Benjamin, *Illuminations*, p.259.
⑤ Andrew Benjamin, ed., *The Problems of Modernity*, p.161.
⑥ Walter Benjamin, *Reflections*, p.324.
⑦ Ibid., pp.328—329.

的本质所在，而凡是表达都是语言。在此，语言不一定指文字语言，而是说万物都有一种势态，似乎在述说着什么，但所述说的并不是它的物质存在状态或功用，而是一种神韵的交流，这种交流如果得不到人的应答，便是不完整的。与移情作用正相反，这不是人把自己的心理结构投射到物的身上，而是物本身的一种精神对人的召唤。既然这是一种交流，一种自我表达，就可以说这是物的语言——本体语言。但这并不是说两者合二为一，而是强调物的精神意义"在语言中（in），而不是使用（through）语言，来表达自我。"① 这是本雅明在《论本体语言和人的语言》中用近乎赘述的风格反复强调的："语言传达什么？它传达与之对应的精神本质。至关重要的是这种精神本质在语言中，而不是使用语言，来传达自己。因此，如果从某人使用这些语言进行交流的意义上来说，语言没有言说者。精神本质在语言中，而不是使用语言自我传达，其含义是：它并不是外表上与语言存在相等同。精神本质与语言本质的等同仅在于它具有传达的能力。在一个精神存在中能够传达的也就是它的语言存在。因此语言所传达的是事物的某种语言本质，但是，这完全在于它们的精神本质直接包含在它们的语言本质中，在于这种精神本质的可传达性。"②

介于上帝的语言和自然语言两者之间的是人的语言，在人类未堕落之前，人的语言也就是亚当的命名语言。根据本雅明所阐释的创世记，上帝按照自己的形象塑造了人来替他管理这个世界，他在完成了创造世界的任务以后，就把他创造世界的语言传给了人类，但是免去了这种语言的创造性，只留下了它的认知性和接受性。这种语言角色的分派内涵一种伦理的戒律，它规定了人类的本分就是参悟和领会宇宙真理、万物之道，借此来调整自我在世界中的定位，而不是充当上帝，染指生命、天地、生物种类的创造与毁灭等非本分的事务。在伊甸园中，上帝示意每种动物走上前来，由亚当命名，受到了命名的动物各个表现出无比的幸福，表明名毫无遗漏地再现了物的本质，因此亚当的命名也就是纯认知、纯接受、纯称谓，他不仅能从万物中认识和接受宇宙之道，并能加以表征，所以本雅明说"亚当不仅是人类之父，也是哲学之父"。③

在这种语言秩序中，自然语言向人传达自我（给于人的责任），人的语言则通过传达自然语言而向上帝传达自我（实现），表明人之所以为人的本分所在。人在这个传达的总体中充当着一个传令兵或信使的角色，而自然语言就是那个"每一个哨兵用自己的语言传给下一个哨兵的口令，口令的意义就是哨兵的语言本身。"④ 也就是说，

---

① Walter Benjamin, *Reflections*, p.315.
② Ibid., pp.315—316.
③ Walter Benjamin, *The Origin of German Tragic Drama*, p.37.
④ Walter Benjamin, *Reflections*, p.332.

语言直接连着本质,语言一旦命名,就有意义的在场,简单地说,语言就是一种介质,显现真理,因此也就是昭示或神启。这种内在统一的传达,**本雅明称之为翻译**。在巴别计划之前,翻译不是徒劳的横向转换而是有效的纵向传达,"每一种较高层次的语言都是对较低层次的语言的翻译,直到在最终的清晰中,上帝的道得以展示出来,这就是这个由语言所构成的运动的统一性"。① 这种语言的统一性实际上也就是世界的统一性。只有在人与世界保持着一种模仿的、主体间性的关系中,这种完整性才能自然而和谐地存在,因为只有在那样的关系中,人与自然才是平等的,万物对人类才保有一种"光晕"。所谓"光晕",即:他者回眸的目光,平等对视的能力,"生命权利"的表达,"那个被我们观看的人,或那个认为自己被观看的人,也同时看我们。"如果把这种"普遍存在于人类关系中"的伦理反应转换到对无生命的或自然的客体上来,就会产生对万物的光晕的体验,因此"能够看到一种现象的光晕意味着赋予它回眸看我们的能力。"② 用哈贝马斯的话说即只有当人类把自然看作自己的兄弟姐妹一般,把自然视作鲜活的、言说的生命,而不是被动、沉默的物质,人类才能倾听和接受自然的语言,才能避免凝视和被凝视、主体和他者的关系,而建立平等、模仿、对话的关系。这是一种无论离得多近总是有距离的敬畏感,但是有悖论意味的却是,这种距离和敬畏却带来真正的亲近,带来人与世界和睦共处的生存状态,因为这是一种真正意义上的大伦理关系。

二、翻译论

上述语言论也是本雅明的认知哲学论,它的任务在本雅明的思想体系中最具体的体现就是翻译者的任务。翻译在本雅明的语言哲学中是一个与语言的三个秩序共生的概念,因为既然自然语言是无声,且是上帝精神的载体,那么就必然成为命名语言的源语言。命名语言对自然语言的翻译是将哑然变成有声的,使之被倾听,被关注。这意味着领悟它所承载的精神,通过对这种精神的命名(认知/领悟)而向上帝传达自我,而使这种翻译转换得以实施的是上帝的道和人的参悟能力。命名语言的本质最终能够使上帝的纯语言显现,所以命名语言是直接与上帝沟通,因而是与真理同在的表征。未来哲学的任务正是要找回命名语言,因为哲学所能期待的完善就存在于命名语言对纯语言的预示和描绘中,而这种描绘又以浓缩的形式存在于翻译中。有鉴于此,

---

① Walter Benjamin, *Reflections*, p.332.
② Walter Benjamin, *Illuminations*, p.190.

保·德·曼直接称本雅明的翻译就是哲学。

对翻译的这层意义，本雅明早在《论本体语言和人的语言》中既已规定："有必要将翻译的概念建立在语言论的最深层次上，因为它如此深远，如此有力，以至于不能像时常所发生的那样，以任何形式仅仅视之为一种事后的思想①。……每一种（从某种语言中）发展出来的语言（上帝的道除外）都可被认为是代表所有其他语言的翻译，翻译在对此的认识中获得其全部的意义。"② 这正是在否认自己在谈论一种横向的语言翻译，而视所有的语言都以上帝的道为目的语，这样的翻译都是等价的，差别仅在于作为不同的历史阶段的产物，其（纯语言含量）浓度的不同，如果横向翻译具有可能的话，也正是因为这种共同的追求给予了不同语言之间的可译性。这种共同的追求，本雅明称之为"表达方式"或"意图"。虽然堕落后的语言由于从此后失去了与本质的内在统一，而成为外在于物的判断，因此产生了语言的多元化，但是所有语言"表达方式"或"意图"的互补，正如一个破碎的容器的重新整合，最终的目标将是回到纯语言。而翻译者的任务就是"照看源语言的成熟过程和自身语言新生的阵痛"，③在翻译中寻找"可译性"。所谓"可译性"也就是自然语言的"可传达性"。

正如自然语言的"可传达性"是指其内在的精神意韵，而不是其物质属性或实用功能，语言作品的"可译性"同样是指其向着目标语的意图（意蕴/深层意义），而不是它的指涉意义。对此，本雅明开宗明义就给予了规定："在欣赏一部艺术作品或一种艺术时，对接受者的考虑从来都证明不是有效的。不仅是对某一特殊公众或其代表的指涉是误导的，甚至理想的接受者这一概念在对艺术的理论思考中也是有害的，因为它所假定的一切就是这样一个人的生存和本性。艺术以相同的方式假定人的物质和精神存在，但在任何艺术作品中都不关心他对艺术作品的专注。任何一首诗都不是有意为读者而写的，任何一幅画都不是为观者而画的，任何一首交响乐都不是有意为听众而作的。"④ 一个语言作品有无可译性，是否召唤对它的翻译，这正是它有无生命力的根本原因。如果它有可译性，即使无人可以翻译它，也丝毫无损它的价值，因为有上帝作证。

本雅明的翻译概念让人误解之处就在于《翻译者的任务》是作为前言附在他的对波德莱尔的《巴黎场景》的译文前的。这使人产生错觉，以为他在做翻译经验谈。实

---

① *Reflections*, p.325. "After-thought, afterlife, after-history (future history)"在本雅明的哲学中指不属于"辩识性的当下"，即真理闪现的那一刻。在此 after-thought 不是命名的那一刻，而是一种外在的指涉。
② Ibid.
③ *Selected Writings*, p.256.
④ Ibid., p.253.

际上,本雅明对波德莱尔的研究是从文学艺术切入哲学和文化批判,因为,在本雅明的思想体系中,文学艺术既然是散在真理的合适场所,且这些真理是真正的碎片,那么将这些碎片加以整合,这正是他所界定的哲学的任务。在《翻译者的任务》中,本雅明为之找到了能够更加具体阐发的依托:翻译是一种形式,即一种**表征**,借此他指的是体现真理的形式。本雅明历来反对"任何虚假的划分:知识要么在一个认知主体的意识中,要么在于客体。"他把这种划分作为知识论需要克服的两大问题之一,因为这两者都不可能达到客观真理:前者是意识的占有欲,后者是纯物性。只有表征才使真理自我显现,因为制约表征的法则在于原文,即原文的可译性,而这种可译性是客观存在的,因为无论是否有人能译都毫不影响它的必然性,它与上帝的道直接关联,所以有"上帝对它的记忆"[①]为证。翻译所追求的这种表征正是命名语言的功能,它们所对应的不是指涉意义,而是把原文中哑然意韵与目的语沟通。尽管它在不同的历史阶段只能达到距离纯语言不同的高度,"但是它的目标却不可否认是所有语言作品所朝向的那个最终的、完成的和决定性的层面",即纯语言。为了澄清这层意思,在《翻译者的任务》中,他不断否认对这一概念作横向的运用或解释,他甚至认为横向的翻译是不可能的,因为横向的翻译意义上的源语言在变,目的语也在变,且由于文化背景等差异,指意的等同只是一种表面关系。所以本雅明称任何横向翻译理论为"死理论"。因此对本雅明在《翻译者的任务》中所阐述的翻译的任务、性质、标准以及"忠实"、"自由"、"外语性"、"语言的亲缘关系"等概念一概不能从横向翻译的角度来理解。否则,不仅发现不能自圆其说,而且极其晦涩难懂,而更为遗憾的是这篇被保德曼称作"凡是圈内的人都必须知道的"论文的哲学价值将大受损害。

如果给这种翻译一种形象描绘,可称之为"上帝的信使",它不追求内容与形式的对等,他的任务在于"找到朝向目的语的意图",即辨识可译性,"在自己的语言中生产原文的这一回声"[②],因为原文的这一"回声"正是对翻译的召唤。这种意义上的翻译与原文的关系正如一条切线与圆的关系,切线只在一点上轻轻碰撞圆圈,以这一碰撞而不是以圆上的一点而建立它的直线无限延伸的法则。按照这个类比,翻译则只对原作的意义稍稍触及,然后就根据忠实的原则在语言序列的自由中追寻自己的路线。正如鲁道夫·盖什所指出的,这轻轻一碰却是解构的一击[③],原文实指的意义解体,向着目的语的意图被解放。从这种意义上使用传统的翻译概念"忠实",其效果则正相反,用本雅明所引用的潘维茨的话说,按照这种忠实的原则,在翻译中应该是把目

---

① *Selected Writings*, p.253.
② Ibid., p.258.
③ Rainer Nagele, ed.*Benjamin's Ground*, (Detroit: Wayne State University Press, 1988), p.86.

的语翻成源语，而不是正相反，比如，用德语翻译印地语、希腊语或英语时，不是将后三者翻成德语，而是将德语翻成后三种语言，只有在这种翻译中，译文才是透明的，才不会遮盖原文，不挡住原作的光，而允许纯语言，如同被作为介质的目的语所强化，更加充分地照射在原作上面。这指的正是不去触及原文的实指意义，正如不去触动或改变物的物质存在，才能更清楚地读出自然语言的意义。在这种翻译中，忠实和自由是相辅相成的，自由使原文摆脱实指意义的束缚，必然产生对最深层意义的忠实，因为语言之间真正的亲缘关系就在于其意图的同一，捕捉这一意图才是真正的忠实，这一意图就是对纯语言的向往，而从语言序列中完全重获纯语言是翻译的最大和唯一能量。以此类推，语言之间的外语性并不是表面的差异，而是指对纯语言的距离——即实指的意义，工具作用。如果用自然语言来类比，这种距离就是精神的实质被实用物性所吞没，因此翻译在将语言从这种"沉甸甸的外语性"中解放出来的过程中无疑是扮演了救赎天使的角色。因为外语最终的意义不是语言学的概念，而是一个宗教哲学或至少是一个阐释学的概念，从本雅明的历史哲学的角度来看，则是一切亟待救赎的历史，全体沉默的自然。作为救赎的力量，翻译的语言相对与艺术作品的语言来说具有一种超越了系统网状束缚的他者性："翻译并不在语言的森林中心，而是在外部……它造访（辨识）而不进入，它以一点为目标，在这一点，他从自己语言中所发出的回声能在异邦语的作品中引起震荡。"[1]

但是它所能达到的救赎程度并不是最终的救赎，正如革命者或真正的政治家在历史的救赎中所起的作用：点燃大火，宣布弥赛亚的到来，翻译者则在语言向着其历史的弥赛亚式终结的过程中，"照看源语言的成熟（不断在意图上与其他语言的互补）和自己语言新生的阵痛"，在时机成熟时"正是翻译从作品的永恒生命和语言永远更新的生命中燃烧起来；因为正是翻译不断检验着语言的神圣成长：他们隐藏的意义离昭示还有多遥远？对这一距离的知晓又在多大程度上能使之更接近被昭示"[2]。燃烧的那一天也正是未来哲学所能期待的完满终结，这一天还非常遥远，然而通过这种在原文和目的语之间的不断沟通，尽管还不能达到使所有世俗语言进入那个"注定的、迄今无法企及的合一和圆满领域"——即碎片最终整合的境界，但至少已指向了通向这个最后领域的道路。如何才能真正达到这一境界？本雅明在此再次渴望哲学与神学的联手，而翻译的最高典范则是圣经——对上帝"道"的表征。

翻译论有着卡巴拉阐释学色彩，更有浓重的弥赛亚情结，完全是他对救赎的向往，本雅明认识到其艰难，所以才把这种努力看作"翻译者"的"任务"（"Die

---

[1] *Selected Writings*, p.258.
[2] Ibid., p.257.

Aufgabe des Übersetzers"),"任务"(Aufgabe)一词在德文原文中同时含有"失败"的意思,正如保罗·德·曼所解释的那样,"如果你加入了环法自行车比赛,但又放弃了,那就是 Aufgabe——'er hat aufgegeben,'他没有继续比赛。"[1]但是保罗·德·曼因此而认为翻译者的任务就是失败、放弃,所以这个文本的名称,"Die Aufgabe des Übersetzers",不过是同义反复,这则是一种美国版本的解构主义的误读,用这种误读做诱饵,他只能如本雅明思想的研究者朱里安·罗伯慈所说,从本雅明的文本中钓起几条晦涩的死鱼。[2] 本雅明用 Aufgabe 一词表明他深知完成这一任务之艰辛,它可能将是一个天路历程,一种哲学探险,一次救赎的奋战,正因为如此,执行这样的任务才是批评的意义和思想的责任所在。

---

[1] Paul deMan, *The Resistance to Theory*, University of Minneapolis Press, 1986, p.80.
[2] Julian Roberts, *Walter Benjamin*, The Macmillan Press LTD, 1982, p.78.

语言翻译与文化翻译

[墨西哥] 莉里亚纳（Liljana Arsovska）

（墨西哥学院）

在经济飞速发展的 21 世纪，全球化的脚步无人能够阻挡，作为战略伙伴的中国和墨西哥签订了难以计数的协议和协定。在这样的大背景下，发生了以下这些故事：

几年前，中国政府把墨西哥作为中国公民出境旅游的目的地国家。一次，中国旅游局的某位领导到墨西哥参加一个旅游年会，在会上发表了一个演讲，这个演讲批评了墨西哥没有为接待中国游客做好准备、没有中文导游和翻译、旅游从业人员不了解中国人的风俗习惯等等。墨西哥旅游局的高官对这个演讲很不以为然，因为他们对墨西哥美丽的海滩、古老的文化以及旅游业的发展历史非常骄傲。

接下来发生的事情令人捧腹：吃午饭的时候，中国的这位领导用英语对服务生说"hot water"。为他服务的一群服务生，面面相觑了一会儿，然后就消失了。过了好久，他们彬彬有礼地对这位领导说"浴缸已经准备好了"。显然，这里出问题的不是语言翻译，而是文化语境。

还有一次，一位墨西哥太太得了病，因为十分仰慕中医的博大精深，特意带了一位专业为中国文学的翻译（墨西哥人）到北京一所知名中医医院就诊。治疗是这样开始的：她主诉背痛、腹部灼热、下肢无力、括约肌难以控制、失眠、脸红、口干等。医生问她的疼痛是酸痛还是麻痛，到这里，问题开始了。医生为她诊了脉，看了舌头，做了以下诊断：

元气败伤，精血亏损，精亏肾虚，腰脊失养故疼痛，二便不司故失禁，阴损及阳，命门火衰，故神怯寒，再加上阴寒凝滞，故筋骨麻痛。至于面红口干，脉来浮芤，则为虚阴上浮之真寒假热。

下面是西班牙语翻译：

Su energía del comienzo sufrió una derrota, estaba herida, su esencia y su sangre mostraban déficit, su cintura y espalda perdieron nutrimentos, los esfínteres no funcionaban y por ello se perdió el control, primero disminuyó el principio femenino y luego el masculino, el fuego de la puerta del destino decayó, por ello su espíritu le temía al frío. Aunado a todo esto, el principio femenino y el frío estaban estancados, por ello los músculos y los tendones estaban marchitados con dolor áspero. En cuanto a la cara roja, la boca seca y el pulso hueco y flotante, eso era porque en el vacío del principio femenino flotaban el frío verdadero y el calor falso.

译成中文的意思是这样的:"您的初始能量遭受了重创。您受伤了。您的精血不足,您的腰和背失去了营养。括约肌无力,所以导致无法控制,首先减弱了女性的要素,然后是男性的。命运之门的火焰熄灭了,因此您的精神害怕寒冷。除此之外,您女性的要素和寒冷一起停滞了,因此肌肉和筋腱枯萎了,产生了麻痛。面红口干,脉搏空洞而飘浮,是由于真正的冷和虚假的热飘浮在您女性要素的虚空里。"

这位可怜的病人,看了这样一个充满诗意但却具有毁灭意义的诊断书后,病情加重了。

现在我们来看看她处方的翻译。

生疏地各9克,巴朝天6克,肉桂2克,天冬6克,金当归2克,黄精9克,等等,水煎,日服一剂。

这位精通汉语的翻译,决心要把他在墨西哥几年攻读汉语所获得的知识都用上,开始这样翻译:la tierra cruda(生的土地),la cola que mira al cielo(朝天看的尾巴),el invierno del cielo(天空的冬天),el oro que retorna(回归的黄金),la esencia amarilla(黄色的精华)。突然他意识到这样的翻译是毫无意义的,因此不好意思地请求病人容他回墨西哥后,凭借专业医药工具书的帮助进行翻译。但是同时他肯定所有这些植物应当在煮过之后,每天吃一次。于是很多问题产生了:怎么煮?煮多久?所有植物一起还是分开?等等。

这里出问题的也不是语言翻译,而是文化语境。

还有一个故事。在中墨高层的一次会面里,墨西哥翻译把中文"走马看花"译成"骑着马欣赏花",他说出来的句子是这样的"Ante el urgente problema ecológico de nuestro planeta, nuestros dos países no pueden llevar a los caballos para que contemplen las flores."(面对全球紧迫的生态问题,我们两国不能带马去欣赏花)。墨西哥方面的官员是如何理解这句话的,就无从知晓了。

我在这里仅仅举了一些例子,类似情况还有更多,这种文化的互相不理解充斥了中墨两国和人民的交往中。

现在我们来看看现代翻译理论。

翻译到底是科学还是仅仅是为"真正的"社会科学服务的工具？

翻译究竟是仅仅用于语言传递还是承担着艰巨的文化传承？

翻译是照顾源语（LS）还是照顾目的语（LT）呢？

我们再深入探究。主方语言（就像某些中国学者所提出的）是否比源语 *source language* 更正确？客方语言 lengua anfitriona 是否比目的语 *target language* 更正确？[1]

翻译时更重视翻译单词还是篇章的永恒争论？

什么时候使用 Peter Newmark 所提出的语义翻译？什么时候又是交际翻译？

译者距离需要翻译的文本多远才能达到完美的沟通境界？

翻译理论家一般而言都是语言学家。而有多少译者曾是或者现在是语言学家？

翻译和解释的距离有多远？是相同的还是不同的？

在西方，从西塞罗、奥拉西奥一直到文艺复兴时期的伟大思想家们，经历了9—10世纪德国的翻译学派（代表人物有 Martin Luter（1483—1546），Johann Christoph Gottsched（1698—1783），诗人加天才 Johann Wolfgang von Goethe（1749—1832），以及他的学生 Walter Benjamín（1892—1940）），布拉格学派（代表人物有 Roman Jacobson（1896—1982）和 Jiri Levi），加拿大学派（代表人物 Vinay 和 Derbelned），美国学派（Eugene A. Nida, Edward Sapir, Benjamín Lee Whorf, Lawrence Venuti, James Colmes, GideonToury, Jorge Luís Borgues 和其他）的发展演变，很多学者都讨论过翻译的本质和使命，试图构建某种翻译理论来充实翻译学。[2]

由此也产生了很多定义、解释、论断和反论断。比如直到现在我们还在争论"翻译到底是艺术还是科学"。

关于翻译的定义，现在被引用最多也是最广为接受的是 Nida 的定义：

> Translating consists in reproducing in the receptor language the closest natural equivalent of the source–language message, first in terms of meaning and secondly in terms of style. (Nida and Taber 1969: 12) [3]

---

[1] Liu, H. Lidia, *Translingual Practice, Literatura, Nacional Culture and Translingual Modernity, China, 1900—1937*, California: Stanford, Stanford University Press, 1995, p.27.

[2] Snell-Hornby, Mary, *The Turns of Translation Studies*, Amsterdam /Philadelphia, John Benjamin Publishing House, 2006.

[3] Ibid., p.25.

翻译学的研究曾经经历太多。有的人认为翻译很简单,只要对两种语言有深入的把握就能完成。有的人认为翻译学是隶属于语言学的"半个科学"。德国学派的Schleiermacher则给翻译戴上了"诠释学"的桂冠:"Cada autor puede ser comprendido sólo a través de la prisma de su nacionalidad y la época en la cual vive."(Rübberdt and Salevsky 1997(302)(每个作者只有通过其国籍和所生活的时代才能被理解。)[①]

我不想贬低任何关于翻译研究的价值。但是我敢说,西方大部分学者关于翻译的研究,尽管广泛,但却是在同一个大文化背景之下:犹太基督教和希腊罗马文化。

确实如此,比如说我们要翻译文学或哲学的文本,从英语到西班牙语,或者从法语到英语,或者从德语到葡萄牙语,或者从俄语或马其顿语(斯拉夫语,稍远于拉丁语和日耳曼语)到德语,翻译工作主要集中于语言层面,因为无论是源语还是目的语都处在同一个宗教和文化大范畴中。

一名译者在这样的环境里出生、长大,自然而然地(自己可能没意识到)就受到了犹太基督教和希腊罗马文化的熏陶。这样的文化流淌在他的血液里,决定了他的世界观和宇宙观。所以,翻译在这时候就变成了一个语言工作,或者仅仅是语义工作。如果译者拥有两种语言深厚的语言和文化功底(这也是人们一直以来所期望的),那么翻译就真的是一份机械工作了,几乎就像一门手艺了。

但是如果要翻译的文本是中国哲学、文学作品或者中医典籍呢?娴熟掌握中文和西班牙文是否就足够了呢?我们的文化背景——犹太基督教和希腊罗马文化会帮助我们还是把我们带向偏见(很多时候是无意识的)?

面对与我们的文化完全不同的概念:道,阴阳,五行,元气,仁,理,礼,中山装,旗袍,豆腐心,坐井观天等等,我们该怎么做?

字典在这时候有用吗?

我们先验的西方的知识有用吗?

对于这些概念,我们是翻译?(如何译?)解释?(用什么同义词?)还是描写?

我们可以翻译或者解释。但我认为要描写的话,我们还缺乏足够的工具。我们应当更多地了解汉语以外的东西,更多地掌握一个巨大的文化宝库:儒、道、佛。虽然不可能,我们还是要尽量避免我们先验的西方的东西"污染"了我们对于东方的认识。

"道"的翻译版本有无数个:camino(路),origen(源头),Dios(上帝),principio(原则),regla(规矩),conducta(行为),naturaleza(自然)等等。

"五行"被称为cinco elementos(五种元素),与恩培多克勒的四大元素(火、土、气、

[①] Snell-Hornby, Mary, *The Turns of Translation Studies*, Amsterdam/Philadelphia, John Benjamin Publishing House, 2006, p.14.

水）相对应。但是"五行"决不是简单的五种元素，它的含义广阔无比，最底线的解释应该是五种过程或运动，它们是解释宇宙形成和运行的复杂理论的一部分。"金、木、水、火、土"，在西班牙语里不是简单的外来语，不是用来表达大自然的语义场，就像"道"、"阴阳"或者其他词一样。"仁"的西语翻译是 benevolencia，misericordia，这两个词难道不是引申到厚重的基督教吗？

"中山装"，如果我们不知道是结束了中国封建王朝的辛亥革命领袖穿的衣服，我们很有可能把它译成"el atuendo de la montaña del medio"（中间那座山上的衣服）。

还可以举出无数例子来证明我的观点：

同一宗教文化背景下的语言互译也许可以作为一种严肃而极有价值的语言工作，而汉语与印欧语言的互译则应该纳入跨文化的范畴。

把东方的文化带到西方，意味着对东方的社会、经济、政治、宗教、伦理和美学广泛而深入的了解，反之亦然。在此过程中，会通过意义或声音的同化创造很多新单词，这些词原本在目的语中并不存在，但是对于翻译文本的全面理解，这些词是必须的。

中国人在这方面做了并且正在做很多。在 19 世纪末，20 世纪和现在，中国人创造了并且正在创造很多从西方文明来的新单词。

1919 年的五四运动，就是受到了西方社会思潮的巨大影响而爆发的。这是中国走向世界的一次清楚表示，这是出于需要，抑或出于激情，这个问题我们不在这里讨论。现代汉语的词汇里有很多来源于西方或日本的词汇。这些词汇的产生是由于汉语内在的特性——用现有的单词创造新的概念，如：**革命**，**社会**，**阶级**，**资本**，**国会**，**国际**，**共产主义**，**无政府主义**，**酒吧**，**自然科学**，**哲学**，**经济**，**电话**，还有很多其他概念和单词来传递"使西方强大"的知识，这在当时没落的中国是急迫的。[①]

我自问，汉语里存在多少来源于西班牙语或英语或德语或法语的词汇？而这些欧洲语言中，又有多少表示亚洲或非洲文化现象、概念或过程的词汇？

西班牙、英国、德国、法国、俄罗斯在过去殖民亚洲和非洲的时候，就没有碰到过他们的语言无法"翻译"的观点和概念吗？难道欧洲语言、犹太基督教的文化和希腊罗马思想真的如此"放之四海而皆准"吗？

要回答这些问题，我们需要改变思维范式，需要改变现在的视角和那些社会科学里所谓的"approach"。

全球化、经济的共融、"同一个世界，同一个梦想"的理念要求我们回答这些问题，因为水和油是永远不会自动调和的。

---

① Liu, H. Lidia, *Translingual Practice, Literatura, Nacional Cultura and Translingual Modernity, China, 1900—1937*, Stanford California: Stanford University Press, 1995, pp.265—378.

文学翻译中的文言与白话
——曾朴的翻译语体选择

马晓冬

(北京外国语大学)

在五四新文化运动确立了白话文作为文学正宗的地位之前,清末民初的译者面临着非常突出的语体选择问题。在文学翻译实践中,虽然也有个别译者坚守一种语体,但当时许多知名译者,如曾朴、陈冷血、包天笑、周瘦鹃等,都是文言和白话并用。在从晚清到五四这样一个文化转型时期,书面语中文言与白话的力量此消彼长的过程,使翻译实践中文言与白话的语体选择与变迁成为翻译史上一种独特的历史现象,特别值得我们关注。作为晚清四大小说家之一,曾朴(1872—1935)表现出较强的文体意识,作为翻译家,曾朴二十多年的法国文学翻译实践跨越晚清与五四,呈现出诸种尝试与历时变化。因此,本文将以曾朴的翻译实践为核心,探讨他对不同翻译语体的尝试,并特别关注语体选择在翻译活动中的意义及其对翻译作品文本面貌的影响。

一、作为翻译资源的语体选择

白话与文言的语体选择,对小说翻译尤为突出。中国小说传统本来就有文言(传奇、笔记)、白话(长篇章回、话本小说)两个脉络,虽然在外国文学输入之前,这两个脉络之间的界限相对分明,但是随着林纾以文言翻译的长篇小说广泛流传以及白话章回体小说程式的松动,翻译小说中文言和白话的语体差别,并不必然牵连着相应的全部传统文学程式。清末民初相当一部分长篇小说的翻译都选用文言,而以白话译介的长篇小说也并不一定采用章回体格式。正如陈平原所说,"由于西洋小说的译介以及域外小说观念的输入,文言小说与白话小说的区别",已"由文类转为文体"[①]。这种

---

① 陈平原:《二十世纪中国小说史(第一卷)》,北京大学出版社,1997年,第189页。

本土文学创作中文言与白话并存的局面，客观上为译者的翻译提供了不同的文体资源。

1905年，创办小说林社的曾朴首先是以创作者身份进入小说界的。《孽海花》采用白话章回体，出版后风行海内，这表明曾朴有相当精熟的白话叙事能力。同是在这一时期，此前一直自学法文的曾朴开始了翻译尝试。他的第一部译作《影之花》^①（*Fleur d'ombre*）和后来发表在《小说林》杂志（1908）上的《马哥王后佚史》（*La Reine Margot*）分别采用京话和旧小说式的白话，这就进一步证明了曾朴对白话语体的熟悉。值得注意的是，尽管曾朴本人的小说创作和翻译实践都显示其对白话叙事的控制能力，但1912年，在翻译雨果的著名作品《九十三年》（*Quatrevingt-treize*）^②时他却选择了以文言译述。同样是面对法国长篇小说，译者却采用了不同的翻译语体，这一现象引人深思。

曾朴的首部译作《影之花》通过大量的人物对话呈现出一个言情故事，书中的男主人公英国皇子之所以爱上法国平民女子，后者俏皮、机智的言语风格实在发挥了关键作用。此外，原作者对恋爱中女子内心的顾虑和算计刻画得细腻入微，这些心理表现集中于人物对日常生活场景的反应，而绝少对社会人生的反思和感叹。所有这些原作的风格特征，都更适合以平白、生动的口语文体来传译，特别是在复现女主人公的俏皮话时，白话就更为得心应手。难怪译者在此书"叙例"中点明"本书文过委曲，稍涉词华，便掩真境，今译者改用京话，取其流丽可听"。

由此可见，曾朴使用白话的语体选择，正是基于对原作风格的把握以及在译本中保存原作风格的愿望。仍是在"叙例"中，译者清晰地阐明了个人的翻译原则："译者惧失原文本意，字里墨端，力求吻合，且欲毕存欧西文学之精神。故凡书中引用之俗谣惯语，悉寸度秒钩，以意演绎，非万不得已，决不以我国类似之语代之。"为了实现这一翻译目标，曾朴以京话翻译此书，既能传达原作的对话风格，努力保存原文的"俗谣惯语"，又避去了旧小说的陈词套语，使译作带有明显的异国色彩。

曾朴的第二部译作《马哥王后佚史》，原作是大仲马的《玛戈王后》，只在《小说林》杂志刊登了两回即告停止。四年后，曾朴重拾此书，改题为《血婚哀史》，于1912年9月至1913年1月间在《时报》连载，可惜此次仍未能译完全书，共刊出十二回。《马哥王后佚史》与《血婚哀史》的译名与曾译《九十三年》的副标题"法国革命外史"

---

① 《影之花》，小说林社出版上卷（1905）、中卷（1906），下卷并未出版。发表时署"竞雄女史译，东亚病夫润词"，在1931年曾朴本人编订的"曾朴所叙全目"（载曾朴，《雪昙梦院本》，真美善书店，1931）中，则将其列为自己的译作。据笔者考证，此书应为曾朴本人所译，发表时署"竞雄女史"是曾朴将此译本托名于自己的小妹曾季肃（1891—1972）的结果（参阅笔者博士论文《文化转型期的翻译实践——作为译者的曾朴》附录四"《影之花》的译者问题"，北京大学中文系，2008）。

② 1912年2月21日—9月14日，《九十三年》在《时报》连载，1913年由有正书局出版单行本。

同样显示出曾朴对这两部作品作为"历史小说"的认识，但在语体的选择上，则又充分呈现出译者对大仲马和雨果之间差别的把握。而且，更值得一提的是，仅在文言译述的《九十三年》连载结束后两天，曾译白话《血婚哀史》就开始发表于《时报》，因此，二者间的语体变化就更带有译者自觉探索的痕迹。

大仲马的历史小说以情节奇突和对人物性格与激情的生动刻画见长，他的兴趣不在对历史、政治的反思，而是专注于历史故事中的传奇因素。比之《九十三年》，以叙述宫廷斗争和爱情故事见长的《玛戈王后》在某些方面与中国历史演义有相通之处，更容易纳入到长篇章回的框架之中。《血婚哀史》在《时报》连载时，译者在每一回的开卷和结尾处分别添加了对偶回目和七言诗句，这种处理本身就显示出曾朴对原作总体风格的定位。

而雨果的《九十三年》则以法国大革命中最残酷的年代和革命政府对旺代地区叛乱的镇压为背景，浓缩了作家对革命、对历史、对人性的思考和矛盾。对此，译者曾朴有充分的认识：

"嚣俄著书，从不空作。一部书有一部书的大主意，主意都为著世界。……"

"无宗教思想者，不能读我九十三年；无政治智识者，不欲读我九十三年；无文学观念者，直不敢读我九十三年；盖作者固大文学家，而实亦宗教家政治家也。"

在曾朴看来，这部小说是"无韵诗""处处都用比兴"①。雨果作品的诗化风格、其处理历史题材时的厚重感和深刻的哲理反思与传统白话章回小说有较大的风格差别，更适于用厚重含蓄的文言来表现。因此，曾朴放弃此前译介外国小说时使用的白话而选择文言，显示出译者希望充分利用语体资源来传递原作风格的努力。

1914年，《九十三年》单行本出版一年之后，曾朴翻译的第一部雨果剧作《银瓶怨》（Angelo, ou tyran de Padoue）开始在《小说月报》连载。这部作品以及出版于1916年（有正书局）的另一部雨果戏剧译作《枭欤》（Lucrèce Borgia）都用白话。一方面，这两部戏剧的原作并非诗体，其某些对白的口语化倾向容易促成译者以白话译述的选择。另一方面，受自己的文学启蒙老师陈季同的影响，曾朴认为文学翻译的目标就是使中西文学"去隔膜、免误会"，而中西文学间之所以彼此易生误会，原因之一是"我们文学注重的范围，和他们不同，我们只守定诗古文词几种体格，做发抒思想情绪的正鹄，领域很狭，而他们重视的如小说戏曲，我们又鄙夷不屑"②。所以，选用白话翻译其

---

① "《九十三年》评语"，嚣俄著，东亚病夫译，《九十三年》，有正书局，1913年。
② 病夫，《致胡适的信》，《真美善》1卷12号，1928年4月。

实包含着译者传递西方戏剧基本特征的动机。《银瓶怨》最初发表时被标为"新剧"，这正是20世纪初对舶来的西方戏剧的命名。与中国旧戏相比较，西方戏剧由于无音乐相伴，更接近于旧戏中的说白部分。正因如此，相较于文言这一与口语相分离的书面语体，白话在表现原文的口语化因素方面无疑会拥有更多便利。

由此可见，在文言与白话各有其势力的清末翻译界，译者的语体选择往往涉及相当复杂的因素，仅以语言观的保守和进步来评价其选择，其实忽视了翻译文本产生时译者的历史境遇。以曾朴而言，在白话与文言并存的局面实际上为译者提供了一种特殊的资源，以表达和传递译者对原作风格与精神的理解。

二、语体选择对译文面貌的影响

我们看到，译者的语体选择往往来自他对原作文体风格的理解以及传递这一风格的努力。但在清末民初这样一个语言转型时期，新的规范尚未建立，旧有的各种文学程式（小说、戏剧、诗歌）虽然已经松动，但还保持相当势力，文言和白话的语体调节在提供资源的同时，也会在传递原作风格方面带来诸多问题。

由于本土文化语境内文言、白话两种语体的并存以及相应语体规范的存在，译者的语体一旦选定，本民族文学传统中与这一语体相关的某些特征与规范就会附着于译文之上，并在相当程度上左右译文的面目。比如在《九十三年》这部译作中，虽然文言在传递原作庄重的语言风格和人物复杂、矛盾的思想情感方面更显贴切，但文言的典雅却遮盖了雨果作品多样性的言语风格。《九十三年》原作中的人物话语有很强的个性化色彩，既有贵族知识分子的辩驳和表白，也记录了村妇和幼童的日常话语，而传递那些极具口语化色彩的人物语言，显然并非文言所长。

除了显在的语言风格，文言语体也带来了对原作内在的叙事风格的改变。在雨果的小说中，叙事者有时对历史事件和过程保持着超越性目光，但在情节的紧要关头却又往往抛弃了与事件的距离，流露出对事态发展的关切与焦急。如果说在中国小说传统中，白话小说的"说书人"叙事者有可能深入情境模拟在场人物的心理和感受，那么文言小说中的叙事人却很少介入事件，而是表现出一种更为超越性的叙事形象。我们可借曾朴译文描述"炮祸"（在航行的战舰上，一尊大炮从铁链中滑脱，开始摧毁船只和船员）的一段文字来感受译文与原作叙事风格间的距离：

> 飓风可畏，而此乃旋风；暗礁可避，而此乃流礁；犬可驯也，蟒可诱也，狮虎可慑而致也，惟此无知觉之铜妖，杀之不可，捕之不能，其进行之方针，悉

依铺板之倾向，板之动由船，船之动由浪，浪之动由风，船也，浪也，风也，皆足助其焰而傅之翼，推斯愤怒之情形，殆非尽毁是舰而覆之不止也。（卷一，第22页）

这段曾译文虽然用大量的对句来再现雨果文字的排比风格，但对原文却有一处明显的改造①。在与之相对应的原文中，包含着十个疑问句，这些以"que(faire)?"、"De quelle façon...?"、"comment(faire)...?"等结构为主旋律不断回旋的句式，可直译为"怎么办呢？""怎么+动词……呢？"这样的疑问结构，它们极大地强化了叙事的现场感和紧张感，但在曾朴译文中却无一保留。原作中丰富的比喻在译文中得到了相当忠实的再现，不过受到文言叙事传统的制约，译文对上述疑问句式则进行了规律性的删节。如果说原作的叙事者功能更集中于身临其境般创造真实感和紧张的叙事节奏，那么文言小说中的叙事者则受到史传传统影响，在叙事中表现得相当隐蔽，即使对事件有所评价，一般也是在叙事段落的首尾，且处于一种超脱和高于所叙事件的位置。曾朴译文中的上述调整突出地体现了文言叙事传统对原作叙事风格的归化。

当然，我们同样应该意识到，如果说曾朴运用文言翻译的作品在某种程度上变幻了原作的文体面目，那么这并不意味着使用白话就一定贴近原作的文体风格。白话文虽然更能适应口语化色彩，但在现代白话文还未形成之先，近代白话文有一鲜明的文体特征，即相对于雅致的文言而表现出的俗语特征。难怪有清末的译者感叹："同一白话，出于西文，自不觉其俚；译为华文，则未免太俗。此无他，文、言向未合并之故耳。"②与后来经过欧化影响并吸收了文言、方言，丰富了表达法的新体白话相比，曾朴前两部戏剧译作《银瓶怨》和《枭欤》中的人物对白，常常显示出旧白话文的俗白特征。

在曾朴的译文中，不仅旧白话的某些套话和俗语使雨果戏剧中的人物语言俗白化了，白话本身话语方式和表现力的制约，也使其语言风格更偏重于俗白一面。如此，由于翻译语体选择的差异，在曾朴笔下，雨果的小说《九十三年》和两部戏剧作品之间表现出原作文体所不具备的雅俗对立。事实上，以雨果剧作为代表的浪漫派戏剧为避免同化于此前的情节剧，赋予他们的剧本一种非常突出的艺术化特征③。也就是说，雨果剧作的对白，一方面具有明显的口语化标记，另一方面其考究的语言、长篇对白中的雄辩风格和抒情段落又常常冲淡了戏剧对话口语化的通俗特征，使作品的语言在

---

① 原文参见 Victor Hugo, *Quatrevingt-treize*, Paris: Garnier-Flammarion, 1965, p.48.
② 采庵，《解颐语·叙言》《月月小说》第一年第七号，1907年。
③ 参见 G. Lanson et P. Tuffrau, *Manuel illustré d'histoire de la littérature française*, Paris: Librairie Hachette, 1956, p.588.

整体上呈现出浓烈的抒情性和极具个性化的修辞风格。曾朴译文《九十三年》与其两部雨果戏剧译作间之所以呈现出风格上的雅俗差别，是因为引入了源语文化中并不具有的语体范畴文言和白话的区分，而此一区分在目的语文学系统内部如此重要，以至于语体的框架一旦确立，其所连带的一系列文学程式就先在地框定了译文的文体面目，使其在不同程度上背离了原作。

翻译中使用的旧白话对译文面貌的影响还不止于风格上的俗白特征，它也对传达原作的抒情特质造成了困难[①]。

在中国古代，白话的文学功能重在叙事、说理，而抒情功能则由诗词来承担。曾朴推介"新剧"的尝试和西方戏剧本身的体裁特征使他不可能退守到旧戏曲的文学程式，用曲词来表达原作的抒情特质，但是在现代白话文尚未成熟时，译者在旧白话中却并不拥有充分的抒情资源。在新文化时期的文白论争中，甚至有些承认白话文运动功绩的论者，也怀疑它对诗歌这一抒情文体的补益[②]，其根本理由还是认为白话和中国文学的抒情传统有较大距离，而这种距离必然会影响曾朴对雨果戏剧风格的传递。

总体而言，曾朴早期的戏剧译文一般以人物的一段对白为翻译单位，虽然在段落内会对话语顺序有所调整，但绝少删除整个段落或大段删节。然而，在最初翻译《银瓶怨》和《枭欤》这两部剧作时，面对原作的抒情言语，译者却均有大段删减的处理。即使在那些对原作直接抒情的段落有所保留的译文中，曾朴也对其抒情话语进行了大幅的化简与改造。

上述对曾朴清末民初主要译作的语体讨论提醒我们，未加批判地接受新文化运动对白话的张扬和对文言的排斥，将语体选择作为一种价值判断来评价清末民初的翻译，往往遮蔽了翻译的历史性。文言翻译的确可能会以一套本民族文学固有的文学和思维程式来改造原作，但这并不意味着使用白话更能传递西方文学的精神。由于旧白话文学也有其自身的程式与套语，如果不能真正突破它们的限制，白话翻译同样会出产非常归化的文本。法国翻译理论家贝尔曼曾以一个非常著名的隐喻来认识翻译的本质，他认为翻译是让本民族语言去接受"异域的考验"（l'épreuve de l'étranger）[③]，以衡量它能够表现异国语言的限度。恰是在面对域外作品的传译过程中，文言和白话这两种语体都显出在表现风格上的局限，从而呼唤着会通与变革。

---

① 关于这个问题，可参阅笔者论文《戏剧翻译中抒情性的传递》，《人文丛刊》第四辑，学苑出版社，2009年，第254—264页。
② 严既澄，《韵文与骈散文》，小说月报号外《中国文学研究》，1927年6月。
③ Antoine Berman, *L'épreuve de l'étranger: culture et traduction dans l'allemagne romantique*, Paris: Gallimard, 1984.

三、白话的不同面目

如果我们进一步来理解翻译作为异域考验的性质,也可以说,翻译行为暴露了本土语言的局限,使其不可避免地面对域外语言、文化及思维方式的刺激,并因而获得更新,正是在这个意义上,严家炎称五四新体白话为"一种被翻译逼出来的新体文"[①]。如果我们仔细考察20世纪初的翻译文学就会发现,在传译域外文学的过程中,文言和白话这两种语体都显出新的特征。

钱钟书指出,甚至古文家林纾在翻译中也大大突破了古文的禁忌,不仅采用比较灵活的文言,且其译文竟然意想不到地包含许多欧化成分[②],而像曾朴译《九十三年》中的比喻"若曹又赴红弥撒矣"(卷二,第3页,"红弥撒"指在大革命中被送上断头台——笔者注)[③];"革命时代一营垒,即一蜂窠也。而公民之刺,则尽寄诸军人之身。"(卷四,第90页)[④],则借助异域语言之光的照耀,在本土语言中创造出传统的文言写作不可能出产的形象。另如《九十三年》对西穆尔登的性格如"飓风中之海鹰,镇定其内,而冒险其外"的描绘(卷二,第7页)[⑤];无论在意象上还是句法上,都带有西方文学的印记。这样的文字集中体现出翻译行为对本土语言的更新,译者在试图传译域外文学想象的过程中,打开了本土语言表现中新的可能。

占据了几千年正统的文言尚且在翻译的刺激下产生了松动,更何况与口语相接近的白话?众所周知,现代白话文的形成离不开借助翻译吸收大量欧化语甚至句法结构。因此,20世纪初的语言变革并不仅仅是一个白话取代文言的问题,其中亦包含白话自身现代化的问题。而我们在此希望提起注意的是,在一个语言转型时期,笼统地说明一部译本以白话翻译,其实无助于我们对译本语言面目形成具体的印象。可以说,由于这一时期是新体白话的准备和形成期,在翻译领域这一语言实验场上,也因而形成了一种"众声喧哗"的局面,各种可能性都被开拓和予以尝试。就曾朴的译介而言,同样是小说林时期的译作,《影之花》的白话不同于《马哥王后佚史》的白话;同样是雨果剧作的翻译,民国初年出版的《银瓶怨》和《枭欤》又与二十年代末翻译

---

① 严家炎:《"五四"新体白话的起源、特征及其评价》,《中国现代文学研究丛刊》,2006年第1期,第61页。
② 钱钟书:《林纾的翻译》,见钱钟书等著,《林纾的翻译》,北京:商务印书馆,1981年,第40页。
③ 此句原作为 "aller à la messe rouge", Victor Hugo, *Quatrevingt-treize*, p.112。
④ 此句原作为 "Un camp, c'est un guêpier. En temps de révolution surtout. L'aiguillon civique, qui est dans le soldat, sort volontiers et vite...", Victor Hugo, *Quatrevingt-treize*, p.364。
⑤ 此句原作为 "Cet homme avait, comme l'aigle de mer, un profond calm intérieur, avec le goût du risque au-dehors.", Victor Hugo, *Quatrevingt-treize*, p.118。

的《欧那尼》在语言风格上差异颇大。

《影之花》译文中有"**轻佻而又活泼的巴黎女子，他（即指巴黎女子———笔者注）半嘲半讽的要去招惹那少年外国人……**"（上卷,第41页）这样的句子：将修饰语作为短句，单独置于主语之前，结构上与原文相同，却是旧白话所没有的句法，很清晰地记录了翻译行为给目的语带来的变异。《影之花》的直译风格、对原作俗谣惯语的传递以及欧化句法的保留都使译文和旧小说式的白话拉开了距离。

当然，翻译究竟在多大程度上让本土语言接受异域的考验，主要仍取决于译者翻译策略的选择。小说林时期的另一部译作《马哥王后佚史》，其白话就非常接近旧小说，而与《影之花》有较大差距。虽然这部译作仅在《小说林》杂志刊出不到两节，但很明显，传统小说说书人叙事套语的出现，如"敬告看官们""看官须知道""不必细表，如今言归正传，且说……""正说这话，忽听……一声"等等，使小说的叙事语言在总体框架上显露出传统白话小说的特征。

对于原作中的描述性话语，与《影之花》不同，译文倾向于将其改造为传统小说的描述与修辞程式。比如对马哥公主容貌的描绘："但见玄发鉴人，容华照代。一双澄波眼，两道远山眉。红绽樱唇，香围粉颈，不肥不瘦的身裁，非雾非烟的姿态"[①]，完全采用了传统小说的套话式表达，这两部同期译作的巨大差异，特别反映出清末译者在归化与异化之间的游移、尝试和探索。

五四新文化运动后，以自己的翻译、创作、出版加入了新文学场的曾朴，无论是其将翻译作为培养创造源泉的目标，还是强调忠实、推崇直译的翻译标准都表现出向新文学界的靠拢，特别是他以句子为翻译单位的尝试，使其译文在字面上明显地更贴近原作，译作所用的白话也随之显示出新的面目。

与1914年的《银瓶怨》,1916年的《枭欤》相比，在曾朴1927年发表的雨果悲剧《欧那尼》中，不仅双音节词大量增加，所使用的白话俗白特征大大弱化了，而且原文中所有的抒情性段落都给予了句对句的翻译。可以说，在曾朴笔下，雨果剧作中的长篇抒情话语从被删节、化简到获得完整传递的过程，正显示出白话文不断被更新和改造，逐渐适应了抒情性的过程。

从曾朴的语体选择中我们看到，翻译的历史常常显现出主导语言变化的历史。曾朴的翻译经历正好跨越了近现代的文化转型，他的译作也因而在语言和文体上显现出多重面目。面对文言、白话并行的局面，曾朴的选择关涉到多种因素，也渗透着他试图传达原作文学精神和风格特征的努力。同时，由于当时本土文化语境中文言与白

[①] 大仲马著,东亚病夫译,《马哥王后佚史》第一、二节,《小说林》第11期、第12期,1908年。

话在文学风格和表现程式上的传统力量,这两种语体在对译域外文学时也都有各自的局限。曾朴往返于两种语体间所进行的主动调整,他在使用它们传译原作时所面对的难以克服的困难,典型地体现了处于转型期的译者在语体选择中的独特处境。后来的语言发展也证明,尽管作为一种书面语体,文言不再具有正统地位,但"文学的国语"也并非纯粹的白话,而是逐渐吸收了欧化语、文言和方言的许多成分,能够说理、叙事、抒情和表达个性色彩的现代文学语言。正是以转型时期翻译文体的多元化面目,曾朴的译本参与和记录了在异域作品刺激下,传统的文言与白话语体逐渐突破旧有的局限,不断获得更新的过程。

论二十世纪中国诗人查良铮译本中的"化欧"现象

徐立钱

(北京语言大学)

查良铮,笔名穆旦,是中国现代诗歌史上最有名的诗人之一,也是屈指可数的优秀诗歌翻译家。他的诗译成就在评论界有着良好的声誉。王佐良、马文通、公刘等来自诗歌评论界的大家一致认为,穆旦的许多译诗堪称一流。当代作家王小波在谈到穆旦的译诗时也曾经说过:"对我来说,他们(穆旦和王道乾,作者按)的作品是比鞭子还有力量的鞭策。提醒现在的年轻人,记住他们的名字,读他们的译书,是我的责任。"[1] 据粗略统计,近二十年的时间里穆旦以查良铮的笔名翻译出版发行的译著共有二十五部。其中共译出普希金的短诗 502 首,长诗 10 首;译出拜伦短诗 74 首,长诗一首,雪莱诗 74 首,济慈诗 65 首,布莱克诗 21 首,朗费罗诗 10 首,丘特切夫诗 128 首,艾略特诗 11 首,奥登诗 55 首,彭斯诗 10 首,路易斯诗 3 首,麦克尼斯诗 2 首,叶芝诗 2 首。[2] 从这一列表可以看出,查良铮翻译的英美诗作在数量上占据了半壁江山。可以说,取法于浪漫主义和现代主义诗作是他的主要努力方向。

从诗意形象的传达和语言的成就来看,查良铮的翻译的确是相当成功的。但是如果从跨文化的角度来审查,可以发现在查良铮 1958 年翻译的《雪莱抒情诗选》和 1972 年改移的《拜伦诗选》中,由于中国二十世纪五、六十年代主流意识形态的影响和自身中国古典文化的设限,他所翻译的欧洲文化大都经过了深层的过滤,汉语文化并没有敞开自己的怀抱来接纳欧洲文化。在很大程度上,异域文化的移植成为一种理想。欧化的努力变为"化欧"的现实。

---

[1] 陈伯良:《穆旦传》,杭州:浙江人民出版社,2004 年,第 180 页。
[2] 同上,第 179 页。

一

《雪莱抒情诗选》是查良铮1958年的译作。在"附记"里他称:"本书所根据的原文是T.霍金逊编订的《雪莱诗集》。"事实上是他翻译的《雪莱抒情诗选》应是在1952—1958年间完成的。雪莱诗歌的翻译最可能是1955年完成拜伦诗集翻译后开始的。这是查良铮继普希金诗歌翻译(1954)之后的又一个重要译作。是查良铮诗歌翻译的黄金时代的产品。

选择红色苏联的文学理论和俄罗斯的积极浪漫主义作家普希金以及马克思和恩格斯所喜爱的积极浪漫主义诗人是新政权成立初期时代的强力号召。在《雪莱抒情诗选·序言》中,雪莱的激进与雅各宾主义作为革命行为成为压倒一切的叙述话题。他被推为"最光荣的殉道者",站在赤贫的无产阶级一方面热情而勇敢的革命家。

雪莱战斗的意识和他的进步思想,如葛德纹式的反抗暴君无论如何是动摇的,氢气球似的缥缈。但是在译本序中,雪莱是一个先觉的,前进的,天才的革命诗人,"雪莱的一生是战斗的,由于他是独立和反动势力斗争,他的一生也是显得孤独的。""和教会的宣道对抗","以诗来对阶级压迫的种种罪恶现象作斗争","痛斥剥削,伪善和一切恶势力"。[①]雪莱并不是一个真正的乐观的思想家,相信真善美的未来黄金世界的预言家,而译序则证明雪莱就是如此的崇高诗人,"具有一个社会主义的人的质量。"雪莱的神秘、隐晦、忧郁和往往被红色极端道德主义者视为纯私有和肉欲的爱情,反复经过了精神过滤。译者在序言中称:"我们还应看到诗人是十八世纪启蒙运动和唯物主义的继承者。"他的诗"饱含着清醒的现实感觉","清晰地闪耀着现实主义的光芒"。译者显然感受到了社会主义现实主义的主流意识形态的力量。查良铮列举了雪莱现实主义的实例,《写于卡色瑞统治期间》,《1819年的英国》,《给英国人民的歌》,《一只新国歌》,《颂诗》,《自由颂》,《自由》,《"虐政"底假面游行》等诗刻绘了现实,认为它们"具有惊人的现实意义"。

主流意识形态对其翻译《雪莱抒情诗选》的影响,首先体现为翻译文本对时代熟语的接纳。它以最直接的方式影响着译者的行为,或者说操纵着译者的翻译实践。对于有过三四十年代苦难经历的人而言,五十年代新生政权的建立,无疑是一件备受鼓舞的事件。这种对于新生国家的自豪感,对于苦难中国的身同感受无不在翻译的实践中流露出来。在《1819年的英国》的翻译中,我们看到这种苦难叙事的重现。比如,"Rulers who neither see, nor feel, nor know, /But leech-like to their fainting country

---

① 雪莱:《雪莱抒情诗选·序言》,北京:人民文学出版社,1958年。

cling, /Till they drop, blind in blood, without a blow,"① "是既不见、也无感、又无知的统治者，/只知吸住垂危的国家、和水蛭一样，"② 在这一翻译片断中，their fainting country（垂危的国家）显然回响着现代中国的深重灾难和现代中国人的沧桑感受，而在原诗中强调的则是被吸血的后果本身。时代深深地感召着查良铮，不难发现时代熟语强迫地挤入翻译中。

二十世纪五十、六十年代是美苏两大阵营对立的时代，也是阶级斗争论十分流行的时代。革命叙事压倒一切，在查良铮翻译的《雪莱抒情诗选》中有明显的表现。首先我们来考察那一时代的"大爱"在翻译中的体现。人民、革命者是那一时代最神圣的词汇，热爱人民是最重要的情感。比如在《1819年的英国》的译本中，"A people starved and stabbed in the untilled field"③ "人民在荒废的田中挨饿，被杀戮，——"④ 在这一翻译片断中，A people（人民）显然映照了那一时代无产阶级革命者的人民性。民族的观念恰恰是19世纪初期开始自觉而流行的观念，但社会主义的世界主义淡化了民族的观念。

主流意识形态对其翻译的影响，还体现为对诗歌原文中宗教因素的净化、过滤。进入中世纪以后，西方文化就与基督教更为紧密地联系在一起。有评论者甚至认为一部西方文学史就是一部基督教史。雪莱的诗歌同样有浓厚的宗教因素，只是这一因素在穆旦翻译的过程中，往往未能得以保存。它们或者被简化，或者被取缔，某些重要的带有宗教色彩形象甚至荡然无存。这些都深刻地反映了特定时代意识形态的积极作用。

在《圣经》的教义里，基督教的天使观念和末世审判都是十分重要的内涵。不过从查良铮的译本来看，这些内涵并未成功地进入汉语世界，译者有意无意地模糊、甚至过滤了这些宗教意象。比如在《一只新国歌》第六诗节中，"Lips touched by seraphim/Breathe out the choral hymn/'God save the Queen!'"⑤ "由神所触动的嘴唇/齐发出这样的歌颂：/'主呵，请护佑女皇'"⑥ 对于 seraphim（神），译者做了一个不恰当却必要的替换，基督教复杂的天使观念，对于那一时代的人们是多余而有害的，净化和纯化是译者的职责，防止精神污染，在很长时期是主流意识形态领域的首要任务。Seraphim 和 angels 构成的等级，显然违反了当时主流意识形态所提倡的平等思想。

---

① Edited by Newell F. Ford, *The poetical works of shelly*, Boston：Houghton Mifflin company, 1974, p.375.
② 雪莱：《雪莱抒情诗选》，北京：人民文学出版社，1958年，第66页。
③ 雪莱：《雪莱抒情诗选·序言》，北京：人民文学出版社，1958年。
④ Edited by Newell F. Ford, *The poetical works of shelly*, Boston：Houghton Mifflin company, 1974, p.375.
⑤ 雪莱：《雪莱抒情诗选·序言》，北京：人民文学出版社，1958年。
⑥ 同上。

在雪莱的诗歌中，爱往往不仅仅指向男女爱情，还与宗教教义中的上帝之爱连在一起，这些同样未能保存。在《一只新国歌》中，"She is Thine own deep love/Rained down from Heaven above,/Wherever she rest or move,/God save our Queen!/Wilder her enemies/In their own dark disguise,/God save our Queen!/All earthly things that dare /Her sacred name to bear,/Strip them, as kings are, bare;/God save the Queen!"[①] "她是你深心的爱情/从天堂向人间莅临,/无论她前来或暂停,/主呵，请护佑女皇！/她那些阴险的仇敌,/该让他们作法自毙；/主呵，请护佑女皇！/敢有俗物冒她的名,/那就剥下他的权柄/国王本都两手空空；/主呵，请护佑女皇！"[②] She is Thine own deep love/ Rained down from Heaven above（她是你深心的爱情/从天堂向人间莅临），宗教教义所谓上帝的爱，被转化为爱情，片面的抒情滤过了宗教本身。dark disguise（阴险的），宗教背景下的巫术，在意义上是明显的，那一时代对迷信信仰和行为是不宽容的，译者以谴责的贬义词掩盖了雪莱原本具有的意识。All earthly things that dare /Her sacred name to bear（敢有俗物冒她的名），宗教色彩也被取缔，earthly things 和 sacred 无疑是有神论的标志，sacred 没有按字面翻译出来。

由于英汉文化的差异以及译者本身的主观作用，维持英语文化的空间是极其有限的，西方文化中的宗教词汇、道德情感在翻译过程中往往流失严重。显然，在特定的时代氛围里，异域文化的移植依然面临巨大挑战，而译文的纯洁性仅仅是一个理想。

二

如果说二十世纪五十年代查良铮的诗歌翻译受到了意识形态的影响，那么在六十年代，他的翻译实践则突出体现了传统文化的渗透。早年的查良铮站在"新诗现代化"的前列，诗歌的欧化特征较为明显。大量的英语句法、词汇游荡于诗歌文本中。1953年回国以后，他开始自觉学习中国文化。诗歌写作开始回归传统文化。中国传统文化对查良铮翻译的影响在五、六十年代已经初露端倪，在《雪莱抒情诗选》中，他就大量改造了诗歌原文中的性用语。在《自由颂》第二诗节中雪莱写到"自由"还没有出现的时候，只有禽兽和海底怪物的精神在燃烧；他们彼此纷争；在世上蓬勃的只有"绝望"。接着，雪莱写道："The bosom of their violated nurse/Groaned""他们的保姆被污了，她在呻吟"；The bosom of their violated nurse（他们的保姆被污了），这里，中国的道

---

① 雪莱:《雪莱抒情诗选·序言》,北京:人民文学出版社,1958年。

② 同上。

德观使得查良铮在翻译时避开谈论敏感的身体器官和用直接的词指涉性，译者执行着过滤的责任。宗教的意象终于支离破碎。在第七诗节中，雪莱在展示了时间顺序上的罗马文明，写道："Then Rome was, and from thy deep bosom fairest, / Like a wolf-cub from a Cadmaean Maenad ""呵，以后有了罗马。她从你的心胸/像是狼子从卡德摩斯的教女，"同样，中国的道德观不可能允许直接出现性用词。from thy deep bosom fairest（从您的心胸），大大淡化了原文中的人体与性。同样的影响还表现在他对科学观念的改造等方面。

不过，总的来看，二十世纪六十年代是中国传统文化对穆旦影响较深的时期。由于一九五九年被错判为"历史反革命"，查良铮被发落学校图书馆"监督劳动""接受机关管制"，这给他带来了很大的痛苦。在这段时间里，他广泛阅读了过去从来不感兴趣的《封神演义》、《说唐》、《说岳全传》、《清史演义》等中国通俗历史小说，其主观的愿望是暂时排解郁积在胸中的苦闷。到了生命的晚年，穆旦在给诗友孙志鸣的一封信里还谈到自己因为不能外出并需卧床而特别苦恼，整天昏昏沉沉，躺不是，坐也不是，抽空也看些书，读点旧诗。而陶渊明诗集中描写人生无常之叹的诗歌引起了他深深的共鸣。比如，《归田园居》的第二首："野外罕人事，穷巷寡轮鞅；白日掩荆扉，虚室绝尘想。时复墟曲中，披草失来往；相见无杂言，但道桑麻长。我麻日已长，我土日已广；常恐霜霰至，零落如草莽。"这是他十分喜爱的诗歌之一。

另一方面，在60年代初，中国文学在政治和艺术上进行了很大"调整"。学术界"重视文化遗产的介绍，出现了翻译出版中国古代文学名著和西方文化、文学名著的热潮"。① 穆旦主观上愿意接受改造，"他只是想通过认真学习、努力劳动、深刻反省，把自己改造成新人，能重新用他的译笔，为广大的读者服务。"② 因此，"穆旦和一位老同学常去天津文庙，买了不少旧书，包括鲁迅的杂文，陶渊明、李白、杜甫的诗集。"③

由于20世纪60年代他接触了很多中国古典文学作品，同时在翻译过程中对汉语的词汇有了更熟练的运用，因此查良铮此时的翻译较之五十年代有了更多变化，比如更加重视诗歌韵律、更加接纳中国文化等。这些翻译特点在由查良铮增译和修改《拜伦抒情诗选集》而来的《拜伦诗选》中表现得尤其明显。④

---

① 洪子诚：《中国当代文学史》，北京：北京大学出版社，1999年，第22页。
② 陈伯良：《穆旦传》，杭州：浙江人民出版社，2004年，第126页。
③ 同上，第135页。
④ 《拜伦抒情诗选集》于1955年由上海平明出版社出版，署名梁真，而后（1957年）上海新文艺出版社重印出版有《前记》一文。1972年穆旦开始《拜伦抒情诗选集》的增译和修改。该诗集后来更名为《拜伦诗选》由上海译文出版社出版，书前有《拜伦小传》一文。下文出现前后两个版的翻译对照时，为行文方便，均不再具体表明版本，而是直接写出译文，其后以括号里的年代代指版本。1957年指《拜伦抒情诗选集》，1982年指《拜伦诗选》。

以《想从前我们俩分手》(When we two parted)为例,在这首诗歌中,译者自注称"这首译诗参照了卞之琳先生的译文,卞译得工整为这首译诗所不及"。Long, long, shall I rue thee, /Too deeply to tell. "我将久久地,久久地/悔恨,不堪为外人道。"(1955/1957),"我将长久,长久地悔恨,/这深处难以为外人道。"(1982),拜伦的原本歌谣体是平易的,查良铮的修改变得更严谨,显然体现了回归诗律的倾向。

就译本中中国文化的接纳而言,大量的中国成语、时代熟语开始进入修改后的译文,相比较而言,欧化的成分则大大减少。这也是查良铮改译《拜伦抒情诗选》值得考察的重要现象。《无痛而终》(Euthanasia), The dreamless sleep that lulls the dead, "那镇静死者无梦的睡眠"(1955/1957),"使死者镇静的无梦的睡眠"(1982),修改的结果是净化了欧化的语句成分。《拿破仑颂》(Ode to Napoleon Buonaparte)第三诗节, Who strew'd our earth with hostile bones, /And can he thus survive? "那把敌人的骸骨铺满大地的人,/他居然也能这样生存?"(1955/1957),"曾把敌人的骸骨铺满大地上?/他居然这样苟延残喘"(1982),汉字的四字成语"苟延残喘"显然更方便地传达陈套的情感。《拿破仑颂》第十诗节, And Earth hath spilt her blood for him,"而大地曾为你洒满了血"(1955/1957),"而大地曾为你血流成河"(1982),查良铮增加了汉语成语,诗歌翻译在那个时代封闭的情绪下,不再追求比较的感受性。

以上考察表明,时代语言、社会语言对个体语言的冲击是巨大的。在查良铮后期的译本中,大量汉语成语、套语扮演着越来越重要的角色。马文通认为,查良铮对50年代中译出的《普希金抒情诗选集》所进行的修改,不仅增加了信的程度,还更"达"更"雅"。拜伦诗歌的重译也达到了这一标准。

美国翻译理论家安德烈·勒菲弗尔认为,意识形态、诗学和赞助人是影响翻译的主要因素。在他看来"意识形态决定了译者基本的翻译策略,也决定了他对原文中语言和论域有关的问题(属于原作者的事物、概念、风俗习惯)的处理方法"[1]。这一理论为翻译研究提供了新的研究范式,开辟了翻译研究的另一扇窗户。以上的细读式分析表明,五十年代主流意识形态对查良铮的诗歌翻译的影响是明显的。而中国传统文化对查良铮的影响从根本上说是无法摆脱的生命底色。从某种意义上说,任何一个人都生活在传统的笼罩之下。传统总是以这样、那样的方式决定着人们的实践活动。翻译也不例外。欧化的理想最终呈现为化欧的现实。

(本文系北京语言大学校级青年项目《穆旦与英国现代主义诗歌》07QN13阶段性成果)

---

[1] 转引自郭建中编著:《当代美国翻译理论》,武汉:湖北教育出版社,2000年,第162页。

六

现代中西文学关系的跨文化审视
——世界走向中国与中国走向世界

"拿来"的尴尬与选择的迷惑

——论现代中国文学的现代性困扰

徐行言

(西南交通大学)

现代性作为批评话语成为中国学术界的热门话题已近 20 年了。其间,有关现代性的概念不断翻新,从启蒙现代性、世俗现代性到社会现代性,从文化现代性到审美现代性,还有所谓前期现代性、后期现代性、资产阶级现代性、马克思主义现代性、新现代性、另类现代性,不一而足。至于中外学者对现代性的阐释和讨论更是聚讼纷纭,莫衷一是。波德莱尔说:现代性就是过渡、短暂、偶然;它是艺术的一半,另一半则是永恒与不变。它可以看作时代、风尚、道德、情欲,或是其中一种,或是兼而有之。吉登斯则认为,"现代性指社会生活或组织模式,大约 17 世纪出现在欧洲,并且在后来的岁月里,程度不同地在世界范围内产生着影响。"[①] 有人讲现代性已经终结,哈贝马斯却将现代性作为一项未完成的工程。利奥塔则把它视为叙事。总而言之,现代性成为一个充满歧义的概念,在中外学术界形成了各种关于现代性的思考与命名的杂语喧哗。

究其原因,除了这一概念本身所具有的复杂性之外,我们研究和使用这一概念的不同视角,以及我们在推进现代化建设和对中国文学实施现代性改造的过程中不断"拿来"的各种新理论的相互抵牾,使我们终究不能不陷入价值的冲突和选择的迷茫,也使我们对中国文学自身现代性的理解遭遇到矛盾和困惑。因此,本文试图对 20 世纪中国文学中的现代性呈现历程作一个简要的回顾和清理。

一、启蒙现代性与审美现代性的反传统互动

在现代性的多重建构中,有两种居于主导地位的现代性命题是多数中外学人所

[①] [英]吉登斯:《现代性的后果》,南京:译林出版社,2000 年,第 1 页。

共识的，这便是审美现代性（或称文化现代性）和启蒙现代性（亦称社会现代性）。前者是导致现代主义和先锋艺术产生的以对抗经典的学院派艺术传统及其美学基础为己任的现代性，即如卡林内斯库所总结的："将导致先锋派产生的现代性，自其浪漫派的开端即倾向于激进的反资产阶级态度。它厌恶中产阶级的价值标准，并通过极其多样的手段来表达这种厌恶，从反叛、无政府、天启主义直到自我流放。"[①] 后者则是作为西方社会走向现代化进程的思想前提和价值标准，"它大体上延续了现代观念史早期阶段的那些杰出传统。进步的学说，相信科学技术造福人类的可能性，对时间的关切，对理性的崇拜，在抽象人文主义框架中得到界定的自由理想，还有实用主义和崇拜行动与成功的定向——所有这些都以各种不同程度联系着迈向现代的斗争，并在中产阶级建立的胜利文明中作为核心价值观念保有活力、得到弘扬。"[②]

毫无疑问，这是两种相互冲突的现代性。二者的对立正是西方 19 世纪以来充满矛盾和悖论的文化景观的根源。然而，也正是对这二者的"拿来"成为中国新文学成长的动力。按传统的观点，一般认为现代中国文学的思想资源主要来自西方的启蒙现代性，是单维性的，但近 20 年的研究表明，对审美现代性的关注和汲取同样是现代中国文学的重要组成部分，并且在五四前后的中国现代性文学的创建中发挥着至关重要的作用。

我们"拿来"的视野首先集中在欧美发达国家。早在 19、20 世纪之交，致力于变法维新的晚清思想家严复、梁启超等便试图从西方近代的先进思想中寻求使国家走向富强的出路，于是他们致力于向国人介绍西方的启蒙思想。严复先后翻译了赫胥黎的《天演论》、亚当·斯密的《原富》、穆勒的《群己权界论》、孟德斯鸠的《法意》等著作，梁启超也撰写了一批介绍卢梭、霍布斯、斯宾诺莎、边沁、康德等近代思想家的学案。与此同时，他还大力倡导小说界革命，试图学习日本的明治维新，以新小说作为启蒙新民的工具。

与他们不同，王国维和鲁迅却更关注 19 世纪以降的欧洲文化对近世文明的反省，以及反抗启蒙理性的意志哲学，转而向国人引介了叔本华、尼采所倡导的反思近代文明的"新神思宗"。在 20 世纪的最初几年，王国维陆续发表了《红楼梦评论》、《叔本华之哲学及其教育学说》、《德国文化大改革家尼采》、《叔本华与尼采》等文章。王国维在《红楼梦评论》中全面运用叔本华人生苦痛说和康德的艺术超功利论阐释人生及美术之概观，又以叔本华的意志之学说，阐释《红楼梦》之解脱主题与精神。虽立论

[①] 卡林内斯库：《现代性的五副面孔》，北京：商务印书馆，2002 年 5 月，第 48 页。
[②] 同上。

难免有失之牵强之处，但王国维对现代西学中意志哲学的熟悉和崇奉可见一斑。他还在《论近年之学术界》中批评严复道："严氏所奉者，英吉利之功利论及进化论之哲学耳。其兴味之所存，不存于纯粹哲学而存于哲学之各分科。"足见二人对西方现代性的接受已有明显的分途。

鲁迅则在《文化偏至论》中介绍了叔本华、尼采、克尔凯郭尔、斯蒂纳等对西方现代化过程中出现的文明偏至的批判以及非物质、重个人的新思潮的兴起。他进而总结道："递夫十九世纪后叶，而其弊果益昭，诸凡事物，无不质化，灵明日以亏蚀，旨趣流于平庸，人惟客观之物质世界是趋，而主观之内面精神，乃舍置不之一省。重其外，放其内，取其质，遗其神，林林众生，物欲来弊，社会憔悴，进步以停，于是一切诈伪罪恶，蔑弗乘之而萌，使性灵之光，愈益就于黯淡：十九世纪文明一面之通弊，盖如此矣。""时乃有新神思宗徒出，或崇奉主观，或张皇意力，匡纠流俗，厉如电霆，使天下群伦，为闻声而摇荡。"① 显然，鲁迅对现代意志哲学对工业文明的反省是充分肯定的，认为它"知主观与意力之兴，功有伟于洪水之有方舟者焉……内部之生活强，则人生之意义亦愈邃，个人尊严之旨趣亦愈明，二十世纪之新精神，殆将立狂风怒浪之间，恃意力以辟生路者也。"

也许正是由于熟谙西方近世文明之通弊，王、鲁才会对中华文明的改造之途感到渺茫和悲观。"不知纵令物质文明即现实生活之大本，而崇奉逾度，倾向偏趋，外此诸端，悉弃置而不顾，则按其究竟，必将缘偏颇之恶因，失文明之神旨，先以消耗，终以灭亡，历世精神，不百年而具尽矣。"②

由上例不难看出，早在中国知识界开始自觉引进西方的精神文化作为改造中国社会的源头活水之际，西方的两种现代性都已进入了中国学人的视野，并成为推进中国社会文化变革的助推器。

随着新文化运动兴起，胡适、陈独秀等举起文学革命的旗帜，民主与科学成为五四时代的关键词，西方文明被描述为科学的理性精神和现代民主政治制度的来源，似乎启蒙现代性成为此时的主流，"为人生"的文学乃是其必然结果。不过，作为现代非理性思潮代表的叔本华、尼采、柏格森等人的思想和著述仍然频频出现在刊物上，而在继之而起的译介西方文学的热浪中，刚刚兴起的现代主义的各种思潮仍然成为关注的焦点——周作人、沈雁冰、田汉等对象征主义的介绍，创造社、狂飙社诸君对表现派、未来派的宣扬，鲁迅对表现主义及近代美术史潮的翻译，以及对左翼未来派的

---

① 《鲁迅全集》，北京：人民文学出版社，1981年，第一卷第53页。
② 同上。

介绍,刘大杰对表现主义的全面总结,无不昭示着另一种现代性在中国依然保持着影响。我们由其时郭沫若所表达的艺术观可见一斑——

> 艺术家的求真不能在忠于自然上讲,只能在忠于自我上讲。艺术的精神决不是在模仿自然,艺术的要求也决不是仅仅求得一片自然的形似。艺术是自我的表现,是艺术家的一种内在冲动的不得不尔的表现。①

从文学创作的实绩来看,鲁迅、郭沫若等新文学的主将仍然用身体力行的实践坚持审美现代性的探索。鲁迅的《狂人日记》、《野草》、郭沫若的《女神》作为五四新文学的代表性成果无疑都体现了审美现代性的精神,至于象征派、现代派的李金发、穆木天、戴望舒等自不必说。之所以如此,不仅因为这些作家更多地受到了现代哲学乃至先锋派艺术的影响,也因为审美现代性所具有的批判力量,在反抗旧中国的封建传统上有着不可替代的作用。请看郭沫若在《我们的文学新运动》中令人振聋发聩的呐喊:

"我们的精神教我们择取后路,我们的精神不许我们退攘。我们要如暴风一样的唤号,我们要如火山一样爆发,要把一切的腐败的存在扫荡尽,烧葬尽,迸射出全部的灵魂,提呈出全部的生命。"

"光明之前有混沌,创造之前有破坏。新的酒不能盛容于旧的革囊,凤凰要再生,要先把尸骸火葬。我们的事业,在目下混沌之中,要先从破坏做起。我们的精神为反抗的烈火燃得透明。"

"我们反抗资本主义的毒龙。
我们反抗不以个性为根底的既成道德。
我们反抗否定人生的一切既成宗教。
我们反抗藩篱人世的一切不合理畛域。
我们反抗由以上种种所派生出的文学上的情趣。
我们反抗盛容那种情趣的奴隶根性的文学。
我们的运动要在文学之中爆发出无产阶级的精神,精赤裸裸的人性。
我们的目的要以生命的炸弹来打破这毒龙的魔宫。"②

这一段慷慨陈词更易使我们联想到德国表现主义的诗歌,而非启蒙理性精神的

---

① 郭沫若:《印象与表现》,《时事新报》副刊《艺术》第33期,1923年12月30日。
② 郭沫若:《我们的文学新运动》,《创造周报》第三号,1923年5月27日。

坐而论道。足见中国学界早期对西方启蒙思想、现代科学和先锋艺术的接受中已经形成了不同的倾向，只是分野比较模糊，并未形成截然对立，在启蒙现代性的主旋律下，形成了启蒙与审美互动的现代性复调，虽旋律有异，但目标基本一致，这便是打碎传统的封建文化统摄下的贵族文学，建立现代的符合人类社会进步潮流的有个性的平民文学。在此目标下，无论是启蒙思想、科学原理、古典哲学、进化论，还是浪漫主义、现实主义、自然主义、唯美主义、现代主义都一概拿来。

二、革命文学对启蒙精神与审美现代性的拒斥

20年代中后期，在大革命高潮的鼓舞下，其后又在革命失败的悲壮情绪的感召下，无产阶级的革命文学开始在上海登上舞台。文学的主题从以文化批判为手段的社会转型演变为以阶级斗争为基础的社会革命。这当中郭沫若与他的创造社同仁以及太阳社诸君扮演了重要角色。他们首先放弃了启蒙的价值立场而主张阶级斗争。"因为赛德二先生，是资本主义意识的代表"[1]，而五四文学革命的现状是"主体——智识阶级的一部／内容——小资产阶级的意识形态／媒质——语体，但与现实的语言相去尚远……"[2] 相反，新兴的"无产阶级文学是：为完成他主体阶级的历史的使命，不是以观照的——表现的态度，而以无产阶级的阶级意识，产生出来的一种的斗争的文学"[3]。

上述变化产生的源头仍然是来自国外的影响。首先是20年代苏联兴起的无产阶级文学中的"岗位派"和"拉普派"，他们明确提出文学的阶级属性，将文学作为意识形态斗争的工具，强调文学为政治服务的宣传功能。因此"进步"、"革命"成为衡量文学价值的标签，将文学纳入党的宣传工作领导之下。这些理论迅速传入日本，在日本的左翼阵营中形成了强调意识形态斗争的福本主义和"纳普"的所谓新写实主义。这些主义被创造社的冯乃超、李初梨、彭康等一批留日学生和太阳社的蒋光慈、钱杏邨等发扬光大，兴起了中国的"普罗"文学运动。五四时代的启蒙精神及其所负载的资产阶级人道主义理念理所当然地受到排斥和批判，新文化运动所提倡的启蒙立场受到质疑，继之而起的是作为阶级斗争宣传工具的革命文学。来自"拉普"的所谓辩证唯物主义创作方法和日本藏原惟人的无产阶级的新写实主义则当然地受到追捧。对这些理论不加选择地拿来，导致了中国作家方向的迷惑和创作实践上的混乱，包括鲁

---

① 李初梨：《怎样地建设革命文学》，《文化批判》第二号，1928年2月15日。
② 成仿吾：《从文学革命到革命文学》，《创造月刊》第一卷第九期，1928年2月1日。
③ 李初梨：《怎样地建设革命文学》，《文化批判》第二号，1928年2月15日。

迅、茅盾在内的进步作家都遭到激烈的攻击,革命文学的舞台上则出现了一批贴着无产阶级标签的木偶式形象。

在苏联影响下的革命文学不仅启蒙的内涵发生了变化,审美现代性也当然地受到质疑。于是,左翼作家们也放弃了现代主义、浪漫主义而主张现实主义。在五四时期曾经积极介绍西方现代主义的沈雁冰在《论无产阶级艺术》中指出:"譬如未来派意象派表现派等等,都是旧社会——传统的社会内所生出的最新派;他们有极新的形式,也有鲜明的破坏旧制度的思想,当然是容易被认作无产阶级作家所应留用的遗产了。但是我们要认明这些新派根本上只是传统社会将衰落时所发生的一种病象,不配视作健全的结晶,因而不能作为无产阶级艺术上的遗产。"[①]

茅盾在同一文章中还将革命的浪漫主义看作"无产阶级的真正的文艺的遗产",但曾被誉为浪漫主义诗人的郭沫若却在《革命与文学》一文中宣称:"在欧洲的今日已经达到第四阶级与第三阶级的斗争时代了。浪漫主义的文学早已成为反革命的文学,一时的自然主义虽是反对浪漫主义而起的文学,但在精神上仍未脱尽个人主义与自由主义的色彩。自然主义之末流与象征主义神秘主义唯美主义等浪漫派之后裔均只是过渡时代的文艺,他们对于阶级斗争之意义尚未十分觉醒,只在游移于两端而未确定方向。而在欧洲今日的新兴文艺,在精神上是彻底表同情于无产阶级的社会主义的文艺,在形式上是彻底反对浪漫主义的写实主义的文艺。这种文艺,在我们现代要算是最新最进步的革命文学了。"

郭氏这里所说的虽是今日欧洲,但其思想来源主要是当时的苏联文坛和受苏联理论界影响的日本左翼文学潮流。这样的批评其实并不符合实际,不过是秉承了苏联文艺界限制现代艺术的口实。事实上,表现主义在德国、未来主义在意大利都是被看作第四阶级的艺术的。例如在此前鲁迅翻译的日本学者山岸光宣《表现主义的诸相》一文中即写道:"假如以用了冷静的同情的眼睛,观察穷人的不幸者,为自然主义,则盛传社会主义底政治思想者,是表现主义。表现主义大抵是极端的倾向艺术,不是为艺术的艺术。"[②]而有岛武郎在《关于艺术的感想》(鲁迅译)中更明确指出:表现主义是"暗示着可以萌生于新兴阶级(我用这一句论,来指称那称为所谓第四阶级者)中的艺术"。[③]

但此时的鲁迅也面临艰难的抉择,在鼓吹革命文学者的压力下,他也不得不努力到源头去取水,开始大量接触苏俄的文学理论,先后翻译了普列汉诺夫和卢纳察尔斯

---

① 沈雁冰:《论无产阶级艺术》,《文学周报》第 196 期,1925 年。
② 山岸光宣:《表现主义的诸相》,鲁迅译,《朝花旬刊》第 1 卷第 3 期。
③ 有岛武郎:《关于艺术的感想》,载《壁下译丛》。

基的《艺术论》，托洛茨基的《文学与革命》，以及一批有关苏联文艺论争的著作，完成了向马克思主义批评观的转向。然而，即便奉行拿来主义的他，仍然难以用苏联式的现实主义创作方法去创作《铁流》式的作品。相反他后期创作的"未免油滑"的《故事新编》诸章，仍显现出渗透着审美现代性的文化批判精神。

随着苏联文学界开展对"拉普"的批判，以左联为代表的中国左翼文学界又开始了对社会主义现实主义的讨论和倡导，其核心是对现实主义真实性原则的重新建构。周扬引用卢纳察尔斯基的话说："真实是飞跃的，真实是发展的，真实是有冲突的，真实是包含斗争的，真实是明日的现实……"因此这种"真实使文学变成了反对资本主义拥护社会主义的武器"[①]。这是一种只能基于肯定立场的所谓现实主义，或曰社会主义现实主义与革命浪漫主义的结合。它拒绝揭露当下社会的阴暗面，因而对具有批判精神的审美现代性也采取了排斥的态度，斥之为消极和颓废。究其实质，也许是苏联在取得政权之后，在进行社会主义建设的过程中面临一系列矛盾和问题，不希望遭到具有破坏力的现代性批判，因而开始从文艺为政治服务的原则出发去引导和控制舆论。

抗战开始之后，解放区逐渐成为革命文学的中心。继而毛泽东以其独特的方式消化了苏联的无产阶级文学理论，《在延安文艺座谈会上的讲话》中重新阐释了文学的阶级性、文艺为工农兵服务、歌颂与暴露诸命题，从而为中国现代革命文学的发展指明了方向。显然，这样的方向也彻底扼杀了现代性文学的理应具有的批判精神，而催生了一种以歌颂革命成就和理想主义为宗旨的革命现实主义与革命浪漫主义相结合的文学。具有讽刺意味的是，这种倾向终究被他老人家亲手发动的文化大革命所扭转——文革的激进的反传统主义，富有革命精神的破四旧和大批判，似乎又让我们看到了某种最本真的现代性叛逆。

无可否认，这一时期还有一些坚持启蒙理性或审美现代性的文化思潮如新月派、现代派、新感觉派，乃至后来的九叶派诗人，但他们大多被日益高涨的左翼文学边缘化了。

这里需要回答的问题是：20年代后期以降的革命文学是否具备现代性？如果具备，又应当如何命名？我想前一个答案应当是肯定的，因为社会革命的终极目标仍然是建设现代化的民族国家，并且它所采用的途径仍是以源自西方的意识形态话语与古老的文明传统相对抗。只是它所具有的现代意义恐怕很难代替启蒙现代性和审美现代性在文明发展进程中已被赋有的特定意义与角色，其内涵也很难与启蒙现代性或文化现代性画等号。至于对这种以建立无产阶级专政的革命政权和社会体制为宗旨的现代理想是否有另一种更适当的命名与定位呢？ 我们尚在困惑中。

---

① 周起应：《关于社会主义的现实主义与革命的浪漫主义》，《现代》第四卷第1期，1933年。

三、现代性理论的泛化——在多元现代性自我陶醉中的迷失

上世纪七十年代末开始的新时期文学标志着启蒙现代性在中国文学中的复苏。从对文革的反思中恢复人的价值，进而重新肯定科学理性对于社会发展的意义，重新踏上建设现代化民族国家的道路。这是现代中国文学重现辉煌的转机，从直面现实到反思传统，我们仿佛又回到了倡导思想解放的五四时代。自80年代中期开始，伴随着有关中西文化冲突的论争，启蒙现代性所倡导的民主、自由、人权等价值目标被一部分学人用作为批判传统价值和文革极左思潮的武器，同时也作为普世价值正面加以肯定和宣扬。中国人开始了对新型的现代性社会的探索与想象。

与此同时，当代作家对现代审美技巧的探索与运用也开始恢复。从袁可嘉主持的对现代派文学的系统译介到高行健、王蒙、宗璞等作家的探索性创作，加上从地下浮出水面的朦胧诗，现代主义的形式也重新进入人们的视野，尽管还伴随着质疑与争论。不过作家们此时的探索大都停留于现代技巧，作品的主题仍未超越启蒙立场，故曾一度出现过关于"伪现代派"的质疑。另一方面，伴随着后现代观念的传入，一批具有更鲜明现代面目乃至解构特征的先锋艺术也粉墨登场，先锋小说、后朦胧诗、美术新潮、实验戏剧纷纷发起了对正统艺术秩序和标准的新挑战，一些年轻的艺术家也同时展开了对启蒙现代性的批判。"打倒北岛！打倒舒婷！"成为公开的口号。一时间，多种现代性相互抵牾又同时并存的局面又一次呈现了。但持续的时间并不长。90年代初，随着后现代理论在中国的流行，新保守主义思潮也悄然兴起，启蒙现代性在被认定的同时便面临瓦解，批评界出现了现代性已终结的论调，对人文精神的呼唤遭到质疑，像王蒙这样的老布尔什维克也提出了"躲避崇高"的命题。一时间，知识界又陷入了现代性危机的困惑和迷茫。这当中既有从后现代理念出发对现代性启蒙话语和宏大叙事的颠覆，也有在新保守主义氛围下对五四新文化传统的质疑，二者的理论资源无疑都来自对西方后现代主义、后殖民主义、新历史主义等新兴文化理论的拿来与演绎，其表征则是基于对中华传统文化价值重新审视而引发的对中国文明现代性改造的怀疑与消解。

随着对西方后现代理论理解的深入和海外学者对中国现代性问题的讨论，上世纪90年代中期以降，现代性作为研究工具又成为中国学术界的时尚话题，几乎达到文必称现代性的程度。在现代中国文学的研究中，其应用的范围也扩展到几乎无所不包——从晚清到文革，从京派到鸳鸯蝴蝶派。于是我们看到有学者在研究鲁迅的现代性或反现代性，有人在发掘沈从文的乡土小说和周作人文化散文中的审美现代性，

另一些学者则在讨论沈从文乡土小说的反现代性；有人在研究张爱玲的现代性，也有人探讨"鸳鸯蝴蝶派"的"世俗现代性"或"学衡派"的"另类现代性"。总之，大陆学术界开始反过来从各种近现代文本中发现现代性的踪迹。

在这类研究者看来，鸳鸯蝴蝶派的言情小说和黑幕小说所代表的正是现代市民社会的消费文化，学衡派主张的"昌明国粹"和对西方近代启蒙思想与文学的拒斥也被看作是现代语境下对西方中心主义和工具理性的抵制和批判。这种研究的积极意义在于超越了长期以来把现代中国文学等同于新文学的有限视野，较全面地审视自晚清打开国门以来，在中国走向近代化的历程中中国文学所经历的多种选择和尝试，使我们能够较完整地了解那个时代思想激荡新旧杂糅的文化面貌。然而我们不能不看到，在不少此类研究中，现代性在中国生长过程中遭到的抵制，它与古老传统的冲突与斗争被忽略甚至消解了，对现代精神的真正追求与将旧的面具抹一点时尚脂粉的扮演被混为一谈。在当下一些学人的理解和运用中，现代似乎仅被视为一个时间概念，只要是发生在某一时段的现象，似乎都当然地具备了现代性。这就遮蔽了传统与现代的基本分歧，也抹杀了古典主义与现代主义的差异，提倡现代性与对抗现代性的界限。在某些研究中，现代性已经沦为一个语焉不详的时尚标签，其内涵也成了可以任意定义的模糊空间。

上述泛化现象的产生或许是由于那些现代中国文学的实践者并未按照某个后来概括的理念去选择自己的文化立场，所以难免给我们今天的解读带来障碍。另一个也许更重要的因素是国外现代性理论发展中出现的多元现代性观念的引入——既然现代性有多副面孔，没有固定的标准，那我们自然可以创造自己的现代性。于是我们也因为自己的创新而飘飘然了。然而西方多元现代性观点的提出是基于人类的现代化实践已经显现出的深刻差异，因而不得不肯定不同文明背景所选择的不同的现代化道路及模式的合法性。这与我们将走向现代化进程中经历的各种思想冲突与社会矛盾都不加区别地解释为多元现代性的自我表演是基于完全不同的逻辑。

导致这种术语泛滥现象的另一个原因在于我们长期习惯于以概念寓褒贬，一旦认定某一研究对象或概念为当前的学术前沿，便一哄而上地追捧，似乎放之四海而皆准，非此不能体现时代精神和研究水平。反之，一旦有新的热点出现，或某观点被认为过时，则立即转向，对在研领域中尚待解决的问题弃之若敝履。这种以对待时尚的态度对待学术研究的风气实为我们多年奉行"拿来主义"之流弊。

笔者以为，在承认事物复杂性的基础上让我们讨论的对象和使用的理论工具有一个明确的边界是沟通的必要前提，过分宽泛的使用最终只会消解现代性这一范畴的理论价值，使我们的命名乃至研究都变成毫无意义的文字游戏，现代性作为学术话语的生命也就会无疾而终了。

那么就让它自生自灭吗,或许"现代性"真的只是一个学术花瓶?

然而在我看来,无论启蒙精神所包含的价值理性还是现代审美观中蕴含的自我反省的批判意识都是文学发展不可或缺的动力,也是我们当下的文学仍然缺少的成分。目前的混乱状态更可能是由于我们对现代性这个拿来的范畴的认识还处在初级阶段,中国文化真正的现代精神还是需要寻找、建构和发扬的。遗憾的是当下不少研究对此却语焉不详。

论中国文学接受俄罗斯文学的多元取向

汪介之

（南京师范大学）

20世纪中国文学发展演变的进程，始终伴有对外国文学的接受和借鉴，其中最为显著的是对俄罗斯文学的移译和吸纳。但是，在20世纪的不同时期，中国文学对俄罗斯文学的接受却显示出不同的摄取侧重和价值取向。这一绵延一个世纪的文学接受史，不仅不断刷新着国人心目中俄罗斯文学的原有图像，而且折射出接受者一方的历史传统、环境氛围、文化心理和现实需求及其转换，并显示出中外文学关系史的某些重要规律。

一、对19世纪俄国现实主义文学的吸纳

中国文学对俄罗斯文学的接受，始于19世纪末、20世纪初，至五四时代达到一个高峰期。这一时段包括中国新文学从诞生到其发展的第一个十年。在当时中国知识界广泛引入文艺复兴以来欧洲思想文化和文学成果的潮流中，19世纪俄罗斯文学受到国人的特别关注。据统计，五四以前，从1900年到1917年，我国翻译的俄国文学作品（含单行本和报刊译文）共为105种，其中主要是普希金、莱蒙托夫、屠格涅夫、列夫·托尔斯泰、契诃夫等19世纪作家的作品，也包括高尔基、安德列耶夫等20世纪初期作家的作品。不过这一时期俄国文学作品在中国的译介，在全部外国文学作品中译本（文）总数中所占的比例还比较小，其中作品译本的单行本所占比例还不足5%。到五四前后出现了明显转折，移译俄罗斯文学成为一种风气。自1917年年底至1927年，我国共翻译出版外国文学作品单行本180余种，其中俄国文学作品65种，占翻译总数的35%左右。这些译作中，除了前一时期已有译介的作家作品外，还有果戈理、陀思妥耶夫斯基、奥斯特罗夫斯基、柯罗连科等19世纪作家的作品，以及部分20世纪初期作家的作品。

从那时起,俄罗斯文学便开始对中国新文学从总体格局、理论批评到创作实践各个层面产生直接的影响。正如鲁迅先生所说:"俄国文学是我们的导师和朋友。"① 以鲁迅为代表的一批先知先觉者,在建构中国文学的新格局、将中国文学引向现代的过程中,正是以俄罗斯文学为主要参照的。梁启超、王国维、李大钊、周作人在五四以前就撰文评介和推崇俄国文学,鲁迅则是卓有成就的俄国文学翻译家和研究者。茅盾、瞿秋白、郑振铎、巴金、郭沫若、郁达夫等人,在译介和研究俄国文学方面都作出了自己的贡献。叶圣陶、老舍、曹禺、王统照、赵景深、钱杏邨、胡风、路翎、艾芜、张天翼、冯雪峰、丰子恺等,也都同俄罗斯文学有着这样那样的联系。正如他们每一个人的文学活动,都不是纯粹的个人行为,而是整个中国新文学运动的组成部分,他们对俄罗斯文学的译介、研究和接受,同样不是单个人的活动,而是融汇到了形成中国新文学的体系和格局这一大框架中。上述所有这些曾活跃于中国现代文坛上的作家、批评家,均以各具个性色彩的对俄罗斯文学的接受,参与了中国新文学总体格局的建构。正是由于他们的文学活动,中国新文学才得以受到俄罗斯文学的渗透与滋补,才开始显示出与后者相近的精神、基调和特色。

俄罗斯文学的民主主义、人道主义精神和"为人生"的主导意向对中国新文学的主导精神与基本品格产生了直接的影响。俄国文学繁荣的起点,正是俄罗斯民族现代意识觉醒的开端。俄国作家揭露封建专制对人性的扭曲和扼杀,强调尊重个性,在人道主义的旗帜下反对社会压迫,追求民主理想,提倡平等与自由。这就使得俄国文学成为一种"为人生"的文学。中俄两国相近的国情,决定了中国文学合乎逻辑地侧重接受俄罗斯文学的影响。周作人曾说:"中国的特别国情与西欧稍异,与俄国却多相同的地方,所以我们相信中国将来的新文学,当然的又自然的也是社会人生的文学。"②在俄国文学的影响下,中国新文学也是以民主主义为思想基础,其实际发展则经历了从张扬个性主义到推崇人道主义,再到正面表现民主和民族解放运动的过程。为俄罗斯文学的精神特质所决定,使命意识是俄国作家进行创作的主要内驱力,现实主义成为19世纪俄国文学的主流,问题文学、社会小说成为这一文学的基本样式,而农民形象、"小人物"形象、知识分子形象和女性形象则是俄罗斯文学中描写得最多、最充分、最感人的形象。这些特点也几乎全部构成了中国新文学的基本特点。这显然不是一种偶然的巧合,而是有其内在的必然性。和文学创作领域的这种相似性相对应,在文学理论与批评领域,19世纪俄国文论和批评的成就,特别是别林斯基、车尔尼雪夫斯基和杜勃罗留波夫的理论批评成果,对中国现代文学理论体系的建构和文学批评实

---

① 鲁迅:《祝中俄文字之交》,见《鲁迅全集》,北京:人民文学出版社,1991年,第4卷第460页。
② 周作人:《文学上的俄国与中国》,载《小说月报》第12卷号外"俄国文学研究",1921年。

践，都产生了明显的影响。鲁迅、胡风、周扬等人的理论批评活动，均深受19世纪俄国文学理论与批评的滋养，胡风甚至被称为"中国的别林斯基"。

中国新文学的第一个十年过去之后，19世纪俄国文学的影响依然存在。如从30—40年代巴金、路翎等人的创作中，便不难看出19世纪俄国文学精神的浸润。50年代在我国文学界兴起的关于"写真实"、文学"典型"和"形象思维"的三场讨论，其基本内容正是别林斯基文学理论中的三大基本命题；而车尔尼雪夫斯基关于"美是生活"的论断，则成为同一时期我国美学界关于美的本质问题的讨论的理论根据之一。直到80年代我国新时期某些作家的创作，仍然显示出托尔斯泰、陀思妥耶夫斯基、契诃夫等作家的影响。

二、对苏联革命文学、日丹诺夫主义的移植

五四退潮、大革命失败以后，中国文学对俄罗斯文学的接受开始显示出一种新的取向与侧重。蒋光慈的《〈十月革命与俄罗斯文学〉小引》(1926)成为这种变化的先声。他以十月革命为界，把俄罗斯文学分为"新俄文学"与"旧俄文学"，认为对于19世纪作家的作品，"大家都知道一个大概了"，"但是他们都久已死了，都成为过去的了"，连高尔基也"已经老了，现在已经不是他的时代了"[①]。在蒋光慈看来，更需要加以译介的是十月革命后出现的"革命作家"的作品。蒋光慈的文章与同一时期瞿秋白的观点形成呼应。1927年，"创造社"一批成员从日本归国，带回了经由日本无产阶级文学运动中的"福本主义"吸收和消化了的苏联无产阶级文化派和"拉普"思潮。随后，由于"革命文学"论争和左翼文学运动的开展，在中国新文学的第二个十年中，苏联文学作品的翻译出版扶摇直上，迅速超过了所谓"旧俄文学"及其他国家文学作品的翻译，渐渐牢牢占据了我国译坛的霸主地位。这一情况一直延续到50年代。除了高尔基的作品外，这一时期译介到我国来的，主要有马雅可夫斯基的诗歌、绥拉菲莫维奇的《铁流》、法捷耶夫的《毁灭》、奥斯特洛夫斯基的《钢铁是怎样炼成的》以及肖洛霍夫、阿·托尔斯泰等苏联作家的作品。

这也是中国文学大规模地摄取苏联文学理论的时期。20年代末，我国文坛出现译介马克思主义文艺理论著作的热潮，"科学的艺术论丛书"、"文艺理论小丛书"等相继出版。但这几套丛书所包含的书目，真正属于马克思主义文论与批评的论著，所占的比例却偏小。除了马恩和俄国早期马克思主义批评的少数著述外，人们把"无产

---

① 蒋光慈：《〈十月革命与俄罗斯文学〉小引》，载《创造月刊》，1926年4月16日。

阶级文化派"和庸俗社会学的代表人物的著作,如波格丹诺夫的《新艺术论》,弗里契的《艺术社会学》,苏联文艺理论家的一般性论著,体现苏联文艺政策、反映苏联文坛论争状况的文献等,都当作马克思主义文论翻译介绍过来。《苏联作家协会章程》也被周扬列入《马克思主义与文艺》(1944)一书的"附录";而1947年以后该书的几种版本,在"附录"中则增收了日丹诺夫《关于〈星〉与〈列宁格勒〉两杂志的报告》。这个报告及相关文件,1947—1949年间共出版了10个译本。上述著述、资料和文件的基本观点,与马克思主义经典作家的文艺观相去甚远,但是它们却在马克思主义文论的旗号下,对此后近半个世纪中国文学的指导思想和发展走向产生了直接的影响,强化了文学的政治化倾向,为后来文学的急剧极左化埋下了伏笔。如20年代末我国"革命文学"论争中对五四文学传统的否定,对鲁迅、叶圣陶等作家的攻击,就承袭了"无产阶级文化派"和"拉普"对传统文学的评判和对"同路人"作家的排斥;托洛茨基的《文学与革命》以政治尺度衡量作家,为我国的文学批评提供了一个恶劣的范例;30年代初"左联"的文学口号和主张,对所谓"辩证唯物主义创作方法"的推崇,完全是"拉普"理论的照搬;40年代对王实味、丁玲等人的批判,其实是沿用了苏联对待所谓"异己"作家的做法;50年代对胡风文学思想的批判,对俞平伯《红楼梦研究》的批判,对影片《清宫秘史》的批判,对丁玲、陈企霞的批判,等等,则都是日丹诺夫主义在中国的运用;而50年代把"社会主义现实主义"规定为我国文学创作的基本方法,更是照搬了苏联对文学实行"一统化"控制的做法。

值得注意的是,在中国文学接受俄苏文学出现某种取向的变化时,鲁迅并没有像某些人那样盲目。1929—1930年间,他曾选译了普列汉诺夫、卢那察尔斯基等人的文艺论著以及日本学者片上伸的《现代新兴文学的诸问题》。鲁迅说,他翻译普列汉诺夫的《艺术论》,意在"以救正我——还因我而及于别人——的只信进化论的偏颇"[①]。他指出:卢那察尔斯基的《文艺与批评》对于"去年一时大叫'打发他们去'的'革命文学家',实在是一帖喝得会出汗的苦口良药";"可以据以批评近来中国之所谓同种的'批评'",包括那些"以马克思主义文艺批评自命的批评家"[②]。茅盾也曾指出:"无产阶级艺术实在是正在萌芽",这一"初生的艺术"不免有"内容浅狭"的毛病,而其根源则在于"作者观念的褊狭"[③]。

从这一时期中国作家们的创作实绩来看,最有成就的作家,除鲁迅外,巴金、老舍、曹禺、茅盾等也都是较多地受到19世纪俄罗斯文学的影响,而不是苏联文学的影响;

[①] 鲁迅:《三闲集·序言》,见《鲁迅全集》,北京:人民文学出版社,1991年,第4卷,第3页。
[②] 鲁迅:《〈文艺与批评〉译者附记》,见《鲁迅全集》,北京:人民文学出版社,1991年,第10卷,第301、302页。
[③] 茅盾:《论无产阶级艺术》,见《茅盾文艺杂论集》,上海:上海文艺出版社,1981年,第186、193页。

路翎、艾芜、张天翼、沙汀等人,情况也是如此。与此相比照,较多受到苏联文学影响的作家,如蒋光慈、丁玲、周立波等,总体成就均不如以上作家。1932年,丁玲主编的《北斗》杂志曾举行关于"创作不振之原因及其出路"的讨论。郑伯奇、沈起予等人认为:掌握苏联"拉普"提出的"唯物辩证法的创作方法"是提高创作质量的唯一方法。阳翰笙在总结创作《地泉》三部曲的经验教训时,也强调运用"辩证唯物主义创作方法"的重要性。但正如苏联文学中不曾有过哪一位作家由于运用"辩证唯物主义创作方法"而写出了成功的作品一样,接受并运用这一方法的中国作家,也难能创作出优秀的作品来。同一时期其他接受苏联文学影响的作品,也都未能成为现代中国文坛上的佳作。

对于上述现象,身处当时语境中的中国作家们,有不少人是看得很清楚的。茅盾在1946年就曾指出:中国新文学现实主义方法的确立,重要原因之一是得力于俄罗斯文学,这一文学是靠屠格涅夫、陀思妥耶夫斯基、托尔斯泰、契诃夫和高尔基等作家来发挥张大的。这就又一次确认了19世纪俄罗斯文学对中国新文学的富有成效的影响。苏联文学对于中国文学的影响,主要是在文艺指导思想、文艺政策和批评方面,而不是在创作领域。

三、对"解冻"文学的译介和对"修正主义文学"的批判

50年代初期,苏联文学发生根本性的转折。爱伦堡的小说《解冻》(1954)的发表,标志着苏联文学发展新阶段的开始。从那时起,"奥维奇金派"的形成,"战壕真实派"的活跃,"集中营文学"的出现,暴露个人崇拜时期阴暗面的一批作品的发表,乃至重新审视历史的作品在艰难之中的完成,使得长期被抛弃的人道主义、现实主义传统得到了恢复。苏联文坛的"解冻"之风迅速吹进中国当代文坛,相关的作品被及时地译介到我国来。当时的一些中国作家在访苏期间还有机会和这些作品的作者们直接交谈。苏联作家们围绕"解冻"文学而展开的讨论,文学界批判粉饰生活的倾向和"无冲突论"的文章,苏联作家第二次作家代表大会的发言和讨论等,也被介绍到我国来。

伴随着"解冻"文学思潮的激荡,中国当代文学幸运地迎来了自己短暂的"百花时代",并同样开始批判"无冲突论"和教条主义,反对粉饰生活,努力克服公式化概念化倾向,提倡"干预生活"。文学创作领域最引人注目的变化是现实主义精神的高扬,涌现了一批直面现实、真实反映生活中的矛盾冲突的作品,如王蒙的《组织部新来的青年人》,刘宾雁的《在桥梁工地上》、《本报内部消息》等。还有一些作品突破了长

期以来在人性、人情问题上的教条主义束缚,以家庭生活和爱情婚姻为题材,揭示了人物丰富多彩的感情世界,如宗璞的《红豆》,陆文夫的《小巷深处》,邓友梅的《在悬崖上》等。与文学创作领域的变动相呼应,文艺理论界也一度呈现活跃之势。1957年出现的巴人的《论人情》、钱谷融的《论"文学是人学"》等文章,不仅肯定了人情、人性的客观存在以及在作品中予以表现的必然性,旗帜鲜明地呼唤人道主义回归,而且在一定程度上揭示了当时文学创作中公式化、概念化倾向的根源,成为那个时代文学理论探索的一部分标志性成果。在"解冻"文学思潮影响下,这一时期我国文学理论界的又一重要探索成就,是关于"社会主义现实主义"的讨论。苏联作家西蒙诺夫在全苏第二次作家代表大会上对"社会主义现实主义"的非议,直接引发了我国文学界秦兆阳、周勃、从维熙、刘绍棠等人对于"社会主义现实主义"概念和定义的质疑;王若望、陈涌等人,也在当时发表的文章中表达了自己对于创作方法问题的独立思考。这一讨论可以说是"解冻"文学思潮在中国文坛所引起的最强烈、最深刻的震荡,也是中国文学力图摆脱政治禁锢、返回到自身的一次勇敢的尝试,并成为我国文学界怀疑和否定极左文学理论的先声。

然而,"更能消几番风雨,匆匆春又归去。"未过多久,由于苏共20大以后中苏关系的变化,对"修正主义"的警惕与批判,中国文学开始自觉地排斥当代苏联文学的影响。这就使得"双百方针"提出后我国文艺界一度出现的生气勃勃的景象很快就荡然无存,并导致文艺指导思想的进一步左倾化。1958年"日瓦戈医生事件"发生后,我国报刊很快就翻译、发表了苏联作家协会关于开除帕斯捷尔纳克会籍的决定,以及围绕这一事件塔斯社发表的声明、苏联《文学报》发表的社论和文章等。我国文学界对待肖洛霍夫的态度,前后也有明显的变化。50年代中期以前,我国报刊曾对肖洛霍夫其人其作进行了大量的宣传报道和肯定性评价,对他的《被开垦的处女地》(第1部)更是赞扬备至。肖洛霍夫荣获列宁勋章的消息,他给中国读者的一封信,都曾刊登在1955年《人民日报》上。可是,到了1965年,当肖洛霍夫获得诺贝尔文学奖,赢得了世界性声誉时,我国评论界对这位大作家却反而缄口不谈了。

60年代中期到70年代末,中苏两国内部社会政治生活各自发生的深刻变动,两国关系的进一步恶化,为两国的文学关系蒙上了一层浓重的阴影。这个时期的苏联文坛,一方面显示出"停滞"时代文学生活的特点(如加强控制、直接干预等),另一方面仍然出现了一些优秀作品。但这些作品几乎全部落在我国文学的接受视野之外。我们把当时的苏联文学一概称为"苏修文学",并予以全盘否定。公开出版发行的当代苏联文学作品几乎绝迹,只有极少数作品的译文被作为"批判材料"得以在"内部发行"。那一时期,我国评论家们曾撰文声讨过爱伦堡、特瓦尔多夫斯基、西蒙诺夫、田德里亚科夫、特里丰诺夫、邦达列夫、瓦西里耶夫、舒克申等众多的苏联当代作家；肖洛霍夫更被作为"苏修文学"的大头目、"叛徒集团的吹鼓手"而受到全面的批判。但是在这个中苏、中俄文学关系史上的低谷期，却出现了十分奇特的接受现象，即在官方所允许的范围之外，中国读者从民间渠道对俄苏文学的"地下接受"。其具体接受途径，一是前此几十年间在我国出版的大量俄罗斯、苏联文学作品，包括从普希金、托尔斯泰到高尔基、肖洛霍夫等经典作家的作品，在这一时期虽然被禁读，却以特殊的方式在我国广大读者、特别是年轻一代读者中广泛地秘密流传；二是60—70年代在我国"内部发行"、供批判用的"黄皮书"，以及刊登于《摘译》丛刊、或以"《摘译》增刊"形式出版的作品（主要是苏联当代文学作品），使我国读者得以结识爱伦堡的《人·岁月·生活》，特瓦尔多夫斯基的《焦尔金游地府》，索尔仁尼琴的《伊凡·杰尼索维奇的一天》，西蒙诺夫的战争三部曲，舒克申的《红莓》，特里丰诺夫的《交换》，艾特玛托夫的《白轮船》，阿克肖诺夫的《带星星的火车票》，叶夫图科的《〈娘子谷〉及其它》，巴巴耶夫斯基的《人世间》，沙米亚金的《多雪的冬天》，拉什金的《绝对辨音力》，等等。在这一书荒严重的历史时期，这些作品和以往俄罗斯文学史上以及全部中外文学史上那些保持着恒久艺术魅力的作品一起，无声而有力地滋养着许多被迫辍笔的作家，也同时培育着将活跃于中国当代文坛的新一代作者，如舒婷、乔良、张抗抗、梁晓声、郑义、叶辛等，为他们在历史新时期的复归与崛起，从一个方面准备了条件。

四、历史新时期的补译与对"回归文学"的引进

70年代末，中国当代文学终于结束了自己发展历程中的一个漫长的暗淡期，中俄（苏）文学关系也由此而进入一个新阶段。曾经为我国读者熟悉的19世纪俄罗斯作家的作品和50年代中期以前的苏联文学作品，以新的装帧和版式唤起人们对于往昔的忆念。随后便是对于50年代中期以来、特别是"停滞"时代的苏联作品的补充译介，以及对于当代苏联文学新作的翻译。80年代，我国共有近70家出版社出版过俄苏文学作品。于是，自50年代中期至70年代末期计20余年间出现的译介空白，很快便得到了填补。这一时期内在苏联本土已在不同程度上被"正名"的作家，如布宁、安德列耶夫、叶赛宁、左琴科、米·布尔加科夫等人的作品，也陆续和中国读者见面。

随着作品的被译介而迅速对中国当代文学产生明显影响的作品，主要是在苏联"停滞"时代发表的作品，如瓦西里耶夫、艾特玛托夫、拉斯普京、舒克申、特里丰诺夫、

阿斯塔菲耶夫等作家的作品。我国新时期出现的一批较优秀的军事题材作品，如徐怀中的《西线轶事》，李存葆的《高山下的花环》，朱春雨的《沙海的绿荫》，孟伟哉的《一座雕像的诞生》等，都不同程度地显示出瓦西里耶夫《这里的黎明静悄悄》、阿斯塔菲耶夫的《牧童与牧女》、拉斯普京的《活着，可要记住》等苏联当代战争文学作品的影响。这些作品的共同特色是：透过战争状态、军营生活探索人的精神世界，力求展现战争的残酷不能扼杀人性之美，有一种情感力量和道德原则渗透其间。从苏联当代作家个人的角度来看，这一时期在中国最有影响的当属艾特玛托夫。在古华的《爬满青藤的木屋》、张贤亮的《肖尔布拉克》、张承志的《黑骏马》、乔良的《远天的风》、朱春雨的《亚西亚瀑布》等我国新时期的文学作品中，都不难发现艾特玛托夫的《查密莉雅》、《我的包着红头巾的小白杨》、《别了，古里萨雷》和《一日长于百年》等作品影响的痕迹。

80年代中期以后，随着苏联社会政治生活再度发生的深刻变动，文学生活也发生了全方位的变化。"回归文学"就是在这种背景下出现的。它首先是指十月革命前近30年间白银时代的作品、三代流亡作家的作品，经过若干年月的风风雨雨，终于回归到广大读者中来。其中包括白银时代别雷、索洛古勃的小说，勃洛克、古米廖夫、曼德尔什塔姆的诗歌，别尔嘉耶夫、罗赞诺夫的哲学文化随笔；还有三代流亡作家发表于国外的作品，如布宁、列米佐夫、什梅廖夫、霍达谢维奇、苔菲、茨维塔耶娃、纳博科夫、索尔仁尼琴、布罗茨基的作品。其次，"回归文学"也指自20年代至80年代的漫长岁月中由于种种原因被禁止在苏联国内发表、被"搁置"或在遭到批判后被封存的作品，从被禁状态回归到自由状态，如高尔基的《不合时宜的思想》，扎米亚京的《我们》，皮里尼亚克的《红木》，普拉东诺夫的《切文古尔镇》，米·布尔加科夫的《大师与玛格丽特》，阿赫玛托娃的《安魂曲》，帕斯捷尔纳克的《日瓦戈医生》，格罗斯曼的《生活与命运》，雷巴科夫的《阿尔巴特街的儿女们》等。从1986年起，苏联各主要文学报刊、出版社开始重新发表或出版这些作品。这些曾长期处于被隔绝状态的作品，震撼了广大读者。除此之外，80年代中期以后还出现了一批当代作家反思本民族20世纪的历史、特别是个人崇拜和极权主义所造成的历史结果的新作品，其中影响较大有拉斯普京的《火灾》，阿斯塔菲耶夫的《悲伤的侦探故事》，艾特玛托夫的《死刑台》，别洛夫的《一切都在前面》等。这类作品往往引起当代俄罗斯读者最强烈的共鸣。

上述"回归文学"以及80年代中期以后的苏联当代文学作品，也很快就被译介到我国来，并在我国作家和读者中迅速引起回响。女作家张抗抗在1989年写道："因着复生的《日瓦戈医生》和《阿尔巴特街的儿女》，在我临近40岁的时候，我重新意识到俄苏文学依然并永远是我精神的摇篮。岁月不会朽蚀埋藏在生活土壤之下的崇高与美的地基。"① 中国当代知识者在这些"回归"作品中的形象身上看到了那种由俄罗斯文化传统培育起来的面对苦难时的从容、自信与高洁。当代诗人王家新在读过曼德尔什塔姆、茨维塔耶娃和帕斯捷尔纳克的"回归"诗章之后说:"西方的诗歌使我体悟到诗歌的自由度,诗与现代人之间的尖锐张力及可能性,但是帕斯捷尔纳克的诗,茨维塔耶娃的诗,却比任何力量都更能惊动我的灵魂,尤其是当我们茫茫然快要把这灵魂忘掉的时候。"② 王家新在自己的《瓦雷金诺叙事曲》、《帕斯捷尔纳克》等诗中,以深沉的忧伤和思虑体认了一个时代苦难的承担者的形象,并赋予这一形象以坚定地守护内心良知与人类整体原则的精神特征。当代散文家筱敏也从一系列"回归"的俄罗斯作家身上看到了他们所追求和呼唤的个性精神自由,并由此而进一步感受到俄罗斯文学与文化对中国知识分子的启示。

不过,从总体上看,中俄(苏)文学关系的蜜月期显然已经过去。这一现象有其历史的必然性。深受极左思潮之害的中国当代文学在反顾自身发展道路的时候,不可能忘记 17 年间实行"一边倒"所带来的不良后果。因此,中苏文学关系降温,对于中国当代文学而言,可视为摆脱和防范极左文艺思潮影响的一种表征。新时期的中国当代作家们把目光投向了更广阔的世界,注意吸收各国作家的艺术经验,建构起中国文学的崭新格局。所以王蒙说:时至 80 年代,"苏联文学在中国的影响,特别是对于当代中国作家的影响,呈急剧衰落的趋势。"③ 至少对于王蒙本人而言,情况正是如此。他的《苏联祭》一书表明,他乐意保留着自那时起对于苏联文学的认识与印象,不再打算阅读"回归文学",也似乎觉得没有必要重新检视苏联文学。因此,作为一位作家,王蒙对于俄罗斯、苏联文学的认识和接受已经停止。另有许多中国当代作家虽然看到了俄罗斯民族在 20 世纪为世界文学所提供的,远不是他们早先所了解的苏联文学所包括的那些作品,但是他们却也不再具有接受这些"回归"作品的愿望和动力了。中俄文学关系史上的一个时代已然走向终结。

五、解体以来的补充接受和对当代文学的接纳

1991 年苏联解体后,"苏联文学"成为一种历史现象。许多流亡作家回到了祖国,

---

① 张抗抗:《大写的"人"字》,载《外国文学评论》,1989 年第 4 期。
② 王家新:《回答 40 个问题》,《对隐密的热情》,太原:北岳文艺出版社,1997 年,第 277 页。
③ 王蒙:《苏联文学的光明梦》,载《读书》,1993 年第 7 期。

或恢复了俄罗斯国籍；国内作家不仅可以合法地把作品寄往国外发表，还获得了自由出国、回国的权利。俄罗斯本土文学与域外文学之间的界线被最终打破，两大文学板块的区分不复存在。原先的所谓"地下文学"也失去了存在的必要性，公然浮出地表。在新的时代氛围中，一些老作家依旧没有放弃对历史的思考和对现实的关注，在艺术方法上也继续沿着传统现实主义的道路前进，但又程度不同地借鉴了现代主义文学的艺术经验，推出了一批具有思想深度和创新意识的作品，如列昂诺夫的《金字塔》、雷巴科夫的《1935 年及其后的岁月》、阿斯塔菲耶夫的《该诅咒的和该杀死的》、叶甫图申科的《不要在死期之前死去》等。从 90 年代初开始，后现代主义也逐渐成为俄罗斯文学中的一股强有力的潮流。哈里托诺夫的《命运线，或米拉舍维奇的小箱子》，马卡宁的《铺着呢子、中间放着花瓶的桌子》，加尔科夫斯基的《无尽头的死胡同》，索罗金的《玛琳娜的第 30 次爱情》等，都是值得注意的后现代主义作品。另外，以宣扬宗教教义或宗教哲学为主旨，渗透着浓厚的宗教意识的文学作品，也在图书市场上占有自己的地盘。在旧有的信仰破灭、人们的价值尺度发生重大变化之际，这类作品显示出一种特殊的优势。通俗文学作品，包括渲染个人隐私和各种"秘闻"、宣扬暴力和色情、煽动狭隘的民族主义情绪的作品，也有其量的优势，并拥有自己的读者群。这些文学现象纷然并存，一起改变着解体以来的文坛格局，使得俄罗斯文学的总体图像变得复杂斑驳。上述作品虽然也被部分地译介到我国来，但无论在我国读者还是在作家中，都未能引起强烈的反响。

影响较大的是从解体前夕到解体以后我国文学界对 20 世纪俄罗斯文学理论的补充译介，主要包括俄国形式主义、巴赫金的诗学理论以及白银时代的理论批评成果。这三个方面曾经是我们在 20 世纪俄罗斯文论接受中的主要遗漏。其中，俄国形式主义曾带动了西方文论的革命性变革，影响深远。但由于它在本国的命运，在我国文学自 20 年代末大量摄取俄苏文论的潮流中，也几乎看不见它的身影。不过，姗姗来迟的俄国形式主义毕竟还是很快就汇入蜂拥而来的国外文学思潮中，参与了对中国文坛的冲击。新时期我国文学界关于文学本体论的讨论中涌现的形式主义文学本体论思潮，一些批评家对于文本本身、艺术结构和语言表达的自觉关注，都显示出俄国形式主义的影响。

巴赫金的诗学理论也是从 80 年代起才开始被译介到我国来，但它对我国文学理论和批评的影响更大。"对话"、"复调"、"狂欢化"等，成为研究者和批评家们常用的术语，在大量学术论著中频频出现，显示出在巴赫金影响下我国学者研究方法和视角的转换，如杨义的《楚辞诗学》、《李杜诗学》，严家炎的《论鲁迅的复调小说》，郑家建的《被照亮的世界——〈故事新编〉诗学研究》等。巴赫金的"狂欢化"诗学，也使我国研究者获得了一种新的视角,得以借助于这一理论重新考察文化史和文学史中的丰富现象,或近距离检视当下文化与文学生活的纷繁景观,从中发现极易被人们忽略的意义与价值。孟繁华的《众神狂欢:当代中国的文化冲突问题》,高小康的《狂欢世纪:娱乐文化与现代生活方式》,都呈露出巴赫金狂欢化理论影响的痕迹。

白银时代的理论批评遗产,如以弗·索洛维约夫为先驱、以别雷等为代表的象征主义理论批评,以别尔嘉耶夫、舍斯托夫为代表的宗教文化批评,以及阿克梅派文论、未来主义的语言学诗学理论,等等,在整个20世纪的进程中,也几乎完全未被我们所注意和接受。直到进入90年代以后,我国学术界才出现一股补充接受这份文学遗产的热潮,陆续出版了"俄罗斯白银时代文化丛书"、"白银时代俄国文丛"、"俄罗斯思想文库"、"俄罗斯白银时代精品文库"。这4套丛书的连续推出,以一种集约性规模和整体效应,迅速在我国读书界激起了反响。刘小枫的《拯救与逍遥——中西方诗人对世界的不同态度》、《走向十字架上的真》、《流亡话语与意识形态》等论著表明,白银时代的思想文化遗产,已经在20世纪晚期我国的文学和文化研究中发挥了作用。

进入21世纪,我国翻译出版界除了继续关注当代俄罗斯文坛的新作之外,还较为注意填补以往译介中的某些空白,或设法强化人们对于一些颇有成就和特色、但未得到应有重视的作家作品的认识。例如,2004年人民文学出版社出版了苏联作家巴别尔描写国内战争和苏波战争的短篇小说集《骑兵军》,随后又出版了《巴别尔马背日记》(2005)、《敖德萨故事》(2007);2005年,长江文艺出版社推出5卷本《普里什文文集》,在生态文学与生态文学批评受到重视的背景下,强调这位"伟大的牧神"、"世界生态文学和大自然文学的先驱"的价值,等等。这些作品的译介固然进一步扩充、丰富了我国读者对于20世纪俄罗斯文学的认识,但是它们显然已难以在我国读者中激起以往曾经有过的那种回响了。苏联解体以来俄罗斯文学在中国的命运,从一个方面显示出我国文坛对于外来文学的接受在理论与创作、西方与俄罗斯之间的选择偏重。

回顾过去一个世纪以来中国文学对俄罗斯文学的接受,以任何一种单一的品性与特色来对俄罗斯文学进行概括的尝试都将是徒劳无益的,接受史上的每一次转换都在我们面前打开了一片新的文学天地。然而,不同的侧重和取向却是中国文学自身选择的结果。接受者民族的主观因素在这一选择中发挥着重要作用,它包括民族的历史传统、文化心理积淀、时代氛围和现实需求,它们共同决定了文学接受的着眼点、侧重及偏颇,其中具有决定性意义的是现实需求。

论"十七年"文坛对欧美现代派文学的言说

方长安

（武汉大学）

建国后"十七年"文坛同欧美现代派文学之间，并未因政治意识形态对立而完全处于隔绝状态，在"十七年"文坛主流话语背后时时隐现着关于现代派文学的话语活动，出现了几次较为集中地绍介、言说现象。本文将对这些现象进行细致梳理，考察具体的言说情形，揭示言说的态度、特点与原因。

一、波特莱尔"专辑"

1949年7月，茅盾以新中国文学领导者的身份指出，国统区存在着盲目崇拜欧美文学的现象，其中"最极端的例子就是波特莱尔也成为值得学习的模范"。在他看来，波特莱尔的作品表现了一种现代"颓废主义"思想，必须"加深警惕"[①]，以防止其对新生的社会主义文学的侵蚀。"加深警惕"是一个政治化语汇，它表明新中国开始自觉地将曾被视为西方"现代"文学的代表者波特莱尔看成是政治上的敌人，其身份已被政治化。

然而，令人回味的是，这一告诫并未导致波特莱尔的销声匿迹。1957年《译文》杂志7月号以"专辑"形式对波特莱尔作了近乎全方位的译介，其内容既有波特莱尔石版画像、波特莱尔亲自校订的《恶之花》初版本里封面，又有苏联人列维克的论文《波特莱尔和他的"恶之花"》、法国阿拉贡的《比冰和铁更刺人心肠的快乐——"恶之花"百周年纪念》，还包括诗人陈敬容从《恶之花》中选译的九首诗，以及《译文》杂志"编者按语"等。从现有资料看，这是中国自"五四"以来最为集中而全面地推介波特莱尔。

---

① 茅盾：《在反动派压迫下斗争和发展的革命文艺》，谢冕、洪子诚主编《中国当代文学史料选（1948—1975）》，北京：北京大学出版社，1995年，第39—44页。

那么,《译文》是如何言说波特莱尔的呢?言说态度如何?该刊编者特意为"专辑"写了"按语",以示刊物态度、立场。"按语"对波特莱尔的生平、艺术生涯、《恶之花》出版即遭诽谤的事实,以及"恶之花"含义等,作了正面介绍,并称波特莱尔为"大诗人";同时检讨了中国长期以来对"恶之花"的误解:"恶之花"按照诗人本意,是指"病态的花",而"我国过去一向译成'恶之花',这'恶'字本应当包含丑恶与罪恶两个方面,然而却往往被理解为罪恶或恶毒,引申下去,恶之花就被当成了毒花、毒草甚至毒药了。"①显然,《译文》是从正面立场、态度言说波特莱尔,力求还《恶之花》以本来面目,迥异于建国初茅盾所告诫的"警惕"性话语姿态。

在苏联列维克的《波特莱尔和他的"恶之花"》一文后面,《译文》杂志编者附加了一个"编后记":"本文原是苏联《外国文学》3月号上译载波特莱尔十首诗的引言。我刊已另从法文选译了几首诗,而这篇引言实际上相当于一篇短论,其中对于诗人及其作品的评论,很有独到之处,因此将它独立发表。题目是编者加的。"②从当时语境和编者的言说语态看,"对于诗人及其作品的评论,很有独到之处"无疑表明了《译文》编者对于列维克文章的认同。列维克又是如何评说波特莱尔与《恶之花》的呢?与长期以来的批判不同,列维克从正面对波特莱尔及其《恶之花》作了评介。他认为,波特莱尔的诗歌是"整个法国诗歌中最独创的和完美的现象之一",认为在波特莱尔那里"颓废"一词"首先是'精美'、'精炼'、'精致'的同义字。"③具有积极意义。不过,列维克尚是站在现实主义立场上为波特莱尔辩护的,他质问道:波特莱尔诗歌所描绘的景色"难道不是卓越的现实主义的写照吗?"显然,他未走出苏联文坛以现实主义为正面取向的批评模式。在他看来,只要从《恶之花》中"随便拿几首诗看看,就可以发现波特莱尔对他当时资产阶级社会所产生的一切东西是多么厌恶。"④无疑,反资本主义现代性是列维克对波特莱尔诗歌的一个本质性解读,这是他之所以正面评介波特莱尔的原因,也是当时中国译介者敢于转载该文的重要依据。

"专辑"中另一译文是法国作家阿拉贡的《比冰和铁更刺人心肠的快乐——"恶之花"百周年纪念》,原载《法兰西文学报》1957年3月第662期。阿拉贡认为,波特莱尔的诗歌像一道黑色光芒炫耀夺目,所以100年之后"我们还没有弄清楚波特莱尔带来的无可比拟的珍宝"⑤。文章列举了波特莱尔的一些诗句,坚信"诗歌的未来就

---

① 《编者按语》,《译文》1957年第7期。
② 《编后记》,《译文》1957年第7期。
③ [苏联]列维克:《波特莱尔和他的"恶之花"》,《译文》1957年7月号。
④ 同上。
⑤ [法]阿拉贡:《比冰和铁更刺人心肠的快乐——"恶之花"百周年纪念》,《译文》,1957年7月。

蕴藏在这些诗句里",并借《太阳》一诗指出:真正的诗歌"它让最微贱的事物具有高贵的命运","是它使那扶杖而行的人变得年轻",真正的诗人"就是那能在腐烂和蠢动中显示出太阳的人,那从垃圾中看出生命的丰富多彩的人,那觉得诗歌能在:'一块满是蜗牛的肥土'上生长出来的人。"而波特莱尔的诗歌就具有这种品格,波特莱尔就是这种真正的诗人。

"专辑"里尤其引人注目的是陈敬容选译的《恶之花》中的九首诗,它们填补了"十七年"波特莱尔诗歌翻译的空白。陈敬容虽置身于五十年代中西意识形态对立语境,却尽可能地以自己四十年代的文风翻译《恶之花》,努力译出波特莱尔特有的象征主义神韵。例如《黄昏的和歌》第三节:"小提琴幽咽如一颗受伤的心,/一颗温柔的心,他憎恶大而黑的空虚!/天空又愁惨又美好像个大祭坛,/太阳沉没在自己浓厚的血液里。"于"黄昏"奏出"和歌",于"愁惨"的天空看出"美好",以为太阳沉没在自己的"血液"里,这些汉语译诗彰显了波特莱尔诗歌由恶奏美、恶美相生的特点。以汉语自由诗传达《恶之花》的现代主义意蕴,是这些译诗的重要特点,例如:"有如一声呜咽被翻涌的血流打断,/远处鸡鸣划破了朦胧的空间"(《朦胧的黎明》),"天空,有如巨大的卧室慢慢合上"(《薄暮》),"我的青春只是一场阴暗的暴风雨","只有很少的红色果子留在我枝头上"(《仇敌》),比喻离奇怪诞,意象色彩阴暗,现代人的病态美使诗歌张扬着一种非传统的审美立场。不过,陈的翻译也留有五十年代的话语痕迹,如"在寒冷与穷困当中/劳动妇女的苦难更加深重"(《朦胧的黎明》)、"那重新找到卧床的腰酸背痛的工人"(《薄暮》)、"它替赤身露体的穷人重新把床铺整理"(《穷人的死》)等诗句,带有五十年代革命叙事的某些特点。

无疑,对波特莱尔的正面译介与"双百方针"的鼓舞有着直接关系,是"双百"语境为言说提供了空间与保障,当然也与读者潜在的阅读期待有关。

二、"迷惘的一代"的译介

五十年代中后期至六十年代初,中国曾对西方"迷惘的一代"发生兴趣,《译文》、《世界文学》、《文学评论》等纷纷刊发文章,介绍该流派,旨在使国人"看到一个'愤怒的青年'的具体形象,帮助读者了解'愤怒的青年'这一流派"[①]。"愤怒的青年"也就是"迷惘的一代"。当时被绍介的作者包括多丽思·莱辛、比尔·霍普金斯、金斯莱·艾米斯、约翰·布兰恩,以及福克纳、海明威等,几乎囊括了不同时期"迷惘的一代"

---

① 《编者按语》,《世界文学》1959 年第 11 期。

的全部成员。

1956年,《译文》刊发董秋斯翻译的多丽思·莱辛的中篇小说《高原牛的家》,并附录译者"后记",简短介绍了多丽思·莱辛的生平、思想和创作状况,对《高原牛的家》作了分析①,从笔者所掌握的材料看,这是新中国对"迷惘的一代"的最早译介。稍后,该刊转载了苏联人莫基廖娃论述西方文学的文章,其中如此评介"迷惘的一代":"在西德,目前正在发展一种很有意思的新的'迷途的一代'的文学——出现了一些描写被第二次世界大战逐出常轨的饱经沧桑的人们的长篇和中篇小说","很显然,这样的作品是应该从我们方面得到最密切的好意的注意。"② 这里所谓的"最密切的好意的注意",与苏联长期以来对待现代主义文学那种简单粗暴的批评态度不同,它包含着对现代主义文学的同情性价值判断。《译文》杂志此时转载该文,某种意义上反映了中国文坛对五十年代初期言说西方现代派文学时那种泛政治化批评话语之不满与反省。

此后,译界沉寂了一段时间,直到1958年4月,《译文》再次将视线转向"迷惘的一代",译载了威廉·福克纳的《胜利》《拖死狗》等作品,同时转译了苏联作家叶·罗曼诺娃撰写的《威廉·福克纳创作中的反战主题》,从正面展示福克纳的创作,让读者经由《胜利》等作品对"迷惘的一代"有了更多的认识。

1959年,冷战形势更为严峻,然而就在这一年11月份,《世界文学》杂志承袭《译文》的思路,在反西方声浪中推出介绍"愤怒的青年"即"迷惘的一代"之"小辑",具体包括曹庸的《英国的"愤怒的青年"》、冰心的《〈愤怒的回顾〉读后感》和以"附录"方式刊发的英国"愤怒的青年"代表人物约翰·威恩的《我决不能娶罗伯特》等。其中,曹庸在文中对"愤怒的青年"的出现原因、基本成员、组织原则和创作特点等作了详细介绍,对"迷惘的一代"的历史进行了考察,其言说注重于作品分析,力图向读者真实而全面地展示"迷惘的一代"之风貌。冰心的《〈愤怒地回顾〉读后感》则既介绍了作品情节,又分析了人物吉米复杂的心理活动,还揭示出作品中回荡着的悲哀、恐惧和绝望的现代主义情绪。该"读后感"还有一个重要特点,即大量引用原文,以使读者对剧本有更为感性的认知。

在"迷惘的一代"中,海明威占据着重要位置。1957年新文艺出版社推出《老人与海》,《世界文学》1961年7月号刊登了其短篇《打不败的人》,《文学评论》1962年第6期刊发了董衡巽的《海明威浅论》。董文是那一时期介绍、评说海明威创作最有价值的文章。它不仅对海明威的创作概况、嬗变作了客观介绍,而且对其重要作品

---

① 董秋斯:《高原牛的家·译者后记》,《译文》1956年第2期。
② 北京师范大学中文系外国文学教研室编:《外国文学参考资料》(现代部分·上),北京:高等教育出版社,1958年,第66页。

如《太阳也出来了》、《永别了武器》、《老人与海》等的思想内容作了较为深入的评说，揭示出"迷惘的一代"所共有的迷茫、厌倦的情绪。董文相当程度上规避了公式化批评模式，对海明威作了真正文学意义上的评说。

那么，"迷惘的一代"何以能在严峻的冷战语境下受到青睐呢？一个重要原因是其本身具有质疑、反思西方资本主义意识形态的特点，正如当时一位学者所指出的，它"在一定程度上抨击了、讽刺了当今的资产阶级社会制度，否定资产阶级曾经引以为荣的一切好像千古不朽的准则。"① 对"迷惘的一代"的绍介、传播，某种程度上就是对西方资本主义制度的批判，正因此，"迷惘的一代"获得了进入当时中国的合法性通道。

三、《夜读偶记》对现代派的矛盾言说

1956—1958 年，茅盾感于时文创作了《夜读偶记》，其中以很大篇幅对现代派作了建国以来最为全面的绍介、评说。

茅盾此时评说现代派的意图何在？文中对这一问题作了明确回答："为了使得我们这里的一些侈言'独立思考'、寻求'新的表现方法'的青年朋友有所'借鉴'而不致走进死胡同，我以为也有必要讲讲这些'现代派'的来龙去脉。"② 建国初期，茅盾曾敬告读者对现代派应加深"警惕"，而此时却认为可以"有所'借鉴'"，态度发生了很大变化。

那么，他又是如何评说现代派呢？文章对现代派产生的社会背景、思想基础和特征作了介绍和理性分析，并具体评说了未来主义、表现主义、印象主义、超现实主义的特点。总体看来，该文对现代派的发展历史和基本特点作了总体扫描和综论，这在建国以来尚属第一次。

言说过程中，作者的心境和对待现代派的具体态度又是怎样呢？从前述写作目的看，作者自觉承担着引导青年读者的责任，所以文中富有浓厚的主观色彩和"引导"意味，而这种"引导"则具体表现为政治话语的介入，即在绍介现代派知识的同时插入政治性批评话语，以提醒读者注意其实质上可能存在的危害性。就是说，作者既想尽可能多地介绍现代派的基本知识，又担心这种介绍被时人误解，心理上相当矛盾。

这种矛盾行文中多有体现，例如他认为："'现代派'诸家是彻头彻尾的形式主

---

① 曹庸：《英国的"愤怒的青年"》，《世界文学》，1959 年第 11 期。
② 茅盾：《夜读偶记》，《茅盾评论文集》(下) 第 34 页，北京：人民文学出版社，1978 年。

义"①，现代派作品是只有形式而无精神内容的抽象形式主义艺术；然而又说"我们应当承认，现代派也反映了一种'精神状态'，这就是两次世界大战之间，在资本主义压迫下的一大部分小资产阶级知识分子的'精神状态'。"②此处的"我们应当承认……"所传达的心理信息耐人寻味，它是否定言说后的一种委婉肯定，旨在提示读者应注意现代派在今天所具有的积极价值。

这种委婉的肯定判断，是作者在当时语境中谈论现代派的常用语气和重要句式，例如他写道："我们也不应当否认，象征主义、印象主义，乃至未来主义在技巧上的新成就可以为现实主义作家或艺术家所吸收，而丰富了现实主义作品的技巧。"承认现代主义技巧对于现实主义艺术的价值。紧随其后的一段，作者亦如此开头："我们又不应当否认，现代派的造型艺术在实用美术（也可以用我们大家比较熟悉的一个名词——工艺美术）上也起了些积极作用。"③"实用美术"是一个远离政治意识形态的术语，"工艺美术"在建国后颇为流行，更是一个剔除了政治意识形态色彩的概念，茅盾从远离政治的"实用美术""工艺美术"角度肯定现代派的价值，确实用心良苦。"我们也不应当否认"、"我们又不应当否认"、"也起了些积极作用"等等，营造出一种退让式肯定言说语态，既反映了作者的谨慎，又吐露出他对于现代派内在的认同态度。沿着如此语气，他甚至说："毒草还可以肥田，形式主义文艺的有些技巧，也还是有用的，问题在于我们怎样处理。"④同样以一种让步性的言说策略对现代派加以某种程度的肯定。

茅盾自己在该文结尾时更是直接表达了写作心理和具体言说上的矛盾。《夜读偶记》写作时间跨度较大，期间国内外政治生活发生了重大变化，所以文章前后观点不大统一，作者对此有清醒的认识："已经拖得太长了，不合时宜。""可是生炒热卖，前两段既已发表，后两段亦只好将错就错。""虽屡经易稿，终觉前后笔调颇不一致。"⑤已觉"不合时宜"，便屡次修改，但仍无法改好，笔调还是"颇不一致"，只好"将错就错"发表出来，个中原委耐人寻味。它不仅进一步吐露了作者心理上的矛盾，而这种矛盾则表明作者对现代派的同情，正是这种同情使得他无法按变化后的时世修改文章，而是保留了与变化后的语境相抵触的某些内容，也正因此当时读者才能在《夜读偶记》中读到不少有关现代派的知识。

---

① 茅盾：《夜读偶记》，《茅盾评论文集》（下），北京：人民文学出版社，1978年，第49页。
② 同上，第53页。
③ 同上，第56页。
④ 同上，第62页。
⑤ 同上，第94页。

四、"内部发行"与公开述评

六十年代上半期,中国"内部发行"了一批现代派作品,如《麦田里的守望者》、《在路上》等,它们通常被称为"黄皮书"、"灰皮书";与此同时,不少专家发表文章对欧美现代派文学进行了批评言说。

当时言说现代派的主要文献有:1960年,《文学评论》第6期上袁可嘉的《托·史·艾略特——英美帝国主义的御用文阀》;同年,《世界文学》2月号上戈哈的《垂死的阶级,腐朽的文学——美国的"垮掉的一代"》。1962年,《文学评论》第2期上袁可嘉的《"新批评派"述评》,第6期上董衡巽的《海明威浅论》;《文艺报》第2期上王佐良的《艾略特何许人?》,第12期上他的《稻草人的黄昏——再谈艾略特与英美现代派》;《世界文学》第5至8期上卞之琳的《布莱希特戏剧印象记》;这一年,上海文艺出版社还发行了《托·史·艾略特论文选》;中国科学院文学研究所西方文学组还编选了一部二卷本的《现代美英资产阶级文艺理论文选》,由作家出版社内部发行;同年,中国社会科学院哲学社会科学部编印了一本"内部参考资料"——《美国文学近况》,介绍了福克纳、海明威、斯坦贝克等人的作品。1963年,《文学评论》第3期发表袁可嘉的《略论美英"现代派"诗歌》,《世界文学》6月号刊发了柳鸣九、朱虹的《法国"新小说派"剖视》。1964年《文学研究集刊》第1册发表了董衡巽的《文学艺术的堕落——评美国"垮掉的一代"》和袁可嘉的《美英"意识流"小说述评》,等等。

这些文章言说现代派的突出特点,是将政治批评话语、史实介绍和文本解读融为一体。不少文章的标题即反映出作者的政治立场。他们从冷战意识出发给欧美现代派贴上了"御用文阀"、"稻草人的黄昏"、"垂死"、"腐朽"等标签,将现代主义文学看成是西方腐朽意识形态的表现,批评话语彰显了作者的政治立场与反西方身份;然而,言说者王佐良、卞之琳、柳鸣九、董衡巽等对现代派又有一种抹不掉的记忆和特殊感情,在批判现代派同时,又对现代派如数家珍,不惜以大量笔墨梳理现代派的来龙去脉,对现代派的代表作品进行专业性解读。

另一特点是文章梳理史实时所用材料几乎均来自外文原版期刊、著作。如对《尤利西斯》的介绍使用的是奥德赛公司1932版本,《芬尼根们的苏醒》是伦敦1939年版本,《艾略特文选》是伦敦1932年版本,艾尔曼的《詹姆士·乔哀斯传》是纽约1959年版本。西方五六十年代一些重要期刊更是主要的参考文献,如法国《费加罗文学报》、美国的《主流》、英国的《伦敦杂志》等。

还有一个特点,文章以例证方式大量引用了现代派诗歌和小说文本,其中短诗往往全首译出,长诗和小说则节译,且译文颇忠实原文。如《托·史·艾略特——英美帝国主义的御用文阀》引译了艾略特长诗《四个四重奏》开头五行,译文风格超越了冷战政治的制约。《稻草人的黄昏——再谈艾略特与英美现代派》翻译出艾略特的名句"世界是这样终结的,/不是轰然一响,而是哭泣一场",少有时代政治痕迹。袁可嘉在《美英"意识流"小说述评》中更是大量引录《青年艺术家画像》、《波浪》和《尤利西斯》等小说中的重要段落,有时还直接录用外文以展示原文风貌。总体而言,"述评"政治色彩鲜明,但"译文"语言不同,它们忠实原文,译出了现代派作品的风味。"述评"和"译文"二者文风迥异,彰显了言说者的政治理性与个人审美倾向之间的某种矛盾。

这种内在矛盾亦表现在言说语态、句式上。袁可嘉在引译意象派诗人希·杜(H.D.)的诗歌后如此评论:"比喻不能说不奇特,刹那间的感觉不能说不敏锐,但这首诗所给予我们的视觉印象是这样的孤立,这样的短暂,这样的单薄"[①] 作者以"不能说不"的退让语气肯定了诗中的比喻和感觉书写,但又立即对其所给予的视觉印象加以否定,"不能说不……但"这一句式反映了作者政治立场和审美兴趣之间的矛盾。王佐良在评说艾略特的宗教问题时写道:"应该说,在西欧具体条件之下,一个资产阶级作家谈到宗教是可以理解的,信仰宗教也不足为奇。但是,在现代文人之中,有谁曾像艾略特这样数十年如一日,无孔不入地宣扬基督教,用中世纪的基督教义作为自己一切写作的中心呢?"这种"应该说……但是"句式反映了作者在批判艾略特时又在内心深处替其辩解的矛盾倾向。

"公开言说"旨在引导读者正确阅读那批"内部发行"作品,所以言说往往以批判开道;然而作者政治立场与审美取向之间的矛盾决定了文章言说结构上的矛盾,即客观介绍乃至委婉肯定往往与批判同在,使文章充满矛盾张力,也因此出人意料地为某些读者打开了通向现代主义之门,使他们从中较为全面地获得了有关欧美现代派文学的知识。

---

① 袁可嘉:《略论美英"现代派"诗歌》,《文学评论》,1963年第3期。

中国现代作家对但丁的接受与转化

——以老舍为中心

葛 涛

（北京鲁迅博物馆）

恩格斯在《共产党宣言·1893年意大利文版序》中评价意大利诗人但丁是"中世纪的最后一位诗人，同时又是新时代最初的一位诗人。"① 作为欧洲文学史上继往开来的具有标志性的作家，但丁及其《神曲》对欧洲各国的文学乃至文化产生了深远的影响，从歌德、卢梭、陀思妥耶夫斯基、托尔斯泰一直到艾略特，一代又一代的欧洲作家都从但丁及其《神曲》那里汲取精神营养。有关但丁及其《神曲》的研究也一直是欧美各国的显学，并成为仅次于《圣经》研究的一门学问。

英国诗人卡莱尔指出："但丁像一颗灼热的明星，高高的悬在天空，各时代的伟大者和高尚者都从那里取火，他是无限期间全世界优秀分子的占有物。"② 回顾20世纪中国文学史，可以看出中国的一些学者和作家也在中国介绍、翻译但丁的相关著作，从1910年出版的钱单士厘的《归潜记》到2003年出版的黄国彬翻译的《神曲》，可以说几乎贯穿了整个20世纪。可以说，但丁不仅对西方文学产生了深远影响，而且也对20世纪中国文学产生了重要影响。从梁启超、苏曼殊、鲁迅、郭沫若、老舍、郁达夫、吴宓、王独清、钱稻孙、路翎一直到顾城，这些著名的作家都或多或少地受到但丁的影响。但是，学术界对但丁及其《神曲》对中国作家的影响还没有进行系统的研究，范伯群、朱栋霖两位先生主编的《(1848—1949)中外文学比较史》几乎网罗了所有对中国现代文学产生影响的外国作家，但令人遗憾地遗漏了但丁。因此，系统地梳理但丁及其《神曲》在中国的传播，研究但丁及其《神曲》对20世纪中国作家的影响无疑具有重要的学术价值。这一研究不仅可以填补20世纪中国文学研究的空白，

---

① 恩格斯：《共产党宣言·1893年意大利文版序》，收《马恩全集》第1卷，北京：人民出版社，1972年，第249页。
② [英]卡莱尔：《英雄和英雄崇拜》，转引自王维克：《〈神曲·地狱〉译序》，上海：商务印书馆，民国28年2月出版，第1页。

而且也可以填补国际但丁研究的空白。本文尝试对老舍研究中长期被忽视却又是很重要的"老舍与但丁"的关系进行初步探讨，进而在但丁与20世纪中国文学的宏观背景下研究"老舍与但丁"这一论题。

一、中国现代作家对但丁的接受与传播

回顾20世纪中外文学交流史，可以看出中国近现代作家中有不少人很喜爱但丁及其《神曲》，一些重要的刊物如《东方杂志》、《学衡》、《大公报》文学副刊等还对但丁做了大量介绍。

1. 但丁及其作品翻译情况

1921年9月，钱稻孙译诠的《神曲一脔》在《小说月报》第十二卷9号"檀德六百周年纪念"专栏发表。钱稻孙用离骚体翻译了《神曲·地狱篇》的第一至三章，并加以注释。1924年12月，这些译文以《神曲一脔》为书名（署名为：檀德著）作为小说月报社编辑的小说月报丛刊第10种由商务印书馆（上海）出版，这本书也是目前所见第一部用古汉语韵语意译的译著。

1929年11月，钱稻孙翻译的《但丁〈神曲·地狱·曲一至五〉》在《学衡》第72期"述学"栏发表。

1932年8月，中华书局（上海）出版了徐锡蕃"译述"的《丹第小传》。徐锡蕃在把英国学者福林谑（C. Foligno）撰写的 Dante: the poet 一书翻译成中文时对原文进行了一些改动，所以称之为"译述"。这是目前所见最早译成中文的但丁传记。

1934年3月，《中国文学》（中国文学会编）第一卷第2期刊登了章铁民译述的《但丁游地狱》，文章结合《神曲·地狱篇》的内容介绍了但丁游历地狱的经过。

同月，王独清翻译的《〈新生〉中情诗选抄》在《春光》文艺月刊创刊号上发表。这也是目前所见《新生》诗集中的诗作首次译成中文发表。

1934年5月，严既澄翻译的《神曲（节选）》在《诗歌月报》第一卷第2期"诗的翻译"专栏中发表。

1934年6月，傅东华编著的《神曲》由新生命书局（上海）出版，这本书以故事体裁通俗地介绍了但丁的长诗《神曲》，是新生命大众文库：世界文学故事丛书的一种。这本书后来在1944年3月又以《神曲的故事》为书名由中国联合出版公司出版。

1934年11月，王独清翻译的但丁诗集《新生》由光明书局（上海）出版。这也是《新

生》的第一个中译本。后来分别在 1943 年 6 月（重庆）和 1948 年 5 月（上海）又出版了新 1 版和战后新 2 版。王独清在译者题记中详细介绍了自己对但丁及其《新生》的理解与评价。

另外，在 1934 年出版的《小说》杂志第 19 期刊登了译名的文章《一个倔强的灵魂：丹丁》，这篇文章介绍了但丁的生平和创作情况。

1935 年 1 月，黎烈文撰写的《神曲》一文在《太白》第一卷第 8 期"名著提要"栏发表。这篇文章介绍了《神曲》的梗概。

1936 年 6 月，徐楚园撰写的《炼狱》一文在《文艺月刊》第八卷第 6 号的"介绍与批评"栏发表。这篇文章介绍了《神曲·炼狱篇》的内容梗概。

1939 年 2 月，王维克从法文转译的《神曲·地狱》（署名为：但丁著）作为汉译世界名著丛书之一由商务印书馆（长沙）出版，9 月再版，1947 年 2 月，作为新中学文库又出版第 3 版。这本书前有译者的序和论文《但丁及其神曲》。王维克在《但丁及其神曲》一文中对但丁的生平及其《神曲》作了全面的介绍与评述。

1944 年 5 月，于赓虞翻译的《地狱曲》开始在《时与朝文艺》第三卷第 3 期至连载，因为现存期刊不全，只能看到于赓虞翻译的《地狱曲》的前 23 章。

1946 年 1 月，老梅翻译的《神曲》（但丁著）在《高原》文艺月刊新一卷第 1 期发表。这篇译文也是节译了《神曲》的部分章节。

1948 年 8 月，王维克翻译的《神曲·净界》和《神曲·天堂》由商务印书馆（上海）作为汉译世界名著丛书之一出版。《神曲·天堂》书末附有王维克撰写的《〈神曲〉译后琐记》，这篇文章介绍了译者在法国留学期间对《神曲》的阅读与研究，以及在抗战期间翻译《神曲》的经过。至此，《神曲》在中国有了一个完整的译本。

2．但丁研究情况

1921 年，《东方杂志》第十八卷第 15 号在但丁诞生六百周年之际出版了纪念专栏，刊登了愈之撰写的《但低——诗人及其诗》，化鲁撰写的《但低的政治理想》和惟志撰写的《但低神曲的梗概》，这也是国内报刊纪念但丁的首个专栏。

1925 年 4 月，吴宓翻译的《但丁神曲通论》（葛兰坚作）在《学衡》第 41 期的"述学"栏发表。这篇文章是葛兰坚为英文版《神曲》写的序言。

1925 年 9 月，杨宗翰讲，贺麟笔记的《但丁的生平及其创作》在《清华文艺》第一卷第 1 号的"批评与介绍"栏发表，这或许是中国学者最早评述全面但丁生平及其创作的文章。

1926 年 4 月，许祖正撰写的《〈新生〉的译稿与底本》在《语丝》第 76 期发表，这也是目前所见国内最早研究《新生》的文章。

1934年12月,吴朗西翻译的《最近的但丁研究》(西奈勒著)一文在《文学季刊》第一卷4期的"书报副刊"栏发表。这篇译文介绍了国外但丁研究的动态。

3. 中国现代作家对但丁评论的情况

梁启超在《新罗马传奇》开头写道:"千年亡国泪,一曲太平歌;文字英雄少,风云感慨多。俺乃意大利一个诗家但丁的灵魂是也。托生名国,少抱天才,凤攘经世之心,粗解自由之义……。"① 梁启超在此以但丁的灵魂来到中国显示出他对但丁的喜爱,他特别强调但丁的"凤攘经世之心,粗解自由之义",突出对但丁政治才能和政治抱负的向往。

苏曼殊在《本事诗十章》中写到:"丹顿(但丁)拜伦是我师,才如江海命如丝"。② 他在这首诗中奉但丁、拜伦为师,突出其浪漫主义精神,并惋惜其"才如江海命如丝"的命运,这一点也与其命运相似。另外苏曼殊还想译出《神曲》,可惜未能如愿。

马君武在诗作《祝高剑公与何亚希之结婚》(1907年1月发表于《复报》)中以但丁与的贝雅特丽齐爱情故事来祝贺友人的新婚:"罗马诗豪说但丁,世间童孺皆知名。自言一卷欢神曲,吾妇烟时披里纯。"③

王国维在《红楼梦评论》(1914年发表于《教育世界》)中也把《红楼梦》与《神曲》中对爱情的描写进行比较:"至谓《红楼梦》一书,为作者自道其生平者,其说本于此书第一回'竟不如我亲见亲闻的几个女子'一语。信如此说,则唐旦之《天国喜剧》,可谓无独有偶者矣。④"

鲁迅在留日期间读到但丁《神曲》、《新生》等著作,并深受影响。他与苏曼殊、许寿裳、周作人拟办的《新生》杂志,名称即得于但丁的同名诗集⑤。鲁迅在《摩罗诗力说》中赞美了但丁作品对统一意大利的巨大作用:"有但丁者统一,而无声兆之俄人,终支离而已。"⑥ 他晚年在《陀思妥夫斯基在事》(1935年10月作)中说:"回想起来,在年青的时候,读了伟大文学者的作品,虽然敬佩那作者,然而总不能爱的,一共有两个。一个是但丁,那《神曲》的《炼狱》里,就有我所爱的异端在;有些鬼魂还在把很重的石头推上峻峭的岩壁去,这是极吃力的工作,但一松手,可就立刻压烂了自

---

① 转引自王维克:《神曲·地狱 译序》,商务印书馆,民国28年2月初版。
② 同上。
③ 同上。
④ 同上。
⑤ 参见周作人:《关于鲁迅·鲁迅的青年时代·再是东京》,新疆人民出版社,1997年,第423页。
⑥ 鲁迅:《鲁迅全集》,北京:人民文学出版社,1981年,第1卷第64页。

己。不知怎地,自己也好像疲乏了。于是我就在这个地方停住,没有能走到天国去"。①可以说,鲁迅从弃医从文创办《新生》杂志开始一直到晚年翻译果戈理的《死魂灵》一直受到但丁的影响:《新生》得名于但丁的同名诗集,《死魂灵》是果戈理模仿《神曲》而创作的俄罗斯民族的《神曲》。鲁迅的"立人"思想及创作中批判国民性的主题深受但丁思想的影响。此外,《野草》、《故事新编》等作品中的自我解剖也有《神曲》的显著影响。

郁达夫更为关注但丁的《新生》。他在《新生日记》1927 年 3 月 3 日写道:"我打算从明天起,于两个月内,把但丁的《新生》译出来,好做我和映霞结合的纪念,也好做我的生了质的转机的路标。"在 2 月 28 日的日记中写道:"啊,映霞!你真是我的 Beatrice,我的丑恶耽溺的心思,完全被你净化了"。②郁达夫在南洋时"脱离了宪兵部之后,他每天在家里埋头读德文本但丁的《神曲》和历史"。胡愈之认为:"从他的《乱离杂诗》中,我们可以知道他是把燃烧着的热情寄托在这位年轻的小姐身上,正如但丁之于比德丽斯一般,达夫是拿她作为形象,以表现他的伟大的理想和爱"。③此外,郁达夫后期创作如《迟桂花》中肉欲的爱被精神的爱代替、净化,其中不无但丁《新生》对理想女性的精神之恋的影响。

郭沫若曾译过但丁的一首诗,并把但丁的诗称为"雄浑的诗"④,另外还写了一首题为《好像是但丁来了》的诗歌。他的早期小说《歧路》、《炼狱》、《十字架》三部曲在结构、主题方面深受《神曲》的影响。他在这些作品中也提到了但丁的《神曲》"我的爱人哟!像我的 Beatrice! ……Dante 为他的爱人做了一部《神曲》,我是定要做一篇长篇的创作来纪念你,使你永远不死!"⑤

王独清 20 年代中期在欧洲留学期间曾沉迷于但丁研究,他想把但丁的"清新体"诗歌介绍到中国,作为中国新诗运动的借鉴,并在 1934 年翻译出版了但丁的《新生》。另外,王独清还写过一首题为《好像是但丁来了》的诗,在诗中抒发了对一个女郎的爱恋。

路翎特意在 1948 年出版长篇巨著《财主的儿女们》,扉页上使用了但丁《神曲·地狱篇》第 7 歌中的插图。这部小说写"一·二八"抗战爆发后,江南的蒋家家族分化用其不同的命运,其中以蒋继祖为线索人物,描写他在抗战中的心路历程,这一写法

---

① 鲁迅:《鲁迅全集》,北京:人民文学出版社,1981 年,第 6 卷第 411 页。
② 郁达夫:《郁达夫文集》,广州:花城出版社,1984 年,第 89、86 页。
③ 胡愈之:《郁达夫的流亡与失踪》载王自立、陈子善编《郁达夫研究资料》(上册),天津:天津人民出版社,1988 年,第 88 页。
④ 郭沫若:《论诗三札》,载《中国现代诗论》(上),花城出版社,1985 年,第 50—61 页。
⑤ 郭沫若:《歧路》,载《创造周报刊》41 号。

深受《神曲》写但丁游历地狱、炼狱、天堂的写法的影响。另外小说中还有一些"地狱"意象：旷野中的流亡者"好像是他们在地狱中盲目的游行，有着地狱的感情。"[①]

巴金在"文革"期间认为"牛棚"就好像是但丁《神曲》里描写的地狱，他每日默诵《神曲》的篇章以此鼓励自己战胜灾难。在"文革"结束之后，巴金在《随想录》中不仅倡导说真话，而且多次提到但丁及其《神曲》对他的启示和鼓励，并像但丁那样自我忏悔、自我批判。

二、但丁与中国现代作家——以老舍为个案

回顾老舍的创作过程可以发现，老舍从20年代在英国读到《神曲》之后一直渴望写出一部《神曲》那样的著作，不仅他的大量作品中充满着《神曲》的影响，而且他的文学生涯、政治生涯也伴随着"诗人"兼"政客"但丁的影响。老舍从20年代到50年代在创作上一直在对《神曲》进行接受与转化，最典型的就是他在《四世同堂》中采用了《神曲》"三部曲一百章"的结构，并且让《四世同堂》结尾的13章也像《神曲》最后13章那样"丢失"了。这一问题被称为"老舍研究之谜"，而它的答案只能从但丁及其《神曲》那里去寻找。

总结老舍对但丁的接受史可以看出有如下特点：

首先，老舍结合国情对《神曲》的影响进行了文化过滤。"《神曲》在构思和内容上都受到基督教观点的支配，神秘色彩很浓，……但作家创作《神曲》的目的不是为了宣传宗教，而是要从政治上和道德上探索意大利民族的出路。在设想民族出路时，作家表现出基督教的思想，认为信仰和神学高于一切，强调节欲、苦修和道德净化。"[②] 老舍把《神曲》称为"灵的文学"，是因为但丁在《神曲》中不仅写到现世，更多是写到来世，通过写"死后灵魂的状况"，来警醒世人弃恶向善。老舍以《神曲》为范式进行创作，最显著的特点是不再写"死后灵魂的状况"而更多地写现世，也很少使用《神曲》中的梦幻、象征、寓意的手法，从而宗教神学的气氛很淡薄，可以说，老舍结合中国的国情对《神曲》进行了文化过滤，滤去了西方中世纪梦幻文学的手法，保存下《神曲》的思想精髓。

其次，老舍更为关注《神曲》的主题，也即它的思想价值，相对较忽略其艺术手法。

---

① 转自钱理群：《精神的炼狱》，南宁：广西教育出版社，1996年，第157页。
② 孙乃修：《〈神曲〉与但丁精神》，载乔治·霍尔姆斯著，裘珊萍译《但丁》，北京：中国社会科学出版社，1989年，第1页。

这可从老舍大量作品中所体现的"《神曲》范式"看出。"《神曲》具有梦幻故事的形式、象征寓意的手法、象征性的结构,这都带有中世纪文学的特征。但具体描写三界时,都从意大利的现实生活中取材,运用写实的手法和生动贴切的比喻,塑造出有血有肉的艺术形象。"① 老舍只是在《猫城记》、《鬼曲》、《四世同堂》中明显地借鉴了《神曲》的一些艺术手法(如"地狱"意象,梦幻手法,象征基督教"三一律"的"三部曲一百章"的结构等),而且这些艺术手法还只是表达主题的手段。

再次,老舍对《神曲》的影响进行了创造性的转化。老舍对中国现代文学的一大贡献就是对开启了西方文学"灵的文学"传统的《神曲》进行了创造性的接受与转化,为中国现代的基督教文学创作出一批具有浓郁中国色彩的"灵的文学"。《神曲》是基督教文学的经典之作,陈佐才牧师指出"总括来说,基督教文学一定要表达生命中的局限和煎熬,一定要寻找生命中的挣扎与出路,更一定要带出生命的自由和抉择,因为只有这样,才能表达基督教的神髓和显示生命的真谛,引起生命的共鸣。"② 从这个角度来说,老舍的许多模仿《神曲》创作的作品虽然都涉及人性的挣扎与抉择,但是却较少明确写到基督教信仰,只是在《四世同堂》中才大量的描写到基督教信仰,这也从某种程度上表明老舍在创作中结合自己的生活体验创造性地转化了《神曲》的影响,形成了独特的创作风格。

三、结 论

由以上几位作家对但丁的接受,可以看出但丁对 20 世纪中国文学产生了重要影响。

首先,但丁以其《神曲》为 20 世纪中国文学树立了"灵的文学"的范本,使一些作家受其影响在创作中致力于刻化国民的灵魂,批判落后的国民性。如鲁迅的《阿Q正传》、老舍的《四世同堂》等作品。

其次,但丁在《神曲》、《新生》中对圣洁的爱情的描写对一些中国现代作家描写爱情的创作产生了深刻影响,如老舍的《微神》、王独清的《在但丁墓前》等情诗、郁达夫的《乱离杂诗》等诗歌和其后期小说。

再次,但丁的《神曲》通过描写但丁在梦幻中游历地狱、炼狱和天堂来写其心路

---

① 孙乃修:《〈神曲〉与但丁精神》,载乔治·霍尔姆斯著,裘珊萍译《但丁》,北京:中国社会科学出版社,1989年,第2页。

② 陈佐才《基督教文学》,http://www.hkcclcltd.org。

历程的方法为 20 世纪中国文学提供了描写个人心路历程的范本。郭沫若的《歧路》、《炼狱》、《十字架》三部曲、老舍的《四世同堂》明显地采用了《神曲》的三部曲的结构,《四世同堂》更是完整地采用了《神曲》的"三部曲一百章"的结构。另外,路翎的《财主的儿女们》在描写个人心路历程方面也深受《神曲》的影响。

最后,但丁以俗语创作树立了使用意大利语的规范,这一点也对 20 世纪中国文学创作产生了一定的影响。胡适在《文学改良刍议》中还特别以但丁为例来说明新文学应当使用白话进行创作[①]。老舍使用北平话进行创作也深受但丁的影响,而且,老舍所树立的使用白话的典范也对后来的作家产生了较大的影响。

需要指出的是,虽然一些中国作家受到但丁及其《神曲》的影响,但是他们并不是在单纯模仿《神曲》,而是在自己的创作中融入了自己的生命体验和中国传统文化的因子,对但丁及其《神曲》进行了创造性的接受与转化。

如果在但丁与 20 世纪中国文学的宏观背景下观照"老舍与但丁"的特点,把上述作家和老舍对但丁及其《神曲》、《新生》的接受作一番比较,可以看出,老舍是中国近现代作家中对但丁及其《神曲》接受历史最长的一个,几乎贯穿老舍的创作生涯。在这一方面唯一可以和他相比的是鲁迅,鲁迅对但丁的接受也基本上贯穿其创作生涯,从为《新生》杂志所写的《摩罗诗力说》直到晚年创作的《故事新编》,可以说,但丁的影响渗透在鲁迅创作的大部分作品中。尤其值得注意的是,鲁迅的"立人"思想和作品中批判国民性主题深受但丁思想的影响,而老舍作品中的批判国民性主题也深受但丁思想的影响。不少研究者已指出老舍在批判国民性方面与鲁迅相似,是中国现代作家中仅次于鲁迅的批判国民性的作家。但是这些研究者没有考虑到但丁分别对鲁迅和老舍的影响,而只注意到鲁迅对老舍的影响。相比之下,鲁迅对国民性的批判之深如《阿Q正传》,对自我灵魂解剖之屡利如《野草》,对传统文化批判之深刻如《故事新编》,对"立人"思想的重视程度已超过老舍的水平。不过,老舍用《神曲》的结构范式创作了长篇巨著《四世同堂》,而鲁迅未能完成拟创作的反映四代知识分子的长篇小说(郁达夫也有写关于四代知识分子长篇小说的设想,但没有实现),在创作《神曲》式长篇巨著方面,老舍无疑是上述作家乃至中国现代作家中很突出的一位。唯一可以与他相提并论的是《路翎》的长篇巨著《财主的儿女们》,这部作品所受《神曲》的影响主要在于写一个知识分子的心路历程,但《财主的儿女们》的结构不如《四世同堂》所采用的"三部曲一百章"结构那样完整。

郭沫若在其三部曲小说中采用了《神曲》三部曲式结构,但综观他的创作,他在

---

① 胡适:《文学改良刍议》,《新青年》,1917 年 2 卷 5 号。

此前后的创作中很少再有《神曲》的影响。有意思的是，茅盾、郭沫若两人还曾围绕要不要翻译《神曲》、《浮士德》等名著而发生争论，两人的争论反应了文研会与创造社两大文学团体文学观点的差异。

作为创造社早期重要成员的郁达夫和后期重要成员王独清，这两位诗人特别重视但丁的《新生》，这与他们在作品中对女性的赞美，对爱情的咏叹有关，甚至郁达夫晚年在南洋看《神曲》也是为了赞美一个女性，这从其《乱离杂诗》中可以看出。老舍没有在文章中提到过《新生》，但受《新生》的影响创作了《微神》，以此怀念初恋的情人。老舍更多的是关注《神曲》的思想和艺术价值，这一审美趣味也体现了文研会所倡导的"为人生"的文学。

老舍在抗战中突出但丁"政客"的一面，这与梁启超在《新罗马传奇》中突出但丁的"经世之心"有点相似，但是，老舍的这种评价是针对抗战背景而作出的，不久以后，他就转而突出但丁的诗人形象了。

苏曼殊因自身身世凄凉，对但丁的"才如江海命如丝"的不幸产生共鸣，这在上述中国近现代作家中是很独特的。老舍与他相比，与更关注作品，老舍对但丁在《新生》中的痛苦的爱情遭遇深有同感，以至受其影响而以自己初恋故事为背景创作了《微神》。

最后需要强调的是：老舍不仅是中国近现代作家中对但丁接受时间最长的作家，而且是对但丁接受最全面的作家。但丁用俗语创作《神曲》的方法给老舍很大的影响，以至从《二马》开始，老舍的创作都是用白话，尤其是北平话写成的，这在上述作家乃至中国近现代作家中是数一数二的。此外，《神曲》的"地狱"意象、主题、结构乃至人物形象和文化批判精神都有在老舍的创作中有不同程度的体现。老舍的人生经历、个性气质、审美情趣等方面的原因使老舍对但丁及其《神曲》很着迷，这也决定了老舍对但丁的接受不同于别的中国近现代作家。老舍对但丁的接受，对"灵的文学"的探寻为后人留下了前车之鉴，也为 20 世纪中国文学留下了一笔宝贵的财富。

不屈的"超人"与逃逸的"小人物"

——拜伦和苏曼殊差异性之比较

宋庆宝

（中国政法大学）

苏曼殊被称为"中国的拜伦",因为在中国作家中,苏曼殊受拜伦影响最大,是拜伦作品最早的译介者之一,而且苏曼殊的性格和行为,是对拜伦浪漫主义精神最好的阐释。如果说梁启超是介绍拜伦的中国第一人,其翻译的《哀希腊》片断侧重于反抗民族压迫,激励民族自强;鲁迅的《摩罗诗力说》是中国评价拜伦最早的完整论文,侧重于激发强力精神,张扬自我个性;那苏曼殊的一生,就是对拜伦浪漫不羁精神最好的注解。诚如郁达夫所评论的,"我所说他在文学史上可以不朽的成绩,是指他的浪漫气质,继承拜伦那一个时代的浪漫气质而言,并非是指他那一首诗,或那一篇小说。笼统讲起来,他的译诗,比他自作的诗好,他的诗比他的画好,他的画比他的小说好,而他的浪漫气质,由这一种浪漫气质而来的行动风度,比他的一切都要好。"①

但是,与其说拜伦是苏曼殊的偶像,不如说拜伦是苏曼殊的幻想,是一生在向往、一生在追求,却一生都没有达到的一个幻想,因为两人有着天壤之别。一个是一生不屈的"超人",一个是一生逃逸的"小人物"。

拜伦出生在一个贵族世家,其祖上是"征服者威廉"的武士,因立下了赫赫战功,被封为了勋爵,买下了纽斯台德庄园以及周围两千多亩的土地。拜伦家族的家训是"信赖拜伦",他们对自己充满了信心,血液里涌动着令人恐惧的强力。第五代拜伦男爵被称为"残酷老爷",因为争吵而杀死了邻居查沃思,因为不如意而屠杀了林中的二千七百多头鹿;拜伦的父亲被称为"疯子杰克",一生骚动不安,最终客死他乡;拜伦的母系是苏格兰贵族,凶狠残暴,令苏格兰人恐惧,除了第一代是溺死外,其余几代都是因为杀人而被绞死。拜伦的家族可谓狼族世家,拜伦血液中涌动着的也是充沛的强力精神。

---

① 郁达夫:《杂评苏曼殊的作品》,见柳亚子编:《苏曼殊全集》,北京:中国书店,1985年,第115页。

苏曼殊是中日混血儿，父亲苏杰生是性格懦弱的小商人，坚守着温良恭俭让的中国传统美德。母亲是苏杰生的小妾日本人河和仙，由于母亲的地位以及父亲的怯懦，河和仙在苏家备受欺凌，在封建家庭的妻妾争斗中，河和仙选择了逃避，她把苏曼殊扔在了苏家，独自回到日本并改了嫁，苏曼殊因此一生怨恨父亲，但也没有针锋相对的斗争，而是最终离家出走。苏曼殊的家族是绵羊家族，苏曼殊的骨子里充斥的也是消极的逃避精神。

一个人自信与否与其经济地位密切相关。出身贵族的拜伦在经济上是相对富裕的。拜伦也曾经贫穷过，但1805年进入剑桥大学后，他接到了贵族领袖大法官的通知，每年可以从财产中抽取五百镑，可以用一匹马，也拥有了一个仆人。他生活奢华，为了享乐，他包养情人；为了减肥，他雇了著名的拳击选手杰克逊和剑术家安德鲁做自己的教练；为了挥霍，他大肆借债。继承贵族爵位的拜伦，不但在经济上完全独立，而且成为他母亲可以乘凉的大树。

而作为"私生子"的苏曼殊，在经济上却是寒碜的。其经济上的依靠是父亲苏杰生，其上学所有的费用都是苏杰生支付的。苏曼殊跟随表兄林紫垣到日本时，由于经济上不自由而生活拮据，以至于苏曼殊晚上想看书却没有钱掌灯。1903年，苏曼殊参加具有进步倾向的团体"军国民教育会"，但是遭到了林紫垣的反对，而逼其就范的方法就是断其经济来源，苏曼殊在经济上陷入了窘困，不得已在退出社团，返回中国。可见，苏曼殊由于在经济上的依赖，其反抗就缺少了物质条件。

一个人的身体状况也可以影响一个人的思想。身强体壮的人，大都意志坚定，充满了旺盛的蓬勃向上的强力。而身体孱弱的人，则很容易产生悲观的思想，在气质上往往也是纤细感伤和消沉无力。拜伦是个运动健将，他的一生酷爱运动。小时候的拜伦就喜欢苏格兰的奇峰峻岩。他在《勒钦伊盖》里写道："喀利多尼亚！我爱慕你的山岳，/尽管皑皑的峰顶风雨交加，/不见泉水徐流，见瀑布飞泻，/我还眷念那幽暗的洛奇纳伽！"[①] 拜伦有右脚微跛的身体缺陷，这促使敏感的拜伦更加刻意地锻炼自己的身体，在剑桥大学上学时，他是游泳健将，也是棒球选手，而且酷爱拳击、击剑、骑马、射箭、打猎、旅游等等。1810年5月3日，拜伦用了一个多小时泅渡了横隔在亚欧大陆之间的达达尼尔海峡，并且一生引为自豪。拜伦立志在别人的眼中树立全面的强者形象，无论是精神上，还是体魄上，这是拜伦强烈征服欲望的体现。

苏曼殊的身体是孱弱的，据苏绍贤在《先叔苏曼殊之少年时代》中记载"以身体衰弱之故，虽在私塾读书，一年而大半为病魔所困。"[②] 他的母亲河和仙在《曼殊画

---
① 拜伦：《拜伦抒情诗七十首》，杨德豫译，长沙：湖南人民出版社，1981年，第5页。
② 毛策：《苏曼殊传论》，北京：中国人民大学出版社，1995年，第153页。

谱·序》中写道："身体甚弱，因病而几死者屡。"① 苏曼殊因为毫无规律的生活，身体常为疾病所困。1918年5月，三十五岁的苏曼殊病逝在了广慈医院。苏曼殊孱弱的身体，就如同娇喘微微弱柳扶风的林黛玉一样，充满了纤细的感伤，同时造成了苏曼殊和拜伦在性格气质上的差异。

在性格气质上，拜伦充满了"知其不可而为之"的无畏精神。1811至1812年，英国爆发了工人破坏机器的路德运动。1812年春，英国国会通过了"编织机法案"，规定凡破坏机器者一律处死，同年2月27日，拜伦虽然意识到失败，依旧在上议院发表了演说，反对编织机法案，为路德工人辩护，做了类似声讨统治阶级檄文的演讲。得知法案通过后，拜伦就写了政治讽刺诗《'编织机法案'制定者颂》，写道："有这种蠢汉，人家要救助，他却给绞索，那就先把他骨头打断。"继续和残酷的强权进行不懈斗争。拜伦在出版著作的时候，也总是充满了无畏的精神，他在出版《英格兰诗人和苏格兰评论家》的时候说："所有我的朋友，认识的或者不认识的，都力劝我不要署名出版这首讽刺诗，但我并不因为辱骂而恐惧，或者被有武器或者没有武器的评论家们所胁迫。"②

拜伦的笔下流淌出无数明知不可而为之的不屈人物形象。那虽被关进不见天日的地牢数年仍然不放弃自由的锡隆的囚徒；那为了带给人类光明而反抗暴君宙斯的普罗米修斯；那为了真理而质问上帝的该隐……拜伦本身也是为了理想而宁可玉碎不愿瓦全的，这都反映了拜伦决不调和、决不妥协、决不中庸的斗争精神。诚如西谛在《诗人拜伦的百年祭》中所写道："拜伦的诗歌作品，虽有时失之于粗豪，但我们如非专在文字音律上挑剔的批评家，则对于他的作品，没有不惊叹其雄伟的。"③

这种无畏的斗争精神，在苏曼殊的身上也曾昙花一现过，面对着呻吟着的多灾多难的中国，他曾在1903年12月主动请缨刺杀保皇党领袖康有为，但很快就退却了，从此苏曼殊没有采取积极的斗争，而是躲避到了花街柳巷，或者到佛祖的怀抱中寻求片刻的宁静。可见苏曼殊采取的是"天下有道则现，无道则隐"的逃避策略。在苏曼殊的作品中，也充满了这种逃避式的人物形象。《断鸿零燕记》中的主人公"我"得知心上人雪鸿违背婚约时，没有据理力争，而是选择了出家皈依佛陀；《绛纱记》中的主人公"我"也是怯懦无力的，碰到了困难，只知道哭泣。"我实告君，令舅生意不

---

① 毛策：《苏曼殊传论》，北京：中国人民大学出版社，1995年，第153页。
② Byron: *The Works of Lord Byron*, London: A. and W. Galignani and Co., 1977, p.26. The original text is: "All my friends, learned or unlearned, have urged me not to publish the Satire with my name. But I am not to be terrified by abuse, or bullied by reviewers, with or without arms."
③ 西谛：《诗人拜伦的百年祭》，见《小说月报》第十五卷第4—6号，北京：书目文献出版社，1981年，第2页。

佳,糖厂倒闭矣。纵君今日不悦从吾请,试问君何处得资娶妇。……余气涌不复成声,乃愤然持帖,署吾名姓付翁。翁行,余伏几大哭。"① 《碎簪记》庄湜在莲佩生日的时候,外出旅游,被灵芳看见,让庄湜的叔叔碎了玉簪,自己自杀而死,而庄湜竟也郁郁而死。由此可见,苏曼殊的作品,少的是拜伦的斗争精神,多的是一种逆来顺受和消极退让。所以胡继尘评价苏曼殊的小说时说"诗近晚唐,高逸有余,雄浑不足。"②

拜伦是一头雄狮,当遭到攻击时,他会毫不畏惧地予以回击。1808年,拜伦的处女作《懒散的时光》被权威的《爱丁堡杂志》抨击为"人神共弃的作品",这无疑是对青年拜伦的一份不容上诉的判决书。但是拜伦不但没有屈服于权威,而是进行了猛烈的反击。在《英格兰诗人和苏格兰评论家》中,将抨击者批驳得体无完肤,由此也初步确立了自己在英国文坛的诗名。1816年拜伦由于离婚事件被逐出英国后,众叛亲离,拜伦却在威尼斯过着妻妾成群的生活,以此来向英国当局和正人君子们示威。如果说拜伦的放纵是一种主动的反击,那苏曼殊的放纵就是一种消极的退让。苏曼殊在游览楚馆秦院时,只是为了凑个热闹,并没有斗争的意味。如果说拜伦让人心折的是其强力精神,苏曼殊让人心动的则是对被欺凌与被侮辱的小人物的同情。

在爱情上,拜伦是永远处在欲望的中心,而苏曼殊却是行走在感情的边缘。拜伦是个风流倜傥的美男子,他的面容就像雕塑一样完美无瑕,浓浓的卷发,高高的鼻梁,白皙的脸庞,修长的身材,磁性的声音,加上高贵的出身,横溢的才华,如雷的名声,这都让女人着魔。在贵妇们的心目中,拜伦是个完美的男人,为了能够见到拜伦一眼,她们精心准备;为了在宴会上和拜伦挨得近一点,她们用尽了心思;更有甚者,有些出身名门望族的贵妇,为了能够和拜伦有一夜之欢,竟抛夫别子,心甘情愿地和拜伦私通。纵观拜伦的一生情史,就是一部群芳谱。"从诗人的初恋玛丽·恰沃斯,到最后表示愿陪他一同去支持希腊民族独立斗争的岱莱莎·圭齐奥里,中间有缠人的卡洛丽娜·朗勃,放浪的奥克斯弗尔夫人,腼腆的金发少女弗朗切丝,跟他仅有一夜之欢的克莱尔·克莱尔蒙特,威尼斯商人之妻玛丽亚娜和有天后朱诺般身段的玛嘉丽塔。"③ 除了初恋拜伦是追求者,其他情况拜伦都是被追求者,在爱情中,被追求者总是掌握着主动权,在男女两性中,拜伦是控制着爱情方向的。这在和疯狂的卡洛丽娜·朗勃的交往中最明显。卡洛丽娜第一次看到拜伦,就在当天的日记中写道:"这张秀丽的苍白脸庞,将是我的命运。"④ 而且她是个控制欲非常强的女人,想占有拜伦的心,但

---

① 苏曼殊:《绛纱记》,见柳亚子编:《苏曼殊全集》(三),北京:中国书店,1985年,第199页。
② 胡寄尘:《说海感书录》,见柳亚子编:《苏曼殊全集》,北京:中国书店,1985年,第257页。
③ 安德烈·莫洛亚著:《拜伦情史》,沈大力、董纯译,北京:中国文联出版社,2001年,第3—4页。
④ 同上,第27页。

拜伦在男女关系中，是一定要做个强者的，他的信条是占有女人并且指挥女人。他说："一个不委身于人的女子，等于什么都没有给予，而且会藐视不敢征服她的怯懦情人。"① 拜伦征服了卡洛丽娜，但卡洛丽娜却没有征服拜伦，拜伦是不会听任何人指挥的，当卡洛丽娜以死威胁时，拜伦没有屈服，毅然决然地抛弃了她，走向了伊莎贝拉·米尔班克小姐。但是，也正是这种强烈的控制欲望，酿造了拜伦和伊莎贝拉的爱情悲剧。

苏曼殊的身边也有很多女人，但是，除了雪鸿是西班牙牧师罗弼·庄湘的女儿，静子是姨母河合若的女儿，学生何震是好友刘师培的妻子外，其余都是妓女。而且雪鸿和静子是平凡女子，在苏曼殊的文章中，两个人都喜欢自己并且想嫁给自己，这种说法有着夸张的成分。弗洛伊德说，作品是作家的白日梦，是作家的愿望在现实中得不到满足后在作品中的一种补偿。这种说法对于苏曼殊也是合适的。在苏曼殊的小说中，无疑都是女子对男子忠贞不二誓死相许。作品中的男子，都是被爱慕者和被追求者，如《断鸿零雁记》中的雪鸿对"余"；《绛纱记》中的五姑对"我"；《焚剑记》中的阿兰对陈善；《碎簪记》中的灵芳和莲佩对庄湜……苏曼殊的作品，有个共同的模式，就是男主人和女主人公订立了婚约，后来男主人公家道中落，女主人的父母因为贪财，所以逼女主人另嫁，而女主人公痴爱着男主人公，所以相约私奔。在这里，苏曼殊渴望作为中心的自尊和愿望，就得到了变相的满足。周作人曾经说："他的思想，我要说一句不敬的话，实在不大高明，总之逃不出旧道德的藩篱。"② 这个旧道德，就包括男尊女卑、男天女地的思想。至于他所说的雪鸿和静子对自己如何痴情，我觉得有夸张的地方，苏曼殊有夸张甚至说谎的毛病，也是有先例的。不但对于主观的感情，就是对于客观的身世，苏曼殊也莫衷一是。柳亚子说，"玄瑛身世，颇自隐秘，其所言又多诡谲。余误惑于《潮音跋》及《断鸿零雁记》之文，遂铸大错，以玄瑛为宗郎血胤，其实非也。"③ 为此，柳亚子气愤地批评苏曼殊有神经病。对于身世尚且说谎，夸张一下爱情，满足一下虚荣就不足为奇了。苏曼殊热衷于喝花酒，但在妓女眼里，一个和尚喝花酒，本来就不甚和谐，加上苏曼殊木讷穷酸无趣，不善交流，所以被妓女看作怪人、神经病。但就是在这些底层的妓女身上，苏曼殊找到了一点点虚荣的自尊，这也是苏曼殊热衷喝花酒的一个重要的心理原因。

所以，无论是从社会地位、经济条件、身体状况，还是从性格气质、感情得失、人物形象，拜伦都是一个不屈的"超人"，而苏曼殊都是一个逃避的"小人物"。

---

① 安德烈·莫洛亚著：《拜伦情史》，沈大力、董纯译，北京：中国文联出版社，2001年，第36页。
② 周作人：《答芸深先生》，见柳亚子编：《苏曼殊全集》，北京：中国书店，1985年，第126页。
③ 柳无忌：《苏玄瑛新传考证》，见柳无忌编：《苏曼殊研究》，上海：上海人民出版社，1987年，第49页。

老舍作品在美国的翻译、传播与研究

张 曼

(华东师范大学与上海外国语大学)

一、老舍作品在美国的翻译与传播

中国向海外介绍老舍作品是从 1949 年建国后开始的,北京外文出版社在 1956 年就曾向海外出版发行过廖煌英 (Liao Huang-ying) 翻译的《龙须沟》(*Dragon Beard Ditch: A Play in three acts*)。新时期之后,《中国文学》(海外版)杂志社提出"以文学滋养人心,让中国走向世界",大力向海外译介中国文学,其中包括老舍作品。它们分别是:1980 年约翰·霍华德-吉本 (John Howard-Gibbon) 翻译的《茶馆》(*Teahouse: A Play in three Acts*),1982 年唐·科恩 (Don J. Cohn) 翻译的《正红旗下》(*Beneath the Red Banner*),1985 年《中国文学》(海外版)杂志社编辑的小说集《月牙儿》(*Crescent Moon and other stories*)。该集共收录老舍短篇小说 12 篇,其中 4 篇分别是 Gladys Yang 的译本《微神》(*A Vision*)、《上任》(*Brother you takes office*),Sidney Sbapiro 的译本《月牙儿》(*Crescent Moon*) 和 W. J. F. Jenner 的译本《我这一辈子》(*Life of Mine*) 外,其他均由科恩翻译。1991 年,Julie Jimmerson 重译《二马》(*Mr Ma and Son*) 出版。香港联合出版公司 (Hongkong Joint Publication Co.) 的贡献是,1984 年黄庚和冯达微 (Kenny K. Huang and David Finkelstein) 的《二马》(*The Two Mars*),1986 年熊得倪的《天狗》(*Heavensent*) 和 1987 年郭镜秋的《鼓书艺人》(*The Drum Singers*)。

不过,美国翻译老舍作品要比中国的介绍要早。1944 年美国哥伦比亚大学出版社出版英译本《当代中国小说集》(*Contemporary Chinese Stories*),译者是美籍华裔学者王际真 (Zhi-chen Wang)。在美国,王际真享有中国古代和现代小说研究奠基人的美誉。[①] 集子收有老舍先生的 5 个短篇小说译本:《黑白李》(*Black Li and*

---

① 王海龙:《哥大与现代中国》,上海:上海文艺出版社,2000 年,第 64 页。

White Li)、《眼镜》(The Glasses)、《抱孙》(Grandma Takes Charge)、《麻醉师》(The Philanthropist)、《柳家大院》(Liu's Court)。这是老舍小说首次被译介到美国。1968年，纽约格林豪斯出版社(New York, Greenhouse Press)再版了这本小说集。

1945年，伊文·金(Even king)翻译了《骆驼祥子》(Rickshaw Boy)。1948年，他翻译了《离婚》(Divorce)。两部小说均由 New York, Reynal and Hitchcock 出版社出版，且前者1946年由 New York, Sun Dial Press, London Michael Joseph 出版社再版。当时出版社选择伊文·金翻译老舍小说，可能是因为他曾在中国做过外交官，对中国社会与文化比较了解。由于伊文·金对该书改写较多，老舍曾表示过不满，至1981年已有3个重译本面世。它们是：Richard F. S. Yang and Herbert M. Stahl 的 The Rickshaw Boy(1964)，由纽约的 Selected Academic Readings 出版社出版；Jean M. James 的译本 Richshaw the novelLo-t'o Hsing Tzu (1979)，由 The University Press of Hawaii 出版和中国学者施小青的译本 Camel Xiang zi (1981) 分别由北京外文出版社和美国印第安纳大学出版社同时出版。

1946年，袁家骅(Yuan Chia-Hua)和罗伯特·佩恩(Bobert Payne)翻译、主编《当代中国短篇小说集》(Contemporary Chinese Short Stories)，收录了老舍的《"火"车》(The Last Train)，由 Noel Carrington Transatlantic Arts Co. Ltd. 29 Percy Street London and at New York 出版。

纽约的 Reynal and Hitchcock 出版社还出版了郭镜秋(Helena Kuo)与老舍合译本《离婚》(The Quest for Love of Lao Lee, 1948, 1957)，这个译名是他们故意为之，目的仅为了区别伊文·金的译本。之前，老舍独自改编小说《五虎断魂枪》(1947)为同名话剧，1988年该英文手稿在哥伦比亚大学图书馆被发现。

1949年，老舍接受周恩来总理的邀请，结束美国"之旅"归国。1951年，英国的 J. M. Dent and Sons Ltd. Aldine House 出版了老舍的长篇小说《天狗》(Heavensent, 1951)，归国前，老舍与郭镜秋合译完成的《鼓书艺人》(The Drum Singers)在1952年由纽约 Reynal and Hitchcock 出版社如期出版。在美逗留期间，他还与浦爱德合作翻译了《四世同堂》第3部《饥荒》(Yellow Storm, 1951)。

其后，因为中苏建交、中美关系恶化、老舍回国等原因，1953至1963年老舍作品没有在美国翻译出版。

1964年密西根大学中国研究中心出版 James E. Dew 翻译的《猫城记》(The City of Cats)。1970年代，除了牛津大学出版社出版了由 W. J. F. Jenner and Gladys Yang 合作翻译的《现代中国小说集》(Modern Chinese Stories, 1970)收有老舍小说之外，老舍小说翻译只有一个重译本出版：威廉·莱尔(William A. Lyell)重译的《猫城记》

(*Cat Country: A Satirical Novel of China in the 1930's*, Ohio State University Press, 1970)。

文革之后，随着老舍研究热在中国的升温，美国也掀起新一轮老舍作品翻译热。新时期之后的第一个译本是对《骆驼祥子》的重译（1979），译者 Jean M. James 在译本"序言"里特别提到，该译本所依据的原文与伊文·金的版本相同。此时译者卸却了政治包袱，所以正如译者自己所言，全篇小说除了个别字词表达变异外，没有一处删减和改写。译者显然想再现中文文本原貌。

1980 年，印第安纳大学出版社出版了英译本《中华人民共和国文学》（*Literature of the People's Republic of China*），主编是 Kai-yu Hsu 和 Ting Wang。集子里收有老舍话剧《茶馆》（*Teahouse*）第一幕。旧金山的中国问题研究中心出版译本《二马》（*Ma and Son: A Novel*），译者 Jean M. James。1981 年出版的，有大陆学者施小青翻译的《骆驼祥子》（*Camel Xiang zi*）；纽约哥伦比亚大学出版社的两卷本中国文学选集，集中分别收录了老舍的评论文章《自由与作家》（*Freedom and Writer*）和小说《新时代的旧悲剧》（*An Old Tragedy in a New Age*，Michael S. Duke 译）。1995 年，该大学出版社再次推出《哥伦比亚中国现代文学选集》（*The Columbia Anthology of Modern Chinese Literature*），集中收录了威廉·莱尔翻译的《老字号》（*An Old and Established Name*）。

1999 年，夏威夷大学出版社出版霍华德·葛浩文编辑，威廉·莱尔和陈伟明（William A. Lyell 和 Sarah Wei-ming Chen）共同翻译的老舍短篇小说集《叶片草》（*Blades of Grass*），集子收录了短篇小说 11 篇，随笔 3 篇。2005 年，美国学者迈克翻译老舍童话剧《宝船》，并亲自将全部译稿赠送老舍纪念馆。

二、老舍研究在美国

1939 年，美籍华裔学者高克毅捷足先登，曾撰文《论老舍小说》（*The Novels of Lao sheh*）[①]，向美国文学界首次介绍老舍小说，由此迈出了老舍研究在美国的第一步。尽管老舍小说研究较翻译早，但研究之路却步履维艰。1940 年到 1960 年没有老舍研究的论文发表。直到 1961 年夏志清的《现代中国小说史》（*A History of Modern Chinese Fiction*，哥伦比亚大学出版社）的出版才结束了长达 20 年的沉寂期。在书中，

---

① George Gao, *The Novels of Laosheh*, *China Institute Bulletin*, 1939 (3), pp.184—189.

他辟专章较为全面地讨论了老舍早期小说的艺术成就。同一年，一位叫 Cyril Birch 的英裔美籍中国文学研究者也撰写了一篇长达 18 页的论文："Lao She: Humorist in his Humour"，"主要论述了老舍的政治生活背景和小说创作的政治背景。"[①] 1974年，有两篇有关老舍研究论文，一篇是 Ranbir Vohra 的博士论文 *Lao She and Chinese Revolution*；另一篇是由 Walter Meserve 和 Ruth Meserve 合写的论文 *Lao Sheh: From People's Artist to an Enemy of the People*。1976、1977 年又有两篇关于老舍的博士论文。一篇是 Sui-ning Prudence 的 *Lao She:An Intellectual's Role and Dilemma in Modern China*。另一篇是 S. R. Munro 的 *The Function of Satire in the Works of Lao She*，以影印本发行。论文论述了老舍幽默手法在其小说创作中的应用极其意义。1970 年代的大陆，文革使老舍研究沉寂下来，这几篇海外研究论文虽然尚属初级阶段，却填补了国内研究的空白。

1980 年代除了以老舍撰写博士论文之外，就是一批华人学者对研究的拓展和深化。博士论文有：王德威的 *Verisimilitude in Realist Narrative:Mao Tun's and Lao She's Early Novels*（1982），分析了老舍讽刺小说和幽默小说中包含着现实和理想的冲突，并指出老舍作品里的爱国思想含义是复杂的。陈伟明的 *Pen or Sword: The Wen-Wu Conflict in the Short Stories of Lao She, 1899—1966*（1985），通过作家日常行为与短篇小说的分析互证，认为作家身上同时具备文、武两种气质。梁耀南（Yiu nam Leung）的 *Lao She and Charles Dickens–A Study of Literary Influence and Parallels*（1987）和日本留美人士 Koon Ki Tommy Ho 的 *Why Utopia Fail: A Comparative Study of the Modern Anti-Utopian Traditions in Chinese, English, Japanese Literatures*（1986），*Individual Destinies in A Turbulent World: Voice and Vision in Two of Laoshe's Novels*（1995）。除陈伟明论文外，其他都是比较文学研究论文。

时隔将近 40 年，高克毅对老舍的热情依旧。1980 年，他编辑出版了老舍研究论文集译本：*The Two Writers and the Cultural Revolution–Lao She and chen Jo-his*。在海外华人学者中，王德威研究老舍用力较多且比较深入，除了博士论文，其他有：*Lao She's Wartime Fiction*（1989）；*Fictional Realism in Twentieth Century China Mao Dun, Lao She, Shen Congwen*（1994）[20]；*Camel Xiangzi By Lao She*（1994），分析了小说《骆驼祥子》中的现实主义、自然主义和浪漫主义成分；*Radical Laughter in Laoshe and His Taiwun Successors*，分析了老舍的幽默手法对台湾文学创作的影响。

---

① Sbigniew Slupski, *Preface The Evolution of a Modern Chinese Writer*, Publishing House of the Czechoslovak Academy, 1966, p.6.

其他研究者的论文有 Koon-ki Tommy Ho 的 *Cat Country: A Dystopian Satire, Lao She's Literature and his views on Literature* (1989)。Robert A. Brickers 的《老舍：伦敦和伦敦教会的新发现》, K. KLeonard Chen 的 *Molecular Story Structures: Lao She's Richshaw and F. Scott Fitzgeralds*, 李欧梵的 *Lao She's Black Li and White Li: A Reading in Psychological Structure*, 发表在由 Theodore Huters 编辑的 *Studies on Modern China: Reading the Modern Chinese Short Sto*ries 上。论文用西方心理分析的方法对老舍创作《黑白李》的真正意图进行了分析。

尤其值得一提的是,1999 年美国陶氏基金会出版陶普义的专著《老舍：中国讲故事大师》(*Laoshe: China's Master Storyteller*)。这是美国第一部非文学研究者写作的老舍研究专著。1994 年,陶普义还在《传教工作研究》1 月号发表了一篇重要论文,题为《论老舍对中国基督教会和"三自"原则的贡献》；另一篇是《谈中国现代文学》。陶普义美国还建立了"陶氏老舍藏书"和"老陶网站"。

有些美国学者不远万里,带着论文来中国参加老舍国际学术研讨会,如 1999 年在北京召开的国际老舍学术研讨会上,就有三位美国学者参加,并在大会上宣读论文。他们的论文或节译或译述成中文收进论文集。他们是：高美华的 *Lao She: Teacher and Writer, Timely and Timeless* (pp.169—170)、李培德的 *Lao She in England: 1924—1929* (pp.387—305)、布瑞得·陶普义的 *Lao She: His Reception in Bohemia and Slovakia* (pp.418—426)。[①]

21 世纪的老舍研究有：周蕾 (Chow Rey) 的 *Fateful Attachment: On Collecting, Fidelity and LaoShe*；George Arthur Lioyd 的 *The Two Storied Teahouse: Art and Politics in Lao she's Play*s, 作者运用西方本杰明的"收集者"理论,以小说《恋》为个案,分析了老舍创作与政治环境的关系；Alexander Huang 的论文 *Cosmopolitanism and Its Discontents: The Dialectics between the Global and the Local in Lao She's Fiction*。

三、美国翻译与研究老舍作品的特点

1940 年代中期随着中日战争临近结束,美苏两个大国开始了争夺中国的拉锯战。1945 年郭沫若、丁西林和茅盾应邀请访苏,1946 年美国国务院随即向老舍与曹禺发出邀请。"人们明白,老舍和曹禺将能充分代表中国现代正义和进步的文学事业,向

---

① 《老舍与 20 世纪:99 年国际老舍学术研讨论文选集》天津：天津人民出版社,2000 年。

大洋彼岸各界展示自身的丰厚艺术实绩,并将中国人民在连年抗战中焕发起来的新的精神状态一并介绍出去,使西方社会得以较为真切和全面地了解东方文化及社会的发展趋势。"① 老舍和曹禺访问美国,政治色彩较为浓厚。

伊文·金改写《骆驼祥子》、《离婚》,也是为了配合美国官方邀请老舍访美的举动,企图借对老舍小说的改写让美国民众认识中国社会。国内有学者曾认为伊文·金对《骆驼祥子》和《离婚》的改写是一种文化霸权心理作祟,是对弱国文化的操控与侵略。但笔者认为伊文·金对小说的改写不排斥善意成分,这种改写也实现了翻译的社会价值:译者的审美选则和社会文化需求达成了一致,作品翻译的生产者和消费者达成了一致。而在那个时代的中国,对老舍作品的批评也具有浓厚的非艺术性因素和政治性倾向,歌颂他服从社会需要和民族解放的崇高精神。这样,王际真在配合美国官方的同时,也顺应了国内研究者对老舍的评定,国内的老舍研究与美国对老舍作品的翻译、改写形成同构,顺应了各自的社会政治意识形态,却都相对忽略了小说的艺术价值。

1949年老舍回国后,在整个1950年代里,美国出版机构仅出版了老舍三篇小说的译本,其中两篇是他归国前已与出版社签订好合同,第三篇是从英国引进。1953至1963年没有一部作品被翻译或介绍,为什么?从上文的分析可以看出,老舍作品1940年代被翻译到美国,是官方的政治外交的副产品。老舍在美期间,与他人合译自己的小说,第一本出版后市场反应冷淡,其后的译本出版得益于友人赛珍珠的帮助。归国前,老舍因稿酬与赛珍珠夫妇疏远。继之1949年后中美外交关系冻结,老舍小说在美的翻译出版随之沉寂下来就顺理成章了。其间老舍小说也没有引起美国研究界的关注,对老舍的评价文字仅散见于那些译文集的"序言"中,基本没有单篇的研究论文发表。直到夏志清的《现代中国小说史》出版,才有真正从艺术上详细分析老舍文本的文字。1971年,这部小说史再版时,增补附录对老舍个别作品——《猫城记》"重加估断",认为小说蕴含着深刻的人性主题。

新时期开始后,伴随着国内老舍研究热,美国翻译界也掀起重新翻译、研究老舍的热潮。如《骆驼祥子》的重译、《猫城记》的翻译。至1981年,《骆驼祥子》在美国已有3个重译本,尤其是1979年Jean M. James的译本。在前言里,James特别指出,经过核实,他选译的原文版本与当年伊文·金所凭借的版本相同。笔者经过对照阅读,发现译者采用了直译的翻译手法,没有对原文随意删改。译者显然是企图再现原作者创作意图,再现老舍小说原貌。而且对老舍的研究也开始脱离早期的政治意识形态控制,研究者们有的从思想艺术角度探讨老舍小说,有的从义化角度探讨老舍小说与基

---

① 舒乙:《老舍在美国》,中国网,2002 (1/4)。

督教的关系，有的比较老舍小说与外国作家尤其是狄更斯、康拉德等关系，老舍与中国革命的关系，等等。

相比之下，国内老舍研究由1938年之前的对文本随感式审美解读到1940年代的政治性倾向研究再到五六十年代的社会政治学批评。老舍研究在美国虽然数量相对较少，但却是对国内1938年之前老舍作品文学性研究的赓续和深入。因此，1960年代到新时期前的美国老舍研究，是对国内同时期研究的"反动"。海外老舍研究为新时期的国内研究开启了文学性研究的先河。

总的来看，美国有关老舍研究的论文数量超过20篇，这相对于汉学研究不太发达的美国已经是个不小的数目。其中对老舍研究最为倾心的是哈佛的王德威教授和汉学家陶普义先生。事实上，正是这批华裔美籍学者如夏志清、李欧梵、王德威等加入到美国老舍研究的行列，使得老舍研究的视角新颖独特：由于他们集中西文化于一身，能更好地从中国文化和西方文化两种视角观照并分析老舍作品，从而真正地实现了中西文化交流的可能；又由于他们不同于中国学者的语境和学术背景，他们的研究与国内研究互动、互补，相映成辉。

七

中日文学关系与日本文学研究

日本近代浪漫主义与"五四"文学

——以早期留日作家为中心

肖 霞

(山东大学)

浪漫主义是18世纪末19世纪初在欧洲兴起的一场政治文化运动,它很快发展到文学领域,形成一个声势浩大的、席卷全欧的文学运动。其后,这场运动波及亚洲,首先在日本,然后在中国掀起了巨大浪潮,它有力地推动了亚洲各国摆脱封建思想的桎梏,确立近代自我,走向社会现代化的前进步伐。

在欧洲,浪漫主义是在同古典主义相互并行和相互论争中发展起来的。从艺术手法上看,其共同特征是描写理想以抒发强烈的个人感情;描绘大自然的景色以抒发作家对大自然的感受;借助民谣和民间传说的素朴性以反对资本主义的工业文明;用自由的格律、华丽的辞藻和夸张的比喻以描绘异乎寻常的情节、自然和人物;多采用诗歌、历史小说(历史剧)等题材形式以表现对个性解放、创作自由的向往;在注重人的内心情感和对大自然的描写方面,融入现实主义的创作手法。1868年,日本爆发了自上而下的明治维新运动,日本政府把一批批日本青年学生被派往欧洲留学,希望他们成长为近代国家的脊梁,以达"富国强兵"之目的。留学异国青年学生,亲眼目睹了西方的自由和开放,亲身体验了西方的个我与人道,自我意识萌发与觉醒是他们最大的收获。然而,长期接受的儒家文化和根深蒂固的东方思想,使他们不得不在传统与现代的矛盾中挣扎。于是,浪漫主义、自然主义等文学思潮首先在日本登陆。这样,在日本近代文学中,描写处于两难困境中的知识分子形象就成为作家不可回避的课题。中国的新文学是在日本的洗礼中诞生的,百年前的日本留学为中国培养了一批"精神界之战士"。他们在明治开放的文化氛围中摄取西方,反观自我,开创了引领时代发展的"五四"浪漫主义文学,为中国现代文学的确立打下了基础。因此,要研究中国现代文学,就不能忽视"五四"时期的浪漫主义,更不能忽视日本文坛的影响。

一、日本浪漫主义的发展及特点

在日本文学史上，森鸥外与夏目漱石被称为近代文学的巨匠，他们开创的浪漫主义风格奠定了日本近代文学的基础，从此以后，描写或反映近代人"自我"的解放，争取"个人"的独立，就成为日本近代文学永恒的话题。不论是自然主义文学，还是唯美派、无赖派文学创作都不同程度地带有"浪漫"色彩，有人甚至说，浪漫主义一直贯穿日本近代文学的始终，是日本近代文学的一大特色。由于近代日本文学是在赶超欧美的过程中起步的，因此，西方二百多年来发展起来的各种社会思想及文学思潮一股脑地传到日本，在短短的二十年里匆匆在日本文坛上演了一遍。

日本文学史家吉田精一将日本浪漫主义文学的发展划分为三个时期，即初期浪漫派、后期浪漫派和颓废派，他认为，"我国的浪漫主义伴随着自由主义的跛足发展，并不像外国浪漫主义那样，对强大的传统势力具有破坏力。它一方面也同时具有现实主义思想，因此，从绝对意义上来看，其浪漫主义时代极短。但是，这一时期具有艺术价值的作品，特别是在诗歌、评论方面，在本质上是属于浪漫主义的。因此，构成其时代基础的精神志向就不得不定为浪漫主义思想。"[①]而另一位研究家笹渊友一则认为，浪漫主义在日本的发展是非常独特的，它时明时暗，形式多样，有时表现为轰轰烈烈的文坛运动，涌现出壮怀激烈的浪漫诗人、作家；有时表现为潜流、暗流，被其他声势浩大的潮流所掩埋，从当代作家身上仍能看到其所具有的浪漫情怀和浪漫追求，只不过是形式有所改变罢了。也就是说，浪漫主义在日本的发展并非短暂结束，而是一直持续下来。因此，他将日本浪漫主义文学的发展划分为五个时期：启蒙期（1888—1892）；成长期（1893—1899）；融入文学思潮期（1900—1908）；新浪漫主义期（1909—1912）；后浪漫主义发展期（1913—1925）。随着文学思潮的推移，日本浪漫主义多站在纯粹的文学史观的立场上，以浓厚的学术性发展至今。今天的日本浪漫主义文学史观几乎是在大正末年形成的，故第五期应该截止到大正末年。[②]

纵观日本近代历史，这是一个急剧变化的历史时期，几乎每隔十年就有较为重大的历史转变。因此，根据日本浪漫主义在近代文坛上的表现及文学特色，将其划分为四个时期比较合适。即诞生期日本浪漫主义、《文学界》时期的浪漫主义、《明星》派浪漫文学、新浪漫主义。大正时期（1912—1925）的自然主义可看作浪漫主义的延续。从其结果来看，日本浪漫主义是一个螺旋形发展上升的过程，集中表现了各个时期日

---

① 吉田精一：《明治大正文学史》（吉田精一著作集 20），东京：樱枫社，昭和 55 年 7 月，第 71 页。
② 笹渊友一：《浪漫主义文学的诞生》，东京：明治书院，昭和 33 年 1 月，第 120 页。

本人的精神追求。

诞生期日本浪漫主义的特点。这一时期的浪漫主义还处于朴素的不成熟阶段，代表作家有德富苏峰、幸田露伴、室崎嵯峨屋、宫崎湖处子等。从总体上来看，具有以下特征：第一，形而上的、他界的憧憬与形而下的此界自我解放的分裂。他们第一次在日本宣扬"自我"的存在和人的价值，使日本文学具有近代意义。第二，他界的浪漫主义与此界浪漫主义的分裂。他界的浪漫主义世界观，是建立在二元对立的基础上。同时，他界的浪漫主义内部也存在着二元对立，此界在观念上被抛弃，表现为乐观向上。第三，在基督教思想的影响下，他们开启民智，兴办教育，宣扬平等观念，提倡人道主义。第四，积极投身自由民权运动。以实现社会万人平等为信仰的基督教徒积极参加自由民权运动，并成为运动的推动者。第五，作家们都具有扎实的汉学或儒学基础，他们很好地利用汉学及其汉学中的儒、佛教思想，站在自我的立场上，试图用固有的东方思想、东方理念去阐释外来的宗教及文化，努力做到东西方的融合。即他们希冀以传统的儒家学说塑造人格，以来自西方的自由民权学说等改造社会，努力在"忠君爱国"的前提下实现理想的国家主义。他们的文学首先表现为一种求道文学，面对传统价值观崩溃的混乱局面，试图尽快建构适宜于近代人精神需求的道德观和价值观。第六，这一时期的作家各自具有鲜明的思想特征和文学特色，他们的浪漫倾向多出于自发状态，不具备充分的自觉性。尽管如此，这股浪漫倾向产生于《文学界》浪漫主义之前，是日本浪漫主义确立的前奏曲，反映了日本浪漫主义文学的胎动状态。

《文学界》时期浪漫主义的特点。这一时期的代表性作家有北村透谷、岛崎藤村、平田秃木、国木田独步、上田敏等。其基本特点如下：第一，作家们大多在少年时代受到启蒙思想特别是自由民权思想的影响，是在西方文化、尤其是基督教的影响与刺激下成长起来的年青一代。为探求内部的生命、自我，他们率先成为基督教徒。他们在基督教精神主义的洗礼下，以开放的心态接受西方文化，憧憬政治自由和海外文明。崇拜西方的浪漫主义作家和诗人，以熟背他们的诗作为自豪，并努力理解西诗的精髓，确立个我的人生价值。第二，《文学界》同人以前所未有的姿态勇敢地向"砚友社"文学提出挑战，确立了以文学解放作为人生解放的目标。即在文学中实现形而上憧憬与近代自我欲求的一体化，以此界的人性主义实现自我的扩大。第三，苦于灵与肉的矛盾冲突，追求柏拉图式的精神恋爱。为此，在现实俗世中他们屡屡碰壁，因此，不可逃逸的"牢狱观"就成了他们的人生观，悲观与感伤成为《文学界》浪漫主义文学的基调。第四，在西方文学的影响下，他们不停地追问、苦苦地探求，以期找到解决人生问题的钥匙，因此产生了以歌颂自我、讴歌恋爱为主题的新文学。可以说，《文学界》浪漫主义的兴起，标志着日本近代文学的确立，同时也标志着日本文学正式与世界文学接轨。

《明星》派浪漫文学的特点。这一时期的主要作家、诗人有与谢野铁干、与谢野晶子、石川啄木、薄田泣堇、蒲原有明、木下尚江、高山樗牛、齐藤野之人等。其基本特征如下：第一，这是日本浪漫主义的成熟期和鼎盛期，也是日本浪漫主义开始出现裂变，走向衰败的时期；与以往的浪漫主义不同，内容更加丰富多彩，作家更具个性特征。第二，他们开始走上成熟，不再只为形而上的感情世界而苦恼，而是直面人生和社会，挑战社会道德和习俗，谋求自我的扩大，尽情抒发"人"的情感和欲求，以强烈的自我意识歌颂青春，歌颂官能。第三，他们以西方为楷模，积极导入先进的思想文化，关注女性，主张男女平等，开展文明批判；从人道主义出发，坚持正义，伸张人的权利和欲望，为近代日本知识分子独立人格的形成和发展做出了不可磨灭的贡献。第四，近代意识与前近代意识有机结合，带有唯美主义色彩。他们以极大的热情关注艺术，以浓艳华丽的感觉创造空想的情绪美。他们更欣赏贵族的王朝文学，憧憬王朝的地上天国世界以及芜村的中世美、感觉美的艺术境界。在短歌领域，开始从形而下的诗境慢慢地走向内面，追求幽玄的情绪美和恋爱的理想化，与此伴随的是关于生的苦恼、倦怠及对人生的幻灭感，在象征诗歌的影响下，歌风接近象征诗。可以说，他们以各自不同的形式完善和发展了日本浪漫主义文学。

新浪漫主义的特点。新浪漫主义是随着对自然主义的批判而登上舞台的，是后期浪漫主义的发展。代表人物为"牧羊神会"的成员及其周边的作家、画家，主要有北原白秋、木下杢太郎、吉井勇、高村光太郎、谷崎润一郎、永井荷风等。他们受法国象征派、印象派的洗礼，在"美酒加咖啡"的享乐与颓废中酿就日本的唯美主义艺术。其特征如下：第一，受西方"世纪末"思潮的影响，追求人生享乐的艺术至上主义，以唯美主义小说和象征主义诗歌表现新旧交织的唯美与颓废。第二，富于主情性。日本浪漫主义文学多表现为和歌和诗歌，具有极强的抒情性。与此同时，缺乏憧憬和想象的个性，容易导致缺乏对人性主义的追求。比起外界自然，更注重内心世界的感受。第三，具有强烈的反俗性。随着浪漫主义者从人性主义向艺术主义倾斜，其社会批判从对伦理的关心变为对美的趣味的追求，致使他们更加远离社会实践，最后封闭在艺术的象牙塔内。第四，注意艺术世界的扩大，将文学与美术、音乐交织在一起，并与南蛮情趣、江户情趣相结合，寄托了他们的精神憧憬，间接地对乏味的社会进行批判。第五，倾向于形而上的神秘主义，在空想中伴有审美，在异国情调的氛围中体味感觉、神经的刺激，陷入颓唐与病态而不能自拔。

日本自然主义文学是继《明星》派浪漫文学之后兴起的一大流派，主要代表人物有岛崎藤村、田山花袋、德田秋声、正宗白鸟、岩野泡鸣等。这一时期，"浪漫诗人一跃而成为自然主义的鼻祖",致使日本的自然主义带有很大的浪漫性,可看作"被伪装的浪漫主义",或是日本浪漫主义的延续。

二、日本近代浪漫主义对早期留日作家的影响

近代日本文坛从明治时期到大正年间,浪漫主义之风跌宕起伏、绵绵不绝,造就了一批以不同创作风格探求"自我"的近代作家。不仅如此,它也不同程度地影响着中国的留日作家。1902年,鲁迅等人率先到达日本,掀开了百年日本留学的第一页;此后,郭沫若、郁达夫、张资平、成仿吾、田汉、陶晶孙等"创造社"同人怀揣"别求新生于异邦"的心愿到达日本,他们先是学习"实学",后来又纷纷改学文学,试图通过"改造国民性"实现"富国强兵"的愿望。他们在日本与日本作家一样沐浴着浪漫主义的和风细雨,与日本文坛拥有"同时代性",直接或间接受到日本的影响。

鲁迅于1902—1909年间留学日本。他在日本体会到,"凡是愚弱的国民,即使体格如何健全,如何茁壮,也只能做毫无意义的示众的材料和看客,病死多少是不必以为不幸的。"中国的问题"根柢在人","第一要著,是在改变他们的精神,而善于改变精神的是,我那时以为当然要推文艺"。① 于是,他在日本连续发表了五篇浪漫主义评论,在著名的《摩罗诗力说》(1908)中极力推崇西方那些"立意在反抗,指归在行动"的"摩罗诗人",② 认为中国只有产生了"精神界之战士",才能做到"自觉至,个性张,沙聚之邦,由是转为人国。"③ 因此,《摩罗诗力说》无疑成为"'五四'时期鲁迅的文学范式","也是系统地向中国人介绍拜伦为宗主的恶魔派诗歌的第一篇论文。"④ 可以说,这篇论文不论是创作背景,还是提出的概念、介绍的诗人形象以及得出的结论,都与日本有着密切的联系。例如,在取材上,它来源于日本出版的各种著作和文章,"几乎分论的所有部分都有材料来源"。⑤ 在拜伦形象的读取上,与木村鹰太郎介绍的《拜伦——文艺界之大魔王》十分相似,认为中国最需要拜伦式的"恶魔"诗人,他们不光具有反抗精神,更重要的是为自由、人道而战。日本作家夏目漱石和森鸥外是尼采的积极介绍者,鲁迅高度评价夏目漱石,认为他的作品轻快洒脱、富于机智,达到启蒙主义的目的。明治20年代,卡莱尔的英雄观风靡日本,日本浪漫主义者将其

---

① 人民文学出版社编:《鲁迅全集》,北京:人民文学出版社,1988年,第1卷,第417页。
② 同上,第166页。
③ 同上,第156页。
④ 高旭东:《鲁迅与英国文学》,西安:陕西人民教育出版社,1996年,第14页。
⑤ 北冈正子:《〈摩罗诗力说〉材源考》,北京:北京师范大学出版社,1983年,第1页。

尊称为"文字英雄",鲁迅颇有同感,高度评价这种精神界之战士。鲁迅汲取斋藤野之人读取的柯尔纳形象,认为国家最需要的不是战争,而是诗歌,他指出:"凯纳之声,即全德人之声,凯纳之血,亦即全德人之血耳。故推而论之,败拿坡仑者,不为国家,不为皇帝,不为兵刃,国民而已。国民皆诗,亦皆诗人之具,而德卒以不忘。"① "盖诗人者,撄人心者也。凡人之心,无不有诗"。② 强调诗歌的启蒙与"投枪"的作用。

　　郭沫若于 1914—1923 年间留学日本。他的浪漫主义也受到日本文学的影响。厨川白村的生命观和文学观直接影响到郭沫若的文学。白村在《苦闷的象征》中指出:"文艺纯然是生命的表现;是能够全然离了外界的压抑和强制,站在绝对自由的心境上,表现出个性来的唯一的世界。"③ "将那闪电似的,奔流似的,蓦地,而且几乎是胡乱地突进不息的生命力,看为人间生命的根本着,是许多近代思想所一致的。"④ "正因为有生的苦闷,也因为有战的苦痛,所以人生才有生的功效。"⑤ 郭沫若宣称,"文艺本是苦闷的象征。无论它是反射的或创造的,都是血与泪的文学,……个人的苦闷,社会的苦闷,全人类的苦闷,都是血泪的源泉。"⑥ 在谈到文艺的特性时,白村指出:文艺就是"人类所发出的诅咒、愤激、赞叹、企慕、欢呼的声音"。⑦ 郭沫若也主张"文学是情感的自然流露",论述道:"我那首《密桑索罗普之夜歌》便是在那惺忪的夜里做出的。那是在痛苦的人生之下所榨出来的一种幻想。"⑧ 郭沫若诗风豪放,气势澎湃,美国浪漫诗人惠特曼雄浑豪迈的诗风给他很大的影响,郭沫若认为读他的诗有"听军歌军号军鼓时的感觉",使人高昂、亢奋。郭沫若是通过日本作家有岛武郎接触到惠特曼的。他在回忆中谈到:"在大学二年,正当我向《学灯》投稿的时候,我无心地买了一本有岛武郎的《叛逆者》。所介绍的三位艺术家,是法国雕刻家罗丹、画家米勒、美国诗人惠特曼。因此又使我和惠特曼的《草叶集》接近了。他那豪放的自由诗使我开了闸的诗作欲又受到了一阵暴风般煽动,我的《凤凰涅磐》《晨安》《地球,我的母亲!》、《匪徒颂》等,便是在他的影响之下作成的。"⑨ 不仅如此,郭沫若的泛神论思想以及一系列诗作都是模仿有岛武郎读取的惠特曼形象,例如,1910 年 11 月,有岛武郎在《白桦》"罗丹纪念号"上发表了《叛逆者——关于罗丹的考察》一文,将西方的易卜生、

---

① 人民文学出版社编:《鲁迅全集》,北京:人民文学出版社,1988 年,第 1 卷第 170 页。
② 同上,第 68 页。
③ 厨川白村:《苦闷的象征》,天津:百花文艺出版社,2000 年,第 11 页。
④ 同上,第 4 页。
⑤ 同上,第 3 页。
⑥ 郭沫若:《暗无天日之世界》,载《创造周报》第 7 号,1923 年 6 月 23 日。
⑦ 厨川白村:《苦闷的象征》,天津:百花文艺出版社,2000 年,第 20 页。
⑧ 郭平英编:《郭沫若作品经典》,北京:中国华侨出版社,1997 年,第 5 卷 313 页。
⑨ 同上,第 311 页。

托尔斯泰、惠特曼等名哲巨匠看作"叛逆者",郭沫若也在诗作中极力赞扬叛逆者形象,如歌颂惠特曼反抗精神的《匪徒颂》等。

郁达夫于 1913—1922 年间留学日本。他的浪漫主义思想是在法国浪漫作家卢梭与日本浪漫主义作家的影响中形成的。郁达夫对自然主义文学持否定态度,认为自然主义文学不分表里地再现生活,灭却作者的个性,是描写方法的失败,而好的描写必须经过作者的主观审视。明治 30 年代,日本出现"卢梭热",日本作家站在各自的立场上读取卢梭,浪漫诗人岛崎藤村认为《忏悔录》是"弱者的记录",从中能够"发现自我"。他的第一部小说《破戒》作为"涉及人生问题的近代小说",以"告白"的形式描写了觉醒了的个人之反叛。在他的影响下,郁达夫的自传体小说《沉沦》是深受异乡屈辱的"忧伤"的"告白"和"悲鸣",是一部自我觉醒的"忏悔录"。在日本留学期间,郁达夫与日本学者交往颇深,多次拜访文论家厨川白村、作家佐藤春夫等。在白村文艺观的影响下,他认为"人生终究是悲苦的象征",艺术表现"生的苦闷"。他说,"在日本现代的小说家中,我所最崇拜的是佐藤春夫……我每想学到他的地步,但是终于画虎不成。"① 郁达夫的作品,尤其是《沉沦》,不论是在构思、表现形式,还是登场人物的设置等,都可谓是佐藤春夫代表作《田园的忧郁》的翻版。日本学者伊藤虎丸指出:"《〈沉沦〉自序》中提到的'青年忧郁症 Hypochondair 的解剖'一词,直接受到佐藤春夫《改作田园的忧郁之后》(1919)中'Anatomy of Hypochondair'一词的影响;小说《沉沦》本身是在佐藤春夫《田园的忧郁》的影响下写成的。"② 如果进一步比较两部作品,我们还会发现二者在用词、结构和描写方法上都有许多相同之处,郁达夫"将日本的私小说形态搬到了中国",③ 具体"解剖"了"世纪末"青年人所患的"忧郁症",其"颓废"倾向"并不是真正的颓废主义,而只是一种忧郁感伤的艺术表现。"④

张资平于 1912—1922 年间留学日本。他作为前期"创造社"的成员,是"最初四个代表作家"之一,"真正的小说家"。⑤ 在他成长的过程中,日本留学是他文学创作的开端,其主要作品创作于大正时代。大正时代是"两性解放的时代","凡足以跳动青年心理的一切对象和事件,在这一个世纪末的过渡时代里,来得特别的多,特别的杂。伊卜生的问题剧,爱伦凯的恋爱与结婚,自然主义派文人的丑恶暴露论,富于

---

① 生活·读书·新知三联书店香港分店联合编辑:《郁达夫文集》,广州:花城出版社,1982 年,第 3 卷第 73 页。
② 伊藤虎丸:《沉沦论(1)》,载《中国文学研究》第 1 号,1961 年 4 月。
③ 铃木正夫:《郁达夫的〈文学作品はすべて作家の自叙伝である〉について》,《野草》第 48 号,1991 年 8 月。
④ 许子东:《郁达夫新论》,杭州:浙江文艺出版社,1984 年,第 170 页。
⑤ 饶鸿竞等编:《创造社资料》,福州:福建人民出版社,1985 年,第 770 页。

刺激性社会主义两性观，凡这些问题，一时竟如潮水似地杀到了东京，……"[①] 他与日本青年一样，品尝了大正文坛的"美酒加咖啡"，遭受到"世纪末"的煎熬。他清楚地意识到内心的苦闷和性欲的冲动，在大正文学青年的影响下，力争抛弃政治世界，趋向自我实现，表现感情的"自我"，希望靠感情的滋润来平复在现实世界碰得伤痕累累的灵魂。因此，他的作品多以"恋与性"为中心，多以官能、直观的手法描写女性的肉体美，在中国文坛上可谓异样的存在。留日期间的张资平热心阅读岛崎藤村、田山花袋的作品，将其作品看作"杰作"，声言加以模仿，处女作《约檀河之水》（1920）不论是在创作题材、叙述顺序、心理描写和运用道具方面，均与田山花袋的《棉被》存在着很大的相似之处，可谓《棉被》的模仿之作。[②]

田汉于 1916—1922 年间留学日本。他不仅在日本渡过了宝贵的青春时代，而且汲取了来自异域的"世纪末"果汁，与"唯美"、"感伤"、"颓废"的情调产生共鸣，对新浪漫主义表现出浓厚的兴趣。然而，他并没有苦闷、沉沦，而是将那"世纪末"果汁转化为反帝反封建的动力，铸就了融写实与浪漫为一体的浪漫主义风格。就日本文坛对他的影响来看，表现为三个方面，一是理论理解的一致性。二是与日本理论家、作家之间的交往。三是通过日本对惠特曼的接受。田汉对新浪漫主义的理解来自日本，他认为新罗曼主义的文学是"意志强固"之人的"自救"手段。田汉十分崇拜厨川白村，曾两次专程去拜访，最早将其作品《近代文学十讲》和《文艺思潮论》翻译成中文，并在其作品《新浪漫主义及其它》、《诗人与劳动问题》中大量引用。田汉与郁达夫一起多次拜访文坛巨匠佐藤春夫，二人之间的关系"成为日后访问中国的同一个时期的日本作家实现与中国'新文学家'进行交流的起点"。[③]1919 年，日本掀起声势浩大的美国诗人惠特曼的百年祭纪念活动，受其影响，田汉在《少年中国》上发表了《平民诗人惠特曼的百年祭》一文，在全面介绍惠特曼的同时，指出其爱国在于为世界、人类、和平和人性。由此出发，联系中国现实，指出纪念惠特曼的意义在于挽救"少年中国"，要达到目的就必须运用惠特曼的方法——灵中救肉、肉中救灵，实现灵肉一致。

三、中日浪漫主义文学的价值取向及意义

欧洲的浪漫主义经历了半个世纪的风雨，终于在明治以后的日本扎下了根。日

[①] 孔凡今编：《郁达夫选集》，济南：山东文艺出版社，1997 年，第 1081—1082 页。
[②] 参见张竞：《大正文学的阴影——张资平的恋爱小说と田山花袋》《比较文学研究》第 66 期，1995 年。
[③] 小谷一郎：《日中近代文学交流史の中における田汉》，《中国文化》第 55 号，1997 年 6 月。

本人根据自己的需要读取西方的浪漫文学，摄取西方的先进文化，创造了丰富多彩的近代文学。这一过程被"师夷长技"而来的中国留学生所目睹，他们身处明治开化的社会环境，身背弱国子民的精神压迫，为了挽救国家危亡，他们不停地抗争、探索，如饥似渴地汲取外域的营养，用浪漫主义创作方法创造了引领时代的先进文学。正如郭沫若所说："中国文坛大半是日本留学生建筑成的。创造社的主要作家都是日本留学生，语丝派的也一样。此外，有些从欧美回来的彗星和国内奋起的新人，他们的努力和他们的建树，总还没有前两派实力的浩大，而且多受了前两派的影响。就因为这样的缘故，中国的新文艺是深受了日本的洗礼的。"[①] 百年前的日本留学，无疑为中国培养了一批"精神界之战士"，他们对中国现代文学的建构起到巨大的推动作用。

从日本浪漫主义的发展过程来看，其西化程度一浪高过一浪，最后醉倒在"美酒加咖啡"的享乐之中。日本浪漫主义文学的最大功绩在于"人"的觉醒与发现，从此以后，反映近代人与封建家庭的斗争、近代人的彷徨苦恼与对自我的追求成了近代文学表现的主题。"五四"文学则不同，它的目的不是赶超西方。作家们面对内忧外患，将个人的苦闷与国家的命运联系在一起，建构了一种旨在表现反对封建压迫、反抗殖民统治的革命浪漫主义文学。如果将日本浪漫主义文学与中国浪漫主义文学相比较，就会发现二者之间在价值取向上存在着很大的不同，具体表现为：

第一，明治维新后西方文明的传入使日本人开始觉醒于自我，纷纷为自我的确立、国家的富强著书立说。因此，早期的浪漫主义有的探求个我的独立，有的带有浓厚的国家主义色彩。而中国则不同，其早期浪漫主义的特色表现为个我独立与民族救亡的融合，是在探索国家的民运前途时首先发现了"人"。

第二，日本人的西方留学是为建设近代国家培养人才，而中国的留学是为挽救国家危亡不得不走的一条路，它一开始就具有双重使命。

第三，日本对西方文化的摄取是直接而又多渠道的，各种社会思潮的涌入使日本浪漫主义文学丰富多彩。中国浪漫文学的代表均为"清一色"的留日作家，弱国子民遭遇的双重压迫使他们不得不发出"悲鸣"与"呐喊"，文学就成了他们苦闷、挣扎的心灵表达。

第四，日本的浪漫主义文学走向鼎盛之后便开始裂变，作家们各取所好，从个我出发表现自我的意志。而中国的浪漫主义文学在开辟了一个新时代后则继续前行，并融入反帝反封建的革命洪流中，成为革命的浪漫主义。

---

① 人民文学出版社编：《沫若文集》，北京：人民文学出版社，1959年，第10卷第333页。

内藤湖南奉天访书及其学术意义

钱婉约

(北京语言大学)

内藤湖南（1866—1934），本名虎次郎，是近代日本中国学的重要代表人物，卓有影响的中国史研究专家。他一生曾十次来中国，旅迹遍及满洲、华北、长江流域，像沈阳、北京、天津、上海、南京、苏州等地，则是屡次游历。从1899年第一次到中国开始，他就与分散收藏在中国官、私各处的中国典籍结下了不解之缘，了解打探、借观翻拍、复印购买，必欲携归日本而后安、而后快。回到日本，又亲自或组织人员对之进行整理、解读和研究。

纵观内藤十次中国行，其中至少有六次，是以访书为主要目的和主要内容的。内藤访书活动的重心又在奉天，即今沈阳，在奉天故宫的各个宫殿以及奉天的黄寺、北塔等各寺庙调查寻访满蒙史料，包括满文、蒙文、汉文、藏文等各种文体在内的一切有关满蒙民族历史的宗教文献、档案史乘等。

以下依次介绍内藤在奉天访书的具体过程、主要收获，并简单评述其特点、意义。

一、对于奉天寺庙各体藏经的寻访和获取

1. 1902年的初访

内藤湖南首次到奉天，是1902年10月到次年1月。这次他是作为大阪朝日新闻社的通讯记者而来的，目的是考察俄国控制下的满洲经营状况。作为一个学者型记者，在完成报社的关于满洲政治、经济、风俗等内容的报道之外，他念念不忘的是对于满洲土地上重要史籍资料的寻访。这在他的《游清杂信》以及私人日记《禹域鸿爪后记》（又称《清国再游记要》）中，记得很清楚。其中关乎寻访满蒙史料的记事，摘要如下：

(1) 02 年 10 月 22 日：访奉天府学教授王者馨。

(2) 02 年 10 月 23 日：与川久保、清水二氏谒昭陵，在御花园长宁寺观清太宗文皇帝御用弓矢。访黄寺①、诣关帝庙。与一僧相约：明日来观满蒙二藏。归途，逢白大喇嘛，又相约观后楼之蒙藏。

(3) 02 年 10 月 24 日：上午王者馨父子与安部（道明）氏同来，前田（鹤之）氏亦来。与川久保、清水二氏往黄寺后楼访白大喇嘛，登其楼上观；又引至别处，见蒙文藏经。辞别后楼，至关帝庙，会见得大喇嘛，在昨日相约的僧人引导下，观黄寺藏经之蒙文藏经和满文藏经。

(4) 02 年 11 月 5 日：与西村博氏同往书肆"宝森堂"购书。②

(5) 此行最幸运者，乃为在奉天发现了东洋学上非常的宝物（只是没有到手）。

(6) 奉天的官殿由于俄军的严密防禁，未得一见。③

由于当时俄国人实施着对于奉天故宫的严密监管，致使内藤湖南此行并没有能够进入对于满蒙史料具有最关键意义的故宫宫殿。因此，只是在奉天城内的黄寺、长宁寺、关帝庙、太平寺等处，观清朝帝室遗物和寻访各体大藏经的珍贵版本。

自日本临出发前，佛经专家高楠博士曾特别嘱咐内藤，清朝翻译刊刻的"满文藏经"，在奉天收藏，请务必留心关注。这就是上述（2）、（3）条所见，内藤特别打探和寻访各寺所藏藏经的原由。被内藤称为"东洋学上非常的宝物"，指的就是他 10 月 24 日在黄寺所见用金字书写的明代写本《大藏经》，当时他称之为金字"满文大藏经"。而实际上，此时，内藤尚不懂满文和蒙文，不能辨识两者的区别。这部被他称为金字"满文大藏经"的，实际上是"蒙文大藏经"④。

可以说，这次内藤奉天访书是尝试性的初探，开启了他在学术上关注和研究满蒙资料的序幕。

2. 1905 年的重大收获

1905 年 3 月上旬，日俄战争经过奉天会战后，日军已基本上剿除了俄军在东北

---

① 黄寺，又名实胜寺，皇寺，是清太宗太极征服察哈尔汗国后，为纪念胜利并收藏宗教战利品而建的皇家寺院。
② 内藤湖南《禹域鸿爪后记》，载《内藤湖南全集》第六卷之《旅行记》。《内藤湖南全集》共 12 卷，筑摩书房 1969—1976 年陆续出版，以下引自全集者，不再另注版本。
③ 内藤湖南《游清杂信·自营口 10 月 26 日》，载《内藤湖南全集》第四卷。
④ 此行学术访书，使内藤感到满、蒙语知识的重要，即在随后访问的北京，在琉璃厂购买了有关满、蒙文的书籍，归而自学。这可视为内藤研究满洲史的开端。

的势力，全面取胜，遂在奉天设总司令部①，实际上控制了中国东北的局势。

3月30日，内藤湖南及时在《大阪朝日新闻》上著文，介绍奉天历史遗址、文物宝藏、珍贵典籍的重要学术价值，呼吁学界应重视赴奉天的学术调查。

7月4日，内藤从日本出发，经大连、旅顺、营口，7月29日到达奉天。此行因有陆军次官石本新六签署的许可证及11月满洲军总司令部签署的通行证这两道护身符，内藤十分便利而从容地进行了奉天图书宝库的访察和著录。其间还到旧兴京、永陵等地方作考察、拍摄。访书下榻地即为黄寺附近驻扎日军的卫兵宿舍。

这次的主要活动和收获：一是从7月29日至8月23日，关于奉天寺庙各体藏经的调查和获取。二是8月24日至9月13日的故宫文献调查和获取。

这里先看寺庙藏经调查获取之经过：

7月30日：上午访福岛少将②，呈示我等此行调查预案的文书。将军为所动，因约下午四时黄寺见。又见古川少佐，少佐见黄寺附近卫兵宿舍的上野大尉，谈为我借宿事，预计明日可告妥。午后雨，四时至黄寺门外等候，少将冒雨至，中岛比多吉翻译官陪同，引见掌印喇嘛什尔布札木束，将我二人详细介绍给喇嘛。

7月31日：(雷雨)访古川副官，言借宿卫兵宿舍事待设备一齐即可移宿。

8月1日：至黄寺访喇嘛。

8月2日：(卫兵宿舍)必备品略备，下午，雇大车，移宿卫兵宿舍。

8月3日：访福岛少将，出示最近所买《盛京典制备考》《奉天舆图表》各一部，相商调查方针。

8月5日：第二封家书至，内有宫内大臣田中光显③7月14日电报。至黄寺东佛殿调查诸经。

8月6日：访福岛少将，就田中子爵电报事咨商之。

8月7日：访黄寺后楼白大喇嘛，三年前的旧识，喇嘛大喜。

8月8日：白大喇嘛来访，观黄寺风景照片及其藏经，又就御花园及北塔观览事咨商之。

8月9日：往后楼又访白大喇嘛，观其所管太平寺藏经。什尔布札木束来访。

8月10日：什喇嘛至，与大里氏、上野大尉一起，……访大喇嘛，告知欲

---

① 当时日军在奉天，总司令部外又有"军政署"，1906年后撤销，后代之以"关东军司令部"及"关东都督府"。
② 福岛安正：(1852—1919)日俄战争时任满洲军参谋，战后任关东都督，为当时满洲占领军最高长官。
③ 田中光显伯爵(1843—1939)：明治政府成立后，历任军、政、文化界重要职务。时任宫内省长官。后来，岛田翰撮合皕宋楼之事，也是首先向此人进言，才最终促成岩崎弥之助购入皕宋楼藏书。

访御花园及北塔。因借大喇嘛马车及一寺僧作向导，先至御花园，……观本殿所藏藏经。事毕，赴北塔，殿堂甚残破，……满文藏经残破之纸屑，狼藉一地。为之一叹，将其稍完整者运回军政署。

8月12日：再访黄寺、后楼及太平寺。

8月14日：作《奉天藏经略解题》。……访福岛将军，赠《解题》一通，且咨商今后调查的顺序。

8月23日：下午，观万寿寺，观其所藏明清二藏。[①]

以上是与访书得书直接相关的日记资料，不避冗长地翻译摘录于此，可得当年调查之概观。

参照1924年内藤所作《烧失的满蒙文藏经》一文，我们对藏经调查过程和收获，可小结如下：

1. 调查的诸方进展，一方面借助和仰赖驻满最高长官福岛安正少将及其部属的直接支持和援手；另一方面，得到国内官内省长官田中光显的授意，内藤诸文几处毫不回避地说：田中大臣因高楠博士进言，授意我关注奉天的满蒙文藏经，又委托驻满日军总司令部设法将满蒙文藏经弄来日本。

2. 与黄寺的最高住持"掌印达喇嘛"、其次的白大喇嘛等交涉过往，在访书和观书上，得到他们的重要指点和借览。

3. 藏经调查成果：

A. 作成《奉天藏经略解题》，这份奉天各寺所藏藏经清单，是内藤授命之后向上交差的成果之一，他把这份目录解题及时上交了福岛和田中。

B. 获得北塔的《满文藏经》和黄寺的《金字蒙古文藏经》。

虽然高楠博士在内藤1902年中国行那次就嘱咐他关注满文藏经，但内藤却未能有所发现。那部被他称为"东洋学上非常的宝物"的金字藏经，原以为是满文的，其实却是蒙文。所以，此次在北塔发现并捡得《满文藏经》，既是意外，更是如愿以偿。原来，北塔寺在日俄战争时曾作为俄军宿营地，士兵将《满文藏经》散铺于屋内作床褥，甚至作焚火之用。因此，内藤他们到北塔时，看到的是狼藉一地、残破不堪的《满文藏经》。故而意外便利地将之捡回军政署保管。

那部1902年已令内藤发出"东洋学上非常的宝物"，"可惜没有到手"的感叹的金字藏经，此次终于"到手"。而"到手"的经过，却不是内藤个人力量所能达到。

---

① 《游清第三记》，载《内藤湖南全集》第6卷《旅行记》。

日方得到此物的真相，似乎有点扑朔迷离，不甚明朗。从内藤的记载来看，是有前后矛盾之处的。我注意到：在内藤1905年当年写下的日记《游清第三记》（整个在华期间有缺漏）中，并没有记载金字本藏经"到手"之事；而在1924年《烧失的满蒙文藏经》中，有记载如下：

> 我11月5日开始往兴京、永陵地方作史迹探检旅行，17日回到奉天，其间满洲军总司令部正准备撤去。从黄寺听说，军政署的中岛翻译来，以福岛将军的名义借走了金字藏经，恐怕是没有归还之期了。但第二年的1906年8月，我第三次往奉天考察时，军政署尚存此金字藏经，且残缺的满文藏经也还在署中收藏着。①

可见，是福岛将军派人到寺里"借走"的，而且并没有归还，但也绝没有买下这一说。而到了1927年所写《奉天满蒙番汉文藏经解题》之"附识"中，却又记道：

> 解题中所记《金字蒙文藏经》，在满洲军总司令部撤去之时，福岛中将遣翻译官中岛比多吉到黄寺，将官内省送来之五千元金给管掌达喇嘛什尔布札木束，将之买下。②

如此看来，又是由宫内省出资5000元，委托军部向黄寺掌印喇嘛买下的。

这两部藏经，在1906年军政署撤离时，"满文藏经送东京参谋本部，而金字蒙文藏经，则归宫内省，并委托东京帝国大学保管，因此，参谋本部也将满文藏一并交送东大保管。"③可惜的是，如此费尽周折，或于战火中抢救出来或"借来"（一说5000元买下）的两部珍贵藏经，却终未逃过1923年东京大地震的火灾，香销玉殒于异邦。

二、对于奉天宫殿档案资料的调查和获取

1. 1905年的全面调查和著录

内藤第一次进入奉天故宫是1905年。在完成满蒙文藏经的调查后，从8月24日起的20天里，内藤拿了军政署开具的"拜观宫殿"许可证，几乎每天逐一流连于

---

① 《烧失的满蒙文藏经》，载《内藤湖南全集》第7卷《读史丛录》，第433页。
② 《奉天满蒙番汉文藏经解题》，载《内藤湖南全集》第12卷《目睹书谭》，第46—47页。
③ 同上。

故宫内各个宫殿楼阁内，探查其中的宝物、字画、档案、书籍。此时，内藤对满语、蒙语已有了基本知识，这是他此行在文献上能有重大发现的前提。他在翔凤阁、崇谟阁、敬典阁先后发现重要满汉文图书资料、实录玉牒等数十种，对之一一进行著录：

此次宫殿调查的具体所得有：

（一）著成所见书籍目录提要。（二）对其中《汉文旧档》全部晒蓝图制版而归，拍摄了《蒙古源流》的蒙文部分。（三）内藤还与《朝日新闻》的摄影记者大里武八郎合作，拍摄了奉天、永陵方面的重要史迹，包括珍藏上述史籍的宫殿的照片100张，每张附有内藤的解说文字，1908年辑集出版为《满洲写真帖》，后又于1935年出版增补版，增加了1906、1908年增拍的部分。

2. 1906年、1908年的补续工作

1906年，1908年，内藤两次受外务省委托，赴满洲调查间岛问题。两次间岛调查，都是他获得资金和时间，继续作满洲学术调查的好机会。在公务之便，内藤再次访黄寺，入崇谟阁、文溯阁。抄录或拍摄了《蒙古源流》的满文部分、《西域同文志》、《旧清语》等文献资料；又拍摄《满文长白山图》、《盛京全图》等重要舆图。其中，满文《蒙古源流》的借阅与拍摄，曾遭到崇谟阁看守人的拒绝和盛京将军赵尔巽的反对。内藤声称《蒙古源流》是调查间岛问题的关键资料，并让当时的日本外相直接照会日本驻奉天总领事，又由总领事以外交手段贿赂赵尔巽，才得以达到目的。这样《蒙古源流》的满、蒙文两种本子就都到手了。

3. 1912年获取《满文老档》与《五体清文鉴》

1912年初，民国政府成立，奉天故宫内的所有藏品，既成了前朝遗物，有可能会整理或挪移到他处，特别是相关档案文献资料等，按历朝惯例，将成为国史馆编辑前朝历史的资料，收存起来。富有历史洞察力和学术眼光的内藤，应该是意识到了这一点。正是在他的提议下，京都大学派遣他和当时尚是京大讲师的富冈谦藏、羽田亨，专程赴奉天故宫。目的很明确，就是尽快下手，对于故宫中所藏他认为最有价值的资料，进行实质性获取：用拍摄照片的方式，将它们一页页带回日本。内藤预定的目标是崇谟阁内的《满文老档》《太祖实录战图》，因为羽田亨懂得维吾尔语，又临时加上对于翔凤阁内《五体清文鉴》的关注。

从3月23日到达奉天，至5月17日离开，经过八个星期富有效率而不乏波折的艰苦工作，拍下了《满文老档》与《五体清文鉴》，而计划中的《太祖实录战图》未能拍成。

这次的情况不同于日俄战争战火刚刚平息日军全面控制着奉天城的1905年,用内藤的话说,奉天故宫对于先皇遗物,采取谨慎保护的态度。所以,内藤到达后,先是由领事馆与奉天都督赵尔巽交涉,经过几次征求,好容易在一周后,终于得到赵都督的回信:同意看书之事,请尽可能给予方便,因为之前就打过交道,内藤又以多年前旧相识的个人身份,送了赵尔巽和手下的奉天外务使孙葆缙很重的厚礼,这样公私夹击,才得以进入宫殿,借书并拍摄。

在宫殿里进行文献拍摄工作,可以说是前无古人的开创性行为。具体流程是:

(1) 在城里的照相馆请来摄影师二人,加上内藤本人、羽田亨,还有一位同文书院的毕业生,组成五人摄影小组。

(2) 运来故宫围墙外一间巡警值班室用的活动小房子,在崇谟阁门前,改装成一间"暗室"。

(3) 由内藤在阁内辨识书籍资料,将一卷卷文档取出,照相馆的两位及同文书院毕业生共三人,负责一页一页地拍摄,羽田亨则整日在暗室里为相机替换胶片、洗印胶片。

(4) 这样的流水作业,从4月12日开始,到4月25日,首先完成了《满文老档》的全部拍摄。共计拍了4300张胶片,平均每天拍摄三、四百张。

工作到这里,可谓一切顺利。之后,内藤应邀到大连满铁总部,做了一场关于《满文老档》的学术演讲,回到奉天,情况就有了变化。宫中拒绝继续出借资料和拍摄,内藤想向赵尔巽和外务官求情,对方并不见面。经多方周旋,仍不见效,5月1日,外务使孙葆缙函示:拒绝全部拍摄要求。内藤曾记道:

> 至于《满文老档》到底写了什么,是本什么书,中国的官吏们本来完全不知道,即使总督大概也不清楚,只知道是用满文写的书籍而已。但日本人却为此特地进入官中,埋头拍摄,才知道大概是很贵重的东西,就不能再放任不管,所以,就急剧改变了态度。①

由于在拍完《满文老档》之后,已经借出了《五体清文鉴》,他们遂在秘密状态下,紧急赶拍《五体清文鉴》,在10天的时间里,拍完了全书的5300张照片。因为一切新的资料不能再借出,所以,本来计划中的《太祖实录战图》,便没拍成。

除以上拍摄外,还雇佣中国人,由富冈谦藏主持,在文溯阁选择、抄录了《四库

---

① 《奉天访书谈》,原载《内藤湖南全集》第十二卷《目睹书谭》,第315页。

全书》中《礼部志稿》等一部分珍本。奉天文溯阁,是著名的《四库全书》皇家御用北四阁之一,乾隆48年入藏,抗战期间归伪满国立图书馆接管,后由东北人民政府收回。1966年,文化部决定移交甘肃省图书馆代管,保存于新建的专库中,至今完好无损。文溯阁与台北文渊阁、北京文津阁并列,是七套《四库全书》中幸存且保存完好的三套。

三、奉天访书的特点与意义

1. 提倡和实施访书活动,反映了时代政治的信息和内藤个人的人生抱负

内藤中国访书,不是偶然的、顺便的、借机进行,而是很早就有意识地专门提倡,有一定的理论主张。这大概一则缘自他新闻记者出身网罗搜求的职业之本能,更出于他致用型学者通经致用的人生抱负,而其对于中国历史文献和典籍版本知识的熟悉程度和敏锐眼光①,则是他从事访书活动的学术保证。

早在1901年,他就先后著文发表《应向支那派遣奇籍采访使》、《应向支那派遣书籍采访使》二文,介绍中国国内因为义和团运动典籍散失的情况,提醒文化学术界关注如《永乐大典》以及蒙古文《元朝秘史》、宋本《修文殿御览》②等中国珍本奇籍的动向;又介绍了中国自秦始皇焚书以来2000多年间,由于天灾人事造成历次书厄,给中国典籍带来的灾难和损失。提请注意在中国动乱、秧及文物典籍之时,日本政府和学人应有相应的警觉和作为。

可以说,在内藤眼里,到中国去学术调查,关注晚清中国动乱中古籍珍本的动向,不失时机地获得而收归日本藏有,是应该视作一项政府的时代文化策略来重视的。熟知中日典籍交流往事的内藤,目睹晚清文运衰颓、书厄再作的事实,其潜意识中,或正欲以日人当下的积极赴中国访书搜书,为将来之再编《佚存丛书》③,居功于中国文明乃至东洋文明而兴奋不已!

如1905年6月赴满洲前,内藤曾与好友西村天囚有诗文唱和,西村饯别内藤的诗曰:

---

① 内藤湖南对于中国古籍版本的鉴别能力,在日本中国学界有口皆碑,人们把他与田中庆太郎、岛田翰并称为最懂中国古籍版本的二位专家。
② 《修文殿御览》,北齐祖珽编,360卷,一般被视为中国最早的类书,是《太平御览》的祖本。仅有残卷存世。
③ 《佚存丛书》,日本宽政年间林衡(述斋,1768—1841)编,收入中国已散佚失传的古籍17种,共110卷,于1799—1810年间陆续编辑出版。乾嘉时期回传中国,民国年间有上海涵芬楼、商务印书馆等刻本,1992年扬州广陵古籍刻印社影印再版。

> 海外求书且采风，布衣衔命继欧公。
> 奉天经劫典坟在，辽左飞烽塚壁空。
> 战阵摧坚固为烈，名山发籍足侯功。
> 归来进献玉阶下，我亦凭君茅塞通。

内藤次韵回赠诗曰：

> 劫后山川孰采风，拟将铅槧报诸公。
> 阿麻额墨遗文在，钮勒斐阑旧俗空。
> 汉土生民耶律力，咸阳图籍鄷侯功。
> 此心幸与前贤契，不愿丹墀姓字通。①

读此二诗可以看倒，他们是将赴中国访书，视作堪与"将军征战建功立业"相提并论的大事业，其不畏艰险、慷慨报国之情志，溢于纸上。

从访书所关注典籍的内容看，主要是满清早期开发史档案文献、蒙元史料，以及各种民族字体的《大藏经》，这与甲午战争后，日本逐步推行大陆政策，日本的东洋史学家、支那史家们更为关注满蒙史地、中国历代边疆史地以及中国古代民族关系、外交关系等领域的研究是互为表里，相互关联的。当时研究中国的学者，京都的内藤湖南、桑原骘藏、羽田亨；东京的白鸟库吉、藤田丰八等人，无不如是。反映了学术与时代政治的互相依存。

2. 访书所关注的书籍，从内容种类上说，与中国相比，具有学术上的领先性；在日本国内，具有拓荒和开启学术新领地的独创性

近代学术的建立，日本大约早于中国二十年。内藤湖南奉天访书，其所关注的各体藏经和故宫满汉档案资料，在当时，无论在中国还是日本，都是为数极少的学者之间的事情，几乎是在无人知晓其内容和价值的情况下，开始搜求、翻拍和研究的。他的这种率先性探索，对后代学者产生了规定性和框架性的影响。如在内藤之后，鸳渊一、三田村泰助、今西龙、神田信夫等人在整理、标点、研究满蒙文献方面，作出了令世人瞩目的贡献。因此，内藤湖南的访书，以及他所带动的同时代日本中国学教授和年轻教员、留学生们在中国的访书活动，体现了领先于中国人意识的学术眼光。

---

① 西村天囚《草不除轩饯饮内藤奉命之满洲》及内藤《将赴满洲，次西村天囚见送诗韵留别》诗，见《奉天满蒙番汉文藏经解题》文附录，载《内藤湖南全集》12 卷《目睹书谭》，第 47 页。诗中"钮勒斐阑"：指满族男童六七岁起，就用"钮勒斐阑"习射。《满洲源流考·国俗》记载："小儿以榆柳为弓，曰斐阑，刻荆蒿为矢，翦雉翟鸡翎为羽，曰钮勒。"

3. 访书购书以日本在华殖民性机构为坚实后盾。而清末中国屡弱战乱、制度腐败，未能自坚门户，造成新的书厄，客观上也助成内藤的访书活动

日俄战争后，关东都督府、南满洲铁道株式会社、正金银行等机构，相继在中国成立或开业。这些军政、经济性机构，加上各地的领事馆、日本人开设的旅馆饭店等等，为内藤及其他一切来中国的日本人提供了各种依托和帮助，甚至使他们有如鱼得水、宾至如归的感觉。如上所述，1905 年、1906 年内藤的奉天访书，正是在日本军方的配合下，才得以顺利展开；1910 年的京大教授考察团，也"得到关东都督府、南满洲铁道会社的强力援助。"[①]1912 年的奉天访书，奉天领事馆出面照会奉天都督赵尔巽，为内藤一行进入宫殿拍摄起了疏通作用，满铁为他们提供食宿，正金银行为他们解决资金上的不足。难怪内藤感叹："奉天是个再好不过的好地方"，体现了当时一般日本人对于获得殖民地的普遍欢迎。

另一方面，晚清中国屡弱战乱，制度腐败，1860 年英法联军攻破圆明园，文渊阁《四库全书》全部遭劫；1900 年东交民巷使馆区激烈巷战，战火殃及紧邻的翰林院，收藏其中的《永乐大典》、四库采进书等一大批典籍惨遭劫难；还有敦煌文献的流失，内阁文库的缺乏管理，以及 1907 年的"皕宋楼事件"，1917 年"莫理循文库"的东去日本等等，都可以说是晚清中国令人扼腕惊心的"新书厄"。内藤多次进入奉天故宫、黄寺、内阁大库等皇家禁地，访问各处珍贵典籍和文物收藏，就是在这样一个中国未能"自坚门户"、甚至"监守自盗"的黯弱时代进行的。

---

① 参见《清国派遣教授学术考察报告》，载《内藤湖南全集》第十二卷《目睹书谭》，第 189 页。

对"文类"(genre)的超越

——夏目漱石写生文观意义新解

张小玲

(青岛海洋大学)

一

日本明治初期是个传统与现代激烈碰撞的时代,"文学"也不例外。这就导致了包括"文学"这个词本身在内的一系列概念:比如"小说"、"现实主义"、"浪漫主义"等等所具有的内涵意义和现在是不尽相同的。因为这些西方的舶来品被移植到日本之后,还只是停留在作为"名称"存在的位置上,其内涵往往是文论家们根据已有的相关本土概念而改编的。例如一般的文学史上认为是坪内逍遥的《小说神髓》树立了"小说"在近代文学上的地位,其实在《小说神髓》中逍遥却将"小说"定义为和"志怪谈"的"浪漫"一派相对的"寻常谈",是包括"劝善惩恶"和"摹写"在内的一种"假作物语"[①]。从这种分类方式中就可以窥见当时文论家所认识的"小说"和现在我们所理解的"小说"有着怎样的不同。这种以西方传来的"概念"套用本土的文学资源的作法除了显示出对西方舶来品的推崇之外,也隐含着通过整合本土资源以达到与西方平起平坐、互相抗衡的目的。在这样的心理支配下,很多日本前近代的文学形式虽然貌似被"小说"这种最终占据主导地位的文体所吞没,但事实上它们不仅经过了一段顽强的争取生存空间的斗争阶段,而且也在潜移默化地改变着"小说"这个词的本来意义,使其染上了日本的本土色彩。从明治十几年开始一直延续到自然主义盛行时期的"写生文运动"便深刻地体现了这个过程。

"写生文"运动由"俳句革新"的散文运动开始,以正冈子规、高滨虚子、河东碧梧桐等为代表。应该引起我们注意的是,这几位代表者都毫无例外地曾经十分热衷于将写生文发展为"小说"创作,却全都因受到权威文论家很低的评价而放弃。这说明

---

① 坪内逍遥:《日本近代文学大系 坪内逍遥集》,东京:角川书店,昭和49年,第81页。

对于"小说"这种舶来文类,写生文家们仍然"心向往之"并力图加入其中,不过似乎无法将这来源于传统的"俳句趣味"的文类很好地改造成"小说",结果纷纷止步于"小说"的门槛之外。在这样的背景下,夏目漱石的"写生文"观就很能引起我们的思考。众所周知,漱石和子规从大学时(具体应为明治二十二年)便交往甚密,明治二十七年的时候,正冈子规受到中村不折的影响开始转向写实中心的俳论。二十八年八月至十月子规在当时在松山中学任教的漱石家休养,和一些朋友结成"松风会",漱石受其感染也开始加入其中进行俳句创作。这个时候,子规开始了积极的写生实践,将"写生"视为文学的基底。虽然此时漱石并没有什么特别的关注"写生"的言论,不过按照这段时期和子规的密切关系推断他应该知晓有关"写生"的情况。漱石早期明确提及"写生文"应该是明治三十三年至明治三十六年留英期间准备的《文学论》的第四编中。也就是在这时期他应子规之邀所写的《伦敦消息》在明治三十四年五月至六月发表在《杜鹃》杂志上,虽然这不是漱石首次在《杜鹃》上发表文章,但可以视为其撰写的"写生文"的开始。子规在漱石归国前的明治三十五年九月一日去世,但其逝后漱石和高滨虚子等人仍保持着非常紧密的交往。归国后的明治三十六年,漱石的《自行车日记》在《杜鹃》的六月号上发表;奠定漱石文坛地位的《我是猫》也是最初应虚子所邀在《杜鹃》同仁的聚会——"山会"上发表,后由虚子做了部分修改以写生文的形式在《杜鹃》上连载;明治三十六年九月由高滨虚子主编,俳书堂出版的《写生文集》一书中收录漱石的《伦敦消息》一文;明治三十八年四月漱石在《杜鹃》上发表《幻影之盾》;明治三十九年四月发表《哥儿》;明治四十年一月发表《野分》。虽然自明治四十年四月漱石入朝日新闻社成为专职作家以后,就很少在《杜鹃》上发表文章,但他与高滨虚子等人的密交一直持续下来,并且就"写生文"发表了很多评论性文章。从这些文章和作品中我们可以发现漱石和写生文派有着本质上的不同:他能够不囿于"小说"、"写生文"、"俳句"这些概念,十分灵活地将这些文类的特点融合在一起。笔者认为这一点源于他对"文学"概念本身的始终如一的怀疑,或者倒不如说是穿过纷繁复杂的概念而直达文学的本质。

二

刊于明治三十九年八月一日《早稻田文学》八号的《夏目漱石文学谈》中,漱石对自然派代表作《破戒》做出了将会以"明治文坛的代表作而流传后世"[①]的高度评

---

① 《夏目漱石全集》第25卷,东京:东京岩波书店,1994年(以下所引全集版本皆同),第168页。

价。接着他这样说到:"像国木田独步的《巡查》一作一样,只是描写没什么特别的细微的事情,这样有趣的东西在 Daudet Alphonse(法国小说家,1840—97)等人作品中也存在。虽然杜鹃一派的写生文不可能是模仿 Daudet,但也的确很相像。我想普通的写生文中只要稍微加入一些**小说的成分**就可以成为 Daudet。Conrad Joseph 的短篇中也有细致描写火灾或海难场景的,仅仅只是场景没有什么含义,像这样的东西也有作为一种短篇而存在的价值"。"自然派还是什么派的很是奇怪,我想文学越发达某种意义上越是个人的东西。所以没有必要特别标榜是什么什么派"。除此以外,明治三十八年十一月九日[①]和明治三十九年四月二十日给铃木三重吉[②],明治三十九年十二月十一日给高滨虚子的信中[③],都清楚地体现出他对"写生文"和"小说"这两种文类的区别十分了然于心,但可贵的是漱石并没有局限于这种形式上的不同。毋庸置疑漱石是一个优秀的小说家,同时谁也无法否认他的作品中的写生文色彩。也就是说漱石从写生文中得到的是比表面的"文类"形式更加本质的东西。在《草枕》中,书中人物曾这样说道:"情节是什么。世间本来就是没有情节的。从没有情节的东西当中建立情节岂不是无济于事?"、"写生文家走到极端的话,就会与小说家的主张完全不相容。在小说中情节是第一要件"[④]。但值得深思的是,漱石在加入朝日新闻社成为专职作家以后,为了符合"小说""情节"的要求苦心创作过《虞美人草》,然而其文坛反响并不好,被认为只是"通俗的劝诫小说",其后漱石自己也对这部作品做出了否定的评价,认为是自己写作前太过重视整体小说框架而致[⑤]。结合这两方面的事实我们更可以看出:"情节"这些形式上的东西固然重要,但对于漱石来说,从"文类"的意义上区分是不是"小说"、"写生文"并不是首要的,他目光所及的必定是这些文类共通的作为真正意义上的"文学"的内涵。

发表于明治三十九年十一月一日《杜鹃》十卷二号的《文章一口谈》中[⑥],漱石从绘画的印象派谈到文章,认为文章也有印象派,也有只凭技巧便可以赢得赞誉的。"从某种意义来说,这(指技巧——笔者注)就是写生文家们相互赞赏的地方。也就是从现在写生文家的立场来说写什么都没有关系,只要叙述方法巧妙就可以了"。但是作者指出,这样的作品"读来却总是觉得缺点什么,不是过于素淡觉得缺点什么,而是

---

① 《夏目漱石全集》第 22 卷,第 426 页。
② 同上,第 492 页。
③ 同上,第 642 页。
④ 《夏目漱石全集》第 3 卷,《草枕》一文。
⑤ 可参考《夏目漱石事典》中"虞美人草"条目及《夏目漱石全集》相关内容。《夏目漱石事典》,勉诚出版,平成 12 年版。
⑥ 《夏目漱石全集》第 25 卷,第 197—202 页。

不满足",就如同盥洗盆里的水虽然也有春风吹过水面形成的涟漪般的细纹,但是却没有一个总括整个水体的力量。尽管对于写生文家来说这就是写生,就是真实(real),但漱石认为"即使有什么就写什么,如果不 attractive 的话还是会缺点什么"。而这种 attractive 并不局限于是不是真的存在,只要是一种"艺术上的真实"就可以了。这一篇评论充分显示了夏目漱石对于各种文学类别既宽容又具有批判意识的全面看待问题的文学态度。在指出写生文的以上缺点之后,他依然认为当时的社会,特别是所谓的小说家们认为写生文很短很幼稚的看法是错误的,写生文不但不幼稚,反而是一种进步发达的东西。并将写生文归到"为艺术而艺术"一派中,认为其兴起也是社会的发展使然。只不过他们过分看重描写的技巧,陷入了极端。所以漱石提醒"这些陷入极端的写生文家们",应该考虑"趣向、结构(composition)、梗概、情节(plot)"。

发表于明治四十一年十月一日《早稻田文学》三十五号的《文学杂谈》[①]中,漱石则十分明确地显示了对"写生文"和"小说"兼容并包的创作态度。文中这样说道:如果将写生文比作全景立体画的话小说就是电影,因为写生文是鸟瞰式的,趣味在于空间性的特征;而小说的趣味是推移性的,留下事件发展的蛛丝马迹引起读者的兴趣。纯粹的写生文和纯粹的情节小说分别代表了低徊趣味和"直线性的趣味"(即从甲到乙的情节推移性——笔者注),"双方有共同改善的余地"。

三

夏目漱石在把握写生文时的出发点就和写生文派是不同的。写生文运动始于明治三十一年《杜鹃》杂志东迁后的散文实践,最初是为了用散文的形式将芜村的俳句解释出来。这就决定了写生文们从一开始就面临着文类转换的问题。而漱石却不是从这个角度介入写生文的。他在英留学期间准备的《文学论》文稿中就提到写生文,这应该是他最早的关于写生文的论述之一。他在第四编第八章《间隔论》中论及到写生文。第四编题为"文学内容的相互关系"[②],其实这个题目并不贴切,这一编的主要内容是论述为了实现艺术上的"真"而采取的描写技巧。在列举了"投出语法""投入语法""写实法"等等方法之后,在第八章,作者提到了"间隔法"。所谓"间隔法",指的是如何消除读者和作中人物的"间隔"以达到实现最大的艺术感染力的目的。漱

[①] 《夏目漱石全集》第25卷,第286—294页。以下对此文的引用皆同。
[②] 以下原文均选自《夏目漱石全集》第14卷第四编第八章,部分中译文参考了1935年张我军译《文学论》,神州国光社出版。

石认为使读者与作品里的人物在时空上缩短距离,是产生间隔迷惑的捷径。在时间上缩短距离,指的就是"把历史拉到现在来叙述",是"一般作者惯用的手法";在空间上缩短距离,指的是"使作者的影子完全消失,从而使读者能够和作品的人物面对面地坐在一起。"为此有两种方法,其一是把读者拉到作者的身边,使两者站在同一立场上,使双重的间隔减为一个间隔;二是作者本身融化为作品里的人物,成为主人公或副主人公或是"呼吸着作品里的空气生息的人"(也就是指作品中一个人物——笔者注),从而使读者直接进入作品,而不必受到作为第三者的作家的指挥干涉。这两种方法反映了作者对待作品的两种大不相同的态度,使用第一种方法的为"批评性作品",第二种则为"同情性作品",所谓批评性作品,"就是作者与作品里的人物保持一定间隔,以批评的眼光来叙述其笔下人物的行动。采用这种方法要想取得成功,作家就必须具备伟大的人格和强烈的个性,能向读者显示出他卓越的见识、判断力和观察力,足以让读者佩服得五体投地。"而同情性作品则是指"作者不能有自我的作品,作者即使怎么样主张自我,但要是离开作品里人物,就决不能存在值得夸耀的自我。即作者和作品里的人物毫无间隔,浑然成为一体。"值得我们注意的是在漱石提到"批评性作品"和"同情性作品"之后,这样说道:"按照形式上的间隔论所举出的这两种方法逆推的话,就是**作家的态度、心的状态、主义、人生观**(黑体为笔者所加,以下同),由它们发展成小说的两大区别",而要了解这其中的奥妙和相应的哲学道理需要"诸多的材料和解剖综合的过程"。作者坦率承认自己还没有这方面的充分准备,所以深感遗憾。尽管如此,可从**形式**方面对前面两种方法做一探讨。第一种方法,即要想打破读者和作者之间的间隔,从形式上看是很难的,而第二种方法则关系到作品里人物的地位问题,当作者和作品里的人物间隔为零的时候,读者便可以脱离作者,直接面对作品人物。要改变作品中人物地位,是把称为"他"或"她"的人物,改为"你"或"我",从读者立场看,前者最远,"你"较近,而"我",即作者和作品人物完全同化的时候,与读者的距离最近,"文学史上此类例子数不胜数,时人或以其陈腐而疑其效果,普通所谓写生文,似乎都是用这种方法作文的。至其主张如何,不得耳闻,故似不必加以议论;但依我的见解,他们有不得不如此的原因。他们所描写的,情节多属散漫。即作中人物,少有描画一定的曲线、呈现一定的结果,多数是散漫而无收束的繁杂的光景,故为趣味中心的,非观察者即主人公莫属。"因为其他小说被观察的人物可以有所行动,而成为引起读者的兴趣,而写生文如果失去"我"就没有一条主线,作品也会"失掉支柱而瓦解"。

以上的论述表现了漱石看待"写生文"的一个基本思想出发点:即"写生文"是一种**形式上**的实现"间隔法"的表现形式,其根本问题在于作者的态度、心的状态。

从漱石的整个"写生文"观看来,这个基本点一直没有发生改变,"心的状态"这个关键词在明治四十一年《写生文》这篇论文中再次出现:"写生文家对于人事的态度,不是贵人看待贱者的态度,不是贤者看待愚者的态度,不是君子看待小人的态度,不是男人看待女人,或者女人看待男人的态度,而是大人看待小孩的态度,是双亲看待儿童的态度"①。也就是说夏目漱石看中的是写生文作者的位置问题,因为这样的位置可以实现"间隔法",实现艺术的真实。

我们知道《文学论》其实显示了夏目漱石对"文学"的根本思考路径,虽然这一点没有得到足够的重视。此书理论建构的出发点是读者心理问题,其核心是追寻一种具有"普遍性"的文学模式——一种跨越东西方文学概念鸿沟的模式,具体体现在(F+f)这个公式上。笔者认为这个公式其实包含了三层内涵:首先它揭示了在阅读的瞬间,通过符号媒介而构成的作者、读者、语境等几个关系所构成的一个"场"的概念;其次,这种"场"反映在语言层面上,便是具有强烈情绪唤起力的比喻性语言的成立,由这种语言构成的文本是具有意向性(intentionality)的客体;第三,这种比喻性语言意味着对道德主义的反拨,因为道德主义反映在语言层面上,就会表现为"隐喻的死尸",由此,作者对日本"文明开化"中要树立的新道德形成批判。这里所说的比喻性语言是一种"文"——文学的具体体现②。提到"写生文"的第四编是全书的最重要和最精彩的部分。此编开头便说道:"既然论及艺术的'真',那我就必须说一说传达'真'的手段。本来论述这种手段,属于修辞学之列,然流行于街头巷尾的通俗修辞学,只着力于武断的分类,却将其根本主旨等闲视之,故其效甚微。以我之见,发挥艺术之真的诸多手段,大部分不过是利用'观念的联想'而已,以下所说(第一、二、三、四、五、六章)都是以此主张为根本组成的"③。由此可以看出,漱石是明确意识到这章内容是属于修辞学的,讲的是作者如何通过各种联想手段生成文本,使读者产生充分的f,从而实现艺术的真实这种文学效果。就像有论者曾注意到的,在提到"写生文"的第六章中也有这样的论述:"间隔性的幻惑本来并非如(记)—(著)—(读)般有隔靴搔痒之感。(记,为日文"记事"之略,为名词,指所记之事,或者说是指语言符号;著,即著者;读,即读者 笔者注)也非读者进一步与著者合一成为(记)—(读)。亦非成为著者的"余"在代表篇中人物的意义上的(记)—(读)。这个场合是指读者进入记事本身之中。以图示之的话,则必须是(记读)。记事与读者共处于一环内休养生息,了无寸尺之间隙。讲而百尺竿头更进一步,不仅记事与读者化为一团,而

---
① 见《夏目漱石全集》第 16 卷,第 48 页。
② 可参考笔者的博士论文《夏目漱石与近代日本的文化身份建构》中第二章有关论述。
③ 《夏目漱石全集》第 14 卷,第四编,第 262 页。

且真正的著者也不得不被遥遥抛于其后"①。这样一种消解"作者"中心的看法在漱石那个时代是很少见的,它重视的是文本与读者的相遇,也就是提醒我们重视语言自身的不透明性或物质性。语言只有拥有自己的主体性,才能与读者这一他者的主体性相碰撞而衍生出无限的联想效果。可以说《文学论》整本书的逻辑重点最后都集中体现到隐喻性语言这个关键问题上,这一点颇接近于形式主义美学,虽然俄国形式主义美学兴起是在《文学论》写成的半个世纪之后②。所以关于"写生文"的论述其实也是在这个框架之内的:写生文使用的"我"使作者与文中人物一致,这便使得读者甚至忽视作者的存在,直接与文本相遇,从而感受到艺术的真实。如此这般,漱石对"写生文"的作者态度的把握最终落实到对语言的把握之上,而我们知道在形式主义文论中隐喻性的语言才是"文学"之所以成为"文学"的关键。因此,笔者认为漱石的写生文观是他对"文学"的终级思考的体现。在这一点上,笔者并不十分赞同柄谷行人的观点,他认为漱石是通过"写生文"对西方 18 世纪以后形成的狭义"文学"概念提出异议③,笔者倒是认为"写生文"不是漱石对"文学"质疑的起因,而是结果。这是他和写生文派作家的根本不同。这种不同的原因在于两者在知识背景上的差异:他是一个通晓英国文学,尤其是 18 世纪英国文学的学者;他是"两条腿走路"的典型的学贯东西的学者。从他对写生文的态度我们可以看出:自《文学论》开始漱石就是在具有独立文学理论思考积淀的基础上对待写生文的。这也是他能够对"小说"这种舶来品保持清醒批判态度的原因。

四

在先行研究之中,已有研究者注意到"写生文"的语言问题。比如柄谷行人曾经这样解释写生文派的创始人正冈子规为什么关注俳句:"因为俳句与和歌不同,它起源于近世,保存着'平民'性格,同时又(可能)是世界上最短的诗歌形式。以这种诗歌形式为对象,意味着要观察其语言成为诗的极限性质,这促使子规的方法具有形式主义的特征,因为很明显俳句如此之短,从内容和意义上无法充分展开议论。实际

---

① 《夏目漱石全集》第 14 卷,第四编,第 406—407 页。
② 笔者认为《文学论》这本书其实从意识流的分析开始,颇具有现象学文论的特征,但很快便转向文本的语言这样的形式主义文论式的论述上。这和二十世纪所兴起的现象学—阐释学—接受美学及语言学—形式主义—结构主义这两大文论流派形成了有趣的呼应。具体可见笔者的博士论文《夏目漱石与近代日本的文化身份建构》。
③ 可参考柄谷行人:《增补漱石论集成》,东京:平凡社,2002 年。

上,就是在同时代的西洋如此把焦点放在'语言'上的批评家也还没有诞生。可以说,正是这种特殊的日本式俳句得以成为探索普遍性问题的出发点"①。这种分析似乎有点诠释过度,其实子规对"语言"的认识是有一个变化过程的。在初期的《信笔之作》(明治22年)等文中,子规的确认为言文一致者的文章"没有雅趣"、"无一可取之处",很明确地表达了对言文一致的反对态度。但是在《言文一致第二》(明治26年)、《叙事文》(明治33年)中这种态度发生了变化,他认为言文一致能够"精细地描写,直接地描写","文体上是言文一致或是与之相近的文体适合写实","在写实上如果玩弄语言的美的话就会失去写实的趣味"②。发表于明治三十三年一月至三月《日本新闻》上的正冈子规《叙事文》一文是陈述写生文宗旨的代表文章,文中说道:"看到某种景色或人事觉得很有趣时,就把它改写成文章,使读者与自己感到一样有趣。为此就不必用语言来修饰,不要夸张,只要如实模写事物原样即可(唯ありのまま見たるままに其事物を模写する)"③。在《病床六尺》中他又写道:"写生在绘画或记叙文方面都是十分必要的。如果不采用这种方法,就根本不可能创造出好的图画或记叙文。西洋早已采用了这种方法,然而以前的写生是不完全的写生,现在,进一步采用了更为精密的方法。由于日本以前不重视写生,非但妨碍了绘画的发展,就连文章、诗歌等等,也一概得不到进步"④。他这里所提到的"更为精密的方法"指的是透视法,运用此方法便能更准确地观察事物的真实面目。所以,有学者(如相马庸郎)认为,正冈子规是从写实主义的创作手法上把握写生文的。而且,其后的高滨虚子也保持着同一角度。明治四十年前后,虚子在《杜鹃》《国民新闻》《文章世界》发表了一系列关于写生文的评论,相马庸郎将其主要思想总结为两点:一为写生文是将俳句所有的"美"境界用散文的形式表达出来,二是写生文最集中的一点是将客观描写精致化⑤。这个时候的虚子正被自然主义小说浪潮所鼓舞,热衷于小说创作,他也认为写生文最有用的地方正是这种客观性的描写技法。可是,正如川本浩嗣所指出的,"子规很轻易地把依靠语言所进行的'客观事物'的'描写'其打动人的方式与现实事物使人感动的过程混为一谈"⑥。像这样将"写实"和"语言的美"对立起来似乎是言文一致后日本文坛的主要看法,这种倾向在早期坪内逍遥的《小说神髓》中就有迹可寻。在这部被认为是日本近代文学奠基之作的文学理论中,有这样的论述:"所谓人这种动物,

---

① 柄谷行人:《日本现代文学的起源》,赵京华译,上海:三联书店,2003年,第67—68页。
② 正冈子规:《日本近代文学大系的第16卷正冈子规集》,东京:角川书店,昭和47年,第369页。
③ 相马庸郎:《子规·虚子·碧梧桐——写生文文学论著》,东京:洋洋社,1986年,第206页。
④ 《正冈子规集》,南昌:改造社,1928年,第369—374页。
⑤ 上引《子规·虚子·碧梧桐——写生文文学论著》一书,第208页。
⑥ 川本浩嗣:《日本诗歌的传统——七与五的诗学》,南京:译林出版社,2004年,第98页。

有显现在外的外部行为，还有深藏于内的内部思想"[①]，"言（ことば）是魂，文（ぶん）是形。俗语是将七情不加化妆就直白地表露出来，文（ぶん）是将七情抹上脂粉而示人，有失真之处"[②]，只有"俗语"才能真实地表露"七情"——内部世界，而坪内逍遥写《小说神髓》的目的既然是为了告诉人们如何创造一个能表露真情的"文"的世界，那么前提条件就是"文"要向"俗语"的"言"靠拢。这种"言"很显然是以真实表露"情"这种透明性为主要特征的。夏目漱石的可贵之处在于他认识到了语言的不透明性，他所提倡的写生文的"俳味禅味"，就是对这种不透明性的深刻把握。真正像柄谷所说的将俳句的语言特质：语言的不透明性、物质性、无限延展的能指意义——与声音中心主义相对的"文"的意义继承下来的不是子规，而是漱石。这一点在他的文学实践中有充分的体现，限于篇幅所限，仅举《草枕》中的两段为例：

　　暮れんとする春の色の、嬋媛として　しばらくは冥邈の戸口をまぼろしに彩どる中に　眼も醒むる程の帯地は金襴か　あざやかなる織物はゆきつ戻りつ蒼然たる夕べの中につつまれて　幽閴のあなた　遼遠のかしこへ一分毎に消えて去る　燦めき渡る春の星の　暁近くに　紫深き空の底に陥いる趣である。

　　忽ち足の下で雲雀の声がし出した。谷を見下したが、どこで鳴いているか影も形も見えぬ。只声だけが明らかに聞こえる。せっせと忙しく、絶間なく鳴いて居る。方幾里の空気が一面に蚤に刺されて居たたまれない様な気がする。あの鳥の鳴く音には瞬時の余裕もない。のどかな春の日を鳴き尽くし、鳴きあかし、又鳴き暮らさなければ気が済まんと見える。其上何処までも登って行く、いつまでも登って行く。雲雀はきっと雲の中で死ぬに相違ない。登り詰めた揚句は、流れて雲に入って、漂ふて居るうちに形は消えてなくなって、只声丈が空の裡に残るかもしれない。

对于第一段，即使是不懂日语的读者也能感受到其中的"美"，这得益于大量汉语词汇的使用，如"嬋媛"、"冥邈"、"苍然"、"幽閴"、"遼遠"，这些词汇在近代日语中是很少见的，言文一致针对的正是这种"晦涩难懂"而所指意义丰富的汉字词汇。第二段则富有意蕴，尤其其韵律感十分强烈，并且，通过将"云雀"和"虱子"这样风格迥异的意象连接在一起而亦庄亦谐，不仅"美"而且有"俳谐趣味"。

[①] 坪内逍遥：《小说的主眼》，《日本近代文学大系·坪内逍遥集》，东京：角川书店，昭和49年，第69页。
[②] 坪内逍遥：《文体论》，《日本近代文学大系·坪内逍遥集》，同上注，第101页。

结　语

　　通过以上的分析我们可以发现，是"小说"还是"写生文"这些文类概念对夏目漱石来说并不是关键问题，他所在意的是从《文学论》就开始的对"什么是文学"的根本追问。而这种追问最终落实到语言之上——一种隐喻性的不透名的语言。与此相反，所有的写生文家们都在意是否能够用"写生"的方法写实，就像江藤淳所说："这是一种认识的努力，一种对崩溃之后出现的难以命名的新事物试图给出一个名称的尝试。换言之，这亦是试图在人的感受性或者语言与事物之间，建立一种新鲜而具有活力的关系之'渴望'的表现。写实主义这一新理论由西洋输入进来以后，人们并非马上要以写实主义来创作。正如子规所主张：'或许，两人提出的新方案，乃是要在不能停息的灯火上加上一滴油。'他们是处在不得不直视新事物的时代而提出新方案的。因此，虚子也好碧梧桐也好都只能抛弃'自古以来所习见的俳句'，而奔向'写生'。由芭蕉确立经芜村而繁盛起来的俳谐世界，同江户时代的世界像一起到了'寿命将尽'的时候，除了革新，还有其他使俳句、乃至文学再生之法吗？我感到子规一定是在不断拼命地这样反问着的"。[①] 他们恰恰是在对"小说"这样的新的"文学概念"的盲目追寻中丢掉了"文学"。而夏目漱石由于有汉文学、英文学这样的东西方知识背景，能够不局限于任何一种似乎既定的文学概念，能够有一种非历史主义的文学观，这一点在任何时代都具有巨大的现实意义。也由此，夏目漱石才的确称得上日本近代文学史的第一人。

---

① 江藤淳：《写实主义潮流》，原载于《新潮》杂志，1971年10月号，后录入《写实主义源流》一书。

封闭于"丹波",还是冲出桎梏

——以川端康成文学与战争关系为中心

孟庆枢

(东北师范大学)

日本诺贝尔文学奖得主川端康成(1899—1972)的评论、研究文字在日本汗牛充栋,在我国也林林总总。这里只想从他与日本军国主义从1931年至1945年期间对我国及亚洲有关国家发动那场罪恶的战争的关系入手来论述。因为这一问题对于全面认识这位作家十分重要。同时,这一问题还会超越所谓的"文学"研究,可以从更多视点来窥探日本文化深层次的问题。而且,这一问题在我国的日本文学研究界(特别是川端康成研究领域)存在明显的不足和误区。

在川端康成的生涯中,超过一半的时间是处于那场战争和战败以后的岁月里。他带有总结性地说过:"我对发动太平洋战争的日本,是最消极的合作,也是最消极的抵抗。"[1]我国的一些川端康成研究者一般就把这句话作为川端和那场战争的关系结论性看法。然而这种简便的作法往往会忽视很多更丰富的内涵。

诚如所知,论及包括川端康成在内的日本每位作家与战争的关系问题时,应该包含两个层面的内容:一、在战争当中的态度(当然是那场战争的在场者);二、在日本战败投降后对这场战争的认识(哪怕当年实际上与战争无涉,如大江健三郎)。川端康成与这两个层面都有关系,而大江仅与后者有关联。

研究川端康成与战争的关系既要切入文本、又要联系他本人对那场战争的言与行。日本文学批评界也是从这两个大方面来探讨的。我们可在先行研究基础上作必要的梳理后再提出一得之见。事实上日本川端研究界针对川端和战争的关系已有一些值得关注的论述。

---

[1] 《川端康成全集·第23卷》,东京:新潮社,1981年,第569页。

一

对川端康成的研究可以说是日本文学批评界的一门显学。在长达几十年的研究成果中,有些著作是研究川端康成文学所必须了解的。首先应该提到的是长谷川泉(前川端康成文学研究会会长,1918—2002)的《川端康成论考》(1964)(中译本,孟庆枢译,1993年,时代文艺出版社),川端香男里(前东京大学教授、著名文学理论家、川端康成继子、女婿)说此著作是"对川端康成的一切都不放过的这种'百科全书式'的包罗万象。无论是在理论上,还是在实证的考察上,都与川端康成的人生历程紧密地结合在一起。本著作是对川端康成全部生涯、作品一种充满人道主义激情的阐述。"[1]现任会长,羽鸟彻哉教授的《作家川端的展开》(教育出版社中心,1993年),则是承上启下的川端康成研究的皇皇巨著。在这部专著中,羽鸟先生动态地考察这位诺贝尔文学奖得主,从新感觉派前至新感觉派进入"虚无",再从"虚无"中逃出,在这长达14年的战争的复杂心理到战后的独特思考,都在实证基础上作了深入的探究。羽鸟先生和长谷川泉先生一样,是紧密结合文本而切近川端文学的。由于时代的关系,羽鸟先生所借鉴的批评理论显得更为广泛,视野更为开阔,对川端研究中的一些"盲点"已有很大的开拓,特别是对川端与战争的关系的论述,发人深省。其实这在川端其人、其作中是一个无法回避和轻视的问题,而且它不仅关系川端康成个人,也与当今整个日本文化的深层问题密切相连。还有几套丛书都为川端康成研究提供了方便。如日本文学研究资料丛书(川端康成)(有精堂,昭和48年)、羽鸟彻哉编的日本文学研究资料新集(川端康成)(有精堂,1990)川端文学研究丛书补卷(总索引·作品论补说)(教育出版中心,昭和58年),田村充正等主编的《川端文学的世界》(勉诚出版,平成11年,1999)是为纪念川端百年诞辰的大型论著编纂,这些论著以其内容宏富,学者阵容之豪华,堪称川端研究之硕果。考虑到川端康成作品的丰富性、复杂性,还应该了解川端康成与美术和其他相关领域。其中成书的《川端康成——文豪所爱的美的世界》(光村印刷,2002)这是纪念川端30年忌出版的川端康成收藏的美术作品的珍贵资料,还有羽鸟彻哉主编的《川端康成收集的日本的美》(平凡社,2009年2月),这两本图鉴以真实的影像资料记录了川端康成心灵世界的又一面。还有一种川端康成文学研究会主编的"年报"《看川端文学的视界》,至2008年已出版23期,它基本上反映了日本国内及域外的川端研究(当然有一些撰写者的视野狭隘些,有的失之偏颇)。

---

[1] 长谷川泉:《日本文学论著选·川端康成论·中译本·序》,长春:时代文艺出版社,1993年,第8页。

二

下面,我们将视点集中于川端康成与那场战争的关系这一中心话题。

羽鸟彻哉在《川端康成的战后》(1977)中对日本投降后针对川端康成与战争的问题作了全面梳理。川端康成在《关于"纯文学不可或缺"》(1932年11月)中有这样一段话:"不受强迫的艺术派作家,自己深知,只能用自己得心应手的材料来写作。但因此就非难他们不关心社会,这有点过于轻率了。像通俗作家和无产阶级作家那样勉强去写,可以标示一种艺术生活,但是,不勉强、被动地去写,也是一种艺术的良心。"

川端康成在1931年日本开始侵华以后,于1932年起写出了《抒情歌》、《给父母的信》(1932)、《禽兽》(1933)、《虹》(1933)。正如羽鸟先生所说,在上述作品中写了自己周围的人们生活的悲惨、无奈,以养鸟兽来慰藉心灵,"失去了生气,陷入虚无的心境。"① 羽鸟接着指出从昭和10年(1935)到12年(1937)川端康成开始写《雪国》、《花的圆舞曲》、《女性开眼》、《农村剧场》、《童谣》、《意大利之歌》,在这些作品里最触及人心的是"女性的生存能力"和"患不治之症者和残障人的求生力"及"对残忍、非人道,恶与死的现实目不转睛地盯视"。② 川端康成本人曾说《雪国》写的是"对生命的憧憬",这即是"女性无偿之爱的美。"③ 羽鸟把《雪国》看作川端"超越虚无重返实际生活的精神过程"④ 是非常锐敏之见,岛村的生命之泉来自女性之无私的爱,即"蚕"的精神。⑤

在日本军国主义全面发动侵华战争(1937.7.7)前后,川端写出了《牧歌》(1937.6—1938.2)《高原》(1937.12—1939.12)。在《牧歌》和《高原》中体现了川端对那场战争更深入、更复杂的思考。对此,羽鸟彻哉切入文本,作了合情合理的阐述。《牧歌》是围绕信州的历史、风土、经济、文化的实录和加以小说虚构组成的一部很特殊的作品。羽鸟指出:"如果从实录中除去物语、小说部分,可以看出叙述人'我'在户隐神官的女儿知子的导游下,去户隐所记的事情。知子的哥哥是受左翼教育赤化的教师,被小学校解雇。后来研究苹果,但当时已被赶赴战场。知子受兄长影响也倾向左翼思想,如今也背负这种痛苦,过去对神、天皇否定的人会以怎样的心情来对待这场战

---

① 羽鸟彻哉:《作家川端の展开》,教育センタ,平成3年(1991),第495页。
② 同上,第496页。
③ 同上,第497页。
④ 同上,第498页。
⑤ 孟庆枢:《春蚕到死丝方尽》,参见《孟庆枢自选集》,长春:时代文艺出版社,2003年,第261—273页。

争呢？把它作为一个问题提了出来。"①但是，正如羽鸟指出，川端本人的思想深处是："有一种力量将世间的一切，一瞬间收束在一起。"如今"以天皇为中心的'日本民族'，被战争裹挟毫无办法"②《高原》则是以40多个国家的人杂居的轻井泽为中心舞台的作品。主人公空想的世界是"所有人种的自由杂居、混血的世界。"在这个文本里传达的信息正如羽鸟所说："这显然是不着边际的幻想，但是，让日本民族在世界民族中消解而无悔的想法以非常清晰的形式提出来了。"③

在太平洋战争期间，川端康成发表了《东海道》（1943.7—9，在《满洲日日新闻》上连载）这是对日本平安文化的思考的作品。川端对《源氏物语》的尊崇是众所周知的，他在战争年代，在灯火管制下都偷着打着手电耽读。这不仅仅是对古典美的执著，实际这里有更深层的内涵，正如羽鸟彻哉指出的：在川端笔下的主人公植田说："平家、源氏、北条、足利、德川虽然都败灭了，但是'婀娜优美的女性'的《源氏物语》的温柔之手永在。"④在这里川端表示的是什么意旨呢？羽鸟认为："如果把这一日本文化精神应用到当今这场战争的话，这场日本民族支配他民族的战争也并非是场使自己洋洋得意的战争，相反，也会把自己消解而融入他者。"⑤但是，如果正视眼前战争的现实"不管战争以何种理由为借口，但也终于露出了压迫他民族扩充自己领土的利己主义的面孔。事实上无论是在日中战争的场合还是太平洋战争场合，民众都为日本领土的扩张而欢呼胜利，日本的统治者，以给予当地人独立之名向他们强力推行日语，把它作为实实在在的日本化而上心。在这样的现实面前，自我否定的理论不过是知识分子自慰行为而已。"⑥对这复杂情况的分析使我们体会到川端对那场战争的思考的复杂性。为此，羽鸟认为，这部未完之作，如果再往前走，即"川端自我否定的理论就与日本浪漫派连结了"，即朝着对"圣战"的积极肯定的方向前行了。但是，川端到此打住了。

在战争结束前后，他发表了《冬之曲》（1945），在这篇小说中女主人公由于忠贞、思念战死的丈夫，在战后拒绝了一位求婚者，对方在身心交瘁情况下疲劳而死，使这位女主人公极为痛心，也体现了川端对传统道德观的重新叩问。

羽鸟彻哉总括起来认为，川端康成与那场战争之关系是："川端在战争当中，没有反对战争。既然命运要接受，就必须接受了。但是，虽然是接受，但那不是为日本

---

① 羽鸟彻哉：《作家川端の展开》，教育センタ，平成3年，第499页。
② 同上，第500页。
③ 同上。
④ 同上。
⑤ 羽鸟彻哉：《作家川端の展开》，教育センタ，平成3年，第501页。
⑥ 同上，第501—502页。

民族私利的战争,而是希望那是一种把日本消解在世界之中的战争。但是这一愿望、理想与现实的战争之间存在着断裂,川端多少对时代、战争作了正面思考的作品《牧歌》、《东海道》都半途而废。结果,川端个人只能在历史的大潮中间,对这浪潮席卷的一个一个悲惨命运凝视而已。不管这一凝视如何细致入微,乍看起来毫无力度,但是,时代潮流发挥机械的、非人工的力而压抑人性时,对这机械之力却平和地接受,并长时受其腐蚀。"① 这段论述是耐人深思的。这篇论文是作者于 1981 年 4 月发表的。

对于川端康成在侵略战争时代的活动,特别是来"满州国"的新京(今长春)搞《满州国各民族创作选集》(一、二卷,1943、1943)的编纂工作。羽鸟认为,"对满州国既不否定,而非赞美的工作"② 川端康成这里宣传的各族合作和日本统治者的侵略宗旨上是一致的。奥出健的《川端康成的满州康德八年——全集收录文章介绍》一文(平成 4 年《创造与思考》)指出:"探讨川端去满州的意义。川端康成同外地文学关系的研究还很少。他对当时小学生作文的关心与外地作家如蒙疆作家石塚喜久三表示好感的问题,都看出川端对'满州国'文学的看法。"③

在日本战败投降之后,川端康成在一系列悼词、感言、随笔里写得最多的是"死",究其原因核心的是他与战争关系的思考。如《追悼岛木健作》(1945.11)中说:"我已把自己当作是一个死去之人,除了悲哀的日本的美之外,今后我不想写一行文字。"他的这句话被三好行雄看作是:"严酷而美丽的战败感铭。"④

林武志围绕川端《哀愁》和几篇悼词指出,"川端所使用的'历史'这一词语,把战败与孤儿与酷似恋母的物语《源氏物语》都重合在一起,既保存川端主体真实,更是生于乱世的人的共感以'哀'所生发出的表现。"⑤

川端本人在《哀愁》中说:"战争期间,尤其战败以后,日本人没有能力感受真正的悲剧和不幸。我过去的这种想法现在变得更强烈了。所谓没有能力感受,恐怕也就是没有能够感受的实体吧。"⑥

"战败后,我一味回归到日本自古以来的悲哀之中。我不相信战后的世相和风俗,或许也不相信现实的东西。"⑦

"这次战争期间和战败以后,日本人的心潮中潜藏着《源氏物语》的哀伤,决不

---

① 羽鸟彻哉:《作家川端の展开》,教育センタ,平成 3 年,第 504 页。
② 同上。
③ 田村充正ら主编:《川端文学の世界・その思想》,东京:勉诚社,平成十一年(1999),第 239 页。
④ 同上,第 234 页。
⑤ 同上。
⑥ 《川端康成集・临终的眼》,叶渭渠译,长春:东北师范大学出版社,1996 年,第 152 页。
⑦ 同上。

在少数吧。"①

"悲哀的摇篮曲渗透了我的灵魂,永恒的儿歌维护了我的心。""日本连军歌也带着哀调。古歌的音调净是堆砌哀愁的形骸。新诗人的声音也立即融入风土的湿气之中了。"② 此文写于1947年。

日本的几位川端文学研究者提出了《拱桥》系列作的重要性,认为它们是了解川端在战后的心态,特别是思考他与战争关系的重要作品。对于《拱桥》三部曲,田村嘉树认为:"这是通过了解战争时期的作品,明确认识川端姿态的开关,及'既具有以复杂的二重性协助战争的微妙表现……在战时作品里表现的是纯粹的声音,即只有肌肤感受的体验的作品才具有价值。'包括他关注小学生作文也是其中的一项。"③

田村认为这几篇作品体现了川端"由于战败的强烈的冲击,超过政治上失败的是日本国土的荒废使他撕心裂肺,他不能从战败受重创的日本别过脸去,而是采取对现实的一切都给予否定,追随日本的传统美,这必然成为川端日本战后作品突出反映的基础的一个思索期。"④

在这系列作品中还有一点值得注意:"这些连作的共通之处是不同物语的叙述结构,简要地说都是从古典世界的随想开始进而进入到自己的体验世界的结构。"⑤

从作品分析出发,有的研究者关注《山之音》这篇小说。佐伯彰一认为《山之音》(1954.4)"是最优秀的战败小说之一",对同一作品矶见英夫则认为这一作品"对这一场大的战争里对人都不关心,视而不见。"

川端康成在《山之音》中有几句直接针对那场战争的对话。在"伤后"这一章里,信吾突然问他的儿子修一:

"你在战争中杀过人吗?"

"什么?假如碰上我的机关枪子弹,当然会死的了。但是,可以说机关枪并非是由我射击的吧。"

修一显出一副厌烦的表情,不理不睬的。(译文根据原文译出)

一位川端研究者指出,这段文字"虽然修一的体验具有近距离接触的步兵战的象征,但是,那又是不限于在地面战场,或者说机关枪射手的真切体验。在后方也好,

---

① 《川端康成集·临终的眼》,叶渭渠译,长春:东北师范大学出版社,1996年,第153页。
② 同上,第156页。
③ 同上,第235页。
④ 同上,第235页。
⑤ 上田渡:《〈反桥〉连作论》,参见《川端文学の世界2》,东京:勉诚社,1999年,第169页。

枪后面也好，是否为军人，在近代战争所产生的无论在什么部门，一种不明了感、由此产生的不快感不断地纠葛在一起，为此修一接着说的：'可以说机关枪并非是由我射击的吧。'有种自觉地与杀人脱离干系的感觉。这是不是设定了一个让自己扣动扳机的他者的存在呢？"[①]川端康成在小说里以父子对话形式，自言自语地引出这段话，别有深意，"这里可以作为川端自问自答来读取，作为老人信吾并非是川端的分身，川端也像修一那样是战争的行为者，他的感受是淡薄的，'讨厌的表情，不理睬'的表情，让人感到这也是自己战争中心态的比照。"[②]在《山之音》中已明显地透露出"责任"问题。修一所表现的是对"责任"的厌烦、无可奈何。这位研究者认为在小说里看到的是川端本人作为"一个旁观者感到为了修补信念和态度，就不能不说话。这是对旁观者眼光的负债的自觉。因此这里是种对旁观者的自我的凝视的目光。"[③]这位作者没有点明川端这种"负债"、"自卑"感的具体内涵。从总的方面来思考的话绝没有川端对自己没有积极地反对这场战争的明确认识，这是显而易见的。

如果说从《拱桥》系列看到了川端作品贯穿的"恋母"情结的复杂变化，那么川端反复凸现的"魔界"问题，也可以说是"恋母之形的显现化"[④]日本川端研究家原善敏锐地意识到，"魔界"问题"不仅是对生身母亲的思念，而是对更具普通意义的'母亲'的憧憬。"这里已"体现了川端认识的变迁"。这位学者对川端"魔界"的发掘，揭示了这是川端从个人的'孤儿意识'或者说'孤儿根性'的层面向更普遍的'孤儿意识'的更高层次的转变。认为"魔界"是"人类存在的原初的不安的悲苦的世界。"[⑤]

这位日本学者从实证出发，考察了川端作品在战后"'孤儿'用语锐减，把'孤儿'作为问题的作品不见了。"川端转向了"回归母体的救济愿望。"[⑥]这些文本分析对于深入认识川端康成的战争观是很有价值的。

三

前面已经说过，川端康成从《拱桥》系列作品以后，他在初期作品的"孤儿"情结已转变为"孤儿+弃儿"情结。这在他的代表作《古都》(1961)中达到烂熟。

---

① 野寄勉：《战争观》，参见《川端文学の世界 その思想》，东京：勉诚社，平成十一年(1999)，第242页。
② 同上，第243页。
③ 同上。
④ 原善：《川端康成の魔界》，东京：有精堂，1987年，第4页。
⑤ 《东方文学研究通讯》，28期，2008年12月，第23页。
⑥ 同上，第25页。

翻开《古都》，川端康成首先突兀地写了沁入读者心脾的是作为富贵的丝绸批发商的千金小姐千重子在凝视老枫树上紫花地丁而引发的愁绪。接着千重子接受青梅竹马的伙伴水土真一的邀请去平安宫观赏让人如醉如痴的樱花，在"城里华灯初上，而天边还残留着一束淡淡的霞光"时，千重子在真一身边与他有段颇感唐突的对话：

"真一，我是个弃儿哩！"千重子突然冒出了一句。
……
真一迷惑不解，"弃儿"这句话的真正含义是什么呢？
……
"别说得那么玄妙。我不是上帝的弃儿，而是被生身父母遗弃的孩子。"
"弃儿？"真一喃喃自语。"千重子，你也会觉得你自己是弃儿吗？要是千重子是弃儿，我这号人也是弃儿啦，精神上的……也许凡人都是弃儿，因为出生本身仿佛就是上帝把你遗弃到这个人世间来的嘛。"
……
"所以，人仅仅是上帝的儿子，先遗弃再来拯救……"真一说。
……
"真一感到千重子有一种不可名状的哀愁。"[①]

很明显，如果说昔日的川端的"孤儿根性"，还多是蕴涵个人生活的缺失体验的话，战后川端在作品里所反映的缺失体验则浓重地表现出社会性。川端的孤儿情结已深化为"亡国之民"的情结。川端以意象艺术地演绎了他的"孤儿＋弃儿"情结下产生的"自救"的生命观。

千重子一出场就以她发现"老枫树干上的紫花地丁就分别在那儿寄生。"又突出强调了"生命"与"孤独"的结合，显而易见，这个意象在作品中极富寓意。

接着，川端又写了千重子想起了饲养在古丹波壶里的铃虫。千重子关于"壶有洞天"的思考是与她在壶里养铃虫联系在一起的。"千重子开始饲养铃虫，约莫在四五年前，是在她发现老枫树上寄生的紫花地丁很久以后的事吧。""千重子饲养的铃虫，现在增加了许多，已经发展到两个古丹波壶了。每年照例从七月一日开始孵出幼虫，约莫在八月中旬就会鸣叫。……它们是在又窄又暗的壶里出生、鸣叫、产卵，然后死去。尽管如此，它们还能传宗接代地生存下去。这比养在笼中只能活短暂的一代就绝种，不是好得多吗？这是不折不扣地在壶中度过的一生。可谓壶中别有天地啊！"[②]

[①] 唐月梅译：《古都》，《川端康成小说选》，北京：人民文学出版社，1985年，第501—502页。
[②] 同上。

要了解这段意象性的插笔,我们必须把川端有关作品联系起来。

前面已引述川端康成在日本战败不久的1947年写的《哀愁》一文中这样表述他的心境:

"战争期间,尤其是战败以后,日本人没有能力感受真正的悲剧和不幸。我过去的这种想法现在变得更强烈了。所谓没有能力感受,恐怕就是没有能够感受的实体吧。"

"战败后,我一味回归到日本自古以来的悲哀之中。我不相信战后的世相和风俗。或许也不相信现实的东西吧。"①

关于古树上紫花地丁和古丹波壶的铃虫,正如有的日本研究者所指出的,这是作家对于生命与死亡的独特演绎。"在川端文学当中人类的生存状态与死都像幻影一样,作为非情美的东西被描写出来。"②置言之,"生命的不可避免的衰颓和它自身谋求生命的更新和有必要的牺牲者,这是更为复杂的生命的行为,《古都》里即是这样的意象。"③

川端康成在日本军国主义给包括日本人民在内的和平居民带来难以承受的灾难中,提出的精神疗救的方策是靠日本传统文化的精神自救,他在战后的一系列讲演、随笔、散文中都反复地突出了这一点。包括对日本美术作品(特别是一些经典作品)不惜一切代价的寻求是他这些活动的重要组成。他在获诺贝尔文学奖的讲演辞《美丽的日本与我》再一次画龙点睛地强调了他的这一追求。

对本民族文化传统的继承与发扬是每一个作家、知识分子的必然选择。但"传统"本身也是一种构建,不存在一种恒定不变的东西可取而用之。川端康成设置的"丹波壶"似的别有洞天,在封闭的"小宇宙"里实行自衍自救,是一种封闭的结构。在《古都》里它起着特殊的作用。为了说清楚《古都》所透露出的川端设计的结构,我们有必要将川端康成对"新感觉派"理论的探索置于这动态网络之中进行整体把握。贯穿川端一生乃至文学创作的是对人的"生与死"的终极策略。他在昭和年代伊始(1925年)发表的《新进作家的新倾向解说》里以如何"看百合花"作比喻,阐述了"文艺表现上"的"新感觉"的思考。川端康成将西方现代主义(比如他青睐的德国"表现主义")与东方的佛典的"自他一如"、"万物一如"融合在一起,"企图以这种情绪来描写事物,这就是今天的新进作家的表现的态度。别人怎么不得而知,可我就是这样。"④作为"文

---

① 叶渭渠译:《川端康成散文》,北京:中国广播电视出版社,1999年,第28页。
② 玉荣清良:《冲绳夕イム》,参见《川端文学的世界③》,东京:勉诚社,1999年,第182页。
③ 服部康喜:《〈古都〉论》,参见《川端文学的世界③》,东京:勉诚社,1999年,第182页。
④ 叶渭渠译:《川端康成创作》,上海:三联书店,1988年,第31页。

学的革命"的新感觉派也具有两面性。它既有冲破当时僵硬、停滞的文坛现状,成为革新的动力的一面,也有使文坛,再宽泛一点说给人们的思想带来新的苦闷的一面。羽鸟彻哉论述这一问题是比较全面的。他认为主客一如、万物一如的思考方法容易产生两种极端的行动方式,即:"一,死与生在外观上迥异,但是把它们视而为一的话,那么就不必拘泥于一些细节,无所谓,以顺其自然的非行动方式;二、死生一如的话,对今生就没有必要小心翼翼地,谨小慎微的,同时我的生存方式以何种形式与天地万物共鸣的话,那么,顺从我的直感,不顾身家性命,竭尽全部之能量去撞击某物,这是行动的方式。"① 将新感觉派手法贯穿始终的川端康成按着这一哲理而行动。这一哲理的思辨性的两个方向是互为表里的,对此不可忽视。"丹波壶"的自衍自生,是一种"自救的方式"。但是,川端康成是一位不断探索的作家,他不会也没有止于这一点。而且,事物本身的矛盾也注定会让川端康成在矛盾中前行。研究川端其人其作都不会忽略他经常书写的带有神秘色彩的一休的偈语:"佛界易入,魔界难入。"川端文学研究家原善考证说:"'魔界'一语最初见于《舞女》(昭和25.12—昭和26.3),从作家论的视点看,把'魔界'在作品世界形象化,听见作者的真切声音的是《湖》,这一不可欠缺的作品。(昭和29)"② 而且他把川端战后一系列作品联系起来考察(如《拱桥》系列作),这是很有见地的。同时,原善还看出另一点,即一些人仅把"魔界"与川端的"孤儿根性"挂钩,这是片面的,因为战后作品"川端的孤儿认识已变迁"③ 他提到川端孤儿认识的"升华"问题。这位研究者虽然详细地梳理了川端幼小失怙,成年惧怕妻子怀孕,一直到把"孤儿"普遍化的过程。但是,如果再进一步把它置于更宽广的社会环境及川端其他方面的学养联系起来会更加开阔。遗憾的是我们不见后文。

川端康成在获得诺贝尔文学奖所作的演讲中有相当多的文字是谈一休、谈禅的,而且对"入佛界易,入魔界难"作了深入阐发。一休本人是"超越了禅宗的清规戒律,把自己从禁锢中解放出来,以反抗当时的宗教束缚,立志要在那因战乱而崩溃了的世道人心中恢复和确立人的本能和生命的本性。"④ 川端直率地说一休打动他的心,显示了他执意追求进入"魔界"的执著。"没有'魔界'就没有'佛界'。然而要进入'魔界',就更加困难。意志薄弱的人是进不去的。"从川端的许多论述中我们体会到"魔界"难入的关节点在于要正视丑、恶,而且要舍命去亲炙它,这样才能实现一种超越。川

---

① 羽鸟彻哉:《作家川端の展开》,东京:勉诚社,1993年,第126页。
② 原善:《川端康成の魔界》,东京:有精堂,1987年,第3—4页。
③ 同上。
④ 译文参考叶渭渠译,依照原文有所变动——引者,下同,参见《临终的眼》,哈尔滨:东北师范大学出版社,1996年,第316页。

端经历战争、战败,面对故土的颓败,身心具碎,甚至把自己幻化为"日本的美",他把风物、传统的美作为一种救济。同时,既然死与生已无界限,"入魔界"便可操作了。(这或许也是他自杀的深层原因。)从《拱桥》系列作至《一支胳膊》形成一个入魔界的系列坐标。这些作品不可避免地让人有种背德,甚至有色情因素之嫌,但是那是表面的。因为川端是要在直面恶、丑中而实行超越。

当然这种手法与文本中的结构能在读者中唤起什么,那是由读者再创造才会产生的。不要说在我国对其理解几近猜谜,就是在日本也未见有学者与现实—社会结构联系起来。靠这一"偈语"式的思维方式作为一种拯救,特别是把人民从历史的阴影中解脱出来能否奏效,我想作不出肯定的答案。川端康成作品的环形结构犹如丹波壶,很容易让人在"别有洞天"中自娱。在上述的文字里只是笔者在日本学者论述的基础上引发的感受,这一点与日本文化问题密切相关明眼人一看便知。

顺便说一下,大江健三郎本人把现代日本文学分为三个流派。"包括自己在内,大冈升平、安部公房可以置于学习'世界文学'坐标上的作家。村上春树、吉本芭娜娜,体现了事先就立足于'世界化'的子文化系谱上的作家;与上述文学本有差异,在欧美进驻军从日本研究视点发现的'日本文学'的代表的谷崎润一郎、川端康成、三岛由纪夫等。"[①]正如羽鸟先生所说在川端文学里始终一贯地是将西方现代主义与日本文学传统的东西贯穿在一起,如果不考虑这种复杂性,而把川端仅仅看作日本文化传统的代表作也有偏颇之虞吧。

我们把川端与大江联系起来思考,在于我们看到对于这一重要问题日本作家有不同的声音,包括思维方式也迥别。大江健三郎是以一种开放的思维来诱发他的读者,把对那场罪恶战争进行"总决算"作为自己的责任。它不仅体现在自己的政治性的言行,而且表现在文学理论、作品的探索之中。前边的文字已写了很多,不再赘述。大江的"我是一个唯一逃出来向你们报信的人"的警世之言使我们深思,他尊敬鲁迅多次引用的。"我想:'希望是来无所谓有,无所谓无的。这正如地上的路,其实地上本没有路,走的人多了,也便成了路。'"他呼吁中日两国人民,特别是年轻人"实现真正意义上的和解,并在此基础上展开友好合作之时,鲁迅的这些话才能成为现实。请大家现在就来创造这个未来!"[②]

但是,川端的战争观却更多地体现了当今日本仍然未能很好解决历史问题的深层文化内涵。

[①] 小森阳一:《小说と批评》,世织书屋,1999 年,第 237–238 页。
[②] 《2006 秋在北京的演讲》,参见《东方文学研究通讯》,第 21 页。

八

中韩文学与文化关系研究

韩国诗学对中国美学理论的接收与革新

蔡美花

（延边大学）

任何一个民族的文学发展，都会受到其他民族文学的影响。而且，也只有在吸取其他民族的优秀的文学作品的精华，并且化为已有的过程中，才能使本民族的文学得到发展，变得更加丰富多彩。自古至今，中国与韩国就是近邻。由于有着这样特殊的地理环境优势，又同属汉文化圈，所以，两国的文化交流一直十分活跃。特别是汉字的传入，儒教、佛教和道教的哲学思想和古典美学理论的引进，更使韩国古代的文化和文学的发展受到了很大的影响。韩国的古代文学，通过接收悠久的中国文学并不断加以改造的过程，从而更加牢固地确立了自己的悠久的传统，并且给后世文学以一定的影响。毋庸讳言，在考察韩国诗学形成方面，不可或缺的一个课题就是：掌握韩国接收中国古代美学理论的情况及其发展变化。

一、接收中国古代美学理论的过程

中国文学的各种样式，包括中国古代美学理论，是经由谁而传入韩国半岛，半岛为什么能够接收，又怎样影响韩国文学？对于这方面的接收史或移入史的研究，至今仍是空白，都有待进行探讨。而由于文献记录很不完整，可供参考的资料不那么多，要想对这一切做出比较满意的回答，需要有个过程，我在这里只能做些概括性的探讨。

韩国最早接收的中国古代美学理论，与儒家哲学的传入密不可分。因为，中国古代的传统美学理论，与儒家哲学不可分割。由此可知，中国古代美学理论是在三国时期，与儒学一起传入韩国的。据《三国史记·高句丽本记》记载，高句丽于小兽林王（371年—384年）2年设置太学，用儒家经典教育贵族子弟，儒学也因而在韩国半岛上逐渐着落下来。实际上，从公元一世纪开始，儒家的美学思想就已通过五经三史而开始传播。当然,更加活跃的文学交流则始于新罗统一前后时期。据《三国史记》记载,从真平王43年(621年)起,开始在这方面进行相互交流。到了善德女王8年(639年),新罗派遣了许多留学生到唐朝。《三国史记·新罗本记》有如下的记载:

1. 遣使入唐,奏请礼记并文章,则天命所司写吉凶要礼,并于文馆词林。其词涉规诫者,勒成五十卷,赐之。(《三国史记 第8卷·新罗本纪·神文王》)

2. 唐文宗敕鸿胪寺,放还质子及年满合归国学生共一百五人。(《三国史记 第11卷·新罗本纪·文成王》)

3. 常遣子弟造朝而宿卫,入学而讲习,于以袭圣贤之风化,革鸿荒之俗,为礼仪之邦。(《三国史记第12卷·新罗本纪12》)

这些记载告诉我们:在新罗的神文王6年,亦即公元686年,新罗曾派使臣去唐朝,从武则天那里带回了五十卷有关礼记方面的文章。到了文圣王2年(840年),有105名留学生从唐朝回到了新罗。而在高丽太祖时期,学习唐朝的文化在新罗和高丽都已形成风气。另据《东文选》记载,到了唐朝末年,韩国人在唐朝参加科举,得以及第者已有58位之多。① 从这时起,中国唐朝的丰富多彩的文学广泛地传入了韩国。

高丽同王13年与宋朝建立了外交关系。在整个高丽时期,高丽与宋朝的文化交流像以往一样活跃。据李奎报的《白云小说》记载:"宋朝禅子祖播,因欧阳伯虎东来,以诗一首寄我国空空上人。"李奎报继续这样写道:"昨天欧阳伯虎访余,有坐客言及此诗,因问之曰:国此诗传播大国信乎?欧对曰:不唯传播,皆作画簇看之。客稍疑之。欧曰:若尔余明年还国可,其画及此诗全本来以示也。"

李奎报的诗作被裱成字轴后行家们争相欣赏,这说明到了中国的宋朝,高丽与宋朝之间的文化交流已进行得更加频繁更加活跃。据《破闲集》记载,当时,朴寅亮作为使臣到宋朝,所到之处都留下了其诗作。他和其他许多文人归国时,带回了不少中国的文学作品和理论著述。在高丽时期,依然派遣许多留学生到中国留学。高丽第五代国王景宗王在位时,先后派出崔罕和王琳等到宋朝的国子监深造。他们参加宋朝的科举,都得以登科入第。② 当时,由于与宋朝的贸易活动进行得十分频繁,两国人士的往来也就有增无减。从1012年到1278年为止的260多年间,宋朝的商人到高丽做生意达120多次。据推算,人数至少也有5000名。③ 苏轼在其文章中也曾提到:"窃闻,

---

① 《送奉使李中文还朝序》,《东文选》第84卷。
② [韩]金痒基:《高丽时代史》,首尔:汉城大学出版社,1985年。
③ 同上。

泉州多有海人高丽往来买卖。"① 这说明到了宋代,连福建省的泉州也有商人常坐船前往高丽进行贸易。

高丽与元朝之间没有国境的限制,其间的往来进行得更加活跃。两国在思想文化上的交流,自然也就因而进行得比以往更加迅速。元世祖平定南宋之后,朱子性理学传到中国的北方,而安响和白颐正又把它带到了韩国半岛。高丽的忠善王在燕京修建的万卷堂一竣工,高丽的李齐贤和权汉功等汉学大家到那里,与元朝的姚燧、阎复、洪革、赵孟頫、元明善和张养浩等硕彦鸿儒进行了文化交流。李齐贤的门生李穑,于1333年,在36岁之时曾参加元都会试而及第,回到高丽当上了翰林国史院检阅官。他曾先后四次去元朝,每次都与元朝的文人交往,元朝的文人为他写了不少送别的诗作与序。后来,他把这些文章都收辑于其《稼亭杂录》一书。据《高丽史》记载,高丽末年明闻遐迩的文人崔海、安轴、李谷和李穑等,都曾应试于元朝的科举,而且全都榜上有名。

综上所述,我们可以推断出如下几点:第一,韩国很早就接收了中国文学,包括文学美学理论。自新罗统一之后,两国开始进行正式的文物交流。从此,中国的文化更是源源不绝地传入了韩国半岛。第二,其接收中国文学的途径,主要是派遣留学生、使臣往来、文人的个人交友、以及商业贸易活动。第三,其接收中国文学的主体,大体上是贵族文人,尤其是汉文学者。第四,其接收中国文学的态度比较主动,是国家的积极支持和文人们长期不懈地努力的结果。

自新罗统一之后,对中国文化的接收,大大促进了韩国文学的发展,为韩国古典美学理论的形成和发展,为高丽时期文学审美意识的形成,提供了重要的条件。

二、接收中国古代美学理论的内容

新罗在统一前后,从公元682年起,完善了教育制度,设置了国学,讲授了《周易》、《尚书》、《毛诗》、《论语》、《孝经》等经书。公元842年,新罗又实行了读书三品科。对此,《三国史记·职官志·国学条》有这样的记载:

> 诸生读书,以三品出身。读春秋左氏传,若礼记,若文选,而能通其义,兼明论语,孝经者为上。读曲礼论语,孝经者为中。读曲礼,孝经者为下。若能兼通五经三史诸子百家书者,超擢用之。

---

① 苏东坡:《苏东坡集》第6卷。

进入高丽时期之后，高丽国王于公元958年5月，根据后周平事双翼的奏请，破天荒地实行科举制度。当时，文人们的读书倾向已由新罗时期以经学为中心而变成了以词章为中心。于是，科举的应试者们纷纷进入崔忠的私塾攻读，而入国子监的学子反而变得少了起来。他们在崔忠讲课的私塾里，既学五经和三史又学诗赋词章。仁宗14年（公元1136年），科举的种类与考试的科目有了变更，制述业的考试科目为：经义、诗赋和连卷（文体的一种）。明经业的考试科目为《尚书》、《周易》、《毛诗》、《春秋》和《礼记》等。但是，在高丽时期，主要是通过制述业的考试擢用人才，在这方面被任用的人才，占及第者的绝大多数。[①] 由于以词章取士的学风风行了很久，中国著名文人的诗、赋、文论和《文选》中的诗文，便不仅成为科举应试者所必修的科目，一般的文人也趋之若鹜，争相阅读和背诵。所以，陶隐在其《癸丑年春陶齐帖字》一文中喟叹道："儿知通文选！"。癸丑年，乃是恭愍王22年（1373年），恰值高丽处于内忧外患的多事之秋。而就在这样的年代，诵读诗赋的风气依然盛行不衰。由此可知，在整个高丽时期，文人诵读中国诗文的热情高涨到了什么程度。这样的学风，必然促使中国的汉诗文学及其美学理论更广泛地传播到整个朝鲜半岛。

当然，从统一新罗时期到高丽时期，中国的汉文学也不是无分别地全都被接收。接收者总是从他们自己的生活和文学的要求出发，做出选择并加以吸收。韩国古代的文人们一向注重根据本民族的传统美意识和价值观来选读中国的诗文。任何一部作品，不管它是通过什么样的途径传入韩国的，只要与韩国传统的美意识格格不入，便会丧失其流传的生命力。

从统一新罗时期到高丽时期，在韩国最受好评和欢迎的中国著名文人有陶渊明、李白、杜甫、白居易、苏轼、黄山谷、韩愈、柳宗元、欧阳修和梅圣俞等。尤其是陶渊明、李白、杜甫、白居易和苏轼，更是成了韩国文人心目中的典范。随着这些作家作品在韩国的传入，中国古典美学理论和在作品中所体现的美意识观念，给韩国文人以深刻的影响。只要用心读一读高丽时期的《破闲集》、《补闲集》、《白云小说》和《栎翁稗说》等诗评集以及当时的汉诗作品，便可知道中国的美学理论在高丽得到了广泛的吸收和传播。

1. 关于文气论："夫诗以意为主，设意尤难，缀辞次之。意亦以气为主，由气之优劣乃有深浅耳。气，本乎天，不可学得。"（李奎报著《论诗中微旨略言》）
2. 关于意境论："古人之诗，目前写景，意在言外，言可尽而味不尽。……予独爱：池塘生春草，认为又不传之妙。"（李齐贤著《栎翁稗说》）

---

① 许兴植：《高丽科举制度史研究》，首尔：韩国日照阁，1981年。

3. 关于风骨论:"文以豪迈壮逸为气,劲峻清驶为骨,正直精祥为意,富赡宏肆为辞。"(崔滋著《补闲集》)

"近世东坡,盖爱其气豪谊迈,意深言富,用事拔博,庶几效得其体也。今之后进读东坡集,非欲放效以得其风骨,但欲证据以为用事之具"。(崔滋著《补闲集》)

"夫诗评者,先以气骨意格,次以辞藻声律。"(崔滋著《补闲集》)

4. 关于"诗言志"和"文以载道"论:"诗者,志之所之。在心为志,发言为诗。"(李齐贤著《词赞》)

"文者,蹈道之门不涉之经之语。"(崔滋著《补闲集》)

5. 关于"感物"说:"予按《西清诗话》载:王文公诗曰:'黄昏风雨暝园林,残菊飘零满地金。'欧阳修见之曰:'凡百花皆落,独菊枝上粘枯耳,信何落也。'永叔之言亦不大为非。……予论之曰:诗者,兴所见也。予昔于大风疾雨中,见黄菊亦有飘零者。王公诗既兴云:'黄昏风雨暝园林',则以兴所见。"(李奎报著《王文公菊诗议》)

"每遇兴触物,无日不吟。"(李奎报著《白云小说》)

6. 关于"滋味"说:"此诗遣意闲远,连吟四句而后得味。"(崔滋著《补闲集》)

"此联高淡有味,有味不如意尽。"(崔滋著《补闲集》)

7. 关于用事论:"诗家贵借用,然用之不工,则意反而语生。""凡诗人用事,不必泥其本,但寓意而已。"(崔滋著《补闲集》)

以上这些,是高丽文人对于诗歌美学的看法。细细品味,可知曹丕的《典论》、王昌龄的《诗格》、黄庭坚关于《脱胎换骨》的理论,欧阳修的《六一诗话》等美学论著和理论,苏轼的论著和陆机的《文赋》、严羽的《沧浪诗话》、《毛诗大序》等,广泛地为韩国文人所熟知,在高丽文坛传播得很广。新罗统一之后,汉诗文学已被视为正统文学。在这种情况下,当时的文人不能不熟读中国的美学著述。当时,年年举行科举考试,在文人圈子里甚至流传着科举金榜年年出30个东坡之说。于是,文人们都下功夫苦学中国唐宋八大家等文人的著述和风格。当然,如上所述,韩国古代文人对中国文学的接收,不是盲目的和无条件的。他们的接收意识比较明确,都以透彻的民族主体意识和文化意识为基础。中国的《唐书·艺文志》收录了崔致远的四六骈文,却并未在文艺列传里为崔致远立传。李奎报对这一点很不理解,在其《白云小说》里这样写道:"奈何于文艺独不为致远立其传耶?余以私意揣之,古之人于文章不得不嫌忌,况致远以外国孤踪入中朝,践踏当时名辈,若立传直其笔,恐涉其嫌,故略之欤未知者也。"在李奎报看来，如把沈全期、柳并、崔元翰、李频等与崔致远相比较，崔致远的文笔远远胜过他们。李奎报认为，崔致远之所以不能入选《唐书·艺文志》的文艺列传，是由于他是默默无闻的外国人，当时写文章的才华胜过中国文人，而受到了妒忌。李奎报对这种做法的拙劣提出了非难。这不能不说是基于民族自尊意识的进步的批判意识。李奎报说，从作品来看，崔致远的才华与苏轼、黄山谷、杜甫和杜牧相比也毫不逊色。

高丽文人正是基于这样的民族自主意识，严厉地批判了对中国文学的盲目接收。据《补闲集》记载，元堪曾说："今之士大夫作诗，远托异域人物之名，以为本朝事实，可笑。"他的观点很明确：对中国文学的接收，目的是为了促进民族文学的发展，并不是以中国文学代替民族的主体文学。他认为，只有在本国文学的传统性和民族性的基础上，经过正确的选择和扬弃，借鉴外国文学才具有实质性的意义。

正是在这种民族主体性和正确的接收意识的作用下，韩国接收中国古代美学理论之后，做了一定的补充，加以丰富，使之"韩国化"，对于高丽美学理论的形成起到了很大的促进作用。

三、中国古代美学理论的韩国化

格林·G. Grlmm 说："审美对象当然必须以物质形态的艺术客体为原型和基础。但是，它不是艺术客体的同一物。因为，它是经过接收者的意识对艺术客体作了主观改造之后的产物。"

在进行接收活动的过程中，接收客体经过其主体经验的过滤和改造的过程，带有接收者的主观心里色彩。从整体上来看，不仅带来不同程度和不同方式的"变形"，而且一些次要的成分也会被视为本质的成分而被突出表现。中国古代美学理论传播到韩国之后，广泛地经受了选择、分析和评价，经过了"变形"的过程。所以，美学理论的价值和意义并非一成不变，而是处于不断改变的过程。

曹丕的"文气论"，对于韩国古代文学美学理论的影响，可以说是最大的。而它被接收之后，经过高丽文人的美意识的过滤，有了一定的"变形"，具有新的特征。

曹丕注重文气，认为文章的风格之所以各不相同，成就之所以迥异，根本的原因在于作家的不同的气质和个性。在他看来，所谓"气清"，指的是豪迈的"阳刚之气"。所谓"气浊"，则指沉重的"阴柔之气"而言。作家的气质和个性有清浊之分，其写出来的诗文的风格与成就也就千差万别。而诗人的气质与个性是先天生成的，是"不可力强而致"的。气，在中国古代，本来指的是构成宇宙万物的一种自然物质。《易·系辞上》有言："精气为物"。王充把"气"与精神活动联系起来，提出了"精气本以血气为主"①的观点。他所谓的"血气"，指的是构成人体的物质和元气。在王充之前，孟子有"知言"和"养气"之说。孟子所说的"气"，所说的"善气"，指的就是加强道德修养。曹丕继承前辈有关"气"的见解，并应用于文论，阐明了作家的气质、才华、思想修养、创作个性与作品风格的关系。他的这种看法，在增强人们对文学创作与文学风格、文学成就的认识方面具有很大的价值。不过，这样过分强调作家的先天气质和才性，也就表现了其致命的局限性，即忽视了后天的学习、社会实践、艺术修养对创作的影响。

刘勰进一步发展了曹丕的文气之说，在肯定先天的气质与才性对创作的决定性影响的同时，也强调了后天的学习在创作方面所起的巨大作用。到了唐朝，韩愈所论述的"言与气"的关系，与曹丕的见解有着一定的差异。韩愈所说的"气"，主要指的是文章的气势与文章的内在魅力。当然，他所说的这种"气"，与曹丕和刘勰所说的"气"，还是有某种内在的关联。文章之所以能被誉为气势大、气盛，在于其有不同凡响的内在魅力，而这与作家的个性、平素的博览群书和社会实践是分不开的。所以，韩愈也主张"气不可以不养也"。

中国宋代的苏辙，进一步深化了刘勰的观点，在肯定"文者，气之所行"的基础上，注重后天修身养气的重要性，认为"气可以养而致"，其方法则是加强内心修养和扩大见闻。②这种说法，与强调社会实践的观点虽有一定的距离，而同那种脱离作家的社会活动侈谈作家的气质与才性的论调相比，则具有不容忽视的实际意义。

高丽的文人们认真接收上述的中国古代美学当中的文气之说，首先肯定了作家的先天气质和才华在创作方面所起的重要作用。李奎报在其《论诗中微旨略言》一文中这样写道：

> 夫诗以意为主，设意尤难，缀辞次之。意亦以气为主，由气之优劣，乃有深浅耳。然，气本乎天，不可学得。故气之劣者以雕文为工，未尝以意为先也。③

在三国时期，"气"，被认为是世界森罗万象的起源。④ 据《三国史记·高句丽本记》记载，高句丽人使用"精气"、"志气"、"气象"、"气氛"等词汇，以之作为体现人们

---

① 王充：《论衡·论史》。
② 苏辙：《上枢密韩太尉书》。
③ 李奎报：《论诗中微旨略言》，《东国李相国前集》第 22 卷。
④ 《韩国全史》(3)，首尔：韩国民主主义人民共和国科学百科辞典出版社，1979 年，第 312 页。

精神现象的概念。李奎报根据以往关于"气"的唯物论哲学观点和中国古代唯物主义的"元气"论，认为气是天之万物的本质起源，进一步阐明了"气"的"自然"和"无为"的本质属性。他这样写道：

> 人与物之生，皆定于冥兆，发于自然。天不自知，造物亦不知也。夫蒸人之生，夫固自生而已，天不使之生也。……元气肇判上为天，下为地，人在其中曰三才。①

他所谓的"气"的"自然"属性，意指顺其本来面目。他所谓的"无为"，说的是无目的、无意识。所以，他认为"气"的流动与运动，具有符合自然规律的性质。

高丽文人把这样的哲学观点运用于美学理论，不仅点明了"气"，亦即作家的气质与才华在创作中所起的重大作用，而且强调了后天的文化修养与社会活动在作家的文学创作活动中的重要性。李齐贤认为："所见者廓然则所立卓然矣。所验者灼然，则所守者确然矣。于是乎悠而归，澹然而止。"②在高丽的文人们看来，见闻、学识、修养与经历的深广，与作品的深度是成正比的。崔滋将曹丕、刘勰、韩愈关于"气"的见解融会贯通之后，把作品所体现的"气"，广义上视为风格，狭义上视为作品特有的气魄，认为"气发于性，意凭于气。"③他所说的"性"，与"性情"相通，指的是人们在生理素质的基础上，通过社会实践而逐渐形成的性格特征。它与李奎报所说的"气"的"自然"与"无为"的本质属性一脉相承，把"气"与人们的自然情感结合在一起。这不能不说是与中国古代"文气论"的美学相区别的具有韩国特色的论点。黑格尔说，在事物的比较当中，找出它们明显不同或彼此相似的地方，并这不是一种聪明的办法。他指出："我们所要求的是要能看出异中之同和同中之异。"④韩国和中国属于同样的汉文化圈，而韩国古代文学理论又曾受中国汉文化的影响，它与中国文论的比较，也只能是求同中之异。尽管这样的差异很细微，但正是在这种大同中之小异里包含着韩国民族的美意识的真谛。

高丽文人对于"气"信乎"自然"的理解，可以说是韩国古代传统中自然思想的反映。所以，他们往往把"气"与文学创作的内在动力联系在一起而谈论。崔滋认为"初学之气生，然后壮气逸。壮气逸，然后老气壮。"⑤"夫世之嗜常或凡者不可与言，

---

① 李奎报：《试问造物主》，《东国李相国后集》第11卷。
② 李齐贤：《送大善士胡公去静慧寺诗序》，见《益斋集》。
③ 崔滋：《补闲集》。
④ 黑格尔：《小逻辑》，《美学》1991年第5期。
⑤ 崔滋：《补闲集》。

况笔所未到之气也。"[①] 由此可见,"气",在高丽文人的心目中,还被视为作家所具有的创作的力量,或独特的出类拔萃的眼光和眼力。高丽的诗评之所以往往使用"气骨"这一概念,原因正在于此。他们把表现丰富、豪放、出色、自然的思想情感的"气",与体现简洁有力而又精巧的语言构思的"骨"结合得很好的作品,放在首位,奉为佳作。这是他们把中国的风骨论与他们对"气"的解释和理解结合起来,使其应用于创作理论的结果。

概言之,从高丽文人对"文气"之说的理解与应用当中,我们看到中国古代美学理论传播到韩国之后,在改造、补充和丰富的过程中,已有了"变形"。这样的变了形的中国古代美学理论,已经深深地浸透在高丽文人的民族意识。他已深深地扎根于韩国文学的风土中,抽出了新芽,开出了鲜花,成了韩国式的果实,由此完全实现了韩国化。无需赘言,这也是韩国民族文学美学论形成和构建的过程。

---

① 崔滋:《补闲集》。

情以物迁，辞以情发

——论李仁老的题画诗《潇湘八景》

崔雄权

(延边大学)

李仁老(1152—1220年)，高丽中后期人，字眉叟。自幼聪颖，擅长诗文。1170年遭遇郑仲夫武臣之乱，皈依佛门，后还俗。高丽明宗二十年(公元1180年)29岁，进士科状元及第。31岁以书状官的身份出使中国，对中国文坛及风土人情，有着切身体会与深刻了解。他曾仿效中国的"竹林七贤"，与林椿等人一起组成"海左七贤"，在韩国历史上第一次组建了文学社团。提倡"法古"，强调"用事"[①]。其题画诗《潇湘八景》收录在《东文选》[②]中。

11世纪北宋画家宋迪创作了《潇湘八景图》，在当时的画坛、诗坛引起了很大的反响。所谓的潇湘八景是指潇水、湘水附近的八处胜景。根据沈括《梦溪笔谈》记载："度支员外郎宋迪，工画，尤善为平远山水，其得意者，有平沙落雁、远浦归帆、山市晴岚、江天暮雪、洞庭秋月、潇湘夜雨、烟寺晚钟、渔村落照，谓之'八景'。"[③]同时代画家米芾还为"潇湘八景图"题作诗序，倍加推崇："李白曾携月下僧，烟波秋醉洞庭船；我来更欲骑黄鹤，直上高楼一醉眠。"至于最早为八景图题诗者，则是明宣宗。[④]颇有意味的是，这组风景画传到韩国、日本以后，在两国掀起了摹画、题诗的热潮。韩国的诗人墨客对此津津乐道，称羡不已。李仁老则是为《潇湘八景图》题诗的半岛第一人。此后，众多文人以此为蓝本，纷纷为其题诗，形成了蔚为大观的《潇湘八景诗》作品群，在文学史上形成了修辞上的定型(configuration of motif)，影响广泛而深刻。"八景图"或称"潇湘八景图"遂成为高丽绘画的一个重要原型。于12世纪东传至朝鲜

---

① [韩] 李仁老：《破闲集》，《韩国诗话选》，首尔：太学社，1983年3月，第36页。
② [韩] 李仁老：《东文选》卷二十，首尔：韩国文化促进会，1967年，第683—684页。
③ 沈括：《梦溪笔谈》(书画篇)，北京：中华书局。
④ 钱谦益：《列朝诗集》卷01，乾集之上，北京：中华书局，2007年9月。

半岛和日本,迄19世纪创作不竭。此情况在绘画史与文学史上皆属罕见,韩日两国还因各自的文化体系,繁衍发展出风貌迥然的'潇湘八景'诗画,形成别具特色的文化内涵。"①

一、《潇湘八景图》的传播与影响

宋代宋迪《潇湘八景图》何时传到韩国没有明确的记载。不过,可以肯定的是至少高丽明宗(1171-1197)时它已经传到韩国。《高丽史·列传》中的"方技"条记载:"(李宁)子光弼亦以画见宠于明宗王。命文臣,赋潇湘八景,仍写为图。"②

李宁是全州人,年少时以书法(书画)出名。在仁宗朝时,曾随同枢密使李资德入宋。宋徽宗命令翰林侍诏王可训、陈德之、田宗仁、赵守宗等随同李宁学习书法(书画),且模仿李宁本国札《成江图》。不久觐见给宋徽宗。徽宗叹赏说:"历来高丽书工随同时使节来来的很多,只有李宁手法高妙。"并赐给他酒食锦绮绫绢。李宁年轻时曾师从内殿崇班李俊异。李宁回国后高丽仁宗召见李俊异,当他拿出李宁所画山水时,仁宗惊叹道:"这幅书画如果在外国,臣一定会用千金来购买它。"李俊异随后又拿出宋商所献的图书,仁宗认为这些都是中华的奇品,非常喜欢。随后召见李宁,李俊异对仁宗说;"这是他(李宁)的手笔"。仁宗有些怀疑,李宁取过书画,拆开裱褙,果然有李宁的名字,仁宗便更加喜欢他了。③另据记载,李宁被擢选赴宋,一度得到宋徽宗的赏识,命王可训等与之学画。可见,李宁的画在宋朝和高丽都很有名。

同样因为精于书画,李宁的儿子李光弼在明宗时也备受宠爱。据载,明宗精于图书,尤工于山水,与光弼、高惟访等人沉迷于景物、景象的描画,乐此不倦,甚至连军国大事也置之度外。亲近的臣子奏事,以简洁为主。李光弼的儿子,因为西征有功,想要补入"正"④。正言基厚异议说"这个孩子才二十岁,西征时才十岁,哪里有十岁的童子就可以从军打仗的呢。"坚决不同意接收。后来,明宗召基厚,责备他:"你难道不念在光弼为我国争光了吗?光弼的《三韩国书》风华绝代。"崔基厚这才同意。⑤

宋迪创作《潇湘八景图》是1063年,而高丽明宗在位时间是公元1171-1197年,

---

① 权硕焕主编:《韩中八景九曲与山水文化》,衣若芬:《高丽文人对中国八景诗之受容现象及其历史意义》,首尔:梨会文化社,2004年7月,第59-60页。
② 《高丽史》卷22列传《方技》,首尔:景仁文化社,1976年,第657页。
③ 同上。
④ 可能是国王的卫队名称,下面的"正言"可能是卫队的官职。
⑤ 《高丽史》卷22列传《方技》,首尔:景仁文化社,1976年。.

也就是说,《潇湘八景图》大约是100年后传到韩国并且成为韩国画坛争相模仿的对象的。徐居正在《东人诗话》中写道:"大谏仁老潇湘八景诗:云间潋潋黄金饼,霜后溶溶碧玉涛。欲识夜深风露重,倚船渔父一肩高。语本苏舜钦'云头潋潋开金饼,水面溶溶卧彩虹'之句,点化自佳。元学士赵孟頫(子昂)爱此诗,改后句曰:'记得太湖枫叶晚,垂虹亭上访三高。'其必有取舍者存焉。"①

从这里可以看出,李仁老的诗歌已经传到元代的著名画家赵孟頫的手里,赵氏还对其诗进行了修正。

我们知道:"不同的传播主体,由于各自的角色身份不同、社会地位和影响力不同,他们传播文字的作用、效果肯定也不一样。在特定时间和范围内,官方机构传播文字的影响力、辐射力应大于民间机构。营利性专业机构,如书坊等,由于有专人运作和富有经验,他们传播文字作品的数量、速度和广度应大于非营利性的机构和个人。"②显然,在韩国《潇湘八景》是通过官方机构进行传播的,其影响力和辐射力是非常强大的,具有持久的生命力。

在长达700年的时间里,韩国文人对《潇湘八景图》显示出了罕见的热情与兴趣。不仅仅创作出了大量的临摹画作和题诗,而且还有以此为素材的小说、时调、歌辞、清唱等多样艺术形式。到目前为止,以"潇湘八景"为标题的汉诗有470余首;时调中以"潇湘八景"为素材的作品共有81首,其中有9首以"潇湘八景"为标题;歌辞和杂歌各一首。

此外,"潇湘八景"还作为重要的话题频繁出现在《春香歌》、《沈清歌》、《兴夫歌》、《水宫歌》等清唱作品当中。在清唱《春香歌》和清唱小说《春香传》中,春香被监禁在狱中等待狱官的判决前。她做了一个游览"潇湘八景"的梦。梦中,春香遇见了死在湘江的舜帝的两位妃子——娥皇和女英,然后受到慰劳;在清唱《沈清歌》和清唱小说《沈清传》中,在沈清投江前,也出现了游览"潇湘八景"的情景:她也遇见了娥皇和女英,还有吴国的忠臣伍子胥,楚国的屈原和贾谊,并受到慰劳;同样,清唱《兴夫歌》和《水宫歌》,清唱小说《兴夫传》之《燕子路程记》和《斧子传》"高高天边"下的"魂灵相逢"等段落,也都出现了"潇湘八景"。

由此可见,"潇湘八景"已经成为一套独特文化语码。从时间上来看,以其为题材的绘画和文学创作持续了近千年;从空间上来看,中、韩、日东亚三国均有这一创作传统;从作者来看,他包括上至君主、王室下至黎民百姓的广大阶层;从形式上来看,有绘画、诗歌、小说等多种形式。

---

① 徐居正:《东人诗话》,《韩国诗话选》,首尔:太学社,1983年2月,第197页。
② 王兆鹏:《中国古代文字传播研究的六个层面》,《新华文摘》,2006年22期,第22页。

"潇湘八景"的发源地是中国。"潇湘八景"是以中国为背景的,对缺乏"潇湘八景"这一空间景物的韩国和日本来说,寻觅"潇湘八景"的意境就成了文人墨客们遥不可及而又仿佛唾手可得的"世外桃源"。"潇湘八景图"与"潇湘八景诗"这一文化现象,产生于中国,而后被流入到韩国的,但值得注意的是它在流入的过程中并没有以中国人享有的原貌(原型)来融入韩国。水往低处流,各种地形和气候使它以不同的形态存在。

在文化交流中,强势的中国文化通过各种暴力和非暴力方式的书橱,传入东北亚的其他地区,如韩国、日本,并以诗和图画的形式给作品赋予新意,甚至其发展势头远远超过他们的宗主国,创作活动比中国更加活跃。也就是强势文化单向度流向弱势文化,而弱势文化在强势文化的侵入和渗透下,不得不认同和接受强势文化的价值取向和行为规范。但也不可否认,在文化的自我进取中韩国文人兼收并蓄、推陈出新,不断地在积累和增强自我的民族文化自信心。

二、李仁老《潇湘八景诗》的创作思想探究

李仁老创作《潇湘八景诗》,总体来说与当时的审美倾向(慕陶)、苏东坡热和慕华思想有很大的关系。

徐居正在《东人诗话》中写道:

> 李大谏仁老潇湘八景绝句清新富丽,工于模写陈右谏七言长句,豪建峭壮得之诡奇,皆古人绝唱,后之作者未易伯仲。惟益斋李文忠公绝句乐府等篇,精深典雅,舒闲容与,与仁老颉颃上下于数百载之间矣。①

对于李仁老的《潇湘八景诗》,徐居正给予了高度的评价"清新富丽","皆古人绝唱"。

毫无疑问,作为题画诗的《潇湘八景诗》也可称作山水诗。"潇湘八景"既然不是作者亲睹亲历的自然景观,那么高丽文人们又为何如此钟爱呢?这说明,那些士大夫们倾向于非身临其境而作诗,即所谓的意念创作法。从意念论观点看,有着另一番意味。崇尚"归去来"为清风高趣的士大夫们,事实上却认可这种"不归去来"的观念,从而逐渐形成了一种别样文风与审美趋向。

李仁老在许多文章中都表达了自己的这种思想追求和现实处境相矛盾的错综复

---

① 徐居正:《东人诗话》(上),《韩国诗话选》,首尔:太学社,1983年2月,第216页。

杂的心态。如《青鹤洞记》的"拂衣长往之意"与陶渊明的"愿言蹑清风,高举寻吾契"的隐归旨趣十分贴切。可以说,李仁老并非不了解陶渊明,相反对陶氏的归隐与清高脱俗却有着极为深切的理解。他对陶渊明嘲讽的心理动机主要源于自己身在官场而又试图超越的尴尬与辩解。一方面,身在官场的现实使李仁老对陶氏执着一端的归隐进行否定;另一方面,在内心深处又十分羡慕陶氏的归隐生活。这一点,在《青鹤洞记》和其他诗文中表现得十分鲜明。既要身居宦海,又要努力保持清高与脱俗。这是一种慕陶、效陶情结的别样表述,其实质是标榜自我清流雅放情趣与寻找、重构自我价值的矛盾的和谐结合。

李仁老在晚年创作的《卧陶轩记》中言道:"读其书考其世,想见其为人。……夫陶潜晋人也,仆生于相去千有余岁之后,语音不相闻,形容不相接。但于黄卷间时时相对,颇熟其为人。然潜作诗,不尚藻饰,自有天然奇趣。似枯而实腴,似疏而实密。诗家仰之,若孔门之视伯夷也。"[①] 根据解释学的理论,世界和人是在"解释学"的语境中,以理解的方式存在着。从心理学上讲,一个人由对生命的思考而产生的孤独,一旦意识到了之后,就永远无法从他的生命中抹去。所以,在李仁老看来,陶渊明其人如"伯夷",其诗"自有天然奇趣"。那么,李仁老对自我及诗作的评价是怎样的呢?他说自己和陶渊明相比有"三不及",即:"而仆呻吟之数千篇,语多带涩,动有痕类,一不及也;潜在郡八十日,即赋《归去来》,乃曰:'我不能为五斗米,折腰向乡里小儿。'解印便去。而仆从宦三十年,低徊郎署,须发尽白,尚为醒醍樊笼中物,二不及也;潜,高风逸迹,为一世所仰戴。以刺史王弘之威名,亲邀半道。庐山远公之到韵尚呼'莲社'。而仆亲交皆弃,孑然独处,常终日无于语者,三不及也。"[②] 这"三不及"颇具自我解剖和反思精神。因为田园是陶渊明最终的归宿,也是他实现其毕生信念和捍卫独立人格的场所。故此,李仁老退居田园后,感叹道:"至若少好闲静,懒于忝寻,高卧比窗,清风自至,此则可以拍陶潜之肩矣。"[③] 当然他也意识到"仆才不及陶潜高趣之一毫。"这就像苏轼在其《题陶靖节归去来辞后》所言:"予久有陶彭泽赋《归去来辞》之愿而未能。兹复有岭南之命,料此生难遂素志。舟中无事,依原韵用鲁公书法,为此长卷,不过暂舒胸中结滞,敢云与古人并驾寰区也哉。"[④] 比照来看,李仁老和苏轼的语气和心态毫无二致。

我们知道,作品传播的速度与广度,与作品本身的审美取向有着很重要的关系。

---

① 李仁老:《东文选》卷六十五,韩国民族文化促进会,1967年。
② 同上。
③ 同上。
④ 《苏轼文集》,《苏轼佚文汇编》卷五。

能迎合当下审美价值的作品在其传播中显示出惊人的速度与广度。反之，脱离时代，独立存在于时代审美风尚的作品，则常常不被众人所认同，故无法获得快速有效的传播。所以说，当时的审美倾向，归隐的心理，文化上的弱势崇拜强势，苏东坡热等几方面因素，最终于李仁老手中产生了韩国文坛第一首《潇湘八景诗》，并影响了后来大批的半岛诗人。

三、李仁老《潇湘八景诗》的中国文化内涵

在李仁老的八首题画诗中，我们不难看出中国古代文化的浸染痕迹。从文学创作的角度上来看，既然是为绘画作品而作，题画诗必然要以画作为描写对象，以此为基础不同程度地艺术地再现画中意境，而这种艺术再现有别于其他意识形态的重要特征就是情感性。在题画诗的创作过程中，创作主体把自己的曾经感受用语言、词汇表现出来。在这个表现的过程中，创作主体先是作为一名鉴赏者，在深刻体会绘画作品的意蕴的基础上，再借助语言、字词表达自己与画家之间的感情共鸣，这种情感的主客交融成为题画诗的重要审美特征。

李仁老的这组题画诗中除了具备上述的审美特征外，还有一个值得我们肯定的就是，出自一个母语为非汉语的外国人的笔下，并且具有相当高的艺术水准。限于篇幅，下面分析八首题画诗歌的前五首，其一《平沙落雁》：

> 水远天长日脚斜，隋阳征雁下汀沙。
> 行行点破秋空碧，底拂黄芦动雪花。①

在这首诗中，起句便化用了杜甫《秋兴八首》（其二）中的起句"夔府孤城落日斜"，以"日脚斜"为起始描写这幅画，秋日景象已于"水远天长日脚斜"做了一个整体上的概括。随后第二句诗中又提到了"征雁"，我们知道，大雁是中国诗人经常运用的意象，用来表达离别之情和思念之情，在中国古代诗歌创作中"征雁"、"鸿雁"、"雁"多次出现，比如"鸿雁于飞，哀鸣嗷嗷。"（《诗经·小雅·鸿雁》）、"谁怜一片影，相失万重云。"（唐·杜甫《孤雁》）、"戍鼓断人行，秋边一雁声。"（唐·杜甫《月夜忆舍弟》）、"寒灯思旧事，断雁警愁眠。"（唐·杜牧《旅宿》）、"长风万里送秋雁，对此可以酣高楼。"（唐·李白《宣州谢朓楼饯别校书叔云》）、"风翻白浪花千片，雁点青天字一行。"（唐·白居易《江楼晚眺》）等等。在李仁老的诗中，恰恰也使用了一个非常中国化的

---

① 《东文选》，第 683 页。

"大雁"的意象,而且诗句"行行点破秋空碧"中一个"点"字又和白居易的"雁点青天"不谋而合。长空列队而过的群雁,就好像在青天写一行字。此一"点"字极富动感,可谓此诗中的妙笔之处。这个"点"字生动地将人眼中每一只雁在青天的背景下织成黑墨一点的意象表达出来,与画中的墨点征雁相呼应,这里的"点"一方面是对长空雁行成字,时而为"一"时而为"人"的一种表述;另一方面又是对画面上行行大雁的绘画成型作了生动的描绘,十分传神。

除却那大雁的意象,早在唐代诗人吕岩的诗作《题全州道士蒋晖壁》中就有"夜深鹤透秋空碧"之句,李仁老的这句"行行雁点秋空碧"与之颇有异曲同工之处。一句"行行点破秋空碧"为此诗画中的秋日风光增添了无限生机。其二《远浦归帆》:

> 渡头烟树碧童童,十幅编蒲万里风。
> 玉脍银莼秋正美,故牵归兴向江东。①

在这首诗中,李仁老的深厚的汉学修养得到了充分的体现。全诗首句的"烟树"便不是毫无来处的,"烟树"是"蓟门烟树"的代称,在这里可以说是以燕京八景之一的蓟门烟树代指这画中的渡头江边树。蓟门烟树取自唐代诗人李益的诗《秦城》:"闻怅秦城送独归,蓟门烟树远依依。秋空莫射南来雁,纵遗乘春更北飞。"李仁老以"烟树"将画中树木蓊然,苍苍蔚蔚,晴烟浮空的美丽景象描写得栩栩如生。

紧随其后,写到"玉脍银莼秋正美",在唐代诗人卫博《送杨舒州》一诗中就有"淮鱼秋正美,清山日空翠"之句。最与众不同之处在于,李仁老于此句中写到了"玉脍"。玉脍,亦作"玉脍"。鲈鱼脍,因色白如玉,故名,常借指中国东南佳味。唐人冯贽在《云仙杂记》卷十引《南部烟花记》:"吴都献松江鲈鱼,炀帝曰:'所谓金齑玉脍,东南佳味也。'"对"玉脍(玉脍)"作了一个详细的出处介绍。宋代大诗人陆游《洞庭春色》词中亦有"人间定无可意,怎换得玉脍丝莼"的感叹。古代韩国诗人对中国文化的深厚理解及中韩古代文学、文化的交流、融合体现在各个方面由此可见一斑。

其三《江天暮雪》:

> 雪意娇多著水迟,千林远影已离离。
> 蓑翁未识天将暮,误道东风柳絮时。②

这一幅江天雪景图,将唐代诗人柳宗元《江雪》诗化用于此却了无痕迹。"孤舟蓑笠

---

① 《东文选》,第683页。
② 同上。

翁，独钓寒江雪"般的幽静寒冷在这首诗里表现出一种生趣来。写江雪，先写"娇"，进而带出"著水迟"，朦朦胧胧的雪中，"千林远影已离离"，把水天不分、上下苍茫一片的气氛也完全烘托出来了。万物都已笼罩于江雪之中，而那蓑翁还没有意识到天色已晚，醉酒中还以为是东风柳絮时。这一份怡然自得的心情和唐代诗人岑参《白雪歌送武判官归京》中的"忽如一夜春风来，千树万树梨花开"所表现出的惊喜好奇的神情不谋而合。岑参以"千树万树梨花开"的壮美意境，描写的是北方的雪景，颇富有浪漫色彩。梨花盛开的景象中，那雪白的花不仅是一朵一朵，而且是一团一团，花团锦簇，压枝欲低，与雪压冬林的景象极为神似。春风吹来梨花开，竟至"千树万树"，重叠的修辞表现出景象的繁荣壮丽。而李仁老借醉酒蓑翁的朦胧醉眼，以东风柳絮喻江雪，同时反季节描写，都以春景比冬景，匠心略同。几乎使人忘记奇寒而内心感到喜悦与温暖，着想、造境令人称奇。

写雪，却不直奔主题，以他物来拟此物，将比兴手法运用得淋漓尽致。用具体而细致的手法来摹写背景，用远距离画面来描写主要形象是这首题画诗独的艺术特色。

其四《山市晴岚》：

> 朝日微升叠嶂寒，浮岚细细引轻纨。
> 林间出没几多屋，天际有无何处山。①

在这首诗中，可以充分表现出李仁老观画之感受，而在感受中他将自己对绘画艺术的理解深深地与诗歌创作相融合在一起。"浮岚细细引轻纨"，浮岚，飘动的山林雾气。宋代欧阳修《庐山高赠同年刘中允归南康》诗："欲令浮岚暖翠千万状，坐卧常对乎轩窗。"可说是对"浮岚"描写的名句，李仁老这一句却也不输于此。全诗的后两句"林间出没几多屋，天际有无何处山"又将中国画中的"留白"这一绘画技法极其自然地表述出来，将画法与诗法相结合，真实再现画面的同时表情达意，有效地调动了读者与赏画者的想象力，极富创造性地拓展和深化了画境。

其五《洞庭秋月》：

> 云端潋潋黄金饼，霜后溶溶碧玉涛。
> 欲识夜深风露重，倚船渔父一肩高。②

---

① 《东文选》，第684页。
② 此诗后有作者自注云："元朝赵子昂承旨改此联云：'记得大湖枫叶晚，垂虹亭上访三高。'"《东文选》，第684页。

这首诗中,"云端潋潋黄金饼,霜后溶溶碧玉涛。"二句出自苏舜钦的诗歌,这在前面我们已经论述过。另外,这其中有两个词是来源于中国古诗词。其一"潋潋":犹冉冉。渐近貌。唐代诗人杜牧有诗《题齐安城楼》云:"呜咽江楼角一声,微阳潋潋落寒汀。"宋代文豪苏轼亦有《庐山二胜·栖贤三峡桥》诗:"弯弯飞桥出,潋潋半月毂。"皆是"犹冉冉。渐近貌。"之意。其二"溶溶":"二川溶溶,流入宫墙。"出自唐代诗人杜牧《阿房宫赋》,其意为水缓缓流动的样子,也用来形容月光荡漾。在这首《洞庭秋月》里就是形容月色溶溶的样子。将中国古诗词中的词汇熟练地结合于自己的诗歌创作,不能不让人佩服李仁老对中国古诗词的熟识与深入了解。

同时第一句的"云端潋潋黄金饼"亦是系出自宋代诗人苏舜钦《和解生中秋月》中的一句诗:"银堂通夜白,金饼隔林明。"将云端的明月比作"黄金饼",而且是化用中国宋代诗句,且毫无矫揉造作之感,又与绘画有机结合,不可不谓之巧。

李仁老的《潇湘八景诗》充分展示了诗画结合的艺术风格。作为题画诗,具备画面感是必需的,关键在于再现画面的同时,能够使之在画作的基础上拓展想象空间,并通过诗人本身的情感体验营造超越画作而有独立性格的诗歌作品;而在这一点上李仁老把握得非常得体,做到了恰到好处。这些题画诗在表现画作风景的同时,十分注意将书画的创作手法与诗歌创作手法相结合。在具体的诗歌创作过程中,很好地将两种艺术手法相结合,并能以真挚的情感为有效的关系纽带,使得整首诗歌情绪完整,极富感染力,真正做到了诗画浑然天成的境界。而且这些题画诗以动写静,充分运用对比手法。这一写作手法与中国自古以来的"赋、比、兴"诗歌创作技巧如出一辙,或者可以说是一种继承和借鉴。在母语为非汉语的古代朝鲜,汉诗创作能够取得如此高的创作成就,与中朝两国古代文学及文学理论的交流有着紧密的联系。由此我们可以看出李仁老对中国文化与文学的深厚造诣,信手拈来的诗词化用,技巧高超又自然得体。

随着两国文化的学术交流与研究的深入,作为中、韩文化交流的一朵奇葩——李仁老《潇湘八景》诗,必将得到学术界及文化界越来越多的专家学者的关注,其文化与学术价值必将焕发出应有的光芒!

论高丽、李朝诗人对黄庭坚诗学的接受

马金科

(延边大学)

高丽、李朝的汉诗诗学是朝鲜古代诗学的主体,高丽后期到李朝前期朝鲜古代诗学接受了中国江西诗派的影响,把黄庭坚作为接受重点,在朝鲜诗话中论及黄庭坚的材料比较多,初步统计也有60余次之多。可以说高丽、李朝诗坛上除了杜甫、李白、苏轼之后谈论最多的恐怕就数黄庭坚了。当然,由于诗话的题材特点限制,论述的资料没有论文式的集中评述,多是散论点评。不过,从中我们也能梳理出高丽、李朝诗学对江西诗派代表人物——黄庭坚的接受情况。12世纪末黄庭坚在高丽已经产生了重要影响,下面,我们以高丽后期到李朝前期的诗话为中心,结合之后诗论家的诗话以及其他评述,探讨一下朝鲜诗学对黄庭坚的接受及其价值取向、对黄庭坚在中国诗歌史上的地位和价值的认同,以及对高丽、李朝诗学的影响。

一、高丽、李朝诗学对黄庭坚的接受

1. 与江西诗派有关的宋朝图书的引进、刊行

高丽和李朝前期引进了很多图书,其中有江西诗派的代表诗人、诗作、诗集、诗话等,这些图书的引进和刊行为江西诗派和黄庭坚的被接受起到重要的促进作用。

从李朝《增补文献备考》中看,没有黄庭坚诗集引入和刊行的确切记载,只有安平大君瑢与诸儒编辑《八家诗选》选黄庭坚诗的记载。"八家诗选一卷。安平大君瑢与诸儒选集李杜韦柳欧王苏黄诸诗曰八家诗选。"[①] 在韩国学者朴文烈对高丽书籍的输入研究和丽末鲜初书籍的刊行以及朝鲜太祖朝书籍的刊行和颁布等系列考察研究

---

① 《增补文献备考》下,首尔:明文堂,1985年,卷二百四十六,艺文考,十九,第886页。

中，也未发现有黄庭坚诗集输入和刊行的记载。① 江西诗派的代表诗人和诗集，何时何地由何人传入现无具体材料确证，一般学者都认为是李仁老生活的时代。韩国著名学者赵钟业先生进一步认为 12 世纪宋诗滥觞于高丽，代表诗人是苏轼、黄庭坚，当时的诗人们只追崇苏黄。11 世纪末已经出现对中国唐宋诗话家的讨论。② 现将学者共同关注的史料进一步加以分析，同时再进一步提出新发现的佐证资料并加以分析。

在探讨黄庭坚诗何时传入朝鲜半岛时，大家都把目光投向了崔滋《补闲集》中的这样一段文字。

> 李学士眉叟曰，吾杜门读黄苏两集，然后语遒然韵锵然，得作诗三昧。③

这确实是很重要的材料，从这段文字中我们看出，早在李仁老（1151—1220）时代已经有黄庭坚诗集流传于世了；"读黄苏两集"可以获得做诗的奥妙，有诗学意义，苦读黄庭坚和苏轼的诗可以改变诗风，使自己的诗"语遒然韵锵然"；另外，此文中是"黄苏"而非"苏黄"，可见黄庭坚在诗法意义上的重要性，这也完全符合苏轼、黄庭坚诗学给后人影响的实际。苏门学士在宋代很有影响，黄庭坚也是苏门四学士之一，但是，在宋代即使是苏轼也并没有形成像黄庭坚那样的影响，在他的影响之下形成了江西诗派。从上文的分析里我们也可以感觉到李仁老诗歌的江西诗派意味。其实在李仁老的《破闲集》中也有一处提到了黄庭坚诗集。是把苏轼、黄庭坚并称而提出的，"苏黄集"。

> 京城西十里许，有安流慢波，澄碧澈底，遥岑远岫相与际天，实与苏黄集中所说西兴秀气无异。……（《破闲集》下）

而且，后人崔滋的《补闲集》在引用李仁老的论述里，也谈到了"黄苏二集"，而且因此而获得了做诗的奥妙。差不多和李仁老同时期诗人的高丽著名诗人李奎报（1168—1241）在诗作中提及了黄庭坚及《山谷集》。黄山谷集中有《次韵雨丝云鹤二首》，而李奎报只次韵其第一首。

偶读山谷集次韵雨丝

斜风掣断乍如稀，乱下翻欹萧绪微。未补碧罗天忽远，欲成仙縠雾交飞。

---

① 朴文烈：《关于高丽时代的书籍输入的研究》、《朝鲜太祖朝书籍的刊行和颁布研究》、《丽末鲜初书籍的刊行研究》、《人文科学研究》，韩国清州大学学报，1992年，1994年，1998年。
② 赵钟业：《韩国诗话研究》，首尔：太学社，1991年，第140页。
③ 崔滋：《补闲集》、《韩国诗话丛编》，首尔：太学社，1996年，第106页。（下同）

渔翁误喜缝疏网,贫妇虚惊纬废机。收得一番归纺绩,四方何处叹无衣。①

黄庭坚原诗为:

烟云杳霭合中稀,雾雨空濛密更微。园客蚕丝抽万绪,蛛蝥纲面罩群飞。
风光错综天经纬,草木文章帝杼机。愿染朝霞成五色,为君王补坐朝衣。②

另一个材料是李奎报在他的一首《迥安处士置民诗卷(在军幕作)》中,直接把黄庭坚的诗称为"庭坚体",可见以黄庭坚为首的江西诗派的诗风已经在当时产生了影响。

迥安处士置民诗卷(在军幕作)

诗高全胜庭坚体,文瞻犹存子厚风。
但恨未成华国手,草间呼叫学秋虫。③

还有,李仁老在《破闲集》(上)第二则中已经引出了与黄庭坚有密切关系的方外人惠洪(1071-?)的诗话《冷斋诗话》。而这部诗话中又多记诗格和黄庭坚的事,有很多黄庭坚的语录。紧接着李仁老又补潘大临寄谢临川诗,而潘大临乃江西诗派的重要诗人也。这一则诗话,是上文"黄苏二集"的补充,可见当时江西诗派黄庭坚以外的诗人、诗集、诗话集都已进入高丽诗坛。④

以上材料,更充分地证明就在李仁老、李奎报生活的时代,即12世纪末、13世纪初,黄庭坚诗集已经流传,黄庭坚诗歌风格业已得到认可,苏黄并称被视为一种体式,黄庭坚自己的诗也被赞誉为"庭坚体"。可以进一步推断江西诗派已经产生了很大影响。

另外,我们从高丽时期的四部著名诗话里出现的中国诗集和中国诗人也能看出江西诗派的影响。赵钟业先生从《破闲集》、《白云小说》、《补闲集》、《栎翁稗说》高丽四个诗话集中考察了引用中国的诗话集、诗集和杂著,其中诗话集6部,分诗话类和诗评诗格类;诗集和其他杂著18部次(与作者统计稍有不同)。这中间有涉猎江西诗派者《山谷集》两次、惠洪《冷斋诗话》、《诗话总龟》,以及《东坡集》,⑤李奎报《东国李相国集》中还谈到了蔡绦的《西清诗话》。诗话集中涉及的宋诗人有欧阳修、王

---

① 李奎报:《李相国集》,首尔:民族文化促进会,1997年,第30页。
② 黄庭坚:《黄庭坚诗集注》(第二册),北京:中华书局,2003年,第449-450页。
③ 李奎报:《李相国集》,首尔:民族文化促进会,1997年,第45页。
④ 李仁老:《破闲集》,《韩国诗话选》,首尔:大学社,1983年,第25页。
⑤ 赵钟业:《韩国诗话研究》,首尔:太学社,1991年,第143-144页。

安石、梅圣俞、苏舜钦、苏轼、黄庭坚、陈与义、惠洪、潘大临、杨万里、朱熹等。其中黄庭坚、陈与义、潘大临、杨万里四位为江西诗派的重要诗人,惠洪虽非江西诗派诗人,但是他是黄庭坚的方外友,《冷斋诗话》中介绍了大量黄庭坚和江西诗派的事迹。李朝时期涉及的与江西诗派有关的诗话集有《苕溪渔隐丛话》、《诗话总龟》、《瀛奎律髓》、《诗人玉屑》等,资料颇丰。

诗话在朝鲜半岛的流行必然带来江西诗派的影响。这是由诗话这一文体产生的特殊性决定的。关于这一点,刘德重先生在论文《宋代诗话与江西诗派》中有具体论述。[①] 诗话产生于宋代,宋代诗话之所以能如此迅速地发展、兴盛,江西诗派的形成以及围绕江西诗学展开的讨论,是其中一个十分重要的和直接的原因。诗话本身的随笔体为论诗开了个"方便法门",很多文人乐意用诗话形式发表诗歌观点,而且宋代思辨的学术风尚也为诗话的创作提供了良好的社会语境,而对江西诗派诗法的讨论就是诗话的主要内容。围绕苏、黄诗风及江西诗派的形成,在北宋后期的诗话中即已出现了鲜明对立的诗学倾向。直接接受黄庭坚影响、阐发江西诗派观点的诗话著作有陈师道的《后山诗话》和范温的《潜溪诗眼》。北宋后期业已出现了与江西诗派对立、批判黄庭坚及江西诗派的诗话,比较有代表性的是魏泰的《临汉隐居诗话》。发展到南宋,江西诗派已经占据了统治地位,诗话著作大量涌现,跟江西诗派更加密切。它们或者继承、修正、发展江西诗派的主张,或者批判、否定、反对江西诗派的主张,将北宋后期以来围绕江西诗派主张而展开的探讨和论争不断推向纵深发展,同时也使诗话本身的理论批评性质得到进一步加强。南宋也有像朱弁的《风月堂诗话》、姜夔的《白石道人诗话》那样既受到江西诗派的影响,又冲破了江西诗派的藩篱,甚而还对江西诗派的某些观点提出批评的诗作。南宋诗话中的两个代表作张戒的《岁寒堂诗话》和严羽的《沧浪诗话》也正是对江西诗派批判得最为有力的诗话。"在这个诗话发展的高潮时期,有很多诗话在诗学思想上是属于江西诗派的,也有一些诗话诗对江西诗派有批评的,总之不管是赞成还是反对,都和江西诗派有密切关系,江西诗派诗法是北宋后期到南宋诗话中的一个主要内容。"[②]

所以,由于上述中国诗话内容的特殊性,自然使得高丽、李朝诗话在引进、刊行中国诗话的同时,传达出江西诗派的信息,体现出黄庭坚的诗学理念。其实,这一点已经在上文所属的高丽、李朝引进和刊行的中国诗话集,以及本国人创作的诗话中得到了证实。

---

① 刘德重:《宋代诗话与江西诗派》,《上海大学学报》,1996 年 6 月,第 15—22 页。
② 张少康、刘三富:《中国文学理论评发展史》(下),北京:北京大学出版社,1995 年,第 53 页。

2. 与江西诗派有关的宋朝图书的注释和翻译

高丽后期至李朝前期,朝鲜注释了很多宋人的文集,其中注释最多的莫过于杜甫诗集,此外还有东坡集和山谷集等。

1444年,朝鲜创制了自己的文字,而后马上(世宗二十五年)组织参校注释、翻译了杜甫诗集,《杜诗谚解》是朝鲜最早用朝鲜文注释汉文的翻译诗集,以元代高楚芳所撰《纂注分类杜诗》为蓝本加以注释的,初版于朝鲜成宗十二年(1481年)完成,1632年重版。

韩国学者赵东一在《韩国文学通史》(二)中说,在《杜诗谚解》初刊完成的"两年以后,(成宗)又命令翻译《联珠诗格》和《黄山谷诗集》,可见当时文学书籍的翻译是非常重要的事业。但这两部书没有流传下来"。[①] 1991年朝鲜社会科学院出版的《朝鲜文学史》,在谈到《训民正音》创制后翻译出版的书籍时说,"传说成宗时代翻译刊行了《联珠诗格》、《黄山谷诗集》,但是至今难以查找"。[②] 两部书是各自国家学界的权威性的文学史,可见,朝鲜、韩国学界对这两本书的确实出版已经达成了共识。

这些首批翻译作品对李朝时期进一步接受江西诗派有重要意义。

首先在诗教、诗法观念上。朝鲜文字刚刚创制,最先翻译的当然是国家的头等要事,当务之急,同时也当然是国家的政治思想和文艺思想的核心体现。江西诗派把杜甫作为"诗祖",儒家的正统诗教和杜诗诗法是江西诗派遵循和学习的典范。这样,杜诗的翻译和产生的巨大影响,大大地推动了江西诗派在朝鲜的传播。江西诗派借杜甫的光辉而被接受。

其次,虽然今天我们看不到翻译本《黄山谷诗集》,但从上文的分析中我们可以断言《黄山谷诗集》在高丽、李朝流传、注释和翻译的存在。另外,我们从中国的资料也能证明这一点。2003年中华书局出版了《黄庭坚诗集注》,在《校点说明》中编者说:其中"《山谷外集诗注》、《山谷别集诗注》则为朝鲜古活字本,亦源于宋刊。底本虽采自海外藏版,然因最接近宋刊本原貌,故其文字颇多优胜处。《四部备要》即取此本排印。"[③] 可见,《黄山谷诗集》的流传深远。直接刊行、注释、翻译黄山谷诗集对江西诗派的接受起到决定性的作用。

第三,《联珠诗格》收集了唐宋诗人在七言绝句诗和四句诗上的对格,其中不乏江西诗派的诗人,它的注释、翻译在诗法的学习与创作以及对江西诗派作家、作品的接受上都有很大的促进作用。

---

① 赵东一:《韩国文学通史》,首尔:知识产业社,1985年,第279页。
② 《朝鲜文学史》(3),平壤:社会科学出版社,1991年,第21页。
③ 黄庭坚:《黄庭坚诗集注》(第二册),北京:中华书局,2003年,第3页。

二、高丽、李朝诗学接受黄庭坚的价值取向

黄庭坚的诗歌创作和诗学观点两方面都在中国诗歌史上产生重要影响,但朝鲜文学接受黄庭坚的影响主要并不在作品上,而是在诗学上。从朝鲜诗坛接受黄庭坚和江西诗派的途径来看,也并非是由于黄庭坚的论诗文章的流传,主要是由于江西诗派的诗话在朝鲜的大量传播所引起的,是作为江西诗派的理论而存在的。

虽然朝鲜出版过黄庭坚诗集、选集,而且曾经有过好的版本至今被中国接受采用,但是从对黄庭坚和江西诗派的评价上来看,更多注重的是诗教和诗法,侧重的重心是黄庭坚的诗学观点,而非创作的具体作品,当然这里也有对具体作品进行评价的,即,在高丽、李朝诗坛流行的不是黄庭坚的哪首诗而是黄庭坚的诗歌观念。而且,在评价黄庭坚的行文过程中,即使是提到了黄庭坚的作品,也是为了说明他的一个诗学观点而已。正如评价苏黄对晚唐诗风扭转所起的作用时的阐述那样。首先提出,"近者苏黄崛起,虽追尚其法而造语益工,了无斧凿之痕,可谓青于蓝矣。"[①]之后列举苏黄的诗歌创作加以证明。

再者朝鲜诗话对黄庭坚作品的评价,或者提到的作品数量都是很有限的。朝鲜诗学主要是把它作为一个理论规范或者审美评价的标准来评价自己的诗歌创作的。评述中多指出朝鲜诗人的创作"祖苏黄","出于苏黄",或者说诗歌创作"与黄苏相颉颃"[②]等。李朝中期的评论家梁庆遇(1568—?),在诗话集《霁湖诗话》中谈到朝鲜诗人湖阴郑士龙的创作时,就是用苏黄的诗格来界定的。

> 湖阴之诗或与所亲,评论颇指斧凿为言云。余闻湖翁每自言平生所熟读者商隐集,以故句法或有近西昆体者,然原其所祖,则苏黄耳。[③]

在此之前列举和高度评价了湖阴诗板上的诗,说明了他"举世称之"的名句化用简斋陈与义诗句的现象等,在对湖阴的不同评价中指出其诗的风格属于江西诗派,即苏黄。

李朝中期的诗歌评论家洪万宗(1643—1725),在他的著名诗话集《小华诗评》中,直接借用了黄庭坚评价韩愈诗的观点评价清河崔承老的同类诗歌。

> 凡为诗意在言表含蓄有余为佳,若语意呈露,直说无蕴,则虽其词藻宏丽奢靡,知诗者故不敢取矣。清河崔承老诗曰:"有田谁布谷,无酒可提壶;山鸟

---

① 李仁老:《破贤集》下,赵钟业《韩国诗话丛编》,首尔:太学社,1996 年:一,第 58 页。全文参看 [30]。
② 徐居正:《笔苑杂记》下,卷二十八,同前书,《韩国诗话丛编》一,第 559 页。
③ 梁庆遇:《霁湖诗话》,任廉《阳葩谈苑》,首尔:亚细亚文化社,1983 年,第 378 页。

何心绪,逢春谩自呼。"词语清绝意味深长,颇得古人赋比之体。昔韩昌黎游城南作诗曰:"唤起窗全曙,催归日未西;无心花里鸟,更兴尽情啼。"山谷云:"唤起催归二鸟名而若虚设,故后人多不觉耳,然诗有微意,盖窗已全曙鸟方唤起,何其迟也;日犹未西鸟已催归何其早也。二鸟无心不知同游者之意乎,更为我尽情而啼,早唤起而迟催归也。"至是然后始知昌黎之诗有无穷之味,而用意之精深也。布谷提壶亦皆鸟名,清河此诗得韩法也。①

这里所谓的"韩法",其实就是黄庭坚对韩愈一首诗的形而上的总结,属于炼意格,而朝鲜诗论家洪万宗就以此法为规范评价了崔承老的同类型诗歌。

对黄庭坚诗歌主张的接受也有不同看法的,对上文韩愈诗歌《游城南诗》中的"唤起"和"催归"的含义,之前的朝鲜文学家就有不同理解,对黄庭坚的观点也产生了质疑。李晬光(1563—1628)在《芝峰类说》卷十一中重新解读韩愈的诗,认为黄庭坚唤起催归为鸟名的观点错误,对诗意的阐释也"恐犹未尽",未能透彻地解释诗意。其全文如下:

> 昌黎游城南诗曰:"唤起窗全曙,催归日未西。"黄山谷云:"吾儿时每哦此诗,而了不解意。年五十八方悟唤起催归二禽名。催归子规也。唤起声如人络丝,偏于春晓鸣。"《复斋谩录》云:"顾渚山中有鸟,每正二月作声曰春起,呼为唤春鸟。"余意唤起催归非真鸟名,以鸟声春起故曰唤起,子规声为不如归故曰催归。诗意盖为唤起而睡不觉,催归而犹未归也。如此看得犹有味,以下句"无心花里鸟,更与尽情啼"观之,则似然矣。山谷、复斋两说,恐犹未尽。②

在两个资料中黄山谷都认为唤起催归为二鸟名。而李晬光对此产生不同看法,"余意唤起催归非真鸟名",怀疑和否定黄庭坚的观点。③ 这里我们无意考证文本的真伪、观点的正误,我们已经看到赞成和反对以黄庭坚为代表的江西诗派的诗人,都把黄庭坚作为标准和代表,或者去弘扬,或者去反对。而李晬光正是李朝中期"崇唐黜宋"文学观的代表人物之一。

朝鲜诗学对黄庭坚诗歌主张的接受是全方位的,可以说,在朝鲜,黄庭坚的主张

---

① 洪万宗:《小华诗评》,同前书,《阳葩谈苑》,第736—737页。
② 李钟殷、郑珉:《韩国历代诗话类编》,首尔:亚细亚文化社,1988年,第558页。
③ 清代贺裳也有类似观点,但是,其承认了考证的正确,主要强调的是考证的无益。《载酒园诗话》卷一:[用事]宋人论事,多用心于无用之地,风气使然,名家不免。如山谷之注"唤起"、"催归"为二鸟,东坡之子府"玉楼"、"银海",事则然矣,然并无佳处。(转引傅璇琮《中国古典文学研究资料汇编——黄庭坚和江西诗派卷》(上),北京:中华书局,1962年,第246页。)

就是江西诗派理论的全部。但是,朝鲜诗学的接受也是有选择、有侧重的,关于诗学观点的接受本文就不做详细分析了,这里只概要介绍一下朝鲜诗学对黄庭坚诗歌主张的接受面:

首先,在诗教上,黄庭坚以儒家的正统诗教为核心,发扬诗经传统,推举杜甫为诗祖,提倡温柔敦厚的儒家诗教,忠君爱民,反对讽谏诗锋芒太过。

其次,注重诗人的学术修养和阅历,提倡"读书破万卷,下笔如有神","以才学为诗"。

第三,重视后天的修炼,强调诗法。丰富和发展了用事论,倡导做诗"无一字无来处",提出"夺胎换骨"和"点铁成金"的用事方法。注重琢炼之功,提出炼字、炼句、炼意、炼格,赞赏苦吟。

第四,为了达到杜诗的境界,提出了学诗的门径和诗体以及集句诗等。

第五,主张创新,"自出机杼","自成一家"[①],"青于蓝"——青出于蓝而胜于蓝。等等。

朝鲜诗学对黄庭坚以及江西诗派诗歌理论的接受,是零散的,点评式的,系统的整理需要沙里淘金式的功夫。但是,另一方面我们从诗话阐述的实际也看出,朝鲜诗学对黄庭坚以及江西诗派的接受注重的不是理论上的阐释和发展,而是实践上的应用,可以说是直接利用其理论指导本国的诗歌实践,把黄庭坚以及江西诗派的理论观点和朝鲜汉诗创作的实践相结合。这既是黄庭坚诗学形态的特点[②],也显示出朝鲜诗学接受中国诗学的一个突出特点,接受诗歌理论的实践性。

纵观朝鲜汉诗发展史,高丽、李朝汉诗接受中国诗人很多,但是接受最多、产生效应最大的中国诗人主要有先秦时期的屈原,魏晋时期的陶渊明,唐朝主要有李白、杜甫、白居易,而宋朝则主要就是苏轼和黄庭坚。新罗、高丽时期朝鲜诗学更多直接接受了唐宋诗歌的影响,到李朝时期,前期是延续宋元时期江西诗派的影响,中期、后期和明、清诗风相关,诗坛上主要还是宗唐宗宋诗风之争。总之,唐宋诗歌在朝鲜的影响占非常重要的地位。其中,"由于高丽文士专尚东坡",对李白、白居易的接受不多。又由于江西诗派的重视诗法,这样就使得杜甫、苏轼、黄庭坚的诗歌一直受到极大的关注,形成了潮流和传统。所以,在高丽、李朝诗坛,不论是拥护江西诗派还

---

① 李齐贤:《栎翁稗说》,同前书,《韩国诗话丛编》一,第153页。
② 钱志熙:《黄庭坚诗学体系研究》,北京:北京大学出版社,2003年,第29—30页。

是反对江西诗派,都以学习杜甫为终极目的,谈诗必言杜甫,而且都要谈论苏黄。而苏黄并称,可见对黄庭坚也是非常重视的。应该说,黄庭坚在高丽、李朝诗学中受到足够的重视,在朝鲜诗人眼中,黄庭坚是中国屈指可数的著名诗人。从黄庭坚入选朝鲜出版的中国诗选集也能看出黄庭坚在朝鲜诗人眼中的位置。在韩国《增补文献备考》中记载,高丽安平君时代,安平大君瑢与诸儒编辑《八家诗选》选编了黄庭坚的诗。"八家诗选一卷。安平大君瑢与诸儒选集李杜韦柳欧王苏黄诸诗曰八家诗选。"① 在这里,入选的唐朝诗人是李白、杜甫、韦应物、柳宗元,宋朝诗人是欧阳修、王安石、苏轼、黄庭坚,选本固然有个人好恶的倾向性因素,特别是对唐诗的选编。但是代表唐宋两个时代的诗人已经列选,黄庭坚占有一席之地。应该说黄庭坚在唐宋诗歌史上的地位得到了当时朝鲜诗人的充分肯定,他的诗受到了朝鲜诗人的欢迎,而且黄庭坚在朝鲜的影响也会因此得到扩大。可以说,高丽、李朝的朝鲜古代诗学在从诗法上接受了黄庭坚的理论主张的同时,充分肯定了黄庭坚在中国诗学发展史上的地位和作用。

---

① 《增补文献备考》(下),首尔:明文堂,1985年,卷二百四十六,艺文考十九,第886页。

九

三十年比较文学教学反思与前瞻

规范化与多渠道

——比较文学本科教学的反思与前瞻

陈 惇

（北京师范大学）

一

中国比较文学已经走过了 30 个年头，取得了举世瞩目的成就。在整个比较文学事业中，教学是其中成果最突出、对学科发展起着重要作用的方面之一。1978 年华东师大施蛰存教授开设比较文学讲座，打响了中国大陆比较文学复兴的第一炮。接着，各地高校纷纷开课，各地报刊发表了大量文章，这才打开了局面，迎来了比较文学在全国遍地开花的大好形势。因此人们常说，比较文学教学是我们这一学科从沉寂到复兴的"开路先锋"。在后来的发展过程中，高等院校始终是比较文学领地上最活跃、最有生气、学术成果最突出的地方，比较文学的教学队伍成了它在学术上的主力军。更有不可忽视的，30 年来，我们通过各种教学方式培养了一批又一批比较文学专业人才，为学科的发展源源不断地提供新生力量。因此，从长远的意义来说，教学又是推动比较文学事业发展的巨大动力，是比较文学事业持久发展的基本保证。

30 年来，我国的比较文学教学经历了从无到有、从不完善到逐步完善的发展过程。拿现在的情况同 30 年前的情况相比，那真可以说有着天壤之别了，不论是课程设置、教材编写，还是队伍培养、学科点的建立等等，都取得了可观的成绩。我们的教学规模，我们的师资队伍，我们的教材编写工作，我们在教学体系、教学内容方面所进行的努力和取得的成果，可以说是世界少有的。譬如，我们自己编写的比较文学教材，据统计，有 70 种之多，这可能是世界之最了。在这些成绩之中，有两点尤其重要。其一，比较文学教学从自发的分散的个人行为开始进入国家教育体制，成为研究生教学和本科生教学中一个不可缺少的组成部分。在 1990 年，教育部已经把比较文学正式列入研究生培养学科目录中。1997 年，国务院学位委员会、国家教育委员会联合颁布的《授予博士、硕士学位和培养研究生的学科、专业目录》把比较文学与外国文学合并成一个专业,称"比较文学与世界文学",而且把它改为归属中国语言文学类的二级学科。紧接着,1998年教育部高教司下发的《普通高等学校本科专业目录和专业介绍》,把"比较文学和世界文学"列为汉语言文学专业的"主要课程"之一。这就完全改变了当初比较文学被忽视的地位,改革开放初期比较文学教学的自发的、可有可无的状态从此结束。就好像是游击队变成了正规军,散兵游勇集合到了大部队的大旗之下。其二,我们建立起一个多层次的完整的比较文学教学系统。其中包括三个层次:一是培养硕士、博士等专门人才的研究生教学和比较文学系;二是大学的本科教学,包括主干课和选修课;三是在高校理工科和中学语文教学中进行的启蒙性教学。现在能够招收硕士的学校有94所,招收博士的学校有26所,已经在本科阶段开设比较文学性质课程的院校,大约有160所,另外,浙江工业大学、中国海洋大学、汉中理工学院这些理工科大学也开设了比较文学课程。这样一个体系,为比较文学教学的广泛地持久地稳定地发展提供了可靠的保证。这两点可以说是具有开创性的、具有历史意义的成就。有了这两点,我们的比较文学教学就有了长远发展的前提和基础。

应该说,这些成绩是老中青三代人长期不懈的努力的成果,是令人鼓舞的,很了不起的。但是,近年来,也听到一些情况,反映出我们比较文学教学上的一些问题。有的情况让我感到意外,感到吃惊,感到有必要在看到成绩的同时冷静下来,面对现实。有一个学校开比较文学选修课,学生可以试听两周再决定是否选学这门课程。结果出现这样的情况,试听阶段出席的学生有几十个,到了报名的时候只剩下了几个。这太意外了。回想改革开放初期,只要有老师讲比较文学课,课堂里总是座无虚席的,甚至走道上、窗户外,都挤满了听课的人,现在怎么会受到冷落了呢?进一步了解才知,原因在于课程内容有问题。老师想把课讲得有深度,有理论见解,结果把一门很有吸引力的课程讲得枯燥无味。比较文学课的魅力在于它能把学生多年来积累的文学知识以一个新的角度加以梳理,加以提升,从而获得一种登高望远、豁然开朗的愉悦感。而那位老师讲的是从理论到理论,从概念到概念,理论上也常常与其他学科重复,学生听起来乏味,于是就不感兴趣了。我问过其他学校的情况,这样的现象并非个别。比较文学不那么热门了。为什么会发生这样的变化?值得我们深思。

我们不能不承认,比较文学教学在我国的基础并不雄厚,只是在几十年前,有几所学校讲过比较文学课程,真正在全国高校的课堂上普遍开设比较文学的课程,那还是改革开放以后的事。那时我们虽然在讲台上大讲比较文学如何如何好,而实际上我们对比较文学并没有太深的了解,只是被它的新视角、新领域、新方法深深地吸引,而且觉得这样一门独具特点的、国际性的课程,特别适合改革开放年代的需要,于是,边趸边卖,披头散发就上阵。因此,那时的比较文学教学主要是呐喊,是开路,顾不上多少质量问题,也没有认真考虑过在大学本科,比较文学应该怎样教。现在的情况已经变化。当初那种新鲜感已经消退,体制化之后的比较文学应该怎么教,大家心里没底。这些年来,各校的比较文学教学都是各行其是的。课程名目、课程内容由学校自行决定,主要是由授课教师决定;比较文学基础课到底应该教什么,教多深,没有明确的要求,没有进行过专门的研讨。本来,教学走向正规化,而且大规模的开展起来,这些问题就必须明确,必须有个标准,最好有个教学大纲,不然,教学没有标准,没有要求,教师上课没有依据,很难说有质量保证。

还有一种情况值得注意,就是近年来在本科教学上,特别在教材编写上,没有注意本科教学与研究生教学的区别。近些年来,随着研究生教学的开展,我们对比较文学原理的研究更加重视,不断钻研,不断深化,在学科原理的研究上取得了很大的进展。但同时也出现一种偏差,那就是纯理论的探讨过多,对具体文学现象的分析重视不够。我们在对比较文学原理进行深入研究的时候,引进了各种哲学理论和文学理论,课程内容变得越来越抽象。对研究生教学来讲,这样做也许是需要的。可是,当我们把力量集中到这方面的时候,却忽略了对本科生教学的研究和思考。于是,出现了一个问题,就是片面地求高求深,有关学科原理的纯理论性的探讨过多,课程内容变得越来越抽象,或者把研究生教学的内容直接搬到了本科教学上,教学内容偏深偏多,脱离了本科教学的实际。正如有些老师所感觉的,在比较文学教学里,本科生与研究生似乎没什么区别。还有的老师说,本科的比较文学基础课应该教哪些内容,应该达到什么样的目标,心里没底,只是随自己的想法去做,或者跟着某些教材走。有的老师说得更尖锐一些,比较文学的教材编得越来越空泛,几乎成了"比较玄学"。我们的老师出于好意,希望提高自己的教学水平,但是,片面地求高求深,客观效果并不理想。教学要看对象,内容的深浅程度要看实际需要,并不是越多越好,越深越好。如果内容偏深,过于理论化,抽象化,学生会觉得枯燥无味,不好接受。有的学生甚至反映,学完比较文学,还是一团雾水,不知道什么是比较文学。所以,我们必须考虑本科教学与研究生教学的区别,根据不同的对象,提出不同的目标,根据这样的目标来确定教学内容和教学方法。

这些情况说明,为了保证和提高本科阶段比较文学教学的质量,首先要做的工作,是明确本科教学的目标,明确教学的基本要求和基本内容,也就是在这些方面取得共识,制订一些规范。这样,教师的心中有了底,教学有了标准,也就有了努力的方向。总之,要通过规范化的办法来提高教学质量。近几年,教学研究会的几次会议都是讨论如何提高比较文学本科教学质量的问题,而走规范化之路,已经成为大家议论的中心和共识。

二

如何确定比较文学本科教学的规范？首先要解决几个认识问题。

第一，要明确本科生教学与研究生教学的区别，分清两者属于不同的层次。研究生教学是培养专门人才的，要求学生从理论上打好底子，对学科原理有比较透彻的了解。他们在入学之前已经具备关于比较文学原理的基本知识，入学后再学，是为了从理论上加以深化。所以，研究生比较文学原理的教学，强调的是学术性和理论探讨。但是，对本科生来说，他们学习比较文学并不是为了成为这方面的专门人才，而是为了完备其知识结构。所以在本科生的教学体系中，比较文学虽然属于基础课，却不是主课。它只是汉语言文学专业众多基础课程中的一门。教学计划中安排的比较文学的课时也不多，一般是一个学期、30几节课。再说，比较文学是他们初次接触的一门学科，他们从零开始学起。这样的目的，这样的条件，这样的基础，决定了对本科生来讲，只要求他们学一些基础的入门的知识，不可能太高太深。如果说，研究生的比较文学教学是专业性教学，那么，本科生教学就是通才性素质教学，或者说是基础性、普及性的教学。这两个是不同的层次，不同的对象，不同的目的，决定了比较文学的本科教学和研究生教学在教学要求、教学计划、教材编写等各方面，都应有各自的标准，不能混为一谈。我们说要分清层次，不是意味着其中有什么高低之分，只是为了更好地认准对象，以便我们更好地确定教学目标，有效地保证和提高教学质量。

第二，要恰当地考虑比较文学本科教学的目的要求。我们明确了比较文学本科教学的性质，那是一种通才性素质教学，基础性普及性的教学，当然也就明白，对大学本科比较文学的教学质量的高低，不在于比较文学的学科原理的探讨搞得多么深奥，体系搞得如何完整，而在于大学生是不是真正弄懂了什么是比较文学，明白了学习比较文学有什么必要，进而喜爱这门课程，有兴趣把它运用到自己的学习和思考之中。这里包含三层意思，一是"弄懂了什么是比较文学"，二是"明白了学习比较文学有什么必要，进而喜欢这门课程"，三是"有兴趣把它运用到自己的学习和思考之中"。

这样的目标似乎不难达到，但是要真正做到，却不那么容易。为了让学生能够了解什么是比较文学，我们必须在有限的课时里，深入浅出、简明扼要地说清学科的基本原理。在当前有关比较文学理论的争论不断发生的情况下，这一点并不是很容易做到的。说到要让学生喜欢这门课程，那就更难一些。比较文学本来是一门饶有兴味的课程，原因是它能提供一个新的思路，能把学生们已经学过的中外文学知识统领起来，从一种新的角度重新加以审视。他们感到有启发，很开窍。这也是比较文学这门课程的魅力所在，是它一直受到学生欢迎的原因。可是，如果我们把这样一门课程搞成纯理论性的课程，引进许多哲学概念和文学理论概念，讲课又多是理论推导，从概念到概念，那就会把一门生龙活虎的课程搞得索然无味，学生也就对它不感兴趣。比较文学本科教学所面临的一大困惑也在这里。多年的教学经验告诉我们，引导学生喜欢一门课程是保证和提高教学质量很重要的一环。只有当学生喜欢这门课程的时候，他才会有学习的主动性，才会进入积极思维的状态，而不是为了对付考试，为了分数，学过就忘。一个学生如果学过比较文学课程之后，仅仅记得一些名词概念，考试过后，统统忘掉，那有什么教学质量可言。如果学生通过比较文学的学习，能够积极开动脑筋，把他们过去几年学过的中外文学知识都调动起来，试着用比较文学的一些原理进行思考，那就说明他们已初步树立起比较的意识和国际眼光，已经开始入门。这才是我们所希望达到的教学效果。

如果按照上述两种认识，再来审视目前的教学实际，我们觉得目前我们的比较文学本科教学存在着对理论的要求偏高偏深，与研究生教学区别不大的问题，换句话说，就是有点脱离了本科生的实际。有了这样两点认识，我们就有了确定本科教学规范的基础。所谓"规范化"，最重要的是从本科教学的实际出发，在教学目的要求上取得共识。刚才，我提出一个供大家讨论的意见。把这个意见说得更简洁一点，就是这样三点：教给一般的入门知识，树立初步的比较意识，培养对本学科的兴趣。

以这样的目的要求来改进当前的教学实践，调整我们的教学内容和教学方法。总的做法是：简化理论，加强对史料和文本的分析。具体地说，就是对于学科的基本原理和研究方法的学习要求不宜太高，粗浅懂得即可，加强有关文学交流（特别是中外文学的交流）和中外文学比较研究成果等方面的内容。

三

比较文学是一门十分敏感的学科，许多基本的学理问题尚有争议，况且各个地区、各个学校的情况并不一致，因此，要求教学全体的整齐划一是不可能的，也是不恰当的。在当前，我们所说的教学的规范化，并不是对教学的各个环节提出什么硬性的规定，只是在教学的目的、教学的基本要求和教学内容的深浅程度等方面如何能适合本科教学的实际，在这样一些基本问题上取得共识，提出一些可行的意见，而实现这个规范的渠道更属于探索阶段，可以是多样的。规范化和多渠道是并不矛盾的。当然，我们这里谈的是比较文学基础课，也就是讲解比较文学基本原理的课程，不是选修课。

选修课比较灵活，另当别论。事实上，许多工作在比较文学教学第一线的老师早已感觉到刚才我们所说的问题，已经按照上面的目标在进行实践，而且在教学体系和教学内容的安排上积累了一些经验。他们的做法是各式各样的。据我们所知，大致有三种类型。在这里，我向大家简单地介绍一下，供大家在考虑改进教学的时候作为参考。

第一种是"例证型"，或者说"原理加实例型"。整个课程内容以比较文学基本原理的几个方面为系统，譬如比较文学的定义、影响研究、平行研究、跨学科研究、主题学、比较诗学等等，每阐述一个重要问题，都配以个案例证，或配以范文解读。这是当前大多数教科书的写法，也是大多数老师的教法。

第二种是"综合型"，也就是把学科原理压缩成一章，加入大量有关文学交流史和中外文学比较等内容，三个方面各自独立，分别列出章节，一一阐述，整个课程由这几方面的内容综合而成。在这样的教学体系里，学科原理只是一小部分，简明扼要地交代概念和道理，不做详细的论证，大部分教学内容是文学交流历史和中外文学的比较研究。这是教学研究会的一些同仁在集体讨论后的一个倡议。

第三种是"宏观比较型"，即以民族（国家）文学为单位，以全球文学为平台和背景，对具有全球意义的文学现象进行宏观的比较研究，既谈其间的共性，又比较各自的特性。这是王向远教授创造的一种教学类型，他在北京师范大学连续几年这样讲比较文学课，受到同学的欢迎，效果很好。

现在，我来专门谈谈第二种类型。

一般来讲，我们过去理解的比较文学基础课，属于概论性质，讲的是比较文学的基本原理。但是，从中文系的实际出发，从比较文学的特点出发，从我们刚才设定的目标出发，如果把本科生的比较文学课程限定在讲解学科原理，并不妥当。学习比较文学当然首先要懂得它的基本原理，但是，对大学本科生来讲，只要有一些基本的入门知识，也就够了，关键是要培养他们的国际的视野和自觉的比较意识，能把他们领进比较文学的大门来。要达到这样的目的，单纯讲概论是不可能的。抽象的理论讲得再多再深，学生只在理论的层次上进行形而上的思考，是不可能帮他们形成比较意识，把他们领进比较文学大门的。所以，我们认为在比较文学基础课里，引进文化交流史文学交流史的内容，中外文学比较的内容，把本科生的比较文学基础课讲成一门综合性的课程。

比较文学本来就是文化交流和文学交流的产物，它的主要价值也在于此。所以，要想真正懂得比较文学，真正领会它，掌握它，不在懂得多少比较文学的名词概念，而是懂得它在文化交流和文学交流中的作用，进而为我们思考问题，研究问题，拓宽视野，打开思路。同样，要想真正学好比较文学，也必须把它还原到文化交流和文学交流的实际当中去。

在学习比较文学之前，他们学过中国文学，学过外国文学。不过这两个方面是分离的，各自独立的，没有把他们联系起来。我们开设比较文学课程，就是要引导学生把这两个方面联系起来，引导他们跨出中国文学的范围，能够放眼世界，用一种国际的眼光，在中外文学关系上进行比较和思考。为了做到这一点，我们有必要，讲一些世界文化交流和中外文学交流的历史知识，讲一些中外各种文学比较的实际情况，提供必要的感性知识。也就是在他们眼前展开一幅世界文化与文学交流的历史长卷，把他们引进这个领域里面来。这是培养他们的国际眼光和比较意识的一种非常有效的做法，比起空讲道理，泛泛地论证比较研究如何重要，其效果要好得多。

出于以上的考虑，我们草拟了一份教学大纲，编写了一本按这个大纲写成的教材，其中专设三章（第三章比较文学与文学交流，第四章中西各体文学比较，第五章中国与东方国家文学比较）来介绍有关世界文化交流史、中外文学交流史和中外文学比较的常识在新编的教材里，这三章占有的篇幅相当大，每章大约五万字，占到全书的一大半。当然，这样一来，比较文学就不再是单纯的"概论"性质的课程，成了概论、文化文学交流史、中外文学比较研究这三者综合的课程。希望在教学体系和教学内容上进行这样大胆的改变，能够实现我们对教学目的要求的预期设想。

以上介绍的三种教学体系各有特点，而且不同的教学体系适合不同的教学条件和不同的师生情况，我们可根据自己的情况，择善而取。以上三种体系也仅仅是当前我们的教学经验的总结，并不是终结，我们还可以继续实践，进行新的探索。

2009 年 10 月 15 日

新时期比较文学教学的历史思考

刘献彪

(潍坊学院)

一、关于教学教材在学科建设中地位与作用的思考

马克思在一个半世纪前就预言：对哲学专家来说，从思想世界降到现实世界是最困难的任务之一。此乃至理名言。对比较文学学者而言，从学术世界降到教学世界也是最困难的任务之一。我们这样说虽不免鹦鹉学舌之嫌，但却值得深思。

从学科建设与历史演变及其兴衰的角度看，比较文学教学可说是引领历史前行的开路先锋，兴旺发达的基本保证，是传播应用，大众共享的桥梁。同时，又是参与者最多，队伍最大，工作最具体，影响最广泛，效果最明显，把学科理念、思想、精神落到实处的重要组成部分。比较文学教学活动是多彩多姿，内容丰富，鲜活的关系到百年大计，人才培养的传播与应用活动。比较文学教学研究属于应用研究范畴。古往今来，古今中外，许多大学问家，大名人，都是教学出身，或者终其一生都是教学。中国的孔老夫子就是如此。比较文学界的前辈吴宓，陈寅恪，季羡林等也是如此。因此，教学的重要意义和地位是不言自明的。毫无疑问，任何学者、专家包括广大教师在内，在理论上，口头上谁都承认教学的重要性和地位。但是，在现实和实践中，却并非完全如此。大家不妨想一想，现在大学里的学者、专家、教师，是否都重视教学、教材建设？都从内心喜欢搞教学、教材建设？都关心比较文学教学质量的提高？都注意学生的培养？都以自己能教比较文学为光荣？都把比较文学教学和研究作为自己光荣的、骄傲的任务？都积极参加或承担比较文学教学研究活动或承担比较文学教学相关课题？等等。如果大家以此为镜子，照一照自己，反思一下自己，也许能找到答案。

长期以来，学界和教育界，除少数学人和教师外，大多数人对比较文学教学教材研究和实践在学科建设中的地位、作用有所忽视，有的甚至卑之无甚高论，不屑一顾。

这种现象，如果长期存在下去，必将给比较文学学科建设带来致命的伤害。

其实，教学教材研究实践本身，即是一门学问。值得高兴的是，上个世纪90年代中国比较文学教学研究会成立以来，乐黛云、陈惇、孙景尧、饶芃子、曹顺庆、谢天振等学者都积极带头呼吁重视教学、教材并以身作则，带头搞教学，亲身编写教材，积极参加关于教学、教材的学术研究讨会等等。同时，在各种不同场合提出了"保证论"、"先锋论"、"桥梁论"、"共享论"、"普识论"等等看法，推动了教学教材建设和教学研究的深入。

进入新世纪以来，学界同仁越来越重视比较文学教学、教材和教学参考书、工具书等建设工作；越来越关注教学质量和学生学习质量的提高；越来越积极开展教学研究活动，特别是继中国比较文学学会乐黛云会长，中国比较文学教学研究会陈惇会长联袂主编的《中外比较文学名著导读》（2006年浙江大学出版社出版），刘献彪、吴家荣、王福和三位教授联合主编的《新时期比较文学的恳拓与建构》（新时期比较文学教材研究）（2007年安徽大学出版社出版）之后，吴家荣教授主编的《比较文学经典著作导读》、王福和教授主编的《大学比较文学》等都在今年（2008）先后问世。这不仅说明从国家级学会到省级学会领军人物对教学的重视，以身作则，亲自出马，而且说明新的教学资源体系即教材、教学参考资料，学习参考资料、工具书等已在逐渐构建中。

二、关于教学复兴与繁荣的思考

新时期30年比较文学教学的复兴与繁荣，一方面适应了改革开放和全球化时代到来的需要，另一方面适应了新时期具有远见卓识的学者对比较文学学科建设和创新的要求。季羡林、杨周翰、乐黛云等在搭起了国内外比较文学研究者和全国各文学研究领域之间的桥梁之后，特别强调它的目标体系、价值体系、工具体系的建设，体现在教学实践中，不仅逐渐形成了一套教学思想路线和教学系统路线，重视教学人文素质培养中的作用；而且积极倡导老、中、青三代学者相结合；名牌大学、普通大学、理工科大学、师范院校、专科学校等并举；提高与普及、传播与应用两条腿走路等实践方式。可以毫不夸大地说，像中国比较文学复兴队伍如此之壮大，规模如此之广阔，提高与普及，传播与应用如此之重视，在中外比较文学史上，过去是从来没有的。中国比较文学复兴与繁荣，充分体现了继往开来，团结协作，薪火相传，建桥铺路高尚的学术品德与精神。这种思想、品德、精神是中国比较文学复兴与繁荣的灵魂和保证。

正因为如此，才为中国和世界比较文学历史开辟新阶段、新纪元、新里程碑和如花似锦、万紫千红的新气象。新时期 30 年比较文学教学建设的历史，实质上是诸多比较文学学者、教学工作者的教学思想、学科追求、人格精神、文化良知和团结协作再现于比较文学教学建设的历史。以季羡林、杨周翰、乐黛云、曹顺庆等老、中、青三代学者为代表，全面地打通了比较文学的学术通道，架起了文化交流和东西方平等对话的桥梁。开展了以沟通、对话、尊重、理解、共建人类多元文化为宗旨的各种学术活动，为传播人类优秀文化和人文精神作出了无可争辩的业绩，创建了 30 年新时期中国比较文学。他们以一种特有的自觉承担和团结协作的精神，以全新的眼光和姿态挑战法国学派、美国学派，强调重新审视比较文学的目标、观念、方法和学科定位，既反对"欧洲中心论"，也反对"东方中心论"，倡导在全球和多元文化视野相融合的基础之上，寻找比较文学的新起点，创造比较文学的新时代。让传统意义的比较文学发展为现代意义的比较文学，并把它推到一个空前的崭新的阶段。

新时期 30 年比较文学教学建设，富有自己鲜明的个性与特点：其个性表现为：(1) 使命意识；(2) 普及意识；(3) 挑战意识；(4) 合作意识；(5) 创新意识；(6) 应用意识；其特点表现为：(1) 从地域上推倒"西方中心论"的围墙，扩大了教学传播的地域；(2) 从教学定位上纠正"精英学科"的偏向，强调提高与普及相结合、雅俗共赏，为大众服务和通识教育；(3) 从教学思想精神上，把传统的学科思想精神转变为现代意义的学科思想精神。即以新人文精神，新人文素质为核心和灵魂；(4) 从教学内容上，突破了传统的教学内容，大大扩大了教学空间；(5) 从教学队伍上，打造了比较文学千军万马、浩浩荡荡的百万大军。总而言之，新时期 30 年来比较文学教学建设，为推动世界比较文学进入第三阶段创造了有利条件，奠定了坚实的基础，作出了独特的巨大的贡献。

新时期 30 年比较文教学贡献，其突出表现为：

1. 在教学、教材目标上有新的追求；
2. 在教学、教材思想上有新的创新；
3. 在教学、教材内容上有新的开拓；
4. 在教学、教材实践和系统上有新的构建。

概而言之，在重构比较文学教学、教材目标、思想、内容、作用等方面，构建了一条从"开路先锋"到"基本保证"到"素质培养"到"世界公民"到"搭桥铺路"到"大众共享"的思想路线。在重构教学教材实践系统方面，走出了一条从"启蒙性教育"到"普及性教育"到"专业性教育"到"通识教育"到"普世教育"的实践路线。

在建设培养教学教材队伍和人才方面，初步形成了博士、硕士专业指导队伍，本科专科生普及教育队伍，理工科大学通识教育队伍，大众读者启蒙传播教育队伍。

新时期30年比较文学教学复兴与繁荣及其累累硕果，为中国和世界比较文学教学历史开辟了新阶段、新纪元、新里程碑，从比较文学历史演变的角度而言，它是继"五四"之后，近百年中，在教学思想、内容、方法和队伍上最重要的一次历史性的转型与重建、改革与创新；是中国现代教育史上引起争论和怀疑最多（认同者有之、反对者有之、质疑者有之、讥笑、鄙视者亦有之），涉及相关学科教师最广（涉及现代文学、古代文学、外国文学、译介学、民族文学、民间文学、文学理论、文艺学、文化学、美学等等），教师队伍最庞杂、最壮观（包括现代文学学者、外国文学者，文学理论学者、译介学学者，文化学学者等等），和在国际上最为引起震撼受到国际学者关注、重视的一门课程。它不仅为新时期中国比较文学开发、创造、积累了丰富的资源，结出累累硕果，发挥了开路先锋和保证的作用，而且为国际比较文学第三阶段历史发展作出了杰出的贡献。从国际比较文学教学发展演变而言，如果说"法国学派"跨出了国际比较文学教学历史第一步，"美国学派"跨出了国际比较文学教学第二步的话，那么，新时期30年中国比较文学教学则跨出了国际比较文学教学历史的第三步。如果说，国际比较文学教学发展历程，第一阶段集中体现者为法国，第二阶段集中体现者为美国的话，那么，第三阶段的集中体现者则是中国。

新时期30年比较文学教学建设及其开拓创新，为世界比较文学历史进入第三阶段和未来创造了有利的条件，奠定了坚实的基础，提供了新的蓝图，开创了广阔的前景。

新时期30年比较文学的传播与应用及其理论与实践相结合，把比较文学的思想理念、精神灵魂、方法知识等落实到现实中，为沟通人类之间的尊重理解，国家之间的和平友好以及培养塑造具有开放眼光、胸怀、姿态人文精神的新型人才和推动其他学科研究的开拓创新等等，发挥了巨大的无可代替的作用。

正是由于上述贡献，新时期30年比较文学教学为中国和世界比较文学历史构筑了一道绚丽多姿、五光十色的比较文学彩霞或风景线，让人目不暇接，心旷神怡。我们把此种迷人风光，称之为"新时期30年比较文学教学风光"或曰"新时期30年比较文学教学现象"。

三、关于乐黛云领军学者教学创新及其贡献的思考

新时期90年代以来，杰出的中国领军学者乐黛云等敏锐地感到"人类历史已经

进入一个多元化共存的时代,互相交往的全球意识正在成为当代文化意识的核心,在这种形势推动下,各民族都在寻求自身文化的根源和特征,以求在世界文化对话中讲出自己独特的话语而造福他人。人类文化面临一个新的文化转型期,即'全球意识与多元文化相互作用'的时期"。① 这种"新的文化转型时期,一方面为各个国家和民族文化之间的平等对话,相互沟通,多元发展提供了条件;另一方面也为比较文学打通全球通道,架建全球桥梁,开展全球对话、沟通、尊重、理解、合作以及传播新人文精神,保护人文生态环境,共建多元文化等等搭起了平台。但是,中国学者同时感到和忧虑的是:在构建人类多元文化和比较文学沟通对话全球通道和桥梁的同时,却面临种种威胁。其中"文化中心主义"和"文化孤立主义"就是其一。因此,怎么实现文化多元发展?各民族文化平等对话?发挥比较文学的作用?实现其目标?所有这些重大问题,成为中国学人思考和探讨的中心。对此,以乐黛云为代表的领军学者,从90年初到今天近20年时间,先后发表了《文学研究的全面更新与比较文学的发展》、《比较文学与21世纪人文精神》、《跨文化之桥》、《比较文学与比较文化十讲》、《比较文学简明教程》、《简明比较文学》、《比较文学学科新论》、《比较文学概论》、《比较文学基本原理》、《比较文学研究》等大量论著,为解决人类文化所面临的这一全球化和多元化的悖论,提出了中国学人的对策和主张。最重要的关键就是在全球化趋势的关照下增强各民族之间的对话、沟通和理解,使未来的民族文化既适合全球化交流、汇通的新需要,又发挥自身民族文化的传统和创新特色。进入新世纪以后,乐黛云更是高瞻远瞩,以强烈的使命感和责任感,强调:"中国比较文学的基本宗旨就是促进不同民族文化之间的交流和对话,高举人文精神和旗帜,为实现跨文化的沟通,维护多元文化,建设一个多极均衡的世界共同努力。②"以乐黛云为代表的中国比较文学学人,关于比较文学学科视野、精神、思想、目标与创新,奠定了比较文学教学的思想基础,推动了比较文学教学健康的向前发展。同时拓宽了比较文学教学内容,如民族文学比较、译介学、东方文学、海外华人文学普及等内容的教学,也都结出了累累硕果。

把民族文学作为比较文学教学的重要领域进行独立研究,是新时期比较文学教学的特点之一。季羡林带头倡导,他指出:"西方一些比较文学家说什么比较文学只能在国与国之间才能进行,这种说话对欧洲也许不无意义,但是对于我们这样一个多民族的大国家来说,它无疑只是一种教条,我们绝对不能使用。我们不但要把我国少数民族的文学纳入比较文学的轨道,而且我们还要在我国各民族之间进行比较文学的活动,这是一个广阔的天地,大有可为。"在这方面,陈守成、庹修宏等率先将外国文

---

① 转引自乐黛云、陈惇主编:《中外比较文学名著导读》,杭州:浙江大学出版社,2006年,第219—220页。
② 乐黛云、王向远:《比较文学研究》,福州:福建人民出版社,2006年,第14页。

学与中国少数民族文学进行系统比较,并编写适合民族院校使用的比较文学教材,先后出版了《外国文学发展简史》《中国民族文学与外国文学比较》,成立了"中国少数民族文学比较研究会"。随后,在刘献彪、刘介民主编的《比较文学教程》中,也把"中国各民族文学的比较研究"列为专章介绍。在中外文学关系尤其是东方文学教学方面:从上个世纪80年代中期乐黛云主编的比较文学丛书到90年代乐黛云、钱林森主编的中国文学在国外丛书,再到新世纪初期钱林森主编的《外国作家与中国文化》（10卷集）,乐黛云主编的国别文化关系丛书等相继出版,……所有这一切探索成果的出现,推动了中国比较文学教学深入发展。东方文学教学研究方面,郁龙余、孟昭毅、王向远他们就中印、中日教学和东方其他国家文学关系的教学作出了自己的贡献。在译介学教学方面:上个世纪80年代以来,谢天振1999年出版了专著《译介学》,为译介学奠定了理论基础。同时,在译介学教学方面也作出了突出的贡献。在海外华人文学（流散文学）教学方面:饶芃子率先以其真挚的中国情怀和世界文化视野,审视在历史与世界文学格局下的海外华文学复杂的内涵,作出了开拓性的贡献。通过教学与研究,既可以展开与异国文化和国际学术界进行有效的对话,又可以为未来的世界文学史重写作出新的贡献。

  新时期30年来,乐黛云等的比较文学之路,既是中国比较文学专家、学者之路,又是比较文学教学建设之路;既是比较文学提高之路,又是比较文学普及之路;既是比较文学理论研究之路,又是比较文学实践应用之路。因此,乐黛云等既是一流的比较文学理论家和学者,又是一流的比较文学教学建设者和实践者。从70年中国比较文学复兴开始到现在,他们在比较文学学科建设的路途中一直在默默地、忘我地播种耕耘。他们每向前跨一步,每发表一篇论文或出版一部教材,乃至参与、操作的各种比较文学教学学术活动,都为比较文学学科建设作出了重要贡献,上了一个新的台阶,在国际、国内产生了重要影响。新时期30年比较文学学科建设史以无可争辩的事实和有目共睹的业绩告诉人们:任何一位比较文学研究和教学工作者,只有当他自觉地全身心的投入,并把自己的人格、理想、智慧和比较文学的精神、目标融为一体的时候,他的人格精神和学术光辉才得以升华,并为学科建设作出杰出的贡献。乐黛云他们正是把自己融入比较文学学科建设之中,才能几十年如一日,克服各种困难,团结同志,推车拉磨,甘心奉献,不断进取和创新。而今他们之中,像乐黛云、陈惇、饶芃子等已年逾古稀,仍然老当益壮,日日夜夜为比较文学学科建设的前途而辛勤操劳。他们这种精神,值得学习敬佩。

  文学史告诉我们,历史上曾有过许多著名作家的作品和创作活动不属于作家自己而成为一种历史现象一样,乐黛云等他们在比较文学中的学术著作和活动也不属于自己而成为一种比较文学现象。我们或许可以把它称之为"新时期乐黛云比较文学现象"。对于这种"现象",早已引起前辈学者注意和重视。季羡林先生为此曾作出了高度的评价。季老说:"比较文学在中国原来是一门比较陌生的学问,最近几年来,由于许多学者的共同努力,它已经渐渐步入显学的领域。在这里,黛云实在是功不可没。黛云不但在中国国内推动了比较文学的研究,而且,更重要的是,她奔波欧美之间,让世界比较文学界能听到中国的声音。这一件事情的重要,无论如何也绝不能低估。所有这一切,在她的许多文章中都有轨迹可寻……"[①] 2001年季老又在给笔者的亲笔信中说:"以学科而论,在世界范围内,比较文学的兴起是比较晚的,在中国则更晚,然而一旦兴起,就立即显示其活力,瞬成为世界显学。比较文学而没有中国是残缺不全的,在这一方面,以乐黛云为首的中国比较文学学者功不可没。"[②] 季老这番话是对中国比较文学学科的建设的充分肯定,同时也对杰出的领军学者乐黛云为中国比较文学学科建设所作贡献的科学的评价。

---

① 季羡林:《我眼中的乐黛云》转引自季羡林《世态炎凉》,北京:大众文艺出版社,2000年,第123页。
② 季羡林:"2001年5月8日给刘献彪教授并转学术研讨会的信",转引自刘献彪主编:《中国比较文学教学与研究》特刊扉页,2002年。

大众化教育背景下的比较文学教学

王福和

（浙江工业大学）

中国已经处在高等教育的大众化时期，中国高等教育的人才培养已经从"精英型"过渡到"大众型"。在这样一种背景下，被称为"学院派"的比较文学也面临着与时俱进的转型。如何走出以理论为核心的象牙之塔，如何摆脱"学院派"远离大众的面孔，如何避免把比较文学变成"比较玄学"，是大众化教育背景下比较文学（本科）教学所面临的严峻课题。让本专业的学生喜欢比较文学，让外专业的学生熟悉比较文学，将深奥的比较文学理论转化成更多学生都能参与其中的文学实践，是一直处在危机之中的比较文学脱离窘境的当务之急，是比较文学（本科）教学如何适应高等教育大众化的必由之路。

一、大众化教育对精英教育的解构

不可否认，"在人类教育史上，大学最初就是带着满身的贵族气息降生到这个世界上的。"[①] 我们且不谈中国古代以培养统治者为目的的大学教育，也不谈西方古代以培养政治贵族和精神贵族为宗旨的大学教育，仅仅在30年前的中国，刚刚从十年动乱的废墟中走出，刚刚开始恢复高考的大学教育，还属于较为典型的精英教育。那时，大学的毛入学率很低，接受高等教育还是极少数人的事情。那时的大学生，就像如今的"博士生"一样稀少，令人羡慕。一定比例的招生规模，基本适当的师生比，以"用"为主的教学模式，以专业课为主的课程设置，以毕业论文作为考察学生综合能力的毕业环节，加之计划经济体制下的毕业分配，使当时的大学生远离了世俗的喧嚣，远离了各类证书考试的骚扰，远离了就业的压力，使大学4年的学习时光名副其实，正所

---

① 肖永忠：《论高等教育大众化时代的大学人文精神》，《中国成人教育》2007年7月。

谓"两耳不闻窗外事,一心只读圣贤书。"

中国的比较文学就是在那个充满了光荣与梦想的时代,带着满身的"学院派"和"精英"气息开始她的复兴之旅的。中国的比较文学教学也是在这种"贵族化"的氛围中开始她的人才培养之路的。"大学者,研究高深学问者也。"[①] 蔡元培的这句名言用在那个时代,再恰当不过。如今活跃在各级领导岗位的人才,如今工作在各级教育科研部门的顶尖人士,绝大多数都是共和国恢复高考后所培养起来的那一代大学生。比较文学教学是"学院的"、"精英的"、"少数人的"的事情,用在那个时期,也十分的恰如其分。因为那时的比较文学研究生,就像如今的"博士后"一样稀缺,令人瞩目。那时比较文学的研究生培养也不像今天本科生式的招生规模,而是一个导师只能带一两个,3 年毕业后再招第二批。这种带有"吃小灶"性质的偏"贵族化"的精英式教育,培养了一批数量不多,规模不大,但质量上乘的比较文学专业化人才。如今活跃在中国比较文学界的很多知名专家和学者都是那个时期培养起来的,他们用自己的业绩验证了大学的精英教育之品性。

然而,当 20 世纪临近尾声之际,随着高等教育的飞速发展,随着一代独生子女的家庭对其后代接受高等教育需求的日益强烈,随着社会竞争压力的逐渐加大,高校扩招就成为顺应时代的发展和人们需求的必然选择。当大学的毛入学率超过精英教育的"警戒线"之时,当我们的社会开始向全民高等教育的方向靠近时,接受高等教育就不再是少数人的事情,传统观念中的大学所具有的"贵族"特性也在一点点消逝,而被崛起的大众化教育的浪潮所吞没。以培养自食其力的、有一定文化素养和知识技能的劳动者为目的,以就业为终极目标的大学教育,使以培养思想家、政治家、科学家为目的的,为少数人服务的精英教育成为历史,大学已不再是工程师的摇篮。如果说人们过去用"大师"来概括大学,后来有人"行政化"地在"大师"的后面加上了"大楼"的话,那么在如今这个消解中心、消解权威、很难产生"大师"的时代,在"大学"的内涵中最应当添加的就是"大众"。从这个意义上讲,大众化教育就是对精英教育的解构。

就在高等教育从精英向大众的转型过程中,国家对二级学科进行了调整,使过去一直没有学科地位的"比较文学"与"世界文学"合并,称为"比较文学与世界文学",并将其归属到中国语言文学这个一级学科下,成为其二级学科中的一员。尽管这种合并招致大量的非议,其论争时至今日也未停息,但比较文学却在学科调整后得到了前所未有的发展。除了学科本身的因素外,高等教育大众化的浪潮也是不可忽视的重要因素。

[①] 高平叔:《蔡元培教育论著选》,北京:人民教育出版社,1991 年,第 72 页。

如果我们将高校扩招看作引发高等教育大众化的直接诱因的话,那么,二级学科的调整则是引发比较文学走下神坛,走出"学院派"和"精英派"的象牙之塔,放弃"贵族"身份,告别"吃小灶"特权,走进本科生教学的"导火索"。二级学科的调整,使"比较文学"有了名分,有了自己的地位,有了自己的归属,一句话,有了自己的家。比较文学教学也从此永远告别了"讲座"的尴尬,告别了处于可有可无的"选修课"的难堪,理直气壮且堂而皇之地进入高校课堂。如果说过去作为"选修课",很多院校可开可不开,很多学生可选可不选的话,那么如今作为"必修课",作为"专业基础课",对于很多院校和很多学生而言就没有选择的余地了。如果说过去比较文学主要集中在"吃小灶"的研究生培养的话,那么,如今学习比较文学已经成为本科生的家常便饭。

借助学科调整的良机,比较文学的本科生教学得以在全国各类高校迅速开花结果。比较文学教学的培养目标问题便不可回避地被提到议事日程上来,成为比较文学教学所面临的新任务,新课题。也正是在这个转型时刻,中国比较文学的有识之士对新世纪的人才培养目标提出了全新而富有远见卓识的大胆预测:

> 比较文学不仅是一个十分重要的学科,而且是一种生活原则,一种人生态度;它不仅是少数人进行"高层次研究"的"精英文化",而且是应该普及于大多数人的一种新的人文精神。如果即将成为21世纪栋梁之才的今天的大学生和中学生都能具有这样的精神,未来人类和平发展的可能性就会更大。[①]

二、精英教育的"失落"与比较文学的危机

客观地讲,比较文学从她呱呱落地的那一天起,就没有过上一刻安稳的日子。"危机说"伴随左右,"消亡说"不绝于耳。在褒贬之中,在争议之中;在危机之中,在挑战之中;在赞不绝口之中,在口诛笔伐之中;在不倦探索之中,在幸灾乐祸之中,她跟跟跄跄,坎坎坷坷地走过百年之旅。

1958年,美国学者韦勒克在《比较文学的危机》中指出:"世界……起码自一九一四年起就一直处于永久性的危机状态之中。"[②]1984年,法国学者艾金伯勒在《比较不是理由:比较文学的危机》中指出:"比较文学经历了无妨称之为危机的遭

---

① 乐黛云:《比较文学教程·序一》,刘献彪、刘介民主编,北京:中国青年出版社,2001年。
② 《比较文学研究资料》,北京师范大学出版社,1986年,第51页。

遇,……少说也有二十年了。"①1984 年,美国学者威斯坦因在《我们:从何来,是什么,去何方——比较文学的永久危机》中指出:"比较文学身体素来脆弱,心理上也一直受长久性危机的困扰。"②2003 年,美籍印度学者斯皮瓦克在《学科之死》中认为,如果比较文学跨不出欧美界限,就认识不了自我和他者。那么,美国比较文学必定会因自身研究的"资源萎缩"而走向"自我灭亡"。③

韦勒克眼中的"危机"是法国学派"影响研究"的局限。他觉得,由于法国学者把事实联系、来源和影响、媒介和作家的声誉作为比较文学的唯一课题,因而使比较文学"成为一潭死水"。④艾金伯勒眼中的"危机"是"均可休矣"的"沙文主义"和"地方主义"。他认为,如果"把比较文学当作一种语言形式或某一个国家的事,"⑤那么"危机"将不可避免。威斯坦因眼中的"危机"是由于"缺乏创造性"所导致的"停滞不前"。他预言,如果这样的话,"比较文学这只挨饿了很久的大海兽,从其安全的水晶宫逃出后,正在当代文艺学的汪洋大海之中狼吞虎咽,直至死去。"⑥斯皮瓦克眼中的"危机"来自于美国比较文学先天性的两大疾病:首先难以跨越的欧美界线;其次西方中心主义的全球化。正是由于摆脱不掉自身的局限,因而导致资源的萎缩,进而面临"衰落"和"垂死"的危机。

从上述角度上看,说中国比较文学也处在"危机"之中还为时过早。因为走过 30 年复兴之旅的中国比较文学,正处在一个前所未有的、引领国际比较文学"第三阶段"的最好时刻。然而,说中国比较文学面临"危机"或"准危机",也并非危言耸听。因为从"学院"起步的、复兴后的中国比较文学还没有完全顺应高等教育大众化的潮流,还没有在高等教育大众化的浪潮中完成其身份的转换。如果"转轨"成功,中国比较文学或许迎来新的辉煌。反之,或许真的要面临"危机"。

我国高等教育对"精英"的界定,存在着以下误区:1. 高分者就是精英。2. 高学历者就是精英。3. 名牌大学者就是精英。4. 没上过大学者就不是精英。有学者在总结归纳了上述"误区"后,列举了两个例证加以反驳:"英国前首相梅杰只有初中学历,但英国选民并没有因为他学历低就拒选他当首相;比尔·盖茨连大学都没有读完,……

---

① 《比较文学之道》,上海:三联书店,2006 年,第 1 页。
② 孙景尧:《新概念,新方法,新探索——当代西方比较文学论文选》,桂林:漓江出版社,1987 年,第 22—23 页。
③ 孙景尧、张俊萍:《"垂死"之由,"新生"之路——评斯皮瓦克〈学科之死〉》,《中国比较文学》,2007 年第 3 期,第 5 页。
④ 《比较文学研究资料》,北京:北京师范大学出版社,1986 年,第 59 页。
⑤ 《比较文学之道》,上海:三联书店,2006 年,第 4 页。
⑥ 孙景尧:《新概念,新方法,新探索——当代西方比较文学论文选》,桂林:漓江出版社,1987 年,第 28 页。

但并没有影响他成为世界 IT 界赫赫有名的重量级人物。"①

其实，这样的事例在文学界比比皆是：

俄国大文豪托尔斯泰倒是考上了当时著名的喀山大学。不过，他只是在东方语文系和法律系胡乱学习了一阵子，又阅读了一段哲学著作后就退学回家。如果按照"高学历者就是精英"这一标准的话，连大学都没毕业的托尔斯泰肯定不算精英。但是，又有谁敢否定他在世界文学史上的辉煌业绩呢？如果说托尔斯泰大学没毕业的话，那么高尔基连大学都没上过。如果按照"没上过大学者就不是精英"这一标准来衡量的话，这位世界大文豪也肯定被拒之门外。但是，又有谁敢不承认他在世界文学史上的"精英"地位呢？类似的例证还包括法律专业出身的法国大作家巴尔扎克、建筑专业出身的英国大作家哈代、医学专业出身的俄国大作家契诃夫、医学专业学习出身的中国大作家鲁迅，乃至牙医出身的浙江作家余华等"不务正业"者，在这个世界上，没有人生而精英。精英既不是世袭的，也不是自封的。一个人之所以成为"精英"，要以对国家、对民族、对世界的贡献而论。就是说："一个人只有对社会有贡献才可能被称为精英，一个人能否称为精英的最具权威性的评价应该是社会评价，而不是高等教育，或者所谓的高等教育的精英教育机构。"②比较文学也是一样，是否为"精英"，要以对中国比较文学，对国际比较文学的影响和贡献而论。有了这个标准，就可摒弃偏见，就可不看学历高低、学位高低、学校名气大小、接受高等教育与否来界定其"精英"的身份，就能顺应大众化教育的历史潮流。如果深陷"误区"之中，则"危机"难免。

其实，精英与大众并非对立关系，精英教育与大众教育也不能互相取代。如果我们把精英比作象牙之塔的话，那么大众就是这座象牙之塔的塔基。其关系就像皮和毛的关系，鱼和水的关系一样，皮之不存，毛将附焉？水之不存，鱼将生焉？关于比较文学的特征，学者们列举了"开放性"、"理论性"等，其实她最基本的特征就是"包容性"。作为以"打通边界"和"跨越界线"为己任的比较文学，从诞生的那一刻起，就显示出巨大的包容性。既包容与自己相同的声音，也包容与自己不同的声音；既包容同一个队伍的，也包容不同队伍的。而比较文学最大的忌讳就是"排他性"。如果把自己看着不顺眼的"他者"拒之门外，如果把看着比自己身份"低"的"他者"拒之门外，如果不断地以否定"他者"为出发点，如果以高高在上的姿态对待"他者"，那么，早晚有一天会成为孤家寡人而陷入绝境。

在高等教育大众化的趋势下，在大众文化消解中心、消解权威的背景下，消解精

---

① 程孝良：《对大众化背景下我国精英教育的思考——当代美国精英教育的启示》，《重庆交通大学学报》（社科版）2008 年 2 月。

② 袁兴国：《高等教育大众化时期精英教育辨析》，《江苏高教》，2008 年第 3 期，第 55 页。

英,消解精英教育在所难免,造成精英或精英教育的"失落"也不足为奇。其实,"危机"也好,"失落"也罢;"衰落"也好,"死亡"也罢,关键在于从哪个角度上思考。如果处理好精英与大众的关系,如果走出精英的误区,如果借助从精英向大众的转型而脱胎换骨,那么所迎来的非但不是"危机",反而是"希望";非但不是"死亡",反而是"新生"!

三、大众化教育背景下的机遇和挑战

实事求是地讲,比较文学的"精英化"特征,比较文学的"贵族化"教学,都是从西方进口的,这在很大程度上与西方比较文学诞生在"学院"有关。而中国比较文学则不然,"中国比较文学并非欧美比较文学的分支,也不像欧美比较文学,发端于大学讲坛。"[①] 早在1987年,已故中国比较文学学会首任会长杨周翰教授在《中国比较文学的今昔》的讲演中就曾经指出:"中西比较文学起源不同,西方比较文学发源于学院,而中国比较文学则与政治和社会上的改良运动有关,是这个运动的一个组成部分"。[②] 中国比较文学学会现任会长乐黛云教授也曾经强调:"中国比较文学从来就不是脱离现实,只是和极少数学术精英有关的学问,而是始终贯穿着关心人类、关心生活的人文主义精神。"[③]

如前所述,"精英"并非从天而降,他们也是通过基础课程的学习一步步登上"精英"宝座的。于是,在通向"精英"这个象牙之塔的路途中,就需要一个阶梯,一座桥梁,比较文学教学就充当了这个阶梯和桥梁的角色。倘若比较文学研究是"精英"的话,那么比较文学教学就未必是"精英"的,起码本科生教学不是。因为比较文学只是一名大学生4年学习中的一门课程而已,学习过比较文学的学生将来未必从事比较文学,说他们是"精英"无从谈及。另一方,即便是精英教育也未必就能培养出精英人才。因为"精英教育只是提供了精英产生的一种途径,或者是促进精英产生的一个重要因素,但不是唯一途径和全部因素。"[④] 与之相反的是,在大众教育的基础上反而有可能培养出精英人才。

众所周知,比较文学不是文学,而是文学研究。在人们心中,"研究"定不是凡人

[①] 乐黛云:《比较文学研究的现状和前瞻》,跨文化交流网,2006年11月22日。
[②] 转引自乐黛云:《比较文学研究的现状和前瞻》,跨文化交流网,2006年11月22日。
[③] 同上。
[④] 袁兴国:《高等教育大众化时期精英教育辨析》,《江苏高教》,2008年第3期,第55页。

所为，而非"精英"不可。但是，在大众化教育背景下，在前瞻者的眼中，比较文学就不仅是一门非精英和学院莫属的、少数人的学科，而是一种生活原则、一种人生态度、一种应该普及于大众的新人文精神。即便是"学院派"的法国学者在"设想2050年"时也希望"比较文学的教学不再是在一些可怜的学院里进行——靠单独一个教授和他的助手尽其能力也只能讲述很有限的几个课题，……。"① 尤其值得关注的是，进入21世纪以来，中国的非文科院校中出现了文科专业，中国的非文科院校出现了向综合院校大进军的逼人态势。在这类院校中，文理的渗透，人文素质的需求比任何一个时代都来得强烈，而一向以跨越（尤其是跨学科）为己任的比较文学就在这样一种背景下凸显了她"大众化"的市场价值。

既然中国比较文学与"学院"的西方比较文学不同，就没有必要被西方牵着鼻子走，在"精英化"和"贵族化"的道路上一条道走到黑。既然中国比较文学不只是少数学术精英的学问，那么"每一个人都可以从自己的文化出发，通过跨文化、跨学科的文学研究及其成果，广泛地理解和欣赏世界文学的宝库，从中吸收营养，得到美的享受。"② 既然精英教育与精英的产生没有直接的因果关系，那么，探索大众化教育背景下的精英人才培养就成为当前比较文学教学所面临的一个新的机遇和挑战。

那么，大众化教育背景下的比较文学（本科）教学该做怎样的选择呢？

拓展教学领域

以往的比较文学教学是汉语言文学专业所独有"专利"。在大众化教育的背景下，除了继续坚守汉语言文学的专业阵地外，还应当扩充地盘，扩大外延，延伸触角，充分发挥比较文学的"跨越性"和"边缘性"特征，将比较文学的教学由过去单一的专业课教学扩大为公共课教学，由文科院校、综合性院校扩展到理工农医院校，由本科院校扩展到高职高专院校，由公共课扩展为通识课。在一个广袤的教学领域中传播比较文学的知识，普及比较文学的理念，提升各类非文科、非本科大学生的人文素质，培养他们的比较视野，培育他们的新人文精神。

扩大培养范围

比较文学是一门最具"跨越"性质的学科。这种极具前沿性和扩张性的"跨越"特征，本身就决定了她与生俱来的、不愿安分守己的边缘性。这种几乎与每一个学科

---

① [法]艾金伯勒：《比较文学的目的、方法、规划》，《比较文学研究译文集》，干永昌等选编，上海：上海译文出版社，1985年，第118页。
② 乐黛云：《大学比较文学·序》，王福和主编，杭州：浙江大学出版社，2008年。

都有"瓜葛"的边缘性,又决定了她不可能被一纸行政命令"囚禁"在汉语言文学这一个专业上。如果说在"精英化"、"贵族化"时期,比较文学教学尚无法伸展自己的触角的话,那么,高等教育大众化的到来,无疑为比较文学的人才培养提供了一个广阔的天地。如果我们将比较文学教学的触角延伸到汉语言文学以外、甚至更远的自然科学学科,如果通过比较文学教学和比较文学知识理念的熏陶,在非文学的、自然科学的学生中发现并培养出一批批具有"跨越"视野和"跨越"思维的世纪人才,乃比较文学的福音。

降低学习门槛

比较文学的"精英化"身份,"学院派"色彩和"贵族化"气息,阻隔了与多数人的联系。而上个世纪末在理论界蔓延开来的"浅入深出"的风气,不但使学术界为"读不懂"叫苦不迭,也使学生们因"听不懂"而敬而远之。如果将比较文学讲成"比较玄学",如果将课堂作为宣泄和推销自己学术观点、诋毁他人的场所,那么就会因失去广泛的社会基础而出现"资源萎缩"。在大众化教育时代,当务之急是降低门槛,降低身份,降低高度,使自己处在与眼前的学生完全平等的位置上,使双方的目光处在互相"平视"的水平线上。不板着面孔说话,不用教师爷的口吻说话,不用晦涩拗口的术语说话,不用高人一等的精英姿态说话。走出学院派的深宅府第,告别精英学科的高深莫测,会发现比较文学竟有如此海阔的天空,广袤的大地……

应当指出的是,高等教育的大众化,既非对精英教育的否定,也非对精英教育的削弱,更非对精英教育的取代,而是"为精英教育提供了更加广阔的空间,为社会精英的培养与选拔创造了更为宽泛的基础,……"[①] 同样,比较文学教学走向大众,也并非对其精英教学的否定和削弱,而是为比较文学精英人才的选拔开辟了更加广阔的平台,使比较文学精英人才的培养有了更加丰富的资源。

但愿"三十而立"的中国比较文学教学能在大众化教育的浪潮中再现辉煌!

---

① 袁兴国:《高等教育大众化时期精英教育辨析》,《江苏高教》,2008年第3期,第55页。

北京大学比较文学学术论坛

中国比较文学学会第九届年会暨国际学术研讨会

下册 | 多元文化互动中的
文学对话

Literary Dialogues
in the Context of
Multicultural Interactions

高旭东 主编

目 录

(下册)

外国人眼中的北京及其他

一 外国人眼里的北京
　　——北京与北京人在世界文化中的形象 …………………… 395
永远的圆明园
　　——法国人眼中的"万园之园"…………………… 孟　华 397
法国文学中的北京文化
　　——从19世纪中叶至20世纪中叶
　　……………………………………[法]缪里尔·德特里/李金佳 译 409
从《勒内·莱斯》到《碑》
　　——谢阁兰的紫禁城探险 …………………………… 黄　蓓 419
"中国形象"与文本实验
　　——解读谢阁兰《勒内·莱斯》……………………… 孙　敏 428
十六世纪英国文献里的北京形象………………[美]康士林/姚彬 译 437
英语长篇小说中的"老北京人"……………………………… 吕　超 449
听燕先生讲那老北京的故事
　　——兼评沙叶新的《幸遇先生蔡》…………………… 沈　弘 458
记忆帝京与中国心灵
　　——卫礼贤北京追述体现的文化间张力 ……………… 叶　隽 471
紫禁城形象：朝鲜朝使臣慕华心态的投射物
　　——以李宜的《燕途纪行》为中心 …………………… 徐东日 478

二 西方作家心目中的东方与中国……………………………… 491
《尤利西斯》中的东方想象与身份建构 ……………………… 刘　燕 493

高罗佩眼中的中国女性
　　——以《狄公案》为例 …………………………………………… 张　萍 504
中国的鬼魂：跨越时空的女性对话 …………………………………… 周乐诗 513
克罗德·罗阿与中国的文化对话 ………………………………………… 刘　阳 523

三　文学与宗教的跨文化互释 …………………………………………………… 533

文学与宗教的跨学科研究 ………………………………………………… 杨慧林 535
文学，抑或教义？
　　——以 C. S. 路易斯《纳尼亚传奇》为例 ………………………… 张　华 542
基尔凯郭尔与卡夫卡 ……………………………………………………… 曾艳兵 554
林语堂"异教徒"称谓辨析 ……………………………………………… 管恩森 563
神的话语与孔子思想
　　——奥涅金的《圣经》解释与毛亨的《诗经》解释
　　　　的比较研究 ……………………………………………………… 犹家仲 570

四　文学与治疗
　　——跨文化视野下的文学人类学研究 …………………………………… 579

文学治疗的民族志
　　——文学功能的现代遮蔽与后现代苏醒 ………………………… 叶舒宪 581
哈萨克族巫师
　　——巴克斯的演唱功能 …………………………………………… 黄中祥 602
暴力、灾难与治疗遗产 …………………………………………………… 彭兆荣 616
创伤叙事与文学治疗
　　——以越战小说家梯姆·奥布莱恩的创作为例 ………………… 柳　晓 626
春秋乱世的神圣治疗
　　——《春秋》"会盟"意义再析 ………………………………… 谭　佳 637
汉代神话中的灾难主题与英雄叙事 ……………………………………… 黄　悦 646
神话与灾难：文学治疗之源的探究
　　——以天梯神话为中介 …………………………………………… 代云红 651
关于古代天灾救济模式的思考兼及五行灾异说的考索 ………………… 殷学国 661

神话与暴力
　　——沃尔特·伯克特神话观管窥 ………………………… 王　倩 669

五　中外比较文学家研究……………………………………………… 679
　印度文学与季羡林 ………………………………………… [印度] 狄伯杰 681
　斯洛伐克比较文学家久里申及其国际接受
　　………… [斯洛伐克] 马利安·高利克　布拉迪斯拉发 / 朱红梅 译 692

编后记 ……………………………………………………………………… 703

CONTENTS

Volume Two

I. Beijing in Foreigners' Eyes: Images of Beijing and Beijingers in World Culture 395

The Evergreen Imperial Palace: the "Garden of Gardens"
   in the Eyes of the French .... (Meng Hua) 397

The Image of Beijing Culture in French Literature From
   the Mid-19th Century to the Mid-20th Century .... (Muriel Détrie [France]) 409

From *René Leys* to *Steles*: Segalen's Adventures
   in the Forbidden City .... (Huang Bei) 419

"China's Image" and Textual Experimentation:
   Interpreting Segalen's *René Leys* .... (Sun Min) 428

The Images of Beijing in 16th-century British Literature .... (Nicholas Koss [U. S.]) 437

"The Traditional Beijinger" in English Novels .... (Lv Chao) 449

Stories of Old Beijing as Told by Mr. Martin: Comment
   on Sha Yexin's Play *What a Blissful Encounter, Mr. Ts'ai!* .... (Shen Hong) 458

Beijing as the Imperial Capital and the Soul of China:
   the Intercultural Tension in Richard Wilhelm's Memory of Beijing .... (Ye Jun) 471

The Forbidden City as a Projection of the Sinphile Mentality
   of the Korean Mission to China in Li Yao's *A Travel to Beijing* .... (Xu Dongri) 478

II. The East and China in the Mind of Western Writers 491

The Oriental Imagination and Identity Construction in *Ulysses* .... (Liu Yan) 493

Chinese Women in the Eyes of Robert van Gulik
   in *Celebrated Cases of Judge Dee* .... (Zhang Ping) 504

Ghosts of China: A Women's Dialogue across Time and Space .... (Zhou Leshi) 513

Cultural Dialogue between Claude Roy and China .... (Liu Yang) 523

III. Inter-interpretation and Cross-cultural Dialogue between Literature and Religion 533

Literature and Religion in Interdisciplinary Research .... (Yang Huilin) 535

Literature, or Doctrine? .... (Zhang Hua) 542

Kierkegaard and Kafka .... (Zeng Yanbing) 554

An Analysis of Lin Yutang's "Pagan" .... (Guan Ensen) 563

God's Oracle and Confucianism .... (You Jiazhong) 570

IV. Redemption of Literature: Literary Anthropology in a Cross-Cultural Context 579

The Ethnography of Literary Therapy: Modern Veil of Literary Fundion and Its Post-modern Revival .... (Ye Shuxian) 581

The Kazakh Wizard: Bacchus's Vocal Function .... (Huang Zhongxiang) 602

Violence, Disaster and Therapist Legacy .... (Peng Zhaorong) 616

Trauma Narrative and Literature Therapy: A Case Study of Tim O'Brien's Novels .... (Liu Xiao) 626

A Sacred Therapy of the Chaotic Spring and Autumn Era: Revisiting "Alliances" in *The Spring and Autumn Annals* .... (Tan Jia) 637

Apocalyptic Theme and Epic Narrative in the Myths of the Han Dynasty ... (Huang Yue) 646

Mythology and Disaster: Exploring the Source of Literary Therapy: with the Myths about "the Ladder to the Heaven" as an Agent .... (Dai Yunhong) 651

Ancient Modes of Natural Disaster Relief and the Five-Element Catastrophist Theory .... (Yin Xueguo) 661

Myth and Violence: On Walter Burket's Ideas of Mythology .... (Wang Qian) 669

V. Studies of Comparatists 679

Indian Literature and Ji Xianlin .... (D. R. Deepak [India]) 681

Slovak Comparatist Dionyz Durisin and His International Reception .... (Marian Galik [Slovak]) 692

下 册

外国人眼中的北京及其他

一

外国人眼里的北京

——北京与北京人在世界文化中的形象

永远的圆明园

——法国人眼中的"万园之园"

孟 华

(北京大学)

提起法国人心目中的北京形象,不可不提及位于北京西郊的圆明园。她被公认为是中国皇家园林的瑰宝,在法国享有极高的声誉。这可从《小罗伯尔专有名词辞典》(*Petit Robert des noms propres*)中窥见一斑。

这部法国人常用的辞书专为"圆明园"设了一个词条,对"圆明园"做了如下描述:"圆明园:最光明之园①,过去的夏宫。这座中国皇帝夏日的离宫,位于北京西北八公里处,始建于17世纪雍正朝,完成于乾隆朝。圆明园是'万园之园'(王致诚语),占地三百五十公顷,藏有大批无价之宝与图书。乾隆曾令耶稣会士艺术家们(郎世宁、蒋友仁)在此修建了欧洲式宫殿,四周环绕着喷泉与水法。1860年整个园子为法英联军所洗劫,随后又被额尔金爵士付之一炬。"②

这段描述对"圆明园"历史与价值的介绍已相当全面,但《辞典》并未就此止步。在"蒋友仁"(Michel Benoist, 1715—1774)、"王致诚"(Jean-Denis Attiret, 1702—1768)、"郎世宁"(Giuseppe Castiglione, 1688—1766)、"乾隆"等其他词条中,我们也都可找到与"圆明园"相关的文字。③在"蒋友仁"词条下编撰者着重介绍了这位耶稣会士对建园的贡献:"他曾与郎世宁合作完成了圆明园内欧式宫殿的飞瀑与水法";而在"王致诚"词条中则强调:"他是著名的《中国皇帝御苑写照》信件的作者,此信在欧洲反响巨大,为'昂格鲁-中国'式花园在18世纪的传播做出了贡献。"

---

① 此为法文直译,似并未表达出雍正对该词的解释:"圆而入神,君子之时中也;明而普照,达人之睿智也。"(《御制圆明园记》,转引自郭黛姮,《乾隆御品圆明园》,杭州:浙江古籍出版社,2007年,第4页)。
② *Petit Robert des noms propres*, rédaction dirigée par Alain Rey, Paris: S. E. P. R. E. T., 2003, p.2241.
③ 以上四个词条分别见于 *Petit Robert des noms propres*, pp.232, 141, 391, 1704, Paris: S.E.P.R.E.T., 2003.

《小罗伯尔专有名词辞典》可被视作微型百科全书。在这样一本辞书中反复出现与圆明园相关的内容，已足见其在法国人心目中的地位。需知，百科全书就是"概要介绍人类一切门类知识或某一门类知识的工具书。供查检所需知识和事实资料之用。但也具有扩大读者知识视野、帮助系统求知的作用。它是一个国家和一个时代科学文化发展的标志"①。更何况，《小罗伯尔专有名词辞典》的选目堪称严格，正如其主编阿兰·雷（Alain Rey）在序中所述，他们选择地域词条时并非按照国家大小、人口多少来做决定，而是以"认知"，以知识所涉及的主题、对象作为标准②。以如此严格的标准筛选过的《辞典》全书总共辑录了四万个词条，而在这其中，"圆明园"不仅赫然与全球所有知名的国名、地名、人名并列，而且内容相对较长（共十一行）；出现频率相对较高（至少出现了五次）。我们由此完全可以推断说："圆明园"已进入法国人常识性的知识结构。倘若再从形象研究的角度去谈，我们也可肯定地说：它已成为法国人言说中国的一种"套话"式形象，所以也已成为关于中国的社会总体想象的一部分。

一个形象只有在长时间内反复出现在一个国家（民族）的叙事中，得到全社会的认可，被普遍接受，亦即被符号化后，方可被称为"套话"式形象，也才有可能进入"社会总体想象"。而回顾历史，圆明园进入法国人认知场的历程的确漫长而曲折。

对这座皇家园林的西文描写最早可追溯至18世纪四十年代。正像《小罗伯尔专有名词辞典》所说，是法国来华耶稣会传教士、画家王致诚（Jean-Denis Attiret，1702—1768）第一个向法国人、欧洲人揭示了此园的存在。

1743年11月，来华已五年的王致诚给他的朋友达索（d'Assaut）写了一封长信，信中详细描写了圆明园的园林、建筑艺术，记述了园内从节庆筵宴直至日常起居的皇家生活。这位曾在法国和意大利接受过最正统的西方艺术教育的画家，却为圆明园内美不胜收的山水、建筑、园林布局，为中国独特的园林美学所折服，因为"在世上任何其他地方，从未见过类似之处"③。对于如此"壮观"、"美丽"的园林，王致诚赞叹不已，称之为"万园之园"（jardin des jardins）、"人间天堂"、"北京的凡尔赛宫"等。他在信中写道："此乃人间天堂。水池依天然形态砌就，不像我们围以墨线切割出的整齐石块。它们错落有致地排放着，其艺术造诣之高，使人误以为那就是大自然的杰作。河流或宽或窄，迂回曲折，如同被天然丘石所萦绕。两岸种植着鲜花，

---

① 《中国大百科全书·新闻出版》，北京：中国大百科全书出版社，1991年。
② *Petit Robert des noms propres*, "Préface", Paris；S.E.P.R.E.T., 2003, pp.XI–XX.
③ *Lettres édifiantes et curieuses*, éd.Isabelle et Jean-Louis Vissière, Garnier-Flammarion, 1979, p.413.

花枝从石缝中钻出来,宛如天造地设。"① 王致诚以一个艺术家的敏感,领悟到了与西方迥异的中国园林美学的原则:师法自然,重自然逸趣而不尚人工雕琢;并以他的传神之笔,将这种巧夺天工的园林艺术介绍给了他的同胞们。1749 年,王致诚这封信在《奇异而有趣的信札》(Lettres édifiantes et curieuses)中首次正式发表,立刻就在法国,甚至整个欧洲引起了巨大反响。此信后来曾多次全部或部分地被译成英文、德文出版。②

除了以文字描绘这座"万园之园"的魅力外,王致诚还将大量相关图片陆续传回法国,据说其中还包括了著名的《圆明园四十景图》③。这套主要由沈源、唐岱绘制的《四十景图》1736 年始绘,1747 年最终完成,历时十一载,具有极高的艺术与文物价值。它"绘工精美,直观效果极佳…… 在清宫同类彩图中,也是出类拔萃的"。除背景山势为写意外,"所绘建筑、泉石等景观,皆为写实风格。因而它就成为后人领略圆明园盛期风貌的最直观最形象的珍贵史料"④。

继王致诚之后,其他的法国来华传教士如蒋友仁、汤执中(Pierre-Noël Le Chéron d'Incarville,1706—1757)、韩国英(Pierre-Martial Cibot,1727—1780)等也都先后以

---

① *Lettres édifiantes et curieuses*, p.413. 译文为笔者直接译自原信(本文所引译文如不特别标注,均为笔者自译)。此信已有中译本,详见《耶稣会士中国书简集》第 4 卷,郑州:大象出版社,2005 年,第 287—305 页。
② 参阅 Geroge R. Loehr(乔治·R. 罗埃尔),*L'Artiste Jean-Denis Attiret et l'influence exercée par sa description des jardins impériaux*(《艺术家王致诚及他的皇家御苑写照产生的影响》),载 *Actes du Colloque international de Sinologie, Chantilly*(《首届尚蒂伊汉学国际研讨会论文集》),Belles Lettres,1976, pp.69—83。
③ 罗埃尔在上引文中写道:"1770 年 1 月,维吉耶写信给马里尼,建议他收购王致诚从北京寄来的两卷图册,其中一卷包括了'两本中文书,并附有圆明园四十景图及(中国)皇帝在北京城外建筑的行宫……'"(*Actes du Colloque international de Sinologie*, p.75)。按:此说与当下通行的《四十景图》仅存世一套,于 1860 年被法军劫往巴黎之说不符。据笔者研究,1860 年洗劫圆明园的法军确曾劫走一套《圆明园画册》及全部设计图,劫图者为迪潘上校(colonel Dupin)。至于《四十景图》抵法后的运命,现存两说:一说为迪潘将图悉数"捐赠"法国王家图书馆(详见拙文《法国汉学家德理文的中国情结——对 1867 年巴黎世界博览会中国馆成败的文化思考》,载《中华文史论丛》,2009 年第 2 期);一说为王家图书馆收购了此图(详见后文)。但无论何说成立,都无法排除王致诚亦有获得《四十景图》草图甚至原图的可能性。因为《四十景图》绘制时间恰为王致作《中国皇帝御苑写照》之时(1743 年 11 月),而作为清廷画师,他与绘图的中国画师唐岱、沈源又同在"如意馆"当差(参阅聂崇正,《宫廷艺术的光辉》,台北:东大图书公司,1997 年),完全有机会接触到该图。至于维吉耶信中所述王致诚传回的图册究竟为何图,尚待考。
④ 引自圆明园网站"四十景图历史"(http://www.yuanmingyuanpark.com)。关于此图的绘制历史,该网站还介绍说:"乾隆元年(1736 年)正月,弘历即传旨如意馆画师冷枚:按康熙朝绘制的避暑山庄三十六景图,为圆明园各'殿宇处所'起稿分景画样。其后不久又改令唐岱、沈源二人绘画。由沈源画房舍,唐岱画土山树石。后来周鲲等人也参与了这套'圆明园大册'的绘制。……《四十景图》为绢本彩绘,各幅图分别附有汪由敦所书弘历《四十景题诗》,共计 40 对幅,每对幅为右图左诗。"

书信或文章的形式向欧洲人描写了圆明园。[①] 曾直接参与了圆明园欧式建筑的设计与修建的蒋友仁，在一封信中如王致诚一般盛赞中国"师法自然"的园林美学："中国人在他们的庭院装饰中善于优化自然，这种艺术达到炉火纯青的程度，艺术家最受赞誉的境界是看不出他雕琢的痕迹，艺术与自然融为一体。与欧洲不同，这不是那些一眼看不到尽头的通道，不是那些可以远眺无数优美景象的露台，眼见的东西太多，使人无暇对某些特别的事物进行遐想。在中国的花园中，不会让你产生视觉疲劳，目力所及几乎是一块恰到好处的空间。你可以看到整个空间，它的秀丽使你怦然心动，使你赏心悦目。百步之后，新的景色又呈现在你眼前，引起你新的赞叹。"[②]

不难想见，这些赞誉之词与大量精美的图片是如何刺激了法国人的感官的。18世纪正是法国从"旧制度"向"新制度"过渡的文化转型期，史称"启蒙时代"。这是法国思想史上一段极重要的时期。那时的法国人正从旧有的"神人关系"转而重视人与人的关系，孜孜以求"人间幸福"。而远在北京，被传教士们描绘得如此奇巧幽深、千姿百态的"人间天堂"圆明园显然大大激发了他们的兴趣与好奇心，丰富了他们对中国的想象。我们在启蒙大家伏尔泰的笔下就读到了这样的句子：

> 耶稣会士王致诚，第戎生人，曾在北京城外数里处康熙皇帝的行官里充当御画师。
>
> 他在写给达索先生的一封信里说，这所离官别馆比第戎城还大，官室千院，鳞次栉比；风光旖旎，气象万千；殿宇间雕梁画栋，金碧辉煌。辽阔的林园里人工堆砌的山岭，高达二十到六十尺。山谷间细流密布，汇合成池海。可以乘八丈长二丈四尺宽的朱漆贴金画舫在海上游览。船上有富丽堂皇的客厅；河海沿岸，楼阁相接，格式迥异，穷奇极妙。处处林木苍翠，瀑布飞悬。山谷间曲径通幽，山亭岩洞，布置合宜。各个山谷景致不同；其中最大的围以石栏，鸾殿重叠，金光闪闪。所有这些官室，外金内玉，尽都华丽。每条溪流上每隔一段，

---

① 蒋友仁曾写过《论(中国)皇帝的园林、官殿、皇庄》(*Sur les jardins, les palais, les occupations de l'empereur*, Lettre de Michel Benoist à M. Papillon d'Auteroche, 1767, 11, 16) 的书信。汤执中曾为西洋楼负责人，长期与法国著名植物学家朱西厄(Bernard de Jussieu, 1699—1777)通信。韩国英曾为《北京耶稣会士中国杂纂》(*Mémoires concernant l'histoire, les sciences, les arts, les moeurs, les usages, etc. des Chinois, par les missionnaires de Pékin*, 1776—1814) 一书撰写了《论中国温室》(*Sur les serres chinoises*) 及《论中国的离官花园》(*Essai sur les jardins de plaisance en Chine*) 等文。传教士们还将《皇帝离官或北京凡尔赛官四十一景图》(*quarante et un dessins des maisons de l'empereur ou du Versailles de Pékin*) 与《北京凡尔赛官(圆明园)四十景图》(*quarante peintures du Versailles de Pékin (le Yuan-Ming-Yuan)*) 分别寄给埃尔杜(Hertaut)与贝尔丹(Bertin)(参阅 Geroge R. Loehr, 上引文, 载 *Actes du Colloque international de Sinologie*, pp.80—81)。

② 译文转引自《耶稣会士中国书简集》卷 5, 第 133 页。

便有一座石桥，桥上白玉石栏，浮雕玲珑。

大海中央，山石耸立，上有方楼，约有住室一百多间；登楼远眺，官室园林，尽收眼底，共约有四百多院。

皇帝设宴的日子，但见万室灯火，一片光明，各庭院前，烟花齐放。

此外还有：在所谓"海"的对岸，文武百官在那里举办了一个集会。游船画舫，航行海上，驶往集会。内侍们都装扮成各行商贾和各业工人：……①

伏尔泰的这段文字显然是对王致诚书信的一个重写。然而在建构和普及一个形象时，名人重写所产生的效应却是原作无法比拟的。正是借助着伏公的再书写，阅读范围仍然有限的《中国皇帝御苑写照》大大扩大了影响面。王致诚笔下的圆明园，因了伏尔泰的大名而被赋予了象征价值，其名其景其状不仅为普通人所知晓，并且迅速为公众所接受、所认可，进入了法国人对中国的认知场，成为他们心目中"文化中国"形象的一个典型代表。

此外，还有一点也需特别强调：伏尔泰是在谈论"美"的概念，讨论美的相对性时援引王致诚书信以作例证的。伏公在这个冠名为"美"的词条中明确指出："美常常是相对的，因为在日本认为合乎礼貌的事在罗马却又不合礼貌，在巴黎风行一时的东西在北京又未必合时宜……"为了凸显出迥异于西方的中国园林的独特美，伏公在复述了王致诚的书信后，又以他惯有的戏谑笔调补充上了一段纯粹想象性的文字："王致诚修士从中国回到凡尔赛，就觉得凡尔赛太小太暗淡无光了。德国人在凡尔赛树林子里跑了一圈看得出神，便觉得王致诚修士也未免太刁难了。这又是一种理由叫我根本不再想写一部美学概论。"②这个"虚构"的结尾或许再生动不过地点明了圆明园形象对于丰富法国人、欧洲人的美学思想起到了何等重要的作用。

这种作用，不仅体现在作家的思考里，更表现在现实生活中。一如前文援引的《小罗伯尔专有名词辞典》所述，18 世纪，欧洲正流行着一种"盎格鲁—中国式"花园。这种花园最先产生于英国，它一反西方古典园林讲究对称的美学原则，以潺潺溪流、弯曲的小径和蔽日的浓荫为特征，所以又被称为"不规则园林"。它小巧玲珑，很适合罗可可风格追求和谐与幸福的那种美学原则。专家们认为，它的产生在一定程度上

---

① [法] 伏尔泰：《哲学辞典》(上)，王燕生译，商务印书馆，1991 年，第 210—214 页。笔者引述时据原文略作修改。按：此段话实为伏尔泰 1770 年在《关于百科全书的问题》(*Questions sur l'Encyclopédie*) 中补充的，详见 *Dictionnaire philosophique*, note 41, éd. de Etiemble, Garnier, 1967, p.469。

② [法] 伏尔泰：《哲学辞典》(上)，第 214 页。按：王致诚抵华后实际上一直客居北京，终身未再返回法国。他 1768 年殁于北京，被葬在北京西郊的耶稣会传教士墓地。参阅费赖之著，冯承钧译，《在华耶稣会士列传及书目》，北京：中华书局，1995 年，第 820 页。

得益于 17 世纪末、18 世纪初传入英国的对中国园林的介绍（铜版画、文学描写）①。与这种花园几乎同时出现的王致诚的信，第一次向西方人明确指明了中国人"师法自然"的美学原则。自此，"盎格鲁—中国式"的罗可可园林艺术才有了更自觉的美学追求，且更明确地借鉴于中国。而伏公的转述，加诸对"美"的相对性的论证，更是赋予了这种有悖于西方传统的美学原则以合法性、权威性，使启蒙时代的法国人、欧洲人可以毫无顾忌、大胆地去突破传统、追求富含革新意义的异域美。很快，这种花园就从英国传入法国和欧洲各地，在法、德、意、俄，甚至北欧的土地上，到处都出现了中国式的亭台楼榭、曲径回廊、小桥流水……"圆明园"就这样走入了欧洲人的生活。

这些形形色色的中国园林的变异体，将圆明园从平面文字的线性描述转变为立体实景的空间展现。倘若说王致诚的描述在圆明园与"文化中国"形象间建立起了最早的符指关系，伏尔泰的再书写赋予了这种符指关系以合法性、经典性，使其为大众所认可，所接受；那么，伴随着这些文字而出现的"昂格鲁—中国式"园林则由于其直观的视觉效应，将概念转变为现实，以可触可摸可见的方式最生动、最直接地宣传、普及了这种"常识"。这样的功效恐怕是任何文字都难以企及的。

然而，这样一座在法国人确立现代美学观念的过程中起过重要作用的艺术殿堂，为法国人如此赞叹的园林之王，百年后却毁在了英法联军的手里。中国人永远都不会忘记这段惨痛的历史，法国人的态度却显得较为复杂。《小罗伯尔专有名词辞典》对这个历史真实并未掩饰和隐瞒，前文引用的"圆明园"词条就坦然承认："1860 年整个园子被法英联军洗劫"。不过，它也没有忘记在十一行的行文末尾明确标出被劫后的圆明园最后是"被额尔金爵士付之一炬"的。这个结尾实在是耐人寻味，颇值得玩味与探讨。

据史料记载，额尔金（lord Elgin，1811—1863）的确是下令放火的真凶②。但这难道就能减轻法军洗劫圆明园的罪行吗？法国当代资深记者、历史学者、作家伯纳·布立赛（Bernard Brizay）在他所著的《1860：圆明园大劫难》（*Le Sac du Palais d'été*）③一书中，详尽描述了整个劫掠过程。作者在著述时曾查阅了大量史料及当年参与劫掠的法英外交官、官兵、文职人员的回忆录，因而使本书具有相当的可信度。书中所述以确凿的事实证明了是法军首先占领了圆明园，并与英军一起，甚至先于英军洗劫了圆明园。然而对"火烧"行为的态度，按照布立赛的调查，法国人却一反抢劫时的疯狂，

---

① 参阅 Geroge R. Loehr，上引文。
② 参阅《中国大百科全书·中国历史》，卷 2，北京：中国大百科全书出版社，1992 年，第 1464—1465 页。
③ *Le Sac du Palais d'été*，Paris：Rocher，2003. 此书已有中译本，[法]伯纳·布立赛：《1860：圆明园大劫难》，高发明等译，杭州：浙江古籍出版社，2005 年。

表现得"文明"起来：从最高统帅到基层官兵，除个别人外，他们几乎众口一致地谴责英军的放火行为，认为那是"哥特人的野蛮行径"。不过，布立赛也援引了一位英军军官的反诘："令人诧异的是，当我们的高卢盟友们将那里的奇珍异宝洗劫一空时，当他们毫不留情地将其或据为已有、或毁之为快时，这种评价居然没有闪现在他们向来堪称敏锐的头脑中。"①

对于法军的暴行，雨果早在那场劫案发生的第二年就在一封信中予以了义正词严的谴责：

> 有一天，两个强盗闯进了圆明园。一个强盗大肆掠劫，另一个强盗纵火焚烧。从他们的行为来看，胜利者也可能是强盗。一场对圆明园的空前洗劫开始了，两个征服者平分赃物。真是丰功伟绩，天赐的横财！两个胜利者一个装满了他的口袋，另一个看见了，就塞满了他的箱子。然后，他们手挽着手，哈哈大笑着回到了欧洲。这就是这两个强盗的历史。
>
> 在历史面前，这两个强盗一个叫法国，另一个叫英国……
>
> 法兰西帝国吞下了这次胜利的一半赃物，现在帝国居然还天真得仿佛自己就是真正的物主似的，将圆明园辉煌的掠夺物拿出来展览。②

雨果以嘲讽的口吻提及的展览，就是1861年2月23日起在巴黎土伊勒里宫（Les Tuileries）内公开展出的圆明园劫掠物——侵略者献给支持法军入侵远东的欧热尼皇后（Impératrice Eugènie）的"礼品"，拿破仑三世的"辉煌"战果。这批抢劫来的宝物后来被移至枫丹白露（Fontainebleu）陈列，成为了那里"中国博物馆"（Musée chinois）的主要展品③。今天，当一批批的参观者们在博物馆里惊叹圆明园昔日的辉煌与富有时，他们会记得王致诚的描述、伏尔泰的重写吗？会联想起雨果对法军强盗行径的谴责吗？这使我们必须再去了解在1860年那场浩劫之后，法国人如何言说这座曾经进入了普通人的认知场，被符号化、象征化了的圆明园。

1864年，发行量很大的法国《环球》（*Le tour du monde, Nouveau journal des voyages*）杂志为了满足读者的兴趣，刊发了汉学家鲍吉耶（Guillaume Pauthier, 1801—1873）的文章《探访圆明园》（*Une visite à Youen-Ming-Youen*）。编者在注中特

---

① [法]伯纳·布立赛：《1860：圆明园大劫难》，高发明等译，杭州：浙江古籍出版社，2005年，第283页。本段史实均请参阅此书。
② 《就英法联军远征中国致巴特勒上尉的信》(Une lettre de Victor Hugo, Au Capitaine Butler, Le 25 novembre 1861). 译文引自程曾厚译，《雨果文集》第11卷，北京：人民文学出版社，2002年。
③ *Le Musée chinois de l'impératrice Eugénie*, Réunions des Musées Nationaux, 1994.

意注明："……《环球》的读者们大概不会不愿去朝拜中国的凡尔赛，看一看这个皇家离宫在被 1860 年 10 月 18 日的军事行动焚毁前是什么样的吧。"[①] 然而，如同当时绝大多数的法国汉学家一样，鲍吉耶从未到过中国，所以他的所谓"游记"也就只能建立在文本阅读的基础上。在简单地回顾了中国历代御苑的修建史后，鲍吉耶尽其所能，分段援引了他在中法文献中所能找到的所有关于圆明园的描述：从王致诚到蒋友仁，从乾隆到汪由敦，甚至就连在圆明园内觐见过乾隆的荷兰使团团副范罢览 (Andreas van Braam Houckgeest, 1739–1801[②]) 的游记也未被遗漏。[③]

一般说来，汉学家的重述或许不如名作家的重写更具轰动效应。但在一个崇尚科学的时代，"专门家"的身份本身就是一种保障。它所蕴含的"科学"价值与魅力，很容易就能赢得读者的信任，使其毫无设防地敞开心扉，接受"教诲"。《环球》杂志的编辑显然深谙此道，特意加注提醒读者："本文作者的名字理当确保（叙述的）准确性、渊博性和学术性。"[④] 而对于形象研究而言，鲍吉耶在一百多年后对圆明园的重述，也就"理当"成为法国人集体记忆的连接站，起到恢复、重建民族记忆，并将此记忆现实化的作用。

这种现实化，首先就表现在"游记"的配图中。作者在开篇处即说明他的大文是配了图的，而所选图片均系法国画家"据王家图书馆新近收购的一本"包括《四十景图》在内的圆明园"画册"绘制——这样，对历史上的圆明园的叙述就与现实中发生的那场浩劫有机地联系在一起了。随后，"游记"便以这些仿图为红线，串联起了对园内各主要景点的介绍与描述；而每介绍一处，作者都没有忘记标明它在画册里对应的编号与页数。如此反复闪现的画册信息，在读者的阅读中不啻起到了一种离间效果。它切断了全文历史陈述与景点描绘的连贯性，时时将读者拽回现实，提醒他们圆明园这个"人间天堂"不复存在的命运。而在游记末尾，作者更是用了大半页的篇幅直接论及四年前的那场浩劫。他坦言圆明园里的财富已被劫往欧洲，通过拍卖成为私家藏品。而最令这位汉学家扼腕叹息的，就是园内藏书楼的被毁。那座在他眼里堪与

---

① Verne Jules, *Le tour du monde*, vol.10, p.97, Hachette, 1864.

② 美籍荷兰商人，1790–1795 年任荷兰东印度公司驻广州大班，1794 年兼任荷兰使团副团长。著有记述荷兰东印度公司觐见乾隆使团的游记 *Voyage de l'ambassade de la Compagnie des Indes orientales hollandaises, vers l'empereur de la Chine, dans les années 1794 & 1795*, Paris：Chez Garnery，A Strasbourg：chez Levrault, 1798.

③ 鲍吉耶在此文中还援引了法国来华耶稣会士晁俊秀 (François Bourgeois, 1723–1792) 神父 1786 致巴黎书商德拉杜尔 (De latour) 的信以及后者据此信编撰出版的书籍 *Essai sur l'architecture des Chinois, etc.* (《论中国人的建筑》), Paris, 1830. 参阅 *Le tour du monde*, vol.10, pp.108, 1864. 按：鲍吉耶的文中有若干史实错误，因与本文内容基本无涉，此处存而不议。

④ Verne Jules, *Le tour du monde*, vol. 10, Hachette, 1864, p.97.

亚历山大大帝图书馆相伯仲的文渊阁竟未能幸免于难,与这座名园的其他所有建筑一起"被额尔金爵士所焚毁";而他"感到庆幸的是法国驻华代表没有成为这个粗鲁野蛮行径的共谋"[①]。至此,鲍吉耶笔下的圆明园形象完成了其现实化的过程:通过对经典的重言,作者恢复了圆明园形象的象征地位;而不断闪回图册的叙事方式既凸显出了"万园之园"的文化价值,又提醒了读者她已惨遭毁灭的残酷现实;当人们为此而惋惜时,作者又不失时机地将罪责全部推到额尔金身上,指证这个英军首领为焚毁圆明园的主犯。

这里,我们不能忽略鲍吉耶"汉学家"身份的分量。一个以中国为研究对象的汉学家对于中国事务的言说,远胜于成百上千英法联军官兵的陈词。后者的亲见亲历,虽然在短时间内可以刺激人们的好奇心,却终因"人微言轻"而极易被淹没在尘世的喧嚣声中,为历史所遗忘。但专家的"指证"却不同,他们在"知识"、"科学"方面无需论证即被认可的权威性,使其具有当然的话语权。百余年后《小罗伯尔专有名词辞典》对圆明园的言说不是依然回响着那位汉学家的声音吗?

与此相关,还有一个颇令人费解的问题或许也应在此一提:法国人为何非要把圆明园的"被劫"与"被焚"严格区分开来?难道圆明园的被毁不是就像前文所引那位英军军官诘问的那样,是英法联军共谋共犯联合行动的结果?仔细阅读法国人的各种相关言说,到他们的字里行间中去捕捉、辨析、揣摩意义,令人不得不将这种区分与法兰西民族的自我想象、自我定位联系起来考虑。在人类历史上,法兰西一向以其悠久的历史、深厚的文明而著称于世。法国人当然以此为荣,也自诩为是世上最文明、最重视文化的民族。这样一个民族,实在难以将自己与"野蛮人"相提并论,因而根本无法面对,也绝不愿背负毁掉人类文明代表作的罪名。而在火烧圆明园的罪行中,他们只有与英军做一个彻底的切割,彻底的了断,才能洗刷自己的罪名,摆脱良心的责备和世人的谴责。或许正是这样的逻辑,才导致了法国人面对圆明园被毁的史实那样闪烁其词,那样众口一致地指证额尔金为纵火犯。但这样的切割,除了使人在字里行间读出一种尴尬,一种自责,一种精神焦虑外,还能有什么其他?!

现在再回到《探访圆明园》一文上来。实际上,汉学家鲍吉耶的这篇所谓"游记"代表了1860年后法国人重塑过的圆明园形象,她以交织呈现"万园之园"辉煌的往昔与残破的现状为特色。而这样的圆明园此后便开始出现在法国作家的笔下。

法国19世纪著名通俗作家儒勒·凡尔纳(Jules Verne)是在世界范围内拥有读者最多的作家之一。他在小说《一个中国人在中国的磨难》(*Les Tribulations d'un*

---

① Verne Jules, *Le tour du monde*, vol.10, Hachette, 1864, p.112.

Chinois en Chine）中描写了故事女主人公生活的北京，其中写道："哪个古代广场能汇集这么多的殿堂，如此千变万化的广场，这样丰富的珍宝？在欧洲，甚至哪个城市，哪个首都能提供这样的物品清单？而在这个清单上，还得加上万寿山，这个离北京数里远的夏宫。夏宫已于1860年被焚毁，但人们在废墟中隐约还可见到她那"圆明"的花园，"玉泉"的丘壑，"万寿"的山。"[①]

今天的中国读者或许以为凡尔纳不甚了解历史，在描述中犯了地理性错误。但返回历史现场，那场燃烧了三天三夜的大火，烧掉的岂止是圆明园？临近的多处皇家园林也被波及，其中就包括拥有万寿山的清漪园和拥有玉泉山的静明园。凡尔纳实际上是用这三处被大火焚毁了的京郊皇家园林作为故事背景的。他到底读过哪些材料？尚待考。但他绝对不会缺少"第一手"材料，因为许多参与了劫掠的英法联军的军官、翻译、士兵都在事后炫耀般地出版了他们的日记、回忆录[②]。然而，凡尔纳的高明之处并不在"写实"。他在对圆明园寥寥数语的描述中连续使用了"废墟"、"隐约可见"一类的幻觉词，立刻就将这座事实上已不复存在的皇家园林，变成了一个能引发无穷遐想的幻象之地。面对这样若隐若现、虚无缥缈的圆明园，任何语言都显得苍白，任何描述都成为多余。这不能不使我们惊叹凡尔纳的写作艺术！

圆明园被毁了，但毁掉的"万园之园"却因了这些汉学家、名作家的不断重写，在虚实相间中变得更加诱人，更具魅力。在法国人对中国的想象中，圆明园已不仅只是一个符号，一种象征，她已成为了"文化中国"神话的一个生发器。1867年，第三帝国在巴黎举办第四届世界博览会，主办方非常希望邀请"中华帝国"参加。在清政府明确表示拒绝参展后，汉学家德理文（Marquis d'Hervey de Saint-Denys，1822—1892）主动承办了筹备中国馆及其附属花园的全部工作[③]。资料显示，为了使中国花园能出奇制胜，德理文求助于王家图书馆所收藏的《圆明园四十景图》，让设计师直接根据这些画作设计出了"中国花园"。受世博会组委会委托而出版的《1867年巴黎世界博览会画册》（*L'Exposition universelle de 1867 illustrée*）[④]曾刊登过一篇对"中国花

[①] Jules Verne, *Les Tribulations d'un Chinois en Chine*, Librairie Générale Française, 2000 (rééd.), p.138. 此书首版1879年由出版商Pierre-Jules Hetzel出版。

[②] 其中包括：Général Cousin de Montauban, comte de Palikao, *L'Expédition de Chine de 1860*, Souvenir, Paris, 1932；Ch. De Mutrécy, *Journal de la Campagne de Chine...*；A. Lucy, *Lettres intimes sur la campagne de Chine de 1860*, Marseille, 1861；Le comte d'Hérisson, *Journal d'un interprète en Chine*, Paris, 1886。这些著作大多为布立赛所参阅和引用。

[③] 本节史实参阅拙文《法国汉学家德理文的中国情结——对1867年巴黎世界博览会中国馆成败的文化思考》，载《中华文史论丛》，2009年第2期。

[④] François Ducuing, Editeur scientifique, *L'Exposition universelle de 1867 illustrée* (2 vol.), Paris, 1868（《1867年巴黎世界博览会画册》，以下简称《画册》）。

园"的专访文章。作者费雷勒（Raoul Ferrère）在文中不无炫耀地夸口说："所有的人都听说过圆明园，尽管鲜有人知道它确实的样子。"那么，这座闻名遐迩却又如此神秘的园林到底是何样呢？作者接着描述道：圆明园是"一座广博无垠的园林，巨大得宛如一座城市，中间矗立着数不尽的亭阁及形状用途各异的大量建筑，这就是人们称作圆明园的地方。数世纪以来，中国皇帝把圆明园建成了他们最喜爱的行宫。他们在那里聚集起大量的金银财宝、手稿、书籍、画册、艺术品、贵重首饰。"[1] 请注意，在这段描述中，作者使用的全部数词都是不确指的：圆明园面积的"广博"是"无垠"的，亭台楼阁的数量是"数不尽"的，形状及用途是"各异"的，而其艺术珍宝更是"大量"的……所有这些不确指数词的使用，都再生动不过地状写出了当时法国人对圆明园的集体想象——一座曾经的园林之王，一座已不复存在，因而就变得神秘缥缈，因而便可凭想象自由驰骋的人间天堂。不难理解，德理文选择圆明园为原型，既是基于一个汉学家对圆明园的高度评价，也是为了投合时人的"社会总体想象"，满足他们的期待。

在巴黎世博会上出现的圆明园仿作，标志着法国人的"文化中国"想象已定格于圆明园。同时，这也使我们看到套话化形象顽强的生命力：一个形象一旦被套话化，一旦成为社会总体想象的一部分，就进入到一个民族的深层心理结构中，永远都不会消失，不管她在现实中的命运如何。

以上我们以《小罗伯尔专有名词辞典》所提供的文字为经，大致回顾了圆明园在法兰西民族心理中逐渐积淀演化为中国文化的一个符号、一个象征、一个神话的历史。现在回过头来重读一下《小罗伯尔专有名词辞典》，我们会发现，它的相关介绍是以1860年为界的：此前，圆明园这个人类园林登峰造极之作，以"万园之园"的美名享誉欧洲；而在这中间，也有欧洲人，特别是法国人的贡献。此后，她惨遭洗劫，劫犯之一恰也是法国人，不过他们对圆明园的最终被毁不负责任，因为最后的大火是英国人下令放的。表面看来，整个词条都是在言说"他者"，言说那个客观存在的圆明园的建园史，她的价值及其被毁灭的命运。但透过叙史者的选词和行文，我们也明显读出了法国人对自我的言说：他们对这座"瑰宝"级的园林的崇尚，对建园贡献的自豪，他们对毁园罪行难咎其责，却又不愿也不敢直面现实的尴尬复杂的心态。因此，我们也可以说这十一行文字实际上言说、承载的，是法国人对中法两百余年来文化关系的反思和总结，所有进入了象征体系的事件无一被遗漏。

不过，再版于2003年的这本辞书将来再版时会如何表述呢？在上引雨果信件的

---

[1] Raoul Ferrère, *Jardin chinois à l'Exposition*, 载《画册》, p.135.

结尾,这位仗义执言的著名法国作家曾写道:"我希望有朝一日,解放了的干干净净的法兰西,会把这份战利品归还给被劫掠的中国。"① 这个词条将来能否补上圆明园命运的第三个阶段——雨果期待的那一天呢?

我期盼着,所有的中国人都期盼着,法国的和全世界的布立赛们也都期盼着……

---

① 《就英法联军远征中国致巴特勒上尉的信》。

法国文学中的北京文化

——从 19 世纪中叶至 20 世纪中叶

[法] 缪里尔·德特里（Muriel Détrie）

（巴黎第三大学）

在几个世纪期间，特别是在有清一代，北京城里发展起一种独特的文化。它杂糅着汉满两种文化，崇尚游嬉、娱乐、消遣与慷慨好客之风，浸染着下至汉族民众上至满清贵族的各个社会阶层。北京文化最为西方人熟知的形式之一是京剧，但其他五花八门的民众演艺也同样存在着，比如相声、皮影戏、木偶剧、评书、大鼓、武术和骑术、杂技以及各种马戏节目等。北京人无论老幼都热衷于各种游戏：扯铃、风筝、斗鸡、斗蟋蟀、养金鱼、放哨鸽等。在北京，这一嗜好享乐的文化形成一种名副其实的生活艺术，在街巷、市井、庙会上随处可见，不过它也拥有一些特别惹眼的场所，比如社会各阶层混杂的茶楼、饭馆或戏园等地，甚至富家大户的私宅有时也成为它的场地。

1860 年标志着中央帝国与西方列强之间持久外交关系的缔结。从那时起，外国常驻者与旅行家大量进入北京。在当时问世的无数旅行记中，北京占据着首屈一指的地位，不断地吸引着渴望品味异国情调的西方公众。在西方人的游记文学和虚构文学里，北京文化是怎样被表现的？对这种在漫长时期里构成了北京城之魅力和特色的东西，当时的西方人是否有所体认和欣赏？为了回答这个问题，我们把本文的调查对象限定为法国文学（以游记文学为主，兼及那些受游记文学启发的虚构文学），时间段限定在 19 世纪中叶到 20 世纪中叶，因为正是在这一期间，产生了大量与中国有关的书。此外，这个时间段也对应着北京文化历史中的某个"黄金时代"，因为当时中国经历的各种动荡——清廷的衰落与覆灭、民国的建成、军阀混战、国民政府的确立——既然促成了社会各阶层的混融与艺术创作上的自由，也就在某种意义上为北京文化的繁荣提供了一个有利的环境，而这种局面是一直维持到日军侵占北京时才终结的。然而，北京文化这一历史悠久的生命力是否为当时的西方观察者所觉察？

本文将提到，北京文化在法国文学中的表现实际上经历了两个截然有别的阶段。在第一阶段——从 19 世纪中叶到满清帝国崩溃。北京特有的文化在西方人心目中只引起了漠视、不解甚至鄙薄，因为后者对中国本怀抱着一些固有的想象，到北京时眼光也就只落在这种想象促使他们去寻观的某些场面上。在第二个阶段——从民国创建到日军占领,北京文化渐渐被西方人承认,并且以愈来愈确切、愈来愈尊重的形式被表现着。但我们也将看到,这种承认并非一劳永逸地取代了旧时的定式想象。

一、晚清时期

在晚清数十年间,西方人记载中国之旅的游记都把北京放到一个优先的地位:通常,旅行者们是在由南而北穿行了中国之后,或者是在广州、上海、天津等港口数度羁泊之后,才终于到达曾经长期对外国人封闭的北京,因而北京在他们的游记中总是以顶点的姿态出现。1867年春,波伏瓦伯爵即将抵达北京时,曾慨叹道:"清晨,离黎明还有好一阵,我们就已起身,北京城与我们之间只阻隔着几个钟头,这念头让我们激动不已:这个让我们梦魂思之的北京,这个我们为之远涉重洋的北京啊!"中华帝国的所有荣耀都集于北京一城:伟大,强盛,光辉,富有和神秘。而惟其如此,所有游记也就把笔力都聚集在城中种种皇权的象征上来:由三座城(鞑靼城,皇城,紫禁城①)环环相套而成的完美几何图形,围绕着三座城、建有厚重门楼的城墙,卫护着城市神秘中心的巨壕,分割城市一如棋盘的大路通衢,舆定空间、供皇帝依照时令举行祈典的庙坛,居高临下、一览全城、让人能凝望城市完美布局的"煤山"(景山)。大多数游记都像谨遵某种仪式一般顺次写到这些皇权的象征地,连同据说在那里发生的、以皇帝本人及其宫廷为中心的、不为外国人目光所及的种种事件。至于北京的其余部分,则被比作"广大的垃圾场"、"被沙漠热风吹掠着的鞑靼兵营"(波伏瓦,第58页),到处是尘土、泥泞、臭气和骇人的污秽。至于呈同心圆形的三座城市建于其上的"汉人城",也就是北京主要商业和文化活动的聚集之地,追求别致风情的旅行者们并不掩饰晨昏策马其中的乐趣,不过他们在那里看到的只是一群蠢动的民众,一个"人的蚁穴",充满着使一切都丧失轮廓的动作与声响:"嘈杂的人群叫你望而生畏,骑马的人与步行的人,马车与手推车,迎亲队和送殡队混杂在一起,蠢动着;俗不可耐的饰物、幌子和旗帜你来我往。"

大众文化虽然在北京街头巷尾随处可见,可旅行者们在描绘这一文化时,一般来说却很少给出细节。法维埃主教②优美的著作《北京》煌煌416页大开本,并配有524幅版画,构成了一本名副其实的导游册,不过书中只有两页写到北京的娱乐场所,

---

① 对清代北京城各部分的称谓,特别是"鞑靼城"和"汉人城",译文为明白起见,均袭用原文。这两个部分在汉语中通常的称谓是"内城"和"外城"。下文注释未有特别说明的,均为原注。——译注

② 即樊国梁。——译注

而且局限于戏院("草草建起的难看的建筑,维护得不好,而且非常肮脏",第334页),赌场("赌博被严禁,因而……到处都有人在赌博!"第334页),烟馆(它们也"随处开设着",第335页);不足两页写到节日(然而"北京城里节日很少,即便是有名的元宵灯节也毫无引人之处",第344页);聊聊几行写到杂技艺人、说书人、魔术表演者(第348页),至于音乐,只评论说"就连个中翘楚也都一文不值"(第351页)。在我们查征的所有游记中,只是零零散散偶然有几句写到风筝、哨鸽、斗鸡、街头卖艺者和说书人:在大多数情况下,这是一些模糊的、浮光掠影式的记述,丝毫也未道出北京文化的独特之处。例如,法国首任驻华公使夫人,就只用一句话来写"许多卖艺的、耍把势的、变戏法的、杂技班子、走钢丝的,最后还有巡回赛马场";如果说"木偶戏"稍稍引起了她的注意,她也只是将其视作"与欧洲的木偶戏完全相类"。在马赛尔·莫尼埃的笔下,街头卖艺人之所以被提到,仅仅是因为他们堵住了街巷,迫使行人驻足:"巷子里每走一步,多多少少总被各种板棚、临时帐篷、或者在一个说书的、杂耍的或算命先生身边团团围着的人群堵住了去路。"(莫尼埃,第59页)。波伏瓦伯爵对风筝的描绘也大抵如此:"不光有无数孩子追闹着、瞎子似的在你双腿间钻过,而且老人们——在中国这是一些大孩子——也骄傲地牵着一个巨大的风筝闯到喧闹的人群正中;他们总是一直走到靠近城墙的那些空地上把风筝放上天。"

一写到从前门通往天坛的大街——那是每一个旅行者都必要鉴赏一番之地,旅行者们便把笔墨都放在"乞丐桥"(一个完全由法国人杜撰出来的称谓)上。这种描写像是某种必须履行的仪式,总是伴随着一长串的惨状:"这座古老、雄伟的大理石建筑以'乞丐桥'之名为世人所知。在这座桥上,每天都聚集着几百个乞人慈悲的可怜家伙,半裸着,患着麻风病、疥疮,或者是些瞎子;他们挨饿不过,就跑去寻来榆木笼里盛着示众的已经开始腐烂的人头,——撒上盐,——吃了。"北京的乞丐,以他们等级森严的组织,以他们的王,他们的诡计、暴力、伤口、褴褛的衣衫,不可避免地成为大肆渲染的对象(马提尼昂的书甚至为他们辟出整整一章,把他们写作"整个首都最有趣、最吸引人的一个社会类型"),而他们的赌博——他们有时甚至用自己的手指作赌注——就像从一本游记到另一本游记众口相传的那个轶闻所声称的那样——更是完全抓住了记述者的注意。因为在19世纪旅行者们的眼里,这恰恰就是北京的街巷广场所提供的真实场景;自然还有酷刑或处决的场面,据旅行者们说它们总是引得大群嗜好残忍的人赶来观看。例如,列奥·彼拉姆(即路易·德雷维)的小说《我的朋友福潭》,以一个人力车夫为主人公,书中只是以一种虚化的形式点到了北京的民众娱乐,真正写出来的是一个斩首示众的场面:"十字路口四周,象每一次中国人过节那样嘈嘈嚷嚷……人们说笑着,肆意嬉耍,如同有大戏班子演出的日子。

然而没有任何戏台搭起来,连乐师和小丑也没有。在路口正中,是一个空场,排成一列阻挡人群的士兵,连同几个立刻吸引了、魅惑了人们目光的阴惨惨的木架。……"接下来的一段遵循惯例似的写到用小笼盛着的斩断的人头,接着则津津有味地描写了一个刽子手如何漠视着"对这个可怕场面兴趣盎然的人群",完成了行刑。

19世纪下半叶法国旅行者与作家之所以无法体会和表述北京文化,也许是因为他们缺乏必要的好奇心、知识与词汇。不过,上面举到的最后一个例子表明,关于中国与中国人的偏见在这里也干系难逃,这些偏见像一块屏壁一样隔置于观察者与现实之间。于伯纳男爵惊诧于北京天空中翩翩飞舞的哨鸽时,如是说:"这场景中的一切都是古怪、魔幻和野蛮的。"而这几个形容词恰也是当时法国文学在言及中国的概况时所惯用的[①]。它们也同样被用于对京剧的描述上。旅行者们对京剧并非置若罔闻,然而他们对之总是抱着一种贬低的、不理解的态度。

直到清末,西方旅行者之接触京剧,大抵是在两种场合:一是去当时京城里的某个戏院看戏,在这种情况下,通常有在京长居的外国人为他作向导(因为对戏院这样一个被认为是可疑的、不轻易接纳外国人的所在,是不能贸然独自前往的);或者应某个满汉官员之邀,出席在饭馆或私邸里举行的筵席,旅行者结交这些官员的原因有很多,或是职业上的关系,或是慕名相倾。我们可以推断,在这后一种场合之下,京剧演出既然由一个文人精心挑选以飨宾朋,应该比那些人头混杂的固定戏院里的演出更具品味。然而无论在哪种情况下,京剧的表演以及音乐都被西方观察者所鄙薄和贬低。马赛尔·莫尼埃曾经"应俄罗斯使团一个友善的翻译官之邀",在离饭馆"几步远"的地方见识了一场京剧演出,他对这一经历的叙述在当时同一类的记载中很有代表性:剧场"十分简陋","只有一个台子,既无幕帘也无布景","演出是一种推到极致的俗套与丑恶的现实主义的糅合";"淫词艳曲"是这样"露骨",以至于比较起来,"阿里斯托芬最下流的段子也只是小巫见大巫"。吉尔伯特·德·瓦赞曾和同伴维克多·谢阁兰一起,出入于前门外的戏院和茶馆;他讲到京剧时,也说到"乐队发出的惊人噪响","让人头晕耳聋的音乐","非人的叫喊",并且用不留余地的一句概况了他的总体印象:"这一切给你留下一个恶梦般的印象,在这个恶梦里颜色、姿势和声响都是疯狂的"。《勒内·莱斯》中的叙事者,虽然更善于品味服装的绚丽和演技的精湛,可是勒内·莱斯领他去观看的演出场景还是令他完全迷惑不解:"眼前是这许多颜色、形状、光芒和种种带有华美曲线的姿势……我一点儿也不想去弄明白那里究竟发生

[①] [法]缪里尔·德特里:《20世纪西方文学中的中国人形象》,第403—429页("L'image du Chinois dans la littérature occidentale au XIX° siècle", in: Michel Cartier (éd), *La Chine entre amour et haine. Actes du VIII° Colloque de sinologie de Chantilly*, Paris, Desclée de Brouwer, 1998)。

着什么：鞭炮噼啪作响，好似一阵已让你耳熟能详的雷……我不明白这一切究竟意味着什么。我看着，我看着……"的确，京剧表演是高度象征化了的，只有那些了解其规则和程式（化妆、服装、姿势与神态、调门等）的人才能品出个中滋味。而观众之所以进入剧场，也并非要发现什么戏剧性的故事，而是要欣赏演员的技艺，《勒内·莱斯》中的叙事者最后也终于明白了这一点。当勒内·莱斯和一群八旗子弟来到叙事者的家中专门为他演了一场京剧时，叙事者记道："亏了我已牢牢记住那启蒙的一课，我如今已十分准确地知道何时该捧场叫好——我就极其合时合拍地大喊一声'喝好嗷嗷！'，这喉音浓重的一声顶替了巴黎观众所有的鼓掌，美国观众所有的吹哨！"不过，小说叙事所有的调侃口吻说明这种热情是伪装出来的，京剧美学对叙事者来说终究是完全异质的；另外，就谢阁兰本人来说，情形似乎也是如此。另外，在北京当时的戏院里，是男扮女装的演员们（"相公"）在独领风骚，而这些演员据说也出卖色相。因而，演剧界本身在欧洲人的眼里也以一种神秘的、暧昧的面目出现。在《勒内·莱斯》一书中，激起了叙事者兴趣的，其实并不是京剧表演本身，而是他在这些表演之下自以为猜到了的那些东西：勒内·莱斯是像相公那样扮作满洲格格才得以进入皇宫的；在这个人物身上，始终存在着同性恋甚至出卖肉体的嫌疑。

二、民国建成以降

法国旅行者和作家对中国的看法，并没有因 1911 年满清帝国的覆灭而发生急剧的变化，因为他们之中大多数人——比如谢阁兰——不相信 1912 年建立的民国会维持长久，仍旧痴迷于以往的帝制，认为它是恒久不变的。然而，随着帝制的复辟愈来愈渺茫，从一战后到二战前，外国人对北京的兴趣开始从满洲城和皇帝的宫廷转移到平民百姓的文化上来。让·布肖"在北京居住了三年之后"，于 1926 年出版了一本《胡同中的生活场景》，副标题是"北京风俗素描"。在这本书里，他勾勒出一副副配着插图的戏剧性场景，栩栩如生地写到北京社会中一干典型人物，比如跑堂儿伙计、叫卖声各自不同的小商贩、人力车夫、瞎子等等。不过，叙事的口气总体上还是居高临下式的；作者对胡同居民的文化并未表现出多少兴味，只是提到了他们的歌唱和音乐，而且以否定的字眼出之。例如，他写道："这与其说是唱歌，不如说是漱口"；"一个吱吱呀呀象破烂小提琴的别致胡琴"；"一只古怪的吉他，尖利的声音不是让你陶醉，而是让你迷惑"。安德烈·杜博斯克在 1919 年出版的《在北京的天空下》里，虽然用整整第一章描写构成了北京之"辉煌"的庙堂和宫殿，不过在名为《中国玩意儿》的

第二章里，他模仿阿洛依修斯·贝尔特朗和波德莱尔的笔致，针对北京文化的真正代表写下了一系列"小景"式的散文：专为主人喂鱼的"鱼苦力"（第9章）；成列飞弋的驯鸽，"其中最强健的一只在尾巴上系着一只小哨笛，发出凄凄切切的两个音符"（第120页），"说书人""半说半唱，用一块惊堂木在桌子上敲出段落"（第127页）；养在笼中的鸟，被他称为"爪儿系系"；还有斗蟋蟀，也成为他细笔重描的对象（第17章）。作为最后一个例子，还可以举出"庙会"：在法维埃主教的北京导游中，庙会还被写成是一个对欧洲人来说"既无趣味也不安全的地方"，然而两战之间却由于阿贝尔·波纳尔的描写进入了法国文学。在他的游记中，阿贝尔·波纳尔说庙会让他如此兴趣盎然，以至于去看了好多次，在那些摆满玩具的货摊前流连，"赞美着"这些玩具制作之巧；并且被一阵"细切的金属敲击声"吸引着，来到一个"小戏台"前，上面有个男人正在鼻音浓重地唱着一曲哀歌，同时用手中的小棍子比划出同一段段唱词相对应的图景"。至于京剧，它不仅在二三十年代成为首肯的对象，更使某些法国旅行者真的到了入迷的程度。

这种态度的转变，很好地体现在亨利·米肖的《一个蛮子在亚洲》（1933年）中，虽然这本书并未特别论及京剧，只是宽泛地讲到中国戏剧。以前在西方戏剧的标准之下被贬低了的中国戏剧的所有特征，现在皆一变而为优点。比如布景的缺省和道具的贫乏："他（演员）若是需要一个广阔的空间，他就往远处一望：如果没有远景谁会看远处呢？……当你看到他如何小心翼翼地倒水，从一个不存在的壶，把不存在的水倒进一只不存在的手巾上，用它擦擦脸，又绞了绞这条不存在的手巾，这时，水——并未出现、然而又显而易见——的存在就像某种催眠术一般，如果此刻演员把这条（不存在的）手巾掉在地上，坐在第一排的观众一定也会和他一样觉得溅过来水星。"在米肖游记出版的同年，路易·拉卢瓦出版了他的《中国之镜》，这本书更是说中国音乐与戏剧的方方面面都令作者着迷。二胡（北京的这种胡琴从拉卢瓦的时代才被用它在汉语中的本名来称呼，这是很说明问题的），在以往的旅行者听来只是个可怕的"破烂小提琴"，可到了拉卢瓦笔下则变成"能发出与小提琴相媲美的音群与琶音"（第174页）。而借一次私宴之机，他得以观看了"用皮条儿剪成的影戏"时，也对艺人们激赏不已，而在他之前旅行者们对此都是不屑一顾的。

许多原因可以解释两次世界大战之间北京文化在法国文学中的地位何以获得提高。首先，满清帝国的终结使很多旅行者在某种程度上失去了对北京皇家之风的神往：紫禁城现在已向游人开放，并未像从前设想的那样吐露出什么神秘，只是让人们看到空荡荡的院落和厅堂，到处野草侵阶。而那些声名赫赫的建筑——城墙、庙宇和宫殿——从前象征着皇权的伟大，现在被弃置了，或者租给外国人，或者自从皇帝及其宫廷从中迁走后就早已在旅行着们眼中神采尽失。北京皇家之风的"尊威"与"神秘"，真的像皮埃尔·洛蒂在1901年《北京的最后日子》中早就预言的那样，终结了。而与这一终结相反相生的，就是北京文化的另一面——一个热闹的城市，居住着从此被视为具足的人而不是"寄生者"的芸芸大众——在法国文化中渐渐被写到。当然，直到30年代仍有一些旅行者执着于传统的北京形象，比如莫里斯·德布洛卡，就还是觉得"北京是一块辉煌的绸缎，上面爬着由无数贱民组成的蛆"。他的记叙重复着19世纪游记对北京文化所讲的所有陈词滥调（蒙昧混沌的人群，乞丐——构成城里唯一有趣的场景，令人无法忍受的戏院，娱乐场所——只是些伤风败俗的地方）。然而，在同时期大多数的游记中，对北京这一主题的处理都经历了一次名副其实的革新。在这方面，作家法朗西斯·克鲁瓦赛的北京游记《伤龙》很有代表性。这本书开宗明义就宣称，不以北京的历史建筑为写作对象，而是随着北京的街街巷巷、还有他运笔的"偶然"来写，而这样一种偶然，先后将他引向了他的苦力、仆从、向导兼翻译、马夫、黄包车夫等一干人物。对这些人物，他均投以亲切善意的目光，写出了每个人的名字、性格、资质、话语，并且点出了他们的文化和情趣所在。比如，在提到一个姓苏的黄包车夫时，他这样写道："晚上我没有什么差使要他跑时，他就去看斗鸡或听戏。我经常看到他在拉车的间隙，坐在两根车辕之间，读着一本书……他最好的朋友是一只鸟……"（第79至80页，第81页）[①]

还有一个因素，也可以解释西方人对北京文化看法的改变：直到清末，曾旅居海外或者习得某种欧洲语言的中国人为数很少。外国人与之接触的本土人，大抵是他们的仆役。但是从辛亥革命之后，去西方旅行或游学的中国人大增，而西方科学与语言在中国的教授也愈益发展，以至于对此时的西方旅行者而言，与中国人之间的交往变得更容易，同北京社会也不像先前那样隔膜了。北京居民与外国人不再划地而居，他们现在可以出入同样一些处所，相遇相邀，对谈交流，这种情形在英国人哈罗德·艾克同的小说《芍药与矮马》（1941年）中，表现得很清楚。这部小说写的是日军侵占前夕的北京社会。而许多游记，也记述了旅行者们如何被或多或少西化了的中国人邀至家中（拉卢瓦在北京就被曾数度出任民国驻法公使的陈箓款待，并以此结交了当时北京的"精英阶层"，见其游记第163、162页），如何在他们的引导之下参观，被告知许多从前对外国人讳莫如深的东西，比如京剧的种种规矩。在谢阁兰的时代，出入

[①] 这个好读书的黄包车夫有可能是个从前的满洲贵族，象当时常见的那样因为满清帝国的崩溃而穷困潦倒。的确，民国建立后，许多八旗子弟失去了从前的俸饷，被迫从事各种劳动，有时甚至操起苦力、仆役、黄包车夫、警察、说书买唱艺人、演员等低贱的行业，有些妇女也出卖肉体。这种惨状在老舍的小说里多有写到。

于汉人城的花街柳巷还被视为一种狎邪游，可到了二十年代，这些地方已变成每个旅行者的必经之地。即便是莫里斯·德布洛卡本人，虽然对皇城辉煌布局之外的一切都嗤之以鼻，也还是没有忘记让他的中国伴当领着他去那里走了一遭。

必须指出，北京城里游乐的场所和方式本身也起了变化。离天坛不远的天桥一带，本是个废弃了的居民区，泥泞不堪，名声也不好，被一些捧哏卖噱的艺人占据着。到了民国初年，则被改建成一个井井有条的娱乐区，人员的水准也有所提高①。在这个专为游乐辟出的广阔区域，各类卖艺人——有的跑单帮，有的一家几口，有的组成班子——比如说书的、变戏法的、耍杂技的、练手技的、摔跤的、演木偶剧的、驯熊、猴、或其他动物的，在露天里、披檐下或者酒楼茶肆中，各献技艺，其中不乏前清时代的满洲贵族。为马术表演还专门修成一条跑马道（演员们很可能是从前的八旗骑兵）。固定的剧场也在那里建起，说书人或相声演员登台表演，而戏剧演员也是连台演出。观众的组成多种多样，男女混处，老少咸集，有内行也有看热闹的，有文人也有白丁，有中国人也有外国人。在帝制时代女人是不得登台表演的，现在也获准公开操起演员的行当。清一色由女演员组成的班子（即便是男角也由女人来演）首先出现，继而男女混合的班子也成立了。尽管如此，相公的行业并未就此终结，而是一直延续到20世纪中叶。不过那些专演旦角的演员，终于渐渐摆脱了变性人甚至男妓的恶名，而他们表演的艺术质量也有所提高。演剧界在中西观众心目中地位的提高，特别得力于一位艺术家：梅兰芳。据其子梅绍武回忆：1916年外交部举行的晚会上，梅兰芳为三百多位美国观众登台献技，"从此之后，父亲领衔的京剧演出成为外国客人游中国的两大'必看'之一，另一个是举世闻名的长城"②。的确，写于二三十年代的多种游记都证实了这位伟大的演员在定居或旅居于京的外国人当中所受的推崇。路易·拉卢瓦曾受到梅兰芳的接待，到梅府赴宴并观看了一场精彩的皮影戏。亨利·米肖也提到了梅兰芳的艺术，虽然他并未说明是在何种场合下欣赏之的（"谁没有听过梅兰芳，谁就不懂得'柔'为何意，一种能撕开你、让你分解的柔，这是泪水的味道，这是从优美而生的痛苦的精华。"《一个蛮子在亚洲》，第191页）。莫里斯·德布洛卡看到他在《汾河湾》里扮演的迎春一角，也称其为"有着无与伦比的才华"，等等。

对京剧（从那时起，西方人开始把京剧同欧洲歌剧相提并论，虽然还没有冠之以"北京歌剧"之名③）看法的改变，在两次世界大战之间的游记中表现得十分清楚：旅

---

① 希望借助图片了解天桥历史的读者，可参阅《北京老天桥》，北京：文津出版社，1993年。
② [法]缪里尔·德特叶：《外国观众与评论家眼中的梅兰芳》第47页（"Mei Lanfang as seen by his foreign audiences and critics", in *Peiking Opera and Mei Lanfang*, Beijing, New World Press, 1981）。
③ 译者注："京剧"在现代西方常被称作"北京歌剧"。

行者开始按照剧目的本名来确切称呼他们所看到的演出，对剧情也加以详细复述；并且得力于中国讲解者的帮助，对演员表演奠基于其上的种种规矩也有所领会；如果说某些作者对如此异于他们本国戏剧的京剧艺术还是感到迷惑，他们在表露这种迷惑时却变得小心翼翼了。例如，尽管法朗西斯·克鲁瓦赛坦言"（他）欣赏这些戏曲杰作的原因同他们（中国人）十分不同"，他仍然强调北京的音乐与戏剧"迷住了"他。民国时代，愈来愈多在京居住的外国人对中国戏剧产生真正的迷恋，经常出入于戏院，探听幕后轶闻，甚至对之加以研究，出版了非常详实的著作。音乐学家路易·拉卢瓦在巴黎时师从阿诺德·微席叶学习汉语，利用在巴黎能找到的资料，于1910年发表了一本研究中国古典音乐的专著《中国音乐》。上文提到，在此后二十年，当拉卢瓦亲身访问北京时，对所见的戏剧、皮影戏和音乐心仪不已。不过，法国人之认识与欣赏中国戏剧艺术、特别是京剧，要首推其功的一人，却不是拉卢瓦，而是乔治·苏里耶·德·莫朗。

作为法国几家公司的职员，而后又作为外交官，年轻的苏里耶·德·莫朗在中国居住了十三年之久（1901—1914）。酷好游乐与演出的他，无论在北京或上海，都时常去逛戏院，并且探得了幕后的种种秘密。作为证据，我们可以举出他的《中国的音乐》（1912年），特别是《中国现代戏剧与音乐》（1926年）。这两本书运用直接取自中国的材料——诸如照片、绘画、乐器、服饰甚至唱片——，是法国人研究中国民间戏剧的第一本贴切中肯的书。但最能标志当时对京剧看法的改变的，却还不是这两本学术著作，而是苏里耶·德·莫朗的小说《宝带儿，生耶旦耶》。这部小说1924年发表于法兰西信使出版社（后来在弗拉马利翁出版社再版时为吸引读者起见副标题改作"一个穿裙、扑脂、抹粉的少年"），首次以忠实、尊敬的笔调再现了京剧界，包括其男色之风。书中情节有些荒诞，交杂着源于中国小说的因素和来自现实的回响；以这样一个故事为引子，叙事者——一个颇类苏里耶·德·莫朗本人的明眼内行——向我们展示了京剧的方方面面：演员的招收、训练与日常生活，他们在痛楚中磨练成的演唱与舞蹈技巧，各种传统剧目与角色类别。作者带着我们去逛京城的戏院，出席私人宴会上的京剧表演，告诉我们观众的评判标准，揭示年轻演员们所激起的狂热追捧。所有这些内容，连同确切地音译出来的汉语术语，都证明作者不仅对中国戏剧的整体有扎实的知识，而且也十分了解它在地域上的差别。例如，在写到他离京赴沪时，叙事者就非常详细地列举了两个城市在娱乐区域和消遣方式上的差别，并且毫不掩饰地说他更偏好北京文化，因为它更精致也更高贵，而上海文化相形之下则显得粗鄙和低俗。然而，这部小说虽然对北京文化极尽尊重乃至赞美之辞，却也并非毫不掺杂西方人传统上对中国文化所抱有的那些成见，那就是把这种文化说成是野蛮与登峰造极的精巧交错，卑污与无上之美并行，台上是美轮美奂的表演，幕后是险恶得难以置信的阴谋。比如，宝带儿的伴侣被写作一个翩翩君子，但他在活剥敌人时的凶残，并不亚于他在追求年轻演员时的温存。

1956年，《宝带儿》出书整整三十年之际，也就是彻底横扫了旧中国的共产党政权建立之后几年，另一个热爱戏剧的法国作家阿尔芒·伽提，在一本简率地命名为《中国》的书中，也以十分详实和推崇的笔调勾画了一番北京文化。伽提在当时还从未写过剧本或是导演戏剧，他是以记者的身份游历中国的。不过，他在这本薄薄的著作中还是为他所见的表演艺术留出很大篇幅：京剧（从这时起开始在西方被称为"北京歌剧"）占了书中整整一章，并配有梅兰芳等人的照片；而在描写京城概况时，作者也把笔墨落到了天桥，"北京的一条命脉"（第30页）。他写道："这是一个永无休止的市集，其间有从古流传的戏剧，一个人组成的乐队，表演于一把雨伞之下的马戏。四元一位的歌剧。"（第31页）。但是，可以被视作某种症候的是，伽提在刚刚写下这样充满好感的描述之后，马上又加了一句："就在这样一个永无休止的节日之上，叠印着一副凶暴的图景。世界上没有哪个广场像天桥这样浸染着血腥。"作为"论据"，他引用了一大段1880年莫里斯·帕雷奥罗格的游记，这段引文不厌其烦地讲述了一次处决的各个步骤。两类场景（天桥游乐的场景和处决的场景）的这种叠印，又被视觉上的剪接所加强了，因为书中登有一幅卖艺人当着一群孩子表演武术的照片，而后面一幅照片则是城墙上悬着的一排人头。这很能表征一个世纪中法国作家对北京文化在看法上经历的改变与矛盾。直到20世纪初，这一文化被一些制度化、场面化的残酷形象所遮蔽，后者始终萦绕着西方人有关帝制中国的想象；然而随着时间的推移，北京文化终于渐渐浮出于前台，并以其本来面目被认可；但是以前定式想象的残迹并未就此完全根除，一有机会就会鼓噪而出。只有保罗·梯亚尔在1956年发表的长篇小说《木偶艺人》，比较贴切中肯，完全摒除了偏见。小说情节发生在沦陷时期的天桥一带，在对北京文化的描画上堪与老舍的小说相提并论。不过，梯亚尔写到的却也是一个正在消逝的世界，它从未再现于他之后的哪个作家笔下，除非是以一种怀旧的笔调[①]。

（李金佳 译）

[①] Simon Leys, *Ombres chinoises*, U. G. E., collection 10/18, 1975, pp.53—57.

从《勒内·莱斯》到《碑》

——谢阁兰的紫禁城探险

黄 蓓

（复旦大学）

谢阁兰（Victor Segalen，1878—1919）的小说《勒内·莱斯》（*René Leys*）被译成中文①已有近二十年了。这段时间里，国内学界对谢阁兰研究有了不少进展，也有越来越多的普通读者开始接触到这位深深迷恋中国文化的法国作家的作品。然而《勒内·莱斯》的命运在中国却始终不佳。对此书感到不以为然的读者最爱拿出的证据是：书中的勒内·莱斯是个比利时人，却被塑造为宫中秘密警察的头子，隆裕太后的情人！足可见这是又一部西方人的东方异域情调小说，充满猎奇欲望。果真如此吗？我们不妨先从头到尾回顾一下小说的发展脉络。

《勒内·莱斯》是一部日记体小说，开篇时间是1911年2月28日。文中的"我"是一位刚到北京的法国人。他为古老的东方帝国远道而来，面对的却是风雨飘摇中帝国的残生。天朝命运岌岌可危，而满怀图强热血却无回天之力的光绪帝却在三年前离开了人世。出于对这个皇帝的钦佩与同情，"我"决定为他写一本书，却苦于无法搜集到足够的资料，唯一的办法是入宫。然而对于一位欧洲人来说，这无疑是难于上青天。"我"于是决定从学中文入手，希望有朝一日能凭这门语言敲开紫禁城的大门。正在这时，"我"结识了勒内·莱斯，一位还不满十八岁的少年，说得一口极流利的北京话，在满洲人的贵胄学堂里任教。"我"聘请他作自己的中文老师。从早春一晃到了暮春，入宫的希望仍然渺茫。五月的一天，在沿着紫禁城的城墙信马由缰时，"我"意外地撞见了莱斯。两人在马上并肩而行。暮色带来的伤感使"我"向莱斯倾吐了自己因无法入宫了解光绪生活的郁闷："我最大的遗憾便是到中国的时候已经太晚了。每天我都能见到几个曾在召见时间入过皇宫、有幸一睹他的龙颜的人，我却怀疑他们

---

① [法]谢阁兰:《勒内·莱斯》,梅斌译,上海:三联书店,1991年。

是否真的会好好地看。"一直在凝神倾听的莱斯这时突然神情肃然地开口了:"我看见过他。"(5月9日,第468页)①

　　这段对话是小说真正的开始。从此,勒内·莱斯的声音慢慢为"我"启动了紫禁城紧闭的大门。莱斯的父亲离开了中国,"我"将他留宿于家中。夏日来临,每逢夜色浓重、空气闷热的时候,"我"便邀客人出屋纳凉,在四合院的一小方星空下聊天。于是,一个不停地发问,一个娓娓道来,惊人的发现接二连三地出现。"我"从莱斯口中获悉,这位比利时美少年原来是已故光绪帝的好友,也是现任摄政王的亲信。在我的一次次追问下,他向我讲述光绪的生活起居、宫廷戏乐、乃至新婚之夜的秘密……一次,在聊到新近发生的一起刺杀摄政王载沣未遂的爆炸案时,我又从莱斯的话中意识到原来对面坐着的竟是宫廷秘密警察中的一员,曾多次摧毁革命党筹划的刺杀案,使摄政王的生命化险为夷。不久之后,莱斯向"我"宣布他被晋升为秘密警察头子。更令人瞠目的是:几个未归之夜后,莱斯解释这几夜是被召入宫,而在寝宫里秘密召见他的竟是隆裕皇太后!"我"惊愕之余,对莱斯的佩服更是无以复加:"在探入中国的路上,您走得比任何已知的和未知的欧洲人都更远……您已经到达了内廷中央的心脏——比心脏更有甚之:她的御榻。"(8月28日,第529页)

　　读到这儿,中国读者中开始倒胃口的不乏其人:政治阴谋、宫闱秘事……异域小说的廉价佐料都被殷勤地送到了面前。可是且慢!这些不齿早已在小说作者本人的预料之中:

> 这下子,这部秘密的侦探小说——倘若有朝一日我不得不冒着不敬去写这么本书——这部小说突然云开日见,供出它真正的、货真价实的、活生生的主人公,两个世界加起来所有情意绵绵的小说里最罕见的异鸟——凤凰——的化身!这主人公是个女的。这凤凰是只雌的。我已说得太多了:任何一位读了这些文字的中国读者都会看得清清楚楚;但我怀疑他会像我那样:深信不疑。被本地读者斥为亵渎犯上、伤风败俗、不堪入耳、不伦不类之事,唯有一名怀着对这个国家一片痴心的外国游客才会毫无保留地接受……然而,接下来的事却又变得多么符合逻辑,多么必要、多么不可缺少啊!……起先可能让人觉着含糊的话渐渐清晰起来,——我要完完全全地还他以尊严,这幸福的情人,胜利者勒内·莱斯!对1900年间外国公使馆遭到的劫难来说,这是怎样的一种报复啊!他刚刚攻入并获得了紧锁的皇家之心,三四道城墙围裹中的那个人!

---

① 由于中译本里存在大量误译,本文引文一律直接译自原文。采用的版本是 Victor Segalen, *Œuvres complètes*, II, Éditions Robert Laffont, 1995。所在页的页码在文中直接附在每段引文后的括号中。

不可征服的帝国之母！拥有万年高寿的长命之人！（8月28日，第529—530页）

  隆裕太后在这里被比作"两个世界加起来所有情意绵绵的小说里最罕见的异鸟——凤凰——的化身"。是溢美之词吗？毋宁说暗含嘲讽。嘲讽的是什么？首先是莱斯的故事：这部记录莱斯口述的紫禁城秘事的日记充满离奇的情节，可以被轻而易举地改成一部"秘密的侦探小说"，同时也会是一部"情意绵绵"的畅销爱情小说。第二个嘲讽的对象是"我"自己：叙述者把自己定义为一个天真的外国读者，读的不是别的，正是勒内·莱斯的故事。这无疑是在暗示我们，《勒内·莱斯》原来是一部读小说的小说！其中的两个主要人物分别承担着作者与读者的角色：作者是在不停讲述紫禁城秘事的莱斯；读者是全神贯注地听故事并将之记成日记的"我"。作为一个西方文化背景的读者，"我"对莱斯的故事如醉如痴；但"我"也清醒地意识到：中国本地读者与西方读者在面对莱斯的讲述时，会有截然不同的两种态度。可最终使"我"仍然愿意继续听莱斯讲故事的关键原因是"接下来的事却又变得多么符合逻辑"！所谓"符合逻辑"的事，是指莱斯向"我"透露了自己与太后的私情之后，还特别讲到去见太后前不得不买通太监的细节，并给"我"看了幽会的头一夜给太监的买路钱的字条。这字条被"我"作为证据珍藏起来，尽管上面的几行汉字在"我"眼里有如天书——精通汉字的莱斯拥有全部的阐释权，而"我"无力识辨这些符文，只能将其视为珍宝。事实上，同这张字条一样，所谓秘密警察活动、与太后的私情都是莱斯的讲述内容，而"我"无从验证。因此，面对不可思议的故事，"我"宁愿相信。于是日记继续写了下去；只是热得发晕的夏日之后，秋风陡起，"我"对莱斯的故事的痴迷开始降了温。

  这是1911年的秋。10月11日的日记里，"我"记下了报上读到的武昌起义的消息，担心这会是一场史无前例的革命，而它直接导致的将是心目中神话般的古老帝国的崩塌。莱斯却不以为然，认为只不过是中国历史上的又一次"暴乱"。"我"对这种似乎漫不经心的态度大为不解；但很快又从莱斯那儿了解到，他已建议摄政王载沣重新起用袁世凯，任命其为两湖总督到南方平定叛乱，同时又可以削弱袁对朝廷构成的威胁。"我"对他只有再度佩服。但几日后发生了一个意外事件：袁世凯不顾朝廷让他南下的命令，突然挥兵北上入京了；"我"在京城的火车站亲眼看到了他。"我"跑回家要向莱斯叙述刚才的所见，他却先从容开口，声称刚接到电报，袁已到汉口。几个月来头一次，"我"对莱斯的紫禁城故事产生了怀疑。

  冬季不可避免地到来了。11月18日的日记："帝国的局势每况愈下，已经濒临边缘！刀已经横在脖子上了：明日的摄政王，正在步步高升的摄政王，袁世凯，已恭恭敬敬地告知今日的摄政王,差不多已是昨日的摄政王——醇亲王——必须下野——在翌日天明之前下野。这一夜该是奋力厮杀的一夜,也许会拼个你死我活(……)"(11月18日,p.561)而这历史性的时刻对身为宫中秘密警察头子的莱斯来说会是何等惊心动魄!"我"为他的安危忧心,却意外地听莱斯说他今晚不出去。出于对他的安全的考虑,"我"十分支持;转而又牵挂起这位朋友的情人——隆裕皇太后此夜的命运。对此,莱斯的回答是:他与太后有约,这一夜她会来"我"的府上避难;三更天时会有人上门传达秘密手谕——一块黄色的丝帕。"我"迫不及待地等待这一时刻的到来。然而直至四更天,还不见半点丝帕的影子。"我"心中的疑团陡然增厚;莱斯叙说的所有宫廷秘事顷刻间变得如此虚幻。"我"决心弄个水落石出,便在寒夜中向莱斯展开追问。其中最后一个问题是:"**是**还是**不是**,你跟太后睡过觉?"(11月28日,第565页)这个气急之下提出的极端直接的问题换来了莱斯一个始料未及的回答:是的;证据是刚与太后有个了儿子。

至此,出自莱斯之口的侦探加爱情的东方故事达到极致。之前,"我"曾对文学中的异国恋情做过一番不无揶揄的评价:"这种我们已经习以为常、见怪不怪的外国女子对外国美男子的爱情(黑女王[①]对所罗门王的爱,非洲女对德·加玛的爱,以及天下所有其他女子对洛蒂[②]的爱),总给我留下一点疑惑:他们从来都做得不彻底,他们从来都没有过孩子(至少在圣经、歌剧、洛蒂全集里是如此)。"(5月14日,第494页)而半年之后,莱斯竟就向"我"宣布他与中国的皇太后有了个儿子!所有异域恋情小说相形之下登时失色。

然而,此时的"我"已不再是个轻信的读者:"我"尽管还没立刻意识到从莱斯声称与隆裕太后有过初夜到这孩子出生前后还不到三个月,但已直觉地被莱斯的回答激怒。"我"忍不住话里带刺,建议莱斯在履行秘密警察的职责时不必太费心机排除炸弹,倒是得更多地小心毒药:谁不知中国宫廷的政治密谋中用毒频繁,奇怪的是莱斯的故事里却从未出现过下毒事件……两人随后分手。几天后,莱斯被发现死在自己的家中,死因恰恰是中毒身亡。

随着莱斯的死,"我"原本苦苦追寻的紫禁城之谜变成了莱斯之谜。讲故事的人已不能再开口,读故事的人也就永远无法知悉内容是真是假,或者几分真几分假。"我"在迷惘之际,突然间明白,害死莱斯的不是他自己,不是别人,而是"我":"这毒药,是我给了他——无疑以世间最无情的方式——而他是从我手中接过、收下并一饮而

[①] 暗指《旧约·列王记上》中的示巴女王。
[②] 洛蒂(Pierre Loti, 1850–1923):法国作家,海军军官;其异域题材小说在当时红极一时,并以多产异域恋情小说闻名,如《洛蒂的婚姻》(1880)、《菊子夫人》(1887)等。

尽……"（11月20日，第571页）。因为最致命的"毒药"，莱斯在服毒之前就已经吞下了：它正是"我"对紫禁城的渴望。事实上，"我"向莱斯提出的每一个问题都是一个火种，燃起这位少年的想象之火："是我先根据王老师①那儿得来的信息告诉他宫中有个秘密警察组织；一周之后他就成为其中的一员，两个月之后把我也吸收进去。有关摄政王的刺杀案不是我提供的灵感：人人都可以在报上读到；但我责备自己的是这个一而再、再而三提出的问题：——你说，莱斯：一个满洲女人能被一个欧洲人爱上吗……于是……两周后他就成了一个满洲女子的情人……最后，最后，我责备自己在不多不少四天以前扔给他一句暗示性如此之强的话：'想想毒药吧……'他答道：'谢谢提醒……'；便依此行事，做得圆圆满满。"（1911年11月22日，第571页）

这样说来，莱斯的故事原来是"我"的渴望的投射。"我"梦寐以求了解紫禁城的秘密，莱斯就让"我"在想象的世界进入紫禁城。但莱斯之死终于使"我"的紫禁城探秘成为永远的幻梦。我们恍然大悟：《勒内·莱斯》表面上充满媚俗的东方情调，实际上却正是对此类异域文学的反讽，正如《包法利夫人》在渲染主人公的浪漫情怀时，冷嘲热讽的却是把包法利夫人引向悲剧的劣质浪漫主义小说。有趣的是，正如福楼拜笔下的爱玛在观戏一场中如醉如痴，对戏剧与现实的界限难以把握②。谢阁兰笔下的勒内·莱斯也是个戏迷，甚至还是个演京戏的高手——武昌起义那天恰逢"我"的生日，莱斯带着几个满洲朋友来到府上，特意为"我"演了一场京戏。戏台氛围中，远方起义的硝烟反而显得失真。莱斯最终在自己制造的虚幻世界中越陷越深，最后以死亡保住了戏剧的真实。

现实与虚构之间的模糊恰恰是《勒内·莱斯》这部小说的魅力所在。这种模糊直至小说的结尾也没有完全变得明朗，因为莱斯的死留下的仍然只是猜测。小说作者决意采用第一人称，并以日记形式将视角固定在叙述者"我"的身上。莱斯的紫禁城故事是真是假，"我"永远只能猜想，无法定论。谢阁兰在此显然摒弃了十九世纪小说中作者所摆出的全能全知的造物主姿态。我们读到的不是一个全景式的故事，而自始至终是一个主观视角中的世界。这也是我们在《追忆似水年华》中看到的斯万面对奥黛特的视角、"我"面对阿尔贝蒂娜的视角——谢阁兰的这部小说与普鲁斯特的鸿篇巨制中的第一卷都写成于1913年：是某种时间的巧合，还是文学史发展的内在逻辑？

"我"面对莱斯的紫禁城，永远无法断言其真假：倘若这种对主观视角的刻意强调仅仅是文学形式上的匠心，恐怕《勒内·莱斯》未必会得到如此众多的西方汉学家

---

① "王老师"是"我"的另一位中文老师，在宫廷内部的警察机关任过教。
② [法]福楼拜：《包法利夫人》，周克希译，海口：南海出版公司，2005年，第216—221页。

的钟爱①。《勒内·莱斯》的独到之处还在于它体现了某种认知的困惑：一个怀着了解中国的渴望来到中国的西方人，却永远无法确认自己眼中的中国究竟是否真实。这种任何一个身在异乡为异客的游子都能或多或少得到的体验，在中西方文化的强烈反差中得到了激化——我们得把这种反差还原到二十世纪初的时段。《勒内·莱斯》中的"紫禁城"便是那个时代的西方人眼里不可穿透的文化"他者"。这里需要补充一句的是，莱斯这个人物在生活中有原型，是一位名叫莫里斯·鲁瓦的法国少年。他也是小说作者的中文老师，也自称是光绪的朋友、隆裕的情人；谢阁兰于1910年6月14日到10月28日间也将他的口述记录成日记，命名为《鲁瓦秘事日志》(*Annales secrètes d'après Maurice Roy*)②，但之后不久就停止与他的来往。生活中的鲁瓦并未服毒自杀，其紫禁城故事编织的时间背景也不是风云变幻的1911年。从《鲁瓦秘事日志》到《勒内·莱斯》，固然情节上有诸多相似，但1913年创作的小说无论从素材改造上还是从技巧运用上都不能被视作是对生活经历的如实记录；更为关键的是，现实中无法进入的紫禁城在作品中已成为一种深刻的象征。

而在1913年出版的诗集《碑》(*Stèles*)中，紫禁城的大门被打开了。其中一首题为《紫禁城》的诗向我们展示了城门后那个神秘的世界：

紫禁城③

它仿照北方的京城——北京的样子而建，那里的气候或者热到极点，或者比冷的极点还冷。

四周是商人的店铺和向所有人开放的客栈，那里有过客的床铺、牲口的食槽和粪便。

里面是征服者那高傲的围墙，它有为我那些出色的卫兵而设的坚实的壁垒、角堡和角楼。

中间是这道红墙，它给少数人留出了一块完美友谊的方形土地。

而中央、地下、高处，充斥着宫殿、荷花、死水、太监和瓷器的——是我的紫禁城。

我不描绘它，不谈论它。我从无人知晓的通道进去。我是这群奴仆中唯一

---

① 西方汉学界对《勒内·莱斯》的钟爱，从当今法语世界最有影响的汉学家之一、比利时籍学者兼作家皮埃尔·利克曼斯(Pierre Ryckmans)的笔名中可见一斑：在读了谢阁兰的这部小说后，他用主人公的姓为自己取了个笔名：西蒙·莱斯(Simon Leys)。其大量汉学著作署的便是此名。
② Victor Segalen, Œuvres complètes, II, Éditions Robert Laffont, 1995, pp.573—587.
③ [法] 谢阁兰：《碑》，车槿山、秦海鹰译，上海：三联书店，1993年，第140页。此诗的译文含微小改动。

的男性,孤独而奇特,我不指明我藏身的地方:要是我的一个朋友梦想篡夺帝国怎么办!

然而,我将打开大门,那个期待已久、无所不能却毫不伤人的她将走进来,将在我的官殿、我的荷花、我的死水、我的太监和我的花瓶中间统治,欢笑,歌唱,为了,在她将会明白的那个夜晚,把她轻轻推入一口深井。

全诗以含义不明的"它"开篇:"它仿照北方的京城——北京的样子而建"。第二句到第四句:"四周……里面……中间……"层层递进,重现了北京从外城、内城直到皇城的三重封闭空间的布局,到"红墙"时戛然而止。第五句则长驱直入。红色的宫墙被突破,墙内世界的轮廓展现在读者眼前:"而中央、地下、高处,充斥着宫殿、荷花、死水、太监和瓷器的——是我的紫禁城。"至此,起始处的"它"真相大白:"它"是"我的紫禁城";如同现实中的紫禁城,它也是三道城墙围裹起来的帝国秘密的心脏。

而这个"帝国"已不是《勒内·莱斯》中的令"我"痴迷的天朝。在一封给好友的信中,谢阁兰声称诗集《碑》是从"中华帝国到自我帝国的转移"[①]。事实上,整部诗集分为南面之碑、北面之碑、东面之碑、西面之碑、中央之碑,外加"曲直",形成六大部分,无疑就是"中华帝国"的空间划分在"自我帝国"的疆域的移植。《紫禁城》一诗被置于"中央之碑"——自我帝国的中心地带——故而是"我的紫禁城"。"宫殿、荷花、死水、太监和瓷器"这些中国文化元素勾勒出一派神秘氛围;而"中央、地下、高处"这些用于建筑的空间特征的词汇亦可移用于人的内心世界:在"自我帝国"里,"我的紫禁城"代表那块最核心、最隐秘、最至高无上的领地。

同样面对紫禁城,《勒内·莱斯》中贯穿首尾的追问在这首诗中荡然无存;反之,我们读到的是一种不容置疑的威严口吻。这是因为紫禁城外的"我"已步入城内,成为其中独一无二的君王。"我"防备身边所有的人,却特意请进了"她":这是诗的第二部分为我们揭示的内心宫殿的秘密生活。随着"她"的到来,原本孤寂落寞的宫中开始充满欢笑与歌声;"我"甚至放弃自己的无上地位,让"她"成为"我的紫禁城"的统治者。无疑,"她"是"我"心灵的女皇;然而在全诗的结尾,作者却笔锋一转,为"她"设下了意想不到的结局:"为了,在她将会明白的那个夜晚,把她轻轻推入一口深井。"

这个结局颇令人费解。它自然容易勾起我们对紫禁城中光绪与珍妃的爱情悲剧的回忆——而谢阁兰出于对光绪这个人物的强烈兴趣,也熟谙珍妃的故事;只是,在

[①] 谢阁兰致孟瑟龙(Henri Manceron)书,1911 年 9 月 23 日;《谢阁兰书信集》(*Correspondance*), I, Fayard, 2004, p.1246。

历史事件里,将珍妃致于死地的是狠毒的慈禧太后;而谢氏的诗中,却是"我"亲手将爱人推入井中。这该如何解释?对于这个谜,评论者们众说纷纭。不少法国学者愿意将其解释为"我"对自我王国秘密的极端捍卫,任何探入"我"的秘密领地的人最后只能消失。然而,如果我们针对谢阁兰笔下"井"的意象作一番探究,并将小说《勒内·莱斯》中的"井"与《碑》中的"井"作一比较,得出的却是另外的结论。

在小说《勒内·莱斯》中,"我"曾向莱斯提起井是宫中的秘密武器,并描述了在天坛看到的一口水井:从上往下看,井底深不可测,水面映出一角天空;从下往上看,井亭的顶上有一个开口,大小正如井口,仿佛一口倒开的深井,直逼蓝天(6月16日,第497页)。这个描述令莱斯的脸上现出恐惧,几欲昏厥。一日,这一恐惧揭开了谜底:一次昏厥之后,莱斯承认自己时常会产生倒错感,例如想往左走的时候会向右拐,以致于登高时,会一下子产生落入深井溺死的幻觉(11月14日,第559页)。莱斯的这段自白意味深长:其一,作品在此暗示莱斯习惯生活于想象之中,而他的想象世界正是真实世界的倒错;其二,在想象的巅峰,莱斯隐隐感到一种致命的危险,向幻觉天空的升腾,实际上是向地狱的坠落;而"井"正是有进无出的直奔地狱的通道。而莱斯在讲述紫禁城故事时数次发生的昏厥,事实上是一次次向地狱坠落的加剧,直至死亡。莱斯的奇特行为不能不使人猜想他患有"谎语癖"(mythomania):患者无法自觉地分清现实与谎言的界限,以至在谎言中不能自拔。换言之,莱斯的地狱正是其不竭的紫禁城言说的源头:一个失控的精神误区。

然而,一个没有精神疾病的人又何尝没有自己的"地狱",没有那口通向"地狱"的危机四伏的"井"。在诗集《碑》中的《地下的判官》一诗里,"井"的意象再次出现:

地下的判官[①]

地下有判官。审判会设在深夜,必须穿过仆从们劈开的岩石,落入比井还空的地方。

那里,任何生命都能重演,都能回响。但愿皇帝,不论他是倒霉的武士还是昏庸的君王,不要亲自去那儿冒险:

那些因他的军事错误而丧命的人将会立刻扼死他。

我自己,笨拙的摄政王,怯懦的活人,也不该贸然在那儿投下我的回忆:

我那些为了某种过分正义的事业而被杀死的美好欲望——怀恨在心的士兵和幽灵,将会立刻攻击我。

---

① [法]谢阁兰:《碑》,车槿山、秦海鹰译,上海:三联书店,1993年,第130页。

《地下的判官》是法文题目——*Juges souterrains*——的译名。但是与《碑》中的其他诗歌一样,此诗还有个中文题目,是诗人自造的四个汉字:"地下心中"。深夜的审判在"地下"。如果穿过"比井还空"的通道坠入地下,即使是帝王也难逃法网;而行刑者竟是过去的时日里"为了某种过分正义的事业而被杀死的美好欲望"。"地下"原本就是"心中":每个人心中最隐蔽的角落,所有秘密欲望的居所,每个自我帝国的君王连自己也无法把握、无法认知、甚至无法面对的世界。在地面上的理性世界,我们可以轻易扼杀欲望;在"地下",却是欲望向我们施以酷刑。

　　《地下的判官》的头稿作于1911年7月16日。而《紫禁城》的头稿则作于1911年7月23日。两首诗问世的时间前后仅有一周之隔,并且都被置于"中央之碑"这部分中,难怪有如此众多的相似:两首诗里都有作为自我王国的统治者的"我"都有象征意义浓厚的"地下"——"我的紫禁城"囊括"中央、地下、高处"——都有通向"地下"的"井";施以井刑的时间都是"夜"。凡此种种,似乎都在向我们暗示,《紫禁城》一诗中的深井通往的是自我帝国的"地下"。"我"不仅让"她"做"我的紫禁城"中地面花园的女皇,更将"她"请入"地下",去主宰"我"最隐秘的世界——原始的欲望世界,非理性的时空,连"我"本人也不甚明了、无从掌控的生命深层的暗穴。

　　从"中华帝国"到"自我帝国",谢阁兰的紫禁城探险从水平走向转入纵深;而小说《勒内·莱斯》中提出的认知的困惑,在诗集《碑》中也未能幸免。尽管"我"所面对的不再是"他者"而是"自我",却依然无法看得透彻。"我的紫禁城"的"地下"揭示了自我王国认知的黑洞;而连接上下的"井"既可以促成毁灭性的坠落,亦是生命力自深处喷涌而出的必经之路。在"中央之碑"的最后一首、也是整部诗集的压轴之作《隐藏的名称》[①]中,诗人写道:"真正的名称不在宫殿中,不在花园中,也不在岩洞中,却藏匿在渡槽拱顶下我畅饮的流水中"——最本质的真实藏在"地下"——"只有当大旱来临,枯水的冬天劈啪发响,极低的泉水结成贝状冰块,只有当内心变空,心内变空,连血都不再流动,只有这时才能在那可以达到的拱顶下采撷名称"——认知的代价是欲望之水的干枯。然而诗人最终选择了掩盖住名字的生命的洪流:"但宁愿坚冰消融,生命泛滥,毁灭的激流奔腾,也不要'认知'。"

---

① [法]谢阁兰著:《碑》,车槿山、秦海鹰译,上海:三联书店,1993年,第145页。

"中国形象"与文本实验

——解读谢阁兰《勒内·莱斯》

孙 敏

(复旦大学)

"中国"作为一个地理上客观存在的国家,在西方文学中往往与某些具体的意象(比如茶叶、丝绸、长城)、某种文化符号(比如精神乌托邦、诗意的空间、停滞的帝国)乃至于某种情感判断(比如野蛮、残忍、仁爱、温顺)联系在一起。中国是什么?随着西方文本以各种形式表述和建构中国的形象,中国逐渐变成文化想象中具有特定意义的虚构的空间,它并不着眼于"指涉某种客观的现实,而是在特定的文化意识形态下创造表现意义。"[①] 从这个角度说,"中国"被神话化的过程即"中国形象"获得精神隐喻与象征意味的过程。这一过程更多的是精神与内容上的。在十九世纪末、二十世纪初法国书写中国的文学热潮中,谢阁兰(Victor Segalen)无疑是引人注目的。这不仅在于在中国谢阁兰找到了回应自身诗学追求的主题与形式,创造出一系列层次丰富、体式多样的"中国文本",更在于他第一次尝试将"中国"植入文本的结构系统,借用"中国"这一独特的形象完成了文本在形式上的建构与解构,并赋予其丰富的精神意义。这就是小说《勒内·莱斯》(*René Leys*)。

《勒内·莱斯》写于1913年,是继《天子》(*Fils du Ciel*)之后又一部关于中国皇宫的小说。它源于谢阁兰与一名法国青年莫里斯·鲁瓦(Maurice Roy)的交往,这个年轻人精通汉语,自称对中国的风俗人情和皇室内幕了如指掌,陆陆续续向谢阁兰透露了一些所谓的皇室秘闻,这些真真假假、似是而非的秘闻后来成为小说创作的素材。[②] 小说以日记体的方式展开,着重表现日记的写作者"我"(与谢阁兰同名)对光绪帝和紫禁城异常执着的探究。"我"一直试图买通那些进过紫禁城的人,从而打探

---

① 周宁:《永远的乌托邦——西方的中国形象》,武汉:湖北教育出版社,2000年,第30页。
② 小说最初就题名为《来自于莫里斯·鲁瓦的秘密日志》(*Annales secrètes d'après M. R.*)。

到有价值的秘密。意图屡屡受挫后,"我"意外地从汉语老师勒内·莱斯那儿找到了进入内宫的途径,莱斯称自己是已故光绪帝的好友,摄政王的朋友,是宫廷秘密警察的头目,更是隆裕皇太后的秘密情人,可以自由地出入宫廷。借助于莱斯的叙述,"我"进入了想象与推理中。

一、"紫禁城"形象与小说之建构、解构

《勒内·莱斯》是以日记写作的形式展开叙事的。很明显,日记的写作者"我"在整个叙事中居于"中心地位"。而"我"有着明确的目的性——"紫禁城内是什么?"因此,整个叙述是按照"我"试图接近客体的一系列行为组织起来的,包含"我"由失望、希望、希望升温到最后幻灭的整个心理过程。可以说,小说的叙事就是探究者("我")与被探究者("内城")之间的角力。在试图进入内城的欲望和欲望不断受挫、满足中,客体的具体形象得以呈现。换言之,认知客体的过程和客体的呈现在小说中是同一的。因此,小说在结构与情节上的建构有赖于对客体形象(即"紫禁城"形象)的建构。

"我"和"莱斯"作为两种叙述语态,构建起"现实与想象"并立的双重叙述模式:主叙述以"我的日记"的形式出现,发挥元叙事的功能,记载"我"探秘紫禁城的故事。而在关于紫禁城的故事中,莱斯变成叙述者,"我"只是记载者。随着主叙述向高潮推进(即与"紫禁城"越来越接近),"我"又作为另一个叙述者出现,参与建构莱斯的叙述,并不断反思所知道的一切。两种叙事模式显示出一种规律性的结构,每当"我"得到一丝半点有关紫禁城的秘密时,未及"我"深究,这一线索就被现实的遭遇打断。"揭示、知道、了解前因后果的'俄狄浦斯'"式的快乐与'客体内在的隐匿性'之间的张力构成一种动态结构。"[①]第一叙述者"我"在两种张力之间做调节,控制整个叙述节奏。《勒内·莱斯》的叙事挑战就存在于无限悬置"发现"时刻的到来,从而不断延宕发现的乐趣。随着发现历程一层一层向前推进,小说成功地使读者的期待视野与"我"相合,共同指向"揭秘紫禁城"。

"我"一度处于穿透紫禁城的狂欢之中。透过莱斯的介绍,"我"认识了"礼部的官员"、"朗亲王的侄子"、"恭亲王的长子",进入秘密警察的会面场所,参与他们的聚会。经由莱斯的讲述,"我"满足地窥视着城内的阴谋、颠覆、淫逸奢华、荒诞空虚

---

① 罗兰·巴特:《文之悦》,上海人民出版社,2009年,第15页。

和神秘莫测。随着情节的推进,"紫禁城"似乎触手可及。

可是,正当"我"以为已经渐渐接近紫禁城时,情节出现大逆转——辛亥革命爆发了,整个帝国大厦在一片风雨飘摇之中岌岌可危。"我"开始怀疑莱斯话语的真实性,因为"我"发现莱斯的情报与真实情形不同。"我"开始相信,莱斯只是在编造故事。这一怀疑经过几层推理之后最终导向对整个追问的颠覆:"我"怀疑,自己才是莱斯行为的导演,"我"告诉莱斯自己想知道的事,并暗示莱斯应该如何回应。"我"怀疑是自己编造了有关紫禁城的事实。小说最后,随着莱斯的离奇死亡,叙述者除了疑问一无所获。就连疑问,他也悬而未决:

"因为我害怕……害怕突然被催逼着要我本人来回答我自己的怀疑,并且最终宣告:是与否?"(252页)

至此,叙述者曾经耗费心力搭建的"紫禁城"崩塌了。应该说,这一解构的过程与"紫禁城"的形象密切相关。

"我"对追问的客体只有一个较笼统和模糊的称呼"le dedans"(即内城)和"La magie enclose dans ces murs"(城墙下封闭的魔力)。显然,它不仅仅指紫禁城的建筑空间,还包括居住在里面的皇族成员及城内的种种动向。但是叙述者一再强调他的追问晚了:

"我确信他(即光绪帝——加注)已死了。"(14页)

"我最大的遗憾便是来华太晚了。……我怀疑他们懂得好好地看么。"(34页)

对迟到感的强调取代了对于追问客体更具体的描述。因此,客体在叙述者笔下,仅仅"是"或"不是",并没有得到更多的解释。更重要的是,小说开篇暗示真正的客体是光绪皇帝:

"他被献祭的所在,他被囚禁的地方,这座紫禁城……就成了这出戏,这个故事,这本书唯一可能的活动场所,而没有"他",这本书也就毫无理由存在了。"(14—15页)

据此,我们似乎可以推断,叙述者要表达的是:因为真正的客体已经消失,他只能退而求其次,将目光投入客体曾经存在过的空间,来追问它的现状。这样,小说一开始就有意模糊客体本身,将"紫禁城"变成一个难以定义的神秘客体。

对于客体,你无法接近它,无法进行描述和判断,无法得知它是什么,这一客体自然而然就产生了神秘感。小说开篇即指出:

"它所记述的每一件真实的事情，都得之于封闭在四堵墙垣之内的魔力……而墙垣之内，我却进不去了。"（13页）

这是叙述者进入紫禁城意图的起点，也是宿命般的终点。紫禁城的神秘在于高墙阻隔了我认知的脚步，而这四面高墙直至小说结束也未能被"我"打开。换言之，经历一次穿越围墙的精神冒险之后，我仍然对紫禁城一无所知。我们把小说的结尾和开头联系起来看：

"我……害怕突然被催逼着要我本人来回答我自己的怀疑，并且最终宣告：是或否？"（252页）

"更多的，我就不知道了。"（13页）

它可以组织起新的精神冒险的循环往复，我们可以认为，每一次追问的开始都是失败之后的重新努力。

穿透高墙的困难不仅在于物理意义上的（"我"只能在外墙遥望内城，不厌其烦地沿着城墙走，似乎这样就能突然找到进宫的通道），更重要的是所有引导我进宫的中介，从最初的太监和太医，到后来的王师傅、莱斯都无法使我建构清晰、完整的紫禁城形象。原本让"我"寄予厚望的莱斯最后也离奇死亡了，他的讲述和"我"曾经试图认知紫禁城的欲望只剩下一个不可解的谜。

我们要注意的是，"我"通过各种途径建构出的紫禁城是透过第三者媒介，被他人的视野和情感过滤过的。因此，在整个追问过程中，有一个时刻尤为重要，即叙述者作为法国代表团的一员进入皇宫。这是他第一次不需要借助任何中介，亲身接触他想象中的客体。有意思的是，踏入皇城之后，"我"并没有显示出"置身其中"的兴致盎然，反而心事重重，不断地来回踱步：

"特别是，怎样辨认出**此处**，即人们应召之处和入宫之处呢……，——**此处**是一个文明、神秘、深邃而且令人神往的**洞穴**，俨然若睿智之龙**微微张开的口**：如果不是涂成红色的墙壁，漆成红色的木柱，尤其是沉重而富丽堂皇的顶棚，将此空、此缺填补一二的话，……这样一个等待君主临朝的皇宫宝殿真会与**空屋**无异，内里**空空如也**，**空无一物**，令人心神不安了。……）"（粗体为自加，110页）

如果说之前"我"接触的紫禁城是由言语与想象建构出来的幻象，不免充满神秘与不确定感。这一次，"我"亲自进入紫禁城，并且在城墙之内与摄政王面对面，一切仍然模糊不清。上面引用的语段，显示出对我而言，紫禁城是一个"空"的所在，"我"

只能看到紫禁城外在的金碧辉煌和雍容华贵，看不到里面是什么，也不知道如何去看。"我"追逐的似乎是一个虚无的目标。也就在这时，一切戛然而止：

> "使他出现的那道活动的门洞将他吞没了：蓝色的帷幔又悄然无声地坠了下来。"（111页）

亨利·布依埃（Henry Bouillier）曾指出在直接面对紫禁城时，叙述者使用的是"否定性的诗学建构"。也就是说，用反面定义捕捉一个难以把握的现实。通过这一否定法的使用，谢阁兰将追问对象变成"缺席的在场"，"不存在的存在"。

事实上，除了表示空、空洞的词，如"洞穴"、"张开的口"、"空"、"空空如也"、"空无一物"之外，另一个用来指称紫禁城的重要词汇是指示代词：Ceci。在法语中"Ceci"是一个范围广、指示含糊的代词，以此来替代紫禁城，正好表现出作者描述紫禁城的策略：放弃一切明确的命名和阐释。事实上，每次"我"与莱斯谈及内城时，都心领神会地以"代词"进行暗示。同样，光绪帝也常以"lui"和"le"替代。这样，大量表示"空"的形容词和指代模糊的代词营造出紫禁城似是而非、暧昧不明的存在状态。

值得一提的还有，小说大量使用了省略号。整部小说充斥着话语碎片。比如，小说开头，叙述者认定进入内城最好的办法是掌握北满语，而非依赖中介。但是关于他到底想知道什么，他并没有回答：

> "利用他们的语言，即艰涩难懂的"北满"话：——今后毋须任何中间人，毋须任何太监，单等通天的机会允许我……"
>
> "……允许我说，抑或允许我做……做什么呢？我也不知道。"（16—17页，省略号为文本自有。）

叙述者竭力探寻的"内城"秘密也常常以失语的形式出现。每一次，他试图谈论自己的意愿时，都显示出"言说"的困难：

> "我把我知道的都告诉他：秘密……各种揣测……我已作过的揣测……，……同时尽可能合乎逻辑地说及我们身边的，紫禁城心脏之中的不可思议的事情……"（34页，省略号为文本自有。）

这种不可言说性再次加强了"紫禁城"的神秘——它的"神秘"不仅来自于高墙的阻挡，更重要的是即便穿越高墙，它还是不可知的。这样，小说成功地将"紫禁城"塑造成一个永恒的神秘体，一处言语和智慧都无法企及的空间。

需要指出的是，小说还小心翼翼地保持着想象中的理性力量，创造出一种现实的幻象。事实上,"我"在莱斯关于紫禁城的种种叙述中也一度出现"一切都是真实"的幻觉。比如莱斯讲述光绪皇帝与妃嫔们玩捉迷藏的游戏时,说:"当后妃们聚拢在他身边时,您想到他会做什么?……他坐了下来,随便什么地方。……而后么?他的后妃们都一起跪倒在他面前。……您以为有哪一位妃子敢当着皇帝的面在随便什么地方站着么?"(51页)对中国人来说,莱斯讲述的内容,大家可能早已耳熟能详。而对欧洲人来说,这种合情合理、细节描述到位又绘声绘色的讲述很容易营造出某种现实感,令人相信莱斯。文中类似的处理还有很多,比如当"我"祝贺莱斯可以单独与隆裕皇太后私会时,莱斯吃惊地提醒"我":"单独?完全不是这么回事呵!……那些无法隔开的太监呢?……那些宫女们呢?"(178页)在提及隆裕皇太后的手绢时,莱斯立刻纠正"我"的错误——"手绢是黄色而非粉色的。"(233页)

这样,通过大量"真实性幻觉"的制造,谢阁兰成功地打破了现实与想象的藩篱。当"我"试图质疑对紫禁城的讲述,又保持永远追问的姿态时,"哪些是现实,哪些是想象"纠缠在一起,界限模糊,营造出一种似是而非、似非而是的叙事氛围。在历史与想象/真实与虚构的混杂中,对紫禁城的想象合理地走向绝境。

而小说传达的"不可知"的紫禁城形象正与西方的集体想象相符。自马可·波罗始,西方对中国皇城(主要是紫禁城)的讲述就没有停止过。在西方人看来,紫禁城和相关的宫廷内幕是禁锢最深、守卫最严、最讳莫如深的空间,同时也就最能引发他们的好奇与想象。直至19世纪中期之前,中国和西方的直接交往很有限,大多数西方人只能通过传教士的著作、旅行者的游记和异域情调作品来想象中国的皇宫。更重要的是,自耶稣会士之后,直接进入皇宫的通道,对西方人而言基本上关闭了。他们只能以细枝末节的传闻和零零散散的描述来遥望城墙内那个不为人知的世界。这进一步强化了"紫禁城"的神秘感。《勒内·莱斯》中那些宫闱密闻、政治内幕、皇族的生活很大程度上就是西方集体想象的促发和一次新的表演。小说最后将有关紫禁城的一切叙述全部解构,正好保持了紫禁城在西方想象中的固定形象。

小说文本的自我解构因之获得逻辑与情感上的双重力量:正因为"紫禁城"是不可知的,所以,小说的谜底才未能得以揭开,小说最终的怀疑才得以成立。通过对这一神话的运用,作者成功地完成了小说文本从建构到解构的实验,使之成为一部"反小说"。而这一实验又正好使"中国"成为抽象意义上的不可知之物,体现了谢阁兰本人独特的"异域情调"观。

二、"不可知的中国"与谢阁兰的"异域情调"观

谢阁兰本人曾不止一次地谈到:"任何对自我的认知只能视自我为他者而非直接追问'我是谁'。"(*Essai sur l'exotisme*,23—24 页)很显然,"中国"既是被追问的异域,也是作者确立自我追问的参照物。那么,谢阁兰为什么要建构这样一个"不可知的中国"?

1902 年谢阁兰发表第一篇题为《通感与象征派》(*Les Synesthésies et l'école symboliste*)的文学论文时,就指出"通感"的倾向是科学和哲学时代的标志,它追求一种多元性的共存。正是在这一点上,谢阁兰转向关注异域情调。

谢阁兰《异域情调笔记》(*Essai sur l'exotisme*)的小标题即为"关于差异(或多样性)的审美"(*une esthétique du Divers*)。这意味着,对谢阁兰来说,异域情调和审美是可以互换的概念。同时,我们可以看到谢阁兰将异域情调的美学核心定为差异(或多样性),也就是说一切为认知主体所熟知的、同质的东西都不会产生美感,只有陌生的、异己的东西才是美的源泉。与一般审美原则不同的是,这种因差异而生的美不是静止地存在于某个陌生事物本身,而是能动地存在于主体和客体的距离中,存在于异和同的反差中。

在谢阁兰看来,差异、他者、异域情调的价值比任何其他的价值更基础,更具有逻辑上的优先性。以此为出发点,他批评十九世纪的异域情调是"伪异域者"(Pseudo-Exotes)、"低劣的异域审美态度"(mauvaise attitude exotique)和"对差异感的亵渎"(les Proxénètes de la Sensation du Divers),并宣称要清除异域情调中一切不纯的杂质,包括现代文明、殖民写作、传统的成见等等,其目的就是要使异域情调回到未受任何污染的原始状态。因此,谢阁兰的异域情调只是纯粹的对差异的审美,它无关任何宏旨,并自觉地与一切伦理、道德、责任、历史划清界限。

但是,把异域建构为"纯粹的客体"使谢阁兰遭遇到前所未有的困境:审美纯粹性要求客体必须是"未被改变和触及的",而对客体的认知与表现不可避免地包含了谢阁兰所反对的"污染"。这使他不得不转向强调异域"永恒的不可知性"(incompréhensibilité éternelle)。他指出:

> 异域情调并不是完美理解外在之物,并将其纳入自身的体系之中,而是敏锐而直接地意识到某种永恒的不可理解性。因此,从承认这种不可穿透性出发,我们不应再为同化各种风俗、种族、国家和他者的行为而自豪,相反,我们要为永不施行这些行为而感到欣喜。只有这样,我们才能长久地保持感受多样化的快乐。(*Essai sur l'exotisme*,第 52 页)

实际上,这也成了谢阁兰在异域文学传统下写作的一个重要主题:一方面经常受到异域情调的美的诱惑,一方面又不得不承认这种美是永远也达不到的;一方面渴望进入神秘的东方禁地,一方面又发现这个欲望永远无法满足。[1] 我们可以看到:中国的魅力就在于"谜"的永远存在,《勒内·莱斯》中"我"对高墙阻隔下另一个陌生世界的企慕就是对一个永不可消减的差距的发现和对这一差距的认同。

以往文学中对异国形象的建构往往建筑在某种带有实用性的价值追求之上,要么借以逃避现实,要么借以批判社会。在《勒内·莱斯》这里,叙述者对"中国形象"的追寻,主要在于追寻皇帝和紫禁城这种具备强烈神秘性的符号,谢阁兰以此作为"中国形象"建构的中心无疑是在赏鉴难以理解的他者。他抛弃了传统的功利目的,一意追求这种因"异"而起的想象快感。

由此,我们可以认为《勒内·莱斯》里的中国是一个纯粹异质性的审美个体,不可知性是其审美性存在的前提,而差异性则是审美的核心要素。认知主体在这种永恒的碰撞中享受审美的快乐。而达到极致的异域情调就是谢阁兰所谓"强烈感情和热烈感觉的基本法则,也即生活的激奋的基本法则"[2],这种对生命最高价值的认识,充分体现出谢阁兰本人在哲学上的审美精神。尼采对他的影响十分深远。早在塔希提岛时,谢阁兰就写信给芒塞隆,称:

> 在波利尼西亚的两年,我一直因快乐而难以安眠,迷醉于阳光之中而兴奋地、哭泣着苏醒。只有快乐之神才深知这苏醒是生命的预言者,显示着幸运的继续。……我感觉到喜悦在我的肌肤里流淌,我快乐地思考,我找到了尼采,我紧握我的作品。(Claude Courtot, *Victor Segalen*,第13页)

尼采在区别酒神与日神精神时,指出醉实际上是"力的增长"和"快乐所形成的陶醉感",他说:"人们称之为陶醉的快乐状态,恰恰就是高度的强力感……时空感变了,可以鸟瞰无限的远方,就像可以感知一样;视野开阔,超过更大数量的空间和时间;器官敏感化了,以致可以感知极微小和瞬间即逝的现象;预卜,领会哪怕最微小的帮助和一切暗示,'睿智性的'感性。"[3] 显然,从尼采那里,谢阁兰放弃了对力的追求,而着眼于生命的直觉和陶醉,并以此出发建构生命的意义,把审美体验中的心境当做

---

[1] 张隆溪著,李博婷译:《异域情调之美》,《外国文学》2002年第2期。
[2] 让-马克·莫哈:《文学形象学与神话批评:两种比较文学研究方法的交汇与分析》,载孟华主编:《比较文学形象学》,北京:北京大学出版社,2001年,第228页。
[3] [德]弗里德里希·尼采:《权力意志:重估一切价值的尝试》,张念东、凌素心译,北京:中央编译出版社,2005年,第510页。

真实的生命和生命的最高境界,这样,他的异域情调理论由差异始,由生命热烈的感觉终,形成一套完整的审美哲学,并最终将自己变为一个以审美为终极依靠的人。

那么,为什么审美主体的陶醉感和快乐对谢阁兰而言具有如此重要的意义呢?在给妻子的信中,他称自己是"神秘主义者":

> 我心中长期沉睡着一个骄傲的神秘主义者。这甚至是一种极度的欢愉……而我,十足的反天主教者,本质上,却依恋着灵魂中的城堡和通往光明的,秘密而幽暗的通道。(*Lettre de Chine*,第60页)

这城堡和通道,便是谢阁兰极度迷恋的未知和神秘。在他看来,主体只有陶醉于生命的幻境之中,才能触及这看来遥不可及的绝对存在。我们就不难理解,为什么谢阁兰创造了一个永不能到达的紫禁城,在进入的姿态和永不能进入的命运之中展开叙事,并获得精神上的愉悦。这里,紫禁城已经脱离了物理和现实的概念,成为观念上的绝对存在。对紫禁城的渴慕实际上就是对绝对和未知的渴慕,对认知局限的突破。

如果我们把《勒内·莱斯》与之前的《天子》联系起来,这种思想的表达就更为明确。《勒内·莱斯》的主人公不断地追问"城墙之内是什么?"而《天子》中的光绪皇帝不断追问"城墙之外是什么",极度渴望超越禁锢他的空间(即"紫禁城"),跳出他的年号"光绪"(即光荣的延续)所限定的时间局限。这正好与《勒内·莱斯》构成一个反向的追问路径。谢阁兰其实以紫禁城为界,在由内而外和由外而内的视点中直接指向无法接近的永恒和"超验的彼岸"。

十六世纪英国文献里的北京形象

[美] 康士林（Nicholas Koss）

（台北辅仁大学）

十六世纪（亨利八世 [1491—1547，1509—1547 年在位] 及其女儿伊丽莎白一世 [1533—1603，1558—1603 年在位]）是英国经历重大宗教变革的时期。英国由亨利八世早期的罗马天主教国家转而为王权制约教权的国度。1588 年，英国以其航海技能成功地挑战了当时欧洲乃至世界首屈一指的西班牙海军。此后，英国开始利用其航海能力发现与探索外部世界，并与之建立商贸联系。与此同时，英国人也开始知道了"China"及其首都北京的存在。

"China"一词最早于十六世纪出现在英国文献中，之前中国的南方被称为"Manzi"，而北方则被称为"Cathay"。但在当时人们还未明确知道二者其实与 China 是同一个地方。十六世纪下半叶，为寻求新的贸易场所，英国人尤其注重搜集有关"China"的信息。有意思的是，正是在英国的敌人西班牙产生了最多有关中国的书籍，而且大多数著作都出自英国人反感的天主教徒之手。不过，由于对中国的兴趣极其浓厚，无视于文本原出处，这些作品在伦敦都出版了英文翻译版。我研究的对象是十六世纪英国文献里的北京形象，或是我们今日称为北京一地，而这些文献很多是从西班牙文或意大利文翻译而来的。文献里北京被称为 Cadon, Pachin, Cambulu, Suntien 等等。

本文研究的文献包括十六世纪再版的中世纪文本如：*The Travels of Sir John Mandeville*（《曼德维尔游记》）、*The Travels of Marco Polo*（《马可·波罗游记》）、*The Travels of Odoric of Pordenone*（《鄂多立克东游录》），以及十六世纪的一些西班牙文、葡萄牙文和拉丁文文本。

中世纪游记《曼德维尔游记》(*The Travels of Sir John Mandeville*，出版情况：1496 Richard Pynson, 1499 Wynken de Worde, 1503 de Worde, 1510 de Worde, 1568 Thomas Este, and 1582 Este) 里的北京形象在十六世纪颇为流传。该书是以廉价的插图小册子形式出版的。遗憾的是，有关中国的部分没有插图。该书面向大众，但同

时也被收录于装帧豪华的《英国航海、旅行和地理发现全书》（Richard Hakluyt 1589 年编撰）。该书中关于中国的部分主要参考的是《鄂多立克东游录》（*The Travels of Odoric of Pordenone*）。鄂多立克是一名圣方济各会的会士，他于1316—1318年之间游历了 Manzi 蛮子（即南中国）和 Cathay 契丹（即北中国，中世纪欧洲对中国的称谓，通常指现在的长江以北地区）。

在描述蛮子的城市时，《曼德维尔游记》作者介绍了今天的广州、杭州、扬州与宁波，还特别赞扬杭州是"世界上最大的城市"。而提到契丹的唯一城市就是 Cadon，描述如下：

> In the province of Cathay toward the East, is an old Citie, and beside that Citie the Tartarians have made another citie that men call Cadon that hat xii.gates and between each two gates is a great mile, so those two cities the old and the new is round about xx. mile. In this citie is the pallace and siege of the great Caane, it is a full faire place and great, of which the wals about bee two mile, and within that are many faire places, in the garden of that palace is a right great hill on the which is another pallace, it is the fairest that may be found in any place... (Thomas Este, Ch.67)

> [在 Cathay 省的东部，有一座古老的城市。在那座城市附近，鞑靼人修建了另外一座人们称之为 Cadon 的城池。Cadon 有7座大门，两座大门之间的距离有一大英里之多。那两座城市的周长大约有20英里。这座城市里有大可汗的宫殿和居所。他的宫殿雄伟而壮丽，宫墙有2英里左右，宫墙内是漂亮的宫殿。宫殿的花园里耸立着一座山峰，上面又有一座宫殿，那是世界上最美丽的宫殿了……]

这段叙述随后开始描绘城里"大可汗"的宫殿，提到花园里的水果树，宫殿四周的"沟渠"、"黄金柱"、"皇位"，以及皇帝的妃嫔、宫女以及皇子们的宝座。我们还知道了皇帝的餐桌如何如何，他如何吃饭、如何上菜。在《曼德维尔游记》作者眼里，北京的形象集中在皇帝的宫殿，那比英国任何宫殿都要豪华得多。

这段文字解释叙述者如何获得关于皇宫的信息，并强调皇宫里的陈设装饰远远超出欧洲人的想象。皇宫被描述得太过神奇，读者很难相信其准确性。

今天，我们知道游记里描述的城市是蒙古人在今天的北京城附近修建的城市。16世纪的英国读者可能不知道上述描述的对象和我们今天所知的北京有何相关，他们获得的形象可能只是在遥远的东方有这样一座伟大的城市。

1577 年出版了由理查·伊顿（Richarde Eden）和理查·威利斯（Richarde Willes）编写的 *The History of the Travel in the West and East Indies, and other countries lying either way, towards the fruitfull and rich Moluccaes, As Moscouis, Persia, Arablia, Syria, Aegypte, Ethiopia, Guinea, China in Cathayo, and Giapan*《东印度和西印度以及周围通往富饶的穆卢卡斯，包括：波斯、阿拉伯、叙利亚、埃及、埃塞俄比亚、几内亚、中国的契丹和日本在内等国家的游记史》。有意思的是，书名里的短语 "China in Cathay"（意即"中国"地处契丹"中国北方"）体现了对中国地理位置的不确定。

该书作者盖略特·伯来拉（Galeote Pereira）和他的同伴在中国南方被囚禁了一段时间，之后才写下此书。他当时被囚禁的理由是跟中国商人往来贸易。伯来拉只到过中国南方，但他听说过那座现在被称之为北京的城市。首先，北京是中国国王居住的地方：

> The fourth shire is called Xutianfu [Shun-t'ien-fu, the city obedient to Heaven; Boxer p.4], the principal city thereof is great Pachin, where the king is always resident. ... The king maketh always his abode in the great city Pachin, as much to say in our language, as by the name thereof I am advertised, the towne of the kingdome. (237 recto, verso)

[第四个郡治叫着 Xutianfu（顺天府），该郡的主要城市就是壮观的 Pachin，那里是国王的住处。……国王总是住在壮观的 Pachin 城里，用我们的语言来说，就是我所听说的王城。]

第二种形象是北京城的庞大规模：

> I have likewise understood that the City Pachin, where the king maketh his abode, is so great, that to go from one side to the other, besides the Suburbs, the which are greater then the City it selfe, it requireth one whole day a horseback, going hackney pase. (247 verso)

[我也了解到，被称为 Pachin 的城市，也就是国王居住的地方，规模非常庞大。且不论比城市本身更广大的郊区，即便你要从城市的一头走到另一头，也需要骑马骑慢慢走上一整天的时间。]

从城市一端到另一端骑马需要一整天时间，这样的形象在此后一些作者笔下反复出现（Boxer 30）。

伯来拉的创新处是关于城市规模的形象的描述，比曼德维尔更有现实感。没有人会质疑伯来拉有没有到过中国，因为他的叙述都是第一人称。虽然他提到他听说的有关北京的情况，但我们仍然还没有看到以作者亲身经历为基础的关于北京的英文文本。

现在，有关马可·波罗是不是真的到过中国，人们有很大争议。但不管他去没去过中国，他笔下的描述却似第一人称，尽管或许并非他本人。

《马可·波罗游记》第55章描述了北京：

Chapter 55　Of a greate Citie called Cambulu

Now I will declare unto you of the worthy and noble Citie falled Cambalu, the whiche is in the province of Cathaya. This Cities is foure and twenty miles compasse, and is foursquare, that is, to every quarter five miles compasse. The wall is very strong, of twenty paces high, and battlements of three paces high. The wall is five paces thick. This Cities hathe twelve gates, and at every gate is a very faire palace. ...

[第55章　名叫"汗八里"的伟大城市

现在我要向你们介绍伟大而高贵的城市"汗八里"，它位于契丹。该城周长为24英里，分成4个部分，每部分周长大约5英里。城墙非常坚固，有20步高，城垛有3步之高。墙体有5步厚。该城池有12座大门，每座大门都有一座非常壮丽的宫殿……]

我们见到的其他文本都强调北京城的规模。马可·波罗的与众不同在于他对北京钟楼、宵禁以及人们担心盗贼的描述：

The streetes of this Cities be so faire and straight, that you may see a Candle or fire from the one end to the other. In this Citie be manye faire Pallaces and houses. And in the middest of it is a notable great and faire Pallace, in the which there a great Toure, wherein there is a greate Bell, and after that Bell is tolled three ties, no body may goe abroade in the Citie, but the watchmen that be appointed for to keepe the Citie, and the nurses that doe keep children newly borne, and phisitions that goe to visit the sicke, and there may not go without light. At every gate nightlye there is a thousand men to watch, not for feare of nay enimies, but to avoyde theirve and robbers in the Citie, which many times do chance in the Citie. ... (57—58)

[这座城市的街道笔直大方，你可以在一头看见另一头的一点烛光或灯火。

这座城市里有许多漂亮宫殿与房屋。中央有著名的雄伟宫殿，宫殿里有座雄伟的塔楼，塔楼上有座大钟，大钟响过三轮之后，任何人都不得出门。只有受指派巡逻的守更人、护理新生儿的护士，以及前去探望病人的医生例外，不打灯的话不能去那儿。每晚，每座城门都有千人把守，不是怕敌人侵犯，而是为了防止盗贼作祟，因为城市里时不时还是有盗贼出没……]

在其他文本里没有讨论到的形象之一是街道很直，远处路尽头的路灯都能看见。不过，这里我们也看到了北京城的首个负面形象：盗贼横行。另外一个负面形象出现在对郊区妓女的描述中：

An in these suburbs be moe than twentye thousande single or common women, and never a one of them may maye swell with the Ciie on payne of burning. (58)

[在那些地区，有超过 2 万的未婚妇女或普通妇女，她们不会因为卖淫而受到火刑之类的惩罚。]

我认为，前面讨论的三种文本（两种来自中世纪，一种来自 16 世纪）中，马可·波罗对北京的描述最有意思，原因可能是无论这些描述是马可·波罗本人还是其他人写的，至少读起来像是以真实经历为基础的。

在《马可·波罗游记》（1579 年）出版的同年，弗兰姆普敦翻译了贝纳迪诺·德·伊斯卡兰蒂（Bernardino de Escalante）的 *Discurso de la navegacion que los Portugueses hazen a los Reinos y Provincias del Oriente, y de la notica q se tiene de las grandeza del Reino de la China*。他翻译的书名是：

A discourse of the navigation which the Portugales doe make to the Realmes and Provinces of the East partes of the world, and of the knowledge that growes by them of the great thinges which are in the Dominions of China.

[有关葡萄牙人在世界东方地区的旅行的描述，及他们在中国获知的伟大事物]

作品的标题使用了"China"一词，说明 1577 年时"China"已经在英国广泛使用。北京最早出现在第 8 章里，第 8 章标题是：

The VIII. Chapter sheweth of the greatnes of the Cities, Temples and buildings that are in it, & that be in al the Countrie of China. (16 verso—21 recto)

[第 8 章描述中国城市、庙宇、建筑之雄伟]

书中对中国城市有一般性的长篇描述前,有如下文:

There are in this realm many cities, and very populous...they are numbered and noted out with this syllable fu, which is as much as to say, as a city like to Canton-fu, Panquin-fu.... (17 recto)

[这里有许多城市,人口众多……城市被称为"府",例如广东府、北京府(*Panquin-fu*)]

据我所知,这是第一次在英文文献中见到"府"被加在北京这一名称之后。我不记得北京在中国历史上曾被称之为"fu"。

北京的主要形象是在第 12 章:

The XII.Chapter sheweth howe that of all this great Realme of China one onely Prince is King and Lorde; and of his Councell and Maisties, of his house, and Court (31 verso–34 recto)

[第 12 章描述在中国这个伟大的王国里,只有唯一的国王和君主,以及他的大臣和王权,他的宫殿和朝廷]

这里我们又看到了对城市规模的强调,就像以前谈到从北京城一端骑马到另一端需要很长时间一样。该书的新意在于提到北京城里的其他大户人家,也谈到国王总是住在皇宫里:

The prince seldom or never goeth forth of his palace, for the conservation of his greatnes, and the authority of his estate; ... And he hath within the compass of his house all the pleasure and pastimes that may be devised for the content of mankinde... And that is not to be marveled that it is so great, as some doe say the citie of Panquin is, where he is resident for the most part... that in one day, from sunne to sunne, a man cannot ride from one gate to another. And besides his palace, the houses are very great which appertain to those of his council, and the rest of his governours and captaines, and of many other men of the lawe, that are always resident in the court. (32 verso–33 recto)

[国王很少,甚至从不离开他的宫殿,以便维护他的伟大以及他居所的庄严,……他居住的地方有人类所需要的一切娱乐与消遣……如此伟大并不奇

怪，因为有人的确说北京城是国王大多数时候的住所……而且据说一天之内，从日出到日落，一个人骑马都无法从一座城门去到另一座。在国王宫殿的附近，建筑非常壮观，它们属于国王手下各个职位的大臣，他们也是官廷的居民。]

1588 年，理查德·柏克 (Richard Parke) 翻译了胡安·冈萨雷斯·德·门多萨 (Juan Gonzalez de Mendoza) 撰写的《中华大帝国史》(*Historia de las cosas mas notables, ritos y costumbres del gran Reyno de la China*)，该书 3 年前即 1585 年出版于罗马。教皇额我略八世要奥斯定修会的修会士门多萨编写一部有关中国的知识大全 (Lach, "*Mendoza's Book and Its Sources* ")。他使用的资料包括加斯帕·达·克鲁兹 (Gaspar da Cruz)，马丁·德·拉达 (Martin de Rada) 和伊斯卡兰蒂 (Lach 747)。该书被译为多种欧洲语言，并成为关于中国的畅销书。

柏克翻译的书名是：

The Histoire of the Great and Mightie Kingdome of China, and the Situation thereof: Togither with the great riches, huge cities, politike gouernement, and rare inventions.

[伟大又强大的中华帝国的情况：巨大的财富，庞大的城市，政治政府以及伟大的发明。]

在第 3 卷第 2 章 "Of the court and pallace of this king, and of the citie where as he is resident(关于国王的朝殿和行宫，以及他的皇都)"里，我们读到北京被称为"Taybin, or Suntien"。随后，作者给出 3 个原因说明该城市的位置。它接近鞑靼人，以备与之战斗之需。气候很"健康"，生活"更舒适"。之后，门多萨还告诉我们该城市从一座大门到另一座的距离是骑马走一天的行程。

而关于人口：

There is so much people in it, what of citizens and courtiers, that it is affirmed that, upon any urgent occasion, there may be ioyned together two hundredth thousand men, and half of them to be horsemen. (77)

[城里住着许多人，有普通公民和官员，据说在任何紧急情况下，都可以聚集 20 万人，其中一半是骑兵。]

我们应该想到 16 世纪时英国的人口跟中国相比是非常少的。16 世纪初英格兰和威尔士的总人口才 200 万多一点，而到 16 世纪也不过 400 万。同一时期，伦敦的人口从 5 万左右增加到大约 20 万。门多萨的说法是在北京如果有必要时可以集聚 10 万军兵。

门多萨也强调北京是国王居住之地，但他特别指出皇宫的庞大规模：

> This first pallace they do testifie is of such huge bignesse, and of so much curiositie, that it is requiste to have foure days at the least to view and see it all.(77)
>
> [这座首要的宫殿如此之雄伟，拥有如此之多的新奇之物，以至于要看上一遍也得至少 4 天时间。]

他还谈到了皇宫的宫墙、大殿以及女眷。他详细描述了四大主要宫殿（78）。他进一步指出，来华使团受到的接待与他们的母国有关（79）。他的结论是宫殿里有"所有一切愉悦和快乐……"（79）。

门多萨写到的有些内容前人已有过描述。伯来拉用 Suntien 指称北京。和伊斯卡兰蒂都提到过城门与城门之间的距离相当于骑马一天的行程。在波罗、曼德维尔和伯来拉的作品里都提到过宫殿对城市的重要性，尤其是后两者可被视为北京城固定形象出现的最初文本。门多萨的英文叙述中新增的内容有对北京地处北方的原因描述，人口数量，以及该城市对其他国家使团的重要性等。但我们还没有见到第一人称的叙述。

1589 年，理查德·哈克里特（Richard Hakluyt）出版了自己里程碑式的著作 *The Principall Navigations, Voyages and Discoveries of the English nation, made by Sea or over Land, to the most remote and farthest distant Quarters of the earth; divided into three several parts, according to the positions of the Regions whereunto they were directed*（《英国航海、旅行和地理发现全书》）。该书副标题的地名列表里并没有提到中国。

这本书里"信件论述等"部分下面（Document 42 [文件 42]）为"Certain notes, and references taken out of the large Mappe of Chinia brought home my Master Thomas Candish.（托马斯·堪第士先生带回来的地图上的一些注释）"。这部分有关于中国的叙述如下：

> The great citie of Paquin wehre the king doth live, hath belonging to it 8.great cities, and 18.small cities with 118, townes and Castles, it hath 418789 houses of great men which pay tribute; it hath horsemen for the warre, 258100. This citie is in the latitutde of 50.degrees to the Northwards, being thereas colde as it is usually in Flanders."(814)

[国王的居所,伟大的城市北京,下辖着 8 座大城池,18 座小城池,118 座乡镇和城堡,418789 座向国王朝贡的伟人的房屋;还有 258100 名骑兵。这座城市地处北纬 50 度,与弗兰德斯的寒冷相仿。]

从中我们第一次读到北京城有许多大户人家,以及北京的纬度。从中,我们看到北京被称为"Paquin"。门多萨作品的英文版没有用"Paquin",但埃斯卡兰特(Escalante)的英文版用了"Paquin"和"Pachin"。因此,很明显到 16 世纪下半叶,有关北京城仍然没有唯一确定的称呼。

《英国航海、旅行和地理发现全书》(*The Principall Navigations*)一书的 3 卷本扩增修订版出版于 1599 和 1600 年,第一卷里增加了两个有关鞑靼,并提及中国的中世纪文本:《出使蒙古记》(*The Travels of John de Plano Carpini*)(拉丁语和英语)和《威廉·卢布其游记》(*The Travels of William of Rubricis*)(拉丁语和英语)。不过,在其中并没有关于北京的描述。

第二卷在标题里提到中国,其中第二部分标题是"The Ambassages, Letters, ..."其中包括"Certaine reports of the might kingdome of China ...(有关中国的报告)"(文件 11),这部分是理查·威利斯翻译的,译本最早出现于 1577 年,对此前文已经讨论过。Hakluyt 决定将此文本包括在他修订后的版本里,这说明他对该文本的重视。第二卷有新意的部分是"An excellent description of the kingdom of China and of the estate and government thereof [关于中华王国和王国的土地、政府的精彩描述]"(文件 13)。哈克里特(Hakluyt)耶稣会士以其在中国的经历为基础,通过对话形式很好地介绍了中国。在书中 China 一直用以指称中国。而 China 的形容词却是 Chinians,该词后来为 Chinese 所取代。

在整个文本中,出现了各种关于北京的信息:北京是一个省份,是国王的居所;国王会离开宫殿为丰收祈祷;北京城有酒精饮料;北京居民与南方人不同;北京是政府最高级别考试的地点。

首次出现有关北京的信息说北京是沿海的省份之一(II, ii, 88)。文中提到北京既是个省,又是个城市。北京还被说成是国王宫殿所在的两个地方之一,另外一个是南京。

他同时还谈到国王每年都会离开宫殿一次:

> Hence it is that every yeere the King and Queene with great solemnities come foorth into a publique place, the one of them touching a plough, and the other a Mulberie tree, with the leaves whereof Silke-wormes are nourished; and both of

them by this ceremonie encouraging both men and women unto their vocation and labour: whereas otherwise, all the whole yeere throughout, no man besides the principall magistrates, may once attaine to the sight of the king. (II, ii, 90)

［因此，每年国王和王后都要庄重地去往一处公共场所，他们其中一人会触摸耕犁，另一位则触摸桑树，桑树叶是蚕的生活给养：他俩通过这一仪式鼓励普通人民努力劳作：不过，一年之中，除了主要的官员之外，没有人能够亲眼见到国王。］

这段文字明显指的是皇帝一年一度在冬至日前往天坛祈祷好的收成。

虽然没有具体提到北京城的食品，但却有关于酒精饮料的评论：

The province of Paquin is not altogether destitute of wine, but whether it be brought from other places, or there made, I am not able to say: although it aboundeth with many other, and those not unpleasant liquours, which may serve in the stead of wine it selfe. (II, ii, 91)

［北京省并非完全没有酒，但是这酒是来自别处，还是本地自产，我不知道：不过北京有很多其他类型不太可口的饮料，可以代替酒。］

现在我们只能猜测文中提到的是哪种饮料。另外，米切尔（Michael）还提到北京的中国人和南方人不同，因为南方人生活更加腐化（II, ii, 92）。

文中还描述了三级别的皇家科举制度，而北京被指为"追求最高级别者"的地方（II, ii, 93）。在有关中国政府的对话方面，米切尔首先解释道：

there is at either Court, namely in the North, and in the South, a Senate or honourable assembly of grave counsellours, unto the which, out of all provinces, according to the neerenesse and distance of the place, affaires of greater weight and moment are referred ... (II, ii, 94)

［南北两个宫廷各有一个参议院，或者说是高级官员的会议，所有省份，不论远近，凡有大事发生必向这一机构报告……］

他还评论说"the managing and expedition of principall affaires is committed unto the Senate of Paquin（国家大事的管理与决策都交给北京的参议院）"（II, ii, 94）。这里提到的参议院可能是指六部的尚书，他们在皇帝的指导下管理国事。

在"关于中华王国和王国的土地、政府的精彩描述"里，我们见到了有关北京最全面的描述。以前没有提到过的信息包括，中国北方有首都，对皇帝一年一度的天坛之行的描述，酒精饮料的使用，以及北京是最高级别政府考试所在地等。不过，与此前除马可·波罗文本之外的其他文本一样，这里也没有关于北京的负面评论。

16世纪末，China一词明显已经确立。但首都的名号却仍然没有确定。16世纪英国流行的有关中国的一些中世纪文本里，曾多次出版的《曼德维尔游记》将中国的首都称为Cadon。英文版的《马可·波罗游记》(1579)用的是Cambalu。英文版的《鄂多利克游记》1598年出现在哈克里特(Hakluyt)名为《英国航海、旅行和地理发现全书》(1589)的书里，该书用Cambalech一词指称首都，而附近的新城则被称为Taydo。曼德维尔笔下的Cadon正是鄂多利克笔下的Taydo一词的变体。然而，英国读者或许并不了解Cambalu，Taydo，Cadon其实正是伯来拉在《有关中国的报告》里用以指代国王居住地的*Pachin*。弗兰姆普敦可能并不熟悉伯来拉的作品，因为在他1579年对伊斯卡兰蒂的译本中，他用Panquin-fu指称国王宫殿所在地，不过我们应该知道，伯来拉的作品是从意大利语翻译的，而弗兰姆普敦则是从西班牙语翻译的。门多萨的《中华大帝国史》英文版1588年出版，里面没有使用上述两词，而是用了Taybin或Suntien。伯来拉的作品里出现过Xutianfu，但那是指Pachin城所在的一个"郡治"。最后，在哈克里特(Hakluyt)的《英国航海、旅行和地理发现全书》(1589)一书里，托马斯·堪第士的简短介绍里提到了Paquin，这个词一直在修订版中使用(1598—1600)。

由于16世纪的英国还没有确定一个指称中国首都的词汇，我们无法讨论与某个特定词汇相关的形象。因此，我们只能说明这些文献里有哪些形象是与中国首都的概念相联系的。几乎所有文献中都看到的最主要的形象就是中国首都是统治者及其雄伟宫殿所在地。另外一个形象就是城市的巨大规模。我们所讨论的文献里各自还提到一些形象，但却不具普遍意义。因此，如果我们要想探讨16世纪英国文献中北京的普遍形象，恐怕只能谈到其作为统治者的居住地以及庞大规模。只有到了17世纪，英语文献里才能见到其他有关北京城的普遍形象。

(北京外国语大学　姚　彬　译)

参考文献：

[1] *The Travels of Sir John Mandeville*, London: Wynkyn de Worde, 1499, 1503, 1510, 1568, 1582.

[2] *The Travels of Marco Polo*, London: Printed by [H. Bynneman for] Ralph Nevvbery, Anno.1579.

[3] N.M.Penzer, ed, *The Most Notable and Famous Travels of Marco Polo, together with the Travels of Nicolo di'Conti*, London: Argonaut, 1929.

[4] George Bishop, Ralph Newberie and Robert Baker.*The Travels of Odoric of Pordenone*, London: Anno., 1599

[5] Yule, Henry, *Cathay and the Way Thither: Being a Collection of Medieval Notices of China*. 1866. Rev. ed.by Henri Cordier, Vol.II 7—277, London: Hakluyt Society, 1915.

[6] Galeote Pereira, Certaine reports of the province of China, 1577.

[7] *Nuovi Avisi delle Indie di Portogallo ...Quarta Parte*. Venice, 1565.

[8] R.Willis.*The history of trauayle in the VVest and East Indies,and other countreys lying eyther way, towardes the fruitfull and ryche Moluccaes As Moscouia,Persia,Arabia, Syria, AEgypte,Ethiopia, Guinea,China in Cathayo, and Giapan:vvith a discourse of the Northwest passage*, pp.237—253., London: By Richarde Iugge, 1577

[9] Boxer, C.R., ed, *South China in the Sixteenth Century:Being the Narratives of Galeote Pereira,Fr. Gaspar da Cruz, O.P.,Fr.Martin de Rada,O.E.S.A. (1550—1575)*, pp.3—43.London: Hakluyt Society, 1953.

[10] Bernardino de Escalante.*A discourse of the nauigation which the Portugales doe make*, Translated by Iohn Frampton, London: At the three Cranes in the Vinetree, 1579.

[11] Mendoza, Juan Gonzalez de, *The History of the Great and Mighty Kingdom of China and the Situation Thereof compiled by the Padre Juan Gonzalez de Mendoza*.Reprinted from the early translation of R.Parke (1588). Edited by Sir George T.Staunton.Introduction by R.H.Major, Vol.I: London: Hakluyt Society, 1853.Vol.II: 1854.

[12] George Bishop and Ralph Newberie, *Voyages to " West,Southwest and Northwest regions."* Document 42, p.814, London: Anno, 1589.

[13] Lach, Donald, *Asia in the Making of Europe. Vol.I:The Century of Discovery.*Chicago: U of Chicago P, 1970.

[14] O'Day, Rosemary, *The Longman Companion to the Tudor Age*. London: Longman, 1995.

英语长篇小说中的"老北京人"

吕 超

(天津师范大学)

一

古都北京[①]作为中国传统城市文化的代表,对外国人有着强烈的吸引力,是域外作家笔下出现频率最高的中国城市之一。诚如身处美国的林语堂所言:"不问是中国人,日本人,或是欧洲人,——只要他在北平住上一年以后,便不愿再到别的中国城市去住了。因为北平真可以说是世界上宝石城之一。除了巴黎和(传说)维也纳,世界上没有一个城市像北平一样的近于思想,注意自然,文化,娇媚和生活的方法。"[②]林语堂所言非虚。的确,20世纪前期的许多西方作家异常留恋北京这座美丽的古都,他们以各自不同的方式享受着这里特有的东方魅力和帝都神韵。中国作家萧乾曾这样谈到一位迷恋北京的英国作家哈罗德·阿克顿(Harold Acton):"一九四〇年他在伦敦告诉我,离开北京后,他一直在交着北京寓所的房租。他不死心呀,总巴望着有回去的一天。其实,这位现在已过八旬的作家,在北京只住了短短几年,可是在他那部自传《一个审美者的回忆录》中,北京却占了很大一部分篇幅,而且是全书写得最动感情的部分。"[③]萧乾认为,这位20世纪30年代曾在北大教过书的作家,他所迷恋的"不是某地某景,而是这座古城的整个气氛"[④]。

不难推想,有如此迷恋北京的西方作家,必然应该有描写这座城市的文学作品。

[①] 1928年6月20日至1949年9月26日,北京曾名为北平。为行文方便,本文除引文外,一律称北京。
[②] 该文英文有两个题名,"Captive Peiping Holds the Soul",*New York Times*, August 15,1937;另题"Captive Peking", *With Love and Irony*, New York: The John Day Company, 1940, pp.54—62。中译本可参见《迷人的北平》,见姜德明编:《北京乎:现代作家笔下的北京,1919—1949》第507—515页,北京:三联书店,1992年。
[③] 萧乾:《北京城杂忆·游乐街》第44页,北京:《人民日报》出版社,1987年。
[④] 萧乾:《北京城杂忆·游乐街》第44页,北京:《人民日报》出版社,1987年。

国内学者赵园曾指出:"尚未闻有一本题作'北京'的长篇小说出诸欧美作家之手。即使如克利斯多福·纽居沪那样有居京数十年的阅历,也未必敢自信能读解得了北京的吧。"[1] 诚然,北京并没有和克利斯多福·纽(Christopher New)《上海》(Shanghai, 1985)相对应的长篇小说,但以北京为故事背景的欧美长篇作品却并非阙如,譬如英国作家毛姆(William Somerset Maugham)的戏剧《苏伊士之东》(East of Suez, 1922),安·布里奇(Anne bridge)的小说《北京郊游》(Peking Picnic, 1932),哈罗德·阿克顿(Harold Acton)的小说《牡丹与马驹》(Peonies and Ponies, 1941);法国作家皮埃尔·洛蒂(Pierre Loti)的游记《北京末日》(Les Derniers Jours de Pékin, 1902),维克多·谢阁兰(Victor Segalen)的小说《勒内·莱斯》(René Leys, 1922)等等。由此可见,20世纪前期的北京依然古韵犹存,吸引着一大批外国作家带着怀旧或猎奇的心态对其大写特写。笔者以为,写北京并不一定必须对这座城市有着透彻的了解,域外文学中的北京形象正因为文化"误读"而精彩,我们所关注的是他者"建构"怎样的东方帝都形象,以寄托其想象的乌托邦。对许多外国作家而言,中国北京主要是一个符号,他们借帝都之题来阐释和发挥自己对文化相异性的思考。

限于篇幅,本文主要论述四位作家的代表性长篇小说,依次为:英国作家普特南·威尔(Putnam Weale, 1877—1930)《人情网:一个老北京的罗曼故事》(The Human Cobweb: a Romance of Old Peking, 1910)[2],美国女作家乔治·克赖顿·米尔恩(Mrs.George Crichton Miln, 1864—1933)的《北京纪事》(It Happened in Peking, 1926)[3],英国女作家安·布里奇(Anne Bridge, 1889—1974)的《北京野餐》(Peking Picnic, 1932)[4],英国作家哈罗德·阿克顿(Harold Acton, 1904—1994)的《牡丹与马驹》(Peonies and Ponies, 1941)[5]。笔者根据作品中人物文化身份的差异,将所谓的"老北京人"分为三种类型:其一,作者所认为的北京原住民(土著),也就是长期生

---

[1] 赵园:《北京:城与人》,北京:北京大学出版社,2002年,第204页。

[2] Putnam Weale, *The Human Cobweb: a Romance of Old Peking*, London: Macmillan & Co. Ltd., 1910. 该小说主要描写19世纪末和20世纪初的北京。主人公彼得·科尔(Peter Kerr)是伦敦一家公司派往北京洽谈铁路生意的职员。小说中有大量关于北京城市风貌和京城百姓的叙述,还特意描写了李鸿章、袁世凯、荣禄、董福祥等清朝高级官员。

[3] Louise Jordan Miln, *It Happened in Peking*, New York: A. L. Burt Company, 1926. 该小说描写义和团运动前后的北京,讲述英国女孩伊丽莎白·康特(Elizabeth Kent)和美国人约翰·邵恩(John Thorn)的爱情故事。

[4] Anne Bridge, *Peking Picnic*, Boston: Little, Brown, and Company, 1932.《北京野餐》的故事发生在20世纪30年代末期。主人公是英国使馆领事妻子劳拉·勒罗伊(Laura Leroy)和法国东方学教授文斯泰德(Vinstead)。

[5] Harold Acton, *Peonies and Ponies*, Oxford: Oxford University Press, 1983.《牡丹和马驹》以20世纪30年代末期的北京为故事背景,描写在京西方人形形色色的生活,主人公有北京文化迷菲利浦·弗劳尔(Philip Flower),爱好搜集古玩的玛斯科特(Mascot)夫人等。

活在北京的中国人,对于外国作家而言,他们习惯于将所有在北京生活的中国人都视为北京人,常常有以点带面的倾向;其二,普遍意义上的外国人(外族),包括游客、士兵、传教士、外交人员等等,他们大都还和自己祖国的本土文化保持着紧密的联系,来北京游历、生活只是暂时的,并未真正认同这座异域城市的文化传统;其三,文化身份和自然种族身份相矛盾的人,也就是所谓的"文化杂种",他们或者是认同西方文化的中国(北京)人,或者是认同北京(中国)文化的西方人。这三种人的言行举止、喜怒哀乐共同构成了英语长篇小说中老北京社会生活的丰富画卷,下文将分别论述之。

二

总体而言,英语作家笔下的北京人有着质朴、敦厚、和善、庄重、谦逊等优秀的品质,而这些素养正是当时喧嚣、浮躁的西方社会所不具备的。① 小说中所描写的北京仆人是忠厚老实的,也是高效率的,特别是大街上的黄包车夫,对坐在车上的西方人而言,就如同遥控的机器人一般。② 安·布里奇借《北京野餐》中的主人公劳拉之口称赞道:"他们尊敬我们,他们尊敬友好的外国朋友。"③《牡丹和马驹》中的董先生(Mr.Tun)可以称得上是典型的老北京人,他在日军侵占北京前夕举家到英国学者菲利浦的寓所避难,以微笑、忍耐来面对突然降临的灾难和北京的沦陷,对"亡国灭种"依然保持着疏远超逸的姿态。而崇拜中国文化的菲利浦则从董先生的微笑中看到了一种与世无争的从容,一种深邃的随缘哲学,可谓"四大皆空即可解脱"④。在作者哈罗德·阿克顿看来,金鱼意象似乎可以看作北京人的象征,它代表着传统北京人的灵魂——这种潇洒的气质,体现着儒、释、道合流的精神:"我得向金鱼们致敬……多么华美的生灵!我真嫉妒它们的洁净、清新,它们那宁静的生活与娴雅的交谈",金鱼可以教会外国人"优雅的举止,庄重的仪容"⑤。

在西方人看来,老北京的下层百姓虽然生活贫困,但却不卑不亢,能够苦中作乐,依然注重日常生活的艺术。安·布里奇在《北京野餐》中特别描写北京人在鸽子身上

---

① George N. Kates, *The Years That were Fat: Peking 1933—1940*, Cambridge: Cambridge University Press, 1988, p.150.
② Anne Bridge, *Peking Picnic*, Boston: Little, Brown, and Company, 1932, p.7.
③ Ibid., pp.86—87.
④ Harold Acton, *Peonies and Ponies*, Oxford: Oxford University Press, 1983, p.307.
⑤ Ibid., p.70.

绑着风笛,当鸽子飞翔时便会发出悦耳的声音。主人公劳拉望着空中飞舞的鸽子,从心底赞叹:"就凭这种发明,我们也应尊重这里的人民。"① 就连那些绑架外国人的军阀逃兵们也颇为温情,不仅没有抢劫劳拉等人的随身财物,还给他们上茶压惊,以至于这些逃兵被抓住以后,劳拉等人竟不知以何种罪名来处罚他们,甚至打算将其全部释放。② 在《牡丹和马驹》中,菲利浦养子杨宝琴(Yang Pao-Ch'in)的戏剧老师安(An)师傅是一个典型的破落满清遗老,作为处于生活底层的京剧伶人,他依然不放弃自己所喜爱的艺术。在英语作家们看来,北京百姓平凡而又略显琐碎、温馨的生活最为吸引人,最了不起的是那些忍受着巨大苦难却从不抱怨、具有坚韧毅力的人们,不管他们是捡废纸破布,还是在夏天为养鸟的人捉蚱蜢,都保持着绅士般的和谐风度。

此外,北京人这种温文尔雅的性格同时也营造了安静的生活氛围,不论白天还是夜晚,四合院周围几乎都是一个无声的世界。街道中只有小贩的叫卖声和他们发出音响的"招牌"声,每一种行业都有自己特有的"招牌":摇铃、吹喇叭,或将一些木制和铁制的碎片弄得嘎嘎作响——这里的一切是那样安闲,使人感到正置身于如画般的世界。③ 这种异域情调的氛围极富诱惑力,对于西方人而言,他们更看重北京神秘的过去,而不思未来,恨不得北京人的生活状态还是明末清初,这也正符合了西方人的东方情结:"作为原始、作为欧洲古老的原型以及作为欧洲理性发展源泉的富饶之夜,东方的现实存在无法挽回地退缩为一种典型的化石作用。"④ 为了能够在西方人心中延续这种异域风情的魅力,文学叙述中的北京必须保持过去的传统,不受西方文化的侵蚀。北京的现代化变革对他们来说只能是一个悲剧,魅惑的传说因为面纱的揭开而丧失殆尽。

三

在英语长篇小说中,20世纪前期的老北京是一个充满着浪漫、悠闲色彩的文化古都,完全称得上"是一座社交的城市"⑤。哈罗德·阿克顿在《牡丹和马驹》中对生活在北京的西方居民刻画得活灵活现:他们的活动范围包括北戴河的海滨休闲、跑马场的赛马、西山寺庙的郊游等,这些人在北京作威作福,尽情地享受和玩乐,忙于各

---

① Anne Bridge, *Peking Picnic*, Boston: Little, Brown, and Company, 1932, p.40.
② Ibid., p.296.
③ Harold Acton, *Peonies and Ponies*, Oxford: Oxford University Press, 1983, p.223.
④ 罗钢、刘象愚主编:《后殖民主义文化理论》,北京:中国社会科学出版社,1999年,第8页。
⑤ Harold Acton, *Peonies and Ponies*, Oxford: Oxford University Press, 1983, p.115.

种无聊的交际,其中以观影活动最为著名:"在北京,电影代替了戏剧、歌剧和音乐会三者的集合,因为后三者都没有条件举办,所以看电影也就成了盛大的社交活动。"[1]在北京西方人的圈子里,还保持着那种温文尔雅、道貌岸然的贵族式文化氛围,因此,各种人情关系也就显得非常重要。譬如,《北京野餐》中的劳拉一针见血地指出:"每一位在北京的外国人都忙着处理各种各样的关系和事务——我们如此,同事们如此,商人们也是如此。并且,人们在实践中发现,处理各种事务时,如果交往的对象是在社交场合结交的,而不是简单的工作关系,那么办起事来会更容易些。"[2]此外,《人情网:一个老北京的罗曼故事》也描写北京使馆区的外国人终日过着逍遥的生活,不知疲倦地举办酒会、舞会等活动,意大利商人洛伦佐(Lorenzo)不无讽刺地说:"这些人在这里无事可做,除了谈论一些无聊而琐碎的话题。"[3]英国铁路公司的职员科尔则认为,北京的一切"更像是舞台戏,而不是真实的生活,这里有着无穷无尽的戏剧性故事。"[4]

在英语长篇小说中,北京是文化艺术的天堂,有大批学生、作家和艺术家来这里搜集创作素材,学习古老的东方艺术。然而令人遗憾的是,绝大多数人都是浮光掠影的匆匆过客,他们并未真正认同北京传统的文化艺术。譬如《牡丹和马驹》中的埃尔韦拉(Elvira)小姐,她一直追求前卫艺术,从达达主义到超现实主义,但都无法得到满足。于是埃尔韦拉便从巴黎跑到北京,试图"揭开另一种未经探索的现实"。不过,小说中的埃尔韦拉小姐时时透露出西方中心主义的心理,她无法真正融入北京文化,特别讨厌风靡全城的京剧表演,一听到金锣之声,便"浑身起鸡皮疙瘩,好像听电钻打孔,天晓得我费了多大力气去欣赏它,我想它对我来说不值一提"[5]。

在北京的西方人最主要的兴趣除了游览名胜古迹外,就是热切地搜集古董并抓住各种机会向到此游历的西方有钱人、贵族们推销,借差价而从中渔利。在西方人眼中,北京犹如一个"博物馆和古董商店的混合体"[6],在这座城市中"可以发现在世界上其他任何地方都无法获得的古董等物品"[7]。他们并不在意北京下层百姓的贫困生活和日益逼近的战争阴霾,所关心的只是向每位新来北京旅游的外国人讲授北京的妙

---

[1] Anne Bridge, *Peking Picnic*, Boston: Little, Brown, and Company, 1932, p.7.
[2] Ibid., p.30.
[3] Putnam Weale, *The Human Cobweb: a Romance of Old Peking*, London: Macmillan & Co. Ltd., 1910, p.191.
[4] Ibid., p.68.
[5] Harold Acton, *Peonies and Ponies*, Oxford: Oxford University Press, 1983, p.28.
[6] Peter Quennell, "Introduction", *A Superficial Journey Through Tokyo and Peking*, London: Faber & Faber, 1932.
[7] Juliet Bredon, *Peking: a Historical and Intimate Description of Its Chief Places of Interest*, Shanghai: Kelly and Walsh, Limited, 1931, p.443.

处，并借此兜售自己的收藏品。《牡丹与马驹》中的玛斯科特（Mascot）夫人就是这一类人的典型代表。她自诩为"北京女士"[1]，把北京看作绝好的文物市场，并哀悼北京逐渐发生的改变，认为有许多古老而神秘的东西再也看不到了。[2] 为了满足猎奇的心理，她在北京四处游逛，搜寻古玩，探访名胜古迹，兴致勃勃地看处决犯人，还把自己的住所装饰成满族风格，让来客都穿上满族服装，戴上尖长的指甲套为乐。她信心十足，认为自己能够全面吸收北京的传统文化直到让这里的中国人也自愧弗如，决心给北京人展示一个真正的北京文化。[3] 为了占有老北京的古董文物，为了能满足自己对异域情调的猎奇体验，这些西方人巴不得北京还处在封建帝制的时代，不要有任何现代工业进步的迹象。北京的青年学生冯宗汉（Fêng Chung-han）一针见血地批评了这种居心叵测的心理："你们只对这些毫无意义的历史细节感兴趣，而这早就应该被我们抛弃。"[4] 由此可见，中西方文化在此遭遇了根本的对立和冲突。

另一方面，对于喜好热闹或冒险的西方人而言，北京古寂、封闭的文化氛围并不适合他们，特别是那些刚刚来北京的年青人。老北京拥有更多的是传统的社会制度，外界的新事物和新思想传入比较困难，因而缺少令旅游者和冒险家感到刺激、兴奋的活动，正如《牡丹和马驹》中的埃尔韦拉所说："北京像一个垂暮的老者，太死气沉沉，太没有激情了。"[5] 几个新来的美国大兵也认为："北京的社会太妄自尊大了，太爱给自己戴高帽。比较而言，他们更喜欢上海"[6]，喜欢那里的刺激、繁华和各色寻欢作乐的场所。在《人情网：一个老北京的罗曼故事》中，侯波夫女士（Mrs Hopeful）是一个精力充沛的中年妇女，以探险旅游为乐趣。对她而言，老北京的短暂新鲜感很快就过去了，随之而来的是日益加深的厌倦情绪："北京让我很疲惫，这是一个奇怪的、古老的地方，和外界几乎完全隔绝。"[7]

四

在英语长篇小说中，除了上文论述过的两类"老北京人"外，还存在着第三类居民，

---

[1] Harold Acton, *Peonies and Ponies*, Oxford: Oxford University Press, 1983, p.61.
[2] Ibid., p.15, p.50.
[3] Ibid., p.63.
[4] Ibid., p.68.
[5] Ibid., p.210.
[6] Harold Acton, *Peonies and Ponies*, Oxford: Oxford University Press, 1983, p.249.
[7] Putnam Weale, *The Human Cobweb: a Romance of Old Peking*, London: Macmillan & Co. Ltd., 1910, p.106.

他们最显著的特点是文化身份和自然种族身份相矛盾：身为北京（中国）人，但却认同西方文化；或者身为西方人，但却异常迷恋北京的传统文化。这两种人都处于文化冲突的焦点位置，其思想状态也是异常矛盾的。这里主要以哈罗德·阿克顿笔下的杜怡（Tu Yi）和菲利浦·弗劳尔（Philip Flower）为重点分析的对象。

身为中国人却认同西方文化的一类人以《牡丹和马驹》中的留法归京学生杜怡为代表，哈罗德通过这位年轻知识女性的生活和爱情经历向读者展示了文化身份错位所引发的时代悲剧。杜怡生活在老北京传统的大家族中，她曾经在巴黎留学多年，接受西方文化的熏陶，成为有思想、有追求的新女性。身为爱国青年，为了唤醒并解救愚昧的同胞，她义无反顾地回到家乡。可是回到北京之后，她不得不面对糟糕的现实：旧礼教的陈规陋习，父母的包办婚姻，同事异样的目光等等。她曾经试图反抗过，逃出了令人窒息的大家族，在北京一所中学教授法语，努力过着自食其力的生活；她能够从容地出入马科斯特夫人举办的各种舞会和沙龙，大方地在男友面前脱掉鞋子按摩受伤的脚趾。但是，最终她不得不向周围强大的传统文化妥协，无奈地"把巴黎从自己的记忆中抹去，回到从前的生活"[1]，让外国朋友们不再称呼她的法文名字爱丽丝（Alice），而是称呼她的中文名字杜怡，并穿上北京传统的女性衣衫——"又高又硬的领子，长裙及踝，两颊和双唇胭脂也变得俗艳了"[2]。这种文化冲突的两难境地和无所适从的痛苦，让她对生活充满了厌倦。文化冲突的最后，杜怡只好选择在法国朋友埃尔韦拉夫人的家里上吊自尽。目睹了杜怡的悲剧命运，埃尔韦拉愤怒地抨击北京"就像一座坟墓，最优秀的知识分子要么在里面腐烂，要么变成化石"[3]。从杜怡的人生经历中我们不难看出，在作家哈罗德·阿克顿看来，老北京第一种类型的"文化杂种"往往难以逃脱悲剧的人生命运。

英国女作家布莱顿（Juliet Bredon）曾经在其鸿篇巨制《北京》一书中这样写道：老北京拥有着魅人的特性，"一个人越是深入地研究这个迷人的城市，体验她的古老、骄傲、神秘，他将越发现研究的艰深"[4]，言外之意，老北京是韵味无穷的，也是难以言传的，外国人如果居住久了，老北京的文化可以侵入他们的灵魂和思想。在英语长篇小说中，这类被"征服"的外国人以《牡丹和马驹》中的主人公菲利浦·弗劳尔最为典型。

---

[1] Harold Acton, *Peonies and Ponies*, Oxford: Oxford University Press, 1983, p.245.
[2] Ibid., p.200.
[3] Ibid., p.246.
[4] Juliet Bredon, "Preface I", *Peking: a Historical and Intimate Description of Its Chief Places of Interest*, Shanghai: Kelly and Walsh, Limited, 1931.

菲利浦·弗劳尔是一个脱离了西方文化，狂热喜欢中国文化和北京城的英国知识分子。小说一开始便描述了弗劳尔对北京文化遗产喜爱的理由，这也是整个西方反思第一次世界大战，并试图从东方获取解救灵丹妙药的大思想潮流的体现。在许多西方知识者心目中，北京这座城市凝结了中国甚至是东方文化的灵魂，他们希望能够在这里探究人类生命的意义，然后拯救"没落的西方"。具体到《牡丹和马驹》中，"菲利浦一直在思考北京这座城市对他意味着什么。一战以后，他返回北京，但因为一次偶然的西山之行，后又在北戴河染疾而再次离开北京。……他发觉自己竟是如此强烈地思念北京，就像宠物依恋它的女主人"[1]。已入不惑之年的菲利浦对西方文化已经丧失了信心，自愿从欧洲流浪到北京，把这里当作灵魂栖居的家园，他认为"战争让我的生活变成沙漠，而北京让我的沙漠重现生机，就像牡丹盛开一样"[2]。

在英国作家哈罗德·阿克顿看来，"北京有自己的风度"[3]，是北京这座城市改变了许多外国人对中国的看法，特别是一些文化人的观点。菲利浦·弗劳尔在北京生活了15年，"朴素的生活，高深的思想"是他常挂在嘴边的座右铭。[4]他坚信："我的身体是外国的，但我的灵魂则属于中国。我在北京生活了如此之久，已经忘记了我家乡的生活习俗。"[5]虽然北京在9年前就改称北平了，但菲利浦仍然顽固地拒绝这样称呼，他坚持认为北京依然是东方的帝都。[6]可以说，菲利浦追求的是哲学艺术中的北京幻象，而不是凋敝落后的现实状况。菲利浦非常不愿看到老北京逐渐显露出的现代化进程，而是希望北京像希腊的雅典、意大利的罗马那样成为一座博物馆型的城市。在他看来，来自西方的各种事物都像病毒一样侵蚀着北京美丽的肌体，并哀叹"北京已经死亡了，致死于来自西方的各种病菌。唯一让他感到安慰的是，他已经在西山的脚下为自己购买了一块墓地。他将永不离开北京"[7]。

在小说中，菲利浦发自内心地投身于北京人的生活中，渴望自己真正成为一个满清遗民。他住在使馆区外面租来的四合院中，享受这里的宁静，即便日军侵占北京前夕，英国大使馆多次催促他搬回使馆区，他都予以回绝了。他很喜欢古老的京剧艺术和热闹的戏园子，并费尽心力，终于如愿以偿地收扮演杨贵妃的男伶杨宝琴（Yang Pao-Ch'in）为养子。菲利浦希望把这个17岁的男孩培养成地地道道的北京戏剧艺人，

---

[1] Harold Acton, *Peonies and Ponies*, Oxford: Oxford University Press, 1983, p.1.
[2] Ibid., p.121.
[3] Ibid., p.27.
[4] Ibid., p.107.
[5] Ibid., p.98.
[6] Ibid., p.2.
[7] Ibid., p.81.

认为他的微笑足以媲美达·芬奇的"蒙娜丽莎"。但事与愿违的是,杨宝琴却是一个思想上和作风上非常西化的摩登少年。他不爱穿北京传统的长袍马褂,而是喜欢穿西装、夹克和运动裤,津津有味地欣赏欧洲风景图画。为了实现自己的梦想,菲利浦借助各种机会向杨宝琴讲述北京的历史和文化,并带着他四处探访周边的文物古迹,苦口婆心地劝导他:"你可以周游世界,但你将不能再发现像北京这样美丽、完美的城市。一旦你离开它,你就会总想着再回来。"① 但是,菲利浦的一切努力都是徒劳的。西方,特别是美国才是杨宝琴所向往的乐土,他在卧室的墙壁上贴着纽约帝国大厦的海报,收藏着成打的《伦敦新闻报》,一心想学英语,并恳请菲利浦将其带离北京和中国。

毋庸置疑,菲利浦在当时的北京西方人圈子内是孤独的,他太偏离西方文化了。在西方人举办的沙龙里,他被笑话为"满族崇拜狂",一幅满清遗民的形象。另一方面,尽管菲利浦努力想接近北京人的生活,但他依然吃惊地发现他们的生活方式和自己有着完全的不同,② 并且当时绝大多数北京人和外国人交往的目的,只是为了寻找机会练习自己的外语,而并不是为了建立一种稳固、深厚的关系。③ 关于这一点,菲利浦有着清醒的认识,并感慨道:"我自己的英国人身份阻止了与中国人的交往,而我太浓的中国文化气质让我疏远了外国人的团体。"④ 在小说结尾,日本开始轰炸北京城,在京的西方侨民纷纷离去,但菲利浦仍留在四合院家中。在他的心底,真希望满族八旗军队重新杀回来,把北京重新建设成为强大帝国的首都。⑤ 然而,这一切只能是妄想,菲利浦最终全身心地投入到研究佛教经典中,成为一位"走向涅槃"的遁世者。⑥

总之,英语长篇小说中的老北京拥有着悠长的帝都余韵,其蕴含着的传统文化魅力是非常诱人的,这吸引着大批西方人不远万里来到这座城市"朝圣",或体验异域情调,或抒发怀古幽思。在小说中,老北京的原住民大多是质朴而谦逊的,体现着古老东方的优秀品质;外族人则大多异常迷恋老北京的城市景观和文化氛围;异质文化间碰撞的最终结果往往是中国传统文化吸引(有时甚至是征服)了外来的西方人或文化因子。

---

① Harold Acton, *Peonies and Ponies*, Oxford: Oxford University Press, 1983, p.99.
② Ibid., p.83.
③ Ibid., p.79.
④ Ibid., p.78.
⑤ Ibid., p.304.
⑥ 《牡丹和马驹》最后一章标题即为"走向涅槃"(Towards Nirvana)。

听燕先生讲那老北京的故事
——兼评沙叶新的《幸遇先生蔡》

沈 弘

（浙江大学）

作为京师，北京在清末民初一直是中国政治和文化的中心。由于皇亲国戚、王爷格格全都聚集在京城的皇宫和王府之中，再加上来自全国各地的官员和那些通过科举考试而获得功名的候补官员全都云集于此，他们随身带来了大量的财富，不仅要孝敬宫廷，而且要打点上下的门路，以求官运亨通。况且他们自己也得消遣和消费，这些都造就了京城的富庶和繁荣。当时前门外的大栅栏一带堪称是京城最热闹的场所，那儿经常是车水马龙，人满为患。

在老北京人这种繁华的生活方式外表后面隐藏着许多有趣和富有民俗文化气息的东西很值得人们回味。北京人喜欢看戏，以及在戏院里喝茶、嗑瓜子和闲聊。他们懂得休闲，经常手里提着鸟，在大大小小的街道和胡同里散步，在四合院里相互拜访、送帖子。他们还喜好下馆子、赌博，婚丧等红白喜事占据了很多北京人的生活，但他们却乐此不疲。在当时的京师，居然还有丰富的夜生活。那些有身份的文人雅士，在酒醉饭饱之后，往往会在花街柳巷中消磨上一两个钟头，然后开始"捉麻雀"或打牌九，直至凌晨。

随着中国的改革开放，尤其是近年来"申遗"和人文奥运等工作的开展，人们对于老北京生活和民俗文化的怀念和兴趣急剧升温。胡同、戏院、王府、牌楼、城楼、老字号店铺，甚至连小贩的叫卖声等，全都成为学者们、文物单位和出版机构所极为关注的焦点。但是很多人可能并不知道，最早对这些京味民俗文化产生兴趣，并且着手开展研究的却是清末民初在北京居住过的一些外国人。

出生于宁波的英国传教士后代燕瑞博（R. W. Swallow, 1878—1938）是这么一位熟悉老北京市井生活的中国通。他于1912—1916年间担任过国立北京大学预科的英文教师，家就住在北京的胡同里，课余闲暇时喜欢泡茶馆，看京剧和逛琉璃厂的古玩店,结果成为了京师一位颇负盛名的玩家,曾为上海的英文报纸《字林西报》撰写关于中国风俗及古董的专栏文章。他在《北京生活杂闻》①一书中用十二个章节和一百多张照片记录了北京城里的各种小贩、胡同居民、当铺、餐馆、妓院、城墙,以及京剧、女子装束打扮等珍贵的历史镜头,并且对北京的习俗、土话,甚至普通老百姓的迷信都做了详细的介绍。其中有许多充满浓郁京味的生活细节因过于寻常,而当时往往会被中国人所熟视无睹。由于篇幅的关系,本文只能撷取该书中两个章节的内容进行简略的介绍。

一、对于老北京小贩叫卖的研究

老北京的生活中令人印象最为深刻的就是从早到晚,街头巷尾各种小贩的叫卖声此起彼伏,连续不断。这种方式不同,腔调各异的叫卖声打破了北京胡同里特有的宁静,使得一些不知内情的外国新住户心神不宁,坐卧不安。然而这种老北京特有的现象却使得来自南方的燕瑞博对于这一特殊的人群产生了浓厚的兴趣。他经常主动地跟这些小贩打招呼,面对面地跟他们聊家常,了解他们的生活和职业的一些特点。那些小贩们看到一位并不想买东西的洋人"燕先生"停下来跟他们唠嗑,都显得十分惊讶。然而出于老北京劳动人民的淳朴本性,他们几乎都毫不例外地会暂时抛开生意,耐心地回答燕瑞博向他们提出的各种问题。在这一方面,燕瑞博恐怕算得上是对北京小贩进行详细实地调查,并有意识地对小贩叫卖这一具有浓郁京味的非物质文化遗产实施抢救的第一人。在他之前,美国社会学家西德尼·甘博(Sidney Gamble, 1890–1968)也曾经对于北京各行各业的人群进行过社会调查,但是他对于小贩的研究显然没有像燕瑞博那样细致和有针对性。②

《北京生活杂闻》的第三章就是专门用来描述这方面情况的。燕瑞博发现,在老北京穿街走巷的小商贩种类复杂,难以用他们所从事的行业或按他们所叫卖的东西来加以分类。所以他只是简单地按照小贩所发出的声响来将他们分成了三个种类:1)扯着嗓子叫卖的小贩;2)用某种工具发出声响来代替叫卖的小贩;3)不叫卖也照样能做生意的小贩。③

由于燕瑞博所感兴趣的正是叫卖的语言本身,所以第一类小贩是他研究的重点

---

① Robert W. Swallow, *Sidelights on Peking Life*. Peking: China Booksellers Limited, 1927.
② Sidney D. Gamble and John Stewart Burgess, *Peking, A Social Survey*. New York: George H. Doran Company, 1921.
③ 《北京生活杂闻》,第三章,第 21 页。

对象。小贩的叫卖声声调风格各异,绝大多数都很刺耳,几乎很少有悦耳动听的,其中有些叫卖声堪称荡气回肠和余音绕梁。在旁人听来,这些小贩的叫卖声似乎如鸟语一般难以听懂,但是老北京却可以告诉你,他们是在叫喊什么,甚至连一些细微的差异,如不同城区的小贩叫卖声,他们都可以分辨得出来。值得注意的是,那些叫卖的小贩习惯于在叫卖时把一只手放在耳朵旁边,燕瑞博起初以为这是出于一种保护耳膜的本能行为。但是有老北京告诉他,小贩们实际上是把手放在嘴的一边,以便能使声音集中地传向某一特定的房屋或街区。①

大声叫卖食品的小贩们几乎毫无例外地都是为了招徕顾客,他们必须让人们确信自己所卖的食品是正宗和价廉物美的。但在食贩中也有高低贵贱之分,那些挑着篮筐,沿街叫卖糖果的小贩跟推着厨车,在胡同里摆摊卖小吃的摊主相比较,就有着天壤之别。前者档次低,期望值也就小,只求能挣几个铜板,填饱自己的肚子就知足了,但后者的成本高,所获得的回报当然也就相对较高。

食贩们所卖的东西也会有很大的差异。有些小贩常年就卖同一种货品,而其他的小贩,如卖水果和蔬菜的小贩,则须按时令的变更来推销不同的货品。还有的小吃必须要趁热吃,所以小贩们就会采用一种能活动的炉子。他们扁担的一头挑着炉子,而另一头则是供顾客所使用的碗碟、食品和调料。另外,北京人在不同的季节,还有不同的特殊食品,如过年的时候要吃很多的饺子,正月十五就吃元宵。端午节吃粽子,中秋节则吃水果和月饼。不同的小贩销售不同的食品,因此都有自己独特的叫卖声。

燕瑞博正是针对这些不同的叫卖声,做了细致的调查研究,并在该书第三章中详细记录了以下各种小贩的叫卖词及其背后的故事。现将他所记录的一些有趣的小贩叫卖词及其来龙去脉简单综述如下:

1. "牛肉好肥,还有二斤多。"——这是街头叫卖牛肉的小贩最典型的叫卖。燕瑞博通过调查,专门记录了"还有二斤多"这一句话的两个典故出处:一是清康熙年间,尊孔的皇帝为了制止杀耕牛的做法,决定把京城卖牛肉的小贩全都抓起来,小贩们跪在判官面前求饶,纷纷辩解说,他们所卖的只是死牛肉和病牛肉,而且,为了强调自己买的牛肉数量有限,就喊"还有二斤多"。关于这句话,另外还有一种说法:早期北京祭天的牛是在街上被宰杀的,每位旁观者可以拿走两斤牛肉,有些穷人便当场在街上把这些牛肉卖掉,所以叫卖中有"还有两斤多"这句话。燕瑞博通过调查,得出以下结论:街头小贩所叫卖的牛肉实际上是骆驼肉或老牛、病牛肉,因此他们的价格往往要比餐馆里的牛肉便宜很多。

---

① 《北京生活杂闻》,第三章,第21页。

2．"大挂山里红，还有两挂。"——小贩之所以这么叫，是为了想让人们知道，剩下的货物已经不多，大家欲购从速。山里红是一种野生的水果，味道不错，又能入药，所以深受北京人的欢迎。传说过去有个犯人在被砍头之前，曾要求吃一挂山里红，以便能更好地走完他人生的最后一程。

3．"燻鱼"——这是一种比较特别的叫卖法，因为叫卖"燻鱼"的小贩所卖的往往不是鱼，而是猪头肉。之所以这么叫，大概是因为鱼比猪肉更为稀缺，味道也更好。

4．"元宵"——北京人因为有夜生活，所以喜欢吃夜宵，于是南方的汤圆在北京就称元宵。但是在民国初年，袁世凯大总统曾下令把"元宵"改称"糖元"，因为"元宵"的谐音为"袁消"。燕瑞博还注意到小贩卖元宵和店铺里卖元宵的叫法有所区别，街头的小贩往往叫的是"桂花元宵"，而店铺里的伙计则按老规矩，会喊"还有两碗半"。

5．"硬面饽饽"——这是某些山东人的专营食品，一般是在下午做，晚上卖。饽饽的形状各异，可以根据顾客或"红白席"的特定要求而制作。北京的饮食受到山东人的影响很大。京菜常常被划分为鲁菜的一个分支。

6．"糖麻花"——这种食品是用糖、油和面粉炸制而成，其形状跟用马尾巴制成的辫子相似。小贩一般是在白天叫卖糖麻花的。

7．"馒头"——这也是由山东人所专营的，北京人主要把馒头当早饭吃，小贩一般在早上六至十一点之间沿街叫卖这种食品。

8．"酸辣豆汁"——由于豆汁要喝热的，所以叫卖豆汁的小贩往往用扁担的一头挑着火炉，而另一头则是装着碗、布、酸菜、调料的箱子。这种豆汁是北京的特产，味道独特纯正，为许多老北京所喜爱。

9．"炸豆腐"——这是小贩在晚上叫卖的一种食品，主要用作守更人和黄包车夫的夜宵。小贩们把豆腐切成方块，再放在芝麻油里炸。食摊上会有各种调料，最常用的是红辣椒酱。小贩的利润很可怜，往往卖一夜的炸豆腐，只能赚到三角钱。

10．"杏仁茶"——这是小贩在凌晨时买的食品。他们每天凌晨四点便开始烧茶，十点钟便收摊回家。每天约能赚五角钱的利润。由于杏仁的味道独特，所以这种茶在北京颇受欢迎。

11．"馄饨"——跟豆汁一样，馄饨也是要趁热吃的，所以小贩也会挑着食担，一端为火炉，另一端是个小木柜，上面有好几个抽屉，里面放着碗、调料和钱。在架子上还放有一碗肉馅。馄饨的价格，根据其馅儿的质量和味道的鲜美程度，可以相差很大。小贩卖的馄饨每碗一般只卖两个铜板，而店里卖的馄饨可以卖到十个铜板。

12．"萝卜赛梨辣了换。"——卖萝卜的小贩主要是在冬夜里卖，他们肩上挎着篮筐，萝卜就放在筐里。到了春天的时候，他们就挑着木桶，桶里会装上一点水，萝卜就浸在水里。这是因为春天的萝卜容易干和出现空心的状态。

13."好高牙的西瓜一个大。"——西瓜是北京夏天最受欢迎的水果,既消暑又解渴。小贩们挑着西瓜穿街走巷,或是在胡同里设一个摊位,把西瓜切成一块块地卖,一个铜板一块。"高牙"是指切成块的西瓜瓜瓤很大;"一个大"的意思是"一般大"。

14. 小贩在销售不同的水果时,会有不同的叫卖法,例如柿子刚上市时,就会喊"柿子涩了换";樱桃上市时,就喊"樱桃赛李子";北京还出产枣和葡萄,它们上市时,小贩就会喊:"赛糖枣儿"、"要甜葡萄,郎家园枣儿。"随着季节的变更,水果小贩的叫卖声也在与时俱进,花样翻新。

15."雪花酪"——这是一种类似于冰淇淋的冷饮。卖这种冷饮的小贩把叫卖语变成了一种童谣般的曲调,一边走,一边唱:

雪花酪,给得多,
又凉又甜又好喝;
又解渴,又败火,
尝一尝,给得多,
不好吃,不要钱。

16. 如前所述,推着车子卖小吃的,就相当于小贩中的贵族,他们所卖的食品包括干果、花生、瓜子、葵花子、糖葫芦、枣儿、酸梅汤、冷饮。他们一边推着车,一边吆喝:"糖葫芦"、"酸梅汤"、"果子干"和"冰渣",等。

17."炭渣炭来"——北京属于华北,冬天要靠烧炭来取暖御寒,所以煤炭生意是一桩大买卖。煤炭一般是从西北部山区和蒙古用骆驼运到北京的城门口,然后再通过捎客卖给小贩的。卖炭的利润丰厚,但是有季节性。

18."卖小人赛活的,有眼睛有胳膊。"——卖玩具的小贩最受孩子们的欢迎。他的叫卖声不乏北京人的幽默。

19."换大小绿盆。"——所谓"绿盆",就是指盆栽的花草。而小贩实际上是为了用它们来换取旧鞋子和旧衣服。

20."换废纸,换取灯。"——老北京人实际上非常注意绿色环保,收废品这一个行当很早就已经存在。而"敬惜字纸"又是古训。那些收废纸的小贩往往是老年妇女,她们以物换物,除了灯之外,废纸还可以换取洗头粉、火柴、沙锅和金鱼。换沙锅的小贩来自山西,而换金鱼则主要是在春天和初夏。

21. 还有其他许多收旧货和废品的小贩,他们的叫法也是五花八门:"玉器首饰卖钱";"破铜烂铁卖钱";"洋瓶子卖钱";"烂铁、破玻璃卖钱"。

22．"奉旨剃头。"——清末民初，北京的剃头匠也像小贩一样，挑着担子，走街串巷，手里打着铁皮快板。在清朝期间，剃头匠是属于衙门的雇员，因为满人占领中国之后，便下令强迫所有的汉族男子剃发蓄辫。所以剃头匠的扁担上都刻着"奉旨剃头"的字样。按照当时的规定，剃头匠理发不能够向顾客要钱，但是在实际生活中，他们也期望能够得到赏钱或礼物。

23．"磨剪子，磨菜刀。"——磨刀剪小贩的吆喝可分为三种：一种是敲铁板；第二种是吹喇叭；第三种就是靠叫喊。

24．"换娇娘"是专卖女子用品小贩的绰号。他往往是用一个货郎鼓来招徕顾客的。

25．卖膏药的小贩是用两个指头来摇铃，以招徕顾客的。在卖膏药的同时，他还扮演着一个江湖郎中的角色。

26．卖水壶的小贩往往是一边挑着一堆水壶，一边用一根棍子来敲击水壶的。采用这同样做法的还有卖木葫芦的。

27．老北京的习俗之一就是在阴历七月初七放荷灯和莲花灯，以庆祝传统的中元节。售卖纸灯的小贩所叫卖的方式就是："莲花灯，今天买，明天扔。"[①]

其他还有许多种不出声叫卖的小贩，包括皮草贩子、修鞋匠、卖马鞭和绑腿的小贩，等等。

所有这些在北京街头叫卖的小贩，对于中国文人来说，由于过于寻常和下里巴人，往往不能引起他们足够的关注，所以这些充满了浓郁京味的叫卖和吆喝调，往往只有在一些较为罕见和专记民俗的地方志，以及不上大雅之堂的杂书里才偶尔会有记载。[②]然而对于燕瑞博这样对中国传统语言文化和习俗具有浓厚兴趣的外国人来说，这类风格鲜明，且含义十分丰富的小贩叫卖词则具有神奇的魅力。这也就解释了为什么他会具有这种超前意识，在二十世纪初就开始研究这样的人类非物质文化遗产。

在京味小贩吆喝和叫卖词重新火遍京城的今天，我们不应该轻易忘却燕瑞博在对京味民俗研究所做的贡献。

二、对于老北京花街柳巷的研究

燕瑞博对于老北京民俗文化的研究视野十分开阔，兴趣相当广泛，其眼光更是独

[①]《北京生活杂闻》，第三章，第22—34页。
[②] 如在清光绪年间的《燕市货声》、清末的《金台杂俎》、老剧作家翁偶虹的《北京话旧》等书中尚收有老北京小贩的叫卖词。

具匠心。正因为如此,在中国一向不登大雅之堂的妓院文化也被纳入了他田野调查的范畴,并且在《北京生活杂闻》第四章中用整个章节的篇幅详细介绍了当时京师的妓院情况。为此他还曾蒙受了不白之冤,被后人视为是对老北京八大胡同熟门熟路的一位洋嫖客。

根据他的研究,中国的妓院文化可以追溯到两千五百年前春秋时期齐国的宰相管仲,因为管仲在齐国当政时期首创了女闾,即官方的妓院。在明代的时候,老北京妓女云集的勾栏院位于内城,即民国初年内务部街的附近。后来妓院便逐渐转移到了西城的柳巷,于是便有了妓院的别称,"花街柳巷"。1900年义和团运动之后,妓院的中心转到了前门之外,即我们现在所熟知的"八大胡同",其中最臭名昭著的就是陕西巷、石头胡同、韩家潭和百顺胡同。到了民国初年,妓院的格局分布又出现新的变化,南苑附近的"大森里"和哈达门外的"黄鹤楼"也成为嫖客们经常光顾的地方。[①]

经过实地的调查和研究,燕瑞博十分务实地认为北京的妓院在很大程度上具有娱乐的功能,其提供的环境跟那些充满讹诈和暴力的西方妓院也是有所区别的。首先,北京的所有妓院都必须首先得到京师警察厅的批准,可算是合法经营。它们大致可以按在城里所在的区域和收费标准分为三至四个不同的档次。

总的来说,妓女和"阿妈"绝大部分都是南方人,尤其是苏州人;但妓院里的男仆和经理人却大多都是北方人。其次,妓院的顾客们按其消费动机大致也可以分为两类:大多数的客人都是在酒醉饭饱之余到妓院来娱乐和放松的,他们接受妓女的招待,观看她们的表演,喝茶,抽烟,嗑瓜子,说些黄段子,但一般来说,不会有什么太不得体的事情发生。这种情景跟当今社会中卡拉OK酒廊中的陪酒女郎或坐台小姐大概没有太大的区别。至于那些真正居心不良的嫖客,也最终会发现在上等妓院里嫖妓并不是一件十分容易的事情。因为他需要花很多的时间和金钱来追求和讨好自己看上的妓女,通过不断的送礼和请客吃饭,才能够最终达到自己的目的。妓院老板们从长期的经验中得知,他们的利润其实主要来自那些大量散客不定期的消费,而那些数量相对较少的常客也往往会在自己喜欢的妓女身上花上大笔的钱,以便设宴请客招待,以及买衣服和首饰作为礼物。

为了对北京妓院的本质有一个较为客观的认识,燕瑞博对于妓院的内部结构和人员构成作了认真的调查,以便弄清妓院老板与妓女们之间的利害关系。他发现每个妓院都是登记在老板名下的。老板负责联络某些专门收买和训练妓女的老鸨,后者要为老板所提供的住宿支付房租,同时老板也从老鸨的收入中提成。老板预支了为妓院

[①] 《北京生活杂闻》,第四章,第35—36页。

购置家具和为妓女购买服装和首饰的钱,并且通过这一方法来牢牢地控制住她们。因为对于这些借贷给妓女的钱,老板要收取百分之三十的利息。除非有富人能够来替她们赎身,否则妓女们是很难脱身的。在这一方面,妓院老板又跟放高利贷者没有太大的区别。

民国初年,北京档次最高的四个妓院分别是"清吟小班"、"翠仙班"、"四海班"和"文华班"。之所以这么称呼,大概是因为这些妓院的妓女们个个能歌善舞,拉出来就像是一个剧团,而当时的剧团是以"戏班子"相称的。跟戏班子当红的那些旦角们一样,每个妓女都起有一个艺名。这些艺名被写在一块木牌、玻璃或一条丝巾上,然后挂在妓院的门口,以便招徕顾客。正如戏班子中一个名旦的艺名也会被当作戏剧广告,被挂在戏院的门口。

跟戏院一样,人们到妓院来找乐子也是要遵循一定规矩的。在客人们进入妓院大门之前,守门的男仆会从头到脚,仔细地打量他们,以分辨他们究竟是新客,还是常客。如果是前者,他们就会把客人请到一个房间里,然后有一个男仆会大声喊"见客",即招来妓女们,让客人进行挑选。等妓女们到齐之后,该房间的一个门帘就会被撩开,然后该男仆就会分别叫出每个妓女的艺名,让后者依次到门口站立一会儿,然后消失。当她们都现身过之后,这位司仪就会问客人挑中了哪一个姑娘。假如客人说"贵清"或"霞飞",该男仆就会大声叫出这个名字,而妓女本人也会很快出现。

按惯例,妓女第一次见客人一般不会超过半个小时,她主要的任务是陪客人喝茶和聊天。客人必须付一元茶钱,香烟和瓜子也是一元。不过茶钱是必须要付的,又称"开盘子",而香烟和瓜子则可以不要。作为女仆的阿妈在收取了钱之后,先谢客人,再谢妓女,然后招来"跑堂的":"来一个人,谢谢老爷!谢谢姑娘!"

妓院收入的分成比例一般是老板六成,妓女四成。"伙计"和"跑堂的"收入卑微,主要还是靠小费。阿妈的钱是由妓女亲自来支付的,数目大小有赖于客人的赏钱。

假如客人看上了某个妓女,那过几天他还会再来,一般到了第三次,他才会对她动手动脚。与此同时,妓女也会调查嫖客的身世背景,以决定是否值得与他交往。假如认为他是值得交往的,她就会主动向他请求帮助。假如嫖客也是认真的,他就会给她买衣服和首饰,同时也会花钱来玩乐,比如打麻将,四人一桌,有时候妓女本人也参与进来。嫖客要付十元钱,一半给妓女,一半给老板,名义上是为了支付水果和点心。请花酒的话就会更费钱,一般需要付一百多元钱。假如嫖客看上一个妓女,并要讨她为妾的话,就会为她赎身。这种让妓女脱离妓院的做法称作"从良"。

能歌善舞的艺妓会很受客人们的欢迎,尤其是在一些规模较大的宴席和堂会上。受到邀请之后,艺妓就会尽快赶到,并会随身带一个拉二胡的乐师来为自己的演唱伴奏。而发出邀请的主人一般要付她五元钱，二胡手要付一元。阿妈和黄包车夫各100文钱。

每年妓院会有三次"开市"。老板会提前五天告诉妓女定下的日子，后者则会邀请一些老主顾在那一天前来捧场。第一次"开市"是在春天，挣来的钱主要用于在院子里搭凉棚。第二次是在秋天，收入将用于"添炉子糊棚"。最后一次是在初冬，收入用于"换皮袄"。在"开市"期间，客人们会在妓院停留很短的时间，以便为来客们留出空间，而他们会比平时支付更多的钱。他们所付的钱会被大声地报出来。"张老爷给四个盘子"意味着张先生付了四倍的钱。伙计和跑堂的也会得到更多的小费。

在二等的妓院里，很多行话也会不同，"开市"在这儿被称作"打鼓"。在上等的妓院里，客人被称作"老爷"，但在二等妓院里，他们被称作"先生"。二等妓院又称"茶室"，在那儿"茶钱"称作"喊铺"，40文为茶钱，10文为瓜子钱。

档次更低的妓院被称作"三等下处"，那儿的茶钱是40文，其余的是10文。这些钱又称作"写账"。这儿不允许赌钱，因为会导致打架，给妓院造成损失。

虽然妓院是一个肮脏的地方，靠妓女的色相来赚钱是老板主要的营利目的。但是燕瑞博同时认为，它并非像人们通常所想象的那样，是一个充满悲剧性故事的场所，因为他看到那儿有不少姑娘，尤其是那些姿色和才艺较佳，已经有人在追求的妓女，在妓院里也得到了相对来说很好的照顾，并且还享有一定的行动自由。为了说明他自己的这个观点，燕瑞博还列举了"杜十娘怒沉百宝箱"这个故事为例，因为根据这个脍炙人口的传说，杜十娘这位个性十分鲜明的妓女身边还积攒了不少的钱，她的一个珠宝箱子里装满了昂贵的首饰。杜十娘有一个热烈的追求者，后者为了给她赎身，花光了自己的家产。但是在带她回家所乘坐的船上，另外有一个富人也同时看上了杜十娘。他向那位"丈夫"提出用高价来换取杜十娘。经过激烈的思想斗争，这位凡夫俗子终于同意这么做。当性格刚烈的杜十娘得知此事之后，她当即打开自己的箱子，让对方看了她自己的首饰，并且明白无误地告诉他：她本来是想给他一个惊喜，但现在为时已晚。说完就将这个箱子扔进了河里，她自己也随之跳河自尽。①

燕瑞博针对旧北京妓院所提出的上述惊世骇俗的观点具有理性化的色彩，很可能失之偏颇，目前较难得到中国读者的认同。但是作为一名学者，他确实按部就班地对京城所有的妓院进行了认真而全面的田野调查，而且对于他的论点都提供了详实的细节和具体的数据。作为第一手的早期研究者，他可能比我们当中任何一位读者都更有资格来评价当时北京的"花街柳巷"。更为关键的是，根据他在书中对于京师妓院的调查和研究，我们没有丝毫理由和证据来认定，他本人就是一位道德沦丧的洋嫖客。

---

① 《北京生活杂闻》，第四章，第36—44页。

三、兼评沙叶新的《幸遇先生蔡》

以上我们只是撮要介绍燕瑞博《北京生活杂闻》(1927) 一书十二个章节中两个章节的部分内容。其他论述北京剧院、当铺、餐馆和胡同的一些章节也十分精彩，但由于篇幅的关系，在此只能割爱。从上述所引的这两个章节中，我们足以窥见这位英国学者的睿智和文采。

不幸的是，燕瑞博于 1917 年因卷入一件与北京大学新任校长蔡元培有关的政治事件，从此在中国名誉扫地。事情的大致经过是这样的：1917 年 1 月，北京大学第五任新校长蔡元培刚上任后不久，便去预科参加那儿的一次教务会议，发现会议所用的工作语言是英语，有些不懂英语的中国教授都往角落里躲，感到非常生气。所以他脸色铁青地站起身来，没跟任何人打招呼就当场做出决定，以后的教务会议一律改用中文。主持会议的预科学长徐崇钦当即对这个决定提出了异议，表示预科有众多外籍教员，自成立以来就规定以英语为工作语言。另外有两位外籍英文教员克德来 (Cartwright) 和燕瑞博也对校长的决定表示抗议。蔡元培随即又在当年的暑假以后撤销预科学长这一职位，将预科学生分给文、理、法这三个学科的学长直接管辖，并以教学效果不好为由，解除了那两个外籍教员的聘用合同。当时英文的《北京日报》刊登出这则消息之后，克德来和燕瑞博分别扬言要向法院起诉蔡元培损坏了他们的名誉，但就连英国驻华公使朱尔典亲自出面调停，也没有产生任何积极的效果。[①]

平心而论，此事要是发生在今天，北京大学校长的做法可能会完全不同。首先，我们花高薪请来外国教授，无非是想让他们向中国学生传授最新的专业知识。如果拘

---

① 参见陈军：《北大之父蔡元培》，北京：人民文艺出版社，1999 年，第二章第二节。应该指出的是，当时预科的英语教学质量是相当高的，因为从这些学生中产生出了后来的许多中国著名学者，如担任过中央研究院历史语言所所长、台湾大学校长和北京大学校长的傅斯年和原北京大学图书馆馆长和国家图书馆馆长袁同礼当时都是预科英文二年级文科班的学生。被称为国学大师的原北京大学教授和台湾大学教授毛准也是预科英文一年级文科班的学生。另外还有原北京大学哲学系教授，作为中国共产党创始人之一的张申府，他也在预科英文理科班读了一年。

克德来和燕瑞博这俩人均出生在中国，在英国的名牌大学接受过正规的教育，并且在来北京大学之前都曾在山西大学堂执教过多年，教学资历是合格的，教学经验也是相当丰富的。克德来的父亲葛德立是 1863 年来中国海关工作的英国人，曾长期担任税务司的工作，并且是一位以研究中国歌谣而著称的汉学家。克德来本人在京师大学堂时代就来到了作为预科前身的高等科教英语，可称得上是在北京大学预科教英语的一位元老，他的 450 元月薪是所有预科教员中最高的，也是北京大学所有外国教员中最高的。如前所述，他的学生中有不少人后来都成为了中国学术界的大师级人物。燕瑞博的父亲燕乐拔是 1873 年到宁波办医院的英国医师传教士。燕乐拔夫人也是知名度颇高的一位女传教士，曾于 1894 年首先提出了趁慈禧太后六十大寿之际，以在华全体女基督徒的名义，向慈禧太后赠送一部经过精心加工和装帧的《新约全书》的创意。燕瑞博本人对于中国民俗和古董有精深的研究，著有《北京生活杂闻》(1927) 和《古代中国的铜镜》(1937) 等书，并且是上海一家著名英文报纸《字林西报》的专栏作家。

泥于民族自尊心，非要在教务会议上跟他们说中文，那无异于对牛弹琴，根本就达不到相互沟通的目的，又怎么能指望他们有好的教学效果呢。况且，北京大学要争创国际一流，首先就要尽可能地融入国际社会，而国际学术界通用的语言便是英语。这就是为什么现在的北大校方特别希望有更多的老师们能实行英语或双语教学，就连学术论文也鼓励要用英文来写，并且要发到国外的英语专业期刊上去的缘故。然而，当时的中国正处于水深火热的民族危机之中，与西方列强所签订的一系列不平等条约和中国正在逐渐沦为半殖民地的现实情况严重地扭曲了人们的民族自尊心。因此，关于校园里的教学和工作语言是否能用外语这么一个本来不成问题的争论，后被提升到了究竟是爱国还是崇洋媚外这么一个政治的高度。

　　由于政治上的原因，克德来和燕瑞博这两个外籍英文教员的形象在目前的中文出版物中都受到了不同程度的歪曲和丑化。例如燕瑞博在2001年问世的一部由著名剧作家沙叶新所创作的剧作《幸遇先生蔡》中被描述成"不学无术"，智力低下和说中国话颠三倒四的活宝。在完全出自作者臆想的蔡元培就职典礼上，这个沙叶新笔下的燕瑞博可谓是出尽了洋相：

　　　[燕瑞博从观众席中上来。]
　　　燕瑞博：（英语）蔡校长，我想发言。
　　　蔡元培：欢迎。请用汉语。
　　　燕瑞博：（英语）为什么？
　　　蔡元培：凡是校务活动，都用汉语。
　　　燕瑞博：（英语）我从来都用英语。
　　　蔡元培：你不会汉语？
　　　燕瑞博：（英语）会一点，但我不喜欢汉语，我拒绝使用。
　　　蔡元培：如果我在贵国教书，在进行校务活动的时候，虽然我会英语，但因为我是外国人，我就能够拒绝使用贵国的语言吗？
　　　燕瑞博：（英语）如果我不说汉语呢？
　　　蔡元培：那只好等你愿意说汉语的时候再发言了。
　　　燕瑞博：（想了一想，只好用汉语）那好吧，我用汉语。
　　　蔡元培：请。
　　　燕瑞博：谢谢。我今天代表克德莱先生我们一对人，哦，不，一双人，共同发话，哦，不，讲话。新校长蔡先生方才发表演说，要"见人都抱"……

蔡元培：是兼容并包。

燕瑞博：哦，对不起，兼……容……并……抱。对此我们非常喜欢，但我
　　　　们也希望蔡校长也能抱抱我们英国教员，不要不抱。

陈独秀：（忍不住地插话）不是不抱，是抱不动。[①]

我认为，在创作一部历史题材的剧作时，作者首先应该尽可能地尊重史实。沙叶新把在预科教务会议上蔡元培与燕瑞博等人发生的正面冲突移植到了蔡元培刚到北京大学时的就职典礼上，这种做法本身就是很值得商榷的。至于他想当然地把燕瑞博塑造成为一个低智商的，连基本的汉语对话都很困难的外国人，则无疑是一种非常拙劣的手法。他显然不知道燕瑞博生在中国，长在中国，与中国人交流并没有多少文化和语言上的隔阂。他也肯定没有读过《北京生活杂闻》(1927)，不了解燕瑞博跟中国社会各阶层人民的交往，以及他在对北京民俗的调查研究上所下的功夫。因此他对于燕瑞博的愚钝和语言才能低下所进行的尽情奚落实际上是非常幼稚可笑的：

燕瑞博：什么？

蔡元培：对不起，陈先生开个并无恶意的玩笑。他提醒你是"包"，不是"抱"。

燕瑞博：你们中国话的四声真困难。我和克德莱都是大英帝国的公民，我
　　　　们这一双人在贵校已经教书很多很多年。克德莱教授世界历史，
　　　　我教授英语。我们一双人为贵校，打下了汗马功劳；我们一双人
　　　　的学问，比天高，比海深。可是今天已经开学，我们还没收到就
　　　　任状……就是聘书。请问蔡先生，这是为什么？

蔡元培：我刚上任，我将对北大进行诸多整顿。对教员的聘用则是整顿的
　　　　重要部分；而且对教员的聘用还涉及系科和课程的重新设置。这
　　　　一切目前都还在酝酿之中。因此原有的有些教师至今还没收到聘
　　　　书，这是要请大家谅解的。

燕瑞博：可是我今日已经听到不少神话故事……

蔡元培：神话故事？

燕瑞博：也许我想说的是……是传说吧？对，传说。传说我和克德莱一双
　　　　人将不再被聘用。这是怎么回事？

蔡元培：我没听到这样的传闻，无法说明。可我相信燕瑞博先生在听到这
　　　　样的传闻之后，完全有能力根据自己在北大多年的业绩对这些传
　　　　闻作出判断。

[①] 沙叶新：《幸遇先生蔡》，《上海文学》2008年第8期，第53—78页。

燕瑞博：我们一双人的业绩非常好。我的汉语虽然不太美丽，可我所教的英语，非常漂亮，非常好看，在北大，在北京，在你们中国，都是有眼睛一同看到的，是老子天下第一。

[辜鸿铭从台下的座位上站起，并大声叫喊："欺人太甚、欺人太甚！"然后离开座位，向台上走去。]①

虽说作为一部文学作品，作者可以任意发挥自己的想象。但是在塑造像燕瑞博这样一位有名有姓的真实历史人物时，脱离历史事实本身越远，则引起读者的反感越深。沙叶新的五幕剧《幸遇先生蔡》(2001)从政治的角度出发，对于蔡元培出任北大校长后解聘英文教员克德莱和燕瑞博这一历史事件进行了漫画式的演绎，把燕瑞博塑造成一个连中国话都讲不好的小丑，这分明是篡改了事实。读者若是了解燕瑞博在《北京生活杂闻》中对于北京土话的记述和研究，肯定不会同意上述演绎。参照剧中其他部分对于北大校史的肆意歪曲，②我认为沙叶新的历史剧作基本上是一部失败的作品。

---

① 沙叶新：《幸遇先生蔡》第二幕，《上海文学》2008年第8期，第53—78页。
② 沙叶新在《幸遇先生蔡》中所描述的情节几乎都是虚构的，离史实相距甚远。仅举两例：辜鸿铭早在1903年就被聘为京师大学堂的副总教习，可是沙叶新却以为辜鸿铭是1917年才被蔡元培聘到北大来的（第一幕）。北大开放女禁是在1920年。北大的第一个女生王兰也是在1920年正式成为北大的旁听生的。可是在《幸遇先生蔡》的剧本中，王兰居然跟傅斯年、罗家伦等人一起领导了1919年轰轰烈烈的五四运动（第五幕第3场），读来简直令人匪夷所思。

记忆帝京与中国心灵

——卫礼贤北京追述体现的文化间张力

叶 隽

(中国社会科学外文所)

一、城市与心灵：卫礼贤笔下的北京城

毫无疑问，卫礼贤笔下的北京[①]，不但充满了理性的历史认知，而且携带着一种亲切的人类学感觉。他对北京城市史的娓娓道来，仿佛将人置身于烽烟弥漫而浩瀚壮阔的中国历史风尘之中，从周代的西部戎狄到匈奴单于、蒙元帝国、永乐北迁、满清入关，北京的不断重建过程，本就是历史的一张独特面孔；他对民族交流与融合的细致观察，让人不仅感受到满、汉之分的严格界限，也通向蒙、藏宗教的陌生仪式，还有穆斯林乃至欧洲人的轨迹。这些都让人感觉到他对北京乃至中国有一种发自内心深处的心灵感受，"北京是一个神秘的自由世界，人们来来往往，寻找着他渴望的朋友圈"，但人们都"呼吸着自由的空气"，更重要的是，"这里的习俗压力也没有大到足以压抑人的个性"，而"这种非凡的自由为北京最深刻的特征"[②]。这种感受是非常

[①] 卫礼贤(Richard Wilhelm, 1873—1930)：作为德国同善会来华传教士，为中德文化交流做出了很大贡献，尤其将许多典籍译成德文，著有许多关于中国文化的著作，杨武能的《卫礼贤与中国文化在西方的传播》对此有所分析，载《文化：中国与世界》第5辑，北京：生活·读书·新知三联书店，1988年。其妻子的回忆录比较详尽，但无材料来源。Wilhelm, Salome: *Richard Wilhelm-Der geistige Mittler zwischen China und Europa* (卫礼贤——中国与欧洲间的精神使者). Düsseldorf, Köln: Eugen Diederlichs Verlag, 1956. 另可参见研讨会论文集 Hirsh, Klaus (hrsg.): *Richard Wilhelm Botschafter zwei Welten - Sinologe und Missionar zwischen China und Europa*(卫礼贤：两个世界的使者——在中国与欧洲之间的汉学家与传教士). Frankfurt am Main & London: IKO-Verlag für Interkulturelle Kommunikation, 2003.

[②] 德文本根据电子版 Wilhelm, Richard: *Die Seele Chinas*. Erfasser: Reiner F. Haag, 2004. S.180—181. 中文本参见[德]卫礼贤：《中国心灵》，王宇洁等译，北京：国际文化出版公司，1998年，第225页。根据作者的理解有所改动，以下不再一一注出。

具有"自我意识"的,不是一般意义上的旅行客或探险者所能发出的。因为,卫礼贤不仅是外国人,有一种与生俱来的自由的感知力,他更在中国居住了差不多半辈子(20多年),就北京而言,他不但常来常往于这帝国的首都,而且日后还以不同的身份(外交官、教授)在此常住过两年多的时间。所以,在他的记忆里:"我每天都经过皇城墙边的道路往北去。在城墙边的壕沟里护城河水缓缓地向南流去,岸边种着稠密的柳树。……碧绿而浑浊的河水两岸显示出一片繁忙的生活。"[1] 同样也在 1920 年代初期(1921 年)走访北京的日本作家芥川龙之介(1892—1927)也对此城印象极佳:"登上城墙放眼望去几座城门像是被那苍茫的白杨和洋槐的街道一点一点向内编织出来似的。在处处合欢开放着的花也是好的,特别是看到例如在城外广野上奔走的骆驼的样子等时,会从内心涌出一股难以名状的感觉。"[2] 在这样一种比较中,我们可以看出过客与常客的区别,过客的描述中,往往会有一种素描式的简洁,但难以寻到可以触发历史沧桑的深层感觉;可在常客的视野里,事物则是有历史的感觉与联系性的特征的,让人难免有一种莽苍苍的感受乃至活泼泼的生气。正是因了这样,卫礼贤对北京的感觉与书写,很有可以琢磨和体味再三的地方。同样是写景,在卫礼贤,则不仅是对于古老城市的描摹和记忆,更加入了他对这座城市前世今生的理解与温情。确实,卫礼贤对北京,别有一种亲切贴入的感受,更有一种文明史的自觉,在他看来,世界上没有一座城市可以永葆昌盛,差别总是不可避免,那些城市的存在仅是一种特定语境的产物,这应当归功于其伟大和全盛时期。[3] 北京,当然也不例外;而更重要的则在于:"所有的建筑、街道和广场都强烈地反映出这一时期的伟大。"[4] 由此,城市的物质建构与历史的精神结构形成了一种有趣的对应张力。这一点并不是每个外来客都能发掘的,或许卫氏还是受到德国思想传统的影响,因为对于德国古典时代的知识精英来说(包括费希特、席勒、荷尔德林、黑格尔等),中世纪城市可是被视为"国家未来的希望"[5]!具体言之,德国特有的城市特征是由德国的民族精神创造的;城市是灿烂文化形成的展现体[6]。

---

[1] Wilhelm, Richard: *Die Seele Chinas*. S.178.
[2] 转引自藤井省三:《芥川龙之介的北京体验》,载陈平原、王德威编:《北京:都市想像与文化记忆》,北京:北京大学出版社,2005 年,第 491 页。
[3] Wilhelm, Richard: *Die Seele Chinas*. S.165.
[4] Wilhelm, Richard: *Die Seele Chinas*. S.165.
[5] Fichte, Johann Gottlieb: *Reden an die deutsche Nation*(对德意志国民的演讲). Berlin, 1921, S.127.
[6] 参见卡尔·休斯克(Schorske, Carl E.):《欧洲思想中的城市观念:从伏尔泰到斯宾格勒》(The Idea of the City in European Thought: Voltaire to Spengler),杜恺译,载孙逊主编:《都市文化研究》第 1 辑《都市文化史:回顾与展望》,上海:上海三联书店,2005 年,第 6—7 页。

所以，卫礼贤在亲身体验当代北京的种种风云际会之时，仍会以那样大的热情和精力去拥抱那似乎已消逝在风尘湮没之中的历史沧桑，强调："在我们仔细观察继往开来的现代北京时，仍有必要回顾北京的过去。"①他那么怀有敬意地去观察天坛，不是简单地将它作为一种被废弃的历史遗迹，不是泛泛地将它认识成一种祭祀的礼仪，而是深刻地认识到"天坛和它周围的建筑依然在鼓励着每个人精神中的崇敬之情"②。不仅如此，他还从整体上强调东南西北方位置于北京四角的天坛、地坛、日坛、月坛的意义，认为它们是表示对"伟大的宇宙的力量"（die großen kosmischen Kräfte）崇敬的象征③。而居于中央的是社稷坛，因为耕作层和小米（社稷）"是国家和社会的神灵，谁拥有它谁便得到帝国"④。然后他把目光转向紫禁城和它周围的建筑，认为北京的皇宫非常有特色，它不需要某一块广场或类似的空地，它本身就是一座城，而整个北京地区的百万居民住房都以这座"皇宫之城"（Palaststadt）为中心布局，认为这里是"最宏伟的力之合成"（diese großartigste Komposition）⑤。接着，他用非常生动简洁的语言描述了中国宫殿建筑的颜色和格局，认为黄色和鲜亮的色彩搭配起来更有特色，在蓝天映衬下浑然一体，它不但表示了天地合一的思想，而且也昭示着此世最高权力的威严和永恒⑥。在这里，地理与建筑的描述及其精神关联似乎融合无间，绵然一体，非是卫礼贤这等对中国文化有极深理解和认知力者所不能为。

然而，你如果认为卫礼贤只关注那些代表着中国文化精神的大建筑就错了，这些我们在导游手册上也完全能看得到，不过不会有他那份良好的理解力。他的眼光是开阔的，他也会引你走出西城，让道路"通向广阔的田野"，让你来到白云观，"感到道教在中国依然富有生命力"⑦；让你看看北海风光，欣赏那座巨大的白塔山，观看那作为北京北部象征的"大理石的藏族佛塔"⑧；更重要的是，卫礼贤还善于发现连成一片的大幅的北京风景画：

> 美丽的西山沿着地平线伸展绵延，点缀其间的庙宇、堡垒更使它显得富有活力。庙堂的建筑常常被改造成皇家的夏日别宫，……这里简直就是一块巨大的壮丽之地，各种园林、宝塔、庙宇、宫殿比比皆是。甚至还有一座法国的

---

① Wilhelm, Richard: *Die Seele Chinas*. S.169.
② Ibid., S.171.
③ Ibid., S.171.
④ Ibid., S.171.
⑤ Ibid., S.172.
⑥ Ibid., S.172—174.
⑦ Ibid., S.179.
⑧ Ibid., S.178.

巴洛克式官殿。坚固的城墙后伸展着童话般的花园、神奇的宫殿。而今已成了一片断垣残壁……①

这段文字，仿佛是泼墨山水写意图，极为精致而风光绮丽；而更可贵则在于，其中还有整体的艺术感觉乃至历史的沧海桑田。作为德国知识精英的卫礼贤，给我们留下了怎样一种美轮美奂而厚重风韵的"帝京记忆"呢？然而且慢，还不仅如此，满载着历史责任感的卫氏，也还有他生存于当时的现实感受，"学生们希望建立一座列宁纪念碑，这意味着社稷坛周围的生活正变得丰富多彩。古老的过去已被遗忘，这里成了一处中心公园"②。寥寥数语，却可见出作者在历史与现实之间徘徊矛盾的复杂心情。面对青年学生的激越与豪情，作为教师的卫礼贤究竟会有怎样的念头？

二、作为知识人的教育场域实践与观察

虽然曾长期以传教士的身份出现在中国，但卫礼贤关注的核心问题，在中国文化之外，当然还要算是教育。无论是日后在北京的德国驻华使馆出任学术顾问（Wissenschaftlicher Beirat），还是干脆接受北大校长蔡元培的聘请，担任北大德文系教授，卫礼贤都与教育发生了"剪不断、理还乱"的关联。对于北京的教育，他将关注的目光投向了琉璃厂：

> 师范大学和医科大学都在这里。在石头道的驸马街上则是女子师范大学。我曾在这三所大学任教，并在所有的地方都留下了最好的经验。我也尤其发现女师大的学生们非常聪明，她们对科学研究既很有兴趣同时也非常优秀。其中一些女学生也同男生一样，在政治上非常激进，但是这也是一个进步民族中年轻人的特权。此外一种特殊的情况是，女学生可以到男学生的大学访问，而女子大学却不接纳男学生。相应地从男女平等的角度来看，北京的女生更受偏爱。③

这里更多地从男女平等的角度去观察当时的大学教育状况，由此可见当时中国的新文化运动在教育场域里显出的功用给作为外国人的卫礼贤留下了相当深刻的印象。当然，他回忆最详细的，是他曾任职的北京大学："在景山的附近是位于东城的京师

---

① Wilhelm, Richard: *Die Seele Chinas*. S.180. 断垣残壁指英法联军劫掠后的圆明园。
② Ibid., S.172.
③ Ibid., S.178—179.

大学堂，我在那里授课。"无论是与同事的交流，还是与学生的合作，都勾起他无限深情的回忆。他认为"在这所大学25年的历程中，已经成为中国公众生活的精神动力，没有任何别的大学能有相似的能力"，而教师们的待遇虽微薄甚至拖欠，但大家仍将归属于这一机构作为一种荣誉。① 确实，北大在彼时的中国，仍是一个标准性的象征。作为传教士，卫礼贤1899年来华，直到1924年应法兰克福大学之聘，出任其荣誉讲座教授兼汉学系主任的职位，在中国居留达25年之久。故中国为其第二故乡。卫礼贤在担任北大教授之前就与北大颇多关联。如张威廉就回忆曾听过卫氏的讲座，说他"不但通晓古汉文，汉语也说得正确流利，曾在北大大礼堂做过一次公开讲演，博得不少掌声"②。如此看来，卫氏的真才实学，即便是当年的北大学生也是承认的。可卫氏与北大的因缘早就开始了，1919年6月15日即曾来北大讲演，据《德国尉礼贤到京演讲通告》称："德国尉礼贤博士（Dr. Wilhelm）本彼邦哲学家，到中国已十一年，精通华文，尤研究中国哲学。已译成德文者，有论语、孟子、老子、列子、庄子及大学、中庸等，现正译周易，近适以事来北京，本校特请于十五日午后五时，在第三院大礼堂用华语讲演。演题为'中国哲学与西洋哲学之关系'，届时全校同人均可往听。"③其时恰在五四之后，张威廉说他在北大时听过卫礼贤的报告，有可能是这一次。而卫礼贤在1924年也曾在北大做过一系列的学术报告，内容是关于老子、孔子和康德伦理学的比较。其思路则在于："我想借此机会向听众介绍一点真正深刻的西方哲学，因为这些年从美国引进来的怀疑主义和实用主义哲学实在令人可怕。"④这一思路既与现代中国的背景有关，同时也离不开德国乃至欧洲在一战后所面临的思想危机。

卫礼贤关注的虽然是比较高层次的思想层面的东西，但实际上他任教北大只有一年，而且担任的是德文系教授，开授的课程，大多与语言相关。两门语言课，是三、四年级合班的"德文尺牍"、"德文作文"；另开了几门专业课，一是"德国大思想家之人生观及宇宙观"（Lebens-und Weltanschauungen der grossen deuschen Denker）、一是"德文修辞学及文体学"（Deutsche Stilistik und Rhetorik），这两门课都是给三年级学生开的，后者加了一个小注"用书：同前"，看来是有教科书的；还有二年级的"德国近世文学概论"（Einführung in die moderne deutsche Dichtung）与三年级的"德文

---

① Wilhelm, Richard: *Die Seele Chinas*. S.178.
② 《我学德语的经过和对德语教学的点滴看法》，载张威廉：《德语教学随笔》，南京：南京大学出版社，2000年，第156—157页。
③ 《德国尉礼贤到京演讲通告》，1919年，北京大学档案，案卷号BD1919027。
④ Erich Hänisch: "Die Sinologie an der Berliner Friedrich Wilhelms Universität in den Jahren 1889—1945", in *Studium Berolinense - Aufsätze und Beiträge zu Problemen der Wissenschaft und zur Geschichte der Friedrich Wilhelm Universität zu Berlin*, S.554—555. Berlin, 1960..

诗学"(Deutsche Poetik)。①卫礼贤的德国文学修养看来尚可,这几门课若完全没有功底也是开设不出来的。当然,从另一个方面来看,我们似乎也可以说,卫礼贤在中国教育场域的活动主要还是凭借其德国文化资源而得以展开的。据说,卫礼贤当时在北大每周课时即达20小时,而且还在师范大学与医专兼课,并有两个昔日的青岛学生与其共事。他自己这样回忆说:"我接受了北京大学的德国文学与哲学的教授聘请,工作量相当重,但同时与学生的交流也能彼此受益。此外我还在师范大学与其它高级研讨班做报告,涉及哲学、教育学与西方哲学史等。我有时用英文讲,有时用中文讲,在北大上课时则主要用德文并杂以中文的解释。"②虽然我们相信卫礼贤的充沛精力与过人本领,但如此庞收并择,就注定内容难以深入独到。更何况,是需要术业有专攻的德国文学。遗憾的是,我们现在无法找到卫氏当时讲授这些专业课程的讲义教材或追述回忆,当年的学生们,诸如张威廉、商承祖、冯至等,均未能就此提供材料,至少说明他们的印象不深,能记得他的,只是他关于孔子、老子与康德的比较,可见其汉学家的身份仍是第一位的;而相反,北冯南张都不约而同地对其时同为德文系教授的欧尔克(Oehlke, Waldemar)的专业水平推崇有加。这种比较中隐含的学术评价差异,是不难得出的。好在卫礼贤从来就没有想过要在德国文学上与其同僚们一争雄长,他在德译中国文化经典方面的努力确实是功莫大焉,所以胡适夸赞他:"对于中国学术,有一种心悦诚服的热诚,故能十分奋勇,译出十几部古书,风行德国。"③

不过,好在卫礼贤视域开阔,有一种广求知识、孜孜不倦的精神。所以,他没有忘记提及与北大并称双峰的清华大学,说"它专门招收很少的学生为将来留学美国做准备"④。从以上叙述来看,卫礼贤至少关注到了北京教育场域的若干类学校,北大、清华;外语学校、女子大学乃至医学专科学校等。不过,同样在1920年代留学北大(1928—1931)的日本汉学家吉川幸次郎(1904—1980)的记忆里,也有所谓"北大穷、燕大阔、清华俊、师大老"的当时的顺口溜⑤。

卫礼贤对北京教育的记忆不仅是通过他与若干教育机构的密切联系与实践而形成的,他与若干重要知识精英的亲密关系也有助于他加深对北京教育场域的印象。这其中首推作为中国文化界领袖的北大校长蔡元培,他不但将自己的名著《中国心灵》题献给蔡元培,扉页上的文字是:"献给 正义与自由的战士 学者 朋友 蔡元培先生"

---

① 《德文学系课程一览(十二年至十三年度)》,载《北京大学日刊》1923年9月15日,第3版。
② 转引自Wilhelm, Salome (hg.), *Richard Wilhelm-Der geistige Mittler zwischen China und Europa*(卫礼贤——中国与欧洲间的精神使者), S.285. Düsseldorf, Köln: Eugen Diederlichs Verlag, 1956.
③ 胡适:《胡适的日记》上册,北京:中华书局,1985年,第441页。
④ Wilhelm, Richard: *Die Seele Chinas*, S.180.
⑤ [日]吉川幸次郎:《我的留学记》,钱婉约译,北京:光明日报出版社,1999年,第57页。

(HERRN TSAI YÜAN PEI, DEM KÄMPFER FÜR RECHT UND FREIHEIT, DEM GELEHRTEN, DEM FREUND.)①；而且还不遗余力地为蔡氏谋求法兰克福大学名誉博士的头衔②。不仅是蔡元培、卫礼贤与新文化运动的其他领导人物如胡适也同样友善，并赞扬这种居于统治地位的"极其现代"的精神③；日后他更邀请胡适去法兰克福大学，让他与伯希和（Paul Pelliot, 1878—1945）一起作为中国学院的嘉宾做讲座。卫礼贤和相当一批中国知识精英（大多数人在教育界供职）建立了私人交往，事实上他不仅成功地建立了北京的"德国圈子"，而且也建立了"中国圈子"，仅其夫人在回忆录中提到的名字就有：梁启超、张君劢、徐志摩、林徽因、梅兰芳等④；而这样一种精英网络的构成又不会是简单的凝固不动的，这些人物都是文化场域的风云人物，再进一步产生相互的链性关系网络也是很正常的事情。由此可见，作为知识人的卫礼贤，对北京教育场域的实践与观察是有着非常坚实的社会基础的；更何况，德国人素来有重视教育的传统，卫礼贤自然也不例外。在最高层次的知识精英（学术精英）圈层里，卫礼贤关心的，当然不仅仅是一种单纯人际关系的建立抑或为教书匠而已；说到底，作为一名知识精英，卫礼贤生存的意义就在于如何在思想的高端层面去追求真理；所以，这样一种帝京记忆表象之后的"中国心灵"契合度以及通过这样一种"中德精神冲撞"必然导致的思想生成乃是水到渠成之事。⑤

---

① Wilhelm, Richard: *Die Seele Chinas*. S.5.
② 卫礼贤为此曾求助于著名汉学家福兰阁，但福兰阁（Franke, Otto）对此持强烈反对态度，他认为蔡元培是"极端的理论家和头脑糊涂的人"（蔡元培曾热烈赞成中国站在同盟国一方参加世界大战）。福兰阁1925年9月16日致卫礼贤函。转引自吴素乐（Ballin, Ursula）《卫礼贤传略》，载孙立新、蒋锐主编《东西方之间——中外学者论卫礼贤》，济南：山东大学出版社，2004年，第49页注释1。
③ Ballin, Ursula, "Richard Wilhelm (1873—1930) -eine biographische Einführung"（卫礼贤简介）. in Hirsh, Klaus (hrsg.), *Richard Wilhelm Botschafter zwei Welten-Sinologe und Missionar zwischen China und Europa*（卫礼贤：两个世界的使者——在中国与欧洲之间的汉学家与传教士）, S.19. Frankfurt am Main & London：IKO-Verlag für Interkulturelle Kommunikation, 2003.
④ 参见 Wilhelm, Salome（hg.）, *Richard Wilhelm–Der geistige Mittler zwischen China und Europa*（卫礼贤——中国与欧洲间的精神使者）, S.295—297. Düsseldorf, Köln：Eugen Diederlichs Verlag, 1956.
⑤ 由于篇幅关系，关于卫礼贤经由这样的中德（西）精神冲撞与思想生成而发展出的"西体东用观"，此处只能从略。

紫禁城形象：朝鲜朝使臣慕华心态的投射物

——以李㴭的《燕途纪行》为中心

徐东日

（延边大学）

燕京①是朝鲜朝燕行使臣中国之行的目的地。在明代，它作为中国的皇城，是曾经让每一位朝鲜朝士大夫心驰神往的美好去处，但时至满族人统治中国的清朝初期，由于朝鲜朝士大夫依然十分推崇朱子所谓"尊华攘夷"的理论，奉行尊明事大的小中华思想，认为明朝文化才是真正的中华文化而清朝统治下的中国则是夷狄的天下，言外之意，中华文明在清朝已经消亡。所以，朝鲜朝燕行使臣受到这种朝鲜朝社会总体想象的影响，对清朝的都城燕京就抱有一种相当复杂、矛盾的心态：一方面，他们盛赞气势恢宏、至高无上、超凡脱俗的皇城建筑以及庄严、肃穆、神圣的朝拜仪式；另一方面，他们则十分蔑视与丑化居住在皇宫里的满族统治者。出于这种既爱又恨的矛盾心理，朝鲜朝燕行使臣就为我们留下了不少对照鲜明的文字。

在当时撰写"燕行"作品的朝鲜朝燕行使臣当中，最为著名的作者、作品要数麟坪大君李㴭②及其撰写的《燕途纪行》。

1. 麟坪大君李㴭所目击的燕京，虽然历经明际之沧桑，这时已改朝易姓，但在李㴭眼中，却无处不充溢着帝王之气，无处不残留着明朝的历史印记。比起朝鲜的王宫，燕京的紫禁城③其体量之大俨然是一座城市，红墙黄顶，气度非凡，置身于其中便自

---

① 即今天的北京。它作为都城，始建于辽代（陪都），称为南京；金代以此为都，称为中都；元代也以此为都，称为大都；明代在朱元璋之后以此为都，称为北京；清代自顺治起以此为都。

② 李㴭（1622—1658年）：字用涵，号松溪，仁祖第三子，孝宗李淏之弟。仁祖八年（1630年）被晋封为麟坪大君。"丙子之乱"爆发后，与其王兄昭显世子、凤林大君被掳到沈阳，当了一年的人质，第二年春天才被放回朝鲜。由于在满洲的时间较长，因而对满族人的习俗有了较多了解。他有时也随着清军参加征战，曾亲眼目睹了波澜壮阔的明清战争。仁祖20年（1642年）开始，他先后以谢恩使、进贺使、陈奏使、问安使的身份先后三次赴沈阳，九次赴北京。《燕途纪行》是李㴭在孝宗7年（1656年）以陈奏正使出使清朝时写下的使行记录。

③ 即清朝的皇宫。

觉渺小。因而在作者笔下,紫禁城自有区别于朝鲜王宫的另一番风味与情趣。

首先,麟坪大君李愭在《松溪集》中,主要通过描述几个具有代表性的物象来展示帝王之都华贵、雍容、巍峨的景象。譬如,他描写了承天门①前外金水桥畔的"石狮"、"玉柱"。

> 桥北有大石狮一双,桥南又有大石狮二,坐暨擎天;白玉柱一双,柱最高约五丈,精雕云龙,极其壮丽。狮亦过丈,……门内亦有一双擎天白玉柱,其制与门外玉柱同。②

李愭为什么要突出"狮子"、"云龙"这两个物象呢?这是因为,它们是赫赫皇权的外在象征,它给予麟坪大君李愭以作为"天朝大国"的威严与至高无上的感觉。在中国传说中,龙是一种能够兴云作浪的神异动物,在封建时代有圣德的人被比喻为龙(主要是皇帝),这在一个方面体现了封建帝王至高无上的尊贵地位以及喻己为圣德之人的思想。而工匠们雕刻龙纹技艺的精巧,更是让他赞叹不已。于是,他指出:"精雕云龙,极其壮丽"。另外一个物象是"狮子"。据佛典《伟灯录》记载:

> 释迦佛生时……即自行七步,下足处皆生莲花。他一手指天,一手指地,作狮子吼云:"天上天下,唯我独尊",天地为之震动。

所以,狮子雄踞作吼以慑伏群兽的形象也让麟坪大君暗自钦羡,因为比起护卫朝鲜王宫的水獭等镇邪的动物,中国皇宫大石狮的体形更加高大雄峻。由此我们不难看出,明朝人在皇宫前安设狮子的目的是在"天朝大国"的门口安置一个强大无比的守护神。

其次是承天门。

> (承天门)上有九间层楼,金碧辉煌。下开三座洞门,两门间俱隔二间,所经深邃,广可开五间。门内亦有一双擎天白玉柱,其制与门外玉柱同。③

承天门又称国门,取"奉天承运"之义。实质上,"承天门是按照风水之法而修建的,符合先天八卦,"④ 即"天南地北",是天的表征。《周易》云:"九五飞龙在天,利见大人。"所以,承天门的规格极高,门楼东西九间,南北进深五间,其意以龙为神物,龙

---

① 即今天的天安门。
② 李愭:《松溪集》"纪行",第223页。
③ 李愭:《燕途纪行》(下),第39页。
④ 王子林:《紫禁城风水》,北京:紫禁城出版社,2005年7月,第202页。

腾而居天上，门楼故取"九五"，象征帝王之尊。这当然比起朝鲜朝王宫景福宫南面东西五间、南北进深二间的重檐庑殿顶王宫正门[①]要金碧辉煌、深邃得多，因而，它是麟坪大君心目中十分理想的华贵、雍容、巍峨的"天朝大国"的形象。

最后是最能显示帝都气势的"太和殿"。

> 由长安门右夹入约五十步，渡御沟石桥。桥是三跨三座石桥，上下御沟俱植石栏，纵横峥嵘。瞻望太和殿，十丈黄屋，三级石栏，台是三层，高又五丈，日射金碧，光耀夺目，烟浮曲栏，香气袭人，殆非尘里世界。[②]

李宭在这里着重描述了"黄屋"、"石栏"和石"台"的高大峻拔，"日射金碧，光耀夺目"的灼目色彩，以及"烟浮曲栏，香气袭人"的神秘气氛，结果从另外一个侧面凸现了帝都的中心——太和殿的威严、肃穆与神圣[③]。王其亨在《风水理论研究》一书中指出：太和殿作为皇权、国家的象征，须有仰崇之势。正如其言，太和殿建筑在一座庞大的象征宇宙须弥山的"土"字形台基上，台基则建在广阔的广场之上，层层叠加，无疑给人以一种气势恢宏、至高无上、超凡脱俗的神圣之感。"太和殿因借台基所造成的地势高度，高达35.05米"，[④]台基与宫殿的高度超过了一定的程度就会引发山的联想，所以台基与宫殿不但具有稳固的意义，而且具有崇高、伟大的意义，当近乎山的形象时，就与神接近了。还有，外朝三大殿同立于一工字形台基上，台基崇高广大，共有三层，为白玉砌成，高8.17米，每层绕以白玉栏杆，更衬托三大殿的赫赫气势。总之，太和殿的各种建筑语汇，不论是屋顶正脊两端高达三米的龙头正吻，还是富丽堂皇的龙形雕饰，抑或最高贵的合玺式彩画，无不以无声的语言昭示、渲染和神化至高无上的皇权。

实际上，由于太和殿的尊崇性质，因而它在材质、装饰、色彩等方面也都能体现出其至高无上的尊贵性。生活在麟坪大君李宭之后的朴趾源曾在《黄图纪略·太和殿》中描写道：

> 太和殿，皇明时旧名皇极殿，三檐九陛，覆以琉璃黄瓦，月台三层各高一丈，每层为白玉护栏，悉雕龙凤，栏头皆为螭首外向，台上立铁鹤翩然欲舞。第一台栏中列置八鼎；第二台栏角对峙两鼎；第三台栏中夹栏各峙一鼎，鼎高皆丈余，庭中亦列三十余鼎，其出色神巧，古之九鼎亦或在此也。

---

① 朝鲜朝首都八大门中最重要的南大门，即崇礼门。
② 李宭：《松溪集》"纪行"，第234页。
③ 参阅陈尚胜：《朝鲜王朝对华观的演变》，济南：山东大学出版社，1999年10月，第123页。
④ 王子林：《紫禁城风水》，北京：紫禁城出版社，2005年7月，第205页。

从材质上看，琉璃黄瓦是高贵无比的。在中国封建社会，皇帝多用黄色来象征皇权，而以黄色琉璃瓦为屋顶的紫禁城这片空间无疑也象征着皇天下的含义。即，皇宫建筑屋顶"黄瓦映日，润腻欲流"①的金碧辉煌的色彩体现出"统治者文化层"不同于一般人的对富贵豪华的炫耀感。从装饰上看，"悉雕龙凤"的"白玉护栏"、"螭首向外"的"栏头"、"翩然欲舞"的"立铁鹤"、三层月台上的十二鼎等都含有高贵、长寿、尊贵、权力的含义。从色彩上看，白色的护栏、红色的墙柱、黄色的瓦色形成了一种对比强烈与协调统一的色彩风格，李德懋将此比作朝鲜的"圆觉寺浮屠，峨峨皓白，雪山离立，红日压空，令人羞明"②。另外，黄色屋顶和红色墙身下面以白色须弥座承托，两翼逐渐迭落的黄琉璃瓦顶则有色彩鲜艳的面阔红墙相衬托；东西两侧有体仁、弘义二阁耸峙，形成一个完整的凹式景观；蓝天白云和黄瓦红墙、重檐四阿庑殿顶的高大的太和殿，其巍然耸立、气宇轩昂，达到了"若仰崇山而戴垂云"的风水建筑法则的要求。因此，太和殿的建筑从其筑法、材质、装饰、色彩、格局上看，都显示出一种高贵，一种威严壮丽，一种非凡的帝都气象。③

麟坪大君李㴭等人之所以将太和殿描述成带有乌托邦意义的宫殿形象，那是因为它作为国家政权核心和封建皇权至上的象征，"壮大以重威"，符合《周礼》所确立的帝都的规制；同时，它作为帝都的正殿，具有朝鲜王宫的正殿勤政殿所无可比拟的规模与气势。诚如此后使行中国的朝鲜朝使臣李德懋所言：

> 殿大抵如我国仁政殿，或曰差小，未可定也。④

具体而言：不同于太和殿三层月台、殿制广 11 间深 5 间、重檐四阿庑殿顶的建筑格局，朝鲜勤政殿是两层台基、广 5 间、深 5 间、重檐歇山顶的建筑格局。还有，朝鲜王宫勤政殿殿前月台中间台阶上雕刻着在云端戏弄如意珠的两只凤凰，在这个踏道上方两侧则设有海獭雕像，在上下两层台基两侧设有花岗石石材的华叶童子柱、勤政殿各方向上则列有刻着十二生肖的石像；这些也都与中国紫禁城太和殿上悉雕龙凤的白玉护栏、螭首向外的栏头、翩然欲舞的立铁鹤、三层月台上的十二鼎等都有所不同。

由上可见，中国的太和殿作为帝都的正殿，的确比朝鲜王宫的正殿更加体现出其尊严与威仪。"礼"是中国古代社会等级制的社会规范与道德规范，用"礼"的规范来统治国家被称为礼治，后来，"礼治"的思想也成为朝鲜历代的统治思想。礼治的

---

① 李德懋:《青庄馆全书,入燕记,6月4(壬辰)日条》,韩国民族文化促进会,1989年。
② 同上。
③ 参阅王子林:《紫禁城风水》,北京:紫禁城出版社,2005年7月,第124页。
④ 李德懋:《青庄馆全书,入燕记,6月4(壬辰)日条》,韩国民族文化促进会,1989年。

本质就是明确等级，区分君臣、上下、父子、夫妇、兄弟、内外、大小的秩序，而不可颠倒混乱。因而，礼治不仅是一种文化观念，更是一种以封建等级制和宗法制为特征的政治制度。朝鲜朝燕行使臣之所以如此推崇太和殿，也正是因为太和殿最集中地体现了强调等级制度的礼治思想，而朝鲜士大夫又是最顽固地维护与执行这种社会规范与道德规范的模范。

2. 麟坪大君李㴭通过对紫禁城的认真观察，还认识到其宫殿建筑的整体布局采取的是严格的中轴对称方式，体现着一种均衡性的特点。他在《燕途纪行》中描述道：

> 从端门左夹入，制同承天门。楼为流贼所焚，尚未重构。自承天门抵端门约百余步，左右长廊只余旧基，瓦砾添满，想亦兵火后未构者。自端门至午门约三百步，左右长廊亘连，云是各寺朝房。端门左右廊基后、午门左右长廊后，真松凤尾，极目森罗。东是太庙，西延社稷。抵午门外少憩，其制亦同承天，当中连开三门，左右俱置掖门。迤南稍曲相向，杜拾遗晚出右掖者是也。午门是紫禁城南门，上有九间层楼，从左右掖门，上城迤南状如凹字形，两角勾楼，疑如敌楼。自午门层楼至两角敌楼畔，左右行阁相连，金碧灿烂，朝日初射，光耀不能正视。①

上面文字，仅仅提及从承天门、端门到午门的沿途建筑。撇开对建筑的具体描述不言，仅从途经路线来说，它实际上只言及紫禁城自南至北沿纵轴（中轴）的建筑的一部分，倘若将从外城、内城、皇城到宫城沿线的全部建筑沿纵轴（中轴）排列，则依次为：永定门、正阳门、大明门（大清门）、承天门（天安门）、端门、午门、奉天门（皇极门、太和门）、奉天殿（皇极殿、太和殿）、华盖殿（中极殿、中和殿）、谨身殿（建极殿、保和殿）、乾清门、乾清宫、交泰殿、坤宁宫、坤宁门、天一门、钦安殿、玄武门（神武门）、万岁山（景山）、北安门（地安门）、鼓楼、钟楼。中轴线虽长，但富有变化，主要建筑物都有台基，通过一连串比较恰当的封闭广场（或庭院）及两旁建筑物的衬托，使主要宫殿更加雄伟壮丽。从平面上看，自大清门直至景山寿皇殿，共排列了九个形状大小不一的广场，有"T"字形、长方形、方形、横长方形，有在广场北侧布置主体建筑的，也有在广场中心布置主体建筑的。九个空间中，以高35米的太和殿为人工构筑物的中心，以高63米的景山作为自然地形上的屏蔽，以高33米的钟楼作为走向序列的结束。这其中又穿插布置了城台、华表、牌坊、石桥等各种建筑形式，这些建筑一字罗列，气象万千，巍峨高大，震慑人心。其中，比较重要的建筑都安置在纵轴线上，

---

① 李㴭：《燕途纪行》下，第39页。

次要的建筑则安排在横轴线上。

实际上,皇城中轴线两侧建筑配置间的对称,同样寓以深意。对称式的建筑群犹如中轴线张开的两翼,不仅使城市空间布局显得稳重、规整,而且更衬托出中轴线系外建筑的中心作用。这一建筑布局,寓意着"天地万物之理,天独必有对,皆自然而言"的理学思想。都城内以中轴线为中线的对称式建筑群历历可见,而建筑群本身也采取中路两厢对称的形式。另外,轴线对称式布局,作为中国古代建筑群体空间布局的重要方式之一,可能与中国单体建筑较早地走向标准化,与布置上的严格方向性有关。更重要的是,在中国人的思想意识当中,早就对中心、中央、中庸之道等对称平衡概念具有根深蒂固的信仰,从而自觉地以中心轴线形式处理城市布局。

在整个皇城中,最为突出的是紫禁城:

> 紫禁城中突出尊位的是太和殿、中和殿、保和殿,因此将它置于中央地位的纵轴线上,而且由于太和殿是皇帝坐朝的金銮殿,所以紫禁城内所有建筑都拱卫突现在纵轴线中心点上的太和殿。①

由此可见,明朝北京城中轴线的设计,为皇权一统创造了永恒不变的气氛。雄伟高大、富丽堂皇的长方形宫苑建筑群,笔直的中轴线,都显示了皇权的至高无上,同时也体现着"天下之众,本在一人"的说教。

麟坪大君李㴭等人之所以不遗余力地正面描述紫禁城宫殿建筑的整体布局,不仅是因为紫禁城作为帝都的建筑范式,带有建筑乌托邦的性质,还因为它有别于朝鲜王宫的建筑布局。具体而言,朝鲜王宫建筑的整体布局并没有采取严格的中轴对称的建筑方式,它只将最重要的建筑置于王宫的中轴线上,而其他较次要的建筑则设置得不太规则。这是为什么呢?

笔者认为,其原因在于,朝鲜的宫殿建筑是依山势建造的,因而很难按照严格的中轴对称的方式建造宫殿群。具体而言,朝鲜的山地面积占其国土面积的四分之三以上,因而平原面积较少,缺乏营建城市的广阔平地,相对而言,王宫所需的平地则更少。何况,朝鲜作为半岛小国,时常面临着周边强国的军事威胁,为了防备那些始料不及、突如其来的危害,排遣不可名状的恐惧感,朝鲜王宫的建筑大多建造在半山腰上,一面有市街围绕着平地,一面将城墙延伸到背后的山顶,这有助于进行有效的防卫。即,在王宫后边建筑的山城,是在王宫被攻破时要最后退守的防御阵地。在这种现实条件下,朝鲜王宫的建造就分别受到王都风水说、阳基风水说、墓地风水说等风水理论的

---

① 高巍:《漫话北京城》,北京:学苑出版社,2007年1月,第95—96页。

影响，结合几乎所有朝鲜的山岳都有溪川环绕的地理环境，完全可以将朝鲜的王宫置于大自然的屏障之下，做到藏风即得水，即气所流动的脉即为山。而且朝鲜冬天因为风冷，更适合"四神具备"的原理，这与由于北方降水量小而（比起山）更加重视水的中国的风水说不同。① 同时，为了更好地营卫王宫的穴位（又称"龙穴），防范大自然可能向王宫释放邪气，他们就针对周边山峦的走向，在主要宫殿的周围建造了具有各种避邪功能的建筑。因而，其建筑的朝向与形状就更不可能整齐划一。这实际上也表明，在朝鲜王宫那个令人尊崇的形象背后，却深藏着一种软态。这种软态，还体现在为了祈福避祸，朝鲜朝王宫的建筑布局呈现着一种龟形的轮廓走向，因为朝鲜人自古就认为，龟是具有灵性的动物，因而十分崇尚龟，并借此祈福避祸。②

说到这一点，北京的紫禁城也不例外，在那至高无上、豪华无比的背后，也深藏着一种软态。紫禁城除了环绕着十多米高的场面墙外，还有宽52米的护城河，这还不够，在建筑体上还要附上各种各样的奇禽怪兽使他们获得心理上的安全感。

由上可见，朝鲜的王宫比起紫禁城更加注重建筑与自然的有机融合；而相对而言，紫禁城则呈现出与天上的紫微宫相对应的建筑格局。因为中国古代人认为，"王者居宸极之至尊"，天下第一家的居所亦法象"宸极"，即"宫者，天有紫微宫，人君则之，所居之处故曰'宫'"③。"上帝居住在紫微宫北极星，而北极星居中不动，为群星所拱，在星辰体系中最为尊贵，天子仿效天帝，天上有紫微宫，地上有紫禁城，于是，宫廷也有各种别称，如天宇、天阙、天邑、宸极、皇州等。"④ 作为封建帝王，他们把自己居住的皇宫喻为天上的紫微宫，即与天上紫微星相对应的地面建筑，以此幻想着四方归顺、八面来朝、江山永固。另一方面，作为皇帝居住的地方，必然是禁卫森严之处，一般人难以进入。这一禁止一般人进入的禁宫，就可称为"紫禁城"。这就是紫禁城名称的由来及其基本含义。

在这方面，朝鲜与中国有所不同。由于长期以来中国与朝鲜之间存在着宗藩关系，所以朝鲜的王宫建筑就绝不能盖得像故宫三大殿那样具有高耸尊贵的帝王气象，再加

---

① 明代，《阳宅十书》"论宅外形第一"："凡宅，左有流水谓之青龙，右有长道谓之白虎，前有污池谓之朱雀，后有丘陵谓之宣武，为最贵地"。朝鲜与中国一样，也是一个十分崇尚这种风水信仰的国家。风水地理家们认为，今日韩国首都首尔的位置就完全符合这种风水要求。
② 自古以来，朝鲜的原始先民就将"龟"当成具有灵性的动物，他们认为，龟的灵性使之成为沟通天与人的使者，它将人间的吉凶预告给人们，所有人的祈愿由它上告于天，而所有天的预兆又由它向下昭示于民，因而，一切的吉凶祸福都可预知。在韩国高丽王朝僧一然所著的《三国遗事》卷二《纪异二·首露王神话》和《三国遗事》卷二《驾洛国记》中都载有国语歌谣《龟旨歌》。
③ 《唐律疏仪·名例》。
④ 张分田：《中国帝王观念》，北京：中国人民大学出版社，2004年3月，第257页。

上朝鲜的都城由于地势的局限和崇尚自然的建筑观等因素,所以较重要的建筑都安置在纵轴线上,而不太重要的建筑的建造则没有什么章法可循。因而,这种布局所体现的尊卑性的象征意义就不太强烈。而且,朝鲜的宫殿从其殿高来看,虽相对于建筑面积不够大的王宫来讲还算比较高大,但与中国的紫禁城相比就没有一种高大的感觉。另外,其材质与装饰也不像中国的故宫那样奢华;而从色彩上看,多使用浅绿色等贴近自然的柔和颜色,因而具有较浓重的抒情色调。总之,朝鲜的王宫从来就不像中国的紫禁城那样使自己的建筑具有强烈的尊卑性的象征意义,而是更加贴近于现实的生活,抒情而真实。

3. 朝拜仪式:庄严、肃穆、神圣。

紫禁城的各式建筑不仅具有一种超脱世俗的帝王之气,而且在此举行的朝拜仪式也显得格外庄严、肃穆与神圣。在观念上,皇宫内院是帝王"齐家"的场所,朝堂大殿则是帝王"治国、平天下"的地方,所以,帝都京城很自然就成为整个国家的政治中心。紫禁城的建筑形式处处体现着封建皇权的至高无上,强调着等级制度的不可逾越。其太和殿就是国家政权核心和封建皇权至上的一种象征,所以,太和殿是明清两代朝廷举行重大典礼的地方。每逢皇帝登基、做寿、结婚、军事出征以及元旦、冬至、万寿三大节等重大节日,还有凡遇大朝会、燕飨、命令出征、临轩策士及百僚除授谢恩,皇帝就要在太和殿接受百官的朝贺并且颁布命令。而太和殿丹墀下则是文武官员们向皇帝行礼的位置。

李㤿在《燕途纪行》中,就比较细腻地描述了顺治帝在太和殿上举行朝拜仪式的场面。

在描写正式朝拜场面之前,李㤿首先通过描绘一系列景物来营造了一种缥缈、肃穆的神秘气氛:

> 庭列天子旌旗,门排梨园雅乐,门即太和也。礼官引副贰以下列立庭中,房薄下导余从蒙王后登御桥西夹桥,使坐台西,从者只徐孝男也。台上房薄是清制。台边安十二古铜大香炉,高亦过丈,殿檐亦设箫鼓,威仪严敬。长安门内浑是黄屋,日华浮动,地皆布砖,尘沙不起。钟鼓和鸣,笙簧齐奏,警跸声高。清主高坐,蕃汉侍臣鹄立成班行朝谒礼。蒙王三人先行,余从后行礼,副贰以下亦行礼于庭中,叩拜既毕,余从蒙王入坐殿西。……殿制东西十一间,南北五间,总铺华氍毹,四翼巍巍,檐用层屋,高际云霄。副贰以下亦许上殿,副贰行台中使坐余后,正官十三坐檐外。……率副贰以下从贞庆门午门出,憩曲城,旁房薄纷纷罢出,具鞍象,驾銮舆,驷马御銮架,銮铃齐鸣。小国管见来见,

天子威仪，可谓盛哉，而恨不得瞻望。……明朝文物想象之际，徒切慨惋。①

在此，朝堂内由旌旗、香炉、萧鼓等器物所共同烘托出的朝拜气氛，为整个朝拜场面添注了一种浓烈的威严、神圣的气氛。而长安门内的景物则透过视觉和听觉的交织营造出一种崇高与威严的气势，为朝拜仪式的肃穆气氛烘托出一种隆重、繁缛的氛围。"在这种意境和氛围中，皇帝行使着'官天下'的权力，扮演着'家天下'的角色。人们只能顶礼膜拜，谁又敢对君王怀有二心？"②

另外，根据太和殿内宝座的高度和太和殿广场的距离之比，当皇帝坐在宝座上时，能清楚地看到太和殿丹陛上及广场上跪拜的群臣，而群臣的视线只能看见皇帝的双足。这种建筑比例尺度的运用，能营造出一种神秘的氛围。皇帝是龙的化身，云行雨施，变化无穷，皇帝的真面目如云中之龙隐约忽现，由此充分显示出君王之高高在上、臣下之唯唯叩拜，即君王之神圣与臣下之卑贱。其结果，在紫禁城内，似乎一切都逃脱不了皇帝那股威严与华贵之气，而皇帝銮驾出巡更是集中体现了这一点。面对这一场面，李宿不禁从内心里发出赞叹——"盛哉"。而在啧啧赞叹声中，我们也不难看出，在他心中潜藏着一种对帝都朝拜场面的无限钦羡以及对朝鲜作为偏隅之邦的自卑心理，其内心涌动的是一种思明情怀，这致使他每当想到明朝文物，就不禁"徒切慨惋"。这也是朝鲜士大夫阶层社会集体想象物的一种集中体现。

实际上，在紫禁城太和殿广场上所举行的这种恢宏、华贵的朝拜仪式，是源于周朝的朝聘制度，在明朝时更为兴盛。而麟坪大君对清朝统治者沿袭这一旧制是比较首肯的，并且描述得相当正面。但与此同时，在麟坪大君笔下，清朝皇帝的凶狠表情以及朝贺赐宴上那种不成体统的场面却被描述得比较负面：

细看清主状貌，年甫十九，气象豪俊，既非庸流，眸子暴狞，令人可怕……设宴行茶，别赐羊肉一金盘于余，是款接也。其宴礼也，不行酒，乍进乍撤，左右纷纷，专无纪律，配似华诞契会，牛羊骨节堆积殿宇。可惜礼器，误归天骄。宴罢次第以出，副贰以下从小西桥下排立庭下如前，余随蒙王出台上复行一叩之礼，仍以御桥西夹以下，蒙王中有识余者，以辞致款，北人天性直朴不骄，可见华人见东方衣冠无不含泪，其情甚戚，相对惨怜。③

在这里，麟坪大君李宿将清朝皇帝顺治描写成与无比庄重、相当文明的朝拜场面

---

① 李宿：《松溪集》"纪行"，第234页。
② 张分田：《中国帝王观念》，北京：中国人民大学出版社，2004年3月，第258页。
③ 李宿：《燕途纪行》，韩国首尔：韩国民族文化促进会，1989年，第40页。

根本不相称的人物形象,他那种"眸子暴狞,令人可怕"的桀骜不驯的气质,以及在他主导下宫廷之中饮酒作乐、狼藉一片并到处散发着"蛮野之气"的朝贺赐宴场面,实在很难与紫禁城太和殿广场上所举行的这种恢宏、华贵的朝拜仪式的氛围相合拍。更有甚者,顺治和他的满族臣子们不仅毫无纪律,而且随意将啃完的"牛羊骨节堆积"在富丽堂皇的"殿宇"之上,这实在显得没有礼数、不成体统。这对于在深受中国儒学礼治思想影响的朝鲜士大夫看来,顺治朝的所作所为全然不像一个"天朝"礼仪大国的作派,正所谓"衣冠之地换作毡裘之区;礼仪之乡变为悖礼之场。可骇之俗,可愕之事,已不可暇数"。① 于是,李宧在感叹"可惜礼器,误归天骄"之余,一想到明朝文物就会"徒切慨惋"。关于这一点,荷兰人纽霍夫曾在游记《从荷兰东印度公司派往鞑靼国谒见中国皇帝的外国使团》一书中描写道:满族显贵们"像野兽而不是像文明人那样"扑在肉食上。有些官员压根没有餐具或盘子,而是直接就着他们面前的菜盘吃。更有甚者,一位满族高级官员还问荷兰使节是否打算将剩菜打包带回,当得到否定的答复后,就立刻将荷兰使节桌上的残羹冷炙包卷一空带回家去。

实际上,认为满族人不拘小节、热烈奔放的宴飨活动觉得失之于礼、不伦不类、不成体统的不只是麟坪大君一个人。比麟坪大君李宧更早出使中国的赵庆男在《乱中杂录》中就曾指出:

> 汗(按,指皇太极)设黄色遮日(华盖)于大庭之中,着黄袍,与诸兄同作一行,而汗居其中。……各受盘床。馔品则汗前所进与臣等所受,同其丰侈,少无加减。……杯行二巡而罢。其左右之人,进退无礼,杯盘之间,猎犬相杂,至升平床争食盘中之物,而莫之知逐,此所以为胡者也。②

另外,(朝鲜朝的)佚名在《燕中闻见》(1)中也描述了类似的情景:

> 十月谢恩正使崔鸣吉,副使金南重,书状官李时梅,……世子、大君坐西边,使臣等坐东边。……俄而进宴床行酒,侍坐诸将皆跽跪而坐,或戏笑或唾涕,略无畏惮。有巨犬六、七在坐中行走吠吼,皇帝时时投肉馈之。皇帝项挂念珠,以手数珠而坐,所言皆是浮诞之言矣。③

麟坪大君李宧曾作为清朝的人质长期居住在沈阳,而且还多次作为朝鲜使臣出使中国,因而多次参与了上述朝贺赐宴的场面,所以十分清楚这是满族人的习俗。谈

---

① 林基中:《燕行录全集》95卷,韩国首尔:韩国东国大学校出版部,2001年,第98页。
② 赵庆南:《乱中杂录》,见潘喆等编《清入关前史料选辑·三》,北京:中国人民大学出版社,1985年,第337页。
③ 林基中:《燕行录全集》第95卷,韩国首尔:东国大学校出版部,2001年,第150页。

迁在《北游录》"国俗"条中描述满族人款待客人的场景时写道:

> 撤一席又进一席,贵其叠也。豚始生,即予值,浃月炙食之。英王在时,尝宴诸将,可二百席,豚鸡鹅各一器,撤去,进犬豕俱尽,始行酒。①

可见,这是满族人带有鲜明游猎民族风格的宴会方式,可谓历史悠久。他们的食物都是取之于大自然,这也是满族及其先民女真人崇拜大自然、信仰万物有灵的一个重要原因。而作为另一个很早就居住在东北亚的朝鲜民族,他们在饮食文化方面却跟满族人存在着很大的差异性,跟中国南方农业民族的饮食文化传统颇为接近。其结果,朝鲜民族比起入关前后的满族在物质文化上所具有的先进性,必然会给朝鲜的士大夫们带来一种心理上的优越感。其实,早在朝鲜朝初期,从朝鲜漂流到明朝的崔溥就曾指出:

> 北京即虞之幽州之地,周为燕蓟之分。自后魏以来,习成胡俗。厥后,辽为南京,金为中都,元亦为大都,夷狄之君相继建都,其民风土俗皆袭胡风。今大明一洗旧染之污,使左衽之区为衣冠之俗。朝廷文物之盛有可观焉。然其间闾之间,尚道、佛,不尚儒;业商贾,不业农;衣服短窄,男女同制;饮食腥秽,尊卑同器,余风未殄,其可恨者。②

由此可见,崔溥即便是承认满族人的先族女真人在北京建都的功劳,即"燕京顺天府金元为都",③但对满族人的风俗却是相当贬斥的。李宜正是秉承了朝鲜社会这种"华夷观"思想的影响,才极力否定满族的饮食习俗。

如果说,这种物质文化层次上的优越感还不足以让麟坪大君蔑视满族人的话,那么,在更深的精神文化层次上的优越感则足以让麟坪大君具备蔑视满族人的理由。这是因为,李宜尽管认为"天子威仪,可谓盛哉",但他在内心仍然认为这都是一种表面上对儒家之"礼"的模仿,是形式上的中规中矩,其实践上的所作所为却完全背离了儒家传统"礼仪"的本质。这与朝鲜朝在形式上谨守儒家之"礼"的原则而且在内涵上深谙其中精义的做法相比,显然有较大差距。因而,在李宜的心目中,满族统治者尽管在物质层面上凭借着强大军力开拓了一个辽阔的帝国疆土,但他们在精神层面上却仍然是一个"蕞尔小丑",所以他们始终是一个应该加以蔑视的对象。

总之,这一时期,李宜等朝鲜燕行使臣受到中国礼治思想的影响,误认为中国的

---

① 谈迁:《北游录》,北京:中华书局出版,1980年,第356页。
② 崔溥:《锦南先生漂海录》,韩国首尔:韩国民族文化促进会,1989年,第161—162页。
③ 李宜:《燕途纪行》下,韩国首尔:韩国民族文化促进会,1989年,第44页。

汉文化已经消亡,这就使他们将明代建造的紫禁城这一雄伟高大、富丽堂皇的宫殿建筑群当作中国汉文化的化身,并加以乌托邦化,即通过描述建筑物(或物象)、建筑格局、朝拜仪式,使紫禁城成为华贵、雍容、巍峨的明朝都城的化身。其中,我们通过挖掘朝鲜民族对汉文化的社会总体想象,透过"小他者"(满族文化)与"大他者"(汉文化)的对比分析,可以清楚地看到:在朝鲜朝燕行使臣心目中,潜藏着一种对帝都朝拜场面的无限钦羡以及对朝鲜作为偏隅之邦的自卑心理,同时具有强烈的"慕华心态",内心涌动的是一种思明情怀,认为坐在皇帝宝座上的本应该是颇知礼治的汉族皇帝,而绝不应该是必须加以蔑视的与相当文明的场面不相称的暴戾的满族皇帝。其结果,他们在内心深处就急切地呼唤着具有较高文明修养的汉人君主复位来统治这个国家。

二

西方作家心目中的东方与中国

《尤利西斯》中的东方想象与身份建构

刘 燕

（北京第二外国语大学）

20 世纪上半叶的许多西方现代主义作家如卡夫卡、叶芝、庞德、艾略特、奥登等人都不约而同地对广袤而神秘的东方世界发生了兴趣，这既是 18 世纪启蒙运动以来"中国风"和 19 世纪浪漫主义渴望异国情调传统的延续，也是"西方的没落"与"上帝死了"之后西方人对于东方异国的重新发现，他们试图通过对西方之外的"他者"的浪漫想象，来批判危机四伏、处于困境之中的西方现代文明，寻求自身的拯救之道。在爱尔兰小说家乔伊斯（James Joyce，1882－1841）的小说中，我们同样可以发现他对东方（包括土耳其、以色列、巴勒斯坦在内的中东与印度、中国、日本等在内的远东）的倾心描述与丰富想象。不过，乔伊斯对东方的了解途径主要来自于书本（史书、游记、日记、新闻报道）阅读、朋友交谈或道听途说，这决定了他像多数西方人一样，赋予了东方不同于西方、或者与西方形成比照的乌托邦想象，通过这个被借用、被简化、被编码的充满一切可能性的"他者"，来批判现实世界的不合理性或局限性，凸现理想与现实的困境，从而建构主人公与众不同的复杂身份。

一、"阿拉比"：浪漫理想的幻灭

在考察《尤利西斯》之前，我们有必要分析《都柏林人》中的一个重要篇目《阿拉比》，它讲述了一个情窦初开的男孩"我"对曼根姐姐的朦胧爱情。小说中的"Araby"（阿拉伯的古名）是指都柏林城内具有浓郁东方色彩、类似于阿拉伯集市的百货商场。"曼根姐姐"这个名字和"Araby"联系起来，是因为"我"与曼根姐姐的一次聊天中，她无意中提到了这个词语。从此，乏味平庸的日常生活为女孩的一个小建议所唤起、照亮：

　　Araby（阿拉比）这个词的音节在静寂中悄悄回响，我的心灵沉溺其中，**到**

处都漫延着那迷人的东方气息。……生活中必须做的事让我腻烦,因为它们让我的愿望难以很快实现,所以在我看起来,它们就像儿戏,单调而让人生厌的儿戏。①

为了能去曼根姐姐建议的阿拉比集市,男孩在夜晚独自一人勇敢地出发了,乘火车匆匆到达集市,看见了高大建筑物上"那诱人的名字闪闪发光"。可是,集市已经打烊,想象中浪漫的一幕被成人无聊的谈话和空旷漆黑的集市所撕破。"Araby"的迷人之光在现实污浊、无聊、平庸的环境中黯淡下去,带给男孩的是深深的伤害与愤怒。曼根姐姐的浪漫形象与"Araby"这个词汇、场景联系在一起,成为以垂死的教士为代表的死气沉沉的都柏林"瘫痪"环境的一种反衬。理想遭遇了残酷的现实,"迷人的东方气息"并没有如愿以偿地呈现出来,反被无边的黑暗所吞没,这是东方浪漫想象的幻灭,也是单纯美妙的少年世界对卑鄙无聊的成人世界的无言抗议。事实上,都柏林的"Araby"只不过是一个冒牌货。而作为象征意义的"Araby"却成为孩子人生成长旅途中的一个不可企及的光亮。也就是说,"Araby"所象征的东方异域几乎是一个不可获得的神秘存在,在肮脏压抑、精神瘫痪的都柏林世界中不可能寻找到,除非我们的主人公有勇气逃离故土,远走高飞。

渴望浪漫未知的理想生活或遥远的异域,却始终无法逃离庸俗现实的困境,这成为乔伊斯所有小说的主题之一。在《伊芙琳》中,女主人公伊芙琳爱上了一位来自阿根廷首都、"给她讲了很多遥远的有异国情调的故事"的水手。②她下定决心要逃离沉闷压抑的都柏林,小心谨慎地做好了与心上人私奔的准备。可是临行之际,伊芙琳却踯躅码头,在启航铃拉响的那一刻绝望地放弃了远走他乡的另一种可能生活。在《一朵小云》中,喜欢拜伦、怀抱诗人梦想的小钱德勒结婚以后,被囚禁在日常乏味的婚姻与工作中,为平庸琐屑的家务、孩子的哭闹和小家子气的妻子所累,浪漫的青春热情被消磨殆尽,逐渐变得痛苦、绝望、麻木和厌倦。《阿拉比》中当年那个充满忧郁、浪漫幻想的少年变成了萎靡不振的小钱德勒(这也几乎是所有年轻人的成长之路)。有一天他突然看见了照片上妻子木呆的眼睛:

他淡漠地盯着照片上的那双眼睛,它们也淡漠地回看他。这双眼睛很美丽,面孔也漂亮。不过他看得出那照片上的人有些局促之感。为何表情这么木呆呆的,故意扮出一副贵妇人的模样呢?眼光那么澄静,令他厌烦。那双眼睛排斥他,向他挑衅;眼里没有激情,也没狂喜。他想起了加拉赫说起的**富贵的犹太**

---

① [爱]詹姆斯·乔伊斯:《乔伊斯文集1·都柏林人》,安知译,成都:四川文艺出版社,1995年,第37页。
② 同上,第48页。

女郎。他思忖着,那些东方女郎黑潭般的眼眸,充满激情,流露出诱惑人的情感⋯⋯!为什么他那时要娶那双眼睛呢?[①]

平凡庸俗的现实生活与理想化的浪漫生活之间是一道不可跨越的深渊。"Araby"集市、异域水手"弗兰克"、"犹太女郎的黑眼睛"象征的是一个遥不可及的、浪漫未知、远离现实的世界。不难看出,乔伊斯小说中的"东方"、"异域"只是一个想象的符号,一个异质性的可能性,一个脆弱的虚幻存在。像福楼拜一样,乔伊斯将东方与沉溺于浪漫幻想的逃避主义联系在一起。在向东方异域的不断求索过程中,这一想象性替代物意味着绚丽的色彩、令人激动的别样生活,能够冲破单调乏味的现实禁锢,获得自由、爱情与希望、创造。

这正是生活与艺术、现实与理想之间永无止境的悲剧冲突。在乔伊斯看来,只有艺术家通过想象的创造才能解决这一迷宫式的困境。这也是为什么他要把《一个青年艺术家的画像》中的主人公取名为迪达勒斯·斯蒂芬的原因。古希腊神话中的发明家迪达勒斯凭借着高超的惊人的想象力和创造力,用羽毛制造出可以飞越米诺斯迷宫的翅膀,逃离一切可怕、危险和禁锢之地,这也意味着艺术家是这样一类人,他们用文字、象征符号和素材编制可以逃离现实迷宫的翅膀,获得超越世俗困境的智慧和自由。最终,作为乔伊斯的代言人斯蒂芬获得了冲破束缚、远走高飞的勇气,去寻找另一种可以自由自在地表现自我的生活和艺术:"走吧!走吧!搂抱的手臂和那声音的迷人的符咒:大路的白色手臂,它们已经许诺要紧紧地搂抱,反衬着月影的高大船舶的黑手臂,**它们携带了很多远方国度的消息。**"[②]对于青年艺术家斯蒂芬而言,"远方国度"代表着一种迥异于当下现实的别样经验生活和想象空间,那是通过语言符号和丰富想象铸造出的艺术生活。东方、异国情调、浪漫之地、遥远他者等乌托邦想象为意欲走出现实迷宫的主人公提供了一个无限伸展的空间可能性。

二、中东:漂泊爱家的犹太人

东方并不远离西方,要么与西方并置存在,要么就植根于西方自身之中。作为基督教文明重要来源的希伯莱文明从地域上而言,就是中东的犹太文明。《尤利西斯》被认为是代表以色列和爱尔兰两个民族的史诗,为什么乔伊斯把其主人公布卢姆塑造

---

① [爱]詹姆斯·乔伊斯:《乔伊斯文集1·都柏林人》,安知译,成都:四川文艺出版社,1995年,第113页。
② [爱]詹姆斯·乔伊斯:《乔伊斯文集2·一个青年艺术家的画像》,安知译,成都:四川文学出版社,1995年,第347页。

为一个犹太人呢？这并非偶然。"乔学"研究者奈尔·戴维森(Neil R.Davidson)在《乔伊斯、〈尤利西斯〉及其犹太身份的建构》(*James Joyce, Ulysses and the Construction of Jewish Identity*, 1996) 中指出："乔伊斯从青年时代起就了解并同情犹太民族的苦难,对犹太民族的文化精神充满了想象,这种想象力构成了他创作《尤利西斯》等作品的内在动力。"[①] 布鲁斯·纳德尔(Btuce Ira Nadel) 的《乔伊斯和犹太人》(*Jouce and Jews: Culture and Texts*, 1989) 通过大量的材料论述了乔伊斯和犹太历史、文化的亲和性。理查德·艾尔曼(Richard Ellmann) 在《乔伊斯传》(*James Joyce*, 1982) 中也提到："乔伊斯以利奥波尔德·布卢姆为主人公,是不言而喻地重申他常常直接谈到的一点,就是他对犹太人这一流离失所、备受迫害的民族的认同感。"[②] "犹太人特别使他感兴趣的是两个特点,一个是他们自愿选择的孤立,另一个也许是第一个特点的后果,即他们的浓厚的家庭观念。"[③] 通过阅读有关犹太文化方面的书籍,深入接触犹太朋友,以及流亡生活中的疏离体验,乔伊斯塑造出了一个个栩栩如生的犹太人物典型。

出于对犹太民族的同情,在关注犹太文化的同时,乔伊斯还不断思考犹太人的种族性,他宣称爱尔兰与犹太人在许多方面都是相似的:被压迫,沉迷于幻想,对合作思想有强烈的兴趣,渴望理性的规则。的确,这两个民族都远离欧洲腹地,处于被漠视的"他者"地位。虽然犹太文化构成了基督教文化的一个内在他者,可是出于宗教信仰和经济冲突的原因,犹太人在欧洲备受歧视、深受压迫,甚至被视为劣等民族。布卢姆的多重身份充分说明了这一点,他是犹太人与匈牙利人的后裔,又定居爱尔兰。可是,他既不被犹太人认同,又不被爱尔兰人认同,他的流浪无根、备受歧视的困境在某种程度上也象征着犹太民族的苦难处境。在天主教信仰占据主导地位的爱尔兰,布卢姆不太明确的宗教信仰给他带来了极大的尴尬,但也确立了他与众不同的精神维度:对苦难的默默承担、宽容理解、无私博爱的胸怀。

东方是太阳升起之地,是一切美妙梦想的开始。在《尤利西斯》第四章中一大早出场的布卢姆,面对清晨的太阳,开始了"东方白日梦"的意识流:

> 清晨,在东方的某处,天刚蒙蒙亮就出发,抢在太阳头里环行,就能赢得一天的旅程。按道理说,倘若永远这么坚持下去,就一天也不会变老。沿着异域的岸滩一路步行,来到一座城门跟前。那里有个上了年纪的岗哨,也是行伍

---

① 刘象愚:《乔伊斯与〈尤利西斯〉:从天书难解到批评界巨子》,《清华大学学报》(哲学社科版),2006 年第 5 期。
② [美]理查德·艾尔曼等:《乔伊斯传》(上),金隄、李汉林、王振平译,北京:北京十月文艺出版社,2006 年,第 428 页。
③ 同上,第 429 页。

出身，留着一副老特威迪那样的大口髭，倚着一杆长矛枪，穿过有遮篷的街道而行。一张张缠了穆斯林头巾的脸走了过去。黑洞洞的地毯店，身材高大的可怕的土耳克盘腿而坐，抽着螺旋管烟斗。街上是小贩的一片叫卖声。喝那加了茴香的水，冰镇果汁。成天溜溜达达。兴许会碰上一两个强盗哩。好，碰上就碰上。太阳快落了。清真寺的阴影投射到一簇圆柱之间。手捧经卷的僧侣。树枝颤悠了一下，晚风即将袭来的信号。我走过去。金色的天空逐渐暗淡下来。一位作母亲的站在门口望着我。她用难懂的语言把孩子们喊回家去。高墙后面发出弦乐声。夜空，月亮，紫罗兰色，像摩莉的新袜带的颜色。琴弦声。听。一位少女在弹奏着一种乐器——叫什么来着？大扬琴。我走了过去。[①]

在这段由太阳升起之地而引发的对阿拉伯地区充满神往的意识流中，布卢姆甚至想象自己行走在异域的街道上，像一个旅行者好奇地观看周边的风土人情，幻想着天方夜谭中神秘莫测的故事的发生。虽然布卢姆远离了祖辈的来源之地巴勒斯坦，但依然念念不忘故土，一生都在为维护犹太人的尊严而抗争。把这样一个普通的犹太人写成值得赞赏的、好的都柏林人，乔伊斯是需要勇气的，因为他写作时期正值第一次世界大战期间，许多国家的排犹运动此起彼伏。生活在基督教信仰浓郁甚至压抑的都柏林，布卢姆这个犹太"异教徒"显得有些怪异，对宗教、国家、社会、伦理等许许多多正统教义都抱有怀疑。他起初信仰犹太教，后来改信新教，最后又皈依了罗马天主教，甚至也赞同过达尔文的进化论，对一切宗教形式抱着无所谓的宽容态度。这种游离于主流之外的态度使得布卢姆既能够亲自体验犹太教，又能够体验新教和天主教，甚至对伊斯兰教、佛教、儒家等也充满着同情与好奇心。因此，与其说布卢姆是一个基督教徒（曾经两次受洗），不如说他是主张"非暴力不抵抗"、用爱拯救世界的"和平主义者"、"人道主义者"。布卢姆的犹太身份、非欧洲中心主义的边缘人立场和文化多元主义的理想代表了一种新的英雄品质。

三、远东印度：美妙可爱的乐园

对于印度、斯里兰卡、中国、日本等远东国家，乔伊斯怀有浓厚的兴趣和深情的体恤，同时也充满着浪漫神秘、奇异多彩的想象。这非常符合赛义德提到的西方人关于东方的一般认识："东方几乎是被欧洲人凭空创造出来的地方，自古以来就代表着

---

① [爱]詹姆斯·乔伊斯：《尤利西斯》第四章，萧乾、文洁若译，北京：文化艺术出版社，2002年，第135页。

罗曼司、异国情调、美丽的风景、难忘的记忆。"① 《尤利西斯》中涉及的有关远东的知识和想象构成了主人公精神世界和身份认同的一个重要方面。

自从印度成为大英帝国的殖民地之后，西方与东方在经济、文化、政治上的交流越来越频繁，这在 1906 年 6 月 16 日这一天的都柏林日常生活中可见一斑。当布卢姆漫步都柏林街道两旁琳琅满目的商店时，来自东印度公司的进口红茶和烈日引发了他有关南印度热带地区的丰富联想：

> 他在韦斯特兰横街的贝尔法斯特与**东方茶叶公司**的橱窗前停了下来，读着包装货物的锡纸上的商标说明：精选配制，优良品种，家用红茶。……
>
> 真热啊，他再一次更缓慢地伸出右手，摸摸前额和头发，然后又戴上帽子，松了口气。他又读了一遍，精选配制，用最优良的锡兰（锡兰是斯里兰卡的旧称——作者注）品种配制而成。远东。那准是个可爱的地方，不啻是世界的乐园；慵懒的宽叶，简直可以坐在上面到处漂浮。仙人掌，鲜花盛开的草原，还有那他们称作蛇蔓的。难道真是那样吗？僧伽罗人在阳光下闲荡，什么也不干是美妙的。成天连手都不动弹一下。一年十二个月，睡上六个月。炎热得连架都懒得吵。这是气候的影响。嗜眠症。怠惰之花。主要是靠空气来滋养。氮。植物园中的温室。含羞草。睡莲。花瓣发蔫了。大气中含有瞌睡病。在玫瑰花瓣上踱步。②

爱花如命的布卢姆把远东与各式各样的热带植物与鲜花联系在一起，布卢姆这个普通的犹太姓氏"Bloom"就含有"花"的意思，暗示着主人公的性情和人格像花朵一样鲜活、完整、丰满。布卢姆对异国生活充满神往与倾羡："远东。那准是个可爱的地方，不啻是世界的乐园"(The far east.Lovely spot it must be; the garden of the world)。布卢姆不仅向往地理上鲜花遍地的印度次大陆，还向往精神上的东方乐园——涅槃境界。他对佛教尤感兴趣，灵魂轮回的思想主宰着他这一天的思维方式、精神取向和内心独白。在小说第四章一开始，摩莉询问布卢姆"Metempsychosis？"的意思：

> "Metempsychosis，"他皱着眉头说，"这是个希腊字眼儿，从希腊文来的，意思就是灵魂的转生。……"有些人相信，"他说，"咱们死后还会继续活在另一具肉体里，而且咱们前世也曾是那样。他们管这叫作转生。还认为几千年前，

---

① [美]爱德华·W. 赛义德：《东方学》，王宇根译，北京：三联书店，2000 年，第 1 页。
② [爱]詹姆斯·乔伊斯：《尤利西斯》第五章，萧乾、文洁若译，北京：文化艺术出版社，2002 年，第 160 页。

咱们全都在地球或旁的星球上生活过。他们说,咱们不记得了。可有些人说,他们还记得自己前世的生活。"①

后来,由灵魂的"转生""轮回"这个词引发的对生命、死亡、时间的思考不断出现在布卢姆的内心独白中。印欧文化传统中的"轮回"的思维方式与生命体验不仅是《尤利西斯》的一个主题(从离家到归家,从分离到团圆),也成为小说的一种结构模式,这在摩莉由"Yes"开始又以"Yes"结束的内心独白中显而易见。20世纪初东西文化的交流出现了一个热潮,许多爱尔兰上流人士都着迷于佛学和通灵学,刮起了一阵"梵语热",这也影响到了乔伊斯对于非基督教传统的异教文化、对梵语、佛教和各种民间文化的兴趣。在《尤利西斯》第十一章中布卢姆"我"对于帕狄·迪格纳穆的死亡就用了一连串印度密宗式的联想,提到了"密宗经咒"、印度教用语"吉瓦"(灵魂的活力)、梵文"劫末"、印度斯坦语"摩耶"等,显示出乔伊斯笔下的主人公对东方文化的热衷。有趣的是,布卢姆身上体现的印度气质同样赋予了他不同于基督教的精神向度。到小说结尾,摩莉甚至感觉到自己的丈夫类似佛陀了:

一只手摁着鼻子呼吸/活脱儿像那位印度神/一个下雨的星期天/他领我到基尔代尔街博物馆去让我看过 浑身裹了件长坎肩儿/侧着躺在手上 十个脚趾扎煞开来/他说/那个宗教比犹太教和咱们天主教加在一块儿还大呢/整个儿亚洲都在模仿他/正像他总在模仿每一个人②

摩莉的感觉并不出人意料,比起庸庸碌碌、醉生梦死的都柏林人,布卢姆身上更具有某种英雄主义和理想主义精神。布卢姆曾像历史上的使徒、先知一样告诫众人:"暴力,仇恨,历史,所有这一切。对男人和女人来说,侮辱和仇恨并不是生命。每一个人都晓得真正的生命同那是恰恰相反的。"③乔伊斯把他笔下的主人公布卢姆与奥德赛、耶稣、佛陀等相提并论,赋予了他某种人性与神性合一的精神。布卢姆这位"来到异邦人当中的新使徒",试图用"普遍的爱"来化解一切仇恨和暴力,这种爱的精神与基督的博爱和佛陀的慈悲是一致的。

---

① [爱]詹姆斯·乔伊斯:《尤利西斯》第四章,萧乾、文洁若译,北京:文化艺术出版社,2002年,第146—147页。
② [爱]詹姆斯·乔伊斯:《尤利西斯》第十八章,萧乾、文洁若译,北京:文化艺术出版社,2002年,第1260页。
③ 同上,第627—628页。

四、中国：奇异神秘之域

20世纪初期，比起印度，西方人对东方遥远之地中国、日本的了解少得可怜。在《尤利西斯》中，有关中国、日本的意象和想象只是零零星星出现了一些，但在某种程度上也反应了乔伊斯的全球视野和普世情怀。其中有关中国的知识大部分来自于各种报刊游记、戏剧演出、商业物品或奇谈怪论，难免偏见和谬误。《尤利西斯》第十七章中提到布卢姆家里摆设了一本引人注目的书《中国纪行》。

> 镜子传达给他的最终视觉印象是什么？
> 由于光学反射，可以看到映在镜中的对面那两个书架上颠倒放着若干册书。它们不是按照字母顺序排列着的，而是胡乱放的。标题闪闪发光。为这些书编个目录。**其中包括《中国纪行》，"旅人"著**（用褐色纸包了书皮，书名是用红墨水写的）。①

《中国纪行》（*Voyages in China by 'Viator'*）的作者"旅人"究竟是谁，"乔学"研究者并未考证出来，也许这只是一本名不见经传的普通旅游读物，却成为布卢姆想象中国的重要来源。它在第六章中曾经出现过："我在那本《中国纪行》里读到：中国人说白种人身上有一股尸体的气味。最好火葬。神父们死命地反对。他们这叫吃里扒外。"② 按照基督教的教义，人要在世界末日复活，因此神父反对火葬。可中国人却赞同白种人死后应该火葬，尽管中国人自己喜欢土葬。对布卢姆而言，中国人的生活不可思议，神秘莫测，是一个与西方人完全不同的"异类"。而且，疾恶如仇、爱好和平的布卢姆对大英帝国发动的"鸦片战争"和以基督教传教为名向东方各国进行殖民统治的野蛮行为十分愤慨，苦难、贫穷的中国引起了他强烈的好奇心和同情心：

> **要拯救中国的芸芸众生。不知道他们怎样向中国异教徒宣讲。宁肯要一两鸦片。天朝的子民。**对他们而言，这一切是十足的异端邪说。他们的神是如来佛，手托腮帮，安详地侧卧在博物馆里。香烟缭绕。不同于头戴荆冠、钉在十字架上的。"瞧！这个人！"关于三叶苜蓿，圣帕特里克想出的主意太妙了。**筷子？**③

布卢姆了解到中国人信仰的是佛教，尊奉的是香烟缭绕的如来佛，有着另外一种

---

① [爱]詹姆斯·乔伊斯：《尤利西斯》第十七章，萧乾、文洁若译，北京：文化艺术出版社，2002年，第1151—1152页。
② [爱]詹姆斯·乔伊斯：《尤利西斯》第六章，萧乾、文洁若译，北京：文化艺术出版社，2002年，第235页。
③ [爱]詹姆斯·乔伊斯：《尤利西斯》第五章，萧乾、文洁若译，北京：文化艺术出版社，2002年，第174页。

生活方式，可是，那些基督教传教士却打着"要拯救中国的芸芸众生"的口号，以侵略威吓的方式打破了这个宁静安详的东方文明古国。任何的侵略、暴力与屈辱行为都是与布卢姆倡导的和平主义格格不入的，他对中国抱有深切的同情与宽容，在思维方式上也越来越接近东方。有论者曾经提到："瑞士心理学家荣格曾在一篇论文中指出乔伊斯具有东方人的、类似我国庄子的'齐物论'思想。他主张一切事物并无高低大小，如同苍茫无涯的空间运行的无数天体中，每一个天体都是沧海一粟，每一颗砂砾也就是一个天体。"① 无疑，布卢姆对东方异域倾注如此多的热情和同情并非偶然，而是他身上强烈的异教精神和普世情怀的体现。不过，布卢姆对于中国的了解多为支离破碎的奇闻怪谈，如：

1. 日积月累发展成城市，又逐年消耗掉。沙中的金字塔。是啃着面包洋葱盖起来的。**奴隶们修筑的中国万里长城**。巴比伦。而今只剩下巨石。

2. 他溜溜达达地从布朗·托马斯开的那爿绸缎铺的橱窗前走过。瀑布般的飘带。**中国薄绢**。从一只倾斜的瓮口里垂下血红色的府绸。红艳艳的血。**是胡格诺派教徒带进来的**。事业是神圣的。

3. **中国人讲究吃贮放了五十年的鸭蛋**，颜色先蓝后绿。一桌席上三十道菜。每一道菜都是好端端的，吃下去就搅在一起了。这倒是一篇投毒杀人案小说的好材料。

4. **礼记汉爱吻茶蒲州**（Li Chi Han lovey up kissy Cha Pu Chow）。

5. （贝斯特）领着约翰·埃格林顿走进来，后者穿的是**印有蜥蜴形文字的黄色中国朝服**，**头戴宝塔式高帽**。

6. "有一回俺瞧见过中国人，"那个勇猛的讲述者说，"他有一些看上去像是**油灰的小药丸**。他把药丸往水里一放，就绽开了，个个都不一样，一个变成船，另一个变成房子，还有一朵花儿。**给你炖老鼠汤喝**，"他馋涎欲滴地补充了一句，"中国人连这都会"。②

在此，长城、丝绸、辫子、长袍、《礼记》、汉、茶叶、蒲州、朝服、高帽、药丸、佳肴甚至鸭蛋、老鼠汤构成了有关中国的奇特景观，是伟大与琐屑、神奇神秘与不可理喻的奇怪混合物，这也透露出布卢姆（包括乔伊斯本人）对中国了解更多是通过出口商品、游记手册和信口开河者。事实上，布卢姆对真实的中国人毫无概念，一知半解。

---

① 柳鸣九：《意识流》，北京：中国社会科学出版社，1993 年，第 93 页。
② [爱] 詹姆斯·乔伊斯：《尤利西斯》，萧乾、文洁若译，北京：文化艺术出版社，2002 年，第八章第 322 页、第八章 325 页、第八章第 340 页、第十二章第 628 页、第十五章第 883 页、第十六章第 883 页。

有时他还接受一些莫名其妙的奇谈怪论:"他(迫克·穆利根)朝半空中啐了一口,唾沫飞溅。'噢,没下巴的中国佬!靳张艾林唐。'"(the chinless Chinaman! Chin Chon Eg Lin Ton)"靳张艾林唐"来自亚洲歌剧《艺妓》中的歌词,穆利根在会馆看过《艺妓》,却产生了如此奇怪的印象,布卢姆竟然也全盘接受。后来,"没下巴的中国佬"这句话还出现在布卢姆对怀孕分娩的意识流中:"某缺下巴中国佬(候补者穆利根先生语)之男系亲属,先天性缺颚乃系沿中线颚骨突起接合不全之结果。"① 在西方人的想象中,中国人似乎属于不健全的残疾人,日本人是色情享乐之地。种种无稽之谈令人啼笑皆非,却广为流传。这种情形如同日本学者冈仓天心描述的:"我们被想象为不是以吃老鼠或蟑螂为生,就是以闻荷花的香气度日。不是颓废的迷信,就是低级的逸乐。印度的灵性是无知,中国的严谨是愚钝,日本的爱国心是宿命论的果实。"② 显然1904年的西方世界对当时的中国(大清帝国)知之甚少,极端的种族歧视和傲慢偏见在鸦片战争之后的西方世界非常盛行,对远东不甚了解的乔伊斯也难免存有各种偏见。

毫不奇怪,引起主人公对远东产生浓厚兴趣和动人想象的触发点大多数来自于各种东方的风土和商品。例如,摩莉的白日梦包裹在有关中国的老生常谈之中:闺房、辫子、油膏、丝绸。关于日本,那是由艺妓、和服、屏风构成的奇异对象。摩莉希望布卢姆送给她的礼物是"考究的和服"。对于家里需要购置的东西,布卢姆列出了"日本式三扇屏风",奏着异国情调的悦耳叮玲声的"日本门铃"。③ 不难看出,20世纪初期西方人对中国、日本等远东商品的爱好成为当时的一种时尚,这能够引发出一种奇妙的想象和审美情趣,另一种可能的优雅的生活方式。

概言之,乔伊斯对东方的想象表现出大多数西方现代主义作家的共同倾向,一方面把东方视为与基督教文明形成鲜明对比的异在,一个充满美妙想象与异国情调的"世界乐园";另一方面,东方只是同情的对象、零碎的知识片断、奇怪的风俗信仰、精制高雅的饰品摆设、审美的生活方式和神秘莫测的观察对象。犹太人和阿拉伯人、印度人、中国人、日本人一样,都是西方文化之外的他者、边缘人和异质存在,代表了一个被审视、被观看、被谈论的对象。对于这种通过描绘东方他者而进入西方的思考方式,法国汉学家于连(F. Jullien)总结为"迂回与进入":"这在遥远国度进行的意义微妙性的旅行促使我们回溯到我们自己的思想。"④ 也就是说,东方为乔伊斯的写

---

① [爱]詹姆斯·乔伊斯:《尤利西斯》,萧乾、文洁若译,北京:文化艺术出版社,2002年,第九章第412页、第十四章第340页。
② [日]冈仓天心:《说茶》,张唤民译,天津:百花文艺出版社,2003年,第8页。
③ [爱]詹姆斯·乔伊斯:《尤利西斯》,萧乾、文洁若译,北京:文化艺术出版社,2002年,第十八章第1277页、第六章第206、第十五章第951页、第十八章第1219页、第十三章第1158页、第十七章第1160页。
④ [法]弗朗索瓦·于连著:《迂回与进入》前言,杜小真译,北京:三联书店,1998年,第3—4页。

作提供了一种有效观照、批判自身文化的距离,一种更深刻地揭示人的生存困境的途径。正是通过对东方犹太身份的自觉认同,通过对阿拉伯、印度、中国、日本等远东文化的渴慕、同情与想象,《尤利西斯》中的布卢姆才显得与众不同,才有了对西方之外的他者文化的包容,并成为一个在庸人时代中试图超越欧洲中心主义、种族偏见的真正英雄。

高罗佩眼中的中国女性

——以《狄公案》为例

张 萍

(清华大学)

性别研究一向是文学作品诠释和作家创作心理研究的重要突破口,尤其对于男性作家作品中的女性形象进行深入研究,更可以发掘出男性对于女性形象的想象模式和文化定位。由于男性常占据社会的中心主导地位,因此,对男性作家的文学作品进行性别研究也常常可以发现其文化环境中性别意识形成的社会历史因素,并进而从性别角度探讨该文化中的阶级地位、社会角色、权力分配等一系列研究课题。西蒙娜·波伏娃指出:"每个作家在描写女性时,都亮出了他的伦理原则和特有的观念;在她的身上,他往往不自觉地暴露出他的世界观与他的个人梦想之间的裂痕"。[1] 由此延伸开去,如果这位男性作家的文学作品里描写的是异域文化中的女性形象,那么,这些女性则代表了他对于该文化的基本认识和理解,透过这些女性形象我们进而可以了解作家自身文化和异域文化如何摩擦和调节,并最终融合在文学作品中。

高罗佩,原名罗伯特·凡·古里克(Robert Van Gulik),荷兰外交官、著名汉学家和作家。他在中国公案小说启发下的英文狄公系列小说深受西方读者欢迎,从文化传播的广度和深度来说,作用不可忽视。

本文将从高罗佩对中国女性文化的认识和表述这个角度出发,统观高罗佩系列侦探小说《狄公案》中出现的各种女性形象,研究高罗佩在呈现这些女性形象的文字背后的文化意识。

一、角色的重视:从量的方面来看

公案小说的主角是高风亮节、断案如神的清官,清官成为唯一被置于聚光灯之下

---

[1] [法]西蒙娜·波伏娃:《第二性》,陶铁柱译,中国书籍出版社,1998年,第290页。

的形象,他身边的一切都隐没在黑暗之中。

高罗佩在翻译公案小说《武则天四大奇案》时曾感叹:"很不幸,中国侦探小说不能像我们的侦探小说那样为人物性格的刻画提供广阔的空间……中国的历史记载对他卓越的政治生涯记载甚详……对于狄仁杰的私生活没有记载……这本书采取同样的低调态度……关于他的家庭、孩子和嗜好只字未提。"[①] 高罗佩此时已经注意到狄仁杰文学形象的单薄,在后来的创作中,他力图为读者展现一个更加丰满真实的人物,而不仅是个断案机器。当然,这也与后来狄公案走俏西方,他越来越注意市场反应和读者的阅读需求有关。

虽然总体上高罗佩希望削减与案件无关的人物,并将这一点作为其情节编织技艺提高的标准之一,但他为了使狄仁杰形象更加丰满和可信,精心设计了他身边的人物。作者在自评《紫光寺》(1965年)时写道:"一些(读者)想多知道一点狄仁杰的家庭生活。因此我在这本小说里……也写了狄仁杰的三个妻子"。除文字描写外,高罗佩还用木刻插页表现了狄仁杰和夫人们的日常生活,从侧面丰富了狄仁杰形象,让这位因忠君爱民而几乎被神化的历史人物回归到普通人的行列:拥有家庭和私生活。例如,《柳园图》第20章,狄仁杰独自留守受到疫病侵袭的京城,一边维护日常治安一边判案断狱,在危情缓解之后,给家人写信,细述别后相思。这种人文关怀和细节烘托融入情节发展过程当中显得十分自然不露痕迹,反衬出狄仁杰作为一个丈夫的细心、体贴和温情。

从量的方面来看高罗佩对于女性角色的重视还在于几乎每一个案件中女性都作为主要人物出现。高罗佩小说中的女性分为几个主要类型:第一类是女性凶手,比如《迷宫案》中李夫人诱拐并残忍杀害无辜少女;《紫光寺》柯夫人通奸杀夫;《铁钉案》中陆陈氏铁钉杀夫,后又毒杀拒绝自己感情的蓝大魁。这些女性的阴险凶残令人印象深刻。第二类是女性受害者,例如《迷宫案》中性格柔弱的被杀少女白兰,《四漆屏》中秀外慧中的滕夫人等。

还有些女性很难简单用凶手和受害者来分类,高罗佩的高明之处在于他不仅仅是像传统公案小说那样以贞奸论处,而注重刻画人物曲折复杂的心路历程。例如,《铁钉案》中的郭夫人,她多年前杀死了自己的丈夫,虽然明知道可能暴露这段不堪的过去,她还是为狄仁杰断案提供线索,最后她以自杀结束自己的一生,令人扼腕;《铜钟案》中林藩的妻子梁英对丈夫有着刻骨的爱,但当爱转变为恨的时候,她又不惜一切进行报复,导致自己唯一的儿子被不知情的丈夫亲手杀死,最终她也不得不自杀来平

---

① 《武则天四大奇案》英译本译者前言,笔者译。

息内心的悔恨;《四漆屏》中滕夫人秀外慧中,丈夫的虚伪是她到婚姻以外寻找知己的原因,她的意外被杀则令人痛惜。这些性格复杂、命运多舛的女子成为《狄公案》系列小说中不可或缺的一道风景。当一个个栩栩如生的中国古代女子形象出现在作品中时,高罗佩所理解的中国传统文化的特质,以及他心目中对于中国古代女性的文化定位和想象也就传达给了西方读者。

二、性角色的重视:从角色的丰富性上来看

中国存在数千年的男权社会中,传统文学中对于女性形象的定位也基本上屈从于男性视野,其出发点是三从四德的社会伦理道德准则。传统公案小说以道德教化为旨归,大力挞伐"不守妇道"的妇女,或者极力颂扬遵循妇道的贞洁烈妇,很少关心女性性格形成的外部环境因素,很少探寻女性心路历程,只关注女子"贞"或"奸"所造成的社会效应以及教育效果。女性形象逐渐类型化、脸谱化,失去了鲜明的个体特征。

明代中后期,由于政治、经济和思想上一系列的变革,李贽等思想家打破程朱理学的思想桎梏,挑战"存天理而灭人欲"理学观念,赞成"求诸心"、"回归童心",反对男尊女卑,主张男女平等,这些对于明代话本公案小说中女性形象的演变起到了重要作用,一批试图摆脱封建礼教束缚、追求爱情和个性解放的女性形象逐渐出现在当时的作品中,并影响到后来中国女性文化和女性形象的演变。凌濛初的《二拍》就塑造了不少这样的女性[①]。

高罗佩热衷收集明清小说,对明朝情有独钟,曾将书房起名为"崇明阁",对于明代小说的这种转变不可能没有了解,况且这种追求个性张扬与解放、提倡男女平等的思想与西方一些观念不谋而合,因此他塑造的女性形象突破传统公案小说中的旧女性形象,加入了一些西方女性主义的因素,常常体现出中西合璧的精神特质,在性格特征、行为方式方面显现出多面性和复杂性。

《武则天四大奇案》中"铁钉案件"的女主角周氏与人通奸而杀死本夫,无论是按封建礼仪规范还是循基本道德标准都属十恶不赦。原作者将周氏刻画为恶和淫的典型,一个嫌贫爱富、见异思迁的脸谱。周氏之通奸杀夫,首先是因为丈夫"生意日渐淡薄,终日三顿饮食维艰",遇到秀才徐德泰之后不仅"见他少年美貌,一时淫念忽生,遂有爱他之意",而且"后来又访知他家产富有,尚未娶妻",因此"尽情调引,

---

① 曹亦冰:《从"二拍"的女性形象看明代后期女性文化的演变》,《明清小说研究》,2000 年第 3 期。

遂致乘间苟合"。可见，周氏见异思迁兼有好色和贪财因素，与感情无涉。更有甚者，为了进一步丑化这对奸夫淫妇，原作者安排徐泰德惧刑招供而导致周氏反咬一口，从而让读者看到这两人并没有任何真情，充其量不过是肉欲的满足罢了。

　　需要指出的是，为了维护封建礼教规范，通奸这样不符合妇女行为准则的行为自然要受到严厉鞭挞，这样的女子必须要写得十恶不赦才能激起读者的厌恶，以达到宣扬礼教、惩前毖后的功用。但凡有一丁点引起读者同情的因素，整个教育功能就会大打折扣，无怪乎作者要在丑化上下功夫了。但即便如此，周氏这个角色的特征还是比较鲜明的。她的强硬和泼辣在与狄仁杰的数次交锋中尽显无遗，即使整体形象略显单薄，总体上还算成功。因此，高罗佩在借用"铁钉杀人"的基本情节时，也同时收纳了周氏这个形象，在保留其强硬和泼辣本性的基础上，添加了多个侧面，例如，温情、专情、占有欲、甚至智慧（或狡猾），这样塑造出来的陆陈氏形象丰满，性格复杂多面，与其原型高氏已不可同日而语。

　　《武则天四大奇案》中周氏用铁钉钉入丈夫的头顶致其死亡，但伤口暴露，真相不明在原文被归咎为其婆婆的老迈昏聩，这些安排在逻辑上都有漏洞可循。高罗佩的《铁钉案》遵循侦探小说逻辑严密的准则，力图将情节设计得更加天衣无缝。首先，陆陈氏是将铁钉从丈夫的鼻腔钉入，伤口更加隐蔽，因而她在审理过程更加有恃无恐和蛮横狡辩。其次，在埋葬时，陆陈氏收买证人，得以瞒过官府的设计也显得更加真实可信，不然哪里有家人暴毙不经官府就随意埋掉的道理？这些都显示出陆陈氏头脑聪明的一面，因此当心高气傲的陆陈氏自述与沉闷愚蠢的丈夫之间感情不和，丈夫不关心妻女，只想再要一个儿子，读者就很容易理解她的苦楚。这样的写法没有将陆陈氏写成一个见色起意的荡妇，转而突出夫妻个性不合、婚姻不幸。同时，陆陈氏对于爱情的期望也为后面丈夫死后，她偶遇拳师蓝大魁并心生爱慕埋下伏笔，这个体格健壮、相貌轩昂、雄武有力的男人正是她终其一生等待而不得的伴侣。她恨丈夫在于性格不和、感情不睦，因此在决定招供时，陆陈氏表现得出奇的坦荡。

　　可是，要强而又占有欲强的陆陈氏不能容忍蓝大魁的拒绝，用投毒的方式结束了自己唯一深爱过的男人的性命。在供述时她是极端痛苦的，声音也从充满活力（animation）变成极度疲倦（tired）。她的表白听上去绝望而疯狂："他说我们必须得分手……我疯了，我不能没有这个人而活，没有他，我觉得生命在逐渐消失。我告诉他如果他离开我，我会杀了他，就像我曾经杀死我的丈夫。"（《铁钉案》英文版本第138页）此时，陆陈氏的任性倔强、蛮横要强、专一痴情的多层次性格跃然纸上，因此，与原型相比，新增加在陆陈氏名下的一桩命案不仅不会显得牵强，反而使得原来被简化为淫妇、泼妇的周氏（陆陈氏原型）变成一个性格复杂、真实可信的女性角色，读者如同文中听审的百姓一样,"一片沉默"(dead silence),不知该痛恨陆陈氏的残忍,还是该惋惜她的不幸。

中国古代小说中的男性角色涉及三教九流、贩夫走卒、高官商贾,无所不有,女性角色的选择范围则非常狭窄,但高罗佩还是力图表现市井女子的生活。

《御珠案》中的武师紫兰小姐就是个性格鲜明、直爽可爱的女子。她的出场在一开始就带有些许喜剧色彩。狄仁杰因为调查案情需要找到紫兰小姐,惊异地发现这个有着如此柔弱名字的女人竟是个"硕大英武的妇人,见她几与自己一般高大,那胖胖的头颅直接长在又宽又圆的肩膀上。她一身武行打扮,俨然是一个角力大师。巨桶般的身躯系着两根红飘带,衬着天蓝灯笼裤平添三分夭俏。(《御珠案》11 章)"紫兰与狄公未说几句,先提出要试试狄公腕力,然后大方邀请狄公饮酒,周身透出武术练家子的直率和豪爽。她虽言语粗鄙,但疾恶如仇,在提到两个不成器的徒弟时,她一柄飞刀插入门框,"我这飞刀专寻那等奸淫邪恶之徒喉间胸膛落脚"。而一旦听到狄仁杰说起她的意中人沈八时,外表粗枝大叶的紫兰小姐却马上显现出小儿女的情态,"脸上顿时闪出异样的光彩","她开始羞怯起来,圆圆的双颊红晕弥漫"。在得知沈八并没有明确来提亲,而只是央人来美言几句时,紫兰大怒:"美言几句,美言几句,近两个月来,他几次三番托人来替他美言几句。他得自己捉个空,亲自上门,羞人答答,难道让我反去挑着妆奁寻他?"一个外表粗鲁、内心温情的女子形象就这样被描画出来,寥寥几句问答将这个"一不美貌,二不优雅,初望之令人三分生畏(《御珠案》13 章)"但深明大义的女中豪杰描写得十分趣致、令人莞尔。

三、女性角色的理解:中国文化的影响

高罗佩注意到"中国古代对未婚男子的婚前性行为采取了宽容的态度,但他却不能与未婚妻有婚前性行为。"[①] 因此,在狄公系列小说中,但凡有未婚男女涉及婚前性行为的,狄仁杰都会先对这种行为进行申斥,对于"读书人"有此行为,更是大为恼怒,认为是败坏儒家传统道德的"黉门败类"。但狄仁杰的后续处理总体还是比较宽容的。一方面,狄公案系列发生在妇女地位较高、社会风气开放的唐朝。"大致说来,唐以前,贞节观念和法律条文对女性的羁缚要相对宽松一些,现实中女子与人偷情、私奔而后缔婚者时或有之,寡妇改嫁一般不会招致物议。"[②] 同时也是高罗佩的西方文化背景使

---
① [荷兰]高罗佩:《大唐狄公案》第 4 册作者后记,陈来元、胡明等译,海口:海南出版社,2006 年,第 486 页。
② 陈鹏:《中国婚姻史稿》,北京:中华书局,1990 年,第 448 页。

然：深受西方文化熏陶的高罗佩在妇女地位和贞节操守问题上并不认同三从四德的传统观念。

再者，就深刻影响高罗佩的明朝拟话本小说来说，描写女子大胆追求爱情的作品也不在少数。明代中后期随着时代进步，工商业的发展，激进的人文风潮不断兴起，人性觉醒和社会观念开放已见端倪，这在很大程度上促使了传统封建桎梏的瓦解和女性意识的高涨，不仅是在思想界，在文学界，尤其是通俗文学作品中，虽然多数作品还力图发挥道德教化的功能，但也出现了很多理解甚至是鼓励妇女追求爱情的作品。这一切都影响着高罗佩对于中国文化的认识，因此，在他所表现的女子，尤其是受封建思想束缚较少的市井女子，私奔和婚前私通的例子并不在少数。

《铜钟案》中少女肖纯玉未婚与秀才王仙穹私通，狄仁杰痛斥王秀才"好一个玷污孔门的败类，礼义廉耻、圣人教诲都抛闪到一边，偏行那等卑污腌臜、礼法难容之事"（《铜钟案》4 章）。但作者将纯玉的名字定为 Pure Jade 是取其"纯净的白玉"之意，显然并未从贞操观念来为她盖棺定论。相反，高罗佩通过狄仁杰对这件案子充满人情味的处理手法，肯定了两人之间纯洁真挚的感情：

> 只是有一条本堂擅为你作主了：你须金花彩币聘定肖纯玉为你的元配正妻，待秋闱完毕，选个吉期抱着她的牌位拜堂完婚，以慰纯玉在天之灵；并去肖福汉家作半年女婿，小心服侍岳父岳母。日后倘能场屋得意，中举出仕，须从俸禄中每月扣出十两银子孝敬岳父岳母。老人家的常年衣服，茶米柴酒都须你照顾，临终还须得个好断送。此两件事办到了，乃可再娶亲，生儿养女度光阴。但肖纯玉元配之位不可更变。"（《铜钟案》13 章）

由此可见高罗佩设计的狄仁杰虽然信奉儒家的伦理思想，但对于未婚女子超越传统贞节观念，勇敢追求爱情的行为还是比较理解和同情的。

不知是受到中国传统观念的影响，还是出于重视人类道德基准线的约束，高罗佩对于已婚女子与人通奸就没那么宽容了。在狄公系列小说中，已婚女子与人通奸多导致命案，而该女子通常就是凶手或者同谋。例如，《四漆屏》中的柯夫人，伙同奸夫导演了一场丈夫自杀假戏。《柳园图》中的梅夫人被丈夫撞破奸情，恼羞成怒，指使情人杀死亲夫。

当然，对于婚外恋情的发生，高罗佩有时也会探寻其发生的原因，例如，《四漆屏》中，滕夫人移情才华四溢的年轻画家冷德曾经让狄仁杰百思不得其解，因为从表面上看，滕夫人与丈夫以志同道合的"诗侣"著称于世。但经过调查他发现，滕县令实际是个"狂大自负又极端自私的小人"，而且，他沽名钓誉，"诗集中许多名句、警策都是从她作品里偷来的"。因此，狄仁杰断定："我想他们之所以互相接近、爱慕是因为他们两人都生活在郁愁的阴影里。冷德知道他活不长了，他患了不治的肺痨；你夫人则是嫁给了一个冷酷无情的丈夫。"(《四漆屏》13 章) 作者通过狄仁杰分析滕夫人婚外恋情并痛斥滕县令卑鄙无情，表现出对滕夫人在婚姻之外寻找志同道合爱人的理解，从而避免了纯粹从狭隘的儒家教化观点进行批判。必须指出的是，这种理解和宽容比较有限，其基本态度还是倾向于保守的谴责。

四、特殊的女性群体：对妓女的描写

中国古代文学描写的女性角色中妓女占据了重要位置，她们身份特殊，不像一般妇女囿于家庭狭小空间，难得抛头露面。妓女活动相对比较自由，接触的人物众多，既不追求门第相当，也不讲究三从四德，因此待人接物上自然有一种大方从容的态度。比较出众的妓女更是文人墨客争相交友的对象，这无形中也提升了这些烟花女子的素养和地位，很多色艺双绝的妓女都与当时最为著名的才子交往乃至成婚，文人狎妓游玩不仅不会被社会谴责反而成为一种风雅韵事。一些仕途不得意而需要仰人鼻息以求生存的愤懑不平之士还常常对名妓产生一种"同是天涯沦落人"惺惺相惜的感情。清代恃才狂傲的文人汪中有一篇《经旧苑吊马守贞文》，盛赞名妓马守贞的风姿才艺，认为"天生此才，在于女子，百年千里，或不可期"，这样的盛赞其实是为了铺垫后面对自己坎坷身世的抑郁之情："俯仰异趣，哀乐由人"的幕僚生涯，让汪中感觉自己虽然"幸而为男，差无床箦之辱耳"，但却"江上之歌，怜以同病，秋风鸣鸟，闻者生哀，事有伤心，不嫌非偶"。陈平原教授认为这种同病相怜的感受"没有怜香惜玉，有的只是屈辱和忧愤"。就像撰写《柳如是别传》的陈寅恪，其所说的"述事言情，悯生悲死"、"痛哭古人，留赠来者"，应该也是出于同一怀抱[①]。

在诗歌和文章之外，小说中妓女出现就更为频繁，不管是出于文人的顾影自怜还是对美好爱情的幻想，客观事实是这些摹绘柔情、敷陈艳迹的作品也成为中国文学长廊一道不可忽视的风景。"没有青楼，中国文学恐怕要减色一半，而没有文学，青楼则只是简单的肉体交易场所。"[②]

高罗佩的狄公系列小说中也用了很大的篇幅来描写妓女，用以展现她们不同的个性和命运。这些出现在罪案小说中特殊的女性群体，都有着对于爱情的渴望和追求，

---

① 陈平原：《从文人之文到学者之文 明清散文研究》，北京：三联书店，2004 年，第 235—236 页。
② 孔庆东：《青楼文化》，北京：中国经济出版社，1995 年。

但命运却如此迥异、令人叹息。

《柳园图》中蓝宝石与何朋真心相爱,何朋倾其所有为其赎身,后来二人生活困苦,蓝宝石不得已另嫁富商梅亮。梅亮年事已高,但对妻子十分体贴殷勤,无奈蓝宝石旧情难忘,暗地里依然与何朋来往。后奸情被梅亮撞破,两人恼羞成怒杀死梅亮。从这位蓝宝石的招供来看,妓女生涯给她留下了深深的创伤,"我十五岁便被卖到海棠院,在那里受尽屈辱和折磨"(18章)。因此,她把除何朋外的所有男人都看作用金钱来交换她身体的嫖客,包括她为还债而嫁的丈夫。无爱的婚姻使她痛苦万分,并将仇恨指向对她百依百顺的丈夫。她不断变换情人,但依然难以排遣内心深处的寂寞与愤怒,心理也开始扭曲:"渐渐梅亮发现了我有不轨,但他却一味宽恕我、体恤我。然而我把这认作是更大的嘲弄和侮辱。"(The Willow Pattern 18章)正因为这种融合强烈自卑、自尊和仇恨的变态心理作祟,当梅亮撞破奸情时她才会对情夫何朋喊道:"杀死他,我再也不想见到他,永远不要!"(The Willow Pattern 18章)不幸的生活、变态的心理和让人难以理解的疯狂举动不仅害死了丈夫梅亮,也同时让自己连同深爱的情人何朋一起走向灭亡。

《红阁子》是一部完全围绕名妓展开的作品,其中两代金山乐苑花魁的性格刻画都非常到位。当红名妓秋月心胸狭窄、自命不凡,且刚愎乖戾、浅薄多狭。她梦想嫁给罗县令做官太太,一旦发现罗县令反悔,立马转头向狄仁杰示好,甚至自荐枕席。她对感情肤浅而势利,只为嫁入豪门、作威作福。而在其之前的花魁翡翠则是另一种态度,她对于热烈追求自己的富商虚与委蛇,只与李经纬情投意合。其时李经纬为了锦绣前程,不肯公开两人恋情,翡翠毫无怨言并怀了他的孩子。李经纬杀死发现二人恋情的陶匠时,二人不得不匆匆分手。翡翠在一场瘟疫中变得面目全非,而且小产失去儿子。但从始至终,翡翠对李经纬都一往情深,当年她对财富毫不心动,当追求者被李经纬杀害时,她也毫无怜惜之意,反倒是对这件事最终导致她与李分离二十年愤恨不已。可见她对于李经纬之专一已经使她视其他男人如粪土。两个罪恶的人二十年后相聚却依然情深似海,最后相拥而亡。

对于妓女的描写值得一提还有高罗佩在处理中外妓女角色时的不同手法。受到中国古代小说的影响,高罗佩明显对于古代中国名妓,及其与士人之间的交往有着自己过于理想化的想象,他笔下的汉人名妓都是貌若天仙、能歌善舞并能和文人雅客吟诗作对,风雅异常的女子,比如《黑狐狸》中以传奇妓女鱼玄机为原型创作的妓女玉兰。

高罗佩笔下的西域妓女则是另一番光景。《铜钟案》、《广州案》中都描写了广州这个当时最开放的口岸城市中随着西域商人涌入的番人妓女。其中最引人注目的是珠木奴。

《广州案》中番人妓女珠木奴年轻美貌、命运坎坷、沦落风尘后又受制于他人，一心想改变命运。珠木奴结识狄仁杰助手乔泰后，刻意接近。就在乔泰以为找到真爱之时，她却非常冷酷地表示自己用身体交换为代价只为脱离目前困境，离开广州并入籍大唐。高罗佩笔下的番人妓女直接大胆、坦率但又粗鄙，与他所描绘的美貌多才、风姿绰约的中国妓女相映成趣。这种对比反映了高罗佩对于中国文化理想化的态度，陈之迈对此很有感慨："小说总难脱离两性关系的故事。高罗佩对于中国人的两性关系有湛深的研究，他的叙述使人倍增翔实之感。他描写这类事情之时，女子大都是属于异族的，大概是因为中国女子的行为都很正常，而他又不愿描写过于下流的中国女子。他的小说中的中国女子，或则是雍容华贵的大家闺秀，或则是谨守妇道的小家碧玉。"①

总之，高罗佩在学习中国文化的基础上形成对中国古代女性的构想，同时，他的西方文化和文学背景使得他并不像中国传统小说那样将女性看作是主角的陪衬、故事的背景，相反，其作品中的中国女性形象不仅从数量上大大多于一般的中国传统小说，而且性格复杂多样、形象鲜明。整体来说，高罗佩力图在中国文化背景下，展示中国古代女子的实际生活和性格特征，其主要参考是明清小说，集中发挥了宣扬男女平等、赞扬妇女的才智和胆识，肯定妇女追求婚姻和爱情自由的现代性因素。毋庸讳言，高罗佩在塑造中国女性形象时过于理想化的做法掺杂过多个人主观色彩，很可能会给西方读者带来一些对于东方女性的片面印象。高罗佩出于对中国文化的热爱，在纠正东方主义中存在的中国负面形象的同时，有时不免有点矫枉过正，对于中国女性形象的过分美化就是例证之一。

---

① 陈之迈：《荷兰高罗佩》，台湾：传记文学出版社，1969年，第37页。

中国的鬼魂：跨越时空的女性对话

周乐诗

（上海外国语大学）

格丽特·乌达尔-杰森（Gritt Uldall-Jessen）是丹麦今日最有影响的女性主义剧作家，她擅长通过对神话传说的改写，来解构女性在历史中的固定意义，提出今天女性的生存和思考的问题。杰森女士的近作是一部与中国相关的戏剧《中国的鬼魂》[①]，该剧将在今年4月16日起在哥本哈根PLEX音乐厅首度上演，直到5月5日。这对中国的女性研究者和文学研究者来说，是一个特别值得期待的事件。在中国本土，还没有一部和女性主义相关的戏剧作品，而这部丹麦女性主义剧作，却融入了诸多的中国因素。我曾经和杰森女士有过非常愉快而会心的交谈，并承蒙担任杰森女士作品翻译的京不特先生的帮助，有幸对杰森女士的多部剧本先睹为快。占此先机，姑且为有兴趣的读者妄做解人，对《中国的鬼魂》剧本的立意做一番搜求，并对剧本本身包含的跨文化意义做些生发。如果说杰森在这部剧本中勉力在创造跨越时空的女性对话，那么，这篇文章也算是通过加入这种对话作出回应。

一、回望时间的女性独白

这部剧中的两个主要人物是女鬼，她们有各自的前世今生。阴阳相隔，阻断了时间的连续性，造成了人生的转折，因此区分了她们人生的不同阶段。生死之间成为一道分水岭，意味着对过去的了断和一种新的生活的开始。作为鬼魂，她们有了回望自己历史的可能。在超越了现实的这一端，她们回望现实时间的那一端，获得反省的机会。作为鬼魂，这两个女人的身份也已经改变，她们成了天不收、地不管的化外之民，

[①] 本文所有作品和材料引用的译文，依据京不特先生提供的翻译。京不特先生是杰森女士相关作品指定的中文译者。杰森剧作的中文译本尚未出版，本文作者借此向提供作品和相关材料的杰森女士和京不特先生表示感谢。

不再需要迎合现实的体制，做别人要她们做的那个人。她们可以重新思考，她们需要什么，她们应该成为什么样的人，她们应该怎么做。这两个反叛前世的鬼魂，因此成了女性主义者。

剧中，两个鬼魂最初大段大段的台词都近于独白。她们一直在和自己对话，今世的我和前世的我。但场景固定在今世，因为杰森设问的重点并不在于控诉"前世"女性受到怎样的压迫，她更关心，从最初的被压迫的境遇中觉醒的女性，"今生"应该怎么做。这是女性主义在今天更为迫切的任务。杰森设计了两个鬼魂，来展示女性不同的思考和选择。

无名是一个渊源有自的女鬼，来自盛产女鬼的中国奇书《聊斋志异》。她的前世是《促织》中的那头蟋蟀。她曾渴望借小男孩的身体还魂，成为一个真正的人。无名的前世是被人挑动自相残杀的生灵，过着毫无意义的生活。"有许多像我这样的女孩。/ 被卷进毯子 / 睡着包起 / 尖叫着。/ 震颤着。/ 沉默。/ 一大群我们。/ 大地上的灰条形。/ 被遗忘在深渊口上的崖边。/ 被遗弃。"因此，在无名的梦中，她萌生了一个愿望：

> 我很想成为男孩。
> 我想附着一个人，——就像披上一件披风、一件大衣。
> 它变成我的新生命。
> 一个在深渊口上的崖边玩一只蟋蟀的男孩，
> 一个上学的、强壮的男孩，一个博闻强识的男孩……

另一个女鬼叫丽丽，意思是美丽。而她的美丽和她自己是无关的，她闭月羞花也好，她从小忍受裹小脚的疼痛也罢，都是为了有一天去做别人的新娘。而且，新郎是父母选中的。但新娘的轿子在路上出了意外，她溺死在池塘里。她为什么要得到这样的因果报应呢？她自问："是我的脚不够小吗？/ 是因为有人怀疑我的女儿贞操吗？/ 是丈夫想要另一个小妾吗？/ 还是因为大奶对我的到来有嫉恨？"丽丽成了一个冤死水中的鬼魂。丽丽出场的时侯，独自一人坐在水边的一棵老桃树下，她前世溺死的地方。"她的头发本是梳上的，但是风吹开了它。"在杰森的另一部戏剧《丽丽特归来》中，风是帮助丽丽特逃离伊甸园的使者。在这里，风仍然是一个自由的使者，不但让丽丽显得更加灵动和美丽，也帮助她脱离了尘世规范的拘役。丽丽在桃树下守候，心里充满了复仇的快感。她期待桃树上的每个树杈都挂上一个铃铛，那是她复仇的记录。丽丽挂起铃铛，就像作者在另一部剧《阿提米丝的第一枝箭》中，女猎神阿提米丝把杀死的男人的睾丸收集起来当项链挂起来一样，是对男性报复的炫耀。

这两个鬼魂最初相遇，却互不理解。无名不理解丽丽的美丽有什么意义，丽丽也不明白无名的存在有什么价值。她傲慢地对这个卑微的动物说:"在任何地方你们都是不受欢迎的。"她告诉无名,要留下的话,就要坐进那只笼子里。她真的不由无名分辩,把她捉进了笼子,还命令她为自己演奏。

当桃树下这条偏僻的小径上走来了年轻的男老师铭崴时,他注定是个牺牲品。丽丽和无名都期待分享他。无名用琴声让他感到平静,丽丽则诱惑他走上了那条平直伸展的不归之路。丽丽在树上挂上了一只铃铛,空中叮当的声响抚慰着丽丽受伤的灵魂。而关在笼中的无名却无所作为,只有沉浸在继续寻找可以让她还魂重生的男孩的梦中。两个鬼魂都没有沟通对话的意愿,自顾自地独白,因为交流的结果往往是冲突。因此,戏剧中的一个重要角色是叙述者,故事的发展依赖叙述者的旁白来推进。

这一次,是《促织》中的成生来了。他背负着沉重的税赋,急于靠捉一只蟋蟀去摆脱困窘的生活。他曾经捉到一只大蟋蟀,还没来得及进贡,被调皮的儿子弄死了。儿子知道后果严重,投井自杀,救起时,已经气息奄奄,一直沉睡不醒。无名看到了她的梦就在眼前:"他应当把我带到他的儿子那里去,/——那沉睡的男孩——/我想成为这男孩。"但丽丽抢在了她的前面。她用桃花做妆容,用梳子作武器,用美丽俘获了成生的心。"现在,他(成生)空空的罐子落下,落在地上摔碎了。"成生说:"我正是来找你。"美丽的丽丽让他忘记了捉蟋蟀的使命和救儿子的责任。无名停下了奏乐,要丽丽把成生留给她,成全她借小男孩的身体还魂的愿望。但丽丽不愿别人分享,她只想独占猎物,进行复仇。两个鬼魂再起冲突。无名在挣扎中,绊倒了笼子,也把自己解脱出来。她一边喊着:"不要杀他",一边向丽丽发起进攻。"丽丽向她伸出燃着烈火的手臂。/但是无名一脚踩出去,/要去踩住丽丽的三寸金莲。"丽丽倒下了,但是火在她四周燃烧,成生已经死去了。无名冷眼看着丽丽又在挂铃铛,丽丽则怀疑无名成为另一个人的梦想。两人的隔阂依然如故,或许更深。

又有一个老人邢云飞走上了这条小径。口袋里揣着宝玉的渔夫邢云飞走在回家的最后一段路上。他颤抖着身子,有了一种不祥的预感。"他感受到一种遗忘已久的感觉在他的全身贯穿。"丽丽已经把桃子递了过来,很久以前,他曾经吃过这样一只桃子。他接过了桃子,并且不由自主地拿出了他的玉石。无名突然跳到他们中间,夺走了玉石。现在,这块玉石成了巫师手里的水晶球,无名想从里面看到自己的未来。丽丽为了玉石和无名打斗起来。无名失手掉了玉石。顷刻间,"玉石炸开了——千百块小碎片!/有一声巨响,从大地的中央深深地传出来。/倾斜了的大地。/它朝一边陷塌。""所有东西都坍塌滑落倒下。/人类失去了一切——也失去他们的生命。"邢云飞死在桃树底下,被一颗桃核噎死。他的尸身滚进了地下的灰尘泥浆,和他的玉石碎片混而为一。曾经手握玉石,掌控丽丽和其他诸多生灵命运的人,却终被丽丽的桃核要了命。一时间，天塌地陷。

在戏剧的前半段，两个鬼魂除非各怀心思，碰在一起，不是斗嘴，就是打斗。因此，她们沉溺于独白，不求对话；她们只回望自己的过去，关注自己的时间变化，而忽略了同为女性处于不同空间的差异；她们以为，求仁得仁是应该的，跳不出——相对的因果报应，使得彼此的隔阂越来越大，终于造成更大的冲突。

二、差异的女性跨越空间的对话

杰森在剧中塑造了两个具有差异的女性形象。

丽丽是个桃树精，前世本来可以成为男人眼里的贤妻良母，但贤妻良母和"红颜祸水"只是一张薄纸片的两面，很容易翻过去。她的美丽既给了男人致命的诱惑，又招来了男人对她的贞操的怀疑和女人的妒忌。她即使死了，也只能由着别人编排她的不是，无法向别人说出她的故事，不然就会招来神谴，永远消失，不再存在。她因而成了一个复仇女神，守候在桃树下杀死男人。而她的方式是用火烧。火成为她内心愤怒的一个外在表现形式。

丽丽不像无名，有一个明显的神话出处，她身上糅合了很多神话因素。比如那棵桃树容易让人联想起同是《聊斋志异》故事中的另一个女性人物窦氏。窦氏为轻薄男子南生引诱失身，一再请求南生正式迎娶，直至抱着幼儿在他门外哀求，但南生仍然不为所动。窦氏抱着儿子在门外冻死后，附身南生的新嫁娘，新婚之际吊死在院中的桃树上。南生后终因作孽太多而获罪，得到报应。

无名的前世是头蟋蟀，一种卑微的动物，被人驱策着互相搏杀，却一直不明白为什么搏杀。她是不自由的，因为"人们无法抓住一条飞翔的龙或者一只蝴蝶"。她只能在"草中建造避身处"。但"一次又一次被吃掉"。她只是一个奴隶，一直被踩到脚底下，又一直想站起来。她甚至受到丽丽的欺负，被丽丽关进笼子，并受丽丽胁迫，为她演奏音乐，成为比她阶层高的女性的玩物，就像"茧里的蛹"同为女性，丽丽和无名之间也存在着阶级压迫。在女性之间，同样可以复制父权制的权力关系。无名是女性中的底层，她们的问题最初是生存层面的。当丽丽告诉她，丽丽的意思是美丽，她问道："美丽能吃吗？"

她们的目标最初也是不同的。丽丽试图占据的是男人心中的位置："在他们的心里有一个虚席以待的空位。/那个位子该是我的。"她的武器是她的梳子，或者也可以说，是她的美丽。而无名因为受到更为实际的压迫，她想要的也更现实："他们将我踩下去,/但是我重新站起来。/在他们身体表面的地方。/那是我的地方!"她们一个想征服男人的心,一个想取代男人;一个想消灭男人,一个想成为男人。

当丽丽完成了从天使到妖女的蜕变,成为残忍的复仇者后,她是一个果敢的行动派,目标坚定,快意恩仇。虽然她的心里也有挣扎:"在我的眼里有水。/在这水里/我用我的两手/抓住了一条鱼/一条没有水的鱼/每一分钟都可以是它的最后一分钟。/刀在口袋里。/我救下这条鱼。/它吧嗒着要呼吸,想要进入我眼睛里/游动着的泪水的海洋。/它进不到这海洋里,/刀割下。/我们燃烧。"但她知道,她的猎物是以她的悲伤作为生存代价的,她以自己生命的经验,拒绝付出这样的代价。她的选择是一往无前地复仇,毫不理会无名的怀疑和争夺。而无名刚出场时却显得懵懵懂懂,随遇而安。叙述者说:

> 无名什么地方也不去。
> 无名没有她想要逗留的地方可去。
> 无名不等待什么人,
> 她拿起她所看到的东西,她去她所在的地方。

她犹疑而延宕,沉浸在无穷无尽的白日梦中。她怀疑丽丽复仇行为的合理性,又不清楚自己究竟应该怎么做。因此,她的现成的理想是成为不受压迫的男人,她急于从玉石(功能类似西方预知未来的水晶球)中看到自己的未来,非常依赖于外在的权威,来确认自己的身份和行动。但无名代表了一种女性的力量。如果她们集合在一起,是足以让人畏惧的。丽丽说:

> 你们太多了。
> 你们从一个地方飞到另一个地方。
> 你们把一切都吃掉了。
> 在你们一起飞的时候,天空就黑了。

而这种潜在的力量,最终被激发出来了。

无名和丽丽的冲突,不只和她们自己有关,牵动的是更广泛的世界。天柱的倒塌惊动了女娲。她怜惜自己的造物,不想动手惩罚人类,但她还是忍不住谴责:"难道只有我该对人类负责吗?/那些在大地上相互创造出来的人类,本应当幸福地生活——/为什么他们杀死他们的女婴儿?/为什么他们相互买卖对方的生命就好像人类是东西?/人类对他们自己、对他们的孩子、对他们的大地做了些什么?"父权秩序的维护者伏羲也被迫现身,他指责女娲:"你的人类创造出了混沌和混乱,你,女娲。/如果他们遵守我安排的秩序有多好。/ 如果他们去学着阅读和计算 / 如果他们稍稍听从他们的理性……"但他的谴责被女娲打断："——你老是在说话,伏羲,如果你不是坐在你的书堆中的话 / 看看你周围！/ 你的那些秩序引出些什么？"伏羲又一次开始说教,但这一次,他的说教被无名和丽丽打断,无名责问他："没有名字的我们, / 不属于你的伟大计划的我们, / 我们也在这里。/ 你打算怎么办？"丽丽责问他："我是那个有自己的故事而不能被讲述的生灵。/ 如果我讲述我的故事,我就会消失。/ 但我也想活着啊。/ 我不需要什么奇妙的石头来看我的未来。"这两个一直互相冲突的女人,在面对男权秩序象征的伏羲时,开始了同样的追问和反思。

　　实际上,丽丽和无名有着共同的经验和感受。无名是没有名字的人,因为女性得不到命名,不在男性规划的生活里,是被忽略,被压迫,被歧视的人；而丽丽不能说出自己的故事,也就是在文化中缺席,没有历史的人僭越是会受到惩罚的。丽丽的故事不能被讲述,不然她就会遭到神谴,再次失去生命,永远消失。她们都被男权社会物化,所以,作者有意给了她们一个非人的符号,让她们成为桃树精和蟋蟀精。当丽丽和无名走出自我封闭的世界,开始重新反省自己的目标。丽丽在预言未来的玉石中看到了桃树的倒塌,复仇的铃铛声在她的耳边渐渐淡去。无名看见蟋蟀们在世界毁灭中宁静下来,她经历了又一次托生,这一次,"色彩鲜艳的花朵正在吐蕾绽放"。乳房丰满的妈妈追赶着我,而我也热烈地回应着,叫喊着："是我啊,你的女儿。"

> 我哭着,但我脚下的大地打滑。
> 我一直有着这梦。
> 世界被关在了一只笼子里。
> 在笼子外面,树上挂着一只铃铛。

　　无名的梦终于开始清晰,她不再误以为自己的梦想就是成为男孩,她终于满足自己本来就是个女孩的事实；但她不愿再被世界囚禁在笼中,她要把囚禁她的那个世界关进笼子。她找回了自己。

　　两个女孩开始了不再对立的交谈。丽丽终于放弃了复仇,选择说出她自己的故事。当她说完了自己的故事,落入了预知的神谴,她消失了。她以再次失去生命的代价,留下了她的故事。在她消失的地方,留下了一件陈旧褴褛的新娘婚衣,提示人们曾经发生的一切。无名思量着丽丽的复仇："我们去杀害,因为我们自己曾被杀害！"但是,"这是一笔永远算不清的账"。她也曾经是个斗士,为了让宫廷里的皇帝取乐而搏杀。她一直听凭别人去处置她所拥有的能力。而现在,她不愿意再为别人去卖命,去搏杀,她也不想去进行针对男性的个人复仇。在剧中,受到丽丽报复而死的那些男性都有些无辜。而无名要向建立这些压迫女性秩序的体制发出挑战：

> 现在我向你挑战，伏羲！
> 是你创造出这些规矩。
> 去掉它们。
> 把世界完全调整过来。
> 然后离开吧。

　　无名和伏羲开始搏斗。在争斗中，世界倾斜了，伏羲开始头晕了。但无名知道："我所认识的那个世界一直就是倾斜着的。"无名在与伏羲的搏斗中取胜了，但是世界仍继续倾斜着。世界的新秩序并不因为破坏了原来的秩序就万事大吉，而伏羲也仍然忙碌地修补着世界……一直在追梦的无名不再有梦，她要向前走了。一直在旁观的叙述人告诉无名，因为她战胜了伏羲，她按照神谕，可以实现三个愿望。而现在的无名，不再需要借助权威，通过体制来确认自我和实现自我，虽然她还是不清楚她真正的愿望是什么，甚至她至今不明白对女人而言的美丽意味着什么。她看到愿望悬挂在空中，这让她想起了另一个为愿望诱惑从此过着清冷孤寂生活的月中嫦娥。于是她断然拒绝："伏羲能够给我的东西，我自己都能够让它们实现！"转身离开了舞台。叙事人的声音响起："也许她会继续活下去，托生为那个她曾经想要成为的男孩子？/也许她在开始改变这世界？/也许她终于明白她想要什么？"在一连串的也许中，大幕拉上。

　　但余绪未了。作者并不想提供一个确定和单一的答案。作者努力呈现差异，就是在提示女性的多面性，女性问题的多面性和女性主义策略的多面性。在今天，女性主义已经成功地在时间上建立了自己的里程碑，取得了重建历史的阶段性胜利。但女性在自我封闭状态下，仅仅和自己的历史对话是不够的。今昔对比，很容易引向一种简单的因果相成：被杀害的要去杀害别人，被男人忽视和压迫的，期待成为男人。以其人之道还治其人之身，结果落入了男性思维和行为模式的陷阱。而只看到个别的时间变化的自省，忽视了网状的复杂空间中，各种生存状态的女性之间的差异，不但会蹈入女性自我认识的误区，还会导致存在差异的女性之间的对立和冲突，因为，在不同种族、阶级、文化中生活的女性，并不具有天然的互相认同。作者杰森否定独白，否定自我封闭，否定单一和确定。她的结论是开放的：也许这样，也许那样，女性主义已经走在路上，可以有许多可能，可以存在诸多差异。不同阶级，不同种族，不同文化的差异的女性，应该跨越时空的阻隔进行对话，达到互相的理解。

三、跨文化的另一重对话

　　杰森曾经写了一系以西方神话为改写蓝本的戏剧，熟稔地从希腊罗马神话和圣经故事中就近取譬，重构被神话传说固定下来的女性形象。在今天，神话重写成为一种世界性的潮流。英国坎农盖特书局还启动了一项世界性的"重述神话"工程，联合数十位世界著名作家参与，中国作家也已参与其中。神话往往将我们引向关于人类生存的永恒问题，让我们追问前世今生，因此而展开深邃而宽阔的想象空间。历史地看，人们回归神话，往往是因为现实的困境和由此引发的内心的文化危机。但今天，神话不再具有精神还乡的古典价值，因此，当代很多神话的重述不再把还原当作自己的追求，神话的经典内涵被动摇。解构和颠覆成为重述的关键词。而这种重述的意图在于争夺对于意义阐述的权力。杰森一系列以希腊罗马神话和圣经故事为底本改写的戏剧，就是从那些古老神话传说的固定意义的边缘，找到新的生发点，颠覆了被符码化了的女性形象，赋予了这些人物新的意义，以达到重新书写女性历史的目的。

　　但杰森的改写不同于《达芬奇密码》那种学究式的索隐探微，穿凿附会，也不同于《白雪公主》那种后现代式的戏仿搞笑，荒诞不稽。杰森文笔犀利甚至尖刻，但她从来不轻薄，不戏说她的故事和人物，她的戏剧甚至带有一些古希腊悲剧的庄严。在《中国的鬼魂》中，叙述者的旁白，总让我感觉是由古希腊悲剧中的合唱队唱出来的。她也不像大多数的改写者那样，添枝加叶，把原来的故事更加细节化和具体化，相反，她删繁就简，不重情节的戏剧性，更注重诗意的抒发；人物也是写意式的，点到为止。这种写法更契合中国的神话传说。中国古代神话传说倾向于非叙事性，和西方的相比，缺少气势恢宏的场景和波澜壮阔的故事框架，人物也很少工笔细描，崇尚"颊上三毫"和"点睛之笔"的传神写照，更趋于符号化。因此，杰森在《中国的鬼魂》中，尝试使用异文化的神话进行二度创作，对她而言，虽然有更强的挑战性，但却和她本人的风格契合，因此处理得得心应手，令人心服。比如这一段描写，无名漫无目的地逡巡，来到水边的桃树下，有着浓厚的抒情意味。桃树，池塘，月亮，都渲染出具有中国画和唐诗宋词的意境：

> 无名沉浸在她自己的想法中。
> 她寻找着一片绿色茂盛的原野以求找到吃的。
> 她走过一个池塘，听见叫声和笑声。
> 她看见有人在水里嬉戏。
> 那一定是一个精灵。一个水精灵。

> 泉水和晨露赋予水精灵一颗神仙的灵魂和一个女孩的身体。
> 无名情不自禁朝她看。
> 池塘里的女孩和月亮一同嬉戏着。
> 就在下落的太阳追逐着天空里的一切的同时，
> 月亮滑入水中，在那里躲藏。
> 难道在太阳离开后，月亮不返回到天上去吗？
> 她发现，那里根本没有什么池塘。
> 没有水精灵。
> 她在一块荒芜而干涸的平地里，站在一棵桃树旁。
> 这是一个暴露在风中的地方，她从来没有到过这地方
> 月亮消失了。
> 那女孩的笑声挂在干燥的空气中。
> 无名决定坐在树下等待夜晚的到来，
> 看那月亮是不是还会重新升上天空。

但这种中国意境并不纯粹。水精灵就是一个非常西方化的形象，让人想到西方神话中美丽的女水妖 Nymph。在池塘溺死的女鬼丽丽，其实也散发着西方女妖具有强烈诱惑力的性感气息。她既是一个中国的桃树精，又是一个西方的水妖。2006 年好莱坞悬疑片《水中女妖》(Lady in the Water) 的出现，多少迎合了人们心目中水妖的魅惑形象。在这位丹麦作家杰森笔下的中国鬼魂，实际上融合了西方的眼界和声音。它构成了文本潜在的一种跨文化的对话结构。

这种东西神话的糅合，在剧本中留下了很多痕迹。比如无名的故事来自《促织》，无名应是一头蟋蟀。但在丹麦语剧本中，杰森实际上用的是蚱蜢一词。丹麦人不熟悉蟋蟀，也不甚了解中国斗蟋蟀的文化，而蚱蜢即蝗虫，具有一种集体性的破坏力量，在作者所在的文化语境中，起到了对女性主义的隐喻作用，比蟋蟀这个陌生的词有更好的效果。于是，中国的善于争斗的蟋蟀，和西方飞翔的破坏性的蚱蜢，合为一体。

再比如丽丽最后一个男性牺牲品邢云飞，也可以从东西方看到他的两个侧面。邢云飞是一个渔夫，他从海中打捞到一块宝玉。但玉石先被贼偷走，又被贼不慎掉落水里，最后又被他捞起。玉石失而复得一波三折终于完璧归赵的经历，很容易让我们想到春秋时期和氏璧的故事：楚国的卞和，在山中采得宝玉，先后献给厉王和武王，都被当作石头，遭到砍去双脚的惩罚。最后在文王即位时，卞和抱着璞玉痛哭两天两夜，惊动皇帝。和氏璧终于得遇慧眼，见了天日。但邢云飞海中捡宝的故事，又有西方传

说的影子。不管是印第安神话故事中阿兹特克神话中的"太阳鸟",《一千零一夜中》的《渔夫的故事》,还是格林童话《渔夫和他的妻子》,普希金的《渔夫和金鱼的故事》,捡到宝物而为宝物所累,是一个不断被讲述的传奇原型,而渔夫的形象都带有贪婪猥琐的特征。在《中国的鬼魂》中,通过渔夫形象的介入,邢云飞和卞和原来怀宝不遇令人惋惜的形象有了差距,他可以被同情的部分淡化了,贬义色彩增加了。

邢云飞手里的玉石,是更明显的中西合璧,是中国玉文化和西方水晶球文化的结合体。邢云飞获玉,藏玉,最后玉石俱焚,都是很中国化的意象。但这些意象原有的意义,却被西方水晶球文化置换了。玉石在中国文化中,是一种人品的象征。关于玉的比喻常常和崇高的品质有关,白璧无瑕被用作道德的评判。因此,玉碎,玉石俱焚,常常是和舍生取义,杀身成仁,不惜付出巨大代价保全道德的意义相关。但在《中国的鬼魂》中,无名把玉石直接当成女巫手里的水晶球,想从里面看到自己的未来。因此,这个掌控未来的宝玉的粉碎,就不是哪个中国士大夫宁为玉碎、不为瓦全那样,可以静穆地在一隅之地自我了断,而是朝纲倾颓,天地震动的大灾难,带有西方世纪末的恐惧景象,成为戏剧高潮。

总的来说,这部剧作中的中国是一个被虚化的地域概念,更代表了一种相对于西方而言的遥远时空。通过对中国鬼魂的描写,也体现了对存在差异的女性的理解和沟通的意愿。杰森告诉我,她在选择以中国神话作为背景写作这部剧时,很谨慎地避免让它他落入文化帝国主义的圈套。她努力让不同文化平等地融合。因此,中西文化在这部剧中呈现为你中有我,我中有你,自始至终构成了融洽的对话。两者没有清晰的边界,更不像戏剧前半部分无名和丽丽两个人物的两相对立,冲突一触即发。中西文化的对话在这部剧中是潜隐的,两者呈现出含混性和互文性。同一人物,事件或物象中,可以从不同侧面看到中西文化的折射,对它们呈现的意义的解读,需要互相参照。实际上,剧中出现的中国神话人物,本来也不是在一个时空中,清代传奇《聊斋志异》中的蟋蟀,和远古神话中的伏羲、女娲对上了话,也是时空颠倒的拼贴。但在中西文化成功对接的背景下,一脉相承的本民族文化的融通显得更为自然。这种拼贴毫无后现代的荒诞感和游戏意味,而是体现了作者穿梭古今中外寻求跨越时空的女性之间相互对话的努力。虽然剧中主要人物只有两个:无名和丽丽,但这两个人物一可推三,三可及众,包容了天下所有的女人。她们是古老文化中女性的心声,跨越多重时空系统,在地球遥远的另一端的呼应和回声。

克罗德·罗阿与中国的文化对话

刘 阳

（南京师范大学）

克罗德·罗阿（Claude Roy, 1915–1997）是法国当代著名诗人、小说家、评论家，曾经长期担任法国加利玛出版社的文学顾问。他在小说、戏剧、传记、文学评论等方面取得了丰硕成果，在诗歌领域则取得了更加辉煌的成就。罗阿 1985 年获龚古尔学院诗歌大奖，1988 年获法国诗人之家大奖。他的诗作深受广大读者的喜爱，并被收入法国中小学教科书，受到中小学生的欢迎。罗阿出版的主要诗集有：《学艺的童年》（L'enfance de l'art, 1942）、《亮如白昼》（Clair comme le jour, 1943）、《未成年的诗人》（Le Poète mineur, 1949）、《完美的爱》（Le Parfait amour, 1952）、《诗歌集》（Poésies, 1970）、《在时间的边缘上》（A la lisière du temps, 1984）、《秋天的旅行》（Le Voyage d'automne, 1987）等。

克罗德·罗阿不属于当代的主要文学流派。他的创作风格与超现实主义、存在主义和新小说派作家截然不同。他是一个遵循法国现实主义传统，不断探索文学奥秘的作家，一心想以写作来启发人们的心智。罗阿在近七十年的文学生涯中笔耕不辍，以题材丰富的作品、清新流畅的风格，在法国文坛独树一帜。从目前情况看，罗阿在中国的译介与研究刚刚起步，只有少数研究者对罗阿作了初步介绍和评价。江伙生翻译了罗阿的几首诗并且对诗人作了简要介绍。[1] 钱林森在《法国作家与中国》一书中，分析了罗阿关于中国小说《聊斋志异》和《红楼梦》的评论。[2] 我们认为，罗阿是 20 世纪的见证人，不仅在法国文学史上具有重要地位，而且在中法文化交流中也有杰出贡献。罗阿研究是绕不过去的外国文学与文化课题。本文试图探讨罗阿是如何与中国文化结缘，探索和弘扬中国文化，如何在作品中表现中国题材和中国文化色彩的。

---

[1] 江伙生：《法国历代诗歌》，武汉：武汉大学出版社，1997 年，第 602–618 页。《法语诗歌论》，成都：四川人民出版社，2000 年，第 243–246 页。
[2] 钱林森：《法国作家与中国》，福州：福建教育出版社，1995 年，第 642 页。

一、从耳闻到目睹：罗阿对中国的初识与理解

克罗德·罗阿，初登文坛时曾用克罗德·奥尔朗作为笔名，罗阿是他为自己取的中文名。克罗德·罗阿与中国的接触是主要是通过不同的途径实现的，一是阅读中国古籍以及有关中国的著作，二是在中国的实地旅行，三是与中国人和西方的"中国通"接触。

青少年时代，克罗德·罗阿就想象着遥远的中国。他读了儒勒·凡尔纳的《一个中国绅士的遭遇》，感到自己与书中的人物金福和王哲颇为接近。后来，他又先后读了庄子、老子和列子，深受触动。1952年，罗阿作为进步作家应邀参加在北京举行的"世界四大文化名人纪念大会"。他利用这次难得的机会考察中国，并记下他的所见所闻。这些文章收入《中国入门》一书，由加利玛出版社出版，内容涉及中国历史、政治、地理、文化等各个方面。

罗阿回忆他于50年代初在中国的旅行，他承认，他一下子就喜欢上了金福和王哲所在的国家。罗阿在中国期间每天都能发现热爱中国的新理由。罗阿借用了他的精神导师司汤达的话："心里的爱"和"头脑里的爱"。心里的爱是自然而然地产生的，头脑里的爱则是理性思考后的表现。尤其需要指出的是，罗阿把这两种爱献给了同一个对象——中国。显而易见，罗阿对中国的热情不是一时的冲动，而是一种真切的情感。

这次旅行具有重大的收获之一就是，罗阿与老舍、茅盾、梅兰芳等文艺家建立了"幸运的友谊"，回到法国之后，他与这些朋友一直保持着书信往来，此后，他继续深切地关注着中国。70年代，罗阿第二次访问中国。他在此前二十年多年中写的有关文章，被收入《关于中国》一书。罗阿在书中向人们介绍中国文化，与"欧洲中心论"作斗争，他以亲身经历介绍中国的现实，表达了自己的真切感受。

在罗阿的中国朋友中，定居法国的赵无极与他的联系最为紧密。罗阿与赵无极的友谊可以追溯到上世纪40年代末。赵无极到法国之后，在艺术上初露头角，罗阿在巴黎散步时看到一家书店的橱窗里陈列着赵无极的一幅石版画。当时并不认识赵无极，也不知道他的名字，但从这天早晨起，赵无极的画深深地吸引了他。罗阿四十年之后还记得这次相遇。在罗阿去世时，赵无极写了纪念文章《我的朋友克罗德·罗阿》，回忆了他与罗阿的兄弟般的情谊，他说："我与克罗德·罗阿的关系是友谊的关系，如同人们儿时发现炽烈的情感时所幻想的那样。……他对我的画作的理解是立刻实现的，他的书每一次出版是我都是最先读到。"[①]

---

① Zao Wou-ki, *My friend Claude Roy*, in *La Nouvelle Revue Française*, No 545, 1998, p.37.

赵无极和克罗德·罗阿的友谊首先源于他们对中国艺术的同样爱好。如罗阿所说，"艺术往往会导致友谊，我与赵无极的友谊就是这样。"①诗人罗阿和画家赵无极的相识相知也体现了诗画同源的中国传统。正如赵无极所说的那样，它们（诗与绘画）二者表达了生命的气息，笔在画布上的运动与手在纸张上的运动一致。它们揭示了其中隐藏的意义、宇宙的意义。罗阿与赵无极一样，从事"一种自我研究、一种内在运动"，"一种精神锻炼"，因为，激发着赵无极的"不是外部影响、环境、更不是时尚，他自我探询的是内心。"②

赵无极遵循中国和法国的文化传统，将法国人的情感与东方人的意识结合起来。在西方人眼中，他既是中国的，又是世界的。这就如同阿兰·若夫鲁瓦在《艺术》一书中所说："赵无极的作品清楚地反映了中国人的宇宙观是如何成为全球性代表观点的，正是虚无、玄远，而非沉思的对象，反映了沉思的精神。"③赵无极的画作最引人注目的是，它们用西方技巧表达了中国智慧，从而构成绘画中的抒情抽象派。罗阿对他的中国朋友的赞赏源于对中国文化的热情。对罗阿来说，赵无极的作品的第一印象给了他一种"奇特的安慰"，这是一种"愉快的奇妙情感"。奇妙，这是因为赵无极是可资参照的"他者"，他的绘画作品深受中国思想的熏陶。安慰，这是因为罗阿觉得遇到了他期待已久的相遇。罗阿确实把赵无极看作一个追求东西方和谐的榜样。同样，在赵无极看来，罗阿始终追求在个人和世界之间建立一种中国智慧所启发的和谐。

克罗德·罗阿和赵无极的友谊实际上是中外文人彼此互相影响、相互获益的例证。对赵无极来说，克罗德·罗阿和亨利·米修是赵无极在法国的两大精神支柱，这是赵无极永远难忘的。他说："尽管时光流逝，我仍然要将克罗德·罗阿和亨利·米修的友谊与我到法国最初几年的环境联系起来。他们的友谊是一种象征，使我扎下根来，因为它们一直陪伴着我，将我保持在亲密家庭和思想共同体中。"④法国出版的第一部赵无极研究专著就是罗阿所著⑤。同样，赵无极为罗阿的《轻物赞》画了插图。赵无极还与罗阿合作出版了一本《汉代石印画》。他在写给赵无极的一封信中说："三个月来我与你的绘画和雕刻生活在一起，它们使我越来越愉快……"⑥在罗阿心情郁闷的

---

① Claude Roy, *Zao Wou-ki*, Paris: Cercle d'Art, 1988, p.22.
② Ibid.
③ Biography by Françoise Marquet & Marianne Sarkari, Bonnefoy, Yves & Cortanze, Gérard de, *Zao Wou-ki*, Paris: La Différence, 1998, p.331.
④ Zao Wou-ki, *My friend Claude Roy*, in *La Nouvelle Revue Française*, No 545, 1998, p.38.
⑤ 1957年由巴黎袖珍博物馆出版社出版，1970年再版，亨利·米修写了序言。克罗德·罗阿的《赵无极》在1988年由巴黎艺术圈出版社出版，1992年再版。
⑥ Zao Wou-ki, *My friend Claude Roy*, in *La Nouvelle Revue Française*, No 545, 1998, p.37.

时候，正是赵无极的画缓解了他的痛苦，帮助他度过了生命中的艰难岁月。

罗阿与赵无极以其文艺实绩进入了西方主流文化，他们相互交往，相互影响，同时也从对方那里获益。他们在共同交往中获得了各自思想和艺术的提升。他们的交往是中西两种文化交汇中艺术家相交相知的例证。

二、从观察到行动：罗阿对现代中国的体验与探索

与中国结缘是罗阿文学生涯中浓墨重彩的一笔。罗阿与不少同代人一样，初次到中国旅行就意识到了中国的重要性。罗阿与大部分当代作家不同之处就是，他根据自己的亲身经历，独立思考当代社会的现实，不受流行的"欧洲中心论"的束缚，他对中国的感情一以贯之。罗阿在20世纪50年代到中国访问，他关注中国的各种复杂问题，对中国大地发生的一切感到惊奇。中国的幅员辽阔和巨大变化给他留下了深刻的印象。他仔细观察，记录他的所见所闻。他融入茫茫人海，力图透过人们的表情来领悟中国。他拜访参加抗美援朝的士兵和参加土地改革的农民，探索中国历史和文化，走访村镇、寺庙、博物馆，拜望郭沫若、茅盾、梅兰芳、齐白石等作家、艺术家，走访工人、农民、职员和学生。此外，他阅读了不少英文、法文书籍和中文出版物，因而加深了对中国的理解。

《中国入门》(1950)一书就是他辛勤耕耘的重要成果，其中汇集了他的游记、报告和访谈。罗阿对新中国表现了热忱，他在书中介绍中国的地理、历史、哲学、宗教、文学，等等。罗阿的另一部书《关于中国》(1979)集中了他发表于报刊的十多篇文章，由加利玛出版社出版。在这些文章中，罗阿对西方读者讲述了他心目中的真实中国。书中有对中国文学名著的评论、对中国诗歌翻译的看法，以及对中国现实的介绍。

按西方人的传统观点，中国地理位置遥远，社会习俗奇特、神秘而不可理解，中国人在体格和心理上不同于西方人，东方思想无法深入理解。还有人把东方人当作洪水猛兽。这些观点的具体体现就是"不可知论"和"黄祸论"。针对"不可知论"，罗阿指出，人们的视角不可避免地由他的生活环境所决定，他的判断力经常被隐藏利益所左右，西方人想表明自己了解中国，其实只是想表明自己的愿望，当他们以为描写了真实的中国时，其实只是纪录了他们希望看到的形象。罗阿以皮埃尔·洛蒂作品为例，说明洛蒂的作品是神奇的，但它们并没有表现真实中国的形象。对于"黄祸论"，罗阿认为，任何虚构都使得西方人离中国越来越远，任何神话都使得人们远离中国的现实。因为，在这种情况下，人们以为接触了事物的本质，但只不过发现了表面的差异。

在罗阿看来,"马可·波罗比19世纪的旅行家知道得更多,而19世纪的旅行家又比20世纪的士兵知道得更多"[①],因为他们曾经身临中国,有实地考察经验。因此,从"不可知论"到"黄祸论"只不过是西方人在中国面前所表现出的无知。

罗阿不仅指出了西方的两种偏见,而且提出了纠偏的方法。他说,为了理解真实的中国,应该以深刻持久的兴趣来代替对异国情调的研究,应该用人类色彩来代替当地色彩,用真实来代替虚幻。[②]所有这些工作有利于揭开表相,了解真实,还中国以真实的面貌。

如何看待东方,人们的出发点和视角通常不同,对于同一事物可能产生不同甚至相反的观点,重要的是保持独立思考,经过理性分析而得出结论。在这方面,罗阿表现了独特的眼光。在20世纪以前,有不少西方人即使到过中国,他们仅仅对古代中国感兴趣,追求异国情调,他们并不想认识现代中国,他们的兴趣更多的是在中国瓷器、古玩、建筑和诗歌上。而罗阿认为,现代中国是古代中国的延续,要深入了解中国,就必须了解现代中国,这不仅因为它在世界政治、经济、文化方面占据越来越重要的地位,而且因为,认识现代中国有助于理解古代中国,有助于以更深刻、更完整的方式理解中国。

罗阿认为,要认识中国文化,首先就要学习汉语。汉语的书写生动地反映了人们对世界的看法以及人与自然的关系,这正是罗阿强调法国年轻人应该学习汉语和中国文化的理由。罗阿不但撰文呼吁学习汉语,而且还具体提出了法国中学里开设汉语课的主张。他很早看到了儿童学习汉语的必要性和重要性。1969年,有人就减少语言学的问题而向罗阿咨询时,罗阿说他想发起一场战役来捍卫语言教育,在中学教育中尤其必须开设汉语和中国文化课程。罗阿第一个提倡在中学教育中把汉语作为必修课,并为此感到自豪。罗阿鼓励法国人进一步深入了解汉语和中国人,不是为了以中国方式生活,而是学会更幸福地生活,学习人类其他民族的专长。他说:"生活在别处,这对于寻找比此处更幸福的人来说是可行的。"[③]

罗阿在西方流行"不可知论"和"黄祸论"的时候,呼吁人们要认识中国,尤其要认识现代中国,而且他很早就提出要把汉语和汉文化课程作为中学必修课,表现了一个伟大作家的远见卓识。

---

① Claude Roy, *Thief of poems*, Paris: Mercure de France, 1991, p.29.
② Ibid., p.33.
③ Ibid., p.26.

三、从理解到实践:罗阿的中国诗歌翻译及其创作

罗阿不仅宣传中国文学,编了《中国诗歌精选》,而且还身体力行,以汉诗为蓝本,进行再创作。罗阿青年时代读到德理文(埃尔韦-圣-德尼侯爵)翻译的唐诗集,对中国诗歌产生了浓厚的兴趣。50年代初,他在短期访华期间着手翻译中国诗歌。作为一个批评家和汉学家,罗阿对法国的中国诗歌翻译发表了自己的观点,同时,他自己也进行这项花费心血但意义深远的工作。

罗阿深知,将汉语翻译成法语的难处首先在于汉法两种语言之间的变化,即从一种单音节字到多音节词,从一种意符书写到一种拼音书写的变化。此外,还有散文规则、音乐效果等方面的不同。另外,中国诗歌包含隐喻联想、充满前期的文学回忆、暗示和历史寓意,一字一句都可以引申出多种含义,所以,罗阿认为汉诗不易翻译。

在罗阿看来,一个好的译者应该是优秀的学者和作家。德理文和程抱一都翻译了汉诗。罗阿赞扬德理文是首次揭开和启发世界上最美的诗的人之一。"时间没有削减其光辉,也没有妨碍其精确"[①]。程抱一翻译了不少唐诗,表明"对于一种处于隐喻层次的这个意义系统的符号学分析"[②]。罗阿高度评价程抱一在其著作中所体现的现实性和丰富性,尤其向法国读者推荐他的中国古诗翻译。

在西方人眼里,中国文化长期维系,绵延不绝,与其说因为受到长城保护,不如说因为受到语言保护。由于汉语结构极为奇特,所以人们一直认为中国几乎没有语法:名词无词型变化、动词无变位、很少用人称代词……对此,罗阿指出,因动词的无人称、无时态、代词潜隐而产生的不确定性和模糊性并不是汉语的缺陷,实际上体现了人们在天地万物间的一种态度。

罗阿看得很清楚:在两种语言之间存在着不可转达的成分,翻译家的工作是复杂而艰苦的,要求人们的勇气和智慧,博学和才能。他认为在翻译时应该保持着谦恭的态度,最好保持一首诗的原味。因为人们不能翻译出诗的全部美感。在这种情况下,读者借助于他的汉语知识,将会发挥自己的想象力,从而对全诗形成完整的概念。罗阿赞扬翻译家的工作,出于他的自身经验,他认为翻译是另一种形式的文学创作,一首诗经过翻译以后,就不是同一首诗,而是另一首了。

另外,罗阿指出了翻译汉语诗歌的常见现象。西方翻译家通常想精确地抓住含义,谁在湖畔或者山中倾听飞雁的呼唤,哪只手在拨动古琴的琴弦。他想知道这在什

---

① Claude Roy, *On China*, Paris: Gallimard, 1979, p.103.

② Ibid., p.108.

么时候发生：是昔日、昨天还是今天？他要掌握各种成分，以便能确定诗歌的感情色彩，作者的思想状态（作者通常是看不见的、隐藏的）是乡思、愉悦，还是忧伤、悲痛呢？因此，在罗阿看来，在这种情况下，即使比较忠实地翻译出来，也还是背叛了原意。因为进行这种尝试的作者忘记了一点，这就是：西方人感到难以理解的汉语表达方式，实际上反映了中国人在世界面前的沉思方式和态度。比如人称代词的省略通常消除了汉诗中主体和外部世界之间的对立。中国诗人不会把自己限制于单一的角色。罗阿举例说明汉诗法译中的误解。比如，汉代古诗和唐代诗作在法文版中通常变成了充满"白霜"和"微风"的田园诗，"水"总是被翻译为 onde（波浪），女子的脸被翻译为 minois（脸蛋），春耕被翻译为 ébats printaniers（春天的嬉戏）。在这种情况下，中国伟大的诗总是像奥古斯特·昂热利耶等人所写的诗一样平淡，"中国古诗到法国人那里就显不出活力了"[①]。

罗阿学过汉语，但没有坚持下去。由于几乎不可逾越的语言和文字、文化和传统的障碍，翻译中国诗歌对他来说是尝试一件艰难的事。罗阿直言他所遭遇的语言障碍："我也很不走运，没能到达学汉语的彼岸"[②]。作为文艺批评家，罗阿指明了翻译中国诗歌的困难，但罗阿喜爱汉诗，努力掌握中国诗歌的特点。中国诗歌总的来说确实不可转译，但是，罗阿努力掌握中国诗歌的精华并加以推广。多亏不少中国朋友和汉学家的帮助和建议，罗阿努力掌握诗的精微含义，他实现了自己的愿望，出版了中国诗歌改写集《盗诗者》(1991)。

在《盗诗者》一书中，罗阿介绍了一批著名诗人，如王维、李白、杜甫、白居易、李商隐等，另外还有陶渊明、李煜和苏轼等人。他还收入了一些民歌，主题往往是：时光流逝、人生如梦、生死爱恨、日常生活，等等。罗阿发现，中国文人倾听人民的呼声，追问人生的终极意义，面对人世沧桑，他们寻求人与人的和谐、人与世界的和谐，而当个人理想不能实现的时候，他们就试图排遣人世的忧愁，构建一个安宁的内心世界。罗阿介绍的大部分诗人通常具有共同的特点：他们在乡间和大自然中度过大部分时光，写了大量自然诗，大自然与他们的生活与创作紧密结合在一起。于是，罗阿在中国古典诗歌中发现了一个新天地。对此，罗阿写道："进入中国诗歌，就是进入了自然。"[③]

罗阿认为，在形式和内容方面，法语不能百分之百地再现中国诗歌。因此，翻译的重要任务就在于使古代中国诗歌简洁明快的风格鲜活起来。罗阿认识到：诗的韵律、

---

① Claude Roy, *On China*, Paris: Gallimard, 1979, p.105.
② Claude Roy, *Me, I*, Paris: Gallimard, 1969, p.399.
③ Claude Roy, *Thief of poems*, Paris: Mercure de France, 1991, p.273.

规则和日常实践是诗的最好引导者。但是，正如他与他的同代诗人一样，采取自由的手法，将散文与诗歌结合，有时远离诗化的规则，其语言简洁、精确，是一种幸运的结合。他在龚古尔学院接受诗歌奖时明确地说，真正的诗是散文另一种方式的继续。罗阿推崇19世纪浪漫主义诗人华兹华斯，提倡以最散文化的语言来写诗。

罗阿所选的诗一般说来缺少隐喻或象征，偶尔选用，他也以自己的方式重写。

比如王维的诗《欹湖》："吹箫凌极浦，日暮送夫君。湖上一回首，青山卷白云。"罗阿改写为："吹着笛子穿越过湖／太阳落山。朋友分离。／独自回返。山色青蓝。／一朵白云山上飘散。"

王维的原诗描写妻子送丈夫，这一场景在罗阿的两种文本中都改成送朋友。原诗中"青山卷白云"一句既可理解为山卷着云，也可理解为云被山卷着，这是中国思想的艺术体现，令人回味。在罗阿的改写诗中，原诗的意蕴就表现不出来了。

罗阿喜爱李商隐的爱情诗，他改写了其中几首。如《锦瑟》："锦瑟无端五十弦，一弦一柱思华年。庄生晓梦迷蝴蝶，望帝春心托杜鹃。沧海月明珠有泪，蓝田日暖玉生烟。此情可待成追忆，只是当时已惘然。"请看罗阿的改写：

> 为什么我的齐特拉琴有五十根琴弦？／为什么我已活了五十年？／每根弦发出音响继而声又停息！／庄子是梦见蝴蝶的人还是梦见人的蝴蝶？／望帝因被爱人背叛而幻化成杜鹃，抑或他原本就是杜鹃化幻？／在满月下，在深海处，／珍珠有如泪雨滚滚落下。／在蓝山上，在酷暑天，／白玉幻化如生雾烟。／我所追随我所感受或将成熟，我的忆念／或将消散，／梦幻者梦幻他会梦幻的一番梦幻。

第二句中，诗歌的原意是，琴的五十根弦使人想到生命度过了五十年。罗阿的解释好像来自原文的直接解释，似乎拘泥于原文，但仍然接近中国人的情感，后两句涉及中国两个尽人皆知的故事，罗阿的阐释能够让人读懂。后面几句是对生命、真实和梦幻的沉思，无须解释也同样能让人理解。

罗阿所选的大部分汉诗通常用大众化语言写成，如李白、杜甫、白居易等人的诗就是如此。由于风格上的接近，罗阿善于掌握汉诗这种题材的再创作。罗阿按照自己的诗歌取向选择了中国诗歌，以简洁、明快的语言加以改写，充实了他的作品宝库，使他的作品具有更丰富的思想内涵。

结　语

　　罗阿从儿童时代就对中国产生了浓厚的兴趣。在 20 世纪上半期，罗阿看到了战争所造成的社会动荡。他在对人类社会悲观失望的时候，把目光投向中国，在中国思想和文化中找到了安慰和乐趣。经过阅读中国古籍和实地旅行，他对中国的了解逐步深入。他与赵无极等人的相遇使他更加熟悉中国文化的内涵。因此，罗阿不仅比他的前辈具有更多的实地体验，也比他的同辈作家更深入地了解中国文化的意蕴。

　　在罗阿看来，发现中国就是发现另一个自我。他对中国的真情实感发自内心。20 世纪下半期，在东方之光的照耀下，罗阿的诗歌创作达到新的高度。他以简洁、明快的语言改写了中国古诗，成为法国诗歌宝库中的一道独特风景。中国题材成为他创作中重要的组成部分，而中国思想使其作品具有更深广的东方文化内涵。他的创作成就是与他对中国文化的认识同步发展的。

　　在罗阿看来，法国文化和中国文化相遇，能够实现两种文化的共存和发展，达到他所望的"和谐"。罗阿虽然在西方文化环境中生活，但他以中国文化为参照，并与中国文化对话，他以亲身体验证明，东西方文化完全可以实现沟通。罗阿以他的著作和行动，向我们具体地证明：人类文明的价值是普世的，东西方文化的碰撞和交融有助于实现两种文化的互补，促进人与人的和谐、人与外部世界的和谐。罗阿是 20 世纪人类重大事件的见证人，他与中国的文化对话成为 20 世纪东西方文化交汇的奇缘佳遇。

三

文学与宗教的跨文化互释

文学与宗教的跨学科研究

杨慧林

(中国人民大学)

中国传统学术和文化精神的代表,通常被视为"六艺"之学,即孔子勘定的《诗》、《书》、《礼》、《乐》、《易》和《春秋》。[①] 根据《礼记·经解》和《庄子·天下篇》对"六艺"的解说,其根本都在于人的品性、修养和玄思,从而"为道"、"为教"、"为人"始终互为表里,"六艺"或"六经"便也亦文、亦史、亦哲。甚至专事文字、训诂的"小学",也在《四库全书》中类归"经部",因为"小学"虽起始于识字,却是为日后"大学"的读经做准备;正如西方中世纪的语法学、修辞学、逻辑学等"人文学科"(Liberal Arts)是为了培育凡人的能力,最终接近神圣的文本。[②]

或许也是因此,文学与宗教的结缘在中国本是古已有之的传统。至《全唐诗》已经可以考得"诗僧"115人,"僧诗"2800多首,其中包括为西方学界所熟悉的寒山诗300多首。就文学与宗教的关联性研究而言,则或可首推宋人严羽的《沧浪诗话》。严羽"论诗如论禅",认为"禅道惟在妙悟,诗道亦在妙悟"[③],因此开篇便"直截根源"、"单刀直入"、"悟入"、"顿门"等佛家语满眼皆是。

与"以禅喻诗"的传统相关,后世学者对中国文学与佛道之关系的研究始终不曾中断。张曼涛主编的《现代佛教学术丛刊》有《佛教与中国文化》、《佛教与中国文学》、《佛教艺术》等三卷(台北大乘文化出版社1976),收录了近人最有代表性的研究成果。1980年代以来的中国大陆学界,则有张中行《佛教与中国文学》(安徽教育出版社1984);葛兆光《禅宗与中国文化》(上海人民出版社1986)、《道教与中国文化》(上海人民出版社1987);蒋述卓《佛经传译与中古文学思潮》(江西人民出版社1990)、《佛

[①] 六艺有二说:一为周代所指礼、乐、射、御、书、数,二是汉儒以六经为六艺,本文从章太炎《国学讲演录》说:"六经者,大艺也;礼、乐、射、御、书、数者,小艺也。语似分歧,实无二致。古人先识文字,后究大学之道。"

[②] O. B. Hardisonedited, *Medieval Literary Criticism: Translations & Interpretations*, New York: Frederick Ungar Publishing Co., 1974, p.9.

[③] 严羽著、郭绍虞校释《沧浪诗话校释》,北京:人民文学出版社,1983年,第11—12页。

教与中国文艺美学》（广东高等教育出版社 1992）；刘守华《道教与中国民间文学》（台北文津出版社 1991）；詹石窗《道教文学史》（上海文艺出版社 1992）；孙昌武《佛教与中国文学》（上海人民出版社 1996）、《道教与唐代文学》（人民出版社 2001）；陈引驰《隋唐佛学与中国文学》（百花洲文艺出版社 2002）等等。

自基督教入华以来，唐代的景教、明季的耶稣会士、以及"鸦片战争"前后的基督教新教，都为中国本土学术带来过诸多影响；1980 年代以后基督教在中国又得到了前所未有的迅速发展。因此，基督教与文学的关系也在文学与宗教的跨学科研究中占有越来越重要的地位。

早在 1930 年代，青年学会书局曾大规模出版系列丛书，包括吴雷川《基督教与中国文化》、徐宝谦《基督教与中国文化》；后来对文学与宗教之研究影响最为长久的，则属同样被列入该套丛书的朱维之《基督教与文学》一书。

由此开始的两条线索，一是关于基督教与中国文化、特别是中国现代文学的研究。比如马佳《十字架下的徘徊》（学林出版社 1995），杨剑龙《旷野的呼声》（上海教育出版社 1998），王本朝《20 世纪中国文学与基督教文化》（安徽教育出版社 2000），许正林《中国现代文学与基督教》（上海大学出版社 2003），高旭东《中西文学与宗教哲学》（北京大学出版社 2004），最近还有陈奇佳讨论基督教与当代中国大众文化的著作《被围观的十字架》（即出）。

另一条线索则是从中国学人的视角比较和研究基督教与西方文学，比如朱维之《圣经文学十二讲》（人民文学出版社 1989）、《古希伯莱文学史》（高等教育出版社 2001），刘小枫《拯救与逍遥：中西方诗人对世界的不同态度》（上海人民出版社 1988）、《圣灵降临的叙事》（北京三联书店 2003），杨慧林《基督教的底色与文化延伸》（黑龙江人民出版社 2001）、《神学诠释学》（上海译文出版社 2002），梁工《圣经视阈中的东西方文学》（中华书局 2007）等。

如果从"比较文学"和"宗教学"本身的学科命意加以追究，那么近三十年的中国比较文学确实显示出日益自觉的跨学科意识。西方宗教学的标志，常被追溯于缪勒（Max Müller）的名言："He who knows one, knows none."（只知其一，便一无所知）。其中潜在的比较意识和对话精神，实际上也正是比较文学与宗教学共同分享的立身依据。从这样的意义上说，"世界文学"所谓的"国际"（international），正是与 national（民族、国族）相对而言：延及信仰，便是 inter-faith（跨信仰）；延及文化，便是 inter-culture（跨文化）；延及学科，便是 inter-disciplinary（跨学科）；延及主体，便是 inter-subjectivity（互主体）。

如果这样的观念必然超越"中心"的惯性，也就必将超越"学科"的界限。因此中国学者注意到：宗教学（甚至基督教神学）与比较文学的相互沟通和借鉴，已经在西方逐渐形成了一道独特的景观。比如美国芝加哥大学 David Tracy 对语言的神话与历史的神话之解构，美国哈佛大学 Elizabeth Fiorenza 的女性主义神学与文本解读，英国诺丁汉大学 John Milbank 的"激进正统论"（Radical Orthodoxy）与文化研究，美国 Syracuse 大学 John Caputo 关于解构主义思想的神学解说，美国普林斯顿大学 Max Stackhouse 的"公共神学"（Public Theology），英国剑桥大学 David Ford 的"文本辨读"（Scriptural Reasoning），美国哈佛大学 Francis Fiorenza 的批判理论研究，英国格拉斯哥大学 David Jasper 的"神学与文学"研究，德国图宾根大学 Hans Kung 的跨文化对话，法国斯特拉斯堡大学 Jean-Luc Nancy 的宗教—艺术理论等等。其中最根本的趋向，正是"跨信仰"、"跨文化"、"跨学科"、"互主体"的内在意蕴。

在宗教学的意义，比较研究的起点就是对"他者"的进一步关注和界说，就是以"中—间"（in-between）取代单向的主体，就是"将独一的反思性道德主体置换为一个道德话语中的主体群"[1]。由此成全的不仅是"让上帝成为上帝"[2] 或者作为信仰对象的"全然他者"，实际上也是当代神学家所表达的一个人文学命题："让他者成为他者"、而不是"我们想象的投射"[3]。其中所启发的，正是单一"主体"之外的"他者"的出场。

由此开始的研究，最终不可能只是通常意义上的文学比较、文化比较、宗教比较，而必然要指向"话语"本身的重构。如果当代人文学术确实包含着对于权力话语、以及既定真理系统的挑战，包含着传统的"确定性"遭到动摇之后对于确定意义的追寻，那么这也就是文学与宗教的跨学科研究所能提供的最重要启发。

其实从中国学人的角度看，当代西方的宗教学本身就是传统神学之危机的一种产物和解决方式，是对某种独一叙述的挑战。按照埃里亚德（Mircea Eliade）的说法：不同的宗教现象具有"最根本的一致性"，而这是"人们直到近代才意识到"的"人文科学精神历史的统一性"[4]。因此我们可以看到：当代神学家往往是通过文学艺术去发掘信仰本身所同样需要的"破执"。

这一点在梵蒂冈第二次大公会议上得到了特别的肯定，已故的天主教教宗若望—保禄二世则在 1999 年发表《致艺术家的信》中写道："真正的艺术甚至可以超越具

---

[1] Francis Schüssler Fiorenza, "Introduction: A Critical Reception for a Practical Public Theology", see Don S. Browning and Francis Schüssler Fiorenza edited, *Habermas, Modernity, and Public Theology*, p.2.
[2] Karl Barth, *Church Dogmatics, a selection with introduction*, New York: T & T Clark, 1961, p.51.
[3] David Tracy, *Dialogue with the Other: the Inter-religious Dialogue*, Grand Rapids: Eerdmans, 1993, p.49.
[4] [美] 埃里亚德著、吴静宜等译《世界宗教理念史》第一卷，台北：商周出版社，2001 年，第 30、32 页。

体的宗教表达,与信仰的世界极为相似。因此即使文化与教会处于完全不同的情境,艺术同宗教经验之间也保持着一座桥梁。艺术在日常生活中寻求美和想象的果实,实质上正是对神秘的吁求。即使艺术家探索灵魂中最黑暗的部分或者恶的躁动,他们也是在呼唤一种普遍的救赎愿望。"① 与之相应,近些年教会内的学者对于文学研究与艺术批评的高度认可也是前所未有的。他们已经不只是宽容或者接纳文学研究对基督教内容的涉及,而是从根本上意识到文学研究与神学自身的相似性。比如英国格拉斯哥大学的"文学与神学研究中心",陆续出版了 11 卷"文学与神学研究丛书"②;美国圣托马斯大学 (University of St. Thomas) 的"天主教研究跨学科委员会"(Catholic Studies Interdisciplinary Committee) 甚至明确提出:"对于文学艺术的学术分析带有跨学科的性质,这为不同主题的综合提供了一种模式,而且恰好也是天主教研究的特征。"③

有鉴于此,中国的比较文学学者也意识到自己面临的转向及其与宗教学研究的可能互动,从而在相关研究之外,还通过经典翻译、学术辑刊、国际论坛、研究课题等,初步形成了与国际学术界密切交流甚至同步发展的稳定平台,也取得了一定的成果。甚至可以说,这一类研究不仅在比较文学领域扮演着重要角色,而且正悄悄影响着中国人文学术的整体品格。

在经典翻译方面,自 1990 年代初期以来在香港和大陆先后出版的"历代基督教思想学术文库"(刘小枫主编)最具代表性,目前已有译著百余部,在多个学术领域都产生了很大影响。同时,四川人民出版社"宗教与世界译丛"(何光沪主编)、北京大学出版社"未名译库·基督教文化译丛"(游冠辉、孙毅主编)等,也包括了文学与宗教研究方面的多种译著。中国人民大学出版社"基督教与西方文学书系"(杨慧林主编)所收入的,则是当代西方学者在文学与宗教之研究方面的专门著作。

在学术辑刊方面,1998 年创办的《基督教文化学刊》至今已连续出版 23 辑,并于 2005 年以后列入中文社会科学引文索引 (CSSCI),于 2009 年以后在香港同时出版国际版。其中以"诗学与神学"、"诗性与灵性"、"诠释的神学"、"对话的神学"、"神学与公共话语"、"神学的事件"为主题的专辑,初步形成了"文学与宗教的跨学科研

---

① *Letter of His Holiness Pope John Paul II to Artists*, April 4,1999, available at http://www.vatican.va/holly_father/john_paul_ii/letters.
② David Jasper edited, *Series for the Study of Literature and Theology*, London: The Macmmillan Press Ltd., 1993.
③ Michael Miller, "Forward", see Sister Paula Jean Miller & Richard Fossey edited, *Mapping the Catholic Cultural Landscape*, Lanham: Rowman & Littlefield Publishers, Inc., 2004, pp. xi—xii.

究"系列。另外,近年先后创办的《神学美学》(刘光耀主编)和《圣经文学研究》(梁工主编),也已各自出版了多卷。这些学术辑刊都是由一批从事比较文学研究的学者发起,而它们的作者队伍却都扩展到宗教学、哲学、史学、人类学、社会学等多个学科,成为典型的跨学科研究平台。

在国际论坛方面,除去中国比较文学学会、中国外国文学学会、中国高校外国文学教学研究会等分别举办或参与举办的相关会议之外,中国人民大学还与国内外大学和研究机构合作,组织了"文学与文化的宗教诠释"、"文化研究与神学研究中的公共性问题"、"文学与文化研究的神学进路"、"汉学、神学、文化研究"、"神学与诗学"等每年一届的暑期国际学术研讨班。其中中国学者的重要演讲包括:曾繁仁《当代生态美学与基督教文化资源》,卓新平《基督教与中国文化的三次对话》,赵敦华《学术神学与中国宗教学研究》,刘小枫《普罗塔戈拉的神话》,温伟耀《德国表现主义视觉艺术与蒂利希的神学建构》,耿幼壮《夏加尔的绘画与伊里亚德的神学》,杨慧林《"灵性"诠释与"诗性"的诠释》等。这一领域的重要国际学术会议还有:"《圣经》与经典诠释国际学术研讨会"(河南大学)、"纪念朱维之先生百年诞辰暨基督教与文学学术研讨会"(南开大学)、"基督教在中国:比较研究的视角与方法"(北京大学)等。2008年10月在北京语言大学召开的中国比较文学学会第九届年会暨国际学术讨论会"多元文化互动中的文学对话","文学与宗教"亦被列为分论题之一。

在研究课题方面,中国最具代表性的"国家社会科学基金"不仅在"中国文学"和"外国文学"领域增加了"文学与宗教"研究的立项,而且在"宗教学"领域也有越来越多的课题与"文学与宗教"的研究直接相关。甚至在教育部重点研究基地的重大课题中,也已经包含了神学与人文学的比较研究。与此同时,许多高校都在这一领域建立了国际合作项目及长期的合作研究网络。

理解已经是诠释。在汉语的语境和理解结构中,一切有关异域文化的论说都必然以"比较"的观念为前提,而任何纯然的"×语文学研究"实际上都不可能存在。但是应该承认,中国学者关于文学与宗教的跨学科研究目前还主要处于西方学术的影响之下,如何进一步超越西方的话语逻辑和研究方法,如何使中国的文化经验在全球对话的语境中得到自己的陈述方式,既是比较文学的学科命意之所在,也是文学与宗教的跨学科研究应当寻求的可能突破。

中国现代学术大师王国维的研究工作曾被陈寅恪概括为"释证"、"补正"和"参证"。其中"释证"是指"地下之实物与纸上之遗文"的比较对勘,"补正"和"参证"则都是借助外来之学,即:"异族之故书"和"外来之观念"。陈寅恪甚至认为:"吾国他日文史考据之学,……无以远出三类之外。"①

就西方学术之于中国学人的主要意义而言,真正的理解和诠释必将指向对其细节的超越、对其所以然的追究、对其针对性问题以及话语方式的剥离。从而我们与"他异性"思想和文化的距离,才能成全独特的视角、激发独特的问题,使中国语境中的西学真正有所作为、甚至对西方有所回馈。在我看来,中国学界已经开始并正在扩展的文学与宗教之跨学科研究,将从三个方面实现这一可能的回馈:第一是通过传教士时代的中西典籍互译和"经文辩读",发掘独特的比较研究资源。第二是借助中国古代学术的注疏传统以及使文学与宗教天然相关的西方诠释学,描摹跨学科研究的历史通道。第三是参证始终潜在于西方人文学术的宗教维度,为文学与宗教的跨学科研究提供方法上的借鉴。

文学与宗教的跨学科研究可能终将为人文学术带来一些根本性的启发。比如对"他者"的关注,应该是比较文学的先天品质。如果说"世界文学"是与不同的"民族文学"相对应,那么"比较"的观念则使单一的视角让位于多元、使每一个"言说者"也被他人所言说、使任何一种叙述都不再具有"中心"的地位。由此得以成全的"他者"(the other),也恰恰是人文学思考的基本前提。

"对话"是"他者"问题的自然延续。"让他者成为他者"才能开始真正的"对话",才能了解"我们"之外的声音。这既是一般对话理论的基础,也正是比较文学的学科起点。而由此展开的"对话",并不仅仅是什么"可比性"的问题,甚至也不仅仅是借鉴"他者"的经验、或者论说所谓的文化多元。归根结底,"比较"中的"对话"最终是要返诸己身,透过一系列对话关系重新理解被这一关系所编织的自我。其中最基本的意义,是在他种文化的眼中更充分地揭示自己。进而言之,"比较"与"对话"的更深层意义,还在于当代人文学术从不同角度所关注的"自我的他者化"(self-othering)②、"对宾格之我的发现"(Me-consciousness)③。而这一切,恰恰又都是宗教学研究的关键。

意识到"我"具有主格和宾格、指称者和被指称者的双重身份,意识到"主体"只是存在于一种对话关系之中,"对话"便成为起点而不是落点,"对话"也才能超越近乎托辞的"多元",进深到"间性"的自省。其中所荐含的自我批判,乃是比较文学研究不断激活甚至重组人文学术的根本原因。从而文学与宗教的跨学科研究,往往

---

① 陈寅恪:《王静安先生遗书序》,见傅杰编校《王国维论学集》,昆明:云南人民出版社,2008 年,第 508—509 页。
② David P. Haney, *The Challenge of Coleridge: Ethics and Interpretation in Romanticism and Modern Philosophy*, Pennsylvania: The Pennsylvania State University Press, 2001, pp.181—184.
③ [西班牙]潘尼卡著、王志成等译:《宗教内对话》,北京:宗教文化出版社,2001 年,第 51 页。

并不是停留在文学文本的比较和分析,却必将指向对现代性神话和"宏大叙事"(grand narrative)的全面颠覆。

如果可以这样理解文学与宗教的跨学科研究,那么海德格尔(Martin Heidegger)一段话可能特别值得玩味:"当诗人作为诗人的时候,他们是先知性的(prophetic),但他们不是……'先知'(prophets),……诗人的梦想是神性的(divine),但他并不梦想一个神(a god)。"[1] 当比较文学与宗教学在中国学人的研究中开始相互激发的时候,当二者的结合使一切自我封闭、自我诠释和"事先的信靠"(Pre-assurance)[2] 得以消解的时候,其中所包含的灵感和启示,或已成为人文学术之价值命意的根本标志。

---

[1] Jacques Derrida, *Acts of Religion*, edited by Gil Anidjar, New York: Routledge, 2002, p. 54.
[2] Ibid., p. 44.

文学,抑或教义?
——以 C.S. 路易斯《纳尼亚传奇》为例

张 华

(北京语言大学)

克莱夫·斯坦普斯·路易斯(Clive Staples Lewis,1898—1963)为中国读者所知晓并在文学与宗教学界形成持续不断的研究热潮,有两个方面的原因。一是以《指环王》、《哈利·波特》等为代表的奇幻文学作品的广泛流行;二是基督宗教研究近些年来越来越引起中国大陆学术界的兴趣和关注。C.S. 路易斯首先以他的奇幻系列文学作品《纳尼亚传奇》风靡中国,吸引着中国文学界去了解他、认识他。随之,人们发现他不仅是 20 世纪英国著名作家,还是一位著名学者、文学批评家,堪称英国文学的巨擘。同时,他又是一位基督教思想家,毕生从事文学、哲学、神学的研究工作,对中古及文艺复兴时期的思想文化造诣尤深,而这一点又吸引了基督教学术界的目光。作家大卫·巴雷特曾评价说:"路易斯最大的贡献就是在宗教世俗化的年代给基督教注入了鲜活的生命力,赋予它新的现实关联性,在人类价值观分崩离析的关头发出了饱含良知和责任感的呼声"。[①] 当然,与对其他奇幻文学作家的态度一样,来自两个领域的对 C.S. 路易斯的关注也不可能是截然分割开来的。作为一位基督徒作者,人们对 C.S. 路易斯思考和研究最多的还是其创作与信徒身份之间的内在联系。

一

20 世纪下半叶,奇幻文学成为英语文学世界里产量最大的文类之一。著名奇幻文学批评家曼拉夫对奇幻小说做了如下定义:奇幻小说是一类能够引发读者产生惊异

---

① Charles Stanley, *C.S Lewis–Surprised by Joy*, Atlanta: In Touch Ministries, 2006.

感并包含了超自然不可约因素①的小说。虽然奇幻小说充满了天马行空的想象色彩，但在这类小说当中，主角一般都是与常人无异的人物，或者是读者相对熟悉的事物。

路易斯作为20世纪最重要的奇幻作家之一。七卷本奇幻巨著《纳尼亚传奇》使得他闻名全球。20世纪30年代，路易斯和挚友托尔金（John Ronald Reuel Tolkien）在牛津一家小酒馆约定各写一部奇幻史诗，于是两部关于信仰和想象的伟大著作《纳尼亚传奇》和《指环王》应运而生。《纳尼亚传奇》首卷《狮子、女巫和魔衣柜》（The Lion, the Witch and the Wardrobe）发表于1950年，一经出版便反响强烈，在此后六年当中，路易斯继续以纳尼亚魔法王国为故事背景，每年完成一册小说，七册共同组成这部奇幻巨著《纳尼亚传奇》。其中1956年出版的《最后一战》（The Last Battle），还为路易斯赢得了英国儿童文学的最高荣誉——"卡内基文学奖"（Carnegie Award）②。难怪连《哈利·波特》的作者J.K.罗琳在接受采访时都说《纳尼亚传奇》是她的枕边书。根据最近的销售统计，迄今路易斯的作品全球销量已经超过二亿册。从1989年起，《纳尼亚传奇》每年的全球销售额都超过一百五十万册，③总销量更是多达8500万册。随着2005年底由迪斯尼公司巨资打造的电影《纳尼亚传奇：狮子、女巫和魔橱》全球公映，也旋即将"纳尼亚热"推向了又一个高潮：非但《纳尼亚传奇》的文字音像制品在世界各地热卖，网络游戏、玩具等相关的衍生产品也同样炙手可热。

由于C.S.路易斯是一位基督徒作家，其作品中带有浓厚的宗教意蕴与色彩，所以，有人也将他这类奇幻作品称作"基督教奇幻"。基督教奇幻，简言之就是以表达基督教思想为目的的奇幻作品。基督教的终极归属是这些作品的出发点，也是作品情节设置的基本依据。④当然故事叙述的方法是多种多样的，同时并非所有的基督教奇幻文学作品都急功近利地要给读者以宗教训诫，但通常基督教奇幻都强化该宗教所倡导的世界观。而由于不同教派的基督徒世界观各异——这也造就了基督教世界观的多样性，而恰恰是这一多样性却给了基督教奇幻作家们无尽的创作可能。其实《圣经》可算是最早的也是最伟大的基督教奇幻文学作品之一，它也成为后代基督奇幻作家们取之不尽的创作源泉。当然，在这里我们不对《圣经》内容的真实性做任何的评判，所要关注的是《圣经》的叙事结构是否符合奇幻文学的一贯风格：《旧约》开门见山的第一句话即"起初，神创造天地"，这是上帝所施的第一次魔法，整个《圣经》的

---

① 这里所谓的不可约因素，曼拉夫的解释是奇幻小说中的那些超自然因素，读者不能用理性的词语来进行完全地阐释。参见其 The Impulse of Fantasy Literature, Kent State University Press, 1983。
② 该奖项于1935年由英国图书馆协会创设，是英国表彰儿童文学的最高奖项。
③ [英]约翰·邓肯：《路益师的奇幻世界》，顾琼华译，台北雅歌出版社，2004年。
④ Rebecca Shelley, The History of Christian Fantasy, The Sword Review, Double-Edged Publishing, Inc., 2006.

人物和情节也随即在神圣与世俗之间游走。第一次邪恶形象出现的地点是伊甸园——毒蛇说服夏娃偷食了知识树上的禁果——自此，撒旦百变的身影便动辄爬出《圣经》的卷轴中。同时，那些追寻上帝以及恪守人类与上帝所定下戒律的人亦理所当然地被赋予了挫败邪恶的魔力。而当人类堕落以致无法自我救赎时，如《新约》所述——救世的英雄出现了——"因今天在大卫的城里，为你们生了救主，就是主基督"。耶稣降世之后成功抵御了魔鬼的试探和考验，并最终以自己的死亡救赎了已经堕落的人类并弥合了神人的疏离，道成肉身地实现了上帝的救恩。

《圣经》也成为后世西方文学创作者们取之不尽的创作源泉，《纳尼亚传奇》就和《圣经》有着千丝万缕的联系。所谓"纳尼亚"是路易斯在《纳尼亚传奇》中建造的一个奇幻世界，通过对纳尼亚王国兴衰史的讲述来体现诸如堕落、道成肉身、救赎等基督教神学思想的主题。尽管路易斯承认其作品中众多的基督教象征形象，但是他非常反感别人把《纳尼亚传奇》看作像《天路历程》一样纯宗教的说教故事。纵观路易斯的阅读经验和身世背景，《纳尼亚传奇》其实倒可以被视为作家所受的阅读影响以及其生活经历的一个融合与写照：一方面书中能言的动物以及魔衣柜的创意得益于肯尼斯·格雷汉姆（Kenneth Grahame）的《柳林风声》（Wind in the Willows）以及伊迪斯·内斯比特（Edith.Nesbit）的《安娜贝尔和她的姨妈》（The Aunt and Anabel）；但其中"海神之子"阿斯兰这个角色又有别于普通动物奇幻作品中所出现的形象，因为它的地位至高无上，承载了厚重的神圣性，而路易斯这样的处理手法不禁使人想到他的"导师"[①]——乔治·迈克唐纳（George MacDonald）。迈克唐纳给予路易斯的不单是文学上的影响，而且还是路易斯的精神导师：1916年在阅读麦克唐纳的著作 Phantastes 时，恰巧是路易斯构建精神世界的关键时期。而相关的阅读体验则对路易斯的思想施行了浸礼，把他拽出了之前深陷的不可知论并从此推向了基督教的前线。[②] 除此以外，"饮客灵思"（Inklings）的另外一位成员查尔斯·威廉斯（Charles Williams）小说中的中世纪经院哲学、对宇宙秩序的重构等也对路易斯的创作有一定的影响。而威廉·兰格伦（William Langland）《农夫皮尔斯》（Piers Plowman）中故事情节和人物的形象也对《纳尼亚传奇》的形象塑造提供了养分[③]。另外一个更为显著的例证则是，当1948年路易斯着手《纳尼亚传奇》的写作时，他恰巧帮朋友罗杰·格林（Roger Green）评阅一个名为《时间遗忘的森林》（The Wood That Time Forgot）的

[①] C. S. 路易斯在其主编的《乔治·迈克唐纳文集》（George MacDonald: An Anthology）中公开承认迈克唐纳对他的影响，并在该书的前言中写到："迈克唐纳是我的导师，也是我所知道的最接近基督精神的作家。"

[②] C. S. Lewis, Surprised by Joy: The Shape of My Early Life, London: Geoffrey Bles, 1995, pp.169—171.

[③] Colin Duriez & David Porter, The Inklings Handbook, Azure, 2001.

故事。而正是这则故事给予了路易斯很大的创作启发。① 另一方面再结合路易斯的身世，不难发现《纳尼亚传奇》的创作初衷其实可以追溯到作家的早年生活，而非在路易斯转成为基督徒之后。在路易斯的论文中，他将最初的创作冲动归结为自己头脑中的精神幻象——《狮子、女巫和魔衣柜》就始于路易斯16岁时出现了一个撑着雨伞的羊怪的想象。然后这些形象再被渐次与作品的主题以及情节关联起来。② 二战期间，路易斯用自己的住所为一些躲避空袭的孩子提供庇护，恰巧其中一位小女孩对他家的衣柜产生了浓厚兴趣，这也成就了《狮子、女巫和魔衣柜》中露茜初探魔衣柜的场景。能言的动物也好，神秘的衣柜也罢，通过诸多实例不难发现《纳尼亚传奇》是路易斯在皈依基督教之后，结合自己人生阅历所创作的一部反映基督教神学思想的奇幻作品，而且相关学者一般都认为路易斯是带着强烈的福音派思想进行《纳尼亚传奇》创作的。

尽管纳尼亚王国中的基督教符号对于路易斯来说极其重要，但是他的主要创作目的首先还是给孩子们写一个精彩的故事。林斯古格（Lindskoog K.）就说："其实，路易斯希望读者不要先入为主地带着被说教的观点去阅读《纳尼亚传奇》。"③ 与此同时，路易斯也借阿斯兰的口道出了自己另外的一个初衷——读者应该在现实生活中对基督教博爱、宽容等思想好好加以理解和执行。正如《黎明踏浪号》（*The Voyage of the Dawn Treader*）中狮王希望进入纳尼亚的小主人公们在人类世界里更好地去思量他们的经历和所得。这正是《纳尼亚传奇》作为基督奇幻的价值所在，路易斯在他的《荣耀之光》（*Weight of Glory*）中就写到：文字是击碎俗世诱惑的利器同时又是引导大众的风向标。不论你我都应该唤醒自我受困的内心，文字所赋予我们的教育，哲学所给予我们的指引，它们最终都指向了那位无比荣耀的圣人。《纳尼亚传奇》全书宣扬了很多路易斯所重视的基督教思想。其中，最显著的是对基督的信仰。书中不只一次要求孩子们对阿斯兰有绝对的信心。在《银椅》（*The Silver Chair*）中，阿斯兰告诉吉尔他们遇到的第一个以阿斯兰的名义要求他们做某件事的人就是失踪的王子。当孩子们听到似乎处于疯狂状态的困在魔椅中的王子以阿斯兰的名义要他们为他松绑时，孩子们虽然害怕被疯子伤害，但为了服从阿斯兰的指使，仍然为他松绑。这种对神的绝对信任是基督教的一个重要教诲。平常人比较容易接受的是基督教慈悲与宽容的思想。在这一点上，路易斯走得更远：《狮子、女巫和魔衣柜》中，爱德蒙背叛了自己的

---

① George Sayer. Jack, *C.S., Lewis and His Time*, Macmillan, 1988.
② Walter Hooper 对《纳尼亚传奇》的创作素材有着详细的罗列和精辟的分析，详情可参考 *Companion and Past Watchful Dragons*, Collins Fount, 1980；另外 C.S 刘易斯的 "*It All Began with a Picture*" 一文中也有说明。
③ Lindskoog K., *The Lion of Judah in Never-Never Land: The Theology of C.S. Lewis Expressed in His Fantasies for Children*, Grand Rapids: Eerdmans, 1973.

兄弟姐妹，明显是以该隐和犹大这两个《圣经》中的叛徒为原型的。但是路易斯不仅让阿斯兰和孩子们原谅了他的过错，并使阿斯兰为了拯救爱德蒙而甘愿献身。路易斯给爱德蒙以悔改的机会，在以后的故事中让他成为一个勇敢而又明智的人。另外，路易斯还通过阿斯兰告诉异教徒：即使相信的是异教的邪神，只要坚持正义，真正信仰的就是阿斯兰本人。

二

在公元前两世纪至公元后两世纪的 400 年间，也可说在旧约正典形成及新约《圣经》著作出现之间，既非空白的一页也不是寂静的时期，其间产生了一种文学和神学的形式，就是通称的启示文学（Apocalyptic Literature），它自称是对将来事件的启示，特别是讲到上帝国度的建立及在血腥战斗中恶势力最终消灭的时间和情景，它常以异象的形色出现，又使用了繁复多变的象征和表号。[①] 一般说，启示的作者似乎是将历史作为对将来的预言，并揉合了乐观主义和悲观色彩。启示文学是在先知运动趋于冷静萧瑟之后，在希伯莱文坛上兴起的异军，充满了绚丽的梦幻憧憬与意深情重的理想。当然它的繁荣有着深广的历史的承继、影响和现实生活的折射、反映。所以说启示既有历史也有传说，既富教导又有讲道，既是奥秘又是隐喻性的。

"神话更关注全景和整体的含义而不拘泥于局部和细节"[②]。因此，路易斯充满奇幻与神话的《纳尼亚传奇》得以较好地解答了《圣经·启示录》中出现的抽象问题，因为原因很简单：作为一部奇幻作品，可以不必遵循阐释学的作品架构而单纯以叙述故事来替代，这样避免作者用形而上的界定去详尽阐释《圣经》里启示的含义。在路易斯看来，奇幻神话作品正是表达和言明《圣经》启示的最好的语言[③]。奇幻通过读者们的主观想象发生效用，这样一来就避免了诸如宗教诠释学著作中语句的无味与晦涩，而以充满冒险奇境和宗教暗喻的故事替代了刻板的说教，启示无尽的含义得以借各色形象的言语表达出来，同时也给予了读者足够的接受空间。基于以上分析，不难发现《圣经·启示录》记载的各项细节并非路易斯优先关注的，因为路易斯并没有把《纳尼亚传奇》的人物、事件作为基督思想的传声筒。他笔下的纳尼亚王国和基督徒的世界无异——全知全能的耶稣基督是一切的核心，他高高在上俯视着整个世界。

---

① [英]麦格拉思：《基督教概论》，马树林、孙毅译，北京大学出版社，2003 年。
② Clyde S. Kilby, "*What Is Myth？*", Christian Mythmakers, Chicago: Wheaton College, 1998,, pp.ix–xiv.
③ C.S. Lewis, "*Sometimes Fairy Stories May Say Best What's To Be Said*", *Of This and Other World* (2000).

但是《纳尼亚传奇》中关于阿斯兰、邪恶以及围绕这些因素展开的故事都可以反射现实世界并让人联想到《启示录》中的内容。此外,《纳尼亚传奇》中的故事构架也和《启示录》的章节顺序很相似——各分册的内在联系并不是绝对地紧密联系,环环相扣的[①]——比方说,纳尼亚历代纪中在较前战斗中遭正义摧毁的邪恶势力在多年后又会重新复现在另一个故事中,而相同邪恶势力造成的重复效应在《启示录》中也屡屡出现。从纳尼亚王国的创造到它遭受的摧毁,《纳尼亚传奇》历代故事的渐进结构恰恰提供了一个准确理解《启示录》的模式。也就是说,相对于现实中永无穷尽的故事,《启示录》充其量也就是时空的一段碎片。所以,要完全理解《纳尼亚传奇》对《圣经·启示录》的诠释,就需要统观所有延续的七个故事而不仅仅是和《启示录》结构最像的第七本《最后一战》。路易斯从创世到启示又从启示倒退至阿斯兰的救赎之死和复活。换言之,《狮子、女巫和魔衣柜》中阿斯兰的复活使得时间倒退到了创世之初,而由此产生的最终被造将是最初纯善的事物。阿斯兰这一形象将死、创世以及复活、最后的审判紧紧地绑定在了一起。而这些都指向了《圣经·启示录》中耶稣的话"我是阿拉法,我是俄梅戛;我是首先的,我是末后的;我是初,我是终"(启 22:13)。

《纳尼亚传奇》中,路易斯将伟大的狮王——阿斯兰暗喻了耶稣,而在《启示录》中耶稣也被称为"犹大支派中的狮子,大卫的根"(启示录 5:5)。每当《纳尼亚传奇》各册中的主人公在遇到阿斯兰之前,他们都有类似的感觉——油然而生的害怕同时又矛盾地渴望见到狮王。在《狮子、女巫和魔衣柜》中彼得顿时变得果敢;苏珊则感觉像是被沁人的香味或者是美妙的音乐所涤荡过;露茜的感觉仿佛是早晨醒来得知这是假期的开始一般;只有爱德蒙一个人感觉到的只有神秘的恐惧[②](Lion, Witch 74)。而孩子们感觉到的和随后被告之的阿斯兰尽管是善良的但他并不是一头温顺的狮子。在《纳尼亚传奇》中阿斯兰也几次显示了自己的兽性。在《能言马与男孩》中,阿斯兰就在追赶沙斯塔和阿拉维斯时伤害了他们——阿斯兰的利爪猛击阿拉维斯的肩膀,然后让沙斯塔告诉阿拉维斯他的故事(Horse 174-75)。通过阿斯兰这一形象,路易斯强调的是只有一个狮王,即只有一个救恩的上帝。正是一神论的基调产生了每次主人公与阿斯兰相遇时高深莫测的感受。同样在《启示录》中上帝也是高深莫测的,他允许撒旦出来行恶,最终却又带去了永恒的善。同样在《启示录》中,耶稣被称为配

---

① 但是七册的全景构架还是和《圣经》内容对应并且有承接的:《魔术师的外甥》——创世和恶魔的入侵;《狮子、女巫和魔衣柜》——耶稣受难与复活;《凯斯宾王子》——人性堕落之后对真正信仰的复归;《能言马与男孩》、《黎明踏浪号》——异教徒的皈依、灵修和自我救赎;《银椅》——与黑暗势利的不懈斗争;《最后一战》——反基督的出现与末日审判。

② 爱德蒙在第一次听到"阿斯兰"之名时,和其他小主人公不同——只有恐惧的感觉。作者这样的安排可能是为了暗示爱德蒙在随后故事中的背叛。

得上打开书卷和揭开七印的人,他的形象同样高深莫测,因为要揭开七印就直接带来了杀戮、饥荒和瘟疫等诸多灾难。但当读者设想这些灾难是战胜邪恶的必由之路时,其他天使却没有资格揭开七印,而且具有讽刺意味的是这些最初因为揭开七印所造成的灾难却被合理地认为是正义的一部分了!《能言马与男孩》中的沙斯塔就不明白狮王为什么要伤害阿拉维斯,于是问阿斯兰:"你是谁呢?"阿斯兰用"我自己"回答了三次:第一次声音又低又深沉,大地为之震动;第二次响亮、清晰而愉快;最后则是柔和的低声细语,从四面八方传来,仿佛树叶儿也随之簌簌有声。(Horse 176) 这和《旧约》中上帝在呼召摩西时所说的"我是自有永有的"(出 3:14) 极其相似①,而阿斯兰的三次不同声音的回答也暗示了上帝的三位一体。在《启示录》中上帝的三位一体也被使徒约翰所强调:"但愿从那昔在、今在、以后永在的神和他宝座前的七灵,并那诚实作见证的,从死里首先复活,为世上君王元首的耶稣基督,有恩惠、平安归于你们!"(启 1:4—5)

在《银椅》的开端有一个水与生命的场景令人印象深刻:当极度口渴的吉尔发现阿斯兰在溪边时,还不认识狮王的她由于害怕只好强忍口渴不敢上前。阿斯兰让吉尔喝水,吉尔却想阿斯兰许诺暂时离开,后来见阿斯兰无动于衷又让狮王承诺不伤害她,可是阿斯兰什么也没有答应。随后吉尔又问:"你吃女孩吗?"阿斯兰的回答是:"我吞没过女孩和男孩,女人和男人,国王和皇帝,城市和王国。"它说话的样子既不像是吹牛皮,也不像感到遗憾,也不像感到愤怒,它只是这么说说罢了。(Silver 20—21) 阿斯兰还告诉吉尔,如果她坚持不喝水就会渴死,因为没有其他水源了。当吉尔喝完水后她突然发现这是她喝过的最清甜的水。在《纳尼亚传奇》中水和生命强烈地关联,而关于生命之水(泉)的说法在《启示录》中也相当的普遍。耶稣说"我要将生命泉的水白白赐给那口渴的人喝"(启 21:6),他希望口渴的人像溪边的吉尔一样克服内心的恐惧;等待那些触犯十诫者的惩罚则是被投入"烧着硫磺的火湖里"接受"第二次的死"(启 21:8)。此外,《启示录》还描述了永世中"从大患难中出来的白衣人"将受到神的庇护,"被擦去他们一切的眼泪,牵引至生命水的泉源"。最后描述的则是从神和羔羊的宝座流出来的一道生命水的河,在这里神的恩惠并非是耶稣直接给予的而是通过生命之水流溢出来的。阿斯兰在《纳尼亚传奇》当中是令人敬畏的,同时他也是所有正义行为的发起者。痛苦与邪恶必在世间长久存在,但神却给每一位口渴的人提供了"白白领取的生命的水"(启 22:17)。为什么启示中存在如此多的灾难与痛苦而天地间一切所有被造之物还在说:"但愿颂赞、尊贵、荣耀、权势都归给坐宝座

---

① 此处中文回答的相似性不大,但是英文则比较明显——《纳尼亚传奇》中阿斯兰的三次回答是"Myself",而《旧约·出埃及记》中上帝则说的是"I am who I am"。

的和羔羊,直到永永远远"(启5:13)? 这一神义论范畴的问题在《启示录》中相当普遍,但是在《纳尼亚传奇》中路易斯除了塑造阿斯兰这样一个完美的形象并没有给出令人信服的答案。阿斯兰是上帝的化身但他却不是一头温顺的狮子——阿斯兰危险的一面是必要的,因为女巫、龙等各种邪恶势力一直都在威胁着纳尼亚,即使在它刚刚被建立的数个小时内亦然。而阿斯兰品质中危险的部分就充当了纳尼亚邪恶终结的潜在,也正如《启示录》中所表明的那样,邪恶终将被战胜。最典型的邪恶形象是纳尼亚王国建造之时出现的女巫,她变化多端——在《狮子、女巫和魔衣柜》中她是剥夺了圣诞节并带给纳尼亚无尽寒冬的白色女巫(*Lion, Witch* 20)。没有孩童愿意和剥夺了他们圣诞节的人在一起,但她却引诱爱德蒙吃了充满诱惑的土耳其软糖,这样一来,爱德蒙为了欲望不得不投靠邪恶势力(*Lion, Witch* 105—07)。在《银椅》里,女巫又变成了一条可以瞬间变成美女的大毒蛇。她对国王瑞廉施下魔法使其忘了本我,还一直蛊惑孩子们说在纳尼亚的国度里没有狮王阿斯兰,当看到沼泽怪普德格伦使出余力抗击女巫的魔法而被烧伤后,他们才幡然醒悟——"要解除一种魔法,没有比疼痛的强烈刺激更管用的了"(*Silver* 190)。路易斯这样的描写可以在《启示录》中找到相近的文字,能够在毒蛇与美女间自由转换的女巫与骑在朱红色兽上的女人的形象颇为相似。与女巫施诅咒一样,大淫妇用杯中的污秽来蛊惑世人,《启示录》中甚至也出现了"万国也被你的邪术迷惑了"的记述。尽管大淫妇为了迷惑世人打扮得珠光宝气,但是她就像入侵纳尼亚的女巫一样必将与战争有关联,因为大淫妇坐骑的犄角象征了十位与耶稣作对的王,而淫妇与女巫同样都在内心叫嚣:"我坐了皇后的位"(启18:7)。

其实,路易斯在他作品中给女巫赋予的邪恶本性都与启示录中的邪恶形象有关联。读者从《狮子、女巫和魔衣柜》中不难发现本册中邪恶势力使的伎俩是诱惑。一次小小的尝试便将爱德蒙的胃口锁定并使得他误入歧途,但是最终的结果却是在被控制之后,爱德蒙便再也得不到土耳其软糖了。相似的是,在其他分册的故事中邪恶又可能化身剧毒的绿色蠕虫、大怪兽或者是善于伪装的美女。另外邪恶势力还会对那些防范不够的人实行控制与蛊惑并最终以暴君的形象产生暂时的统治。在《纳尼亚传奇》中邪恶的形象还包括了龙——《黎明踏浪号》中,在尤斯塔斯看到恶龙死于巢穴后,他顿时有了一种解脱的感觉,仿佛自己已经打败并杀死了恶龙。当尤斯塔斯步入龙洞后他发现了巨大的财宝,而厌倦了与其他伙伴争吵的他却不禁睡着了。"怀着贪婪在满是宝藏的龙穴中入眠,内心也被邪念所占据,于是醒后发现自己也变成了一条龙"(*Dawn Treader* 97)。路易斯再次强调的是邪恶并非只通过《启示录》中描绘的事物体现出来而是人类本身也可以是邪恶的寄居所在。正当尤斯塔斯尝试着刮去自己身上的鳞片还原成人形时,突然阿斯兰出现了并且用他的爪子为尤斯塔斯剥去了周身的鳞片，并让他沐浴更衣重新变成人的原貌（Dawn Treader 115）。《启示录》中的龙则要比纳尼亚中的相同形象要恐怖得多——启示录中的龙则是企图吞食象征耶稣孩童的恶龙——"大龙就是那古蛇，名叫魔鬼，又叫撒旦，是迷惑普天下的"。（启12：9）尤斯塔斯变成一条龙并非说他就是撒旦的代言人，相反路易斯表达的是所谓撒旦的邪恶品性在每个人身上都可以滋生。尤斯塔斯看到恶龙之死如释重负但同时也察觉到了自己的阴暗面——通过捕获本我潜在对恶的摇摆来蛊惑上帝的子民，也许这就是路易斯所认为的邪恶入侵的途径吧。而只有像尤斯塔斯一样完全相信上帝，接受心灵的涤荡，饮下重生的清泉才能够清除恶念，使得"为义的，叫他仍旧为义；圣洁的，叫他仍旧圣洁"（启22：11）。

由于创世后诱惑和堕落的出现，人类渐渐偏离了上帝造人的本意。邪恶存在世间使得通向自由和生命的路途被阻断，人们需要做些什么去抗衡恶的引诱与蛊惑。路易斯用奇幻故事来散播福音——《纳尼亚传奇》以阿斯兰象征救赎和复活的上帝来告诉人们上帝末日的审判终将到来——"看啊，我必快来。赏罚在我，要照各人所行的报应他。我是阿拉法，我是俄梅戛；我是首先的，我是末后的；我是初，我是终"。对于上帝的救恩，路易斯在《纳尼亚传奇》中将这一基督教神学的核心内容简化为阿斯兰的死和复活，并且说这是"太古时代的高深魔法"（Lion, Witch 178－179）。《启示录》同样强调了上帝的死亡而后复活：耶稣是"从死里首先复活，他爱我们，用自己的鲜血使我们脱离罪恶"（启1：5）。在启示中耶稣还对使者约翰说"不要惧怕！我是首先的，我是末后的，又是那存活的。我曾死过，现在又活了，直活到永永远远"（启1：17）。《启示录》还将耶稣描述为曾经被杀的拥有神七灵的羔羊，拿着权杖、揭开七印，用自己的血从各族、各方、各民、各国中买了人来，叫他们归于神（启5：6, 9）。而当神身着溅血的衣袍与邪恶进行斗争时，又一次使人联想到耶稣的救赎。

《启示录》中通过对生命之河的描绘，巧妙地将创世和永恒联系在了一起：在河这边和那边有生命树，结十二种果子，每月都结果子。树上的叶子乃为医治万民。以后再也没有咒诅（启22：2）。而《魔法师的外甥》当中，纳尼亚被创造之时首先映入孩子们眼帘的就是山谷中一条蜿蜒流出的河流，纳尼亚的河流和新耶路撒冷的生命之河都贯穿着创世与永恒。在描述阿斯兰创造纳尼亚时，路易斯将其刻画成类似音乐家谱曲的过程。如同生命之水从神的羔羊身体之中流淌而出一样，纳尼亚的被造物是通过阿斯兰的所想流溢而出：狮王的歌声充满狂野，让人想疾走、跳跃抑或攀爬；让人想放声呐喊；让人急欲奔向别人并给出自己热情的拥抱（Magician's 133）。而这些描述又和阿斯兰复活时情形那么相似，无不暗含着充满生命活力的永恒。从护教学的角度来说，通过故事所传达的基督教教义比单纯地陈述更为有效。若将启示录放置在一个恰当的、吸引人的文本当中——就像《纳尼亚传奇》这样的处理方式一样——路易斯便赋予了它更为深刻且广泛的意义,因为他还关注着上帝的救恩和道成肉身等教义在现实生活中的感化作用。《纳尼亚传奇》的魅力,尤其是对于众多小读者来说,就是在借助奇幻的世界捕获童心的同时还将基督教潜移默化地传递给了这些单纯的心灵。小读者们并不会想到书中伟大的狮王是耶稣的象征,而是纳尼亚的创造者,毁灭黑暗势力的承载着无尚荣耀的英雄,新生命的赋予者;他不但是这生命之歌的主唱者还是这种生命的定义者。总而言之,路易斯将《启示录》当中众多的形象巧妙地变换成《纳尼亚传奇》中众多的善恶形象和象征符码,其目的很明确——就是通过说明罪恶和迫害终将被战胜,给予人们一种愿景——只要人们为追求真善美不断地努力,坚持与丑恶进行斗争,一切的罪恶、苦难和伤害终将在"纳尼亚"王国和现实世界当中不复存在。这是作家内心对完美和谐世界的一种真切希冀和美好憧憬,对于广大的读者也是一股强大的启示、感化和鼓励的作用。路易斯的睿智在于将自己的伦理架构和愿景与十字架的智慧聚合起来,既不像肤浅的乐观主义者那样忽略世间邪恶的存在,也不像宿命的二神论者那样允许丑恶的存在而否认唯一的上帝主权。在奇幻的启示当中,读者拥有更加富于深意的思考和具有行动导向的力量。

三

显然,《纳尼亚传奇》在某种意义上是以儿童文学的面目出现并受到广大儿童欢迎的,C.S.路易斯用一种奇幻文学的形式和体裁,将其信奉的基督教教义似乎天衣无缝地融入了文学作品之中,"润物细无声",使得广大儿童在童年时代就受到基督符码和隐喻的某种启示,在思想深处得到基督教义的某种熏陶,这应当看作基督教文学的成功典范。弗莱说过,判断作品的好坏,应该把它放在作为整体的文学和神话这个背景中加以审视,"名副其实的文学作品显得肃穆崇高,而伪劣赝品就沦为荒唐可笑"。将《纳尼亚传奇》放在圣经神话这个背景中,可以看出它字里行间深藏的意义,并可与奇幻文类的其它作品"形成共鸣,宛如涓涓细流,汇入其它文学并进一步注入生活之中"。[①] 它与人类整体的文学经验融为一体,又对其有了一定的丰富和提高,它深厚的艺术浩诣与旗帜鲜明的现实伦理主题必然能经得起时间的考验,也会在未来的文学史上得到应有的地位。

---

① [加拿大]诺思洛普·弗莱:《诺思洛普·弗莱文论选集》,吴持哲译,中国社会科学出版社,1997年,第132页。

然而，也正是这一点成为 C.S. 路易斯《纳尼亚传奇》面世以来尽管风靡全球却也一直颇受争议的原因之一。对该系列丛书痴迷的小读者们来说，儿时的阅读可能察觉不到《纳尼亚传奇》中基督教的隐喻含义以及其它一些瑕疵，但是懂事之后对这部作品的认识则可能会大有不同，甚至是截然相反。英国奇幻作家，菲利普·普尔曼（Philip Pullman）① 就是这样的典型。在重读《纳尼亚传奇》之后，他在各出版物上不断发表言辞激烈的评论，公开指称"纳尼亚"系列丛书完全是一部宗教传道书，是"丑陋和有副作用"的。② 我们知道，从理论上讲文学不应服务于政治，不应成为政治需要的"传声筒"，它同样也不应成为任何宗教教义的"传道书"。诚然，菲利普·普尔曼的评价也许过于偏激，但毕竟代表了对文学之意义的一种态度，而且，如果认真审视整部《纳尼亚传奇》的内容，还是不难发现路易斯在创作这部作品时的许多不足，其中包括阿斯兰形象的严重矛盾、严重的人种偏见和歧视、对女性的某种程度的贬低以及在象征上帝的阿斯兰的权威之下其他人物主体性的缺失，等等。这些文学和文化方面的非完美性，归根结底还是和路易斯的基督教信仰有关，作为福音派护教学者，福音派基督教思想在小说中得到了明显地体现：

1．福音派非常强调《圣经》。这个特点则贯穿在《纳尼亚传奇》的各个方面，在灵性和道德的事务上以《圣经》为尺度。

2．福音派十分强调耶稣在十字架上的救恩。《纳尼亚传奇》中阿斯兰替爱德蒙受死就是表现上帝救恩的极致之笔，耶稣基督在十字架上的死也是救赎和盼望的唯一根源。

3．福音派强调个人自省悔改的重要性，相当警惕那种"唯名论"（nominalism）的危险，即"只是形式地或外在地接受基督教的教导，而没有任何相应的个人转变"。强调归信或"重生"作为生命改变的宗教经历，这一点在尤斯塔斯身上表现得尤为充分。

4．福音派教会或教徒对于传福音十分投入，强烈希望他人认信基督信仰，关注与人分享基督徒的信仰。正是教徒这样略带"强迫症"的特点使得路易斯创作时不自觉当中有了一股"先入为主"的欲念，也正是这一欲念或多或少地抢走了小说本身的文学味，并在某种程度上成了教义的"传道书"。

当然，这并不能否认路易斯的伟大成就，而且，福音派思想本身也是一把双刃剑。

---

① 英国当代著名作家，其代表作为奇幻三部曲《黑暗物质》（*His Dark Materials*），并称自己是所谓的"基督无神论者"（Christian atheist）——即不相信有上帝存在但是完全认同基督教的伦理价值。

② "The Dark Side of Narnia" *The Guardian*, October 1, 1988.

因为在历史上，福音派从来没有致力于建立任何特殊的教会理论，认为新约在这方面的很多解释都是开放性的，并且派别的差异对于福音来说是次要的，多元化在很大程度上可以被接纳。[①] 基督徒生活的共同理念并非一定要与某一派别对教会性质的看法有特殊的关联。从某种意义上说，这是一种"最低限度"的教会学；从另一种意义上说，它表明新约并没有确切地规定任何一种单一的、对所有信徒都具有约束力的教会治理模式。正是福音派这样的包容性也使得路易斯的《纳尼亚传奇》有了一个广博的思想深度。同时，作为语言大师，路易斯赋予了《纳尼亚传奇》优美的词句和巧妙的叙事技法，所以这一角度去感受这部作品是受益最多的文学介入方式。首先当然是吸引人的故事，再就是丝丝入扣的情节、饱含深意的象征以及巧妙多样的结构模式。全书完美地将骑士文学的因素与绚烂多彩的奇幻世界完美揉合，在现实与架空的两个时空之间游走。《纳尼亚传奇》七个分册既是发生在"纳尼亚"不同地点的独立故事又能相互呼应构成一部史诗般的整体，每个故事都有独立的主题而七个主题又被路易斯整合为一个完满的系统。同样从叙事的角度来审视《纳尼亚传奇》，无疑也是了解其中基督教思想的绝好途径之一。叙事当中的各个隐喻和大量与《圣经》相似的语言，经过读者的主观演绎使得作品中的基督教思想愈发丰富。虽然路易斯否认自己创作该小说的目的是为了护教，但是熔解在作家血液中的宗教情结使得路易斯潜意识地将小说的主旨与基督教教义纠结在了一起——正如他晚年的秘书沃尔特·胡珀（Walter Hooper）描述的"路易斯是我遇见的最为忠诚的信徒，这一信仰贯穿了他的生活——包括文学创作"。[②] 小说以现实的人文关怀为最终指向，用语言、结构和奇幻象征而不是写作理论和技巧来吸引读者，以人性与生活环境的发展为人类开辟美好的远景来鼓励读者。通过精彩的故事、美妙的语言给予读者审美愉悦的同时，又透射着深刻的宗教哲思，发人自省。同时，路易斯从希腊神话和北欧神话汲取了养分，将一些典型的形象转换安插到小说当中，在与其他文学产生互动的同时也使得这些形象有了多重含义，激发出深层的想象和情感。而小说中鲜明的善恶对比等母题的体现和大量象征的运用也毫无疑问地增加了整部小说的深度和对人的终极关怀。

[①] 卓新平：《当代西方新教神学》，上海三联书店，1998年，第344页。
[②] Walter Hooper, Preface to *God in the Dock*, p.12.

基尔凯郭尔与卡夫卡

曾艳兵

(天津师范大学)

基尔凯郭尔(Soren Kierkegaard, 1813–1855)是19世纪丹麦著名思想家、神学家、作家。如果他算不上"最后一个基督徒,至少可以说是最后一个基督徒作家"①,他的思想不仅滋养了当代新神学、精神分析学,而且还使他成为了"存在主义之父"。卡夫卡(Franz Kafka, 1883–1924)是20世纪西方最杰出、最有特色和影响力的作家之一。美国学者伯尔特·那格尔指出:"基尔凯郭尔对卡夫卡有一个向心力,这是无可争议的,卡夫卡本人也曾多次说过这样的话。"②基尔凯郭尔无疑影响过卡夫卡的思想和创作。但是,这种影响是如何发生的?又是怎样发生的?卡夫卡究竟读了哪些基尔凯郭尔的作品?卡夫卡在哪些方面、在多大程度上认同基尔凯郭尔的思想和创作?他们二人究竟在哪些方面相似,又有何本质的或根本的差异?对于以上这些问题国内目前尚无专文论述,这不能不说是基尔凯郭尔或卡夫卡研究方面的一点缺憾。

据笔者目前掌握的资料,卡夫卡第一次提到丹麦哲学家基尔凯郭尔是在1913年8月21日的日记中:"今天,我得到了基尔凯郭尔的《法官之书》(*Buch des Richters [Book of the Judge]*③)。正像我所预料的那样,虽然,他的情况同我有本质的区别,但是,我们俩还是十分相似,至少可以这样说,他和我生活在世界的同一边。他像朋友一样,证明我是正确的。"④1917年至1918年间,卡夫卡"开始比较深入地研究基尔凯郭尔"⑤,与此同时,他也阅读托尔斯泰和赫尔岑,但是,只有基尔凯郭尔,这位著名的丹麦哲学家的自传性作品,才对他产生了最强烈的吸引力。1917年10月底,

---

① [美]威廉·巴雷特:《非理智的人——存在主义哲学研究》,段德智译,上海:上海译文出版社,2007年,第187页。
② 伯尔特·那格尔:《卡夫卡思想与艺术的渊源》,参见瓦根巴赫:《卡夫卡传》,周建明译,北京:北京十月文艺出版社,1988年,第252页。
③ 即《基尔凯郭尔创作日记选集》。——笔者注
④ 叶廷芳:《卡夫卡全集》第6卷,石家庄:河北教育出版社,1996年,第258—259页。
⑤ [德]克劳斯·瓦根巴赫:《卡夫卡传》,周建明译,北京:北京十月文艺出版社,1988年,第271页。

他在给奥斯卡·鲍姆的信中说:"基尔凯郭尔是照耀在我几乎不可企及的地区上空的一颗明星。"1918年3月初,他在致马克斯·布罗德的信中说:"我大概是在基尔凯郭尔那里迷了路。"① 卡夫卡在基尔凯郭尔那里流连忘返,已经"迷了路",无论如何,此后卡夫卡再也不能完全与他脱离联系了。

卡夫卡与基尔凯郭尔的确有许多相似的地方。他们的外部生活都平淡无奇,内心生活却丰富而又充满痛苦。他们的父亲都出身贫寒,但通过自己的艰苦奋斗,后来都经商致富,跻身上流社会。他们与父亲的关系矛盾而复杂,既恨又爱。他们都遵从父命,上大学时选择了自己并不喜爱的专业:一个学神学,一个学法律。他们都有过订婚而又解除婚约的不幸,他们都对性生活充满恐惧。他们都依恋孤独同时又害怕孤独。基尔凯郭尔不是一个系统性哲学家,卡夫卡更没有系统的哲学思想:他们都非常关注个人,而不关注群众或者政治。基尔凯郭尔运用寓言、故事和叙事性譬喻来言说他的哲学,卡夫卡则认为他的全部创作就是"捏着生命痛处"的寓言。他们都身染肺病,卡夫卡去世时41岁,基尔凯郭尔则享年42岁。并且,他们的作品在当时都不能被人们所理解,而是到了存在主义那里才一起被发现,并被他们奉为精神先驱。

当然,卡夫卡与基尔凯郭尔也有许多不同之处:基尔凯郭尔在25岁时便与父亲彻底和解,而卡夫卡那封试图与父亲沟通的信却至死也未送到父亲的手中。基尔凯郭尔的父亲去世时给他留下了相当可观的遗产,使他一辈子可以专心致志地从事创作而衣食无忧,基尔凯郭尔有钱而又有闲;卡夫卡则终其一生是一位业余作家,他必须将大量宝贵的时间花费在保险公司的业务上,他一辈子都不得不为衣食问题而操劳,他无钱更无闲。基尔凯郭尔是一个真正的基督徒,卡夫卡则没有坚定而明确的信仰。卡夫卡与基尔凯郭尔的最大不同也许在于:前者献身于文学创作,后者则委身于宗教。

总之,他们的生存方式,尤其是感受和体验非常相似,譬如他们都孤独、焦虑、恐惧,甚至祈祷,但他们的生存目的和意义却迥然相异,他们孤独的原因不一样,焦虑和恐惧的对象不一样,祈祷的方式也不一样。在这些"不一样"中,我们既能看到卡夫卡对基尔凯郭尔的理解和接受,又能认识到他对基尔凯郭尔的转换或者拒绝。

一、面对上帝与面向自我

卡夫卡与基尔凯郭尔都是孤独的,但他们孤独的原因、孤独的目的,乃至孤独的方式却并不相同。基尔凯郭尔作为面对上帝的个人,感到孤独;而作为渴望与上帝相

---

① 叶廷芳:《卡夫卡全集》第7卷,石家庄:河北教育出版社,1996年,第240页。

遇的个人，又需要孤独。卡夫卡无所归属，所以他孤独；为了写作，他又需要孤独。

基尔凯郭尔的父亲虽然是一个成功的商人，但同时又是一个极度忧郁的人，其忧郁的原因据说源于他孩童时代对上帝的一次诅咒。基尔凯郭尔以后在日记中写道："这真是一件可怕的事情。那人一直不能忘怀这事，甚至到 82 岁时也是如此。"① 忧郁而忙碌的父亲不可能给予年幼的儿子充分的关爱。基尔凯郭尔的母亲原是这个家庭的女仆，她在女主人去世后不到一年便嫁给了基尔凯郭尔的父亲，并与他生了七个孩子。但是，她在这个家里却始终像个局外人，她与孩子们没有多少交流，也很少显露会心的微笑。少年时代的基尔凯郭尔性格忧郁孤僻，"通常，他总是坐在角落里生闷气。"② 基尔凯郭尔成年后则一直独自生活，只有一个男仆照料他的生活。他从未邀请过任何人到自己家做客。白天他在城里晃悠，寻找任何可以说话的人；晚上他独自在家里写作，任何人都无法接近他。基尔凯郭尔自己说过："我只能从宗教上，在上帝面前理解我自己。但是我和人们之间横隔着一堵不理解的墙。我与他们无共同语言。"③ 基尔凯郭尔一生没有参与过什么重大的历史事件。除了年轻时在丹麦境内的西兰岛和与丹麦隔海相望的瑞典做过一些旅行、两度赴柏林游学以外，他几乎没有离开过哥本哈根和周围地区。

卡夫卡也有类似的经历。1883 年 7 月 3 日他生于当时属奥匈帝国的布拉格一个犹太家庭。父亲原是一个半行乞的乡下屠夫的儿子，后来积蓄了一份财产，成为中等的服饰品商人，以后又当了小工厂的老板，为人自信而偏执。他一心要把卡夫卡培养成当之无愧的继承人，尽管卡夫卡全然无心于此。这使卡夫卡觉得仿佛同父亲的斗争就是全部生活，就是生活的全部意义。36 岁的卡夫卡曾给父亲写过一封长信，回答他为什么畏惧父亲，但写信时战战兢兢，结果无法充分地表达自己恐惧的意思。卡夫卡与母亲的关系纠缠于爱与不理解之中，这尤其使人痛苦。卡夫卡无法被人理解，他也无法理解别人，甚至他都无法理解自己。他说："我同犹太人有什么共同之处？我与我自己几乎都没有共同之处。"④ 卡夫卡一生也没有参加过什么重大的历史事件，即便是第一次世界大战，也没有在他的生活中留下多少痕迹。他一生除了去欧洲进行短暂的旅行外，一辈子没有离开过布拉格。

基尔凯郭尔是孤独的，因为他是一个个体主义者。"群众是非真理……。正如

---

① [丹麦]基尔凯郭尔：《基尔凯郭尔日记选》，晏可佳等译，上海：上海社会科学出版社，1992 年，第 26 页。
② Bruce Kirmmse ed., *Encounters with Kierkegaard, A Life as Seen by His Contemporaries*, New Jersey：Princeton University Press, 1996, p.3.
③ [俄]列夫·舍斯托夫：《旷野呼告》，方珊等译，北京：华夏出版社，1999 年，第 39 页。
④ Ernst Pawel, *The Nightmare of Reason—A life of Franz Kafka*, New York：Farrar·Straus·Giroux, 1984, p.241.

保罗所说,'只有个人才能到达目标。'……只有个人到达目标,这就是说每个人都能这样做,每个人都能成为这一个人,但是只有个人才能到达目标。"① 而个人 (the individual) 是一个精神的概念,是一个精神觉醒的概念。对于基尔凯郭尔来说,"'生存个体'是唯一重要的实体,他的所有作品都在试图帮助生存个体过上一种有意义的、[自我]得到实现的生活。"②"他后来的全部哲学是对基督教的作为个体的人的概念的详尽阐述。"③ 而生存个体的实现,需要以孤独为前提。除非你花时间独处,否则你不可能知道你是谁,也不可能判断出什么对你是重要的。虽然每一个个体的存在是历史的、现世的,并且被给予了种种现成的行为模式,但是每一个个体都必须做出自己的选择,而选择本身是没有参照的、绝对的。因此,选择就是选择孤独,或者说孤独地选择。"基督受到孤寂的考验正促成了他的成长。……上帝就居住在孤寂之中。"④ 基尔凯郭尔在日记中写道:"我感觉是多么地孤独!"⑤

卡夫卡是孤独的,因为他失却了自己固定的身份和位置。他什么都不是,但他又什么都是;他无所归属,但他又是超越了归属的世界性作家。卡夫卡在给朋友布罗德的信中将他害怕孤独而又热爱孤独的矛盾心理表现得更加淋漓尽致:"极度的孤独使我恐惧。实际上,孤独是我的唯一目标,是对我的巨大的诱惑,不是吗?不管怎么样,我还是对我如此强烈渴望的东西感到恐惧。这两种恐惧就像磨盘一样折磨着我。"⑥ 卡夫卡把握不了外部世界,便逃避、退却,一头隐匿在自己的私生活里,投入自己的有限的自我之中。卡夫卡因为身份地位和或缺不得已成了一个孤独的"个人"。

在基尔凯郭尔看来,任何个人都是面对上帝的个体。上帝是一个绝对,是人类一切行为的前提。但是上帝与个体之间是无法沟通的,两者之间存在着一条人类无法逾越的鸿沟。因此,在上帝面前,人是孤独的。个人也只有在孤独的境地里,才有可能与上帝交往。正因为如此,基尔凯郭尔与他心爱的姑娘雷吉娜(Regina)⑦订婚两个月后解除婚约,理由是"一个人只有放弃自己所钟爱的人,才能为信念而有所作为"。⑧

在卡夫卡看来,他活着就是为了写作,写作是他生命的目的和意义。而写作又排斥正常人的生活,因此,他常常处在结婚还是不结婚的矛盾之中。"结婚,你将为此

---

① Bruce Kirmmse, *Kierkegaard in Golden Age Denmark*, Bloomington & Indianapolis:Indiana University Press, 1996, p.416.
② [美] 苏珊·李·安德森:《克尔恺廓尔》,瞿旭彤译文,北京:中华书局,2004年,第36页。
③ [美] 梯利:《西方哲学史》,葛力译,北京,商务印书馆,1995年,第663页。
④ [丹麦] 克尔凯郭尔:《基督教的激情》,鲁路译,北京:中央编译出版社,1999年,第148页。
⑤ [丹麦] 基尔凯郭尔:《基尔凯郭尔日记选》,晏可佳等译,上海:上海社会科学出版社,1992年,第28页。
⑥ 苏联科学院编:《德国近代文学史》上册,北京:人民文学出版社,1984年,第383—384页。
⑦ 拉丁文的意思即女王。
⑧ [丹麦] 基尔凯郭尔:《基尔凯郭尔日记选》,晏可佳等译,上海:上海社会科学出版社,1992年,第36页。

而悔恨；不结婚，你还将为此而悔恨"①，卡夫卡曾有过三次订婚又三次解除婚约的痛苦经历，其理由或许可以这样概括："一个人只有'三次'放弃自己所钟爱的人，才能为'写作'而有所作为"。卡夫卡一旦想象他的婚后生活就感到恐惧和颤栗，而这类概念则是基尔凯郭尔基本的生存体验和命题。

基尔凯郭尔的哲学关注的是个人。基尔凯郭尔断言：人即精神。而精神只能体现在个人之中，决不能体现在社会中。"一个聪明人都会把宝押在联合者身上，而我却押在单个人身上。""'个体'，在其宗教意义上，是这个时代，一切历史，作为整体的人类都必须经历的范畴。"②孤独的自我就是绝对的人道。基尔凯郭尔在总结其美学作品时曾写下两篇笔记，题目就叫《个体》。真理总是掌握在个体手中，哪里有群众，哪里就无真理。

卡夫卡笔下的主人公通常也是一些个体主义者，他们的奋斗和努力并不是为了拯救一个民族，也不是为了国家或人民的利益，也没有那种崇高的理想或远大的目标，他们或者只是为了找到一份工作；或者只是证明自己清白无罪，或者只是想进入近在咫尺的城堡。在卡夫卡的作品中，个人总是占主导地位。在卡夫卡的小说中，他总是小心翼翼地避免宏大叙述，他喜欢通过主人公的视线来展开故事情节，常常通过独白或者第一人称"我"来叙述故事。

二、逃避恐惧与期待恐惧

基尔凯郭尔有关恐惧（angst）的概念对卡夫卡显然有着十分深刻的影响。恐惧是基尔凯郭尔一生挥之不去、摆脱不了的概念，为此他专门写了一本书，书名就叫《恐惧的概念》(Concept of Dread)。"恐惧是那梦着的精神的一种定性，就其本身而言它属于心理学的范畴。"③"恐惧这个词来自一个老式的日尔曼词，意味着狭隘挤迫或者逼仄。……并且由此而扩展到那些'人处于窘迫、艰难和受到压抑'的处境。"④ 在基尔凯郭尔看来，恐惧（dread）则是"由于内在于人自身行动能力的巨大可能性而产生在人内心当中的。"⑤ 这里的"恐惧"也有学者译为"畏惧"。基尔凯郭尔的另一部重要著作《恐惧与颤栗》(Fear and Trembling) 中的"恐惧"，丹麦文为"Frygt"，也

---

① Ernst Pawel, *The Nightmare of Reason—A life of Franz Kafka*, New York: Farrar · Straus · Giroux, 1984, p.366.
② 杨大春：《沉沦与拯救——克尔凯戈尔的精神哲学研究》，北京：东方出版社，1995年，第47、49页。
③ [丹麦] 基尔凯郭尔：《概念恐惧·致死的疾病》，京不特译，上海：三联书店，2004年，第62页。
④ [美] 丹尼斯·托马森：《不幸与幸福》，京不特译，北京：华夏出版社，2004年，第348页。
⑤ [美] 苏珊·李·安德森：《克尔恺廓尔》，瞿旭彤译，北京：中华书局，2004年，第46页。

有人译为"畏惧"。但是,恐惧与畏惧是有区别的:"恐惧是对乌有的恐惧。它没有具体的客观对象。恐惧的乌有有着一种'威胁着的可能性'的特征,这威胁中心而全面地击中认同性,且避开理解。它无法被理性地限定或定性,它是非确定的,而对于个体人却恰恰因此而且有强烈的威胁性。""畏惧是由具体的威胁招致。这样,它是一种对一个威胁着的对象的情感性反应,这对象可以是一场风暴、一次水灾、一场疾病、一只危险的动物,也可以是威胁着的事件,诸如战争、破产、一个人日常需求的供应的中止,或者对于风雨灾害的防御的崩溃、一次面对一个同事或者一场离婚。"① 总之,恐惧是一种基本心境,是存在于这个世界中的一种方式,一种被领会的状态。人类总是试图逃避恐惧,但又离不开恐惧:"他也不可能逃避那恐惧,因为他爱这恐惧;而真正要根本地爱它,他又不行,因为他逃避它。"②

恐惧充满了基尔凯郭尔的一生。基尔凯郭尔对他的过去,他的现在,他的将来充满恐惧,对他的罪恶,他的爱也充满恐惧。基尔凯郭尔认为,恐惧不是对任何具体对象的恐惧,恰恰相反它是对虚无的恐惧。恐惧总是对未来的恐惧;总被指向某个尚未发生的事件,与此同时,时间会缓慢下来。因此,恐惧与时间密切相关。另外,恐惧又常常是模棱两可的,人们既不愿去感受它,又不得不去感受它。恐惧同时产生自由和必然的感觉。我们既是自由的,但又总是受到束缚。从这一角度看,我们既是无罪的,又是有罪的。我们即便没有犯过罪,依然可以说,我们是有罪的。因为恐惧已经逮住了我们,我们受恐惧的支配,从而失去了自由和清白。

"恐惧"或者"畏惧"也是卡夫卡的基本概念。"在卡夫卡的日记和信里,我们可以经常看到'恐惧'这两个字。"③ 卡夫卡说:"我的本质是:恐惧。"他甚至说,使我高兴的"特别是我的恐惧","我的恐惧与日俱增,它意味着在世俗面前的退避,而世俗的压力却因此而增强。"④ 卡夫卡在致女友密伦娜的信中曾专门谈到"犹太人的恐惧性"。他说:"您可以谴责犹太人那种独特的畏惧心理。……犹太人不安全的地位——内心的不安全,人与人之间的不安全——站在这一切之上就可以把事情解释得容易理解了。"⑤ 对恐惧的逃避和期待其实就是卡夫卡的生存方式。

卡夫卡的创作无疑可以看作是对基尔凯郭尔"恐惧"概念的形象描述。丹麦当代哲学家尼尔斯·托马森看到了基尔凯郭尔和卡夫卡之间的这种内在联系,他说:"同

---

① [丹麦]丹尼斯·托马森:《不幸与幸福》,京不特译,北京:华夏山版社,2004年,第345、352页。
② [丹麦]基尔凯郭尔:《概念恐惧·致死的疾病》,京不特译,上海:三联书店,2004年,第66页。
③ [德]克劳斯·瓦根巴赫:《卡夫卡传》,周建明译,北京:十月文艺出版社,1988年,第273页。
④ 叶廷芳:《卡夫卡全集》第10卷,石家庄:河北教育出版社,1996年,第268、257页。
⑤ 同上,第250、248页。

样机构作风(官僚主义)也能够具备独立性和陌生性的形式,并因而唤起恐惧。卡夫卡在诸如《审判》和《城堡》中的描述,在我们的语言中简直造就了成语:这是纯粹地卡夫卡式的。"①

"地洞"的主人便从敏感多疑发展成了恐惧与焦虑。它虽然造好了地洞,但仍然时时感到危险的存在。因为"敌人却从某个什么地方慢慢地、悄悄地往里钻穿洞壁,向我逼近。"但这些敌人究竟是谁,它也不清楚,因为它也没有见过,不过它对敌人的存在始终坚信不疑。这正如它突然听到的"蛐蛐"声,既不知道它的来源,也不知道它的去向,但"蛐蛐"声却无时无处不在。"危险迟迟不来,而时时担心着它来,"久而久之,就成了"危险并不是想象的东西,而是非常实际的事情。"② 这就是对永远无法逃避的未来的恐惧的期待。

在基尔凯郭尔看来,恐惧与罪密切相关。他说:"人们对原罪的实质议论纷纷,但疏忽了一个主要范畴:恐惧。这是原罪的真正意义。恐惧是控制个人的外部异力。人不能摆脱它的控制。因为人害怕:我们害怕的东西正是我们所期求的。"③ 在基督教里,有关原罪的基本范畴就是恐惧。人最初处于无罪的状态中,而无罪即无知。人在无知中寻求虚无,虚无给出人的自由的可能性。人们面对虚无则必然感到恐惧或者焦虑。正是由于恐惧和焦虑,人才违逆上帝,从而犯了罪。恐惧便是在那堕落前的状态,而堕落则总是在恐惧中发生。因此,"只有在罪责意识中,才能找到进入基督教的入口处。"④

基尔凯郭尔又一次证明了卡夫卡的正确。卡夫卡认为,恐惧就是罪孽的标志,它预示着不可避免的判决即将临头。卡夫卡的原罪意识由来已久,并且非常强烈。卡夫卡说,"有时候我觉得,没有人比我更懂得原罪。"⑤ 长篇小说《诉讼》就是这一思想的形象表述。卡夫卡曾经说过:"我们发现自身处于罪恶很深重的状态中,这与实际罪行无关。《诉讼》那部小说的线索,是我们对时间的观念使我们想象有'最后的审判'这一天,其实审判是遥遥无期的,只是永恒的法庭中的一个总诉讼。"⑥ 本雅明无疑看到了这一点,他说卡夫卡小说中的人物的最重要特点之一就是充满恐惧感,这种恐惧就是"对未知的恐惧,对赎罪的恐惧"⑦。

---

① [丹麦]丹尼斯·托马森:《不幸与幸福》,京不特译,北京:华夏出版社,2004年,第343页。
② 叶廷芳:《卡夫卡全集》第1卷,石家庄:河北教育出版社,1996年,第471、496、482页。
③ 见[俄]列夫·舍斯托夫:《旷野呼告》,方珊等译,北京:华夏出版社,1999年,第108—109页。
④ [丹麦]克尔凯郭尔:《基督教的激情》,鲁路译,北京:中央编译出版社,1999年,第150页。
⑤ 叶廷芳:《论卡夫卡》,北京:中国社会科学出版社,1988年,第170页。
⑥ 叶廷芳:《现代艺术的探险者》,广州:花城出版社,1986年,第140页。
⑦ [德]瓦尔特·本雅明:《经验与贫乏》,王炳钧等译,天津:百花文艺出版社,1999年,第344页。

三、"非此即彼"与"即此即彼"

  1918年2月25日卡夫卡在他的笔记中写道,"我不是像基尔凯郭尔那样被基督教的那只沉重的手指引着去生活,也不是像犹太复国主义者那样抓住了正在飞逝的犹太教袍的最后的衣角。我就是终点或开端。"① 这段话表明,卡夫卡既不是基督徒,也不是犹太教徒,但他也说不上是无神论者,因为他也总在祈祷。卡夫卡一方面在最大胆地怀疑,另一方面又在最虔诚地祈祷。美国学者埃利希·海勒说:"卡夫卡的精神是现代人的精神——自足的,聪慧的,怀疑的,讥诮的,善于开这么个大玩笑:把我们周围那个真真切切、触手可摸的现实当作真正的、最后的现实——,然而这是一个生活在与亚伯拉罕的灵魂粗暴联姻中的精神。所以他同时知道两件事情,两件事情都有同样明确性:没有上帝;必须有一个上帝。这是诅咒的外部特征:智力使他做着绝对自由的梦,而灵魂知道它那可怕的奴役。"② 卡夫卡是一个总在怀疑的祈祷者。他认为,"写作是祈祷的一种形式。"③ 卡夫卡通过写作表现了他的怀疑,又通过写作实现了他的祈祷。

  基尔凯郭尔专门论述过祈祷,他说:"祈祷是最为单纯的。"可是,祈祷又是非常困难的,同时,"祈祷同样是一种行动。"祈祷不仅非常重要,而且意义重大。④ 基尔凯郭尔祈祷,因为他信仰;因为他信仰,所以他的祈祷是单纯的,坚定不移的。他始终不渝地说,"我不能使信仰移动。"⑤ 世界上他最需要的就是对上帝的信仰,因为上帝能做人的理性不可企及的事。基尔凯郭尔是一个坚定的基督徒,虽然他对现世的基督教会有许多激烈的批评和嘲讽。他因为信仰,因而也充满激情。基尔凯郭尔对信仰坚信无疑,尽管他并不完全明白其中的所以然。卡夫卡虽然有同样强烈的激情,但却并没有坚定的宗教信仰,如果一定要说他信仰什么,那毋宁说是他的写作。

  基尔凯郭尔必须在世俗生活和宗教生活之间做出选择,二者必居其一,非此即彼,没有调和的余地。在基尔凯郭尔看来,真正的信仰是信仰骑士的信仰,而真正的信仰骑士是这样的:"他饮尽深植在无边弃绝中生活的悲哀,他知道无限者的幸福,他感受到了抛弃一切、抛弃那世上最珍贵的东西的痛苦……他永恒地放弃了一切,却依

---

① 叶廷芳:《卡夫卡全集》第5卷,北京:河北教育出版社,1996年,第75页。
② 叶廷芳:《论卡夫卡》,北京:中国社会科学出版社,1988年,第176—177页。
③ 叶廷芳:《卡夫卡全集》第5卷,石家庄:河北教育出版社,1996年,第206页。
④ [丹麦]克尔凯郭尔:《基督教的激情》,鲁路译,北京:中央编译出版社,1999年,第18页。
⑤ 见[俄]列夫·舍斯托夫:《旷野呼告》,方珊等译,北京:华夏出版社,1999年,第149页。

靠荒诞又重新赢回了一切。"①基尔凯郭尔毅然决然地抛弃了一切,他赢得了他的信仰。卡夫卡并不认同基尔凯郭尔的这种"非此即彼"的思想,据雅诺施回忆,卡夫卡曾将卡尔·达拉哥于1922年出版的《基尔凯郭尔的基督徒》一书送给他,并认为基尔凯郭尔提出的问题是错误的,所谓非此即彼只存在于基尔凯郭尔的头脑里。②卡夫卡认为,基尔凯郭尔将人的力量与神的力量完全对立起来,非此即彼。这一点对卡夫卡有着十分深刻的影响。但是,在卡夫卡那里,更尖锐的冲突体现为正常人生活和作家生活之间的矛盾,卡夫卡希望"即此即彼",二者兼得。他逃避选择,只是在万不得已时他才选择了他最割舍不下的写作。卡夫卡最终不得不抛弃一切,他从而赢得了他的写作。卡夫卡与基尔凯郭尔都在祈祷,但他们祈祷的内容和对象并不一样。

  基尔凯郭尔曾反复强调他的全部著作的中心问题是:如何成为一个基督徒,成为一个基督徒意味着什么?他的著作无论是用笔名,或者署真名,在宗教性作家这一意义上并没有什么区别。即便是他的那些审美著作,也是为宗教目的服务的。基尔凯郭尔放弃了思辨哲学,转向了存在哲学。

  在卡夫卡那里,写作就是他的祈祷方式,对于基尔凯郭尔来说又何尝不是这样呢?基尔凯郭尔虽然是宗教哲学家,但他具有极为丰富的想象力,能以一种肯定或否定的情绪色彩去渲染一切。他具有真正诗人所具备的才能,并能运用自如。他说:"我是个诗人一个天才。"③他给他的主要作品《恐惧与颤栗》加了一个副标题:"辩证的抒情诗"。基尔凯郭尔同样是通过写作来完成他的祈祷。

  无论是何种方式的孤独,其结果都必然伴随着恐惧,而走出恐惧的最好方式、或者说最后方式,或许就是祈祷。由孤独到祈祷,卡夫卡和基尔凯郭尔走的是同一条路,尽管他们的出发点和终点并不一样。

  (本论文属国家社会科学基金课题04BWW019"跨文化视野中的卡夫卡研究")

---

① [丹麦]基尔凯郭尔:《恐惧与颤栗》,刘继译,贵阳:贵州人民出版社,1994年,第17页。
② 叶廷芳编:《卡夫卡全集》第5卷,石家庄:河北教育出版社,1996年,第377页。
③ [丹麦]基尔凯郭尔:《基尔凯郭尔日记选》,晏可佳等译,上海:上海社会科学出版社,1992年,第141页。

林语堂"异教徒"称谓辨析

管恩森

（山东大学威海分校）

林语堂自言是"一捆矛盾"[①]，再加上他个人幽默的风格，因此，正确或者准确地理解和进入林语堂的世界往往是一件很难的事情，有时甚至会出现误解和偏差。有关林语堂的"异教徒"称谓即是明证。由于林语堂在谈及个人信仰的时候，出版过题为《从异教徒到基督徒》的著作，加上他在文章中多次自称为"异教徒"，因此，很多研究者都有意或无意地默认林语堂是、或者曾经是一个"异教徒"，这一看法甚至成为一种共识。周联华在谈到该书的名称时，明确指出："（该书）的原名是《从异教徒到基督徒》，其实应该是《从基督徒到异教徒再成为基督徒》。"[②] 其实这里暗含着一个逻辑前提，即林语堂曾经是一个异教徒。但也有学者并不认同这个说法，如文庸在该书的《代序》中认为："我想补充的是：第一，我不认为林先生曾经成为一名异教徒。第二，林先生的信仰历程不是在平面上绕圈子，绕完一圈后回到原地，而是螺旋式的升华，绕了360°之后回到的不是原地，而是在原地上构建起的巍峨高楼，这里不是他的旅程的终点，只不过是个驿站，如果他还健在的话，肯定会继续他的螺旋式的历程。"[③] 这段话尽管很简洁，但却切中肯綮地指出了林语堂信仰的独特性。

由于林语堂经历了信仰"大旅行"的跋涉和探索，同时他作为中国现代著名的文化大家又表现出一个人文学者的个性追求，他的信仰之旅，在一定程度上代表了中国现代知识分子接受和皈依基督宗教所呈现的文化自觉与选择意义，因此，对林语堂"异教徒"称谓的认定与辨析问题，不仅仅是一个个人宗教皈依的细节话题，而且能够从信仰探求与文化自觉上给予我们更多新的思考和启迪。而与此相关联的三个话题则是：林语堂是，或曾经是"异教徒"吗？如何理解林语堂的"异教徒"称谓？对林语堂的"异教徒"辨析有何意义？

[①] 林语堂著、胡簪云译：《信仰之旅》，北京：新华出版社，2002年，第1页。
[②] 同上，第2页。
[③] 同上。

一、林语堂是，或曾经是异教徒吗？

林语堂是"在基督教的保护壳中长成的"[①]，自幼出生于基督教家庭，浸淫在浓厚的基督教文化氛围中，祖母是虔敬的基督教徒，父亲是第二代基督徒，更是一个在当地颇有威望的牧师，并和美国传教士范礼文牧师来往密切，林语堂接触西方知识，就是通过阅读范礼文寄赠的"新学"书籍以及受到林乐知教士编辑的基督教周刊《通问报》的影响。林语堂是"第三代基督徒"，"在童时是一个十分热诚的教徒，甚至在圣约翰加入神学院，预备献身为基督教服务的"[②]。由此可见，林语堂到上海圣约翰大学期间，一直是一个基督徒，而非异教徒。

林语堂第一次使用"异教徒"这个词传达意义的时间段特指1916年他大学毕业到达北京开始接触中国社会和文化传统之后。他说："住在北京就等于和真正的中国社会接触，可以看到古代中国的真相。……北京，连同它黄色屋顶的宫殿，褐赤色的庙墙，蒙古的骆驼以及和长城明塚的接近，就是中国，真正的中国。它是异教的，有异教徒的快乐和满足。"[③] 而此时，恰恰是他从基督教世界破壳而出、接触中国现实社会的转折点，这也是他认真审视和质疑基督教神学信仰之"灵性的大旅行开始"[④]。正是在这个过程中，林语堂开始"自称为异教徒"[⑤]。值得我们注意的是，林语堂从来没有肯定地承认自己"是"一个异教徒，而总是贯之以"自称"，这就说明了他对"异教徒"这一称谓的使用是饱含深意的：即"异教徒"是，也仅仅是林语堂自己对自己的一种幽默的自谦式的称呼，这是中国文士独特的表达方式。和西方人善于自我肯定、自我褒扬不同，中国文士在自我评价时往往表现出谦逊、谦卑的姿态，善于将个人的心意较为曲折委婉地表达出来，而蕴涵其中的深意需要细细体味方得领悟，如果望文生义，则往往产生误解。因此，我们把握和理解中国文士的自称、谦辞的时候，就不能单纯通过字面意思来解读。如周作人自称"老僧"，但他并没有出家做和尚，我们也不能因为周作人的自称而判定他是一个老僧。幽默的风格始终是林语堂写作的主调，即使在《信仰之旅》这样严肃的哲学著作中，论述的语言依然处处显现着他幽默的智慧，他之自称"异教徒"也当是一种幽默的表达。因此，我们不能因为林语堂自称"异教徒"，就可以不加分析地认为他是一个异教徒。此为其一。

---

① 林语堂著、胡簪云译：《信仰之旅》，北京：新华出版社，2002年，第20页。
② 林语堂著、工爻译：《林语堂自传》，载《林语堂名著全集》第十卷，长春：东北师范大学出版社，1994年，第24页。
③ 林语堂著、胡簪云译：《信仰之旅》，北京：新华出版社，2002年，第19—20页。
④ 同上，第21页。
⑤ 同上，第27页。

其二，林语堂自称"异教徒"的时段内，他保持的是一种怀疑主义思想，他所反对和怀疑的是基督教会的陈腐说教，并没有彻底成为一个背弃基督教信仰的异教徒。他自己也宣称："自称异教徒，骨子里却是基督教友。"[①] 他作为一个"怀疑者及可怀疑者"[②]，他所怀疑和反对的是陈腐的教会教条的宣传，"我短暂的神学研究曾动摇我对教条的信仰"。因为"经院派方法的傲慢和精神的独断，伤害我的良心。这些教条产自迂腐的心，处理灵性的事情像处理物质的事情一样，而甚至把上帝的公正和人的公正相提并论。那些神学家这般自信，他们想他们的结论被接受为最后的，盖上了印装入箱子保留至永恒。我当然反抗。"[③] 林语堂这种怀疑精神不是对基督教信仰的背弃，相反，却正是在努力走进和探寻基督教真正的信仰和宗教真义。赵紫宸认为："宗教是人的心血为墨，人的精神为笔，人的历史为楮，人在日日新的生活里写明的意义。宗教是永远写不尽的意义。"[④] 他在《基督教哲学》中指出："彻底的怀疑是解决问题的方法。"[⑤] 认为"教会不是建造在固定的《信经》上，不是设立在不可信的经句上。人若信上帝是亲近人，爱护人，辅助人，救拔人，俾人得自由努力的人格神；人若信他是父，信耶稣是救主，信之笃，持之坚，而是在努力去作爱的生活，岂不就是基督徒么？岂不就是教友么？要什么另外的信条呢？"[⑥] 赵紫宸的这段话正可印证和说明林语堂信仰之旅的特色，这是一次艰难探寻基督教真正信仰的旅程。所以，从信仰的角度看，林语堂没有，也不曾做过异教徒。

因而，"异教徒"只是林语堂的自我称谓，是一种幽默的表达，而决非他的信仰标识和身份认定，林语堂不是，也不曾是一个异教徒，我们只能说林语堂是，或曾是一个带有引号的"异教徒"。他的这一自称应该是打上引号的自我称谓。林语堂使用这一称谓所传达的含义有三：一是体现了林语堂天生具备的幽默本性；二是反映了林语堂个人怀疑主义思想；三是表达了他对伪善教会和陈腐教义的讥刺立场。

二、如何理解林语堂的"异教徒"称谓？

异教徒是基督教对偶像崇拜和不信仰基督之人的称谓，带有强烈的基督教排他

---

① 林语堂：《八十自叙》，北京：宝文堂书店出版，1990年，第1页。
② 林语堂著、胡簪云译：《信仰之旅》，北京：新华出版社，2002年，第95页。
③ 同上，第29页。
④ 燕京研究院编：《赵紫宸文集》第一卷，北京：商务印书馆，2003年，第152页。
⑤ 同上，第29页。
⑥ 同上，第149页。

性色彩,"常是一个表示轻蔑的名词"①。林语堂不是、也不曾是一个异教徒,而是一个带有引号的"异教徒",那么,如何打开这个引号而正确理解林语堂的"异教徒"称谓所蕴含的意义呢?

首先,林语堂的"异教徒"称谓使他保持纯洁本性并由此探寻和接近真理与上帝。他在谈及自己的这个称谓时说:"因为这种宗教信仰的混乱及教会的分门别派,我曾一度努力去渡过可诅咒的地狱之火的西拉险滩及法利赛党的女妖,而自称为异教徒。""我站在理性主义及人文主义的立场,想到各宗教互相投掷在别人头上的形容词,我相信'异教徒'一词可以避免信徒们的非难。因为很奇妙,异教徒一词在英文的习惯上不能应用在基督教、犹太教、及回教等大宗教之上。"②林语堂不想参与无谓的宗教纷争,在他看来,宗教信仰是人的灵性追求,与教派利益争斗和彼此驳难没有关系,只有本着纯洁方正的心,才能寻求到宗教信仰的真义。所以他自称异教徒,就是为了逃避教徒之间的非难和论争,他认为:"高山的精神永远离不开我,而我本质上就是来自乡村的男孩,这是'异教徒'一字语源学的真义。"③家乡的山景、大地赋予给他童年时代纯真的本性,使得自称"异教徒"的他获得了本真纯洁的心性,而这份纯真本性,可以使他能够在怀疑中走近真理和上帝,因此他自信地说:"一个异教徒常是信仰上帝的,不过因为怕被误会而不敢这样说。"④"所谓异教徒是多么常常接近上帝。"⑤

其次,他之自称"异教徒",是由于他在基督教的"前理解"上观照中国文化传统而反思到了自身文化的缺失,表现了他敏锐而清醒的"文化自觉"。林语堂敏感地觉察到基督教教育给他造成的文化缺失:"我们搬进一个自己的世界,在理智上和审美上和那个满足而光荣的异教社会(虽然充满邪恶、腐败及贫穷,但同时却欢愉和满足)断绝关系","我们不只要和中国的哲学绝缘,同时也要和中国的民间传说绝缘"⑥。他甚至产生"在某一方面有被剥夺国籍的感觉"⑦,所以他大胆质疑:"为什么我必要被剥夺?"⑧正是由于他到达北京后感到对中国文化传统的陌生和隔膜,产生了文化自觉意识,"对一个有知识的中国人而言,加入本国思想的传统主流,不做被剥夺国

---

① 林语堂著、胡簪云译:《信仰之旅》,北京:新华出版社,2002年,第172页。
② 同上。
③ 同上,第28页。
④ 同上,第172页。
⑤ 同上,第173页。
⑥ 同上,第20页。
⑦ 同上,第21页。
⑧ 同上,第21页。

籍的中国人,是一种自然的愿望"①。所以他开始跳出基督教的保护壳,转向对中国文化传统的"补课":"带着羞耻的心,浸淫于中国文学及哲学的研究。"②正如有论者指出的那样:"林语堂为自己身份不明而尴尬,他要为自己在中国现实和文化里发一个'身份证',为中国文化而辩,……他从'忘记过去所学的程序'开始,'跳出基督教信仰的限制',而投入到充满了'异教智慧'的中国文化世界。"③林语堂思考的不再是"如何做一个基督徒",而是"在中国做一个基督徒有什么意义?"④

再次,他的"异教徒"称谓是一种换位思考,他对基督教信仰慎思明辨、探索比较的态度,表现了他独特的"文化选择"。他在求索真理的过程中为摆脱"先入为主"的窠臼,而以一种"无"信仰者的姿态漫游于各种信仰之间,深入探究儒、道、佛、西方的各种哲学流派和思想,乃至马克思主义,既能入乎其内,又能出乎其外,并最终感悟到上帝大光的威严。用他自己的话说就是:"我曾在甜美、幽静的思想草原上漫游,看见过某些美丽的山谷;我曾住在孔子人道主义的堂室,曾爬登道山的高峰且看见它的崇伟;我曾瞥见过佛教的迷雾悬挂在可怕的空虚之上;而也只有在经过这些之后,我才降在基督教信仰的瑞士少女峰,到达云上有阳光的世界。"⑤可以说,林语堂自称的"异教徒"时期,恰恰是他思想漫游和信仰求索的时期,它通过换位思考,以自己的高迈智慧和跨文化的博大胸襟,慎思明辨、求索比较,历经"灵性上充满震惊与遇险的旅程","以个人的探讨、以个人瞬间的怀疑、瞬间的领悟,及所获得的启示为基础"⑥,最终作出独特的信仰与文化选择。

三、林语堂"异教徒"称谓辨析的意义

文庸在《信仰之旅·代序》中指出,世人皈依基督教的动机和方式有两类:"一类是外因起主要作用的被动皈依者,一类是内因起主要作用的主动皈依者。被动皈依者包括受家庭或亲友的影响而皈依的信徒和因疾病、挫折、困难等生活中的具体问题而皈依的信徒(后者的动机含有不同程度的实用主义,情况相当复杂)。主动皈依者相对地说受外界因素的影响较少,主要是出于内心的需要而主动从生活体验出发在理性

---

① 林语堂著、胡簪云译:《信仰之旅》,北京:新华出版社,2002年,第26页。
② 同上,第27页。
③ 王本朝:《20世纪中国文学与基督教文化》,合肥:安徽教育出版社,2000年,第218页。
④ 林语堂著、胡簪云译:《信仰之旅》,北京:新华出版社,2002年,第20页。
⑤ 同上,第53页。
⑥ 同上,第2页。

思考、学术探讨中逐渐接近真理,经过深思熟虑之后才接受基督教信仰,这类信徒人数较少。从信仰内涵来说,被动皈依者主要是'先信仰然后理解',而主动皈依者则是'先理解然后信仰'。"[1]林语堂早期受家庭影响而成为基督徒,无疑属于被动皈依,后期经过了信仰旅行之后成为基督徒,则属于主动皈依,他的信仰之旅经历了"先信仰后理解"与"先理解后信仰"的两个阶段。这两个阶段之间的衔接与转折时期,正好是他自称为"异教徒"的阶段,因此,对林语堂"异教徒"称谓的辨析就具有了特别的意义。

林语堂的信仰理解过程,呈现出两个方面的特色:一方面,既与辜鸿铭的盲目文化自大和保守复古不同,也与鲁迅、陈独秀激烈否定文化传统相异,林语堂自称"异教徒",他是在基督教的前理解下,试图在中西文化间寻求相互沟通和双向阐释,这一点非常类似于他所推崇的苏东坡对于儒、道、佛的文化融合。对于道家思想,他认为:"老子对爱及谦卑的力量的训言,在精神上和耶稣来自他独创的、卓识的、闪光的训言相符合,有时字句的相似也很惊人的","老子做到这种最曲折,而且有些迷人的隽语,在精神上已升到耶稣的严峻高度"[2]。对儒家文化,他同样从中西比较的角度用基督教的"前理解"来阐释:"孔教精神的不同于基督教精神者即为现世的,与生而为尘俗的,基督可以说是浪漫主义者而孔子为现实主义者,基督是玄妙哲学家而孔子为一实验哲学家,基督为一慈悲的仁人,而孔子为一人文主义者。从这两大哲学家的个性,吾人可以明了希伯莱宗教与诗,和中国的现实思想及普通感性二者对照的根本不同性。"[3]

另一方面,他在中西文化融会贯通的基础上,不断深化着对基督教信仰的理解。在林语堂看来,基督教信仰属于和以往哲学家不同的等级,既超越了儒家对人与人关系的稳定研究和自我培养的劝告,也超越了道家思想的虚幻性和佛教逃避现实困境的努力,呈现为一种人类至善的追求,因此,他说:"在耶稣的世界中包含有力量及某些其他的东西——光的绝对明朗,没有孔子的自制,佛的心智的分析,或庄子的神秘主义。在别人推理的地方,耶稣施教;在别人施教的地方,耶稣命令。他说出对上帝的最圆满的认识及爱心。耶稣传达对上帝的直接认识及爱慕之感,而进一步直接地并无条件地把对上帝的爱和遵守他的诫命,就是彼此相爱的爱,视为相等。如果一切大真理都是简单的,我们现在是站在一个简单真理的面前,而这真理,包含有一切人类发

---

[1] 林语堂著、胡簪云译:《信仰之旅》,北京:新华出版社,2002年,第2—3页。
[2] 同上,第111页。
[3] 林语堂:《吾国与吾民》,《林语堂名著全集》第二十卷,长春:东北师范大学出版社,1994年,第98页。

展原则的种子,那就够了。"①

　　经过"异教徒"阶段的艰难漫游和求索,林语堂最终将基督教与个人心灵逍遥、道德宁静等有机融会,进而达成了精神信仰和个人生活的完美结合。他是在怀疑中不断探索信仰的路途,以自己的行为和信仰实践了儒家思想中的"博学、审问、慎思、明辨、笃行",他由原点回到了原点,但此原点非彼原点,而是一番更高更美的境界。

---

① 林语堂著、胡簪云译:《信仰之旅》,北京:新华出版社,2002年,第219页。

神的话语与孔子思想

——奥涅金的《圣经》解释与毛亨的《诗经》解释的比较研究

犹家仲

(广西师范大学)

一、关于奥涅金的一般研究

奥涅金研究涵盖多个学术领域，如神学、哲学等。大部分学者关注的主要是他在神学方面的贡献，比如，奥涅金与斐洛的关系，以及他的寓言解释学对后世的影响等。又有些学者把对奥涅金的神学的研究扩展到其他领域，比如，奥涅金对柏拉图主义的接受和改造，他与希腊哲学的关系，奥涅金与亚历山大学派的关系等。在这篇论文中，笔者把研究的焦点放在奥涅金的《圣经》解释理论方面。

奥涅金的《圣经》解释长期以来广泛受到研究者重视。特别是他的寓言解释方法，对后世影响深远，以至于任何学习解释学的人都必须提到奥涅金。对他的解释学的研究，至少包括三个方面的内容。第一，关于他的寓言解释方法的研究，在这方面特别显著的是对奥涅金与斐洛的关系的研究，即奥涅金在多大程度上继承了斐洛，又在多大程度上扬弃了斐洛，如《灵感解释者与亚历山大传统》(*The Alexandrian Tradition of the Inspired Interpreter*)[①] 等文章对这方面进行了总结。第二，对奥涅金与新柏拉图主义的关系的研究，《瓦伦提尼安的解释学在亚历山大及奥涅金解释学中的表现》(*Echoes of Valentinian Exegesis in Clement of Alexandrian and Origen*)[②] 等文就是这类研究的体现。第三，奥涅金的解释学对后世的影响，如《奥涅金对公元六世纪科普特教派的解释学的影响》(*The Influence of Origen on Coptic Exegesis in the Sixth*

---

① Karen Jo Torjesen, *The Alexandrian Tradition of the Inspired Interpreter*, reference to *Origeniana Octava*, Leuven University press, pp.287—299.
② Judith L. Kovacs, *Echoes of Valentinian Exegesis in Clement of Alexandrian and Origen* reference to *Origeniana Octava*, Leuven University press, pp.317—329.

Century）①,《关注解释：建立在奥涅金及凯撒时期的圣巴西尔的理论基础上的圣经解释的苦修特征》(Interpreting Attentively: The Ascetic Character of Biblical Exegesis according to Origen and Basil of Caesarea)② 以及《从保罗·利科看奥涅金的解释学》(Origen's Hermeneutics in Light of Paul Ricœur)③ 等。上世纪八十年代,如罗伯特·M·伯希曼对奥涅金的解释实践的研究：《从斐洛到奥涅金——处于中间形态的柏拉图主义》,(From Philo to Origen – Middle Platonism in Transition)④、《斐洛与奥涅金：一种初步的研究》(Philo and Origen: A Preliminary Survey)⑤ 等都对奥涅金的解释实践作了综合性的研究。

在这篇论文中,我将利用中国古代解释学来说明奥涅金在他的《圣经》解释学中是如何建立起解释的有效性及解释的基本内容的。

二、为解释的有效性提供保障的神的话语与孔子思想

一切解释均需要某种有效性或权威作保障。

在阅读史上,人们曾经建立过多种关于解释的有效性的理论,比如,作者论、本文论、读者论等。但是有一种很古老的关于解释观点表明,解释的有效性既不来自作者,也不来自本文或读者。

神的话语是解释的有效性的保障。

有理论认为作者说出了真理。我们知道四部《福音书》有四个作者,而四部《福音书》的内容又不尽相同。所有作者都宣称其《福音书》来自神的话语,因此,可以说几部《福音书》没有一部是由作者本人写就的。所有语言、预言均来自神的话语。作者仅仅说出了神的话语,或者说上帝在利用他们来说出真理。《圣经》里多处谈及圣灵,如"耶稣对他们说：'……圣灵降临在你们身上,你们就必得着力；并要在耶路

---

① Mark Sheridan, *The influence of Origen on Coptic Exegesis in the Sixth Century*, reference to *Origeniana Octava*, Leuven University press, pp.1023—1032.
② Peter W. Martens, *Interpreting Attentively: The Ascetic Character of Biblical Exegesis according to Origen and Basil of Caesarea*, reference to *Origeniana Octava*, Leuven University press, pp.1115—1121.
③ Potworowski, Christophe, *Origen's Hermeneutics in Light of Paul Ricœur*, reference to Origeniana Quinta, Leuven University press, pp.189—217.
④ Reference to *Journal of the American Academy of Religion*, Vol. 54, No. 4 (Winter, 1986), Oxford University Press. 1986, pp.764—765.
⑤ Runia, David T, *Philo and Origen: A Preliminary Survey*, reference to Origeniana Quinta, Leuven University press, pp.333—340.

撒冷、犹大全地和撒马利亚,直到地极作我的见证。'"① "弟兄们,圣灵藉大卫的口,在圣经上预言令人捉拿耶稣的犹大,这话是必须应验的。"② "又有舌头如火焰显现出来,分开落在他们各人头上。他们就都被圣灵充满,按着圣灵所赐的口才说起别国的话来。"③ "……彼德被圣灵充满……"④ 根据基督教教义,《福音书》的一切语言都是神的话语经由圣徒之口说出来的。因此,后世的解释,便不能根据作者,而应该根据神或圣灵来解释。

E. D. 赫希(E.D.Hirsch Jr.)在他的著作《解释的有效性》(*Validity in Interpretation*)⑤ 曾努力为作者辩护。施莱尔马赫在《解释学:手稿》(Friedrich Schleiermacher's *Hermeneutics: The Handwritten Manuscripts*)中提出了许多解释的原则,也有对作者的权威的专论。

当代盛行的种种观点认为解释的有效性来自作品本文。这种观点在施莱尔马赫的《解释学:手稿》中可以看到。在《圣经》解释中也有类似观点,奥古斯都在《论基督教义》(*Augustine on Christian Doctrine*)中花了很多时间去研究那些存在于《福音书》中的"事实",但将作者的权威置之不理。

在奥涅金的《圣经》解释中,解释的有效性来自神的话语或圣灵。

孔子思想是《诗经》解释的有效性的标准。

我们同样在《诗经》解释中发现了类似的情况。我们很难指出,或根本无法指出《诗经》中诗篇的作者,也不可能根据作者的意图去解释诗篇。解释《诗经》的学说主要有四家,即齐、鲁、韩、毛。这四家没有一家是从作者或本文去为解释的合理性进行辩护的。至少,迄今所存在的解释中,《毛诗》和《韩诗》都是从作者、作品之外去为自己的解释的合理性进行辩护的,特别是《毛诗》学派,他们主要是用孔子思想,或儒家学说,为自己的解释进行辩护,他们的《诗经》解释对后世产生了重大的影响。从此我们可以看到,奥涅金和《毛诗》学派,他们在解释本文时,都面临相似的处境,即,无法确定被解释本文的作者。《圣经》的作者们宣称他们在借助于圣灵写作,而《诗经》的作品干脆是匿名的。

奥涅金选择圣灵作为他解释的基础,在其上建立他的教义,对《圣经》进行寓言的解释。后来,奥涅金的寓言解释法变成了《圣经》解释的最重要的方法,尽管不断

---

① *Holy Bible*, new international version, Acts, 1: 8.
② Ibid., Acts, 1: 16.
③ Ibid., Acts, 2: 1—4.
④ Ibid., Acts, 4: 8—12.
⑤ E. D. Hirsch, Jr. *Validity in Interpretation*, New Haven and London, Yale University Press 1967. Reference to Chapter 1 *In Defense of the Author*.

有圣经解释者批评他的这一解释方法。《毛诗》派的《诗经》解释与奥涅金的《圣经》解释有某些相似性。在中国汉朝，有很多解释《诗经》的学派，《毛诗》学派代表了儒家思想，以孔子的思想作为《诗经》解释的标准。正是这一学派统治了中国学术长达两千年。

简言之，在早期的解释学中，解释者们需要的是某种系统的或权威的思想形态，而不是作者、本文或读者。

三、神的话语与孔子思想的基本内容的比较

为了更进一步理解奥涅金的解释学，我们必须研究神的话语在奥涅金的《圣经》解释过程中的具体含义。

神创造了万物，神是万物与社会的原则。

在《祷告书》(Origen, *Prayer, Exhortation to Martyrdom*)中，奥涅金把神的话语等同于神、神的智慧以及救世主。他说："神的话语自身、圣灵无所不在……我必须像普通人一样祈求他（因为我自己并没有宣称有任何能力祈求）——以便我能够被赐予完全地从本质上解释《福音书》上的内容。"[1] 意义来自《圣经》，这是一条普通的教义，《福音书》明确告诉我们，上帝是光，是圣灵，是逻各斯。

神创造了万物，人只能通过神的指引而认识万物。正如奥涅金说的："比如，就人的本性而言，是不可能认识创造万物的智慧的（大卫早已经指出，神是用智慧来创造万物的）；然而，只要借助于我们的神耶稣，不可能的事就变成可能的了，神正是派遣他赐给我智慧、公理神恩和赎救。"[2] 更进一步讲，"这种从不可能变成可能是因为有神的恩典的充满"。"正如没有任何人不知道人类一般事物却可以知道人的精神一样，同样，人们如不理解神的一般事物，也不可能理解圣灵的存在。"[3]

神的话语是人们应该追求的最终目标。奥涅金说："饮了上帝的乳汁，畅饮神的话语的甘泉时，他便不会再去饮那人间的酒或酒精制品，而是要追求那包含在神的话语中的智慧的宝藏，他会对上帝说：你的乳汁远胜那人间的美酒。"[4] 人类应该拥有智

---

[1] John J. O'meara, *Origen: Prayer Exhortation to Martyrdom*, the Newman press, London: Longmans, Green and Co., 1954, p.20.

[2] Ibid., p.15.

[3] Ibid., p.16.

[4] R. P. Lawson, *The Song of Songs Commentary and Homilies*, The Newman Press, London: Longmans, Green and Co., 1957, pp.69–70.

慧,或获得上帝的智慧,而非别的知识,因为仅有人类的知识,人们无法理解神的话语。在 2—3 世纪的时候,尽管有多种不同的意识形态同时存在着,但人们更需要一种主要的意识形态去统一其他意识形态。正是在这样一个关键时候,神的话语通过奥涅金承担起了这项任务。

孔子思想或儒家学说是《诗经》解释的依据。

《毛诗》学派出现在中国解释学学派繁荣的时代。当时《诗经》在中国的解释情况也与《圣经》在奥涅金的时代被解释的情况相似。《毛诗》派把孔子学说作为他们解释《诗经》的标准。在《毛诗》学派之前,孔子本人也曾有过对《诗经》的某些解释。比如,《论语·阳货第十七》说:"子曰,小子何莫学夫诗,诗可以兴,可以观,可以群,可以怨。迩之事父,远之事君;多识于鸟兽草木之名。"① 人类的一切行为政治及自然知识等,都必须遵循道德法则。《论语·为政第二》:"诗三百,一言以蔽之,思无邪。"② 根据儒家思想,《毛诗》学派的《诗经》解释可以归纳为道德、政治及自然知识等三个方面,在这三个方面中,道德内容居于主导地位。

神的话语是人类赖以生存的精神食粮。奥涅金说,"他们将会明白,救世主与金子相同,他坚如磐石,是人类的精神支柱,且提供给人类甘泉。"③ 在这里,用了一系列的比喻,但都指神的话语。但是,正是这些比喻表明,神的话语对人们是何等重要。耶稣说过,人不能仅仅靠面包而活着。在此,奥涅金强调的是,在我们的生活中,神的话语比面包更重要。人们对神的话语的仰赖胜于对世俗生活中的粮食的依赖。

儒家最强调精神生活,儒家思想本身也几乎成为后世人们行为的规范。比如,"子曰:君子食无求饱,居无求安,敏于事而慎于言,就有道而正焉,可谓好学也已。"(《论语·学而第一》)④ 此处虽不像奥涅金那样明白地指出精神是人们的粮食,但已经指出,人,特别是君子,不应该仅仅追求衣食的满足,居所的舒适。简单地说,君子不应该仅仅追求流俗的生活,而应该有更高的精神追求,具体在《论语》中强调的是道德水准。

奥涅金强调人应该与圣灵同驻。孔子强调道德是人的精神支柱。孔子的这种思想被《毛诗》学派运用到了对《诗经》的解释中。所以,在某种意义上,在对人所生产的指导意义方面,我们可以说,神的话语与孔子所言的道德是相同的。

"因此,不管是《雅歌》中的新娘用圣油膏浇她的新郎,还是《福音书》中的圣徒

---

① 《论语·阳货第十七》,见《十三经注疏》,北京:中华书局,1996 年,第 2525 页。
② 《论语·为政第二》,见《十三经注疏》,北京:中华书局,1996 年,第 2461 页。
③ R. P. Lawson, *The Song of Songs Commentary and Homilies*, The Newman Press, London Longmans, Green and Co.,1957, p.155.
④ 《论语·学而第一》,见《十三经注疏》,北京:中华书局,1996 年,第 2458 页。

马莉用圣油膏浇耶稣……她同样也可以说,面对神时,我们的身体也是充满芬芳的,这两者之间有什么区别呢?因为这种圣油中充满着对神的信心,充满着珍贵的、爱的意图……"[1]我们知道,《福音书》中说,当马莉把很珍贵的香水倒在耶稣的头上的时候,他的一些门徒便表示愤慨。耶稣便对他们说:"为什么难为这女人呢?她在我身上作的是一件美事。因为常有穷人和你们同在,只是你们不常有我,她把这香膏浇在我身上,是为我安葬作的。"[2]与《福音书》意义相一致,这段文字的原初意义表明耶稣临死前接受了圣油礼,因为他自己说"她在为我的葬礼作准备"。如果我们照这样理解以上这句话,那么,"神的话语"的含义就变得非常简单了。但是,在这里我们更应该按照奥涅金的观点去理解神的话语的含义,即,神的话语是信心、珍贵的爱的意图的源泉。同样,我们可以在《毛诗》学派中找到类似于奥涅金解释《圣经》那样的《诗经》解释。如《诗经·大雅·大明》"上帝临汝,无贰尔心"。毛传:"言无敢怀二心也。"郑笺:"临,视也。女,女武王也。天护视女伐纣,必克,无有疑心。"这里我们也可以把这句诗理解为对上天的信心。当然,如果我们在读《毛诗》稍加留意,还能找到若干例证来说明"信心"在中国古代的《诗经》中是怎么回事。在中国古代的《诗经》中,信心,或道德,都主要是通过婚姻或官员的等级等隐喻来体现的,而不是通过哲学或宗教来表达。如《诗经·邶风·绿衣》"我思古人,实获我心"。毛传:"古之君子实得我之心也。"郑笺:"古之圣人制礼者,使夫妇有道,妻妾贵贱各有次序。"[3]在此我们可以明白,"信心"在《毛诗》或者说在儒家思想中占有非常重要的地位。至于"珍贵的、爱的意图",我们同样可以在《毛诗》中找到类似的解释,比如,《诗经·召南·殷其雷》是一首爱情诗,写的是一个妇女思念其远征的丈夫。该诗题解说:"劝以义也,召南之大夫远行从政,不遑宁处。其室家能闵其勤劳,劝以义也。"在某种程度上,这里妻子对丈夫的爱类似于马莉对耶稣的爱,毛亨此处的解释也类似于奥涅金对《圣经》马莉给耶稣施圣油礼这一情节的解释。

当然,神的话语也是社会政治的原则,是善的原则。在某种意义上,神的话语在西方社会中的功能也类似于孔子思想在中国社会中的功能一样。根据基督教教义,世俗社会属于神,是神创造的。他说:"我们可以说,神不仅知道现在的事,而且这一切还是照他的意志在发生,世上没有任何事情不是按照神的预先安排去发生的。"简言之,这个世界,人们的世俗生活都必须按照"神的话语"去行动。

---

[1] R. P. Lawson, *The Song of Songs Commentary and Homilies*, The Newman Press, London Longmans, Green and Co., 1957, p.161.
[2] *Holy Bible*, new international version, Matthew, 26:10—11.
[3] 《毛诗郑笺·绿衣》,见《十三经注疏》,北京:中华书局,1996年,第297页。

《毛诗》着力宣传了儒家政治伦理,即强调善。孔子直接提倡读《诗》要为政治服务。《论语·子路第十三》:"诵诗三百,授之以政,不达。使于四方,不能专对,虽多,亦奚以为?"① 《毛诗·关雎·序》:"先王以是经夫妇,成孝敬,厚人伦,美教化,移风易俗。"又说:"上以风化下,下以风刺上。主文而谲谏,言之者无罪,闻之者足以戒。故曰风。"② 在这种先决条件下,《诗经》中的大多数诗都被解释成了政治诗。比如《诗经·关雎》,毛亨评论道:"后妃说乐君子之德,无不和谐。又不淫其色。慎固幽深,若关雎之有别焉。然后可以风化天下。夫妇有别则父子亲,父子亲则君臣敬,君臣敬则朝廷正,朝廷正则王化成。"③ 现在看来,《关雎》是首爱情诗,这首诗是首早期民歌,在这里却被《毛诗》学派解释成了表现儒教思想的诗。道德、和谐的思想在这里被特别地加以强调。我们还可以看另一首被解释成表现礼仪的诗歌。《诗经·鄘风·相鼠》毛亨评论说这首诗是嘲讽那些对礼仪无知的人的。郑笺说:"人以有威仪为贵,今反无之,伤化败俗,不如其死无所害也。"④ 显然上升到政治、道德及伦理的高度。

奥涅金的《圣经》解释也宣扬善,从善出发解释《圣经》。最初,《雅歌》中的诗歌应该都是民歌,或者是些表现婚姻的诗歌,至少现在我们从这些诗歌的外在形式来看,它们能够让人想起这类诗歌。但是,在这里,奥涅金把它们与神的话语结合起来,与善结合起来。换言之,神的话语,即善,都是规范人们的行为的普遍原则。

正如上面指出,毛亨在解释《诗经》时利用了孔子思想这一政治资源,在他的解释中,各种礼仪、善行、道德等显得格外突出。奥涅金也利用了神的话语这一宗教资源,但是他更看重其中普遍的方面,或者我们可以说,他是在隐喻这一层面上使用神的话语的。显然,毛亨、奥涅金都在他们的解释活动中利用了某种外在的资源。因此,我们可以这样认为,在他们的解释文本中存在着某种相似性,尽管两者之间的不同是显而易见的,如一个是政治的,一个是宗教的,但这并不影响其形式的一致性。他们的解释都是寓言性质的。

神的话语也包含自然的知识。奥涅金在《祷告书》中根据事物的运动把事物分为三类:第一类是其运动受外在支配的事物;第二类是其运动受自身内在规律或心灵支配的事物,或者可以认为,这类事物的运动完全有其内在的规律;第三类事物就是动物界的事物,它们的运动来自他们自身。⑤ 奥涅金相信,有理性的事物的运动的原因

---

① 《论语·子路第十三》,见《十三经注疏》,北京:中华书局,1996年,第2507页。
② 《毛诗·关雎·序》,见《十三经注疏》,北京:中华书局,1996年,第270页。
③ 同上,第273页。
④ 同上,第319页。
⑤ 同上,第30—31页。

只能在他们内部找到，这意味着，人类的运动只能从人类自身中去寻找，来自人类的心灵。在此我们可以清楚地看到，奥涅金在《祷告书》中论及事物的运动时，丝毫不认为人们可以通过祷告来改变世界或通过祷告而获得某些事物。所以，祷告应该建立在对自然事物的认知这一基础上。祷告不应该违背理性。

在中国古代的《诗经》解释中，比如，在《毛诗》中，我们也可以找到大量关于自然事物的知识。孔子说《诗》可以教人"多识于草木鸟兽之名"。我们随便可以从《诗经》注释中举出关于自然事物知识的三大类：动物知识、植物知识、天文历法知识等。

首先，在《诗经》中有大量动物种类名称。《诗经》解释者在解释其中诗歌时，也必须对它们作出相应的解释。比如，《诗经·国风·关雎》中的"关雎"，解释者必须指出"关雎"为何种鸟类，然后才能进一步解释"关雎"这一名称在本文中的深层的含义。《诗经》中包含着数千种动物的名称，过去的解释者对它们已经有了深入的解释，有许多解释是非常恰当的。其次，《诗经》中也有大量植物的名称，比如桃花、梅花、芦苇等等，这些植物的名称也是《诗经》解释者在解释其中诗歌时必须首先面对的。第三，我们还可以看到《诗经》中有大量关于天文历法的知识，这也是解释者们必须首先面对的内容。如反映农业生产的《诗经·豳风·七月》以及记录有星象的《诗经·召南·小星》等。在《诗经》中我们可以找到大量关于动物、植物、天文、历法以及其他的自然知识。我国古代《诗经》注释中有大量关于自然知识的名物考证，也是这方面内容的佐证。

在对自然知识的解释方面，奥涅金与毛亨之间也存在着有趣的差异。但这并不影响奥涅金和毛亨对自然知识的关注，只不过他们各自关注的侧重点有所不同而已。

四、结　论

通过以上研究，我们可以得出以下几方面的结论：

首先，通过对奥涅金的《圣经》解释的有效性以及毛亨的《诗经》解释的有效性的讨论，我们发现，奥涅金认为解释的有效性或权威性来自"神的话语"，《毛诗》学派向人们显示，解释的有效性及权威性来自孔子学说，或者说儒家思想。

第二，中西方解释学者在面对自身的诠释对象时，都有各自的侧重点。奥涅金的《圣经》的解释关注的是一般的原则以及某些形而上的问题，毛亨关注自然知识的某些层面。所以，在某种意义上，我们相信，无论是中国解释学还是西方解释学都不是完美的。而且，无论是中国解释学还是西方解释学，如果不以对方为参考，都无法看到自身的局限性。

  第三，任何一种文本解释及其有效性都是片面的，都会不可避免地受到当代思想及意识形态的影响。奥涅金受到了斐洛的影响，他是斐洛的学生，同时他还受到了同时代的新柏拉图主义者的影响。《毛诗》同样受到了特定时期中国社会精神的影响，毛亨通过《诗经》解释来贯彻和推进儒家思想，反之，儒家思想也使《毛诗》成为所有《诗经》解释中最突出的，以至于《诗经》的其他解释逐步退出了《诗经》解释这一领域。奥涅金当然也不例外，是他的时代的产物。

四

文学与治疗
——跨文化视野下的文学人类学研究

文学治疗的民族志

——文学功能的现代遮蔽与后现代苏醒

叶舒宪

(中国社会科学院文学所 / 贵州师范大学)

一、现代性的祛魅：文化失忆与集体遗忘

文学究竟是怎样发挥其社会功能的，这种功能又是什么？

西方现代性的知识体系虽然建构出关于文学的一个独立学科，并且形成某种贵族化的文学经典尺度和以书写本文为前提的文学史观念，却因为割裂了文学所由发生的文化语境，遮蔽了审视和回答上述问题的原生态文学视野。因此之故，当今的文艺学理论虽然也纸上谈兵地大讲文学的认识作用、教育作用和审美作用，却恰恰忽略了文学最初的也是最重要的作用：包括治病和救灾在内的文化整合与治疗功能。

现代性价值观发端于启蒙运动。众所周知，启蒙用理性的新权威取代神学的权威，这是其解放思想的积极一面。但是，启蒙的消极一面却被积极面掩盖住了：技术理性独大所导致的祛魅，将一切前现代的治疗与禳灾方式视为非理性的和非科学的，甚至是反科学的，并以科学的权威宣布其"迷信"的非法性，要在社会生活中将其彻底清除掉。现代性的西医医疗制度确立，也给一切本土性的、民族的、民间的治疗体系祛了魅，使其丧失了在现代条件下同西医竞争和生存、生长的土壤条件，面临被灭绝和被遗忘的境地。在"中西医结合"的理想口号下难以为继的本色中医传统，以及藏医、蒙医、彝医、哈萨克医等形形色色的本土传统，皆遭遇到同样的现代性质疑，面临着同样的历史命运：要么变质、遮蔽、遗忘；要么作为科学的西医体系之补充或点缀，徒有其名而丧失其真传。

不幸之中有幸的是，现代性的西方学术体系中还有一支自我叛逆的新学科——文化人类学，是它的迅猛发展和巨大的跨学科影响力，将知识人的兴趣引向远在"西方白人理性"之外的千千万万个原始社会、边缘社会和无文字社会，并教导当代理性

人用文化相对主义的宽容去容忍、尊重和欣赏文化多样性的现实,去发掘和体认与西方知识体系同样珍贵的形形色色的"地方性知识"。到了20世纪后期,人类学在后现代和后殖民语境中的成熟和壮大,甚至还要引导一项前无古人的全球性文化保护运动——对各民族濒临灭绝的"口传与非物质文化遗产"的抢救、整理和研究。

从"迷信""愚昧"乃至"反动",到"文化遗产",从祛魅和清除到抢救和保护,这一百八十度的转变,就是现代性向后现代性转变的时代风向标。在新旧世纪之交,回顾二十世纪的革命血腥和对古老文化传统的摧残,由启蒙以来三百年的现代性"祛魅"所造成的"文化失忆"与"集体遗忘"现象,正在全球性的本土文化自觉的新浪潮中获得一种忏悔和赎罪的契机。

在早已贵族化、精英化的文学研究领域,背弃主流的学院派理论和研究范式,进行类似人类学田野作业式的研究的先驱者,就是以帕里和洛德为代表的民族志诗学一派。随着后殖民理论的普及和对知识—学科的"解殖民化"要求的日渐高涨,在现代性的"科学知识"的霸权话语开始松动,后现代精神要对"叙述知识"给予再发现和价值重估。传播学理论奠基人麦克卢汉曾经从媒介变革史的角度审视民族志诗学研究,强调其成果对于打破现代性书面文学观的贡献。麦克卢汉的《古登堡的星汉璀璨》一书前言开篇说:"本书在许多地方都是洛德教授《唱故事的人》(中文译本名为《故事的歌手》)的补充。他继承了帕里的工作。帕里的研究引导他去考虑,口头诗歌和笔头诗歌如何自然地追随着不同的格律和功能。"[1] 这位传播学家谦虚地认为,民族志诗学对民间口传传统的再发现,给他的媒介革命论带来巨大启示。麦克卢汉随后还夹叙夹议地写道:

> 对口头社会组织和笔头社会组织不同属性的研究,竟然没有历史学家很早就予以完成,这个问题实在是难以解释。……莱文教授在给《早期帝国的贸易与市场》所作的序文中,作了与此相同的说明:
> "文学"这个字眼预设着文字的使用。它假定口头创作的富于幻想的作品是通过写作和阅读来传播的。"口头文学"的说法显然是自我矛盾的。然而,在我们生活的时代里,文学已经冲淡得像白开水,故难以作为一种审美标准来使用。[2]

书写的文字文学离开了口语传播及仪式表演场合的多媒体丰富性,难免使人有"冲淡得像白开水"的惋惜。而文学的原初实际功能,也会因为文本化的结果变得隐而不明

---

[1] [加拿大]埃里克·麦克卢汉等编:《麦克卢汉精粹》,何道宽译,南京:南京大学出版社,2000年,第148页。
[2] 同上,第149页。

了。人类学式的田野研究为"活态文学"的复生开辟了道路，也理所当然地促进了后现代语境中神话的大繁荣。过去被理性所祛魅的，现在反过来重新给走入病态的理性原教旨主义祛魅。

二、后现代的巫术还原与神话治疗

20 世纪将传统的文史哲方面的最初的圣人偶像，还原到人类学的研究视野中。其结果不约而同：文明史初期的文人、哲人、史家，都分别显露出其原来的本相：法师、巫觋或者萨满。

先是比较宗教学和神话学家艾利亚德在《萨满教》（法文版 1951）一书中将屈原的《楚辞》还原到萨满致幻的背景中加以重新审视；接着就有日本的文学批评家藤野岩友、美国的人类学家拉·巴尔（Weston La Barre）、佛尔斯脱（Peter T.Furst）、张光直等人的群起呼应。张光直的《中国青铜时代》（一集，二集）和《考古学专题六讲》等著述自八十年代以来在大陆出了中文版，影响巨大。他强调商周艺术本来具有的巫术功能，及其与亚洲—太平洋区的史前萨满教传统之联系。在这样打通式的人类学视野中，不仅中国文明发生的观念大背景受到重视，而且也给局部的文学现象的重新理解带来学理透视的眼光。例如《楚辞》，现代的大学教育分科毫无争议地将其归入先秦文学，所以大学里唯有中文系的古代文学课堂上讲授它。在张光直看来：

> 东周（公元前 450—200）《楚辞》萨满诗歌及其对萨满和他们升降的描述，和其中对走失的灵魂的召唤。这一类的证据指向在重视天地贯通的中国古代的信仰与仪式体系的核心的中国古代的萨满教。[①]

如此解说《楚辞》，实际关系到中国思想与信仰的根源。这对于中国人的古典文学观念和教学体系都具有十足的挑战性质。而更加深入细致地以巫术眼光研究《楚辞》的藤野岩友大著《巫系文学论》，虽然作为博士论文早在 20 世纪 50 年代就已经问世，却由于文化和意识形态的隔膜不为国内学界所熟知。该书明确将《楚辞》定性为"巫系文学"。其理由是：

> 笔者向祭祀寻觅文学的起源。祭祀时，有以巫为中介的人对神和神对人之辞。……《离骚》、《天问》、《九章》、《卜居》、《鱼父》、《远游》等，可以说是

---

① 张光直：《连续与破裂：一个文明起源新说的草稿》，《中国青铜时代》二集，北京：三联书店，1990 年，第 138 页。

由此起源的。

其次,由巫演唱的舞歌即《九歌》属于这一系统,由巫进行的招魂即《招魂》和《大招》亦属此列。……惟祝出于巫,史的起源虽与巫不同,但作为专掌文辞的史官也担任一部分巫职,溯其根源,《楚辞》是出自巫系统的文学,是在这个意义上冠《楚辞》以"巫系文学"之名的。①

从巫史同源和巫医不分的远古事实,足以给出一再的启示:出自巫觋之口的祝咒招魂一类诗歌韵语,从形态上看属于文学,从功能看却不是为了审美或者文艺欣赏,而是和巫医治疗的实践活动密不可分。巫师、萨满们上天入地的幻想能力,给神话叙事和仪式表演带来的文学、美学感染力非同小可,但那些也不能理解为纯粹的文艺或者审美活动。

无独有偶,晚近的哲学起源研究将注意力集中到古希腊第一位开启人的哲学的苏格拉底,发现他的言论和行为不仅完全符合前文字时代的口头教育传统,而且还明确显露着巫师的色彩。巴黎索邦大学资深哲学教授格里马尔迪就以"巫师苏格拉底"这样惊人的判断作为自己新著的书名,希望找出苏格拉底用话语治病的萨满式奇迹:

那些以巫术指控苏格拉底的人,如同那些羡慕他的人一样,承认在他身上很明显地有着蛊惑的能力。实际上,阿里斯多芬不是也揭示了:苏格拉底作为《云》中的主角,作为最有名的智者,不论谁不论什么都能够被他说服么?然而,能够让任何一个人失掉关于实在的意义,使他相信假比真更明显、实在比非实在更不持久,智者术号称能够做到这些,也是一种蛊惑术。在苏格拉底的学生们之中,即便那些把苏格拉底看作最尖锐地抨击智者的人,也仍然将他看作某种类型的巫师、魔法师、萨满。这样,在苏格拉底只有几个钟头或几刻钟可活的时候,斐多遗憾的不是友人的消逝,而是魔法师的消失:"在你离开我们之后,我们到哪去找一个如此完美的魔法师呢?"②

格里马尔迪根据他所熟悉的人类学、宗教学新知识,特别是艾利亚德对萨满教的整体研究成果,掌握了分析判断巫医治疗之术的门径,循此路径重新进入西方哲学之门,便将哲人来自巫医传统的判断引向早期希腊哲学文本分析的深层次之中。他首先敏锐地关注到,一个反复出现在柏拉图的早期对话中的希腊文的关键语词是 ἡ ἐπῳδή,

---

① [日]藤野岩友:《巫系文学论》序言,韩基国译,重庆:重庆出版社,2005年,第4—5页。
② [法]尼古拉·格里马尔迪:《巫师苏格拉底》,邓刚译,上海:华东师范大学出版社,2007年,第6—7页。

它分别见于《卡尔米德》(155e7,156b1,157b2,157d3,158b8,176b1)、《美诺》(80a3)、《高尔吉亚》(484a1,6)、《斐多》(77e8,78a1,5,114d7)、《会饮》(203a1)、《泰阿泰德》(157c9)等篇章。在著名的《理想国》(X,608a5)中,柏拉图所用的这个词,是形容诗歌具有魅惑术的特征。而这种特有的口头语言的魅惑术正是来自苏格拉底本人。因此不妨称为"苏格拉底独有的治疗术话语"。在罗念生、水建馥编的《古希腊语汉语词典》中,特别注明 ἐπωδή 一词出自古希腊的伊奥尼亚地方的诗歌,意思是指:

唱出的歌词:(用来治疗创伤的)咒语。①

笔者在《诗经的文化阐释》中探究中国汉语诗歌的发生系谱,曾辟有一章"诗言咒"②,将法术信仰支配下的咒祝行为,看作诗歌起源的一种仪式基础。这里可以借助古希腊词语的分析,找到跨文化理解的又一重视野。与 ἐπωδή 相同词根的另一个希腊词是 ἐπωδός,从词典中对其三重词义的顺序演变之排列,就可以清楚地看到诗歌文学起源的一些本相:

I. 唱的,唱咒语治疗创伤的。
II. 念咒语的男巫或女巫。
III.(1)合唱歌的末节;(2)叠唱的歌词;(3)双行体抒情诗,短诗。③

对此希腊语词稍加分析,就可得出三点启示:一是原初歌唱者的主体身份为男女巫师,只有他们能够通神的话语才是所谓"金口玉言",具有十足的魅惑人心之力量。二是诗歌功能不在于读写和审美,就在于歌唱性的法术治疗。那也应是最初的心理治疗方式。三是诗歌重复叠唱的原因,在于追求咒语的治疗效果,也就是医学上讲的疗程效果。早期诗歌在结构和功能之间是相互吻合的。后代的诗歌脱离的治疗的功能语境,不再需要过多的重复叠唱,功能的改变亦导致诗歌形式的变化。

荷马的歌唱能力出类拔萃,其魅惑和疗伤的能力当可以想见。格里马尔迪还建议说,ἡ ἐπωδή 一词可以译为 incantation(咒语)、charme(魅力)、enchantement(巫术、妖术、魅惑术)、sortilege(魔法)、envoutement(魅惑、蛊惑),它总是涉及一个巫师像使用春药一般使用富有魔力的言语。近代的法国大诗人波德莱尔(Baudelaire)对此也心领神会。他为了表示出同样的语言效果,用了"sorcellerie evocatoirc"(联想的巫术)这样的措词。根据如此细读,这位法国哲学史家有理由进一步深化他的开篇

---

① 罗念生、水建馥编:《古希腊语汉语词典》,北京:商务印书馆2004年,第322页。
② 叶舒宪:《诗经的文化阐释——中国诗歌的发生研究》,武汉:湖北人民出版社,1994年。
③ 罗念生、水建馥编:《古希腊语汉语词典》,北京:商务印书馆2004年,第323页。

命题，这些理由被他归结为四个方面：

> 因为，使得苏格拉底成为一个巫师的，首先是因为他是一个医治者。他对卡尔米德（Charmide）解释说，肉身所遭受的大部分疾病，其根源都在灵魂中；但是，"灵魂只有通过作为蛊惑术来施展的话语才能得以治愈"。因此，苏格拉底想要通过他的富有魔力的言语来解救那些处于痛苦中的灵魂，如同接生婆求助于麻醉剂来减轻产妇的痛苦。因此，为了获得治疗效果，他的话语必须有一种麻醉剂、镇痛剂或者鸦片般的效果。斐多怀着感激惊叹道："他治愈了我们啊！"米尔恰·伊利亚德在他的多项研究中，定义了萨满的特征。几乎所有这些特征都以某种方式适用于苏格拉底。正如我们刚刚所看到的，第一个特征是作为医治者。第二个特征是通过恢复每个人的身份的意义来使之回到自身。这就是苏格拉底对阿尔西比亚德所做的事情，如同他在《泰阿泰德》对另外一些人所做的，他引起了那些人的苦恼。萨满的第三个特征是被神灵所驻或者被某位神祇所选中。一些神祇在梦中向苏格拉底显示，以便向他昭示未来或者激励他去写诗。这是因为他证明自己被诸神授予了一种正义的使命。这一使命，就是让苏格拉底去提问、质询，并且检验尊贵的雅典人所沾沾自喜的那些本领。他也许能够背离诸神分配给他的命运，但与此同时，某位神灵、某个恶魔、某种超自然的声音却一直牢牢抓住他。放弃逃逸，留在囚室中静待死亡。关于这一点，这样做不仅因为受到一个著名的拟喻中的诸神法律的约束，而且也是神给他的指示。最后，在第四个特征中，萨满的超自然能力得以确认。他能够超越他的肉身的存在，这样有时能够达到出神（extase）状态，并且"升至天堂。因为他曾经在那里"。不过，在苏格拉底的话语中没有比这更持久的主题了。通过各种苦修的练习，预备着把灵魂束缚在肉身上的绳索都解开，逐渐地达到对绝对的无法证明的观看，这不就是《斐多》和《理想国》的全部教导么？最后，上升的隐喻，低处的显象与高处的现实的对立，如果这些说法不是众所周知，并在苏格拉底的话语中一再重复，阿里斯多芬又怎会在他的剧作《云》中拿来大加讽刺？

我们应该重新认识苏格拉底的萨满形象、他的魔法师和巫师功能，正是他把哲学家是什么样子的形象强加给西方意识。即便到了今天，人们仍然会说，只有与苏格拉底有共同点的才叫做哲学家。①

相形之下，中国的早期哲人们，又是怎样从史前的神话与巫术传统中孕育或者脱胎出来的呢？对此，笔者在《〈老子〉与神话》和《庄子的文化解析》二书中有一些初

---

① [法] 尼古拉·格里马尔迪：《巫师苏格拉底》，邓刚译，上海：华东师范大学出版社，2007年，第7—9页。

步探讨，于此不赘。较新的研究，还可参看杨儒宾教授的《庄子与巫文化》；赵益的博士论文《六朝南方神仙道教与文学》[①]等。

近现代以来的思想史上曾经反复出现诸如"为艺术而艺术"、"美育代替宗教"之类口号，过去的主流看法是将其另类化，看成不合时宜的或者非理性主义的支流。而在今天，经历了反思现代性的艺术复魅运动，这些理论主张均可获得后现代语境中的重新理解。

在把文学艺术看成意识形态工具而强调其阶级性和党性的语境里，任何以艺术本身为目的的文艺主张，都会遭到政治立场的质疑。然而，人类学的研究已经表明，文学艺术现象在人类社会生活中的存在并不以阶级和政党为条件。换言之，早在人类社会分化出阶级和政党以前，口传形式的文学以及各种史前艺术就已经存在，并且生生不息地伴随人类的文化传统而传承延续。相对而言，文学艺术被政治化和意识形态化的历史，要大大晚于文学艺术本身的历史。要想从理论上阐明文学艺术的所以然，当然首先要超越意识形态化的思维局限，也要超越现代学术的分科制度所造就的狭隘学科眼光的偏执性，相对地回到文学艺术所由滋生的完整社会生活语境中去。

生活在今天医疗制度下的当代人，面对三千年前古印度人留下的梵语文献《阿达婆吠陀》中连篇累牍的治病咒语诗歌，肯定会觉得可笑和幼稚。这是三百年来的理性原教旨主义（把理性绝对化地建构成人类至高无上的东西，同时蔑视和压制一切与之对立的、被归入"非理性"范畴的东西）和科技原教旨主义（科学万能论和技术万能论）语境中的必然反应。可是，毫无疑问的是，在三千年前的吠陀诗歌作者、演唱者、听众以及后来的记录者们那里，绝不会有我们现代人的理性自大观点，也就绝不会认为治病诗歌是非科学的原始迷信之体现。本着"同情之理解"的认识原则，我们怎样能够进入到当初的咒语诗歌作者和演唱者们的切身体会之中，去了解这些诗歌行为的实际功用呢？

20世纪以来在世界各地的原住民社会中大行其道的文化人类学的田野作业方式，成为我们相对地重返三千年前（乃至一万年前）的史前文化语境，重新体认治病咒语诗歌实际功能的绝佳机会。

无论是用"科学知识"与"叙事知识"（利奥塔）的二元范式，还是用阳春白雪和下里巴人的传统比喻范式，都可以重新定位"文学"在人类世俗生活情境之中原初形态。相形之下，我们现代文学课堂上作为书写文本的"文学"，就好比脱离了水环境的鱼虾标本，不足以解说在社会生活中作为信仰、仪式、民俗行为之表达形式或者

[①] 赵益：《六朝南方神仙道教与文学》，上海：上海世纪出版公司，2006年。

伴生形式的"文学"。因此，诉诸于民族志材料，是从文字文本通向活态文学情境的再认识途径。

三、文学治疗的民族志

这一部分以"文化并置"的方式，举出八个来自不同时代和不同文化的民族志案例，意在解除现代性的文学理论之遮蔽与架空，还原"文学"的本来面相，打通理解文学治疗之基本原理。

1. 印度《阿达婆吠陀》的治病咒诗

《阿达婆吠陀》是古印度梵文经典的四部最早诗歌集之一，大约成书于公元前10世纪。其中收录的731首诗歌多为治疗疾病所用。如第六卷第一百零五首《治咳嗽》(译文采自金克木)如下：

> 象心中的愿望，
> 迅速飞向远方，
> 咳嗽啊！远远飞去吧，
> 随着心愿的飞翔。
>
> 象磨尖了的箭，
> 迅速飞向远方，
> 咳嗽啊！远远飞去吧，
> 在这广阔的土地上。
>
> 像太阳的光芒，
> 迅速飞向远方，
> 咳嗽啊！远远飞去吧，
> 跟着大海的波浪。[①]

《吠陀》作为古印度最早记录的梵语诗歌总集，为什么会收入大量的治病救人咒语诗？其文学人类学意蕴的追问将引导今人反思"文学"的由来及其所以然。

---

① 《印度古诗选》，金克木选译，长沙：湖南人民出版社，1984年，第43页。

2. 布农族的祷诗治疗仪式

台湾的原住民族之一布农族至今保留着相对完整的巫医制度。下面就是巫医 Cina Avus 用咒语诗歌治病的实例。[①]

Tama Liman 患痛风病，必须拄拐杖走路，数度求诊不见起色。Cina Avus 询问过病人，知道他最近曾经梦到有人用石头打他后，断定 Tama Liman 的病是有人施行黑巫术害他所造成的，适合用 lapaspas 来治疗。这位巫医找来两根茅草，先在自己的右手嘘了一口气，并且折手让手指关节发出声响，以便在手上注入法力。接着，向 Tarna Dehanin 祈祷并在胸前划了十字。这是巫医 Cina Avus 作梦时受到梦中指导师的启示而学得的。她手执茅草在患者双脚上拂动，一边流利地吟诵所有她曾经师从的巫师和梦中指导师的名字，召唤他们来帮助她，给她强大的法力让她能够把致病物从病人的身体内取出并将病人治愈。吟诵两、三分钟之后，巫医利用祷词把希望达成的治疗效果注入和转移到或者身上：

> 让你像月亮一样明亮纯洁，永远不要再痛了。
> 像清晨的小鸟一样活泼。
> 让你的脚跳得像山羊一样高，跑得像山猪一样有力，像鹿一样轻快。
> 不管你的脚有多么痛，不管你的脚长满了脓，你都会被我的手治好。
> 你会像草一样绿，像树一样欣欣向荣。
> 治好吧！像清晨的微风一样地舒畅。

Cina Avus 一直重复吟诵着类似的祷词。约三、四分钟后，她弯下身体从患者后腰上用嘴吸出致病物，并且倒些微小的、看起来像是碎石片似的东西拿给患者看。然后，她把茅草和致病物一起丢弃到公共垃圾箱中。

祷诗治疗为什么会行之有效？布农巫医所吟诵的治病祷诗与《阿达婆吠陀》的治病咒诗具有同样的性质和形式。但是布农人还有相辅相成的治疗仪式活动。正是这些活态文化场，对理解文学语言的治疗效果带来信仰—信念的背景。巫医的祈祷活动在仪式上发挥着重要的精神交流作用。与祖先—神灵的沟通所获得的神力，当作治疗的根本性精神力量。下面是布农人的另一位巫医 Tama Tiang 主持的祈祷仪式 (rnasumsum) 情况：巫医先祈求 Tama Dekanin 神和祖先们赐予大家力量、知识与祝福。之后开始吟诵祷词。巫医本人在仪式上领唱，其他人在每个句子的最后一个音节加入，然后所有的人一起复诵祷词：

[①] 杨淑媛：《人观、治疗仪式与社会变迁：以布农人为例的研究》，《台湾人类学刊》4 卷 2 期，2006 年，第 75—111 页。

Tama Dekanin，看我们在吟诵
仪式充满了令人畏惧的力量
从去世的领唱 Balan 那边传下来的仪式
叔叔 Tiang 所捕捉的仪式
叔叔 Tiang 所传下来的仪式
吟诵哥哥 Avis 所传授的仪式
不要丢弃 dekani 的仪式
祖先啊！听我们各式各样的吟诵
在力量最强大的这个月所教导的话语
一年一度拿出 [pitihaul] 来
不要忘了依赖它们的力量
每个人都得忍耐又有什么关系呢
不要遗忘祖先的生活方式
……
不要丢弃 dekanin 的仪式
一年一度拿出 [pitihaul] 来念
大哥 Saulan 传下来的仪式
哥哥 Avis 的仪式
吟诵领唱姐夫 Tiang 的仪式
开始祭仪吧
这祭仪充满了令人畏惧的力量
不要忘记传授来自 dekanin 的话语
拿出 [pitihaul] 来聆听最有力量的吟诵
祖先所传授的仪式
[这力量] 使 [pitihaul] 站起来
抬手打败敌人

　　祖先的工作以沟通神灵和祖先为特色的祈祷仪式，揭开了语言治疗疾病的奥秘之门。巫医吟诵祷诗要持续四十分钟之久。祷词的内容重复性很高，诗中要反复地召唤 dekanin 和祖先。这和上文分析的希腊词 ἐπωδός 兼有"唱咒语治疗"和"叠唱"意蕴，形成有效的对应。吟诵仪式要一直持续到清晨四点。每一个吟诵的段落持续二十五分钟至四十五分钟之久，中间休息二十至三十分钟。布农巫医 Tama Tiang 在唱诗时还有节奏性地摆动身体，以及类似出神的那种半催眠状态，也和希腊人的诗歌起源于"迷狂说"对应。

3.《格萨尔》艺人的治疗

就在西化的学院派"文学"学科统治中国高等教育之际，20世纪重新发现的世界上最长的活态史诗《格萨尔》，就在中国西北的田野中横空出世。它给现代性的"文学"观带来的冲击是无法估量的。海外的汉学和藏学家率先揭示出：西藏史诗是至今仍然活在民间说唱艺人的口头表演中的，而说唱艺人则具有明显的宗教特征。

"说唱艺人"身兼萨满巫师职能的现象，曾经给80年代的中国民间文艺研究带来一个热点话题。就史诗本身的讲唱内容看，主人公格萨尔用巫术—魔法手段取得的胜利要比用武力—战争手段取得的胜利更多。其中使用语言的恶咒法术降服的敌手就不在少数。这说明《格萨尔》产生在从萨满教到苯教巫术的现实土壤中，其演唱活动自然同萨满治疗密切相关。就以20世纪后期尚存的演唱艺人为例，其中也不乏著名的治疗师。多次深入藏区调研史诗艺人的学者杨恩鸿在其《民间诗神》一书中就提供了不少生动案例。如"那曲艺人玉珠的父亲曾是一个既会降神、占卜，又会说唱史诗的人。此外，艺人格桑多吉、昂日的父亲也是一身兼两职的人。那曲艺人阿达尔被当地群众尊称为巴窝钦波（意为大降神者、大巫师），他是那曲一带有名的拉哇。虽然他后来不降神了，但是依然应群众之邀，用哈达给群众'吸'病。"[①] 在演唱艺人"通神"与"吸病"的活动中，其间的因果关联也就明确了。这和我们在布农族、古希腊和古印度看到的情况一样，都属于"神圣治疗"的范畴。

4.《玛纳斯》的萨满治疗

当我们的文学治疗民族志巡礼从青藏高原和台湾海峡转向天山山脉时，在新疆的少数民族柯尔克孜人那里，看到类似藏族《格萨尔》的民间英雄史诗《玛纳斯》。由于这里的亚洲腹地依然属于远古萨满教文化带，所以基于萨满信仰的文学治疗主题也在《玛纳斯》中得到十分突出的表现。如郎樱的实地调研所报告的情况：

> 柯尔克孜人称萨满为"巴克西"（维吾尔、哈萨克称法亦相同）。《玛纳斯》描写了巴克西的活动，史诗中有这样的诗句："英雄阿勒曼别特来到卡拉别吕特门前，看见巴克西正在口念咒语为人驱魔治病。"
>
> 玛纳斯的叔父加木额尔奇是一个神通广大的萨满。他的妻子是位女萨满。

---
① 杨恩鸿:《民间诗神》，北京：中国藏学出版社，1995年，第92页。

加木额尔奇不仅在布都尔奥山口主持过地—水祭祀仪式,这对萨满夫妻还共同为玛纳斯及其四十名勇士主持了祛邪除灾仪式。"他们让英雄从燃着的白绸上逃过,手持冒着烟的木油碗在英雄的头上转绕。"加木额尔奇和他的妻子,"二人晃着身体,口中念着祝福的词。"这是典型的萨满教祛灾仪式,这种仪式在新疆突厥语民族中至今仍普遍存在着。①

柯尔克孜的二位男女萨满究竟是怎样获得神圣治疗力量的,郎樱的叙述较为简略,史诗中也没有完整交代,读者可以在其他民族的萨满治疗仪式上得到充分认识。如蒙古族的萨满治疗仪式,由请神、降神、治疗和送神的完整套式所构成。下面节录的是其请神降神部分:

近代科尔沁博(萨满),把请神称作"札拉巴拉乎"或"达嘎特哈乎",意为祷告、祈祷。萨满先将神坛设好,让病人和愿主坐在炕上,博就开始要行博了。博穿好神衣之后,是由外边穿过厨房进入屋内。开始要击鼓向四面八方行拜礼,然后诵唱,或与帮博一边答唱,一边行进。这时,有的还需要赶紧向地上撒灰、烧香。博直奔神堂而来,迎接神的人们前呼后拥,博进到里屋的中央。祈祷请神时要向所信奉的一切神灵鬼怪,逐一击鼓诵唱,不可疏漏。据统计,萨满祷告祈请的神,大体有这样几类,首先是天、佛爷,然后是祖先神、老师神,最后是各种昂道(翁衮)及他本人附身的神灵等等,这在萨满的唱词中表现得非常明显。② 此类唱词记录在案的已经相当丰富,从其形式看与一般诗歌没有什么两样。以下所录是萨满在仪式上唱诵的歌词,正可以和《楚辞》中的《九歌》相互对照起来看:

请 神

巍巍阿尔泰,
高山之阴,
团羊幼羔呵,
荐为祭品。

自我祖先,
笃信萨满,
皮甲神祇呵,
敬请降临。

---

① 郎樱:《玛纳斯与萨满文化》,《民间文学论坛》1987 年第 1 期。
② 白翠英、邢源、福宝琳、王笑:《科尔沁博艺术初探》(内部资料),哲里木盟文化处 1986 年编印。

高高杭爱山，
群山之阳，
褐色羚羊呵，
荐为食飨。

自我祖宗，
尊奉萨满，
宝甲神祇呵，
敬请降临。①

降　神

帐篷有三面，
绕行已三匝，
榫头三十三，
数后蹁跹下。

高屋墙四堵，
绕行已四周，
榫头四十八，
数后且少留。

神明拽光来，
光彩照我发，
关节体魄内，
神附自融化。

神降如薄雾，
缭绕罩我头，
神明假我身，
我为神奔走。②

---

① 乌兰杰:《蒙古族古代音乐舞蹈初探》,呼和浩特:内蒙古人民出版社,1985年,第89页。
② 同上,第123页。

灵　请

虎皮铺高椅子,
西厢早摆下,
翁贡·把秃儿呵,
躬请来下榻。

迎神诸陈设,
早已准备齐,
弟子在静候呵,
神明来启示。

闭塞似鸡卵,
蠢笨如黄牛,
弟子今有难呵,
神明且少留。①

这里引述的萨满歌词,生动地再现出治疗仪式如何获取超自然神力的手段和过程,尤其是关于降神附身之体验的具体描绘,给古希腊哲人柏拉图关于诗歌起源于迷狂的理论找到还原式理解的民族志参照系。这也为祛除现代性文学观强加给诗歌功能的种种谬说,提供出鲜活的证据。

5. 哈萨克祛病的阿尔包歌

在哈萨克族民间医疗的知识体系中,与《格萨尔》艺人相当的角色是身兼多职的巴克西,亦称"巴克思"。消灾治病和歌唱表演就是其主要职能。消灾治病的歌诗,在当地叫做阿尔包歌。这个名称是哈萨克语"Arbaw"一词的音译,意为"诱惑、诱骗"。是为治疗人或牲畜被蛇、蝎、蜘蛛、黑甲虫等毒虫咬伤而唱的一种巴克思歌。同我们已经在印度和台湾布农族那里看到的情况一样,咒语歌"具有神秘力量",其演唱不是纯粹的文艺欣赏,不是在一般的日常场合,而是在消灾祛病的仪式场合。当地信仰认为,对毒虫的神主唱神秘的歌可以感化它,使其虚弱无力,并可转移其毒汁。哈萨克族民间把从事这一活动的人叫做 Arbawši(阿尔包齐),也就是巴克思。这个名称略相当于汉语所称之"巫医"和"歌手"的组合。以下为治疗蜘蛛咬伤患者所唱的阿尔包歌:

---

① 乌兰杰:《蒙古族古代音乐舞蹈初探》,呼和浩特:内蒙古人民出版社,1985年,第122页。

> 蜘蛛，蜘蛛，出来，
> 蜘蛛康木巴尔，出来，
> 不要扩散毒汁，出来，
> 从三十节的脊椎出来，
> 从四十条的肋骨出来。①

和咒术性的一切诗歌类似，能够唱诵出如此含有灵性的唱词者，需要从信仰的超自然力对象获取治疗的权威性。哥萨克人的文学观受到咒术性的"言灵信仰"支配。人们坚信"美好的赞词能给本部落带来福分，恶意的咒语会使乡亲们遭遇灾难，因此各自部夸耀本部落的故乡、财富、阿肯、摔跤手、显赫的毕官和富豪，尤其是要展示本部落英雄好汉的英勇事迹和非凡风采。"由此催生出该族文学的主要叙事形式——英雄史诗。黄中祥对哥萨克民间艺人——阿尔包齐和阿肯——的调研表明，史诗演唱者一般会将自己所崇拜的图腾作为精神支柱。进行弹唱时，图腾会浮现在阿肯的眼前，施展魔力，佑助演唱者。"据江布勒说，每一位阿肯都拥有外形为野兽的佑助者。这个佑助者只浮现在阿肯的眼前，其他任何人都看不见。"哈萨克著名民间阿肯江布勒崇拜的图腾是一只红色老虎。传说，这只红虎是哈萨克民族英雄喀拉赛去世后转托给江布勒的。大师演唱时，这只虎会浮现在他的眼前，鼓励他，佑助他。江布勒去世后，还特意在他的陵墓前安置了一只老虎雕塑。哈萨克著名阿肯苏依穆拜崇拜的图腾是一只苍狼。他演唱时，这只苍狼会浮现在他的眼前，使他能出口成章，战胜对方。这样一来，就给阿肯的弹唱赋予了神秘的色彩。②哈萨克歌手演唱时的这种幻觉现象，其实际作用就相当于前面所引述的蒙古族萨满降神附身体验，这对于解答文学治疗的疗效问题至关重要。此类情形也见于藏族《格萨尔》演唱的通神歌手。共有26位艺人讲述过他们在梦中或者病态幻觉中见到史诗中的某位神、某位英雄或者格萨尔大王本人，由他们指示和授予演唱史诗的非凡能力。③

在这种演唱者与作品及超自然力相互认同的情况下，文学艺术活动也就同时转换成为神圣的交流活动，从带来具有神秘力量的治疗之场。④当今欧美风起云涌的新萨满主义运动，重新向印第安等原住民学习，希望通过文学、音乐、沉思、幻想、舞蹈、极限运动、回归大自然和荒野旅游等方式，恢复被现代商业社会所剥夺了的神圣治疗

---

① 黄中祥：《哈萨克英雄史诗与草原文化》，北京：中央编译出版社，2007年，第107页。
② 同上，第140页。
③ 杨恩鸿：《民间诗神》，北京：中国藏学出版社，1995年，第85页。
④ 周爱明：《格萨尔神授艺人说唱传统中的认同表达》，《格萨尔研究集刊》第六辑，北京：民族出版社，2003年，第183—193页。

场域，使得"治疗"（healing）这个词成为引导新的精神性追求的新时代主题词。

6. 殷商的文学治疗

从发生源头看，文学治疗既然离不开关于神圣治疗的一整套信仰和观念，那么有必要回到汉语书面文学发生的源头——殷商甲骨卜辞，将其当作从少数民族民间采集到的民族志一样的田野材料，从中窥测华夏先祖的文学治疗实践在文明史初期所留下的迹象。殷墟卜辞虽然和古印度《吠陀》一样具有明显的宗教信仰的和仪式的背景，但是其文本性质在于占卜而非咒术，所以卜辞所体现的殷商时代治疗观念，才是更加重要的。

甲骨学家的研究已经表明，殷商时代人们对于疾病之原因，认为是由天神所降或人鬼（祖先）作祟，所以其治疗方法就在于与神灵或先祖沟通的仪式：希望得到天神的赐予，就需要祷于天帝神灵和祖妣。祷祝的仪式有王室官方的专业神职人员主持。在卜辞中即称为"祝"[①]。这一神职官名一直保留下来，在周代官职中为巫卜宗祝系统，在治疗方面则发展为中医传统的"祝由术"一名。下面引述的是殷商之王室祝官祷于祖妣的"御疾"和"告疾"四条仪式记录：

（一）贞：疾止于妣庚御。（甲骨文合集 13689）

（二）贞：御疾身于父乙。（合集 13668 正）

（三）贞：勿于父乙告疾身。（合集 13670）

（四）贞：告疾于祖丁。（合集 13852）[②]

既然远古时代祷祝仪式是唯一治疗疾病的办法，就需要有一个沟通人和神鬼的媒介。在原始鬼神崇拜的社会中，就有了巫祝职能的产生。疾病的治疗既乞灵于神鬼，巫和祝就扮演了医的角色。《广雅》："医，巫也。"王念孙疏证："医即巫也，巫与医皆所以除疾，故医字或从巫作毉。"这就从主体方面说明了巫祝的活动和医疗密不可分的关系。我们把作诗作赋给人治病或者描述治病过程的早期文人视为巫医职能的直接继承人，[③] 依据的就是这种文化职能的传承脉络。

[①] 孙淼：《夏商史稿》，北京：文物出版社，1989 年，第 562–563 页。
[②] 李宗焜：《从甲骨文看商代的疾病与医疗》，《中央研究院历史语言研究所集刊》第七十二本，第二分。
[③] 参看叶舒宪：《高唐神女与维纳斯》第九章二节"宋玉的幻想治疗术"，北京：中国社会科学出版社，1997 年。叶舒宪编：《文学与治疗》导论，北京：社会科学文献出版社，1999 年。

7. 蒙古萨满教的文化病因学

前文中讨论了蒙古萨满教治疗仪式的降神活动，以及殷商时代治病的祷祝仪式情况，这里拟再讨论蒙古萨满教医学的病因学，以求和殷商卜辞所见的病因学原理相互对照。根据田野研究的归纳，蒙古萨满教将致病的原因列为七种：

1. 由先祖引起的
2. 由诅咒导致的
3. 由恶魔导致的
4. 由鬼导致的
5. 由物体的侵扰引起的
6. 由灵魂丧失引起的
7. 由魔法引起的

如果将以上七点同人类学家在世界范围的民族志调查所归纳出的文化病因学[①]相对照，还可以补充出另外八种病因学要素（依次排列为 8—15）：

8. 由自然因素导致的
9. 由蛇或其他毒虫咬引起的
10. 由精灵引起的
11. 由"不自然的"食物引起的
12. 由违反禁忌而导致的
13. 由社会的争端引起的
14. 由巫师（sorcery）引起的
15. 由 witchcraft 引起的

在萨满和巫医的宇宙观中，健康就相当于人与自然及人与社会的和谐状态，是作为常态的平衡的秩序状态。疾病则是由上述种种原因所的导致的失序状态，是社会中发生的失去平衡的非常态。因此，治疗也就是需要通过针对病因的仪式活动方式，重新恢复到秩序状态的过程。可见，前现代的医疗观所体现出的，不光是医学的内容，而是包括整个社会和文化的内容。

从萨满的病因学归纳可以看到，在许多场合中，疾病不是个人性的事件，而是一

[①] A.C.Lehmann and J.D.Myers ed., *Magic, Witchcraft and Religion*, California：Mayfield Publishing Company, 1985, pp.240—245.

种社会性事件,如同希腊悲剧《俄狄浦斯王》所呈现出的忒拜城的瘟疫。因此必须由特定社会的领袖出面来调解失序的关系,使人与自然宇宙的关系恢复均衡的常态。治疗,就此而言,当然不同于现代意义上的单纯医学事件,是个体的身心与社会及自然环境互动的文化整合活动。

8.《阿姐鼓》与藏传佛教的六字真言

由何训田作曲,朱哲琴主唱的《阿姐鼓》唱片,被称为"在世界范围内真正有影响的一张中国唱片"。它在世界流行乐坛产生的出人意料的反响,是由于它和新时代精神运动所追求的"治疗"主题不谋而合。业界认为,《阿姐鼓》给进入 90 年代的中国流行歌曲注入了一支强心剂,也为内陆的中国流行歌曲"走向世界"架设了一条通道。这首歌已经成为 90 年代中国文化的一个现象,说明来自少数民族文化的精神治疗主题如何在后现代语境中得到理解和再诠释。《阿姐鼓》的歌词唱到:

> 我的阿姐从小不会说话
> 在我记事的那年离开了家
> 从此我就天天天天的想阿姐啊
> 一直想到阿姐那样大
> 我突然间懂得了她
> 从此我就天天天天的找阿姐啊
> 玛尼堆前坐着一位老人
> 反反覆覆念着一句话
> 嗡嘛呢叭咪哞嗡嘛呢叭咪哞
> 嗡嘛呢叭咪哞嗡嘛呢叭咪哞
> 我的阿姐从小不会说话
> 在我记事的那年离开了家
> 从此我就天天天天的想阿姐啊
> 一直想到阿姐那样大
> 我突然间懂得了她
> 从此我就天天天天的找阿姐啊
> 天边传来阵阵鼓声
> 那是阿姐对我说话
> 嗡嘛呢叭咪哞嗡嘛呢叭咪哞

据作者何训田的讲述,《阿姐鼓》的创作源于自己姐姐哥哥讲述的西藏经验:他们少年时代就去西藏。回家后总要讲在西藏的见闻。有一次讲起"阿姐鼓"的故事,给作者留下深刻的印象。做这个鼓,用的是一张少女的皮,她本身是愿意做奉献的。作者听了这个故事后,心灵深处受到震撼。后来写出的歌词是隐讳的,并没有明讲少女献皮做鼓的事。只是说小姐姐不见了,妹妹就去寻找她,寻找的途中,遇见一个老人告诉她六字真言。她继续寻找的时候,天边传来了鼓声,她也明白了一切。

《阿姐鼓》讲述了一个小姑娘失去了相依相伴的哑巴阿姐,但她不明白阿姐为什么离家,一直想到阿姐那么大,突然明白也许是梦想的幸福带走了阿姐,也许还将带走自己。"阿姐鼓"这三个字的歌名是一种暗示:它是人皮鼓。在西藏,只有圣洁女人的皮才配制鼓。"嗡嘛呢叭咪哞"这六个字是藏传佛教中的六字真言,包含了世间的万物,也包含着神圣治疗的所有力量。从元代所立的敦煌莫高窟六字真言碑看,它在西域各族人的心目中,早就发挥着精神支柱的作用。按照藏传佛教的生命观:死不是生命的终结,而是作为生命轮回中的一个环节,因而并不需要惧怕。死亡同诞生新的生命一样,是回归大自然。这可以从藏族处理死亡的天葬习俗中看得明白。借用荣格评价《西藏度亡经》的话,有助于现代读者理解其心理学蕴含:"此书是为了远至死亡彼岸实施咒术的'灵魂之医疗'而作的。"[①]

从"语言行为"理论的立场看,《阿姐鼓》树立了一种话语治疗的现代样板。"天边传来阵阵鼓声/那是阿姐在对我说话。"不会说凡间世俗之话语的阿姐,可以隐喻来人间传递神意的一位神圣使者。鼓声所衬托的六字咒语,代表信仰所化成的人间声音。后来"我突然间懂得了她",这个"突然"体现了佛教所说的开启智门或"顿悟"。对神圣的领悟曾经"突然"给青年泰戈尔带来一发不可收的诗歌灵感高潮。"玛尼堆前坐着一位老人/反反覆覆念着一句话。"这就是消灾祛病和带来人间祝福的六字咒语。所谓"玛尼堆"指的是书写着六字咒语的石头堆。玛尼堆前的老人隐喻传承生命真言的中介者:咒语的祈祷力量会给世界孕育新的生命。与此相应,阿姐鼓的声音足以喻指胎儿踢母亲的肚子发出的声音,那是从天边传来的新生命叩门之声。歌曲《阿姐鼓》,就这样成功地将传统信仰中具有拯救性的语言,同当代流行音乐的演唱形式结合为一体。其所蕴含的观念既是非常古老的,又是历久而弥新的。语言不只是实在的复制和反映,而是创造和决定着实在[②]。人通过语言的行为使自己变成有文化的动

---

① [德]荣格:《西藏度亡经的心理学》,见《东洋冥想的心理学》,杨儒宾译,北京:社会科学文献出版社,2000年,第24页。
② 参看唐·库比特:《后现代神秘主义》对"拯救性圣言"的论述,王志成等译,北京:中国人民大学出版社,2005年,第130页。

物。语言所包含的灵性,将人类从纯粹的物理世界中带出来,重新还给人类一个有灵性的世界。

所谓六字真言,本是藏传佛教中最尊崇的一句咒语。密宗认为这是秘密莲花部的根本真言,也即莲花部观世音的真实言教,多用梵文或藏文字母(蒙古地区庙宇还用八思巴字)书写、描画、雕刻在建筑物檐枋、天花板、门框、宗教器具、山岩、石板上。《阿姐鼓》中的讲到的玛尼堆,即指刻写着六字真言的石堆。如果按照字面来解释,"嗡嘛呢叭咪吽"就是一句感叹语:"如意宝啊,莲花哟!"或是一句未念完的佛经,向赞美观世音和憧憬幸福的心境开放着。

具体来分析:"嗡"表示"佛部心",念此字时要身、口、意与佛成为一体,才能获得成就。"嘛、呢"二字,梵文意为"如意宝",表示"宝部心",又叫嘛呢宝。据说此宝隐藏在海龙王的脑袋里,有了此宝,各种宝贝都会来聚会,所以又叫"聚宝"。"叭、咪"二字,梵文意为"莲花",表示"莲花部心",比喻佛法像法像莲花一样纯洁。"吽"表示"金刚部心",是祈愿成就的意思,即,必须依靠佛的力量才成达到"正觉",成就一切、普度众生。藏传佛教将这六字视为一切根源,循环往复念诵,即能消灾积德、功德圆满。用荣格的话说,西方宗教关注之神,突出其化身为人的一面,于是要强调救世主基督的历史性。东方宗教则认为,拯救依赖于个人对自己下的功夫。[①] 藏传佛教以为念经的功夫是修行悟道的首要条件。只有勤于念经,转经,甚至走路时也不停地念诵,所念的意愿方能够发挥出实现的效力。

从《阿达婆吠陀》专治咳嗽的咒语诗,到《阿姐鼓》的六字大明咒,治疗的对象也从生理疾患转换到人的精神。据信,念六字真言百遍至千遍,与读《甘珠尔》(大藏经之经藏)的福泽相同;念到一万遍至七万遍,可消除积累了百千个万劫的孽障;念至百万遍,可获到达不灭谛土即理想乐园;念至千万遍,可证现法身和成佛。这样的希冀,恐怕是倡导"唱咒语治疗"的希腊哲人苏格拉底不曾料到的。就连殷商时代的职业巫祝们,也难以想象出如此神奇的咒祝效果吧。

四、结 论

以上八例多出于民族志材料,属于没有完全脱离生活语境的"活态文学"。唯第1例为在古印度有圣经地位的治病咒诗;第6例出自商代甲骨卜辞。这些古今中外的案例表明诗歌治疗的基本原理,亦可归结为抒情文学发生与治疗仪式互动的基本原

[①] [德]卫礼贤、[瑞士]荣格:《金华养生秘旨与分析心理学》,通山译,北京:东方出版社,1993年,第126页。

理。其时间跨度从三千年前的古印度咒诗到今日的流行歌曲,几乎和文明史相伴始终。

至于叙事文学的治疗功能研究,笔者有另文探讨,于此不赘述,仅综合这两方面新的研究成果,给"文学治疗"命题做一个小结。两位叙事学专家凯洛格与斯科尔斯的名著《叙事的性质》认为,人类讲故事的历史可以回溯一百多万年。这一观点虽然会引发争议,但是对确认文学治疗发生的时间上限还是不无帮助的。至少可以有助于说明,不能像食物那样直接用来吃喝的文学,为什么会和人类伴随始终?如爱尔兰学者理查德·卡尼在《故事离真实有多远》一书中所揭示的:

> 讲故事对人来说就像是吃东西一样,是不可或缺的。因其如此,事实上,饮食可使我们维生,而故事可使我们不枉此生。众多的故事使我们具备了人的身份。
>
> 每个人的一生都在寻找一种叙事。愿意也罢,不愿意也罢,我们都想将某种和谐引入到每天都不得脱身的不和谐与涣散之中。因此,我们也许会同意诗人将叙事界定为消除心理混乱的一种方法。因为讲故事的冲动是而且一直是追求某种"生命协调"的愿望。[①]

从语言行为理论着眼,发出祝咒本身就是一种行为。这样看,叙事和抒情的界限也就相对化了。无论是讲故事、念诵咒语,还是歌唱和演戏,文学通过调动人的精神力量来改善身心状态的功能,都是不言而喻的。如果说叙事的移情更能够通过幻想来转移痛苦和补偿受压抑的欲望,那么"唱咒语治疗"的疗效,则更侧重在调动人类语言自身的仪式性和法术性力量,以及灵性语词沟通神圣治疗场的巨大潜力。人作为有机生命物中最复杂精微的一种,如果文学活动对于他的生命—精神的生存生态来说是不可或缺的,那么承担起包括治病和救灾在内的文化整合与治疗功能,也就是文学活动最初的特质所在。

从这种发生学的意义上追问:文学何为?

答曰:人通过法术性的语言实践获得精神的自我救援与自我确证。

据此推论:人是符号动物,也是宇宙间独一无二的"文学生物"。

正所谓"我歌故我在!"

---

① [爱尔兰]理查德·卡尼:《故事离真实有多远》,王广州译,桂林:广西师范大学出版社,2007年,第14页。

哈萨克族巫师

——巴克斯的演唱功能

黄中祥

（中国社会科学院）

巴克斯是哈萨克族民间文学作品的演唱者和传承者、主持献牲仪式的司祭、预言吉凶祸福的占卜者、驱邪治病的行医者和古老部落的首领。哈萨克族的巴克斯是在萨满教下形成的时代产物，随着部族自身发展的需求，作为部族的精神支柱——巴克斯也被推上神圣的社会大舞台，成为古老传统文化的创造者和传承者。

中亚突厥语族的民族与东亚及北亚蒙古、满—通古斯语族的民族一样，萨满教中的巴克斯与部族是在特定的历史条件下形成的不可分割的社会整体。原始部族是原始萨满教产生发展的温床，而萨满教的传播者巴克斯则是部族生存繁衍的勤勉保姆，对一个部族的兴衰发挥着重要的作用。巴克斯就是高度爱护本部族声誉的精神领袖，情愿为部族的根本利益竭尽全力。随着社会生产力的发展，他们在祛病、禳灾、祭祀、卜事和歌舞等方面发挥着越来越重要的作用，成为部族中深受欢迎的圣者——巴克斯。

一、演唱功能

在一般人的心目中，巴克斯只是驱邪占卜的巫师，实际上并非如此。巴克斯不但是祛病的行医者和逢凶化吉的预言者，而且还是能说会唱的民间歌手。国际萨满学研究会主席、匈牙利国家科学院教授米·霍帕尔博士在对中亚、东亚和北亚的萨满进行了调查分析之后认为："保存民族口头流传神话的萨满，可以说，又兼具有民间诗人、歌手的身份。在中亚的突厥语民族中，'巴克斯'一词兼称具有治疗疾病神力的萨满和流浪歌手。在布利亚特人中，'博'（萨满）同时又是说唱神话、传说、英雄史诗的民间歌手。汉特人的萨满不仅主持祭熊仪式，而且还比任何人都熟知歌谣、故事的曲调歌词。"①

　　萨满教认为，宇宙分为天界、人界和地界。天界居住的是超人的神灵，人界居住的是平凡的人类，地界居住的是恶毒的鬼灵，而巴克斯是联系人界人类与天界神灵的使者。当遇到疾病、灾难、丢失牲畜等自己解决不了的难题时，只好求助于超自然力量的神灵。那么，怎样求助呢？他们只有通过人与神灵之间的使者——巴克斯去乞求神灵。巴克斯就要用自己超人的语言去感化神灵，让神灵施展其非凡的力量，达到祛病消灾的目的。为了能让神灵感到强大的震撼力，巴克斯要在库布孜或冬布拉琴暴风骤雨式的弹奏声中，疯狂地舞动，大声地吟唱。随着萨满教在哈萨克草原的广泛传承，这一整套乞求神灵的模式渐渐成为巴克斯的必备基本技能。也就是说，一位称职的巴克斯不但是能弹奏乐器的乐手，而且还是会演唱的歌手。

　　在哈萨克族民间的巴克斯中，最具代表、最有影响的演唱歌手是霍尔赫特祖爷和阿山·凯依额。他们为哈萨克族民间传统文化的传承做出了不可磨灭的贡献。哈萨克族著名学者艾·玛尔库兰对霍尔赫特进行了多方面的探讨研究之后，认为"在历史上，霍尔赫特是一位贤哲。他作为一位巴克斯被民众公认为智者、圣人、阿肯、音乐家及具有先见之明的预言家和神奇的人"②。直到21世纪的今天，哈萨克族的巴克斯仍然将霍尔赫特祖爷和阿山·凯依额奉为宗师。"我要弹霍尔赫特的乐曲，/我脖子上挂着库布孜琴。/阿山·凯依额是一位圣人，/我祈求你们快快显示神灵！"等唱段已经成为哈萨克族巴克斯进行表演时所唱的固定序词。

　　正如维·拉德罗夫根据自己19世纪田野作业资料所推断的那样：他（巴克斯）必须唱诵数百行乃至数千行的祈祷词和呼唤神灵的神歌。还要敲击神鼓、跳神，演示冥界之行的详细过程。在他的即兴演示中，必须有与当时的场合和提供的各种条件恰好相合的节目。③与哈萨克族巴克斯演示相匹配的是最具特色的是巴克斯歌。巴克斯歌在哈萨克语中被称为（巴克斯萨仁），其中"萨仁"（Sariri）是曲调的意思，也可以称其为巴克斯调。巴克斯歌是在吸收神话、传说、史诗等民间文学作品成分的基础上，进行再创作而成的。巴克斯歌所运用的语言非常灵活，想象力极其丰富，曲调高昂洪亮，唱词锋利震撼人心，在哈萨克族民间文学中占有一席之地，对哈萨克族民间文学的创作和传承产生了一定的影响。如流传在新疆阿勒泰地区的一首巴克斯歌：

---

① ［匈］米·霍帕尔：《图说萨满教世界》，白杉译，呼和浩特：内蒙古自治区鄂温克族研究会选编，2001年，第19页。
② Марғұлан Ә. Ежелгі жыр, аңыздар. Алматы：жазушы，1985.（［苏］艾·玛尔库兰：《古代民歌和传说》，阿拉木图：作家出版社，1985年。）
③ ［匈］米·霍帕尔：《图说萨满教世界》，白杉译，呼和浩特：内蒙古自治区鄂温克族研究会选编，2001年，第19页。

> 白神和蓝神，/天上来的众神！/独翅的巨神，/独目的敌神，/众神呀，邀请时就来吧！①

歌中唱的"独翅的巨神"、"独目的敌神"是哈萨克族神话、传说和史诗中常见的一个幻想形象。在巴克斯歌中，还常常出现英雄被派到一个有去无返的地方，在那里与鸟神相遇而得到援助的惊险情节。这些都是巴克斯崇拜英雄和贤达灵魂的生动再现。他们不仅借助飞禽走兽和自然神的威力，而且还乞求英雄、贤达和部落头人灵魂的援助，以便达到自己的目的。

巴克斯歌是哈萨克族民间文学中最古老的体裁之一，与古老的英雄史诗十分相似。演唱曲调是哈萨克族民间歌手演唱英雄史诗所惯用的韵律，其描写手法也有相似之处。如1898年出生于哈萨克斯坦的一位名叫肯洁克孜·穆萨叶娃的哈萨克族女巴克斯在行医时所演唱的一首完整的巴克斯歌。（省略）

演唱是巴克斯必须具备的技能之一，不但要熟练地演唱巴克斯歌，而且还要流利地演唱史诗等韵文作品。哈萨克是一个赋有诗意的民族，能歌善舞是他们的天赋。孩子出生时要唱喜庆歌，老人去世时要唱挽歌；他们听着歌声来到这个世界，又在歌声中离开这个世界。一个普通哈萨克族都能歌善舞，何况一位技能超众的智者。巴克斯的记忆力非常好，大都能演唱史诗等长篇韵文作品。他们行医时主要是演唱接神祛魔的巴克斯歌，但其中也有神话、史诗等传承于民间的作品。神灵包括神话、史诗、传说中的英雄人物和本族祖先、部落首领的精灵，要借助它们的威力把病人躯体上的恶魔祛除走。如在巴克斯歌中常常有这样的唱词：所向披靡的阿勒帕米斯噢！浑身是胆的库布兰德噢！附有狼魂的贾尼别克噢！驰骋沙场的卡班拜噢！快显灵吧！快给我力量吧！这就是要让史诗中英雄人物的灵魂显示威力，把缠绕在病人身上的恶魔祛除走。称职的巴克斯既是民间占卜治病的好手，又是民间能弹会唱的歌手。

目前，哈萨克族的巴克斯已经越来越少，可能在不久的将来会退出历史舞台。他们失去了本来的许多功能，如今只剩下了治病、占卜等几个微不足道的功能。笔者从2001年起，多次拜访了新疆伊犁哈萨克自治州新源县的吾玛尔·米贤和图尔森太·托克塔森两位哈萨克族巴克斯。吾玛尔·米贤出生于1930年，曾经聆听过史诗歌手的演唱，自己也会演唱，但是由于没有听众的积极响应，已经失去了史诗歌手这个历史角色。图尔森太·托克塔森出生于1963年，也曾经聆听过史诗歌手的演唱，《阿勒帕米斯》、《库布兰德》等长篇韵文口头作品仍然在记忆之中，但本人已经不演唱了。

---

① 原文参见《遗产》（哈萨克文），1984年第2期。本文中引文汉语翻译为作者提供，限于篇幅，原文仅注明出处供读者查阅。——编者注

二、治病功能

在缺医少药的年代,疾病对人或畜而言是致命的强敌。当人或牲畜患疫病时,人们总觉得束手无策,只好把自己的愿望寄托于超人的力量。要想获得超人的力量,就得想方设法去感动它、震撼它,从而达到征服它的目的。这个神圣的使命自然而然地落到了天界与人界的使者——巴克斯的身上了。"巴克斯的出现与其拥有治病功能息息相关。长期以来,虽然巴克斯又拥有了许多其他功能,但至今治病功能仍然十分旺盛。"① 也就是说,治病是巴克斯的重要功能之一。治疗对象主要分为人和畜两类。

萨满教认为:"当一个人失去其个人保护神时,该保护神所提供的保护力量便逐渐衰弱。其结果,这种人非常易受精灵的侵入。这种侵入会导致局部的疾病和痛苦。"② 因此,当人或家畜一旦失去保护神,体质便会逐渐衰弱,病魔就会乘虚而入。这时,要请巴克斯来进行驱魔治疗,使人和畜恢复本来状态。"萨满治疗实践应用的一个基础的道德规范仅仅是应病人的请求从事治疗活动(在未成年孩子的病案中,则要应孩子父母的请求),因为医师不应该试图假定什么最有益于其他人。一个哲学元素是,特别是在生命危急的境遇下,萨满医师的目的是减轻苦难和痛苦,而不是不惜一切代价地去保持病人生存在正常世界。"③ 哈萨克族巴克斯的法事活动一般都是应病人的邀请进行的,从不强迫任何人。

1. 治病的法器

哈萨克族的巴克斯在对人或畜进行驱魔治疗时,除了演唱白迪克、阿尔包等巴克斯歌以外,通常还要使用琴、马、鞭等法器。

神琴 哈萨克族巴克斯行医时使用的神琴就是通常大众弹奏的冬不拉琴。哈萨克族在其漫长的游牧生活中,为了表达自己的丰富感情,创造了诸如库布孜、冬不拉、谢勒特尔、皮克利、斯尔纳依、达布勒、斯德尔马克、阿提图亚克等乐器,其中最普及的是冬不拉琴,几乎每一户哈萨克族家庭里都有一把。冬不拉是弹奏乐器,一般由松木或桦木凿琢而成,主要分为音箱为三角形的阿拜冬不拉琴和音箱为椭圆形的江布勒

---

① Зеленин Д. Идеология сибирсково шаманства. "Известия АН СССР по отделению общественных наук", 1935, № 8, стр.711. (D. 再林宁:《西伯利亚萨满教的思想体系》,载《苏联科学院社会科学部信息》,第711页,1935(8)).
② [美]迈克尔·哈纳、山德·哈纳:《萨满医疗的核心实践》,载《萨满文化解读》(论文集),长春:吉林人民出版社,2003年,第29页。
③ 同上,第34页。

冬不拉琴。琴弦多为两根,用羊肠制成,至少有 5 个琴品。就是这么一把看似简单的冬不拉琴,千百年来淋漓尽致地诉说着哈萨克族人民喜怒哀乐和悲欢离合的心声;也就是这么一把看似普通的冬不拉琴,成为哈萨克族巴克斯进行治病驱邪的主要法器之一。巴克斯的治病活动就是在冬不拉琴的伴奏下进行的。琴声随着巴克斯的舞步和唱调急缓而有所变化,接神时舞步缓慢,唱调里充满乞求的色彩,琴声也要缓慢低沉;驱鬼时舞步急促,唱调里充满震慑的色彩,琴声也要急促高昂。冬不拉琴能使进行法事活动的气氛更加肃穆神圣,使巴克斯尽快进入昏迷状态,达到招魂驱魔的目的。

神马 哈萨克族巴克斯行医时使用的神马就是他本人平时骑的坐骑。"哺乳动物,头小,面部长,耳壳直立,颈部有鬣,四肢强健,每肢各有一蹄,善跑,尾生有长毛。"单从马的这个定义上看不出其有什么特殊之处,但实际上马的性情是非常暴烈的,连虎狼都相形见绌。萨满教认为巴克斯的神灵一般隐藏在动物身上。如萨哈人认为,"知名巴克斯的神灵隐藏在种马、鹿、熊、雕、鹰和种牛的体内,而不知名巴克斯的神灵却隐藏在的'犬类'的动物体内。"[1] 马是哈萨克族的主要生产和生活工具,是身影不离的伙伴,赋有一定的灵性,因此哈萨克族巴克斯就把马作为自己的神灵寄存处。在进行法事活动时,马的作用是驱赶邪魔。当通过演唱和狂舞把神灵请来之后,从昏迷状态中醒悟过来的巴克斯会突然骑上马闯入屋内。让马在屋内走几圈,以便驱赶走邪魔。

如巴克斯歌是这样描绘马神的:

我那可爱的青色公马,/长着额鬃的两匹公马,/你长着泛红熊毛鬃发,/你那抓髻向两边奔拉,/走进屋来,到我的身旁,/甩着你的颈鬃和尾巴。[2]

骏马不论在巴克斯歌中还是在哈萨克族其他民间文学作品中都占有相当重要的地位,是被夸张神化的对象之一。巴克斯祛除鬼灵时需要神马的震慑,英雄杀敌时需要神马的帮助。巴克斯歌和英雄史诗离不开马,马永远是他们实现夙愿的工具。这是巴克斯歌和传说、史诗的共同母题,是草原文学的一大特色。

神鞭 哈萨克族巴克斯行医时使用的皮鞭与平常骑马时所用的基本相同,只是上面或多或少要有一点装饰物。虽然皮鞭是普通的,但它一旦被巴克斯所使用,就成神鞭了,而且作为传家宝代代相传。如出生于 1899 年的哈萨克斯坦奇姆肯特州克孜尔库木区的哈萨克族巴克斯哈迪莎就有两条神鞭,而且是祖传的,是真传的象征。她的

---

[1] Tұрсынов Е. Қазақ халқының ауыз әдебиетінің жасаушылардың байырғы өкілдері.-Алматы, Ғылым, 1976.—93 б. ([苏] 耶·图尔森诺夫:《哈萨克口头文学创作者的早期代表》,阿拉木图:科学出版社,1976 年,第 93 页。)

[2] 原文参见《遗产》(哈萨克文),1984 (2)。

祖母和母亲均为巴克斯，母亲离世时要传给她，她不接纳，于是就托梦逼迫让她继承。由于她拒绝继承，先后失去了丈夫、子女和健康的身体，最后被迫拿起了神鞭，成了巴克斯，当年32岁。她有两条神鞭，一条是其祖母的，另一条是其母亲的。这两条神鞭都有三撮穗子装饰：一条是鸥鹋毛的，另一条是红线绳的。母亲的神鞭由三角形金属牌装饰，而且上面还挂有弹簧链，鞭把用红蓝两色布条缠绕着。祖母神鞭的上半部挂有两块牌子：一块是圆的，中间镶嵌有绿色石头；另一块是三角形的，中间镶嵌有红石头，还有两条吊链，鞭把用皮子包着，上面缠绕着铜丝。①

哈萨克族巴克斯所使用的神鞭一代不如一代了，越来越简陋，已经与普通的皮鞭没两样了。如出生于1963年的中国新疆伊犁哈萨克自治州新源县的哈萨克族巴克斯图尔森太的鞭子也是祖传的，是他父亲托克塔森传给他的，但是比较简陋。笔者采访他时，亲眼目睹了其驱邪治病的神鞭。这条神鞭的鞭杆长为50厘米，鞭身长为60厘米，与普通皮鞭没有什么区别，只是在进行法事时上面要系上一块白布。虽然这条皮鞭很普通，但其功能没有发生变化，在巴克斯的手中仍然是驱邪治病的神鞭。只见他挥动着这条神鞭，不停地抽打着病人的患处，在当事者们的心目中还是那样神圣。

2．治病的歌谣

哈萨克族的巴克斯在对人或畜进行驱魔治疗时，除了使用神琴、神马、神鞭等法器以外，还要唱白迪克、阿尔包等歌。

白迪克歌　白迪克是哈萨克语"Bädik"的音译，意为"戏谑、祛除、驱逐"，即诀术歌。实际上，白迪克是在群体狂舞的气氛中，运用生动、神秘的语言去祛除人畜疾病的一种巴克斯歌。

在阿吾勒（牧村）边点起一堆篝火，在巴克斯的主持下，姑娘、小伙子们通宵达旦地唱白迪克歌。一般姑娘和小伙子们分成两队，把病人或病畜置放在中间，以对唱的形式进行轮流对唱，有时也合唱。现在演唱白迪克歌时，大多没有巴克斯了，但它的形成与萨满教及其实施者——巴克斯是不无关系的。白迪克歌也是古老的对唱形式，有词有曲，拥有与"转移疾病"、"祛除疾病"的含义相对应的唱词——"转移吧，转移吧！"或"转移吧，白迪克！"。如：

小伙子们：让我唱我就唱哟白迪克歌，/我的黑丝绒大氅格外挺直；/不吃草，不饮水那样躺着，/治不好病还算什么白迪克。/转移吧，转移吧！

---

① 参见[苏] K. 拜博茨诺夫、P. 穆斯塔菲娜：《哈萨克女萨满》，载《萨满文化解读》(论文集)，长春：吉林人民出版社，2003年，第509—510页。

姑娘们：白迪克来到了火堆跟前，/ 我拿着笼头跑到马跟前；/ 胡达保佑把
白迪克送来，/ 我要把它推到火堆跟前；/ 转移吧，转移吧！①

阿尔包歌　　阿尔包是哈萨克语 Arbaw 一词的音译，意为诱惑、诱骗，是为治疗被蛇、蝎、蜘蛛、黑甲虫等毒虫咬伤的人或牲畜而唱的一种巴克斯歌。萨满教认为，毒虫是鬼魂的外在形式，受鬼魂的唆使伤害人或牲畜。阿尔包歌是一种具有神秘力量的咒语，具有强大的震慑力，能使毒虫虚弱无力，把毒汁转移到其他物体上。哈萨克族民间把从事这一活动的人叫做 Arbawšï（阿尔包齐），也算是巴克斯的一种。如为被蜘蛛咬伤的人所唱的一首阿尔包歌：

　　蜘蛛，蜘蛛，出来，/ 蜘蛛康木巴尔，出来，/ 不要扩散毒汁，出来，/ 从
三十节的脊椎出来，/ 从四十条的肋骨出来。

　　阿尔包歌的另一种类型是通过念诵威严、有力的语言对唆使毒虫的鬼魂进行威慑、恐吓，以便达到祛毒的目的。如：

　　落在芨芨草上的小虫子，/ 像火棍一样黑的小虫子，/ 你的夏牧场被敌人
占了，/ 你的冬牧场被大火烧了。/ 黑头虫子快出来到这里，/ 叫你出来就全部
得出来！②

　　萨满教认为，依附在人和畜身上的鬼魂不会轻易离开，更不会自行死亡，只能将它们从人、畜身上或阿吾勒的住地转移到其它物体的身上或别的什么地方。唱白迪克歌和阿尔包歌的目的就是把这些鬼魂闹得不得安宁，被迫"背井离乡"。这种用演唱白迪克歌和阿尔包歌的形式驱逐鬼魂的习俗是在原始萨满教信仰的基础上形成的，但后来逐渐演变成了一种男女青年对唱联欢的娱乐形式。白迪克歌和阿尔包歌已经从巴克斯歌逐步演变成流行于民间的习俗歌，其中也有哈萨克族民间巴克斯的一份贡献。

三、占卜功能

　　占卜是巴克斯的功能之一，是衡量巴克斯是否灵验的标准之一，也是对巴克斯是否出师的一种考验。一位称职的巴克斯不但要会演唱、行医，而且还要会占卜。

---

① 原文参见托克塔森·毛尔达克麦提：《论与宗教观念相关的哈萨克族民歌》(哈萨克文)，载《新疆高等院校》(论文集)，1991 年第 1 期。
② 同上。

"占卜可以出于各种目的。如选择献牲的时间地点、所用供品、预测近期天气情况、探询新生儿童的命运等。占卜时一般使用动物的肩胛骨，还有投掷有裂痕的命运手杖的方法。人们还在寻问走失的家畜所在方位、狩猎和打渔成功与否时进行占卜。"[①] 在远古的过去，哈萨克族的占卜活动样式是极其丰富的，但随着社会的发展进步，占卜的活动范围越来越窄，大众需求越来越低。占卜的活动只限制在预测人的吉凶祸福、推算丢失牲畜的方位等几项微不足道的范围之内。

占卜的法器

哈萨克族的巴克斯在对人或事进行占卜时，要使用一定的法器。目前，最常见的占卜法器有羊胛骨、库玛拉克等。

羊胛骨 羊胛骨是胸背部外侧连接前肢的骨头，左右各一个，略作三角形。羊胛骨一般宽度为15厘米，长度为20厘米，最薄处只有0.5厘米。占卜所用羊胛骨的肉须充分揉搓，牙齿没有接触过。只有最高明的哈萨克族巴克斯，才有使用羊胛骨进行占卜的资格。将羊胛骨略作烤炙，就会出现细小的裂纹。高明的巴克斯根据这些长短粗细形状不同的裂纹，能够预测出7个部落的命运和出门上路的坎坷经历。

库玛拉克 库玛拉克是哈萨克语"Kumulake"的音译，意为羊粪蛋。进行占卜时一般使用40或41粒干羊粪蛋，在哈萨克语中把此项活动称为"ΘνμαλαθαΣΙω、Θνμαλαθβαλιω、ΘνμαλαθΙαριΙω、Θνμαλαθβαλιω 或 Θνμαλαθβαλιω、Θνμαλαθβαλιω，把从事这项活动的人称为"ΘνμαλαθεΙ（库玛拉克奇）。"巴克斯把40（或41粒）干羊粪蛋分三行排列，或一把撒开，在根据其布局，推算丢失牲畜的方位，预测人的吉凶祸福。现哈萨克族巴克斯多以小石子代替羊粪蛋，进行占卜。

火上浇油 火上浇油就是巴克斯根据正在燃烧的火苗的颜色进行占卜的一种方法。首先往火上浇一点油，然后观察火苗的燃烧状态。若火苗熊熊燃烧，表示吉祥福禄；若火苗黑烟滚滚，表示凶恶灾难。哈萨克族的巴克斯用火上浇油的方法进行占卜时，要不停地喝水，模仿一些奇怪的动作。

四、祭祀功能

祭祀是为了建立、维持和恢复人与神的关系而进行的一种活动。祭祀分为定期

[①] [匈] 米·霍帕尔：《图说萨满教世界》，白杉译，呼和浩特：内蒙古自治区鄂温克族研究会选编，2001年，第18页。

和不定期两种,定期祭祀是指固定的日祭、周祭、月祭、季节祭和年祭,而不定期祀祭是指在危难、歉收、破土、战争、胜利和感恩时进行的特别祭祀活动。萨满教认为旱灾、瘟疫和饥馑等灾难是超自然力所致或因人触发神灵而发生的,因此必须进行祭祀,以便使神灵喜悦、赦免罪愆或至少能减免罪罚而使人神重归于好。

对游牧民族而言,草场的长势至关重要。他们一年四季不断地迁徙,就是为了让牲畜吃上最好的草,着上最厚的膘。哈萨克族祖祖辈辈赖以生存的牧场是天然草场,风调雨顺就丰衣足食;干旱少雨就人饥畜亡。天不降雨,地上长不出草,牲畜就吃不饱,随即就疫病滋生,牲畜死亡,依赖牲畜度日的牧民就会遇到重重困难,甚至会危及生命。在社会相对落后的情况下,遇到久旱不雨的时候,人们只好去向超自然力——神祈求。这样,日久天长就形成了祭天、祭地、祭山、祭水、祭火、祭图腾、祭神、祭祖先等仪式。

1. 祭天仪式

对天崇拜在遥远的古代就广为流传,逐渐形成形式繁多的祭天仪式。据史书记载,汉朝时的匈奴就自称天之骄子,有的匈奴单于自称为腾格里孤涂单于。腾格里是突厥语族和蒙古语族对天的称呼,孤涂是子之意,合起来就是天子之单于。匈奴人每年五月的"大会龙城"除祖先以外,主要祭祀天地,反映了对天地的自然崇拜。

对天的崇拜在哈萨克等突厥语族诸民族中相继沿袭下来。他们认为人类的一切都是腾格里赐予的,都由腾格里决定。如哈萨克族称天为"Aspan ata"(天公),称地为"Jer ana"(地母),认为天公地母结合了才有了大地万物。腾格里是世界万物的创造者,掌管着人间的善与恶,因此称其为天神,加以膜拜。伊斯兰教传入哈萨克草原之后,虽然对腾格里的崇拜受到了一定的冲击,但其观念仍然在哈萨克族群众中依稀可见。认为腾格里居住在九层天之中,对日月、星辰和雷电格外崇拜,其中最具代表的是加勒巴热奴歌。

加勒巴热奴是哈萨克语"Jalbarïnïw"的音译,意为"祈求、央求"。随着这种崇敬心理的不断深入,逐渐在哈萨克族民间形成了一种习俗。向腾格里祈求,不仅要有充满乞求口吻的唱词,而且还要伴随一定的乞求仪式,这样才能感动高高在上的腾格里,因此,在哈萨克族民间潜移默化地出现了呼风唤雨的仪式。向腾格里祈祷是一项神圣的活动,当然得由人与神的使者——巴克斯来主持。仪式上,要把取自白色大牲畜(马或者牛)内脏的结石(称为"雷石"或"魔石")放入水中或洒上水,并由巴克斯念诵表达众人乞求心声的祷文和演唱感动腾格里的加勒巴热奴歌——呼风唤雨歌。如现在流行最广的一段呼风唤雨歌是:

马头一样大的白云,羊头一样大的灰云,长满水草的湖干了,枯黄色的山冈渴了,请下一场瓢泼大雨!我的黑皮囊糟破了,我的脏脚趾溃烂了。我挚友一样的白云,直冲而来吧,云彩!变幻吧,我的乌云!①

有时,哈萨克族的巴克斯还会一边演唱着呼风唤雨歌,一边会转动着某些在场人的头,使其尽快进入到昏迷状态,从而达到呼风唤雨的目的。另外,巴克斯还运用"刮"一词的重复,感化风神,以此实现呼风唤雨的愿望。如流传在民间的另一首呼风唤雨歌:

请你把桦树头刮得弯下,/请你把柏树头刮得散开,/请你把绣线菊刮得摇曳,/请你把公骆驼刮得倒下,/请你从骏马的胸脯刮过,/请你把马鞍的镫子刮断,/请你把马鞍的鞍鞯刮穿。②

2. 祭神仪式

哈萨克族的祭神仪式主要是祭祀守护神,即人和畜的守护神。出于万物有灵的观点,认为不仅人有守护神,而且牲畜也有守护神。只有侍奉好这些守护神,才能保证人丁平安、四畜兴旺。祭神活动除了要有祭品以外,还要有一定的仪式,而这些仪式大都由巴克斯来承担。

(1) 人的守护神的祭拜

在哈萨克族民间,常常可以觉察到崇拜守护神的现象。除了日常生活中以外,在英雄史诗等广泛传承于民间的口头文学作品中也有所反映。如在英雄史诗《库布兰德》中一遇到凡人无法解决的事时,就要乞求诸神的佑助。

已经活到了年有八十,托克塔尔拜仍无后嗣,他已痛苦得椎心泣血,已思维模糊神智痴癫。老头已不是矫健隼鹰,他想这世界冷冷清清,难道无继嗣了结一生,对托克塔尔拜的忧伤,克普恰克百姓都哀怜。向诸位神仙虔诚祈求,把其衣襟往手中紧拽,已经结识了五位神仙。杀了马向神仙祭祀,宰羊向霍拉桑圣人祭献,③其夙愿终于得以实现,激动的心跳个不断,就要做母亲的老伴,她痛苦得回肠九转。心想年纪已经到五十,从来没有产生过心欢,难道就这样

---

① Әуезов М. Әдебиет тарихы. Алматы: Ана тілі, 1960.—106 б.. ([苏] 穆·艾外佐夫:《哈萨克文学史》一卷(1),阿拉木图:母语出版社,1960年,第106页。)
② Әуезов М. Әдебиет тарихы. -Алматы: Ана тілі, 1991.—107 б.. ([苏] 穆·艾外佐夫:《哈萨克文学史》一卷(1),阿拉木图:母语出版社,1960年,第107页。)
③ 传说是治愈天花传染疾病的第一位神仙。

了结一生,这时生了狮子般的好汉。老人喜得一男、一女,女儿的名卡尔丽哈西,是库布兰德的胞妹。①

这一段是英雄史诗《库布兰德》的开头部分,叙述了史诗主人公的父亲托克塔尔拜舍弃财产,与妻子一起去向诸神求子的经历。他们除了打开金库大量施舍平民以外,还杀马宰羊向霍拉散等诸位神仙祭献,结果如愿以偿,喜得一男一女。这个男孩就是后来射中金盘娶公主库尔特卡为妻、骑着泰依布茹勒神驹横扫阿勒沙合尔等强敌、使阔孜迪库里草原的乡亲们过上了和睦繁荣生活的英雄库布兰德。

又如英雄史诗《阿勒帕米斯》,其主人公的父亲拜布尔财富多得数不胜数,仅马、牛、羊、骆驼四种牲畜,就布满了整个吉德勒拜森草原,但他无儿无女,后继无人,整天忧心忡忡,最后只好携带妻子阿娜勒克离开家乡踏上了求子之路。他们翻高山,过草地,越戈壁,宰公羊向诸神祈求,杀公驼向圣人祷告。深受感动的八十八位神仙和九十九位圣人让拜布尔的妻子阿娜勒克怀了孕,生了一男一女,儿子就是史诗的主人公阿勒帕米斯。又如叙事诗《绍拉》中杀公羊、公牛、公马和公驼等四畜祭神求子的情节,叙事诗《阿尔卡勒克》的主人公担心无力强敌复仇杀白马祭神的情节,从一个侧面反映了哈萨克族祭神的古老习俗。

(2) 动物的守护神的祭拜

动物的乳肉是游牧民族食物的主要来源,皮毛是衣物和住房的主要原料,而牲畜又是主要交通工具,它们与哈萨克族有着千丝万缕的联系。在早期的游牧时代,动物既能给人类提供生活和生产资料,又能给人类的日常活动带来致命的威胁。所以,哈萨克族对动物处于既崇拜又畏惧的心理状态。这种矛盾的心态促使他们把动物加以神化,认为它们都拥有各自的守护神。因此,哈萨克族在敬畏人的守护神的同时,也格外敬拜动物的守护神。

逐水草而迁徙的哈萨克族受所处地理环境的影响,能接触或感知到的动物是有限的,主要是野兽、家畜和飞禽。崇敬的野兽主要是狼、虎、豹、狮、熊和鹿,其中突厥语族的民族曾经崇拜过狼图腾。哈萨克族认为狼是日夜守护在祖坟上的保护者,是祖先灵魂的守护神。突厥史诗《乌古斯可汗传》中的苍狼曾指引乌古斯人在几大战役中连连得胜,深受突厥人敬重,成为他们的标志。

哈萨克族放养的家畜主要有马、牛、羊和骆驼,习惯上称其为"四畜"。哈萨克

---

① *ҚCCPFA әдебиет және өнер институты. Ақсауыт: батырлар жыры. 1-т.-Алматы: жазушы, 1977. —15—16 б..* ([苏]哈萨克斯坦国家科学院文学与艺术研究所:《白色的铠甲:英雄史诗》一卷,阿拉木图:作家出版社,1977年,第15—16页。)

族的发展繁衍与家畜息息相关,家畜平安就是人的平安。家畜遭受天灾,人就会大难来临。人们祈求家畜免遭灾疫,平安快速地繁殖,保佑人们繁衍生息;而家畜的疾病祸殃是由其守护神注定的。守护神恩赐,家畜才能免遭灾难,因此对家畜的守护神要顶礼膜拜。民间流传着许多有关家畜守护神形成的传说,其中有一个版本是这样叙述的:一次大地发洪水,万物都处于水灾之中。这时一位名叫努海的圣人奉天神圣旨驾舟前去拯救濒临死亡的牲畜。他驶到卡孜库尔德山,把驼羔托付给了奥依斯勒喀剌神,把马驹托付给了康巴尔阿塔神,把牛犊托付给了金格巴巴神,把绵羊羔托付给了乔盘阿塔神,把山羊羔托付给了茄克茄克阿塔神。在这些神仙的庇护下,牲畜免受洪灾得以繁衍,后来拯救牲畜的诸位神仙就成了各自的守护神。随着时间的推移,在平民百姓的观念中未去势的种畜就是其守护神,把种马、种牛等未去势的雄性家畜视为牲畜的福星,不得轻易出售、宰杀。有的被雕刻在岩石上,加以敬仰;有的死后被厚葬,加以膜拜。

如今这些牲畜的守护神已经成为哈萨克族祈祷祝愿四畜兴旺的常用语和吟诗演唱的惯用词,致祝词时常听到:愿奥依斯勒喀剌多保佑!愿康巴尔阿塔多保佑!愿金格巴巴多保佑!等赞词。民间至今还流传着敬拜家畜守护神的这样一首歌谣:

> 畜神之一是奥斯勒喀剌,/成为骆驼繁衍的守护神。/畜神之一是康巴尔阿塔,/实现祈求者的迫切夙愿。/畜神之一乃是金格巴巴,/她是乳汁丰满的牛妈妈。/畜神之一乃是乔盘阿塔,/守护神为羊儿消灾避祸。/让山羊脖颈肥大角似树,/满圈的是茄克茄克阿塔。

(3) 祭祖仪式

萨满教认为,魂灵是存在于人或动物体内的超自然力的一种精神系统,随着人或动物的死亡,魂灵离开人或动物身体或升天界成神,或降下界为鬼。也就是说,人和动物的死亡只是肉体的死亡,魂灵是永存的。哈萨克族称这种魂灵为"扎纳",当人死亡的时候,"扎纳"就会离开肉体。"扎纳"是由天神赐予的,并最终由天神召回。每个人都有魂灵,但是恶人或品行不正之人的魂灵是低下丑恶的,作祟人间,危害民众,甚至能使人病魔缠身,患病死亡;而本家祖先、民族英雄、大巴克斯、部落头领等人的魂灵崇高善良、威力超群,庇护好人,为人崇拜,成为家族或部落的守护神。敬重它们,其后代就会得到佑助,否则会受到诅咒、遭遇灾祸,甚至会染病身亡。哈萨克族一般不提及死者的缺点,认为那样会引起魂灵的抱怨。为了避免恶人的亵渎和侮辱,要秘密安葬他们的尸体。祖先的魂灵多出现在巴克斯的梦中,他们具有先见之明,因此人们要请巴克斯来主持仪式,祭祀祖先的魂灵。

(4) 点灯祭祖仪式

哈萨克族认为人死后其魂灵在 40 天之内要回家探望,因此每天黄昏降临时要把毡房门敞开,点上灯,铺上洁白的毛毡,供放一碗马奶酒。灯芯是由浸油的棉絮或布条缠绕茇茇草作成,长度约 30 厘米,放入荤油或清油。一般每天点燃一盏,共点燃 40 天,其目的是保持死者生前住所的明亮,驱赶魔鬼,让死者的魂灵感到安祥惬意。与此同时,家里人还要祈祷祝福,而且在过去这些仪式大都由巴克斯主持。

哈萨克族在祖先、英雄等伟人魂灵的面前处于既崇拜又利用的一种既被动又主动的双重地位。这些伟人去世之后,要为其举行 40 天的点灯祭祀仪式和修建陵墓,让其魂灵得到应有的尊重。反过来,要凭借其魂灵的威力,保佑家庭、部落的人丁安宁和四畜兴旺。因此,在漫长历史嬗变过程中,祖先、英雄等伟人的魂灵已经成为战斗中凝聚人心的口号,鼓舞崇拜者去战胜强敌的精神。

如著名学者 V. 拉德洛夫于 19 世纪中叶对哈萨克草原进行田野作业时记录的一段巴克斯祭祖仪式上的唱词:

> 神首先造化的是魂灵,他们比谁都英明,他们是凯特布哈,是魂灵的先祖,萨拉阿孜班魂灵的父亲。萨拉阿孜班,你不要折磨我!魂灵的父亲别尔迪拜,阿尔卡吾是雄伟的魂灵称呼,天上我有五个魂灵,用四十把刀在杀我,用四十根针在戳我,他们在我的头顶上,梳起了长长的两根辫!他们把我交给了鬼灵,练就了一身非凡的本领,把我紧紧地绑到了库布孜琴上,他们叫我祈祷保佑,他们会在屋里,杀一黄头祭羊,他们牢牢缠住了我的躯体,使我的四肢痉挛。①

崇拜祖先、英雄等伟人的魂灵观念在哈萨克族的史诗、叙事诗等口头文学作品中也再现得栩栩如生。如贾尼别克曾是哈萨克族历史上一位顶天立地的英雄,为统一哈萨克大草原立下过汗马功劳,是一位深受哈萨克人民崇拜的英雄。后来不但他的后代及其部落,而且几乎整个哈萨克族都膜拜他的魂灵,将他的名字作为冲锋陷阵的口号,鼓舞斗志、激励人心的精神。18 世纪以后形成的哈萨克英雄叙事诗中几乎都能找到宣扬贾尼别克英雄魂灵的诗句。如形成于 19 世纪前后的哈萨克叙事诗《阿尔卡勒克》中就多次提及到贾尼别克这个名字,其中有这样三段唱词:

> 不停地向前杀红了眼,互不示弱,相互拼命,凭借贾尼别克的魂灵,冲进排列成队的人中。
>
> 面向聚集的人群冲去,没有任何危险的考虑。手中紧握着黑脖长矛,巧计

---

① 参见 [苏]V. 拉德洛夫:《南西伯利亚和准噶尔平原突厥部落民间文学范本》,圣彼得堡,1870 年。

谋消灭这些仇敌。

　　喊着"贾尼别克，贾尼别克"，扬起彼此难以辨认的尘埃。手持长矛刺向所碰到的人，从马上前滚后翻地往下落。①

　　阿尔卡勒克受命率领 4 位勇士抢回被杜尔伯特盗走的 60 匹马时，不幸遇到了 15 名追兵。这时他们高呼贾尼别克的名字，力量大增，斗志昂扬，一举杀死了 14 名追兵，大获全胜。除"贾尼别克"以外，还有"阿布赉"。至于哈萨克、柯尔克孜、塔塔尔等民族奉为魂灵的"阿拉什"，可能起先也是一位先祖或英雄的名字。

　　民间文学是一种集体创作、传承的特殊文学样式，体现社会公众的道德观和价值观，但并不是说民间演唱艺人在其创作和传承上是无能为力的，相反，他们发挥着相当重要的作用。虽然一部史诗可能是由众多民间艺人共同创作的，但如果没有一位位个体艺人的一次次的演唱和补充，这部作品肯定延续不到今天。恰恰是每一位民间演唱艺人根据听众的反映而进行相应的调整，不断丰富作品的内容，使其在这种彼此互动中逐渐完善。当我们欣赏这些传承了上千年的英雄史诗时，千万不要忘记那些仍然生活在百姓之中而默默无闻的民间演唱艺人。

　　哈萨克族英雄史诗的演唱艺人既是史诗的传承者，又是史诗的再创作者。他们不仅在史诗的形成上发挥了举足轻重的作用，而且在其传承上也起到了纽带和桥梁的作用。根据哈萨克英雄史诗演唱艺人的社会职能、演唱手法和传承方式，可将其分为巴克斯、萨勒—赛里、吉劳、吉尔奇、阿肯、安奇—阿肯和黑萨奇等。

　　原始宗教萨满教是在生产力还处于极度低下和十分愚昧状态下产生的一种观念形态。在强大的自然力的频繁威胁与挑战面前，人类为共同生存发展，壮大自己的生存空间，因不断需求规范和扩大本氏族自身的社会影响力而开始了最初的宗教祭拜等活动。萨满恰是这种特定观念状态下产生的时代宠儿。不仅如此，由于氏族自身发展的时代需求，作为氏族萨满也日益被推上神圣的社会大舞台，成为传统文化数千年来的直接创造者、践行者，同时又是最忠诚的承继者与传播者。②

---

① 原文参见《哈萨克叙事长诗选》，北京：民族出版社，1985 年，第 301 页。
② 富育光：《萨满敏知观探析》，载《萨满文化解读》(论文集)，长春：吉林人民出版社，2003 年，第 59 页。

暴力、灾难与治疗遗产

彭兆荣

(厦门大学)

    福柯在《疯癫与文明》一书中开宗明义：人类的文明史就是疯癫的历史。癫狂与文明的对话不仅存在于人类历史之中，而且是一个不断进行平衡、治疗和救赎的逻各斯。疯狂的病理与社会理性之间永远处在对峙和斗争之中。[①] 这种对峙和争斗也是产生暴力与灾难的一个社会原因；同时，人类在不断的探索和发明中也积累了大量的治疗理想、理念和技术，形成了一笔重要的文化遗产。人类可以通过对这一种独特文化遗产的反思和反省，重新思考关于战争、暴力、灾难以及和平、和谐、拯救等文化命题。

    战争与和平是人类历史的一个不可回避主题。"不可回避"是因为自从有了人类，它就一直伴随着，从未间断。战争与暴力联系在一起；暴力是否人类与生俱来？人类本性是否存在着暴力倾向？这些问题其实很简单，但人类的虚伪决定了人类不愿正面回答。人类社会和历史所上演的战争场面与动物世界里的残酷和血淋淋的厮杀并无二致。暴力是一种存在，是为不争；无论人们喜欢不喜欢。暴力同时表现为"生物性/社会性"特征，是为不争；无论人们自觉抑或不自觉。暴力具有"双刃性"，是为不争；重要是人们如何认识和使用它。暴力是一种价值认同，是为不争；取决于人们如何看待和记忆。暴力是一种活态，是为不争；有待于人们合理地引导和转换。暴力是一种展示，是为不争；战争是暴力的另一种真实故事的展演。

    今天，"反恐"作为全球化背景下的一个政治目标，"暴力"几乎成了恐怖主义的同义词。它经常与战争、武力、劫持、杀戮等人们非常反感的行为和词汇联系在一起。对它的界定也越来越趋向于政治化。难怪威廉姆斯在《关键词》一书中对"暴力"的解释颇费踌躇，主要原因是由于它与强制和强迫等具有"威胁"、"胁迫"(assault)的意义和行为联系在一起；并经常与携带和使用武器等的"恐怖分子"或"恐怖行为"发生关系。然而，如果从这一语汇的文化史考述来看，其原义的基本特征为"不受拘

---

① [法]米歇尔·福柯：《疯癫与文明》"前言"，刘北成等译，北京：三联书店，2002年。

束"、"不守规矩"(unruly)等;即对一切既定的、习惯的、权威性的社会和价值系统的反叛行为。①

如果我们不是从简单的角度,反感的态度中去看待暴力,不局限于从当代政治价值去理解暴力的话,就会发现它在一些特定的社会现象中完全可能出现相反的,即积极的革命性因素。有些时候还具有"喜剧化"色彩,特别在民族、民间文学叙事中尤其如此;比如在仪式中的"施虐/受虐"的戏剧化场景。斯塔纳吉就此认为,暴力行为和感受是理解社会文化秩序的一个基本因素,我们可以将它看作一种概念——对超越世俗的、既定的和日常规范的必然过程。换言之,从既定秩序出发,到非秩序,消解秩序,从而再建新秩序。② 倘若把仪式视为一种"戏剧化表演",我们同样可以发现,暴力经常是解释、解决戏剧情节和冲突所必须与必备的要件。

人们虽然在社会道德层面对暴力持排斥态度,但这在很大的程度上并非"独立自主"的立场,更多地还是停留在某种假设性"社会认定"上。其实,人们只要认真地加以辨识,"暴力"未见得那么不可接受。首先,我们需为暴力修筑一个特定社会历史时段和社会秩序的"契约性"边界——即社会公认的规范。任何破坏这一"契约性"规范者都将受到惩罚,这种惩罚包括暴力行为。在这种情况下,暴力既可以指破坏规约的行为,也可以指维护规约的行为;仿佛武器的使用,它可以成为"侵略"和"恐怖"的工具,也可以成为"保家卫国"、"维护和平"的手段。所以,对暴力做出任何解释都是限定性的。从这个意义上说,暴力只是一个"经验性真实"。③ 是为理解暴力的逻辑前提。

我们不能把暴力简单地看成"一件事情本身"(a thing-in-itself),它属于意识形态的、充满连贯性和连续性的社会行为,是特定条件下的行为分类和规范。④ 就像不能简单地认定某种行为"反常"或"变态"一样。在某一种特定的社会背景或族群伦理体系里,暴力经常成为族源关系和"英雄祖先"的叙事依据,也是许多民族"拟祖"(fictive ancestor)神话中的崇拜条件。我们在许多民族志资料中发现,在他们的族源和祖先叙事中都带有血淋淋的暴力事件和行为,恰恰正是这些事件和行为构成了他们对族源"原生纽带"的文化认同和对"英雄祖先"的历史记忆。

---

① William, R., *Key Words*, New York: Oxford University Press. 1983. [1976], pp.329—331.
② Stanage, S., *Violatives: Modes and Themes of Violence*, In Stanage, S. (ed.) *Reason and Violence*, Totowa, NJ: Littlefield/Adams, 1974, p.229.
③ 参见 Aijmer, G. *Introduction*, In Aijmer, G.&Abbink, J. (ed.), *Meanings of Violence:Symbolism and Structure in Violent Practice*, Oxford:Berg.2000.
④ Rappaport, N. & Overing, J., *Social and Cultural Anthropology:The Key Concepts*, London and New York: Routledge, 2000, p.382.

暴力在有些学者眼里被视为"出格"(out of order)行为。然而，这些"出格"行为也分享着某一个社会"争取自由和解放"的"荣誉性语码"(a shared code of honor)而受到应有的尊敬。[①] 我们可以从各民族神话和传说中找到一种带有"母题性"(motif)叙事类型和社会分类，即一个英雄祖先（包括他的名义、身份、符号、集体象征等）都要以相应的"英勇行为"，——这些英勇行为是对"异类"，如敌人、怪兽、巨人、灵异等的艰苦卓绝的抗争，并以更为暴力化手段和必备行为换取最后的胜利。这些艰苦卓绝的丰功伟绩属于社会尊敬和认可的社会资本。当然，同一种"出格"行为也可能被视为"耻辱性语码"；这取决于看待的视角。同一个行为之于"我者"是伟业，之于敌对的"他者"却是暴行。

对"暴力"的分类化描述大致有以下两种："真实性暴力"(real violence)和"象征性暴力"(symbolic violence)。有的学者做更细致的区分，把"行动暴力"(doing violence)与"言说暴力"(talking violence)区分开来。二者在性质上虽然完全不同，即把所谓"君子动口不动手"作为分水岭。但事实上一个暴力的过程经常伴随着先期的"言语"，后续的"行动"；二者组成了一个完整的暴力整体。所以，在有些情况下，我们又不能截然将"真实暴力—行动暴力"/"象征暴力—言说暴力"简单地对立起来，或泾渭分开。它们经常构成同一个暴力行动的不同阶段或表现形态。[②] 在生活中，的确有许多暴力性后果由"言说暴力"开场、开端和开始的，"行为暴力"属于后续或升级行为。

把暴力当作单一性质的行为有时会使其某些合理品质被一个更大的、强势的"政治话语"所湮没。所以，对暴力进行划分有助于人们在社会范畴内分别对待，甚至将它当作一种积极的制衡力量。众所周知，在人类学的理论中，"冲突"经常被作为社会内部结构、社会关系调整、社会转型变迁的力量。"冲突"在语言学的文字语义属中性，然而，它经常伴随暴力行为和形式。有的学者把暴力划分为"民主的暴力"(democratic violence)和"无效的暴力"(nihilistic violence)。前者并不拒绝在共同体内部所作的认可性解释。每一个共事成员或共同体成员都会在同一种意义和解释之下分享着同一种确定的、情境化的价值。后者则属于个性化色彩的、不顾及整体的行为和解释。[③] 简单地说，前者属契约性集体行为，后者属超出社会规范的个人行为。我们可以在世界上许多民族志材料中看到原始部落之间的各类"盟约"（其实当今世

---

① Taylor, L, *In the Underworld*, Oxford: Blackwell, 1984, pp.148—157.
② Rappaport, N. & Overing, J., *Social and Cultural Anthropology: The Key Concepts*, London and New York: Routledge, 2000, p.383.
③ Ibid., p.385.

界仍在沿袭,相对者还有"不结盟"),确定当结盟的某一方受到第三方的攻击时必须帮助缔结盟约的"盟友"。我们也可以看到大量有关"血亲复仇"、"决斗"等的暴力行为和观念。维柯干脆把这些现象和行为上升为"公理"。① 也可以说,那些对"民主暴力"的认可和实践成了特定社会和人群共同体的公共观念和行为。

也有人把暴力视作"存在本能"和"意志表现"。尼采、叔本华等人的"权力意志"即包含着对人类本性中某种暴力倾向的强调。古代希腊悲剧具有振奋人心的力量,然而,稍有西方古典学常识的人都清楚,古希腊悲剧"是暴力和喋喋不休的程式化辩论的奇怪组合。它们所表演的故事以骇人听闻的行为和痛苦为中心。"② 人们对以暴力为主题的悲剧的欣赏似可解释为满足了人类心理某种"暴力倾向"。同样,"拳击"似可视为人类对认可的、限度性暴力的欣赏。考察体育文化史,历史上有些体育项目与暴力行为并没有严格的界线。人们可以从古代罗马的角斗士,西班牙的斗牛原型中瞥见人类心理的某种隐晦需求。人类学家利奇把暴力看作人类突显社会结构关系的某种基本行为,属于人类的本能。是"人类自然属性的一部分"。③ 利奇倾向于将暴力当作社会结构中的一种基本动力。

这种"假定性"在心理学、生理学和生物学上已经被不少研究成果所推证。弗洛伊德在《图腾与禁忌》(*Totem and Taboo*)一书中对原始的宗教仪式以及与宗教仪式相关的图腾、禁忌有独特的解释:"禁忌"表示一个人在某种传奇作用或本身即这种神秘力量的来源。④ "图腾"乃是"来自于乱伦的恐惧。"⑤ 而"图腾"与"禁忌"原本属于暴力的转移和转换形式。但是,人类学对来自精神分析学说和心理学方面的成果借用很谨慎,因为人类学家需要把这些理论放到具体的田野案例中去检验,正如格鲁克曼所说,心理分析只有被用于具体的仪式,或仪式的部分,——即特别的案例之中——才可能有效,因为每个案例都有其独特的历史发展和个性化理由。⑥

东非的斯威士部族在每年的第一次水果成熟之际,当地居民都要举行一个盛大的部族性仪式。仪式的中心角色是他们的国王。然而,与许多地方的仪式不同,人们举行仪式并非歌颂他们的国王,恰恰相反,人们在仪式中极尽侮辱国王之能事,比如他们歌唱神圣的国歌以表达当地人民是多么仇恨他们的国王。祭仪同时与自然现象

---

① [意]维柯:《新科学》,朱光潜译,北京:人民文学出版社,1987年,第483—486页。
② [英]玛丽·比尔德、约翰·汉德森:《古典学》,董乐山译,沈阳:辽宁教育出版社、牛津大学出版社,1998年,第80页。
③ Leach, E. R., *Custom, Law and Terrorist Violence*, Edinburgh: Edinburgh University Press, 1977, pp.19—20.
④ [奥]弗洛伊德:《图腾与禁忌》,杨庸一译,台北:志文出版社,1972年,第36页。
⑤ 同上,第15页。
⑥ Gluckman, M., *Ritual*, In Cavendish, R. (ed.) *Man, Myth, and Magic*, London: Phoebus Publishing.1970, p.2393.

有关的因克瓦拉（Incwala）或恩克瓦拉（Ncwala）观念有着密切的关系。斯威士人相信自然与社会秩序遵照同一个原理，同时二者构成了相互的整体。如果一个方面出现了问题，另外一方也会跟着出现危机。另一方面，恩克瓦拉的祭仪也可以理解为一种对自然现象的祭仪。斯威士人认为，太阳每一年在空中由南至北运行，当太阳一年运行至最接近南端的时候，就意味着它的力量最弱，需要休息。祭仪也就在这个时辰进行。为了使国王获得活力，将运来的海水、河水和其他巫药一起放入国王居住的神圣的小屋，然后，战士们坦率地唱出了民众对国王的憎恨："王啊！民众拒绝你。王啊，他们憎恨你。"国王从小屋的缝隙先向东，后向西吐唾沫（具有巫药的意义）。这是为了毁坏去年，迎接新年，使自己强壮。①

格鲁克曼认为，斯威士部族的这种仪式中的"权力"包括了两种对立的要素：一方面，国王拥有神圣的权力；另一方面，这种权力同时又是一种"威胁"。因此，它是部族内部人民共同的敌人。所以，在此基础上建立起来的"对国王的忠诚"便具有叛逆性质，而类似的"通过仪式"也就属于"叛逆仪式"。格鲁克曼进而认为，仪式原本属于"社会冲突"（social conflict）的产物。作为"社会冲突"论者，格氏理论的突出之处在于：仪式经常对社会冲突起到了化解作用。具体到东非斯威士这一仪式，他认为，由于社会冲突的普遍存在，使社会民众处于紧张、憎恨和叛逆的普遍情绪之中，而类似的"叛逆仪式"以起到化解社会冲突，使民众的这些情绪和情感获得宣泄。②很显然，在格鲁克曼的案例分析中，人的生物本能与部落传统整合在了具体的仪式表现和表演之中。

暴力在仪式中的转移和转换形式和途径多种多样，有些时候，这种转化要通过游戏来完成。在格尔兹的民族志描述里，巴厘社会是一个整体，冲突和暴力缀入其中，并成为重要概念。它组成了社会戏剧的关键因素，并借此理解巴厘社会的意义。③"斗鸡"便是他用来表述这一社会价值和转移的典型例子。在"斗鸡"活动中，竞争、斗争、自然、文化和经济力量都集中体现其中。它既是严肃的，又是玩乐。或者毋宁说，寓严肃和紧张于游戏和娱乐之中。对格尔兹而言，斗鸡是人类学家理解和分析巴厘社会的一个"文本"（text）。在这个文本中，人们可以了解和阅读到蕴藏其中的权力，并在广泛的社会背景下去解释暴力和冲突的社会作用。特别有趣的是，这一游戏性表演已经深深地演化为巴厘社会中与暴力和争斗相关的语言指喻："法庭审判、战争、政

---

① Gluckman, M., *Ritual*, In Cavendish, R. (ed.) *Man, Myth, and Magic*, London: Phoebus Publishing, 1970.
② Ibid., pp.2392—2398.
③ Gilsman, M., *On Conflict and Violence*, In MacClancy, J.ed., *Exotic No More: Anthropology on the Front Lines*, The University of Chicago Press, 2002, p.108.

治争夺、继承权的纠纷、以及街上的争吵都被比喻成斗鸡。"①"斗鸡"的游戏表演在表面上或许只被多数人视为一种娱乐、赌博或职业化活动,然而,在格尔兹的"深描"中,它所传达出来并通过它获得转移意义的却远不只于此,尤其是暴力的一种曲折表现和独特个性;"如格言所说,每一个民族都热爱各自特有的暴力形式。斗鸡是巴厘人对他们暴力形式的反观:即它的面貌、它的使用、它的力量和它的魅力的反映。在巴厘人经验的各个层面上,可以整合出这样一些主题——动物的野性、男性的自恋、对抗性的赌博、地位的竞争、众人的兴奋、血的献祭——它们的主要关联在于它们都牵涉到激情和对激情的恐惧,而且,如果将它们组合成一套规则使之有所约束却又能够运作,那便建构出一个象征的结构,在此结构中,人们内在关系的现实一次又一次地被明白地感知。"②

仪式中暴力的"生物行为"也是研究的关注点之一,据此提出"仪式中的暴力行为有无生物基础"这样的问题。从研究情况看,对这个问题的回答基本是肯定的。作为对"人类"的基本体认,生物本能构成了原始文化形态、原始文明形貌的基础性表现形式,同时也作为人类祖先有关"自然(nature)/文化(culture)"的原始认知和表述。人们熟知的所谓生死、生殖、生产、野性、暴力、欲望、自卫、竞争、恐惧等都具备生物基础;特别是"暴力"和"性欲"。"如果人类的生物本能达不到其所需要达到的目标,像暴力一样,性欲就会以如同生物品质'代理'的转换形式出现。同样与暴力一样,人类的性欲存在着一个不断的能量积累过程,它迟早总需要爆发宣泄,形同大劫难。"③ 人类社会的原始仪式大多与此有关。吉哈德甚至认为"就功能而言,仪式在于'净化'暴力。"④ 某些暴力倾向带有生物性能量积蓄和积累的显著特征;仿佛弗洛伊德理论中的"力比多"。

人类的"生物性"存在不仅在仪式中与"社会性"并置为基本的两方面并进行转化,也必然带入了"牺牲"的讨论:仪式中的暴力与牺牲相生相伴——牺牲的呈献与牺牲的杀戮。暴力主题在牺牲上得到了符号和意义的充分体现。埃文斯—普里查德在《努尔人》中以"对牛的兴趣"为题进行了悉心的分析。埃文斯—普里查德发现,努尔人的政治裂变与自然资源的分布与争端有关,这些资源拥有者一般是氏族和宗族,冲突与平衡则常常与"牛"在仪式中的牺牲作用密不可分。在争端中,部落的各

---

① [美]克利福德·格尔兹:《文化的解释》,纳日碧力戈译,上海:上海人民出版社,1999年,第478页。
② 同上,第508页。
③ Girard, R., *Violence and the Sacred*, Trans. By Gregory, P., Baltimore: The John Hopkins University Press, 1977, p.35.
④ Ibid., p.36.

个分支之间经常会出现丧生或伤残的现象,于是便用牛来对此进行补偿。在因牛而产生的争端或是需要用公牛或公羊献祭的情形里,酋长和预言家便成了争端的仲裁者或仪式的代理人。① 此外,牺牲的作用不止于对冲突和整体的补偿,它还具有交通的媒介性质。"努尔人通过他的牛来与鬼魂或神灵建立联系,……努尔人与死者和神灵进行交流的另外一种途径便是献祭,如果没有公牛或公羊来献祭,努尔人的典礼仪式便不完整了。"② 更有意思的是,用于献祭的牺牲在完成了应有的作为后,可以成为人们的"盘中美味"。"在努尔人习俗中,鬼魂或神灵总是很多的,为了向他们表示敬意,在任何时候举行献祭都是合宜的,而且,这些献祭往往在很长时间以来,便已为人们所期盼着了,因此,当人们想要美餐一顿时,他们总会有足够的借口来找出一个献祭的节日。在葬礼中,努尔人用有繁殖力的奶牛来献祭。在献祭时,大多数人所感兴趣的并不是仪式的宗教特征,而是献祭典礼的节庆本身。"③

"牺牲"的隐喻作用非常独特:它一方面以非常宗教化、虔诚的方式——即以人们生活中最为重要和神圣的物品为祭品奉献给神灵;关于此,道格拉斯在《洁净与危险》中讲得最为清楚,"洁净的祭牲"与"神圣"是一组对应的社会分类。④ 另一方面,它恰恰遮盖住了血淋淋的暴力倾向,或者说,通过仪式的巧妙作为使这种残酷的暴力行为得到文化意义上"宽恕"和"缓解"。毫无疑问,对仪式的暴力作透彻分析者当数法国学者吉哈德。他认为,仪式必定存在着暴力,甚至仪式的本质就是暴力,并以此来解释宗教仪式的起源。既然仪式的根本原因(或曰功能主义心理学的肇因)是暴力,那么,阻止暴力便很自然地成为仪式的核心部分。这一观点在他的《暴力与祭献》[(*La Violence et le Sacre*)(1972),英文译本版于1977年]中完整地提出:"在许多仪式中的祭献活动表现出两种对立的部分:一方面是为了某种神圣的义务而承受死亡的危险,另一方面又在冒着危险进行着同样严重的犯罪活动。"⑤ 暴力是社会普遍存在,它构成社会混乱的一种严重隐忧,所以人们以各种方式进行着阻止暴力的努力。仪式的一个最重要的功能就在于寻找"可祭献的牺牲"去代替由于暴力而选择共同体社会中的成员作为伤害对象。⑥ "替罪羊理论"(scapegoating theory)便是他的代表性解释。换言之,祭献是共同体给予自身一个替代者——保护其免受自己暴力的伤害。而祭献仪式的目的在于恢复共同体内部的和睦,强化共同体内部的约束力。在吉哈德

---

① [英]埃文斯—普里查德《努尔人》,褚建芳等译,北京:华夏出版社,2002年,第20—21页。
② 同上,第24—25页。
③ 同上,第33页。
④ Gouglas, M., *Purity and Danger*, Harmondsworth: Penguin Books, 1970.
⑤ Girard, R., *Violence and the Sacred*, Trans. By Gregory, P. Baltimore: The John Hopkins University Press. 1977, p.1.
⑥ Ibid., p.5.

看来,这是构成一切文化行为的基础。"替罪羊"仪式在时间的紧迫性、空间的可缩性、心理的紧张感和文化上的"原罪"感等方面都起到一个缓和、润滑、开脱、释放的作用。

总的来说,"替罪羊"的神话—仪式原型建立在"模仿欲望"之上,而这种关系发生在被称为"竞争对手"(rivals)的两个或更多的民族和族群的现实之中。作为一种"原则",吉哈德认为,某一个关系中的存在对象总想把对手的东西占为己有,其根本动机乃是"欲望的存在——即一个群体或个人认为其缺乏某种东西,而这种他所缺乏的东西却正好为对手所拥有。"① 其实,这种"认识与认定"并非全是现实中真正发生的事情,所以,与其说这一"原则"的依据完全可以在现实中兑现,还不如说,它更多还表现为一种以人群共同体为边界的"集体意识"和"集体无意识"(collective unconsciousness),具有明显的"精神分析"中的"动机"。用吉哈德的话说叫做"原则的自我复制"(the disciple's self-double),即根据人类社会的现实条件,在主观上产生"强烈的欲望"(intense desires)。换言之,这一原则看上去像一个具有强烈欲望的"动机类型",召唤着人们去获得和拥有他们认为或认定的东西。② 伴随着强烈的"模仿欲望","暴力"不可避免地发生。在他看来,"欲望就像一个阴影一直追随并驱使着暴力,暴力成为一种固有的外在能指——神性的能指(the signifier of divinity)。"③

"替罪羊"的另外一种意义表现为"魔鬼的替身"(monstrous double)。它未必通过某一个具体的仪式行为直接选择一个"替罪羊牺牲",而时常以一种社会符号或者被认为是"受污染"的社会角色的形式出现。"替罪羊理论"虽有些惊世骇俗,有很重的血腥味,并不被大家一致接受,可它在理论上具有强烈的学术穿透力则是公认的。其价值主要表现在:1.理论前提和设定对"范式"具有启发性。2.仪式中暴力主题的套用对人类学研究有着深刻的影响。3.所谓"模仿欲望"(mimetic desire)的根源性简化了所有仪式中对牺牲的态度以及来自合法组织的解释。④ 很显然,在吉哈德的眼里,暴力对我们来说既是可怕的,同时又是迷人的。说它可怕,是因为它是盲目的,无政府的,它可以摧毁现存的社会秩序。说它迷人,是因为它被当作一种存在的标识(a index of being),作为一种"神性",构成了宗教的语境。⑤ 既然暴力有着非常可怕的破坏力,那么,人们必然会以各种方式对它进行引导、疏通、转移,这一切不仅成

---

① Girard, R., *Violence and the Sacred*, Trans. By Gregory, P. Baltimore:The John Hopkins University Press.1977, p.146.
② Ibid., pp.146—147.
③ Ibid., p.151.
④ Kitts, M., *Sacrificial Violence in the Iliad*, In Journal of Ritual Studies 16 (1), 2002, p.20.
⑤ Girard, R., *Violence and the Sacred*, Trans. By Gregory, P. Baltimore:The John Hopkins University Press. 1977, p.151.

为仪式中基本语义的表述,也成为仪式中的必要程序。所以,仪式中的"替罪羊"(牺牲)既表现出暴力的一面,又表现出舒缓暴力,符号转换的功能。也正是因为此,它才能够获得非凡的社会价值和实践能力。

战争是暴力的最激烈的表现形式。这里出现了几个值得深入分析的问题:1. 战争与和平是一组语词上的对应表述,它可以指因为战争的恐惧而祈求和平的愿望;前者是事实、事件性的,后者是心理、意愿性的。可以分别指两种状态——战争的状态/和平的状态,而两种状态都属于暂时性的;世界上永久的和平并不存在,无论过去、现在和将来。也可以指大到人类历史的延续过程,小至一个事件在不同阶段中的表现形式。从历史上看,随着社会的发展、科技水平的提高,战争变得更为惨烈,人类财产的损失也更为巨大。一个不争的事实是:几乎世界上的所有国家都在扩充军备,而大量人力、财力用于军备,毫无例外都用于战争。2. 人类为给这些行为找一个冠冕堂皇的理由,便有了"正义/非正义"的分类差异。它是事实,亦是借口。而通常的历史理由和正当性是由胜利一方来界定的。所谓"胜者为王,败者为寇"的真实和事实是很难被推翻的。3. 人类同时具有超越某一个利益团体、国家的情感。如果说任何战争都是以某一个具体国家、民族、宗教信仰、集团利益为谋求依据的话,人类对于战争的残酷、战争的损失、战争的情状、战争的遗产具有一种共同的悲情。

战争遗产同样也是人类遗产中一种重要的遗留和财富。但是人类面对不同的战争遗产所产生的情感和情绪是完全不一致的。面对奥斯维辛集中营和凯旋门这些战争遗产,人类的感受必然是不一样的。战争遗产给人们所带来的理解大致有两个方面:一方面是所谓有"现代记忆",在各种表现方式,诗歌、散文、艺术、电影中,它被描绘成为一种有关战争真实故事的现代主义"新语言"。另一方面,传统的爱国主义在对战争的描述中,无论是战时还是战后,以体现"传统的价值"。这样的描述所采用的方法被认为是"想象战争"(imagining war)。①

事实上,战争的胜负在很大程度上决定着胜利者以什么样的态度去记忆和反思战争的历史,也取决于胜利者以什么方式去使用战争遗产的历史资源。在我国,许多战争遗产以博物馆的形式被确定为"爱国主义教育基地"。漂浮在美国夏威夷的美国海军太平洋舰队总部所在地珍珠港内的"亚里桑那号"——太平洋战争时被日军飞机炸毁的军舰,现已经成为战争博物馆。这个博物馆也被称为"爱国主义教育基地"。具有强烈历史隐喻性质的是,在"亚里桑那号"的不远处还有另外一个战争博物馆,

---

① Winter, J., *Sites of Memory, Sites of Mourning: the Great War in European Cultural History*, Cambridge: Cambridge University Press, 1995, pp.2—3.

还有一个密苏里号战舰纪念馆。密苏里号战舰建造于1944年,1945年9月2日,密苏里号驶进东京港海域,在舰上签署了日本无条件投降协议。密苏里号于1991年退役,被拖到地珍珠港内的"亚里桑那号"的旁边。两艘战舰,两个战争纪念馆,一个战争(太平洋战争)的始末。这种战争的遗产纪念馆的设计透露出明确的、鲜明的、不言而喻的意义。它同时张扬人们对"正义/非正义"的理解,同时也表达了胜利者的姿态和"游戏规则"。

通常而言,由于战争的胜负被诸如"正义/非正义"、"光荣/耻辱"等政治理解、宣传以及人类心理上的暴力倾向所引导,使多数战争遗产戴上了崇高和荣誉的光环,比如古希腊的卫城(the Acropolis)和欧洲许多国家的凯旋门(the Arc de Triomphe)都张扬着同样的东西,战争纪念已经成为欧洲建筑和公共雕塑的重要表达符号,以彰显民族的骄傲和自豪感。与此同时,在这些纪念建筑和符号中,权力化的美学和政治信息也熔铸其中。从某种意义上说,这些战争纪念建筑物对于下一代已经改变了来自战争创伤的记忆和纪念,转而成为作为艺术和政治的存在;战争遗留下来的东西成了集体的表象,战争给个人所造成的伤害、悲痛和苦难的事实完全被湮没在了诸如民族的抱负和国家的命运之中。[1]

毫无疑义,战争的遗产和战争纪念物首先是一种公民的行动,毕竟现代战争是指那些国家与国家之间发生的战事。它与某一个特殊的民族共同体以及这一民族共同体所存续的道德原则、国家利益和公共价值联系在一起,所以,战争作为国家遗产的纪念物和纪念符号首先也是集体性的。这也就是为什么在许多国家首都的中心广场耸立着那些为国捐躯的无名英雄纪念碑,或某一个民族英雄纪念雕塑,或某一次决定胜利的战争纪念碑。这些战争纪念物都是民族性的集体象征,并成为公共文化的一种表现形式。[2] 它们表现和张扬的大都属于大无畏的献身精神和为国捐躯的自豪感。但是,仅限于这样方式去理解战争显然是权力性的和想象性的,无论原因和结果如何,战争给人类带来的灾难都是无可弥补的。作为人类共同的情感,对战争的悲怆记忆都是一致的;这种一致性不仅表现为对战争过程中的非人道行为的控诉,也表现为战争结束后人们对战争行为持久性的悲怆记忆。奥斯维辛集中营纪念馆带给人们就是这样的感受和记忆。对于特殊的战争遗产,什么人和什么事值得纪念和记忆是很不相同的。有些战争纪念馆只会被某些人、某个人群、某个宗教团体所记忆,而有些战争遗产不仅表现为特定民族、族群、人群的悲怆记忆,也会引起全人类的悲怆记忆。

---

[1] Winter, J., *Sites of Memory, Sites of Mourning:the Great War in European Cultural History*, Cambridge: Cambridge University Press, 1995, p.79.

[2] Ibid., p.82.

创伤叙事与文学治疗

——以越战小说家梯姆·奥布莱恩的创作为例

柳 晓

(国防科技大学)

一、创伤与叙事

目前，将文学研究与心灵创伤相结合已成为国际文学研究界的主要趋势之一。这与当前文化研究中多元化、跨学科的整体语境是相关联的。那么究竟什么是创伤呢？在追溯创伤研究的起源时，研究者发现"对于创伤的理解和认识始于对十九世纪六十年代英国铁路事故中的幸存者的观察"[1]。随后，由于精神分析研究的阵营开始日渐庞大，很多杰出的科学家们也开始针对其它创伤性经历进行专门性研究。从最为宽泛的层面来讲，创伤的经历可以说是弗洛伊德早期研究和发现的关键所在，并且为其最早的精神分析模式奠定了基石[2]。弗洛伊德对创伤进行的描述中包含的"延宕"概念，即强调受创伤者在往后的日子里对原初经历或记忆、印象的追踪从而在时间上产生一种断裂[3]，这对当代创伤研究领域的专家产生了重要的影响。卡鲁斯以美国精神分析学界对于创伤后紧张应激综合症(PTSD)的描述为基础，认为创伤是"一种突如其来的、灾难性的、无法回避的经历。人们对于这一事件的反应往往是延宕的、无法控制的，

---

[1] Ruth Leys, *Trauma: A Genealogy*, Chicago: University of Chicago Press, 2000, p.4.
[2] Greg Forter, *Freud, Faulkner, Caruth: Trauma and the Politics of Literary Form*, *Narrative*, Vol.15, No 3, October 2007, pp.260—285. 在这一文章中，作者格雷格·佛特指出弗洛伊德的《关于歇斯底里的研究》表明歇斯底里正是因为创伤化经历所引起。佛特由此详细地分析了精神分析模式产生的由来以及当今创伤研究界对这一模式的继承和发展。
[3] Sigmund Freud, *Moses and Monothesim*, In Angela Richards (ed.), *The Origins of Religion*, Penguin Freud Library XIII, trans. James Strachey, 1939, p.309.

并且通过幻觉或其它闯入方式反复出现"①。从这一定义中,我们不难看出它与弗洛伊德精神分析研究中的"创伤"概念之间的共通之处。但凯西·卡鲁斯等人研究之独特性在于:这一复杂的精神分析概念被运用于研究人类历史上暴力事件的讲述,从而揭示其对于集体性进程的影响。

卡鲁斯认为,创伤最为普遍、明显的表现主要是在战争中,只是这些症状在不同时期被分别冠之以不同的名称,比如"炮弹休克症"或"弹震症"、"战斗疲劳症"、"创伤后紧张综合症"或"延迟压抑症"②。值得注意的是,大多数关于一战和二战创伤影响的描述主要是出现在欧洲,这或许是与欧洲在两次大战中的参与程度有关。而在美国,一直到越南战争爆发以后人们才开始关注这一曾经被他们所忽略的问题③,而这一切又与美国精神病研究学会对越战退伍老兵的 PDST 的辨识有关④。

对于创伤给幸存者所造成的影响,著名心理学家罗伯特·J. 利夫顿(Robert Jay Lifton)与贝塞尔(Bessel Van der Kolk)等人发现受到创伤的个体在创伤性事件之后一般需要经历如下过程:一、需要回到该事件之中,并设法将各种碎片整合起来以获得对于该事件的理解;二、需要将这一经历糅合到现时该个体对于世界的理解之中,尽管这一理解已经发生了很大的变化。三、需要用一种叙事语言将该经历描述出来⑤。

叙事的建构与创伤经历的治疗恢复,这二者之间的关系在著名心理学家乔纳森·肖(Jonathan Shay)的研究中也得到了证实。肖认为:"从创伤中恢复取决于将创伤公开讲述出来,亦即能够将创伤实实在在地向某位/些值得信赖的听众讲述出来,然后,这一/些听众又能够真实地将这一事件向他人再次讲述。"⑥

正是这种讲述的需要,从很大程度上导致了大量的创伤受害者证词的出现。很

---

① Cathy Caruth, *Unclaimed Experience: Trauma, Narrative and History*, The Johns Hopkins University Press, 1996, p.11.
② Cathy Caruth, *Trauma: Explorations in Memory*, The Johns Hopkins University Press, 1995, p.1.
③ Ruth Leys, *Trauma: A Genealogy*, Chicago:University of Chicago Press, 2000, p.192. 罗斯·里斯在这一研究中提到:"英国的心理学家发现在一战和二战之间存在着比人们通常的想象要更多的心理体验上的关联,而在美国,情形却不一样。战争的这些教训从很大程度上不为人们所见。"
④ 罗斯·莱斯(Ruth Leys)曾提到,"为了让越战老兵在战后遭受的痛苦得到公众的承认,精神分析学家、社会工作者、激进分子和其他一些人士为此发起了一场政治斗争,其结果就是美国精神病研究学会《精神紊乱的诊断和统计手册》的第三版中明确列出了创伤性的症状,或创伤后紧张应激综合症,并且使其首次得到了证实承认"。
⑤ Cathy Caruth, "Recapturing the Past:Introduction", In *Trauma: Explorations in Memory*, Ed. Cathy Caruth, The Johns Hopkins University Press, 1995, p.137.
⑥ Jonathan Shay, *Achilles in Vietnam: Combat Trauma and the Undoing of Character*, New York:Atheneum, 1994, p.4.

多受到各种创伤的人都是将创伤的情形和后果通过叙述语言讲述出来,以获得一种宣泄,它是一种对创伤的治疗能够起到关键性作用的交流方式。与此同时,这一需要也成了很多当代小说产生的重要源泉之一[①]。正如凯思琳·L.麦卡瑟(Kathleen Laura MacArthur)所言,创伤小说"既是一种表现创伤性重负的方式,也是努力释放这种重负或者说对这一事件进行掌握和控制的方式"[②]。

将作家的创伤化经历与文学创作相关联,这在卡利·塔尔的研究中得以体现。塔尔将越战写作与其它个人创伤联系起来,认为创伤文学作品有三个共同点:"创伤的经历、提供见证的欲望以及一种群体感。"[③] 在此之前,很多越战文学批评家虽然注意到这类作品中出现的很多矛盾和含混的感觉,但只是将它们看成是作家对于战争进行道德批判的某种隐喻和象征。但是这一类研究所忽略的正是战争幸存者个人所遭受威胁。在塔尔看来,这类幸存者想充当旁人无法理解的创伤见证人的这一需要,或许可以解释他们叙述话语上的非连贯性。她的这一观点得到了很多批评家的认同,并且被认为是一项开拓性的研究[④]。这为我们研究当代美国文学,尤其是越战文学提供了新的视角。

二、越战经历与奥布莱恩的创伤叙事

作为美国当代著名的小说家,梯姆·奥布莱恩(Tim O'Brien 1946—)以越战老兵身份在美国文坛中发出了独特的声音。一九七八年他创作的《追寻卡西奥托》(*Going After Cacciato*)在第二年获得了美国国家图书奖,也由此确定了奥布莱恩作为一位重要的越战小说家和美国当代最重要的后现代主义作家之一的地位。在此后的二十多年间,奥布莱恩又创作了六部作品。他的每一部作品都直接或间接地涉及越南战争。可以说,越战题材贯穿了奥布莱恩的整个创作。尽管如此,奥布莱恩却拒绝被称为"战

[①] Anne Whitehead, *Trauma Fiction*, Edinburgh University Press, 2004, p.3. 在安妮·怀特赫德看来,当代很多重要小说的产生就源自于不同文化群体中那种力图表现或者呈现历史上具体的创伤性事件的欲望。

[②] KathLeen Laura Macarthur, *The Things We Carried:Trauma and Aesthetic in Contemporary American Fiction*, PH. D dissertation, Columbia College of Arts and Sciences of the George Washington University, 2005, p.11.

[③] Kali Tal, "Speaking the Language of Pain:Vietnam War Literature in the Context of a Literature of Trauma", In *Fourteen Landing Zones: Approaches to Vietnam War Literature*, Edited by Philip K. Jason, 1991, pp.217-218.

[④] Mark Heberle, *A Trauma Artist: Tim O'Brien and the Fiction of Vietnam*, Iowa:University Of Iowa Press, 2001, p.226.

争小说家",而且这一反应随着时间的推移越来越强烈①。因此,赫尔伯利认为,用"创伤艺术家"来称呼奥布莱恩实际上更为贴切、中肯。

对于奥布莱恩和众多的美国越战老兵来说,参加这一场战争、"施暴者和受害者"这一混同的身份在他们心理和精神上也造成了极大的创伤。但是,正如赫尔伯利指出,越南战争中的创伤和其它创伤的不同之处在于:越战的创伤不单纯是关于无辜受害者的一种状况。参战前人们对于这场战争的看法、战争中这些士兵对无辜百姓的杀戮、战败的结果以及美国国内民众对于参与这场战争所持的态度等等这些事实使得越战老兵的创伤格外复杂化。此外,这种创伤还不仅仅是对个体的一种侵害,它也是一群生死与共的人共同的忧伤和恐惧的经历。科比·法威尔曾指出:"在越战中,一些军官往往命令新兵杀害敌人,事后这些士兵得知那些敌人其实是无辜的平民。这样有意利用一种创伤性的罪恶来增强这些新兵之间的亲近感。"②

与这场战争相关联的最为明显、也最令人意想不到的后果之一就是:它使得相当一部分亲自参与了这场战争的美国人开始了写作生涯③。菲利浦·杰逊曾在分析越战后涌现出大批文学作品的原因时指出:"虽然没有一个确定的答案,但是下列原因至少来说应该是极为关键的:在二战和越战之间,美国的教育体制发生了巨大的变化,使得更多的年轻人接受高等教育,当这些年轻人从越战返回国后,有很多人将对于这场战争的反应通过文学形式表现出来。"④事实上,如果联想到上述创伤理论家和心理学家的观点,我们不难发现,大量越战文学作品的出现与其创作主体的特殊经历是不可分离的。

如果说叙事交流是奥布莱恩和很多其他越战老兵力图摆脱战争创伤的某种共通方式的话,那么奥布莱恩不同于他人之处在于:他不只是简单地复制或回忆其自身经历。相反,创伤变成了他进一步创作的资源,其作品中想象性的重构既取代又详述了他有可能经历的一切⑤。他通过不同的作品对一些经历的重新想象和改写,这本身就表现了一种创伤式的侵入和重复,也由此形成了他独特的创伤艺术。赫尔伯利详细地

---

① 这主要见于他的各种访谈之中。
② Kirby Farrell, *Post-traumatic Culture:Injury and Interpretation in the Nineties*, The Johns Hopkins University Press,1998, p.22.
③ Philip D. Beidler, *Rewriting America: Vietnam Authors in Their Generation*, Alabama:University of Alabama Press,1991, p.1.
④ Philip K. Jason, *Acts and Shadows: The Vietnam War in American Literary Culture*, Lanham, Md.:Rowman & Littlefield Publishers,2002, p.8.
⑤ Mark Heberle, *A Trauma Artist: Tim O'Brien and the Fiction of Vietnam*, Iowa:University Of Iowa Press, 2001, p.23.

分析了奥布莱恩的写作是如何模仿了回避、侵扰和高度警觉等创伤后紧张应激综合症的各种特点,并以此来表现受到创伤的人及其经历的特征①。这样一来,我们发现奥布莱恩的叙事既形象地表现了创伤,同时又成了那些创伤性经历的症候。

但赫尔伯利的研究主要侧重于每个文本中创伤化表现形式的分析,并且将这一表现形式置于整个美国创伤后文化这一大的背景下进行考察。这样一来,作家本人力图通过叙事创作走出个人创伤的这一心路历程并未体现出来。事实上,尽管奥布莱恩本人在回忆录《假如我在战区中死去》(1973)里曾一度否认战争对他造成的影响,但在后来的创作,尤其是九十年代以后的创作中,他越来越关注这种经历,其作品中的人物创伤化程度也越来越高。这一点似乎也证实了卡利·塔尔的论断:"幸存者文学往往倾向于在创伤化经历至少过后十多年才开始出现。"②

下面我们以奥布莱恩九十年代以后的四部作品为例进行简要分析,以揭示叙事作品在创作个体走出创伤的过程中所起的作用。

三、通过叙事走出创伤——奥布莱恩 90 年代后作品分析

1. 个人创伤的叙事——《他们携带之物品》

自一九九零年出版以来,奥布莱恩的短篇叙事集《他们携带之物品》引起了批评界的极大关注。著名越战文学批评家菲利普·D. 贝德勒(Philip D. Beidler)曾称其为"一个卓越的文本"③。唐恩·林纳尔德(Don Ringnalda)等批评家也认为它是奥布莱恩越战小说中最为出色的④,在美国文学中也堪称独一无二。因其对于战争创伤的出色表现,这一作品还受到了心理健康方面专家的重视⑤。

在该作品中,名叫奥布莱恩的人物叙述者将自己的越战经历以一个个片段的形式,向受述者讲述。但在讲述过程中,我们发现叙述者本人有很多创伤化特性。首先

---

① Mark Heberle, *A Trauma Artist: Tim O'Brien and the Fiction of Vietnam*, Iowa: University Of Iowa Press, 2001, pp.16—23.
② Kali Tal, *Worlds of Hurt*, New York: Cambridge University Press, 1996, p.125.
③ Philip D. Beidler, *Rewriting America: Vietnam Authors in Their Generation*, Alabama: University of Alabama Press, 1991, p.28.
④ Don Ringnalda, *Fighting and Writing the Vietnam War*, Mississippi: University Press of Mississippi, 1994, p.108.
⑤ 它分别成为乔纳森·肖(Jonathan Shay)《越战中的阿克琉斯:战争创伤和人物的毁灭》和朱蒂斯·赫曼(Judith Herman)《创伤与恢复》中所收录的唯一反映越战创伤的叙事作品。Jonathan Shay, *Achilles in Vietnam: Combat Trauma and the Undoing of Character*, New York: Touchstone, 1994.

是原初创伤化场景对叙述者的刺激。我们可以发现很多一次次侵入到叙述者的回忆、梦幻和幻觉中的意象、场景,不仅反复出现在同一部作品的不同片段中,而且在奥布莱恩早期作品中也曾多次出现。这种反复出现的场景实际上表现的是过去创伤性经历的不断侵扰。此外,叙述者的创伤化还体现在叙述语言的非逻辑性上。在叙述中,往往是叙述者先详细摆出事实,然后又对这些事实进行质疑;或先对读者讲述一些故事,接着声明这些故事都实际发生过,或者并没有发生过,然后又说它们或许已经发生过。这几乎成了贯穿整个故事的一种主导话语模式。我们认为它在表现人物叙述者的创伤化讲述的同时,似乎也体现了创伤文学的一个根本性的矛盾,"创伤性经历交流的不可能性"[1]。但是在这种"不可能"的、创伤化的讲述交流中,我们仍然可以了解到人物叙述者的系列创伤之源:参与了一场自己所反对的战争,目睹了身边战友的死亡,以及对于战后老兵现状的了解。

显然,叙述者的这些经历与真实作者有着很大的关联[2]。也正是通过叙述者,真实作家奥布莱恩承认他"时常有一种负罪感,仍然在写作关于战争的故事"[3]。在同一篇回忆录似的随笔中,他还写道:"我43岁了,战争发生在20多年以前,但是回忆仍然能把它带到现在。有时候回忆就会产生一个故事,它又使得回忆成为永恒。那就是故事的目的。"[4] 在这一过程中,他似乎也发现了讲述本身所具有的治疗效果,因为他明确表示自己开始意识到"写作行为本身让他自己从一系列回忆的漩涡中走出来,否则的话自己很可能最终也会崩溃甚至更为糟糕"。对于人物叙述者而言,通过叙述来"拯救自己"这确实不失为一种治疗方式。但从文中最后部分叙述者的语气来看,"努力通过故事拯救自己"似乎也暗含着作者本人意识到也许这一努力并不会有多大的改变。这在作者四年以后的创作中得到了印证,它表明通过故事讲述走出创伤之艰难。

---

[1] Kali Tal, "Speaking the Language of Pain: Vietnam War Literature in the Context of a Literature of Trauma". In *Fourteen Landing Zones: Approaches to Vietnam War Literature*, Edited by Philip K. Jason, 1991, p.218.

[2] 奥布莱恩一开始就对战争持激烈的反对态度,但最终迫于他所居住的小镇的持续不断的压力而让步,于1969年最终接受了参加战争的命运时,本以为会成为一个文员或厨师,但是他成为了一个步兵(美国第5军第46步兵团)。其经历中一个重要事件就是他被分到美莱地区,这里于1968年3月发生了著名的美莱惨案。估计有500名越南人死亡,其中大多数是妇女和儿童。但奥布莱恩是1969年6月到达美莱的,当时不明白为什么这个地方的人们对他们充满了敌意,也不知道一年前那里曾发生的一场惨案。奥布莱恩曾因为一颗爆炸的手榴弹中的榴散弹受了伤而获得紫心勋章。1970年从越南返回。他考虑放弃写作,成为了哈佛大学肯尼迪学院博士研究生,主修政治科学,重点是美国的军事干预。但他没有完成博士论文,相反他成为了《华盛顿邮报》国家事务的报道者,不久,他成了一名全职作家。

[3] Tim O'Brien, *The Things They Carried*, New York: Broadway Books, 1990, p.34.

[4] Ibid., p.38.

2. 个人创伤与民族暴力的讲述——《林中之湖》

一九九四年出版的《林中之湖》在出版的当年就被美国《时代杂志》评选为该年度最佳小说，引起了评论界的广泛关注。作品的主人公约翰·韦德是一位青云直上的政治明星，在参议员竞选大战中由于被指控曾参与了越南的美莱惨案，这使得本来稳操胜券的他一败涂地。几天以后，他和妻子凯西来到明尼苏达州一个僻静的湖边小木屋度假。到达湖畔的第七天，凯西突然失踪。在警方经过严密搜查却没有得到任何线索后，开始将他们的怀疑指向了韦德。在结构安排上，《林中之湖》相比奥布莱恩的其它作品都要更显精细、奇特。全书三十一个章节被分为四个相对独立但又交替出现的部分。第一部分基本上按照线性的时序安排讲述了韦德和凯西在竞选失败后退居森林湖畔所发生的一切。第二部分以"证据"为标题，列举了叙述者为调查韦德一案所收集的各种资料。第三部分是叙述者对凯西失踪以前韦德过去生活片断的叙述。第四部分以"假设"为标题，是叙述者为凯西的失踪提供的八种可能的推测。这四部分相互交织，似乎构成了一个贯穿整部作品的关于韦德的创伤叙事。

但是，如果细读文本，我们会发现这四个部分实际上包含的是两个相对独立的叙述层面。一个层面是故事外叙述者为我们呈现了韦德关于美莱惨案以及凯西失踪前夜的一些回忆，从中我们似乎可以断定韦德杀害了凯西，因为选举失败而导致的狂怒不时地触发了他身上那可怕的并且反复出现的创伤化症状[①]。另一个层面是自称为"理论家或者史学家"的叙述者"我"设法揭开韦德一案之谜的叙述。

然而，随着叙事的进程，我们发现不仅仅是叙述者与作者之间，而且在叙述者、人物以及作者这三者之间都发生了某种混同。不管叙述者在小说中以何种方式来披露美国公众对美莱惨案这些暴力事件已经忘却的这一文化现实，他最终承认他也学会了忘却。小说接近尾声的时候，叙述者声称自己和小说中的人物韦德一样，过了这么些年，对于那场战争，"记不得太多，也没有什么感觉。"

如同主人公韦德失去了深爱的妻子，作家奥布莱恩在重返美莱后也失去了他深爱的女友。《林中之湖》发表前夕，奥布莱恩在一篇自传性随笔中还提到有过自杀的念头[②]。该作品出版后不久，作者在多次访谈中都表示他在认真考虑要放弃写作。

[①] 小说中提到在竞选中，韦德以20个百分点远远高出其竞争对手，但是当他参与美莱事件这一事实曝光以后，他的支持力急剧下降，最终以低于对手40个百分点大败于这次对于他来说具有决定性意义的参议院的竞选之中。

[②] 奥布莱恩90年代初与妻子离婚。后来认识了凯西，一位年轻的女孩。他和女友来到当年美莱惨案的发生地点。在回来后不久，女友就弃他而去了。这其中的原因奥布莱恩并未做出解释，但是失去女友对他来说是继其婚姻失败以后在情感上的又一次打击。

这样，我们发现似乎是以一种创伤似的感染，小说中人物叙述者、主人公韦德、以及作家奥布莱恩的经历开始发生某种程度的混同。正如韦德的种种努力最终导致的结局是：决定性选举中大败、妻子失踪，自己也随同那条小船永远从湖面消失。同样，叙述者长达四年的调查也没有任何结果。这一悲剧性的论调，显然是作家悲观的情绪在作品中的某种投射。

从很大程度上讲，《林中之湖》的人物叙述者，实际上和《他们携带之物品》中的叙述者一样，都是真实作者对自身进行的某种再创造。他们不仅体现了作者面对自身创伤性经历时的态度，也表明了作者力图通过书写证明创伤之存在，并且以此走出创伤的努力。

3. 个人创伤的恢复——《恋爱中的汤姆卡特》

一九九四年《林中之湖》出版后，奥布莱恩曾表示过想放弃写作。但时隔四年，他又出版了新的作品《恋爱中的汤姆卡特》(1998)。小说中的人物叙述者托马斯·齐柏林也是一位有过越战经历的老兵，后来在明尼苏达州一所大学担任语言学教授。齐柏林主要讲述其结婚20年的妻子劳拉·苏因移情别恋与自己离婚以后，自己如何跟踪前妻的行踪，力图实施系列报复行为的经过。

小说出版后，批评界褒贬不一。批评家们大多都注意到这一作品的基调与前期小说大不一样，认为这表明奥布莱恩由原来关注的严肃题材——越南战争转向了关注家庭生活中两性之间的争斗。在褒贬不一的反应中，我们可以看到大多评论都是针对主人公齐柏林，一位自以为是、津津乐道自己风流趣事的病态性人物叙述者。角谷美智子（Michiko Kakutani）认为，与其成就卓越的前期作品比较，这可算是一部杂乱无章的爱情小说，尤其是人物叙述者齐柏林"不仅仅粗野，而且更是令人讨厌……"[①]。简·斯麦丽（Jane Smiley）也认为最应该受到质疑的是：奥布莱恩居然将快乐的结局赋予了齐柏林这样一个人物[②]。马克·赫尔伯利看来，"无论该作品表面上的意图是多么狭窄，但是齐柏林的失败多少还是反映了越战后走向新世纪的美国文化和政治中某种既荒唐又带有预见性的东西"[③]。

尽管赫尔伯利并未讲出使用创伤化的叙述者齐柏林实际上就是作者的一种叙述策略，但是他的观点为我们提供了启示，使我们仍然将该作品看作《林中之湖》的进

---

① Michiko Kakutani, "Shell Shock on the Battlefields of a Messy Love Life", In *New York Times*, p. E.7 Sep 15, 1998.

② Jane Smiley, "Catting Around", In *New York Times Book Review*, Sep 20, 1998, pp.11–12.

③ Mark Heberle, *A Trauma Artist: Tim O'Brien and the Fiction of Vietnam*, Iowa: University Of Iowa Press, 2001, p.262.

一步发展，跟作家本人将写作与创伤恢复相关联的努力密切关联。它表明奥布莱恩在通过虚构作品写作走出个人创伤的同时，还力图超越这种创伤，只是采用了不同于前期作品的讲述风格而已。

事实上，从叙述者奥布莱恩，到韦德故事的讲述者，再到齐柏林，我们发现这三部作品中的人物叙述者虽然都是作家对其自身的某种程度的改写，但这些人物与作者本人的距离是在逐渐拉大。我们认为这从很大程度上反映了作者本人通过叙事作品的创作走出个人创伤的过程。塑造齐柏林这么一位极具创伤化特征的人物，而且运用一种滑稽、可笑的叙述声音，我们会发现实际作者是以一种走出了个人创伤的态势在创作。这可以通过奥布莱恩的访谈加以证实。该作品面世以后，奥布莱恩承认自己已经从前期所遭遇的创伤中恢复。写作这部书是让他感到最愉快的经历。他提到：

> 幸运的是，当我着手写作这本书时，最开始几页就让我自己发笑，我就想："哦！这就是看待已经过去了的事物的更好的方式"。我写得越多，就笑得越多，而我越笑得多，对这个世界的感受就变得更好。这就是文学产生影响的一个典型的例子，它不仅仅影响我们的鉴赏和思维能力，也影响我们的生活。它对于我们的心灵确实有所帮助，而且也能帮助我们治愈创伤。[①]

小说的结尾语"愿上天赐福于你"，也让我们不仅体会到奥布莱恩通过写作终于走出个人创伤的心境，而且还预感到这位创伤艺术家在后来创作中的新走向。

4. 走出个人创伤的叙事——《七月，七月》

《七月，七月》（2002）是奥布莱恩最新的一部作品[②]。它主要讲述的是二〇〇〇年七月七日，一群于一九六九年七月大学毕业的老同学来到芝加哥外达顿霍尔大学的体育馆参加他们毕业三十周年的聚会[③]。标题中两个七月的并置所反映的也正是这前后间隔了三十年的七月。但出版以来，这部作品在批评界的评价并不是很高，不少评论者认为这是一部平淡、无奇的作品，是以陈词滥调的方式对中年人各种危机和抱怨的概略。

从整体来看，奥布莱恩的这部小说与前面三部作品相比较，无论是形式结构还是

---

① James Lindbloom, "The Heart Under Stress: Interview with author Tim O'Brien", 1999.
② 本作品源自于奥布莱恩应《花花公子》杂志编辑罗斯特·希尔斯（Rust Hills）之约而撰写的一个短篇故事，它的成功促使奥布莱恩在此基础上写出了他的第七部小说。
③ Tim O'Brien, July, July, 2002, p.4. 小说中的叙述者提到实际上这些人物在31年前就毕业了，可是由于某位安排者的一次疏忽，这次团聚晚了一年。

主题方面似乎都出现了某种断裂。在形式结构方面来看，它既没有《林中之湖》中叙事层面上的复杂性，也没有《他们携带之物品》和《恋爱中的汤姆卡特》里叙述者那种明显的自我意识。当然，用作者奥布莱恩自己的观点来看，"没有哪一部小说是相同的"[①]。在该作品中，叙述者不再以"我"作为主人公或者人物叙述模式进行讲述，而主要采用了全知的叙述方式，利用同学聚会这一极为平常的事件，来展现十位同学在过去三十年生活中的一些重要片段。这一始于二〇〇〇年七月七日晚上而终于七月九日凌晨的同学聚会构成了一个主体框架，它与穿插其中的十个人物的生活片段一起为这逝去的三十年勾勒出了一幅幅清晰的画面。从整体来看，叙述者的讲述也十分清晰。

事实上，正是通过叙述者那种客观、冷静的讲述方式，作者不仅进一步表明自身已走出个人创伤，但更为重要的是，还进一步明确了故事讲述的力量以及对于个体创伤的治疗作用。

在十个人物的故事片断中，我们发现有的片断是通过人物自己的讲述，而有的则是通过叙述者的讲述。作者似乎是利用叙述声音上的差异来证明叙事的潜力：只有那些相信自己，能够将自己以往可怕经历讲述出来的人，才有可能创造一种新的叙述，重写他们的生活，也才会有机会获得未来的幸福和快乐。这一点在关于爱丽的叙事中体现得最为明显。

在爱丽与情人哈蒙私自外出度假时哈蒙溺水身亡后，爱丽决心不告诉任何人。很长一段时间，她都生活在噩梦当中，甚至邻居家草坪前大街上停的一辆车都会让她感到紧张害怕。但是在同学聚会上，当她终于将这一内心深处的秘密向老同学勃莱特讲述出来后，她承认："一切都解决了。这是最好的方式"。此时的爱丽仿佛看到哈蒙从水中显出后从她身边渐行渐远。她终于摆脱了噩梦的纠缠。

总之，通过呈现这一个群体中各人所经历的各种创伤和失败，奥布莱恩实际上也以间接的方式向读者证明叙述交流在创伤恢复中的重要性。

结　语

从《他们携带之物品》、《林中之湖》到《恋爱中的汤姆卡特》，奥布莱恩首先直接表现越南战争的创伤，然后将个人创伤与民族暴力相并置，对当代美国文化中体现

[①] "An Interview with Tim O'Brien: *July, July*," vjbooks.com.13Jan.2004.

出来的健忘症进行反思，继而以一种幽默、反讽的口吻对自己过去的创伤化状态进行自嘲，以此走出个人创伤化状态，这实际上反映了他力图通过写作走出源自于越战创伤的一个心路历程。虽然在《七月，七月》中，作者不再以人物叙述的方式来讲述自身创伤化的经历，但从作品中所呈现的众多人物经历来看，它仍然属于一部涉及死亡和回忆的集体创伤的叙事作品。在这些创伤叙事中，我们可以看到奥布莱恩并非简单地复制或回忆他在越南所经历的一切。他将自身作为创伤化经历的体验者、他人创伤的见证者以及虚构性文学作品的创造者这几种不同的身份糅合在一起，在记录自己和他人在越南的经历的同时，展现了其卓越的想象力，表现出一种历史、人文的关怀和文化的深度，由此形成了他那集见证、评论和想象性重构为一体的独特的创伤叙事，并且进而证实了文学叙事作品在使得创作个体走出创伤化的状态中所展现的巨大潜力。

春秋乱世的神圣治疗

——《春秋》"会盟"意义再析

谭 佳

（中国社会科学院）

"文学"一词在我国最早形成，但实为"文章博学"之意，"文章"兼指今日的文学性与非文学性文本。[①]作为范畴和学科机制，"文学"在西方也不过才存活了二百多年，[②]有关"文学"的"知识"是20世纪西方现代学科制度建立的浸透结果、是使用被建构的现代性知识来进行的各种叙述。[③]在不经反省的经验领域，包括"比较文学"在内"文学知识"在可操作的某种制度化领域内被不断专业化和固定化，大量相关知识成批复制生产，极易沦为强迫性言说或纯粹纸上谈兵，甚至沦为和现实换取利益的空洞"中介"。[④]从学科建制或内在学理特征反思，"文学"及传统范式的"文学研究"都存在不容忽略的困境，对困境的认识必将指向深度反思与新研究策略的产生。跨文化视域和文学人类学正是参照他者、反省自身的有效途径。上古文化语境不仅没有现代意义的"文学"，也没有"史学"、"经学"等后起范畴。从甲骨文到先秦文献，从口传叙事到注疏传统，书写形态的文本如何发生、发挥着怎样的功能？如何被后人"规划"/"赋予""文学性"？从比较文化和文学人类学视域反思这些问题，重新进入中国历史和中国经典，成为笔者近年来的研究方向。

笔者的博士后研究课题《隐喻的历史叙事——〈春秋〉的文化阐释》就是以《春秋》为个案，探寻它如何把"神权"隐匿在文本叙事中建构"天—子"关系、又如何起到表征与巩固王权、监督王权的特殊功能；进而反思儒家文化如何改造了上古神权

---

① 笔者对"最早形成"的判断参见章培恒观点，章培恒：《〈中国文学批评史大纲〉导读》，上海：上海古籍出版社，2001年，第3页。
② [美]乔森纳·卡勒：《文学理论》，李平译，辽宁：辽宁教育出版社，1998年，第38页。
③ [法]皮埃尔·布尔迪厄、[美]华康德：《实践与反思——反思社会学导引》，李猛、李康译，中央编译出版社，2004年，第157页。
④ [美]爱德华·赛义德：《知识分子论》，单德兴译，陆建德校，北京：三联书店，2002年，第67页。

和口传文化的神话法典功能。这篇拙稿是此课题的组成部分,笔者尝试从文学人类学视域考察《春秋》记"会盟"现象与意义。对此问题,传统经学或史学范式在考据方面已取得卓越成就,但受知识资源限制,在辨析"会盟"的社会功能和文化渊源方面,尚有再深入空间。限于字数规定,本文省略研究史回顾和具体考证、以及例证性内容,仅简要论述《春秋》记"会盟"的隐匿特点与文化渊源,揭示在巫史同源的文化原生态发生语境中,文字叙事如何利用巫术的神圣性来进行文化确证与治疗功能。

一、《春秋》为何记"会盟"

《春秋》用一万六千余字编年记载了从鲁隐公元年(前722年)到鲁哀公十四年(前481年)间共242年,以鲁国为主的东周诸侯国之间重大的历史事件。全书平均每年的记事不超过9条,每年记事总字数不足70字。最短的几条记事仅用1字,最长的两条记事仅47个字,且字数多是因为参与会盟的诸侯国多而造成。[①] 尽管《春秋》的内容如此笼统简洁,但对242年间的鲁国天象、诸侯攻伐、盟会、篡弑及祭祀、灾异礼俗等内容都有记载,在叙事上极为精练,遣词井然有序,尤其记载"会盟"甚为详细。据笔者统计,《春秋》全文记载会盟多达106次。相比同时期的《尚书》、《诗经》等仅零星数条而言,记载如此之多的"会盟"是文本显著特点之一。《春秋》为何记载如此之多的会盟?笔者以为这首先与春秋时期的特殊性相关。

从《春秋》和《左传》记载来看,春秋时期会盟与背盟的行为极为频繁。[②] 春秋时期是社会经济急剧变化、政治局面错综复杂、军事斗争层出不穷、学术文化异彩纷呈的变革时期。在春秋二百四十二年间,周王室衰微,实际上和一个中等诸侯国地位相近。各国之间互相攻伐,战争持续不断,小国被吞并。各国内部,卿大夫势力强大,动乱时有发生,弑君现象屡见不鲜。仅《春秋》和《左传》中记载的弑君事件就达四十三起之多(主要集中在春秋前期),五十二个诸侯国被灭,有大小战事四百八十多起。同时,春秋时期的诸侯国之间、诸侯国与周王室之间的冲突和纠纷由霸主来审理、解决。在霸主政治中,霸主利用会盟来确定自己的霸主地位,即"拘之以利,结之以信,示之以武"(《国语·齐语》)。霸主政治的合法性通过"会盟"来确定,从而

[①] 最短的记事分别见于桓公五年、庄公六年、文公八年、宣公十年、哀公十四年。最长的两条记事有47个字,分别记载于襄公十四年、定公四年。但是,这两条字数最多是因所记参与战争和会盟人数众多,而非详于史事经过。

[②] 陆淳《春秋集传纂例》卷四《盟会例》、毛奇龄《春秋属辞比事记》卷二《会盟》,两书收入《四库全书》经部"春秋类"。

霸主之国代替周王成为诸侯邦交的中心和邦交秩序的维护者。春秋时期的诸侯争霸大致经历了郑国渐强、齐桓公称霸、晋和秦的崛起、楚庄王称霸、晋楚相持、晋楚衰落、吴越争霸等几个不同阶段。《春秋》全文所记的诸侯国情况与此争霸情况一致。在不同时期,《春秋》的记载以当时诸侯霸主为主导,而非简单的"尊王"和"宗周"立场。凡是会盟中涉及的国家,以及它们与邻国的战争都必然会被记录。而会盟国中出现过国君、大臣等有葬卒、奔、乱等事件也会被记录,"会盟"的成员是出现在史册上的凭据。(详细对照参见文末"附表")毋宁说,"会盟"是当时诸侯国争霸的标志和发动战争的合理性所在,"会盟"成为《春秋》记事的内在枢纽。不仅如此,"会盟"于《春秋》叙事还有奠基性意义。

二、《春秋》"会盟"的特殊意义

公元前 770 年,周平王东迁,春秋时期拉开帷幕。《春秋》虽是鲁国史书,但并没有以东周时期的第一位鲁国国公——惠公(前 768 年—前 723 年)起始,而是以隐公元年(前 722 年)开始记载,其原因历来被争论已久。答案究竟是什么?随着目前这部《春秋》是否有遗失、残缺等不得而知的问题,而显得难以穷究。但是,现存《春秋》是一部首尾完整的记史之书,不会用没有任何特殊意义的时间来开头。"春秋"作为指代历史时期的名词,早在魏晋时期就形成,《文心雕龙·正纬》:"商周以前,图箓频见,春秋之末,群经方备。"隋唐延用此称,历来对春秋时段的下限有争议,但都认可前 722 年为春秋时期的开始,无疑是缘于《春秋》的记事之初而定。前 722 年究竟有何特殊之处?

西周社会较为稳定,诸侯之间较少战争,鲁国在这个时期发展了重农经济、宗法制度,一直作为东方的强国立于各诸侯国之中。西周末年,由于几代周天子荒淫无道,最终引发外族攻入镐京,周平王东迁,天子的威严已经扫地,诸侯国在没有"共主"的控制下开始了一系列的战争掠夺活动。作为东方强国的鲁国也牵涉到这些战争中。春秋初年,鲁惠公在位时,鲁国与周边各国的关系颇为紧张,与郑、宋、齐等国都有战事发生,形势比较孤立。惠公之后,太子年幼,暂时由隐公摄政。隐公致力于鲁国的内政外交。摄政之初,相继通好于邾、宋、戎、郑、齐等国。

至前 722 年,即《春秋》开元,恰是郑国借周王和虢国的军队进攻南部边境,又请邾国出兵、与邾在翼结盟的年份。前 733 年,郑军伐卫,这是春秋时代某诸侯征伐他国的开始。这时的鲁隐公想策动宋、陈、蔡等共同起兵伐郑,从而开创了诸侯联合伐某国的先例。从此，东方诸侯分裂，出现了诸侯联合讨伐他国的情况，诸侯间战乱不断。有别于商周和战国的战争形式，这段时期的战争是在诸侯联合攻伐，即用"盟"的形式来发动。"会盟"不仅是霸主确立地位的标志，也是用来纠集力量、发动战争的依据。结合《左传》等史书内容，可以断定，凡是参与盟的国家，《春秋》必然记录在案。《春秋》选择隐公元年为记事开元与"会盟"现象有直接因果联系。前人的研究也可以旁证这点，最有代表性的是《榖梁传·隐公八年》的解释以及范宁的注。

《春秋·隐公八年》："秋七月庚午，宋公、齐侯、卫侯盟于瓦屋。"《榖梁传》释：

> 外盟不日，此其日何也？诸侯之参盟，于是始，故谨而日之也。诰誓不及五帝，盟诅不及三王，交质子不及二伯。

范宁注："五帝之世，道化淳备，不须诰誓而信自著。夏后有钧台之享，商汤有景亳之命，周武王有盟津之会，众所归信，不盟诅也。"范宁把盟诅的出现作为春秋时代开始的标志："世道交丧，盟诅兹彰，非可以经世轨训，故存日以记恶。盖春秋之始也。"①《公羊传·桓公三年》也称："古者不盟，结言而退。"意即古人不用歃血盟誓，他们信守诺言，协定讲定就告退。

春秋学的注家们之所以强调诰誓、盟诅等邦交现象是春秋时期特有的现象，旨在表达盟誓与春秋历史的重要意义。盟誓系统制度的形成以及在国与国之间的大规模的应用正是在春秋以后："春秋的盟誓与先前的盟誓最大的不同，是采用了诅盟，而且形成一整套完整的礼仪形式。"②在春秋初期，两个或两个以上国家通过盟的形式联合起来对付第三国或另外的军事集团，同盟国内部的关系还是比较平等的。到了春秋中期以后，则不再有平等的盟国关系，而是完全现由盟主来主盟的局面。据《周礼·秋官》记载，当时专门有"司盟"之职，主管盟书及其礼仪，表明春秋时期盟誓现象出现了史无前例的繁荣。

前人的这些论述说明了笔者的判断是有道理的。《春秋》选择隐公元年为开元，与春秋时期特有的"会盟"现象有直接因果联系。作为春秋时期诸侯国的特殊交往方式，"会盟"是当时诸侯之间划分阵营、发动战争的名义和借口。盟誓是"乱世"之本、是"德性弥衰"的结果。③记载《春秋》的史官们希望借助文字"叙事"的神圣性和"会盟"的巫术力量来规范和监督乱世行为。

---

① 《十三经注疏》中华书局影印阮元刻本，1980年版，第2370页。
② 徐连城：《春秋初年"盟"的探讨》，载《文史哲》1957年第11期。
③ 《诗经·小雅》"巧言"云："君子屡盟，乱是用长。"《尚书·吕刑》也有"民兴胥渐，泯泯棼棼。周中于信，以覆诅盟"之言。《盐铁论·诏圣》："夏后氏不倍言，殷誓，周盟，德信弥衰。"

三、"会盟"的神圣性与治疗功能

春秋时期,诸侯结盟都是由于彼此之间不相信任,故用结盟方式来约束双方诚信,《左传》对此有大量记载。(例如庄公三年、僖公二十八年、成公十一年、襄公九年、昭公十六年、哀公十二年等等)。为什么在诸侯之间不再信任友好的前提下,"会盟"成为消除彼此之间信任危机、维系友好与见证神明的工具呢?这源于会盟的巫术渊源、神圣性仪式表征等文化渊源因素。

1. "会盟"的神性渊源:诅咒

诅、盟的实质、咒同出一源。诅咒是会盟的原始形态。"'诅咒'是一种期望人受害的口头巫术行为。"[①] "诅"是自远古就有的文化现象,中外古代各民族也普遍存在着对咒语的信仰。《尚书·吕刑》、《尚书·无逸》、《诗经·大雅·荡》、《左传·襄公十七年》、《山海经·大荒北经》等文献记载了上古诅咒现象和咒词。按《周礼》所记,宗周有专司"诅"的官员——"诅祝",其职责是"掌盟、诅、类、造、攻、荣之祝号,作盟诅之载辞,以叙国之信用,以质邦国之剂信"(《周礼·诅祝》)。这里提到八种向神灵祭祀祷告的名称,郑注谓"八者之辞,皆所以告神明也"。可见祝咒过程受巫术和语言魔力的影响而具有神圣性。在一个相对的社会范围里,诅咒规范人们的行为并对反社会的背叛性行为予以巫术色彩的惩罚性回应。当强制性、灾难性惩罚的感情由此产生时,便导致了盟誓以及会盟行为的出现。

2. "会盟"的神圣性仪式

《礼记·曲礼下》:"约信曰誓,莅牲曰盟。"孔颖达疏:

> 盟之为法:先凿地为方坎,杀牲于坎上,割牲左耳,盛以珠盘,又取血盛以玉敦,用血为盟。

这段注概括涉及到了盟誓中最重要和关键的程序:杀牲、割耳和歃血。陈梦家的《东周盟誓与出土载书》根据《左传》并参考《周礼》以及汉、晋、唐注家所述,对东周盟誓制度作了全面的考察,总结出春秋时盟誓的礼仪及程序:"为载书"、凿地为"坎"、"用牲",盟主"执牛耳",取其血、"歃"血、"昭大神",祝号、"读书"、"加书"、"坎用牲埋书"、载书之副"藏于盟府"十项。1965 年至 1966 年,山西考古工作者发掘了

[①] 转引自吕静:《春秋时期盟誓研究——神灵崇拜下的社会秩序再建构》,上海:上海古籍出版社,2007 年,第 53—54 页。

侯马市东的盟誓遗址，侯马盟书出土情况可证实文献记载可信。[①] 日本的高木智见先又作了更具体的整理：首先，将盟会的日期和场所通告相关的各国。盟会的场所通常选择在山川丘陵地带。然后在会所张大幕、筑土坛，于筑起来的高坛上树木柱，以示参盟者站立的位置。随后与参盟者商讨、合议载书内容，并由专职之史、祝、巫觋起草载文。随后掘坎、杀牲。正式举行仪式的时候，盟誓的主宰方，割下牲牛等的耳朵，放入盘中，随后歃血、宣读载书。其他参盟者也按顺序歃血、读载书。最后把载书放入土坎，有时也将作为牺牲的牛、羊、鸡等一起埋入。载书的正本埋入土中，副本藏于盟府，或者参盟人各自带回。春秋以后的盟誓几乎都因循上述仪式。[②]

为什么在春秋的盟誓仪式中有杀牲、割耳、歃血和自我诅咒——这四个最重要程序？从人类学的观点来看，盟誓祭仪里的杀牲是为了取血。血祭在盟誓中有至关重要的象征意义。杀牲仪式也与盟誓户的"歃血"相连贯。血液信仰是文明早期阶段世界许多民族和部族共同的原始信仰。对于血液的崇拜以至由此产生的血液禁忌，是人类在早期社会里形成的普遍思维意识。人类从包括人在内的所有灵长类在流失了血液之后就会死亡的经验中，意识到血液对于生命存在的不可思议的威力，由此而产生了对于血液的敬畏和崇拜。用血盟誓也成为世界各文化的通用做法，其实质是一种巫术行为，以此来对违约者进行制裁的一种信仰。仪式中的"割耳"是一种象征仪式，突出耳朵与声音的重要性，加重自我诅咒的"巫术"效应。总之，以实现遵守誓言、限制个人自由为最终目的的"会盟"，是通过神秘而庄重的巫术性表演仪式而完成。它对誓言（诅）和割耳、歃血等神秘巫术程序的仪式过程，旨在凸现神性权威和监督仲裁力量。

然而，为什么要"割耳"呢？这正说明在没有文字社会、或文字没有普及的时代，"口头宣誓"、会盟誓词的重要性。

3. 会盟誓词的神性制约

在未有文字以前，最早的盟誓只能是口头形式，文字产生以后盟誓才逐渐有文字为据。盟誓文体形态也是由最早的口头上的简单誓辞，逐渐发展到比较完整的文本，并形成正式的盟誓制度。即便是文字已经在大众中得到普及的社会，"口头宣誓"仍然是非常普通的形式。誓言所传达的对象是邀唤的神灵。而当誓言趋向文书化形式以后，又增加了把盟书埋入土坎、山林，或沉入河湖的仪式，象征性地表示将誓言以及牛、

---

① 张颔等整理《侯马盟书》，文物出版社，1976年。关于这方面的内容，还可参考张颔：《侯马东周遗址发现晋国朱书文字》，载《文物》1966年第2期。
② 转引吕静：《春秋时期盟誓研究——神灵崇拜夏的社会秩序再建构》，前引书，第46—47页。

羊、玉璧等供物送达到神灵的意图。在盟誓仪式的全过程中，宣誓和倾听誓言最为重要。在盟誓的祭祀场中，对于参盟人来说要强调的就是口和耳两部分器官。当事人在祭坛口通过口头语言向神灵陈述自己的意愿和遵守诺言的决心，并进行自我诅咒。

《春秋》全文记载会盟多达106次，但只记会盟的时间、地点和参盟人员。"三传"的相关记载更为详细，尤其《左传》记载了会盟的誓词，"誓"字在《左传》出现22次[①]。由此推论，春秋时简单的誓辞格式大致是"所不……者，有如……"。《左传》定公六年孟孙曰"所不以为中军司马者，有如先君。"孔疏："诸言'有如'皆是誓辞。"从《左传》所记誓词来看（文公十三年、宣公十七年。襄公十八年、襄公二十三年、襄公二十五年、哀公十四年），盟誓就是对自然神（如日月山川之类）或祖先神作出信守诺言的保证，并表示如果不遵守诺言，国家、氏族乃至后代都将降临种种灾难，无疑这些灾难都是最为严重和可怕的，因此也最有威慑力。按照西方学者所下的定义，盟和誓都是"约定将来做某事或者不做某事"，并且为了确保这个约定的实现，"邀唤神灵的名字，祈求神灵的惩罚"。[②]盟誓的核心内容就是对不守信者，将由神祇加以惩罚，降下灾难。盟誓的威慑力，正是基于当时人们对于神灵共同的崇拜与敬畏观念，盟誓给参盟者造成一种巨大的约束力与心理压力。

总之，盟誓的巫术渊源和神性效应使得它成为诸侯之间非常重要和常用的活动。在《春秋》记载"会盟"背后是一整套"诅咒"巫术仪式和文化信仰的影响。《春秋》以"会盟"作为叙事开端和全文枢纽，无疑是欲借助"会盟"的巫术性来对社会动荡的各种诸侯行为作神性制约与监督。"如果某件事情很危险并且结果不确定时，一种高度发展的巫术和与之相联的神话总是要出现的。"[③]春秋时期的会盟现象因其巫术效应和神圣力量，成为史家用来约束和见证春秋乱世的交往形式，并且在《春秋》叙事中起奠基和枢纽作用，是春秋乱世能凭借的神圣治疗载体。另外一方面，《春秋》记春秋后期会盟次数明显减少，诸子以后的典籍对此论述也甚少。这些说明了"会盟"作为一种巫术表演，其神圣性功能在春秋后期不断被削弱，意识形态领域的"神圣性"被不断建构为新的表征形式，其典型结果就是儒家话语和经学成为社会合法与稳定的主导。相应，具有神圣性、监督性和制约性的文化力量不再是"会盟"，而是"圣"、"道"、"礼"等范畴。对此问题的梳理和反思，有助于我们回归文本文明，在跨文化视域中对文本文化做深度"厚描"与阐发，许多问题还需进一步深究。

---

① "三传"中，"盟"字在《左传》里出现640次；在《公羊传》中出现162次；在《穀梁传》中出现172次。"誓"字在《左传》出现22次；在《穀梁传》中出现1次，在《公羊传》中没有出现。
② 吕静：《春秋时期盟誓研究——神灵崇拜下的社会秩序再建构》，前引书，第2页。
③ [英]马林诺夫斯基：《信仰和道德的基础》，转引自[德]恩斯特·卡西尔《国家的神话》，北京：华夏出版社，2003年，第338页。

附录 《春秋》结盟表

	鲁国参与的会盟	其它诸侯国之间的会盟	共计次数
隐公 （前722— 前712年）	宋国（2次） 邾、戎、齐、莒（1次）	纪、莒（隐2年） 齐、郑（隐3年） 宋、齐、卫（隐8年）	8次
桓公 （前711— 前694年）	郑（3次） 宋（2次） 戎、陈、蔡、燕、齐、纪、邾、杞、莒（1次）	齐、卫、郑（桓11年）	10次
庄公 （前693— 前662年）	齐（7次） 宋（2次） 陈、郑（1次）		7次
闵公 （前661— 前660年）	齐（2次）		2次
僖公 （前659— 前627年）	齐、陈、郑（9次） 宋、卫、许（8次） 曹（6次） 蔡（5次） 周、楚（4次） 莒（3次） 晋（2次） 秦、狄（1次）	齐、宋、江、黄（僖2年） 宋、曹、邾（僖19年） 邾、鄫（僖19年） 齐、狄（僖20年） 宋、齐、楚（僖21年春） 宋、楚、陈、蔡、郑、许、曹（僖21年秋） 卫、狄（僖32年）	21次
文公 （前626— 前609年）	晋（9次） 宋（6次） 陈、郑、曹（5次） 卫（4次） 许（3次） 蔡（2次） 雒戎、苏、徐（1次）		15次
宣公 （前608— 前591年）	卫（2次） 晋、曹、邾（1次）	楚、陈、郑（宣11年） 晋、宋、卫、曹（宣12年）	4次

	鲁国参与的会盟	其它诸侯国之间的会盟	共计次数
成公 （前590— 前573年）	晋（10次） 齐（8次） 宋、卫（7次） 曾、邾（6次） 郑（4次） 杞（3次） 莒（2次） 楚、秦、陈、薛、鄫、尹、 单（1次）		13次
襄公 （前572— 前542年）	晋、卫（10次） 宋、莒（9次） 郑、曹、杞（7次） 邾（6次） 滕（5次） 齐（4次） 薛（3次） 邾娄、陈、单（2次） 小邾、楚、蔡、许 （1次）		15次
昭公 （前541— 前510年）	齐、邾（2次）	刘、晋、齐、宋、卫、郑、曹、 莒、邾、滕、薛、杞、小邾（昭 13年）	3次
定公 （前509— 前495年）	齐、邾、郑（2次） 刘、晋、宋、蔡、卫、陈、许、 曹、莒、顿、胡、滕、薛、杞、 小邾（1次）	齐、郑（定7年秋） 齐、卫（定7年秋） 卫、郑（定8年）	7次
哀公 （前494—前468年）	邾（1次）		1次

汉代神话中的灾难主题与英雄叙事

黄 悦

（北京语言大学）

在近代科学和理性一统天下之前，神话曾经是人们认知和思维的主要参照系。虽然神话之形态多样，但每种神话体系大都包含对于世界起源的解释，其核心是宇宙发生论和演变论。这作为他们各自思考的坐标原点其重要性不言而喻，其另外一个重要价值是赋予现有社会秩序以合理性。在这个过程中，神话中的灾难叙事作为一种普遍的主题，具有丰富的意义。

在大多数神话系统中，灾难并不是作为一种创伤性的回忆出现，而是更多的是象征性地表现宇宙的周期性更新。中美洲的神话中，宇宙经历了四次毁灭，我们现在所生活的世界是重新建立的第五个世界。印度教将宇宙视为诸界生而复灭的序列；佛教也有"劫"与"轮回"的观念；伊朗的琐罗亚斯德教笃信，由于统摄良知与善行的奥尔玛兹德与破坏之神阿赫里曼鏖战不休，宇宙期也不断交替。[①] 泰国的《宇宙三代史》中也记载：由于水、火、风三种原因，世界屡遭破坏，却又几经更新。[②] 此类神话叙事具有相似的模式：首先是原本完美的世界秩序出现了巨大的灾难，在大多数情况下，这种灾难带有一定的伦理色彩，即自然的灾难也被归咎于人的过错；接下来是极端的灾难场景之描述，天崩地裂，电闪雷鸣，人类的存在受到巨大的威胁；在这样的场景中，英雄横空出世，以他的神力和德行使人类和世界得以保全或重新开始，而他也在这样的过程中获得了崇高的地位，成为新的统治者或者被膜拜的神祇。

伊利亚德认为这种周期性更新的观念始自人类早期的生活经验："为了理解、接受和控制那些威胁着丰收的危机（洪水、干旱等等），就将这些危机转换成神话。"[③] 所以，在神话与宗教的价值体系中，灾难往往是具有神圣意味的——只有不断回到世界的起点，神或英雄的权威才能获得根本性的保障。在历史上，这种力量往往为世俗

[①] [美]克雷默等：《世界古代神话》，魏庆征译，北京：华夏出版社，1989年，第416—420页。
[②] [日]大林太良：《神话学入门》，林相泰、贾福水译，北京：中国民间文艺出版社，1989年，第62页。
[③] [美]米尔恰·伊利亚德：《宗教思想史》，晏可佳等译，上海：上海社会科学院出版社，2004年，第39页。

的政权所利用,成为树立新权威的舆论工具,在历史记载中,此类英雄的形象和人间的帝王逐渐融合。

在中国,自商代以来,神明也和君主一样,需要凭借德行而不仅仅是血缘和天命来获得受人尊崇的地位,这种英雄形象就和君主的形象逐渐融合。郑振铎借鉴民族志材料对上古文献《汤祷》所作就的分析就揭示出帝王在上古社会生活中肩负着救灾的职责,他们必须通过特定的仪式性行为来承担上天降下的罪责,进而从危机中挽救整个部落或群体。显然,《汤祷》中所记载的是一次成功的祈雨行为,这次行为被记载下来是从正面表明商汤能够承担自身的责任并成功化解危机,因而是天命所在。

神话中英雄同样负有救世的责任,他们或者以其神异的能力救灾,或者以其卓越的德行济世,其中,大禹不仅作为治水英雄而被人们世代传颂,而且还成了中华文明的重要代表。顾颉刚曾经指出:"战国秦汉之间,造成了两个大偶像。种族的偶像是黄帝。疆域的偶像是禹。这是使中国之所以为中国的,这是使中国人之所以为中国人的。"①大禹的地位正是通过他治水救世的行为来加以确立的,但在汉代的文字记载中,这种行为已经逐渐褪去了神异的色彩而强化德行的要素,由此可见英雄之内涵发生了一定的变化。《淮南子》中的最有特色的治水神话见于洪兴祖补注《楚辞·天问》所引古本《淮南子》,为今本所无:

> 禹治鸿水,通轘辕山,化为熊,谓涂山氏曰:"欲饷,闻鼓声乃来。"禹跳石,误中鼓。涂山氏往,见禹方作熊,惭而去。至嵩高山下,化为石,方生启。禹曰:"归我子!"石破北方而启生。②

这其中包含一个典型的神话母题,即:作为神性英雄的禹具有在人和与动物(熊)之间变形的神奇能力,禹的这一能力很可能正是其治水的神力来源,也是他神秘的力量和地位的象征。从今人的视角来看,这很可能也是禹所在之部落的象征。这里的禹化熊代表了一种更为古老的神话观念,即部落公认的英雄与其崇拜的神圣动物之间具有根本的同一性。然而这则禹化熊之神话或许正是因为其反映了较为原始的信仰和观念,所以显得极不雅驯,为后世版本所不取。保留在同一本书中各处的治水记载则基本都是道德为中心,具体的细节湮没不闻,上古英雄的神异色彩也几乎全部褪去:

> 禹之决渎也,因水以为师。(《淮南子·原道》)
> 禹决江疏河,以为天下兴利,而不能使水西流。(《淮南子·主术》)

---

① 顾颉刚:《战国秦汉间人的造伪与辨伪》,载《秦汉的方士与儒生》,上海:上海古籍出版社,2005年,第241页。
② 袁珂、周明编:《中国神话资料萃编》,成都:四川省社会科学院出版社,1985年,第274—275页。

> 禹凿龙门，辟伊阙，平治水土，使民得陆处。(《淮南子·人间》)
>
> 禹之时，天下大水。禹身执蔂垂，以为民先，剔河而道九岐，凿江而通九路，辟五湖而定东海。(《淮南子·要略》)
>
> 禹沐浴霪雨，栉扶风，决江疏河，凿龙门，辟伊阙，修彭蠡之防，乘四载，随山栞木，平治水土，定千八百国。(《淮南子·修务》)
>
> 禹凿龙门，辟伊阙，决江濬河，东注之海，因水流也。(《淮南子·泰族》)①

正是这种伦理化、抽象化的改变使禹超越了一族之英雄而上升为华夏民族共同崇拜的英雄和祖先，由此，我们可以看出汉代以来对华夏文化共同体的建构痕迹。今天，当我们在大地震之后重提大禹的治水精神的时候，还是依稀看到了大禹这样的民族英雄在危难之中挺身而出、坚忍不拔的身影，感受到民族共同体的巨大凝聚力，从而了解这种集体记忆的历史真实性。

之所以在神话中灾难主题贯穿始终，一方面是出于人类对于不可测之自然的天然恐惧和试图寻求保护的愿望，另一方面，则是建构英雄形象的需要，在神话中，英雄的形象和权威总是通过灾难叙事来加以凸显，而这种英雄内涵的变化则直接反映了社会观念的变迁。"将宇宙从混沌紊乱的状态中拯救出来，改造为井然有序，是创世神话最主要的内涵，也是神幻时期众多文化英雄建立功业的依据所在。"②

随着神话的主题被转化到了世俗的伦理原则之中，这种英雄救世的思想也和强化王权的观念发生了融合，在这个过程中，某些英雄彻底成了王权的附庸。在汉初文献《淮南子》中，后羿射日之神话是比较典型的代表。《淮南子》中关于羿最完整的记载出现在《本经》篇中：

> 逮至尧之时，十日并出，焦禾稼，杀草木，而民无所食。猰貐、凿齿、九婴、大风、封豨、修蛇皆为民害。尧乃使羿诛凿齿于畴华之野，杀九婴于凶水之上，缴大风于青丘之泽，上射十日而下杀猰貐，断修蛇于洞庭，禽封豨于桑林，万民皆喜，置尧以为天子。③

这则神话虽然也是关于羿射十日和除害的，后羿的功绩却成为尧的政治资本，与此前的叙述发生了微妙的变化。在远古神话中，英雄和王者往往是合二为一的，而文明社会中的圣王与英雄却是各有分工，英雄必须归顺于以天命和仁德著称的圣王。前者是远古部落神话英雄观念的遗留，后者则是高度集权的政治结构之反映。由此可见，

---

① 刘文典：《淮南鸿烈集解》，北京：中华书局，1989年，第16、284、596、709、631、674页。
② [苏]叶·莫·梅列金斯基：《神话的诗学》，魏庆征译，北京：商务印书馆，1990年，第222页。
③ 刘文典：《淮南鸿烈集解》，北京：中华书局，1989年，第254—255页。

在汉初，王权的地位已经高高凌驾于英雄的力量之上，道德成了世界秩序的权威主宰。同样是救灾的英雄，羿已经不复是上古神话中太阳神的化身，而是成了一个沦落于人间的失败英雄。

还有一类英雄由于救世之功绩而被民间奉为万能之神祇，这是与社会群体之心理结构相对应的。《淮南子·览冥》中所记载的女娲补天是一则完整的救世神话。这也是今天所能见到的对女娲补天功绩的首次记载：

> 往古之时，四极废，九州裂，天不兼覆，地不周载，火滥炎而不灭，水浩洋而不息，猛兽食颛民，鸷鸟攫老弱，于是女娲炼五色石以补苍天，断鳌足以立四极。杀黑龙以济冀州，积芦灰以止淫水。苍天补，四极正，淫水涸，冀州平，狡虫死，颛民生。背方州，抱圆天，和春阳夏，杀秋约冬，枕方寝绳，阴阳之所壅沉不通者，窍理之；逆气戾物，伤民厚积者，绝止之。①

人们通常将这个神话概括为"补天神话"。实际上，在这则救世神话中对于女娲功绩的记述并不止于补天，同时出现的还有治水、平冀州、杀狡虫，并列的几项功绩并没有主次之分。学者们对于这则神话有很多种解释，有人认为女娲神话是远古时期大地震的反映；②有人认为"女娲补天"神话是原始社会生殖崇拜的反映；③有人认为这则神话是远古时期第四纪冰川导致的人类生活环境艰苦的反映等④。

这则神话正是相互联系的三个神话母题变化和重组的结果。第一部分描述了"往古之时"的巨大灾难可以视为神话中的末世母题。这里所描绘的天崩地裂是创世神话的一种变形和前奏：天地的秩序出现动摇，水火弥漫于整个大地之上，各种猛兽威胁到人类的生存，宇宙秩序陷入危机。按照伊利亚德的观点，此类神话体现了往复循环、周期性再生的宇宙观。这也是神话中对灾难的独特解释：世界重新陷入混乱和危机之中正是重建秩序的契机，也是英雄诞生的时刻。

接下来女娲富有象征性的行动可以看作周期性模拟创世仪式，而女娲在其中的行为表明其全能的大母神神格。美国学者贝缇娜在其所撰《神话中的女性》一书中指出：女娲造人、补天、执规、蛇身、变形等母题，表明其代表了父权制文明尚未确立时的全能女神信仰，那时的女神不仅是崇拜的中心，而且是宇宙秩序和自然和谐的代表。⑤

---

① 刘文典：《淮南鸿烈集解》，北京：中华书局，1989年，第206—207页。
② 王黎明：《古代大地震的记录——女娲补天新解》，《求是学刊》，1991年第5期。
③ 刘毓庆：《"女娲补天"与生殖崇拜》，《文艺研究》，1998年第6期。
④ 吴泽：《女娲传说史实探源》，《学术月刊》，1962年第4期。
⑤ Bettina L. Knapp, *Women in Myth*, State University of New York Press, 1997, p.185.

神话的最后描述了女娲救世的成果，这实际上是对现有宇宙秩序的重新神圣化。四极代表与中央相对的四个水平方向的稳定，冀州在当时的观念中就是大地之中心，冀州平就是中央的地位得到了确认，象征毁灭性邪恶力量的狡虫被杀死，世界从混沌的状态中被拯救了出来，进入了正常有序的运转之中。至此，救世和再创世的过程一并完成，女娲也确立了她的权威。

据此，《淮南子》中的这则女娲补天神话应该准确地被称为再创世神话，其核心在于通过仪式性的创世使得世界重归于神圣的秩序，而此举则象征着整个世界得以净化。

值得注意的是，在民间信仰中，女神的救世特征被格外强化，女娲只是其中的一个代表。美国印第安纳大学的李·伊瑞恩在《神性与拯救：中国的大女神》[①]一文中对历代中国女神群体进行了整合性分析。她通过对中国民间信仰中最有影响的四位大神——女娲、西王母、观音和天后的比较分析，揭示出中国古代对于女神的普遍观念。伊瑞恩认为这些女神的共同特点在于：都是救苦救难的神灵；都与水有一定联系；在拯救人类于困厄之中的仁慈行为中，都显示出女性的独特品质；这些女神在民间的独立盛行显示了一种对男性占据优势的社会结构秩序的紧张心理。由此可见，被赋予了救世功能的女性神祇在民间信仰中更容易受到普遍的崇拜，她们的救世行为与女性特质联系在一起，成了人们舒缓恐惧和焦虑的寄托。

通过对特定语境中的灾难神话和英雄叙事的回顾，笔者认为，神话中的灾难是以人类深层的创伤记忆为基础的叙事，此类灾难和英雄神话在社会意识形态的建构过程中对于统摄人心和建构权威发挥着重要的作用。更重要的是，经过了这种文化建构和神圣化之后的灾难神话和英雄神话共同构成了一种功能性的神圣叙事，而不仅仅是一个群体的创伤性记忆，这也正是神话在文明社会中发生变形并发挥作用的一个缩影。在经历了巨大灾难的创痛之后，我们更深地明白灾难主题何以在各种文化形态中反复出现；神话的时代或许已经过去，但我们依然需要精神的关怀和心灵的慰藉。更重要的是：人类在同灾难顽强抗争的过程中所呈现出的不屈斗志和创造力，恰恰激发出巨大的前进动力和凝聚力，这或许正是所谓"多难兴邦"的深层内涵所在。

---

① Lee Irwin, *Divinity and Salva: The Great Goddesses of China*, Asian Folklore Studies, Vol.49, NanZan University, Nagoya, Japan, 1990, pp.53—68.

神话与灾难：文学治疗之源的探究
——以天梯神话为中介

代云红

（上海华东师范大学）

一、神话的发生与人类大灾难

在人类上古时期的各种自然灾害中，"水最为大"。单以汉语文献的记载来看，就令人惊怵：

"汤汤洪水方割，荡荡怀山襄陵，浩浩滔天。"（《尚书·尧典》）
"当尧之时，鸿水滔天，浩浩怀山襄陵。"（《史记·夏本纪》）
"当尧之时，天下犹未平。洪水横流，泛滥于天下，草木畅茂，禽兽繁殖；五谷不登，禽兽逼人。兽蹄鸟迹之道，交于中国。"（《孟子·滕文公上》）
"尧、禹有九年之水，汤有七年之旱。"（《汉书·食货志》）
"往古之时，四极废，九州裂，天不兼覆，地不周载；火爁焱而不灭，水浩洋而不息；猛兽食颛民，鸷鸟攫老弱。于是女娲炼五色石以补苍天，断鳌足以立四极，杀黑龙以济冀州，积芦灰以止淫水。苍天补，四极正；淫水涸，冀州平；狡虫死，颛民生；背方州，抱圆天。"
……

在中国，最广为流传的女娲止淫水、鲧禹治水神话传说就有力地回应了这场大洪水灾难，把人类抗击自然灾害的惊心动魄的壮烈场面深刻留给了后世。

另外，据陈建宪先生研究，大洪水神话几乎遍布世界各地。他说，世界上的洪水神话故事大体上可分为六个洪水故事圈：地中海洪水故事圈、印度洪水故事圈、东南亚洪水故事圈、美洲洪水故事圈、大洋洲洪水故事圈，还有非洲洪水故事圈。他指出："过去，人们一致认为非洲草原没有洪水故事。但随着调查的深入，这个结论也被推翻。"[1]

如果说汉语文献和民俗学材料记载的大洪水神话传说还存在着想象及虚构的成分，那么考古学、地质学、气象学则多少提供了这方面的可靠信息——尽管目前关于上古灾难事件的报道还很少。以青海民和县官亭盆地的喇家村遗址为例，据考古学家推断，青海民和县官亭盆地的喇家村遗址属于齐家文化中晚期遗址，距今约4000年左右。考古学家根据对喇家村遗址地质结构等方面的考察与分析，认为造成喇家村遗址彻底毁灭的原因是黄河异常洪水的泛滥。另外，根据一些专家的研究来看，黄河异常洪水的泛滥又与4000年前的天文异常、气候异常、地震、黄河改道等因素有着密切的关联。[2]还有，从文化类型来看，喇家村遗址文化属于齐家文化，与古史传说中的夏代文化基本处于同一时段，而这一时段与历史文献记载的尧禹时发生的大洪水时间多有叠合之处。总之，历史文献、民俗学材料记载的大洪水神话不全是"满纸荒唐言"，而是有一定历史根据的。

大洪水造成的灾难是刻骨铭心的，以至于除历史文献、民俗学材料有记载外，还深深铭刻在文字构形上。如甲金文"昔"字写作"𣊹"、"𣊽"、"𣊾"；"灾"字写作"烖"等。

从我们举出的历史文献、民俗学材料、考古学证据以及汉字信息来看，神话就植根于人类大灾难之中，如果把大灾难排除在神话的视野之外，我们就不能准确理解神话产生的"情感背景"[3]，同时也无法正确理解神话中的情感内容，这样很容易忽视神话的心理治疗功能。因此，我们应纠正对待神话的两种态度：一是把神话与历史对立起来；二是认为神话纯粹是虚构或想象的故事。这两种态度的弊端是使神话脱离它的发生场域，使我们只注意到它的象征意蕴，而忽视这种象征意蕴与社会现实之间的互动关系。

二、对洪水神话结构要素与主题的分析

神话的心理治疗功能是通过天梯神话宇宙观模式的心理塑型来完成的。天梯神话的核心主题是"救命"。[4]它来自人类面对大灾难，尤其是大洪水灾害时因恐惧、害

---

[1] 陈建宪：《论中国洪水故事圈》，华中师范大学，博士学位论文，2005年，第5—9页。
[2] 关于详细的情况请参阅下面的文章：夏正楷，杨晓燕《我国北方4kaB.P.前后异常洪水事件的初步研究》，《第四纪研究》，2003年，第23卷，第6期。吴文祥，葛全胜《夏朝前夕洪水发生的可能性及大禹治水真相》，《第四纪研究》，2005年，第25卷，第6期。王清《大禹治水的地理背景》，《中原文物》，1999年第1期。
[3] [德]恩斯特·卡西尔：《国家的神话》，范进、杨君游、柯锦华译，北京：华夏出版社，1999年，第14页。
[4] 吴持哲编：《诺思洛普·弗莱文论选集》，北京：中国社会科学出版社，1997年，第201页。

怕而从内心里发出来的强烈"求生"意愿。因此，要理解天梯神话的"救命"主题首先须从洪水神话说起。

美国民俗学家阿兰·邓迪斯指出："以单个文本为基础来分析某个民间故事（或者某个民俗体裁的其他任何样本）从来就是不合适的。"[①] 洪水神话研究也是如此。为了从整体上把握洪水神话的结构要素和核心主题，我们将依据洪水神话叙述的顺序，采用下面的方式来提取中国大陆地区和台湾地区洪水神话里的核心要素。第一类洪水神话是大陆内陆地区的洪水神话，其神话要素与基本情节模式是：地震、干旱、大火、大雨→洪水→人灭绝→兄妹婚→人种诞生。第二类洪水神话是台湾原住民口传文学中的洪水神话，其神话要素与基本情节模式是：洪水→兄妹（或其他人）避难于高山→保全性命。[②] 比较这两类神话，我们注意到：第一，在大陆内陆地区的洪水神话里，突出了灾难的原因与人类再生的主题，而且在洪水发生的原因里往往包含着道德惩罚的内容，如吃雷公肉、触怒雷公，引发洪水，灭绝人类等。在台湾原住民口传洪水神话里，对洪水原因的叙述比较简略，主要强调的是高山和保全性命的主题。也就是说："避居高山是台湾原住民洪水神话中最普遍的情节"。[③] 第二，洪水神话最根本的结构要素和主题是"高山"意象与"救命"主题，它为我们解读息壤神话、山岳崇拜、昆仑—蓬莱仙乡神话提供了重要的线索，也就是说，大洪水神话中的"高山"意象与"救命"主题具有结构塑型和情感认同的原型性作用，它为这些神话提供了形态模式、原型意象和主题意涵。这是弗莱研究文学程式时带给我们的深刻启示，即通过对"多样性"的神话进行分解、区分与重新组合，最终达到对神话"统一性"的认识。

伊利亚德指出，"圣地"的成因就在于它不会被洪水淹没。[④] 李子贤先生在分析中国云南独龙族崇拜或祭祀卡窝卡普山的深层原因时也指出，卡窝卡普山是人类祖先在大洪水发生时躲避洪水得以幸存的圣地，因此卡窝卡普山被视为民族的发祥地。[⑤]

---

① [美] 阿兰·邓迪斯《民俗解析》，户晓辉编译，南宁：广西师范大学出版社，2005 年，第 189 页。
② 巴苏亚·博伊哲努（浦忠成）：《台湾原住民的口传文学》，台北：台湾常民文化事业股份有限公司，1996 年。
③ 详情见鹿忆鹿《洪水神话——以中国南方民族与台湾原住民为中心》，台北：台湾里仁书局，2002 年，第 211—212 页。应指出的是，鹿忆鹿认为大陆南方民族未见到洪水神话中避居高山的情节单元是不符合实际的。如李子贤就指出，"流传于云南大多数少数民族中的洪水神话，讲述人类再生（第二次造人）时，特别突出了高山的作用：或高山在洪水滔天时保存了人种；或兄妹开亲时其合婚仪式为兄妹俩分别在两座山上往下滚磨盘。"见李子贤：《中国云南少数民族的山神神话与民俗》，《中国神话与传说学术研究论文集》（下册），台北：台湾汉学研究中心出版，1996 年，第 481 页。台湾原住民洪水神话和云南洪水神话都保留了较为原始的形态，这是否意味着"高山"意象是洪水神话最初始的形态？如葫芦、船等都是后来添加上去的呢？
④ [美] 米尔恰·伊利亚德：《神圣与世俗》，王建光译，北京：华夏出版社，2002 年，第 13 页。
⑤ 李子贤：《中国云南少数民族的山神神话与民俗》，李亦园、王秋桂主编《中国神话与传说学术研究论文集》（下册），台北：台湾汉学研究中心出版，1996 年，第 477 页。

伊利亚德和李子贤对"圣地"成因的解析揭示了大洪水中使人活命的"高山"乃是山岳崇拜的原型,这说明在山岳崇拜的行为里隐含着对洪水"高山"意象与"救命"主题的文化记忆。

文字学方面的研究提供了这方面的信息:一是"州"字。《说文》释"州"说:"州,水中可居曰州……昔尧遭洪水,民居水中高土,故曰九州。"二是"尧"字。臧克和先生指出,"尧"字取象于"丘"是因为"'尧'字背后隐括了中国文化史发轫期初民关于'尧遭洪荒'的惊心动魄的记忆。"① 三是"仙"字。"仙"字古体写作"仚"。《说文》释"仚"字说:"仚,人在山上貌,从人山。又谓'僊',长生僊去,从人僊。"段注:"僊,升高也。"梅新林先生说:"升高"即"升山也。升山即能升天,升天即能获得不死。"另外,他还指出,"无论是'仚'还是'僊',都与'山'有十分密切的渊源关系。"② 不过,梅新林先生把"仚"和"僊"字的成因解释为"盖围高山云雾缭绕,山天相联,似隐似现,极易令人产生飘然登于天国仙境的联想与幻想之故"却是不得要领的,这是由于不了解"仙"、"仚"和"僊"字的神话发生学语境所造成的。因为"尧"字从"山"("山"的总名)被"神化"(人格化变形)为"帝"(人格化总名)就提示了"仙"字的发生学过程:洪水→高山(岛)→神→仙人。③ 这就是弗莱说的神话"置换变形"的问题。

不过,洪水神话虽然为山岳崇拜的宗教发生心理提供了结构基础和主题内涵,但这种结构要素和主题内涵要得以彰显还须经过天梯神话宇宙观系统的构塑才具有宇宙论的意涵。

三、天梯神话与心理治疗

(一)天梯神话宇宙观模式

天梯神话宇宙观模式体现在垂直和水平两个向度上。首先,垂直向度宇宙模式通过"上/下"双重对立,把宇宙垂直划分为"天、地(中土)、地下"三个部分。"天"

---

① 臧克和:《说文解字的文化说解》,武汉:湖北人民出版社,1997年,第397页。
② 梅新林:《仙话:神人之间的魔幻世界》,上海:三联书店,1992年,第19、18页。
③ 臧克和先生从共时性("尧"字语义场)角度指出,"尧"字作为一个"集合概念"包含着高丘、高人、贤明君主等意思。但是,如果从历时性角度来看的话,"尧"字的几种含义则显示出从山到神的发展线索。见臧克和:《说文解字的文化说解》,湖北人民出版社,1997年,第397页。

就是神界,"中"就是人世间,"下"就是鬼魅世界。这是一个以神鬼为中心的世界。①围绕着垂直向宇宙观,"救命"主题伸展为一个死亡(向下)→救命(中)→求生(向上)的主题模式。其次,水平向度的宇宙模式把洪水"高山"意象扩展为一个陆地居中,四面环水的宇宙图式。中国的"九州"或"岛"的观念即是。②这是一个以人类为中心的世界,它包括己/彼、近/远、内/外、中央/外域等语义对比的范畴。③围绕着水平向宇宙观,"救命"主题铺展为一个以到域外或海岛上求生为主的主题模式。总之,天梯神话宇宙观模式系使洪水"高山"意象和"救命"主题在"十"字坐标体系中具有了宇宙论的意涵。从这里来看,天梯神话宇宙观模式促进了洪水神话从"自然的"状态转向"人文的"状态。

(二)天梯神话中的"死亡—救命—求生"模式

天梯神话的基本意象是高山或大树。高山或大树之所以被称为宇宙山或宇宙树,成为世界命运之所系,就在于它们拥有相同的功能,即在大洪水中拯救了人类。苗族《枫木歌》就讲到:远古那时候,山坡光秃秃,只有一棵树,生在天角角,洪水淹不到,野火烧不着。如果说,苗族《枫木歌》讲的还比较含蓄,那么满族洪水神话则说得比较直白:"在天连地、地这天,遍地大水的时候,人们无法生活下去了,阿布卡赫赫给人世万物扔下了神奇的柳枝,拯救了生灵。"④彝族《勒俄特依》《雪子十二支》也讲到,在远古时候,天地熊熊燃烧。无论祖灵派银男金女,还是黄云和红云到地上来都不能成为人类。而当天上降下桐树来之后,人类开始遍布天下。在一些民族的信仰里,祭山或祭树同时包含着对氏族祖先或氏族起源地的膜拜,其原理大概即在于此吧。由此我们也可推测一些民族的丧葬仪式——如山葬(彝族向天坟)、悬棺葬、树葬的某些可能性的原因,它们大概与洪水"高山"意象与"救命"主题有着密切的关联。

伊利亚德说:"每一个结构和创造都有一种宇宙起源作为它的范式"。⑤昆仑和蓬莱两仙乡神话系统就是这两种神话宇宙观模式的显示,它们是人类反危机的两种心理治疗模式。

---

① [苏]叶·莫·梅列金斯基:《神话的诗学》,魏庆征译,北京:商务印书馆,1990年,第277页。弗莱也说:"冥神与鬼判又可称作楼梯顶上的神"。见吴持哲编《诺思洛普·弗莱文论选集》,中国社会科学出版社,1997年,第199页。
② 臧克和先生就指出,"'九州'具体得名,皆与'高地'(山)、'大水'(洪水)两个因素相联系。"另外,他还说,"九州"观念的产生与"尧"有着发生学的联系,"九州"实际上就是全国各地位于名川之间的有代表性的大山或高敞地的称谓。臧克和:《说文解字的文化说解》,武汉:湖北人民出版社,1997年,第405、407页。
③ [苏]叶·莫·梅列金斯基:《神话的诗学》,魏庆征译,北京:商务印书馆,1990年,第277页。
④ 李景江:《满族洪水神话的发展演变》,《北方民族》,1988年第1期。另参阅李炼在《满族与柳》中讲的类似情形,《满族文学》,2008年第2期。
⑤ [美]米尔恰·伊利亚德:《神圣与世俗》,北京:华夏出版社,2002年,第17页。

(三) 天梯神话中的心理治疗模式

1. 山岳崇拜与心理治疗

山岳崇拜是最重要的宗教文化现象之一。以《山海经》为例，有学者指出：《山海经》最重要的也最古老的是"山"经。[①] 据王育武先生的统计，《山海经》总共记录了451座山。其中，《南山经》41座山，《西山经》78座山，《北山经》88座山，《东山经》46座山，《中山经》198座山。另外，他还指出，《山海经》在每一座山系之后还特别记录了其山神的特征和祭祀仪礼。[②]《山海经》对山的繁复记载，彰显了山岳崇拜在中国古代社会的重要性。

关于山岳崇拜的原因，有学者指出，"神仙传说中的山岳崇拜的痕迹首先可从'仙'字中找到。最终极的存在神仙就称为山人。"[③] 把"仙"和山岳崇拜联系起来，确实为我们解析山岳崇拜的发生心理提供了线索。不过，这一解释还是不充分的，它有"望文生义"之嫌，而且也极容易陷入山岳崇拜的发生根基乃是出于对神的畏惧的神秘观念之中。

还是《淮南子·地形训》对昆仑山特性的解释促进了我们对问题的思考。《淮南子·地形训》说："昆仑之丘，或上倍之，是谓凉风之山，登之而不死；或上倍之，是谓悬圃，登之乃灵，能使风雨；或上倍之，乃维上天，登之乃神，是谓太帝之居。"从字面意义上看，这段话的核心是对登山成神过程的描述。我们可用这段话来补充上面学者的看法。不过，我们举出这段话的意义不限于此，而在于它突出了这样一个问题：山的"神性"。这间接地揭示了山岳崇拜的原因，山有"神性"——它能让人不死，长生不老。不过，我们仍要追问的是，山的这种"神性"是从何而来的？是"天生"的吗？不是。是神赐予的吗？也不是。从我们前面对洪水神话的分析来看，山岳的这种"神性"应是由洪水"高山"原型意象引申出来的。这或许是中国古代文人喜欢隐居山林的一个重要原因吧。

洪水神话中的"高山"意象是山岳崇拜的原型。不过，"高山"意象最终要成为山岳崇拜的动因，还须经过天梯宇宙观的型塑方可成为崇拜的对象。昆仑山被称为宇宙山就很能说明问题。昆仑山的"神性"也与此相关。首先，从垂直向度宇宙模式来看，昆仑山位于天地之中，郭璞注《山海经·海内西经》说："昆仑虚……盖天地之中也。"昆仑山顶端是诸神居住之所，其下端弱水。《山海经·大荒西经》说："昆仑之丘，……

[①] 叶舒宪、萧兵、郑在书：《山海经的文化寻踪》，武汉：湖北人民出版社，2004年，第817页。
[②] 王育武：《〈山海经〉与风水的山岳崇拜》，《华中建筑》，2007年第6期。
[③] 叶舒宪、萧兵、郑在书：《山海经的文化寻踪》，武汉：湖北人民出版社，2004年，第239页。

其下有弱水之渊环之。""弱水"就是阴间黄泉之水。其次,从水平向度宇宙模式来看,昆仑山又居于宇宙之中,四面环水。《水经注·河水》卷一说:"昆仑墟在西北,三成为昆仑丘。……地之中也。"《御览》卷932引《山海经》说:"昆仑山有青河、白河、东河、黑河环其墟。"总之,昆仑山作为"圣山"或"宇宙山"的结构基础就是"山在水中"——"岛"的观念也由此而来。因此,从垂直向度来看,昆仑山的"神性"蕴涵着向上"求生"的主题。登山的过程就是摆脱死亡、求生的过程,《论衡·道虚篇》就说:"升天之人,宜从昆仑上。淮南之国,在地东南,如审升天,宜举家先从昆仑,乃得其阶。"这就是人登上昆仑山能不死,在山上能成为"仙人"的原因。这样看来,崇拜或祭祀山岳就具有了心理治疗的作用。

2. 寻找"仙乡"与心理治疗

寻找"仙乡"是古人"求生"愿望的一种强烈表现。最著名的要算是蓬莱仙乡神话系统了。

王孝廉先生认为,蓬莱仙乡神话的发生与归墟信仰有关。他说:"归墟信仰是仙山传说发生的母胎,而产生归墟信仰传承的是黄河之水,是古代人人见到黄河之流水日夜不停地注入渤海,而海水并无增减的现象而产生的神话性的信仰。"① 王孝廉先生的解释颇值得商榷,他没有阐明蓬莱仙乡为什么要"建立"在海岛上面,而不是海里或海底呢?还是《说文》和《释名·释水》释"岛"透露出了一些信息。《说文》说:"岛,海中往往有山可依止,曰岛。从山鸟声。"《释名·释水》说:"海中有可居曰岛,岛,到也,人所奔到也,亦言鸟也,人物所趣如鸟之下也。"从《说文》与《释名》对"岛"字的解释来看,"岛"就是海中的山。洪水淹不到的地方就是"圣地","圣地"的形态模式其实就是"岛",换言之,"岛"也不过是洪水"高山"原型性意象的置换而已,它具有与"仙"(仚、僊)相同的功能特征,也包含着"救命—求生"的主题。② 昆仑仙乡与蓬莱仙乡都是"帝乡",二者之别乃是由神话宇宙混同观引起的:"垂直向模式诉诸一系列'混同'与水平向模式相应,此类'混同'实则为变易。联结两模式的主

---

① 王孝廉:《中国的神话世界》,北京:作家出版社,1991年,第75页。
② 我们可以从"岛"与"仙"的关联上做进一步解释。"人在山上"就是"仙",而"仙"的古字"僊"就是舞袖飘荡的意思,"舞袖飘荡"实际上是对巫师形象的一种描述。"鸟在山上"就是"岛"字,叶舒宪从图腾分类角度认为,"岛"字是东夷鸟图腾的反映(请参阅叶舒宪《中国神话哲学》,中国社会科学出版社,1992年版,第303—307页)。不过,更准确地应该是"鸟在山上"也是对巫师的一种描述,因为"巫"和"仙"都以鸟类、飞翔等为媒介形象,两者间存在着渊源关系(详情参阅叶舒宪、萧兵、郑在书《山海经的文化寻踪》第255页,武汉:湖北人民出版社,2004年)。"鸟在山上"与"人在山上"都含有成仙的意思,因此二者具有相同的功能特征和"救命—求生"的主题。

要环节是北以及东与下界的混同（下界为亡者和冥世邪魔的境域）。"① 这表明昆仑仙乡神话和蓬莱仙乡神话实际上是"异形同构"的神话。这就是两类神话系统都有不死药，且对"仙境"的描述有诸多相同之处的原因。这样看来，把仙乡设置在水中的岛屿上仍然与洪水神话中人们漂流到高山避难的文化记忆有关。

汉族神话《混沌初开》虽然是一个晚出的故事，但它把"昆仑山"和"蓬莱山"融合在一起，恰恰为我们提供了重要的心理信息。

> 把不肖弟子砍成五块，抛进了汪洋大海刹那间，海面激起震天动地的巨响，五块尸体变成了五座大山。这五座大山总名称为"昆仑"。从此大地产生了。
> ……
> 第二场大洪水的恐惧还没有在神人的记忆中消失，第三场更大的洪水又接连而来。一天，玄黄站在蓬莱山上迎着旭日，望着大海出神。忽然看到茫茫的水天相接处出现了一个黑点。这黑点越靠越近，原来是一只大葫芦周围由五条龙护卫着。

这个神话传说有两点值得注意：一是它把"昆仑山"与"蓬莱山"糅合在一起，提示了它们的神话语境——洪水神话。二是"昆仑山"是大地的"总名"。这与臧克和先生对"尧"字的分析是一致的。由此，我们也可以领会到，《山海经》分为"山经"和"海经"两部分的分类依据原来是来自洪水神话"高山"意象的原型启示，而天梯神话宇宙观模式为其分类提供了模式参照。

从神话到仙话，一个重要的变化就是从神到人，其中道教、方士的出现在相当程度上改变了"救命—求生"的方式——炼丹、制药。这是否意味着仙话的灾难生活场景也必然发生了改变？从历史角度来看，秦汉时期是仙话最繁盛的时期，而秦汉时期仍然是各种灾难频发的时期。据学者统计，秦汉440年间，出现的各种灾害多达375次。其中旱灾81次，水灾76次，地震68次，蝗灾50次，雹灾、雨灾35次，风灾29次，大歉致饥14次，疫灾13次，霜灾、雪灾9次。此外，还有山崩、地裂、雷暴、陆龙卷、黄河改道、海洋大风风暴潮、海啸、大雨海溢等灾害多次。② 这就从社会层面解释了秦汉时期为什么会出现那么多的山岳崇拜和寻找"仙乡"的传说了，原来这里面隐藏着深刻的社会原因。不过，社会因素还不能为崇拜山岳和到海岛寻找"仙乡"提供结构基础、形态模式和情感认同，它还需要经过天梯神话宇宙观的型塑才能实现。

---

① 王孝廉：《中国的神话世界》，北京：作家出版社，1991年，第75页。
② 邱国珍：《三千年天灾》，南昌：江西高校出版社，1998年，第65页。

3. 天梯神话与仪式治疗

天梯神话的心理治疗功能，除了表现为信仰治疗外，还表现为仪式治疗。仪式治疗就是以天梯神话宇宙模式为行动准则，通过一定的仪式展演达到禳灾驱邪，救治疾病的活动。仪式不仅针对个人，而且也针对国家，如《周礼·春官·女巫》云："凡邦之大灾，歌哭而请。"《周礼·春官·司巫》说："若国大旱，则率巫而舞雩。"《周礼·春官·司巫》讲："国有大灾，则帅巫而造巫恒。"离开了天梯神话宇宙观模式的参照，仪式治疗的意义及行为也就会变得不可理喻了。

萨满巫师就是与天梯联系在一起才成为沟通人间、神界、冥界的中介者的，他的"上天入地"的奇异能力也来源于此。叶·莫·梅列金斯基就指出："宇宙树与萨满的关联异常紧密，而且无比繁复。首先是仰赖宇宙树，萨满始可沟通人与神、地与天，履行其中介者、媒介者的职能。"① 米尔希·埃利亚德也说："在许多文化中，都存在着这样一种观念，由于最初的死亡所产生的精神与肉体的分离是伴随着一次整个宇宙的结构变化的：天被隔得更远了，天地之间的联系手段也被毁坏了（把天地连在一起的树、藤蔓、或天梯被切断了，或者，那座宇宙之山也被夷平了）。此后，诸神便再也不像以前那样容易接近了；他们住在远隔人世的最高天上，只有萨满和巫师才能到那儿见到他们，见到神灵时，巫师、萨满表现得心醉神迷，据说这是'神灵附身'。"②《山海经·大荒西经》中讲到的巫咸、巫即、巫朌、巫彭、巫姑、巫真、巫礼、巫抵、巫谢、巫罗十巫携带百药上下于灵山，实际上就是借助天梯来施行治疗职能的。人类学田野调查也证实了这种情况的存在。如在锡伯族萨满治疗中，通过了上刀梯仪式（刀梯是天梯的一种变体）的萨满才能够上天入地，通达神灵世界，治百病。③ 这说明天梯神话宇宙模式是萨满从事仪式治疗的基础。

由于萨满的奇异能力是依靠天梯神话宇宙模式获得的，因此萨满的职能之一就是"救命"。《广雅》就说："毉，巫也。"臧克和先生指出："古代巫与医两边本同在一人之身。巫者即是施医者，所以古'醫'字原可从'巫'异构作毉。"另外，他还说："疾"字取象于巫术活动，后世"疾"字多作"疾病"解，与"醫"存在某种联系。④ 仪式治疗的特点是"注重寻找疾病的终极原因，把疾病与对超自然的信仰挂起钩来——疾

---

① [苏] 叶·莫·梅列金斯基：《神话的诗学》，魏庆征译，北京：商务印书馆，1990年，第240页。
② [美] 米尔希·埃利亚德：《神秘主义、巫术与文化风尚》，宋立道、鲁奇译，北京：光明日报出版社，1990年，第44—45页。
③ 孟慧英：《寻找神秘的萨满世界》，北京：西苑出版社，2004年，第45—50、61—64、100—101页。
④ 臧克和：《说文解字的文化说解》，武汉：湖北人民出版社，1997年，第322、323页。

病源自他们的鬼怪与祖先。"[①]把疾病的终极原因同鬼怪与祖先联系起来显然与天梯神话宇宙模式有关,因为"冥神与鬼判又可称作楼梯顶上的神。"[②]由于古代对疾病的治疗(在某种程度上)是纳入到天梯神话系统中来加以辨识和理解的,因而在古代的神话仪式、神秘思维当中也就显示出了很明显的病理志特征。[③]它说明萨满仪式治疗首先是一种信仰治疗或意义治疗,其次才是一种医学实践。

四、结　语

天梯神话宇宙观模式与仪式治疗的融合,不仅使神话的"救命—求生"主题更加彰显或突出了,而且也促进了仙话的产生。"神话"与"仙话"的区别主要在神圣性与世俗性,或"求生"方式上,而不在结构叙述原则上。在非神话时代,这种结构叙述原则表现为弗莱所说的具有仪式叙事内涵的 U 型原型性模式和对梯子原型性意象的运用。伊利亚德说:"历史不可能从根本上改变一个古代象征意义的结构。虽然历史总是不断地增加着新的意义,但是他们并不能毁灭象征的结构。"[④]另外,弗莱在分析现代诗中的梯子意向时也指出:"现代诗人之所以对梯子和螺旋感兴趣,并非出于对已过时的'创世'形象的怀旧心理,而是意识到,由于这些形象意味着通过言语可以强化意识,它们可以说是代表着关切中的关切、意识中的意识。"[⑤]这就提示我们,虽然社会历史条件发生变化了,但一种原型性叙事原则并不会随着历史变化而彻底消逝。只要灾难还在,人类就会不断地返回到为人们所熟知的神话传说和知识中获取精神动力或神话智慧,这是因为神话就深植于人类大灾难之中,它是人类情感生活中不可或缺的重要部分。

(本文系华东师范大学 2009 年优秀博士生研究生培养基金资助项目(200901)阶段性成果)

---

① 巴莫阿依:《凉山彝族的疾病信仰与仪式医疗》(下),《宗教学研究》2003 年第 2 期。
② 吴持哲编:《诺思洛普·弗莱文论选集》,北京:中国社会科学出版社,1997 年,第 199 页。
③ 彭兆荣:《人类学仪式的理论与实践》,北京:民族出版社,2007 年,第 309 页。
④ [美]米尔希·埃利亚德:《神秘主义、巫术与文化风尚》,宋立道、鲁奇译,北京:光明日报出版社,1990 年,第 44—45 页。
⑤ [加]诺思洛普·弗莱:《神力的语言》,吴持哲译,社会科学文献出版社,2004 年,第 182 页。

关于古代天灾救济模式的思考
兼及五行灾异说的考索

殷学国

(华东师范大学)

一

在古代典籍中，对于天灾主要有两种认识。一种观点认为天灾是上天对众生的警诫和惩罚，众生尤其君主应当因天灾而自省[①]；另一种观点认为天灾是上天对其"选民"的考验，为其出类拔萃提供条件，是成就功业的绝佳机会[②]。两种观点都把天灾当做一种转折，都隐隐地暗示灾难背后潜伏着新的契机。但在现实的层面，天灾能否转化为新的契机，英雄功业能否被承认，不仅取决于主体的作为，还受到对这种作为进行评价的解释系统的制约。

一

语言不只是人类理解、破译世界意义的符号，还是建构人类认知结构的模型材料。[③]文字，尤其象形文字，积淀着造字之初先民对于他们那个时代的记忆和认识，一种图像化的心理记忆。汉字就属于这样一种文字。通过汉字，特别是甲骨文字，透过先民们所描绘的世界图像，可以获得那个时代的一些信息。

汉字"昔"是对大洪水记忆的图像化呈现。"昔"在甲骨文中作"𣊡"与"𣋌"，金文中作"𣊡"。不管"日"在"水"上，还是"日"在"水"下，先民的"昔日"记忆是一幅洪水滔天的景象。关于大洪水的记忆留存在许多民族和国家的神话传说和宗

[①] 《孔子家语·五仪解第七》："存亡祸福皆已而已，天灾地妖不能加也"，"天灾地妖所以儆人主者也"。[晋]王肃撰《孔子家语》(四部丛刊初编子部)，上海：商务印书馆缩印、江南图书馆藏明覆宋刊本，第16页。
[②] 《尚书要义》："彼四人者能翼赞初基，佐成王业；我不能同於四人，望有大功，惟求救溺而已。"[宋]魏了翁撰《尚书要义》，《钦定四库全书·经部·尚书要义》第十六卷二三"周公虽还政犹兴召公同任济川之责"条。
[③] 赵南元：《认知科学揭秘·绪论》，北京：清华大学出版社，2002年5月。

教故事中，在中国的古代典籍中还留存有这方面的记载。

《诗·商颂·长发》："洪水芒芒，禹敷下土方。外大国是疆，幅陨既长。"
《尚书·尧典》："汤汤洪水方割，荡荡怀山襄陵，浩浩滔天。"
《尚书·益稷》："禹曰：'洪水滔天，浩浩怀山襄陵；下民昏垫。'"

由上面的引文可知，关于大洪水的记载往往伴随着两个人物——鲧和禹——而共同出现在典籍中。《史记·夏本纪》称"禹之父曰鲧"。典籍中常常以"鲧禹之功"借指治理洪灾的功业成就。

《礼记·祭法》："夏後氏亦禘黄帝而郊鲧，祖颛顼而宗禹。……帝喾能序星辰以著众；尧能赏均刑法以义终；舜勤众事而野死。鲧鄣鸿水而殛死，禹能修鲧之功。黄帝正名百物以明民共财，颛顼能修之。契为司徒而民成；冥勤其官而水死。汤以宽治民而除其虐；文王以文治，武王以武功，去民之灾。此皆有功烈於民者也。"

卫湜《礼记集说》卷一百八："先序帝喾尧舜鲧禹之功，次序黄帝颛顼契冥汤文武之功，以为此皆有功烈於民者也。"

以鲧、禹与尧舜、黄帝等传说中的上古圣王并称，排名甚至位于黄帝商汤文武之前，并高度评价他们的功绩，可见鲧、禹父子二人因治水之功而被尊崇。后世著述甚至以鲧、禹所代表的淑世功业和价值作为自己立论的依据和靶子，如：

《国语·吴语》："今王既变鲧、禹之功，而高高下下，以罢民于姑苏。"
《淮南子·修务训》："听其自流，待其自生，则鲧、禹之功不立，而后稷之智不用。"

由上可见，无论是从积极还是消极的层面来说，在典籍中鲧、禹治水的功劳得到了高度评价和充分肯定。

不过，历史是丰富多彩，百家之言各言其所是、非其所非。在有些典籍中，治水的功劳簿上抹去了鲧的名字。

《左传·昭公元年》："美哉禹功！明德远矣。微禹，吾其鱼乎！吾与子弁冕端委，以治民、临诸侯，禹之力也。"
《周易口义》卷一："若尧之时，洪水泛滥于中国，而民几鱼矣。**唯**大禹能排决疏导之，以消其难，使万世之下被其赐。"

《周易口义·系辞上》:"夏禹事於尧舜之朝,洪水滔天,浩浩怀山襄陵,下民昏垫,天下之人物几鱼鳖矣。而禹**独**以圣人之德,尽己之力,竭己之谋虑,周行天下,疏河决导,寻源分派,以**通**水之性,成其功业。天下之人得免鱼鳖之患,此禹功之最大者也。自古至今,天下莫有及禹之功者也。"

《左传》只是颂扬禹而未及鲧,而《周易口义》则更加绝对,"唯""独"二词则根本否定了鲧的功绩。由大加赞美到一笔抹杀,为什么不同的典籍对鲧的评价差距如此之大?《史记》的记载多少透露此中端倪。

《史记·夏本纪》:"尧听四岳,用鲧治水。九年而水不息,功用不成。……禹伤先人父鲧功之不成受诛,乃劳身焦思,居外十三年,过家门不敢入。"

鲧治水九载而功用不成,禹治水十三载功成而受禅为帝。这种成王败寇的解释虽然能够说明一些问题,即鲧因治水无功而受到"问责"与惩罚,但却不能解释某些典籍对鲧高度颂美的缘由。鲧对洪水治理是否有贡献?如果有贡献,贡献何在?又为什么被抹杀?鲧是否成为禹功业光环下的牺牲品?

二

由典籍记载可知,鲧治水主要采用堙与障的方法。

《尚书·洪范》:"鲧堙洪水。"

《礼记·祭法》:"鲧障洪水。"

洪水奔涌,采用堙法主要起到堵塞洪水之源的作用;洪灾既成,采用障法区隔受灾区和未受灾区,避免洪灾进一步扩大。衡诸常理,以堙、障之法治理洪水,如果洪水较小,鲧的治水方法应该是有效的,但鲧所面对的却是浩浩滔天、绕山漫垄的大洪水,鲧的失败是可想而知的。洪水面积如此之大,此处围堵方始成功,彼处则又崩溃;再则,鲧所领导的治水团队并非人人皆如鲧一般熟谙堙塞之法,往往一处堵塞成功的代价是多处溃堤失败。因此,鲧虽苦辛却"治水无状"[①]。

---

① 语出《史记·夏本纪》:"(舜)行视鲧之治水无状。"[汉]司马迁撰《史记》,北京:中华书局,1959年9月第1版,第50页。

禹治水，既接受了其父的教训，又吸收了其父的经验。夏僎《尚书详解》①说：

> 夫禹之治水，本导川泽之流而归之于海。今乃先之以随山者，盖洪水为害，荡荡怀山襄陵，凡故川旧渎皆为水所浸灭，不可复见，欲施功无所措也。故必先顺其势，以九州高山巨镇不为水所垫没者为表识，自西决之使归于东，以少杀其滔天之势。水既顺流而下渐入于海，则川流之故迹稍稍可求，于是始可决九川而距四海。盖先随山而後浚川，诚禹治水之序不得不然也。②

引文是对《尚书·益稷》"随山刊木"、"决九川、距四海、浚畎浍"的疏解，然而"随山刊木"对于治水的意义尚未得到清晰揭示。《尚书·禹贡》："禹敷土随山刊木，奠高山大川。"随山刊木，固然有助于清除障碍、疏浚洪水通道；另外，也说明禹在治理洪水的过程中，在勘探地形的同时，已经有意识地进行土地丈量、山川命名的工作，为此后的九州区划作地理方面的准备。《礼记·祭法二三》："鲧鄣洪水而殛死，禹能修鲧之功。"《夏氏尚书详解》："禹障百川而东之，水土平而九功复。"这两句话高度概括了禹的功绩，由"修"和"障"二词也见出禹对鲧治水经验的借鉴。障法，在隔离洪水的同时，也抬高了水位，促使洪水顺地势下泻，减少洪水总量。洪水总量减少，川渎渐显，疏决川渎使其依故迹而入海；此后，疏瀹畎浍使入川渎复归于海。禹在鲧治水经验的基础上，于堙障之法外又增加了疏决之法。禹治水的成功借鉴了其父治水的经验教训，同时禹治水的伟大成功也遮蔽其父治水的贡献。在某些古代典籍中，鲧成为治水历史上的反面典型。

关于鲧的结局，各种典籍所述非一，主要有三种说法。

《山海经》："洪水滔天，鲧窃帝之息壤以堙洪水，不待帝命。帝令祝融杀鲧于羽郊。"

《韩非子》卷十三："尧欲传天下於舜，鲧谏曰：'不祥哉！孰以天下而传之於匹夫乎？'尧不听，举兵而诛杀鲧於羽山之郊。共工又谏曰：'孰以天下而

---

① 四库所收《尚书详解》共三种：[宋]夏僎撰二十六卷《尚书详解》、[宋]陈经撰五十卷《尚书详解》和[宋]胡士行撰十三卷《尚书详解》。文渊阁库分别书题为《夏氏尚书详解》、《陈氏尚书详解》和《胡氏尚书详解》。

② 引文与林之奇《尚书全解》文字雷同，林书文字为"禹之治水，本导川泽之流而归之于海。乃先之以随山者，盖洪水之为害，荡荡怀山襄陵，浩浩滔天，凡故川旧渎皆为水之所浸灭不复可见，将欲施功无所措也。故必先顺因其势以决九川、高山、巨镇不为水之所垫没者，以为表识；自西决之，使归于东，以少杀其滔天之势。水既顺流而下渐入于海，则川渎之故迹稍稍可求。于是，始可以决九川而距四海。盖先随山而后濬川，此禹治水之序也"。陈振孙《直斋书录解体》卷二"书类"："柯山书解十六卷，柯山夏僎元肃撰。集二孔、王、苏、陈、林、程颐、张九成及诸儒之说，便于举子。"句中所谓"林"即林之奇。四库全书研究所整理《钦定四库全书总目》："然僎虽博采诸家，而取于林之奇者实什之六七，盖其渊源在是矣。"由上可知，夏氏此段文字乃直录自林氏之书。

传之於匹夫乎？'尧不听又举兵而诛共工於幽州之都。於是天下莫敢言'无传天下於舜'。"

《史记·夏本纪》："舜登用，摄行天子之政，巡狩。行视鲧之治水无状，乃殛鲧於羽山以死。天下皆以舜之诛为是。"

在《山海经》的传说中，鲧成了为解救人类苦难而牺牲的"普罗米修斯"式的悲剧英雄，是一位具有强烈淑世热忱的圣人。历代典籍所塑造的禹的形象继承了鲧舍己为人的崇高品质。《韩非子》中的鲧与屈原《天问》中的鲧具有相同的品格和命运，是一位捍卫贵族政治特权的诤臣。在反对禅让、坚持世袭这点上，禹与《韩非子》中的鲧倒十分相似。《史记》中的鲧成为后代所接受的鲧的形象的主流，是禹的形象的反衬。父子二人虽事业相继，但功过悬隔天壤。由《山海经》而《韩非子》而《史记》，鲧由一位圣人变为一位诤臣最后定型成为一个反面形象。为什么在后代的接受中，鲧的形象发生如此巨大的变化？

三

"灾"字或体作"災"、"烖"、"菑"等。《说文》以天火释"烖"。商承祚《福考》："甲骨文从水，从戈，从火。以其义言之，水災曰"由"灾"字释义可知，在古人的观念中，"灾"的发生来自于自然，非人力所能左右，故名之为"天灾"，水、火为"天灾"的主要形态。虽然人力不能左右天灾的发生，但古代哲人对天灾根源的形而上的理论探求和把这种理论探求纳入既有的解释框架的努力却没有停息。《正字通》以五行相伤解释灾害发生的根源。[①] "五行"见于《尚书》、《礼记》、《左氏春秋》及《国语》等典籍中[②]，既用来指构成宇宙万物的五种质素和五种质素间生克变化的规律[③]，又用来指人在行动做事上所表现出来的五种德行[④]。虽然五行的系统理论成熟于西汉刘向，其子刘歆又对五行之说予以完善，但先秦典籍中多处出现的"五行"字眼多少能够说

---

① 《正字通·巳集·火部》："害火也，凡五行沴气害物者皆曰災。又祸也。……本作，《《中加一，川壅为。"[明]张自烈撰、[清]廖文英编《正字通》，北京：中国工人出版社，1996年7月，第627页。
② 虽然《尚书》有后人伪作的嫌疑，《礼记》可能是秦后之人的传述，但《左氏春秋》与《国语》应该能够证明自己属于先秦典籍的合法性。
③ 参见《礼记·礼运第九》："故人者，其天地之德，阴阳之交，鬼神之会，五行之秀气也。"王云五主编：《礼记今译今释》，台北：国立编译馆，1970年1月，第302页。
④ 参见《礼记·乡饮酒义第四三》："贵贱明，隆杀辨，和乐而不流，弟长而无遗，安燕而不乱，此五行者，足以正身安国矣。"王云五主编：《礼记今译今释》，台北：国立编译馆，1970年1月，第804页。

明此前古人已经具有五行观念并以之解释自然现象。

《尚书·洪范》以五行观念为理论依据解释了鲧治水失败的原因。

> 箕子乃言曰："我闻在昔，鲧堙洪水，汨陈其五行；帝乃震怒，不畀洪范九畴，彝伦攸斁。鲧则殛死，禹乃嗣兴，天乃锡禹洪范九畴，彝伦攸叙。"①

鲧以土堙水正是利用了土克水的五行生克道理，为什么竟被认为扰乱了五行秩序、破坏了天地间的常道？禹为什么能够获得九章大法？

宋人胡瑗著《洪范口义》对上述问题作了如下解释：

> 鲧不能顺水之性，导之通之，使归于江海，反堙塞而壅遏之。如是，则何有其成功哉！故《礼·祭法》曰：鲧障洪水而殛死是也。鲧既堙洪水是乱五行之道，……尧见鲧堙洪水乱陈五行之道，於是震动而忿怒，乃不与大法九章。……禹既兴起，则反乎父业之所为，乃导江浚川，水患大息。尧善禹治水之故，乃与禹大法九章。

上述解释虽然不能说明禹治水的成功与九章大法的关系，但能够说明禹鲧在典籍中的形象与其遵循或违背五行之道有直接的关系。

关于五行，《尚书·洪范》是这样解释的，"五行：一曰水，二曰火，三曰木，四曰金，五曰土。水曰润下，火曰炎上，木曰曲直，金曰从革，土爰稼穑。润下作咸，炎上作苦，曲直作酸，从革作辛，稼穑作甘。"由上面的解释可知，所谓五行不仅指五行生克的变化规律，还包含有顺应物性、因势成功的必然要求。如果仅能依靠五行生克的原理治事，就只能算是受事势所困的应急之举。表面上看这种应急之举是物为我所用，其实仍受制于势而非成己成物。如果既能利用五行生克的原理治事，又能顺应物性成就事业，就能够称得上是运用规律、超越规律的智慧之举。这种智慧出自参透宇宙天地之道后所修成的仁怀。鲧治水受制于物势，不得不然；禹治水顺应物性，成己成物。二者高下不言而自判。

另外，通过对五行观念发展衍变历程的考察，不难看出对鲧的评价下降的过程与五行理论逐步成熟并被普遍接受的过程是吻合的。不难想象，在一个五行观念流行并占支配地位的社会中，一个汨乱常道的人是不可能获得很高评价的。在五行之说的支撑下，禹治水的成功经验成为后世天灾救济的标准样式，而鲧的治水方法则成为批判的对象。

---

① 《尚书·洪范》，见李学勤主编《十三经注疏》(标点本)之《尚书正义》，北京：北京大学出版社，1999年12月，第298页。

四

天灾既作，如何救济？除了积极应对灾害现象，抑制、治理灾害外，还包括对受灾群众的生活救助。《国语》对此曾有记载："古者，天灾降戾，于是乎量资币，权轻重，以振救民。"① 另外，在此二者之外，还有一种救济方式，那就是天子躬自反省、补偏救弊，以期消弭灾祸。这是一种长效的救济方式，虽不能抑制当下灾害，却着眼于未来天灾发生的预防。这种救济方式的产生也源于五行之说。自西汉起，依据阴阳五行的说法解释天灾已经被社会普遍接受。在人们的观念中，天灾与天子有着神秘的联系。天灾的发生要么与天子的行为举措有关，如：

《史记·孝文本纪》："天生蒸民，为之置君以养治之。人主不德，布政不均，则天示之以灾，以诫不治。"

王充《论衡·谴告》："人君失政，天为异；不改，灾其人民；不改，乃灾其身也。先异后灾，先教后诛之义也。"

《礼部志稿·圣训·省灾之训》："人君能恐惧修德，则天灾可弭。"

要么是国家危亡的征兆，如：

《史记》："幽王二年，周三川皆震。伯阳甫曰：'周将亡矣。夫天地之气，不失其序；若过其序，民乱之也。阳伏而不能出，阴迫而不能蒸，于是有地震。今三川实震，是阳失其所而填阴也。阳失而在阴，原必塞；原塞，国必亡。夫水土演而民用也。土无所演，民乏财用，不亡何待！昔伊、洛竭而夏亡，河竭而商亡。今周德如二代之季矣，其原又塞，塞必竭。夫国必依山川，山崩川竭，亡之征也。川竭必山崩。若国亡不过十年，数之纪也。天之所弃，不过其纪。'"②

这样五行之说就由自然领域而渗透到社会人事方面，成为涵盖天、人的解释系统。这个解释系统把"五行"与"五事"联系起来，赋予五行系统更大的解释力。

五行概念上文已经有所解释，不再赘述。关于五事，《尚书·洪范》说："五事：一曰貌，二曰言，三曰视，四曰听，五曰思。貌曰恭，言曰从，视曰明，听曰聪，思曰睿。恭作肃，从作乂，明作哲，聪作谋，睿作圣。"细绎引文，五事指修身践履的五个

---

① 《国语·周语下》，见上海商务印书馆缩印杭州叶氏藏明金李校勘本《国语》，第28页。
② 据《汉书》记载，刘向以为三川地震是由于"金木水火沴土"即五行中的金木水火扰乱土性，引起五行之气悖乱所致。

方面的规范和在德性上的体现，与五行概念的第二种内涵区别不大。我们可以这么说，所谓五行系统理论就是错综运用五行概念的两方面内涵，以此联系自然、社会各方面的现象而构成的一个涵盖天、人的解释系统。这个系统成为后代占据主流地位的解释系统。在正史类史书中专门用来记载天灾的《五行志》和《灾异志》[①]就是以这样的系统来解释天灾，五行灾异之说认为，物失其性，国失其统，人君举措偏离正轨常道，则天灾发生。按照这种说法，如果想要消弭灾祸，最根本的解决方法莫过于从调理纲常秩序入手；五行不乱，五事不颇，天灾不作。五行灾异之说，虽然不能科学的解释天灾发生的自然原因，但能起到稳定社会心理和维系价值评判系统的作用。

当然，古人对五行灾异之说也并非没有怀疑，这种怀疑越到后来越强烈，到了宋代，终于出现在正史之中。《新唐书·五行志》辨析灾异与人事的关系[②]，认为大的灾异生于乱政，但灾异的发生未必皆与人事一一对应。宋、元、明史的《五行志》和《清史稿》中的《灾异志》均对以五行之说解释灾异现象的确定性表示质疑，但皆对灾异现象与人事社会的联系深信不疑。

以上表明，古人对天灾救济方式的选择取决于他们对灾异发生的根源的解释，而这种解释系统又建立在对天道伦常的真诚信念之上。这种信念不能仅仅理解为对天的敬畏，还包含着对天道的智慧颖悟。

对于今天的研究者而言，批判五行灾异之说的荒诞无稽，虽然是必要的，但对五行灾异之说所蕴含的古代智慧的发掘，却应当成为研究的重点。依据五行之说，不仅自然物象与人文事象相依相涉、相通相感，而且天意对人意还有着深切关怀。古人由物象彼此间万千关联中去寻求天机的"征兆"，作为自己意志行为的先导，这里面不仅存在着认知价值的寄托，还有着情感的皈依。古人把自然灾害与人事活动结合起来考虑，认为人事活动既可以招致天灾，又能够消弭灾害。这种认识的意义，对于加速开发自然资源以增加财富的今日社会，是不言而喻的。现代社会所发生的天灾多半与人祸相连，人祸加剧了天灾的程度和范围。如果人能自我修福，进行人事活动时顺应物性；那么，即使天灾发生，也能够降低灾害损失的程度。

[①] 一直到《明史》，记载天灾一律冠以《五行志》之名，《清史稿》始以《灾异志》取代《五行志》。

[②] 《新唐书卷三十四·五行志》："盖君子之畏天也，见物有反常而为变者，失其本性，则思其有以致而为之戒惧，虽微不敢忽而已。至为灾异之学者不然，莫不指事以为应。及其难合，则旁引曲取而迁就其说。盖自汉儒董仲舒、刘向与其子歆之徒，皆以《春秋》、《洪范》为学，而失圣人之本意。至其不通也，父子之言自相戾。可胜叹哉！" [宋] 欧阳修、宋祁等：《新唐书》，北京：中华书局，1975年2月，第872页。

神话与暴力

——沃尔特·伯克特神话观管窥

王 倩

（四川大学）

一、引 论

现代神话学的崛起始于 18 世纪，经过近两百年的发展，20 世纪的神话研究出现了"神话复兴"的繁荣局面，出现了各种神话理论与方法。但是不论是哪一种理论，都是从一门既定学科视角出发来阐释神话，将神话从当时生成的语境中剥离出来。所有的阐释模式都试图将神话纳入一种新的系统之中——历史、文学或者哲学的体系——神话已经不是神话本身，而是成为阐释其他学科理论的工具。此类神话理论都具有一体论色彩，从而陷入了"假如我是一匹马"的主观猜测式研究陷阱之中。德国古典学者沃尔特·伯克特（Walter Burkert）对希腊神话的探索改变了这一事实。在沃尔特·伯克特那里，希腊不是希腊诗人们想象的创造物，也不是历史学家眼中的真实事件，更不是哲学家拿来阐释事物本质的寓言故事，相反，希腊神话是独立存在的个体，从人类史前狩猎时代到现代社会，它伴随着人类前进的脚步，走过了人类社会的每一个阶段。

二、神话的界定

从神话诞生的那一刻开始，神话研究者对神话的界定变了又变，以至于神话处于一种漂浮不定的游离状态。"神话并没有一个固定的疆域，神话无所不在然而又无所存在。"[①] 剑桥神话—仪式学派学者家赫丽生（Jane Ellen Harrison）认为，神话乃

---

① Graf, Fritz, *Greek Mythology: An Introduction*, Baltimore and London: Johns Hopkins University Press, 1993.

是对既做仪式、事情的相关言说；人类学者弗兰兹·博厄斯（Franz Boas）认为，神话是自传体的民族志，通过对神话的分析，可以推论原始部族的文化；马林诺夫斯基（Bronislaw Malinosky）将文化语境下的神话功能解释为"社会典章"；克劳德·列维－斯特劳斯（Claude Lévi-Strauss）认为，神话体现了既定社会思想与社会的结构；弗洛伊德（Sigmund Freud）认为神话是个体无意识中恐惧与渴望的反射，而荣格（Jung）则发展了心理学思维与象征模式，将神话定义为"集体无意识的反映"；深受剑桥大学神话—仪式学派及荣格神话原型思想影响的约瑟夫·坎贝尔（Joseph Campbell），将神话定义为连接遥远的过去与现在的桥梁，同时又强调了神话的病源学描述功能。

与上述神话学者的界定不同的是，沃尔特·伯克特将神话视为一种叙述形态，与口头传承有着极为密切的关系，"神话是传统故事的一种样式，它通过人神同形同性的一些执行者的表演行为来组织行为序列，神话是最为古老、流传最广的故事形式，主要讲述遥远时代神明们的故事，其根基乃是口头传统。"①"神话将人类各种重大的生存状况整合到传统故事中，采用一种虚拟的形式来阐释人类生活的现实状况，其目的乃是建构一种具有多元价值的语义系统。"②与英国古典学者柯克（G. S. Kirk）的观点不同的是，伯克特在将神话界定为传统故事的一种特殊形式的同时，强调神话与传统故事在虚构性上具有相同性。

结构主义认为，作为语言产物的神话是整个人类文化的组成部分，要阐释神话，就必须将其纳入生成语境中考察，很多时候要涉及到独立于神话之外的民族志文本。神话阐释者要对待的不单单是神话内部的结构，还有神话与各种要素之间的关系。除却神话要素之外，神话阐释者要分析的对象还要涉及到植物、动物、食物、狩猎方式、渔猎技术、天文历法等等，神话受到了其生成文化结构与文化系统的约束。与结构主义此种观点不同的是，伯克特认为，"作为故事的神话并不受任何参照物的限制，同时也不受现实的约束，其源头也不在故事之外。"③很明显，伯克特强调神话是独立于社会现实之外的一种叙述形态，具有一定的虚构性，同时又具有独立性。

当然，传统故事的形态很多，包括民间故事、史诗、传奇、童话、寓言等等，作为一种特殊的传统故事形式，神话有别于其他传统故事类型，具有自己的独特性。但是神话不同于一般的故事类型，局限于一个固定的文本中，而是可以在不同的神话文本的转换与变形，对神话的阐释也同样不受限于神话文本，神话有自己的参照物与生存语境，

---

① Burkert, Walter, *Ancient Mystery cults*, Cambridge, Mass.: Harvard University Press, 1987, p.73.
② Burkert, Walter, *Greek Religion*, Cambridge, Mass.: Harvard University Press, 1985, p.120.
③ Burkert, Walter, *Structure and History in Greek Mythology and Ritual*, Berkeley: University of California Press, 1979, p.5.

神话的意义存在于与这些参照物的关系之中，单独的一则神话不具有意义，神话的意义存在于这些神话文本之间的相互关系之中。在这一点，伯克特是一位经典的结构主义者，与列维-斯特劳斯某些观点有暗合之处。因为他将神话纳入了一个参照体系之中，他承认神话有不同的版本与异文，同时强调了单个神话之间的相互转换关系，神话的目的乃是建构一种多元的语义系统，这与结构主义对神话的语义阐释模式是一致的。

在论及神话的特性时，伯克特认为，"神话的特殊性质既不在结构中，也不在故事的内容中，而是在它的用途上"①。作为一种特殊的叙述类型，除却源头之外，神话最大的特征就是被不断重述与改编。就在不断重述与改编的过程中，叙述本身创造了一种与当下协调的体系，乃至于与未来有着一致性。实际上这些被重构的神话结构是处理新情况的一种便利工具，乃至于对一些未知的事物也具有这种功效。正是对这些神话的改编与重述组成了神话的生命，这也是故事讲述者的功能。与传统故事不同的是，神话并非是一种单纯用来娱乐的传统故事，而是具有一定的神圣性，对神话的讲述模式也有别于传统故事，神话的讲述具有一种严肃性与相关性，神话的讲述发生在特定的历史时期，讲述神话并非是出于娱乐目的，而是为了对现有的社会秩序进行一种叙述与阐释。此种观点与马林诺夫斯基的典章神话（Charter Myth）是一致的，具有一种功能主义的意味。只不过伯克特并非像马林诺夫斯基那样强调神话是对既定社会价值与集体价值的表述，而是肯定神话的社会秩序的表述功能。

三、神话的暴力源头

侵略与暴力伴随着人类文明进程的每一步，实际上，它们已经成为人类文明进程中的核心问题。一个世纪之前，弗洛伊德在《图腾与禁忌》中曾对神话的心理源头做了一种猜测：真实的集体谋杀是所有神话的根源与模型，只不过这种暴力是父子之间的性欲望而引起的②；法国学者勒内·基拉尔（René Girard）认为，所有的神话背后都掩藏着一场真实的集体谋杀，神话以语言曲折再现当初的暴力行为③。"最初的暴力行

---

① Burkert, Walter, *Structure and History in Greek Mythology and Ritual*, Berkeley: University of California Press, 1979, p.23.
② [奥] 弗洛伊德：《图腾与禁忌》，文良文化译，北京：中央编译出版社，2005年，第109—172页。
③ [法] 勒内·基拉尔：《替罪羊》，冯寿农译，北京：东方出版社，2002年，第29—126页；Girard René, *Violence and the Sacred*, Baltimore and London: Johns Hopkins University Press, 1979, pp.89-119；[法] 勒内·基拉尔：《双重束缚》，刘舒等译，北京：华夏出版社，2006年，第235—258页。

为是所有仪式与神话含义的源泉。暴力行为是唯一真实的，自发而绝对的。"① 弗洛伊德与勒内·基拉尔理论的相同之处乃是将宗教源头指向了人类的暴力行为，但二者均是一种文化系统之内的假想性探索，从方法论层面上均无法提供人类学所需要的特定的历史与文化语境，因此遭到了来自人类学领域内部的谴责。因为"各种不同的理论，不论是单个地，被放在一起还是在总体上，都没有为我们提供多于常识性猜测的东西。"②

沃尔特·伯克特清楚地看到了此种神话探源的危机，转而将神话的源头探索深入到了物质性层面，他从人类学的立场切入神话内部，运用动物行为学（ethology）的方法探讨神话的最初源头及其物质性起源，他将神话从猜测性的阐释拉回到了历史与社会现象功能层面的考察。其目的乃是"寻找一种最为广阔与清晰的视角，设计一种能够尽可能宽泛与可能的视角来阐释各个层面的人类经验模式，这个过程中要对要探讨的问题进行一种实证性的查证。"③ 在不放弃暴力与神话起源关系的同时，他将神话的暴力起源扩展到了人类社会之外，暴力行为不但限于人类之间，还有人类对动物的暴力。这样，神话就走出了人类文化的既定层面，走向了自然世界。

伯克特认为，神话的产生要上溯到史前人类旧石器时代，此时的人类尚处于狩猎时期。人类为在自然界生存下去，就必须借助于简单的工具进行狩猎活动，同时还要与自己的竞争对手进行搏斗。人类为了成为更加勇猛的猎人而不断发展了其侵略性的一面，在猎杀动物与同类的过程中，人类经历了一个鲜活的生命被杀戮的过程。面对血淋淋的屠杀，作为猎手的人类的心中充满了负罪感与恐惧感，为了克服这种内心深处的感觉，人类就去求一种解脱的途径。作为语言的神话就承担了此种功能，它将人类的杀戮行为转换为故事，不断被重述与改编。就在讲述神话的过程中，人类释放了自己的负罪感与恐惧感。与法国学者德勒内·基拉尔不同的是，伯克特将神话的暴力源头从人类社会内部扩展到了人类对动物的杀戮，同时强调了人类的负罪感与恐惧感，神话并非是掩盖了暴力行为，而是对暴力行为的一种表述。

只不过，在表述神话的过程中，神话故事中的情节并非全部都是杀戮行为，还有部分情节来自于对动物行为的模仿。神话故事中的一些故事情节，均来自于自然界的动物行为。举个简单的例子，不少神话故事中有拇指献祭的故事情节，不过该情节中均有一个明显的意图：献祭拇指乃是为了免除某种灾难或者是死亡。美洲、非洲、印度、

---

① Girard René, *Violence and the Sacred*, Baltimore and London: Johns Hopkins University Press, 1979, p.113.
② [英] E.E. 伊文思－普理查德：《原始宗教理论》，孙尚扬译，商务出版社，2001年，第143页。
③ Burkert, Walter, *Homo Necans: The Anthropology of Ancient Greek Sacrificial Ritual and Myth*, Translated by Peter Bing, Berkeley; Los Angeles; London: University of California Press, 1983.

大洋洲与古代希腊均有这类神话故事。

这种"整体的部分"拇指献祭神话故事可以用一种比较质朴的"失去与补偿"的观点来阐释。伯克特要告诉我们的是，人类社会的这种失去部分可以获得整体生存的现象在自然界比比皆是，它是动物们在遇到危险时一种拯救自身脱离危险的本能的方法。许多动物都有这种本能，比如鸟类在遇到外来的威胁时，会将身上的羽毛掉下，而另外一些动物，比如狐狸，在掉入陷阱后，会将自己被夹住的爪子咬断而逃亡。这类拇指献祭神话其实反映了人类对动物某些功能的渴慕，于是在神话中将其表述出来，只不过神话将此种功能添加到了人类的身上："动物世界的此种行为纯粹是功能性的，因为它通过这种行为转移了掠夺者的注意力，从而获得了生存的机会。在人类文化中，这种行为是一种行为与幻想的结合，具有持续性与普遍性。人类与动物的这种行为是如此接近，以至于他们几乎可以用同一种语言来描述，在一种被追击、威胁或者急迫的状态之下，部分代替整体的牺牲行为是为了获得生存。——总之，这是一种部分代替整体的原则，宗教与生态学不约而同地将兴趣指向了拇指。"[1] 伯克特同时指出，此类行为具有类似性而没有同质性，实际上，每一个神话的意义是不同的。人类的这些表述的背后其实包涵更为久远的生物学的意义，它的来源要远远早于人类行为本身。也就是说，这种行为与动物界有着直接的联系。

只不过，关于人类杀戮行为所引起的负罪感，同样是基于一种假说式的论证上。伯克特的贡献在于，他将神话的起源上溯到了动物行为学层面，使得神话的阐释具有社会生物学的色彩，同时将神话的神圣性源头做了一种"祛魅"。伯克特对进化论所强调的人类象征性行为高于动物本能性冲动行为的论点做了一种修正：人类的进化并非是一种线性的发展趋势，而是沿着多元并进的方向行进。

四、神话与仪式

与其他神话理论不同的是，人类学神话理论关注的焦点是神话与仪式之间的关系，宗教的层面上阐释神话与仪式之间的关系。20世纪初叶，以罗伯逊·史密斯（William Robertson Smith）、弗雷泽（James George Frazer）、赫丽生为代表的剑桥人类学派认为，将神话还原到仪式之中，并将后者与那些早期人类学者所研究的原始部落人们的仪式相比较，就找到了探寻神话之谜的钥匙。对于赫丽生而言，神话乃是仪

---

[1] Burkert, Walter, *Creation of the Sacred: Tracks of Biology in Early Religions*, Cambridge, Mass.: Harvard University Press, 1996, p.41.

式中展演行为的一种言说性副本，二者之间互不理解："仪式是某种情感的表达，表达一种在行动中被感觉到的东西，而神话是用词语或者思想来表达的。神话原先并不是为了说明什么原因而产生，它代表的是另一种表达形式。"①这种说法对英语世界的希腊文化研究造成了持久而深远的影响，但是德语世界并没有受到这种影响，一些怀疑主义者甚至认为，古代希腊人可以与某些"野蛮"部落相提并论。德语世界出现了这么一种现象：很多学者一边研究神话一边研究仪式，前者被纳入了诗歌研究之中，并被希腊宗教史所排斥，神话很难提供一种比较有系统的表述，宗教言语与宗教行为被分开，诗人们再次去创造神话，而民众们则再次重复对仪式的表演。

伯克特的目的便是将神话与仪式之间的这种鸿沟缩小，伯克特研究的中心思想是：最初是叙述性的神话，然后是祭奠的仪式行动，二者共同建构了宗教。对于他来说，神话与仪式是相互证明的：一方面是范式的叙述，另外一方面是范式的行动。二者之间相互连接相互支持，处于一种互惠的关系之中。在这个层面上讲，伯克特无疑是剑桥学派的继承人，但是，促使他从剑桥学派走出的乃是普遍性的宣言，他走出了特定神话与仪式之间那种遗传性关系，而走向了一种基础性的联系——这就意味着，对他而言，他的研究基点是独创的——人类社会生活的结构。对于伯克特而言，神话所包涵的信息与仪式所包涵的信息是一样的。对于任何一个存在的群体来说，秩序都是必不可少的，预示不仅仅是内在侵略性冲动的一种富有破坏力的暴力表述，而且还是其内在能量的一种结构性释放：暴力不仅是秩序的对立面，还是暴力的前提与构成精神。伯克特的中心问题乃是：秩序是如何利用暴力能量而不去向其献祭的？文明是如何舍弃野蛮主义而发展的？这些问题在半个世纪之前，尼采与弗洛伊德的人类学论著中早就有所论述，但是它们却被20世纪的灾难所尖锐化。一些研究者对人类社会生活有一种理解：人类社会生活是由献祭、成年礼、更新、净化、立法等形式所组成的，当社会危机出现时，人类就会动用神话与仪式来解除危机。在这一点上，伯克特的观点有些夸张。

伯克特认为，在旧石器时代，"在屠杀动物的过程中，人类有一种负罪感，为了克服这种感觉，人类就通过复杂的仪式模式来消除自己的负罪感。"②换句话说，仪式源于人类对动物的杀戮行为："仪式克服了在面对死亡时对于生命延续的焦灼感。血淋淋的仪式行为是对生命延续的一种必要表达，但是它仅仅针对那些再生的生命而言，才具有必要性。这样，把动物的骨头收集起来，把它们的头骨高高放置，将其毛皮展

---

① [英]简·艾伦·赫丽生：《古希腊宗教的社会起源》，谢世坚译，广西师范大学出版社，2004年，第319页。
② Burkert, Walter, *Savage Energies: Lessons of Myth and Ritual in Ancient Greece*, Translation by Peter Bing, Chicago & London: The University of Chicago Press, 2001, p.11.

示，都可以被理解为一种补偿，这其实是一种有形感官的复苏。他们期望这种食物资源永远存在，他们不再有恐惧感，他们不需要再去打猎，不再去杀害那些活蹦乱跳的生命。……因此，在献祭仪式中，祭祀的欢乐与死亡的恐惧交织在一起。希腊祭祀仪式用生动的细节再现了人类对于杀戮的厌恶，还有那种深深的负罪感，及其对汩汩流出的鲜血的一种懊悔感。"① 献祭仪式提供了一种杀戮与流血的场合，通过行为释放了这种压抑与焦灼感。站立在仪式场合中间的，既不是献祭给神明的礼物，也不是神明的跟随者，而是作为杀戮者的人类。在希腊的神圣祭祀仪式中，其中心行动乃是对生命的杀戮。因此，献祭的定义要加以改变：献祭是一种屠杀仪式。在祭祀仪式中，人类促成了死亡，同时体验了死亡。

从暴力起源来看，神话与仪式具有相同的来源，并且，在叙述情节上，仪式与神话的一些情节同样源于动物行为。至于仪式中的一些动作，则来源于狩猎中暴力行为。葬礼中一系列表示悲痛的动作：哭泣、撕裂衣服、抓破头发、抓破脸颊、捶打胸脯、涂脸、将头上涂上灰土、泥巴或者草，所有这些动作都来自于狩猎行为。这是在狩猎的时候，一方见到敌人逼近而向自己的伙伴发出的一系列信号。"从历史的角度来看，带有流血行为的献祭仪式乃是旧石器时代狩猎风俗的一种传承，只不过农业与城市文明将其不断改编利用而已，将这种习俗赋以一种生物社会学或者心理学的功能。在一种安全而神圣的空间内，我们一些具有破坏力的冲动与谋杀性的欲望得以转移，这样就建立了一种全新而神圣的秩序，从而将恐惧与负罪感排斥在外。暴力行为塑造了律法的界限。"② 血淋淋的狩猎仪式后来转换成为一种与农业有关的仪式，但是所有的仪式内容却没有改变，仪式过程中各种各样的仪式工具也同时被改变，狩猎仪式就转换成为一种农业庆典形式，象征这个时候也就出现了。狩猎仪式中出现的各种仪式程序中的行为也因此带上了农业文明的痕迹，一些行为与动作被代替，这些改变首先在神话中得以表述。③

伯克特认为，神话并非是一般的传统故事，它是一种具有示范性的作用的行为情节，仪式是一种再改变的行为模式，带有一种被置换的指涉。神话故事并不能对仪式上发生的行为做一种客观表述。它要为仪式倾向做一种命名工作。沿着最初的方向，填补了剩下的空白之后，神话创造了一种半真半假的空间，它不能够被感官所感知，但是在仪式中却能够被直接体验。人类的谈话能够引起一些探讨的主题，这样仪式的交流就引起了神话的探讨主题。从最初的狩猎到后来的献祭，人类之间一些侵略性的

---

① Burkert, Walter, *Homo Necans*: *The Anthropology of Ancient Greek Sacrificial Ritual and Myth*, Ibid, p.16.
② Walter Burkert, *Savage Energies*: *Lessons of Myth and Ritual in Ancient Greece*, Ibid, p.91.
③ Water Burkert, Homo Necans: The Anthropology of Ancient Greek Sacrificial Ritual and Myth, Ibid, pp.45—46.

行为被转移到了动物身上。在神话之中,这些动物就成为人类的受害者。在准备仪式的过程中,恐惧得以展示,神话对那些人类恐惧的东西加以命名。仪式被一些罪行与谦卑所塑造,神话则讲述那些超然的存在与力量。神话以一种拟人化的方式揭露了肢体行为的内容:具有威胁性的姿态成为一个杀手,表现出来的悲痛成为一个悲痛者,一些色情的行为变成了情爱与死亡的故事。仪式中虚拟的因素成为神话中的现实;相反,仪式则确定神话的现实。这样,通过相互确认,在对文化传统的确认上,神话与仪式成为一股强劲的力量。

对于勒内·基拉尔而言,神话的功能是掩盖那种具有暴力杀戮的记忆,从而能够保持社会的稳定性,他将献祭仪式立足于侵略。伯克特与勒内·基拉尔一样,将神话扎根于献祭,但是伯克特没有将此种献祭局限在人类的献祭范畴内,而是将其植根于狩猎——这是侵略与暴力的最初表述。对于伯克特而言,神话的功能并非是掩盖献祭的事实,而是对献祭的一种保存,神话的讲述可以克服人类的那种取决于人类自身的侵略性与必死性属性的负罪感与焦灼感。不过伯克特并非仅仅是将神话与献祭仪式联系起来,他像赫丽生一样,将神话成年礼联系起来。在这里,神话与仪式一样,具有同样的社会化功能。

"当我们接受,仪式是对生命秩序的一种改编,是一种基本行为模式尤其是侵略模式的表达,这个时候,我们就会明白二者之间的关系。神话的功能是阐明生命的秩序。神话以自己特有的方式不断地解释,并对社会秩序与存在做合法性论证,在这样进行的过程中,神话与仪式有某种关联。"[①] 简略说来就是,仪式的功能是改变生命的秩序,而神话的功能是阐明生命的秩序,通常阐明被仪式改编了的生命秩序。总之,仪式与神话二者同时为人类生存的必要性创造了一种区别——它们直接充盈并滋养了行为模式。对于伯克特来说,神话与仪式一样,关注各种各样的行为。神话最大的因素是情节,而情节最重要的因素是再现基本的程式化生物情节模式。当然,这种阐释乃是从功能主义的角度出发所做的一种努力,他要探寻的乃是根据一些普遍的人类需要与本能,来探寻神话与仪式的社会意义与社会功能,

结构主义者认为,神话通过推动某种固定的行为与特殊价值来建构社会公众,神话的意义在某种程度上总是与文化细节联系在一起。结构主义者总是很乐意向别人展示人的渴望与冲动扎根于物质性而不是生物性,但是他们所建构的仅仅是一种精神与理念向度上的东西。因为结构主义者抵制生物决定论与文化普遍论,它拒绝任何一种可以拿来做比较的文化普遍标准,也同时拒绝与文化进化理念相比较的进化规模。

[①] Burkert, Water, *Homo Necans*: *The Anthropology of Ancient Greek Sacrificial Ritual and Myth*, Ibid, p.33.

生物学则将神话的重要性与人类的基本生物性联系在一起，将神话解释为人类在宇宙之中的基本需求与本能。从这个角度上说，伯克特其实是在结构主义与生物学之间做一种嫁接与调和，但是他首次将神话与仪式之间密不可分的关系明确提到了理论高度，在他之前的不少学者均没有圆满地解决这个问题。

五、结　语

沃尔特·伯克特研究的核心是神话与仪式，从这个角度上，他是一位地道的神话—仪式主义者，但是其研究范式有别于在其之前的一些人类学者，他将神话从仪式中解脱了出来，肯定了神话的独立地位，并首次对神话与仪式之间的互动关系做了一种富有理论高度的论证与阐释。但是神话依然没有摆脱对宗教的从属地位，神话与仪式的关系也同时限定在宗教层面。

沃尔特·伯克特的最为重要的贡献是，他首次运用生物社会学与动物行为学的方法来探寻神话的物质性源头，并将生物进化论与社会进化论思想与结构主义相结合，阐释神话的社会意义与社会功能，使得神话研究摆脱了先前那种臆想式的研究模式，从而使得神话研究打破了单一的学科阐释，走向了多学科、多层面整体解读道路，此种研究范式在神话学界产生了深远而持久的影响，同时开启了神话学这门学科研究的未来发展趋势。

五

中外比较文学家研究

印度文学与季羡林

[印度] 狄伯杰(B. R. Deepak)

(尼赫鲁大学)

百度,中国最大的搜索引擎介绍季羡林说他是著名古文字学家、历史学家、东方学家、思想家、翻译家、佛学家、作家,精通12国语言。与此同时,被一些人奉为中国"国学大师"、"学界泰斗"和"国宝"。不过,他辞了后三者,季老昭告天下:"请把三顶桂冠从我头顶上摘下来。"他说摘下来这三顶桂冠,还了他一个自由自在身。[①] 在我个人和许多印度人的眼中季老是个有名的北京大学教授、中科院学部委员、文学翻译家,梵文、巴利文、中印关系文化交流史专家。季羡林不仅在大陆被尊重,而且同样获得海外尤其是印度人民的爱戴,所以今年初印度政府授予他印度最高荣誉奖"莲花奖"(Padma Vibhushan)。对此北京大学东方学研究院院长王邦维教授说:"这是一个重要事件。授奖对普通中国人如何看待印度产生积极影响。"[②] 北京大学印度研究中心副主任姜景奎教授在接受印度媒体采访时这样表示:"这一重要决定是发展中印两国友谊的一个方面,这将在许多方面改变许多中国人对印度的看法。"姜景奎教授认为:"从某一角度而言,季羡林在中印两国关系上做出的贡献可以比拟当年玄奘发挥的作用。"

一、季羡林的印度缘

在印度,很多人认为,同其他印学家一样,季羡林或在中国或在印度开始从事东方研究。事实上,他是在德国开始搞东方研究的。1930年考入清华大学西洋文学系后,季羡林在1935年考取清华大学与德国的交换研究生,赴德国入哥廷根大学。到了哥廷根,首先碰到的问题就是学习课目。为这个问题,季老说,"我着实烦恼了一阵。有一天,我走到了大学的教务处去看教授开课的布告。偶然看到瓦尔德施米特

[①] 季羡林:《病榻杂记》"还我自由自在身",《文汇报》,2007年6月13日。
[②] 石剑峰:《季羡林获印度最高荣誉"莲花奖"》,《东方早报》,2008年1月29日。

(Waldschmidt)教授要开梵文课。这一下子就引起我旧有的兴趣:学习梵文和巴利文。从此以后,我在这个只有十万人口的小城住了整整十年,绝大部分精力就用在学习梵文和巴利文上。"① 他认为,中国文化受印度文化的影响太大了。因此,非读梵文不行。季羡林在哥廷根大学梵文研究所主修印度学,学梵文、巴利文。使他难忘的德国老师是西克教授(Prof. Emil Sieg)和瓦尔德施米特教授。后者让他读波颠阇利的(Patanjali)的《大疏》、《梨俱吠陀》、《十王子传》等。一个学期40多堂课,学习了异常复杂的全部梵文文法。季羡林开始读梵文原著,第5学期读吐鲁番出土的梵文佛经残卷。第6学期准备博士论文:《大事偈陀中限定动词的变化》。1941年获哲学博士学位。

因为二战关系,季羡林无法回国,只得滞留哥廷根。10月,在哥廷根大学汉学研究所担任教员,同时继续研究佛教和梵语,在《哥廷根科学院院刊》发表多篇重要论文。回顾哥廷根的学生时代,季羡林说:"这是我毕生学术生活的黄金时期,从那以后再没有过了。"1945年10月,二战终结不久,季羡林回到中国,一转眼就是十年。留德十年是季羡林学术生涯的转折点,季羡林走上东方学研究道路。回国后,经陈寅恪教授推荐,季羡林被聘为北京大学教授,创建东方语文系。

二、印度文学与季羡林

我的老师谭中曾经说过,季羡林对增进中印文明对话的贡献被人忽略。事实确是这样,尤其是印度搞中国问题的专家,连听都没听说过他的名字。这里我所提的专家是搞"地缘政治"的专家。要衡量他的贡献我们应该看看他在艰苦的条件下如何促进中印对话。从德国回国后,他着重研究佛教史和中印文化关系史,发表了一系列富有学术创见的论文。解放后,继续担任北大东语系教授兼系主任,从事科研和翻译工作。下面是他翻译以及撰写有关印度著作的简况:

《沙恭达罗》迦梨陀娑著(剧本,1956年)
《五卷书》印度古代寓言故事集(1959年)
《优哩婆湿》伽梨陀娑著(剧本,1962年)
《罗摩衍那》(一至七)蚁垤著(1980—1984年)
《家庭中的泰戈尔》梅特丽娜·黛维著(1985年)
《弥勒会见记》(1991年)
《佛本生故事选》(1998年)

---

① 季羡林:《季羡林散文集》,北京大学出版社,1986年,第440—441页。

此外，还有很多学术著作和编辑的书籍。简述如下：

《中印文化关系史论丛》(1957年)

《印度简史》(1957年)

《中印文化关系史论文集》(1982年)

《现代佛学大系》(1984年)

《1857—1859年印度民族起义》(1985年)

《大唐西域记校注》(1985年)

《中印文化交流史》(1991年)

《敦煌吐鲁番吐火罗语研究导论》(1993年)

《东方文化研究》(1994年)

《东方文学史》(1995年)

《世界文化史知识》辽宁大学出版(1996年)

《东西文化议论（上下）集》(1997年)

《文化交流的轨迹：中华蔗糖史》(1997年)

《敦煌学大辞典》(1998年)

《吐火罗文弥勒会见记译释》(1998年)

《禅与东方文化》商务印书馆国际有限公司(2000年)

可见，季羡林在恢复中印文化对话方面实在是贡献宏伟。早在1956年，他就着手撰写了一部预定为100万字的《中印关系史》，后来，由于政治原因这一中国社科院的规划项目流产了。《罗摩衍那》(*Ramayana*)是印度两大古代史诗之一，2万余颂，译成汉语有9万余行，季羡林经过10年坚韧不拔的努力终于译完，是中国翻译史上的空前盛事。他还翻译出版了印度古代寓言故事集《五卷书》(*Panchtantra*)(1959)、迦梨陀娑(Kalidasa)的剧本《沙恭达罗》(*Shakuntala*)(1956)和《优哩婆湿》(*Vikrama-uravasheeya*)(1962)，并撰写有《印度文学在中国》、《印度寓言和童话的世界《旅行》、《〈五卷书〉译本序》、《关于〈优哩婆湿〉》和《〈十王子〉浅论》等论文。季老不仅对印度文学向中国读者做出了有深度的介绍，而且还在实践和理论上成为中国比较文学的先驱者之一。

不过，季羡林用力最勤，费时最多的还是《罗摩衍那》的翻译。《罗摩衍那》是在"文革"期间翻译的，当时尚属"毒品"范围。"文革"中，季羡林受到"四人帮"及其北大爪牙的残酷迫害，被戴上"反革命"的帽子关进"牛棚"。他感到被开除了"人籍"。1993年笔者见季老时，他对我说，他当时的自我感觉是"非人非鬼，亦人亦鬼"。他无法忍受残暴的批斗与羞辱,反复思索种种自杀方式,最终选定吃安眠药死。正当他要实施自杀时,突然被揪去批斗,狠打暴踢,鲜血流淌,他的思想却发生了变化:"不想自杀了","还是活下去吧"。他决心坚持自己的信念。1973 年他着手开始翻译《罗摩衍那》这部庞大的史诗,1977 年译成,1979 年由外文出版社出版。当郁龙余教授问季老在"文革"中是什么动力支撑他完成《罗摩衍那》的翻译工作时,季羡林说:"我想在这里再强调一点,看一个国家强大不强大,有一个重要标志,看它的文化学术;一个国家的文化学术昌盛不昌盛,除了看它自己的文化学术宝库是否充盈,是否瑰丽,还要看它对世界优秀文化了解不了解,研究得怎么样。这个标志,很灵验。当年欧洲各国实力强大,对东方学研究水平很高,出了一大批东方学家,有研究中国的,印度的,埃及的,两河流域的。现在怎么样,没有那种势头了。我们中国怎么办?我看完全可以接过来,把东方文化研究搞上去,搞出一个新的水平来。"①

1958 年初季老在《印度文学在中国》一文中详细地介绍了印度文学对中国历代文学阶段以及文学形式所产生的影响。这包括先秦文学著作如《天问》、《战国策》、《三国志》里面印度寓言和神话传入中国的痕迹;魏晋南北朝时期印度尤其是佛教对中国志怪小说如荀氏《灵鬼志》、祖台之《志怪》、刘之遴《神录》、谢氏《鬼神列传》、殖氏《志怪记》、曹毗《志怪》、《宣验记》等书产生了很大的影响。这种影响主要是谈因果报应,信佛得善报,不信得恶报等思想。到了唐代,可以说达到一个新的阶段。唐代文学产生了两种崭新的东西:一是传奇,二是变文。这两种东西都是与印度影响分不开的。季羡林认为在题材和结构方面,传奇和变文都受印度《五卷书》、《佛本生经》以及古代印度著作如《大事》和《方广大庄经》等的影响。明代著名小说《西游记》里面就有大量的印度成分。季羡林认为孙悟空,这一《西游记》里的主要人物同《罗摩衍那》里的哈努曼太相似了,不可想象他们之间没有渊源关系。这篇文章里季羡林也谈到中国泰戈尔(Tagore)热以及中国作家像郭沫若、冰心受泰戈尔风格的影响。②

关于中印文化关系,季羡林积累了大量资料,写了不少文章,1982 年出了一本《中印文化关系史论文集》。这本书里值得注意的是,季羡林研究了纸、造纸术、蚕丝传入印度的问题。对于中国的纸和造纸术何时传入印度、如何传入、影响如何等问题,季羡林在《中印文化交流史》等著述中认为,在 7 世纪末叶印度语言里已经有了"纸"字了。纸在 7 世纪末叶到了印度。造纸术传入印度一定晚于纸。等到中国发明了印刷术,不管是直接地或是间接地传入印度,那更是锦上添花,纸与印刷术配合起来,对文化传播和推进作用就更大了。至于中国丝究竟从什么时候就输入印度?最早

---

① 季羡林、郁龙余:《华夏天竺 兼爱尚同》,《跨文化对话》第 15 辑,上海:上海文化出版社,2004 年。
② 《季羡林谈读书治学》,北京:当代中国出版社,2006 年,第 277—294 页。

的记录是季羡林在印度古书里发现的。季羡林在印度的古代语言和文献中发现了有"中国丝"的记载,例如在乔胝厘耶(Kautiliya)著的《治国安邦》(Arthashastra)中有"中国的成捆的丝"的记载,说明公元前4世纪传入印度。"大约在公元前2世纪至公元2世纪这个时期撰写的《摩奴法论》(Manusmriti)里有几处讲到丝。"①"著名史诗《摩诃婆罗多》(Mahabharata)和《罗摩衍那》里也有几处讲到丝。"约生于公元前4世纪中叶的语法家波你尼(Panini),在他的著作里用了Kanseya(即茧产生的东西)这个字。此外,还见于印度古代诗圣迦梨陀娑的《鸠摩罗出世》(Kumaar-sambhavam)和《六季杂咏》(Ritusamhara)以及《五卷书》等。季先生在研究中发现,"最有意思的是'从中国输入的成捆的丝',后来逐渐有了'丝衣服'的意思。再经过几度演变,这个字的两个组成部分Cina和Patta都可以独立存在,而仍有'丝'的意思。与这个字有关的字Cinamsuka,原义是'中国衣服',后来也变成'丝衣服',从这两个字可以看出,印度人一想到丝,就想到中国。此外,季羡林还认为钢铁也是由中国传入印度的。他通过梵文研究发现:"在梵文里,在许许多多的表示'钢'的同义词中,有一个很特殊的字:cinaja,cina就是支那,指中国;ja意思是'生'。合起来这个字的意思就是'生在中国的'。这肯定指明了,中国冶炼的钢,在某一个时期,通过某一条渠道,输入到了印度。"②

与此同时,季羡林组织并指导一个学术团体,整理校注了《大唐西域记》。专为此书撰写的前言《玄奘与〈大唐西域记〉》长达十余万言,全面论述了《大唐西域记》的价值以及相关问题,这样系统全面的文章在该领域中是前所未有的。1996年完成的《糖史》更展示了古代中国、印度、波斯、阿拉伯、埃及、东南亚,以及欧、美、非三洲和这些地区文化交流的历史画卷,有重要的历史和现实意义。在中印文化关系史研究方面,以往国内外学者大多偏重研究佛教对中国文化的影响,甚至有论者据此认为中印文化关系是"单向贸易"(one-way traffic)。季羡林认为这种看法不符合文化交流的历史实际。因此,季羡林在研究中,一方面重视佛教对中国文化的影响,另一方面,着力探讨为前人所忽视的中国文化输入印度的问题。他先后写成《中国纸和造纸法输入印度的时间和地点问题》(1954)、《中国蚕丝输入印度问题的初步研究》(1955)等论文,以翔实的史料,否认了这种"单向贸易"的说法。他的其它著作,如《东西文化议论集》、《汉文佛经中的音乐史料》等,也都大量涉及中印文化交流的内容。

写作《糖史》的过程中,他对制糖术在中印两国之间交流的历史进行了研究。通过对大量中外史料查证,他得出了"制白糖的技术"是从中国"传入印度"的这一结

---

① 季羡林:《中印文化关系史论文集》,北京:三联书店,1982年,第76—96页。
② 季羡林:《中印文化交流史》,北京:新华出版社,1991年,第20—21页。

论。并且指出,"这一技术是经海路传入的,即使全靠语言学证据也能证明这一点。"①他还在中国历史文献《明史》中找到了证据。再次证明中国的制糖技术传入印度,地点是孟加拉,时间是明代。他的这篇文章早在1994年发表在印度文化关系理事会的特刊《印度视野》(India Horizon)上,是笔者亲自译成英文的。② 这是季羡林的又一重大贡献。

佛教史研究也是季羡林致力极巨而取得卓越成就的领域。在佛教学方面,季先生是国内外为数很少的真正能够运用原始佛典进行研究佛教学的学者。他用大量的梵文、巴利文、佛教梵文、印度古代俗语及汉译佛典等原始资料进行研究,就原始佛教的语言问题与一些国际学者进行研讨、辩论,最后纠正了一些国际知名学者的错误结论,产生了重大影响。其代表作有《原始佛教的语言问题》、《印度古代语言论集》、《佛教》等;在吐火罗语言研究方面,他填补了中国这方面研究的空白,引起了国际学术界的高度重视,为中国争得了荣誉。代表作有《吐火罗文研究》、吐火罗文《弥勒会见记》。

季羡林把研究印度中世语言的变化规律和研究佛教历史结合起来,寻找出主要佛教经典的产生、演变、流传过程,借以确定佛教重要派别的产生、流传过程。《浮屠与佛》(1947)揭示梵语 Buddha(佛陀)一词在早期汉译佛经中译作"浮屠"是源自一种古代俗语,译作"佛"则是源自吐火罗语,从而纠正了长期流行的错误看法,即认为佛是梵语 Buddha(佛陀)一词的音译略称。这里顺便指出,季羡林在1989年又写了《再论浮屠与佛》,进一步论证汉文音译"浮屠"源自大夏语。原始佛教或者说佛教草创初期的历史,一直是季羡林很感兴趣的研究对象。

从以上简介可以看出,几十年来,季羡林对中印文化交流作了大量研究,成就不凡,令人敬佩。一般认为季羡林的学术成就大略包括在10个方面。除了上面阐述的印度部分以外,季羡林对中国文化、东西方文化体系、东西方文化交流、散文等领域做出了许多个人见解和论断,在中国乃至在世界引起普遍关注。自从2002年92岁高龄的季先生住进北京301医院以来,在病中写了不少东西。去年新世界出版社出版了他的《病榻杂记》。季羡林写道:"我从来没想成为一个国学家。后来专治其他学术,浸淫其中,乐不可支。""我连'国学小师'都不够,遑论大师。""请从我头顶上把'国学大师'、'学界泰斗'、'国宝'三顶桂冠摘下来,还我一个自由自在身。"季羡林的这段话,说得何等的谦虚,何等的实事求是,何等的明白无误!1998年江西教育出版社

---

① 季羡林:《中印文化关系史论文集》,北京:三联书店,1982年,第3页。
② 季羡林:*Endless flow of cross-cultural currents between India and China*.(《中印关系源远流长》) In *India Horizon*(《印度的视野》),*Special Issue of Indian Council for Cultural Relations*(印度文化关系理事会特刊),新德里,狄伯杰译(1994)。

出版了 24 卷的《季羡林文集》，800 余万字。此外还有 8 卷待续，共 1200 万字。文集的出版充分表明了季老在印度历史文化与语言研究（2 卷）、佛教研究（1 卷）、东方文化研究（1 卷）、中印文化交流（1 卷）、吐火罗文研究（2 卷）、比较文学与跨文化研究（3 卷）以及散文创作（2 卷）和翻译（10 卷）等方面的杰出贡献。

三、季羡林的治学经验

季羡林治学六七十年，涉及的领域之广之深之杂之多，十分惊人，实属罕见。《文集》只是 1994 年前的成果，1995 年以后的成果还有待出版续集。季羡林的学术成就是辉煌的，是一笔巨大的精神财富，而他的治学之道同样是一笔巨大的精神财富，值得我们学习借鉴。据郁龙余教授介绍，季羡林的学术生涯，漫长而丰富多彩，它的治学之道别具特色。综观季羡林治学，惜时如金为其成功秘诀，预流弄潮为其不死灵魂，用弘取精为其得心常发，学术道德为其立身之本。近来出了像《季羡林谈读书治学》、《季羡林谈人生》、《季羡林谈写作》等许多书，吸引了很多读者的注目。

季羡林的学生郁龙余认为，季羡林所以能成为世界知名大学者，靠的不是聪明，而是锲而不舍、孜孜不倦的精神。惜时如金为他的成功秘诀。谈到季羡林，有人认为，"九十九分勤奋，一分神来"者是属于天才的范围。季羡林认为这个百分比应该纠正一下，"七八十分的勤奋，二三十分的天才"更符合实际一点。季羡林从不以为自己有什么天分，所以他非常强调勤奋。他说："无论干哪一行，没有勤奋，一事无成。"[①]1993 年，我拜访季羡林时，只见他的客厅里到处都摆着书，好不容易才找出坐的地方。后来发现，每个房间都是同样的情况。他说，他只需要六个小时的睡眠，剩下的时间都写东西，从事不同的学术活动。他不喜欢睡午觉，想利用一切可利用的时间。

《季羡林谈读书治学》是季羡林专门谈论自己读书、治学体会的文章汇集，其中还介绍了诸如陈寅恪、胡适等学术界前辈的治学经验。他在书中写道："我既然没有完整的时间（写文章），就挖空心思利用时间的'边角废料'。在会前、会后，甚至在会中，构思或动笔写文章。有不少会，讲话空话废话居多，传递的信息量却不大……在这时候，我往往只是用一个耳朵或半个耳朵去听，就能兜住发言的全部信息量，而把剩下的一个耳朵或一个半耳朵全部关闭，把精力集中到脑海里，构思，写文章。当然，在飞机上、火车上、汽车上，甚至自行车上，特别是在步行的时候，我脑海里更是思考不停。积

[①] 郁龙余：《梵典与华章：印度作家与中国文化》，宁夏：宁夏出版社，2004 年，第 516 页。

之既久,养成'恶'习,只要在会场一坐,一闻会味,心花怒放,奇思妙想,联翩飞来,'天才火花',闪烁不停。在掌声中,一篇短文即可写成。这是一种境界。时间是一个常数,对谁都一样,谁也不会一天多出一秒。想做点事,不争分夺秒是不行的。"

季羡林认为治学要开创新天地,在论文写作过程中很是下了一番功夫。《季羡林谈读书治学》告诉读者他在德国研究深造的事。有一次他下了相当的功夫写完了一篇长论文,自我感觉良好。当他把绪论交给教授时,不但没有得到夸奖,反而被退了回来,彻底给否定掉了。教授对他说:"你的文章费劲很大,引书不少。但都是别人的意见,根本没有你自己的创见。看上去面面俱到,实际毫无价值。"在这剧烈的打击面前,他悟出了这样的道理:"没有创见,不要写文章。"他非常赞同陈寅恪关于学术研究的"预流"的精辟之见。他说,不预流,就会落伍,就会僵化,就会停滞,就会倒退。能预流,就能前进,就能生动活泼,就能逸兴遄飞。[①]并认为王国维,陈寅恪等近代许多中国学者都是得了"预流果"的。追求卓越和不同凡响,是季羡林学术研究的风格和坚持不懈的精神。这种风格和精神在他对印度学的研究中,随处可见。例如他对《梨俱吠陀》、《罗摩衍那》、《大唐西域记》、《糖史》的研究中也是"预流"所得,是中国印度学的弄潮人。

季羡林推崇胡适"大胆的设想,小心的求证"的观点,在这里,关键是"大胆"和"小心"。世界上万事万物都异常复杂,千万不要看到一些表面就信以为真,一定要由表及里,多方探索,慎思明辨,到了证据确凿,无懈可击,然后才下结论。大胆假设和预流是相通的,不过大胆假设之后要小心求证,预流之后,还有一个掌握材料与运用材料的问题。在掌握材料上,他提倡"竭泽而渔"。但要真正做到这四个字,必须具备如下条件:一、超越的语文条件;二、多彩多姿的丰富生活经验;三、能拥有或有机会使用的实物和图籍、各种参考资料。这不是任何一个人可以随便做到的,而季羡林皆具备之。对材料的竭泽而渔,是季羡林学术研究的首要追求。但是,这仅仅是事情的一半。有了材料,还要在正确的观点和方法的指导下,抽绎出可靠的结论,使结论尽量接近真理,就是"小心求证"。如果说,尽可能多地占有材料,以至达到竭泽而渔的境地,是"用弘"的话;那么用正确的观点和方法去指导,抽绎出可靠的接近真理的结论,就是"取精"。他认为,"小心求证"要根据资料、科学实验提供的情况来加以检验。有的假设要逐步修正,使之更加完善。有的要反复修正十次、百次、几百次,最后把假设变成结论。经不住客观材料考验的假设,就必须扬弃,重新再立假设,重新接受客观材料的考验。这就是小心求证。[②]

---

① 郁龙余:《梵典与华章:印度作家与中国文化》,宁夏:宁夏出版社,2004年,第518页。
② 同上,第520—521页。

季羡林非常重视学术良心或学术道德。1997年他专门写了有关学术道德的文章就说:"学术是老老实实的东西,不能掺半点假。通过个人努力或者集体努力,老老实实地做学问,得出的结果必然是实事求是的。这样做,就算是有学术良心。剽窃别人的成果,或者为了沽名钓誉创造新学说或新学派而篡改研究真相,伪造研究数据。这是地地道道的学术骗子。"他说在国际上和中国都有这样的骗子。不过,这样的骗局绝不会隐瞒很久的,总有一天真相会大白于天下的。"真相一旦暴露,不齿于士林,因而自杀者也是有过的。"他认为这种学术骗子,自古以来就有,但是,这样明目张胆的大骗当然是绝不允许的。

季羡林还说,除了大骗子还有些偷偷摸摸的小骗。"小骗局花样颇为繁多,举其荦荦大者,有以下诸种:在课堂上听老师讲课,在公开学术报告中听报告人讲演,平常阅读书刊杂志时读到别人的见解,认为有用或有趣,于是就自己写成文章,不提老师的或者讲演者的以及作者的名字,仿佛他自己就是首创者,用以欺世盗名,这种例子也不是稀见的。"这都是没有学术良心或者学术道德的行为。"我可以无愧于心地说,上面这些大骗或者小骗,我都从来没有干过,以后也永远不会干。"季羡林还引用了梁启超在他所著的《清代学术概论》中谈到的清代正统派的学风的话:"隐匿证据或曲解证据,皆认为不德。""凡采用旧说,必明引之,剿说认为大不德。"他说这些话同上面谈的学术道德是完全一致的。这可以说明清代学者是重视学术道德的。

四、中印文化交流的友好使者

《季羡林文集》24卷里大部分都涉及到印度学研究。可以说季羡林一辈子醉于中印研究。为此他先后出访印度多次,访问的时间也长,考察的地方也多。不管哪次出访,在印度所到之处,均受到当地人民热烈欢迎,他应邀作过热情洋溢的讲演,介绍了中国文化,带去了中国人民的情谊。回国后,他把在印度的所见所闻和感受等,都一一写在文章里,出版发表,告诉了中国人民,乃至世界人民。《季羡林散文集》中的《天竺心影》部分就是他的印度回忆录。回忆录里,可以看到印度的灿烂文化,可以了解到印度过去所受帝国主义列强的侵略和印度人民英勇反帝的斗争精神,更可看出,两千多年来,中印世代友好的历史记载和当今两国人民友好的种种表现。

季羡林说,如果他没有把它的印度经历写下来,那好像是对印度人民犯了罪,也好像是对中国人民犯了罪;至少也是自私自利的行为。回忆他踏上印度后的经历,他写道:"我们在印度的时候,经常对印度人民说,我给你们带来了中国人民的友谊,我也将把你们的友谊带回中国去，带给中国人民。然而，友谊究竟应该怎么个带法呢？友谊是确确实实存在的，但是看不到摸不着，既无形体，又无气味；既无颜色，又无分量。成包地带，论斤地带，都是毫无办法的。唯一的办法，就是用我们的行动带。对我这样喜欢舞笔弄墨的人来说，行动就是用文字写下来，让广大的中国人民都能读到，他们虽然不能每个人都到印度去，可是他们能在中国通过文字来分享我们的快乐，分享印度人民对中国人民的友情。"到1951年他初抵德里的情况时说："机场上人山人海，红旗如林。我们伸出去的手握的是一双双温暖的手。我们伸长的脖子戴的是一串串红色、黄色、紫色、绿色的鲜艳的花环。花香和油香汇成了一个终生难忘的印象。"[1]

季羡林第二次访问印度是1955年，第三次是1978年，都是来参加国际会议的。因为停留时间短，访问地区小，同印度人民没有多少接触，据季羡林说没有多少的切身感受。第三次访问是1978年。因隔的时间长，再说印中在边界问题上发生了冲突。他回忆第三次访问说："印度对我就成了一个谜一样的国家。我对印度曾经有过一段从陌生到熟悉的过程，现在又从熟悉到陌生了。"[2] 可以想象，30多年的断交对两国关系的促进和两国人们的互相了解和理解产生如何不良的影响。季羡林把1962年的战争说成是个"不愉快的事情"。在他眼中，这点小小的不愉快在中印文化交流的长河中只能算个泡沫。不过，第三次访问时当中国文化代表团在新德里机场受到季羡林第一次访问那样热烈欢迎时，他心中的那些对印度从陌生到熟悉，又从熟悉到陌生的感觉顿时涣然冰释。

季羡林不仅如实记载了印度人民对中国的友好情谊，而且大谈中印文化交流的悠久历史，同印度人民进行文化交流。他到底是如何与印度人民进行文化交流的？这在他的一些文章里均有体现。他参观德里大学和尼赫鲁大学时，受到热烈欢迎，他做了热情洋溢的讲话。在他的文章中这样记载："主人致过欢迎辞以后，按照国际上的不成文法，应该我说话了。我的心情虽然说是平静了下来，但是要说些什么，却是毫无准备。当主人讲话的时候，我是一边注意地听，一边又紧张地想。在这样一个场合，应该说些什么呢？说什么才算适宜得体呢？我对于中印文化交流的历史曾经作过一些研究积累过一些资料……决定讲一讲中印文化交流从什么时候开始的问题。""我这一番简单的讲话显然引起了听众的兴趣。欢迎会开过之后，我满以为可以参观一下，轻松一下，然而不能，欢迎会并不是高潮，高潮还在后面，许多教员和学生把我围了起来，热烈地谈论中印文化交流的问题。但是他们提出的问题又不限于中印文化交流。有人问到四声，反切。有人问到中国古代有关外国的记载，比如《西洋朝贡典录》之

---

[1] 季羡林:《季羡林散文集》，北京：北京大学出版社，1986年，第134—138页。
[2] 季羡林:《季羡林散文集》，北京：北京大学出版社，1986年，第139页。

类。有人问到梵文文学作品的翻译,有的人问到佛经的中文本,有的人甚至问到人民公社,问到当前的教育制度,等等。印度朋友们就像找到一本破旧的字典,饥不择食地查问起来了。……我简直幻想能够像《西游记》上的孙悟空那样,从身上拔下许多毫毛,吹一口气,变成许许多多地自己,来同时满足许多印度朋友的不同的五花八门的要求。"①

季羡林把自己看过的印度名胜古迹同样告诉了中国人民,写得生动、具体,给人以真实感和形象感。读者读后,不仅了解到印度灿烂的文化,而且仿佛也来到印度,身临其境。他参观考察那烂陀时写道:"在长达几百年的时间里,这个地方不仅是佛学中心,而且是印度学术中心。从晋代一直到唐代,中国许多高僧如法显、玄奘、义净等都到过这里,在这里求学。"提到玄奘时,他说:"中国唐代的这一位高僧不远万里,九死一生,来到印度,在那烂陀住了相当长的时间,攻读佛典和印度其他的一些古典。他受到了印度人民和帝王的极其优厚的礼遇。他回国以后完成了名著《大唐西域记》。给当时的印度留下了极其翔实的记载。至今被印度学者和全世界学者视为稀世珍宝。玄奘这个名字,在印度,几乎家喻户晓,妇孺皆知,我们在印度到处都听到有人提到他。"②

最后,季羡林告诉我们为什么要重视中印文化交流:第一,中印文化交流史告诉我们,我们两个国家在过去的两千余年中,互相交流文化,互相学习,从而发展和充实了彼此的文化,一直到今天,我们尚蒙其利。这种交流只有好处,没有坏处。第二,中印文化交流史告诉我们,人类文化史是人类共同创造的,绝不是哪一个民族或国家包办下来的。承认这个事实,有极大的好处,它能加强人民之间的了解与友谊。最后,中印文化交流史告诉我们,中印两国文化同属东方文化。季羡林认为,从二十一世纪起,东方文化就将在继承批判西方文化的基础上,成为世界的主导文化,人类文化的发展将更上一层楼。正是因为季羡林的这些观点,他一辈子在吸收继承前人研究的基础上,对中印文化交流开创了许多新的研究领域,硕果累累,受到世人的称赞。他是我们学习的榜样,他鼓舞和教育着中印人民。他翻译印度古代史诗《罗摩衍那》、著《糖史》,以及一切其他著作都极大地促进了中国与印度文化交流。毫无异议,他是中印文化交流的友好使者,永远会鼓舞和教育我们!

---

① 季羡林:《季羡林散文集》,北京:北京大学出版社,1986 年,第 144—147 页。
② 同上,第 177—181 页。

斯洛伐克比较文学家久里申及其国际接受

[斯洛伐克] 马利安·高利克 布拉迪斯拉发
（斯洛伐克科学院）

迪奥尼兹·久里申（Dionýz Ďurišin，1929—1997）是斯洛伐克最优秀的文学理论家之一、享誉海外的比较文学家。自1970年代始，他曾与来自前捷克斯洛伐克、德意志民主共和国，以及中欧、南欧诸国的文学研究者们进行过广泛合作，直至憾别人世。1970年代之初，他是斯洛伐克为数不多的文学研究者之一，他的两本专著《比较文学研究：理论方法初探》和《比较文学的来源与分类》，使他跻身国际比较文学学会会员或"同仁"中最为重要的理论家之列。上面提到的第一本专著，1972年初版时题名为《文学比较学的问题》，最早被译成德语，其后以斯洛伐克语或俄语为蓝本，有了匈牙利语、马其顿语，以及中文和日语译本。久里申的这本书在1980年代由廖鸿钧依照1979年俄语版译成中文，后因经济原因未能出版。除了在中欧、东欧和南欧，久里申所做的文际研究扩展到了美国、加拿大、拉丁美洲、法国、荷兰、意大利、西班牙、葡萄牙，甚至印度、中国和日本。遗憾的是，他的晚期著作在西方和亚洲却不再这么知名，但近年来这些著作也引起了全世界比较文学研究者的关注。

一

久里申的第一部比较文学理论著作《比较文学的问题》出版于1967年，比乌尔利希·维斯坦因的《比较文学入门》早一年问世。久里申的导师巴库斯（Mikuláš Bakoš）称这是一部非同凡响之作，是"比较文学的结构主义理论著作"。同年，久里申出席了在贝尔格莱德举办的国际比较文学学会第五届年会，却被遮蔽在苏联老牌理论家日尔蒙斯基（V. M Zhirmunsky）及其同事的阴影之中。三年后的1970年，在波尔多举行的第六届年会上，久里申宣读了论文《文际传播形式的历史条件》。这引起了与会者的关注，尤其是两位当时已是知名学者的比较文学家，韦勒克和佛克马。韦勒克是从久里申的第一部著作开始知道他的，他对那本书赞赏有加，认为比维斯坦因的那本写得好（至少1976年他和我在波尔多、其后在布达佩斯的私人谈话中这么对我说过）。而佛克马则是在波尔多年会时开始对久里申产生了兴趣。他在久里申的理论中发现了新的开拓性元素，也许可以用到他自己的理论探索中去（后来他的确用到了）。这些新元素之一，就是久里申在波尔多宣读的论文中使用的"文际"（inter-littéraire）一词，当时还是个新名词。佛克马是俄国形式主义、苏联文学批评和苏联比较文学的门徒，他发现久里申是中欧（或者东欧）最有洞见的文学理论家，可以有助于1950年代比较文学危机以来对该学科合理性理论的探究。他可能还读过久里申的其他论文，是德语、俄语或者法语版的译本①。尤其是在东柏林出版的《比较文学的实际问题》一书，广为西方比较文学研究者们所知。其中他们能找到久里申的论文《文学关系与联系的主要类型》。

久里申带来的启示清楚地体现在佛克马阅读了他的《比较文学研究》和《比较文学的来源与分类》这两本专著之后所受的影响。在佛克马和我的一次讨论中，他告诉我，久里申对他在1970年代的比较文学观点产生了关键性影响。这一点明显体现在佛克马的一篇发人深省的论文《比较文学的方法与规划》，其中他高度评价了韦勒克著名的论文《比较文学的危机》和久里申的那两本著作。很难说这两本被维斯坦因称为"经典之作"的书中哪一本对佛克马的影响更大。可能是第二本，主要是因为在此书中久里申指出，A. N. 维谢洛夫斯基（A. N. Veselovsky）、俄国形式主义理论家以及捷克结构主义的著作是当时及后来斯洛伐克学者们研究比较文学理论的三大来源。

另一位汉学家郑树森也曾读过久里申的著作，并在他撰写的《文学理论与比较文学》一书中予以引证。我指的著作是《比较文学的来源和分类》和《比较文学的争议研究》，这两本书都是他从我这里得到的。

第三位，也是中国学者中对久里申最为关注的比较文学家是谢天振。上文提到廖鸿钧曾把久里申的《比较文学研究：理论方法初探》全本译成中文，但据我所知，只有英文版《比较文学的来源和分类》的一部分汉译之后发表在了《中国比较文学》期刊上（1990年第2期，90—99页），且据称是译自俄语版。作者用夏京（音译）笔名，在同一期上发表长文《东欧比较文学研究书评》，探讨了久里申的观点。谢天振在久里申生前曾试图与之会晤，但最终未能谋面。他把久里申视为比较文学领域一位"卓

---

① 见久里申的著作年表 in Koška, J. (ed.): *Dobrodužstvo bádania. O živote a diele Dionýza Ďurišina* (*The Adventure of Research: On the Life and Work of Dionýz Ďurišin*). Bratislava: Institute of World Literature, pp.109-110, 121-122.

越的领军人物"①。我觉得谢天振在写这篇论文时手中只有久里申关于比较文学理论的俄语和英语版,就是他的第二部著作,书名是《文学比较学理论》。在做此研究之前,谢天振参与编辑《中西比较文学手册》,此书于 1988 年出版,其中他撰写了久里申的简介②。久里申是该书论及的 82 位外国学者中唯一一位斯洛伐克比较文学家。1994 年谢天振把久里申推介给台湾比较文学研究者,用的是上文所提到的那篇论文,收入《比较文学与翻译研究》③。

中国著名翻译家陆肇明写有论文《"世界文学"与久里申的"文际共同体"》。在他的行文中可以看出他在撰写这篇文章时可能只有机会读过久里申的一篇论文,收录在莫斯科出版的叶·切里雪夫(Ye. Chelyshev)主编的《文艺翻译的国际文学功能》中。他可能没有看过久里申主编的其他六卷论文集《特定文际共同体》(1—6)。陆肇明注意到了"文际性"的某些特征或功能:整合性、区别性与互补性,还有一些类别,如:双文性或多文性,双国性或多国性。陆肇明可能看过、或者至少知道久里申主编的俄语版《文际进程的结构》。

王学海在撰写论文《掷与江潮万古鸣——试论吴世昌先生的学术思想,方法和意义》时,可能尚未接触到久里申的著作,而只是断言著名红学家吴世昌与久里申在文际性上所见略同。他仅引用了我的论文《世界文学概念,比较文学以及建议》,"Concepts of World Literature, Comparative Literature and, a Proposal"的汉译版,我敢说他借用了我对久里申概念的阐释。另一个赞赏久里申文际过程理论的作者是陈界华,体现在他的论文《设计一个比较学者的教学数目》。我想他对这个理论的了解是来自苏珊·巴斯奈特的那本名著《比较文学论》。

近年对久里申关注较多的是李卫涛。他在曹顺庆主编的《比较文学学》(成都:四川大学出版社 2005)论文集里撰有论文《歌德以后:从布律内尔到久里申》,与我多年前所做研究"世界文学概念评述:从歌德到久里申"走的是同样路线,用的是其他理论家的材料,即《什么是比较文学?》一书,其作者是布吕奈尔(Pierre Brunel),比修瓦(Claude Pichois)和 M. 卢梭(André M. Rousseau)。久里申从未看过此书,虽然他知道后两位作者的另一本书:《比较文学》(*La littérature comparée*.Paris, Colin 1967)。

日本学者谷口勇(Isamu Taniguchi)把久里申的著作由俄语版译成日语,于 2003 年出版。

---

① 中国比较文学 Comparative Literature in China, 2, 1990。
② 同上, pp.81—82。
③ 台北:叶强出版社 1994, 第 131—132 页。

二

继韦勒克与佛克马之后，西方学者对久里申的比较文学理论最感兴趣的应是亨利·雷马克（Henry H. H. Remak）。在国际比较文学学会年会中见过雷马克并读过他的论文的人发现，他是一位好的作家，但他更是一位优秀的教师。根据我的记忆，他们第一次会面是在布拉迪斯拉发，那是1975年3月1日，在国际比较文学学会理事会议之后组织的论坛期间。久里申、著名的斯洛伐克翻译学家波波维奇（Anton Popovič），还有我本人宣读了论文。参与讨论的有布洛克（Haskell M. Block），弗伦茨（Horst Frenz），康斯坦提诺维奇（Zoran Konstantinović），考贝克兹（Béla Köpeczi），库什纳（Eva Kushner），M. 瓦杰达（György M. Vajda），以及雷马克等人。久里申的论文对表明我们的宗旨最为关键。后来这篇论文发表在期刊《新诗神》（Neohelicon）上。在文中他阐明了他对文学进程之"文际"层面研究的视角，强调了接受体系中文本的目标信息，这一点后来对比较文学和翻译理论都产生了决定性的影响。在随后的讨论中可以看出，雷马克的发言最有建设性，可能促进了他今后的理论思考。一开始他就说："我很高兴有机会在这次会议上对久里申博士近来在比较文学领域所作的著述表示崇高的敬意，我指的是他的名著《比较文学研究》和《比较文学的来源与分类》。"雷马克对接受体系重要性的关注体现在他在讨论中声称："久里申与其他学者提出把研究重点放在接受中的文学而非被接受了的文学，这逆转了以往达成的研究重点的次序，以前是把重点放在发送者而非接收者身上。久里申的观点被证明是合理的。"雷马克也同意久里申强调"文学生成中的非社会学因素"和"在美学的、想象的角度进行思考的作用"。[①] 久里申没有回答雷马克关于跨学科研究如文学与绘画、文学与音乐、文学与电影、文学与社会学等等有无必要作为比较文学组成部分的问题，那个时候这种研究在美国非常流行。需要提到的是，久里申至少对文学与艺术很感兴趣，他后来发表了论文《文学与艺术的比较研究》。

雷马克后来依然对久里申的研究很感兴趣。1979年8月，国际比较文学学会在奥地利的因斯布鲁克召开年会期间，他请我在他和久里申的讨论中充当翻译。我们一起用早餐，谈话的主题很简单：当时久里申的研究主题是什么，或者是他未来的研究计划如何。久里申的回答让雷马克和我都大吃一惊。他张口就批评自己在研究所谓"传统"比较文学方面的理论观念。雷马克听了他的陈述忍不住微笑了，而我则用斯洛伐克语询问久里申他说的是否当真。久里申的话是他的新文际理念最早的雏型，这个理

---

① *Excerpts from the Discussion*, Neohelicon, III, 3—4, p.115, 1975.

念后来体现在七篇论文中,收入到《文际过程理论》一书中。

有意思的是,除了上文我提到的那些人,其他西方知名的比较文学家们大都是在因斯布鲁克年会之后才开始注意久里申。孟尔康(Earl Miner)在他的论文《文学体系的生成与发展》第二部分中认为久里申的《比较文学的来源与分类》"表明久里申对于近来日益盛行的文学史上一个现象,接受或者影响,表现出多么敏锐的观察"。在孟尔康另一篇引人深思的论文《比较文学中的一些理论与方法论话题》[1],我们可以看出作者更偏爱有关"影响"的观点。孟尔康指出:"他把通常所称的'影响'作为'接受'来考虑,这令我信服。"他想到了哈罗德·布鲁姆的那本读者众多的名著《影响的焦虑》,"尤其是其中伴有弗洛伊德主义,在亚洲背景下显得很奇特"。

1998年2月10日,M.布洛克给我写信说:"久里申对于比较研究的探讨做出了很大贡献,在美国产生了显著影响。你可能知道纪廉(Claudio Guillen)在其《比较文学的挑战》一书中提到的讨论。这里纪廉观点的形成很明显出自久里申。也许你会在即将举行的年会上提到这一点。"我本想在国际比较文学学会普利托利亚年会上提及此事,却没有做到。于是我在这里补上。纪廉在他的论文《一元论的运用:诗歌中的拟人》中探讨"文学类比"问题时,引用了久里申的著作《比较文学研究》。在1975年布拉迪斯拉发研讨会上,布洛克对久里申及其合作者表示了赞赏。他说:"我们布拉迪斯拉发的同仁们为文学理论与方法论提出了重要议题,值得继续探索和讨论"。[2]

在国际比较文学学会第十三届东京年会(1991)上,久里申和他的国际团队所做的工作得到了伊娃·库什纳的积极评价。她在有关文学理论的前景与回顾的论文中写道:"从多体系研究,以及久里申主持的布拉迪斯拉发团队所作研究的精神实质来说,比较文学的研究重点不应放眼全景,而应**着眼于文学内和文学间过程本身,对于一定范围内的历史时期和地理区域做出更为深入的研究,聚焦于有交互关系的文学流派,以及对这种交互影响机制的理解,包括关注地域趋同性所产生的社会经济根源。**"[3] 无疑这里伊娃·库什纳所指的是久里申的后期理论,体现在他的著作《文际过程理论》中。

卡文哈儿(Tania Franco Carvalhal)在1986年出版了她所撰的手册《比较文学》,1992年发行了第二版,其中遵循了久里申的早期著作所涉理念,即1972年与1974年的作品。在我把《文际过程理论》寄给她之后,她于1992年6月17日致函于我,

---

[1] *Some Theoretical and Methodological Topics for Comparative Literature*, Poetics Today, Vol. 8, No. 1, 1987.
[2] *Neohelicon*, 3, 3—4, 1975, p.117.
[3] Kushner, E., "Towards a Typology of Comparative Literature Studies", *ICLA'91 Tokyo. The Force of Vision 3*, Tokyo: The University of Tokyo Press, 1995, pp.508—509.

称这本书对她本人的比较文学研究"意义重大"。在她的《比较文学》一书中，她提及了久里申的长篇论文《文际过程的重要层面》，该文曾在 1985 年国际比较文学协会的巴黎年会上分发给与会代表。而且在她的论文《边界文学中的文际联系与关系》中，使用了《文际过程理论》里有关"文际共同体"的方法论规则。

西方老一辈比较文学家对久里申 1986 年之前发表的著作尤其感兴趣。在那本珍贵的著作《比较文学初论》中，乌尔利希·维斯坦因是在他的专著《比较文学入门》发表之后，对十年以来比较文学发展史提供了见证。在此书中有六次提及久里申的名字或者分析他的作品。他把久里申的著作完全视为杰作。[①] 这部巨著卷帙浩繁，由他本人或合作者撰写的超过了 25 册。另外一位比较文学理论家 R. 凯泽 (Gerhard R. Kaiser) 在他的著作《比较文学入门：研究领域、评论者、研究任务》中，从久里申的《比较文学》中借用了他著名的图表或模式，以表明比较文学的目标和方法：生成——联系式与类型式，用它们来表现本书中主要篇幅中的例证。久里申的好友、塞尔维亚裔奥地利学者佐冉·康斯坦提诺维奇，在 1985 年布拉迪斯拉发宣读的论文[②]中，高度评价了久里申的"传统"比较文学理论，并在其后总结三十年来他的研究过程的著作《比较文学基础文献三十年》中也是如此。堡尔 (Roger Bauer) 在他的论文"比较文学资料史的持续与断裂"中，指出了久里申所提体系的开放性及其继续发展的可能性。近来，国际比较文学协会主席斯美林 (Manfred Schmelling) 在其所做的奥维德神话及其影响研究《变形了的变形：神话，记忆，互文》中也仿佛运用了久里申《比较文学研究》中的观点。

1982 年，来自比利时勒文市的斯维格斯 (Pierre Swiggers) 提交了论文《比较文学的新谱系》，其中指出自己的新视角从诞生到认识论结构在很大程度上都要归功于久里申的著作所建立的科学研究体系。久里申是提出 关系（或元文本关系）系统性类型学的第一人，他这套体系得到了埃文—佐 波波维奇等人的发展演化，主要是受到了符号学、通信科学和（社 言 的影响。[③] 在这里，久里申被誉为比较文学经典手册作者中老一 的 "，这些先驱者中有基亚 (Guyard)、比修瓦 (Pichois) 和卢梭 ）。 斯维格斯断言，从久里申早期著作中受益匪浅的有霍尔姆 (José) 和布罗克 (Raymond

---

① Weisstein, U., *Vergleichende Literaturwissenscha*, ster Bericht; 1968 1977, Bern und Frankfurt a/M, Peter Lang, 1981.

② Konstantinovic, Z., "Slovenská komparatisická škola" (Slovak School of Comparative Literature), Romboid (Bratislava), 7, 1986, pp.64—72.

③ Swiggers, P.: op. cit., p.182.

van den Broeck）合写的著作《文学与翻译：文学研究的新视角》，伊塔马·埃文－佐哈尔的《历史诗学论丛》，埃文－佐哈尔的论文《文学多系统内翻译文学的位置》，图里（Gideon Toury）的《文学翻译中规范的性质和作用》，两篇都收入上文提到的霍尔姆斯等人主编的论文集中。他甚至还将波波维奇的《元文本探微》和《文学翻译分析词典》也置于久里申的影响之下。在此久里申被视为与勒文和特拉维夫学派的研究者们一样，是1970年代比较文学新理论的先导。我1991年曾在台北与若泽·朗贝尔和赫尔曼斯（Theo Hermans）私下交谈，得知他们都受益于久里申以及特拉维夫学派理论家们的见解。

《比较文学研究》（1976年，第二版）与《比较文学的来源与分类》是埃文－佐哈尔的《多系统研究》的灵感来源，布罗克论文《翻译批评再思考：一种分析功能的模式》收入了特奥·赫尔曼斯主编的《文学的操作：文学翻译研究》，文中引用了《比较文学的来源与分类》。久里申理论中关于目标文本与信息的提法被吉迪恩·图里借用到他的专著《文学翻译理论探寻》。例如："文学是一种高度目的性的活动；换言之，任何单一翻译行为的实施在很大程度上都由它所服务的目标所规定。因此，为了能理解翻译的过程及其产出，要先确定其服务的对象，这些对象主要由目标、接受极规定。接受极在这些过程中充当文本间、文化间和语言间转换的'先导'"。也不是所有的比较文学理论家都赞成这种观点。1970年3月4日，研讨会过后，瓦杰达（György M. Vajda）与佛克马、维斯坦因共进午餐。席间他表明，不难理解这位斯洛伐克学者对这种目标信息的重视，因为相对于世界文学的大框架来说，斯洛伐克文学较少差异性。

三

久里申的著作中，对比较文学理论者们影响最大的莫过于《比较文学研究》和《比较文学的来源与分类》。在我看来，他最好的英语著作是《文学比较学理论》（*Theory of Literary Comparatistics* 1984）。这本书得到西方和亚洲相当多研究者的注意和引用。我很清楚地知道，一些著名学者得到这本书是由于作者赠书，是我把他们的地址给了久里申。这里我列举一些被视为同时代理论界的领军人物：奥尔德里奇（A. Owen Aldridge）、布洛克（Haskell H. Block）、李达三、欧阳桢、狄泽林克（Hugo Dyserinck）、艾田伯（René Étiemble）、佛克马、弗斯特（Lilian R. Furst）、杰勒德（Albert S. Gérard）、若斯特（François Jost）、列文（Harry Levin）、孟尔康、维斯坦因，等等。据我所知，他们都没有在自己的著作里提到过这本书。

根据我的了解，只有一位学者对这本书较为关注：巴罗达大学的科特卡（Sachin Ketkar）。在他那篇颇有见地的论文《文学翻译：理论发展近况》中，他引用的观点来自久里申书中关于"艺术翻译的中介功能"的章节。他写道，久里申的"方法在很多方面与勒菲弗尔和图里很相似，关注目标文化或者接受方文化中文学翻译的功能和关系……他像这两位理论家一样，认为翻译程序以及文本选择主要决定于接受方文学的内在需要、对异国文学现象、作品等的吸纳容量，目的是以某种方式（予以整合还是区分）对其审美特征作出反应。"老一辈学者若泽·朗贝尔在论文《"世界文学"与实际文学研究》中根据久里申的著作[1]提出了世界文学的概念。年轻的斯洛文尼亚文论学者朱文（Marko Juvan）在面对与萨钦·科特卡一样的问题时，认为久里申"指出了传统比较文学研究忽略了接受方选择行为的意义（这一点应同样被视为具有创造性）和接受要素转化的重要性，这些转化是由写作策略产生的，遵循了接受方本土文学过程的习惯或者需要"[2]。他还强调了久里申关于文际过程内部系统间关系的观点，这个过程让人想起埃文－佐哈尔的多系统理论。他也提到了我基于久里申的文际过程而提出的对"文际性"的理解。

近年来，文际过程及其"文际共同体"引人瞩目，再就是所谓的"文学中心主义"也得到了相当多的关注。1987—1993年间在布拉迪斯拉发出版了六卷的《特定文际共同体》，出了斯洛伐克语的全版（Osobitné medziliterárne spoločenstvá）和法语的删节版（Communauté interlittéraires spécifiques）。这部由多国学者合作撰写的巨著，书名有误导之嫌。书中不是所有的文章都关于"特定文际共同体"、也就是民族文学或者单一文学，其特征是"发展行为的中介性的、非常集中的方法"（比如捷克斯洛伐克文学，俄罗斯文学，乌克兰文学，白俄罗斯文学），还包括"标准文际共同体"，特征是在族裔、地理、政治等因素上有着相同或甚为相近的关系（比如斯洛伐克、德语语系国家、英国文学与美国文学）。在他辞世前的几年里，尤其是在1994年他与阿尔蒙多·尼兹（Armando Gnisci）和弗兰卡·西诺波利（Franca Sinopoli）结识之后，久里申开始思考"文际中心主义"，"其相关功能就是文际共同体的延续"[3]。文学中心主义较为广泛，但是久里申没有明确区分标准文学共同体与文学中心主义的差别。也是在这本书里，他声称，欧洲文学分为"中欧，东欧，西欧，北欧等民族文学共同体"，

---

[1] Proceedings of the XIIth Congress of the International Comparative Literature Association, Vol. 4, München: Verlag, 1990, pp.33—34.

[2] Juvan, M., "Towards A History of Intertextuality in Literature and Culture Studies", CLCWeb: Comparative literature and Culture, Oct. 3, 2008, p.6.

[3] Ďurišin, D., Theory of Interliterary Process, I, pp.86—114.

在另一处他说到"东欧文际中心主义，西欧中心主义"，把巴尔干文际中心主义，地中海文际中心主义，中欧文际中心主义一股脑归入"北欧文际中心主义"。我个人认为，在世界文际过程中，"文际中心主义"这个类别是多余的。

除了一些意大利、斯洛伐克和捷克学者，同意久里申所提"文际中心主义"概念的人并不多。来自罗马知识大学 (University "La Sapienza") 的阿尔蒙多·尼兹及其同事认为，久里申的文际中心主义理论可以作为比较文学"去殖民化"的有益补充。他们合作的成果就是那卷引人瞩目的著作《地中海：文际网络》，由久里申和尼兹主编，以意大利语、法语和斯洛伐克语出版，还编有两本解读中欧问题的小册子：《中欧文学的文际中心主义》及其法语版 *Centrisme interlittéraire des literatures de l'Europe centrale*。①

"文际共同体"所涉及的问题，在陆肇明以及西方学者就此所作的研究中可以看出，他们也许只知道或者持有那六卷著作中的一卷。朱文在他的著作《斯洛伐克文学与互文性》中只提及《特定文际共同体》第一卷 (1987)，多明格兹 (César Dominguez) 在他的论文《地理诗学：文学历史语篇中的空间与想象》只分析了第六卷。

久里申最受读者好评的两本著作是《比较文学研究》和《比较文学的来源与分类》，这两部书都是他从事理论研究早期的成果。即使这两部最受好评的书，孟尔康在他的论文《文学传输与挪用的待定经典》里还为之鸣不平，说学者们没有对久里申的贡献给予足够的关注，致使其依然遭到"不公正的忽视"。难道仅仅是因为"味同嚼蜡的翻译"之过？我认为还有其他原因。很重要的一点是，除前捷克斯洛伐克和如今的斯洛伐克之外，世界上其他地方都不可能买到这些书。这些著作只是用作图书馆之间或者个人之间的交换。第二个原因是，久里申不会说西方语言，因此在那些试图与他用西语交谈的人面前，他总是很腼腆。第三个原因是他对持异议者毫不妥协的态度。那个时候雷马克把比较文学宽泛地定义为"一种文学与人类其他表达领域之比较"，在比较文学研究者中赢得了更多的拥护者，就在这时久里申开始传播他的新理论，即"文际过程"与"特定文际共同体"，这些理论并不为人所知。彼时国际比较文学协会的权重人物，在巴黎年会 (1985) 与慕尼黑年会 (1988) 之后，开始玩起"文学与文化"的比较研究。久里申只能战败。

"比较文学与文化"是东京年会之后这个领域的名称。比较文学理论的危机由雷马克在伯明顿的同事维斯坦因引但丁的话一言以蔽之："希望全灭"。雷马克不能预

---

① Brno: Masarykova universita 1999.

见常常是流于浅薄的文化研究的入侵,虽然他于1961年打开潘多拉盒子,给比较文学下了那么一个定义。我们这个时代最伟大的文学理论家之一哈罗德·布鲁姆指责那些导致这种状况的人是"伪马克思主义者,伪女性主义者,福柯与其他法国哲学家们的冒牌弟子"。他说,耶鲁的一些教授对所谓大众文化这个粪堆里的各种文章的热衷,远超过他们对普鲁斯特、莎士比亚或者托尔斯泰的兴趣。文学研究在当代已经被"文化批评这个垃圾"所占领。我想他所指的不仅是文学研究,还有比较文学研究。也许布鲁姆的批评有些过激,但是维斯坦因的《从狂喜到痛苦:比较文学的兴起与没落》向我们表明,比较文学理论有其狂喜时期(1950年代末及其后),1990年代即是其痛苦时期。如今是否有所好转?我们还有希望吗?

二十一世纪开端的这几年,是否真的是"比较文学希望全灭"?或者二十一世纪比较文学理论家们将听从亨利·雷马克的真知灼见?他是这么说的:

"比较文学史、比较文本批评、比较艺术是比较文学学术研究的基石。建立结构严谨的学术支撑点、合理翔实的课程设置,对于我们的存活、我们很多学生的专业前途不可或缺。可以说,比较文学是文化比较研究的一部分,但是比较文学必须在这个大框架内发挥其独特的作用。为此,比较文学不仅要证明自己存在的理由,还要**赋予无迹可寻的文化研究轨道以具体的确实性**[①]。

(北京语言大学 朱红梅 译)

[①] Remak, H.H.H., Once Again: Comparative Literature at the Crossroads, *Neohelicon*, XXVI, 2, 1999, p.107.

编 后 记

2008年10月12日—14日,由中国比较文学学会和北京语言大学主办,北京大学、清华大学、中国人民大学协办,北京语言大学比较文学研究所承办的"中国比较文学学会第九届年会暨国际学术讨论会"在北京语言大学召开。来自中国大陆、香港、台湾以及印度、韩国、法国、美国、英国、斯洛伐克、匈牙利、墨西哥等世界10多个国家和地区的350多位专家学者莅临大会,围绕着大会主题"多元文化互动中的文学对话",展开了和而不同的对话,可谓极一时之盛。在大会的闭幕式上,当乐黛云先生表彰大会取得圆满成功时,我曾向她以及在座的学会领导和全体代表表示,一个真正圆满的句号应该是在一部高质量的论文集出版之时!

会议结束之后,开始断断续续地收到论文,后来我们在《中国比较文学通讯》上发表了征稿通知及要求。我们的宗旨是,第一要体现大会的学术质量,强调原创性,第二要体现大会的国际性。对于第一个要求,我们尽可能做得好一点,譬如,孟庆枢、马晓冬等老师原来提交大会的论文已经发表了,就重新为大会论文集提供了新的论文,孟华老师原来也想把论文先在刊物上发表,知道我们的要求后,就不再寄给刊物了。对于第二方面,我们把《中国比较文学通讯》上的征稿通知用英文或其它语种发给出席会议的各国代表,请出席会议的外国学者为大会论文集写稿,除了法国著名比较文学家巴柔(D.-H.Pageaux)早就为大会提供论文之外,我们欣喜地收到了美国哈佛大学比较文学系主任戴姆若奇(David Damrosch)以及斯洛伐克著名学者高利克(Marian Galik)等寄来的论文。

2009年下半年,我几乎大半时间都忙于论文集。在欣喜之时也有忧虑,就是真正编辑论文集的时候发现字数太多,一部书根本装不下。其实,我们的征稿通知已经规定了每篇文章不超过8千字,但是,多数代表提供的论文都超过了1万字。在出一部书的前提下,我一方面不再让北语比较文学研究所的研究人员提供稿件——自己就先带了个头,另一方面我不得不亲自通过电子邮件与各位作者沟通,请求他们压缩论文的字数。写过文章的人都知道,自己的文章就像自己的孩子,是怎么看都怎么觉得漂亮,那种大幅度压缩等于割自己孩子大块的肉。令我感动的是,像方汉文、赵毅衡等学者很快对论文加以压缩并且寄回。还有一些论文,是我本人或者研究所的研究人员进行了适当的压缩,不当之处,敬请原谅。论文集编到一半的时候,发现无论怎样压缩,一部书都可能装不下,就改变了初衷,打算出版上下册。需要指出的是,有一些长一点的文章,原来更长,压缩到这种长度已很不容易了。还有一些论文,没有为本部论文集所采用,有的是不符合分组规范被编委会淘汰的,有的是论文质量不高而最终决定不拟采用的。当然,这些最终不予采用的稿件中,也包括国外的稿件。其实,这也正常,一部高质量的论文集,本来就应该是在很多论文基础上挑选出来的。

我进京工作9年,得到了很多师长、朋友的关照,每思至此,常常感动不已。就如这次规模空前的大会,如果没有以杨慧林教授为首的中国人民大学文学院、以王宁教授为首的清华大学比较文学与文化研究中心以及北京大学比较文学与比较文化研究所的财力资助与各方面的支持,此次盛会断断不会如此成功。在论文集编辑过程中,我又得到了乐黛云、杨慧林、曹顺庆、王宁、陈跃红等先生的指导,叶舒宪教授领军的文学人类学与孟华教授领军的"外国人眼里的北京"等分组踊跃为论文集供稿,这都是论文集的质量得以保证的条件。

当然,本次大会的召开与论文集的编辑出版,还要感谢教育部郝平副部长和北京外国语大学,感谢北京市教委和北京语言大学。当年会即将闭幕之时,时任北京外国语大学校长的郝平副部长与学会的领导聚集一堂,当场应允资助论文集的出版。北京语言大学的比较文学学科是北京市与北京语言大学共建的重点学科,北京市教委在项目立项上让我们向研究首都作为国际性大都会上倾斜,这在本部论文集的编辑上得到了体现:"外国人眼里的北京"这一课题,真正体现了首都北京在多元文化互动中的重要位置。

编完论文集,发现自大会闭幕至今已是一年又两个月,再过一年零八个月,就是在上海举行的第十届年会召开的时间。"子在川上曰:'逝者如斯夫!不舍昼夜……'"回想1985年我出席中国比较文学学会成立大会并在乐黛云先生的鼓励下在闭幕式上发言的情景,仿佛如在眼前,24年的光阴就这样倏忽而过,而这个年轻的学会也将召开第十届年会。"十"在中国传统的意义上具有"大全"、"圆满"的意味,那么,我们举办的第九届年会,我们编辑的这部论文集,无一不是中国比较文学学科迈向更高阶梯之圆满的桥梁!于是,当西方的比较文学有衰落迹象的时候,我们中国的比较文学研究还呈现出生机勃勃的大好局面。愿我们的学科、我们的学会永葆灿烂之青春!

高旭东

2010年1月1日